Анна Каренина

Лев Николаевич Толстой
Anna Karenina (Анна Каренина)
由上海译文出版社有限公司与企鹅兰登(北京)文化发展有限公司联合出品
Simplified Chinese edition by Shanghai Translation Publishing House in association with Penguin Random House (Beijing) Culture Development Co., Ltd.
Cover design and illustration Coralie Bickford-Smith

图书在版编目(CIP)数据

安娜·卡列尼娜 / (俄罗斯)托尔斯泰 (Leo Tolstoy) 著 ; 靳戈译. -- 上海 : 上海译文出版社, 2025. 4. -- (企鹅布纹经典). -- ISBN 978-7-5327-9793-6

Ⅰ. I512.44

中国国家版本馆 CIP 数据核字第 2025KB5373 号

安娜·卡列尼娜

[俄] 列夫·托尔斯泰/著　靳　戈/译
总策划/冯　涛　责任编辑/刘　晨　美术编辑/张志全工作室

上海译文出版社有限公司出版、发行
网址:www.yiwen.com.cn
201101　上海市闵行区号景路 159 弄 B 座
苏州市越洋印刷有限公司印刷

开本 850×1168　1/32　印张 31　插页 6　字数 622,000
2025 年 4 月第 1 版　2025 年 4 月第 1 次印刷
印数:0,001—8,000 册

ISBN 978-7-5327-9793-6
定价:158.00 元

《安娜·卡列尼娜》中

刘文飞

安娜从彼得堡去莫斯科调解兄嫂的家
站下车时迷倒与她偶遇的符朗斯基，在舞
蹈之后，安娜有些乱了方寸，她赶紧逃离
符朗斯基则乘上同一趟列车，一路紧随。

到了彼得堡，火车一停下来她就下车
就是丈夫的脸。"啊呀，我的天！他两只耳
看着他冷冰冰和神气的形象以及这时特别
圆礼帽边沿的耳朵，她心里想。

纳博科夫注意到了这个场景，他在
娜·卡列尼娜》时特意提及这一细节：

在卡列宁于彼得堡车站迎接安娜归来的
突然发现他那两只平平常常的耳朵大得出奇
生厌。之前安娜从未注意到卡列宁的耳朵，
的目光看待丈夫，因为他是她生活中不可分
已无条件地接受了这种生活。但是现在，一
对符朗斯基的激情就像一束耀眼的白光，原
的照耀下就像是死亡星球上的死亡风景。

安娜发现了卡列宁的大耳朵，托尔斯泰

斗夫又发现了托尔斯泰的发现，于是，我们也就发现并记住说《安娜·卡列尼娜》中的这个著名细节。

田节描写是托尔斯泰最得心应手的小说写作方式之一，作为观实主义作家，他自然要塑造典型环境中的典型性格，而细写对于典型性格的塑造来说是不可或缺的。小说中的所谓”，就是被作家强烈关注的某个细微之处，人物或环境的某邓。作家像是拿着一个放大镜，甚至架起一台显微镜，把这人为无比重要的细部放大，并将其置于叙事的焦点，就像置台的追光之下，以使读者更快、更多、更敏感地注意到它。是文学叙事的基本要素之一，没有细节就没有鲜活的形象和的场景，没有细节也就没有小说叙事。

安娜·卡列尼娜》中的细节大致可划分为两大类，即人的细物的细节；而这两大类细节又可再做细分，与人相关的有肖节、动作细节和心理细节等，与物相关的则有物件细节、场节和风景细节等。

安娜·卡列尼娜》的故事围绕三对夫妻展开，即安娜和卡列妇、列文和吉蒂夫妇以及斯吉瓦和陀丽夫妇，而符朗斯基作个交叉性人物将这三对关系勾连起来，他是斯吉瓦的朋友，后插足另外两对夫妻的关系。这七个主要角色都活灵活现，有其性格独特性和生命力，而他们的性格逻辑往往就是通过的相貌、语言、动作和心理等方面的细节描写体现出来的。七个人物中，安娜、卡列宁、符朗斯基和列文四人又是主角主角。

安娜是这部以她的名字命名的小说中的一号女主角，是托尔这部小说中最光彩照人的女主人公，但是，托尔斯泰在小说安娜的相貌描写其实着墨并不太多，仅突出了她身上的三个，或者说是三个“亮点”：眼中的亮光，黑色的鬈发，轻盈的

安娜·卡列尼娜

Анна Каренина

Лев Толстой

〔俄〕列夫·托尔斯泰 著 靳戈 译

上海译文出版社

步态。安娜的首次出场是在小说第一卷第十八章，对于一位小说女主角来说，这样的出场可谓姗姗来迟。对安娜的第一次相貌描写是借助符朗斯基的眼睛来完成的（这也是托尔斯泰的惯用手法，他小说中的人物肖像描写几乎全都从其他人物的视角来展开），符朗斯基去火车站迎接从彼得堡返回莫斯科的母亲，在车厢门口遇见与他母亲乘坐同一个包厢来到莫斯科的安娜，安娜的美貌和气质让他忍不住回头多看了一眼，安娜恰好也在同时回头，于是，符朗斯基在安娜“那双浓密睫毛下显得昏暗的闪闪发亮的灰眼睛”里看到了“一道闪光”，“她故意使自己的目光变得暗淡，但那光辉还是违背她的旨意，流露在微微的笑容里”。在这之后，托尔斯泰一次又一次地写到安娜眼中的“闪亮”(блеск)、“光”(свет)或是“火”(огонь)。符朗斯基结识安娜之后，“她的眼睛和微笑时闪耀的光辉使他的心燃烧起来了”。符朗斯基追随安娜回到彼得堡，在彼得堡车站的站台上再次看到安娜，发现“她的一双眼睛里有某种东西闪烁了一下，尽管它立刻就熄灭了，他已经为此感到了幸福”。而在安娜意识到自己完全不爱丈夫卡列宁之后，“她睁开眼睛一动不动地躺着，仿佛觉得在黑暗中看到了自己眼睛的光芒”。然而，随着小说情节的推进，陷身于生活漩涡中的安娜却开始不时眯起眼睛，这与她眼睛近视不无关系，但托尔斯泰也在强调，这是安娜的一个“新习惯”。小说第六卷第十八至十九章写安娜与嫂子陀丽谈心，在这一个章节之内，托尔斯泰就三次写到安娜的眯眼（щуриться）：“安娜的一双眼睛离开了自己朋友的脸，并眯起眼睛（这是陀丽所不知道的她的一种新习惯）”；“安娜说着，眼睛眯得只让人看到连接成一道的睫毛”；“安娜眯起眼睛，像在凝视远处的什么东西似的”。陀丽“不知道怎么突然想起了安娜的那种眯起眼睛的古怪新习惯。接着，她回想起来了，安娜总是在接触到她内心问题时眯起眼睛”。安娜在自杀前最后一次拜访陀丽时，陀丽问她什么时候离开莫斯科去乡下庄园，“安娜眯起眼睛看着自己的前方，没有回答她”。安娜眼中的光芒，是她激情的自然流露和投射，这是丘比特的箭，是一团烈焰，到她开始遮蔽自己眼中的这道光芒时，她可能已经意识到，这道目光已经点燃了一场终将吞噬一切的大火。

安娜身上的第二个细节特征，就是她优美的黑色鬈发(черные курчавые волосы)。符朗斯基第一次见安娜时，并未看到她的黑发，可能因为安娜当时戴着帽子，但在后文，托尔斯泰却多次让安娜这头鬈发从帽子里钻出来，翘出来，以展现安娜这满头鬈发的任性和不服帖。陀丽去符朗斯基家的庄园做客，在马车上远远地就看到骑在马上、英姿飒爽的安娜，“她那美丽的头上，高筒礼帽下露出卷曲的黑发，肩膀丰满，黑色骑马服显出她纤瘦的腰身”。安娜的儿子谢廖沙在思念母亲时，满大街找妈妈，认为“任何一位丰满、优雅和留黑色头发的女人，都是他的母亲”。俄国当代作家巴辛斯基新近出版一本讨论《安娜·卡列尼娜》的新书，书名是《安娜·卡列尼娜的真实故事》，他在书中谈及安娜这头黑色鬈发的来历：托尔斯泰在一次聚会上被普希金的长女玛丽娅的美貌所惊倒，因为玛丽娅作为具有八分之一非洲人血统的普希金的女儿，生有一头鬈曲的黑发，这给托尔斯泰留下深刻印象，托尔斯泰后来就把这头黑色鬈发留给了安娜。此外，在俄国人的心目中，黑发也往往具有某种东方的异国情调，具有某种神秘色彩和诱惑力。出现在莫斯科舞会上的安娜，没有如吉蒂所预料的那样身着紫色长裙，而是一袭黑色长裙，她最终迷倒符朗斯基，或者说诱惑了符朗斯基。黑色的鬈发和黑色的长裙一样，都构成安娜肖像的基本色调。小说中关于安娜头发的另一个细节也很传神：安娜在生孩子时得了产褥热，在病中被剃去秀发，她的脑袋于是似乎成了一把黑色的刷子。这是安娜的禁欲阶段，是她的忏悔期，她的黑色鬈发也因此消失，但待她逃离丈夫，逃离家庭，她的黑发也就更自由地飘逸起来，如陀丽在符朗斯基庄园看到的那样。直到她卧轨自杀之后，符朗斯基还注意到，躺在车站一张大桌子上的安娜，“盘着浓密发辫的完整的脑袋向后仰着，鬓角和美丽的脸上粘着一缕缕鬈发”。

安娜的第三个相貌细节特征就是她“轻盈的步态”(быстрая, лёгкая походка)。小说中的安娜既丰满又庄重，走起路来却迅捷轻快，动作也很干脆有力，比如在与人握手的时候，这应该是她丰盈的、甚至过剩的精力和活力的外溢。在安娜刚出场不久，托尔斯泰就写道：“安娜快速地走出车厢。她的身材那么丰满，脚步竟那么轻盈，真是让人惊奇不已。”而在生命的最终时刻，她依然“步子矫捷地下到从加水站通向铁轨的阶梯上，然后停在了紧挨着车轨的地方”。

可怜的卡列宁，自从他那对无辜的大耳朵被安娜盯上之后，他就在安娜眼中乃至所有《安娜·卡列尼娜》读者的眼中失去了任何魅力，并被涂抹上某种漫画色彩。在安娜开始有些见异思迁之后，她曾回顾她与丈夫持续了八年之久的共同生活，她的内心里响起两个声音，一个在说丈夫的好话，一个在反驳这些好话：“毕竟他是个好人，诚实、善良并在自己的领域里很出色。”但就在此时，卡列宁的耳朵再次发挥了决定性作用，因为安娜突然想到：“不过，他的两只耳朵，为什么这样奇怪地支棱出来！还是因为他剪过头发？”在这之后，安娜就要被迫每天面对卡列宁“支棱着的大耳朵”(торчащие уши）了。卡列宁的耳朵原本可能并不十分难看，可自从它成了安娜心目中丈夫的种种不可爱之处，即虚伪、枯燥、冷淡和一本正经等性格特征的象征物之后，安娜就再也无法忍受这对耳朵及其主人了。除此之外，卡列宁的另一个习惯动作也让安娜忍无可忍，这就是扳手指（пожимать пальцы)。看到妻子在晚会上与符朗斯基当着众人的门躲在角落的小桌子旁长时间私聊，卡列宁提前回家，并决定等妻子回家后好好与她谈一谈。这时，他“双手交叉，手心向下地扳手指，指关节便咯吱咯吱响起来”，“这个成了坏习惯的动作——双手交叉扳得指头咯吱咯吱响——往往使他安下心来”。听到安娜上楼的脚步声，卡列宁“站着，同时扳着自己交叉的手指；等待着什么地方还有咯吱声”，结果，“一个关节咯吱响了一声”。在与安娜谈话期间，卡列宁再次扳响指头，这响声与卡列宁那些“谆谆教诲”一样令安娜厌恶，她忍不住喊道：“哎呀，请你别弄出咯吱咯吱的声音来，我不喜欢这样。”之后，每逢遇到什么棘手的事情，卡列宁依旧会扳指头。但随着小说情节的发展，他的这个“怪习惯”却似乎逐渐变得有底气了。比如，在安娜请求卡列宁让她见符朗斯基最后一面时，卡列宁“扳了两下指头，垂下了头”。这一次，安娜没有再表示反对。(第四卷第 19 章）比如，面对十分欣赏卡列宁的丽季娅伯爵夫人，卡列宁扳起指头来也很放松，甚至像在炫耀：“皱起眉头，弯曲起手掌，弄得手指咯吱咯吱响。”(第五卷第二十二章）

与一些电影和戏剧舞台上的符朗斯基形象不同，也与许多《安娜·卡列尼娜》的读者想象中的符朗斯基形象不同，托尔斯泰笔下的符朗斯基其实并非一个十足的美男子，他是“身材不高，体格壮实的黑发男子”，还早早地有些“谢顶”。但是，符朗斯基外貌上的两个细节却在小说中被反复提及，即他“结实密集的牙齿”(крепкие сплошные зубы）和“笔挺的身体”。笔挺的身体来自他的军人身份，他毕业于武备学校，又是宫廷侍卫，终日戎装，自然有此身姿，但作者一次又一次写到他的牙齿，则让人有些不解。在第一卷第三十四章结尾，符朗斯基听战友讲了一个笑话，他笑得前仰后合，之后很久，一想起这个笑话，他就“发出朗朗的笑声，露出一嘴结实密集的牙齿”。在第二卷第四章，他在剧院中与表姐贝特西说话时面带微笑，同样“露出密集的牙齿”。第四卷第 3 章，他与安娜谈话时也“露出自己一嘴洁白整齐的牙齿”；第四卷第 23 章，在符朗斯基自杀未遂之后，安娜决定离开家庭，跟符朗斯基出国旅行，大难不死的符朗斯基再次“微笑着露出自己结实密集的牙齿”。有人发现，符朗斯基“结实密集的牙”很像马的牙齿，符朗斯基爱马，也善于骑马，他在障碍赛马中的落马却歪打正着，迫使安娜最终向丈夫坦白了她的背叛。符朗斯基无疑有着比赛用马一样的标致和英俊，也有着比赛用马一样的大胆和莽撞。让人意外的是，在小说结尾，当列文的哥哥柯兹内舍夫在站台上遇见以志愿兵身份前往塞尔维亚战场的符朗斯基时，却发现后者正被牙痛所折磨，“牙齿的剧痛，使他嘴里满是口水，妨碍他说话”。符朗斯基一口密实的白牙最终成为他的痛苦之源，这无疑也是某种暗示。

如果说符朗斯基的牙齿所具有的寓意还比较隐蔽，那么小说中在描写列文外貌时反复出现的两个细节，其含义则比较明显。小说中的列文，无论是在城市还是乡村，无论是在晚会还是舞会，无论是与人交谈还是独自思想，都会一次又一次地“脸红”(краснеть)，这个俄语动词数十次地出现在关于列文的描述中。时时处处的脸红，无疑是列文淳朴善良的天性之自然流露，也是他倔强执拗的性格在面对现实环境时所做出的激烈反应，同时也象征作为乡村乌托邦之代表的列文在都市文明中的尴尬处境。第三卷第26章写列文前往县首席贵族斯维亚日斯基家做客时的一个场景，就特别传神地写出了列文的性格。斯维亚日斯基很想撮合自己的姨妹和列文，列文对此心知肚明，当晚，宾主在一起喝茶聊天：

列文坐在茶几边，旁边就是女主人，他不得不同她及她妹妹谈话，那姑娘正好在自己对面。女主人是一位圆脸蛋、白皮肤、个子不高的女人，带着两个酒窝和满脸笑容。列文力图通过她找到她丈夫提出的那个重要之谜的答案；但他无法进行思考，因为感到特别不自在。之所以如此，是因为对面坐着那位姨妹，她穿着一件呈梯形露出洁白胸部的裙子。他看来这可能是特地为了他而穿的。尽管她的胸口非常白，或者说恰好因为她的胸口特别白，这个四个角的开口使列文没法自由地进行思考。他暗自设想，也许是错误地想象着，以为这个开口是打他的主意，于是认为自己无权看它并竭力不去看它；不过他感到，人家做了开口这一点已经是他的错了。列文仿佛觉得自己欺骗了什么人，他应该解释清楚，可是这种事情又无论如何不能解释，因此他不断地脸红，总是惴惴不安，很是尴尬。

……

“您亲自教书？”列文问，竭力看着开口的旁边处，可是不管他往哪个方向看，总是看到那个开口。

斯维亚日斯基姨妹白皙的胸口和列文涨红的脸庞，构成了一个鲜明的比照。

就这样，安娜黑色的鬈发和闪亮的眼睛，卡列宁支棱着的耳朵和扳手指的动作，符朗斯基密实的牙齿和列文涨红的脸庞，都是托尔斯泰在人物肖像描写上的点睛之笔，这些肖像细节在小说中始终伴随着四位主人公，构成他们醒目的识别符号和个性名片。

车尔尼雪夫斯基曾将托尔斯泰的创作手法命名为“心灵辩证法”，作为小说家的托尔斯泰的确是一位人物心理描写的大师，而托尔斯泰的心理描写，首先就体现为人物对外部细节做出的心理反应。《安娜·卡列尼娜》中最典型的心理细节描写，无疑就是对安娜卧轨前四次乘车时的内心感受之再现。安娜三次乘坐马车，两次是去与嫂子陀丽告别时的往返，一次是去火车站，而在火车车厢里的几十分钟，则是安娜人生中最后的旅程。这四次乘车构成小说第七卷的最后四章，即第二十八至三十一章。

在乘坐马车去哥嫂家的前夜，安娜与符朗斯基爆发了激烈争吵，她一夜没睡好，还服用了吗啡。早晨，她从窗口看到符朗斯基与索罗金娜伯爵小姐在门前交谈，那是符朗斯基母亲托索罗金娜伯爵小姐给符朗斯基捎来文件，但安娜知道符朗斯基的母亲试图让符朗斯基娶这位伯爵小姐，随后，符朗斯基去了离莫斯科数十公里外的他母亲的庄园。妒火中烧的安娜连续给符朗斯基送去一张便条，发去一封电报，要他立即回家，但符朗斯基没有接到便条。在此之前，安娜已得知卡列宁最终拒绝离婚的消息。在这些因素的综合作用下，安娜陷入绝望，她就是在这种状态下乘马车去哥嫂家的。安娜坐在马车的角落里，望着窗外不断变换的景物，她看到的每个细节都会在她心中激起剧烈的心理波动。菲里波夫面包铺：她想到他们会把面发好之后送往彼得堡，因为莫斯科的水好，安娜是从莫斯科嫁到彼得堡去的，她由此回忆起自己无忧无虑的少女时代；油漆的味道：他们为何老是不停地油漆呢，气味真难闻；一位男子向她鞠躬致意：是她的女仆安努什卡的丈夫，丈夫一词让她想起符朗斯基，又进而想到卡列宁；街上有两个姑娘在笑：她们大概是想到爱情了吧？她们还不知道爱情有多么无聊；三个男孩在跑：安娜想到了谢廖沙，想到她会永久地失去儿子……

离开哥嫂家的返程路上，安娜的心情比来的时候更糟，在痛苦之上又添加了屈辱。路上有两个行人在说话：难道一个人能把自己的感觉说给另一个人听吗？她感觉到陀丽和吉蒂都会看不起她的；迎面驶来的马车上有一位胖胖的、脸色通红的先生，他错把安娜当成熟人，脱帽致敬，露出闪亮的光头，安娜想到：他以为他认识我，可是他不认识我，天下没有谁认识我，我自己也不认识我自己；两个男孩在买冰激凌：我们都喜欢吃甜的、香的东西，没有糖果吃，就吃这脏兮兮的冰激凌，吉蒂就是这样，没有符朗斯基，就要列文；丘特金理发店：我常在这里做头发，我要把这告诉符朗斯基，不过，现在没有谁可以告诉了；晚祷的钟声响了，一位商人在认真地画十字：这钟声和这装模作样的动作有什么意思呢，只是为了掩饰我们相互间的仇恨，就像这些破口大骂的车夫……

回到家里，安娜依然没有看到符朗斯基的回信，只接到一封冷冰冰的电报："无法十点钟前赶回。符朗斯基。"于是，她决定追到符朗斯基母亲的庄园去。在去火车站的路上，安娜持续着她由外部细节所引发的紧张的心理活动。一些乘坐马车去郊游的人：你们带着狗出去玩，也是枉然，你们无法摆脱烦恼；一个被警察带走的醉鬼：我和符朗斯基都没找到这样的乐趣，符朗斯基的爱情不过是虚荣心的满足，我从他的荣耀变成了他的累赘，他的耻辱；一位骑在马上的店员：这个人是想出风头；一条条街道，一座座房子：有多少人啊，却都是相互仇恨的；一个带着孩子要饭的女人：她以为会有人可怜她呢；几个中学生：我以为我爱谢廖沙，可是没有他我居然也照样过日子，我拿他去换取了另一种爱……

上了火车，安娜的心理活动依然是在视觉细节的触动下进行的。“一个丑陋的、浑身污迹斑斑、头发乱蓬蓬地从制服帽下露出来的男人在窗外走过，向车轨方向弯下身去。”安娜突然感到“这个污秽、难看的男人好像有点儿面熟”，这就是她多次梦见的死神；一对夫妇走进来，男的与安娜搭讪，安娜立即感觉到这对夫妇彼此间的仇恨；站台上响起第二遍铃声，人们发出一阵喧闹和笑声，安娜感到恼火，因为没有什么可欢呼、可高兴的事情；列车开动时，坐在对面的那位丈夫画了一个十字，安娜恶狠狠地盯了他一下，真想问问他这样做是什么意思；夕阳映照着车窗，微风吹拂着窗帘，安娜陷入沉思；列车到了车站，安娜看着站台：“为什么这个列车员顺着横杆跑过去，他们，那个车厢里的一些年轻人在嚷嚷什么？他们为什么说话，他们为什么在笑？全都是假话，全都是撒谎，全都是欺骗，全都是恶！……”

安娜眼中这些相互之间毫无关联的众多细节，在她近乎崩溃的意识中串联在一起，交织在一起，构成最终压倒她的一根又一根稻草。这一组组密实的细节蒙太奇，为她的卧轨自杀做了充分的心理铺垫。

除了与人物相关的外貌细节和心理细节之外，《安娜·卡列尼娜》中的细节也体现为物的细节。物的细节有大有小，有虚有实，有的一闪而过，有的反复再现，有的是简单的象征，有的则是复杂的隐喻。

第二卷第二十二章，在卡列宁家位于彼得宫的别墅的露台上，已经怀孕的安娜面对前来约会的符朗斯基，心里一直在犹豫是否把怀孕之事告诉符朗斯基，她对符朗斯基说她正在想一件重要的事情，被吊起胃口的符朗斯基不断追问，安娜“没有回答，稍稍低下头，蹙起眉头，长长的睫毛下一双闪闪发亮的眼睛询问地瞧着他。她的一只手颤抖着在把玩一片摘下的叶子”。在符朗斯基一再追问下，安娜“依旧一个劲儿地瞧着他，并感到自己一只拿着叶子的手颤抖得越来越厉害了”。最后，安娜告诉符朗斯基：“我怀孕了。”这时，“她手里的叶子颤抖得更厉害了”。从“颤抖着”到“颤抖得越来越厉害了”，再到“颤抖得更厉害了”，从把玩树叶的手的颤抖到手中树叶自身的颤抖，安娜手中这片小小的树叶（листок）在一页不到的篇幅里出现了三次，这片树叶传导出安娜手的颤抖，也传导出了她心灵的震颤，她情感的波动。

与安娜手中的那片小小的树叶相比，列文两次目睹的天空（небо）无疑就是“大的细节”了。第三卷第十二章，割了一天草的列文躺在草垛上过夜，快到黎明时，一切都安静下来，只能听到沼泽地里的蛙鸣和草地上的马在晨雾中打响鼻的声音，列文仰望星空，他把自己这一夜的思绪归结为三种：一是抛弃过去的生活，抛弃他过去所接受的无益的教育和无用的知识；二是过他现在所希望过的生活，也就是像农民那样纯朴、正当地生活；三是如何从原来的生活过渡到新的生活，这一点他虽然还没想清楚，但毫无疑问，“就是这一夜把我的人生道路决定了”：

“多美啊！”他张望着停留在头顶上蓝色天空中一片由浪花般的白云组成而像珠母贝壳的奇怪形状，暗自在想，“这个美妙的夜晚，一切都很美妙！这片贝壳状的云是什么时候形成的？不久前我仰望天空时，那里还什么都没有——只有两道白白的薄云。是啊，我对生活的观点也是这么不知不觉中发生了变化！”

这个场景很容易使人联想到《战争与和平》中安德烈负伤之后仰望天空、内心突然产生顿悟的那个著名段落。在《安娜·卡列尼娜》的结尾（第八卷第十九章，即小说的最后一章），列文再一次仰望天空：

他没有到本来要去的客厅，那里传出阵阵说话声，却停在露台上，一只胳膊靠在栏杆上，仰望起天空来。

天已经完全黑了，他眺望的南边没有云。乌云在相反的一边。那里迸发出闪电，还听到远远有雷鸣。列文凝神细听着从椴树上均匀地徐徐滴落在果园里的雨水，看着自己熟悉的三角形的星群以及从它中间通过的支流错综的银河。每一次闪电时，不仅银河，就连明亮的星星都消失了，但是闪电一过去，它们又好像被一只精确的手抛出去，又重新出现在原来的那些位置上。

这夜晚的星空让列文最终意识到，这就是"上帝对整个苍茫人世的普遍显现"，如果不能理解善，不能理解永远可以在我们自己心中找到的善，如果不能以这种理解为基础，生活就将是毫无意义的。列文的所思所想，无疑也是托尔斯泰自己的"天问"之结果。

《安娜·卡列尼娜》中布满许多贯穿整部小说的细节，安娜手里提的那只"红色手袋"（красный мешочек）就是其中之一。安娜的这只手袋首次出现在第一卷第二十八章，舞会之后，安娜有些心神不定，她决定提前返回彼得堡，在与嫂子陀丽交谈时，嫂子觉得她今天有些怪，安娜说她不是怪，是心里不好受，她有时会这样，老是想哭，这是很傻的，不过很快就会过去。安娜在急匆匆地说这些话的时候，"把涨红的脸抵到一个她装着小睡帽和细麻纱手绢的玩具似的手袋上"。托尔斯泰此时尚未交代安娜手袋的颜色，只说安娜把自己涨红的脸贴在手袋上；托尔斯泰既说手袋小得像玩具，但又说它能容纳睡帽和麻纱手绢。安娜在把睡帽和手绢装进手袋的同时，无疑也在藏匿她有些慌乱的心情，她的手袋是一个私密的保险箱。在接下来的一章，坐进返程列车包厢的安娜，“她一双小巧灵活的纤手将那个红色的小手袋打开又合上，拿起衬垫放在自己的膝盖上，仔细地裹住双腿，安安稳稳地坐着”。过了一会儿，发现同包厢的乘客无人可以聊天，她就“从自己的小手袋里取出一把小裁纸刀和一本英国小说”。车外暴风雪肆虐，车里的暖气忽冷忽热，安娜的书读得心不在焉，此时，安娜的手袋由女仆安努什卡拿着，“安努什卡已经打瞌睡了，她同时用一双戴着已经破裂的手套的手扶着膝盖上的红色手袋”。安娜最私密的手袋却拿在别人手上，拿着这手袋的手还戴着一副残破的手套，这一切都带有某种不祥的预兆。小说快到结尾时，在第七卷第 29—31 章，安娜的这只手袋又被四次提及：在决定去车站时，安娜吩咐套马，自己动手把这几天要用的必需品装进手袋，“她知道自己再也不会回到这里来了”；乘坐马车到达火车站，她把钱包交给去买车票的仆人彼得，“自己也拿着一只小小的红色手袋从马车里钻了出来”；坐进车厢后，她颓然坐在套了肮脏白布套的软座上，“手袋在弹簧沙发上颤动了几下，就不动了”；列车到站后，安娜走下站台，一番剧烈、疯狂的心理活动之后，她终于决定卧轨自杀：

但她被正要从手上取下的小红手袋耽搁了，因此晚了，那节车厢过去了。得等第二节车厢。类似游泳时准备迈进水里时的感觉控制了她，她画了个十字。画十字这个习以为常的动作，在她内心引起整整一系列少女和童年时代的回忆；突然，蒙住了她眼前一切的黑暗炸裂了，生命瞬间呈现在她脑海里，带着过去全部明朗的欢乐。但是，她死死地盯在开过来的第二节车厢的轮子上。接着，就在两排轮子的中间正好对着她的那一刻，她扔下了小红手袋，把脑袋缩进肩膀里，伸出双手投进车厢底下，并以一个仿佛准备立刻站起来的轻微动作，屈膝倒了下去。

安娜这只红色手袋在小说中先后出现八次，就像一根贯穿的红线。作为一个物体细节的红色手袋，在安娜的生活和命运中构成一个危险的信号，一个禁止的警示，尽管它最终未能阻止安娜卧轨，而只是“耽搁了”片刻。

像安娜手中的红手袋一样，小说中的物的细节大多具有某种象征意义或隐喻色彩，而《安娜·卡列尼娜》中让人印象深刻的隐喻细节，可能要数暴风雪和蜡烛。

安娜在舞会之后逃离莫斯科，列车开动时，她发现雪花击打着车窗，并粘在窗玻璃上，一位列车员在窗外闪过，他衣服裹得紧紧的，半边身子都落满了雪。紧接着，这场暴风雪就在她的心里翻卷起来，手边的那本英国小说再也读不下去了，因为，“自己并不满足于只看书里写的别人的生活。她对自己的生活兴趣太浓了”。她像是自己走进小说，走进了“罗曼史”(俄语中的“小说”和“罗曼史”是同一个词)，然后又从小说回到现实，回忆起舞会上的符朗斯基，感到有些害臊，又不知这害臊自何而来。渐渐地，她陷入一种幻想状态，感到喜悦和激动，感到颤抖，感到喘不过气来。她感觉有个男人在啃墙壁，感觉坐在对面的老太太的腿有整节车厢那么长，感觉那个满身落满雪花的人对着她的耳朵喊了一声……原来是到站了，到了位于莫斯科和彼得堡两地中间点上的博洛戈耶站。安娜走出车厢透透气，“暴风雪向她扑面刮来，把她堵在了门上，这使她感到开心……风好像正等待着她似的，愉快地在呼啸，想抓住她并把她带走”。就是在站台上，就是在这场暴风雪中，符朗斯基突然出现在安娜面前：“我来，是因为您在这里。我没办法不这样。”于是，“暴风雪的全部可怕情景，这时在她心里变得更美好了”。暴风雪（метель）是俄国文学中的常客，常被作为一种具有破坏力的自然因素，一种摧枯拉朽的原始力量。

在普希金的短篇小说《暴风雪》中，一场风雪暂时阻碍了两个有情人的教堂婚礼。但是在《安娜·卡列尼娜》中，暴风雪却是安娜内心激情的外化，它既象征着一场涤荡一切的情感风暴，也预示着一种吞噬一切的欲望之火，就像勃洛克在他的组诗《白雪假面》中把爱情形容为“雪篝火”一样。值得一提的是，小说中紧接着这场暴风雪之后的场景，就是安娜在彼得堡车站与丈夫的见面，也就是说，在这场暴风雪之后，卡列宁的耳朵就在安娜的目光中变形了，变得难看了。

在具有东正教信仰的俄国，蜡烛（свеча）常被视为光明的象征，信仰的象征，生命的象征，灵魂的象征。列文因为“衬衫事件”而迟到，在他走进教堂时，斯吉瓦·奥勃朗斯基跑过来，半开玩笑地问他用什么样的蜡烛，是用点燃过的还是没点燃过的蜡烛，因为价钱不一样，列文坚定地说：“对，对！没有点着过的！”婚礼开始时，“教堂里一片肃穆，连一滴蜡烛油掉下来的声音都听得到”。然后，“司祭点燃了两支雕花的蜡烛”，交给了列文和吉蒂，两位新人手持蜡烛，接受神父的祝福，吉蒂“屏住了呼吸，那只戴着长手套拿着蜡烛的手在颤抖”。（第五卷第四章）婚礼上的蜡烛给列文和吉蒂带来了希望和幸福，照亮了他俩之后的生活道路，而陪伴安娜生命最后一夜的蜡烛，却成了她生命之火熄灭的象征。“她睁着眼睛躺在床上，靠着一支快燃尽的蜡烛的亮光凝视着天花板上的灰浆雕花以及屏风投到那上面摇摇晃晃的阴影”，想象着她死后符朗斯基会有怎样的反应。“阴影瞬间散开了，然后又以新的速度移过来，摇晃着，聚集到一起，接着就全都是黑暗了。‘死亡！’她心想。于是，她感到那么恐惧，以至好久不能明白自己在哪里。她想再点燃一支蜡烛代替已经燃尽了的那一支，可是颤抖的手好久摸不着蜡烛。”等她终于点燃蜡烛，她举着蜡烛走进符朗斯基的书房，用烛光照亮熟睡中的符朗斯基的脸，“忍不住流下了温柔的眼泪”（第七卷第二十六章）。

细节作为小说中最重要的构成因素之一，却似乎一直没有获得小说理论家们的足够重视。对于小说的叙事结构、人物形象、情节、语言等范畴，人们的论述汗牛充栋，而关于小说细节的理论阐述却很少见，这或许是因为小说细节的呈现过于庞杂、多样和分散，难以定性和归类，难以进行理论上的把握和概括。福斯特在他的《小说面面观》中分别探讨了小说的故事、人物、情节、幻想、语言、图示和节奏，却未论及细节。

帕乌斯托夫斯基在他的随笔《车站小吃部里的老人》中引用了契诃夫的一句名言："没有细节，物就没有生命。"他在这篇随笔里还写道，文学作品中的细节是精挑细选的结果，而且在大多数情况下，此类选择都是借助艺术直觉完成的。善于"发见和把玩细节"(notice and fondle details)，也被纳博科夫视为优秀读者的必备素质之一。阅读一部小说，说到底就是阅读其中的细节。对细节的感悟和阐释，就是读者与作者彼此心照不宣的交流过程，就这一意义而言，或许存在着某种细节的接受美学。小说中好的细节都是"能说话的细节"(говорящая деталь)，其中蕴含着无尽的内涵和寓意，面对这样的细节，每一个读者都必须独自做出自己的理解和阐释，解码或填充。

细节运用上的优劣，也是衡量一位作家创作水准的最醒目标准之一。一句当代俗语或许也可以很贴切地用在小说写作上："细节决定成败。"小说中的细节决非可有可无的零件和配件，而是小说鲜活的肌体本身，可以说，没有细节就没有叙事，没有细节就没有小说。如果说一部小说是一棵参天大树，细节就是它不可或缺的"细枝末节"。

人 物 表

·主要人物·

安娜·阿尔卡杰耶夫娜·卡列尼娜

彼得堡年轻贵妇

阿列克谢·亚历山大罗维奇·卡列宁

安娜的丈夫，由省长提升的沙皇政府高级官员

阿列克谢·基里洛维奇·符朗斯基伯爵

彼得堡骑兵团青年军官，安娜的情人

康士坦丁·德米特里奇·列文

昵称柯斯佳，俄国大庄园贵族地主

吉蒂，全称卡捷琳娜·阿列克山德罗夫娜·舍尔巴茨卡娅

昵称卡佳，莫斯科大贵族的小女儿，后为列文的妻子

斯捷潘·阿尔卡杰奇·奥勃朗斯基公爵

昵称斯吉瓦，莫斯科贵族，安娜的哥哥

达丽娅·阿列克山德罗夫娜

昵称陀丽，奥勃朗斯基的妻子，娜塔丽娅和吉蒂的姐姐

尼古拉·德米特里奇·列文

康士坦丁·列文的同胞哥哥

谢尔盖·伊万诺维奇·柯兹内舍夫

康士坦丁和尼古拉的同母异父哥哥，作家和社会活动家

娜塔丽娅·阿列克山德罗夫娜

吉蒂的姐姐

阿尔谢尼·里沃夫

娜塔丽娅的丈夫，外交官

莉吉娅·伊万诺夫娜伯爵夫人

彼得堡贵妇，卡列宁的女友

斯特列莫夫

卡列宁的政敌，沙皇政府高级官员，后取代卡列宁的职位

谢尔普霍夫斯科依

符朗斯基少年时代同学，同一骑兵团军官，后升任将军

亚什文伯爵

符朗斯基同一骑兵团军官、好友，赌徒

贝特西·特维尔斯卡娅公爵夫人

彼得堡贵妇，符朗斯基的堂姐

阿列克山德尔·舍尔巴茨基公爵

莫斯科大贵族，吉蒂、达丽娅和娜塔丽娅的父亲

斯维亚什斯基

县贵族长

费多尔·瓦西里奇·卡塔瓦索夫

康士坦丁·列文大学同学，彼得堡著名学者和教授

米哈依尔·伊格纳季奇·里亚宾宁

农产品和林木倒卖商

米哈依洛夫

旅居意大利的俄罗斯艺术家

阿加菲娅·米哈依洛夫娜

康士坦丁·列文家的老保姆

伸冤在我，我必报应*

* 题词出自《圣经·新约·罗马书》第 12 章第 19 节。

第一卷

一

所有幸福的家庭都是相似的，而不幸的家庭则各有各的不幸。

奥勃朗斯基家里，一切全都乱了。妻子得知丈夫与他们家原来的法国女家庭教师发生了关系，便向丈夫宣布自己再也没法和他在一个家庭里生活了。这种情况已经持续到了第三天。夫妇俩本人及家里所有的人，都痛苦地感觉到了这一点。所有人都觉得他们的共同生活已经毫无意义，即便是任何一家旅馆里偶然碰在一起的人，关系都要比他们之间来得亲密。妻子不出自己的房门，丈夫则已经第三天不在家了；孩子们失去了管教，在家里到处乱跑；英国女佣与女管家争吵了一场，给女友写了张便条请她给自己另找个雇主；厨师在昨天傍晚用餐时就走了；老板着面孔的厨娘和马车夫也要求主人给他们结账。

吵架后的第三天，斯捷潘·阿尔卡杰奇·奥勃朗斯基公爵——公众场合人们都叫他斯吉瓦——和通常一样，早上八点醒来了，但不是在妻子的卧室里，而是在自己书房里的一张长沙发的精制山羊皮上。他在弹簧沙发床上转过自己保养得很好的肥胖的身子，紧紧抱住枕头另一端并把脸贴在上面，似乎还想再好好睡一会儿；但他突然跳起来坐在沙发上，睁开了眼睛。

"啊——啊，怎么来着？"他一边回忆着做过的梦一边想，"啊，怎么来着？对！是阿拉宾在达姆施塔特请客吃饭；不，不是达姆施塔特，是在美国的一个什么地方。对，但梦里达姆施塔特就在美国。对，阿拉宾在玻璃桌上请客吃饭，而且——满桌子的人都唱着：《我的宝贝》①，不，不是《我的宝贝》，而是更美好的曲子，还有一些小巧的长颈玻璃瓶，它们竟是些女人。"他在回想。

奥勃朗斯基的双眼高兴得闪闪发亮起来，脸上不禁泛出微笑。

“是啊，当时真好，很好。那里还有许多非常美妙的玩意儿，令人无法用言语形容，醒了后甚至无法用思想表达。”他发觉穿过呢料窗帘的一侧照进来一片亮光，便从沙发床上垂下双腿，伸脚寻找着妻子为他绣上花边的精制山羊皮金色便鞋（去年送的生日礼物）；按照几年来的老习惯，他没有站起来，只把一只手伸到卧室里挂晨衣的那个地方。这时他才恍然大悟，自己并没有睡在妻子的卧室，而是睡在书房里，以及为什么会这样。笑容从他脸上消失了，他皱起了前额。

“啊呀，啊呀，啊呀！啊！……”回想到发生的一切，他叹息起来。与妻子争吵的全部细节，他的整个无可奈何的处境，以及最使他痛苦的自己的过错，又都浮现在他脑海里。

“是啊！她不会原谅我的，也不可能原谅。而最最可怕的是，全部过错都在我——我的过错，但我是无辜的。全部问题正在于此。啊呀，啊呀，啊呀！”回顾这场争吵中对自己而言最沉重的印象，他绝望地这样认为。

最不愉快的是开头一瞬间。当时他高高兴兴地从剧院回来，手里拿着个给妻子的大梨，妻子却不在客厅里；奇怪的是书房里也找不到她，结果是在卧室里，发现她手里正拿着那张暴露全部真相的纸条。

这个总是担心、忙碌、在他眼中十分平庸的陀丽，手里拿着一张纸条，呆呆地坐着，带着可怕、绝望和愤怒的表情看着他。

“这是什么？这个？”她指着纸条问道。

每当回忆这一场景，使奥勃朗斯基感到痛苦的，不是事件本身，而是他回答妻子问题时的蠢相。

这一瞬间，他的感觉就像出乎意料地突然被卷进某种太过难堪的事件一样。他没法面不改色地面对这种情况。他并不感到委屈，也没有否认、辩解和请求原谅，反而继续保持一副无所谓的

① 原文为意大利语，下同。

样子——任何另一种表现都比他这副样子强！他的脸完全不由自主地（“头部大脑的反射”，爱好生理学的奥勃朗斯基想），完全不由自主地突然露出通常那种善良而愚蠢的微笑。

他不能原谅自己这种愚蠢的微笑。见到这种微笑，陀丽好像生理上出现疼痛似的颤抖了一下，以她特有的暴怒愤愤地说了一大堆很刻薄的话，便跑出了房间。她从此再不想见到丈夫。

“全都是因为这愚蠢的微笑。”奥勃朗斯基想。

“可是有什么办法？有什么办法？”他绝望地问自己，但没有找出答案。

二

在对待自己方面，奥勃朗斯基是个真实的人。他不能欺骗自己，不能装作对自己的行为感到后悔。他，现今三十四岁，风流倜傥，潇洒多情；他的结发妻子只比自己小一岁，却有着五个活着的、两个夭折的孩子。他不再爱她了，对这一点他并不觉得后悔。他后悔的是，自己没有能更好地瞒过她。不过，他倒是感觉到了自己处境的全部难处，也替妻子、孩子及自己可怜。要是预料到这个消息对妻子有这么大的影响，他也许会更好地设法隐瞒自己的过错。他从来没有清楚地考虑过这个问题，但他模模糊糊地知道妻子早已猜到他对她不忠，只不过睁只眼闭只眼罢了。他甚至觉得，她，一个憔悴、衰老的女人，风采尽失，魅力全无，完全成为个家庭的贤妻良母，平心而论，应当宽宏大度些才是。结果，竟完全相反。

“哎呀，可怕！啊，啊，啊！可怕！”奥勃朗斯基自言自语，一点儿办法也想不出来，“在此之前，一切是那么美好，我们和和睦睦地活着！她为孩子们感到满意、幸福，我也从不妨碍她，由她随意管教孩子和料理家务。对，坏就坏在她曾经是我们家的一位女家庭教师。这不好！追求自己家的女家庭教师，的确显得有那么点儿庸俗、下流！（他回想起罗兰小姐那双狡黠的黑眼睛及她的微笑。）可是只要她在我们家里，我从没有纵容过自己。而最糟糕的是，她已经……好像这一切是成心和我过不去似的！哎呀，哎呀，哎呀！可是有什么办法，有什么办法？”

在生活中遇到各种最复杂难解的问题时，他通常会主动忘却，聊以过活。目前他也别无他法。但此刻他不能靠睡梦来忘忧，至少在晚上前是不行了，也就无法回到那种有长颈玻璃瓶式的女人唱歌的音乐中去了；他只好靠生活之梦将其忘却。

“听其自然吧。”奥勃朗斯基自言自语。他站立起来，穿上浅蓝色丝绸里子的灰色晨衣，拉起璎珞打了个结。他挺直宽阔的胸膛，深深吸了口气，轻松地迈开载着他肥胖身子的双脚，像通常一样健步走到窗户边上，拉开窗帘，按了按铃。他的贴身仆人马特维听到铃声，立刻拿着他的衣服、鞋子和一份电报走了进来。跟着马特维进来的，还有带着理发用具的理发师。

“机关里有公文来吗？”奥勃朗斯基问道，接过电报在镜子面前坐下来。

“在桌子上，”马特维用关切的目光疑惑地看了一眼老爷，稍等了一会儿，又带着狡黠的微笑补充说，“出租马车处来过人。”

奥勃朗斯基什么也没有说，只在镜子里瞥了马特维一眼；从他们在镜子里相遇的目光中，看得出两人是彼此理解的。奥勃朗斯基的目光仿佛在问：“你干吗说这个？难道你不知道？”

马特维双手放进自己单排扣的短外套口袋里，伸开一只脚，脸上微微浮出笑容，善良地默默看了老爷一眼。

“我叫他们下个星期天来，在这之前别来打扰您，来也是白跑一趟。”显然这是事先想好的话。

奥勃朗斯基明白了，马特维是想开个玩笑，引起对他的注意。他拆开电报看了一遍，猜测着弄清了电报里常有的不连贯句子，脸上露出了得意的神色。

“马特维，我妹妹安娜·阿尔卡杰耶夫娜明天到。”他说着，要理发师那只油光肥胖的小手停一会儿。理发师正在他长长的卷曲络腮大胡子间拨出一条粉红色的道道。

“感谢上帝。”马特维回答道，表明自己和老爷一样明白客人这次来的意义；这客人就是安娜·阿尔卡杰耶夫娜，奥勃朗斯基心爱的妹妹，她或许能帮助哥嫂重归于好。

“一个人来，还是和丈夫一起？”马特维问。

奥勃朗斯基没法说话，因为理发师正在给他修剪上嘴唇的部位。他就竖起一根手指。马特维对着镜子点了点头。

“一个人来。那就给准备楼上的房间吧？”

“告诉达丽娅·阿列克山德罗夫娜，她会吩咐的。”

“是告诉达丽娅·阿列克山德罗夫娜吗？”马特维疑惑地重复了一遍。

“对，告诉她。喏，把电报拿去，交给她，照那边说的办。”

“您是想让我试探一下。”马特维心里明白，但他嘴里只说了一句：“是，老爷。”

马特维一只手拿着电报回来，两只靴子咯吱咯吱响地跨进房间时，奥勃朗斯基已经洗过脸、梳好头发，正准备穿衣服。理发师已经离开了。

“达丽娅·阿列克山德罗夫娜要我禀报说，她要走了。她说：随他——也就是您——爱怎么办就怎么办。”马特维眼里含着笑意说，同时把双手塞进口袋里，向一边侧过脑袋，注视着老爷。

奥勃朗斯基沉默了一会儿。然后，他那漂亮的脸上露出几分善良而可怜的苦笑。

“啊？马特维？”他摇摇头说。

“不碍事儿，老爷，会解决的。”马特维说。

“会解决的？”

“是的，老爷。”

"你这样想吗？谁在那边？"听到门外有女人裙子的沙沙声，奥勃朗斯基问。

"是我，老爷。"一个坚定而令人愉快的女人声音响起，接着玛特连娜·菲里莫诺夫娜严峻的麻脸从门外探了进来。

"怎么了，玛特连娜？"奥勃朗斯基迎着她向门口走去，问道。

尽管在妻子面前全是奥勃朗斯基的错，他自己也感觉到了这一点，但家里几乎所有人都站在他一边。甚至眼前这位保姆，达丽娅·阿列克山德罗夫娜的心腹，也不例外。

"怎么了？"他沮丧地问。

"您过去，老爷，再去认个错吧。或许上帝会帮忙的。她太痛苦了，让人看着都觉得可怜。再说家里一切都乱套了。该可怜可怜孩子们，老爷。认个错吧，老爷。有什么法子！爱坐雪橇……①"

"可是她不会接受的……"

"您得尽力啊。上帝是仁慈的，向上帝祷告吧，老爷，向上帝祷告。"

"那好，你走吧。"奥勃朗斯基说着，突然一阵脸红。"来，给穿好衣服。"他果断地脱掉晨衣，对马特维说。

马特维已经举起事先准备好的像套具似的衬衣，吹去上面一点儿几乎看不见的东西，带着明显满意的神情，把它套在老爷娇惯的身上。

三

奥勃朗斯基穿好衣服，在自己身上洒了香水，把衬衣袖子拉

---

① 这是一句俄罗斯谚语，整句话为：爱坐雪橇，也得喜欢拉雪橇。

拉直，用习惯的动作把卷烟、皮夹子、火柴、带双链坠子的怀表放进各个口袋里，抖了抖双臂。虽然自己不那么幸运，但他感到自己还是清洁芳香、身体健康、精神抖擞。他一步步轻轻抖动着走进餐厅，那里已经摆好咖啡等着他了；咖啡的旁边，放着信件和机关里送来的公文。

他看完了信。有一封信让他很不愉快——是一个要买他妻子领地的森林商写来的。这森林必须卖掉；可眼下，直到与妻子和好以前，这件事根本没法谈。其中最不愉快的，在于这种金钱利益，竟会牵涉到目前他与妻子的和好。想到自己为这种利益，为出卖这片森林谋求与妻子和好，他有一种受侮辱的感觉。

奥勃朗斯基看完信，把机关里送来的公文拿到自己面前，很快翻阅了两个案卷，用很粗的铅笔做了些记号，然后把案卷推开，喝起咖啡来；喝过咖啡，他打开新到的晨报，看了起来。

奥勃朗斯基订阅的，是一种并不极端而受多数人支持的自由派报纸。尽管他其实对无论科学、艺术、政治都毫无兴趣，但坚决支持多数人及其报纸支持的对所有问题的观点；只有当多数人的观点改变时，他的观点才发生改变，或者说得好听点儿，不是他改变了观点，而是观点本身在他身上不知不觉地改变了。

奥勃朗斯基并不选择什么倾向、观点，而是这些倾向、观点自己来到他身上，就像他并不挑选礼帽和常礼服的样式，而是人家穿戴什么他也就穿戴什么一样。由于出入上流社会，再加上成年人通常思想活跃，观点就如同一顶礼帽一样必不可少。至于说为什么宁肯选择自由派倾向，而不是他那个圈子里许多人支持的保守派倾向，这并不是由于他认为自由派倾向更合理，而是它更接近他的生活方式。自由派说俄罗斯一切都很糟，的确，奥勃朗斯基欠了很多债，钱绝对地不够用。自由派说婚姻是一种过时的制度，必须加以改革，的确，家庭生活很少使奥勃朗斯基满足，还迫使他完全违背本性，开始撒谎和作假。自由派说——或者说好听点儿，是暗示——宗教不过是加在不开化居民身上的枷锁，的确，奥勃朗斯基甚至在做简短的祷告时都无不感到自己腿脚剧痛，而且没法理解既然现世的生活这么欢乐，还干吗叨叨这些关于来世的可怕而缥缈的词句。与此同时，奥勃朗斯基喜欢开玩笑逗乐，有时候还以取笑人为乐，说如果拿种族引以为自豪，就不应该停留在罗立克①上而拒绝承认最早的祖先——是猴子。就这样，自由派倾向成了奥勃朗斯基习以为常的玩意儿。他喜欢读自己订的报纸，就像饭后抽一支烟，在头脑里弥漫起一层薄薄的烟雾。他读了社论，其中说在我们这时代毫无必要鼓噪什么激进主义要吃掉一切保守分子的危险，也毫无必要鼓噪什么政府必须采取措施镇压革命的祸患，相反，“我们认为，危险不在于假想出的革命这一祸患，而在于阻止进步的传统势力的顽固性”，如此等等。他还读了另一篇财政方面的文章，其中提到边沁和密勒②，并对财政部进行了讽刺。他以自己特有的敏捷的想象，明白了所有讽刺的意义：谁对谁，以及为何而发。这种分析通常情况下都能给他带来某种满足。可是今天，这种满足被破坏了，因为他回想起了玛特连娜的劝告及家里的不和。他还在报上看到，贝依斯特伯爵已经到了维斯巴顿，以及消除白头发、出售轻便轿式马车和某青年征婚等广告，但这些消息都没有像以前那样让他平静、轻蔑又心怀满足。

奥勃朗斯基看完报纸，喝了第二杯咖啡，吃过抹着黄油的白面包后，站起身来，抖掉西装背心上的面包屑，挺起宽阔的胸脯，高兴地笑了笑。这倒不是因为心里有什么特别开心的事儿——纯

① 罗立克（？—879），北欧诺曼人军事首领，862—879 年为诺夫戈罗德公爵，被认为是包括俄罗斯在内的东斯拉夫民族的始祖。

② 边沁（1748—1832）和密勒（1806—1872），均为英国功利主义学者。

粹是由良好的消化引起的。

可是这种快乐的微笑立刻勾起他的回忆，他又沉思起来。

门外传来两个孩子的声音（奥勃朗斯基听出是小儿子格里夏和大女儿塔尼娅的声音）。他们在搬什么东西，而且掉了。

“我说了，车顶上不能坐乘客，”小姑娘用英语嚷道，“你收拾吧！”

“全乱套了，”奥勃朗斯基心想，“怎么能让孩子们到处乱跑呢。”他随即向门口走去，叫住他们。孩子们扔下当火车玩的匣子，向父亲走过来。

小姑娘是父亲的宝贝，她大胆地跑过来，拥抱他，边笑边挂到他脖子上。和通常一样，她闻到他络腮胡子里散发出的熟悉的香水味儿，感到心情舒畅。最后，小姑娘吻了吻他那因为弯腰而涨得通红、越发柔情洋溢的脸，终于松开双手，想往回跑，但被父亲拉住了。

“妈妈怎么了？”他一只手抚摸着女儿光滑细嫩的脖子问。“你好。”他转过头，微微笑着对向他请安的儿子说。

他意识到自己不太喜欢小男孩，可总是力图做到一视同仁；但儿子感觉到了这一点，对父亲冷淡的笑容并没有报以微笑。

“妈妈？起来了。”小姑娘回答。

奥勃朗斯基叹了口气。“就是说，又是一整夜没有睡。”他想。

“那么，她高兴吗？”

小姑娘知道，父亲和母亲吵架了，母亲没法高兴，而父亲对这一点应当是知道的，他这么若无其事地问，显然是在装假。她为父亲脸红了。他立刻明白了这一点，也脸红了。

“我不知道，”她说，“她没有叫我们学习，而是叫库尔小姐带我们上外婆家去玩。”

“那就去吧，我的小塔尼娅。啊，对了，等一下。”他再次拉住她，抚摸着她一只柔嫩的小手说。

他从壁炉上取下昨天放在那儿的一盒糖果，挑了两块她爱吃的给她，一块巧克力和一块水果软糖。

“给格里夏吗？”小姑娘指着巧克力问。

“对，对。”他又摸了摸她的小肩膀，吻了吻她的发根和脖子，才放她走。

“轿式马车备好了，”马特维说，“对，有个女的求见。”他补充道。

“来了很久了吗？”奥勃朗斯基问。

“半个来钟头了。”

“对你说过多少次了，有人来要马上通报！”

“总得让您喝完咖啡吧。”马特维用一种使人无法生气的友善而粗鲁的语气说。

“那就快请吧。”奥勃朗斯基懊恼地皱着眉头说。

求见者是参谋部大尉加里宁的遗孀，她请求办一件不可能和毫无头绪的事儿。但奥勃朗斯基还是照例让她坐下，仔细听她把话说完，还给她提了详细的建议，告诉她该去找谁，怎么找法，甚至用自己粗犷、奔放、优美而清楚的笔迹，果断而流畅地给一个可能帮上她忙的人写了封信。奥勃朗斯基打发走参谋部大尉遗孀，拿起礼帽又停下来，想想是否忘了什么。结果发现，除了想要忘了的——妻子，他什么也没有忘记。

“啊，对了！”他垂下头，漂亮的脸上露出苦恼的神情，“过去，还是不过去？”他对自己说。内心的声音告诉他，没有必要过去，这里除了虚伪不可能有任何别的，他们的关系已不可能补救，因为她无法再恢复青春美貌，激发爱情，而他，也无法变成对爱情心如止水的老头子。除了虚伪和欺骗，现在不会有别的结果；而虚伪和欺骗则与他的本性不相符。

“但早晚还是得去，总不能老这样僵着。”他努力鼓起勇气说。他挺直胸脯，点着一支香烟抽了两口，就把它扔进珠母贝壳烟灰缸里，快步穿过黑洞洞的客厅，打开另一道通向妻子卧室的门。

四

陀丽穿着短上衣，站在打开的小衣柜前找东西。她原先那头浓密的秀发，而今已经变得稀疏，用发针别在脑后。她面容憔悴，那双满是怒火的眼睛，因脸部干瘪而显得眼眶深陷。房间里到处撒满东西。听到丈夫的脚步声，她停下来，眼睛盯着门，竭力使脸上露出严厉而轻蔑的表情，却只是徒劳。她感到害怕，害怕即将发生的会见。她刚才试图做的，这三天来已经试了十来次：找出她准备带到娘家去的孩子们和自己的东西——却总是下不了这个决心。就连现在，也和前几次一样，她对自己说，不能再这样继续下去了，她得想法惩罚、羞辱他，就算只让他稍微品尝下他对她施加的痛苦，也算是报了点儿仇。她老说要离开他，却又感到这不可能——这不可能，因为自己无法抛弃他是她丈夫的想法，也无法抛弃爱他的习惯。此外，她觉得如果在自己家里都照看不好五个孩子，离家在外就只会更糟。事实上，三天来最小的一个因为吃了不新鲜的鸡汤生病了，其他几个昨天几乎没有吃上午饭。她感到离开是不可能的。可是，她还在欺骗自己，还在找东西，装做要离开的样子。

一看到丈夫，她就把双手伸进小衣柜抽屉里，好像在寻找什么。等他走到自己身边很近的时候，才瞅了他一眼。然而，她原想做出一副严厉而坚决的表情，脸上流露出的却是怅惘和痛苦。

“陀丽！”他用轻轻的羞怯声音说，边说边把脑袋缩到肩膀里，努力装出一副可怜而顺从的样子，可还是显得容光焕发、精神抖擞。

陀丽迅速地把他容光焕发、精神抖擞的模样，从头到脚打量了一遍。“对，他倒是幸福又满足！”她想，“可是我呢？……大家都喜欢他这副和颜悦色的样子，还夸奖他，这真叫人厌恶；我就是憎恨他这副样子。”她抿紧嘴唇，苍白的神经质的脸上，右半拉筋肉开始抽搐起来。

“您要干什么?”她用急促、不自然和深沉的声音说。

“陀丽!”他颤抖着声音又叫了一下,“安娜今天就要来了。”

“跟我有什么关系?我不能见她!”她嚷嚷说。

“可是总得,可是,陀丽……”

“您走,走,走!”她嚷嚷着,眼睛并不看他,仿佛这叫嚷是身上什么地方正痛得厉害。

奥勃朗斯基在想妻子的时候还能保持平静,指望一切照马特维说的那样会顺利解决,还能平静地看报、喝咖啡;可是当他看到她那痛苦憔悴的脸,听到这种听天由命的绝望声音时,就感觉呼吸困难,喉咙里好像有什么东西堵着,眼睛里也开始闪耀出泪花。

“我的上帝,我干了什么!陀丽!看在上帝的分儿上!……要知道……”他无法再继续说下去,号哭堵住了他的喉咙。

她啪的一声关上衣柜的门,瞪了他一眼。

“陀丽,我还能说什么呢?……只有一句话:请求你原谅,请求你原谅……你想想,难道九年的生活还抵不了那一时,一时……”

她垂下双眼听着,听他说些什么,好像在恳求他说服自己不要相信那件事。

“一时的冲动……”他说出来了,并想继续往下说;但听到这句话,陀丽又像身上哪儿开始疼痛一样,嘴唇紧闭,右边脸颊的筋肉又抽搐起来。

“您走,走开!”她嚷得更刺耳了,“别再对我说您的那些冲动和下流勾当!”

她想走开,但身子摇晃了一下,便伸手扶住椅子靠背,免得倒下。他的脸胀大了,嘴唇鼓起来,两眼直淌泪水。

“陀丽!”他抽泣着说,“看在上帝的分儿上,想想孩子吧,他们是无辜的。是我的过错,惩罚我吧,让我为自己赎罪。只要办得到的，我决心全部照办！是我的过错，千真万确，是我错了！可是，陀丽，原谅我吧！”

她坐下了。他听到她沉重的呼吸声，对她产生了无法形容的怜悯。她几次想开口说话，却说不出来。他等待着。

“你想到孩子们，就是为了逗他们玩；而我想到他们，知道他们现在全都毁了。”她一字一句地说道，看来，这些话三天来她对自己说过不止一次了。

她说话时对他以“你”相称[①]，他感激地看着她，挪动身子想去拉她的手，却被她厌恶地避开了。

“我想着孩子们，为了救他们我什么都愿意；但我自己也不知道，有什么办法能救他们：是带他们离开父亲好呢，还是把他们留给放荡的父亲——对，放荡的父亲……您倒说说，在发生……那种事情以后，我们难道还能在一起生活？这难道可能吗？您说呀，这难道可能吗？”她提高嗓门，重复说，“当我的丈夫，我的孩子的父亲，与自己孩子的女家庭教师发生关系之后……”

“可是有什么办法？有什么办法呢？”他可怜巴巴地说着，头越来越往下耷拉，自己也不知道在说些什么。

“我觉得您下流，让人厌恶！”她大声叫嚷起来，火气越来越大，“您的眼泪像水一样不值钱！您从来就没有爱过我，您没有心肝，不知廉耻！您卑鄙、下流，是个陌生人，是的，完全的陌生人！”她怀着痛苦和愤怒说出“陌生人”这个连自己都感到可怕的词儿。

他瞅了她一眼，她脸上那种愤怒的表情使他惊恐不已。她在他身上只看到了对她的怜悯，而不是爱情。“唉，她憎恨我，不会原谅我的。”他想。

“这真可怕！真可怕！”他说。

---

① 俄语中夫妻间正常的以“你”相称，用“您”表示疏远。

这时，隔壁房间里有个孩子大概是跌倒了，在大声叫喊；陀丽留神一听，脸色立刻变得温和了。

她稍微定了定神，好像不知道自己在什么地方，在干什么，接着迅速站起来，向门口走去。

“可见她还是爱我的孩子的，”他注意到她听到小孩子叫喊时的变化，心想，“她爱我的孩子，又怎么会恨我呢?”

“陀丽，你听我再说一句话。”他跟在她后边说。

“如果您跟着我，我可要叫大家，叫孩子们了！让大家都知道您是个无赖！我现在就走，您和您那位情妇就住在这里好了！”

她啪的一声关上门，走了。

奥勃朗斯基叹了口气，擦了把脸，轻轻地走出了房间。“马特维说：会解决的，可怎么解决？我看甚至连可能性都没有。哎呀，哎呀，多可怕！她嚷嚷得多难听，”他回想起她的叫嚷和“无赖”“情妇”这些词，自言自语说，“女佣们也许都听到了！难听得可怕，可怕！”奥勃朗斯基独自站了几秒钟，擦了擦眼睛，喘了口气，便挺直胸脯，出了房间。

这天是星期五，德国钟表匠正在餐厅里上钟。奥勃朗斯基想起自己对这个规矩的秃顶钟表匠开过的一个玩笑，说这个德国人“把自己的一生安排得像上钟一样”，于是露出了微笑。奥勃朗斯基喜欢开好听的玩笑。“说不定事情还真会解决呢！一个好听的词儿：解决，”他想，“应该这样说。”

“马特维！”他叫了一声，“和玛丽娅一起去把安娜用的那间黄沙发的休息室收拾好了。”他对应声来到的马特维说。

“是，老爷。”

奥勃朗斯基穿好皮袄，走到台阶上。

“您不在家用餐?”马特维送他到门口，问。

“看情况吧。这是给家里用的，”他边说边从皮夹子里取出十个卢布，“够吗?”

“够不够，看对付着用吧。”马特维说着，把马车门关上，退回到台阶上。

这时，陀丽哄孩子安静下来后，听马车声知道他已经走了，就又回到卧室里。这是她避开家庭事务的唯一去处；她一出卧室，家庭事务就将她团团包围。就是刚才她到孩子们房里这短短一会儿工夫，英国女佣和玛特连娜就向她提出了几个刻不容缓、只有她一个人能做主的问题：孩子们出去散步时穿什么？他们要不要喝牛奶？要不要找一个新厨师？

“哎呀，不要问我，不要问我！”她说着回到卧室里，坐在刚才与丈夫说话的地方，捏紧瘦得连戒指都要从指头上滑下来的皮包骨似的双手，重温起刚刚那场谈话的全部内容。“他走了！可是他要怎样才会与她分手呢？”她想，“难道他还在与她勾搭？我怎么没有问问他？不，不，和好是不可能的。就算我们仍生活在一个家庭里——我们也是陌生人，永远成了陌生人！”她带着特殊的含意又重复了一遍这个可怕的词儿，“我本来有多爱他，上帝啊，我多爱他，……我多爱他！难道现在我不爱他了？我是不是比以前更爱他了？可怕，主要的，是那……”她刚想到这里，玛特连娜从门缝里伸进头来，把她的思路打断了。

“您让我兄弟过来吧，”她说，“他饭菜做得好；要不然像昨天那样，孩子们到六点钟还没有东西吃。”

“那好吧，我这就去安排。对了，派人去取鲜牛奶了吗？”

就这样，陀丽又忙碌起日常事务来，一时间忘了自己的痛苦。

五

奥勃朗斯基凭着自己良好的天资，在学校里成绩不错，但他懒惰又贪玩，所以毕业时属于末流；不过，尽管他一贯生活放荡，级别不高，年纪也不大，却在莫斯科机关里担任了一个体面而薪俸丰厚的主管职务。他得到这个职务是靠妹妹安娜的丈夫阿列克谢·亚历山大罗维奇·卡列宁的关系，此人在机关所属的部里担任要职。不过，即使卡列宁不任命自己的内兄担任此职，奥勃朗斯基通过兄弟、姐妹、表亲堂亲、叔伯和姑姑姨妈等上百人的亲属关系，也能弄到这个或类似的职位，每年约有六千卢布薪俸；他需要这些钱，因为尽管妻子有足够的财产，他自己的事业却屡屡落败。

奥勃朗斯基的亲戚朋友很多，莫斯科和彼得堡几乎有一半人认识他。他出生于权势显赫的官宦世家。官场老人中，三分之一是他父亲的朋友，从他还穿开裆裤的时候就认得他；另外三分之一和他以“你”相称；还有三分之一则是他的相识。因此，那些地位、房产和租赁权等世俗利益的支配者，都是他的朋友，分配时也就不会没有他的份儿。所以，奥勃朗斯基无须特别费劲就能得到有利可图的职位，只要不拒绝、不妒忌、不争吵、不生气就行，而凡此种种，出于自己特有的善良，倒还从来没有过。如果人家对他说，他得不到他所要的薪俸的职位，他会觉得可笑，再说他的要求并不怎么过分；他想要的只是和同龄人一样的东西，而他担任这职务干得不会比任何人差。

所有熟悉奥勃朗斯基的人都喜欢他，不只是因为他具有善良快活的秉性和不容置疑的真诚，还因为在他身上，在他潇洒开朗的外表，在他闪亮的眼睛、乌黑的眉毛头发和白里透红的面孔上，有着某种能使人生理上产生友好和愉快的东西。“啊哈！斯捷潘·奥勃朗斯基！这不是他吗！”大家见到他时几乎总是这么高兴地笑着说。即使有时和他谈话并不特别有趣——但到了第二天或者第三天，见到他还是同样开心。

这是奥勃朗斯基主管莫斯科那个机关的第三年，他除了受到同事、下属、上司及所有与他打过交道的人的喜爱，还赢得了他们的尊敬。奥勃朗斯基在公务上受到这种一致的尊敬，其主要品质在于：第一，由于他意识到了自己的缺点，对别人就特别宽容；

第二，融入他血液里的那种自由主义，由于不是从报上生硬搬来的，因此十分彻底，这就使他不论财富和官阶，对所有人都能做到平等相待，一视同仁；第三，也是最主要的一点——他对所承担的工作完全漠不关心，结果因为他从不热心，也就从来没有犯过错误。

奥勃朗斯基来到供职的地方，在毕恭毕敬的看守陪同下，夹着公文包走进自己的小房间，穿上制服，然后进入办公大厅。文书和职员都站立起来，愉快而恭敬地向他鞠躬。奥勃朗斯基照例急忙向自己的办公桌走去，握过同事们的手，坐了下来。他恰到好处地讲了几句笑话，聊了会儿天，便开始办公。办公时应遵守的自由、随便和礼仪间的那种界限，没有人比奥勃朗斯基更能准确把握，他也总能使气氛愉快。秘书与办公室里其他人一样，愉快而恭敬地拿着公文走过来，用奥勃朗斯基倡导的亲昵随便的自由派语调说：

“我们总算想办法得到了奔萨省政府的材料，对此您是否……”

“终于收到了？”奥勃朗斯基用一根手指压住公文说，“那，先生们……”办公就开始了。

“他们不知道，”他低着脑袋，一副郑重其事的样子听着报告，同时心里在想，“半小时前他们的主管还像个犯了错误的孩子呢！”他的眼睛在笑。这公务得不间断地进行到两点钟，之后才能休息和吃饭。

还不到两点，办公大厅的大玻璃门突然开了，一个人闯了进来。坐在沙皇肖像画和守法镜下办公的官员，看到这意外的消遣都很高兴，纷纷向门口望去；但门卫立刻把进来的人赶走了，随后关上了玻璃门。

等秘书宣读完案卷，奥勃朗斯基懒洋洋地欠身起来，按照自由主义做派，当场拿出一支烟，往自己的小房间里走去。他的两位同事，老官吏尼基津和行伍出身的格里涅维奇，也同他一起走了出来。

“饭后我们还来得及办完。”奥勃朗斯基说。

“怎么也来得及的！”尼基津说。

“可这福明该是个大骗子。”格里涅维奇指一个与他们正处理的案子有关的人。

奥勃朗斯基对格里涅维奇的话皱了皱眉头，表示事先下判断有失体面，此外没有作任何回答。

“刚才进来的人是谁？”他问门卫。

“大人，一个什么人未经许可，趁我一转身就蹿进来了。他打听您。我说：等官员们都出来时……”

“他在哪儿？”

“大概到门厅去了，刚才还一直在这里走来走去的。哦，就是那人。”门卫指着一个身体结实、肩膀宽阔、一脸卷曲胡子的人说。那人的羊皮帽还没有脱，便迅速敏捷地顺着石级磨损的台阶跑上来。一名夹着公文包正往下走的瘦个子官员停住脚，不高兴地瞥了一眼跑上来的那人的双脚，然后疑惑地瞅了瞅奥勃朗斯基。

奥勃朗斯基在楼梯上边站着。当他认出跑上来的人时，他那张从制服金丝领子上露出的和颜悦色的脸，就更加容光焕发了。

“原来是你！列文，你怎么来了！”奥勃朗斯基一边带着和善、戏谑的微笑说，一边打量着走近自己的列文，“你怎么会屈驾到这个鬼地方来找我呢？”他不满足于握手，又吻了吻自己的朋友，“早就来了？”

“我刚到，很想看看你。”列文一边回答，一边不好意思又生气不安地打量着四周围。

“啊，我们进去吧。”奥勃朗斯基了解自己这位朋友的自尊和愤愤不平的羞怯，于是说道。他抓起列文的一只手，像通过危险地段般，拉着他跟着自己走。

奥勃朗斯基与所有相识的人几乎都以“你”相称：不管是

六十岁的老人还是二十岁的青年，是演员还是大臣，是商人还是将军副官，处于社会阶梯两个极端上的人都有。这些人要是知道他们通过奥勃朗斯基而有某种共同的东西时，一定会大吃一惊。他会跟随便什么人一起喝香槟酒，而与这些一起喝过香槟酒的人，他都会以“你”相称。所以每次当着下属的面，遇到他那些“不体面的朋友”(如他戏谑地称呼过的许多朋友那样）时，他总善于以他特有的机智冲淡这在下属心目中留下的不快印象。列文不在“不体面的朋友”之列，但奥勃朗斯基机敏地感觉到，列文以为他也许不愿在下属面前表现出他们俩的亲密关系，所以才拉他进自己的房间。

列文与奥勃朗斯基的年龄几乎相同，奥勃朗斯基与他以“你”相称并不是因为一起喝过香槟酒，而是因为列文从少年时候起就是他的同学和伙伴。尽管两人的性格和趣味不同，他们却是从小相亲相爱的朋友。虽然如此，就像选择了不同活动领域的人们之间那样，他们议论时虽然为对方的活动辩护，内心里却是蔑视的。每个人都觉得仿佛自己进行的才是真正的生活，而朋友进行的——只不过是一种主观幻想。看到列文的模样，奥勃朗斯基就忍不住露出几分讥讽的微笑。他已经多少次见列文从乡下到莫斯科来——列文在乡下究竟干点儿什么，奥勃朗斯基从来没有能好好了解过，他也不感兴趣。列文每次来莫斯科总是一副激动、匆忙的样子，而且对事物大都有完全新的出人意料的看法。奥勃朗斯基嘲笑他，又喜欢他。列文也完全一样，他打心眼里既蔑视自己这位朋友的都市生活方式，又蔑视他的公务，认为它毫无意思，经常加以嘲笑。不同的是，奥勃朗斯基干着大家所干的事情，笑起来自信又和善，而列文笑时却缺乏自信，有时候还一副气鼓鼓的样子。

“我们早就等着你了。”奥勃朗斯基说着走进自己的房间，放开列文的手，仿佛以此表示不再有危险了。“非常非常高兴见到你，”他接着说，“啊，你怎么样？还好吗？什么时候到的？”

列文不做声，瞧着奥勃朗斯基那两位陌生同事的脸，特别注意到了气质优雅的格里涅维奇的手。这双手的手指又白又长，弯起的指甲颜色发黄，衬衣上的袖扣大而闪亮，这些似乎吸引了他的全部注意力，使他无法自由思考。奥勃朗斯基立刻察觉到了这一点，于是微微笑了。

“啊，对了，请允许我给你们介绍一下，”他说，“我的同事：菲利普·伊万内奇·尼基津，米哈依尔·斯坦尼斯拉维奇·格里涅维奇。”然后转向列文：“地方自治活动家，地方自治局里的新派人物，一只手能举起五普特[①]的体育家、畜牧家、猎手和我的朋友，康士坦丁·德米特里奇·列文，谢尔盖·伊万诺维奇·柯兹内舍夫的弟弟。”

“很高兴认识你。”老头子说。

“在下有幸认得令兄谢尔盖·伊万诺维奇。”格里涅维奇边说边伸过一只指甲长长的瘦手。

列文一副不高兴的样子，冷冷地握了握，便马上转向奥勃朗斯基。尽管他很尊敬驰誉全俄罗斯的异父同母的作家哥哥，但他不能忍受人家不是作为康士坦丁·列文而是作为著名作家柯兹内舍夫的弟弟来接待他。

“不，我已经不是地方自治局成员了。我和所有的人都吵过架，再不去参加会议了。”他转身对奥勃朗斯基说。

“真快呀！”奥勃朗斯基脸带微笑说，“可是这是怎么回事，为什么？”

“说来话长。我以后再告诉你。”列文说，但立刻开始讲起来，“是这样，简单地说，是我坚信地方自治局根本没有事干，也不可能有事干，”他这时好像受到谁的侮辱似的激愤起来，“一方面，它是个玩物，他们玩弄议会那一套，而要我搞这些玩意儿，既不够年轻又不够年老；另一（他停顿了一会儿）方面，这——是县

---

① 俄国重量单位，1 普特等于 16.3 公斤。

里的那帮人[①]加紧捞钱的一种手段。原先有监护、法庭，现在是地方自治局，只不过不是受贿，而是拿不劳而得的薪俸罢了。”他说得很激动，好像在场的人有谁反驳他的意见似的。

“嘿嘿！我发现，你呀，又有了新变化，一个保守派，”奥勃朗斯基说，“不过，这事以后再说。”

“对，以后。现在我有事找你。”列文厌恶地凝神注视着格里涅维奇的手。

奥勃朗斯基几乎不着痕迹地微笑了一下。

“你不是说你再也不穿欧式服装了吗？”他边说边打量列文一身显然是法国裁缝做的服装，“是这样！新变化嘛！”

列文突然脸红了，但不像通常成年人那样稍稍有点儿红——他自己并不知道——而是像孩子一样满脸通红。他为自己的表现感到可笑，因而更加害臊，脸也就红得更厉害，几乎要哭出来。这张聪明的男子汉的脸竟变得这般孩子气，看上去非常怪异，以至于奥勃朗斯基都不再朝它看了。

“那我们在什么地方见面？我非常非常需要和你谈谈。”列文说。

奥勃朗斯基好像开始沉思起来。

“这样吧：我们到古林去吃饭，就在那儿谈。我三点以前有空。”

“不，”列文想了想，回答说，“我还得到另一个地方去。”

“那好，一起吃晚饭。”

“吃晚饭？其实我也没有什么特别的事情，只说两句话，打听一下，以后我们再详谈。”

“既然这样，那你现在就把这两句话说了，等晚饭时我们再详谈。”

“这两句话是这样的……”列文说，“其实也没有什么特

---

① 原文为法语。

别的。”

他的脸突然因为竭力克制自己的害臊而产生了恼怒的表情。

“舍尔巴茨基一家怎么样？全是老样子吧？”他说。

奥勃朗斯基早就知道列文爱上了他的小姨子吉蒂，他露出几乎看不出的微笑，两只眼睛高兴得闪闪发亮。

“你说了两句话，我却无法两句话就回答清楚，因为……对不起，等一下……”

秘书进来了。像所有秘书那样，他带着一种谦逊、随便而又恭敬的神情，并自信在职务知识方面比上司强，于是拿着公文来到奥勃朗斯基跟前，说是请示，其实是说明为难处。奥勃朗斯基没有听完，便把手亲切地放在秘书的袖口上。

“不，你就按我说的办。”他说着，用微笑缓和自己的口气。接着，他简要解释了一下对这件事情的理解，推开公文说，“就请这么办吧，扎哈尔·尼基齐奇。”

秘书尴尬地走了出去。列文趁奥勃朗斯基与秘书交谈的工夫，完全从自己的不安中恢复过来了。他双手支在椅子上靠着，脸上带着讥讽的关注。

“我不明白，我真不明白。”他说。

“你不明白什么？”奥勃朗斯基还是那么高兴地微笑着，取出一支香烟说。他等待着列文会有什么古怪的表现。

“我不明白你们在干什么，”列文耸了耸肩膀说，“这种事儿你怎么还会干得这样认真？”

“为什么不呢？”

“因为无聊。”

“那是你的想法，我们可忙得要命。”

“忙着写公文。不过是啊，你有这方面的才干。”列文补充说。

“就是说，你认为我有什么缺点？”

“也许吧，”列文说，“不过我还是欣赏你的气派，并为自己的朋友是这么个大人物感到骄傲。可是，你没有回答我的问题。”他接着说，同时直愣愣地注视着奥勃朗斯基的眼睛。

“那好，好。你等着吧，你以后也会变成这样的。好在你在卡拉津斯基县有三千俄亩[①]地，你又像个十二岁的小姑娘，身体健壮，充满青春活力——可有朝一日你也会到我们这里来的。对，关于你问的那事儿：没有变化，不过可惜你这么久不来了。”

“出什么事了？”列文慌忙问。

“也没有什么，”奥勃朗斯基回答，“我们再聊吧。不过，老实说，你干吗来了？”

“啊，这个问题，也以后再谈吧。”列文再一次脸红到了耳根。

“那好。我明白了。”奥勃朗斯基说，“你知道吗？我本来该请你到家里去，可是妻子身体不太好。不过这样吧：如果你想见见，可以到动物园去，他们大概四五点钟在那里。吉蒂在那里滑冰。你先去吧，回头我去找你，我们找个地方一起吃晚饭。”

“好极了，那就再见吧。”

“当心别忘了。我知道你，搞不好又会忘记的，或者突然回乡下去了！”奥勃朗斯基边笑边嚷嚷道。

“不会的。”

直到列文走出房门，他才想起自己刚才忘了给奥勃朗斯基的同事们告别鞠躬了。

“这位先生看上去精力很充沛啊。”列文走后，格里涅维奇说。

“是啊，老兄，”奥勃朗斯基摇了摇头说，“一个幸福的人！在卡拉津斯基县有三千俄亩地，前途无量啊，而且多么朝气蓬勃！不像我们哥们儿。”

“您有什么可抱怨的，斯捷潘·阿尔卡杰奇？”

“糟得很，不好。”奥勃朗斯基说着，沉重地叹了一口气。

---

① 1 俄亩等于 1.09 公顷。

六

奥勃朗斯基问列文他到底干吗来的时候，列文脸红了，并为自己脸红而感到生气，因为他不能回答：“我是来向你小姨子求婚的。”虽然这是他这次来的唯一目的。

列文和舍尔巴茨基两家都是莫斯科的贵族世家，而且一直保持着亲密友好的关系。这种关系在列文上大学的时候进一步加深了。列文与陀丽和吉蒂的兄弟、年轻的舍尔巴茨基公爵一起准备应考，一起进了大学。当时列文常到舍尔巴茨基家里去，并喜欢上了这个家庭。不管看起来多么奇怪，但列文正是爱上了舍尔巴茨基一家，特别是占这个家庭半数的女性。对自己的母亲，列文已经不记得了，仅有的一位姐姐又比他大好多，在舍尔巴茨基家里，他头一次看到了那种有教养和真诚的贵族世家的生活环境，而这种生活，自己因为双亲过世，早已经失去了。这个家庭的全体成员，特别是女性，他觉得仿佛都披覆着一重诗意盎然的神秘帷幕，他不但没有看到她们身上的任何缺点，反倒是设想在这重帷幕的遮盖下，有着最崇高的感情和完美无瑕的光彩。为什么这三位小姐得轮流着一天说法语一天说英语呢？为什么她们必须在规定的时间轮着弹钢琴，却让琴声传到楼上有两个大学生做功课的房间里呢？为什么这些教法国文学、音乐、绘画和舞蹈的老师经常来？为什么她们要在规定的时间和莉侬小姐一起，乘坐弹簧马车到特维尔斯卡娅林荫道上去，她们穿着自己的缎子皮袄——陀丽穿长的，娜塔丽娅穿半长的，而吉蒂则穿完全短的，短到她那双红丝袜绷得紧紧的标致小腿完全露在了外面？为什么她们要在有金蝴蝶图案的帽子的仆人陪伴下，到特维尔斯卡娅林荫道上散步呢？——所有这一切和其他许多在她们那个神秘世界里发生的事情，他都无法理解，但他知道这些事情都是美妙的，而他爱上的正是这种神秘性。

在大学时代，他差点儿爱上老大陀丽，可是她不久嫁给了奥勃朗斯基。然后，他开始爱上老二。他似乎感觉到自己该爱上三姐妹中的一位，只是弄不清楚究竟是哪一位。但是，娜塔丽娅也是在社交界一露面就嫁给了外交官里沃夫。列文大学毕业时，吉蒂还是个孩子。年轻的舍尔巴茨基参加海军后，在波罗的海淹死了，因此列文与舍尔巴茨基一家的交往，虽然有同奥勃朗斯基的友谊维系着，也是越来越少了。列文在乡下过了一年，今年初冬又到莫斯科来，见到了舍尔巴茨基一家人，这时他才明白，三姐妹中哪一位才是自己注定会爱上的。

对于像他这样一个出身名门、三十二岁的富家子弟来说，原本向舍尔巴茨基公爵小姐求婚是再简单不过的事儿了，从各个方面看，他都会被立刻认为是一位完美的配偶。不过列文是在恋爱中，他觉得吉蒂简直十全十美，比世界上所有的人都要高出一头，而他自己则是个尘世俗物，所以甚至都不敢想象别人及她本人会属意于他。

他神魂颠倒地待在莫斯科，为了见到吉蒂，几乎天天混迹于交际场所。两个月后，他突然认定这事儿不可能，就回乡下去了。

列文认定这事情不可能，是因为在吉蒂亲属们看来，他配不上迷人的吉蒂，而吉蒂本人也不会爱上他。在亲属们眼里，他已经三十二岁了，却还没有任何固定的事业和社会地位，而他的同辈人，有的已经成了上校和侍从武官，有的当上教授，有的是银行或铁路的经理，或者像奥勃朗斯基那样在机关里担任个主管职务；他却是（他很清楚在别人看来自己是什么人）个地主，搞些繁殖奶牛、狩猎鸟兽和建筑施工的事情，也就是没有才能的小玩意儿，没有什么出息，做些按照社会观念是蠢材才会干的事儿。

至于神秘而迷人的吉蒂本人呢，也不会爱上他这么个长相不起眼又才具凡庸的人。此外，以前他对吉蒂——出于与她哥哥的友谊，一直是成年人对孩子的态度——这是爱情的又一个新的障碍。他认为像他这样长相不起眼而心地善良的人，只能得到她的友谊，而要获得像自己对她那样的爱情，则须是个美男子才行，主要的——该是个出众的人。

他听说女人往往喜欢其貌不扬的普通人，可他不相信会是这样，因为换位思考，他自己钟爱的也只能是漂亮、神秘和独特的女人。

然而孤零零一个人在乡下待了两个月以后，他确信这不是自己最初青春年代所经历过的那种爱情。这种感情使他一分钟也不得安宁；她能否成为他妻子——这个问题不决定下来，他简直没法活下去。他的失望只是他的想象，并没有他一定会被拒绝的任何根据。于是他下定决心到莫斯科来求婚。如果对方接受了，马上就结婚；不然……他无法想象，如果遭拒绝自己会怎么样。

七

列文乘早班火车到达莫斯科后，住在同母异父的哥哥柯兹内舍夫家。他换好衣服走进哥哥的书房，想立刻告诉他自己的来意，征求一下他的意见；可是哥哥不是一个人在。那里坐着一位哈尔科夫来的著名哲学教授，专程来解释他们之间在一个很重要的哲学问题上的误会。这位教授正在同唯物主义者展开激烈辩论，而柯兹内舍夫很有兴趣地注视着这场争论。柯兹内舍夫读了教授最近发表的一篇文章，给他写了封信进行批驳，指责他对唯物主义者的让步太大。教授于是立刻赶来解释。他们讨论的是个时髦的问题：一个人的心理现象与生理现象之间有没有界线？如果有，它又在哪里？

柯兹内舍夫迎接弟弟时，露出他那种对所有人一贯如此的亲切而冷淡的微笑。他为二人作过介绍后，又继续他们的谈话。

这位教授前额狭窄，脸色暗黄，身材矮小，戴着一副眼镜。他稍稍停下讨论，同列文打了个招呼，又继续说下去，不再注意他。列文坐下来，想等教授走，但是很快就对他们讨论的问题产生了兴趣。

列文在杂志上常常看到他们正在讨论的那些文章。他在大学里学的是自然科学，所以对这些文章饶有兴致，认为它们发展了自己所熟悉的科学原理。不过，他从来没有把作为动物的人类的起源以及反射作用、生物学和社会学的科学结论，与他对生死意义问题的思考联系起来。这些问题最近越来越经常地出现在他的脑海里。

他听着哥哥与教授的交谈，发现他们把科学问题与心灵问题联系起来，有几次甚至要专门探讨心灵问题，但每一次他们接近这个他认为的主要问题时，似乎又急忙回避开去，转入细微的分类、保留条件、引文、暗示及引据权威等方面，他也就很难明白他们的话题了。

“我不能承认，”柯兹内舍夫以他通常那种明确优雅的措辞说，“我无论如何不能同意凯依斯，认为我关于外部世界的所有观念都出自知觉。我得出存在这个最主要的概念不是通过感觉，因为根本就没有一个传达这个概念的专门器官。”

“对，可是沃尔斯特、克诺斯特和普里帕索夫都会回答您，说您的存在意识是您全部感觉的总和，这种存在意识是感觉的结果。沃尔斯特甚至直截了当地说，要是没有感觉，也就没有存在的概念。”

“我要说的，恰恰相反。”柯兹内舍夫又开口了……

这时列文仿佛觉得，他们正要接触到核心问题时，却又绕开了，于是他下决心向教授问个问题。

“可见，如果我的感觉被消灭了，如果我的肉体死亡了，也就不会有任何存在了？”他问。

教授很失望，好像因被这插话打断而感到精神痛苦般地瞧了瞧这位古怪的提问者——一个不像哲学家而更像纤夫的人，然后把目光转移到柯兹内舍夫身上，仿佛在问：这有什么可说的？但是，柯兹内舍夫说话远不像教授那样激动和偏颇，他说了一句有深意的话，既能回答教授的观点，又能理解列文提出这一问题时简单而自然的想法。他微微笑了笑说：

“这个问题，我们还无权解决……”

“我们没有材料，”教授赞同说，继续申述自己的理由，“不，我指的是，假如普里帕索夫直截了当说，感觉是以印象为基础的，那么我们应该严格地区分这两种概念。”

列文再也没有听下去，一心只等教授离开。

八

教授走了后，柯兹内舍夫转过身来对弟弟说：“很高兴你来了。准备待多久？田庄经营得怎么样？”

列文知道哥哥对田庄经营不大感兴趣，他这样问只是一种客套，因此只说了关于出售小麦和钱的事情。

列文原想把自己决定结婚的事儿告诉哥哥，征求一下他的意见，甚至下了决心；可是见到哥哥，听了他与教授的谈话，后来又听到哥哥问起田庄经营（他们母亲留下的家产还没有分，两人的产业全由列文管着）时那种无意中以老大自居的口气，不知怎的，列文感觉自己没法把结婚的决定告诉哥哥。他仿佛觉得哥哥不会像他希望的那样看待这件事情。

“那你们的地方自治局怎么样啊？”柯兹内舍夫问道。他对地方自治局很感兴趣，认为它意义重大。

“啊，说实在的，我不知道……”

“怎么？你不是机构成员吗？”

“不，已经不是了，我辞职了，”列文回答，“再也不去出席会议了。”

“可惜！”柯兹内舍夫皱起眉头，低声说。

辩解时，列文讲述了他们县里开会时都干些什么。

“总是这样！”柯兹内舍夫打断他说，“我们俄国人从来都是这样。也许，能发现自己的不是，这是我们的一个优点——不过我们往往夸大其词，张口闭口就是讽刺、挖苦，聊以自慰。我跟你说，要是把像我们地方自治机关那样的权利交给另一个欧洲国家的人——比如德国人或英国人，他们准会把这种权利变为自由，可是我们自己呢，瞧，只会嘲笑。”

“但是有什么办法呢？”列文惭愧地说，“这是我最近的感受。我还真全心全意努力过了。我毫无办法。我无能为力。”

“不是无能为力，”柯兹内舍夫说，“而是你没有给予应有的重视。”

“也许吧。”列文沮丧地说。

“你知道吗，尼古拉弟弟又到这里来了。”

尼古拉是列文的同胞哥哥，柯兹内舍夫的异父同母弟弟。他自甘堕落，挥霍了自己的大部分家产，一直在糟糕的坏人堆里鬼混，和兄弟们都闹翻了。

“真的吗？”列文可怕地叫嚷起来，“你怎么知道？”

“普罗科菲在马路上见着他了。”

“他在这里，在莫斯科吗？他在哪里？你知道吗？”列文从椅子上站起来，好像马上就要去找他。

“我后悔把这事告诉了你，”柯兹内舍夫对激动的弟弟摇摇头说，“我派人打听到了他的住处，替他还清了欠特鲁宾的债，把借据寄给了他。可是你瞧，这是他给我的回复。”

柯兹内舍夫接着把压在纸板底下的一张纸条递给弟弟。

列文读着这张字迹熟悉而古怪的纸条：“恳请你们让我安静点儿。这是我对自己亲爱的兄弟们的唯一要求。尼古拉·列文。”

列文看完后，双手拿着纸条，头也不抬地站在柯兹内舍夫面前。

他心里斗争着：想立刻忘了这个不幸的哥哥，又意识到这将是不道德的。

"他显然是要侮辱我，"柯兹内舍夫接着说，"可是要侮辱我他又办不到。我原来倒确实是一心一意想帮助他，可现在知道这样做无济于事。"

"是啊，是啊，"列文连声说，"我理解并珍视你对他的态度；不过，我还是要去看看他。"

"你想去就去吧，可我不是很赞成，"柯兹内舍夫继续说，"对我来说，我倒无所谓，他不会叫你和我吵架的；但对你来说，我劝你最好还是别去。帮不了他的。不过，随你爱怎么办怎么办吧。"

"也许是真的帮不了他，可我觉得自己无法坐视不理，特别是在这种时候——当然这是另一回事——"

"这点我可不明白，"柯兹内舍夫说，"不过有一点我知道，"他补充说，"这是谦和的一种教训。不然我也会对那种所谓的下流宽容些，但自从尼古拉弟弟成了现在这种样子以后……你知道他干了什么……"

"啊，这真可怕，可怕！"列文重复说。

列文从柯兹内舍夫那里拿到了尼古拉的地址，本打算立刻去看他，但是仔细想了想，决定推迟到傍晚去。首先，为了让自己内心平静下来，得解决促使他到莫斯科来的那件事儿。列文从哥哥那里出来，便到奥勃朗斯基的机关里，打听清楚舍尔巴茨基一家的情况后，就到人家告诉他能见到吉蒂的地方去了。

九

四点钟的时候，列文心脏怦怦跳地在动物园旁边下了马车，顺着一条小道向山上溜冰场走去。他估计能在那里找到她，因为舍尔巴茨基家的轿式马车停在大门口。

这是一个寒冷的晴天。大门口停着一排排轿式马车、雪橇、万卡[①]和宪兵。在装饰着浮雕的俄式小屋之间，打扫干净的小路上挤满了熙熙攘攘的人们，他们的帽子在晴朗的太阳光下闪闪发亮。公园里的老桦树，枝头被厚厚的积雪压得低垂弯曲，看上去好像披上了一件新的庄重的祭祀法衣。

他顺着小路向溜冰场走去，一路上自言自语："不要激动，要镇定。你乱想些什么呀？你怎么了？够了，蠢东西。"他在心中默念不已。但是他越是竭力想使自己平静，就越是呼吸困难。一个熟人碰到了叫他，他居然没认出那是谁。他向冰山走去，那里传来小雪橇上下滑动时的叮当声和哗啦声，还有欢乐的人声。他又走了几步，看见溜冰场就在前边，并立刻在所有的溜冰者中间认出了她。

他知道了她在这里，惊喜和恐惧同时揪住了他的心。她站在溜冰场另一端，正在和一位夫人交谈。她的衣着，她的姿态，似乎都没有什么特别的地方，可列文这么容易就认出了她，就像在荨麻丛中找到一朵玫瑰花一样。有了她，一切都熠熠生辉。她是一种微笑，使周围的一切容光焕发。"我能进溜冰场到她身边去吗？"他想。在他心目中，她站着的那个地方成了高不可攀的圣地，有一瞬间，他甚至差点儿离开：他是那么害怕。他得竭力设法控制自己，想到既然各式各样的人都从她身边来来去去，因此他也可以到那里去滑冰。他走进去了，像躲避太阳似的久久不去看她，但即使不去看她，也还是看得见她。

溜冰场上，每周的这一天这个时候，一个圈子里互相认识的人们就都会聚集到一起。这里既有以技术大出风头的溜冰高手，也有怯生生扶着椅背刚学会动作的笨拙新手，有小孩，也有单纯

---

① 旧俄时代一种驽马拉的载客马车。

练练身子骨儿的老人。列文觉得他们都是受上天眷顾的幸运儿，因为他们在这里，离她那么近。所有溜冰的人看上去都若无其事地绕过她，赶上她，甚至与她谈话，完全不把她放在心上，只是趁这极佳冰场和艳阳天气而神采奕奕，纵情欢乐。

吉蒂的堂兄弟尼古拉·舍尔巴茨基，穿着短上衣和紧身裤，脚上穿着冰鞋坐在小板凳上，他看到了列文，便向他嚷嚷："啊，首屈一指的俄罗斯溜冰手！早来了吧？冰好极了，快穿上冰鞋啊。"

"我没有带冰鞋。"列文回答说，为自己当着她的面所表现出的勇气和轻松感到吃惊。尽管他没有直接瞅她，目光却一秒钟也没有离开过她。他感到太阳渐渐靠近自己了。她在一个旮旯里，伸着穿高筒靴的瘦腿向他滑过来，看样子显得有点儿羞怯。一个穿俄式服装的小孩放肆地挥动双手，身子往地上一弯，赶上了她。她滑得不很稳当，便从绳子拴着的小暖手筒里伸出双手，以防摔倒，接着看到了列文。她认出了他，朝他微微笑着，同时也因为自己的胆怯而略显羞涩。她转了个弯，一只脚富有弹性地在冰面上一蹬，便直滑到舍尔巴茨基身边，一把抓住他。她微笑着向列文点了点头。她比他想象中还要美。

他在想到她的时候，脑子里会生动地浮现出她的整个形象，特别是那种带着孩子般明朗和善良的表情；那长在少女标致肩膀上的飘逸着浅色头发的可爱脑袋，显得那么的灵动和迷人。脸部的纯净表情和苗条身段完美地结合在一起，形成了一种独特的魅力，深深地印在了他的脑海中。然而，使他尤为惊讶的，是她一双温柔、平静和真诚的眼睛。而最让人难忘的是她的微笑，它每次都把列文带到了一个神话般的世界，让他眷恋难舍，情意绵绵，就像他能记起的童年时代难得的快乐日子一般。

"您早就在这里了？"她边说边向他伸过一只手。列文捡起从她暖手筒里掉下的小手绢时，她又说了声："谢谢您。"

"我，我不早，我昨天……也就是刚才……才来。"列文回答说，因为激动，没有立刻明白她的问题。“我想到你们家里去的，”他说着，立刻想起自己找她的目的，便感到不好意思并脸红了，“我不知道您在滑冰，您滑得很好。”

她仔细地看了看他，好像是要弄清楚他拘束的原因。

“我应当重视您的夸奖。这里一直传说您是最优秀的溜冰高手。”她说着，用戴黑手套的小手掸掉沾在暖手筒上的冰屑。

“对，我曾经非常喜欢溜冰，我想达到完美的程度。”

“您好像干什么都充满激情，”她微笑着说，“我真想看您是怎么滑的。穿上冰鞋，我们一起滑吧。”

“一起滑！这是真的吗？”列文瞅着她心里想。

“我这就穿好。”他说。

他随即去穿冰鞋。

“您好久没有到我们这里来了，老爷，”溜冰场管理员边说边扶住他的一只脚，把鞋跟往上提，“自您之后，还没有过一位高手呢。这样行了吗？”他拉紧皮带问。

“行，行，请快点儿。”列文回答时，脸上忍不住露出幸福的微笑。“对，”他想，“这就是生活，这就是幸福！一起，她说，我们一起滑吧。现在就告诉她吗？可是我很怕，因为我现在很幸福，至少是一种充满希望的幸福……但是应该的！应该，应该！让害怕见鬼去吧！”

列文站住脚，脱掉大衣，在小屋边沙沙响的冰地上奔跑起来。一跑到平整的冰面上，就毫不费劲地滑开去，随心所欲地加快速度，变换方向。他羞怯地来到她旁边，但她的微笑重新使他平静下来。

她把一只手递给他，两个人边滑边加快速度，而且越快她的手就抓得他越紧。

“和您一起滑我会更快学会的，我不知怎么就信任您。”她对他说。

“当您靠着我的时候，我也信任自己。”他说，但立刻为自己说的话感到害怕，于是涨红了脸。确实，他一说出这句话，突然她的脸就像太阳躲进云里似的，全部的亲密表情都消失了。列文熟悉她这种脸部变化，知道她在紧张思索，同时，她那平整的前额上也现出了皱纹。

“您没有什么不愉快的事吧？不过，我没有权利问。”他赶快说。

“为什么呀？……没有，我没有什么不愉快的事情，”她冷冷地回答，马上又补充了一句，“您没有见到莉侬小姐吗？”

“还没有。”

“去看看她吧，她是那么喜欢您呢。”

“这是怎么了？我使她伤心了。上帝，帮帮我吧！”列文心想，于是向坐在小长凳子上的白鬈发法国老妇跑过去。她像对一个老朋友似的欢迎他，微微笑着，露出一嘴假牙。

“是啊，我们的孩子都长大了，”她对他用目光指指吉蒂说，“可我们也老了。小熊[①]已经变成大熊了！”法国老妇人笑着继续说，提醒他开过的一个玩笑，把三位小姐称做英国童话里的三头熊，“您记得当时这么说过的吗？”

他完全不记得这事儿了，可她却对这个笑话笑了十来年，而且喜欢这笑话。

“好了，去，溜冰去吧。咱们的吉蒂滑得不错了，对吗？”

当列文重新回到吉蒂旁边时，她的脸已经不那么严肃了，眼神也变得真诚而亲切，但列文觉得她的亲切中有一种特别的故作镇定的味道。因此，他显得心事重重。吉蒂说了一会儿自己的老女家庭教师及她的种种怪癖后，便问起他的生活来。

“冬天在乡下，您难道不觉得烦闷吗？”她说。

“不，不烦闷，我很忙。”他说，同时感到她在用一种平静的语调引导他，使他无法从中摆脱，就像初冬那次一样。

---

① 原文为英语。

"您这次来要待得久些吗?"吉蒂问他。

"我不知道。"他回答，自己都不知道在说什么。他心里想的是，假如自己这次还是顺着她这种平静友谊的调子，那势必又会空手而归，于是决心打破它。

"怎么会不知道呢?"

"不知道。这取决于您。"他说，但立刻被自己的话吓坏了。

是她没有听清他的话呢，还是不想听，不过她好像给磕住了，用一只脚敲了两下，便急忙从他身边滑开去了。她滑到莉侬小姐那边，对她说了点儿什么，然后到了小屋边女人脱冰鞋的地方。

"上帝，我干了什么！我的上帝！帮帮我，指引下我吧。"他祷告着，感到需要激烈运动一下，便往里往外地画着圈滑跑起来。

这时，新来的溜冰者中滑得最好的一位年轻人，嘴上叼着支香烟，穿着冰鞋从咖啡厅出来，快步一跳一跳咔嚓嚓响地下了台阶。他甚至没有改变两只手的自然姿势，就往溜冰场滑开去了。

"啊，这是新花样!"列文说着，立刻就跑上去做这新花样。

"别摔坏了，这可是得练熟了的!"尼古拉·舍尔巴茨基对他叫嚷说。

列文上了小台阶，从上面一个劲地直冲下来，因为动作不熟练，所以用双手保持着平衡。到最后一级台阶时他给卡住了，一只手几乎触到冰面，做了个激烈的动作才恢复过来，笑着滑远了。

"非常好，真可爱，"这时，吉蒂和莉侬小姐一起从小屋出来，带着对亲爱的兄弟那般文静的微笑瞧着他，心里想，"难道是我错了，做得有什么不对？他们说我卖弄风情。我知道自己爱的不是他；但我和他在一起毕竟很愉快，他人那么好。只不过他为什么要说这种话呢？……"

列文一个剧烈动作后正满脸通红，看到吉蒂要走，她的母亲在台阶上等着她，便停下来，沉思了一下。他迅速脱了冰鞋，在动物园门口追上了母女俩。

"很高兴见到您，"公爵夫人说，"我们照例每星期四接待客人。"

"那就是说，今天？"

"您要是能来，我们将万分荣幸。"公爵夫人干巴巴地说。

这种干巴巴的态度使吉蒂感到伤心，她忍不住想要缓和一下母亲的冷淡，就转过头来，微微笑着说：

"再见。"

这时，奥勃朗斯基歪戴着礼帽，容光焕发，眼神明亮，像个胜利者似的兴高采烈地走进动物园。但是他一走到岳母身边，就露出满脸忧愁和负疚的神情，回答她关于陀丽健康的问题。他平静、忧郁地与岳母交谈了几句后，便挺起胸脯，抓住列文的一只手。

"怎么样，我们现在就去吗？"他问，"我一直在想你，为你的到来感到非常非常高兴。"他边说边意味深长地瞅着列文的眼睛。

"我们走，我们走。"幸福的列文回答说，那声"再见"一直在他耳边鸣响，而她说话时的那种微笑也一直浮现在他眼前。

"到英国饭店还是艾尔密塔什饭店？"

"我都无所谓。"

"那就去英国饭店吧。"奥勃朗斯基说，他选择英国饭店是因为自己欠英国饭店的账比欠艾尔密塔什饭店多，他认为不到这家饭店去不好。"你租了马车吧？那就好极了，我已经让我那辆走了。"

两位朋友一路上沉默不语。列文在想吉蒂脸部表情的变化是什么意思。他一会儿相信有希望，一会儿又沉浸到绝望之中，并清楚地发现自己的希望是不理智的；同时他感到自己在那声"再见"和那丝微笑之后，完全变成了另一个人。

奥勃朗斯基则一路上都在考虑菜单。

"你可是喜欢比目鱼的吧？"快到时，他问列文。

"什么？"列文反问道，"比目鱼？对，我非常喜欢比目鱼。"

十

列文和奥勃朗斯基走进饭店时，他不能不注意到奥勃朗斯基整个身上及脸部像有意克制的某种特殊的表情。奥勃朗斯基脱了大衣，歪戴着帽子来到餐厅，同时吩咐了一下迎上来的身穿燕尾服和手拿餐巾的鞑靼侍者。他在这里也高兴地向见到的熟人点头致意。他到小吃部就着鱼喝了杯伏特加酒，对柜台后面那个涂脂抹粉，用丝带、花边和鬈发装扮起来的法国女人说了几句什么话，引得她天真地笑了起来。这位整个好像由假发、香粉和劣质刺鼻的香水[①]做成的法国女人让列文感到受了侮辱，只因为这样他没有喝伏特加酒。他像离开一个脏地方似的赶快从她身边走开了。他的整个心灵都沉浸在对吉蒂的回忆中，他的眼睛里闪耀着成功和幸福的微笑。

“这边请，大人，这里没有人来打扰，大人。”一名白发鞑靼老人大献殷勤地说。他的臀部宽大，使得他燕尾服的两片后襟分得很开。“请，大人。”他对列文说，表示出于对奥勃朗斯基的恭敬，对他的客人也格外殷勤。

转眼间，他已经给青铜灯座下已有垫布的圆桌上迅速铺上了一块新台布，再推过一把天鹅绒面椅子，手拿餐巾和菜单站在奥勃朗斯基面前，听候吩咐。

“要是您喜欢单间，大人，马上就有一间要空出来了，戈里岑和一位太太就要走了。有刚到的鲜牡蛎。”

“啊！牡蛎。”

奥勃朗斯基考虑起来。

“是否改变一下计划，列文？”他伸出一根指头指着菜单说，脸上露出很犹豫不决的神情，“牡蛎好吗？你当心！”

---

① 原文为法语。

"弗伦斯堡的，大人。没有奥斯坦德的。"

"弗伦斯堡的就弗伦斯堡的，可是新鲜吗？"

"昨天刚到的。"

"那就先来个牡蛎，然后再把全部计划改变一下，啊，列文？"

"我全无所谓。对我来说，最好的就是肉菜汤和粥，可是这里当然没有这些。"

"吩咐要大米粥吗？"鞑靼人像保姆对孩子似的弯过身来对列文说。

"不，别开玩笑了，你点的真不错。我刚溜过冰，想吃点儿东西。你不要以为，"他注意到奥勃朗斯基脸上不高兴的表情，补充说，"不要以为我不尊重你点的菜。我吃起来肯定心满意足。"

"当然！不管怎么说，吃是人生一大乐趣。"奥勃朗斯基说，"那好，伙计，你就给我们来两份牡蛎——是不是少了——来三份，一份菜根汤……"

"普列坦耶尔[①]。"鞑靼人连忙说。但是，看来奥勃朗斯基不喜欢他用法语报菜名。

"菜根汤，懂吗？再来份加浓浓调味汁的比目鱼，然后……来份烤牛肉。当心，得要好的。还有阉鸡什么的，再加罐头。"

鞑靼人想起奥勃朗斯基不按法文菜单点菜的习惯，不去重复他的叫法，兀自得意地用法文重复着所点的食品名称：

"疏普—普列坦耶尔，丘尔包—索思—博马舍，普拉尔特—阿—列斯特拉贡，马西杜安—德—弗留依[②]。"并立刻像上了弹簧似的把带封皮的菜单放下，拿过另一份酒水单呈给奥勃朗斯基。

"我们喝点儿什么？"

---

① 法语"青菜"一词的俄语音译。

② 法语食品名称的俄语音译，意为：青菜汤、比目鱼和浓酱油、香菜烤嫩鸡、烤什锦果饼。

“我随便，只要一点点，那就香槟吧。”列文说。

“怎么，一开始就喝这？好吧，你喜欢带白封的？”

“卡舍勃朗[①]。”鞑靼人随即重复说。

“那就先来这种酒和牡蛎，然后再说。”

“好的，大人。下菜酒需要来什么吗？”

“来纽依酒吧。不，最好还是沙白利白葡萄酒。”

“好的，大人。您的奶酪呢？”

“啊，对，帕尔马奶酪。你也许要来点儿别的吧？”

“不，我无所谓。”列文忍不住微笑着说。

鞑靼人随即飘起燕尾服的后襟跑去了，五分钟后又端着一盘珠母色贝壳都打开了的牡蛎，手指间夹着一瓶酒飞奔着进来。

奥勃朗斯基把浆过的餐巾揉揉软，挂在自己胸前的西装背心上，双手摆开架势，吃起牡蛎来。

“还不错。”他用银叉子把水淋淋的牡蛎肉从珠母色贝壳里掏出来，一个接一个地吞吃着。“不错。”他重复说，湿润晶亮的目光一会儿瞅瞅列文，一会儿瞅瞅鞑靼人。

列文虽然更喜欢白面包夹奶酪，但也吃了牡蛎。他欣赏着奥勃朗斯基吃得津津有味的样子。这时，鞑靼人正拧开酒瓶，把起泡的葡萄酒倒进上宽下窄的精致玻璃杯里；他也带着明显满意的微笑，拉拉他的白领结，不时瞅瞅奥勃朗斯基。

“你好像不是很喜欢牡蛎？”奥勃朗斯基一边喝着自己杯子里的酒，一边说，“还是你有什么心事，啊？”

他想让列文高兴。但列文不仅不高兴，还感到拘束不安。在这个饭店里，在男人带着太太们一起用餐的雅座和熙熙攘攘喧闹的人们之间，他感到难受和不自在；这里的青铜器、镜子、煤气灯和鞑靼侍者——所有这一切都使他有一种受侮辱的感觉。他怕自己心里正洋溢的感情沾上污点。

---

① 法语“带白封”香槟酒的俄语音译。

“我？是的，我有心事；但除此之外，这一切都使我感到不自在，”他说，“你无法想象，对我这样一个乡巴佬来说，所有这一切都那么古怪，就像我在你那里看到的那位先生的指甲一样……”

“对，我看到了，可怜的格里涅维奇的指甲很招你注意。”奥勃朗斯基笑着说。

“我受不了，”列文说，“你不妨像我一样，从一个乡巴佬的观点看看吧。我们乡下人要尽量使自己的双手便于干活，为此，我们总是把指甲剪短，有时还卷起袖子。而这里，人们故意留起指甲，留得越长越好，还有那些大得像碟子似的纽扣，弄得一双手什么也干不了。”

奥勃朗斯基高兴地笑笑。

“是的，这是他不用干粗活的标志。他是脑力劳动……”

“也许吧。但我还是觉得古怪，就好比在吃饭这件事上觉得古怪一样。我们乡下人总是尽量快点儿吃饱饭，好去干自己的活儿，而你我却尽量拖长吃饭的时间，为此我们在吃牡蛎……”

“那自然，”奥勃朗斯基随和地说，“不过教育的目的也在于此：使一切成为享受。”

“啊，如果这就是目的，那我宁肯是个野蛮人。”

“你这已经是个野蛮人了。你们列文一家子都是野蛮人。”

列文叹了口气。他回想起哥哥尼古拉，感到惭愧和痛苦，不禁皱起了眉头，但奥勃朗斯基说起另外一件事儿，立刻转变了他的注意。

“今天晚上到我们那儿，也就是到舍尔巴茨基家去，怎么样？”他一边把粗糙的空贝壳推开，一边把奶酪移到面前，意味深长地睁大双眼说。

“好，我一定去，”列文回答，“虽然我觉得公爵夫人邀请我时并不很乐意。”

“你怎么了？净瞎说！这是她的习惯……好了，老弟，喝汤！……这是贵妇人[①]的习惯，”奥勃朗斯基说，“我也要去，但得先去参加巴宁伯爵夫人的合唱排演。你说你还不够野蛮吗？你突然从莫斯科消失了，这怎么解释？舍尔巴茨基一家人不断向我打听你，好像我该知道似的。而我只知道一点：你的行为向来与众不同。”

“对，”列文缓慢而激动地说，“你说得对，我是很野蛮。不过我的野蛮不在于我走了，而在于我现在又来了。现在我来……”

“啊，你这个人真幸福！”奥勃朗斯基注视着列文的眼睛说。

“因为什么？”

“我根据足迹能识别烈马，凭对方的眼睛知道小伙子堕入情网，”奥勃朗斯基像朗诵似的说，“你前程似锦。”

“那你呢，难道都已经过去了？”

“不，虽然不是都过去了，但你有前途，而我只有现在——也不完满。”

“怎么回事？”

“唉，不妙。算了，我不想谈自己，再说也没法完全解释清楚。”奥勃朗斯基说，“那么你到莫斯科究竟干吗来了？……喂，收钱！”他大声招呼鞑靼人。

“你猜，来干吗？”列文反问道，一双深邃闪亮的眼睛紧紧盯着奥勃朗斯基。

“我猜到了，但这事我不好先开口。就凭这一点，你就看得出我猜得对不对了。”奥勃朗斯基脸带微妙的笑容瞅着列文说。

“那你有什么要对我说的吗？”列文用颤抖的声音说，同时感到自己脸上的全部肌肉都在抽搐，“你对这事儿怎么看？”

奥勃朗斯基慢慢喝下自己杯里的沙白利白葡萄酒，目光仍没有从列文身上移开。

“我？”奥勃朗斯基说，“我从未如此期待一件事，从未。没有

---

① 原文为法语。

比这更好的了。”

“你确定你没有弄错吧？你知道我们在说什么吗？”列文说，眼睛深深地注视着对方，“你认为这件事可能吗？”

“我想，可能。为什么不可能？”

“不，你真的以为这可能吗？不，你把你想的全都说出来！万一,万一，我遭到拒绝了呢？……我甚至相信……”

“你干吗要这么想？”奥勃朗斯基看到他如此激动，微微笑着说。

“我有时就有这样的感觉。你知道吗，这对我对她都将是可怕的。”

“啊，对一个姑娘来说，这无论如何都没有什么好怕的。任何一位姑娘都会为有人求婚而感到骄傲。”

“是啊，任何一位，但不包括她。”

奥勃朗斯基微微笑了笑。他知道列文的这种感觉，知道在他看来世界上的姑娘分为两类：一类——世界上除她以外的所有姑娘，她们具有人类的一切弱点，平凡渺小；另一类——就她一个，没有任何缺点，可凌驾于全人类之上。

“你等等，加点儿酱油。”他拉住列文那只正推开酱油瓶的手说。

列文顺从地加了点儿酱油，但他不让奥勃朗斯基吃。

“不，你等等，等等，”列文说，“你要知道，对我来说这是个生与死的问题。我从来没有同谁谈过这事儿。同谁我都不能像和你一样谈这事儿。其实我们俩从各个方面都是不同的人：趣味、观点，全都不相同；但我知道你喜欢我并了解我，而我也非常喜欢你。看在上帝的分儿上，请你要完全坦率。”

“我对你怎么想就怎么说，”奥勃朗斯基微笑着说，“但我先要告诉你的是：我妻子——是个非常怪的女人……”奥勃朗斯基回想起自己和妻子的关系，叹了口气，沉默了一分钟后继续说，“她有先见之明。她看人看得很透；这还不算——她还能未卜先知，特别是在婚姻方面。例如，她曾预言夏霍夫斯卡娅将嫁给布连登。当时谁也不愿相信，后来却果然如此。而这件事她——站在你一边。”

“啊，这话怎么说?”

“是这样，她不但喜欢你，而且——她说，吉蒂一定会成为你的妻子。”

听到这些话，列文一下子满脸笑容，感动得几乎要掉眼泪。

“她这样说!”列文叫了起来，“我总是说，你妻子她是个极好的人。好了，这事儿说够了，够了。”他说着，从座位上欠身起来。

“好，可是你先坐下。”

但列文坐不住了。他迈着坚实的步子在小单间里走了两圈，为了不流出眼泪，眯了眯眼睛后才再在桌子边上坐下来。

“你要理解，”他说，“这不是一般的爱情。我谈过恋爱，可这一次完全不同。我不是出于自己的感情，而是受到某种外部力量的控制。你知道吗，我上次离开，是因为我断定这事儿不可能，以为这样的幸福在人世间根本不存在；但我与自己进行了斗争，发现没有这种幸福我就活不下去了。因此，得解决……”

“你究竟为什么离开了呢?”

“啊，你等等！啊，真是千头万绪！很多事情需要打听清楚！你听着。你简直想象不到，你刚才说的对我意味着什么。我是这么幸福，甚至都变得让人厌烦了；我忘了一切……我今天才听说尼古拉哥哥……你知道吗，他在这里……我连他都忘了。我仿佛觉得，他也幸福。这有点儿像发疯。可是有一点儿可怕……瞧你结婚了，你一定明白这种感情……可怕的是我们——已经老了，过去经历的……不是爱情，而是罪过……突然我们接触到了纯洁无瑕的人；这是令人厌恶的，因此不能不感到自己配不上。”

“哎，你并没有什么罪过。”

“啊，毕竟，”列文说，“毕竟，‘当厌恶地回顾自己的生活时，我颤抖并诅咒，我痛苦地抱怨……’[1]是的。”

“有什么办法，世界是这样安排的。”奥勃朗斯基说。

“我唯一的安慰，就是我一直喜欢的一段祷告文里所说的，不因为功勋而但凭仁慈之心宽恕我。只有这样，她才会原谅我。”

十一

列文喝下一杯酒，接着两人沉默了一会儿。

“我还应当告诉你一个情况。你认识符朗斯基？”奥勃朗斯基问列文。

“不，不认识。你打听这干吗？”

“再来一瓶酒。”奥勃朗斯基对鞑靼人说。那个侍者没事也在他们身边守着，转来转去给他们斟酒。

“我干吗要认识符朗斯基？”

“你可得认识符朗斯基，因为他是你的竞争对手之一。”

“符朗斯基是谁？”列文说，他那刚才还让奥勃朗斯基欣赏赞叹的天真兴奋的脸部表情，突然变得凶恶和令人不愉快了。

“符朗斯基——是基里尔·伊万诺维奇·符朗斯基伯爵的儿子，也是彼得堡纨绔青年的出色榜样。我是在特维尔供职时认得他的，他当时到那里去招兵。腰缠万贯，英俊潇洒，有一大帮子权贵亲友，是个侍从武官，同时还——很讨人喜欢，善良可爱。比一般善良可爱的人还要迷人。我到这里后还了解到，他有教养又聪明，是个前程远大的人。”

列文皱起眉头，沉默着。

“是这样，你离开后不久他就到这里来了。据我所知，他正狂

---

① 这是一句引文，出处不详。

热地爱着吉蒂，而且你知道吗，她母亲……”

“对不起，这个我一点儿也不明白。”列文忧郁地皱着眉头说。他立刻回想起了尼古拉哥哥，觉得自己是多么可恶，竟把他给忘了。

“你不要激动，不要激动，”奥勃朗斯基微笑着捅捅他的一只手，“我把我知道的全告诉你了。我再说一遍，在这件微妙和温柔的事情上，从各方面来看，我觉得优势都在你一边。”

列文往后仰身坐在椅子上，脸色苍白。

“不过我倒是劝你要尽快把这事儿决定下来。”奥勃朗斯基继续说，同时给他斟酒。

“不，谢谢，我不能再喝了，”列文推开自己的杯子说，“我会喝醉的……啊，你生活得怎么样?”他接着说，显然是想换个话题。

“再说一句：无论如何，劝你尽快把事情决定下来。今天不要谈了，”奥勃朗斯基说，“明天一早你就去，像像样样地正式去求婚，上帝会保佑你的……”

“你不是总想到我那儿去打猎吗？春天来吧。”列文说。

现在，他满心为自己与奥勃朗斯基谈起这件事感到后悔。他那种特殊的感情，让一个什么彼得堡军官的竞争及奥勃朗斯基的推测和劝告亵渎了。

奥勃朗斯基微微笑了笑。他知道列文心里在想些什么。

“到时候一定去。”他说，“对，老弟，女人——这是转动一切的螺丝杆。我的事情也不好，很不好。也都是因为女人。你坦率告诉我，”他取出一支香烟，一只手拿着酒杯，继续说，“你给我出出主意。”

“究竟怎么回事?”

“瞧怎么回事儿。比方说，你结了婚，爱着妻子，可你又迷上了另一个女人……”

“请原谅，这样的事儿我一点不懂，好像……我还是不懂，就像我现在刚吃饱饭为什么经过面包店时还去偷白面包。”

奥勃朗斯基的一双眼睛比平常更闪闪发亮了。

“为什么？白面包有时发出那样的芳香，会使你把持不住。

当我克制了尘世的诱惑，
固然圣洁无比；
但如果做不到这样，
我也曾感到无上欢乐！[①]”

说到这些时，奥勃朗斯基露出了微妙的笑容。列文也忍不住微微笑了笑。

“是啊，我并不是开玩笑，”奥勃朗斯基接着说，“你要明白，这女人是可爱、温顺、多情的动物，她孤独、可怜并牺牲了一切。而现在，生米都已经煮成了熟饭——你要明白——难道能把她抛弃吗？就算是为了不破坏家庭生活而离开她，但是就没有责任可怜她，让她安定，缓解她的痛苦吗？”

“啊，请原谅我。你知道，对我来说，所有的女人分为两类……也就是，不……更确切点儿：有女人，也有……那种美丽的‘堕落的女人’，我没有见到过，想也是不会有的。就像柜台后边那个涂脂抹粉的鬈发法国女人——在我看来，那是害虫，一切堕落的女人都是一样。”

“那么福音书中的那个女人[②]呢？”

“啊，住嘴吧！基督要是知道他的话被滥用，就永远也不会那样说的。整部福音书人们就只记住了这些话。不过我说的不是我所想的，而是我的感觉。我厌恶堕落的女人。你害怕蜘蛛，而我

---

① 原文为德语。

② 指《圣经 · 新约 · 路加福音》中的女人，原为娼妓，后以自己的爱德和信德使耶稣感动，耶稣对她说：“你的罪得了赦免。”

怕这种害虫。你大概没有研究过蜘蛛，因此就不了解它们的德行；我也一样。”

“这么说你倒好；这好比狄更斯小说里的那位神甫，他把所有的难题用左手经过右肩膀一推了事。但是，否认事实——不是个事儿呀。到底有什么办法，你告诉我，有什么办法？妻子老了，你却仍充满精力。你还不用往周围看，就会觉得自己不管多么尊重妻子，都已经不会再爱她了。一旦这时爱情突然袭来，你就完了，完了！”奥勃朗斯基忧郁而绝望地说。

列文轻蔑地淡淡一笑。

“是的，完了，”奥勃朗斯基继续说，“可是有什么办法呀？”

“别偷白面包。”

奥勃朗斯基哈哈大笑起来。

“啊，道德说教者！可是你要明白，现在有两个女人：一个只坚持自己的权利，这权利就是你不能给予她的你自己的爱情，另一个女人则为你牺牲了一切，没有任何要求。你有什么办法？怎么处理？这里包含着可怕的戏剧性。”

“要是你想听我对这事儿的心里话，那么我告诉你，我不相信这里有什么戏剧性。你瞧，为什么。依我看，爱情……你记得柏拉图在他的《会饮篇》里确定的两种爱情，它们是对人们的试金石。有些人只懂得一种，还有些人只懂得另一种。而那些只懂得非柏拉图式的爱情的人，谈不上有什么戏剧性。在那种爱情里不可能有什么戏剧。‘十分感谢所给予的快乐，谢谢’，这就是整个戏了。而按照柏拉图式的爱情，则不可能有什么戏剧性，因为在这种爱情里，一切都清白又纯洁，因为……”

这时列文又回想起自己的罪过及他所经历的内心斗争，突然补充说：“但是，也许你是对的。很可能……不过我不知道，绝对不知道。”

“瞧，你知道吗？”奥勃朗斯基说，“你是个完整的人。这是你的优点，也是你的不足之处。你自己具有完整的性格，因此希望整个生活也由完整的现象组成，但事实往往并非如此。瞧，你蔑视社会服务活动，因为你希望事情办得总与目标相符，而事实往往不是这样。你也希望一个人的活动总有个目标，以便爱情和家庭生活始终统一，但事实往往不是这样。生活的全部丰富多样性，它的全部魅力和全部美，总是阴暗和光明结合在一起的。”

列文叹了口气，什么也没有回答。他在考虑自己的事情，没有听奥勃朗斯基说话。

接着，两个人突然感觉到尽管他们是朋友，尽管在一起吃了饭和喝了酒，关系本该更加亲密，但各人都只想着自己的事情，互不相干。奥勃朗斯基已经不止一次地感觉到吃完饭他们之间不是亲密了，而是完全疏远了，他知道在这种情况下该怎么办。

“结账！”他叫了一声，走进隔壁一间屋，一进去就遇上一位认识的副官，就与他谈起一位女演员及她的老板来。在与副官的交谈中，奥勃朗斯基立刻产生出一种轻松和得到休息的感觉，因为同列文的谈话总是使他的头脑和心灵过分紧张。

鞑靼人拿着账单进来了，一共是二十六卢布几戈比，外加小费，其中列文吃的一份是十四卢布。这个乡巴佬，换成另一个时候都准会大吃一惊，这时却毫不在意，付了钱就走了。他要回家去换身衣服，到将决定自己命运的舍尔巴茨基家去。

十二

吉蒂·舍尔巴茨卡娅公爵小姐十八岁了。这是她进入社交界的头一个冬天。她在社交场合获得了比两位姐姐更大的成功，甚至超出公爵夫人的预料之外。在莫斯科舞会上跳舞的青年几乎都迷上了吉蒂，这且不说，头一个冬天就来了两位重要的婚姻对象：列文，以及他离开后立刻出现的符朗斯基伯爵。

列文在初冬时的出现，他的经常来访及他对吉蒂的明显的爱情，使吉蒂父母亲之间首次严肃讨论起她的前途问题并发生了争执。公爵站在列文一边，认为他对吉蒂最理想不过了。公爵夫人则以一个女人特有的回避问题的方式，说吉蒂还年轻，列文丝毫没有表现出认真的意思，吉蒂对他也无爱恋之情，诸如此类；却没有说出主要的意思，那就是她期待女儿有更好的对象，列文并不中她的意，她也不了解他。所以列文突然从莫斯科离开时，公爵夫人倒很高兴，得意地对丈夫说："瞧，被我说中了吧。"后来符朗斯基一出现，她就更高兴了，确信自己的意见正确，认为吉蒂该得到一个不是一般好的，而是非常好的对象。

对吉蒂母亲来说，列文是怎么都没法和符朗斯基比的。她不喜欢列文那种古怪、激烈的言论，不喜欢他在社交场合的窘态——照她看这是因为骄傲才有的，不喜欢他在乡下养牲口及和庄稼佬一起干活的那种她认为的粗野生活。尤其让她不喜欢的是，他，一个爱上她女儿的人，频繁造访她家也有一个半月了，却好像在等待什么，观察什么，仿佛担心自己提出求婚会让对方受宠若惊。本来经常出入有未婚姑娘的人家里是该说个明白的。他呢，什么也没有说，又突然走了。"好在他是那么不起眼，吉蒂没有爱上他。"母亲想。

符朗斯基则相反，各方面都让吉蒂母亲称心如意。他富裕，聪明，有名望，还是个宫廷武官，仕途令人赞叹。没法想象还有更好的了。

符朗斯基在舞会上明显地向吉蒂献殷勤，请她跳舞，常上她家，可见他有不容置疑的诚意。不过虽然如此，这一整个冬天，吉蒂母亲都处于可怕的不安和激动之中。

公爵夫人自己是三十年前由姑妈做媒结的婚。对未婚夫的一切，事先都已经了解得清清楚楚；然后他上门来相亲，大家互相见了见。做媒的姑妈事后及时传达了双方的印象；印象不错，便选定日子由男方向女方父母求婚，被接受了。一切都很顺利和简单。至少，在公爵夫人看来是这样。但是，嫁女儿这件似乎平平常常的事情，她却感到不那么顺利和简单。为了嫁达丽娅和娜塔丽娅两个大女儿，她担了多少忧，操了多少心，花了多少钱，与丈夫争吵过多少次！现在小女儿要进入社交界了，她又经历着同样的担心，同样的疑虑，而且与丈夫争吵得比前两次更厉害。老公爵与所有做父亲的一样，特别在意自己女儿的名誉和贞洁；他狂热地守护着女儿，特别是自己的掌上明珠吉蒂，每每与公爵夫人闹别扭，说她损害了女儿的名誉。公爵夫人对此从头两个女儿那儿已经习惯了，不过现在她感觉公爵的讲究还是有些道理的。她发现最近一段时间来社会交际方面的变化很大，做母亲的责任更加重了。她发现吉蒂的同龄姑娘们都在组织什么社团，她们去上什么讲习班，自由地与男人交往，单独地乘车上街，许多人不行屈膝礼，最主要的是，大家都坚信选择丈夫是她们自己的事，与父母亲无关。“现在嫁人与从前不同了。”所有这些年轻的姑娘，甚至所有的老人都这么想，这么干。可是究竟现在怎么嫁人，公爵夫人从谁那儿也没打听到。法国人的习俗——父母决定孩子的命运——是不行的，受谴责的。英国人的习俗——姑娘完全自主——在俄国社会也行不通。说媒求亲的俄罗斯习俗则被认为不开明，遭到大家的嘲笑，包括公爵夫人在内。但是，到底该怎么看待和出嫁女儿，谁也不知道。公爵夫人与别人谈起这件事儿，大家都这么对她说：“算了吧，现在该抛弃这老一套了。要知道，是年轻人结婚，而不是他们的父母，还是让年轻人自己去做主吧。”但是，那些没女儿的人这么说当然轻松，公爵夫人知道，女孩子一与男人接触就可能会堕入爱河，甚至会爱上某个不打算结婚或不适合做丈夫的人。不管有多少人劝公爵夫人，说现在的年轻人应该自己安排自己的命运，她都还是不愿相信，就像无论如何不能相信上了子弹的手枪是五岁孩子最好的玩具一样。正因为这样，公爵夫人对吉蒂要比对两个大女儿更不放心。

现在，她希望符朗斯基可不要只是玩玩她的女儿罢了。她看出女儿已经爱上了他，但是她安慰自己，认为他是个正派人，不至于会那样。不过她也知道，现在的自由交际很容易把一个姑娘家搞得神魂颠倒；而一般说男人们都不把这当一回事儿。上个星期，吉蒂向母亲讲述了跳玛祖卡舞时自己与符朗斯基的谈话。这次谈话使公爵夫人稍稍放心了点儿，但要完全放心，她做不到。符朗斯基告诉吉蒂，他们兄弟俩照例一切方面都听从自己的母亲，不征求母亲的意见从不作什么重要的决定。“现在我特别幸福地等待母亲从彼得堡来。”他说。

吉蒂讲述这件事情的时候，并没有注意这句话有什么意义。但是母亲的理解却不同。她知道符朗斯基天天都在等着老太太来，老太太对儿子的选择也会感到高兴，但她奇怪的是他为了不得罪母亲而竟不来求婚。然而她是那么希望这桩婚事成功，特别是希望自己能不再担忧而安下心来，于是愿意相信事情一定是如此。公爵夫人看到大女儿陀丽遭遇这样的不幸，甚至准备离开丈夫，心里虽然十分痛苦，但她的全部感情还是集中到这件决定小女儿命运的事情上来。今天列文的出现，又给她增添了新的不安。在她看来，女儿曾一度对列文产生过感情，她害怕女儿因过分单纯而拒绝了符朗斯基，害怕因为列文的到来而把如此接近成功的事情给搅乱、耽误了。

“怎么，他早就来了？”母女俩回来时，公爵夫人这样问起列文。

“今天来的，妈咪。”

“有句话，我想对你说。”公爵夫人开始了，从她严肃而激动的脸色上，吉蒂猜到了她要说什么。

“妈妈，”她满脸通红，急速向她转过身去，“好了，好了，关于这件事儿，您什么也别说了。我知道，我全知道。”

她的愿望和母亲一样，但母亲的动机使她感到屈辱。

“我只是想说，在给了一个人希望以后……”

“妈妈，亲爱的，看在上帝的分儿上，您别说。说这个是那么可怕。”

“不说，不说，”看到女儿眼睛里的泪水，她说，“可是有一点，我的心肝：你曾经答应过我，你不会对我隐瞒任何事情的。是不是?”

“永远不，妈妈，我什么都不会隐瞒，”吉蒂涨红了脸，目光直盯住母亲的面孔说，“可是我现在没有什么可说的。我……我……就是想说，我也不知道该说什么，怎样说……我不知道……”

“对，她有一双这样的眼睛，不会说假话的。”母亲心想，对她的激动和幸福露出了微笑。因为，此时此刻在她心里，正在考虑一件对自己这小可怜儿来说十分重要的事。

十三

吉蒂在晚饭后到晚会开始前的表现，就如同青少年要面临搏斗般惴惴不安。她的心脏在有力地跳动，思想无法集中到一点上。

她感觉到今天他们两个人这头一次会见，在她的命运中应该是决定性的一幕。于是她不停地暗自设想着他们，一会儿分开想，一会儿又连在一起。她怀着满足和温柔的心情回忆起了自己与列文交往的情景，对童年时代及列文和她已故兄长的回忆，赋予她与列文的交往一种特殊的、富有诗意的魅力。他爱她，她对此确信不疑，并满怀欣喜和快乐；而且，她回想起列文总会感到无比轻松。可是一想到符朗斯基，却老有一种尴尬的东西掺杂进来，尽管他是个最最文雅稳重的人；好像包含某种虚伪的成分——不是他身上，他很随和、可爱——而是在她自己——而和列文在一起时，却总感到非常平静和明朗。不过，她只要一想到将与符朗斯基在一起，眼前就会出现一幅灿烂幸福的前景；与列文在一起，前景却仿佛是一片迷雾。

为参加晚会上楼换衣服，照着镜子时，她高兴地发现这是自己最美好的一天，她要充分显示出自己的全部魅力，妥善应对将要面临的局面：她觉得自己镇定自若，举止优雅。

七点半钟，她刚下到客厅，仆人就来通报："康士坦丁·德米特里奇·列文到。"这时公爵夫人还在自己房间里，公爵也还没有出来。"果然是这样。"吉蒂想，全部血液都涌上心头。她照了照镜子，为自己的苍白大吃一惊。

现在她确切地知道了他为什么赶早来，为的是单独见到她并向她求婚。直到这时，整个事情才头一次从一个完全不同的崭新角度呈现在她的脑海里。直到这时她才明白，问题不只涉及她一个人——即她和谁在一起才会幸福，她爱的又是谁——她将使一个自己所爱的人受到屈辱，而且是残酷地受到屈辱……为了什么？因为这个可爱的人爱她，钟情于她。可是，毫无办法，她需要这样，应当这样。

"我的上帝，难道真的要我亲口告诉他吗？"她想，"可是我能对他说些什么呢？难道要我对他说，我不爱他吗？这是假话。那我对他说什么好呢？告诉他，我爱上别人了？不，这可不行。我得避开，避开。"

听到他的脚步声时，她已经到了门边上。"不！这样做太不诚实。我有什么可害怕的呢？我又没有做任何不好的事情。要发生什么就发生吧！我要说真话。再说，和他说真话是不会觉得尴尬的。瞧，他来了。"她对自己说着，见到了他那结实而羞怯的形象和一双注视着她的闪闪发亮的眼睛。她直迎着他的脸瞅了一眼，伸过一只手，好像在恳求他的宽恕。

"我没有按时来，好像来得太早了。"他打量着空荡荡的客厅。当他感到自己的期望实现了，再没有什么妨碍他表白的时候，他的脸变得阴沉了。

"啊，不。"吉蒂说着，在桌子一边坐下来。

“不过，我正是希望和您单独见面。”他开始说，没有坐下来也没有望着她，唯恐失去勇气。

“妈妈这就出来。她昨天很累。昨天……”

她嘴里说着，自己也不知道在说些什么。她那恳求和亲切的目光，始终没有离开过他。

他瞅了她一眼；她脸红了，不再说话了。

“我对您说过，不知道我来要待多久……这取决于您……”

她把头垂得越来越低了，自己也不知道该怎么回答他将要提出的事情。

“这取决于您，”他重复说，“我想说……我想说……我是为这事儿来的……做我的妻子！”他说完，自己也不知道说的是什么；但是感到最害怕的话已经说了，便停下来，瞧了她一眼。

她沉重地呼吸着，眼睛没有看他。她感到一种炽热的欣喜。她的内心充满了幸福。她怎么也没有料到，他吐露的爱情会对她产生如此强烈的影响。但是，这只继续了一瞬间。她想起了符朗斯基。她抬起那双明亮诚实的眼睛看着列文，看着他那张绝望的脸，急忙回答说：

“这不行……原谅我……”

一分钟前他感到她是那么亲近，对他的生活那么重要！而现在，他又感到她是那么陌生和遥远！

“不可能有别的结果。”他说，眼睛没有看她。

他鞠了一躬，想要离开。

十四

然而就在这时候，公爵夫人出来了。她发现只有他们两人在一起，又看到他们那副尴尬的面孔时，脸上表现出惊恐的神色。

列文向她鞠了一躬，什么也没有说。吉蒂沉默不语，没有抬起眼睛。“感谢上帝，她拒绝了。”母亲心想，脸上露出每星期四她接待客人时通常的微笑。她坐下来，向列文问起他在乡下的生活。列文只得重新坐下，等待别的客人到来，好悄悄地离开。

五分钟过后，吉蒂的女友、去年冬天出嫁的诺尔德斯顿伯爵夫人到了。

这是个干瘦、黄脸、病态的神经质女人，长着一双乌黑明亮的眼睛。她爱吉蒂，这种爱和已婚女人对姑娘家从来具有的爱一样，总是希望吉蒂能嫁个合乎自己幸福理想的丈夫，因此她赞成她嫁给符朗斯基。对初冬时在这个家里常常见到的列文，她从来就不喜欢。见到他时，她经常爱干的事儿就是取笑他。

“我喜欢他用那种自以为高尚的态度对待我：不是认为我傻而中断自己聪明的说话，便是屈尊宽容我。我很喜欢这一点：屈尊宽容！我很高兴他对我没法容忍！”说到他时，她笑。

她是对的，列文确实没法容忍她，还蔑视她——因为她不仅神经质，还对一切粗野和日常的事物抱有一种轻蔑和冷漠的态度，并为这些感到自豪，认为那是自己的优点。

诺尔德斯顿伯爵夫人与列文之间形成的是社交界并不少见的那种关系：两个人表面上虽然和和气气，心底里却互相蔑视，不可能认真对待，甚至也不会生对方的气。

诺尔德斯顿伯爵夫人立刻对列文发动攻击。

“啊！康士坦丁·德米特里奇！您又到我们这个堕落的巴比伦[①]来了。”她把一只手伸给他，同时回想起初冬时他不知怎么说莫斯科是巴比伦的话来。“怎么，是巴比伦改邪归正了，还是您也腐化堕落了？”她补充说，同时带着讪笑瞧着吉蒂。

“我感到很荣幸，伯爵夫人，承您这么记得我的话，”列文回

① 巴比伦，古代西亚两河流域最大城市及政治、商业和文化中心，曾两度为巴比伦王国首都，公元前4世纪开始衰落，到2世纪化为废墟。

答，他已经恢复过来，照例马上对诺尔德斯顿伯爵夫人采取开玩笑似的敌视态度，“是啊，我那句话对您的影响实在是太大了。”

“啊，可不是嘛！您的金玉良言我总是一字不漏地记录下来的。哎，吉蒂，你又溜冰去了？……”

接着，她便与吉蒂聊起来。列文觉得，不管此时离开有多么尴尬，那也要比整个晚上留在这里看着吉蒂好受些；吉蒂这时正不经意地瞟了他一眼，又避开了他的目光。他想欠身起来，但公爵夫人发觉他沉默着，便对他说：

“您到莫斯科来要待多久？因为您好像担任着地方自治局调解员的工作，不能待很久吧？”

“不，公爵夫人，我已经不再担任地方自治局的工作了，”他说，“我就来几天。”

“他出什么事儿了？”诺尔德斯顿伯爵夫人注视着他那张严肃、认真的脸，想，“他看上去好像魂不守舍的样子。我得逗他一下。我真是太想让他在吉蒂面前出丑了，我得让他出丑。”

“康士坦丁·德米特里奇，”她对他说，“请您给我说说，那是什么意思——这些您全清楚——在我们卡卢加村里，所有的农民和农妇把自己的一切都喝了个精光，现在什么也不交付给我们了。这是什么意思？您不是一直夸农民吗？”

这时又进来一位太太，列文便站了起来。

“原谅我，伯爵夫人，可这事儿我真的什么也不知道，所以无可奉告。”他说着，回头看到一位军官跟着太太走了进来。

“这一定是符朗斯基。”列文想，为了证实这一点，他瞅了吉蒂一眼。吉蒂看到了符朗斯基，又回头瞥了一眼列文。就凭这无意中闪耀的目光，列文明白了她爱这个人，就仿佛她亲口告诉他一样，明白无误。可他到底是个什么样的人呢？

现在——不管这是好是坏——列文都只能留下来，他需要弄清楚，她爱上的到底是怎么一个人。

有一种人，遇到任何方面都比自己强的对手时，会立刻否定对手身上的全部优点，只看到人家的缺点；有一种人则相反，他们更愿意在这位幸运的对手身上找出胜过自己的地方，带着心头的疼痛，全力发掘对方的优点。列文属于后一种人。不过，他要在符朗斯基身上找出优点和迷人之处并不难。他立刻就发现了这一点。符朗斯基是个身材不高，体格壮实的黑发男子。温和潇洒、面容异常坚毅平静。整个人，从剪得短短的黑发、刮得光光的下巴到宽大崭新的制服，全都显得朴素而优雅。符朗斯基给进来的太太让了道，便走到公爵夫人及吉蒂的跟前。

他走到吉蒂跟前时，一双美丽的眼睛特别温柔地闪闪发亮起来。他带着微微可见的幸福、谦虚而得意的笑容（列文这样感觉到），恭敬而小心翼翼地向她鞠了一躬，并向她伸出一只不大而宽厚的手。

他向所有打招呼的人点头致意并闲聊了几句后，便坐了下来，一次也没有看向列文，而列文却目不转睛地注视着他。

“请允许我给你们介绍一下，”公爵夫人指着列文说，“这位是康士坦丁·德米特里奇·列文。这位是阿列克谢·基里洛维奇·符朗斯基伯爵。”

符朗斯基欠起身来，友好地看着列文的眼睛，同时向他伸出一只手。

“今年冬天我本来有机会和您一起吃饭的，”他露出朴实而坦率的微笑说，“可是您突然回乡下去了。”

“康士坦丁·德米特里奇蔑视和憎恶城市与我们这些城里人。”诺尔德斯顿伯爵夫人说。

“看来我说的话对您的影响实在太大了，所以您这么记得。”列文说着，回想起自己已经说过这话，便脸红了。

符朗斯基看了一眼列文和诺尔德斯顿伯爵夫人，微微笑了。

“您一直待在乡下吗？”他问，“我想冬天闷得慌吧。”

“有活干就不闷，其实独自待在那里也不闷。”他生硬地回答说。

“我喜欢乡下。”符朗斯基注意到了列文的口气，却装做没有注意到。

“不过我想，伯爵，您不至于赞成一直住在乡下吧。”诺尔德斯顿伯爵夫人说。

“不知道，久住我没有试过。我经历过一种奇怪的感觉，”他继续说，“我和母亲在尼斯住过一个冬天，我从来没有那样思念过乡下，那有树皮鞋和庄稼人的俄罗斯乡村。您知道，尼斯那地方本身就很乏味。还有那不勒斯、索伦托，也只有短暂住一个时期是美好的。正是在那里会令人特别思念俄罗斯，尤其是俄罗斯乡村。它们真好像……”

他既向吉蒂也向列文说着，他那平静、友善的目光一会儿看看这个，一会儿看看那个——显然是脑子里想到什么就说什么。

他发现诺尔德斯顿伯爵夫人想说什么时，便停下来，留神听她说。

谈话一分钟也没有停止过，因此从来都有后备的公爵夫人也就用不着把自己的两件重武器，即古今教育和普遍义务兵役制问题推出来，而诺尔德斯顿伯爵夫人则没有机会挖苦列文。

列文想加入大家的谈话，但插不进嘴；他时刻都在对自己说：“这就走。”却一直没有走，似乎在等待着什么。

谈话转到旋转的桌子和灵魂的问题上，相信招魂术的诺尔德斯顿伯爵夫人开始讲起一件亲眼看见过的奇迹来。

“啊，伯爵夫人，您一定得带我去，看在上帝的分儿上，您带我到他们那里去！我从来没有见到过不寻常的玩意儿，虽然我到处在寻找。”符朗斯基微笑着说。

“好啊，下星期六去。”诺尔德斯顿伯爵夫人答道，“那您呢，康士坦丁·德米特里奇，您相信吗？”她问列文。

“您干吗问我呢？您明明知道我会说什么。”

“但是我想听听您的高见。”

“我的意见只是，”列文回答，“相信这种旋转的桌子证明所谓有教养的社会并不比农民高明。他们相信眼睛，既相信损坏的地方，又相信拐弯的地方，而我们……”

“怎么，您不相信？”

“我没法相信，伯爵夫人。”

“可要是我亲眼所见呢？”

“而农民们说，他们也亲眼见到过家神。”

“这么说，您认为我说的不是真的？”

她随即令人不愉快地哈哈大笑起来。

“不是的，玛莎，康士坦丁·德米特里奇是说他没法相信。”吉蒂为列文感到脸红了。列文明白了这一点，更生气了，想回击，但符朗斯基立刻带着爽朗、愉快的微笑挽救了这场面临不愉快的谈话。

“您完全否认有这种可能性吗？”他问道，“为什么呀？我们承认电的存在，虽然我们并不了解它；那为什么不可能有一种还不知道的新的力量，它……”

“人们发现电的时候，”列文急忙说，“只是发现了它的现象，还不知道它从哪儿来，会产生什么结果，好长时间后才想到应用它。招魂术则相反，他们从小桌子会写字和灵魂显身开始，然后才说起这是一种还不知道的力量来。”

符朗斯基像他一贯的那样仔细听着列文说，显然对他的话很感兴趣。

“对，不过招魂术家说：现在我们还不知道这是一种什么力量，它在怎样的条件下起作用，但它是存在的。至于这种力量究竟怎么回事，就让学者们去研究吧。不，我看不出为什么这不可能是一种新的力量，如果它……”

“这是因为，”列文又打断他说，“当您每次用树脂擦毛皮的时候，就会产生一定的电的现象，而招魂术并非每次都那样，可见这不是自然的现象。”

符朗斯基大概感到在客厅里谈这些话显得太严肃了，便没有反驳，而是尽量改变话题。他微微一笑，转向太太们。

“让我们现在来试试吧，伯爵夫人。”符朗斯基说，但列文想继续阐述自己的想法。

“我在想，”列文继续说，“招魂术家把自己种种奇迹解释为某种新的力量——这是最没有成效的。他们公开谈论灵魂的力量，又想用物质的试验证实它。”

大家都等着他说完，他也感觉到了这一点。

“而我在想，您是个出色的扶乩者，”诺尔德斯顿伯爵夫人说，“您身上有某种非常热烈的东西。”

列文张开嘴巴想说什么，但他脸红了，所以什么也没有说。

“现在让我们试试桌子吧，公爵小姐，请，”符朗斯基说，“公爵夫人，您允许吗？”

符朗斯基于是站起来，用眼睛寻找小桌子。

吉蒂起身去搬小桌子。她从列文身边走过时，目光与列文遇在了一起。她满心为他感到可怜，尤其感到他的不幸都是由她造成的。“假如能够原谅，您就原谅我吧，”她的目光告诉他，“我实在太幸福了。”

“我憎恶所有的人，包括您和我自己。”他的目光回答说。接着他拿起帽子。但命运不让他离开。大家刚围着小桌子坐好，列文刚要走时，老公爵进来了，他和太太们问过好，便转身对着列文。

“啊！”他高兴地说，“来了好久了？我还不知道你在这里。很高兴见到您。”

老公爵对列文说话有时用“你”有时用“您”。他拥抱列文，与他说话时没有注意到符朗斯基。符朗斯基已经站起来，静静地等着公爵转向他。

吉蒂感觉到经过刚刚那件事情以后，父亲的亲热使列文觉得沉重。她同时发现父亲终于冷冰冰地给符朗斯基回礼。符朗斯基友善而尴尬地望了望她父亲，试图弄明白老公爵为什么会对他那么冷淡。吉蒂一下子脸红了。

“公爵，把康士坦丁·德米特里奇让给我们吧，”诺尔德斯顿伯爵夫人说，“我们想做试验。”

“什么试验？转桌子？啊，女士们和先生们，原谅我，我看玩小圆圈都要比这开心些，”老公爵说，他瞧着符朗斯基，猜想他干吗要搞这玩意儿，“玩小圆圈还更有意思。”

符朗斯基用他那坚毅的目光看了一眼公爵，立刻略带微笑地与诺尔德斯顿伯爵夫人谈起下星期即将举行的盛大舞会来。

“我希望，您也去？”他转向吉蒂。

老公爵一转过身子，列文便悄悄走了，这次晚会留给他的最后一个印象是，吉蒂在回答符朗斯基关于参加舞会的事儿时那张微笑着的幸福的脸。

十五

晚会结束时，吉蒂对母亲讲了自己与列文的谈话。虽然她满心可怜列文，但想到人家向自己提出求婚，还是觉得高兴。她毫不怀疑自己这样做是对的。但在床上，她久久睡不着。一个印象不停地追随着她，这就是列文那张双眉紧锁、善良的眼睛忧郁地望着她的脸；他就这么站着，听她父亲说话，同时瞧着她和符朗斯基。她对他充满了同情，以至于眼睛里噙满了泪水。可是她马上又想到自己用谁代替了他。她生动地回想起那张勇敢坚定的脸，那种高尚善良的完美品性，回想起她爱上的那个人对她的爱，于是心里头又变得高兴了，带着幸福的微笑倒在枕头上。“他真可怜，真可怜，但是有什么办法呢？又不是我的错。”她对自己说，但内心却发出了不同的声音：是为自己吸引他或拒绝他感到后悔了吗——她不清楚。然而她的幸福已因为怀疑而受到了损害。“求主宽恕，求主宽恕，求主宽恕！”她就这么念叨着，直到睡着。

这时，楼下公爵的小书房里，发生了一场父母亲为心爱女儿经常重复的争吵。

“什么？瞧什么！”公爵叫嚷着，挥舞着双手，把一件灰鼠皮长衫披在身上，“您没有自尊心，没有人格，您的这种低下愚蠢的求亲会使女儿丢脸，会毁了她的！”

“得了吧，啊，看在上帝的分儿上，公爵，我做了什么了？”公爵夫人说着差点儿要哭出来。

她与女儿谈话后满心欢喜，和平常一样来向公爵道晚安。她并没有打算把列文求婚和吉蒂拒绝这事儿对丈夫讲，但她向丈夫暗示自以为和符朗斯基的事儿已成定局，只等他母亲一到就办。可一听这些，公爵突然暴跳如雷，开始大声嚷嚷出一些难听话来。

“您做了什么？瞧做了什么：第一，您在招揽求婚者，全莫斯科都会议论纷纷，而且有根有据。您要举办晚会，就该把大家都请来，而不是只请选定了的求婚者。该把所有那些男孩子（公爵对莫斯科年轻人的称呼）都叫来，请个钢琴师，让他们跳舞，而不是像今天这样——为了找求婚者。我看着觉得讨厌，讨厌，您可是达到了自己的目的，把女儿搞得晕头转向。列文要好上一千倍。而这个穿戴入时的彼得堡家伙，是机器制造出来的，他们全一个样儿，而且都是废物，就算他有皇家血统，我的女儿也用不着！”

“可是我究竟做什么了？”

“不然的话……”公爵愤怒地嚷嚷。

“我知道，要是听你的，”公爵夫人打断他说，“那我们就永远也没法给女儿找个婆家。如果那样，还不如到乡下去。”

“那倒好些。”

“你等等。难道是我巴结人家了？我丝毫没有巴结。一个年轻人，还是很好的，爱上了她，她好像也……”

“对了，瞧您这个好像！要是她果真爱上了，而他却像我一样，根本不想结婚？……哎呀！别让我这双眼睛看见……'啊，招魂术！啊，尼斯！啊，舞会上……'"公爵想象妻子的样子，也每说一句就屈一下膝，"可是瞧吧，吉蒂要真给迷住了，就会给她造成不幸……"

"为什么你这样认为？"

"我不是认为，而是知道，对这事儿，我们有眼睛，但娘儿们没有。我看有个真心诚意的人，就是列文；我还看到一只鹌鹑，就像这位只图一时之欢的蹩脚的东西。"

"啊，你头脑里既然已经……"

"你倒想想，到了达丽娅那样就晚了。"

"那好，好，我们不说了。"一想起不幸的达丽娅，公爵夫人制止了他。

"好极了，晚安！"

接着，老夫妇互相画过十字，亲过吻，却感到双方都停留在原来的意见上，就各自走了。

公爵夫人起初还坚信今天晚上已经决定了吉蒂的命运，符朗斯基的意图也是无可怀疑的了；但是，丈夫的话把她给弄糊涂了。因此，回到自己的房里后，她也像吉蒂一样，面对未卜的前景，怀着恐惧的心理重复了几次："求主宽恕，求主宽恕，求主宽恕！"

十六

符朗斯基从来就不知道什么叫家庭生活。他母亲年轻时是个交际场中红人，结婚前后都发生过许多起轰动社交界的风流艳事。他几乎不记得自己的父亲。在贵族子弟军官学校里，他完成了自己的教育。

从学校毕业的时候，他是一个出类拔萃的青年军官，很快又步入了彼得堡富裕军官的轨道。尽管他偶尔也在彼得堡上流社会露露脸，但所有的艳遇都发生在上流社会之外。

在奢华而粗俗的彼得堡生活之后，他在莫斯科头一次领略到了一位迷上他的上流社会姑娘那可爱纯洁的魅力。他连想都没有想到，自己与吉蒂的关系有什么不好。舞会上，他主要是和她一起跳；他常到她家里去；他和她谈的，是交际场中通常闲聊时的各种胡扯，但他无意中为这种胡扯赋予了让她感觉特殊的含意。尽管他对她并没有说什么在大家面前不能说的东西，她却越来越听凭于他，而他越是感觉到这一点，心里也就越加快活，对她也就越发温存体贴。他不知道自己对吉蒂的行为方式有一定的说法，叫做“勾引姑娘却不打算结婚”，而这种勾引则是像他那样的出色青年通常的恶劣行为之一。他仿佛头一次发现这种满足，于是就尽情享受。

假如他能听到当晚她双亲说的话，假如他能站到家庭的立场，并认识到要是自己不和吉蒂结婚她就会不幸，他一定会觉得很奇怪，而且不愿意相信。他无法相信，那使他尤其是使她得到巨大美好满足的事，会是一种恶劣行为。他更难以相信，自己应当结婚。

对他来说，结婚是从来都不曾设想过的事情。他不但不喜欢家庭生活，而且据他生活的那个独身族群体看来，成立家庭，特别是做丈夫，是和自己格格不入的、敌对的，甚至——是可笑的名堂。但是，尽管符朗斯基没有听到她双亲所说的话，那天晚上他从舍尔巴茨基家出来时，还是感觉到了那种存在于他与吉蒂之间的精神上的隐秘联系变得更加牢固。是该想点儿办法了。可是能采取及应当采取什么办法，他想不出来。

“那也真妙，”他想，每次从舍尔巴茨基家出来，他总能带着一种因为整晚没有抽烟而产生的神清气爽的感觉，还有一种被她的爱情打动而产生的心醉神迷的愉悦，“那也真妙，尽管我和她都什么也没有说，但通过那种看不见的目光和语调的交流，我们是那么互相理解，甚至比她亲口说她爱我更明白。而且是这么可爱，单纯，主要的是信任！我都感到自己变得美好、纯洁些了。我感觉到自己有一颗心，自己身上有许多美好的东西。这双可爱的含情脉脉的眼睛！当她说‘而且很……’的时候……”

“那又怎么样？那也没有什么。我觉得好，她也觉得好。”接着，他便开始考虑今天晚上到什么地方去消磨剩余的时间。

他反复设想自己有什么地方可以去。“俱乐部？玩别吉克纸牌游戏，和伊格纳托夫喝香槟酒？不，不去。花堡[①]那里可以找到奥勃朗斯基，有讽刺歌曲，康康舞[②]。不，腻了。瞧我这是在变好，正因为这我才去舍尔巴茨基家。我得回家。”他直奔杜索宾馆自己的房间，吩咐把晚饭送来，然后脱了衣服，脑袋刚倒在枕头上，便和通常一样，扎扎实实平静地进入了梦乡。

十七

第二天上午十一点，符朗斯基到彼得堡火车站接母亲，在大梯子的台阶上头一个碰见的人是奥勃朗斯基，他在接同一班火车到的妹妹。

“啊！伯爵大人！”奥勃朗斯基叫道，“你来接谁？”

“我来接妈妈。”符朗斯基和所有遇见奥勃朗斯基的人一样微笑着回答，握了握他的手。接着，两人一起上了阶梯。“她今天该从彼得堡来。”

“我可是等你到两点钟。从舍尔巴茨基家出来后，你到哪里去了？”

---

① 原文为法语。当时彼得堡一游乐处名称。

② 原文为法语。法国游艺场中的一种色情舞蹈表演。

“回家了，”符朗斯基回答，“昨天从舍尔巴茨基家出来，老实说，我真愉快，哪儿都不想去了。”

“我根据足迹能识别烈马，凭对方的眼睛能知道小伙子堕入情网。”奥勃朗斯基正像以前对列文一样朗诵起来。

符朗斯基微微笑着，一副并不否认的样子，但他立刻变换了话题。

“你来接谁？”他问。

“我嘛，我来接一位漂亮的女人。”奥勃朗斯基说。

“原来如此！”

“你这是以小人之心度君子之腹①！是安娜妹妹。”

“啊，是卡列宁夫人？”符朗斯基说。

“你大概认得她？”

“好像认得。也许不……说真的，不记得了。”符朗斯基漫不经心地回答。提到卡列宁这个名字时，他依稀记得某种古板而枯燥乏味的东西。

“但是我那位有名的妹夫阿列克谢·亚历山大罗维奇，你想必知道。全社会都知道他。”

“也就知道声望和样貌。我听说他是个聪明、有学问、信点儿教的人……可是你知道，这……非我所长②。”符朗斯基说。

“对，他是个很出色的人；稍许有点儿保守，但是个非常好的人，”奥勃朗斯基指出，“一个非常好的人。”

“啊，那太好了，”符朗斯基微笑着说，“啊，你在这里，”他转过身子，对正站在门边上的母亲的高个子老仆人说，“进来吧。”

最近一段时间以来，符朗斯基和奥勃朗斯基走得很近，除了奥勃朗斯基给大家都有的同样的好感外，在符朗斯基头脑里，他是和吉蒂联系在一起的。

---

① 原文为法语。

② 原文为英语。

“怎么，我们星期天为那位著名的女演员举行一次晚宴？”

“一定的。我来发邀请。啊，你昨天和我的朋友列文认识了吗？”奥勃朗斯基问。

“当然。但他不知怎么早早就走了。”

“他是个很好很可爱的人，”奥勃朗斯基接着说，“不是吗？”

“我不知道，”符朗斯基回答，“为什么所有这些莫斯科人——当然我正在聊天的这位除外，”他开玩笑地插了一句，“都有点儿偏激。他们都有点儿气势汹汹，发火，好像要让人家感觉到点儿什么……”

“是这样，对的，是……”奥勃朗斯基开心地笑道。

“车快到了吗？”符朗斯基转过去问车站的一位职工。

“信号已经发出了。”职工回答。

站上的准备活动，搬运工人的奔跑，巡警和服务人员的挤撞以及接客者们的涌现，表明火车越来越靠近了。透过寒冷的水蒸气露出穿着短皮袄和软高筒靴的工人，他们正从弯弯曲曲的铁轨上走过去。远处铁轨上传来蒸汽机车的吼叫声和一个沉重物体在移动的声音。

“不，”奥勃朗斯基说，他很想把列文对吉蒂的意思告诉符朗斯基，“不，你对我这位列文的评价不准确。他是个很神经质的人，并且常常令人不快，是的，不过他因此有时倒很可爱。这是个非常忠厚真诚的创造物，有一颗金子般的心。但昨天有特殊原因，”奥勃朗斯基意味深长地微笑着继续说，完全忘了他昨天对自己朋友那种真诚的同情，而现在他也经受着同样的感情，只不过是对符朗斯基罢了，“是啊，有一个原因会使他变得不是特别幸福就是特别不幸。”

符朗斯基停住了，直截了当地问：“也就是说——怎么？是不是他昨天向你的小姨子[①]求婚了……”

---

① 原文为法语。

“可能吧，”奥勃朗斯基说，“我昨天好像有点儿感觉到是这样。对，要是他早早走了，而且心情不好，那就是这样……他老早就爱上了，我为他感到很遗憾。”

“原来是这样！……我在想，她其实能指望找到一个更好的配偶，”符朗斯基说，同时挺直胸膛，又来回踱起步来，“不过，我不了解他，”他补充说，“对，是让人感到沉重！多少人正因为这就宁愿去与烟花女子们交往。在那里，不成功只证明你钱不够，而这里——是表明你人格的分量。不过，瞧，火车到了。”

确实，远处已经响起火车的汽笛声。几分钟后，站台震动起来了，车头喷出的蒸汽因严寒而往下低低地散开，中轮杠杆缓慢而平稳地一伸一屈移动着。满身白霜的司机弯着腰把机车开过来。接着是煤水车，再后面是行李车，车里一条狗正汪汪乱叫。火车滑行得越来越慢，站台的震动则越来越厉害了；最后，客车进站了，车厢震动了一下，停了下来。

一个模样能干的列车员不等列车停稳就边吹哨子边跳下来，急不可耐的乘客们也跟在后边一个接一个地跳下车：其中有挺直身子、严厉环视四面八方的近卫军军官，拎着手提包愉快微笑着的性急小商人，还有肩扛麻袋的农民。

符朗斯基与奥勃朗斯基并排站着，扫视了一遍所有车厢和下车的乘客，把母亲完全忘了。刚才他得知的吉蒂的情况，使他兴奋。他的胸膛不由自主地挺起来，两只眼睛闪闪发亮。他感到自己是个胜利者。

“符朗斯基伯爵夫人在这个单间里。”模样能干的列车员来到符朗斯基跟前说。

列车员的话惊醒了他，使他想起母亲以及即将与她见面这件事。他在心里并不尊敬母亲——尽管是无意的——他也不爱她。虽然按自己生活的那个圈子及所受的教育，他除了最大限度地顺从和尊重之外，无法想象对母亲还能有另一种态度，但他越是表面上顺从和尊重母亲，心里就越不尊敬不爱她。

十八

符朗斯基跟着列车员走上了车厢，在单间门口停下来给一位下车的太太让道。凭一个社交界人的眼力，符朗斯基一见这位太太的外表便断定她属于上流社会。他说了声对不起，正要再往车厢里边走，突然感到有必要再看她一眼——倒不是因为她很漂亮，也不是因为她通过全身打扮所显示出的优雅和翩翩风姿，而是因为她从他旁边走过时，可爱的脸部表情里出现了某种特别亲切和温柔的东西。他回头看时，她也转过了脑袋。她那双浓密睫毛下显得昏暗的闪闪发亮的灰眼睛，友善而关注地盯着他的脸，好像在辨认他似的，接着又立刻转到过来的人群里，仿佛是在寻找什么人。在这短暂的一瞥中，符朗斯基已经注意到她脸上有一道闪光极力克制着，却从她亮晶晶的双眼和略带微笑的弯曲红唇间一掠而过。她身上仿佛充满某种过剩的精力，不由自主地时而通过目光的闪烁，时而通过微笑表现出来。她故意使自己的目光变得暗淡，但那光辉还是违背她的旨意，流露在微微的笑容里。

符朗斯基走进车厢。他的母亲，一个黑眼睛和留着一绺绺鬈发的干瘦老太太，眯起眼睛注视着儿子，薄薄的嘴唇露出一丝微笑。她从软席上站起来，把一个小袋子交给女仆，然后向儿子伸出一只干瘪的小手，托起他的头来吻了吻他的脸。

“收到电报了？身体好吗？感谢上帝。”

“一路上好吗？”儿子说着，在她身边坐下来，同时不由自主地只顾听门外一个女人的声音。他知道，这是自己进车厢时碰上的那位太太的声音。

“我还是不同意您。”太太的声音说。

“这是彼得堡的观点，夫人。”

“不是彼得堡，而只是普通女人的。”她回答。

“好吧，请允许我吻您可爱的手。”

“再见，伊万·彼得罗维奇。对了，您看一下，我兄长在不在，让他到我这里来。”太太在门边上说，然后又回到单间里。

“怎么样，找到令兄了？”符朗斯基夫人转过来对太太说。

符朗斯基这时想起来了，这是卡列宁夫人。

“您兄长在这里，”他边说边欠起身来，“很抱歉，我没有认出您，再说我们相识的时间那么短，”符朗斯基鞠躬说，“您大概不会记得我了。”

“噢，不，”她说，“我本该认出您了，因为令堂和我一路上说的，好像全是关于您，”她说着，终于通过微笑把那种活跃舒畅地流露出来了，“可我还是没见到我那位兄长。”

“把他叫来吧，阿列克谢。”老伯爵夫人说。

符朗斯基走到站台上，大声叫喊道：

“奥勃朗斯基！在这里！”

但是安娜不等兄长过来，一见到他就迈着矫健轻捷的步伐走出了车厢。等兄长一走到她身边，她便以一种令符朗斯基吃惊的果断、优雅的动作，左手挽住兄长的脖子，迅速把他拉过来重重地吻了吻。符朗斯基目不转睛地注视着，自己也不知道为什么笑了。一想到母亲还在等着，他又重新走进车厢里。

“很迷人，不是吗？”伯爵夫人指指卡列宁夫人说，“她丈夫让她和我坐在一起，我也感到很高兴。一路上我们都聊天来着。而你，听人说……你们俩情投意合。再好不过，我的宝贝，再好不过。[①]”

“我不知道您指的什么，妈咪，”他冷冷地回答，“我们走吧。”

安娜重新回到车厢里，向伯爵夫人告别。

“瞧，伯爵夫人，您见到了令郎，而我见到了兄长，”她高兴地说，“我的事儿也讲完了，接下去就没有什么好说的了。”

“啊，哪里，”伯爵夫人拉起她的一只手说，“我和您，就是走

---

① 原文为法语。

遍天下也不会觉得寂寞的。您是一位可爱的女人，和您在一起，不管有话无话都是愉快的。而对宝贝儿子，您呀，请别多想：总不能永远不分开吧！”

安娜一动不动地站着，身子挺得非常直，一双眼睛在微笑。

“安娜·阿尔卡杰耶夫娜，”伯爵夫人向儿子解释，“有个八岁的宝贝儿子，她和他还从来没有分开过，因为把他留下了，所以心里总牵挂着。”

“对，我和伯爵夫人一直在说，我说我的，她说她的儿子。”安娜说，对他亲切地微笑了一下，这微笑使得她的脸容光焕发。

“这一定使您很烦恼吧？”符朗斯基立刻接住她投过的这个卖弄风情的球，说道。

但是，安娜不想往这方面继续谈下去，于是转向老伯爵夫人：“非常感谢您。我都没有发现，昨天一天就这么过去了。再见，伯爵夫人。”

“再见，我的好朋友，”伯爵夫人说，“让我亲亲您可爱的脸蛋。我索性说句倚老卖老的话，我实在喜欢上您了。”

不管这句话是多么客套，安娜看得出还真打心里相信了，并为此感到高兴。她涨红了脸，稍稍俯下身去，把自己的脸往伯爵夫人的嘴唇上一碰，又站直了身子，带着唇边和眼睛间的微笑，向符朗斯基伸过一只手。符朗斯基握住伸给他的纤手，安娜也大胆而富于精力地紧紧握着，这使符朗斯基心头涌过一种特别的喜悦。安娜快速地走出车厢。她的身材那么丰满，脚步竟那么轻盈，真是让人惊奇不已。

“很迷人。”老太太说。

她儿子心里也这么想。符朗斯基目视着她，直到那优雅的身影完全消失。他的脸上始终带着微笑。他从窗子里看到她走到哥哥身边，把手放在他手上，高兴地同他说话。谈的显然是与他符朗斯基毫不相干的事儿，这令他感到苦恼。

“啊，怎么，妈咪，你们都好吗？”他又一次转向母亲说。

“全都好，很好。亚历山大[1]很可爱。玛丽娅[2]也长得很漂亮了。她很有意思。”

伯爵夫人接着便讲起她最感兴趣的那些事儿来，讲到孙子的洗礼仪式——她就是为这事特地去的彼得堡，讲到皇上对大儿子的特别宠信。

“瞧，拉弗连季来了，”符朗斯基望着窗外说，“您方便的话，现在就走吧。”

随伯爵夫人一起来的老管家走进车厢禀报说，一切都准备好了，伯爵夫人便站起来想走。

“我们走吧，这时候人少了。”符朗斯基说。

侍女拿着手提袋，牵着狗；管家和搬运工提其他行李。符朗斯基扶着母亲的一只手。他们已经走出车厢时，突然有几个脸色惊慌的人从旁边跑过去。站长也戴着颜色不寻常的帽子跑过去了。显然是发生了什么意外。已经下车的乘客也纷纷往回跑。

“什么？……什么？……在哪儿？……撞火车了！……给轧死了！……”经过的人们不时发出惊呼。

奥勃朗斯基挽着妹妹一只胳膊，也脸色惊慌地走回来。他们在车厢门口站住，避开拥挤的人群。

太太们回到了车厢里，符朗斯基和奥勃朗斯基则跟随人群打听不幸事件的详细情况去了。

一个看守，不知道是因为喝醉了还是因为天气太冷衣帽裹得太紧，没有听到火车过来的声音，结果被轧死了。

不等符朗斯基和奥勃朗斯基返回来，太太们已经从管家那里得知了这些细节。

奥勃朗斯基和符朗斯基两人都看见了一具不像样子的尸体。奥勃朗斯基显得很悲痛。他皱起眉头，好像要哭出来。

---

① 原文为法语。

② 原文为法语。

“啊，多么可怕！啊，安娜，还好你没有看到！啊，多么可怕！”他连连说。

符朗斯基沉默不语，他那张漂亮的脸，表情严肃而又完全镇静。

“啊，还好您没有看到，伯爵夫人，”奥勃朗斯基说，“他的妻子也来了……看着她让人觉得可怕……她一头扑到尸体上。听说，他一个人养活一大家子。真可怕！”

“能不能为她做点儿什么？”安娜激动地说。

符朗斯基看了她一眼，立刻走出车厢。

“我这就回来，妈咪。”他从门口回过头来补充说。

几分钟后他回来时，奥勃朗斯基已经在与伯爵夫人谈论新的女歌手了，而伯爵夫人则十分焦急地望望门口，等着儿子。

“现在我们走吧。”他进来时说。

他们一起往外走。符朗斯基和母亲走在前头。后面是安娜和她的兄长。到出口处时，站长追到了符朗斯基身边。

“您交给我的助手两百卢布。劳您驾明确一下，您这是给谁的？”

“给遗孀，”符朗斯基耸了耸肩膀说，“我不明白，这有什么好问的。”

“您捐赠了？”奥勃朗斯基从后面叫嚷着，同时抓住妹妹的一只胳膊，补充说，“太好了，太好了！不对吗，一个大好人！幸会了，伯爵夫人。”

兄妹俩接着停下来，寻找她的侍女。

他们出站时，符朗斯基家的轿式马车已经走了。出站的人们仍在议论刚才发生的那件事。

“真是可怕的死亡！”一位先生从旁边走过说。

“我倒是认为相反，这样最省事儿，一瞬间就完了。”另一个指出。

“怎么会不设法制止呢。”第三个人说。

安娜坐在轿式马车里，奥勃朗斯基吃惊地发现，她的嘴唇在颤抖，她强忍住不让眼泪流出来。

“你怎么了，安娜?”他们离开有数百沙绳[①]时，他问道。

“不祥的预兆。”她说。

“胡扯什么!”奥勃朗斯基说，“你来了，这是最主要的。你没法想象，我对你寄予了多大的期望。”

“你早就认识符朗斯基?”她问。

“是啊。你知道吗，我们都希望他与吉蒂结婚。”

“是吗?”安娜轻轻地说，“好，现在来谈谈你，”她接着说，抖了抖脑袋，仿佛是想把某种多余和妨碍她的东西从身上驱散掉，“说说你的事儿吧。我收到了你的信，就来了。”

“是啊，全部希望都在你身上了。”奥勃朗斯基说。

“那好，你把全部经过都讲给我听听吧。”

奥勃朗斯基便开始讲起来。

到家后，奥勃朗斯基扶妹妹下马车，喘了口气，握了握她的手，便到机关去了。

十九

当安娜走进房间时，陀丽正和一个长得像他父亲的金发胖男孩坐在小客厅里，听他复习法语阅读课。那孩子边读边摆弄一只小手，竭力想摘下一颗快脱落的上衣纽扣。母亲几次把他的手挪开，但那只胖乎乎的小手又抓到纽扣上。母亲干脆扯下那颗纽扣，放进了自己的口袋里。

“手放安分些，格里夏。”她说着，再次拿起自己做了好久的

---

① 俄国长度单位，1 沙绳等于 2.134 米。

床单缝了起来，每当心里烦闷的时候她总是这样，现在她也是手指一跷一跷地数着针脚，心烦意乱地做着活计。尽管昨天她已吩咐人告诉丈夫，他妹妹来不来与她无关，但她还是为她的到来做好了一切准备，并激动地等待着。

陀丽被自己的痛苦压垮了，完全被吞没了。可是她没有忘记，小姑子安娜是彼得堡一位显要的夫人和彼得堡的贵妇人①。因为这个缘故，她没有照向丈夫声言过的那么做，也就是没有忘记小姑子要来做客这件事，并为此作了准备。“是啊，再说这事儿从哪方面看都不是安娜的错，”陀丽想，“关于她，除了最美好的印象，我不知道还有什么，而且，我看她对我也只有亲切和友谊。”不错，她能记得的对彼得堡卡列宁家的印象，是她不喜欢他们那个家本身；在他们家庭生活的整个气氛中有某种虚伪的东西。“可是我为什么不接待她？只要她不来规劝我就行！”陀丽想，“所有的安慰、劝解和基督式的宽恕——所有这一切，我都反复考虑过上千次了，所有这一切都没有用。”

这几天，陀丽都是单独和孩子们在一起。她不想说自己的痛苦，然而带着内心的痛苦谈论不相干的事情，她又办不到。她知道，不管怎样，自己都会把这事告诉安娜的，因此便时而为自己将向她倾吐一番感到高兴，时而又为不可避免地将和她，和他的妹妹谈论自己的屈辱，并听她说些劝解和安慰的老生常谈而生气。

她看着钟点，时刻等待着安娜的到来，像常有的情况那样，然而恰恰错过了客人到的那一瞬间，等到客人真到了，却偏偏没有听到铃声响。

听到裙子的沙沙声和轻轻的脚步声已经到达门口时，她环顾四周，在她那憔悴的脸上无意中流露出来的，不是喜悦而是惊讶。她站起来，一下子拥抱了小姑子。

“怎么，已经到了？”她说着，便吻了她。

---

① 原文为法语。

“陀丽，见到你我真高兴！”

“我也高兴。”她淡淡地微笑着说，竭力要从安娜的脸部表情上看出她是否已经知道了那件事。“看来，她知道。”她察觉到安娜脸上同情的表情后，这样想。“我们走吧，我带你到你的房间去。”她接着说，尽可能地把解释的时刻往后拖。

“这是格里夏吗？我的上帝，他长得多快！”安娜边说边吻了吻他，一双眼睛却始终没有离开陀丽，她站着并涨红了脸，“不，请哪儿也别去了。”

她解下头巾，脱了帽子，抓住自己的一绺缠住的黑鬈发，抖了抖脑袋，使头发散开来。

“而你，满脸幸福和健康的样子！”陀丽几乎带着妒忌说。

“我？……对，”安娜说，“我的上帝，塔尼娅！你和我的谢廖沙同年，”她转向跑过来的一个小女孩说，并把她抱起来，吻了吻，“多可爱的小姑娘，真可爱！把几个孩子都让我看看。”

她叫出所有人的名字，不只记得他们叫什么，而且记得他们多大、几月里生的、性格、每个孩子害过的病，陀丽不能不珍惜这一点。

“那好吧，我们到他们那边去，”她说，“可惜，瓦西亚这会儿睡着了。”

看完孩子们以后，她们坐下来，客厅里的咖啡桌前只剩下她们两个人。安娜拿起托盘，再把它推开。

“陀丽，”她说，“他对我说了。”

陀丽冷冷地瞥了安娜一眼。她已经准备好了来听故作同情的客套话；但是，这样的话安娜一句也没有说。

“陀丽，亲爱的！”她说，“我不想为他说什么，也不想安慰你；这是不可能的。不过，亲爱的，我只是为你感到可怜，打心底里为你感到可怜！”

她两道浓密的睫毛下闪闪发亮的眼睛里突然涌出了泪水。她坐得离嫂嫂更近了一点儿，并用自己一只有劲儿的纤手握住她的手。陀丽没有拒绝，不过脸上那干巴巴的表情并没有改变。

她说：“安慰我是没有用的。自从发生那件事情以后，一切都失去了，一切全完了。”

她刚说出这句话，脸突然变得温和了。安娜抓起陀丽一只干瘦、冰凉的手，吻了吻，又说：

“不过，陀丽，有什么办法，有什么办法？遇到这样糟糕的事怎么做才好——该想想的是这个。”

“全完了，再没有什么了，”陀丽说，“最糟糕的，你明白，我不能丢掉他；孩子们把我给拴住了。而和他生活在一起，我办不到，我见到他就觉得难过。”

“陀丽，亲爱的，他对我说了，但我想听听你说，把一切都告诉我。”

陀丽疑惑地看了她一眼。

看得出，安娜脸上的同情和爱是真挚的。

“好吧，”她突然说，“不过我要从头说起，知道吗，我是怎么结的婚。我受妈妈的教育，不只是很天真，还很愚蠢。我什么也不懂。听人家说，我知道做丈夫的会把自己过去的生活告诉妻子，但斯吉瓦……”她改口说，“斯捷潘·阿尔卡杰奇什么也没有告诉我。你不会相信，但我在那以前一直以为自己是他心目中唯一的女人。我就这样生活了八年。你要理解，我不但不会去想到不忠，而且认为这是不可能的，可是这下子，你倒想想，现在突然发现了这些可怕的丑事儿……你替我想想。原来完全相信自己的幸福，而突然……”她忍住痛哭接着说，“忽然看到一封信……是他给自己的情妇，给我们以前的女家庭教师的一封信。不，这太可怕了！”她急忙取出一块手绢捂住了脸，“一时的迷恋我还能理解，”她停了一会儿继续说，“没想到他竟然是这么处心积虑，狡猾地欺骗我……而且是和一个什么人？……一面继续做我的丈夫，一面却和她一起……这真可怕！你是没法理解的……”

“啊，不，我理解！我理解，亲爱的陀丽，我能理解。”安娜连连握住她的手说。

“可是，你以为他会理解我这种可怕的处境吗？”她接着说，“一点儿也不！他正幸福和得意着呢。”

“啊，不！”安娜连忙打断她，“他挺可怜，他正后悔莫及呢……”

“他会后悔？”陀丽打断安娜的话说，同时关切地注视着小姑子的脸。

“是的，我了解他。我没法看着却不可怜他。我们俩都了解他。他善良，但骄傲，而现在是这么丢脸。主要使我感动的是（安娜在此猜想到也使陀丽感动的是）——有两样东西折磨着他：一是觉得他给孩子们丢脸，另一件是他还爱着你……是的，是的，胜过世上一切地爱着你，”她赶紧打断想要反驳的陀丽，“却给你造成了痛苦，伤害了你。‘不，不，她不会原谅我的。’他一个劲儿地这么说。”

陀丽一面若有所思地望着别的什么地方，一面听小姑子继续说着。

“是的，我理解他的处境是可怕的；做了错事的比没有错的还要糟，”陀丽说，“如果他觉得全部的不幸都是因为他的错。但是有了她之后我还怎么做他的妻子，怎么原谅他？我和他一起生活将是一种折磨，正因为我珍惜自己过去对他的爱情……”

接着，她说不下去了，开始哭泣。

但是就像故意似的，每当她变得温和时便又开始说起使自己生气的话来激怒自己。

“要知道，她年轻，她漂亮，”她继续说，“你知道吗，安娜，我的青春、美貌，都被谁拿走了？就是他和他的孩子们。我把一切奉献给了他，而他现在，随便什么新鲜的下贱货都能让他更称心。他和她在一起时一定议论我，或者更坏，心照不宣——你知道吗？”她的一双眼睛又燃起了怒火，“而这过后，他又来对我说……哎，我还会相信他吗？永远不。不，全都结束了，原来的安慰，我忙碌、受罪的一切回报，全结束了……你会相信吗？我刚才教格里夏念书；以前这是我的快乐，现在却成了痛苦。我这么尽力、操劳，为了什么？为什么要孩子？可怕的是，如今我已经横下了一条心，我对他已经失去了爱情和温柔，而只有憎恶，对，憎恶。我真想杀了他……”

“陀丽，亲爱的，我全明白，但千万别折磨自己。你是那么委屈，那么愤怒，这样许多东西在你眼里都变了样。”

陀丽安静下来了，她们沉默了两分钟。

“怎么办呢？你替我想想，安娜，帮帮我。我全部反复考虑过了，看不出一点办法。”

安娜想不出什么办法，但她的心对嫂嫂的每句话，对她脸上的每个表情都产生了共鸣。

“我说一句，”安娜开口说，“我是他妹妹，我了解他的性格，了解他的健忘的性情（她在前额上做个手势），以及他易于迷恋又易于后悔的特点。他现在都不相信、不明白自己怎么会做出那种已经做了的事情来。”

“不，他明白，他明白的！”陀丽打断说，“但我……你忘了我……难道我好过吗？”

“你听我说：他对我说的时候，老实对你讲，我还没有理解你的全部可怕的处境。我看到的只是他和一个破裂了的家庭；我觉得他可怜，可是听你说了以后，我作为一个女人，看到了另外一面；我看到了你的痛苦，我觉得自己没法对你说，我是多么替你难受！不过，陀丽，亲爱的，我完全理解你的痛苦，只是有一点我不清楚：我不清楚……我不清楚你心里还爱他到什么程度。这一点只有你自己知道，你是不是还有足够的爱来原谅他。如果有，那就原谅他吧！”

“不。”陀丽开始说；但安娜打断了她，再次吻了吻她的手。

“我比你见的世面多，”她说，“我了解像斯吉瓦这些人，他们怎么看待这种事情。你说斯吉瓦和她在一起议论你。没有这回事儿。这些人干着不忠的勾当，但自己的家庭和妻子——对他们来说是神圣的。他们瞧不起被他们玩弄的女人，那些女人也破坏不了他们的家庭。他们在家庭与这种事情之间好像画了一条不可跨越的界线。我不明白这是什么道理，但情况确实是这样。”

“是啊，可是他吻她……”

“陀丽，听我说，亲爱的。当年斯吉瓦跟你谈恋爱的时候，我是看见的。我记得当时他常到我那里来，边哭边说，认为你在他心目中是那么崇高和那么富有诗意，我还知道，和你生活得越久，他心目中的你就越崇高。要知道，我们常常笑话他，因为他每说一句话总要加上一句：‘陀丽是个奇妙的女人。’对他来说，你从来而且依然是个女神，而这次外遇不是他真心的……”

“可是，要是有下次呢？”

“据我所知，不会再有了……”

“好吧，要是换了你，你会原谅吗？”

“不知道，我说不上来……不，我能。”安娜想了想又说。她在心里想象了一下这种处境，又衡量了一番后，补充道，“不，我能，我能，我能。不，换作我就原谅了。我不会再像以前那样了，是的，我会原谅，而且会像完全没有发生过那事儿一样。”

“那个自然，”陀丽像自己不止一次地考虑过似的立刻打断了她，“不然的话，这也就不叫原谅了。要原谅就完全，完全地。那我们走吧，我带你到你房间里去，”陀丽站起来说，还边走边拥抱安娜，“我亲爱的，你来了，我真高兴。我感觉好些了，好得多了。”

二十

这一整天安娜都在家里，也就是待在奥勃朗斯基家里，没有接待任何人，因为她认得的人中有几位知道她来了，当天已经来看过她了。一上午安娜都和陀丽及孩子们在一起。她只给兄长送去张便条，要他一定回家吃午饭。“来吧，上帝是仁慈的。”她写道。

奥勃朗斯基在家里吃的午饭；谈话是一般性的，妻子和他说话时对他以“你”相称，这是前几天没有的。夫妻间的关系依然是那样格格不入，但已经不提分手的事了，奥勃朗斯基还看到了和解的可能。

午饭刚过，吉蒂就来了。她知道安娜·阿尔卡杰耶夫娜，但不很熟悉，因此这次到姐姐家来，总为这位大家都夸奖的彼得堡上流社会的贵妇人会怎么接待她感到心神不安。但是，她博得了安娜·阿尔卡杰耶夫娜的好感——这一层，吉蒂立即就看了出来。安娜喜欢她，显然不是因为她的漂亮和年轻，再说吉蒂还没有定下神来就感到自己不但已经受到了安娜的影响，而且像姑娘家往往喜欢已婚的和年长的太太那样爱上了她。安娜不像位上流社会的太太，也不像有个八岁儿子的母亲，从举止的灵活、模样的妩媚及脸上那时而在她的微笑、时而在她的眼睛里流露出来的蓬勃的生气，看上去更像个二十岁的姑娘。吉蒂觉得安娜非常淳朴，又坦坦荡荡，但她心中有着另一个复杂而富有诗意的超凡脱俗的世界，那是吉蒂所无法捉摸的。

午饭后，当陀丽回到自己的房间时，安娜赶快站起来，走到正抽着雪茄烟的哥哥跟前。

“斯吉瓦，”她愉快地对他眨眨眼睛说，同时给他画十字，用眼睛指指门，“去呀，上帝保佑你。”

他明白了她的意思，扔了雪茄，便走出了房间。

奥勃朗斯基出去后，安娜又回到了被孩子们团团坐着的长沙发上。不知是因为孩子们看出妈妈喜欢这位姑姑呢，还是因为他们自己觉得她身上有一种特别的美，两个大的，然后是小的，都像孩子们通常做的那样，在饭前就缠住这位新来的姑姑，而且跟她寸步不离的。他们之间好像在玩一种游戏，都想尽量靠近姑姑身边，抓着她可爱的手，亲吻她，玩她手上的戒指，或抚摸她裙子上的褶边。

“来，来，像我们原来那样坐下。”安娜坐到原位上说。

格里夏就把脑袋塞到她的一只手下，并把脑袋贴在她的裙子上，满脸幸福和自豪的样子。

“那么，什么时候举行舞会啊？”她问吉蒂。

“在下个星期，而且会是极好的舞会。这样的舞会总是挺让人开心的。”

“哦，总是挺让人开心的，有这样的舞会吗？”安娜带着温柔的讪笑说。

“听起来奇怪，但是有。在鲍勃里茨基家从来总是开心的，尼基京家也是，而在梅什科夫家则总没有意思。您难道没有发觉？”

“没有，我亲爱的，对我来说已经没有让人开心的舞会了，”安娜说，吉蒂又一次在她的眼睛里看到了那个自己并不理解的特别的世界，“对我来说，只有不那么令人难受和乏味那样的……”

“舞会上，您怎么会乏味呢？”

“为什么我在舞会上不会感到乏味呢？”安娜问。

吉蒂注意到，安娜知道会有什么样的回答。

“因为您总是比谁都漂亮。”

安娜生来容易脸红。她脸红了，说：“首先，从来就不是这样的；其次，如果是，对我又有什么用？”

“您去参加这次舞会吗？”吉蒂问。

“我想，不去不行吧。这个，拿着。”她对正从她白皙小巧的指头上把戒指轻轻往下拉的塔尼娅说。

“如果您去，我会很高兴的。我是那么想在舞会上见到您。”

“要是不得不去的话，我至少可以以此自慰了……格里夏，别抓我的头发，它们本来就乱七八糟的了。”她说着，理了理格里夏正玩弄的一绺掉出来的头发。

“我在想，您一身淡紫色在舞会上的情景。”

“为什么一定是淡紫色的呢？”安娜微笑着问，“好了，孩子们，走吧，走吧。听见了吗？古莉小姐在叫你们去喝茶呢。”她说着，把孩子们从自己身边拉开，让他们到餐厅里去了。

“我知道您为什么叫我去参加舞会。您对这次舞会寄予很多期望，您希望大家都在场，大家都参加。”

“您怎么知道？对呀。”

“哦！您这个年龄多么美好，”安娜接着说，“我记得这浅蓝色的雾，就像在瑞士的山上。这雾把童年快要结束的那个美妙时代的一切都掩盖起来了，从那幸福快乐的巨大圈子里显露出一条越来越狭小的道路，它愉快而又可怕地通向这个穿廊式房间，显得明亮而美好……谁没有经过它呢？”

吉蒂默默地微笑着。“可她是怎么走过来的呢？我真想知道她的全部罗曼史。”吉蒂心想，同时回忆起她的丈夫阿列克谢·亚历山大罗维奇那副毫无诗意的外貌来。

“我知道一点。斯吉瓦对我讲了，祝贺您，我很喜欢他，”安娜接着说，“我在火车上见到了符朗斯基。”

“啊，他到车站去了？”吉蒂涨红了脸问道，“斯吉瓦都对您说什么了？”

“斯吉瓦全讲给我听了。而且，我真高兴啊。昨天我和符朗斯基的母亲同车来的，”她继续说，“他母亲也不断地给我讲他的事儿；他是她的爱子；我知道，做母亲的总是偏心的，可是……”

“他母亲对您讲了些什么？”

“啊，很多！我知道他是她的宝贝，可毕竟看得出，这是个好男子……比如，她说，他想把全部财产都让给哥哥，他小时候还做过不寻常的事情，救了一个落水的女人。一句话，是个英雄。”安娜微笑着说，同时回忆起他在火车站捐献两百卢布的事儿。

然而，她没有讲这两百卢布。想起这事儿，不知怎么使她不愉快。她觉得在这件事情里有某种牵涉了她的、不该发生的东西。

“她一再请我到她那里去，”安娜继续说，“我也乐于见到老太太，而且明天就去看望她。不过，感谢上帝，斯吉瓦在陀丽的书房里待了这么久。”安娜补充说，她改变了话题并欠起身来，吉蒂觉得她好像有点儿不高兴的样子。

“不对，是我先，不对，是我！”孩子们喝完茶，大声嚷嚷着跑来找安娜姑姑。

“大家同时！”安娜边说边笑，迎着他们跑过去，和这群乱跑乱跳高兴得大叫大闹的孩子们拥抱起来。

二十一

到了大人们喝茶的时候，陀丽从自己房里出来了。奥勃朗斯基没有出来。他大概是从妻子房间的后门出去了。

“我怕你住楼上会觉得冷，”陀丽对安娜说，“想让你搬到下边来，我们也可以挨得近些。”

“啊，请不要为我操心了。”安娜边回答边注视着陀丽的脸，她竭力想看出他们是否和好了。

“住在这里，你会觉得更亮一点儿。”嫂嫂回答。

“我对你说，我无论什么地方、什么时候都睡得像头旱獭。”

“你们在谈什么呀？”从书房里走出来的奥勃朗斯基问妻子。

听他的语气，吉蒂和安娜都明白，他们和解了。

“我想让安娜搬到下边去，不过得把窗帘挂好。谁也不会做，得我自己干。”陀丽回答说。

“天知道，他们是不是完全和好了？”安娜听着她冷淡而平静的语气，心里想。

“啊，算了吧，陀丽，你老是自寻烦恼，”丈夫说，“唉，要是你愿意的话，这一切全由我来做……”

“对，该是和好了。”安娜心想。

“我知道这些事你会怎么做，”陀丽回答，“对马特维说声把事做好，而自己就走了，他又把一切都搞错。”陀丽这么说时，噘起嘴角，露出惯常带讽刺的微笑。

“完全，完全和好了，完全，”安娜心想，“感谢上帝！”她便为自己促成了这件事感到高兴，便走到陀丽面前，吻了吻她。

“保证不会，你干吗这样小看我和马特维？”奥勃朗斯基脸上露出隐约的微笑，对妻子说。

整个晚上，陀丽和往常一样以稍带讪笑的态度对待丈夫，而斯捷潘·阿尔卡杰奇则满意又开心，但也尽量不露出得到原谅就忘了自己过错的样子。

晚上九点半钟，奥勃朗斯基一家人围坐在桌子旁边进行着一场特别开心和愉快的家庭谈话：它被一个表面上看最普通的事件破坏了，而这最普通的事件不知怎么大家都觉得突兀。谈到彼得堡一些共同的熟人时，安娜迅速站起来。

“我相册里有她的照片，”她说，“顺便也让大家看看我的谢廖沙。”她带着一个母亲的自豪的微笑补充说。

快十点钟了，她平时总是在这个时候和儿子道晚安，而且往往在出去参加舞会之前把儿子安顿好，她开始为自己离开儿子这么远而忧伤起来；而且不管谈论什么，她的心绪总时不时地想起自己鬈发的谢廖沙。她总想看看他的照片，并谈谈他。这次有了借口，她就站起来，迈着轻巧果断的步子去取相册。通到她房门口的楼梯，是对着入口处的平台的。

当她从客厅里出来时，过道里传来一阵铃响。

“这会是谁呢？”陀丽说。

“来接我还早，而看别的人又晚了。”吉蒂说。

“大概是有公文。”奥勃朗斯基加了一句。当安娜从楼梯旁边走过时，仆人跑到楼上禀报有人来访，而来客已经站在灯光下。安娜往下瞥了一眼，立刻认出是符朗斯基，一种既满足又害怕什么的奇怪感觉突然在她的心头涌动了一下。他站着，没有脱大衣，正从口袋里掏什么。她走到楼梯正中间的一瞬间，他抬起眼睛，看见是她，他脸上立即流露出某种羞愧和惊恐的神色。她稍稍低下头，上楼去了，接着，她背后传来了斯捷潘·阿尔卡杰奇招呼符朗斯基进去的响亮的嗓音，以及符朗斯基不很响亮的柔和平静的谢绝声。

安娜拿着相册回来时，他已经不在了，奥勃朗斯基说，他是顺便来打听一下他们明天请一位刚到的名流吃饭的事儿。

“他说什么也不肯进来。他这人多古怪。”奥勃朗斯基补充说。

吉蒂脸红了。她觉得只有自己一个人知道，他为什么来但为什么又不愿进屋。“他到我们家去，”她想，“却没有找到我，心想我在这里；然而不进来，是因为心想——晚了，再说安娜在这里。”

大家互相看了看，什么也没有说，接着便开始翻看安娜的相册。

一个人九点半钟到朋友家里弄清举办午宴的详情细节而没有进屋，这既没有什么特别的，也没有什么奇怪的；可大家都觉得这事儿怪。对这事儿最觉得奇怪和不妙的，是安娜。

二十二

当吉蒂和母亲踏上灯火辉煌、站满涂脂抹粉和身着红长袍仆人的宽阔阶梯时，舞会才刚开始。大厅里传出持续、均匀的像在蜂房里蜂鸣的那种窸窸窣窣声，当她们来到摆满树木的敞厅，在镜子面前整理发髻和服装时，大厅里响起第一场华尔兹舞曲的准确而清晰的小提琴声。一个在另一面镜子前梳理自己花白了的鬓发和散发出一股香水味儿的文职小老头，在梯子上和她们碰在了一起，他显然喜欢这位陌生的吉蒂，让到了一边。一个舍尔巴茨基老公爵称为纨绔子弟的没有长胡子的社交青年，过分地敞开背心，边走边拉着自己的白领带，对她们一鞠躬，从旁边跑过去又回来，邀请吉蒂跳卡德里尔舞。第一轮卡德里尔舞她已经答应了符朗斯基，所以答应这位青年跳第二轮。一个戴紧手套的军人倚门站着，他抚摸着小胡子，欣赏着像玫瑰花一般娇艳的吉蒂。

吉蒂的打扮、发髻及全部为参加舞会所作的准备，尽管费了好大心思，但这时穿在粉红色衬裙上的一身考究的网纱服装却显得那么自然和朴质，仿佛所有这些花结、花边及装饰的全部细节都不曾花费她和她家人一分一秒的心意，仿佛她生来就是这样一身网纱、花边，梳着高高的发髻，戴着一朵两片叶子往上翘的玫瑰花。

走进大厅前，老公爵夫人想把她折着的丝带拉拉直，吉蒂却稍稍避开去了。她觉得自己身上的一切本来就该是美好的和优雅的，什么也用不着纠正。

这是吉蒂最幸福的日子。裙子没有一点儿不合适，花边装饰没有一处往下掉，花结没有变形也没有脱落；带弧形高跟的粉红色鞋子也不夹脚，倒使一双秀足很舒适。密密的浅色发髻自由地竖在小脑袋上。紧紧裹着的长手套的全部三个纽扣都没有脱开，因此没有改变手臂原来的形状。脖子上特别柔软地绕着一条带镶嵌小饰物的黑色天鹅绒条带。这天鹅绒条带很美，在家里对着镜子照脖子的时候，吉蒂觉得它特别光彩照人。别的东西也许还有美中不足，但这天鹅绒条带真是完美无缺。吉蒂在舞厅里对着镜子一瞧，也忍不住微微笑了。两个裸露的肩膀和一双胳膊使吉蒂有一种冷彻的大理石的感觉，这是一种她特别喜欢的感觉。两只眼睛闪闪发亮，而因为意识到自己迷人的魅力，两片嘴唇不能不流露出笑容。她没有等进入大厅，来到等待人家邀请的满身是网状纱、条带、花边和鲜花的女人堆里（吉蒂从来不在其列）的时候，就被人邀请去跳华尔兹舞了，而且邀请她的是最好的舞伴，舞坛魁首、著名的舞会指挥和主持人，一个已婚的美男子叶戈鲁什卡·柯尔松斯基。他刚离开与自己跳完头一圈华尔兹舞的巴宁伯爵夫人，抬头看了一下队伍，也就是开始跳起来的几对，见到吉蒂进来了，便以舞会指挥特有的遛蹄牝马似的步子跑到她跟前，鞠了一躬后，甚至没有问一声她是否愿意就伸手搂住她纤细的腰肢。她转眼看看周围，想把扇子交给谁，女主人随即笑笑，接下扇子。

"太好了，您及时到场，"他搂住她的腰说，"不然，迟到了成什么样子。"

她弯起左手，搭在他的肩膀上，一双穿粉红色鞋子的秀足顺着音乐的节拍在光滑的嵌木地板上快速、轻盈而敏捷地移动起来。

"和您跳华尔兹舞真是一种享受，"他迈出开始时的缓慢步子对她说，"好极了，多轻巧，多准确①。"他像对几乎所有的好舞伴那样对她说。

她对他的夸奖微微一笑，继续越过他的肩膀环视着大厅。她不是把舞会上的所有面孔都融合成一个神奇印象的初出茅庐的女子；她也不是老跑舞会，以至于所有的面孔都熟悉得感到没有意思的姑娘；她是处于两者之间——很兴奋，同时又能控制自己适可而止。在大厅左边的一个角落，她发现社会之花聚集到了一起。那里有穿戴得不能再裸露的美女、柯尔松斯基的妻子莉琪，有女主人，有上流人物到哪里他也到哪里、脑袋秃得发亮的克里文。小伙子们都往那边望，但不敢走拢过去。她还看到了斯吉瓦，然后是穿着黑色天鹅绒裙子的安娜的美丽身影。他也在这里。吉蒂从自己拒绝列文的那个晚上以来，还没有见到过他。吉蒂以一双敏锐的眼睛立刻认出了他，甚至还发觉他在瞧着自己。

"怎么，再来一圈？您累不累？"柯尔松斯基稍稍有点儿气喘地说。

---

① 原文为法语。

“不了，谢谢您。”

“那么，把您带到哪里?”

“卡列宁夫人好像在这里……送我到她那边去吧。”

“听您的吩咐。”

柯尔松斯基随即减慢了步子，跳着华尔兹舞直往大厅左角的人堆里转，同时不断向人表示着歉意：“对不起，太太们，对不起，太太们。[①]”在花边、网纱和条带的海洋里曲折前进，没有钩着一根羽饰，带着自己的舞伴一个急转弯，使得她那双穿透花长袜的纤瘦的腿都露了出来，而那拖地长后襟则被拉成扇形盖在了克里文的两个膝盖上。柯尔松斯基一鞠躬，把敞开的胸襟拉拉直并伸过一只手，把她带到安娜那边。吉蒂满脸通红地从克里文的膝盖上拉下拖地长后襟，她稍有点儿头晕，张望着寻找安娜。安娜并没有像吉蒂希望的那样穿着浅紫色的衣裙，而是穿了件领口开得很低的黑色天鹅绒裙子，袒露着她那象牙似的丰满的肩膀和胸部以及长着纤嫩小手的圆圆的胳膊。裙子上镶满了威尼斯凸形花边。她没有任何掺杂的一头纯净黑发上，系着个小小的三色堇蝴蝶结，白花边黑条带的当间也是这样。她的发髻不显眼。显眼的只是那些从来都自由自在地披到后脑和两鬓的一串串小圆圈似的鬈发，那更增添了她的魅力。光滑结实的脖子上挂着一条珍珠项链。

吉蒂每天都见到安娜，她爱慕她并心想她一定是一身浅紫色。但现在看到她一身黑色后，觉得自己还不完全了解她的全部魅力。她现在见到的她，对她来说完全是新的和出乎意料的。她明白了，安娜不可能穿浅紫色的，她的魅力恰恰在于她总是打扮得让人看不透；而且，任何打扮都不过是个框子，引人注目的是她本身，一个朴质、自然、优美又愉快和生气勃勃的女人。

她像平时一样笔直地站着，吉蒂走到这一堆人身边时，她正

---

① 原文为法语。

稍稍地把头侧向这家的主人，在和他聊天。

“不，我不指责，”她正在回答他什么问题，“虽然我不明白。”她继续说，耸了耸肩膀，便立刻带着爱护的微笑对着吉蒂。她以女人敏捷的目光一瞥，头部做了个不很明显但为吉蒂所领会的对她一身打扮及美丽表示赞赏的动作，“你们倒是跳着舞进入大厅啊。”

“这是我最忠实的舞伴之一，”柯尔松斯基向安娜一鞠躬说，他还没有见过她，“公爵小姐使这次舞会增光不少。安娜·阿尔卡杰耶夫娜，来一圈华尔兹。”他边说边弯下腰。

“你们认识？”主人问。

“我和谁不认识？我和我妻子像两只白狼，大家都认得我们，”柯尔松斯基回答说，“来一圈华尔兹，安娜·阿尔卡杰耶夫娜。”

“只要能不跳，我是不跳的。”她说。

“可今天不行。”柯尔松斯基答道。

这时，符朗斯基过来了。

“那好，今天既然非跳不可，那就来吧。”她说，没有注意到符朗斯基的鞠躬，并很快把一只手搭到柯尔松斯基的肩膀上。

“为什么她对他不满意？”见安娜故意不答理符朗斯基，吉蒂心里想。符朗斯基走到吉蒂面前，他向她提起头一轮的卡德里尔舞，并为这段时间没有荣幸见到她感到遗憾。吉蒂一边赞赏地看着跳华尔兹舞的安娜，一边听他说。她在等他邀请自己跳华尔兹舞，可是他没有邀请，她于是惊讶地瞧了他一眼。他脸红了，赶忙请她跳华尔兹舞，但他刚搂起她的纤腰，才迈出第一步，音乐突然停止了。吉蒂看着这张离自己这么近的脸，用充满爱意的目光望着他，而他竟没有反应。这一点，甚至过了好几年，仍使她有一种痛苦得心碎的羞耻感。

“对不起，对不起！[①] 华尔兹，华尔兹！”柯尔松斯基从大

---

① 原文为法语。

厅的另一边叫喊起来，同时立刻拉住一位靠自己最近的小姐跳起来。

二十三

符朗斯基和吉蒂跳了几轮华尔兹舞。跳完华尔兹，吉蒂来到母亲身边，刚与诺尔德斯顿说了几句话，符朗斯基便过来邀请她跳卡德里尔舞。在跳卡德里尔舞时，什么要紧点儿的话都没有说，断断续续一会儿谈到柯尔松斯基夫妇，他很逗乐地把他们描绘成一对可爱的四十岁的孩子，一会儿说到未来的公共剧院，只有一次触动了她的心，当时他问起列文是不是在这里，并补充说自己很喜欢他。不过，吉蒂对卡德里尔舞并没有抱多大期望。她心情十分紧张地等待着玛祖卡舞。她仿佛觉得，在跳玛祖卡舞时一切都该有个结果。在跳卡德里尔舞时她并没有接到他的邀请，但她对此并不担心。她相信自己会和他一起跳玛祖卡舞，就像以前的几次舞会一样，于是拒绝了五位请自己跳玛祖卡舞的人，说自己已经有舞伴了。直到最后一轮卡德里尔舞，对吉蒂来说，整个舞会都是一场欢乐的鲜花、音响和动作的神奇梦境。只有当觉得自己太累了想休息一下时，她才不跳。然而在与一个令她讨厌而又无法拒绝的青年跳最后一轮卡德里尔舞时，她恰恰处在符朗斯基和安娜的对面①。从舞会开始以来，她和安娜没有相遇过，这会儿突然又看到她换了个崭新的和出乎意料的模样。她在她身上发现自己那么熟悉的因为成功而兴奋的表情。她看到安娜正陶醉在对自己的倾倒中。她熟悉这种感觉，知道它的苗头，并在安娜身上看到了这种苗头——看到一双眼睛里颤抖、闪烁的亮光和因为幸

① 原文为法语。

福和激动无意中弯曲起嘴唇的微笑，以及清晰、优雅、准确和轻巧的动作。

“会是谁呢？”她问自己，“是大家，还是——一个人？”与她跳舞的尴尬的青年谈话时放过了话头后又没法接上，她也没有去帮那个青年摆脱窘态，兀自跳着舞，表面上听从柯尔松斯基高高兴兴要大家一会儿围成大圈①，一会儿站成一排②的大声号令，其实一直在注视着安娜，她的心却揪得越来越紧了。“不，使她陶醉的不是众人的欣赏，而是一个人的赞赏使她神魂颠倒了。而这个人？难道是他？”每次他与她谈话，她的眼睛里都闪耀出欣喜的亮光，而且幸福的微笑使她绯红的嘴唇弯曲起来。她竭力在控制自己不露出这些，但它们却自然地流露在她的脸上。“而他呢？”吉蒂瞅了他一眼，心里感到一阵恐惧。吉蒂从安娜的脸上像从镜子上那样清楚地猜度出的东西，她也在他身上窥探出来了。他从来都平静、坚定的风度及脸部无忧无虑泰然的表情哪里去了？不，这会儿每次对她说话，总是会稍稍低下脑袋，就像要拜倒在她脚下，他的目光中则只有顺从和惶恐。“我不愿亵渎你，”每次他的目光仿佛在说，“我是要挽救自己，可又不知道怎么做。”他脸上的这种表情，以前她从来没有见到过。

他们说到一些共同的熟人，进行的是一些最无关紧要的谈话，但吉蒂仿佛觉得他们说的任何一句话都关系到他们及她的命运。而且奇怪的是，尽管他们确实在谈论伊万·伊万诺维奇说起法语来有多么可笑，对叶列茨卡娅来说可以找个更好点儿的对象，而其实这些话对他们的意义及他们的感觉，也和吉蒂一样。在吉蒂心里，整个舞会，整个世界以及一切都被蒙上了一层烟雾。不过自己以往接受的严格教育支持着她，迫使她像所要求的那样去做，也就是跳舞，回答提问，交谈，甚至微笑。然而在玛祖卡舞开始

---

① 原文为法语。

② 原文为法语。

之前，当人家已经开始摆椅子及有几对已经从小厅转到大厅的时候，吉蒂瞬息间还是感到绝望和恐惧。她拒绝了五个人，因此现在没有跳玛祖卡的舞伴了。甚至失去了有人邀请自己的希望，因为她在社交界获得了太大的成功，以至谁也不会想到她到这时还没有被邀请。应当告诉母亲说自己病了，然后回家，但她又没有这样做的勇气。她觉得自己彻底毁了。

她来到小客厅的尽头，坐在了圈椅上。薄纱裙子的下半部分，围着她苗条的身材，像云一样飘了起来，一只裸露的、瘦瘦的、细嫩的少女的手臂无力地向下耷拉着，落在粉红色裙腰的褶皱里；她另一只手拿着扇子以急促的动作扇着自己燥热的脸。但是，和这副刚在一棵小草上歇下而准备马上又要展开彩虹般翅膀起飞的蝴蝶模样相反，可怕的绝望揪住了她的心。

“不过，也许是我错了，也许不是这么回事儿？”

于是，她重新回想起自己所看到的一切来。

“吉蒂，这是怎么了？”诺尔德斯顿伯爵夫人说着，顺着地毯不出声地走到她身边，“我不明白这是怎么了。”

吉蒂的下嘴唇颤抖了一下；她迅速站起来。

“吉蒂，你不跳玛祖卡舞？”

“不，不。”吉蒂含着眼泪，声音颤抖地说。

“他当着我的面请她跳玛祖卡舞，”诺尔德斯顿伯爵夫人说，她知道吉蒂明白，他和她指的都是谁，“她说了：‘难道您不和舍尔巴茨卡娅公爵小姐跳？’”

“啊呀，我反正都一样！”吉蒂回答。

除了她自己，谁都不理解她的处境，谁也不知道她昨天拒绝了自己也许爱上了的人，而拒绝是因为她相信了另一个人。

诺尔德斯顿伯爵夫人找来了和她一起跳玛祖卡舞的柯尔松斯基，并嘱咐他邀请吉蒂。

吉蒂在第一组里跳，而且幸好她不用说话，因为柯尔松斯基老跑着指挥他的队伍。符朗斯基和安娜几乎就舞在她的正对面。

她以一双敏锐的眼睛看到了他们，在大家跳着聚拢来时，她还挨得近近地看到了他们，而且越看他们就越相信，自己的不幸已经发生。她发现他们在这个挤得满满的大厅里感到仿佛是两个人单独在一起。而且，在符朗斯基从来都那么坚定、有主见的脸上，她发现了那种使自己吃惊的不知所措和顺从的表情，就像一条知道自己错了时的聪明的狗一样。

安娜在微笑，她的微笑也感染了他。她陷入沉思，他也变得严肃起来。有一种超自然的力量把吉蒂的眼睛吸引到安娜脸上。她穿着一件普通的裙子却充满魅力，她一双戴手镯的丰满胳膊充满魅力，戴着一圈珍珠项链的结实的脖子充满魅力，一头蓬松的鬈发充满魅力，一双纤手秀足优雅轻盈的动作充满魅力，这张生气勃勃漂亮的脸蛋充满魅力；但是，在她的魅力中有某种可怕和残酷的东西。

吉蒂对她比以前更加赞叹，同时心里也越发痛苦。吉蒂觉得自己被击垮了，而且她的脸表现了这一点。符朗斯基在玛祖卡舞中与她碰在一起时，竟一下子没有认出她来——她变得这么厉害。

“极好的舞会！”他没话找话地对她说。

“对。”她答道。

玛祖卡舞跳到一半时，又按照柯尔松斯基想出的复杂花样，安娜走到圆圈中心，找了两个男舞伴并把一位太太和吉蒂叫到自己身边。吉蒂走过去时，惊恐地看着她。眯起眼睛的安娜看着她，并笑眯眯地握住她的一只手。但发觉吉蒂脸上对她的微笑的回答只有绝望和吃惊这一种表情，她便转过身去高高兴兴地与那位太太交谈起来。

“对，她身上有某种陌生的、魔鬼般的、迷人的东西。”她对自己说。

安娜不想留下来吃晚饭，但主人开始挽留她了。

“好了，安娜·阿尔卡杰耶夫娜，”柯尔松斯基把她裸露的手臂放在自己燕尾服的袖子底下劝说道，“我有个大跳一场科季里昂舞的想法！美极了！[①]”

接着，他慢慢移动步子，竭力想把安娜拉过去。主人鼓励地微微笑了笑。

“不，我不能留下来。”安娜笑眯眯地回答，不过虽然在微笑，柯尔松斯基和主人听她回答的坚决口气都明白，她不会留下了。

“不了，说实在的，在这一次舞会上跳的就已经比我在彼得堡整个冬天跳的还要多了，”她边说边看着站在自己旁边的符朗斯基，“动身以前，我得休息一会儿。”

“而您决心明天要走？”符朗斯基问。

“是的，我想。”安娜回答说，仿佛为他大胆的问题感到吃惊；但当她这样说的时候，她的眼睛和微笑时闪耀的光辉使他的心燃烧起来了。

安娜没有留下吃晚饭，就走了。

二十四

“是的，我身上是有讨厌的让人憎恶的东西，”列文从舍尔巴茨基家出来，徒步向他哥哥家走去，心里在想，“所以，在别人看来我是不中用的。人家说我骄傲。不，我并不骄傲。要是骄傲的话，我也不会落到这种地步了。”接着，他想起了那个符朗斯基，幸福、善良、聪明、沉着，大概从来都不曾落到他今天晚上的那种可悲境地，“对，她就该选择他。应该如此，我没有什么可以抱怨的。是我自己的错。我有什么权利去要求她同我结成终身伴侣呢？我是什么人？我又算什么？一个微不足道的人，一个谁都不需要和对谁都没有用的人。”然后，他回想起哥哥尼古拉，并愉快

---

① 原文为法语。

地沉浸在这种回忆中，“他不对吗，认为世界上的一切都坏，都丑恶？我们对尼古拉哥哥的指责，也未必公正吧。当然，从见到他穿一件破皮袄和喝得烂醉的模样的普罗科菲来看，他是个堕落的人；但我知道他不是这样的人。我了解他的心，还知道我们俩很相像。而我，没有去找他，倒是去吃饭和到这里来了。”列文走到一盏路灯下，看清楚了自己抄在一个小本子上的哥哥的地址，便叫了一辆出租马车。在到哥哥尼古拉那里去的长途的路上，列文清清楚楚地回想起自己所知道的尼古拉生活中的各种事情。他想起哥哥上大学时及大学毕业后的一年里怎么不顾同学们的讥笑，过着修士般的生活，恪守宗教的一切仪式、职责、斋戒，回避任何诱惑，特别是女性；后来，他好像突然变了，结交一些下流的人，并完全放荡不羁起来。他又想起他后来虐待一个小孩子的事儿：他从乡下领养了一个小孩子，有一次在盛怒之下竟把他打成残废，以致被指控故意伤害。还想起一个使他赌博输了钱的骗子的事儿，他输给那骗子一笔钱，付了一张支票，后来又去告发那骗子，证明那人骗了他（这就是谢尔盖·伊万诺维奇付的那些钱）。还想起他怎么因为打架闹事在拘留所里过了一夜。想起他招惹的那场可耻的官司，控告仿佛是谢尔盖·伊万诺维奇没有把母亲的遗产中属于他的那一份给他；还有最近一起案子，是他到西部地区服役时因为殴打司务长受到审判……所有这一切都糟透了，但列文觉得，也不完全像那些不了解尼古拉、不了解他的全部历史、不了解他的心灵的人所想象的那么糟糕。

列文记得当尼古拉在笃信上帝、坚持斋戒、过修士生活和履行宗教职责，在宗教里寻求帮助、寻求抑制自己放荡性格的时期，不但没有谁支持他，大家，包括他本人，都还取笑他。大家称他是挪亚[①]，是修士；而当他失落后变得放荡了，谁也没有帮助他，而是怕得要死地回避着他。

---

①《圣经》故事中洪水淹没世界后人类的新始祖。

列文觉得，他的灵魂，他的灵魂深处，尼古拉哥哥不管生活得多么不像话，但并不比蔑视他的那些人坏多少。生来不能自制的性格及智力欠开阔，这不是他的过错。他一直想做个好人的。“我要把一切都告诉他，要他把一切都说出来，并向他表明我爱他，因此也理解他。”十一点钟来到地址上的那家旅馆时，他暗自下了决心。

“楼上第十二、十三号房间。”对列文的问题，守门人回答说。

“在家吗?”

“应该在家。”

第十二号房间的门半开着，从里边透出一束亮光并冒出难闻的低级卷烟的浓雾，还传出一个列文不熟悉的声音；不过列文立即就知道哥哥在里边：他听出了他的咳嗽声。

他进屋时，那个陌生的声音说：“这事儿完全取决于是否合理以及认识的程度。”

康士坦丁·列文朝门里张望了一下，发现说话的是一个满头蓬发、穿紧腰长外衣的年轻人，沙发上还坐着个身穿无袖无领长毛衣的年轻麻脸女人。没有看见哥哥。想到自己的哥哥生活在这样一些不相识的人中间，他的心像被揪住似的疼。谁也没有发觉他，于是他脱下套鞋，留神听那位穿紧腰长外衣的先生说些什么。他在说一项什么活动的事情。

“真见鬼，那些特权阶级!”是哥哥的声音，他边咳嗽边说，“玛莎! 给我们弄晚饭吧，拿点儿酒，如果还有剩的，没有就去买。”

女人站起来，走到隔板外边并看到了列文。

“有位老爷，尼古拉·德米特里奇。”她说。

“找谁?”尼古拉·列文声音生气地问。

“是我。”康士坦丁·列文回答，同时来到有亮光的地方。

“谁呀，我?”尼古拉的声音更生气地重复说。听得出他怎么迅速站起来，磕着了什么，接着列文看见自己面前如此熟悉而又粗野和病态得使人吃惊的哥哥，他那高大、消瘦和背有点儿驼的形象以及他一双大大的惊恐的眼睛。

他比三年前康士坦丁·列文最后一次见到的时候更瘦了。他身上的礼服显短了。因此，一双手和整个身架子也显得更宽大了。头发稀疏了，嘴唇上依旧留着直竖的小胡子，依旧是那双眼睛诧异而天真地打量着来客。

“啊，柯斯佳！”他认出是弟弟后突然说，一双眼睛里闪耀出喜悦的光芒。就在那一刹那间，他扭头望了一眼那个青年，便以头部和脖子做了个康士坦丁如此熟悉的像被领结卡住了似的抽搐动作；他消瘦的脸上又出现了另一种粗野、痛苦和残酷的表情。

“我写信告诉你和谢尔盖·伊万诺维奇了，我不认识你们，也不想认识。你怎么，您有什么事？”

他完全不像康士坦丁所想的那样。康士坦丁·列文在想到他的时候，忘了他性格中最沉重、最糟糕的那种非常难交往的东西；而现在见到了他的脸，特别是当他的头部这么抽搐摇晃的时候，他又记起了这一切。

“我不是有什么需要才来见你的，”他羞怯地回答，“我不过是来看看你。”

弟弟的羞怯显然使尼古拉软化了。他的嘴唇抽搐了一下。

“这样？”他说，“那就过来，坐吧。要吃晚饭吗？玛莎，来三份。不，你等一下。你知道这是谁吗？”他指着穿紧身长外衣的先生说，“克里茨基先生，是我在基辅时的朋友，一个很出色的人。警察好像正在追踪他，因为他不是个坏蛋。”

接着，他按自己的习惯环顾了一下房间里所有的人。看到站在门边上的女人想走动，他便对她嚷嚷：“你等一下，我说了。”然后便像康士坦丁所熟悉的那样，结结巴巴笨嘴笨舌地向弟弟讲起克里茨基的经历来：他怎么因为创办救济贫困学生基金会和星期日业余学校被开除出大学，后来他又怎么去当了一名民众学校的教师，并从那里又同样被撵走，还因为什么事儿受审判。

“您是基辅大学的?”康士坦丁·列文想打破已经出现的尴尬的沉默，问克里茨基。

“对，曾经是的。”克里茨基沉下脸来生气地说。

“而这个女人，”尼古拉·列文指着她打断说，“是我生活的伴侣，玛丽娅·尼古拉耶夫娜。我从窑子里把她要来的，”说到这里，他又抽搐了一下脖子，“可是我爱她并尊重她，谁要想结交我，”他提高了嗓门，皱起眉头补充说，“就请也爱她并尊重她。她就是我的妻子，就是。瞧你现在知道了吧，自己在和什么人打交道。而如果你觉得有失你的身份，那么看在上帝的分儿上，出去。”

接着，他的一双眼睛询问似的又把大家扫视了一遍。

“为什么我会有失身份，我不明白。”

“那么来吧，玛莎，吩咐吃晚饭；三份，伏特加酒和葡萄酒……不，你等等……不，不必了……你去吧。”

二十五

“你知道，”尼古拉·列文继续说，同时使劲皱起前额并抽搐了一下，看得出来，对他来说，想要说什么和做什么都是艰难的，“瞧，你知道吗……”他指着房间旮旯里用绳子捆着的铁条，“你知道这个吗？这是我们正着手的一项新事业。这事业是一个生产合作社……”

康士坦丁简直没有在听他说话。他凝神注视着哥哥那张患肺结核的病态的脸，越来越替他难过，他无法强制自己去听哥哥给他讲什么合作社。他看出这合作社只不过是使他免于蔑视自己的支柱。

尼古拉·列文继续说：“你知道资本家在压迫工人——我们这

里的工人、农民承受着全部的劳动重担，可不管他们付出多大劳动，都无法摆脱自己牲口般的处境。他们本可以用劳动所得的全部报酬改善自己的处境，拥有空余时间并利用它享受教育，而报酬的全部剩余——都被资本家从他们身上夺走了。于是社会就成了这种样子，他们活儿干得越多，商人和地主们就越富裕，而他们则永远是干活的牲口。所以，应当改变这种制度。”他说完了，并询问地看着弟弟。

“是啊，当然。”康士坦丁边说边细看着哥哥面颊骨突出的脸上泛起的红晕。

“于是我们搞了个钳工组织，那里的全部生产，连利润，连主要的生产工具，都是公共的。”

“组织将办在哪里呢？”康士坦丁·列文问。

“在喀山省的沃兹德列姆村。”

“不过为什么在村里？我看乡里事情本来就够多的了。在村里搞个钳工组织干什么？”

“这是因为农民现在和以前一样，依旧是奴隶，也因为人家想使他们摆脱这种奴隶处境，你和谢尔盖·伊万诺维奇因此就不高兴了。”被反问得生气的尼古拉·列文说。

康士坦丁·列文叹了口气，同时环顾这又黑又脏的房间。这一声叹息好像更触怒了尼古拉。

“我知道你和谢尔盖·伊万诺维奇的贵族观点。我知道他把自己头脑的全部精力都花在为现存罪恶的辩护上了。”

“不，你干吗说谢尔盖·伊万诺维奇呢？”列文微笑着说。

“谢尔盖·伊万诺维奇？我来告诉你！”听到谢尔盖·伊万诺维奇的名字，尼古拉·列文突然叫喊起来，“我来告诉你……谈他干什么，可有什么好说的？不过……你干吗到我这里来？你瞧不起这个，那好，去你的吧，滚！”他嚷嚷着，从椅子上站起来，“滚，滚！”

“我丝毫没有瞧不起你们，”康士坦丁·列文羞怯地说，“我甚至并不想同你们争论。”

这时候，玛丽娅·尼古拉耶夫娜回来了。尼古拉·列文生气地瞥了她一眼。她迅速走到他身边，悄悄嘀咕了点什么。

“我身体不好，变得容易生气了，”尼古拉·列文安静下来说，同时吃力地呼吸着，“再说你向我谈到谢尔盖·伊万诺维奇和他的一篇文章。那纯粹是胡说八道，纯粹是谎言，纯粹是自我欺骗。一个不懂得公道的人怎么能写谈论公道的文章？您看了他的文章？”他重新靠桌子坐下来问克里茨基，同时把撒了半桌子的烟头抹开，以便空出地方来。

“我没有看。”克里茨基阴郁地说，显然是不想参与谈话。

“为什么？”尼古拉·列文又生气地对着克里茨基。

“因为觉得没有为此浪费时间的必要。”

“那么您倒说说，您怎么知道这是浪费时间呢？这篇文章许多人看不懂，因为太深奥了。不过我可另当别论，我对他的思想了如指掌，并知道文章的毛病在哪儿。”

大家都沉默了。克里茨基慢慢欠身起来，并拿起帽子。

“不想吃晚饭了？好吧，再见。明天带一名钳工来。”

克里茨基刚走出去，尼古拉·列文微微一笑，还眯了眯眼睛。

“他这人也不好，”他说，“因为我知道……”

但这时，克里茨基挡着门叫他。

“还需要什么？”他说着，和他一起到了走廊里。单独与玛丽娅·尼古拉耶夫娜留下时，列文和她聊起来。

“您早就和哥哥在一起了？”他问她。

“是啊，已经第二年了。他的健康变得很不好。酒喝得多。”她说。

“那他喝什么酒呢？”

“喝伏特加酒，而这对他是有害的。”

“喝得多吗？”他低声地问。

“是的。”她偷偷地看着门外说，这时尼古拉·列文正好走进门来。

“你们在说什么?”他皱起眉头说，一双惊恐的眼睛从一个人身上移到另一个人身上，“在说什么?”

“没有什么。”康士坦丁尴尬地说。

“要是不想说，随你们便。只是你和她没有什么好说的。她是个下贱女人，而你是老爷。”他边说边抽搐着脖子。

“你呀，我可是知道，全都明白，什么都掂了分量，还为我的迷误感到遗憾。”他又说起来，同时提高了嗓门。

“尼古拉·德米特里奇，尼古拉·德米特里奇。”玛丽娅·尼古拉耶夫娜又贴近他悄声说。

“啊，好，好！……那现在吃晚饭怎么样？这个，放在这里，”他看到端着托盘的伙计说，“放到这里，放到这里，”他生气地说，并立刻拿起伏特加酒瓶，倒了一杯并贪婪地一口喝光，“你要一杯吗?”他马上高兴起来，对弟弟说，“啊，关于谢尔盖·伊万诺维奇，再说吧。不管怎么，我还是很高兴见到你的。不管怎么说，不是外人嘛。来，干杯吧。说说你在干什么，”他接着说，同时贪婪地吃着一片面包，并又倒满了一杯，“你过得怎么样?”

“和以前一样，一个人住在乡下，经营田庄。”康士坦丁回答，同时惊恐地注视着哥哥吃喝时的贪相，并竭力掩饰自己的注意力。

“你干吗不结婚?”

“没有遇上合适的人。”康士坦丁涨红了脸回答。

“怎么会？我是——全都完了！我毁了自己的一生。我过去和现在都这么说，如果把我的那一份在我需要的时候给了我，我的全部生活会是另一种样子。”

康士坦丁·德米特里奇连忙换了个话题。

“而你知道吗，你的万纽什卡在我们波克罗夫斯基当办事员。”他说。

尼克拉抽搐着脖子，沉思起来。

“你讲给我听听，波克罗夫斯基怎么样。那幢房子还在吗，还有那些桦树和我们上课的地方？而管花园的费利普，真的健在？我多么清楚地记得那个凉亭和沙发！你当心点儿，房子的什么东西也别动，不过快点儿结婚，一切都要恢复原来的样子。要是你有了个好妻子，到时候我一定到你那里去。”

“现在就到我那里去吧，”列文说，“我们会安排得好好的。”

“要是我知道不会遇上谢尔盖·伊万诺维奇，我也就到你那里去了。”

“你不会遇上他的。我的生活是独立的，完全不靠他。”

“是啊，不管怎么说，你得在他和我之间作出选择。”他羞怯地望着弟弟说。这种羞怯打动了康士坦丁。

“如果你想知道我在这个问题上的全部心里话，我就告诉你吧，在你与谢尔盖·伊万诺维奇的争论中，我既不赞同这一方，也不赞同另一方。你们俩都不对。你不对的多在表面上，他的不对则更多是内在的。”

“啊，啊！你明白了这个，你明白了这个？”尼古拉高兴地叫起来。

“而我个人，要是你想知道，更珍惜和你的友谊，因为……”

“为什么，为什么？”

康士坦丁不能说出来，他珍惜是因为尼古拉不幸，需要友谊。但尼古拉明白，他想说的正是这一点，因此便耷拉下脸，又拿起伏特加酒。

“够了，尼古拉·德米特里奇。”玛丽娅·尼古拉耶夫娜说着，伸过一只胖乎乎裸露的胳膊去拿长颈玻璃瓶。

“放开！别来管我！我要揍你了！”他叫嚷道。

玛丽娅·尼古拉耶夫娜微微一笑，这温顺善良的微笑也感染了尼古拉，她拿走了酒瓶。

“你以为她什么也不明白？”尼古拉说，“她对所有这一切比我们大家都明白。她身上有某种美好而可爱的东西，对吗？”

“您以前从来没有到莫斯科来过？”康士坦丁问她，以便找个话头。

“你对她别以您相称，她怕这样。除了因为她想离开妓院，民事法庭审讯她的时候，没有人对她以您相称过。天哪，这世道多荒谬啊!”他突然大叫起来，“这些个新机构，这些民事法庭，地方自治局，多么岂有此理!”

康士坦丁·列文听他说，那种自己赞同而且也常说的对所有社会机构的意义的否定，现在从哥哥嘴里说出来，这使他感到不愉快。

“到了那个世界，我们就会明白这一切了。”他开玩笑说。

“那个世界上？啊，我不喜欢那个世界！不喜欢，”他说着，一双惊恐粗野的眼睛凝视着弟弟的脸，“要知道，能摆脱一切的卑鄙龌龊和乱七八糟的东西，无论是别人的还是对自己的，当然很好。而我可害怕死，非常害怕死。”他打了个寒战，“还是喝点儿什么吧。想喝香槟酒吗？还是让我们到什么地方去。我们找吉卜赛人去！你知道吗，我深深爱上了吉卜赛人和俄罗斯歌曲。”

他开始语无伦次了，并东拉西扯起来。康士坦丁在玛莎的帮助下说服他什么地方也别去，让完全醉了的他躺下睡觉。

玛莎答应在需要的时候写信给康士坦丁，并劝尼古拉·列文住到弟弟那里去。

二十六

康士坦丁·列文乘早班火车离开了莫斯科，傍晚回到了家。一路上，他在车厢里与邻座旅客谈论政治，谈论新的铁路，也和莫斯科一样，满脑子的混乱想法、对自己的不满及面对某件事情的羞耻心折磨着他。但当他到站下了火车，认出穿着领子翻起的长衣的独眼马车夫伊格纳特时，当他通过车站窗户透出的暗淡灯光看到自己铺着毯子的雪橇和系住尾巴、套着带链子和流苏挽具的马儿时，当马车夫伊格纳特边装行李边向他讲述关于来了包工头及帕瓦生了小牛犊等乡间新闻时——他才感到混乱稍稍松散了点儿，羞耻心和对自己的不满正在过去。这是他一看到伊格纳特和马儿时就感觉到了的；但当穿上给他带来的皮袄，裹得紧紧地坐在雪橇上赶路，一边考虑村里面临的活计一边张望着现在老了拉边套但曾经是主力的顿河骏马时，他对自己遇到的事情有了完全不同的理解。他感到自在，而不想成为另一个人。他现在的希望是，自己只要比以前好些就行了。首先，从这一天起他决心不再对结婚能带给自己不寻常的幸福抱更多的希望，不再回避现实了。其次，他已下决心不再为污浊的情欲所诱惑，回想起自己打算求婚时的念头是使他那么痛苦。此外，回想起尼古拉哥哥，他暗自下决心永远不再忘记他，他要关心他，注意他的情况，以便他一遇到不测，能给他提供及时的帮助。而这一天也不会太远了，他感觉到了这一点。还有与哥哥关于自己曾轻率对待过的共产主义的谈话，现在迫使他深思。他认为经济条件的改造是胡说八道，但他从来都觉得与人民的贫困相比，自己的富裕是一种不公，并下决心为了使自己觉得心安理得，尽管他以前干了许多活，日子过得并不奢侈，从今往后将更多地工作及生活得更俭朴。所有这一切，他觉得自己很容易做到，以至一路上都沉浸在愉快的幻想中。他怀着对新的更美好的生活的希望，晚上九点钟，神清气爽地回到了家。

从在他家担当女管家的老保姆阿加菲娅·米哈依洛夫娜房间的窗子透出的亮光，落在屋前的一块雪地上。她还没有睡觉。被她唤醒的库兹玛，睡意蒙眬地光着脚跑到台阶上。猎犬拉斯卡差点儿没有绊着库兹玛的脚，也跳起来吠叫着，擦过他的两个膝盖站得高高的，它想却又不敢把自己的两只前脚掌扑在他胸口上。

“老爷，你这么快就回来了。”阿加菲娅·米哈依洛夫娜说。

“想家了，阿加菲娅·米哈依洛夫娜。做客虽好，而家里更好。”他回答着，走进了书房。

书房被端进来的蜡烛光照亮了。显出一件件熟悉的东西：一对鹿角，书架，一面镜子，通风口早该修理的炉子，父亲的沙发，一张大桌子。桌子上放着一本翻开的书、一只打破的烟灰缸、一个有他的笔迹的笔记本。当他看到这一切的时候，对自己一路上幻想建立的那种新生活的可能性的怀疑，在他心头闪了一下。这一切生活陈迹仿佛抓住了他。它们好像在说：“不，你离不开我们，也变不成另一个人，而还将和原来一样：带着怀疑、对自己永远的不满、白费劲儿的改革试验和失败以及对不曾得到也不可能得到的幸福的永久期待。”

但是，这么说的是他的一些用具，心灵里的另一个声音则在说，不该向过去屈服，事在人为。接着，他听从这个声音走到放着一对两普特重的哑铃的墙角处，鼓足力气，像做健身运动似的把它们举起来。门外响起嚓嚓的脚步声。他赶紧放下哑铃。

管家进来说，感谢上帝，一切都好，并报告说新烘干机里的荞麦烤焦了。这个消息使列文很生气。新烘干机是列文自制的，有一部分还是他亲自设计的。管家本来一直反对这种烘干机，现在就暗自得意地来宣告荞麦烤焦了。列文坚信，荞麦之所以被烤焦，只因为没有采用他吩咐过数百次的那些办法去烘。他大为恼火，并训斥了管家。不过也有件大喜事：从母牛展销会上买来的优秀名贵的帕瓦，生了小牛犊。

“库兹玛，拿皮袄来。而你去吩咐拿盏灯，我过去看一眼。”他对管家说。

饲养名贵母牛的牲口棚在屋背后。穿过院子绕过丁香树旁边的雪垛，列文来到了牲口棚。当冻住了的门被打开时，里边散发出一股热烘烘的牛粪气味。被不习惯的灯光惊动的母牛都吃了一惊，在新鲜的干草堆上活动起来。那条宽大、平滑、带黑花斑的荷兰牛的脊背闪闪发光。人们从旁边走过时，套着鼻环躺着的金雕公牛好像要站起来，但它改变了主意，只用鼻子喷了两下。像河马一样魁梧的大美人帕瓦用转过来的半个身体护住小牛犊，不让进来的人看见，并不时地嗅嗅它。

列文来到牛栏处，看了看帕瓦，并扶起带红花斑的小牛犊，帮助它摇摇晃晃的瘦长腿站住了。惶恐的帕瓦吼叫起来，但当列文把小牛犊推到它身边时，它便安静了，沉重地喘了口气，开始用粗糙的舌头舔起小牛犊来。小牛犊东寻西找着把鼻子伸到母亲的腹股沟下，不停地摇摆着小尾巴。

“过来，往这里照，费多尔，把灯拿到这里来，”列文仔细端详着小牛犊说，“像母亲！毛色像父亲，这没有关系。很好。下腹又长又宽厚。瓦西里·费多罗维奇，是不错吧？”他对管家说，因为添了小牛犊，列文已经不为荞麦烘焦的事儿生气了。

“怎么会不好呢？不过，包工头谢苗在您走后第二天就来了。得和他讲好条件，康士坦丁·德米特里奇，”管家说，“关于机器，我事先向您禀报了。”

这个问题就把列文引到庞大而复杂的庄园经营的全部细节中去了，他径直从畜栏来到办事处，与管家及包工头谢苗谈了一会儿，然后回家并直奔楼上书房里。

二十七

这是一幢很大的样式古老的房子，列文虽然一个人住，但占用了整栋房子，而且整幢房子都烧炉子供暖。他知道这样做显得有些傻，知道这样不好，甚至违背他的新计划，但对列文来说，这房子是一个完整的世界。这是他父亲和母亲生活和去世的那个世界。在列文心目中，父母亲过的那种生活是完美无缺的，理想的，他幻想着与自己将来的妻子重新建立起那样的生活。

列文几乎不记得他的母亲了。对他来说，她给他的印象是一种神圣的回忆，在他的想象中，未来的妻子应该是他心中的母亲那样的一位美丽、贤惠的理想女人。

对女性的爱，他不但不能设想不结婚，而且他首先想到的是家庭，然后才是那个给予他家庭的女性。他对结婚的概念因此也不像他所认识的人那样，对那些人来说，结婚是多种社会生活事务之一；在列文看来，结婚是人生大事，生活的全部幸福都取决于它。可是现在，他得把这件事情抛开。

他走进平时喝茶的小客厅，拿着一本书坐在一把安乐椅上，阿加菲娅·米哈依洛夫娜便给他端来一杯茶，并照自己的习惯说："我就坐一会儿，老爷。"她就坐在窗下的一把椅子上。他觉得奇怪的是自己竟没有抛弃他的梦想，而且他不这样就没法生活。和她也好，和另一个女的也好，他的梦想一定要实现。他在读书，考虑读到的内容，时而停下来听阿加菲娅·米哈依洛夫娜没完没了地唠叨；同时，庄园经营和未来家庭生活的种种不同图景毫无联系地浮现在他的脑海里。

他听阿加菲娅·米哈依洛夫娜说到普罗哈尔怎么忘了上帝，以及他拿到列文赏给买马的钱喝得不省人事，往死里打自己的老婆；他听着，并读着书，还回忆从读书中激发起的自己思想的全部进程。这是泰恩达尔一本论热学的书。他回想起自己曾批评泰恩达尔，认为他在利用试验的灵活方面自以为是并缺乏哲学观点。接着，突然冒出一个愉快的想法："两年后，我的畜群中将有两头荷兰牛，帕瓦可能还将活着，有十二头年轻的金雕母牛，再加上这三头，好家伙——神了！"他重新拿起书来。

"好吧，电和热是同一回事儿；但是，为解决问题，在一个方程式里是否能使一个值代替另一个值？不。那怎么办呢？自然界所有力量之间的联系本来就已经凭本能感觉出来……特别愉快的是，帕瓦的女儿将已经是带红斑的母牛，还有再加上这三头牛的整个畜群……好极了！带着妻子及客人们出去看看畜群……妻子会说：我和柯斯佳，我们像对待一个孩子似的照料这小牛犊。这怎么会使您这么感兴趣？一个客人会说。一切使他感兴趣的，都使我感兴趣。可是，她是哪一位？”于是，他回想起在莫斯科发生的事情……“唉，有什么办法？……错不在我。但现在，一切都得从头来了。说什么生活不允许，情况不允许，这是胡说。为了改善，大大地改善生活，应当拼搏……”他高兴地抬起头，沉思起来。老拉斯卡还没有完全享受主人归来的欢乐，它汪汪叫着满院子跑来跑去，这时摇着尾巴回来了，随身带进一股新鲜空气。它来到列文跟前，把头伸到他手底下，抱怨地呜呜叫着，要求他抚摸它。

“只是不会说话，”阿加菲娅·米哈依洛夫娜说，“这是条狗……要知道，它也明白主人回来了，可它懂得……主人心里不高兴呢。”

“为什么说我不高兴啊？”

“啊，难道我还看不出来，老爷？像我这把年纪还会不知道？我从小在老爷家里长大。没有关系，老爷。做人只要身体健康和良心纯洁就好。”

列文凝神注视着她，使他吃惊的是，她怎么会明白他的想法。

“怎么，再端杯茶来？”她说着，拿起茶杯走了。

拉斯卡还一直把头伸在他的手底下。他抚摸了它一把，它立刻就在他脚下蜷缩起身子，趴下来，把头搁在自己的臀部上。然后，为表示现在一切都好，平安无事了，它稍稍张开嘴巴，吧唧了几下嘴唇，然后，用黏糊糊的嘴唇更舒服地盖住它那衰老的牙齿，怡然自得地安静下来。列文仔细地端详着它最后的一个动作。

“我也是这样！”他暗自说，“我也是这样！没有关系……一切都好。”

二十八

舞会后的第二天清早，安娜·阿尔卡杰耶夫娜就给丈夫拍了封电报，说自己当天就离开莫斯科。

“不，我得，得走，”她用这样的口气向嫂嫂解释自己改变了计划，仿佛她记起了有数不清的事情要做似的，“不，还是今天走的好！”

斯捷潘·阿尔卡杰奇没有在家吃午饭，但说好了七点钟一定来送妹妹。

吉蒂也没有来，她写来一张条子，说她脑袋疼。午饭只有陀丽与安娜姑嫂俩及孩子们和英国女家庭教师一块儿吃。是因为孩子们没有常性呢还是很敏感，他们都感觉出了安娜今天完全不像他们爱上她的那一天那样，她已经不关心他们，总之，他们不再同姑姑玩，也不再爱她，他们也就完全不关心她要离开的事儿了。整个一上午，安娜都在忙着为离开作准备。她给莫斯科的熟人们写条子，记下自己的账目并收拾东西。陀丽总觉得她心神不宁、情绪烦躁，这种心情所表现的操心，陀丽是体会过的，它不是无缘无故的，而且多半是由于对自己不满。午饭后，安娜回自己房里穿衣服去了，陀丽也跟了过去。

“你今天的样子好怪。”陀丽对她说。

“我？你看出来了？我不是怪，但我不对劲儿。我常有这种情况。我老想哭。这很傻，不过会过去的，”安娜连忙说，把涨红的脸抵到一个她装着小睡帽和细麻纱手绢的玩具似的手袋上，她的一双眼睛格外明亮，并不断掉出泪珠，“我原来是多么不想离开彼得堡，而现在又不想离开这里。”

“你到这里来做了件好事。”陀丽仔细瞧着她说。

安娜用泪水浸湿的眼睛看了看她。

“别这么说，陀丽。我什么也没有做，也做不了什么。我常常觉得奇怪，为什么人们像商量好了似的来找我。我做了什么及我能做什么？你心里充满那么多的爱，能原谅……”

“没有你，上帝知道会怎么样呢！你多么幸福，安娜！”陀丽说，“在你心里，一切都亮堂又美好。”

“像英国人说的那样，每个人心里都有自己的秘密[①]。”

“你还有什么秘密？你身上一切都亮堂。”

“有啊！”安娜突然说，流过眼泪后，她的嘴唇出人意料地弯起来，露出狡黠、讥讽的微笑。

“啊，你的那些秘密是可笑的，而不是痛苦的。”陀丽微笑着说。

“不，是痛苦的。你知道我为什么今天而不是明天走吗？这事儿坦白说出来使我不好受，我想把它告诉你。”安娜说着，唰地一下坐在了安乐椅上，并直视着陀丽的眼睛。

陀丽也吃惊地发现，安娜的脸一下红到了耳根，红到了披着一绺绺鬈发的脖子上。

“是的，”安娜接着说，“你知道吗，吉蒂为什么不来吃午饭？她在妒忌我。我破坏了……这次舞会对她来说是一次折磨而不是享受，我是原因。不过，对，对，不是我的错，或者我只有一点点错。”她说着，用委婉的声音拖长了“一点点”这几个字。

“啊，你说这话多像斯吉瓦！”陀丽笑着说。

安娜感到委屈了。

“噢不，噢不！我不是斯吉瓦，”她皱着眉头说，“我对你说，是因为我甚至连一分钟都不允许自己怀疑自己。”安娜说。

然而当她说出这些话的时候，她感觉到了它们是不公正的；她不只是怀疑自己，想到符朗斯基时还感到激动，而且比希望得更早离开只是为了不再和他见面。

“是的，斯吉瓦对我说了，你和他一起跳玛祖卡舞，

---

① 原文为英语，下同。

他还……”

“你不能设想，结果这多可笑。我原来只想当个红娘，可突然出现了完全另一种情况，也许是我情不自禁……”

她满脸通红，并停住了。

“噢，他们现在感觉到了这一点！”陀丽说。

“但要是他在这件事上认真的话，我就陷在毫无办法的困境里了，”安娜打断她说，“我相信，这一切将会被忘记，吉蒂也就不会再恨我了。”

“不过，安娜，老实告诉你吧，我倒是不太看好吉蒂的这桩婚姻的。如果符朗斯基会在一天内爱上你的话，他们还是散了更好。”

“啊，我的天啊，这就太荒唐了！”安娜说，当听到自己的心事被说出来时，她的脸上又露出一团浓浓的红晕，“我使自己成了我那么喜欢的吉蒂的仇敌，所以我现在就离开。啊，她多么可爱！但你会设法补救这事儿的，陀丽，是吗？”

陀丽差点儿忍不住微笑起来。她爱安娜，但看到她也有弱点，这使她高兴。

“成为仇敌？不会的。”

“我也是那么希望你们大家都像我喜欢你们一样地喜欢我；而现在，我更喜欢你们了，”她一双眼睛里噙着泪水说，“啊，我今天多傻啊！”

她用手绢在脸上擦了一把，便开始穿衣服。

安娜临走前，晚来的斯捷潘·阿尔卡杰奇赶到了，他满脸红光，喜气洋洋，并散发出一股酒和雪茄烟味儿。

安娜的多愁善感也传给了陀丽，因此当她最后一次拥抱小姑子时，悄声地对她说：

“记住，安娜：你为我做的事儿，我永远忘不了。而且记住，我爱你，并将永远像爱一个最好的朋友那样爱你！”

“我真不明白你说这话做什么！”安娜一边吻她一边忍住眼

泪说。

“你是理解我的，现在也理解。再见，我的爱！”

二十九

“好，一切都结束了，感谢上帝！”这是第三次铃声响起并与站在过道上的兄长作最后一次告别时安娜的第一个想法。她和安努什卡并排坐在自己的软席沙发上，打量着半暗不明的卧铺车厢，“感谢上帝，明天就见到谢廖沙和阿列克谢·亚历山大罗维奇了，我的生活又将按老样子，美好而平常。”

这一整天的旅途，安娜都沉浸在那种满足和忧虑重重的心绪中；她一双小巧灵活的纤手将那个红色的小手袋打开又合上，拿起衬垫放在自己的膝盖上，仔细地裹住双腿，安安稳稳地坐着。一位有病的太太已经铺开睡觉了。另外两位太太与她交谈起来，而那位胖太太则不停地裹自己的腿，抱怨供暖不好。安娜同太太们敷衍了几句，但看不出谈话有多大趣味，便叫安努什卡拿过一盏灯，把它挂在铺位的扶把上，并从自己的小手袋里取出一把小裁纸刀和一本英国小说。开始时她看不进去。因为受嘈杂声和来回走步声的妨碍；后来列车开动了，又不能不留神听各种声音；然后是打着左边窗户并沾在玻璃上的雪，从一旁走过的列车员那种裹得紧紧而半边身子落满雪的模样，以及关于外边可怕的暴风雪的谈话声，分散了她的注意力。后来，这种种响动不断地重复出现，依旧是那种一振一撞的颠簸，依旧是打在窗户上的雪，依旧是热一阵冷一阵的迅速变换的空气，依旧是那些面孔在半暗不明中闪动，以及依旧是那种说话声，于是安娜开始看小说，并试图理解看过的内容。安努什卡已经打瞌睡了，她同时用一双戴着已经破裂的手套的手扶着膝盖上的红色手袋。安娜·阿尔卡杰耶夫娜看着书，却知道自己并不满足于只看书里写的别人的生活。她自己对生活的兴趣太浓了。她看到小说里的女主人公照料病人，自己就像在病人房里轻手轻脚地来回走；她看到议员发表演说，自己就想发表这样的演说；她看到梅丽夫人骑马追赶牲口，使妯娌生气并以自己的勇气让大家吃惊，她自己也想这样做。但是没有事情可做，她于是一边手里把玩着光滑的小纸刀，一边勉强看着书。

长篇小说的主人公已经得到自己英国式的幸福，成了男爵，有了领地，安娜也和他一起来到这块领地上，突然她又感到他应当觉得可耻，她也为这事儿本身觉得可耻。然而他为什么要觉得可耻呢？“我又为什么觉得可耻？”她心怀委屈惊讶地问自己。她放下书本，仰靠在铺位的靠背上，双手紧紧抓住小刀。什么可耻的事情也没有过。她反复回忆自己在莫斯科的所作所为。全都是美好的和愉快的。想起舞会，想起符朗斯基和他那张洋溢着情意的脸，想起自己与他的全部交往：没有什么可耻的。与此同时，回忆到这里时，可耻的感觉增强了，正是在这里，当她回忆到符朗斯基时，仿佛内心有个什么声音在对她说：“暖和，很暖和，热。”“这有什么？”她在铺位上转了个身，坚决地对自己说，“这是什么意思？难道我害怕正视这件事儿？究竟有什么？我和这位青年军官之间，除了通常与任何一个熟人都有的关系之外，难道会有什么特别的关系吗？”她轻蔑地冷冷一笑，又拿起书本，可是已经不再明白所看的东西了。她用小纸刀划着玻璃，然后把光滑冰冷的刀面放到脖子上，突然感到一种无缘无故的快乐，这使她差点儿笑出声来。她觉得自己的神经像一些弦线被几根拧动的小轴转得越来越紧了。她感觉到自己的一双眼睛睁得越来越大，而且手指和脚趾都神经质地活动起来，心里有一种什么东西压迫着呼吸，这个摇摇晃晃半昏暗的环境中的所有形象和声音都清晰得使她吃惊。她心里不断地出现怀疑，“这车厢是在往前开还是在后退或完全停着？自己身边的人是安努什卡还是个陌生人？扶把上的是一张毛皮还是一头野兽？而在这里又是不是我自己？是我自己还是另一个女人？”她为自己陷入这种恍惚迷离的状态感到害怕。但有一种什么东西把她往那里拖，而她，可以凭自己的意志依顺它或加以拒绝。她站起来，想让自己清醒一下，于是取下厚毛围巾，脱了厚裙子上的披肩。她清醒了一会儿，明白了，进来身穿缺纽扣的土布长大衣的农民是锅炉工，他在查看温度表，随身把风和雪带进了门里；但随后一切又都模糊了……这个穿无袖长袄的农民开始咬墙上的什么东西，那老太太开始把两条腿伸得和整个包厢一样长，弄得包厢里乌云弥漫；然后有什么东西可怕地咯吱咯吱地尖叫起来并发出碰撞声，好像在折磨什么人；然后是通红的火光遮住了眼睛，最后又一切都被一堵墙挡住了。安娜觉得自己在往下沉。可是，这一切都并不可怕，倒是让人开心。裹得紧紧的并把雪带进来的那个人的声音在她耳朵边响亮地嚷了一声。她站起来，并清醒了；她明白是进站了，那是列车员。她吩咐安努什卡把脱下的披肩和围巾递过来，戴上后往门口走去。

“您要出去？”安努什卡问。

“是的，我想呼吸一下空气。里边太热了。”

她打开门。暴风雪向她扑面刮来，把她堵在了门上，这使她感到开心。她把门开大，走了出来。风好像正等待着她似的，愉快地在呼啸，想抓住她并把她带走。她一只手扶住冰冷的门柱，一只手按住裙子，发现站台上倒是一片寂静。她高兴地挺起胸脯，深深地吸进一口带雪的冷空气，站在车厢旁边，张望着站台和灯光明亮的车站。

三十

可怕的暴风雪在车厢轮子间，顺着柱子从车站角落冲出来，呼啸着。车厢、柱子、人们，看到的一切——都半边积满了雪，而且越积越厚。暴风雪停了一会儿，然后又一阵阵地刮得如此猛烈，使人感到无法抵挡。有些人在奔跑，一边开心地交谈着，一边踩得站台的木板咯吱咯吱响，大门不停地被打开又关上。她的脚下滑过一个人的弯曲影子，并听到几下锤子敲打在铁上的声音。"拿电报来！"暴风雪的黑暗中从另一边传来一个生气的声音。"这边请！二十八号！"又一些不同的声音在嚷嚷，并跑过一些满身是雪的人。有两位先生嘴里叼着点燃的卷烟从她身边走过去了。她又深深吸了一口新鲜空气，便从暖手筒里伸出一只手，扶着小柱子走向车厢，然而一个穿军大衣的人在她身边挡住了摇摇晃晃的灯光。她回头一看，立刻认出是符朗斯基的脸。他一只手举到帽檐上，向她鞠了一躬，并问她需要什么，他是否能为她效劳。她一时没有回答，久久注视着他，而且尽管他是站在阴影处，她还是看到或似乎觉得看到了他脸部和眼睛的表情。这就是昨天如此打动了她的那种崇拜和赞叹的表情。最近几天，她已经不止一次地而且刚才还暗自在说，在她的心目中符朗斯基是许许多多随时随地都可以见到的青年之一，她永远不允许自己再去想他；可是现在，在遇见的最初一瞬间，一种欣喜的自豪感立刻控制了她。她用不着去问，他为什么在这里。她是如此确切地知道，就等于他告诉她自己在这里是为了表明，她在哪里他也就到哪里。

"我不知道您走。您干什么去呀？"她边说边放下一只正扶着小柱子的手。而且，她脸上洋溢着不可抑制的喜悦和生气勃勃的表情。

"我干什么去？"他说，同时直视着她的眼睛，"说实话，我来，是因为您在这里，"他说，"我没法不这样。"

就在这时候，风好像克服了一道障碍似的把雪从车厢顶上刮下来，发出一种似铁片折断后抖动的声音，前面的汽笛哭泣般忧郁持久地鸣响起来。暴风雪的全部可怕情景，这时在她心里变得更美好了。他说的话正是她内心的希望，却又是她的理智所害怕的。她什么也没有回答，他从她脸上看出她内心的斗争。

“如果我说的话使您感到不高兴了，那么，请您原谅。”他恭顺地说。

他说得彬彬有礼，毕恭毕敬，却又是那么坚定、斩钉截铁，以至于她好长时间无法回答。

“您在说傻话，我求您，要是您是个好人，就请忘了您说的话，我也一样会忘了的。”她终于说。

“您的任何一句话、任何一个动作，我都永远忘不了，也不可能……”

“够了，够了！”她嚷嚷道，那张被他注视着的脸徒劳地故意做出严厉的表情。接着，她便一只手扶着小柱子迈上踏脚板，迅速走进车厢过道里。但是，她在这狭窄的过道里停住了，头脑里考虑着刚才所发生的事情。她既没有记起自己的也没有记起他的话，而是凭感觉明白这瞬间的谈话使他们俩可怕地接近了；她为此感到惊恐而又幸福。站了几秒钟后，她才走进车厢，坐在了自己的铺位上。一开始就为此折磨她的那种紧张心情不仅恢复了，而且增强到使她害怕，以至于时刻感到自己身上有某种过分紧绷的东西要爆炸。一晚上她都没有睡着。但是，那种紧张及充满她头脑的幻想里并没有任何不愉快和阴郁的东西；相反，有某种愉快、炽热和使人陶醉的东西。凌晨，安娜坐在软席铺位上打了会儿瞌睡，醒来时已是一片白茫茫亮堂堂了，火车快到彼得堡了。一时间，对家、对丈夫、对儿子的想法及眼下和随后的种种事务，立刻涌到她的心头。

到了彼得堡，火车一停下来她就下车了，首先吸引她注意的就是丈夫的脸。“啊呀，我的天！他两只耳朵怎么变成这样了？”看着他冷冰冰和神气的形象以及这时特别使她吃惊的那两只支着圆礼帽边沿的耳朵，她心里想。一看见她，他就迎着走过来，两片嘴唇合成他通常微微讪笑的样子，用一双大而倦怠的眼睛直视着她。触到他顽强而倦怠的目光时，一种不愉快的感觉揪住了她的心，好像自己等着看到的他是另一种样子。她此时的感觉，是一种特别使她吃惊的对自己的不满。那是一种早就有的熟悉的感觉，仿佛自己和丈夫的关系有着某种虚假的成分；不过以前她不曾注意，现在则清楚而痛苦地意识到了这一点。

“是呀，你瞧，一个温柔的丈夫，温柔得像刚结婚头一年那样，热切地想见到你。”他用缓慢的，和她相处以来几乎总是这样好像实际是在讥笑自己的语调说。

“谢廖沙身体好吗？”她问。

“这就是对我的热情的全部奖赏？”他说，“好，好……”

三十一

整个晚上，符朗斯基甚至没有想睡着。他坐在自己的软席上，一会儿眼睛直愣愣地注视着自己的前方，一会儿张望着进进出出的人们，如果说以前他也以自己坚定、镇静的样子使不熟悉的人吃惊和不安，那么现在他就显得更骄傲和自负了。他把人当做东西看待。坐在对面的一个在区法院供职的神经质的青年，看他这种样子感到很生气。那青年于是在他旁边抽起烟来，和他聊天，甚至捅捅他，让他知道他不是件东西而是个人，可符朗斯基还是像看一盏路灯似的看着他，年轻人便做起脸色，觉得自己在这种不把他当人看的人的压力下正在失去自制。

符朗斯基目空一切，觉得自己是帝王。这并非出于自信给安娜留下了印象——他还不敢这样想——而是因为她给他留下的印象使他感觉到幸福和骄傲。

这一切会有什么后果，他不知道，甚至也没有去想。他只感觉到，自己迄今为止全部放纵和分散的精力已经集中到了一点上，并以可怕的力量奔向一个崇高的目标。他为此感到幸福。他只知道自己对她说了真话，她在哪里他就到哪里。她是他现在生命的全部幸福、全部意义，当他在波罗戈沃站下车喝矿泉水见到安娜时无意中对她说的头一句话，就道出了他心中所想。而且为自己这样对她说了感到高兴，因为对她说了这句话，现在她知道了他的情意，一定在想着他的话。他一整夜没有睡。回到自己的车厢里后，他不停地回想见到她时的全部情景，所有她说的话，并在自己的想象中浮现出使他飘飘然心旷神怡的可能的未来图景。

他在彼得堡下火车时，虽一夜未眠，仍感到像刚洗了一次冷水澡似的清新和充满活力。他站在自己的车厢门口等着她下车。"再看一眼，"他暗自微笑着说，"看一眼她的芳姿、她的脸蛋；也许她会说点儿什么，会转过头来张望，微笑。"然而，他在看到她之前，先看到她那位由站长陪着穿过人群的丈夫。"啊，对！丈夫！"现在，符朗斯基第一次清楚地意识到她的丈夫是和她联系在一起的人。他知道她有丈夫，却不相信他的存在，而只有当他看到他，看到有脑袋有肩膀，有穿着黑裤子的双腿的他的时候才完全相信，尤其是当他看到这位丈夫怎么怀着所有者的神情平静地挽起她的一只胳膊时。

他见到戴着圆礼帽，背稍稍有点儿驼，有一张彼得堡式的新刮的脸以及一个严肃自信的形象时，相信这就是他——阿列克谢·亚历山大罗维奇时，便产生了一种不愉快的感觉，就好比一个渴得要命的人终于找到了一眼泉水，而那里却正有条狗或羊或猪在饮泉水并把泉水搅浑。阿列克谢·亚历山大罗维奇整个臀部一扭一扭地迈着笨拙的双脚的步姿，特别让符朗斯基生气。他只承认自己有爱她的不容置疑的权利。可她依然是那个她；她的模样依然是那么打动着他的心，使他精神振奋、心中充满着幸福。他吩咐从二等车厢跑过来的德国仆人拿上行李走，自己则来到她身边。他看到了夫妻间最初见面的情景，以一个恋人的敏锐洞察力发现她与丈夫说话时稍有点儿尴尬的意思。"不，她不爱也不可能爱他。"他暗自这样断定。

还在自己从后边走近安娜·阿尔卡杰耶夫娜的时候，他就高兴地发现，她感觉到了他正在靠近，于是回过头来，认出是他，又把头转过去对着丈夫。

“您夜里过得好吗？”他说道，向她和她丈夫同时一鞠躬，并让阿列克谢·亚历山大罗维奇把这看做对他的致意来接受，而他是否认得他，这是他的事儿了。

“谢谢您，很好。”她回答。

她的脸显得疲倦，脸上也没有那种时而微笑时而狡黠的活跃；但在瞥他那一瞬间，她的一双眼睛里有某种东西闪烁了一下，尽管它立刻就熄灭了，他已经为此感到了幸福。她瞅了丈夫一眼，想弄清他是否认得符朗斯基。阿列克谢·亚历山大罗维奇不满地瞧着符朗斯基，漫不经心地寻思着这是谁。符朗斯基的镇静和自信，在这里就像刀刃对石头，碰在了阿列克谢·亚历山大罗维奇的冷冰冰的自信上。

“这是符朗斯基伯爵。”安娜说。

“啊！我们好像认得，”阿列克谢·亚历山大罗维奇冷冷地说着，同时伸出一只手，“你和他母亲一起去，回来则和她儿子一起，”他说，每个字儿都像赏赐一个卢布似的咬得清清楚楚，“您，对了，是度假回来？”他问道，没有等人家回答，就用开玩笑的口气对妻子说，“怎么，在莫斯科告别时掉了很多眼泪？”

他这么对妻子说，是要让符朗斯基感觉到他要单独与妻子在一起，但符朗斯基对着安娜·阿尔卡杰耶夫娜说：“我希望有幸到府上去。”

阿列克谢·亚历山大罗维奇用倦怠的目光瞧了一眼符朗斯基。

“很高兴，”他冷冷地说，“我们每星期一接待客人。”然后，他完全撇开符朗斯基，对妻子说：“正好，我有半个钟点时间来接你，向你表示我的柔情。”他继续用那种玩笑的口气说。

“你也太过于强调自己的柔情了，我真是很珍惜。”她也用开玩笑的口气说，同时不由得细听起他们后边的符朗斯基的脚步声来，“不过关我什么事?”她心想，便开始问丈夫，她不在时谢廖沙怎么消磨时间。

“噢，好极了！玛丽艾特说，他很可爱，还很……我得让你伤心了……他不怎么想念你，不像你丈夫。但是，再一次地谢谢[①]，我的朋友，你提前一天回来了。我们可爱的茶炊一定会很高兴的(他把有名的莉吉娅·伊万诺夫娜伯爵夫人称做茶炊，因为她对所有的事情总是担心和激动)。她问起你。而且你知道吗，我倒是建议你今天就去看看她。因为她对一切都放心不下。现在，她除了自己的所有事务，就关心奥勃朗斯基家的和好。”

莉吉娅·伊万诺夫娜伯爵夫人是她丈夫的朋友和彼得堡上流社会一个圈子的中心，因为丈夫的关系，安娜与这个圈子的人最接近了。

“可是我给她写过信了。”

“但她还是要听详细情况。去吧，我的朋友，如果你不累。康德拉季会给你马车的，我这就上委员会去了。我又可以不一个人用餐了，”阿列克谢·亚历山大罗维奇接着已经不是用开玩笑的口气说了，“你不会相信，我已经习惯同你……”

然后，他久久地紧握她的一只手，带着一种异样的微笑扶她坐进轿式马车里。

三十二

家里第一个出来迎接安娜的是她的儿子。他不听女家庭教师的呼唤劝阻，连蹦带跳地顺楼梯跑下来，并欣喜若狂地叫着：“妈妈！妈妈！”他跑到她身边，就搂住她的脖子。

---

① 原文为法语。

“我对您说了，是妈妈!”他大声地对女家庭教师说，“我知道!”

儿子也像丈夫一样，给安娜一种近乎扫兴的感觉。她想象中的他，要比实际更好些。她只好降回到现实中，以便欣赏他实际的样子。即使是实际的样子，他也是可爱的，有一头浅色的鬈发，两只浅蓝色的眼睛及一双紧绷着长袜的结实挺直的小腿。在亲热、爱抚的接触中，安娜经受到一种几乎是生理上的快慰，当遇到他单纯、信赖及爱抚的目光并听到他天真的问题时，她感觉到了一种精神上的宽慰。安娜把陀丽的孩子们送的礼物拿出来，并向儿子讲述莫斯科有个叫塔尼娅的小女孩，告诉他这个塔尼娅会读书，甚至还会教别的孩子。

“怎么，我比她差吗?”谢廖沙问。

“依我看，你是世界上最好的。”

“这个我知道。”谢廖沙说，同时微微笑笑。

安娜还没有来得及喝完咖啡，仆人就进来禀报说，莉吉娅·伊万诺夫娜伯爵夫人来了。莉吉娅·伊万诺夫娜伯爵夫人是个高高大大的胖女人，脸色憔悴枯黄，长着一双漂亮而若有所思的黑眼睛。安娜喜欢她，可是今天，她仿佛头一次发现她的各种缺点。

“啊，怎么，我的朋友，你拿到橄榄枝①了?”莉吉娅·伊万诺夫娜一进门便问。

“是啊，一切都解决了，不过原来这事儿就不大，并不像我们所想的那样，”安娜回答，“总的说，是我嫂子②太犟了点儿。”

但是，对一切与己无关的事情都感兴趣的莉吉娅·伊万诺夫娜，却有一个从不听取自己感兴趣的事情的习惯。她打断安娜说：“是啊，世界上有许多痛苦和罪恶，我今天可是受尽了折磨。”

---

①“橄榄枝”在俄语中为“和解”“和平”的象征。

② 原文为法语。

“怎么了？”安娜问，竭力忍住不露出微笑。

“我开始觉得白白地为真理战斗了，我有点儿厌倦了，有时候简直完全支持不住了。小姐妹会（这是一个带宗教爱国色彩的慈善机构）的事情原来进行得好好的，可是和这些先生一起就什么事儿也办不成，”莉吉娅·伊万诺夫娜伯爵夫人带着听天由命的冷笑补充说，“他们抓住一个思想加以歪曲，然后再如此肤浅和毫无意义地议论它。只有包括您丈夫的两三个人理解这件事情的全部意义，而其余那些人只会把事情弄糟。普拉夫金昨天写信给我……”

普拉夫金是国外一个著名的泛斯拉夫主义者，莉吉娅·伊万诺夫娜伯爵夫人叙述了他这封信的内容。

接着，伯爵夫人又讲了反对教会合并方面的一些不愉快和阴谋诡计，就急急忙忙走了，因为这一天她还要去出席一个社团的会议以及到斯拉夫委员会去。

“其实这一切以前就存在；可是为什么我以前没有觉察到？”安娜对自己说，“还是她今天太激动了？而事实上，好笑：她的目的是做好事，她是个基督徒，可她老生气，她身边还老有仇敌，而且还是信奉基督和慈善的仇敌。”

莉吉娅·伊万诺夫娜伯爵夫人走了之后，来了一位朋友，是一个部门主管的妻子，她讲述了城市里所有的新闻。三点钟，她也走了，答应来吃饭。阿列克谢·亚历山大罗维奇在部里。只剩下一个人，安娜就利用饭前的时间陪儿子吃饭（他单独用餐），并把自己的东西归整好，阅读积压在她桌子上的便条和信件，还写了回信。

一路上，她所经受的那种莫名的羞耻感和担心完全消失了。在习惯的生活环境中，她又恢复了自己的果断，并觉得做起事来心安理得、无可厚非。

她惊讶地回想起自己昨天的情况。“出了什么事儿？没有什么。符朗斯基说了傻话，那很容易了结，而且我的回答也恰如其分。这事情不该也不能讲给丈夫听。讲了，就意味着赋予它并不具有的重要性。”她记得有一次把丈夫在彼得堡的一个年轻下属几乎是向她表示爱情的事儿说了，而阿列克谢·亚历山大罗维奇就回答说，生活在世界上的任何一个女人都可能遇到这种事情，可是他完全相信她的应付能力，绝不会让猜疑来贬低她和贬低自己。“可见，何必说呢？真是的，感激上帝，没有什么可说的。”她对自己说。

三十三

四点钟，阿列克谢·亚历山大罗维奇从部里回来，但和平日里常有的情况一样，他没有时间去看安娜。他到了书房里，接待了等候求见的人，在一些主管部门送来的公文上签字。快用餐时（有三个人总在卡列宁家吃饭）来了几个人：阿列克谢·亚历山大罗维奇的老表姐、一位局长和妻子，以及一位被推荐到阿列克谢·亚历山大罗维奇单位供职的年轻人。安娜来到客厅里招待他们。五点整，青铜制造的彼得一世大钟还没有来得及敲响第五下，身穿两颗星的燕尾服、系着白领带的阿列克谢·亚历山大罗维奇就走了出来，因为他吃完饭马上还要出去。阿列克谢·亚历山大罗维奇生活的每一分钟都有事儿，而且都是计划好了的。因为，为了来得及处理自己每天的事情，他遵守最严格的规矩。“不急也不闲。”这是他的座右铭。他走进客厅，给大家鞠完躬，便连忙边坐下来边向妻子微微笑了笑。

“是啊，我的独居生活结束了。你不会相信，一个人用餐多不舒服（他特别强调*不舒服*这个词儿）。”

吃饭时他和妻子谈了会儿莫斯科的事情，带着讥讽的笑容问起斯捷潘·阿尔卡杰奇；不过，谈话主要是一般性的，是关于彼得堡公务上和社会上的一些事情。用完餐，他和客人们坐了半小时，便又微笑着握过妻子的一只手，就出门到委员会去了。安娜这次既没有得悉自己回来就请晚上到家里去的贝特西·特维尔斯卡娅公爵夫人的情况，也没有到自己今天订了包座的剧院去。她没有去，主要是因为自己预备穿的裙子没有准备好。总的来说，客人们散了后忙于整理自己衣衫的安娜，心里烦得很。在去莫斯科之前，她作为向来精于着装又不穿得过分贵重的内行女人，把三件裙子交给了一位时装师去修改。得把裙子改得让人看不出来，而且要在三天前完工。结果，有两件完全没有改好，另一件改好了，可是式样不像安娜所要求的那样。女时装师专门来作解释，认为这样更好，安娜便火了，以至于她事后想起来觉得不好意思。为了要使心情平静下来，她来到了育儿室，一晚上都和儿子在一起，亲自哄他睡下，给他画了十字并盖好被子。她为自己哪儿都没有去而这么美好地度过了这一晚上感到高兴。她觉得那么愉快，那么平静，那么清楚地看到自己在乘火车路上以为如此重大的一切只不过是社交生活中一件通常的微不足道的小事，不管在自己或在谁面前都没有什么可害羞的。她拿着一本英国小说坐在壁炉前，等着丈夫。九点半钟整，他的铃声响了，接着，他走进了房里。

“你到底来啦，啊！”她说着，同时向他伸过一只手。

他吻了吻她的手，在她身边坐下来。

“总的来讲，我看你此行圆满成功。”他对她说。

“是的，很成功！”她回答，并开始一五一十地讲给他听：和符朗斯基太太的旅途，到达莫斯科的情况，铁路上发生的意外事故。然后讲到自己先是为兄长，之后是为陀丽感到怜惜的印象。

“我不认为这样的人可以原谅，尽管他是你哥哥。”阿列克谢·亚历山大罗维奇严厉地说。

安娜微微一笑。她知道，他这样说正是为了表明就是考虑到亲戚关系也不能让他不说出自己的真实意见。她知道丈夫有这种特点，并喜欢这种特点。

“我高兴的是事情已经圆满解决了，而且你也回来了，”他接着说，“而关于我提交委员会通过的新条例，那边都说些什么？”

关于这个条例，安娜什么也没有听说，所以感到内疚，自己竟这么轻易地忘了对他来说是那么重要的事情。

“相反，这里对它的反应很大。”他脸上露出得意扬扬的微笑说。

她看到阿列克谢·亚历山大罗维奇是想把这件事的某种使他高兴的东西告诉她，于是用提问的方式把它讲出来。他就带着还是那种得意扬扬的微笑，讲起这个条例通过时人们对他热烈欢呼的情景。

“我非常非常高兴。这证明我们这里终于形成了对这件事合理的和坚定的看法。”

就着奶酪和面包喝完第二杯茶后，阿列克谢·亚历山大罗维奇站起来，到自己房里去了。

“而你哪儿也没有去，你一定感到寂寞了吧？”他说。

“啊，不！”她边回答边站起来，并陪他穿过大厅到书房。“你现在在看什么书？”她问道。

“我现在正在看德·李尔公爵的《地狱之诗》[①]。”他回答，“一本很有趣的书。”

安娜像人们通常笑话自己喜欢的人那样，偏爱地微微一笑，伸过一只手挽起他的胳膊，送他到书房门口。她知道，晚上看书成了他的一个必需的习惯。尽管公务占去了他几乎全部的时间，他仍认为追踪知识领域里出现的一切优秀的作品是自己的一项责任。他真正感兴趣的是政治、哲学和神学书籍，就本性而言，他与艺术是格格不入的，然而尽管如此或者更确切地说，正因为如此，阿列克谢·亚历山大罗维奇从不放过这一领域里轰动的作品，

---

① 原文为法语。

并认为自己有责任全都读一读。她知道，阿列克谢·亚历山大罗维奇在政治、哲学和神学领域里常常产生怀疑或进行研究；但在艺术和诗，特别是在他完全缺乏理解的音乐问题上，他有自己最明确和坚定的意见。他喜欢谈论莎士比亚、拉斐尔、贝多芬，谈论他对已有非常明确分类的诗和音乐的种种新流派的意见。

“好了，上帝保佑你！”她在书房门口说，那里的安乐椅旁已经为他准备好了一盏有罩的蜡烛灯和一长颈玻璃瓶水，“我要给莫斯科写封信。”

他握了握她的一只手，并再一次地吻了吻它。

“毕竟他是个好人，诚实、善良并在自己的领域里很出色，”回到自己房里后，她好像在某个指责他和说不能去爱他的人面前为他辩护似的对自己说，“不过，他的两只耳朵，为什么这样奇怪地支棱出来！还是因为他剪过头发？”

十二点整，安娜坐在书桌旁还没有写完给陀丽的信，听到均匀的穿便鞋的脚步声，洗漱完毕的阿列克谢·亚历山大罗维奇腋下夹着一本书，来到她身边。

“该睡了，该睡了。”他带着异样的微笑说着，走进卧室。

“他有什么权利这样看着他？”安娜一边回忆符朗斯基看着阿列克谢·亚历山大罗维奇的目光，一边想。

她脱了衣服，走进卧室，但她的脸上不仅没有在莫斯科微笑时眼睛里迸发出的那种兴奋，相反，现在火好像熄灭或隐藏在某个遥远的地方了。

三十四

离开彼得堡时，符朗斯基把自己在航海街的一套宽敞住所留给了朋友和要好的同事彼特里茨基。

彼特里茨基是个年轻的中尉，出身并不显要，不但不富裕，而且负着一身债，每到傍晚总喝得醉醺醺的，并常常因各种可笑和肮脏的勾当被关禁闭，虽然如此，他却受到同事们和上级的宠爱。符朗斯基十二点钟从火车站到达住所时，看见大门口停着一辆熟悉的出租轿式马车。按自己住所的门铃时，他就已经听到里边男人们的哈哈大笑声和一个女人的嘟囔声以及彼特里茨基的叫嚷声："要是个坏蛋，可别进来！"符朗斯基没有吩咐勤务员去禀报，悄悄走进头一个房间。彼特里茨基的女友希尔顿男爵夫人穿着亮晶晶的淡紫色丝绸裙子，留浅色头发的小脸蛋泛着红晕，活像一只金丝雀，正坐在一张圆桌前，一边用巴黎官话与满屋子的人交谈，一边煮着咖啡。穿着大衣的彼特里茨基和看样子刚下班、全身制服的卡梅罗夫斯基，坐在她的两边。

"好啊！符朗斯基！"彼特里茨基欢叫着跳起来，弄得椅子噼啪响。"主人到！男爵夫人，给他新煮一壶咖啡。真没有想到！我希望，你对自己书房的装饰满意吧，"他指指男爵夫人说，"你们认识吧？"

"可不！"符朗斯基愉快地微笑着说，同时握住男爵夫人一只可爱的手，"那还用说！老朋友。"

"您是外出回来，"男爵夫人说，"那我走了。啊，要是有妨碍的话，我这就走。"

"您可不用客气，这里就是您的家，男爵夫人，"符朗斯基说，"你好，卡梅罗夫斯基。"他补充说，同时冷冷地握了握卡梅罗夫斯基的手。

"而您就从来说不出这样好听的话来。"男爵夫人对彼特里茨基说。

"不，怎么不会？吃了饭以后，我也会说出同样漂亮的话的。"

"可是吃了饭以后就没有什么了不起的了！好，我这就给您来咖啡，您先去洗一洗，收拾收拾。"男爵夫人边说边又坐下，并留神拧好咖啡壶的螺丝帽。"皮耶尔，拿咖啡来，"她对彼特里茨基说，彼特里茨基是他的姓，叫他皮耶尔表明她不隐瞒自己和他的关系，“我给加点儿。”

“您会弄坏的。”

“不，弄不坏的！您的夫人呢？”男爵夫人打断符朗斯基与同事们的谈话，突然问，“我们这里已经认为您结婚了。带您的夫人来了吗？”

“没有，男爵夫人。我天生是个吉卜赛人，并将像一个吉卜赛人那样死去。”

“这样更好，这样更好。让我握握您的手。”

接着，男爵夫人便不放过符朗斯基，开始不断夹带着玩笑向他讲起了自己生活的近期计划，并问他有什么建议。

“他总也不想让我离婚！那我有什么办法？（他是她丈夫）我现在想提出起诉。您对我有什么建议？卡梅罗夫斯基，看着点儿咖啡。——他走了；您瞧，我被一些事儿缠着！我想起诉，因为我需要我的那份财产。您理解这种蠢事吗？好像是我对他不忠，”她轻蔑地说，“他就想借此占有我的田庄。”

符朗斯基愉快地听着一位漂亮女人这种开心的唠叨，连声地附和着，给她提出半开玩笑的建议，而且立刻采取了与这种女人打交道时惯用的语调。在他那个彼得堡世界里，所有的人被分成完全对立的两类。一类是低下的：庸俗、愚蠢和主要是可笑的人，他们相信一个丈夫应该与一个结发的妻子生活，姑娘应该是贞洁的，女人应该是害羞的，男子汉应该勇敢、自制和坚定，他应当教育孩子，挣面包养家，偿还债务——以及诸如此类的种种傻事。这是些老派和可笑的人。可是还有另外一类，他们大家都在其内的真正堂堂正正的人，他们潇洒、漂亮、大度、勇敢、开心，任意干各种风流事儿而不脸红，并对其他的一切采取嘲笑的态度。

符朗斯基只在最初的一会儿为自己从莫斯科那个完全是另一个世界的地方带回的印象而吃惊；但他马上像把一双脚伸进旧便鞋里似的，进入自己原先那个开开心心愉快的世界。

咖啡到底也没有煮好，倒是溅了大家一身，随即便产生了当时正好需要的效果，即洒满了贵重的地毯和男爵夫人的裙子，为喧闹和欢笑提供了借口。

“好吧，现在再见了，否则你们就会再也洗不干净的，而且将在我的良心上留下一个规矩人的主要毛病：邋遢。这么说，您是建议把刀子往喉咙上捅？”

“一定的，而且应该这样，让您可爱的手离他的嘴唇近点儿。他将吻您可爱的手，便一切都万事大吉了。”符朗斯基回答说。

“这么说，今儿个在法兰西①！”接着，她裙子沙沙一阵响便消失了。

卡梅罗夫斯基也站了起来，符朗斯基则不等他离开就握了一下他的手，进盥洗室去了。乘符朗斯基在梳洗的时间，彼特里茨基简明扼要地向符朗斯基描述了自他离开后自己情况的变化。他说他已经身无分文。父亲说，不再给钱也不再替他偿还债务了。一个裁缝想让他坐牢，另一个人也必定会拿坐牢威胁他。团长宣称，要是这些丑闻不停止，就得离开部队。男爵夫人讨厌死了，特别是总让人掏钱，而有一位，他要让符朗斯基见见，美得让人销魂，纯粹是个东方美人，“像女奴黎贝加②那样，知道吗。”也是在昨天，他和别尔科舍夫吵了一架，于是他想委派决斗证人去，当然不会有什么结果。总之，一切都很好，而且异常开心。接着，不等同事进一步打听自己处境的详细情况，彼特里茨基就开始向他讲起种种有趣的新闻来。在自己住了三年的如此熟悉的环境中，听到彼特里茨基讲述如此熟悉的事情，符朗斯基顿时感觉到一种回到了习惯的和无忧无虑的彼得堡生活的愉快。

“不可能！”他叫嚷起来，同时放下正给自己红润的脖子冲水

---

① 指当时彼得堡的法兰西剧院。

②《圣经·旧约·创世记》中的女奴，美艳绝伦，后为亚巴郎的儿子依撒格的妻子。

的带水龙头洗脸池的踏脚板。“不可能!”他听到洛拉与密列耶夫相好而抛弃费尔丁戈夫的消息时大声说，“可他还是那么愚蠢和得意？那这个布祖鲁科夫呢?”

“啊，布祖鲁科夫有段历史——妙了!”彼特里茨基叫嚷道，“你知道。他是个——舞会迷，而且从不放过一次宫廷舞会的。他戴了一顶新的盔形帽参加了一次盛大的舞会。你见到过新的盔形帽吗?很好的，比较短。他一站在那儿……不，你听着。”

“是啊，我听着。”他答道，同时用毛茸茸的浴巾擦着。

“一位大公夫人和哪一国的大使过来了，该他倒霉，他们谈起了新的盔形帽。大公夫人正好想叫人家看看新的盔形帽……人家看到我们的小宝贝站在那儿。(彼特里茨基模仿他头戴盔形帽站着的样子）大公夫人让把盔形帽给她——他不给。怎么了？大家直给他使眼色、点头、皱眉头。给呀。他不给。死死地站着。你自己可以想象……只是这个……叫什么来着……就要拿他的盔形帽……不给！……他就把它夺过来，交给了大公夫人。‘瞧这新的。’大公夫人说。她翻过盔形帽，你自己可以想象，从那里扑通一声！从里头倒出东西来了！一只梨、许多糖果、两磅糖果！……是他收罗的，这小宝贝!”

符朗斯基哈哈大笑起来。过了好一阵，已经谈到别的事情了，他一想起盔形帽又发出朗朗的笑声，露出一嘴结实密集的牙齿。

了解了全部的新闻后，符朗斯基在仆人的帮助下穿好制服去报到了。报到完了，他想去看看哥哥，看看贝特西，然后还要拜访几家人，希望在那种交际场合能见到卡列宁夫人。和在彼得堡从来的情况一样，他这一出去，就非到深夜才回来。

第二卷

一

冬末，在舍尔巴茨基家里举行了一次会诊，诊断吉蒂目前的健康状况，以确定相应的治疗措施，来帮助她虚弱的身体早日恢复健康。随着春天的来临，吉蒂的状况日渐恶化。家庭医生让她吃鱼肝油，然后服铁剂，再服硝酸银剂，可是这些药都不见效，所以他建议开春了到国外疗养去，还请来了一位名医。这位名医是个年纪不大而相当美貌的男子，他要求对病人进行检查。他似乎特别乐于坚持认为处女的羞怯不过是野蛮时代的残余，让一个还不老的男子摸摸裸体的年轻姑娘是最自然不过的事情。他之所以认为这是自然的事情，是因为他每天都这么做，而且在做的时候似乎并没有感到也没有去想任何不好的名堂，因此他认为姑娘的羞怯不仅是野蛮时代的一种残余，而且是对他的侮辱。

看来也只能听从他的意见了，因为尽管所有的医生都曾在同一所学校学习，读同样的书，熟悉同一门科学，尽管有些人说这位名医是个庸医，公爵夫人家里及她周围的人，不知为什么，大家都认为这名医有点儿特殊的名堂，只有他才能治好吉蒂的病。名医对羞怯得张皇失措的病人仔细检查一番，又敲敲打打之后，仔细地洗过双手，到客厅里与公爵说话。公爵皱着眉头，边咳嗽边听大夫说。作为一个有经历、不傻也没有病的人，他不信医，对这整幕滑稽剧都感到恼火，更何况只有他一个人完全清楚吉蒂的病因。“真是条空吠的狗。”他心想，头脑里把从狩猎的词汇中找出的这个称呼用在名医的身上，同时听着名医叨叨关于女儿的症状。名医其实好容易才克制住自己，不露出对这个糟老头子蔑视的表情，勉强屈就他低下的理解力。他知道，和老头子没有什么可说的，在这个家庭里——主脑是母亲。在她面前，他有意要显示一番。这时候，公爵夫人带着家庭医生来到客厅里。公爵就走开了，尽量不让人看出，他对这幕滑稽剧感到可笑。公爵夫人一副心慌意乱的样子，不知怎么办好。她感到自己对不起吉蒂。

“啊，大夫，我们的命运全靠您了，”公爵夫人说，“把一切都告诉我。”“有希望吗？”她想说，但嘴唇颤抖了，所以没有说出这样的问题，“怎么样，大夫？……”

“现在，公爵夫人，我和同行商量一下，然后再容我荣幸地向您禀报自己的意见。”

“那我们就得回避了？”

“听您的方便吧。”

公爵夫人叹了口气，出来了。

大夫们单独留下后，家庭医生开始小心地陈述自己的意见，认为是早期结核病，不过……以及等等。名医听着他，并在他说话中间看了看自己的大金表。

“是的，”他说，“可是……”

家庭医生说了一半，就恭敬地停止了。

“正如您知道的，早期结核病，我们还不能确定；在出现空洞以前，还没有任何明确的症状。但我们可以怀疑。征兆是有的：营养不良，神经兴奋以及其他。问题是这样的：在怀疑得了结核病的情况下，用什么办法保持营养？”

“可是您知道，这里总有些潜在的道德的、精神上的原因。”家庭医生带着会意的微笑犹豫地插嘴说。

“是啊，这是自然的事儿，”名医回答，边看了看表，“对不起，耶乌兹基桥是不是架好了，还是还得绕圈儿走？”他问，“噢！架好了。对，这样我二十分钟就可以到。我们刚才说了，问题是：要保持营养和调理神经。两者互相联系，得双管齐下地进行。”

“那么，到国外疗养呢?”家庭医生问。

“我反对到国外疗养，而且请您注意：假如是我们还无法确定的早期结核病，那么到国外也无济于事。必须采取的办法是，能保持营养又不至于有害处。”

于是，名医叙述了关于用索登天然矿泉水治疗的方案。他之所以用这种疗法，首先是因为它不至于有害处。

家庭医生仔细而恭恭敬敬地听完了他的话。

“不过我插一句，到国外去也有好处，改变一下习惯，离开那些引起回忆的环境。再说，母亲也希望。”他说。

“啊！在这种情况下，那就让她们去吧；只是那些德国骗子会坑人的……应当说服她们……那就让她们去吧。”

他又看了看表。

“啊！时间到了。”便朝门口走去。

名医向公爵夫人提出（这是出于礼貌），他要再看一看病人。

“怎么，还要检查一次!”母亲惊恐地说。

“噢，不，我得仔细弄清几个细节，公爵夫人。”

“请吧。”

接着，母亲陪着大夫来到客厅里吉蒂的身边。身体消瘦，两颊泛着红晕，因为害羞而两只眼睛闪耀出特殊光辉的吉蒂，正在房间中央。大夫进来时，她满脸绯红，眼睛里噙满泪水。她觉得自己整个这次患病及治疗都是如此荒唐，实在是太可笑了！她觉得对她的治疗真可笑，正好比把一只打破的花瓶拼起来。她的心已经破碎。他们干吗还用些药丸和药粉来治她？可是不能让母亲伤心，更何况母亲认为这是自己的过错。

“劳驾您坐下，公爵小姐。”名医说。

他微笑着坐在她对面，摸了摸脉搏，又开始提些无聊的问题。她对他作了回答，突然生气地站了起来。

“原谅我，大夫，不过这老实说不会有什么结果的。同样的事情，您已经第三次问我了。”

名医没有生气。

“过分受刺激，”吉蒂出去后，他对公爵夫人说，“其实，我已经看完了……”

接着，大夫像对特别聪明的女人那样对公爵夫人科学地说明了公爵小姐的病情，坚决主张服用那种不需要的药水。对于到国外的问题，大夫沉思了一会儿，好像在解决疑难问题。答案终于出来了：去吧，只是别相信骗子，有什么事情都找他。

大夫走后，好像发生了什么快乐的事情。母亲高兴了，回到女儿身边，吉蒂也装做高兴的样子。现在，她几乎经常这样。

“真的，我没有病，妈咪。不过到国外，如果您要去就去吧！”她边说边尽量做出一副关心即将出国的样子，开始谈论起出发的准备来。

二

大夫走了后，陀丽来了。她知道这天要会诊，尽管刚起床不久（冬末她生了个小女孩），尽管有许多自己的痛苦和操心事，她还是放下襁褓中的婴儿和生病的女儿，在这决定吉蒂命运的一天前来探望她。

“啊，怎么样？”她走进客厅，帽子都没有脱就问道，“你们大家都高高兴兴的。一定是好了吧？”

大家试图告诉她大夫说的话，可是好像尽管大夫说得很清楚，而且说了很长时间，却怎么也无法转达他的意思。唯一明确的只有一点，决定到国外去旅行。

陀丽不由得叹了口气。她最好的朋友——自己的妹妹要走了，而她的生活却不愉快。与斯捷潘·阿尔卡杰奇和好后的关系，使她感到屈辱。安娜促成的亲密关系原来就并不牢靠，家庭的和谐又在同一个点上破裂了。倒是没有新的事情，但斯捷潘·阿尔卡杰奇几乎总是不在家，也几乎总没有钱，认为他不忠的怀疑经常折磨着陀丽，她也已经不去管那些了，因为怕再次遭受妒忌的痛苦。头一次妒忌的爆发后已经不能再挽回，而且就是发现了不忠，也不会像头一次那样影响她了。这种发现现在只会使她失去习惯了的家庭生活。于是她尽力自欺欺人，因为他的这一弱点蔑视他，而同时更蔑视自己。除此之外，一大家子的操心事儿没完没了地折磨着她：一会儿是婴儿的奶水不足，一会儿是保姆走了，要不就像现在孩子们当中谁又病了。

"你那几个孩子怎么样了？"母亲问。

"啊，妈妈，您自己的伤心事儿够多的。莉莉病了，我担心是猩红热。我这会儿过来看看，如果真是猩红热，就待在家里出不来了。愿上帝保佑不是。"

大夫走了后，老公爵也从书房里出来，他让陀丽吻了吻他的面颊，并和她说了几句，便问妻子：

"怎么决定的呀？走吗？那想拿我怎么办？"

"我想你留下吧，亚历山大？"妻子说。

"随你们的便。"

"妈妈，为什么爸爸不和我们一起去？"吉蒂说，"对他对我们都开心些。"

老公爵站起来，一只手摸摸吉蒂的头发。她抬起头来，勉强微笑地望着他。她从来都觉得，尽管他很少说起她，却比家里所有的人更理解她。她作为小女儿，是父亲的宝贝，而且她觉得他对她的爱使他具有洞察力。现在当她的目光与他那双浅蓝、善良、凝神注视着她的眼睛相遇在一起时，她感到他对她看得清清楚楚，并理解她身上发生的一切不好的东西。她红了脸，凑到他身边等着他亲吻，可他只轻轻拍了拍她的头发，说：

"这些奇怪的假头发！让人触摸不到真正的女儿，而只能碰到哪个婆娘的毛发。啊，怎么样，陀丽，"他转向大女儿，"你那位风流的家伙在干些什么？”

“没有什么，爸爸，”陀丽回答，她知道指的是丈夫，“总在外边跑，我几乎见不到他。”她忍不住带着讥讽的微笑补充说。

“怎么，他还没有到乡下去把森林卖了？”

“没有，老是在作准备。”

“原来是这样！”公爵说，“这么说，我也得准备了？我听着呢。”他转过来对着妻子，边说边坐下来，“而你呀，这样，卡佳[①]，”他对小女儿补充说，“你会在某个好日子一觉醒来并对自己说：其实我完全健康，开心，又要大清早和爸爸到严寒的空气里散步去了。啊？”

父亲说的话好像很随意，但吉蒂听到这些话时却尴尬得不知所措了，就像一个被捉住的罪犯。“是啊，他全知道，全明白，他是用这些话在告诉我，虽然难为情，但应当受得住。”她没有勇气回答什么，于是突然开始大哭起来，跑出了房间。

“瞧你开的玩笑！”公爵夫人埋怨丈夫，“你总是……”她开始唠唠叨叨责备起来。

公爵听了公爵夫人滔滔不绝的责备，总也不做声，但他的脸越来越阴沉了。

“就这样她已经够难过的了，可怜的孩子，够难过的了，你却没有感觉到，只要有一点儿暗示那件事情的原因，她就伤心。啊！会这么看错人！”公爵夫人说，从她口气的变化里，陀丽和公爵知道她在说符朗斯基，“我不明白，怎么会没有法律来制裁这么下流、居心不良的人。”

“啊，有什么用！”公爵阴郁地说着，从安乐椅上站起来，像是要走，但到门口又站住了，“法律是有的，老婆子，你既然责怪我，我倒要告诉你这都是谁的错了：是你，你，你一个人。制裁这种花花公子的法律自古就有，现在也有！对，要是没有那种

① 即吉蒂，正式名字为卡捷琳娜，爱称卡佳。

不该有的事儿，我——老了，不然就会与他这样的纨绔子弟决斗。现在倒好，还请些骗子来治病。”

看样子，公爵还有很多话要说，可是公爵夫人一听他那口气，就像以前对一些严重的问题那样，她立刻就软下来并后悔了。

“亚历山大，亚历山大。”[①] 她悄悄说着走过去，并大哭起来。

她一开始哭起来，公爵就安静了。他走到她身边。

“啊，会好的，会好的！你也很难过，我知道。有什么办法呢？不是大灾大难。上帝是仁慈的……感谢……”他从自己的一只手上感觉到公爵夫人和着泪水的亲吻，喃喃地回答着，自己也不知道在说些什么，然后从房间里出去了。

还在吉蒂挂着眼泪走出房间的时候，陀丽就以自己做母亲的习惯立刻看到这将是女人家的事情，于是就准备去做。她脱了帽子，本分地卷起袖子准备行动。母亲攻击父亲时，她以一个女儿的身份所允许的那样试图劝住母亲。在公爵大发其怒的时候，她保持沉默；她为母亲感到害羞，对立刻恢复了和善的父亲怀着柔情；而当父亲走开后，她又准备去做需要做的主要事情——到吉蒂那里，安慰她。

“我早就想对您说了，妈咪：您知道吗，列文这次到这里来，是想向吉蒂求婚的？他对斯吉瓦说过。”

“那又怎么？我不明白……”

“是这样，也许，吉蒂拒绝他了？她没有对您说过？”

“没有，对这位或那位，她都什么也没有说过；她过于傲气了。但是我知道，全都是因为这一位……”

“是啊，您自己想想，假如她拒绝了列文——而要是没有这一位，她是不会拒绝他的，我知道……可是后来，这一位这么可怕地欺骗了她。”

公爵夫人想到自己在女儿面前有那么多错，觉得太可怕，所

① 原文为法语。

以她发火了。

“啊，我真是不懂！现在大家都想自作主张生活，什么也不对母亲讲，而然后，瞧……”

“妈咪，我到她那里去了。”

“去吧，难道我禁止你了？”母亲说。

三

吉蒂的小书房是一间美丽的、粉红色的小屋，里边摆着几个古老的萨克森瓷器[①]娃娃，像她两个月前一样年轻、粉红、快活；陀丽进去时，回想起去年她们俩曾多么开心地一起收拾房间。她看到吉蒂坐在离门口最近的一把椅子上，眼睛一动不动地凝视着地毯的一角，心都凉了。吉蒂看着姐姐，可她脸上那种冷漠而略带严峻的表情却没有改变。

“我这就要走了，得待在家里，你又不能到我那里去。”陀丽在她身边坐下来说，“我想和你说几句话。”

“说什么？”吉蒂惊恐地抬起头，迅速问道。

“除了你的痛苦，还有什么？”

“我没有痛苦。”

“算了吧，吉蒂。你难道以为我不知道？我全知道。相信我，这是小事一桩……我们都是这么过来的。”

吉蒂没有吱声，脸上露出严肃的表情。

“他不值得你为他痛苦。”陀丽继续直截了当地说。

“可是，他看不起我，”吉蒂声音颤抖地说，“别说了！请别说了！”

---

① 原文为法语。

“可是有谁这样告诉过你？没有人这样说过。我相信，他爱上了你，而且继续爱着你，不过……”

“啊，对我来说，最可怕的就是这种同情！”吉蒂突然火了，大声叫嚷起来。她在椅子上转过身，涨红了脸，指头微微迅速地颤抖着，一会儿这只手一会儿那只手，用力地抓紧自己腰带上的环扣。陀丽知道妹妹发火时常常这样两只手倒换着抓东西；她知道吉蒂在激怒的时候会忘乎所以，说出许多过头的和不愉快的话，于是陀丽想安慰安慰她；可是已经晚了。

“什么？你想让我感觉到什么？”吉蒂急忙说，“是我爱上了一个对我不屑一顾的人，而且我会因为他死去？而对我说这些的是我姐姐，她以为是……是……自己在同情我……我不要这种可怜和虚伪！”

“吉蒂，你这话不公平。”

“你干吗折磨我？”

“可是我，相反……我看你伤心……”

然而吉蒂正在气头上，没有听她的话。

“我没有什么要受罪和安慰的。我的自尊心绝不容许自己去爱一个不爱我的人。”

“是啊，我也并不是说……有一点——对我说实话，”陀丽拉起她的一只手说，“告诉我，列文对你说了？……”

提起列文，仿佛使吉蒂失去了最后一点儿自制力；她从椅子上跳起来，把环扣扔在地上，双手快速动作起来：“可又关列文什么事？我不明白，你为什么要折磨我？我说了并再重复一遍，我有自尊心，因此永远，永远不会像你那样——回到背叛自己而爱上另一个女人的男人那里。我不明白，不明白这样的事儿！你行，可是我办不到！”

说完这些话以后，她瞅了姐姐一眼，看到陀丽没有做声，忧伤地垂着脑袋，吉蒂便没有按预想的那样走出房间，她靠门坐下来，用手绢捂住自己的脸，低下了头。

沉默持续了两分钟。陀丽在想心事，她时时感觉到的屈辱，当妹妹提起时，在她心里引起了特别痛苦的反应。她没有想到妹妹会这么残酷，因此生她气了。可是，她突然听到一阵裙子的沙沙声以及同时突然爆发的克制的哭泣，同时感到一双手从下而上地抱住她的脖子。是吉蒂双膝跪在她面前。

"好陀丽，我是这么，这么不幸！"她悄声地后悔地说。

接着，一张挂满泪水的可爱的脸藏进了陀丽的裙子里。

眼泪就好比是一种必不可少的润滑剂，缺了它，两姐妹之间互相交流的机器便无法顺利地运转——流过眼泪后，两姐妹谈的已不是她们所关心的事儿了；在谈一些不相干的事情时，她们还是互相理解的。吉蒂知道自己气头上冒出的关于丈夫不忠及关于屈辱的话，深深地刺痛了可怜的姐姐，但她原谅了她。而陀丽呢，知道了自己想知道的一切；她确信自己的猜测是正确的，吉蒂的痛苦，无可奈何的痛苦，正是因为列文向她求婚而她却拒绝了他，符朗斯基则欺骗了她，因此她决心爱列文而恨符朗斯基。对此，吉蒂只字未提；她说的只是自己的心理状态。

"我没有任何痛苦，"她平静下来后说，"但是你能明白，一切都使我觉得糟糕，厌恶，粗鲁，而首先厌弃的是我自己，你没法想象，我对一切都抱有多么糟糕的想法。"

"不过，你会有什么糟糕的思想呢？"陀丽问，同时露出了微笑。

"最最糟糕、粗鲁的想法；我没法对你说。这不是哀伤，不是苦闷，而要糟糕得多。就仿佛我身上一切美好的东西都隐藏起来了，只剩下了一种最糟糕的东西。啊，怎么对你说呢？"她看到姐姐一双困惑的眼睛，接着说，"爸爸刚才对我说……我觉得他考虑的就只一件事情，我该出嫁了。妈妈带我去参加舞会，我觉得她带我去只是为了快点儿把我嫁出去，好摆脱我。我知道这不是真的，但我无法驱散这些思想。我没法看那些所谓的未婚夫，他们好像总在掂量我。过去穿上跳舞的服装到什么地方去，对我来说是一种简单的满足，我欣赏自己；现在，我感到害臊和战栗。你还想什么，啊，丈夫……那又……”

吉蒂犹豫了；接下来她本来想说，从她发生这种变化的那个时候起，斯捷潘·阿尔卡杰奇就使她感到无法忍受地不愉快，见到他就会立刻产生最粗俗和不像话的想法。

“那是啊，我心目中一切都成了最粗俗和卑鄙的样子，”她继续说，“这是我的一个毛病。也许，它会过去的……”

“而你不要去想……”

“我不能。只有在你家里，只有和孩子们在一起，我才感觉良好。”

“可惜，你不能到我家里去。”

“不，我要去。我得过猩红热，我要请妈咪让我去。”

吉蒂坚持自己的意见，到了姐姐家，孩子们还真是得了猩红热，整个患病期间，她都一直照料着孩子们。姐妹俩顺利地照看好了六个孩子的病，但吉蒂的健康并没有恢复。于是在大斋期的时候，舍尔巴茨基一家人到国外去了。

四

彼得堡的上层，其实是一个圈子；大家彼此认识，而且互相都有交往。然而在这个大圈子里，又有自己的一些小圈子。安娜·阿尔卡杰耶夫娜·卡列尼娜在三个不同的小圈子里都有朋友和一些亲密的关系。一个小圈子是公务上的，是她丈夫的官场圈子，由他的各种同事和下属组成，关系错综复杂，社会条件各不相同。安娜现在难以回想起初次见到这些人时那种几乎是十分虔诚的感情。现在她熟悉所有这些人，就像在一个县城里大家互相熟悉一样。她知道谁有什么样的习惯和偏爱，谁有什么样的苦衷；知道他们间的相互关系及顶头上司的态度；知道谁支持谁，每个人都怎样维护自己的地位，谁与谁在哪方面意见相同和不同。但官场上男人们感兴趣的这个圈子，尽管莉吉娅·伊万诺夫娜伯爵夫人总拉拢她，却从来未能引起她的兴趣，她还是回避它。

另一个安娜接近的小圈子，一是阿列克谢·亚历山大罗维奇得以在仕途上步步高升的那些人。这个小圈子的中心，就是莉吉娅·伊万诺夫娜伯爵夫人。这是以上了年纪、难看、行善和笃信上帝的女人以及聪明、有学问和虚荣心重的男人们组成的小圈子。属于这个小圈子里的一个聪明人称它是“彼得堡社会的良心”。阿列克谢·亚历山大罗维奇很珍惜这个小圈子，为此，善于和各种人相处的安娜，起初在彼得堡生活时，也在这个小圈子里找到了自己的朋友。现在从莫斯科回来后，这个小圈子变得使她无法忍受了。她仿佛觉得自己及大家都在逢场作戏。于是她在里边感到无聊和不自在，便尽可能少到莉吉娅·伊万诺夫娜伯爵夫人家去。

最后她有联系的第三个小圈子，其实是社交界——一个舞会、宴请、打扮得珠光宝气的世界，它一只手抓住宫廷，以便不至于堕落到半上流社会的地步。这个小圈子的成员都自以为蔑视半上流社会，可他们的趣味不仅相似，而且简直一模一样。她与这个小圈子的联系，通过她表嫂贝特西·特维尔斯卡娅公爵夫人保持着，这位表嫂有十二万卢布的年收入，从安娜出现在社交界的那天起他就特别喜欢、关怀安娜，把她拉进自己的小圈子，还讥笑莉吉娅·伊万诺夫娜伯爵夫人那个小圈子。

“等我老了、傻了，我也会变成那样的，”贝特西说，“但对您这样一位年轻漂亮的女人来说，进这种养老院还早。”

安娜起初尽可能回避特维尔斯卡娅公爵夫人的世界，因为它的花销超过了她的能力，可是她心里最喜欢的正是这里；然而去了一趟莫斯科以后，情况发生了相反的变化。她回避自己一些讲道德的朋友，常常出入高级的社交界。她在那里能见到符朗斯基，而且在见面时会感受到一种激动的喜悦。尤其是在贝特西家里，她常常见到符朗斯基；贝特西是符朗斯基的本家，她是他堂姐。只要能见到安娜，符朗斯基什么地方都去，而且一有机会就向她倾诉自己的爱情。她不曾给他任何借口，但每次见到他，自己心里就燃烧起和那天在车厢里头一次碰上时一样兴奋的感觉。她自己感觉到，有他在场，她的一双眼睛就闪耀出欢乐的光芒，嘴唇就开始微笑，而且，她无法克制这种欢乐的情绪。

起初，安娜真的以为，他的大胆追随让自己不满，但自从莫斯科回来不久，有一次出席晚会，她以为能见到他，结果他不在，她满心忧伤，自此她清楚地知道她在欺骗自己，他的追随不但不使她反感，而且成了她生活的全部意义。

著名女歌手唱了第二遍，整个高级社交界都在剧院里了。符朗斯基从第一排的座位上看到了堂姐，不等到幕间休息就走进她的包厢里。

“你怎么没有来吃饭？”她对他说，“我为恋人们的这种深远的视力感到吃惊，”她笑眯眯地补充说，那声音只有他一个人听得见，“她不在。等歌剧完了来吧。”

符朗斯基疑惑地瞅了她一眼。她低下头。他用微笑感激她，并在她旁边坐下来。

“我可是多么清楚地记得您的讪笑！”贝特西公爵夫人接着说，她一直在关注他们这种热情的进展，从中得到一种特殊的满足，“这一切都到哪里去了！您被抓住了，我心爱的。”

“我正是希望被抓住，”符朗斯基带着他那种平静大度的微笑回答说，“如果我有什么抱怨的话，那只是被抓住得不够紧，老实说，我都开始失去希望了。”

“你能抱什么样的希望？”为自己的朋友感到委屈的贝特西说，“*我们要相互理解……*”① 但她的一双眼睛里闪烁着热情，她和他

---

① 原文为法语。

一样非常清楚、确切地知道他抱的是什么样的希望。

“没有了，”符朗斯基边笑边露出密集的牙齿说，“我错了，”他补充说，同时从她手里拿过观剧望远镜，开始越过她裸露的肩膀张望起对面的一排座位来，“我怕自己会变成一个可笑的人。”

他非常清楚地知道，在贝特西和所有社交界人士的眼里，这并不会遭人取笑。他还非常清楚地知道，在这些人的眼里，做了一位姑娘或任何没有丈夫的女性的不幸情人，才会被人笑话；而执著地追求一位有夫之妇，并不顾自己的生命，千方百计去勾引她，和她私通，这种角色带有某些美好、高尚的性质，从来都不会成为笑话的对象。因此他便带着小胡子下露出的骄傲而愉快的微笑，放下观剧望远镜，瞧了堂姐一眼。

“可您为什么没有来吃饭？”她一边赞赏他，一边说。

“这得讲给您听。我有事儿，是什么事儿呢？我包您……一百、一千个猜不出来。我在帮一个丈夫与侮辱他妻子的人和好。是的，没有错！”

“怎么样，和好了？”

“差不多吧。”

“您应该把这事儿告诉我，”她边说边站起来，“下一次幕间休息时再过来。”

“不行，我要到法兰西剧院去。”

“放弃尼尔逊？”贝特西大吃一惊地问，其实她丝毫听不出尼尔逊与任何一位女合唱队歌手有什么区别。

“有什么办法？那里我有个约会，全是为我那帮助人家和好的事儿。”

“做调解人是幸福的，他们会和好的，”贝特西说，同时在回想某种自己从谁那儿听来的一类东西，“好，坐下讲，怎么回事儿？”

接着，她也又坐了下来。

五

“这有点儿不谦虚，可是太迷人了，真是太想讲出来了，”符朗斯基用欢笑的眼睛瞧着她说，“我不说出人家姓什么。”

“但我猜得出来，这样更好。”

“那您听着：两个快乐的年轻人驱车……”

“大概是你们团的军官吧？”

“我没有说是军官，就是这么两个一起吃了点早餐的年轻人……”

“您是说，一起喝了酒的。”

“可能吧。他们到一个同事那儿吃午饭，都是怀着最高兴的心情。然后发现一位坐出租马车的美貌女人追过了他们，还回过头来瞧，至少是他们觉得她在向他们点头微笑。他们自然就向她追过去了。赶着马儿拼命往前奔。使他们大吃一惊的是，美人儿停在了他们要去的那家门口。美人儿跑到了最上面一层。他们只见到露出在面纱下绯红的小嘴唇，以及一双美丽的秀足。”

“看您讲这事儿的神情，我觉得您本人是那两个人中的一个。”

“可是刚才您对我说什么来着？对了，两个年轻人到同事家出席他的告别午宴。这时，真的，他们和在通常的告别宴会上一样，可能是多喝了点儿。宴会完了，他们便打听这房子顶上层住着什么人。没有人知道，只有主人仆从在他们提出‘上面是否住有姑娘们①’的问题时回答说，这种人现在很多。吃完饭，两个年轻人走进主人书房里，给不知其名的女人写了封信。他们写了一封热烈的信，表白了爱情，还亲自把信送到楼上。这样可以对信中可能不完全清楚的地方当面作出解释。”

“您干吗给我讲这种下流的玩意儿？啊？”

---

① 这里指妓女。

“按了门铃。出来一个女佣，他们递过信并要女佣相信，自己已爱得死去活来，甚至马上就要死在这门口了。女佣感到莫名其妙，把话带进去了。突然出来一位留着小香肠模样络腮胡子的先生，他脸红得像甲壳虫一样，他声明这里除他妻子以外没有其他人居住，接着便把他们撵走了。”

“您怎么知道，人家留着像您说的小香肠模样的络腮胡子？”

“可是您听啊。今天我是去为他们讲和来着。”

“那结果呢？”

“这里可是最有趣的了。原来那是一对幸福的夫妇，男的九等文官。九等文官提出起诉，我则当了调解人，而且是怎样的一个调解人，请您相信，和我相比，塔列朗①都算不了什么。”

“困难在哪里？”

“瞧您听啊……我们认真地作了道歉：‘我们非常抱歉，这是个不幸的误会，请您原谅。’留小香肠模样络腮胡子的九等文官开始缓和了，可也想表达一下自己的感情，而且一开始表达这种感情就发火说粗话，于是我又得施展自己全部的外交才能。‘我同意，他们的行为不好，但请您看在他们年纪轻这一点上，那是一起误会；再说，年轻人刚喝了点儿酒。您知道，他们全心全意表示后悔，请求原谅他们的过错。’九等文官又软下来了：‘我同意，伯爵，我也准备原谅，可是知道吗，我妻子，我妻子，一个诚实的女人遭到跟踪，遭到一种轻浮、卑鄙的粗野和无理的……’而您知道，这个轻浮之徒就在场，我却得使他们和解。我再次施展外交手腕，而全部事情刚要了结，我的这位九等文官的火又起来了，他涨红了脸，竖起小香肠模样的络腮胡子，于是我又充分施展微妙的外交手段。”

“啊，该把这事儿给您讲一讲！”贝特西笑着转向一位进到她

① 塔列朗（1754—1838），两度担任法国外交大臣，以善于耍手段使自己出名而著称。

包厢里的太太说，“他把我逗得要死。”

“好了，*祝您成功*①。”她补充说着，向符朗斯基伸出拿着扇子的手上空出的指头，并扭了扭肩膀，使往上缩的裙子从胸部滑下一点，这样就可以在出去到煤气灯光下的时候，自己会相当袒露地出现在大家面前，引人注目。

符朗斯基到法兰西剧院去了，他真的得在那里见到从不放过该剧院一场演出的团长，以便与他谈谈自己这次忙碌了三天并感到兴致盎然的调解。在这件事情上，他喜欢的彼特里茨基和另一位不久前来的可爱的青年、优秀同事、年轻的凯德罗夫公爵都卷进去了，而主要的是这事儿与团的名誉有关。

两人都是符朗斯基的骑兵队的人。九等文官文登找到了团长，指控他的两名军官侮辱了他妻子。据文登讲，他那位年轻的妻子——他们半年前才结婚——和母亲一起在教堂做礼拜，因为怀孕，突然感到身体不适，没法再站在那里，便雇了一辆最先碰上的漂亮出租马车回家。当时便有两名军官追上来，她受了惊吓，身体更不适了，于是赶紧跑上楼梯回到家中。从机关回来的文登本人听到门铃响及有人说话的声音，一出来便看到两位喝醉酒的军官拿着一封信，他把他们推了出去。他要求严加惩处。

“不，不论您怎么说，”团长把符朗斯基请到自己身边对他说，“彼特里茨基太不像话了。没有一个礼拜不惹麻烦的。这个官吏不会罢休的，他一定会闹开的。”

符朗斯基看这件事情十分棘手，又不能决斗，只能尽全力使这位九等文官缓和下来，使事情私下了结。团长叫符朗斯基来，正因为觉得他是个光明磊落而又聪明的人，主要的还是个珍惜团的荣誉的人。他们谈了谈，决定应当让彼特里茨基和凯德罗夫及符朗斯基一起去到九等文官那里向他认错。团长和符朗斯基两人都知道，符朗斯基的名字和侍从武官的头衔该会使九等文官大大

① 原文为法语。

缓和下来。果然，这两种手段真的起了部分作用；但是，正如符朗斯基所讲的那样，调解的结果仍是个未知数。

到了法兰西剧院后，符朗斯基和团长退到休息室，向他讲了自己成功或不成功的方面。团长经过仔细考虑，决定把这没完没了的事情放下，可是出于自己的兴趣，他又开始向符朗斯基打听起调解的细节来，而且在听说安静下来的九等文官回想起事情的详细情况又怎么突然大怒，以及符朗斯基怎么抓住调解的最后半句话后，退后把彼特里茨基推到自己前面时，他忍不住哈哈大笑了好久。

“一起非常可恶的事件，但太好笑了。凯德罗夫还真没法与这位先生打架！他那么愤怒？”他笑着转问道，“今天克莱尔怎么样？好极了！”他说的是一位新的法国女演员，“无论你瞧多少遍，她每天都不一样。只有法国人能这样。”

六

贝特西公爵夫人没有等最后一幕演完就走了。她刚走进卫生间，给瘦长苍白的脸上扑了些粉，擦了擦，梳了梳头发，吩咐把茶端到大客厅，一辆接一辆的轿式马车已经向她在大海街道的豪华府邸开来。客人们下车来到宽敞的大门口。肥胖守门人早晨常常在玻璃门里看报，告诫过往的行人，这时不出声地把大门打开，让到达的客人经过他身边进去。

主人和客人几乎是同一个时间进入客厅的：刚梳过头发、擦过脸的女主人从一道门进来，客人们则从另一道门进来。大厅里，墙壁是暗色的，铺着柔软的地毯，摆着一张照得亮堂堂的桌子，那白净的桌布、一只银茶炊及一套光洁的瓷茶具，在烛光下闪闪发亮。

女主人在茶炊边上坐下来，脱了手套。不招人注意的仆人们帮助把椅子摆好，大家便分成两部分坐好——一部分靠茶炊，和女主人一起，另一部分在客厅的对面一端——靠近穿黑丝绒长袍、长两道竖眉的漂亮的大使夫人。两边的谈话起初都和通常一样，游移不决，不时为相见时的问候及献茶所打断，好像是在寻找话题，谈论什么好。

“作为一个女演员，她非常出色；大概她研究过考尔巴赫①，”大使夫人那个圈子的一位外交人员说，“你们注意到她怎么倒下去的……”

“啊，我们请不要去谈论尼尔逊了吧！关于她，没有什么新的可说的。”一位肥胖、漂亮、没有眉毛也不戴发套、头发浅色、穿一件旧丝绸裙子的太太说。这是密亚葛卡娅公爵夫人，她以朴素和待人粗鲁出名，外号胡闹女人②。密亚葛卡娅公爵夫人坐在两个圈子的人们当间，她边听边一会儿参与这一部分一会儿参与那部分人的谈话。“今天，有三个人对考尔巴赫说一句同样的话，好像事先商量好了似的。而我不知道，他们为什么那样喜欢这句话。”

谈话被这句话打断了，因此得再次考虑新的话题。

“给我们讲点什么有趣而不刻薄的话吧。”大使夫人转向这时也不知道怎么开始的公使夫人说。她深谙英国人所谓简短的闲聊③那种优雅的交谈艺术。

“据说这很难，话只有刻薄的才好笑，”公使夫人带着微笑开始了，“不过，我来试试。你们出个题目吧，一切的关键在题目。一有了题目，顺着它编就好办了。我常常在想，上个世纪的演说家如果活到现在，要说得聪明也会发生困难。所有聪明的玩意儿都听得太厌了……”

---

① 考尔巴赫（1805—1874），德国油画家、插图画家、壁画家。

② 原文为法语。

③ 原文为英语。

“早就有人这么说了。”大使的妻子笑着打断他。

谈话很温和地开始了，但正因为太温和，所以又停下来了。只好采用真正的从不失效的办法——胡扯。

“你们没有发现屠什凯维奇身上有某种路易十五的东西吗?”他说着，瞥了一眼站在桌子旁边的那位漂亮的浅色头发的年轻人。

“噢，是啊！他和这客厅很协调，所以他才经常到这里来。”

这次的话题得到了回应，因为说的正好是暗示这个客厅里不能说的事儿，也就是屠什凯维奇与女主人的关系。

靠茶炊和女主人一边的谈话，当时也同样在三个必然的话题之间游移了一段时间：最近的社会新闻、戏剧和指责亲近的人，结果也是选择了最后一个题目，就是胡扯。

“你们听说了，那个玛莉齐舍娃——不是女儿，是母亲——给自己做了一套惹眼的粉色[①]服装。”

“不可能！要是这样就太好了！”

“我吃惊的是，以她的智慧——要知道，她并不傻——怎么会看不出自己多可笑！”

大家都有话可说去指责和嘲笑不幸的玛莉齐舍娃，于是谈话便像烧旺的篝火，发出咯咯开心的笑声。

贝特西公爵夫人的丈夫是个心地善良的胖子，版画作品收藏家，知道妻子有客人，便在去俱乐部之前来到客厅里。

他踩着地毯不出声地走到密亚葛卡娅公爵夫人身边，“怎么样，您喜欢尼尔逊吗?”他问。

“啊呀，能这样偷偷地吗? 您吓了我一大跳，”她回答说，“请您别和我谈歌剧，您对音乐一窍不通。我最好还是降低到您的水平，和您谈谈您那些乌釉陶器和版画。好吧，不久前您在旧货商场那边又买了什么珍品?”

“要我拿给您看吗? 可是，您不懂。”

---

① 原文为法语。

“您让我瞧瞧。我向那些，叫什么来着……银行家那里学了点儿……他们有很好的版画。他们给我看过。”

“怎么，您去过舒茨伯格家？”女主人从茶炊那边问道。

“去过，我亲爱的[①]。他们叫我和丈夫去吃饭，还对我说，这顿饭的调味品值一千卢布，”密亚葛卡娅公爵夫人大声说道，她感到大家都在听她的话，“还是一种讨厌的调料，发绿的。我得回请他们，于是我做了八十五戈比[②]的调料，大家还吃得很满意。我可用不起一千卢布的调料。”

“她真是举世无双！”女主人说。

“令人惊讶！”另一个人说。

密亚葛卡娅公爵夫人说话产生的效果从来如此，其秘密在于她说得尽管并不恰当，这次也是这样，但却是有意思的、简单的玩意儿。在她生活的那个圈子里，这样的话就能产生最机智的笑话的作用。密亚葛卡娅公爵夫人无法明白为什么是这样，但她知道是这样，于是就利用这一点。

鉴于密亚葛卡娅公爵夫人说话时大家都去听她了，大使夫人那边的谈话就停止了，因此女主人想把所有的人都联合到一起，便对大使夫人说：“您真的不要茶吗？您就到我们这边来吧。”

“不，我们在这里很好。”大使夫人微笑着回答，继续进行已开始的谈话。

这是一次很愉快的谈话。她们指责卡列宁家，妻子和丈夫。

“安娜的莫斯科之行使她发生了很大变化。她身上有某种古怪的玩意儿。”她的一位女友说。

“主要的变化是她总带着阿列克谢·符朗斯基的影子。”大使夫人说。

---

① 原文为法语。

② 卢布和戈比均为俄罗斯货币单位，1 卢布等于 100 戈比。

“那有什么？格林[①]有一篇寓言：一个没有影子的人，一个人丢失了影子。而这是他因为什么受到的一种惩罚。我总也不明白，是什么惩罚。但对一个女人来说，没有影子该是不愉快的。”

“是啊，可是带影子的女人往往结局不好。”安娜的一位朋友说。

“叫你们舌头上长疔疮，”听到那些话后，密亚葛卡娅公爵夫人突然说，“卡列宁夫人是个绝好的女人。我不喜欢她的丈夫，而她，我很喜欢。”

“您为什么不喜欢她丈夫？他是那么出色的一个人，”大使夫人说，“我丈夫说，这样的政治家，欧洲少有。”

“我丈夫也是这么对我说的，可我不相信，”密亚葛卡娅公爵夫人说，“假如我们的丈夫不这样说，我们早就看到事实了，阿列克谢·亚历山大罗维奇，依我看简直是个蠢货。我悄悄这么说……一切都明摆着是怎么样，难道不对吗？以前，人家叫我把他看成个聪明人，我一直琢磨，还以为是我自己傻，看不出他的聪明；但只要我一说：他愚蠢，不过是悄悄说的——一切都变得这么清楚，不对吗？”

“您今天真恶毒！”

“一点儿也不。我没有别的办法。我们两人中总有一个是蠢货。而大家知道，自己总不能说自己是蠢货吧。”

“谁都不满足于自己的财产，但人人都满足于自己的聪明。”外交人员背诵了一句法国诗。

“正是，正是这样，”密亚葛卡娅公爵夫人赶忙对他说，“但问题是，对安娜，我不会让人这么说她。她是那么好，可爱。如果大家都喜欢她，而且像影子似的跟着她转，她有什么办法？”

“不过，我并没有想指责。”安娜的朋友辩解说。

---

① 雅各布·格林（1785—1863）和威廉·格林（1786—1859），是兄弟俩，德国童话作家。

“如果没有人像影子似的跟着我们转，那也不能证明我们有权利去指责人家。”

接着，密亚葛卡娅公爵夫人把安娜的朋友奚落一通，站起来，与大使夫人一起加入另一边，那边正在谈论普鲁士国王。

“你们在那里胡扯些什么？”贝特西问道。

“关于卡列宁夫妇。公爵夫人把阿列克谢·亚历山大罗维奇描绘了一番。”大使夫人一边微笑着在桌子旁边坐下来，一边回答说。

“可惜我们没有听到，”女主人说，同时看着进来的一道门，“啊，瞧您终于来了！”她带着微笑对进来的符朗斯基说。

符朗斯基和在座的所有人都认识，而且每天都见面，因此他进来时神情泰然自若，就像刚出去又进来的人一样。

“我从哪里来？”他回答大使夫人的问话，“没有办法，得说实话。刚看了滑稽戏。已经看过上百次了，可还是感到好像得到了一次新的享受。好极了！我知道这不光彩，但听歌剧时我老睡觉，而看滑稽戏能坐到最后一分钟，而且开心。今天……”

他提到一位法国女演员，想讲讲关于她的事情；但大使夫人带着开玩笑式的恐惧制止了他：“请您别讲这种可怕的事儿。”

“好，不讲。再说大家都知道这些可怕的玩意儿。”

“假如这像歌剧那样令人愉快，大家也就都上那里去了。”密亚葛卡娅公爵夫人抓住机会说。

七

门外传来一阵脚步声，贝特西公爵夫人知道这是卡列宁夫人，便瞟了符朗斯基一眼。他看着门，脸上露出一种奇怪的表情。他兴奋、专注同时又羞怯地看着进来的女人，并慢慢欠身起来。走进客厅的是安娜。她和通常一样，身子挺得笔直，以自己不同于其他社交界女人的快速、坚定及轻盈的步履，而且目光直视前方向女主人迈出几步，握了握她的手，微微笑了笑，并带着同样的微笑扭头看了符朗斯基一眼。符朗斯基低低地弯下身去一鞠躬，并为她搬过一把椅子。

她只点点头作回答，红着脸，皱了皱眉头。但赶忙向认识的人点头并握着那一只只伸过来的手，她对女主人说："我到莉吉娅伯爵夫人那里去了，想早点儿来，可多坐了一会儿。琼爵士在她家。一个很有意思的人。"

"啊，是那个传教士吗？"

"对，他讲述了印度的生活，很有趣。"

被她进来打断的谈话，又开始像受风吹的灯火似的摇晃起来。

"琼爵士！对，是琼爵士。我看见过他。他很会说话。符拉西耶娃已经完全迷上他了。"

"真的吗，是小符拉西耶娃要嫁给托波夫？"

"对，听说这事儿已经完全定了。"

"我对做父母的感到惊讶。听说这是凭感情结的婚。"

"凭感情？您这是多么反新潮的想法！谁今天还讲凭感情啊？"大使夫人说。

"有什么办法？这种愚蠢古老的方式一直还没有绝迹。"符朗斯基说。

"谁要保持这种方式，谁就会倒霉。我知道婚姻只有凭理智才会幸福。"

"是啊，可是凭理智的幸福婚姻，一旦遭遇到被克制的热情出现，幸福就会烟消云散。"符朗斯基说。

"但我们所说的凭理智的婚姻，是指那些双方都已经安分下来的。这像猩红热，患过一次后就好了。"

"那就得人工培养爱情，就像种牛痘一样。"

"年轻时我曾经爱上一个教会执事，"密亚葛卡娅公爵夫人说，

“不知道这是否对我有帮助。”

“不，我想，不是开玩笑，为了认识爱情，得犯错误然后再改正。”贝特西公爵夫人说。

“甚至在结婚以后？”大使夫人开玩笑地说。

“悔过永不嫌晚。”外交人员引用了一句英国格言。

“正是这样的，”贝特西抓紧说，“得犯了错误后再改正。您对这事儿怎么想？”她转过来问安娜。后者的嘴唇上正稍稍露出坚定的微笑，默默地听着这次谈话。

“我想，”安娜摆弄着脱下的手套说，“我想……要说有几个头脑就有多少种智慧，那么有多少颗心脏就有多少种爱情。”

符朗斯基瞧着安娜，心里极度紧张地等着听她怎么说。当她说出这些话后，他就好像感到危险已经过去似的喘了口气。

安娜突然对他说：

“我收到了一封莫斯科来的信。他们告诉我，吉蒂·舍尔巴茨卡娅病得很重。”

“是吗？”符朗斯基皱起眉头说。

安娜严厉地望着他。

“您不关心这事儿？”

“相反，很关心。他们给您写了些什么，如果可以知道的话？”他问。

安娜站起来，走到贝特西身边。

“给我来一杯茶。”她说着，站在了她椅子背后。

当贝特西公爵夫人给她倒茶的时候，符朗斯基来到了安娜跟前。

“他们给您写了些什么？”他重复了一遍。

“我常常在想，男人们尽管老谈论不光彩，却并不懂得什么叫不光彩，”她说，没有去回答他的问题，“我老早就想告诉您。”她补充说，同时走了几步，坐在了一张放着一摞纪念册的桌子边角上。

“我不完全明白您这话的意思。”他给她递过一杯茶说。

她看了一眼自己身边的长沙发，他立刻坐下来。

“是的，我想告诉您，”她眼睛并不看着他说，“您做得不对，不对，很不对。”

“难道说我不知道自己做得不对？但是，我这么做是谁引起的？”

“您为什么对我说这个？”她边说边严厉地看着他。

“您知道为什么。”他大胆而高兴地回答，同时遇到了她的目光，而且没有垂下眼睛。

不是他，倒是她，一下子心乱了。

“这只能证明您是个没有心肝的人。”她说。但她的目光在说，她知道他有一颗心脏，而且因此她害怕他。

“您刚才说的那件事情，是个错误，而不是爱情。”

“您记住，我禁止您说这个词儿，这是个讨厌的词儿，”安娜浑身颤抖了一下说；但她马上感觉到自己以禁止这个词儿表明承认她对他有一定的权利，并从而鼓励他说爱情，“我老早就想对您说这个了，”她继续说，坚定地注视着他的眼睛，满脸泛起像燃烧似的红晕，“而今天，我是有意来的，知道能碰上您。我是来对您说，这事儿该结束了。我从来在谁的面前都没有脸红过，而您却让我感到自己好像犯了什么过错。”

他看着她，并为她脸上那种新的精神的美感到吃惊。

“您要我怎么样？”他简单而严肃地问。

“我要您到莫斯科去，并请求吉蒂原谅。”她说。

“您希望的不是这个。”他说。

他看出来，她的话是强迫自己说的，这不是她内心的话。

“您要是像自己所说的那样爱我，”她悄声说，“那么您就应该做得使我平静。”

他的脸容光焕发了。

“您难道不明白，对我来说，您就是全部生命，但是我不知道也没法给您平静。我的整个人，就是爱情……是的。我没法把您和我分开来想。对我来说，您和我是一回事儿。而且，无论对自己和对您，我都看不出今后有平静的可能。我看到绝望和不幸的可能性……要不，我看到幸福，无比幸福的可能性！……难道它不可能？”他只用嘴唇的启动作补充，但她听到了。

她费尽全部心力要把该说的话说出来；结果却只把自己充满爱情的目光停留在他身上，什么也没有回答。

“总算！”他兴奋地想，“当我已经要绝望了，以为不会有结果的时候——总算！她爱我。她承认是这样。”

“请为了我这样做吧，永远别对我说那种话，让我们做个好朋友。”她嘴上这么说，但她的目光里表示的完全是另一种意思。

“做朋友，我们不会的，这您自己清楚，而我们将成为最幸福或最不幸的人——这就得看您了。”

她想说点儿什么，但他打断了她。

“我请求的其实只有一点，请求像现在这样存有希望和受折磨的权利；而如果连这样都不行，那就吩咐我消失好了，我就一定消失。您将不会再见到我，如果有我在使您感到难受的话。”

“我哪儿也不想赶您去。”

“只是什么也别改变。让一切像现在这样，”他用颤抖的声音说，“瞧您丈夫来了。”

果然，这时，阿列克谢·亚历山大罗维奇迈着自己稳重、笨拙的步子走进了客厅里。

他看了一眼妻子和符朗斯基后，走到女主人身边坐下来喝了一杯茶，便开始用不慌不忙而大家都听得清楚的嗓音，以自己通常开玩笑的口气对某个人嘲笑一番。

“你们的朗布耶[①]全到齐了，”他边说边环顾大家，“全都是美

---

① 朗布耶（1588—1665），法国一位贵妇人，因不满宫廷俗气和周围不断的政治阴谋，在巴黎自己家中建立专为文学界社交而设的沙龙，在那里，贵族和文人平等相处。这里指沙龙的意思。

人和缪斯。”

但是，贝特西公爵夫人无法容忍他的这种她称为嘲弄的[1]语气，于是作为一个聪明的主妇，她立刻把谈话引到关于普通义务兵役制的严肃问题上。阿列克谢·亚历山大罗维奇一下就被谈话吸引住了，并开始在向他发动进攻的贝特西公爵夫人面前为一项新的命令辩护起来。

符朗斯基和安娜继续在一张小桌子旁边坐着。

“这就不成体统了。”有位太太用眼睛指指卡列宁夫人、符朗斯基和她的丈夫。

“我对您说什么了？”安娜的一位朋友答道。

不只是这几位太太，客厅里几乎所有的人，就连密亚葛卡娅公爵夫人和贝特西本人都好几次把目光投到两个坐得离大家远远的人身上，仿佛这妨碍了他们。只有阿列克谢·亚历山大罗维奇一次也没有朝那个方向看，他一心只顾着已经开始的谈话。

发现大家已经产生不愉快的印象后，贝特西公爵夫人让另一个人坐到她的位置上来听阿列克谢·亚历山大罗维奇谈话，自己走到了安娜的身边。

“我总为您丈夫表达的明了和准确感到吃惊。”她说，“他谈起话来，最深奥的概念我都能听懂。”

“噢，对！”安娜满脸幸福地微笑说，而贝特西对她说的话，她竟一个词儿也不明白。她转到一张大桌子那边，参加到共同的谈话中。

阿列克谢·亚历山大罗维奇坐了半个来小时，来到妻子身边，提议她一起回家；她却没有看他，就回答说要留下吃晚饭。阿列克谢·亚历山大罗维奇深深鞠了一躬，就出去了。

卡列宁夫人的马车夫，一个上了年纪的胖鞑靼人，穿着发亮

① 原文为英语。

的皮大衣，在大门口艰难地拉住冻得跷起一条左腿的灰马。仆人打开车门，站在那里。守门人站着，拉住外边一道门。安娜·阿尔卡杰耶夫娜用一只灵巧的小手解开缠在皮袄小钩子上的袖口花边，低头听着送她出来的符朗斯基说话。

“您什么也没有说；就算我什么也不要求，”他说，“但是您知道，我需要的不是友谊，我觉得生活里有一种幸福是可能的，您是这么不喜欢这个词儿……对，是爱情……”

“爱情……”她慢慢地用内心的声音重复了一遍，就在她解开花边的时候，她突然补充说，“我之所以不喜欢这个词儿，是因为对我来说它包含的意义太多了，比您能明白的多得多，”她随即瞅了瞅他的脸，“再见！”

她向他伸出一只手，便从守门人身边迈出迅速和富有弹性的一步，消失在轿式马车里了。

她的目光，她的手的接触，使他感到一阵灼热，就像被火烫着似的。他吻了吻自己手上她接触到的那个地方，回家去了，他已经意识到今晚比近两个月来更接近自己的目标，他为此感到幸福。

八

对于妻子与符朗斯基单独坐在一张桌子上并兴奋地谈论什么这件事，阿列克谢·亚历山大罗维奇并不觉得有什么特别和不体面的地方；不过他注意到，客厅里其他一些人似乎感到有点儿特别和不成体统，所以他也感到事情有失体面。他决定把这一点告诉妻子。

回到家后，阿列克谢·亚历山大罗维奇像他通常所做的那样来到自己的书房里，坐在安乐椅上，打开一本夹着把小纸刀的书，是讲天主教的，并照例读到一点钟；他只是偶尔擦擦自己高高的前额，并像在驱赶什么似的抖抖脑袋。像通常一样，他站起来去梳洗。安娜·阿尔卡杰耶夫娜还没有回来。他把书夹在腋下上了楼；但今晚与通常对公务上一些事情的思想和考虑不同，他想的净是妻子以及和她有关的一些不愉快的事情。今天，他没有上床躺下，而是双手挽在背后在书房里来回踱起来。他感到自己事先必须对再次出现的情况作一番仔细的考虑，所以不能躺下。

当阿列克谢·亚历山大罗维奇作出决定要与妻子谈一谈的时候，他似乎觉得这很容易；而现在，当他开始对再次出现的情况进行考虑的时候，却感到很复杂和难办了。

阿列克谢·亚历山大罗维奇不妒忌。按照他的信念，妒忌是对妻子的侮辱，而且，对妻子应当抱信任的态度。为什么应当信任，应当完全相信他年轻的妻子会永远爱他呢，他没有问过自己；但是他从来没有不信任她，因为一向都信任她，所以才对自己说，应当抱这样的态度。现在呢，虽然他认为妒忌是一种可耻的感情，而且这种信任的信念并没有被破坏，他还是感到处在某种不合逻辑和不清楚的情况中，不知道该怎么办才好。阿列克谢·亚历山大罗维奇发现妻子有可能陷入另一个人的爱情中，他觉得这似乎是极为荒唐和无法解释的事情，因为这是生活本身。阿列克谢·亚历山大罗维奇自己的全部生活，都是在与作为生活反映的公务领域中度过的。而每当与生活本身发生矛盾的时候，他往往躲开它。现在他经受的感觉，就好比一个人平平安安地走过架在深渊上的一座桥，突然发现这座桥断了，底下是旋涡。这旋涡就是生活本身，而桥是阿列克谢·亚历山大罗维奇说过的那种脱离实际的生活。对他来说，还是头一次想到妻子有可能爱上别人，他在这种情况面前吓坏了。

他没有脱衣服，迈着均匀的步子来回走着，在餐厅灯照亮着的咯吱咯吱响的嵌木地板上，在昏暗的客厅地毯上，客厅里的灯光只照在长沙发上方他的巨幅新肖像上。他还经过她的起居室，里面点着两支蜡烛，照亮着她亲友的肖像以及她那写字台上一些精美的、自己早已很熟悉的小摆设。他穿过她的房间，直到卧室门口，然后再拐回来。

每一个来回，他总会在亮堂堂的餐厅嵌木地板上，停下来并对自己说："对，这事儿必须解决并加以制止，必须说明我对这事儿的观点和决定。"接着，他便往回拐。"不过，究竟说什么呢？我该怎么决定？"他在客厅里这样自言自语，却找不到答案。"而说到底，"在拐弯进书房前，他问自己，"究竟发生了什么事情？没有什么。她和他谈了好久。这有什么？一个女人在社交场合与谁谈话的事情还少吗？再说，妒忌——意味着降低自己，同时也贬低了她。"他自言自语说着，走进她的书房里。但以前在他看来很有说服力的这个说法，这时已经变得毫无意义、没有价值了。他随即从卧室门拐回客厅，可是他刚走到昏暗的客厅里时，有个声音对他说，事情不是这样的，如果旁人注意到了这一点，那就是说有点儿名堂了。于是，在客厅里，他再次对自己说："对，这事情必须解决和加以制止，并说明自己的观点……"而在要拐弯前，他又问自己：怎么解决？然后又问自己：发生了什么事情？又回答说：没有什么。接着，他想起妒忌是对妻子的一种侮辱，可是在客厅里，又确信是出了点事儿了。他的思想和他的身体一样绕了一个完整的圆圈，没有捕捉到任何新东西。他注意到了这一点，摸了摸前额，便坐在她的书房里。

在这里，望着她的桌子，上面放着的带吸墨纸的孔雀石色信笺夹及一封未写完的信，他的思想突然改变了。他开始设想她的生活，考虑她怎么想，她会有什么样的感觉。他头一次生动地想象到她的私生活、她的思想、她的愿望，只要想到她能够而且应该有自己独立的生活，他就感到如此可怕，连忙把这种思想赶跑了。这就是瞧一眼都感到可怕的那个旋涡。设想别人的思想和感觉，对阿列克谢·亚历山大罗维奇来说是一种格格不入的内心活动。他认为，这样的内心活动是有害的和危险的幻想。

“而且最可怕的是，”他想，“现在正当我在事业上快要成功的时候（他想到自己正在推行一项计划），需要完全的平静和内心的全部力量，正是现在，这种无聊的担忧压到了我身上。但是，有什么办法？我不是那种遭受不安和担忧而没有勇气去正视的人。”

“我得想好，解决了，然后不再去管这事，”他出声地说出来，“关于她的感情，她心里怎么想及会怎么想的问题，不是我的事情，这是她的良心的事情，属于宗教。”他对自己这样说，同时因为意识到那个新发生的情况可以归属于什么性质的问题，于是有一种轻松的感觉。

“由此可见，”阿列克谢·亚历山大罗维奇告诉自己，“关于她的感情以及等等的问题——是一个不可能与我有关的问题。我的责任有清楚的规定。作为一家之主，我有义务指导她，因此也要负一部分责任；我应当指出我所看到的危险，向她提出警告，甚至使用权力。我应当告诉她。”

这样，现在将要对妻子说的话，在阿列克谢·亚历山大罗维奇的头脑里完全清楚地形成了。在考虑自己要说的话时，他为家务事这么不知不觉地花费自己的时间和精力感到可惜。尽管这样，即将要说的话的形式和连贯性，在他头脑里已经像作报告那样清楚而准确地形成了。“我应当告诉她并说明下列内容：首先，说明社会舆论及保持体面的意义；其次，从宗教上说明结婚的意义；其三，如果需要的话，指出对儿子可能带给的不幸；其四，指出她自己将遭受的不幸。”接着，阿列克谢·亚历山大罗维奇双手交叉，手心向下地扳手指，指关节便咯吱咯吱响起来。

这个成了坏习惯的动作——双手交叉扳得指头咯吱咯吱响——往往使他安下心来，使他恢复冷静，而这时候正需要如此。大门口传来轿式马车的响声。阿列克谢·亚历山大罗维奇来到大厅中央，站住了。

台阶上响起女人的脚步声。准备好自己要说的话后，阿列克谢·亚历山大罗维奇站着，同时扳着自己交叉的手指；等待着什么地方还有咯吱声。一个关节咯吱响了一声。

还在听到台阶上传来轻盈的脚步声时，他就感觉到她已经临近了。然而，他尽管对自己要说的话感到满意，面对即将进行的解释还是觉得可怕起来……

九

安娜低着头，抚弄着围巾上的流苏走来。她的脸上容光闪闪，但这不是开心的容光——它使人想起黑夜里火灾的可怕光芒。看到丈夫后，安娜抬起头，仿佛正睡醒似的微微一笑。

“你不在床上？真是怪事！”她说着，解下围巾，却没有停下来，而径直往卫生间走去，“该睡了，阿列克谢·亚历山大罗维奇。”她在门里边说。

“安娜，我需要和你谈谈。”

“和我？”她吃惊地说着从门里出来，看了他一眼，“这是怎么了？有什么事？”她边坐下边问，“好，如果这么需要，那我们就谈谈吧。不过还是睡觉的好。”

安娜随口说，连自己都为自己撒谎的本领感到吃惊。她的话是那么普通、自然，而且好像她真想睡觉一样！她仿佛觉得自己穿着捅不破的撒谎铠甲。她感到有一种无形的力量在帮助和支持自己。

“安娜，我应当向你提出警告。”他说。

“警告？”她问，“什么呀？”

她这么大方、这么自然地看着他，要是换成别人，不像丈夫那样了解她的人，是不会注意到她的话无论在声音和意思上有任何不自然的地方。但是他很了解她。他清楚，每当他晚躺下五分钟，她就会注意到并询问原因。他知道，她一有什么开心、愉快和痛苦就会立刻告诉他的。而这时，看到她不愿注意他的心情，又一点儿也不想说说自己，这情况对他来说就意味深长了。他发现她那个以前从来都向他敞开的心灵深处，已经对他关上了。此外，据她的口气，他发现她并不为此感到不好意思，反倒好像直率地对他说：对，关上了，而且应该这样，以后也将这样。这时他经受到的感觉，就像一个人回家后却发现自己家的门关着一样。“不过，也许还能找到钥匙。”阿列克谢·亚历山大罗维奇想。

“我想对你提出警告的是，”他声音低低地说，“因为不当心和轻率，你会给社交界提供议论你的口舌的。你今天与符朗斯基伯爵（他坚定而冷静地一板一眼地说出这个名字）过于活跃的谈话，让人家都注意你了。”

他边说边看着她那双笑眯眯让人猜不透而觉得可怕的眼睛，在说话的同时他就感觉到，自己说这些话已经完全无益和无聊了。

“你总是这样，”她回答说，就好像完全不理解他，故意好像只听明白了他说的最后一句话，“你一会儿因为我觉得寂寞而不高兴，一会儿又因为我开心而不高兴。我当时不感到寂寞，这使你受委屈了？”

阿列克谢·亚历山大罗维奇震颤了一下，弯起双手要弄得关节咯吱咯吱响。

“哎呀，请你别弄出咯吱咯吱的声音来，我不喜欢这样。”她说。

“安娜，这是你吗？”阿列克谢·亚历山大罗维奇说，他竭力控制自己，停止了双手的动作。

“到底怎么回事儿？”她带着那么真诚和可笑、惊讶的神情说，“你要我怎么样？”

阿列克谢·亚历山大罗维奇沉默了一会儿，用手揉了揉前额和眼睛。他发现与自己要做的、也就是警告妻子在社交界出差错相反，倒为她的良心不安起来，而且是在与自己想象中的障碍作斗争。

“瞧我要说什么来，”他继续冷冷地平静地说，“我求你听我说。正如你知道的那样，我承认妒忌是一种侮辱和贬低人的感情，我永远不允许自己受这种感情的影响。但有一些大家都知道的礼貌规矩，违反了就不能不受到惩罚。今天不是我注意到，而是从给社会造成的印象看，人家都注意到了，你的行为举止不完全得体。”

“你的话我一点儿也不明白，”安娜耸了耸肩膀说。“他无所谓，”她心想，“而是社会上注意到了，他担心的是这个。”“你有毛病，阿列克谢·亚历山大罗维奇。”她补充了一句，就站起来想进门去；但他往前挪动了一步，好像要拦住她。

他的脸色难看而阴沉，安娜从来没有见过他这样。她站住了，并把头往后一仰，往旁一歪，用一只手开始迅速把发针取下来。

“好吧，我听着，要怎么样，”她平静而带讪笑地说，“我倒是很想听听，因为想知道究竟是怎么回事情。”

她说着，说得那么自然而平静，所选择的词语那么得体，连她自己都感到吃惊。

“我无权过问你感情的全部细节，而且我一般认为这是无益的，甚至是有害的，”阿列克谢·亚历山大罗维奇开始了，“掏掏自己的内心，我们往往会掏出没有发现过的东西。你的感情——这是你自己良心的事儿，不过，我有义务向你指出你在自己、在我和在上帝面前的责任。我们的生活联结在一起，而且它不是人而是上帝给联结的。把这种联结拆散只能是一种犯罪，而这种犯罪是要遭受沉重的惩罚的。”

“我一点儿也不明白。哎呀，我的上帝，我真想睡觉！”她边说边用一只手摸摸头发，寻找剩下的发针。

“安娜，看在上帝的分儿上，别这么说，”他温和地说，“可能我错了，但你要相信，我所说的是为了你，同样也是为我自己。我是你丈夫，而且爱着你。”

她的脸低下的一瞬间，目光中讥笑的火星熄灭了；但“爱着”这个词儿又使她气愤。她想：“爱着？他难道会爱？要是没有听说过有爱情这回事儿，他甚至连这个词儿也许都不会使用。他根本不懂什么叫爱情。”

“阿列克谢·亚历山大罗维奇，真的，我不明白，”她说，“你有什么意见，你就判定吧……”

“请你让我把话说完。我爱你。可是我说的不是为我自己；这里主要的人——是我们的儿子和你自己。我重复一遍，我的话可能不合适，你也许觉得我的话完全是无的放矢；也许，它们出自我的误会。要是这样，就请你原谅我。如果你自己感觉到哪怕我说的有一点儿道理，那我就请你考虑一下。如果心灵驱使你说，你就全告诉我……”

阿列克谢·亚历山大罗维奇自己也不知道，他说的完全不是自己事先准备好要说的话。

“我没有什么说的。再说……”她突然急速地说，勉强忍住微笑，“对了，该睡觉了。”

阿列克谢·亚历山大罗维奇叹了口气，再也没有说什么，进卧室去了。

她来到卧室时，他已经躺下了。他严肃地紧闭着嘴唇，眼睛也没有看她。安娜在自己的床上躺下来，时刻等待着他再和她说话。她既怕他再说起来，又希望他再说。但他没有作声。她久久地、一动不动地等待着，而且已经把他忘了。她在想另一个人，她看见他，并感到这么想时，自己的心里充满激动和罪恶的快乐。突然，她听到一声均匀而平稳的鼾声。一开始，阿列克谢·亚历山大罗维奇好像为自己的鼾声感到害怕似的停止了打鼾；但等呼吸两次过后，鼾声又重新平稳而均匀地响起来。

“晚了，晚了，已经晚了。”她带着微笑，声音低低地说。她睁开眼睛一动不动地躺着，仿佛觉得在黑暗中看到了自己眼睛的光芒。

十

对阿列克谢·亚历山大罗维奇和他的妻子来说，从这个晚上都开始了一种新的生活。什么特别的事情也没有发生。安娜照例经常出入社交界，特别是经常到贝特西公爵夫人家里去，而且到处和符朗斯基相会。阿列克谢·亚历山大罗维奇看着这种情况，却毫无办法。他不论作出任何尝试，希望她作出解释，可她总是用某种开心的困惑为自己筑起一道牢固的墙，无法穿越。表面上，一切都是老样子，可是他们的内部关系完全改变了。阿列克谢·亚历山大罗维奇，一个强有力的政治家，在这里却束手无策。他好像一头驯服地低下头的公牛，等着接受已经举在自己头上的刀斧。每次他开始想到这一点，便感到自己应该再试试，以为用善良、温柔和信念能够挽救她，使她清醒过来，总觉得还有一线希望，因此他每天都准备好要和她谈谈。然而，每次他一开始说，便感到那种已经控制了她的恶和虚伪也同样控制了他，他和她说的完全不是想说的话和语气。说话时，他总不由自主地用嘲讽的语气，就像他惯常嘲笑这类事情的时候一样。然而，用这种语气是没法说出要对她说的话的。

十一

那个符朗斯基几乎整整一年里唯一的愿望，代替了以前全部的愿望。这愿望对安娜来说几乎是不可能的、可怕的因此也更令之神往。这个愿望已经得到了满足。他脸色苍白，下颌哆哆嗦嗦地站在她面前，希望她安静下来，而其实自己也不知道怎么做，怎样让她安静。

“安娜！安娜！”他声音颤抖地说，“安娜，看在上帝的分儿上！……”

可是，他越大声说，她原来骄傲、高兴而现在羞愧无比的头便垂得越低，她全身缩着，从坐着的长沙发上跌到地板上他的脚边；要不是他拉住她，她就落到地毯上了。

“我的上帝！宽恕我！”她边抽泣边说，同时把他的两只手贴到自己的胸口上。

她感到自己犯下了那样的罪过，以致只好自责和请求宽恕了。而现在她的生活中，除了他再没有别的人了，因此她也只能向他请求宽恕。她看着他，深切地感觉到自己的屈辱，再没有什么可说的了。而他呢，觉得自己好像是一个杀人犯，看到了被杀者的躯体。这个被他剥夺了生命的躯体，是他们的爱情，他们爱情的初期阶段。只要回想爱情竟要付出羞愧难当的代价时，她便觉得既害怕又厌恶。这种精神上裸露的羞耻压抑着她，也传染给了他。然而，不管杀人犯面对被杀者的躯体有多么恐惧，他还得把它剁成一块块并藏起来，去享受自己凶杀得来的东西。

因此，杀人犯激烈又狂暴地向这个躯体扑过去，拖拉它，宰割它；他正是这样吻着她的脸蛋和两个肩膀。她抓住他的一只手，一动也没有动。是的，这些亲吻——就是用羞耻换来的玩意儿。是的，还有这只手将永远是我的——我的同谋者的一只手。她举起他这只手，并吻了吻它。他跪下来，想看到她的脸；但她把它藏起来了，而且什么也没有说。她终于好像竭力控制住了自己似的站起来，并推开了他。她的脸还是那么漂亮，但它更使人觉得惋惜、可怜。

“全完了，”她说，“除了你，我已经一无所有。记住这一点。”

“那是我的生命，我不会不记住的。为了瞬间的这种幸福……”

“什么样的幸福！”她厌恶而恐惧地说，而恐惧无意中也传给了他，“看在上帝的分儿上，什么话，什么话也不要说了。”

她迅速站起来，慢慢从他身边走开。

“什么话也不要说了。”她重复了一遍，脸上带着让他惊奇的冷漠绝望的表情，就这样走了。在这一瞬间，在这进入新生活的时刻，她感到自己无法用语言来表达那种羞耻、开心和恐惧的感觉，也不想说它，免得不恰当的语言把这种感觉亵渎了。就连后来，到第二、第三天，她也不但没有找到能表达这种感觉的全部复杂性的语言，而且也没有在头脑里理清思路。

她对自己说：“不，我现在没法想这个，等我平静了些再说。”但这种让思想平静的时刻一直没有到来；每次当她要想想自己干了什么、自己将来怎么样及自己应该怎么办的时候，就会感到恐惧，于是她便把这些想法驱散了。

“以后，以后，”她说，“等我平静些再说。”

倒是在她无法控制自己思想的梦中，她的情况便丑陋赤裸地出现在自己面前。她几乎每天夜里都要梦见同样的情景。她梦见两个人同时是她的丈夫，两个人都对她表达过分热烈的柔情。阿列克谢·亚历山大罗维奇边哭边吻她的双手，并说：现在多幸福啊！而阿列克谢·符朗斯基也在场，他也是她的丈夫。接着，她便微笑着向他们解释——这在以前是不可能的——这事儿要简单得多，而且这样他们两人都感到满意和幸福了。但这个梦像恶魔一样压抑着她，她就惊恐地醒了。

十二

列文刚从莫斯科回来的时候，每次想到被拒绝的耻辱便浑身发抖，满脸通红。他便对自己说：“以前我考物理得一分留级的时候，也是这样浑身发抖，满脸通红，认为自己全完了；姐姐托我的事情办砸了时，我也是认为自己完了。可是后来又怎样呢？——现在这么些年过去了，我想起这些来，就奇怪当时那种事情怎么会使自己那样痛苦。现在的痛苦也会是这样的。时间一过，我也会对这件事情采取泰然的态度。”

但是三个月过去了，他对这件事儿还是不能泰然对待，而且还是和开头几天一样，回想起这件事情就感到痛苦。他无法安静下来，因为自己幻想家庭生活那么久了，感到自己对此已经作好准备，可始终还没有娶媳妇，而且结婚的时间也变得更遥远了。像周围所有的人一样，他也痛苦地感觉到，像自己这个年纪还独身生活不好。他记得自己出发到莫斯科去之前有一次曾经对自己的牧人尼古拉，一个淳朴的农民，自己喜欢和他聊天，说：“啊，尼古拉！我要结婚了。”尼古拉当时就像对待一件毫无疑问的事情似的连忙回答说：“早就该办了，康士坦丁·德米特里奇。”可是现在，结婚这事更渺茫了。位置有人了，而现在他想象中让其他自己熟悉的姑娘去占这个位置，这是完全不可能的事儿。此外，回想起被拒绝及自己在这件事中扮演的角色，他便受到羞耻心的折磨。不管他怎么对自己讲，说自己在这里没有一点儿错，这种回忆还是和其他这类羞耻的回忆一样，使他浑身发抖，满脸通红。他过去也和其他人一样，有过自己觉得放荡的行为，使良心受折磨；但是那些放荡的行为远不及这种微不足道但羞耻的回忆让他那么痛苦。这种创伤是永远也无法愈合的。而现在，拒绝的情景，还有那个晚上他在别人面前那副可怜的样子，和这种回忆平起平坐了。不过，时间和工作起了作用。沉重的回忆越来越被乡村生活中似乎琐碎而却是重要的事件淹没了。他对吉蒂的回忆，一个礼拜比一个礼拜地淡薄了。他急切地等待着她已经嫁人或最近就要嫁人的消息，希望这样的消息能够使他痊愈，会像拔掉一颗牙齿似的。

这时候，春天到了，这是一个美好、温和的春天，既没有风雪，也不存在变幻莫测的天气。这是一个使植物、动物和人们一起欢乐的难得的春天。这个美好的春天鼓舞了列文，他决心抛弃以前的一切，坚定而独立安排他的独身生活。尽管他回到乡下的许多计划没有执行，但是最主要的一点，也就是生活的纯洁性，他遵守了。他以前失败后会觉得羞愧难当，现在不会有这样的痛苦了，他可以大胆地看着人们的眼睛。还在二月里，他收到玛丽娅·尼古拉耶夫娜的一封信，说尼古拉哥哥的身体更糟了，可是他不愿意治疗。接到这封信以后，列文到莫斯科去看望哥哥，并终于说服了他听大夫的劝告，到国外去进行矿泉疗养。他说服了哥哥，还借钱给他做路费，没有惹他生气。这件事让他对自己感到满意。除了春天需要特别细心地管理田庄以及读书之外，早在去年冬天开始，列文就着手在写一本关于庄园管理的著作，力图阐述劳动力应该被看成是和气候、土壤一样的绝对因素，因此，关于农业管理的全部原理都不应当只根据土壤和气候的因素，而应当从土壤、气候和不可替代的劳动力的性质中得出来。由此可见，虽然孤独，或者正是由于孤独的原因，他的生活显得非常充实，只有偶尔他想把在自己头脑里萦绕的一些思想告诉别人，告诉除了阿加菲娅·米哈依洛夫娜以外的某个人时，他会感受到一种失落，尽管他也和她不时谈论物理学、庄园管理的理论特别是哲学。哲学是阿加菲娅·米哈依洛夫娜感兴趣的事物。

春天姗姗来迟。大斋期的后几周一直是晴朗而严寒的天气。白天有太阳时，冰雪开始融化，而夜间气温则达到零下七度；路上还有厚厚的冰层，在没有道路的地方大车和雪橇也可以通行。复活节时还满地是雪。然而节后的第二天，突然刮来一阵暖风，天上乌云弥漫，连着下了三天三夜暖和的暴雨。星期四风停了，灰蒙蒙的浓雾罩住了整个天地，好像要把更替的大自然中存在的奥秘全部掩盖起来。在大雾中，春潮涌动，冰层咯吱咯吱响地开裂、飘动起来，一道道混浊的带泡沫的急流奔腾向前。复活节后的第七天，雾消失了，乌云像一朵朵浪花似的散开来，天空晴朗了，真正的春天来到了。第二天早上，晴朗的太阳升起来，水面上薄薄的冰层很快就融化了，到处是大地复苏冒出的水蒸气，因此整个暖和的空气好像在颤动。枯草开始返绿了，慢慢吐出针尖般的新叶，雪球花、红醋栗和黏糊糊的白桦枝叶的嫩芽都鼓胀起来了，一只冒险飞出来的蜜蜂在长满金黄色花朵的枝头嗡嗡地飞来飞去。天鹅绒般绿色的田野上空、结了冰的收割地上，看不见的云雀到处叫着，一群群凤头麦鸡在积水未干的低洼地里和沼泽上哀鸣，鹤群和雁群发出春天里咕呱咕呱的叫声，从高高的天空中飞过。脱了毛后还没有长好的牲口在牧场上吼叫起来，弯腿的羊羔跟在掉毛后咩咩叫的母羊周围，欢快地嬉耍，腿脚敏捷的孩子们在已经干燥的留着光脚印迹的小道上奔跑，池塘边上传来正在洗粗布的农妇们咯咯咯开心的谈笑声，院子里响起了农民们修理犁耙的刀斧声。真正的春天来到了。

十三

列文穿上大靴子，第一次不穿皮袄而换上毛呢子上衣，去查看田庄。他路过太阳照耀下泛着刺眼亮光的小溪，一会儿踩在冰上，一会儿踏进黏糊糊的泥泞里。

春天——计划和设想的季节。来到院子里时，列文像春天里的一棵树，不知自己灌满浆汁的新枝新叶的嫩芽向何处及怎样长大。他还不大清楚他心爱的田庄现在该采取些怎样的措施，但他感到自己有一大套计划和最美好的设想。他先向牲口棚走去。母牛已经放进围场里，它们又长出整齐的新毛，在暖和的阳光下闪闪发亮，哞哞叫着要到地里去。欣赏过自己极其熟悉的母牛，列文吩咐把它们赶到地里去，而把小牛放到围场里。牧人高兴地去做到地里放牧的准备了。放牛的农妇提起方格子条纹毛裙子，光着还没有晒黑的白皙双脚，踩着泥泞，手拿小树枝跟在因为春天到了欢喜得哞哞叫的小牛犊后边，把它们赶进院子里。

欣赏完今年新产下的一头非常好的牛犊——早熟的牛犊像一般母牛那么大，而帕瓦生的小牝牛才三个月就有普通一岁的小牛那么大了——列文吩咐把饲料槽搬到外面来，在围栏里给它们喂干草。但是秋天修的围栏经过一个冬天，已经折断了。他派人去叫木匠。木匠这会儿本来该做打谷机了，可是他还在修理耙子，而那本该在谢肉节时就修好。这使列文很恼火。他自己多年来一直竭尽全力与田庄管理中这种没完没了的粗枝大叶作斗争，可这种现象到现在还在延续。据他所知，冬天不用的栅栏是被搬到马厩里被围小马用时给折断的，因为它们做得不够牢固。此外，他还在冬天就吩咐要检查和修理所有农具，并为此雇了三个木匠，可是现在查看一番，很多都没有修好，以至弄到该耙地的时候还在修耙子。列文派人去叫管家，很快就亲自去找了。管家跟这一天世上的万物一样，容光焕发，穿着件粗毛羊羔皮贴边皮袄，从打谷场出来，正折断手里的一根麦秸。

“木匠为什么不在打谷机那边？”

“对，我昨天想报告来着：耙子该修理了，因为眼看要耕地了。”

“那冬天干什么来着？”

“可是您要木匠做什么？”

“小牛围场的栅栏哪儿去了？”

“我吩咐收拾去了。真拿这些干粗活的没办法！”管家摆了摆手说。

“不是拿这些人，而是拿这位管家没办法！”列文愤愤地说，“我留着您干什么的！”他叫嚷起来。但他一想这样于事无补，话说到半句又停下来了，只叹了口气。“怎么样，能播种了吗？”他沉默了一会儿问道。

“屠尔金那边，明天或后天可以。”

“那三叶草呢？”

“派瓦西里和米什卡去了，正撒种子。不过我不知道过不过得去：道路泥泞，不好走。”

“多少俄亩？”

“六俄亩。”

“为什么不全部播种了呢？”列文大声嚷嚷道。

三叶草只播种了六俄亩而不是二十九俄亩，这就更让人失望了。播种三叶草，无论从理论上或凭他自己的经验，要尽量早播，在几乎还有雪的时候才好。可是他们从来都没做到过。

“人手不够。您拿这些人有啥办法？三个人没有来。就连谢苗……”

“您把麦秸先放一放嘛。”

“嗯，我已经放下了。”

“那么人呢？”

“五个人在做康波特（这里该说康波斯特）①，四个人倒翻燕麦，免得它发霉，康士坦丁·德米特里奇。”

列文很清楚，“免得发霉”意味着英国燕麦种子已经坏了——又是没有按照他吩咐的办。

“可是，我在斋戒期之前就说了，装通风管！……”他大声叫嚷起来。

“您别担心，到时候我们会办好的。”

列文生气地挥了挥手，到粮仓看了看燕麦，又回到牲口棚里。燕麦种子还没有变坏。但是工人们正用铲子在倒翻，当时该把它直接放到底下的粮仓里去。安排好了后，他又从中抽调两人去播种三叶草。列文对管家也不再那么恼火了。再说天气这么好，不该生气。

“伊格纳特！”他大声叫过正卷起袖子在井边洗刷马车的车夫，“给我备马。”

---

① 康波特，意为水果蜜饯；康波斯特，意为堆肥。这里二者均为原文音译，表示说话人口齿不清，把堆肥说成了水果蜜饯。

"您要哪一匹?"

"啊,就柯尔比克吧。"

"是啰。"

乘备马的时间,列文又把在跟前晃悠装忙碌的管家叫来,以便缓和一下关系,对他说起眼下春天的活计和经营计划来。

运粪要早些开始,好在头遍收割时全部完成。而远处那块地得不断翻犁,这样可以使它保持休耕状态。割草全部雇短工,而不要用按分成交租的农民。

管家留神听着,而且显然是竭力支持主人的提议;但他还是那副列文很熟悉的并从来都使他生气的没有希望和忧郁的样子。这副样子在说:这一切都很好,就是得看上帝的旨意了。

没有什么比这副样子更使列文伤心了。但是,他用过多少个管家都是这种样子。对他的意见,他们都是同样的态度,所以他现在已经不再生气了,不过他感到伤心,觉得自己为了同这种所谓的自发的力量作斗争而更加激动了,除了"得看上帝的旨意",他找不出其它叫法来称呼这股力量,而这股力量又总与他作对。

"看我们是否来得及,康士坦丁·德米特里奇。"管家说。

"怎么来不及呢?"

"必须得再雇十五个左右工人。可是人家不来。现如今,人家要求干一夏天给每人七十卢布。"

列文不做声了。又是这种力量在起反作用。他知道,不管怎么想办法,以现在的工钱他们雇不起多于四十或三十七八个工人;已经雇了四十个,更多就不行了。不过,他还是不能不作斗争。

"要是他们不来,就派人到苏拉,到契菲罗夫卡去。得去寻找。"

"人是派去了,"瓦西里·费多罗维奇忧郁地说,"可是瞧,马儿也虚弱了。"

"我们再添置。其实我也知道,"他笑着补充说,"您总往少里差里报；但今年我可不许您自行其是了。全我亲自来。”

“可是您已经睡眠不足了。本来主人亲自管，我们就省心了……”

“那么在陀尔白桦林那边，正在播种三叶草？我过去看看。”他说着，便坐到马车夫牵来的枣红小马柯尔比克上。

“小河过不去，康士坦丁·德米特里奇。”马车夫嚷嚷道。

“那就穿树林子过去。”

善良而长久不活动的小马嗅嗅水洼子并撒着欢，列文随即骑着它，以兴奋的遛蹄步伐，踩着院里的泥泞出门到田野里去了。

如果说列文刚才在牲口棚和粮仓里时是高高兴兴的，那么来到地里就更开心了。他骑着小马摇摇晃晃往前走，呼吸着雪地里暖和清新的气息，踏着残留在各处的、印满正在溶化的足迹的积雪穿过树林，为每一棵树上长出的青苔和绽出的嫩芽感到高兴。走出树林时，他面前巨大的空间里伸展着一片平和的天鹅绒地毯般的绿色，没有一处光秃秃的和水涝死的地方，只在沟峪处露出积雪融化后的点点残迹。无论是踩坏了他田地的农民的马和小驹（他吩咐碰上的农民把它们赶走），还是农民伊帕特讥讽而愚蠢的回答，都没有使他生气；他碰到伊帕特时曾经问：“怎么，伊帕特，快播种了？”伊帕特回答说：“先得把地耕一遍，康士坦丁·德米特里奇。”他走得越远，就越感到开心，头脑里还浮现出一个比一个美好的经营计划：沿南边一条线，全都种上柳树，这样雪就不会积得太久了；把整块地分开，六成施厩肥，三成作草场，在远处一头围个牲口圈，挖个池塘，而为了蓄肥，建它几道拴牲口的活动围栏。这样就有三百俄亩小麦、一百俄亩土豆、一百五十俄亩三叶草，这样就没有一俄亩地被荒废。

带着这样的幻想，为了不踩坏自己的绿草地，他小心翼翼地让马拐到边上，从那里走到工人播种三叶草的地方。拉种子的一辆大车没有在地头而停在翻耕过的地里，冬小麦已被车轮子碾过，都被马踩坏了。两名工作人员坐在地边上，大概共同用一个烟斗在抽烟。大车上掺和种子的泥土没有拌松软，都黏成了硬块，或冻起来了。看到主人后，工人瓦西里到大车那里去了，米什卡则播撒起种子来。这种情况实在太不像话了，不过列文对工人很少生气。瓦西里过来时，列文吩咐他把马拉到地边上。

“不要紧，老爷，麦子会长出来的。”瓦西里回答说。

“请你不要争辩，”列文说，“然后照对你说的做。”

“是啰，”瓦西里答应了一声，便牵住马的头部，“您瞧我们都已经播好了，康士坦丁·德米特里奇，”他巴结着说，“头等的活儿。只不过路难走得要命！您的每只靴子上都粘有一普特来重的泥土了。”

“而你们为什么没有把泥土筛一筛？”列文说。

“哦，我们都会揉碎的。”瓦西里回答，同时抓起一把种子在手里揉起来。

装大车运来的种子土没有筛过，这不是瓦西里的错，不过毕竟让人伤心。

列文已经不止一次地尝试用自己的办法克制伤心，那就是使一切看似无效的办法发挥作用，现在他又采用这种办法了。列文看到米什卡怎么大步走着，只把落在脚底下的大块石头般的泥土拨弄一下，他便下马，从瓦西里那里接过播种筐后亲自播种起来。

“你播到哪里了？”

瓦西里指指用脚做的记号，列文便按他学会的那样播起种子来。还真像走沼泽地一样艰难，列文播完一垄种子后就满头大汗，便停下交还了播种筐。

“老爷，得说好了，到了夏天可别为这一垄骂我。”瓦西里说。

“怎么？”列文高兴地回答，同时感到他的办法行之有效。

“啊，夏天您再瞧吧。一定不一样。您瞧，那是我去年春天播种的。就跟种的一样齐！我呀，康士坦丁·德米特里奇，要知道，好像对亲生父亲那样在尽力呢。我既自己不喜欢不好好干活，也不许别人这样。主人高兴，我们也高兴。您瞧瞧，”瓦西里指着土地说，“心头高兴啊。”

“这可是个好春天呢，瓦西里。”

“是啊，老年人都不记得有过这么好的春天。我在家的时候，我们家老头子也播种了四分之三俄亩小麦，说是与黑麦没有区别。”

“你们老早就开始播种小麦了？”

“对啊，是您前年教的；您送给了我两俄斗[①]种子。四分之一卖了，自己播种了四分之三俄亩。”

“那好，当心把硬块弄碎点儿，”列文说着，走到了马旁边，“还看着点儿米什卡。要是收成好的话，每俄亩加给你五十戈比。”

“十分感谢您。对我们来说，这样就很满意了。”

列文骑上马到了去年播种的那块三叶草地上，接着又到了翻耕过准备种春播小麦的地里。

收割后地里长出的二茬三叶草幼苗好极了。它们生机勃勃，从折断的陈年麦秸中露出坚挺的幼苗。马齐膝陷进泥中，每只脚从半融化的泥土里拔出来时都发出吧唧吧唧的声音。在耕过的低洼地里，马根本不能通行，只有在仍结着冰的地方还能站住，在已经化冻的垄畦里，马深深陷进泥里，淤泥都没过了膝盖。耕过的地都很好；过两天就可以耙一遍，然后播种了。一切都很好，一切都令人高兴。列文往回转时指望小河的水已经退了。果然如此，他骑着马过了小河，还吓跑了两只鸭子。“该还有丘鹬。”他想；在回家拐弯处碰上了守林人，他证实了列文关于有丘鹬的推测。

列文赶快策马回家，以便来得及吃饭并准备好傍晚用的猎枪。

---

① 旧俄计量单位，1 俄斗约合 18 公斤。

十四

列文怀着最高兴的心情回家时，听到自家的大门一边有响声。

“对，这是有人乘大车来了，”他在想，“正是莫斯科一班火车到达的时候……这会是谁？会不会是尼古拉哥哥？他不是说过‘可能到海边去，也可能到你那里’吗？”起初一刹那，他感到害怕和不愉快，尼古拉哥哥来了会破坏他这种春天幸福的心情。但他为这种感觉害臊起来，立刻就敞开自己的胸怀，并怀着深厚的欢乐之情，等待并全身心地欢迎，衷心希望来的是哥哥。他策马来到金合欢树边上，看到从火车站来的一辆驿站三匹马拉的雪橇和一位穿皮袄的老爷。这不是哥哥。“啊，但愿来的是个愉快的人，这样就可以谈谈。”他想。

“啊！”列文高高举起双手，开心地大声叫起来，“真是个让人高兴的客人！啊，我多么为你高兴！”他认出是斯捷潘·阿尔卡杰奇，便嚷了起来。

“我可以探听到，她是不是结婚了，或者打算什么时候结婚。”他想。

在春季里这么美好的日子，他感到自己想起她一点儿也不觉得痛心。

“怎么，没有想到？”斯捷潘·阿尔卡杰奇说着从雪橇上下来，鼻梁、脸颊和眉毛上沾着泥水，但他容光焕发，一副高兴和健康的样子。“来看看你——这是第一，”他边说边拥抱他，吻他，“打一阵子丘鹬——第二，还有出售叶尔古晓沃的森林——第三。”

“太好了！瞧这春天怎么样！你怎么坐雪橇来这里啊？”

“乘大车更糟，康士坦丁·德米特里奇。”相识的驿站车夫回答。

“噢，见到你我实在太高兴了，太高兴了。”列文露出孩子般开心的微笑，真诚地说。

列文把客人带到他们住的房间，斯捷潘·阿尔卡杰奇的东西已经搬进去了：一个手提包、一支有布包着的猎枪、一包雪茄烟。他让客人留下洗洗，换一下衣服，自己先到账房里去安排耕地和三叶草的事情。从来都很关心家庭体面的阿加菲娅·米哈依洛夫娜在前厅见到他，问他吃饭怎么安排。

“您看怎么好就怎么办吧，只是要快点儿。”他说着就到管家那里去了。

他回来时，斯捷潘·阿尔卡杰奇已经梳洗完毕，正满脸笑容地走出房间，他们就一起往楼上走。

“啊，我真高兴，终于到你家了！现在我总算明白你在这里搞的秘密玩意了。可不，真的，我羡慕你。多么好的一幢房子，一切都多好！亮堂，开心！”斯捷潘·阿尔卡杰奇说话时，已经忘了春天不是永远存在，不是每天都像今天这样晴朗，“还有你的保姆，多好！要有个穿围裙的漂亮女用人，就更称心如意了；不过以你这种修道院式的生活和严格的作风——这很好。”

斯捷潘·阿尔卡杰奇讲述了许多有趣的新闻，而对列文特别有趣的一条新闻，是他哥哥谢尔盖·伊万诺维奇今年夏天要到乡下他这里来。

斯捷潘·阿尔卡杰奇一句也没有提到吉蒂及舍尔巴茨基一家人的情况；他只转达了妻子的问候。列文感谢他的委婉客气，非常欢迎他的到来。列文离群索居一段时间了，心里积累起许多没能向周围人表达的思想和感情，而现在他就滔滔不绝地讲着，把春天富有诗意的喜悦、田庄经营上的失败和计划、对自己读过的一些书籍的想法和意见，特别是自己著作的主要思想、它的原理，尽管他自己并没有意识到，实际是在批判旧有的农业著作，都向斯捷潘·阿尔卡杰奇倾吐出来。斯捷潘·阿尔卡杰奇通常就讨人喜欢，不论什么问题，只要稍微提示一下他就能明白，这次到来特别令人喜欢，列文还发现他身上有一种彬彬有礼和亲切敦厚的风度，感到非常高兴。

阿加菲娅·米哈依洛夫娜和厨师竭力想把饭菜做得特别好，结果因为两位朋友都太饿了，上凉菜时就吃了许多黄油面包、半只咸鹅和一些腌蘑菇，弄得列文在上汤时吩咐不要馅饼了，厨师还本想拿馅饼让客人特别惊喜一下的呢。斯捷潘·阿尔卡杰奇虽然习惯珍馐佳肴，但还是觉得一切都好吃极了：泡着草的酒、面包、黄油，特别是半只咸鹅、蘑菇、荨麻汤、白汁母鸡以及克里米亚白葡萄酒——一切都好吃，鲜美极了。

“很好，很好，”吃完热菜，他一边抽着一支粗雪茄烟一边说，“我到你这里来，就像下了喧闹颠簸的轮船到了平静的岸上。你刚说工人的因素本身应当加以研究，它还是选择庄园经营方式的指导。在这方面，我可是个门外汉，不过我觉得，理论及其应用对工人也会产生影响。”

“对，可是你等等：我讲的不是政治经济学，我说的是庄园经营的科学。它应该和自然科学一样，也得观察带有自己经济的、民俗学的……工人的现有现象。”

这时候，阿加菲娅·米哈依洛夫娜拿着果酱进来了。

“啊，阿加菲娅·米哈依洛夫娜，”斯捷潘·阿尔卡杰奇对她说，同时吻了一下自己胖乎乎的手指尖，“你那半只咸鹅真好啊，多好的草泡酒！……怎么样，是不是该走了，柯斯佳？”他补充说。

列文看了看窗外，太阳已经落到光秃秃的树梢下边了。

“该走了，该走了，”他说，“库兹玛，套马车！”就往楼下跑去。

斯捷潘·阿尔卡杰奇下楼后，仔细地把帆布包从光亮的枪匣子上解下来，打开枪匣，开始把自己最新式的猎枪装好。库兹玛预料能得到一份丰厚赏金，于是紧跟在斯捷潘·阿尔卡杰奇后边，给裹长筒袜又穿靴子，斯捷潘·阿尔卡杰奇也乐于让他这么做。

“你吩咐一声，柯斯佳，如果商人里亚宾宁来了——我要他今天来的——就让他进来等一下……”

“你难道把森林卖给了里亚宾宁?”

“是啊，难道你认识他?”

“当然认识。我和他打过交道。”

斯捷潘·阿尔卡杰奇哈哈大笑起来。“正式彻底”是这个商人爱用的词儿。

“对，他说话可笑得出奇。它知道主人要上哪儿!”他伸出一只手拍拍拉斯卡补充说，那狗呜呜叫着在列文身边转来转去，一会儿舔舔他的手，一会儿舔舔他的靴子和猎枪。

他们出来时，敞篷长马车已经停在台阶边上了。

“我让套了马车，虽然不远。不然我们走着去?”

“不，最好坐马车去。”斯捷潘·阿尔卡杰奇说着，向敞篷长马车走去。他坐下来，拿一块虎皮方格毛毯把双脚围好，抽起雪茄来，“你怎么不抽！雪茄——这不仅是一种享受，还是享受的桂冠和标志。瞧这生活！多美好！我真愿过这种生活!”

“那是谁妨碍你了?”列文微微笑着说。

“不，你是个幸福的人。自己喜欢的一切，你全有。喜欢马——有，狗——有，想打猎——就打猎，要家产——有家产。”

“也许是因为我为自己所有的东西而高兴，又不为没有的东西而忧愁。”列文说，他想起了吉蒂。

斯捷潘·阿尔卡杰奇明白他的意思，看了他一眼，什么也没有说。

列文很感激，因为奥勃朗斯基向来很细心，注意到列文怕谈及舍尔巴茨基一家人，所以关于他们，他什么也没有说。不过这时候，列文倒想了解那件如此折磨他的事情了，可是他又没有勇气提起。

“那么，你的事情怎么样?”列文想到总考虑自己多不好，于是问道。

斯捷潘·阿尔卡杰奇的一双眼睛愉快地闪烁起来了。

“你可是不承认一个人有自己的一份面包还会去喜欢白面包

的——依你看，这该是一种犯罪，可我不承认没有爱情的生活，”他按自己的意思理解列文的问题说，“有什么办法，我生来就这样。而且老实说，这样对旁人的害处微乎其微，而自己却得到那么大的满足……”

“怎么，你又搞什么新玩意儿了？”列文问。

“有啊，兄弟！知道吗，你了解莪相[①]型的女人……你做梦时见到的那种女人……不是在梦中也往往有这样的女人……而这种女人是可怕的。一个女人，你知道吗，是这样的一种对象，不管你怎么研究，她总是完全新的。”

“那最好别研究。”

“不，有位数学家说过，获得满足不在于发现真理，而在寻找真理中。”

列文默默地听着，尽管他竭力控制自己，但还是怎么也无法与自己的朋友的心灵一样，他无法理解这种感情和研究这种女人的乐趣。

十五

猎丘鹬的地点不远，在一条小河边上的小山杨树林里。到达树林后，列文下了马车，把奥勃朗斯基领到雪已经化完的青苔丛生的多水洼子的空地上。他自己回到了另一边的一棵连理白桦树下，把猎枪斜放在一截低矮的枯枝上，脱下长袍，再勒紧腰带，试了试两只手活动起来是否灵活。

跟随着他的老灰狗拉斯卡小心翼翼地蹲在他的对面，竖着两只耳朵。太阳降落到大森林背后了；在晚霞的照亮下，小山杨树

① 莪相，公元3世纪盖尔语传说中的爱尔兰说唱诗人。

从周围的白桦明显地伸展出自己的树枝以及鼓鼓囊囊待放的叶芽。

在残留着积雪的稠密树林里，还可以听到弯曲的小溪淙淙的流水声。一些小鸟唧唧喳喳叫着，偶尔从一棵树飞到另一棵树上。

在万籁俱寂的时候，可以听到陈年的落叶因为泥土化冻及野草生长而发出的沙沙声。

“多奇妙啊！简直听得到和看得见野草在生长！”列文发现鲜嫩的青草叶边湿淋淋的石草色山杨树叶晃动了一下，自言自语道。他站着倾听，一会儿眼睛朝下看看湿漉漉毛茸茸的土地，一会儿看看正留神听着的拉斯卡，一会儿看看伸展在自己面前山下一片海洋般光秃秃森林的顶部，一会儿看看布满层层白云的已经暗下来的天空。一只鹰挥舞着翅膀从远处森林顶上高高飞过，另一只也以同样的动作朝同一个方向飞去，很快消失了。密林里，鸟儿们叫得越发响亮，声音越来越嘈杂忙碌了。一只猫头鹰在不远处呜呜叫起来，拉斯卡于是浑身一颤，小心地往前走了几步，便侧过头开始凝神细听起来。小河那边听到一只布谷鸟的声音。它用通常的声音啼叫了两下，然后嗓子便嘶哑了，急急忙忙地乱跳了一阵。

“怎样！布谷鸟都出来了！”斯捷潘·阿尔卡杰奇从灌木丛里出来说。

“是啊，我在听，”列文回答说，怀着一种不满的心情，因为自己难听的声音破坏了森林的寂静，“现在快了。”

斯捷潘·阿尔卡杰奇的身形又进到了灌木丛里边，列文只见到火柴的亮光，接着代替它出现一个点着后火红的烟头及一缕青烟。

“咔嚓！咔嚓！”传来斯捷潘·阿尔卡杰奇上猎枪扳机的声音。

“这是什么在叫？”斯捷潘·阿尔卡杰奇问，把列文的注意力吸引到像小马驹用尖细的嗓子嬉耍的拉长声音的鸣叫上。

“你不知道这个？这是只雄野兔。啊，别说话！你听，飞来了！”列文几乎叫起来，同时拉上扳机。

传来一声远远的尖细的鸟叫，正好在猎人非常熟悉的那种通常的时间，两秒钟后——第二声，第三声，第三声以后听到的已经是“呜噜呜噜”的声音了。

列文的眼睛左看右看，终于在面前暗蓝色的天空中，在互相温柔地交织着的山杨嫩枝头上，出现了一只飞鸟。它直向他飞来，粗嘎的叫声越来越近，像是均匀地撕裂绷紧的布料一样，在耳朵上面响着；已经看得见长长的鸟喙和鸟脖子了。而在列文做好瞄准姿势的那一瞬间，奥勃朗斯基待着的灌木丛那边发出一道红色的闪光，一只鸟儿像箭一般落下又重新腾空飞起来。又发出一道闪光，并传来一声枪响；那只鸟好像竭力要坚持在空中似的拍拍翅膀，停了一会儿，沉重地啪的一声落在水洼遍布的地面上。

“难道打空了？”斯捷潘·阿尔卡杰奇叫嚷道，他因为有烟雾看不清楚。

“瞧，在这里呢！”列文说着，同时指着拉斯卡，它正竖起一只耳朵，摇晃着高高翘起的毛茸茸的尾巴，平静地一步步走来，好像是想延长自己的喜悦，并好像微笑着把打下的鸟儿叼来给主人。“啊，我为你的成功感到高兴。”列文说，同时有一种羡慕的感觉，因为自己没有能打中这只丘鹬。

“右枪筒发的一枪糟糕了，”斯捷潘·阿尔卡杰奇一边回答，一边给猎枪添了弹药，“嘘——飞来了。”

果然听到一声接一声快速刺耳的尖叫。两只丘鹬边玩耍边互相追赶，只啼叫而没有发出呜噜呜噜声，正冲着猎手的头顶飞来。放了四枪，两只丘鹬像一对燕子似的一个急转弯，便消失得无影无踪了。

一次很漂亮的狩猎。斯捷潘·阿尔卡杰奇又打死了两只，列文打死了两只，有一只没有找着。天黑了，明亮的银白色金星已经低低地在西边白桦树背后发出温柔的光芒，而阴沉的猎户星座则在东方发出火红的亮光。列文在自己的头顶上找到了大熊星座，它随即又消失了。丘鹬已经停止飞翔；但列文决定再等待一会儿，等到他白桦树枝下的金星升到比树枝上方，那时便在什么地方都可以看得见大熊星座了。金星已经升到了树枝上边，大熊星座的马车及其辕杆在深蓝色的天空中已经全都露出来了，可是他还在等待。

“该回了吧？”斯捷潘·阿尔卡杰奇说。

森林已经静悄悄的了，已经听不到一只小鸟的动静。

“再待一会儿！”列文回答。

“随你的便。”

他们现在站着，互相隔着大约有十五步远。

“斯吉瓦，”列文突然出人意料地说，“你干吗不告诉我，你那小姨子结婚了没有，或者什么时候结婚？”

列文感到自己是那么坚定和平静，以至认为什么样的回答都不会使他激动。但是他怎么也没有料想到，斯捷潘·阿尔卡杰奇的回答是这样。

“她没有想结婚，现在也没有考虑结婚的事。她病得很重，医生们让她到国外疗养去了。大家甚至为她的生命担忧。”

“你说什么？”列文叫嚷起来，“病得很重？她怎么了？她怎么会……”

他们这么说着时，拉斯卡竖起耳朵，抬头望望天空又责备地望望他们。

“瞧两个人真会找聊天的时间，”它想，“可是，它飞过来了……瞧它，就这样，会错过的……”拉斯卡在想。

但就在这一瞬间，两人突然听到一声尖细刺耳的鸟叫声。于是，两人连忙举好猎枪，两道火光一闪，随即在同一刹那间响起两下枪声。一只飞得高高的丘鹬转眼耷拉下翅膀，掉进树林里，压弯了细嫩的小树枝。

“多好！都打中了！”列文叫喊着，就带拉斯卡跑进树林里寻找丘鹬去了。“啊，是呀，刚才说什么不愉快的事儿来着？”他在回想，“对，是吉蒂病了……有什么办法，真可惜。”他想。

“啊，找到了！真聪明，”他边说边从拉斯卡嘴里拉出还热乎乎的鸟，并把它放进几乎已经装满了的猎袋里，“找到了，斯吉瓦！”他大声说。

十六

回家的路上，列文询问了有关吉蒂生病的详细情况及舍尔巴茨基家的打算，尽管他于心有愧，但是不得不承认，听到这消息好像使自己高兴。他高兴是因为还有希望，更使他高兴的是使他那么痛苦的那个她，如今也感到了痛苦。可是斯捷潘·阿尔卡杰奇讲起吉蒂的病因并提到符朗斯基的名字时，列文打断他说：“我没有任何权利知道人家的家务事，而且老实说，我毫无兴趣。”

列文脸上一分钟前还那么高兴，现在又变得如此阴沉。对这种瞬息间的变化，斯捷潘·阿尔卡杰奇是熟悉的；发觉这种变化后，他微微笑了。

“你和里亚宾宁的森林买卖已经完全定了？”

“是啊，定了。价钱非常好，三万八。先付八千，其余的六年内付清。我为这事儿拖了好久。没有人肯付更大的价钱。”

“这就是说，你等于把森林白送了。”列文板着面孔说。

“这怎么是白送呢？”斯捷潘·阿尔卡杰奇微笑着说，他知道，在列文看来，现在一切都不是什么好事。

“因为森林一俄亩至少值五百卢布。”列文回答。

“哎呀，这些个乡巴佬！”斯捷潘·阿尔卡杰奇开玩笑地说，“你们对我们城市哥们儿的这种轻蔑态度！……可要办事儿，我们总比人家强。你相信吧，我全都算过了，”他说，“森林卖了很好的价钱，我倒是甚至担心对方反悔。因为这是一片可怜的森林，”斯捷潘·阿尔卡杰奇说，他想用可怜的这个词儿让列文完全相信他的怀疑是没有根据的——多半是些劈柴，“而且每俄亩不超过三十平方俄丈，他却给了我二百卢布一俄亩。”

列文轻蔑地微微一笑。“我知道，”他想，“这不是他一个人，而是十年只到乡下来两次的所有城里人共同的派头，听到了两三句乡下话，就不管三七二十一地用起来，还坚定地自以为全都知道。可怜的，会有三十平方俄丈。他还说什么‘木材’啊、‘沙绳’呢，而自己什么也不懂。”

“我不想请教你在机关里写的那些东西，”他说，“如果需要，那会向你讨教的。然而，你竟那么自信懂得关于森林的全部道理。它难着呢。你数过有多少棵树吗？”

“树怎么数？”斯捷潘·阿尔卡杰奇笑着说，他还是一个劲儿在使朋友摆脱不好的心情，“数沙子，就算是数发亮的星星吧，那得有高度的智慧……”

“那是啊，可里亚宾宁的智慧就高了，没有一个商人买树的时候不数清楚的，只有你才会这样白白送给他。你的森林，我知道。我每年都到那里打猎，你那片森林每俄亩值五百卢布现金，而他给你的是二百，还分期付款。就是说，你送给了他三万。”

“好了，不要想得太多了，”斯捷潘·阿尔卡杰奇无可奈何地说，“那又为什么没有人肯给呢？”

“因为他和其他商人串通好了，他给了人家好处。我和所有这些人都打过交道，我了解他们。要知道，这不是商人，而是倒卖者。只有十分、十五分利的事儿，他也就不会去干，他要的是花二十戈比得一个卢布。”

“啊，好了。你心情不好。”

“一点儿也不。”他们到达家门口时，列文阴郁地说。

台阶边上已经停着一辆用铁条和皮子裹得紧紧的马车，车上套着一匹被宽阔的轭索套得紧紧的壮马。马车上坐着给里亚宾宁当车夫的管家，他束着腰身，紧绷着充血的脸。里亚宾宁已经在屋里了，并在前厅里迎候这两位朋友。里亚宾宁是个高高瘦瘦的中年人，留一撇小胡子，翘起的下巴刮得光光的，长着一双鼓鼓的混浊的眼睛。他穿着一件蓝色的长下摆礼服，纽扣一直钉到了腰部以下，脚上穿着一双踝部起皱、小腿部平直的高筒靴，靴子外边罩着一双大套鞋。他用手绢擦了一把脸，拉上原来就笔挺的外套，带着微笑向进屋来的人致意，向斯捷潘·阿尔卡杰奇伸过一只手，仿佛要抓住什么似的。

“您可算到了，”斯捷潘·阿尔卡杰奇说着，把一只手伸给他，“好极了。”

“尽管道路非常不好走，可不敢不听您阁下的吩咐呀。一路简直是徒步走着来的，可总算按时到达了。康士坦丁·德米特里奇，您好。”他转向列文，竭力想去握他的一只手。但是列文皱起眉头，装做没有看见似的，竟自把丘鹬取出来。“是打猎消遣来着？这些啥鸟呀？”里亚宾宁轻蔑地瞧着丘鹬补充说。“大概好吃吧。”接着他不赞成地摇摇头，一副对打这种小动物是否值得深表怀疑的神气。

“要到书房里去吗？”列文阴沉着脸，用法语对斯捷潘·阿尔卡杰奇说，“进书房吧，你们在那里谈。”

“很可以，哪儿都行啊。”里亚宾宁轻蔑而自恃地说，仿佛想让人感觉到，无论什么别人觉得为难的事儿，对他来说从来都算不上多大的事儿。

进书房时，里亚宾宁照例环顾了一遍四周，好像是在寻找圣像，而找到它时却又不画十字。他打量了一下柜子、书架，然后怀着对丘鹬同样的怀疑和轻蔑微微一笑，不赞成地摇摇头，怎么也不理解居然会花这么多钱去买书。

“怎么，钱带来了？”奥勃朗斯基问，“请坐。”

“钱，我们用不着担心。我来是要看看，再谈谈。”

“再谈什么？您可以坐下。”

“这可以，”里亚宾宁说，他坐下来，用一只胳膊支在靠背椅上，表现出自己最痛苦的样子来，“得作点儿让步，公爵。不然可遭罪了。钱可是全准备好了，一个戈比不少。钱不会耽误的。”

列文当时正把猎枪放进柜子，走到门口，他听到商人的话，就停住了。

“您已经等于白得了一片森林，”他说，“他到我这里来晚了，不然我就会给他定个价。”

里亚宾宁站起来，带着微笑，默默地把列文从上到下打量了一番。

“康士坦丁·德米特里奇吝啬得很，”他脸带微笑地说，同时转向斯捷潘·阿尔卡杰奇，“简直分文不让。我出了好价钱，买了他的小麦。”

“我为什么要把自己的货白白给您？要知道，我既不是地上捡的，也不是偷的。”

“哪儿能呢？现如今偷是绝对不行的。现如今，一切都得按公开的法律程序办，全都得光明正大，而偷是不行的。我们凭良心说话。森林要价高了，不合算啊。请哪怕稍稍让一点儿。”

“你们这事儿是定了，还是没有定？要是定了，就没有什么可说的了，而如果没有定，”列文说，“这森林我买。”

里亚宾宁脸上的微笑一下消失了，成了一种老鹰般狡猾而残酷的表情。他用瘦骨嶙峋的手指迅速解开常礼服，露出没有塞进裤里的衬衫、背心上的铜纽扣和表链子，立刻取出一个厚厚的皮夹子。

“请吧，森林是我的了，”他马上说，画了个十字并伸过一只手，“收好钱，森林归我了。瞧里亚宾宁怎么做买卖，可不是斤斤计较几个小钱。”他说，同时阴沉着脸挥了挥皮夹子。

“换着我在你的位置上，就不着急。”列文说。

“算了吧，”奥勃朗斯基吃惊地说，“因为是我已经答应了的。”

列文走出房间，啪地一下关上了门。里亚宾宁看看门，微笑着摇摇头。

“全都是因为年纪轻，绝对的一股子孩子气。要知道，您相信好了，就是说全是为了名誉，瞧是里亚宾宁，而不是别的什么人买了奥勃朗斯基家的森林了。至于是否合算，那就靠上帝保佑了。相信上帝好了。您请，在契约上签个字……”

一小时后，商人整整齐齐穿上外套，系好常礼服的衣钩，口袋里装着契约，坐进自己钉得又严密又牢靠的马车里走了。

“哎呀，这些老爷！”他对管家说，“一样的家伙。”

“就是这样，”管家回答，同时把缰绳交给他，把挡风的皮子拉下，“庆贺您买卖成功，米哈依尔·伊格纳季奇。”

“嗯，嗯……”

十七

斯捷潘·阿尔卡杰奇把商人提前三个月付给的一沓票子装好，口袋鼓鼓囊囊地到了楼上。卖森林的事儿办完了，钱在口袋里，打猎成绩又极好，斯捷潘·阿尔卡杰奇正处于最愉快的心情中，而因此他特别想打消列文心头的不快情绪。他希望结束的一顿晚饭，吃得像这一天开始那么开心。

列文确实心情不好，尽管竭力想与自己这位可爱的客人亲亲热热地相处，还是控制不住自己，吉蒂没有嫁人这个令人震动的消息，开始稍稍在他心里引起波澜。

吉蒂没有结婚，而且还病了，患病的原因是她钟爱的人冷落了她。这种羞辱好像落在了他的身上。符朗斯基冷落她，她则冷落列文。可见符朗斯基有权蔑视列文，因此他就是他的敌人。但是这一切，列文还没有去细究。他模模糊糊地感觉到这里边有某种羞辱他的东西。不过他这时感到生气的，不是因为这件事，而是对所碰到的一切都觉得不顺眼。出售森林这个愚蠢的举动，奥勃朗斯基遭受欺骗，而这桩生意还是在他家里完成的，这使他倍加愤怒。

“啊，完了吗？”他在楼上遇见斯捷潘·阿尔卡杰奇时说，“想吃晚饭吗？”

“是的，我不会拒绝的。在乡下我的胃口多好，怪事了！你怎么不请里亚宾宁吃晚饭？”

“啊，见他的鬼去吧！”

“看你对他的态度！”奥勃朗斯基说，“你连手都不和他握。为什么不和他握手？”

“因为我不与仆人握手，而仆人比他要好一百倍。”

“可是你成了个多么顽固落后的人！那么各阶层的融合呢？”奥勃朗斯基说。

“谁喜欢融合——就祝他健康吧，而我可反感。”

“你呀，我发现是个坚定的顽固落后分子！”

“对，我从来没有考虑过自己是个什么人。我——是康士坦丁·列文，再没有更多的什么了。”

“还是个心情很不好的康士坦丁·列文。”斯捷潘·阿尔卡杰奇笑眯眯地说。

“是的，我心情不好，而你知道因为什么吗？请原谅，是因为——你那笔买卖太蠢了……”

斯捷潘·阿尔卡杰奇像一个无辜受辱的人，宽容地皱起眉头。

“啊，算了！”他说，“这样的情况经常有，谁卖了什么东西之后，难道不是立刻就有人会对他说‘这东西值更多钱’？事实是，人家出卖的时候，谁也没有拿出钱来……不，我发现你是恨这个倒霉的里亚宾宁。”

“也许，是这样。可你知道为什么吗？你又要说我是个顽固的落后分子或者是什么别的可怕的家伙了；然而，看到自己所属的贵族这样从各个方面衰落下去，我毕竟感到伤心和委屈，尽管我为各阶层的友好相处而高兴。而且衰落下去不是因为奢侈——这倒没有什么；老爷式地过日子——这是贵族的事儿，只有贵族才会这样。现在，农民们在我们附近买地——我对此不生气。老爷什么事情都不干，农民们辛苦干活，把懒散的人挤走。应该如此。我也很为农民高兴。然而我感到生气的是，我看到贵族们之所以败落下去——完全是由于我不知道怎样说才好——由于他们自己太幼稚无知的缘故，我实在有点儿难受。这里有个波兰佃户以半价从一位住在尼斯的贵妇人那里买下了一座非常好的庄园。那里又有人向商人抵押田地，本来值十卢布的地，只拿到一卢布的押金。你在这里又毫无理由把三万卢布送给了这个骗子。”

“不然怎么？每棵树数一遍？”

“不一定要数。可是瞧你没有数，而里亚宾宁数了。里亚宾宁有钱让孩子们生活和受教育了，而你的孩子，大概就会没有！”

“那得原谅我了，不过这样数数就显得有点儿小气了。我们有自己的事情，他们有自己的，他们也该有利润啊。再说，事情已经做了，不就完了。瞧煎荷包蛋，这是我最喜爱的鸡蛋吃法。阿加菲娅·米哈依洛夫娜还会让我们喝美妙的用草浸泡的酒……”

斯捷潘·阿尔卡杰奇靠桌子坐下来，就开始和阿加菲娅·米哈依洛夫娜开玩笑，使她相信他好久没有吃到这样的午餐和晚餐了。

“瞧您至少还夸奖一句，”阿加菲娅·米哈依洛夫娜说，“而康士坦丁·德米特里奇，你给他什么，就算一块面包硬皮——吃过就走了。”

列文不管怎么克制自己，还是一直板着面孔，沉默不语。他想问斯捷潘·阿尔卡杰奇一件事，可是下不了决心，也没想好该怎么发问，什么时候提出来。斯捷潘·阿尔卡杰奇已经下楼到了自己房里，脱下衣服，又梳洗了一次，裹上褶边的短睡衣躺下了，而列文还在他的房间里犹豫不决，净说些琐碎事儿，鼓不起勇气提自己想提的问题。

“这肥皂做得真出奇，”他说着，同时看着一块打开的肥皂，它原是阿加菲娅·米哈依洛夫娜为客人准备的，但奥勃朗斯基没有用，“你瞧，这可是一件艺术品。”

“是啊，现在所有的东西都做得尽量完美，”斯捷潘·阿尔卡杰奇边懒洋洋舒舒服服地打着呵欠，“比如剧院和这些个娱乐场所……啊——啊——啊！”他打着呵欠，“到处是电灯照明……啊——啊！”

“对，电灯照明，”列文说，“对。啊，而现在符朗斯基在哪里？”他突然放下肥皂问道。

“符朗斯基？”斯捷潘·阿尔卡杰奇停止打呵欠说，“他在彼得堡。你走后不久他就离开了，后来一次也没有到莫斯科去过。你知道吗，柯斯佳，我老实告诉你，”他一只胳膊靠着桌子，把自己漂亮红润的脸贴在手上，两只油润、善良和睡意蒙眬的眼睛像星星似的在脸上闪闪发亮，“那是你自己的过错。你被对手吓住了。而我当时就对你说了——我不知道你俩谁更占优势。你为什么不勇往直前？我当时就对你说……”他扭扭颌骨打了个呵欠，没有张开嘴巴。

“他是不是知道我求过婚？”列文想，同时瞧瞧他，“对，他脸上有某种狡猾的外交玩意儿。”他边想边感到脸红，直愣愣默默地注视着斯捷潘·阿尔卡杰奇的一双眼睛。

“从她的方面看，当时如果有点儿什么的话，那也是一种表面的吸引，”奥勃朗斯基接着说，“这种，你知道，纯粹的贵族派头及将来在社会上的地位，不是对她而是对她母亲起到了作用。”

列文皱了皱眉头。他那经受遭拒绝的屈辱，像一种刚受到的新创伤那样刺痛着他的心。他是在家里，而家里是可以得到慰藉的。

“等一等，等一等，”他打断奥勃朗斯基的话说起来，“你说到贵族派头。我倒要问你一句，符朗斯基或者不管是谁的贵族派头，究竟是个什么玩意儿——这样的贵族派头，好让他看不起我？你认为符朗斯基是个贵族，但我不。一个人，父亲靠欺骗钻营白手起家，母亲天知道与什么人没有发生过关系……不，对不起，然而我认为自己及和我相似的人才算是贵族，这样的人过去有三四代都是光荣的受过最高教育的家庭（说到聪明和才智，那是另一回事），他们任何时候，无论在谁的面前都不奴颜婢膝，任何时候都不需要仰仗谁，我父亲、我祖父就是这样。我还知道许多这样的人。我数森林里的树木，你觉得是小气，于是你送给里亚宾宁三万。你征收租金还和其他我不知道的东西，而我没有那种收入，因此我珍惜家传下来的和劳动得来的……我们是贵族，而不是那些只有靠权贵的施舍才能生存也不是二十戈比硬币可以收买的人。”

“可是你是在指谁？我同意你。”斯捷潘·阿尔卡杰奇真诚而快乐地说，尽管他感到列文提到那些二十戈比硬币可以收买的人显然也包括他。列文的活跃使他感到由衷的高兴，“你指谁？尽管你说到符朗斯基有许多是不对的，但我说的不是那个。我对你照直说吧，我要是处在你的位置，就和我一起到莫斯科去吧，并……”

“不，我不知道你是不是知道，但对我来说，全无所谓。我告诉过你吧——我求过婚并遭拒绝了，因此，现在卡捷琳娜·阿列克山德罗夫娜[①]对我来说是一个沉重的和耻辱的回忆。”

“为什么？真是胡说八道！”

“不过，我们不去说这个事。请原谅我，如果我对你粗鲁了。”列文说。现在把一切都说出来以后，他又变得像早上那种样子了，“你不生我的气，斯吉瓦？请别生气。”他说，并微笑着抓起他的一只手。

“啊，不，一点儿也不，也没有理由。我为我们解释清楚了感到高兴。而你知道吗，清晨打猎往往是美好的。我们去吧，不好吗？反正我也睡不着了，这样，打完猎就直接去火车站！”

---

① 吉蒂正式名字和父称。

“这样极好。”

十八

符朗斯基的整个内心生活虽然充满激情，他的外表生活仍不可抗拒地沿着社交界和部队种种利害关系相关的原有既成的轨道进行着，没有发生任何变化。部队的利益在符朗斯基的生活中占有重要的位置，这是因为他喜欢部队，更因为部队的人都喜欢他。在团里，大家不但喜欢符朗斯基，而且尊敬他，以他引为骄傲。大家感到骄傲的，是因为这个人非常富裕，有出众的才学，有获得各方面成功、名誉和荣耀的前程，对此他却毫不在乎，而是最珍惜团的利益和同事间的友谊。符朗斯基知道同事们对他有这种看法，此外，他喜欢这种生活，感到自己有义务支持这种对他的看法。

当然，同事们中，他和谁都没有谈起过自己的爱情，甚至在最纵情畅饮时也没有说漏过嘴（不过，他从来也没有过醉到失去自制的时候），还堵住了一些试图暗示他有这方面关系的轻率的同事的嘴巴。尽管这样，他的爱情还是全城都知道了，大家都或多或少正确地猜到了他和卡列宁夫人的关系——大部分青年羡慕他，正是他的爱情中最棘手的事情——卡列宁的地位以及因此他们的关系在社交界格外招人注目。

大多数妒忌安娜的年轻女人，早就对大家称她是清白无辜的女人感到厌烦了，她们为自己曾预言、等待舆论的转变得到证实感到高兴，好把自己蔑视的情绪往她身上发泄。她们已经准备了一团团的污泥，时候一到就把它们扔到她身上。大多数上了年纪的人和有地位的人，则对这种即将发生的社会丑闻感到不满。

符朗斯基的母亲得知他们的关系后，起初是满意的——因为照她的概念，没有什么能比在上流社会有风流韵事更能使一个出色的青年增添风采了；此外，她那么喜欢卡列宁夫人，而她一路上又同自己说过那么多儿子的事儿。照符朗斯基伯爵夫人看来，她也算是个正派的女人，拥有一切美丽而高贵的女人所具备的美德，这一点也使她高兴。不过，最近她得悉儿子拒绝了一次对提升很重要的机会，只因为要使自己能留在这个团里，以便能够经常与卡列宁夫人约会，还得悉一些很有地位的人为此对他产生了不满，她这才改变了看法。同样使她不喜欢的，还有她从各方面得悉这种关系并非她所鼓励的那种辉煌优雅的风流韵事，而听说是某种少年维特[①]式的不要命的激情，容易使他做傻事。自他突然离开莫斯科以后，她一直没有见到过他，于是便叫大儿子给他传话，要他到她这里来一次。

大哥也对自己的弟弟不满。他弄不清楚这是怎样的一种爱情，是崇高的还是渺小的，热烈的还是不热烈的，道德的还是不道德的（他自己有了孩子还和一个舞女姘居，所以对此显得宽容）；不过他知道这种恋爱是他该去讨好的人所不喜欢的，因此不鼓励弟弟的行为。

除了公务和社交场上的事情，符朗斯基还有一项爱好——骑马，他狂热地喜欢骑马。

就在今年，预定要举行一次军官的障碍赛马。符朗斯基报了名要参加，买了一匹纯种的英国牝马，而且尽管沉浸在自己的爱情中，他虽然有所克制，但还是热烈地醉心于即将举行的赛马。

这两种激情互不妨碍。相反，他需要与自己的爱情无关的嗜好和消遣，它们可以使他摆脱过分的激动，精神上得到轻松和休息。

---

① 德国作家歌德中篇小说《少年维特的烦恼》的主人公，他因所爱的姑娘嫁给别人而自杀。

十九

在克拉斯诺谢尔斯基赛马的那天，符朗斯基早早来到团部公共食堂吃煎牛排。他不需要太严格地控制自己的饮食，因为他的体重正好是按规定的四普特半；但也不需要使自己更胖，因此他避免吃淀粉和甜食。他解开常礼服露出白背心坐着，两个胳膊肘靠着桌子，一边等着预订的煎牛排，一边翻着放在盘子里的法国小说。他看书，只是为了不与进进出出的军官们进行交谈，可以考虑点儿事情。

他在考虑，安娜答应等今天赛马完了之后同他约会。但他有三天没有见到她了，因为她丈夫刚从国外回来，所以不知道今天能不能见到，而且也不知道怎么能打听。他与她最近一次约会是在堂姐贝特西的别墅里。卡列宁家的别墅，他尽量少去。现在他想到那里去，并在考虑怎么去的问题。

“当然，我会说是贝特西让我来问问她去不去看赛马。当然，我要过去。”他暗自决定后，便抬起头，不再看书。接着，他设想着自己见到她时的幸福情景，便满面春风了。

“到我家里去一趟，让他们尽快把三驾的敞篷马车备好。”他对端着煎牛排的滚烫银盘过来的仆人说，然后挪过盘子吃起来。

隔壁的台球室里传来球的碰撞声、说话声和笑声。进来的一道门口出现了两位军官：一位年轻的，脸部消瘦虚弱，是不久前从贵族子弟军官学校转到他们团里的；另一位是胖胖的老军官，手臂上戴着一只手镯，长着一双浮肿的小眼睛。

符朗斯基瞅了他们一眼，皱起眉头，仿佛没有看到似的把目光斜到书本上，边吃边看书。

“怎么，加点儿油水好干活？”胖胖的军官说着，在他旁边坐下来。

“你不是看到了吗？”符朗斯基回答，同时皱着眉头擦了擦嘴巴，没有理睬他。

“你也不怕发胖?”那一位说，同时为年轻的军官转过一把椅子。

“什么?”符朗斯基生气地说，做出厌烦的样子，露出自己密集的牙齿。

“你不怕发胖?”

“喂，来一杯核列斯[①]。”符朗斯基说，他不作回答，同时把书移到另一边继续看。

胖乎乎的军官拿起酒单，转向青年军官。

“你自己挑选吧，我们喝什么?”他说着，把单子递过去并看着他。

“喝莱茵葡萄酒吧。”年轻军官说，羞怯地斜过眼睛看看符朗斯基，拼命用手指去扯刚长出的小胡子。年轻军官见符朗斯基没有转过身，便站起来。

“我们到台球室去。”他说。

胖乎乎的军官顺从地欠身起来，他们向门口走去。

这时，身材高大匀称的骑兵大尉亚什文进屋来了，他居高临下轻蔑地向两位军官点了点头，向符朗斯基走过来。

“啊！他在这里！”亚什文叫喊起来，一只大手结结实实地拍在他的肩章上。符朗斯基生气地抬起头，但是他的脸上立刻露出他特有的平静而坚定的温情。

“真聪明啊，阿列克谢，”骑兵大尉用洪亮的男中音说，“现在你吃点儿，并喝上一小杯吧。”

“啊，不想吃。”

“这两个形影不离的家伙。”亚什文补充说，脸带讪笑地瞧着这时从屋里出去的两位军官。因为椅子太矮，他只好把紧紧裹着马裤的大腿和膝盖弯曲成尖角，在符朗斯基边上坐下来，“你昨

---

① 一种烈性白葡萄酒。

天怎么没有到克拉斯年斯基剧院去？努苏洛娃还真不错。你上哪儿了？”

“我在特维尔斯基家里坐久了。”符朗斯基回答。

“啊！”亚什文反应说。

亚什文是赌棍、酒鬼，而且还是个没有任何规矩、不讲道德的人——他是符朗斯基在团里最要好的朋友。符朗斯基喜欢他，既因为他能狂喝滥饮，能够通宵不睡而精力如常，他又有无比顽强的意志力，上级和同僚对他既畏惧又尊敬。他很有魄力，在赌博中可以豪赌上万，尽管喝了酒，他赌钱的时候还是那么精明和果断，因而被认为是英国俱乐部里首屈一指的赌徒。符朗斯基敬重并喜欢他，尤其是因为他感到，亚什文喜欢他不是因为他有名望、有钱，而是因为他本人。因此在所有的人当中，符朗斯基只想和他一个人谈谈自己的爱情。他似乎觉得亚什文这人虽然好像蔑视任何感情——但只有他一个人，能理解现在正浸透自己整个生命的强烈激情。此外，他相信亚什文很讨厌流言飞语和丑闻，能够正确理解他的感情，也就是说，他知道并相信这爱情——不是开玩笑，不是消遣，而是某种更加严肃和更加重要的玩意儿。

符朗斯基没有和他谈起过自己的爱情，但知道他全明白，全有正确的理解。他非常高兴地从他眼睛里看出这一点。

“啊，对了！”他说的是符朗斯基在特维尔斯基家的事儿，一双黑眼睛亮晶晶的，他抚弄左边的小胡子并按照自己的坏习惯把它往嘴里塞。

“那你昨天干什么了？赢了吗？”符朗斯基问。

“八千。但有三千不能作数，人家未必会给。”

“那么，你可以为我输啰。”符朗斯基笑着说（亚什文为符朗斯基下了大赌注）。

“我怎么也不会输。只有马霍金一人危险。”

接着，话题转到了对今天赛马的预测上，符朗斯基这时能考虑的只有这件事情。

"我们走，我已经好了。"符朗斯基说着就站起来向门口走去。亚什文也伸开自己的两条长腿，挺起他长长的后背，站立起来。

"我吃午饭还早，但是得喝点儿。我这就来。喂，葡萄酒！"他用自己操练时那种出名的低沉有力得能使玻璃震颤的嗓子嚷嚷着，"不，不要了，"他马上又重新嚷道，"你回家，那我和你一起走。"

接着，他和符朗斯基两人就走了。

二十

符朗斯基站在一幢宽敞、清洁的小屋里，屋子用一道栏板隔成两半的楚赫纳[①]式。彼特里茨基和他住同一个营房。符朗斯基和亚什文进小屋时，彼特里茨基正睡觉。

"起来，有你睡觉的时候。"亚什文说着走到栏板那边，推了推鼻子埋进枕头里、头发蓬松的彼特里茨基的肩膀。

彼特里茨基一下子爬起来，屈着膝盖跪在床上，朝四周围看了看。

"你哥哥到这里来过，"他对符朗斯基说，"他把我弄醒了，见他的鬼，说是还要再来。"接着他拉过毯子，倒在枕头上，"你别闹，亚什文，"他对拉他毯子的亚什文生气地说，"你别闹嘛！"他转过身子，睁开了眼睛，"你最好说说，喝点儿什么，我嘴巴这么难受……"

"最好是伏特加酒，"亚什文声音低沉地说，"捷列申科！给老爷拿伏特加和黄瓜来。"他大声嚷着，大概是喜欢听自己的嗓门。

"你认为伏特加好？啊？"彼特里茨基蹙起眉头说，并揉揉眼

① 当时对芬兰人的一种蔑称。

睛，“你喝吗？如果一起喝，我们来吧！符朗斯基，你喝吗？”彼特里茨基说着，一边爬起来，用虎皮毯子把自己裹起来。

他走到栏板门外，举起双手并用法语哼哼起来：“‘在图勒国有个国王，’……符朗斯基，你喝吗？”

“你走开！”符朗斯基说着，穿上仆人递过的常礼服。

“这是上哪儿？”亚什文问他，“瞧，还有辆三驾马车。”他看到过来一辆颠颠簸簸的马车，补充说。

“到马厩去，我还得去找勃良斯基谈马的事儿。”

符朗斯基确实答应要到离彼得戈夫十俄里[①]远的勃良斯基那里去的，给人家把买马的钱送去；但是，他还希望来得及上那边一趟。可同事们立刻明白了，他要去的不只是那里。

彼特里茨基边哼哼边使了个眼色，还嘟嘟嘴巴，好像在说：我们知道，这位勃良斯基是什么人。

“当心别迟到了！”亚什文只这么说了一声，以便改变话题，“我那匹黑鬃黄褐马，好使唤吗？”他边问边看着窗外一匹他卖给的辕马。

“等一等，”彼特里茨基对正往外走的符朗斯基叫喊道，“你哥哥给你留下一封信和一张便条。等一下，它们哪儿去了？”

符朗斯基停住了。

“啊，它们在哪儿呢？”

“它们在哪儿？这正是问题所在！”彼特里茨基郑重地说，同时把食指从鼻子处往上移。

“你倒是说呀，这是胡闹！”符朗斯基微笑着说。

“我没有生过壁炉。在这里的什么地方。”

“好了，别骗人了！信究竟在哪里？”

“不，真的，忘了。要不，是我做梦时看见的？等一等，等一等！干吗生气！要是你昨天像兄弟我一样喝了四瓶酒，你也会连

---

① 俄国计程单位，1 俄里等于 1.06 公里。

躺在什么地方都忘了。你等等，我这就想起来！”

彼特里茨基走到栏板里边，躺在了自己的铺位上。

“等一等！我就这么躺着的，他就那样站着。对——对，对——对……瞧它！”彼特里茨基接着便从床垫子底下取出一封信，他把它藏在那里了。

符朗斯基接过一封信和哥哥的便条。这就是他等待的——母亲的一封信，责备他不到她那里去，还有哥哥的一张便条，上面说需要谈谈。符朗斯基知道，这都是关于那件事儿。“关他们什么事！”符朗斯基心想，就叠好信，把它塞进常礼服的纽扣里边，以便路上再看一遍。在小屋门口处，他遇上了两位军官：一位自己团的，一位是别的团的。

符朗斯基的宿舍，从来都是所有军官聚集的地方。

“上哪儿？”

“有事儿，去彼得戈夫。”

“皇村的马来了吗？”

“来了，不过我还没有见到。”

“听说，马霍金的那匹‘角斗士’脚扭伤了。”

“胡说八道！不过这样的泥泞您怎么骑马跑？”另一个说。

“瞧，我的救星！”见到进来两个人，彼特里茨基叫了起来，一个勤务兵正用托盘端着伏特加酒和酸黄瓜站在他面前，“这是亚什文叫喝的，好提提精神。”

“啊，昨天您可苦了我们，”其中一个说，“闹了整整一宿不让睡觉。”

“不，我们的收场可真有意思！”彼特里茨基讲述起来。“沃尔科夫爬到了屋顶上，并说他感到哀伤。我就说：来音乐，送葬进行曲！他就这样听着送葬进行曲在屋顶上睡着了。”

“你喝，一定得喝伏特加，然后再喝塞尔查水[①]，再多喝些柠

① 一种矿泉水，因产地德国塞尔查而得名。

檬汁，”像母亲要孩子服药似的站在彼特里茨基旁边看着的亚什文说，“然后再来点儿香槟酒——这样，一小瓶。”

“这倒是个聪明办法。等一会儿，符朗斯基，我们一起喝。”

“不了，再见，诸位，今天我不喝。”

“怎么，怕增加体重？好，那就我们来。拿塞尔查水和柠檬汁来。”

“符朗斯基！”他已经走到门口时，有谁叫了他一声。

“什么？”

“你把头发剪一剪，不然它们会压着你的，尤其是在额头光秃的部位。”

符朗斯基实际已经过早地开始谢顶了。他开心地哈哈笑起来，露出自己密集的牙齿，还把制帽往头顶部位移了移，便走出去坐进马车里。

“去马厩！”他边说边取出信来要读，但后来一想，可别在看马前分散注意力，“过后再看。”

二十一

用木板搭成的临时马厩就设在赛马场的旁边。符朗斯基的马昨天该运到那里了。他还没有见过它。最近这些日子里，他自己没有骑马练习过，而是托付给驯马师了，因此现在完全不知道运到的马到底怎么样。刚下了马车，他的马童远远地认出他的马车，就把驯马师叫来了。一个干瘦的英国佬，穿着高筒靴和紧身单排扣短上衣，只在下巴尖上留着一撮毛胡子，迈着赛马骑手不灵巧的脚步，翘着两个胳膊肘，摇摇摆摆地迎着过来了。

“啊，弗鲁-弗鲁这马怎么样？”符朗斯基用英语问。

“很好，大人[1]——全都完好，大人，”英国佬用从喉头里发出的声音说，“您最好别去，”他补充说，同时举了举帽子，“我给戴了嘴套，那马还有点儿烦躁。最好别去，不然会惊扰它的。”

“不，我得进去。我想看看。”

“那我们去吧。”英国佬还是没张开嘴，阴沉着脸说，摆动着两个胳膊肘，迈着无精打采的步子走在前头。

他们来到木棚子前边的一个小院里。值班的是个穿着清洁的夹克衫、打扮得挺漂亮的年轻小伙子，他拿着把扫帚过来迎接他们，然后便跟在他们后边。木板棚里有五匹马，分别关在单马栏里，符朗斯基知道自己的劲敌，马霍金那匹身长两俄尺五俄寸[2]的栗色“角斗士”，今天也该拉到这个地方来。和自己的马比起来，符朗斯基更想看看他没有看见过的“角斗士”，不过符朗斯基懂得，根据赛马的规则，他不但不能看，就连打听它的情况都是不体面的。当他顺着廊子走去时，马童打开了左边第二单马间的一道门，符朗斯基就见到一匹高大的白腿栗色马。他知道这就是“角斗士”，但怀着一种像偷拆别人信件似的感觉，转过身子，来到弗鲁-弗鲁的单间里。

“这里有一匹马——霍……马霍……的马，我怎么也说不出那个人的名字。”英国佬说着，用指甲又长又脏的手指头指指背后的“角斗士”的单间。

“是马霍金？对，那是我一个厉害的对手。”符朗斯基说。

“要是您骑它，”英国佬说，“我就支持您了。”

“弗鲁-弗鲁性子躁些，那一匹有力些。”符朗斯基说，他因为自己的马术受到夸奖微微笑了。

“障碍赛全凭骑术和胆量。”英国佬说。

符朗斯基感到自己的胆量，也就是精力和勇气，不但是足够

---

① 原文为英语。

② 俄国长度单位，1 俄尺等于 0.71 米，1 俄寸等于 4.4 厘米。

的，而且，更加重要的是，他坚信世界上没有人会有像他那样充沛的胆量。

“您真的认为不需要再训练了吗？”

“不需要，”英国佬回答，“请不要大声说话，马会受惊扰的。”他补充说，同时朝他们正站着的对面关着的单马间点点头，听到里边有马蹄踩干草的响声。

他打开一道门，符朗斯基便走到一个单马间里，光线很微弱，只靠一扇小窗照明。单马间里站着一匹上了嘴套的深栗色的马，它正在新鲜的干草上倒腿。在昏暗的单马间里，符朗斯基环视四周，再一次不由得用不一般的目光把心爱的马儿全身打量了一遍。弗鲁-弗鲁中等身材，体格也不是没有缺点的。它的整个骨架窄，胸骨也朝外突出，胸部窄小。臀部有点儿下垂，前腿及特别是后腿向内弯得厉害。后腿和前腿的肌肉不特别粗壮，但是前腹特别宽，现在它腹部练得很厉害，所以这一点就尤其明显。四肢膝盖以下的骨头从前面看上去不比一个手指头粗，可是从侧面看却非常粗大。除了肋骨，它整个儿显得特别瘦长，好像从两侧被夹过一样。不过它有一个最大的优点，迫使人们忘了它的全部缺点；这个优点就是它的血统，即英国人所说的纯种。从覆盖在细嫩、生动和丝绸般光滑的表皮血管网络下的鲜明地突出的筋肉，显得像骨骼一样结实，它长着一双亮晶晶圆鼓鼓突出的欢快眼睛的干瘦头部，打鼾时露出里边充血的软骨的鼻孔处就扩大开来。整个身姿及特别是它的头部，有一种明确有力而又温柔的表情。它是那样的一种动物，仿佛它们不会说话，只因为它们的口腔的机械构造无法说话罢了。

现在自己瞅它时的感觉，它完全都明白，至少符朗斯基觉得是这样。

符朗斯基刚走到它身边，它便深深吸了一口气，斜着鼓出的眼睛，眼白都充血了。它看着从对面进来的人，摇摇嘴套，有弹性地倒着四只蹄子。

“啊，瞧，它受惊扰了。”英国佬说。

“噢，宝贝！噢！”符朗斯基说着，走到马跟前并安慰它。但是，他越靠近它就越受惊扰。只有当走到它头部的一旁时，它才突然安静下来，并抖动起自己纤细、柔软鬃毛下的肌肉来。符朗斯基摸摸它结实的脖子，理理它高高竖起而倒向一边的鬃毛，把脸贴到它像蝙蝠翅膀似的掀开的鼻子上。它用紧绷的鼻孔出声地吸了一口气又喷出来，颤抖了一下，竖起尖尖的耳朵并把结实的黑嘴巴伸向符朗斯基，好像想要咬他的袖子。但是记起有嘴套罩着，它便抖抖嘴套，又开始倒起细巧的蹄子来。

“安静，宝贝，安静！”他边说边用手摸了摸它的臀部，高兴地意识到马正处于最良好的状态，便走出单马间。

马儿的激动也传染给了符朗斯基，他感到血往心头上涌，他也像马儿一样想活动，想咬，有一种可怕而又愉快的感觉。

“啊，这么说我就指望您了，”他对英国佬说，“六点半到场！”

“一切都就绪了，”英国佬说，“您到哪里去，我的大人？”他问时出乎意料地使用了自己几乎从来不曾用过的称谓我的大人①。

符朗斯基惊讶地抬起头来，以他擅长的做法，不去看英国佬的眼睛而看着他的前额，同时为他大胆的问题感到奇怪。但他明白了英国佬提这个问题，不是把他作为主子，而是作为骑手来看待，于是就回答：“我要到勃良斯基去一趟，一小时后我就回家了。”

“这样的问题，今天，人们已经问过我多少次了！”他对自己说，并难得地红了脸。英国佬仔细瞧着他。然后，他好像知道符朗斯基要到哪里去似的补充说：

“赛马前首要的是镇静，”他说，“别心情不好，别让任何事情弄得您不愉快。”

---

① 原文为英语。

“好的！”[1]符朗斯基微笑地回答着，立刻跳上马车，吩咐去彼得戈夫。

他才跑了几步远，早上好像要下雨的乌云密集起来，接着下起了滂沱大雨。

“不好！”符朗斯基想，拉起车篷。本来路上已经很泥泞了，现在就要成完全的水洼子了。一个人坐在关闭的马车里，他取出母亲的信和哥哥的便条再读了一遍。

对，说的都是同一件事情。母亲，哥哥，他们都认为有必要对他的私事进行干预。这种干预在他身上激起了愤怒——一种他很少经受过的感情。“关他们什么事儿？为什么所有的人都把关心我看做自己的责任？他们干吗总盯着我？就是因为他们看到这是某种他们无法理解的东西。这要是一件交际场中通常的风流韵事，他们也就让我安稳了。他们感觉到这件事情有所不同，可不是闹着玩儿的，这个女人对我比生命还宝贵。使他们不理解并感到伤心的，也正是这一点。我不抱怨我们自己铸成的命运以及将来会怎么样，”他说，在我们这个词儿里把自己和安娜联系在一起了，“不，他们是要教会我怎么生活。他们连个什么是幸福的概念都没有，他们不理解，对我来说，没有这爱情也就无所谓幸福和不幸——就无所谓生命。”他想。

他为大家对他的干预生气，正是因为他从心里感到他们这些人都是对的。他感觉到把自己和安娜联系在一起的爱情，并非社交界通常发生的一时冲动，事过之后彼此生活中除了愉快或不愉快的回忆不会留下什么印迹。他感觉到自己和她的处境都非常痛苦，在他们所处的那个可怕的社交界众目睽睽之下，隐瞒自己的爱情，撒谎和欺骗都是非常困难的；当他们热恋得忘乎所以，除了自己的爱情什么全都忘了的时候，还得进行撒谎、欺骗、玩弄花招并经常去考虑别人，这实在太困难了。

---

① 原文为英语。

他生动地回想起所有违反本性而撒谎和欺骗的情形；特别是她不止一次地为自己必须进行撒谎和欺骗感到害臊。他还经受到一种奇怪的感觉，从自己与安娜发生关系的时候起，这种感觉就有了。这是一种对某种东西的厌恶感：是对阿列克谢·亚历山大罗维奇的，对自己的，还是对整个社交界的——他还不太清楚。但他总是竭力驱逐这种奇怪的感觉，而现在，他摆脱了这种感觉后，正继续着自己的思路。

“对，她以前是不幸的，但自恃而平静，可现在她已经不能保持平静和自尊了，尽管她没有表露出这一点。是啊，这事儿该结束了。”他暗自下了决心。

于是，他头脑里第一次清楚地想到必须结束这种骗局，而且越快越好。“她和我得抛弃一切，带着自己的爱情找个地方躲起来。”他对自己说。

二十二

大雨没下多久就停了，当符朗斯基驾着自己的辕马拼命飞奔，松开两侧边套的缰绳在泥泞的地面上疾驰而过，快要到达的时候，太阳又出来了。别墅房顶，大马路两边花园里的老椴树都闪耀着湿漉漉的光芒，树枝上挂着愉快的水珠，房顶上淌下哗啦啦的流水。他已经不去想这场大雨怎么破坏了赛马场，这时他反倒是高兴起来，幸好下了这场雨，想必能见到她一个人在家，因为他知道不久前从海边回来的阿列克谢·亚历山大罗维奇还在彼得堡，没有过来。

指望她会一个人在家的符朗斯基，像自己一贯的那样，为了少招人注意，便不乘马车过小桥，而是先下来，然后步行前往。他没有从向着马路的台阶走，而是先来到院里。

“老爷来了吗?”他问园丁。

“还没有呢。夫人在家。对，请您从正门台阶走；那里有人，会给您开门的。”园丁回答。

“不，我从花园穿过去。”

弄清她一个人在家后，他想给她来个惊喜，因为他没有答应今天来，她大概也不会想到他赛马前会来。他扶住佩刀，顺着两旁种满各种鲜花的沙石小径，小心翼翼地朝着通向花园的露台走去。符朗斯基现在把一路上想的自己处境的种种烦难全忘了。他想的只有一件事儿，自己马上就要见到她了，这不是在想象中而是实际生活中活生生的她。他已经往里走了，当他蹑手蹑脚一步步往露台缓斜的台阶上走时，突然记起自己老是遗忘的，也是构成他们俩关系中一个最痛苦的方面——她的儿子，他总是带着询问的、敌意的目光盯着他。

这孩子是他们俩关系上最大的障碍。有他在场，符朗斯基和安娜都不但不能谈论无法对别人说的话，甚至不允许用暗语说出孩子不会明白的东西。他们并不曾商量好要这样，那是自然形成的。如果使孩子受到欺骗，他们一定觉得自己是可耻的。他在场时，他们的谈话就像是一般的熟人。不过尽管这么小心，符朗斯基还是常常发现这孩子正用仔细而惶惑的目光在注视他，孩子总对他抱着一种奇怪的羞怯和变幻不定的态度，对他时而亲热、时而冷淡、时而畏缩。仿佛这孩子感觉到了这个人与他母亲之间有某种他无法理解的重要关系。

确实，孩子感觉到自己无法理解这种关系，他虽然尽了力，却没法说清楚自己对这个人应该有哪种感情。他以一个孩子的敏感，清楚地看到父亲、女家庭教师、保姆——大家不但不喜欢符朗斯基，而且都对他抱着讨厌和担心的态度，虽然关于他什么也没有说，而只有母亲像一个最要好的朋友那样对待他。

“这意味着什么？他是什么人？应当怎么去爱他？我不明白，那是不是我的错误，还是我太傻，或者我是个坏孩子？”孩子常常这样想，于是他便会出现那种使符朗斯基感到不自在的试探、询问、部分地带敌意的表情，既羞怯又心神不定。有这个孩子在场，符朗斯基和安娜身上就会出现像航海者一样的感觉，根据罗盘看到急速前进的方向已经偏离了航线，却又无法停下来，每一秒钟都使自己离目标越来越远，但是如果承认自己偏离了航向，那就等于承认自己毁灭。

这个孩子就好比一个罗盘，带着他对生活天真的看法，向他们指出他们偏离正确方向有多远，虽然他们明知道这一点，但是从来不敢正视。

这一次谢廖沙不在家，家里只有她一个人。她坐在露台上，等着出去散步遇上下雨归来的儿子。她派了一个男仆和一名侍女去寻找，自己坐在那儿等着。她身穿一件宽镶边的白色裙子，坐在露台花丛后边的一个角落里，没有听出他的到来。她低着自己的黑鬈发脑袋，前额贴在栏杆上冷冰冰的喷水壶上，用两只纤手抓着喷水壶，手上戴着他那么熟悉的戒指。她的整个形象、头部、脖子及双手之美，每次都使符朗斯基感到出人意料和惊讶。他停住了，赞赏地望着她。但是他刚想迈步到她身边去时，她已经感觉到了他的接近，便推开喷水壶，向他转过自己通红的脸。

"您怎么了？您身体不舒服？"他用法语说着，走到了她身边。他想向她跑过去，但想到可能会有旁人在，回头看了一眼露台的门，并和每次一样脸红了，觉得应当提防着，小心点儿。

"不，我好好的，"她边说边站起来，紧紧握住他伸过来的一只手，"我没有想到……你。"

"我的上帝！一双手多凉！"他说。

"你吓着我了，"她说，"我一个人在等谢廖沙，他出去散步了。他们将从这里进来。"

尽管她竭力保持平静，但她的嘴唇在哆嗦。

"原谅我到这里来，可是不见到您，我一天都活不下去。"他和通常一样继续用法语说，为的是避免俄语里的"您"和"你"

这两个词，以“您”相称似乎太冷淡，而以“你”相称又过于亲密。

“为什么要原谅？我是那么高兴！”

“但是您身体不好，要不就心里烦恼，”他接着说，没有放开她的手，并向它弯下身去，“您在想什么？”

“总想着一件事情。”她带着微笑说。

她说的是实话。无论何时，哪一分钟人家问她在想什么，她都正确无误地回答说：想一件事情，想自己的幸福和不幸。他见到她时，她正好在想这件事儿：她在想，对别的人，比如对贝特西（她知道她瞒着社交界与屠什凯维奇的关系），这一切都轻而易举，而对她却是那么痛苦？今天，出于某些考虑，这种想法使她备受折磨。她问他赛马的事情。他回答她了，见她激动，便竭力排解她的烦忧，用最普通的口气讲起赛马的种种细节来。

“说还是不说？”她望着他平静而饱含情意的眼睛想，“他是这么幸福，这么醉心于跑马赛，他不会像应有的那样理解这件事情对于我们的全部意义的。”

“可是您没有说，我进来时您在想什么，”他中断自己的叙述说，“请告诉我！”

她没有回答，稍稍低下头，蹙起眉头，长长的睫毛下一双闪闪发亮的眼睛询问地瞧着他。她的一只手颤抖着在把玩一片摘下的叶子。他看到了这一点，于是他的脸流露出那种令她喜欢的顺从和奴仆式的忠诚。

“我看是出了什么事情。知道您有我不能分担的痛苦，难道我会有一分钟平静吗？看在上帝的分儿上，您说呀！”他恳求地重复说。

“对，假如他不明白这事儿的全部意义，我是不会原谅的。最好不说，为什么要考验他？”她想，依旧一个劲儿地瞧着他，并感到自己一只拿着叶子的手颤抖得越来越厉害了。

“看在上帝的分儿上！”他重复了一遍，同时抓起她的一只手。

“说不说呢？”

“说，说，说呀……”

“我怀孕了。”她声音低低地，慢慢地说。

她手里的叶子颤抖得更厉害了，但她目不转睛地注视着他，以便看清楚他怎么对待这件事情。他一下子脸色苍白了，想说什么，但停住了，放开她的手并低下了脑袋。“对，他明白这件事情的全部意义。”她心想，便感激地握了握他的一只手。

然而，她以为他像她一个女人那样理解这个消息的全部意义，但这却错了。听到这个消息时，他十分强烈地感觉到自己产生了对某个人的奇怪的厌恶之情，与此同时，他知道自己希望的那种转机到了，她没法再瞒过丈夫，必须设法尽快打破这种不自然状态。除此之外，她的激动也从肉体上感染了他。他用温柔、顺从的目光望着她，吻了吻她一只手，站起来默默地绕露台走着。

“是啊！”他说着，果断地来到她身边，“无论是我是您，都没有把我们的关系当儿戏，现在我们的命运已经注定。必须结束，”他环顾了一下四周说，“结束我们所处的这种骗局。”

“结束？怎么结束，阿列克谢？”她轻轻地说。现在，她平静下来了，脸上闪耀出温柔的微笑。

“抛开丈夫，把我们的生活结合到一起。”

“这样就已经结合在一起了。”她声音低到勉强能让人听到。

“对，但要完完全全，完完全全地。”

“可是怎么办，阿列克谢，你教教我，怎么办？”她对自己无可奈何的处境带着哀伤的讪笑，说，“难道这种情况还有办法？难道我不是自己丈夫的妻子？”

“任何情况总有办法的。得下决心，”他说，“怎么都比我们现在的情况强。因为我看到你怎么为一切痛苦，社交界，儿子和丈夫都让你受折磨。”

“哎，只是不能把丈夫算进去，”她冷笑着说，“我不知道，我没有想他。我心里没有他。”

“你说的不真诚。我知道你。你也为他在受折磨。”

“可是他并不知道，”她说着，突然脸上开始露出鲜明的红晕；她的面颊、前额、脖子全都通红了，害羞的泪水噙满了她的两只眼睛，“不过，我们不要去说他。”

二十三

符朗斯基已经几次——虽然没有这次那么坚决——试图和她商讨自己的处境，但他的每次尝试都被她以同样泛泛的轻率判断顶了回来。这其中，好像有某种她不能或不愿对自己说清楚的东西，好像只要他一开始说这事儿，她，一个真正的安娜，就退居到自身的某处，而另一个奇怪的陌生女人便出现了，一个他不爱的、害怕的以及和他作对的女人。但是今天，他下定决心把全部都说出来。

“他是否知道，”符朗斯基以自己平素坚定而平静的口气说，“他是否知道，这与我们无关。我们不能……您不能再这样下去了，尤其是现在。”

“依着您，怎么办?”她以那种依旧稍稍有点儿讪笑的口气问。她原来那么担心他不会轻易地接受她怀孕这件事，现在却担心他得为此采取办法。

“把全部真相告诉他，并离开他。”

“很好，就算这样做了，”她说，“您知道这样会有什么结果?我把一切说在前头，”在这一分钟以前，她那双温柔的眼睛里随即闪露出一道狠毒的光芒，“啊，您爱着另一个人，而且和他发生了‘罪恶的’关系（她想象丈夫的模样，也像阿列克谢·亚历山大罗维奇那样着重说出‘罪恶的’这个词儿)。我警告您宗教、公民和家庭各个方面的后果。您不听我的话。现在，我不能让我的名声受到玷污……还有儿子！”她本想这样说，可是她不能拿儿子当儿戏，“‘玷污自己的名声’，以及诸如此类的话，”她补充说，“总之，他会冠冕堂皇地说，而且清楚地告诉我，不能放我走，他会采取一切手段防止出丑。而且一定会平静、精心地按自己说的去做。这就是即将出现的情况。他不是个人，是一台机器，而且一生气，还是台凶恶的机器。”她补充说着，同时回想着阿列克谢·亚历山大罗维奇和他的形象，他说话的派头以及他的性格的全部细节，并且把凡是能在他身上找到的缺点全都归罪于他，却不因为自己对他犯了这种可怕的过错给予他任何宽恕。

“可是，安娜，”符朗斯基用劝解、柔和的声音竭力使她安静下来，“还是必须告诉他，然后看他怎么做再想办法。”

“那怎么，私奔？”

“私奔又怎么样？我看不出再这样继续下去的可能性。倒不是为了我自己——我是看到您在受罪。”

“私奔，并让我当您的情妇，对吧？”她愤愤地说。

“安娜！”他抱怨而温柔地说。

“对，”她继续说，“做您的情妇，并毁了一切……”

她又想说：我的儿子，但这个词儿她没有说出来。

符朗斯基弄不明白，像她这么个性坚强、真诚的女人，怎么能忍受这种自欺欺人的局面而不愿从中摆脱出来；但他没有猜出这里的主要原因，就是她没法说出来的“儿子”这个词儿。一想到儿子及其将来对抛弃他父亲的母亲的态度时，她便为自己的行为感到恐怖，甚至不去思索，而只像个普通的女人那样，尽量用虚假的想法和言辞安慰自己，就让一切照旧，尽快忘了儿子将会怎样对待她这个可怕的问题。

“我请你，我求求你，”她拉起他的一只手，突然用完全不同的真诚而温柔的口气说，“永远别再和我说这个！”

“可是，安娜……”

“永远。由我去吧。我知道自己处境的全部屈辱，全部恐惧；然而，这并不像您所想的那么容易解决。就由我去吧，你听我的好了。永远别再和我说这个。你答应我？……不，不，你答应啊！……”

“我全答应，但我没法平静，特别是听了你说的话以后。只要你不平静，我也就没法平静……”

“我！”她重复说，“对，我有时该受折磨；不过，只要你不再和我说起这个，它会过去的，你和我说这个的时候——只有它折磨我。”

“我不明白。”他说。

“我知道，”她打断了他，“对你真诚的本性来说，撒谎是多么困难，因此我为你惋惜。我常常想，你是怎么为了我毁了自己的生活。”

“我刚才也这么想，”他说，“你怎么能因为我而牺牲一切呢？如果你不幸的话我不能原谅自己。”

“我不幸？”她说着，凑到他身边，带着火热的爱恋的微笑望着他，“我——像一个饿汉，有人送来吃的。他也许觉得冷，衣服破了，他害臊，但他不是不幸。我不幸？不，这才是我的幸福……”

她听到了孩子回来的声音，便立刻向露台四周瞥了一眼，突然站起来。她的目光里燃烧起他所熟悉的火焰，她迅速地举起她那戴着戒指的漂亮的双手，抱住他的头，两眼久久地看着他，然后把脸凑上去，嘴微微张开，微笑着，很快地吻了吻他的嘴巴、眼睛，然后推开了他。她想走，但是他拉住了她。

“什么时候？”他兴奋地望着她悄悄问道。

“夜里一点钟。”她轻轻地回答，沉重地叹了一口气，而后迈着自己轻盈快捷的脚步去迎接儿子。

谢廖沙在大花园里碰上下雨，于是他和保姆就在凉亭里等着。

“那就再见，”她对符朗斯基说，“现在我得立刻去看赛马。贝特西答应过带我一起走。”

符朗斯基看了一眼表，就匆忙地走了。

二十四

符朗斯基在卡列宁家的露台上看表的时候，是那么心神不定，满脑子的各种想法，以至于看着表的计时针却不知道几时几分。他来到马路上，小心翼翼地踩着泥泞向自己的马车走去。他全副身心都沉浸在对安娜的感情里，甚至忘记了时间，也不知道自己还有没有时间到勃良斯基那里去。他和平常一样，只保留着表面上的记忆力，认为自己接着该做什么。马车夫已经坐在车架子上打盹儿了，就在那棵茂密的椴树倾斜的阴影下，符朗斯基走到他旁边，观赏了一会儿在汗涔涔的马身上盘旋成群的虻蚊，叫醒了马车夫，便跳进马车里，吩咐到勃良斯基去。走了约七俄里的时候，他才完全清醒过来，一看表知道是五点半，已经迟到了。

这一天有几场比赛：护卫骑术赛，然后是军官的两俄里赛、四俄里赛以及他参加的障碍赛。自己的比赛他能赶上，可是如果去勃良斯基处，那么势必他一到场就已经是满座了。这可不好。但是他答应过勃良斯基要到那里去的，因此才决定往前赶，吩咐不要怜惜马匹。

他到勃良斯基那里，待了五分钟便往回赶。这次短暂的走访使他放心了。他同安娜的关系中全部沉重的东西，两人说话后留下的一切不确定性，全都抛到了脑后；他现在怀着喜悦和激动的心情正在考虑着赛马。他总算是赶上了，而且对今晚约会的幸福的期待，在他脑海里偶尔迸发出一道鲜明的光亮。

在驱赶马车从别墅及从彼得堡赴赛马场途中，随着比赛的氛围越来越近，他对比赛的感觉越来越强烈了。

他的宿舍里已经一个不剩了：大家都到赛马场去了，仆人已经在大门口等着。趁他在换衣服的时候，仆人告诉他，马童已从马厩来过两次了。

不慌不忙地换好装（他从来都不着急，也没有失去过自制），符朗斯基吩咐去马棚。在马棚处，他已经看到围绕赛马场四周人山人海，马车、行人、士兵挤挤挨挨，还有人群喧闹的亭台。看样子，正在进行第二场比赛，因为他走进马棚的时候听到了钟声。正在他走进马棚时，见到了马霍金的白腿栗色的“角斗士”，它身上正盖着蓝边橙黄色的马被，竖起两只大蓝耳朵，被牵到赛马场上去。

“柯尔德在哪里？”他问饲养员。

“在马厩里，正给备鞍。”

在已经打开的单马间里，弗鲁-弗鲁已经备好了马鞍。人家正准备把它牵出来。

“我没有迟到？”

“不要紧！不要紧！①完全来得及，完全来得及，”英国佬说，“您不要太激动。”

符朗斯基又瞅了瞅那全身抖动的马儿美丽可爱的外观，恋恋不舍地退出这场面，走出马棚。趁观众完全不注意到自己的最有利时机，他向凉亭走去。一场两俄里比赛刚刚结束，所有的眼睛都注视着前面的近卫重骑兵团官兵和后面的御前骠骑兵，他们都使出最后一把劲儿策马向终点的标杆跑去。大家从中间和外面向终点的标杆围着拥过去，近卫重骑兵团的官兵们大声高呼，表达出期待自己官兵同事胜利的喜悦。几乎就在结束比赛的钟声响起来时，符朗斯基悄悄走到了人群中；一位满身污脏的高个子近卫重骑兵团成员得了第一名，他趴在马鞍上，正松开缰绳，好让那匹被汗水浸得变暗、气喘吁吁的灰色牡马放缓脚步。

牡马使劲地踩着脚，尽快使自己迅速前进的高大身躯慢慢停

① 原文为英语。

下来。这位近卫重骑兵团军官仿佛刚从沉睡中醒过来，回头环顾了一圈，并吃力地微微笑了笑。一群本部队和其他部队的人把他围了起来。

符朗斯基故意避开那群上流社会的人，他们与众不同、彬彬有礼又自由自在地在亭台前面来回走动和交谈。他知道卡列宁夫人、贝特西和自己的嫂嫂都在那里，便为了不让自己分心，有意不到她们那边去。但是，不断碰上的熟人使他不断停下来，他们向他讲述前几场比赛的详情细节，问他为什么来迟了。

在刚赛完的骑手被召集到领奖台上去，大家的目光都转向那边的时候，符朗斯基的哥哥亚历山大来到他的身边；他个子不高，和阿列克谢一样结实而更潇洒、红润，长着个红鼻子和一张醉醺醺开朗的脸，是个戴金边肩章的上校。

“你收到我的便条了？”他说，“总也找不到你。”

亚历山大·符朗斯基虽然以生活放荡，尤其以酗酒出名，但完全是个宫廷圈里的人。

他现在和弟弟谈论对他来说相当不愉快的事情，知道许多人的眼睛可能正注视着他们，却还是一副笑眯眯的样子，好像他是在和弟弟为一件什么无关紧要的事儿开玩笑。

“我收到了，可是真的，我不明白，你操什么心？”

“我担心，是因为人家刚才对我说你不在，还说星期一人家在彼得戈夫见到了你。”亚历山大说。

“有些事情只能和当事人进行讨论，而你那么操心的那事儿，是……”

“对，但那是不在服役的时候，在不……”

“我求你别掺和进来，仅此而已。”

阿列克谢·符朗斯基阴沉的脸一下变得苍白了，突出的下颌在颤抖，这在他是少有的情况。他是一个心地很善良的人，很少生气，可一旦生气到下巴都发抖的时候，亚历山大·符朗斯基知道他就成了个危险的人。亚历山大·符朗斯基开心地笑了。

“我只不过是想转交妈妈一封信。给个回音吧，赛前别不高兴。祝你成功[①]。”他补充说着，便笑眯眯地走开了。

可是在他之后，符朗斯基又被一声友好的祝贺叫住了。

“连朋友都不想认了！你好，我亲爱的[②]！”斯捷潘·阿尔卡杰奇说。在这些彼得堡的体面人物中间，他也不比在莫斯科差，他满脸红光，络腮胡子梳理得又光又亮，“我是昨天到的，很高兴看到你获胜。我们什么时候再见面？”

“明天请到食堂来。”符朗斯基握过他的手说，同时抓了抓大衣袖子表示道歉，接着便到赛马场中间去了，参加障碍大赛的马都已经牵到了那里。

汗涔涔跑得累坏了的马，由饲养员拉着回马厩去，参加下一场障碍赛的马一匹接一匹出来了，这些马都很精神，大多数是英国种，戴着嘴套，肚带勒得紧紧的，像是些古怪而庞大的鸟。被牵到右边的弗鲁-弗鲁是一匹精瘦结实的骏马，它像上了弹簧似的一点点举起它那富有弹性的长长的蹄腕骨。离它不远是长着两只招风耳的“角斗士”，它身上的马被正被卸下来。这匹牝马高大、俊美和完全匀称的身材，出色的臀部、蹄子上短得出奇的蹄腕骨，不由得吸引了符朗斯基的注意。他想走到自己的马儿旁边去，可又被一个熟人叫住了。

“瞧，卡列宁在那里！”叫住他的熟人说，“他在找妻子，而她在亭子中央。你没有看见她？”

“不，没有看见。”符朗斯基回答说，他甚至没有往人家指给的卡列宁夫人所在的亭子看，便向自己的马跑过去。

符朗斯基没有来得及检查他本该交代一下的马鞍，赛手们便被召集到亭子前去抽号和确定出发地点了。十七名军官带着认真、严肃的脸，很多人脸色发白，集合到亭子前边抽了号。符朗斯基

---

① 原文为法语。

② 原文为法语。

抽到了第七号。一声叫喊响了："上马！"

感受到自己及其他赛手成了全场人注目的中心，符朗斯基心情紧张，不过遇上这种情况，他的动作总是越发从容、平静，他不慌不忙地走到自己的马儿旁边。柯尔德穿上了喜庆的盛装：扣上纽扣的黑常礼服，两颊下端衬着浆得笔挺的领子，戴着圆形黑礼帽，穿一双高筒皮靴。他和通常一样平静而自恃，亲自牵着两股红缰绳站在马的前面。弗鲁-弗鲁像得了热病似的在发颤。它斜过一只充满烈火似的眼睛，望着走过来的符朗斯基。符朗斯基把一个指头塞到马鞍带下。马的眼睛斜得更厉害了，它露出牙齿并竖起耳朵。英国佬噘了噘嘴唇，想在检查他给套的马鞍的人面前表露一下微笑。

"请上马吧，这样可以减少您的激动。"

符朗斯基最后一次看了对手们一眼。他知道，起跑后就看不见他们了。有两位已经往前进入规定的地点，格里岑是符朗斯基的朋友和最危险的敌手之一，他的枣红马不让上，他便在它旁边打转。穿着紧腿裤的小个子骠骑兵上马奔驰而去了，他想模仿英国人的样子，像一只猫似的在马鞍上弯着身子。库佐夫列夫公爵脸色苍白，他坐在自己那匹格拉波夫斯基养马场的纯种母马上，由一个英国人按辔牵着。符朗斯基及他的全体同事都认得库佐夫列夫，知道他有神经"衰弱"的特点及可怕的虚荣心。他们知道他什么都害怕，怕骑战马；可是现在，正因为这比赛非常危险，人们可能会摔断脖子，所以每一道障碍旁边都备有一名医生、一辆有红十字标记的医疗车和一个女护士，他才决定跑。他们的目光碰在了一起，符朗斯基便向他使了个亲切和鼓励的眼色。只有一个人他没有瞧见，就是自己的主要对手，骑"角斗士"的马霍金。

"您别急，"柯尔德对符朗斯基说，"可记住一点：靠近障碍物时不要勒住也不要抽打马，您就让它自己选择怎样跳。"

"好，好。"符朗斯基拿起缰绳说。

“可能的话，跑在头里；即使跑在后边，您也不要失望，直到最后一分钟。”

马还没有起跑，符朗斯基便一个灵活有力的动作登上了带铁齿的马镫，他健壮的身体轻巧而牢牢地坐在了咯吱响的皮马鞍上。用右腿踩稳马镫后，他一个习惯的手势拉直了手指间的双料缰绳，柯尔德便放手了。弗鲁-弗鲁仿佛不知道先迈哪一只脚好，伸长脖子扯直了缰绳，像上了弹簧似的活动着，使坐在自己柔软背上的骑手摇晃起来。柯尔德加快步子跟在他后边。激动的马一会儿这边一会儿另一边地扯着缰绳，竭力欺骗骑手，弄得符朗斯基又叫喊又挥手，想尽办法也没有使它安静下来。

他们已经来到有堤坝的河边，向规定的出发地点走去。赛手中，许多人在前头，许多人在后边，符朗斯基听到后边的泥泞路上有马奔跑的声音，接着，马霍金骑在自己那匹白腿带招风耳的“角斗士”上超过了他。马霍金微微一笑，露出长长的牙齿，而符朗斯基则生气地瞅了他一眼。他本来就不喜欢他，现在又认为他是自己最危险的对手，而使他感到气愤的，是他超过时还惊扰了他的马。弗鲁-弗鲁跨直左腿疾奔起来，并跳了两下，然后它为紧绷的缰绳生气了，转用了使骑手摇晃不定的快速颠簸碎步走。柯尔德也脸色阴沉起来，他几乎像一匹溜蹄马似的跑着跟在符朗斯基的后边。

二十五

共有十七名军官参加了这场赛马。赛马在亭台前面一个周围四俄里的大椭圆形广场上进行。这一圈设有九道障碍：一条河；亭台前边一道两俄尺高的栏架；一道干渠；一道水渠；一个山坡；一座爱尔兰式平台（最困难的障碍之一），它是一道插满树枝的堤坝，马儿看不见堤坝那边还有一条沟，这样它等于得一下跳过两道障碍，否则就被摔死；然后还有两道水渠和一道干渠——才是终点，它在亭台正对面。不过，赛马不是从圆圈而是从离圆圈一百俄丈外的地方开始，这段距离内设有第一道障碍——三俄尺宽骑手任意可以跳跃或涉水穿过去的有堤河流。

骑手们已经三次按顺序站好，但每次总有谁的一匹马冲出前列，于是只好绕回来重新开始。专司起跑令的谢斯特林上校已经开始生气了，当第四次口令一喊响："出发！"——赛手们一齐出动了。

当他们按顺序站好时，所有的眼睛、所有的望远镜都转到了这群骑手身上。

"出发了，开跑了！"一阵期待的寂静后，四面八方呼喊起来。

为了看得更加清楚点儿，观众们有的成群结队，有的单独行动，跑来跑去。头一分钟，集合成一堆的骑手就拉开了距离，而且可以看到，他们三三两两，一个跟一个地到了河边。观众好像觉得他们大家是在一起奔驰；但是在骑手们的心目中，几秒钟差异对他们来说具有重大意义。

激动而太神经质的弗鲁-弗鲁丧失了最初的时机，有几匹马一出发就跑到了它前头，但是还没有到河边，符朗斯基便尽全力控制拉紧缰绳，很容易地超过了三匹马，前头只剩下马霍金的栗色"角斗士"了，它正在符朗斯基前面均匀轻快地晃着臀部，还有跑在最前面的，是驮着不死不活的库佐夫列夫的骏马狄安纳。

在起初几分钟，符朗斯基既控制不住自己，也控制不了马。他在到达头道障碍的一条河时，一直指挥不了马的行动。

"角斗士"和狄安纳一起并几乎是在同一时间到达的，它们刷刷地跃身到河上空，飞到了另一边；弗鲁-弗鲁不知不觉中飞也似的跟在它们后面，正当符朗斯基感觉到自己腾起到空中时，突然发现几乎就在自己马蹄之下，库佐夫列夫和狄安纳在河的那一边挣扎（跳起来后库佐夫列夫放松了缰绳，马儿就带着他翻了个跟头）。这些细节，符朗斯基是后来才弄清楚的，当时他只看到弗鲁-弗鲁落脚的地方，可能会碰着狄安纳的一条腿或头部。然而，弗鲁-弗鲁像一只从高空跳下的猫，跳跃时脚和背都使了劲，越过了那匹马，继续往前飞奔。

“哦，宝贝！”符朗斯基想。

过了河以后，符朗斯基完全控制了自己的马，便开始抓紧它，同时想跨越马霍金背后的大栏板，并在紧接着大约两百俄丈的障碍区域试图超过他。

大栏板正好竖立在皇家凉亭的前边，当他们靠近那魔鬼（大栏板障碍的叫法）时，国王和满朝官员及围观百姓——大家都看着他们——他及在他前边一马之差的马霍金。符朗斯基感觉到这些从四面八方注视着他的眼睛，但除了自己的马的耳朵和脖子，他什么也没有看见。那马正向迎面而来的地面飞跑，且始终在它面前的，是保持着同样距离飞快而有节奏地奔驰着的“角斗士”的背部和白毛腿。“角斗士”一纵身，什么也没有碰着，短尾巴一翘，就从符朗斯基的眼中消失了。

“好！”有个人叫了一声。

就在同一瞬间，大栏板的木头在符朗斯基眼前，就在眼底下闪了一下。他的马毫无预感就腾空而起了；那些木头不见了，只听见砰的一声，背后磕着了什么。他的马被跑在前头的“角斗士”激怒了，在栏板前腿举起得太早，后蹄在栏板上磕了一下。但它的步子没有变化，一团污泥落在了符朗斯基的脸上，他知道自己又处在了与“角斗士”原来的距离上。他看到了前面它的背部、短尾巴以及又是那几条相隔不远、快速行动的白毛腿。

这时应该超过马霍金；正当符朗斯基这么想的一瞬间，弗鲁-弗鲁也明白了他的想法，没有得到任何鞭策，竟大大加大速度，它从最有利的地形，绳子拦着的那一边开始靠近马霍金。马霍金不让，符朗斯基刚想也可以从外边绕过去，弗鲁-弗鲁正好换了一条腿用这种办法开始超越。弗鲁-弗鲁因为出汗而变黑的肩部，与

“角斗士”的背部并齐了。有几步它们是在并行飞跑。然而，当它们跑到一道障碍前面时，符朗斯基为了不绕大圈而开始勒紧缰绳，在斜坡上急速超过了马霍金。他匆匆一瞥，瞧见了一张溅满污泥的脸。他甚至觉得他好像在微笑。符朗斯基超过了马霍金，但他感到他就在自己后边，不停地听到自己背后“角斗士”鼻孔均匀的跳动及急促有力的呼吸。

接着的两道障碍是一条沟和一道栏板，很容易通过，可是符朗斯基开始听到“角斗士”的呼吸和马蹄声更接近了。他给了马一鞭子，高兴地感到它轻松地加快了步伐，“角斗士”的蹄子声又跟之前一样远了。

符朗斯基跑在了领先的位置上，这正是他希望的，也是柯尔德劝告过的，因此现在他相信自己能取胜。他的激动、喜悦及对弗鲁-弗鲁的温柔，进一步增加了。他想回过头来看一眼，却没有这样做，尽量使自己保持平静，也不给马加鞭，好让它如“角斗士”（他感到是这样的）那样留点儿余力。还剩下一道最困难的障碍；如果他在别人之前跨过去，那他就是冠军了。他跑到了爱尔兰式平台边上。还在老远的地方，他和弗鲁-弗鲁就看到了这个平台，而且他们，他和马，一起产生了瞬间的犹豫。他从马的两只耳朵上注意到它犹豫了，就举起鞭子，可立刻感到犹豫是没有根据的：马儿知道该怎么办。它正如他所预料的那样加快了速度，稳稳当当一纵身离开了地面，凭惯性的力量远远地跳到了沟那边；接着，弗鲁-弗鲁毫不费力地以同样的节奏、用同样的步伐继续奔跑。

“好，符朗斯基！”一群人向他欢呼起来——他知道这是自己团里的朋友，他们站在这道障碍旁边；他一下就听出了亚什文的声音，但没有瞅见他。

“啊，我的宝贝！”他在想弗鲁-弗鲁，同时注意听背后的动静。“跳过去了！”他听到后边“角斗士”的蹄声，心里想。还剩一道两俄尺宽的水沟了。符朗斯基连看都不看它一眼，而想远远地跑在前面，便开始一圈圈缩紧缰绳，使马的头部有节奏地一起一落地奔跑。他觉得马已经使出最后的力量了；不但它的脖子和肩部都湿了，甚至连鬃毛和头部及两只尖尖的耳朵都淌出汗水，而且它已经气喘吁吁。但是他知道，它还有足够的力气跑完剩下的两百俄丈。符朗斯基感到自己越来越接近地面，马奔跑得特别柔软，因此他知道自己的马大大加快了速度。它好像毫不注意地跃过了沟渠。它像一只鸟似的飞了过去；但在这时，符朗斯基可怕地感到，自己没有来得及跟上马的节奏，自己也不知道怎么回事，竟做了个糟糕的动作，坐在了马鞍上。突然间，他的情况改变了，接着，他知道发生了可怕的事情。他还没弄明白发生了什么事儿，一匹栗色牡马的白毛腿从自己身边一闪，马霍金飞快地过去了。符朗斯基一只脚接触到了地面，接着他的马就倒在了这只脚上。他刚来得及把这只脚拔出来，它已经困难地喘着气朝一边躺下了；它还做出要站起来的样子，却只白白费力地伸伸自己冒出细汗珠的脖子，像一只被射中的鸟，在他一条腿旁边挣扎。是符朗斯基那个笨拙的动作折伤了他的背部，可是要到很久以后他才明白这一点。此时此刻，他只看到马霍金远远地往前去了，而自己则一个人摇晃着站立在泥泞的、静止不动的地面上，面前躺着的弗鲁-弗鲁困难地呼吸着，向他转头，用自己一双美丽的眼睛瞧着他。符朗斯基还是不明白所发生的事情，他拉住马的缰绳。它再一次地像鱼儿一样扭动着身子，摩擦着马鞍的两翼，支起两条后腿，却还是无力抬起臀部，晃了晃又立刻朝一边倒下了。符朗斯基激动得脸都扭曲了，脸色苍白，下颌颤抖，用脚后跟踢了踢它的腹部，再次拉紧缰绳。然而，它没有动，而把鼻子埋在地里，用那双好像在诉说似的眼睛望着主人。

“啊啊啊！”符朗斯基抱住脑袋低声叹息，“啊啊啊！我怎么搞的！”他号叫起来，“赛马输了！是自己的过错，可耻的，不能原谅！还有这不幸的可爱的马，被我毁了！啊啊啊！我是怎么搞的！”

旁观的人，一位医生和一名助手，他那个团的军官们，都向他跑过来了。他觉得自己完好无损，但是心里难过极了。马背折伤了，决定开枪打死它。符朗斯基不能回答问题，和谁都说不出话来。他扭过身，也不拾起从头上掉下的制帽，径直离开了赛马场，连他自己也不知道要去哪里。他感到不幸。有生以来他头一次经受到最痛苦的不幸，无法纠正的不幸，而且是由于他自己的过错。

亚什文拿着制帽追上了他，直陪他回到住所，半小时后，符朗斯基才清醒过来。但是，关于这次赛马的回忆，久久地留在了他的心坎上，成了他一生中一次最沉重和最痛苦的回忆。

二十六

阿列克谢·亚历山大罗维奇与妻子的关系，表面上还和以前一样。唯一的差别，就是他比以前更忙了。和前些年一样，春天一到他就到国外去休养，以恢复因为冬季繁忙的工作而变得一年不如一年的身体，并照例七月份回来，立刻又以更饱满的精力投入自己的日常工作。同样，照例他妻子到别墅去住，而他则留在彼得堡。

自那次特维尔斯卡娅公爵夫人家的晚会之后的谈话以来，他再也没有和安娜谈起过自己的怀疑和妒忌。而以他现在对妻子的关系来说，他那种惯于模仿别人的口气是最合适不过了。他对妻子稍稍变得冷淡了些。他好像为她回避那一次的夜间谈话，对她稍稍产生了点儿不满。在他对她的态度中有一点儿不快，但仅此而已。“你不想对我解释，”他好像想象着对她说，“对你更不好。现在是你得求我，可我却不会听你解释了。对你更不好，”他想象着说，就像是一个人，明知是白费力，还试图扑灭一场火灾，最后又为自己白费的力而生气，好像在说，“那就随你！让你为此燃烧尽！”

他，这个在公务上聪明又精细的人，却不懂这样对待妻子的全部狂妄。他不懂得这一点，因为他感到自己眼下的处境太可怕了，索性把自己心灵里的那个藏有他对家庭感情的匣子，关上、紧闭、密封上了。他是一个细心的父亲，但是从去年冬末以来，便对儿子开始特别冷淡起来，对儿子抱一种对妻子那样讥笑的态度。“啊！年轻人！”他这样招呼儿子。

阿列克谢·亚历山大罗维奇这样想并这样说，他从来没有像今年这样有那么多的公务；然而他不曾意识到的是，今年一些事情都是他自己想出来的，这是他借以关闭藏有自己对妻子和儿子的感情和想法的那个匣子的办法之一，而那些感情和想法，在那里藏得越久也就越可怕。如果谁有权问阿列克谢·亚历山大罗维奇，他对妻子的行为有什么想法，那善良温和的阿列克谢·亚历山大罗维奇是什么都不会回答的，他只会对问起这事儿的人非常生气。也是因为这种缘故，人们向他问起妻子的健康时，他脸上就会露出高傲和严厉的表情。有关自己妻子的感情和行为，阿列克谢·亚历山大罗维奇什么也不愿想，而且他确实对此什么也没有想。

阿列克谢·亚历山大罗维奇的常住别墅在彼得戈夫，通常莉吉娅·伊万诺夫娜伯爵夫人也在那里度夏，和安娜是邻居，经常来往。今年，莉吉娅·伊万诺夫娜伯爵夫人拒绝到彼得戈夫去住，一次也没有去看过安娜·阿尔卡杰耶夫娜，还向阿列克谢·亚历山大罗维奇暗示安娜与贝特西及符朗斯基的接近不妥。阿列克谢·亚历山大罗维奇严厉地制止了她，说他认为自己的妻子是不容怀疑的，并从此开始回避莉吉娅·伊万诺夫娜伯爵夫人。他不愿看见，也没有看见，社会上已经有许多人对他的妻子侧目相看了。他不想也不去理解，为什么自己的妻子特别要到皇村去，那里住着贝特西，离符朗斯基那个团的营房不远。他不允许自己考虑这件事情，因此就没有去考虑；与此同时，尽管从来不让自己考虑，此事也没有任何证据，甚至没有疑问，但在自己的心灵深处，他无疑清楚自己是个被欺骗的丈夫，并因此感到深深的不幸。

在自己和妻子八年的幸福生活中，阿列克谢·亚历山大罗维奇无数次看到别人不忠的妻子和被欺骗的丈夫，每次他都对自己说："怎么到这种地步？怎么不解决这样不像话的情况？"但是，现在当事情落到了自己的头上时，他不但不考虑解决这种情况，甚至都完全不想去想，他之所以不想，是因为它太可怕，太不体面了。

从国外回来后，阿列克谢·亚历山大罗维奇到别墅去过两次。一次吃了饭，另一次是陪客人参加晚会，但一次也没有像往年那样在那里过夜。

赛马那天，对阿列克谢·亚历山大罗维奇来说是很忙的一天；但一清早还在安排日程时，他就决定吃过早饭立刻到别墅去看望妻子，从那里再到赛马场，全部大臣都将去那里看赛马，因此他也该去。他到妻子那里去是为了装装样子，无非是因为他决定每周到她那边去一次。此外，这一天是十五号，他得按既定的规矩把生活费用交给妻子。

在周密考虑到妻子那里去的一切的时候，他以通常控制自己思想的能力，不允许自己对她想得太多太远。

这天早晨，阿列克谢·亚历山大罗维奇很忙。莉吉娅·伊万诺夫娜伯爵夫人昨天给他寄来一本小册子，那是彼得堡的一位到过中国的著名旅行家写的，随书附上一封信，她请他能接见一下旅行家本人，因为从各个方面考虑，这都是个相当有意思和用得着的人。阿列克谢·亚历山大罗维奇晚上没有来得及读完小册子，是今天早上才读完的。接着，求见的人们来了，开始了听报告，接见，任免，分配奖金、退休金和薪俸，书信往来——就是他所说的那些日常事务，这占去了他很多时间，然后是私事，接待大夫和管家。管家占用的时间不多。他只转交了阿列克谢·亚历山大罗维奇所需要的钱，简短地禀报了经济状况，说今年的情况不太好，因为今年经常外出，开支比过去大，以至于出现了亏空。但是大夫，一位与阿列克谢·亚历山大罗维奇交情深厚的彼得堡名医，占用了好长时间。阿列克谢·亚历山大罗维奇没有想到他今天来，因此对他的到来感到吃惊，更何况大夫很仔细地向他问起他的健康状况，听了他的胸部，敲敲又摸了摸他的肝区。阿列克谢·亚历山大罗维奇不知道，他的朋友莉吉娅·伊万诺夫娜发现他今年的健康状况不好，于是请大夫来给他作一次检查。"请为了我这样做。"莉吉娅·伊万诺夫娜伯爵夫人这样对他说。

"为了俄罗斯，我一定照办，伯爵夫人。"大夫回答。

"一个难能可贵的人！"莉吉娅·伊万诺夫娜伯爵夫人说。

大夫对阿列克谢·亚历山大罗维奇的健康很不满意。他发现肝脏肿大，缺乏营养，水疗没有起任何作用。他劝尽量多做体力活动，尽量减少精神紧张，主要的是不要有任何忧虑。可是这对阿列克谢·亚历山大罗维奇来说，这等于叫他不呼吸一样不可能。医生给阿列克谢·亚历山大罗维奇留下了不愉快的想法，认为自己有病而且还无法医治。

大夫从阿列克谢·亚历山大罗维奇那里出来，在台阶上遇着他很熟的斯留京，他是阿列克谢·亚历山大罗维奇的秘书。他们是大学同学，虽然见面不多，却互相尊重，还是好朋友，正因为这层关系，大夫对谁都没有像对斯留京那样坦白说出自己对病人的意见。

"我很高兴您来看他，"斯留京说，"他不对劲儿，我感到……到底怎么样？"

"是这样，"大夫说着，伸手绕过斯留京的头顶向自己的马车夫挥挥手，让马车夫过来，"是这样，"大夫边说边用自己白皙的手把明矾鞣革手套的一个指头抓在手里拉直，"您不拉紧弦线而要扯断它——很难；但拉到最最紧的时候，您用一个指头轻轻地往上一碰——它就会断掉。而他，以自己对工作的忠诚和勤奋——

已经被拉紧到了极限，可是还有其他的压力，而且是沉重的。”大夫意味深长地扬起眉毛下了结论，“您去看赛马了吗?”大夫一边补充，一边坐进轿式马车里，“是的，是的，当然，花费许多时间。”大夫回答说，他听斯留京讲了点儿什么却没有听清楚。

占用了这么多时间的大夫走了后，著名的旅行家来了。阿列克谢·亚历山大罗维奇利用刚读完的小册子及自己这方面的知识，展现自己对这个领域的深刻了解和广博开明的观点，使旅行家惊叹不已。

同时，还有正在彼得堡的一位省府长官来访，需要与他谈谈。他走后，他得和秘书一起把日常公务处理完，还须为一桩要紧事去见一位要员。阿列克谢·亚历山大罗维奇直到快五点钟时才赶回来，和秘书一起吃了饭，就请他和自己一起到别墅，然后去看赛马。

自己也不清楚是怎么回事，阿列克谢·亚历山大罗维奇现在和自己的妻子见面时，总找个第三者在场的机会。

二十七

安娜站在楼上镜子面前，安努什卡帮助她把裙子最后一条丝带扣好，这时，听到门口有车轮子压着碎石子声响。

“要是贝特西，还早着呢，”她心想，往窗外一瞧，看到一辆轿式马车，车中伸出一顶黑礼帽和自己无比熟悉的阿列克谢·亚历山大罗维奇的两只耳朵，“真会找时候，难道来过夜?”她想，而由此可能出现的一切，对她来说是多么恐怖和可怕，于是毫不迟疑地装出一副高高兴兴的样子，下楼去迎接他。于是，她感到自己身上产生了他所熟悉的虚伪和欺骗性，便立刻任凭这种虚伪和欺骗性的驱使，开始说出些连自己也不明白会说出的话来。

“啊，太好了！”她说，把一只手伸给丈夫，又微笑着向斯留京问好，就像对自家人那样，“我希望你在这里过夜。”这是欺骗的伎俩提示她该说的头一句话，“不过现在，我们一块儿走吧。只可惜，我答应了贝特西。她这就过来陪我去。”

阿列克谢·亚历山大罗维奇一听到贝特西的名字，就皱起了眉头。

“噢，我不会拆散你们这两位老搭档了，”他用通常戏谑的口气说，“我和米哈依尔·瓦西里耶维奇一起走。医生嘱咐我要多活动。我步行去，就会觉得像泡温泉一样。”

“不用急，”安娜说，“要茶吗？”她按了铃。

“端茶来，并告诉谢廖沙，说阿列克谢·亚历山大罗维奇来了。啊，您的健康怎么了？米哈依尔·瓦西里耶维奇，您没有到我这里来过；您瞧瞧，我这里在露台上多好。”她一会儿对这个一会儿对另一个地说。

她说得很简单而自然，不过说得太多和太快。她自己感觉到了这一点，更何况她发现在米哈依尔·瓦西里耶维奇瞧着她的目光里，有一种在观察她的意思。

米哈依尔·瓦西里耶维奇立刻到露台上去了。

她坐到丈夫身边。

“你的气色不太好。”她说。

“是啊，”他说，“今天大夫来看我，占用了一个钟头时间。我想是我的朋友中有谁要他来的：我的健康这么宝贵了……”

“不，他说了什么？”

她询问了他的身体和工作情况，劝他休息一阵子，并到她这里来住。

她说着这一切的时候，非常热情、迅速，眼睛里闪烁着特别的亮光；但阿列克谢·亚历山大罗维奇现在对她这种口气已经毫不在意了。他只听到她的话，只听取了话的字面意义。他回答时也简简单单，虽然仍像开玩笑。这整个谈话里，没有任何特别的东西，但安娜后来每回想起这次整个简短的场面，总是羞愧得无地自容。

谢廖沙由女家庭教师领着出来了。假如阿列克谢·亚历山大罗维奇留意观察的话，他一定会发现谢廖沙看着父亲然后又看母亲时那种腼腆、惘然的目光。然而他什么也不想看，因此也没有看见。

“啊，年轻人！他长大了。真的，成了个完全的男子汉。你好，年轻人。”

接着，他把一只手伸给惶恐的谢廖沙。

本来就畏惧父亲的谢廖沙，现在，当阿列克谢·亚历山大罗维奇开始叫他年轻人，当符朗斯基是朋友还是仇敌这个谜进入他的脑子里后，对父亲就疏远了。他好像是恳求保护似的回头看看母亲。只有和母亲一个人在一起的时候，他才感到放心。阿列克谢·亚历山大罗维奇和女家庭教师谈着话，一面把手放在谢廖沙的肩膀上，但安娜看出谢廖沙是那么痛苦，那么不自在，一副好像要哭出来的样子。

安娜在儿子出来时的一瞬间涨红了脸，她发现谢廖沙不自在，就连忙站起来过去把阿列克谢·亚历山大罗维奇的手从儿子的肩膀上挪开。她吻了吻儿子，带他到露台上，自己马上又返回来。

“可是时间到了，”她看了一眼表说，“这个贝特西怎么还没有来！……”

“对，”阿列克谢·亚历山大罗维奇说着站起来，叉着双手并弄得它们咯吱响，“我顺便把钱给你带来了，因为夜莺不能靠寓言充饥呀，”他说，“我想，你需要……”

“不，不需要……是的，需要，”她眼睛不去看他地说，脸红到了头发根上，“对了，你，我想看完赛马还到这里来吧。”

“噢，对！”阿列克谢·亚历山大罗维奇回答，“瞧彼得戈夫的美人儿特维尔斯卡娅公爵夫人来了，”他从窗外看到过来的一辆座位非常高的雅致的英国带篷马车，补充说，“多华丽！多漂亮！

那，我们也走吧。”

特维尔斯卡娅公爵夫人没有下马车，只有她那位穿着复套鞋、戴着短披肩和黑兜帽的仆人，在大门口的一边跳下车来。

“我去了，再见！”安娜说着，吻过儿子，来到阿列克谢·亚历山大罗维奇跟前，并向他伸出手，“你特地跑来，真好。”

阿列克谢·亚历山大罗维奇吻了吻她的手。

“那么，再见。你过来喝茶吧，好极了！”她说着就出去了，一副容光焕发、开开心心的样子。但是，一等到不再见到他，她便感觉到手上被他的嘴唇接触过的那个地方，并厌恶地浑身颤抖了一下。

二十八

阿列克谢·亚历山大罗维奇出现在赛马场的时候，安娜已经和贝特西并排坐在整个上流社会聚集的那个凉亭里了。她还在老远就看见了丈夫。两个人，丈夫和情人，成了她生活的两个中心，而且不用看到事实，她都感到他们离得很近。她老远就感到丈夫在靠近，并注视着他在人流中走动。她看到他怎么一会儿自恃地向讨好他的人回礼，一会儿和善而漫不经心地与地位相当的人问候，一会儿竭力等待世界强者们的顾盼，同时脱下压到耳边的大圆礼帽向凉亭走过去。她知道所有这一套应酬礼貌，而这一切都令她讨厌。“渴求功名，渴求升官——这就是他心灵中的一切，”她想，“而高尚的想法，对文化的爱，宗教，这一切——都只不过是猎取功名利禄的手段。”

据他朝女眷聚集的凉亭看的目光（他直望着她，可是他在丝绸、缎带、羽饰、阳伞和繁花的海洋中没有认出她），她知道他在找她；但是，她故意不去注意他。

“阿列克谢·亚历山大罗维奇！”贝特西公爵夫人对他叫喊起来，“您一定是没有看见您夫人吧；瞧，她在这里！”

他冷冷地微微笑了笑。

“这里多么光辉灿烂，让人眼花缭乱。”他边说边走进亭子里。他以一个见到刚见过面的妻子的丈夫应有的那样微微笑了笑，还向公爵夫人及其他熟人问好，对每个人作着应有的回礼，也就是和太太们开玩笑，和男人们互相致意。下面在亭子旁边站着阿列克谢·亚历山大罗维奇尊敬的、以聪明和教养出名的侍从武官。阿列克谢·亚历山大罗维奇便和他交谈起来。

当时正是两场比赛的间隙，所以他们的谈话没有受到什么阻碍。侍从武官指责赛马。阿列克谢·亚历山大罗维奇表示反对，为赛马辩护。安娜一字不漏地听着他讲完，均匀的声调，每一个词儿都使她觉得虚伪，感到刺耳。

四俄里障碍赛开始时，她身子往前倾，目不转睛地注视着走在马旁边并坐上去的符朗斯基，同时听着丈夫讨厌的不停的声音。她非常为符朗斯基担心，更为丈夫这尖细的声音和熟悉的语调感到痛苦。

“我是个坏女人，我是个堕落的女人。”她在想，“但我不喜欢撒谎，我不能容忍撒谎，而他（丈夫）的生存资本……就是撒谎。他全知道，全看到了，他有什么感情，如果能这么平静地聊天？他把我杀了，他把符朗斯基杀了，我倒会尊敬他。可是，不，他需要的只是谎言和体面。”她对自己说，而没有去想自己要求丈夫的究竟是什么，自己希望看到他是什么样子。她也不明白，阿列克谢·亚历山大罗维奇这种使她为此生气的表面上的喋喋不休的谈话，不过是他内心担忧和不安的一种表现。就好比一个受伤的孩子，蹦跳着通过自己的肌肉活动以减少疼痛的感觉，阿列克谢·亚历山大罗维奇也是这样，他需要用其他精神活动来忽略与妻子相关的思想。当她在场，或者符朗斯基在场，哪怕听到符朗斯基的名字，他就不能不产生这样的想法。正像孩子蹦跳是自然的一样，说得好听、聪明，对他来说也是自然的反应。

他说："赛马时赛马、骑手会遭遇危险，这是比赛无法避免的事情。如果说英国在军事历史上可以炫耀最光辉的骑士业绩，那只是因为它长期以来发展了动物和人的这种力量。依我看，运动具有重要的意义，而我们一直是这样，仍只看到最表面的东西。"

"不是表面的，"特维尔斯卡娅公爵夫人说，"据说有位军官折断了两根肋骨。"

阿列克谢·亚历山大罗维奇微微笑了笑，只动了动嘴唇，却没有多说什么。

"就算是这样，公爵夫人，这也不是表面的，"他说，"而是内在的。然而问题不在这里，"他又转向刚才和他交谈的将军严肃地说起来，"您别忘了参赛的是些选择了这项活动的军人，任何天赋都具有和其奖赏相反的一面。赛马本就是军人的天职。拳击或西班牙斗牛这种不像话的运动是野蛮的标志，而体育运动则是文明的标志。"

"不，下次我再也不来了；这使我太紧张了，"贝特西公爵夫人说，"不对吗，安娜？"

"的确是紧张，可是又舍不得离开，"另一位太太说，"如果我是个罗马女人，就会对杂技表演一次也不放过。"

安娜什么也没有说，她一直不松手地举着望远镜注视着一个地方。

这时候，有位高大的将军正穿过凉亭走过去。阿列克谢·亚历山大罗维奇中断了谈话，连忙自尊地站起来，向走过的军人深深地鞠躬。

"您不参加比赛？"军人对他开玩笑。

"我的比赛更困难。"阿列克谢·亚历山大罗维奇恭恭敬敬地回答。

回答虽然什么意义都没有，军人还是做出一副从一个聪明人那里听到一句聪明话的样子，好像完全明白其中的关键所在[①]。

“有两个方面，”阿列克谢·亚历山大罗维奇继续说，“表演者和观众；就观众而言，喜欢这种表演是水平低的最好标志，我同意，但是……”

“公爵夫人，打赌！”下边传来斯捷潘·阿尔卡杰奇对贝特西谈话的声音，“您赌谁会赢？”

“我和安娜赌库佐夫列夫公爵。”贝特西回答。

“我赌符朗斯基。一副手套。”

“行！”

“多漂亮，不是吗？”

旁边人家在说话时，阿列克谢·亚历山大罗维奇保持着沉默，可是立刻又开始了。

“我同意，不过需要勇气的游戏……”他继续说。

这时候，赛手们起跑了，所有的谈话一下停止了。阿列克谢·亚历山大罗维奇也不说话了，而且大家都站起来，把目光转到河流那边。阿列克谢·亚历山大罗维奇对赛马不感兴趣，因此没有去看骑手，而是用疲倦的目光漫不经心地打量观众。他的注意力停在了安娜身上。

她的脸色苍白而严峻。除了一个人，她显然什么都没有瞧见。她的一只手痉挛地紧握着扇子，还屏住了呼吸。他看了看她，又连忙转过头，看着别人。

“瞧这位太太和其他人也非常激动，这很自然。”阿列克谢·亚历山大罗维奇对自己说。他想不去看她，但他的目光不由自主地落到她身上。他又细看起这张脸来，尽量不去注意如此清楚地流露在那上面的表情，但是他终于违反本意，可怕地在这张脸上看到了他不愿看到的东西。

库佐夫列夫在河边头一个摔下马来使大家都激动，但阿列克

---

① 原文为法语。

谢·亚历山大罗维奇清楚地看到安娜那张苍白而得意的脸，因为她注视的那个人没有摔倒。当马霍金和符朗斯基都跨过了障碍，紧接着的一位军官在那儿一头摔下来，失去了直觉，整个观众席上出现一阵恐怖的喧哗时，阿列克谢·亚历山大罗维奇发现安娜甚至都没有察觉到这事，她好不容易才明白周围的人在说些什么。不过，他还是越加固执地注视着她。全神贯注地在奔跑的符朗斯基身上的安娜，感觉到了自己丈夫一双冷冷的眼睛，正从一边凝视着她。

她把头转过来一会儿，询问地瞥了他一眼，稍稍皱了皱眉头后，又把头扭过去了。

“啊，我无所谓。”她仿佛这样在对他说，过后就再也没有瞧过他一眼。

这场赛马真倒霉，十七个人有一大半摔倒并受了伤。临结束时，大家都感到担心，而且因为沙皇表示了不满，这种担心就更加重了。

二十九

大家都高声叫喊着表示不满，大家都在重复着谁说出的一句话：“只差斗狮的杂技了！”大家都有一种恐怖的感觉，因此当符朗斯基摔下来时，安娜响亮地叫了一声“哎呀”，这并没有什么特别的。但在这之后，安娜脸上出现的变化可真是不体面了。她完全手足无措了。她开始像一只被捉住的鸟儿似的扑腾起来：一会儿想站起来到什么地方去，一会儿转向贝特西。

“我们走，我们走吧。”她说。

可是，贝特西没有听见她的话。她正弯下身子和走到她面前的将军说话。

阿列克谢·亚历山大罗维奇向安娜走过来，并关切地向她伸出一只手。

“我们走吧，要是您想走的话。”他用法语说；可安娜正留神听将军说话，因此没有注意到丈夫。

“据说也折断了一条腿，”将军说，“这真是不像话。”

安娜没有理睬丈夫，拿起望远镜对准看着符朗斯基那个地方；可是离得太远了，那边又聚集了许多人，什么也看不清楚。她取下望远镜想走；但这时一位将军骑马跑过来，向沙皇禀报了些什么。安娜向前扑过身去听。

“斯吉瓦！斯吉瓦！”她在喊自己的哥哥。

但是哥哥没有听见。她又想往外边走。

“我再一次向您伸出自己的手，如果您想走。”阿列克谢·亚历山大罗维奇说，同时接触到了她的手。

她厌恶地避开了他，连他的脸都不看一下，说：“不，不，别管我，我要待一会儿。”

这时，她看到一位军官从符朗斯基摔倒的地方穿过赛圈向亭子跑过来了。贝特西向他挥挥手绢。

军官带来的消息说，骑手没有伤着，但是马的背脊折断了。

一听是这样，安娜迅速坐下来，并用扇子遮住脸。阿列克谢·亚历山大罗维奇发现她哭了，她不但忍不住流泪，而且还痛哭起来，胸脯一起一伏地。阿列克谢·亚历山大罗维奇用身子把她挡起来，使她有时间安静下来。

“我第三次向您伸出手。”过了些时候，他转过来对她说。贝特西公爵夫人过来帮忙了。

“不，阿列克谢·亚历山大罗维奇，是我带安娜来的，我还答应过送她回去。”贝特西掺和进来说。

“原谅我，公爵夫人，”他说，同时讨好地微微一笑，却死死盯住她的眼睛，“可是我看安娜身体有点儿不舒服，我希望她和我一起走。”

安娜惊恐地环顾了一下四周围，便顺从地站立起来，并伸出手来挽住丈夫的胳膊。

“我会派人到他那边去的，弄清情况后就告诉您。”贝特西悄悄对她说。

在亭台出口处，阿列克谢·亚历山大罗维奇跟通常一样与碰见的人说话，安娜也得和通常一样答礼和说话；但她一副惘然若失的样子，做梦似的挽着丈夫的胳膊走着。

“摔伤了没有？是真的吗？今天会不会来？我今天能见到他吗？”她在想。

她默默地坐进阿列克谢·亚历山大罗维奇的轿式马车里，默默地离开了停着许多马车的地方。阿列克谢·亚历山大罗维奇虽然看到了这一切，他还是不允许自己去考虑妻子当前的处境。他看到的，只是一些表面的状况。他看到她的表现有失体面，认为自己有责任将此告诉她。但对他来说，光指出这一点而不多说几句是困难的。他张开嘴，想要对她说她的表现有失体面，可是不由自主地说出口的完全是另外的话。

“不管怎么，我们大家都多么偏爱这种残酷的景象，”他说，“我注意到……”

“什么？我不明白。”她轻蔑地说。

他感到受了屈辱，便立刻说起自己要说的话来。

“我应当告诉您。”他说。

“这是说，要摊牌了。”她在想，于是害怕起来。

“我应当告诉您，您今天的表现有失体面了。”他用法语对她说。

“我的表现怎么不体面了？”她大声说，迅速向他转过头来，目光直对着他的眼睛，但已经完全没有了原来那种掩饰着什么的快乐，而是带着果断的神情，想借此竭力把自己所经受的恐惧掩饰起来。

“您别忘了。”他指指马车夫背后开着的窗子对她说。

他欠起身来，把玻璃窗关上。

“您发现我哪一点不体面了？”她重复说。

“一个骑手摔倒时，您没能掩饰的那种巨大的惊慌。”

他预料她会反驳；可是她没有做声，眼睛直视着前方。

“我已经请求过您，在社交场合注意自己的一举一动，不至于让那些恶毒的舌头说您的坏话。当时我指的是内心的态度，现在我说的不是这个。现在我说的是外表的态度。您的表现不体面，我希望不再出现这样的情况。”

他说的话，她连一半也没有听清，她对他有点儿畏惧，并在想符朗斯基没有摔伤是不是真的。听说骑手完好无损而马折断了背，是指他吗？他说完时，她只是勉强装出讪讪的一笑，什么也没有回答，因为没有听清他说的话。阿列克谢·亚历山大罗维奇还鼓起勇气说，但是当他清楚地明白自己说的话时，她经受的恐惧传给了他。他看到这种微笑，便产生一种奇怪的迷惑不解。

“她在笑我猜疑。对，现在她要说出那一次对我说过的话：我的猜疑毫无根据，太可笑了。”

现在，所有的事情就要摊牌了，他最最希望的就是她像以前一样，讪笑地回答说他的猜疑是可笑的和毫无根据的。他知道的那事儿是那么可怕，以至现在他准备什么都相信。然而她惊恐和阴沉的脸部表情，甚至连欺骗都不能指望了。

“也许是我错了，”他说，“要是这样，求您原谅我。”

“不，您没有错，”她绝望地瞥了他冷漠的脸一眼，缓慢地说，“您没有错。我是吓坏了，我没法克制自己。我听着您说话，而心里想着他。我爱他，我是他的情妇，我不能再忍受了，我害怕，我恨您……随您拿我怎么办吧。”

接着，她侧过身子靠在轿式马车的一个旮旯里，双手捂住脸，大声哭起来。阿列克谢·亚历山大罗维奇一动不动，眼睛呆滞地直视前方。但他的面部突然露出死尸般威严的僵硬姿态，直到别墅，这种表情始终没有改变。到了家门口，他向她转过头来时，仍是这样的表情。

“好吧！不过我要求您起码能保持表面上的体面，”他的声音在颤抖，“直到我采取能保全我声誉的措施并通知您的时候。”

他先下马车，再扶她下来。在仆人面前，他默默地握了握她的手，便坐进轿式马车，回彼得堡去了。

紧接着他走了以后，贝特西公爵夫人的仆人来了，给安娜交来一张便条：“我派人到阿列克谢那里去打听过他的健康情况了，他给我回信说，他健康完好，可是很失望。”

“这么说，他要来！”她想，“我做得太对了，把一切都对他说了。”

她看了看表。还有三个钟头。她回想起最后一次约会的详细情景，血液在沸腾了。

“我的上帝，多幸福啊！这是可怕的，不过我喜欢瞧他的脸，喜欢这种神奇的亮光……我的丈夫啊，哼！……可是，感谢上帝，和他全都结束了。”

三十

和所有人们聚集的地方一样，舍尔巴茨基一家人去的那个德国小温泉区，照样能够看到某种社会的结晶体。在那里，每个成员都有一定的位置，并且永不改变。就像在低温条件下一滴水会确定不变地凝结成一种形状的雪花，每位新到温泉的人，同样立刻会在自己的固有位置安顿下来。

舍尔巴茨基公爵偕他的妻子和女儿[①]，根据他们所住的房间，

① 原文为德语的俄语拼音。

根据他们的名望和结交的朋友，立刻被固定在各自适当的并被安排好的位置上了。这一年，矿泉上有一位真正的德国公主，因此社交圈的固定完成得更为激烈。公爵夫人一定要把自己的女儿介绍给公主，而且第二天就举办晋见仪式。吉蒂穿着一件巴黎定做的很简单的，也就是非常雅致的夏季裙子，优雅地低低屈身行了个礼。公主说："我希望玫瑰花赶快回到这张美丽的小脸蛋上。"于是对舍尔巴茨基一家来说立刻就牢固地建立起一定的无法离开的生活道路。舍尔巴茨基一家还结识了一个英国贵妇人家庭、一位德国伯爵夫人及其在最近一次战争中负伤的儿子，还有一位瑞典学者和康奈特兄妹。不过，舍尔巴茨基家那个主要的交际圈子，是由一位莫斯科夫人玛丽娅·叶甫盖尼耶夫娜·尔季舍娃及其女儿和一位莫斯科上校组成的。那个女儿让吉蒂讨厌，因为她患的是和她一样的相思病；那位上校，吉蒂还在童年时代就认识，并知道他总穿着制服、戴着肩章，长一双小眯眼，袒露的脖子上挂着花领带，特别可笑，还因为没完没了地纠缠而让人讨厌。这一切都牢牢地形成以后，吉蒂便感到烦闷，再说公爵到卡尔斯巴德[①]去了，只留下她和母亲两个人。她对认得的人已经不感兴趣，觉得他们已经不会再有什么新东西。现在温泉上她最大的兴趣就是观察和猜测那些自己还不认识的人。就自己的性格特点来说，吉蒂总希望在人们身上，特别是在自己不认识的人身上发现最最美好的东西。现在也是这样，在猜测谁和谁、他们的关系怎么样以及他们是些什么样的人时，吉蒂为自己设想了一些最惊人和美好的性格，并通过自己的观察得到证实。

这些人当中特别引起她注意的，是个俄罗斯姑娘，她与一位叫她施塔尔太太的俄罗斯病妇同行。施塔尔太太是上流社会的一员，但她病得很重，都不能走路了，只有天气特别好的日子才坐轮椅出现在温泉浴场上。不过，照公爵夫人的说法，施塔尔太太

① 地名，即今卡罗维发利，在捷克境内，著名矿泉疗养地之一。

与俄罗斯人中谁也不相识，这与其说是因病，不如说因为她傲慢。俄罗斯姑娘照料施塔尔太太，此外吉蒂还注意到她和矿泉上那么多重病号都相处得很好，并以大方得体的方式照料他们。据吉蒂观察，这个俄罗斯姑娘既不是施塔尔太太的亲人，也不是被雇用的女护理。施塔尔太太叫她瓦莲卡，其他一些人则称呼她“瓦莲卡小姐”。仔细观察这个姑娘对待施塔尔太太以及其他她并不熟悉的人的态度，吉蒂对她萌生了极大的兴趣，还像通常那样对这位瓦莲卡小姐产生了无法解释的好感，而且目光一遇到一起便感到自己喜欢她。

这位瓦莲卡小姐不能说已经过了青春年华，但却像个没有青春的人：说她十九岁或三十岁都可以。如果细细看她的容貌，虽然一脸病容，但并不难看，反而很漂亮。要不是身体太干瘦，头与中等个头相比太大，她还是长得端正匀称的；不过，对男人她是不会有吸引力的。她恰似一朵美丽的花儿，虽然花瓣还完好未凋，却已经不鲜艳，没有芳香了。此外，她不吸引男人们，还因为缺乏那种吉蒂身上特别丰沛的东西——被压抑的生命之火和对自己魅力的意识。

她总有事儿忙着，这是没有疑问的，而且好像对任何不相干的事情都不会发生兴趣。这种与自己相反的情况，尤其吸引吉蒂。吉蒂感到在她身上和她的生活方式中，恰恰有着她现在正在痛苦寻找的某种榜样，那就是超脱那种令吉蒂厌恶的世俗的男女关系，超脱日常的生活情趣和生活尊严。她觉得现在这种世俗关系等于把姑娘当成等待买主的可耻展品。吉蒂对这位不认识的朋友观察得越久，就越坚信这位姑娘正是她想象中那种完人，就越想和她结识。

两位姑娘一天要见到好几次，每次见到时吉蒂的一双眼睛都好像在说：“您是谁？您是做什么的？其实，您就是像我想象中的完人，对吗？但看在上帝的分儿上，”她的眼睛补充说，“您别以为我要勉强您和我认识，我只不过是赞赏您，喜欢您。”“我也喜欢您，您非常非常可爱。而且，要是有时间，我会更喜欢您的。”不知其名的姑娘的目光在回答。而且确实，吉蒂发现她总是忙着：不是把俄罗斯人家的孩子们从温泉上领回去，就是给女病人送方格子毛毯来并给她裹上，要不就想尽办法使生气的病人平息怒火，以及为谁选购喝咖啡时吃的饼干。

舍尔巴茨基一家来到后不久，一天早晨，温泉浴场上又出现了一对，给人以不友好的印象。那就是：一个高大而有点儿驼背的男人，他有一双粗大的手，穿着不合身的旧大衣，有一双天真可怕的乌黑眼睛；身边是一个麻脸而模样和善的女人，她衣衫破旧，穿得不很得体。吉蒂得知他们是俄国人，便开始在自己的脑海里描绘出一部关于他们的美好动人的罗曼史来。但是公爵夫人从疗养所登记簿[①]上知道他们是尼古拉·列文和玛丽娅·尼古拉耶夫娜后，便向吉蒂解释这个列文是多坏的人，于是有关这两人的全部幻想就消失了。这与其说是母亲对她说了，还不如说因为他是康士坦丁的哥哥，这两个人突然使吉蒂觉得十分难受。现在这个头部不停地一扭一扭抽搐的列文，在她身上激起了无法克制的厌恶感。

她仿佛觉得他的一双可怕的大眼睛在固执地在追踪她，眼睛里流露出一种仇恨和讥笑的感情，因此她就竭力回避见到他。

三十一

这是个阴雨天，雨下了整整一上午，病人们都带着雨伞聚集在回廊里。

吉蒂和母亲及莫斯科上校一起走着，那位高高兴兴穿着从法

---

① 原文为德语。

兰克福买来的现成欧洲式常礼服。他们顺回廊的一边走，竭力避开走在另一边的列文。瓦莲卡穿着自己的黑裙子，戴一顶边沿往下翻的黑帽子，陪一位法国瞎女人从回廊的这一头到那一头地走着，每次见到吉蒂，她们都互相投送友好的目光。

“妈妈，我可以和她说话吗？”她说着，同时目光追逐着自己不相识的朋友，并发现她正朝一处泉水走去，她们会在那里碰在一起。

“啊，如果你那么想，我就事先了解清楚她的情况，然后我亲自找她，”母亲回答，“你在她身上发现了什么特别的？她该是个陪伴人的。如果你想，我就和施塔尔太太认识一下。我认得她的*妯娌*①。”公爵夫人骄傲地抬起头，补充说。

吉蒂知道，公爵夫人因为施塔尔太太好像回避同她结识在生气。吉蒂没有坚持。

“这人多好，多可爱！”她瞧着瓦莲卡说，当时那一位正把一只杯子递给法国女人，“您看，一切都是那么朴实，可爱。”

“你的*仰慕*②太可笑了，”公爵夫人说，“不，我们往回走的好。”她发现列文带着太太及一位德国医生迎面走过来，便补充说；他正在和德国医生很大声音生气地说着什么。

她们拐过弯要回头走时，突然听到已经不是大声说话，而是在嚷嚷了。停下来的列文在叫嚷，而医生也在发火。他们身边围起了人群。公爵夫人和吉蒂赶快离远点儿，上校则凑到人群里，以便弄清楚是怎么回事情。

几分钟过后，上校追上了她们。

“那里怎么了？”公爵夫人问。

“可耻又丢人！”上校回答，“怕的就是——在国外碰上这种俄国人。这位俄罗斯先生和一位医生发生了争吵，粗鲁地辱骂人家，

---

① 原文为法语，下同。

② 原文为法语。

说人家不该这样对他治疗，还挥舞手杖。简直是丢人！”

“啊，多不愉快！”公爵夫人说，“那，结果怎么样？”

“感谢这里的一位……一位戴蘑菇帽的姑娘进行了劝解。她好像是位俄罗斯姑娘。”上校说。

“瓦莲卡小姐？”吉蒂高兴地问。

“对，对。她比大家都先出来，她拉起这位先生的一只手，把他领开了。”

“瞧，妈妈，”吉蒂对母亲说，“您还为我赞赏她感到吃惊呢。”

从第二天起，吉蒂在观察自己不相识的朋友时发现，瓦莲卡小姐对待列文及其女人的态度，已经同其他一些她保护下[①]的人一样了。她走到他们跟前，和他们交谈，给那位任何一种外语都不懂的女人当翻译。

吉蒂便开始更强烈地恳求母亲允许自己与瓦莲卡认识。不管有种莫名优越感的公爵夫人觉得主动前去结识施塔尔太太是多么令人不痛快，她还是弄到了瓦莲卡的材料，得知了她的一些详细情况，最后断定跟这种人认识虽然好处不大，也绝没有任何坏处。于是她亲自到瓦莲卡面前，主动和她结识。

选择好了女儿去了温泉口而瓦莲卡正停在面包铺对面的机会，公爵夫人来到了她面前。

“能认识一下您吗？”她脸带端庄的微笑说，“我女儿喜欢上了您，”她说，“您也许不知道我。我是……”

“我们大家相互都有这样的感情，公爵夫人。”瓦莲卡连忙回答。

“昨天您为我们一位可怜的同胞做了件多大的好事！”公爵夫人说。

瓦莲卡脸红了。

“我不记得，我好像没有做什么。”她说。

---

① 原文为法语。

“还怎么，您使这个列文避免了不愉快。”

“对，他的女伴[1]叫我，我就想办法使他安静下来：他病得很重，对医生不满。而我有照看这些病人的习惯。”

“对，我听说了，您和您的姑妈施塔尔太太住在芒通。我知道她的一位妯娌。”

“不，她不是我姑妈。我叫她妈咪，但我和她不是亲属；我是她抚养的。”瓦莲卡再一次红了脸说。

这话说得那么朴实，她脸上真诚坦率的表情是那么可爱，以至公爵夫人明白了她的吉蒂为什么喜欢上了这位瓦莲卡。

“那么，这个列文怎么了？”公爵夫人说。

“他要走了。”瓦莲卡回答。

这时候，吉蒂从温泉口过来了，她为母亲认识了她不相识的朋友感到高兴。

“啊，瞧，吉蒂，你那么热切地想认识的小姐……”

“叫瓦莲卡，”瓦莲卡微笑着提醒说，“大家都这么称呼我。”

吉蒂高兴得满脸通红。她久久默默地握着自己这位新朋友的一只手，瓦莲卡没有紧握她的手，只把手放在她手上。虽然没有紧握她的手，但瓦莲卡小姐的脸上泛起平静、高兴的却又略带几分哀伤的微笑，露出自己大而洁白的牙齿。

“我也早就希望这样。”她说。

“可是您那么忙……”

“啊，相反，我没有什么忙的。”瓦莲卡回答，可就在这一分钟，她得撇下自己的新朋友，因为有两位俄罗斯小姑娘跑来找她，她们是一个病人的女儿。

“瓦莲卡，妈妈在叫！”她们嚷道。

瓦莲卡随即就跟她们走了。

---

① 原文为法语。

三十二

公爵夫人了解到有关瓦莲卡的经历，她和施塔尔太太的关系，以及施塔尔太太本人的详细情况，具体是这样的：

有些人说施塔尔太太一直是个病态而狂热的女人，她把丈夫害苦了，而另一些人则说是丈夫的缺德行为把她折磨苦了。她生头一个孩子时就已经和丈夫离了婚，那孩子当时就死了。亲人们知道她重感情，怕这消息会致她于死命，便把在彼得堡同一幢房子同一个晚上出生的一位宫廷厨师的女儿收留过来顶替。这就是瓦莲卡。施塔尔太太后来知道瓦莲卡不是自己的女儿，但继续抚养她，再说瓦莲卡很快就一个亲人也没有了。

施塔尔太太一直卧床不起，在南欧已经住了十多年了。有些人说施塔尔太太是因为慈善而笃信宗教而获得社会地位的，另一些人则说她的心地善良、品行高洁，或者就为了别人谋福利。没有人知道她信的是哪种宗教——天主教、新教，还是东正教；但有一点是无疑的——她和所有教会和教派的最高人物，都保持着友好的交往。

瓦莲卡经常和她一起生活在国外，而且所有知道施塔尔太太的人，都知道并喜欢瓦莲卡小姐；大家都这样称呼她。

了解到所有这些详细情况之后，公爵夫人不觉得自己女儿和瓦莲卡的接近有什么可担心的，再说瓦莲卡的行为举止和教养都是最好的：一口流利的法语和英语，而主要的是她转达了施塔尔太太的意思，说她因为有病不能有幸和公爵夫人相识，为此感到遗憾。

和瓦莲卡相识后，吉蒂越来越为自己的朋友吸引，而且每天都能从她身上发现新的优点。

公爵夫人听说瓦莲卡歌唱得好，便请她晚上到他们这里来唱歌。

“吉蒂弹钢琴，我们有架琴，琴虽然不太好，但您一定会使我们大饱耳福的。”公爵夫人说，脸上露出现在使吉蒂特别不高兴的强装的微笑，因为她发觉瓦莲卡不想唱。不过，瓦莲卡晚上还是来了，还自己带了歌本来。公爵夫人把玛丽娅·叶甫盖尼耶夫娜和女儿及上校都邀请来了。

瓦莲卡对有不相识的人在场全不在意，立刻走到钢琴旁边。她不会自己伴奏，但照着乐谱唱得很出色。钢琴弹得不错的吉蒂就为她伴奏。

“您有出众的才能。”瓦莲卡非常好地唱第一首歌后，公爵夫人对她说。

玛丽娅·叶甫盖尼耶夫娜和女儿都感谢她，夸奖她。

“你们看，”上校望着窗外说，“多少听众集合起来在听您的唱歌。”确实，窗外集合了很大一群人。

“我很高兴，这使你们开心。”瓦莲卡朴实地回答。

吉蒂得意地看着自己的朋友，她对她的技巧、嗓子和面部表情都很赞赏，而更赞赏的还是她的态度——瓦莲卡显然不觉得自己唱得有什么了不起，对大家的夸奖也完全不在意；她好像只是在问：还要再唱吗，还是已经够了？

“要是换成我，”吉蒂在想自己，“我会引以为自豪的！看到窗外这群人，我会多么高兴！而她完全无所谓。而她唯一的动机就是不拒绝妈咪的要求，让她感到愉快。她身上到底怎么回事儿？是什么东西给了她这种淡泊一切的力量，使她保持独立的平静？我是多么想知道并向她学习做到这样。”吉蒂凝神注视着这张平静的脸，心想。公爵夫人请瓦莲卡再唱，于是瓦莲卡就站在钢琴边上，又一次用她那消瘦、浅褐色的手打着拍子，还是那么平稳、准确和美妙地唱了一首。

歌本上接下去的是一首意大利歌曲。吉蒂弹了序曲，抬头看了一眼瓦莲卡。

“不唱这首。”瓦莲卡涨红了脸说。

吉蒂一双眼睛的目光，惊恐而询问地停在了瓦莲卡的脸上。

“那唱另一首。”她连忙说，同时翻起几页，并立刻明白那首歌一定与什么有联系。

“不，”瓦莲卡回答，她伸过一只手按住歌本，微微笑笑，“不，就唱这首吧。”接着便平静地与原先一样优美地唱了那首歌。

她唱完后，大家又对她一阵感谢，便喝茶去了。吉蒂和瓦莲卡来到房子旁边的小花园里。

“那首歌和您的某种回忆有联系，对吗？”吉蒂问，“您不用讲，”她赶紧补充说，“只要说一声：对吗？”

“不，为什么？我告诉您，”瓦莲卡朴实地说，没有等回答就接着讲，“对，这是一种回忆，一度让我无比难受。我爱上了一个人，我给他唱过这首歌。”

吉蒂睁着一双大眼睛，默不做声，但是大为感动地望着瓦莲卡。

“我爱他，他也爱我；但是他母亲不赞成，他就娶了另一个人。他现在住得离我们不远，我有时还见到他。您不会想到我也有这罗曼史吧？”她说着，而且在她漂亮的脸上泛起一阵火花，吉蒂感到这火花当时曾照亮过她的全身。

“怎么不会想到呢？我要是个男人，自打认识您以后，就什么人也不会再爱了。我只是不理解，他怎么会讨好母亲而把您忘了呢，让您遭受这样的不幸？他没有良心。”

“啊，不，他是个很好的人，我也没有不幸；相反，我很幸福。那么，我们今晚就不再唱了？”她说着，同时向房子走去。

“您真好，您真好！”吉蒂叫喊着，要她停下来，吻了吻她，“我要是哪怕稍稍有点儿像您就好了！”

“您干吗要像某个人呢？您这样就好啊。”瓦莲卡露出温顺而疲倦的微笑说。

“不，我一点儿也不好。那您告诉我……您再待一会儿，我们再坐坐？”吉蒂说着，拉她又坐到旁边的一条凳子上。

“您说说，想到人家不珍惜您的爱情，他不想……您难道不感到屈辱？”

“可他不是不珍惜；我相信他是爱我的，但他是个孝顺的儿子……”

“是的，可如果他不听从母亲的意旨，而是出于他自己的心愿？……”吉蒂说，同时感到暴露了自己的隐私，她那张燃起羞怯红晕的脸已经不打自招了。

“那他可就不对了，我也不会怜惜他了。”瓦莲卡回答说，她显然明白了她们说的，已经不是自己而是吉蒂了。

“然而屈辱呢？”吉蒂说，“屈辱是忘不了的，忘不了的。”她说着，同时回想着最后一次舞会上音乐停止时自己对符朗斯基的目光。

“有什么屈辱？要知道，您并没有做得不对呀？”

“比不对还糟——丢脸。”

瓦莲卡摇了摇头，把手放在吉蒂手上。

“有什么好丢脸的？”她说，“因为您不曾对冷淡了您的那个人说，您爱他吧？”

“当然，没有；我从来没有谈过一个词儿，可是他知道的。不，不，神情举止，看得出来呀。我活到一百岁也忘不了。”

“那有什么？我不明白。问题是您现在还爱不爱他。”瓦莲卡什么都直截了当地说。

“我恨他，也不能原谅自己。”

“那有什么关系？”

“羞耻，屈辱。”

“啊，要是大家都像您这样感情脆弱就不得了了，”瓦莲卡说，“没有一个姑娘不经受过这种事情的。这不是什么大不了的事。”

“那什么是重要的？”吉蒂问，带着好奇和惊讶注视着她的脸。

“啊，重要的事儿多着呢。”瓦莲卡微笑着说。

“那是什么呀？”

“啊，重要的事情多着呢。”瓦莲卡回答，她不知道说什么好。但是这时候从窗子里传出公爵夫人的声音：“吉蒂，天冷了！要不拿上披肩，要不回屋里来。”

“对了，该走了！”瓦莲卡说着，便站起来，“我还得到佩尔特太太那儿去一趟；她对我说过的。”

吉蒂握着她的一只手，以热烈好奇和恳求的目光询问：“是什么，最紧要的是什么？它使人这么平静？您知道，告诉我吧！”但是瓦莲卡甚至不明白，她的目光询问的是什么。她只记得自己今天还得到佩尔特太太那里去一趟，并且得在十二点之前赶回家，给妈咪准备好茶。她走进屋里，收起歌本，和大家告别后要走了。

“让我送您。”上校说。

“对，现在夜里一个人怎么走，”公爵夫人赞同说，“我让帕拉荷来也好。”

吉蒂发觉，瓦莲卡听说她需要送的时候忍不住快笑出来了。

“不，我总是一个人走的，从来没有出过什么事儿。”她拿起帽子说。接着，她再一次地吻了吻吉蒂，最后也没有说什么是紧要的，便精神饱满地迈步走了出去，同时关于什么是紧要的，是什么使她有这么令人羡慕的平静和尊严，所有这些疑问也随着她的身影而消失了。

三十三

吉蒂还认识了施塔尔太太，这种认识，加上她与瓦莲卡的友谊，不但对她产生了重大的影响，而且使痛苦中的她得到安慰。她得到这种安慰，在于因为这种认识，她打开了一个与过去自己的经历完全不同的新天地，一个高尚、美好的田地，从它的高度可以平静地对待自己的过往。这个天地为吉蒂展现的，除自己迄今为止一直完全投入的本能生活，还有另外的精神生活。这种生活是通过宗教展示出来的，但是，那种宗教和她从小知道的，在祈祷时和能遇上熟人的寡妇院的通宵弥撒时，以及在跟牧师一起背诵斯拉夫经文所表现的，完全不同。这是一种高尚的、神秘的，与一系列美好思想感情相联系的宗教。这种宗教不仅能够让人信仰，而且可以爱它。

这一切，吉蒂不是从她们的言谈中得知的。施塔尔太太和吉蒂交谈，就像和一个自己喜欢的可爱孩子说话，好像是在回忆自己的青年时代，她只有一次提到，说在所有人类的痛苦中能给人带来安慰的只有爱和信仰，并说就基督对我们的怜悯而言，任何悲哀都是重要的，然后立刻把话题转开了。但是，在她的每个动作、每句话里，在被吉蒂称为她那天使般的目光中，特别是在通过瓦莲卡了解到她一生的全部经历之后，吉蒂领悟到了她迄今不知道的那种“紧要的”东西。

但是，不管施塔尔太太的性格多么高尚，她的全部经历多么动人，她的谈话多么崇高而温柔，吉蒂还是不由得注意到她有些特点使自己感到不安。她发现问起她的亲人时，施塔尔太太总是轻蔑地微微一笑，那是和基督的善良相违背的。她还注意到自己在她那里碰上天主教神甫时，施塔尔太太总是使自己的脸处于灯罩的阴影里，并露出特别的微笑。这两点看法虽然微不足道，却使她困惑，并对施塔尔太太产生怀疑。然而孤身的瓦莲卡没有亲人，没有朋友，没有欲望，没有悔恨，对往事也只有一点儿惆怅，这样的瓦莲卡，倒是吉蒂幻想中那种最完美的人。在瓦莲卡身上，她悟出只要忘了自己，爱别的人，你就会变得平静、幸福和美好。吉蒂正希望成为这样。现在清楚地明白了什么是最紧要的以后，吉蒂就已经不满足于赞赏这一切，而立刻全心全意地投身到刚为她展示的这种新生活中去了。据瓦莲卡所讲的施塔尔太太以及她提到的一些人的所作所为，吉蒂已经制订了一个未来生活的计划。她要和瓦莲卡多次讲到的施塔尔太太的侄女阿丽奈一样，不管生活在哪里，都要寻找不幸的人，尽可能地帮助他们，给他们发福音书，为病人、罪犯和快去世的人读福音书。特别吸引吉蒂的，是像阿丽奈所做的那样给罪犯读福音书的想法。不过，所有这一切还只是一种内心的幻想，无论对母亲和瓦莲卡，吉蒂都没有说过。

其实，虽然等待着可以大范围地执行自己计划的时机，但就在这温泉浴场，集中了那么多病人和不幸者，吉蒂要实施模仿瓦莲卡的新计划是很容易的。

开始的时候，公爵夫人只注意到吉蒂受了施塔尔太太，特别是瓦莲卡的那种热烈的激情[①]的强烈影响。她发现吉蒂不但模仿瓦莲卡的活动，而且也不自觉地在模仿她走路、说话和眨眼睛的样子。然而后来，公爵夫人注意到，在女儿身上除了这种迷恋之外，正发生某种重要的精神转折。

公爵夫人看到吉蒂每天晚上都在读施塔尔太太送给她的那本法文版福音书，这是以前她没有过的；她还回避社交界的熟人，而和由瓦莲卡照料的一些病人，特别是和一个有病的写生画家彼得罗夫的清贫之家交往。吉蒂显然是为自己能对这个家庭尽一份护士小姐的责任感到自豪。这一切都是好事儿，公爵夫人一点儿也不反对，再说彼得罗夫的妻子是个完全正派的女人，公主注意到吉蒂的活动后也夸奖她，称她是个安慰人的天使。只要不太过分，这一切都很好。可是公爵夫人发现自己的女儿走了极端，于是便说她了。

“对任何事情永远都不该走极端。”[②]她对她说。

但是，女儿根本不理她；她只在心里想，在基督教的事情上是不能谈什么过分的。人家打你一耳光，就把脸的另一边转给他打，人家剥走了你的外衣，就把衬衣也给他，遵照这样的教义，

---

① 原文为法语。

② 原文为法语。

还有什么过分的呢？可是，这种过分公爵夫人不喜欢，她更不喜欢的是感到吉蒂不愿对她敞开心扉。确实，吉蒂对母亲隐瞒了她的观点和感情。她之所以隐瞒，并不是说她不尊敬和不爱自己的母亲了，而仅仅是因为她是自己的母亲。她会对任何人敞开这些观点和感情，而不愿告诉自己的母亲。

“安娜·帕甫洛夫娜怎么好久没有到我们这里来了，”公爵夫人有一次提起彼得罗夫太太，“我叫她了。可是她好像有什么不满。”

“不，妈咪，我没有发现。”吉蒂涨红了脸说。

“你好久没有到他们那里去了？”

“我们明天准备去爬山。”吉蒂说。

“这有什么，你们去吧。”公爵夫人注视着女儿不安的脸回答说，同时竭力猜测她这么不安的原因。

当天瓦莲卡来吃午饭并通知说，安娜·帕甫洛夫娜改变了主意，不去爬山了。公爵夫人随即注意到吉蒂又脸红了。

“吉蒂，你和彼得罗夫家没有出什么不愉快的事情吧？”只剩下母女俩的时候，公爵夫人说，“她为什么不让孩子到我们这里来，自己也不来走动了？”

吉蒂回答说，他们之间什么事儿也没有发生，而且她绝对不明白，为什么安娜·帕甫洛夫娜似乎对她不满。吉蒂的回答完全是真话。她不知道安娜·帕甫洛夫娜改变态度的原因，但是她猜出来了。她猜到的那种事情，是没法对母亲说的，就连她自己也没法说。这是那样的一种事情，即便知道了也不能对自己说——若有差错，是那么可怕又令人害臊。

她反复回忆自己与这家人的关系。她回想她们见面时，安娜·帕甫洛夫娜圆圆的和善的脸上曾露出淳朴的喜悦；回想起她们秘密商量，使病人丢开医生禁止他做的工作，并带他出去散步；她记起了那个小男孩对她多么依恋，叫她“我的吉蒂”，要是她不在身边就不肯睡觉。这一切都是那么美好，然后，她回想起穿着咖啡色常礼服的彼得罗夫瘦削的形象及他长长的脖子；他的稀疏的鬈发，开始时那双使吉蒂感到疑惑的可怕的浅蓝色眼睛，以及当她在场时他那种强装活跃和有精神的痛苦努力。她回想起开头的时候，自己怎么努力克服对他像对一切肺结核病人一样的那种厌恶，以及自己怎么想方设法劝慰他。她回想起他看着她时那种羞怯、感动的目光，她在当时所经受的同情和不安，以及后来意识到自己做好事的奇特感觉。这一切是那么美好！不过，这都是在开始的时候。现在，也就是几天前，一切都突然变糟了。安娜·帕甫洛夫娜遇到吉蒂时，总是勉强装出一副亲热的样子，然后便对她和自己的丈夫看个没完。

难道是她接近时他那种感动的喜悦，成了安娜·帕甫洛夫娜变得冷淡的原因？

“对，”她在回想，“安娜·帕甫洛夫娜身上有某种不自然和完全与她的善良不相符的东西，两天前她曾经烦恼地说：‘瞧虚弱到这种样子，他还净等您，没有您他不想喝咖啡。’”

“对，也许，连我把披肩给他时也使她不愉快了。那么简单的一件事情，但他接过去时是那么不自然，感谢了那么长时间，弄得我都不好意思起来。此外，还有他给我画的那张肖像，那么出色。而主要的——是这种不安和温柔的目光！对，对，是这样！”她可怕地暗自重复说，“不，这不可能，不该是这样！他是那么可怜！”她紧接着对自己说。

这种怀疑，使她的新生活受到了伤害。

三十四

舍尔巴茨基公爵到卡尔斯巴德后又到巴登和基青根[①]的俄国

① 巴登、基青根，均为德国地名，那里有著名的基青根温泉疗养地。

朋友那里，为的是吸点儿他所说的俄罗斯精神；在一期矿泉疗养快结束的时候，他已经回到家里人身边了。

对于外国的生活，公爵和公爵夫人的看法完全相反。公爵夫人虽说在俄国社会中有牢固的地位，但还是认为国外一切都好，并在国外竭力显得自己像一位欧洲太太，而实际不是，因为她是位俄国贵妇人——因此她装得感到有点儿不好意思的样子。公爵则相反，觉得国外一切都讨厌，对欧洲的生活受不了，总保持自己的俄罗斯习惯，并在国外故意显示自己不像个欧洲人，实际上他就是欧洲人。

公爵返回时人变瘦了，面颊的皮肤都耷拉下来了，但精神状态无比愉快。他见到吉蒂已经完全康复，心情就更愉快。有关吉蒂和施塔尔太太及瓦莲卡交朋友的消息，还有公爵夫人说的发觉吉蒂身上发生了某种变化，却使公爵不安起来，激起他对一切的通常的妒忌感，他担心女儿绕过他迷上了什么，害怕她脱离他的影响而落入某个他无法知晓的领域。但是，这种种不愉快的消息，全都沉入他身上的善良乐观的海洋里了，这是他本来就有的天性，游过卡尔斯巴德温泉后更大大增强了。

到达后的第二天，公爵身穿长大衣，浆过的领子撑着稍稍鼓起的脸颊，脸上带着俄罗斯人的皱纹，怀着最愉快的心情，和女儿一起到浴场去了。

那是一个美好的早晨。带小花园的整洁、愉快的房子，脸色和双手红彤彤的、喝了啤酒后愉快地在干活的一个德国女招待，以及灿烂的太阳，一切都让人心里高兴。不过，他们越是走近泉水，遇见的病人就越多，于是他们的样子在井井有条的德国良好的生活条件中更显得凄凉哀伤。吉蒂对这种反差已经不感到吃惊了。灿烂的太阳，绿荫处跳动的亮光，音乐声，对她来说已经成了所有这些熟悉的人的自然的背景，她注意观察着这些人发生的好转或恶化的变化；然而在公爵看来，六月早晨的闪闪亮光和乐队演奏出的流畅欢快的华尔兹舞曲声，以及特别是健康的女招待的模样，和这些从欧洲各地聚集到这里的忧郁行动着的死尸结合在一起，似乎显得有点儿不体面和畸形。

心爱的女儿和他手挽手地走着时，虽然有一种自豪和青春复返的感觉，现在他却因为自己稳健的步伐以及粗大结实的四肢感到不自在甚至是羞臊。他觉得自己就像是一个在众人面前没有穿衣服的人。

“给我介绍一下你的新朋友吧，”他对女儿说，同时用胳膊夹夹女儿的一只手，“我连你的这个讨厌的索登[1]也喜欢上了，因为它使你恢复得这么好。只是你们这里有一种哀伤的气氛。这个人是谁?”

吉蒂把他们碰上的认识的和不认识的人的名字说给他听。在花园入口处，他们遇上了瞎眼的佩尔特太太及其女翻译。公爵感到高兴，因为这位年老的法国女人听到吉蒂的声音时露出了亲切喜爱的表情。她立刻以法国人特有的过分亲热和他交谈起来，夸他有这么好的一个女儿，当面把吉蒂捧上了天，称她是珍宝、明珠和安慰的天使。

“啊，那她是第二号天使了，”公爵微笑着说，“因为她说瓦莲卡小姐是头号天使。”

“噢！瓦莲卡小姐——这可真是个天使，*没什么可说的*[2]。”佩尔特太太赶忙说。

回廊上，他们遇见了瓦莲卡小姐本人。她连忙迎上来，拿着个精致的红色小手提包。

“瞧，爸爸也来了！”吉蒂对她说。

瓦莲卡像她做任何一件事情一样，单纯而自然地做了个介乎鞠躬和蹲下之间的动作，便马上和所有人一样与公爵无拘无束自然地聊起来。

---

① 德国一温泉浴场地名。

② 原文为法语。

“当然，我了解您，很了解，”公爵带着微笑对她说，因此吉蒂知道，爸爸喜欢她的这位朋友，“您这么忙着上哪儿？”

“妈咪在这里，”她说着，便转向吉蒂，“她整个晚上没有睡着，因此医生建议她出来走走。我把她手头做的活儿拿给她。”

“这么说，这就是头号天使。”瓦莲卡走了以后，公爵说。

吉蒂发觉他本来要取笑瓦莲卡来着，可是他没有这样做，因为他喜欢瓦莲卡。

“那么，我们就可以见到你所有的朋友了，”他补充说，“还有施塔尔太太，如果她还能认得我的话。”

“你难道认得她，爸爸？”吉蒂担心地问，同时发现一提到施塔尔太太的名字，公爵的眼睛就燃烧起讪笑的火花。

“认得她丈夫，和她也有点儿熟识，不过还在她参加虔诚教派[①]以前。”

“什么叫虔诚教派，爸爸？”吉蒂问，她为在施塔尔太太那里自己重视的那种东西居然有一个名称感到吃惊。

“我自己也不很清楚。只知道她为一切都感谢上帝，为任何不幸，连为她丈夫死了都感谢上帝。因此，就可笑了，因为他们相处得不好。”

“这是谁！多可怜的一张脸！”他看到一个身材不高的病人时问道；那病人穿着咖啡色大衣，没有肌肉的双腿套在皱得不像样的白裤子里，正坐在一条长凳上。

这位先生把自己的草帽举到了稀疏的鬈发上，露出他那被草帽扣得发红的高高前额。

“这是彼得罗夫，写生画家，”吉蒂红了脸说，“那是他妻子。”她指着安娜·帕甫洛夫娜补充说，那个小孩子在他们走过时，好像故意去追赶似的顺着小路跑开了。

---

① 德国基督教路德教会中的一派。

“可怜的人，他的脸多可爱！”公爵说，“你为什么不过去？他是不是有什么话要对你说？”

“那，我们过去。”吉蒂果断地拐过弯说。

“今天您的身体怎么样？”她问彼得罗夫。

彼得罗夫支着拐杖欠起身来，羞怯地望着公爵。

“这是我女儿，”公爵说，“让我来介绍一下吧。”

画家鞠了一躬并微微一笑，露出一嘴洁白发亮的牙齿。

“昨天我们都等您了，公爵小姐。”他对吉蒂说。

他说这话时身子摇晃了一下，接着又重复了一下这个动作，竭力想借此表示自己这样是故意的。

“我想去的，但是瓦莲卡说安娜·帕甫洛夫娜让人来告诉说你们不去了。”

“怎么不去？”彼得罗夫涨红了脸，立刻咳嗽起来，一面说，一面用目光寻找妻子，“安奈塔，安奈塔！”他大声叫着，瘦削苍白的脖子上鼓出绳子般粗大的青筋。

安娜·帕甫洛夫娜过来了。

“你怎么叫人去对公爵小姐说，我们不去了呢？”他气愤地对她说，嗓子都哑了。

“您好，公爵小姐！”安娜·帕甫洛夫娜说，“很高兴认识您。”她转向公爵，“我们等您好久了，公爵。”

“你怎么叫人去对公爵小姐说，我们不去了？”画家更加气愤地低声说着，更使他气愤的是嗓子不听使唤，无法清楚他要表达的意思。

“啊，我的上帝！我想是我们不去了。”妻子烦恼地回答。

“怎么，当时……”他在咳嗽，便摆了摆手。

公爵提了提礼帽，带着女儿走开了。

“啊，啊，唉！”他沉重地叹了口气，“啊，不幸的人！”

“对了，爸爸，”吉蒂说，“不过该知道，他们有三个孩子，却没有一个仆人，几乎也没有财产。他从艺术学院领到点儿钱。”她活跃地讲起来，竭力想平息因为安娜·帕甫洛夫娜对她态度的奇怪转变带给她的心情波动。

“啊，这就是施塔尔太太。”吉蒂指着一辆轮椅说，里边有灰色和浅蓝色的枕头垫着，一把阳伞下放着东西。

这是施塔尔太太。一个阴郁而健康的德国员工在后边推着她。旁边站着一位浅色头发的瑞典伯爵，吉蒂知道他的名字。几位病人走到轮椅旁边时便放慢了脚步，像面对什么不寻常的东西似的看看这位太太。

公爵向她走过去。吉蒂立刻注意到他眼睛里冒出使她尴尬的讪笑。他走到施塔尔太太身边，用一口法语和她交谈起来，现在已经很少有人能说得那么优雅出色了。

“不知道您是否还记得我，但是我该使自己记起您，以便向您对小女的垂爱表示感谢。”他对她说着，脱下帽子，没有再戴上。

“亚历山大·舍尔巴茨基公爵，”施塔尔太太说，同时向他抬起自己天使般的眼睛，吉蒂从这双眼睛里看出了不满，“很高兴。我是那么喜欢上了您的女儿。”

“您的健康还是不好？”

“是啊，我已经习惯了。”施塔尔太太说着，随即介绍公爵和瑞典伯爵认识。

“而您几乎没有什么变化，”公爵对她说，“我已经有十年或十一年没有见到您了。”

“是啊，上帝赐给苦难，也赐给忍受苦难的力量。人们总是想不通这种生活有什么意义呢……那边！”她不高兴地对瓦莲卡说，因为她腿上的方格子毛毯裹得不如她的意。

“为了行善吧，大概是。”公爵一双眼睛带着微笑地说。

“这由不得我们判断，”施塔尔太太注意到公爵脸上的微妙表情说，“这么说，您会把那本书寄给我的了，亲爱的伯爵？非常感谢您。”她转过去对一个年轻的瑞典人说。

“啊!”公爵发现莫斯科的一位上校站在附近，就叫了起来。然后，他对施塔尔太太鞠了一躬，便带女儿走开，凑到莫斯科上校他们那堆人里去了。

“这是我们的贵族，公爵!”莫斯科上校带着有意讪笑的神情说，他因为施塔尔太太没有和自己结交，所以对她不满。

“她还是老样子。”公爵说。

“而您，还在她患病之前就认识她了，公爵，也就是说在她躺倒以前?”

“是的。我是看着她躺倒的。”公爵说。

“听说，她站不起来有十年了。”

“站不起来是因为腿短。她的体形很丑……”

“爸爸，不可能!”吉蒂嚷道。

“饶舌的人都这么说的，我的宝贝。而你那位瓦莲卡这样是不得已，”他补充说，“啊，这些有病的贵妇人!”

“啊，不，爸爸!”吉蒂愤愤地反驳，“瓦莲卡崇拜她。再说，她做了那么多好事儿!你可以随便去问任何一个人!大家都知道她和阿丽奈·施塔尔。”

“也许吧，”他用胳膊夹夹她的一只手说，“不过，要是做了好事，问谁，谁都不知道，这样更好些。”

吉蒂不做声了，倒不是因为她没有话可说，而是因为她连对父亲都不愿说出自己秘密。然而怪了，尽管她那么不准备顺从父亲的看法，不让他进入自己的神圣领地，她还是感觉到整整一个月来留在自己心里的那个施塔尔太太的神圣形象，无可挽回地消失了。就像一个由人们丢弃的裙子组成的身形，当你要抓住这件裙子时，它却消失了。留下的是一个短腿女人，她因为体形难看而终年躺在床上，还折磨那个可怜的唯命是从、不会反抗的瓦莲卡，就为了没有如她的意给她盖上方格子毛毯。无论怎么努力设想，都已经不能让施塔尔太太恢复在她心目中的形象了。

三十五

公爵还把自己快乐的心情感染给了全家人，感染给了朋友，甚至舍尔巴茨基家下榻的德国旅馆的老板。

和吉蒂一起从温泉浴场回来后，公爵邀请上校、玛丽娅·叶甫盖尼耶夫娜、瓦莲卡到自己这里来喝咖啡，吩咐下人把桌子和靠背椅搬到小花园的一棵栗子树旁边，在那里摆早餐。老板和仆人都受到他那种开开心心样子的影响，变得活跃起来。

他们知道他慷慨大方，半小时过后，住在楼上患病的汉堡大夫，从窗子里羡慕地看着聚集在栗子树旁边的这群快乐、健康的俄罗斯人。在一圈圈摇摇晃晃的树叶阴影下铺着白布，摆着咖啡壶、面包、黄油、奶酪和凉盘野味的桌子边上，佩戴淡紫色丝带头饰的公爵夫人正坐着分发杯子和抹上黄油的面包片。另一端坐着公爵，他大口地吃着，同时愉快地高声交谈着。他把自己采购来的东西在一旁放好，有雕花木匣、各种形象的小玩具及在各个温泉上买来的各式小裁纸刀，然后把它们赠送给大家，包括女招待莉思亨和老板。他还和老板用糟得可笑的德语开玩笑说，把吉蒂的病治好的不是温泉，而是老板出色的食品，特别是黑李子汤。公爵夫人揶揄丈夫的俄罗斯习惯，但自来到温泉疗养地后，她还从来没有那么活跃和开心过。上校和通常一样，对公爵的笑话露出微笑；当谈到自己作了仔细研究的欧洲问题，他站在公爵夫人一边。心地善良的玛丽娅·叶甫盖尼耶夫娜则对公爵说的一切可笑之处，都捧腹大笑。还有瓦莲卡，吉蒂从来没有见到过她这样，她被公爵的笑话逗得那么开心地笑了出来。

这一切都使吉蒂开心，但她不能不感到忧虑。父亲对她的朋友和对她向往的生活所表示出的诙谐看法，无意中让她对生活提出了问题，而对此，她无法解答。此外，还有她今天如此明显和不愉快地表现出来的对彼得罗夫家的态度的变化。大家都很高兴，吉蒂却高兴不起来，这又增加了她的痛苦。她经受到的感觉，就像小时候受罚被关在自己的房间里，却听到姐姐们在外面快乐地谈笑一样。

“哎，你买这么一大堆东西干吗？”公爵夫人说，同时微笑着把一杯咖啡递给丈夫。

“你出去走走，走到小铺前方时候，他们就会向你兜售起来：艾尔拉乌赫特，艾克斯采连次，杜尔赫拉乌赫特[①]。他们一叫杜尔赫拉乌赫特，我就忍不住了，于是十个塔列尔[②]就没有了。”

“这都是因为无聊。”公爵夫人说。

“当然，因为无聊。这种无聊，亲爱的，的确不知道往哪儿排解。”

“怎么会感到无聊呢，公爵？现在德国有那么多有趣的东西。”玛丽娅·叶甫盖尼耶夫娜说。

“是啊，一切有趣的东西我全知道：黑李子汤我知道，豌豆汤我知道。我全知道。”

“不，公爵，不管您怎么想，他们的制度很有意思。”上校说。

“那有什么有意思的？他们像臭铜钱一样得意；他们战胜了所有的人。可是我有什么满意的？我们谁也没有战胜，而只能自己脱鞋子，还得亲手把它们放到门外去。早晨大早就得起来，立刻穿好衣服，到餐室去喝劣等茶。在家里是那样吗！你不慌不忙地醒来，有什么不高兴了，唠叨几句，稍稍冷静下来后，全面想想，悠悠闲闲的。”

“可时间——是金钱，您别忘了这一点。”上校说。

“什么时间！有的时候，你为半卢布银币花整整一个月，而有的时候，你花多少钱也得不到半个钟头。对吗，吉蒂？你怎么不高兴了？”

---

① 德语的俄语音译，意为：大人、阁下、殿下。

② 德国旧币，1 塔列尔等于 3 马克银币。

“我没什么。”

“您要上哪儿？再坐会儿。”他对瓦莲卡说。

“我该回去了。”瓦莲卡欠身起来说，又一次嘻嘻笑了。

她收敛了笑容后和大家告别，便进屋去拿帽子。吉蒂跟着她。她现在甚至觉得瓦莲卡成了另一个人。她没有变得不好，可是成了另一个人，不像原来想象中的那样了。

“啊，我好久没有这么笑过了！”瓦莲卡边说边收拾阳伞和小口袋，“您爸爸他多好！”

吉蒂没有做声。

“什么时候再见面？”瓦莲卡问。

“妈妈想去看看彼得罗夫家。您不到那里去吗？”吉蒂试探地问瓦莲卡。

“我要去的，”瓦莲卡回答，“他们打算离开了，我答应过帮他们收拾东西的。”

“那我也去。”

“不，您去做什么？”

“为什么不？为什么不？为什么不？”吉蒂睁大眼睛说着，抓住瓦莲卡的阳伞不放她走，“不，您等等，为什么不呢？”

“是这样；您爸爸来了，再说您去了他们会不好意思的。”

“不，您告诉我，为什么您不愿意我常去彼得罗夫家？难道您不愿意吗？为什么？”

“我没有这么说。”瓦莲卡平静地回答。

“不，请您告诉我！”

“全部告诉您？”瓦莲卡问。

“全部，全部！”吉蒂赶紧说。

“其实并没有什么特别的，只是米哈依尔·阿列克谢耶维奇（画家的名字）原先想早点儿离开，而现在不想了。”瓦莲卡微笑着说。

“说吧！说吧！”吉蒂脸色阴郁地瞧着瓦莲卡，并催促着。

“还有，不知为什么，安娜·帕甫洛夫娜说，他不想走是因为您在这里。当然，这是不恰当的，可是因为这，因为您，发生了争吵。您是知道的，这些病人是多么容易生气。”

脸色越来越阴沉的吉蒂沉默着，瓦莲卡一个人在说着，她竭力安慰她，眼看她就要爆发了，不知道会是——眼泪还是语言。

“因此，您不去为好……而且您明白，您不要生气……”

“是我活该，是我活该！”吉蒂急速地说，同时夺过瓦莲卡手中的一把伞，躲着朋友的目光。

瓦莲卡瞅着朋友孩子气的愤怒想笑，可是她怕她感到屈辱。

“怎么活该？我不明白。”她说。

“活该，是因为这一切都是假装的，因为这一切是故意想出来的，而不是出自内心。一个陌生人关我什么事儿？而结果呢，倒是我成了争吵的原因，而且谁也没有请我去做那事情。因此，全部都是假装的！假装的！假装的！……”

“可是为什么要假装呢？”瓦莲卡声音低低地说。

“啊，多么愚蠢，卑鄙！我毫无必要……全是假装的！”她边说边把雨伞打开又收起来。

“可是为了什么嘛？”

“为了在人们，在自己，在上帝面前显得好点儿，欺骗大家。不，现在我已经不会去干这种事儿了！做个傻瓜，但至少不是撒谎，不是骗子！”

“那么谁是骗子？”瓦莲卡抱怨说，“您是说，好像……”

但是吉蒂正在气头上，她不让她把话说完。

“我说的不是您，完全不是您。您是个完美无缺的人。对，对，我知道您一切都完美无缺；可有什么办法，我是个傻瓜。如果我不是傻瓜，就不会有这种事儿了。那就让我是这样好了，但我不会假装。安娜·帕甫洛夫娜关我什么事儿！随他们爱怎么生活就怎么生活，我也随我好了。我不会变成另一种样子……而且全不是那么回事儿，不是那么回事儿！……”

“究竟什么不是那么回事儿?”瓦莲卡困惑不解地问。

“全不是那么回事儿。我只能遵从内心生活，而您是按照原则生活的。我单纯地喜欢上了您，而您，对了，只是后来，为了挽救我，教会我。”

“您这话不公平。”瓦莲卡说。

“可关于别人，我什么也没有说，我是在说自己。”

“吉蒂!”传来母亲的声音，“过来，把珊瑚项链给爸爸瞧瞧。”

吉蒂没有与朋友和解，就带着一副傲慢的样子从桌子上拿起装在小盒子里的珊瑚项链，到母亲那里去了。

“你怎么了?为什么这样满脸通红?”母亲和父亲同时对她说。

“没有什么，”她回答，“我这就来。”便往回跑。

“她还在这里!”她想，“我对她说什么呢，我的上帝!我做了什么，说了什么!我为什么要气她?我怎么办?我对她说什么呢?”吉蒂想，她在门口停住了。

瓦莲卡戴着帽子，两手拿着阳伞，坐在桌子边上检查被吉蒂弄断的弹簧。她抬起了头。

“瓦莲卡，原谅我，原谅我!”她低声说着向她走过去，“我不记得自己说了什么。我……”

“我，真的，没有想使您伤心。”瓦莲卡微笑着说。

她们和解了。但自从父亲来了以后，对吉蒂来说，她生活的整个世界变了样。她没有抛弃她所学到的一切，不过她明白了，她以为自己能成为自己所希望的那样，这不过是在欺骗自己罢了。她仿佛突然清醒过来了，感觉到要不虚伪，不浮夸，保持在她想登上的精神境界是多么困难。此外，她感觉到自己所处的这个充满了苦难、疾病和垂死者的世界是多么沉重。为了爱这个世界而作的那些努力，已经使她感到痛苦，因此她希望尽快回到新鲜空气中，回到俄罗斯的叶尔古晓沃去，她从来信中知道，自己的姐姐已经带着孩子们搬到那里去住了。

但是，她对瓦莲卡的爱没有减弱。告别时，吉蒂请她到俄国她们家里去。

“您嫁人的时候我来。”瓦莲卡说。

“我永远不嫁人。”

“那我就永远不来。”

“啊，那我就为这个嫁人。注意要记住您的诺言！”吉蒂说。

大夫的预言证实了。治好了病的吉蒂回到了俄罗斯家里。她不像原来那样无忧无虑和开心，但是平静了。她在莫斯科的那件伤心事儿，成了一种回忆。

第三卷

一

谢尔盖·伊万诺维奇·柯兹内舍夫没有像通常那样到国外去，他于五月底到了乡下弟弟的家，他想在精神劳动之后休息一阵子。据他的印象，乡村生活是最好的。他现在到弟弟家享受这种生活来了。康士坦丁·列文很高兴，何况这个夏天他不指望尼古拉哥哥会来。但是康士坦丁·列文虽然爱戴和尊敬谢尔盖·伊万诺维奇，他和哥哥一起在乡下还是感到不自在。看到哥哥那种对乡村的态度，他感到不自在，甚至不愉快。对康士坦丁·列文来说，乡村是个生活，也就是欢乐、痛苦和劳动的地方；而对谢尔盖·伊万诺维奇来说，乡村生活一方面是劳动之余的休息，另一方面，是他认识到它是一种有效良方，能够消除都市腐化生活的毒害。对康士坦丁·列文来说，乡村生活好就好在那是个劳动的场所，而劳动无疑是有益的；而谢尔盖·伊万诺维奇则认为乡村特别好，是因为在那里可以而且应当无所事事。此外，谢尔盖·伊万诺维奇对人民的态度也有些让康士坦丁·列文讨厌。谢尔盖·伊万诺维奇说，他喜爱并了解人民，常常和农民们谈话，他善于沟通，不虚伪也不卑躬屈膝，从每次谈话中得出有利于人民的一般结论，以此证实自己是了解人民的。康士坦丁·列文不喜欢用这种态度对待人民。对康士坦丁·列文来说，人民只是共同劳动的参加者，而且尽管自己对农民怀有全部尊敬及某种亲人般的爱，他本人认为，显然是因为喝了乡下奶妈的奶的缘故，虽然和他们共同劳动时，他也会赞赏这些人的能力、温顺和公正，但在共同劳动中需要另外的品质特征时，又常常为人民的粗心大意、懒散、酗酒和撒谎而生他们的气。假如人家问康士坦丁·列文是否爱人民，他绝对不知道怎么回答。他对人民就像对一般说的人民一样，爱又不爱。显然，作为一个善良的人，他对人们是爱多于不爱，何况那是人民呢。但要说什么特别爱或不爱人民，他却不能，因为他不但和人民生活在一起，不但自己的全部利益和人民联系在一起，他还认为自己是人民的一部分，没有看出自己和人民身上有什么特别的品质和缺点，而且没有把自己和人民对立起来。此外，他虽然作为主人和仲裁者，主要的是作为顾问（农民们信任他，从四十俄里远的地方跑来征求他的意见），长期和农民们生活在一起，对人民却还是没有明确的看法，对自己是否了解人民，正像对自己是否爱人民的问题一样，似乎难以回答。说自己了解人民，对他来说这仿佛等于说他了解人们。他经常不断地在观察和认识各种各样的人，其中包括他认为是好的和有意思的农民，而且在他们身上不断发现新的特点，改变自己原先对他们的看法，得出新的结论。谢尔盖·伊万诺维奇则相反。他拿他不喜欢的生活和乡村生活做笔记，所以会赞赏乡村生活。同样，他拿他所不喜欢的那个阶级的人们同人民相比较，并且把人民看成是某种与一般人们相对立的东西，所以他也就喜欢人民。在他的头脑里有条不紊清清楚楚地形成了关于人民生活的一套印象，这种印象部分地来自于人民生活本身，而主要是从比较的现象中得出来的。他从来没有改变自己对人民的看法，也没有改变对人民的同情态度。

兄弟俩之间关于人民的意见发生分歧时，谢尔盖·伊万诺维奇总是胜过弟弟，恰恰在于他关于人民，关于人民性格、品质和趣味有确定的概念；而康士坦丁·列文则缺乏确定不变的概念，因此，他在这些争论中总是处于自相矛盾的境地。

对谢尔盖·伊万诺维奇来说，弟弟是个可爱的好人，有一颗摆得正的心（诚如他用法语所表达的那样），虽然他的头脑相当敏捷，但容易屈从于一时的印象，因此充满矛盾。他有时以作为哥哥的宽容向弟弟说明事物的意义，但无法从和他的争论中得到满足，因为击败他太容易了。

康士坦丁·列文把哥哥看成是个才智超群和有教养的人，认为他从最严格的意义上也是非常高尚的，具备从事公共事业的卓越才能。但在自己的心灵深处，他越长大和越亲近地了解哥哥，脑子里就越来越经常地觉得，自己完全缺乏而哥哥具备的这种从事公共事业的卓越才能——也许并非专长，相反倒是某种欠缺——不是欠缺善良、真诚、高尚的愿望和趣味，而是欠缺生活的力量，欠缺那种所谓的良心，那种迫使人从无数的生活道路中选定一种道路并只想这样干的意愿。他越是了解自己的哥哥，便越发现无论谢尔盖·伊万诺维奇还是许多从事公共事业的活动家，都并非为良心驱使爱公共事业，而是凭理智认为从事这种事业好，并只是由于这一点才干起公共事业来。列文观察到哥哥对公共事业及灵魂不灭问题的关心，丝毫不比对一盘象棋或一台新机器的巧妙构造更多些，这就更加强了他的这种成见。

除此之外，和哥哥在一起使康士坦丁·列文不自在，还因为在乡下，尤其是夏天，列文往往忙于农务，为了重新安排该做的一切，他总觉得日子不够长，而谢尔盖·伊万诺维奇总在休息。即使现在，虽然他也在休息，就是说没有写自己的著作，但他是那么习惯于智力活动，喜欢通过优美简短的形式说出自己的一些想法，并喜欢有人听。他最寻常而自然的听众，便是弟弟。因此，尽管兄弟俩的关系是友好亲密的，康士坦丁·列文还是不好意思让他一个人待着。谢尔盖·伊万诺维奇喜欢躺在草地上，就这么边晒太阳边懒洋洋地闲聊。

“你不相信吧，”他对弟弟说，“对我来说，这种乡下佬的懒散是多大的享受。脑子里什么也不想，空荡荡的像个球。”

但是，康士坦丁·列文对坐着听他谈话感到无聊，尤其是因为他知道，自己不看着点儿，肥料会被乱运到地里，天知道会被堆放到什么地方去；而且犁头也不会被拧紧，等到一脱落下来，人家就会说这种犁实在不中用，还不如安德烈夫式木犁，等等。

“大热天有你走动的时候呢。”谢尔盖·伊万诺维奇对他说。

“不，我只到办事处去一会儿。”列文说着，便往地里跑。

二

六月初，保姆兼女管家阿加菲娅·米哈依洛夫娜把一小罐刚腌上的蘑菇送到地下室去的时候，突然滑了一跤，跌倒了，扭伤了一只手腕。乡村医生来了，是个大学刚毕业的爱唠叨的青年。他检查完后说，手腕没有脱臼，于是给包了纱布。留下吃午饭时，看样子他很高兴和有名的谢尔盖·伊万诺维奇·柯兹内舍夫交谈，说想把自己对事物的开明观点及县里所有的流言飞语都讲给他听，同时抱怨地方自治机构情况一团糟。谢尔盖·伊万诺维奇仔细地听着，进行询问，为自己有了个新的听众感到兴奋，边交谈边说出一些精确有分量的话，青年医生频频点头。做弟弟的很清楚，他通常要在进行有趣而兴奋的谈话后才有这种精神活跃状态。医生走后，谢尔盖·伊万诺维奇想到河上去钓鱼。他喜欢钓鱼，而且好像还以能有这么一项重要的活动引为自豪。

康士坦丁·列文来到休耕地和草场，叫一辆单马双轮轻便车顺道把他带到那里。

那是一年中夏季收播交接的时节，当年的收获已成定局，开始安排来年的播种并着手割草了。黑麦已经全部弯秆，还没有长满的灰绿色麦穗随风泛起一阵阵轻轻的波浪，青青的燕麦，夹杂着一簇簇黄草，一起起伏涌动伸展在晚播地上。早播的荞麦已发芽，覆盖了地面。休耕地被牲口踩得跟石头般结实，已经翻耕了一半，只剩下木犁没有犁到的一条条小路；在霞光照耀下，运出的干粪堆，混合着野草的蜜香，一起散发出来。而下面洼地里，等待收割的草地茂密得就像一片海洋，中间夹杂着一撮撮收割后留下的正变黑的酸模草茎秆。

干农活的人民年年如此，这是他们短暂休息的时节，之后便开始了一年一度的集中全力收获。今年将有一个极好的收成。白天晴朗炎热，夜间短暂而多露水。

兄弟俩到草原去得穿过一片森林。谢尔盖·伊万诺维奇一会儿向弟弟指指一棵黑黝黝的老椴树的阴面，它长满黄色的托叶快开花了，一会儿又指指闪烁着绿宝石般亮光的当年新树的嫩芽；他总是对枝叶茂盛的森林之美赞叹不已。康士坦丁·列文不爱谈论及听人家说大自然的美。对他来说，言辞会消除他所见到的那种美。他随声附和哥哥，不由得开始想起别的什么东西来。他们穿过森林时，他的全部注意力都被休耕地上一块高处的景象吸引住了，那长满高处的草已经转黄，有的地方遭践踏，有的地方被犁破，有的地方撒着粪土，有的地方还被翻耕过。一队大车在地里来来去去地转。列文数了数大车的数量，感到满意，因为该运出的一切都正在往外运。接着，面对草原，他的思想便转到割草问题上去了。对于割草，他总有某种兴奋的感觉。到了草场边上，列文让马停下来。

野草底部稠密的根枝上还留着早晨的露水，为了不弄湿双腿，谢尔盖·伊万诺维奇要求单马双轮轻便车顺草原走，把他拉到能钓到鲈鱼的柳树丛处。康士坦丁·列文尽管舍不得把青草轧坏，但还是把马拉进草场。高高的青草被车轮和马蹄轧过，湿漉漉的车毂和车轮的辐条都沾满青草掉下的草籽。

哥哥坐在灌木丛下理他的钓鱼用具，列文则把马牵开、系好，然后走进辽阔的风吹不动的海洋般的灰绿色草场里。丝绸般柔软的青草已经结了籽，在低洼处几乎有齐腰高。

康士坦丁·列文横着穿过草场，到了路上，遇见一个眼睛浮肿、扛着个蜂箱的老人。

"怎么？你已经抓到一窝蜂了，福米奇？"他问。

"抓什么，康士坦丁·德米特里奇！能保护好自己的就不错了。瞧已经是第二次出窝了……亏得孩子们及时骑马赶到。他们在您那里犁地。他们卸了犁，就骑马赶来了……”

“啊，福米奇，你看怎么着——就割呢，还是再等等？”

“怎么说呢！照我们看，得等到圣彼得节。可是您从来都割得早。这有什么，上帝的恩赐，草长得好啊。牲口可以放心了。”

“那么天气呢，你以为怎么样？”

“这是老天爷的事儿。八成还会晴下去的。”

列文走到哥哥那里。谢尔盖·伊万诺维奇什么也没有钓到，但他并不厌倦，心情非常好。列文发现他被与医生交谈所激发的余兴未尽，还想聊天。列文却相反，想快点儿回家去，好安排明天的割草人以及决定总使他放心不下的割草问题。

“怎么着，我们走吧。”他说。

“急什么呢？来坐会儿。瞧你，都湿成这样了！虽然没有钓到鱼，不过我很高兴。任何的渔猎活动，好就好在你可以接触大自然。这银灰色的河水，真是好极了！”他说。“这些长满青草的河岸，”他继续说，“总会使我想起一个谜——你知道吗？草儿对水说：我们来玩一会儿，我们来玩一会儿。”

“我不知道这个谜。”列文忧郁地回答。

三

“可是你知道吗，我在想你的事，”谢尔盖·伊万诺维奇说，“照这位医生对我说的，你们县里干的事真是胡来；他是个聪明可爱的人。我对你说过，而且还要对你说：你不去出席会议，对地方上的事情总是抱疏远态度，这不好。假如正派人都抱这种态度，显而易见，一切都会很糟糕。我们交了钱，它们都被用做薪水了，但是没有学校，也没有医生，没有助产士，没有药房，什么都没有。”

“我可是尝试过的，”列文不高兴地轻声回答，“我做不到！又有什么办法！”

“究竟什么你办不到？老实说，我不明白。我不认为是冷漠、无能；难道仅仅是因为懒惰？”

“不是这个，不是那个，也不是别的。我作过尝试，发现自己毫无办法。”列文说。

他不很注意听哥哥说的话，朝河那边的翻耕地张望时，看到有个黑黝黝的玩意儿，但没法弄清楚那是一匹马还是骑着马的管家。

“为什么你毫无办法？你做过试验，照你的那一套不行，你就灰心了。怎么这么没有自信心呢？”

“自信心，”被哥哥的话刺痛了心的列文说，“我不明白。我上大学时人家对我说，别人都懂得微积分，而我不懂——我就觉得沮丧，没有自信心。而现在得确信应当具备干这些事情的才能，而且首先必须相信这些事情都很重要。”

“那又怎么样！难道这不重要？”谢尔盖·伊万诺维奇说，因为弟弟不重视他关心的事情，尤其是弟弟显然几乎没有在听他说话，使他伤心。

“我不认为重要，它吸引不了我，你要怎么着？”列文回答，他已经弄清楚自己看到的是管家；看样子，是管家放农民们离开了耕地。他们把木犁都翻倒了放着。“难道已经都翻耕完了？”他想。

“那你听我说，”哥哥板着俊美聪明的脸，露出不快的神色说，“凡事都有个界限。做个古怪而真诚、不说谎的人，这很好——这我全知道；但是你知道，你说的话，不是毫无意思就是意思糟得很。你既然爱老百姓，怎么能认为老百姓做的事不重要呢……”

“我从来没有这么说过。”康士坦丁·列文心想。

“……难道让人民无依无靠地死去？粗野的村妇折磨着孩子，人民无知到麻木不仁，任凭各种各样的文书摆布，而有办法帮助这事儿的你却不去帮助，因为在你眼里，这事儿不重要。”

这样，谢尔盖·伊万诺维奇把他置于两难的境地：要不你就是个低能儿，看不到你能做的一切；要不你就是不想牺牲自己的安逸、虚荣，并装做自己不知道怎么办。

康士坦丁·列文感到自己除了屈服，或承认自己对公共事业缺乏爱心，没有别的办法。这使他感到屈辱和伤心。

“两者都有，”列文果断地说，“我觉得不行……”

“怎么？把钱好好分配一下，用来帮助医疗事业也不行吗？”

“我觉得不行……这地方周围四千平方俄里，有融雪的积水，有暴风雪，有田里的工作，我看不到给所有地方提供医疗帮助的可能性。何况，一般说我不相信医疗。”

“那，对不起，这不公道……我能给你举出数千个例子……可那么，学校呢？”

“要学校干什么？”

“你在说什么？难道教育的作用也怀疑？它既然对你有好处，那么对所有的人也一样。”

康士坦丁·列文感到自己在道德上被逼到了绝境，因此发火了，不由自主地说出自己对公共事业冷淡的主要原因。

“所有这一切，也许是好事；可我为什么要去关心自己从来不光顾的医疗站，为什么要去关心我不会把自己的孩子送到那里去的，就连农民们也不愿把他们的孩子送进去的学校？再说了，我还不确信有必要把孩子送到那里去！”他说。

这种出人意料的反驳，顿时使谢尔盖·伊万诺维奇吃了一惊；不过他立刻制订出进攻的新计划。

他沉默了一会儿，拉起钓竿又将钓钩抛出去，然后微笑着对弟弟说：

“啊，对不起……第一，医疗站是需要的。我们刚刚为阿加菲娅·米哈依洛夫娜请过一次乡村医生。”

“啊，不过我想，她那只手仍将弯着。”

“这还不一定……然后，一个有文化的农民，对你会像一个工作人员那样更必需和更重要。”

“不，随你问什么人，”康士坦丁·列文断然回答，“一个工作人员如果有文化就糟得多。连让修修路都不行；而要是架桥，架上了就被偷走。”

“其实，”谢尔盖·伊万诺维奇阴沉下脸来说，他不喜欢矛盾，特别是不停地从一件事情跳到另一件事情，毫无系统地提出新的论据，这么一来，就让人不知道回答什么好，“其实问题不在这里。对不起，你承认不承认教育是对人民的一种福利？”

“我承认。”列文无意中说，立刻想到自己说的不是心里话。他感觉到，假如他承认这样，他哥哥将会向他证实，他的是毫无意思的胡扯。他不知道哥哥会怎么证明这一点，但知道毫无疑问，他哥哥肯定会从逻辑上向他证实，而且他期待着这种证实。

结果，哥哥的论据要比康士坦丁·列文期待的简单得多。

“如果你承认这是有益的，”谢尔盖·伊万诺维奇说，“那么，你作为一个诚实的人，就不能不喜欢和支持这种事业，因此也不能不愿意为它出力。”

“但是，我还是不承认那是件好事。”康士坦丁·列文涨红了脸说。

“怎么，你刚才还说……”

“也就是我既不承认那是件好事，也不认为那是件可能办到的事情。”

“这个，你不费力气就没法知道。”

“就算是那样吧，”列文嘴上这么说，但心里完全没那么想，“就算是那样，可我还是看不出我为什么要去关心这种事情。”

“你这是什么意思？”

“不，既然我们把话说到这里，那你就从哲学的观点给我解释清楚。”列文说。

“我不明白，这与哲学有什么关系。”谢尔盖·伊万诺维奇说。

他的口气使列文觉得好像他不承认弟弟有谈论哲学的资格。这一点激怒了列文。

“我这么跟你说吧！”他气冲冲地说起来，“我想，我们一切行为的动力，毕竟是个人的幸福。现在，我作为一个贵族，在地方机构里看不出任何促进我福利的东西。道路没有改善，也没法改善；很坏的道路，我的马也能拉我走。我不需要医生和卫生站，也不需要民事法官——我从来都不求他，而且也不会去求他。学校，我不但不需要，而且甚至像我对你说过的那样，它简直是有害无益的。对我来说，地方机构简直只是一种负担罢了，为每俄亩地交付十八戈比钱，还得坐车进城与臭虫一起过夜，而且还要去听种种胡说八道和无聊的东西，而且个人利益是不会激发我去这么做的。”

“你等等，”谢尔盖·伊万诺维奇带着微笑打断说，“个人利益不曾激发我们为农民的解放去工作，可是我们还不是照样工作了。”

“不！”康士坦丁更加怒气冲冲地打断说，“解放农民是另一回事情，其中有个人利益。我们，所有的好人都想解脱压在自己身上的包袱。但做个地方自治议员，去讨论我并不住在那里的城市需要多少掏污水沟的工人及设置多少水管，做个陪审员去听辩护人和检察长的各种胡扯，以及审判长讯问那个傻瓜老头阿列什卡：‘被告先生，您是否承认偷了火腿的事实？’——‘啊？’”

康士坦丁·列文已经失去控制，开始设想审判长和傻瓜阿列什卡的模样；他仿佛觉得，这一切都说在了点子上。

但是，谢尔盖·伊万诺维奇耸了耸肩膀。

“啊，你究竟想说明什么呢？”

“我只是想说，那些触及我的利益的权利……我将永远尽全力去保卫；当宪兵来搜查我们学生的书信的时候，我曾尽全力保卫这些权利，保卫我享受教育和自由的权利。我理解服兵役的义务，它关系到我的孩子、兄弟及我本人的命运；我准备去讨论那些与我有关的事情；但要去讨论怎么分配地方自治局的四万卢布钱，或审判傻瓜阿列什卡——我不明白，也做不了。”

康士坦丁·列文像河堤决了口似的说着。谢尔盖·伊万诺维奇微微笑了笑。

“而明天你将受到审判，怎么，难道在旧的刑事法庭上审判你，你会更愉快些？”

“我不会去受审判。我从来不杀人，因此用不着对我这样。啊，还说什么呢！”他继续说，又跳到完全不相干的事情上，“我们的地方自治机构及所有这一切——好像是圣灵降临节[①]我们插上的桦树枝，它看上去像欧洲土生土长的桦树林，但我怎么也没法真心地给它浇水，并相信它真的能成长！”

谢尔盖·伊万诺维奇只是耸了耸肩膀，借这一动作对现在他们的争论中冒出些桦树来表示惊讶，尽管他立刻明白了弟弟想说的是什么意思。

“对不起，这样永远是无法得出结论的。”他指出说。

但是，康士坦丁·列文想为对公共事业不热心的缺点辩护，对这个缺点他自己也知道，于是继续说。

“我认为，”康士坦丁说，“任何一种活动——假如不建立在个人利益的基础上——它是不可能巩固的。这是个极普遍的哲学道理。”他口气坚定地重复哲学的这个词儿说，好像是在表明自己也和所有的人一样有权谈论哲学。

谢尔盖·伊万诺维奇又一次地微笑了。“连他也有一套为自己的倾向服务的哲学。”他想。

“好了，你还是把哲学放在一边，”他说，“任何时代，哲学的主要任务，恰恰在于找到个人利益和公共利益之间存在的必不可少的联系。但这没有关系，问题是我只不过要纠正一下你的比喻。桦树不是插上的，而是种的栽的，应当小心对待。一个民族，

---

① 旧译三一节，在复活节后第五十天。

只有感觉到自己的制度是重要的和有意义的，并对它们加以珍惜，这样才有前途，才称得上是历史性的民族。”

谢尔盖·伊万诺维奇接着把问题转移到了康士坦丁·列文不懂的哲学历史领域里，指出他的观点是完全不公正的。

“至于说到使你不喜欢的那些事情，请原谅我——那是我们俄罗斯的懒散和老爷习气，而我相信，你这是一种暂时的糊涂，会过去的。”

康士坦丁沉默了。他感到自己从各个方面已被击败，同时又感到哥哥没有理解自己所说的话。他不知道的，只是为什么不被理解：是他不善于说清楚想说的东西，还是因为哥哥不愿理解或他理解不了它。但他没有深入这些思想里去，没有去反驳哥哥，使开始考虑起个人的完全是另一件事情来。

谢尔盖·伊万诺维奇卷起最后一竿钓鱼线，解下马，接着他们就走了。

四

列文和哥哥谈话时想起的那件事情是这样的：去年有一次割草时对管家发火了，列文用他自己的方法——从一个农民手里拿过镰刀亲自割起来，借以平息自己的怒火。

这个工作使他这么开心，以至于后来又割了好几次草；把家门前的整片草地全割了，而且今年一开春他就给自己制订了一个计划——连日和农民们一起去割草。哥哥来了以后，他一直在犹豫：还去不去割？整天地把哥哥一个人撇下，他过意不去，还担心哥哥会拿这事儿笑话他。但是当他经过草地时回想起割草的印象，他几乎已经决定去割了。和哥哥进行激烈的谈话后，他又回想起这件事。

“需要体力活动，不然我的性格一定会变坏。”他想，便决定不管这样一来自己会在哥哥和人们面前多么尴尬，他还是要去割草。

傍晚，康士坦丁·列文到办事处去安排工作，并派人到各村去招收割草工，去收割卡里诺夫草场，那是最大最好的一片草场。

“请把我的镰刀送到吉特那里，让他给打磨好，明天送回来；我可能自己也去割。”他竭力装得若无其事的样子说。

管家微微笑了笑说：“是啰。”

晚上喝茶时，他把这事儿告诉了哥哥。

“看样子，天气会好一阵子，”他说，“明天开始，我割草去。”

“你很喜欢这种活儿。”谢尔盖·伊万诺维奇说。

“我喜欢极了。我有时自己和农民们一起割草，明天想整天去割。”

谢尔盖·伊万诺维奇抬起头，好奇地看了一眼弟弟。

“也就是怎么的？和农民完全一样，整天？”

“对，干活很有劲。”列文说。

“作为一种体育锻炼，再好不过，只怕你经受不住。”谢尔盖·伊万诺维奇一本正经地说。

“我试过了。开始时觉得累，后来就好了。我想我不至于落下……”

“原来是这样！不过你说说，农民们怎么看待这事儿？他们该笑话老爷是个怪物了吧。”

“不，我不这样认为。那是件开心又累的活儿，大家根本没工夫想什么。”

“可是你怎么吃饭，也将和他们一起？把拉斐特酒[①]和烤火鸡给你送到那里，这可不合适啊。”

“不，我只在休息时回家一次就行了。”

---

① 法国拉斐特地方产的一种红葡萄酒。

第二天早晨，康士坦丁·列文起得比平常早，但被事务性的安排拖住了，他到草场时，人家已经在割第二行了。

还在一个高坡上时，他就看见面前一片割过后带阴影的草地，那里放着一排排灰色的草束和一堆堆黑黝黝的半长衫，那是割草人在开割的地方脱下的。

他快到达目的地了，眼前出现了一个接一个连成一串的正在割草的农民，他们各自挥舞着镰刀，有的穿着半长衫，有的只穿一身内衣。他数了数，有四十二个人。

他们在高低不平的草场低洼处缓缓前进，那里原本是个拦截水流形成的水池子。列文认出来几个熟人。其中有穿着件很长的白衬衫的叶尔米尔老人，他正弯腰挥起镰刀。有年轻可爱的瓦西卡，他当过列文的马车夫，此刻他每一行都一口气割完。这里还有吉特，一个瘦小的农民，在割草方面，他是列文的师傅。他不弯腰，走在前头，好像手拿镰刀在玩耍似的，可是一下去就割了宽宽的一行。

列文下了马，把它拴在路边上，走到和吉特并肩时，吉特从灌木丛里取出第二把镰刀递了过来。

“打磨好了，老爷；割起来，草一碰上就会断掉。”吉特说着，微笑着脱下帽子，把镰刀交给他。

列文接过镰刀，动手试了试。割完自己的一行后，汗涔涔的割草人一个接一个开心地来到道路上，笑眯眯地给老爷问好。他们大家都望着他，但在一脸皱纹、没有胡子，穿一件短羊皮袄的高个子老头来到道路上之前，谁也没有对他说什么。

“看着点儿，老爷，动手干了就别落下！”他说，列文接着听到割草人中间响起有节制的笑声。

“努力争取不落下吧。”他站在吉特后边，等着动手割。

“看着点儿。”老头子重复说。

吉特空出地方，列文跟在他后边。这是矮小的路边草，再加列文好久没有割草了，他被大家瞅得不好意思起来，所以前几分钟，尽管胳膊很用力，却割得不好，后边有人说了：

“镰刀装得不好，把儿太高，瞧他弯成啥样。”一个说。

“脚后跟站远点儿。”另一个说。

“没有关系，对，割一会儿就会好的，”老头子继续说，“瞧，行了……你割得太宽，减少点儿……不行，主人是为自己卖力！可是你瞧，割得多不整齐！要是咱哥们儿留得那么高，就得挨骂了。”

前面的草变得柔软些了，列文跟在吉特后面。他只听人家说而不理会，努力尽量割得好些。他们割了有一百步距离，吉特没有停下，没有显出丝毫累的样子，一个劲儿地往前；但列文已经感到害怕了，他坚持不住想要停下来，他真累了。

他感到自己的胳膊已经在尽最后一点儿力了，于是决心请求吉特停一会儿。正好这时候，吉特也停下来了，他弯下腰去抓起一把草擦了擦镰刀，开始磨起镰刀来。列文挺直了腰，喘了口气，朝四周围张望了一眼。一个农民还在他后边，看样子也累了，因为他还没有割到列文那么远，就停下来，在那儿磨刀了。吉特磨好自己的和列文的镰刀，接着他们又往前割了。

第二次也是那样。吉特不停也不觉得累地一镰一镰往前割。列文跟在他后边，努力不落下，可接着他又越来越困难了：到了他感到再没有力气坚持下去那一刻，正好吉特又停下来磨刀了。

他们就这样割完了第一行。而这长长的一行，列文觉得特别困难；但是，当吉特的一行终于割到了头，把镰刀搭在一个肩膀上，慢悠悠地朝他割过后留下的脚印儿往回走，列文也顺着自己割过留下的脚印往回走时——这时候，他虽然满脸是汗，鼻子上挂着汗珠，整个背部都湿得像在水里泡过似的——他还是觉得很舒服。特别使他高兴的是，现在他知道自己能坚持下来了。

使他扫兴的只有一点，就是自己的一行割得不好。“我得少挥动胳膊，多动整个身子。”在把吉特割的一行和自己割的作了比较后，他这么想：人家割得像一条线似的笔直，自己的一行则撒满了草又参差不齐。

列文发觉吉特割第一行特别快，大概他是想试试老爷，而且这一行正好还很长。以后的几行就轻松些了，不过列文还是得使出全部力气，才不至于落在农民们后头。

他什么也不去想，什么也不指望，一心只为不落在农民们后边，尽可能地割得好些。他只听得镰刀在沙沙响，只看见吉特在前面渐渐远去的挺直的身姿、自己刀下呈半圆形徐徐波浪般倒下的青草和草穗，还有自己前边可以休息的一行终点。

活儿干到中途，他不知为什么正冒热汗的肩膀上突然感到有一种清凉的愉快感觉。磨镰刀时他仰望了一下天空。天上乌云低垂，接着掉下大颗的雨点儿。一些农民跑去拿自己的半长衫穿上；另一些人则如列文一样，只感到爽快的凉意，开心地扭扭肩膀。

他们一行又一行地割着。有的行长，有的行短，有的行草长得好，有的行草长得不好。列文没有时间概念，全然不知道这时候是早还是晚。他干的活，现在开始产生一种带给他巨大享受的变化。干活中间，他有时忘了自己在做什么，感到轻松，在这种时候，他割的行几乎和吉特割的一样平直、漂亮。但是，只要一想自己是在做什么并竭力做得好些时，便立刻感受到劳动的全部沉重，自己的一行草也就割得很糟。

又割完一行时，他又想开始割另一行，可是吉特停下来了，走到一个老头子跟前轻轻对他说了句什么话。他们俩看了看太阳。"他们在说什么，他为什么不开割另一行？"列文在想，因为他没有猜到农民们已经没有休息地割了四个多钟头，他们该吃早饭了。

"该吃早饭了，老爷。"老头子说。

"难道说到时候了？好吧，吃早饭。"

列文把镰刀交给了吉特，便到半长衫堆里和拿面包的农民们一起，穿过割完后稍稍被雨淋湿的长条空间，走到马旁边。这时他才明白，自己没有看准天气，雨淋湿了干草。

“干草要变坏了。”他说。

“没有关系，老爷，雨天割，晴天收呗！”老头子说。

列文解下马，骑着回家喝咖啡去了。

谢尔盖·伊万诺维奇才起来。列文喝完咖啡，在谢尔盖·伊万诺维奇穿好衣服进餐厅以前，又割草去了。

五

吃早饭后，列文所处的行列已经不在原来的地方了。他的一边是一个好开玩笑的老头子，老头子主动要求跟列文一起割；另一边是一个青年农民，他去年秋天结婚，这是头一次出来割草。

老头子挺直身子，迈着均匀的大步子走在前头，动作准确平稳，看上去比走路时摆着双臂还轻松，像玩耍似的把一行长得整齐又茂盛的青草割倒。就好像不是他，而是一把锋利的镰刀自己往长熟的青草里切割。

列文后边的是年轻的米什卡。他有一张讨人喜欢的青年人的脸，头上缠着一缕青草织成的辫带，一个劲儿地割着；只要人们一瞅他，他便微微笑笑。看样子，他是宁肯死也不愿承认自己累了。

列文处在这两个人中间。在最热的时候，他觉得割草并不是那么困难的活计。满身的汗水使他感到凉爽；而照在背部、头部及一只袖子卷到胳膊肘的手上的太阳，使他干起活来显得结实和顽强；现在，他越来越经常地处于那种无意识状态。镰刀仿佛自己在往前割草。这是一种幸福的时刻。割到尽头，老头子走到河边，抓起一把稠密的湿淋淋的青草擦过镰刀，把镰刀在清凉的河水里浸了浸，又用装磨刀石的盒子舀起一铁勺水请列文喝。这样的时候就更开心了。

“来，我的克瓦司[①]！怎么样，好喝吗？”他眯眯眼睛说。

倒也是真的，列文从来没有喝过这种温温的漂浮着绿叶和带点儿洋铁罐锈味儿的河水。喝水之后，他手持镰刀，心旷神怡地缓慢散步。这时候可以擦把汗，敞开胸脯呼吸，观望一直伸延开去的割草人队伍以及四周围森林里和田野上的一切。

列文割的时间越长久，就越频繁地处于忘我状态中，仿佛不是在挥舞镰刀，而是镰刀本身充满生命和思想，自己在向前行进，不用思索，便稳稳当当准确地自动在进行。这是最快活的时刻。

只有遇到土墩或难割的酸模草，需要考虑怎么割时，他才停止这种无意识的动作，感到劳动是费力的。老头子干这活儿容易。碰上高低不平的小草丘，他改变一下动作，时而用刀根时而用刀尖从草丘四周围绕着狠狠来几下就行。而且，他一边这样做，同时还不断仔细看看，观察自己面前出现的情况；他一会儿摘些草果请列文和自己一块儿吃，一会儿用镰刀尖儿拨开草枝，看看是不是有鹌鹑窝，有时会从里边镰刀下飞出一只母鹌鹑，一会儿捉住一条爬到路上的蛇，用镰刀将它像一把叉子似的举着，让列文看看后再扔了它。

然而对于列文和在他后边的那位可爱的年轻小伙子而言，要像他那样变换动作是困难的。他们俩重复着一个紧张的动作，热烈地干着活，他们没有那种一边改变动作、一边观察前方的技术。

列文没有注意到时间是怎么过去的。如果人家问他割了多长时间，他会说是半个钟头——而当时都快吃午饭了。老头子割到头往回走的时候，叫列文注意看，只见一群男女孩子已经顺着高高的草地及道路从四面向割草处过来，他们的手上都提着装有面包的包裹以及上面扎着布头的克瓦司罐。

“瞧，孩子们来了！”他指指他们，同时举起一只手挡住阳光张望着。

---

① 俄罗斯一种用发酵的燕麦制作的又酸又甜的清凉饮料。

他们又割了两行，老头子停下来了。

“啊，老爷，该吃午饭了。”他坚决地说。于是，割草的人们便穿过一行行青草来到河边堆放着半长衫的地方，送午饭来的孩子们正坐在那里等着他们。农民们集合起来了——远的在大车旁边，近的在杨树林下撒着青草的地方。

列文坐到他们身边，他不想离开。

在老爷面前时种种应有的拘束，都早已经消失了。农民们准备吃午饭了。老一些的在洗脸，小伙子们在河里洗澡，还有人在安排歇息的地方。他们解开面包袋子，将装克瓦司的罐子打开。那老头子把面包掰碎放进杯子里，用勺把搅了搅，从洋铁罐里倒出一些水，再掰些面包放进去，撒上些盐，便面向东方祈祷起来。

“来，老爷，尝尝我们的面包渣汤。”他说着，同时面对杯子屈膝坐下来。

面包渣汤是那么鲜美，以至列文打消了回家吃午饭的想法。他和老头子边吃边聊，对老头子的家务事表现出浓厚的兴趣，也把自己能使老头子感兴趣的所有事情和情况全都讲给他听。他感到老头子比自己的兄弟还亲近，并不由得为自己对这个人产生了感情，对他露出微笑。当老头子再次站起来，做完祷告，在就近的灌木丛下拿一把草枕着躺下时，他也这样做了。尽管在阳光下老有苍蝇不停地纠缠，弄得汗津津的脸部和身上痒丝丝的，他还是马上就睡着了，直到太阳移到灌木丛的另一边，照在他身上时他才醒来。老头子早已经不睡了，他正坐在那里给年轻人磨镰刀。

列文环顾了一下四周，都认不出这地方了：全都大大变了样。草场一片巨大的空间已被割完，一行行散发着芳香的青草在傍晚的斜阳下，泛出一种特殊、清新的亮光。河边割过草的灌木丛，那原来看不到的弯弯曲曲的钢铁般亮晶晶的河流，那站起来往前走的人们，那草场没有割倒的墙壁般挺立的青草，还有在割成光秃秃的草地上盘旋的野鹰——这一切都已显得焕然一新。醒过来的列文在考虑，已经割了多少，今天剩下的时间还能割多少。

四十二个人干了这些活儿，是非常多的了。已经割倒的一大片草场，在农奴制时代得三十把镰刀花两天才能割完。剩下的只是些一行行很短的边角地。不过列文希望这一天尽可能多割些，可惜的是太阳这么快就下山了。他一点儿也不觉得劳累；只想干得更快些，尽可能地多干些。

“我们把玛什卡上头那块地割了，你看怎么样?”他对老头子说。

“上帝保佑，太阳不高了。给小伙子们来点儿伏特加酒吧。”

午后大家再次坐下来休息，抽烟的时候，老头子对小伙子们宣布说：“割完玛什卡上头那块草，有伏特加喝。”

“啊，行啊！走，吉特！胳膊使劲点儿！夜里喝个痛快。走!”割草的人们这么说着，随即边吃边行动起来。

“好，小伙子们，再坚持一会儿!”吉特说着，几乎一溜烟地跑到了前头。

“走啊，走啊!”老头子说，从后边很轻松地追了上去，“我要让你出洋相，当心点儿!”

年轻的和年老的你追我赶地割起来。但他们不管割得多么着急都没有糟蹋草，一行行都割得干净又整齐。拐角上剩下的一块草地，五分钟就割完了。后边的才割到头，前边的已经拿起半长衫往肩上一搭，穿过一条道到玛什卡上头的地方去了。

他们带着洋铁罐叮当响地走进玛什卡上头那片低洼的树林里时，太阳已经落到树背后了。洼地中间的草有齐腰高，那里的草柔软鲜嫩，草叶像牛蒡，树林子里处处开着五颜六色的蝴蝶花。

简短地商量了一下——直着割还是横着割——以后，普罗霍尔·叶尔米林在前头走了：他是个有名的割草能手，大个子，黑皮肤。他走在一行的前头，回过头来，便动手割，接着大家都跟他看齐，顺山坡往下到洼地，再顺山坡往上割到森林路边上。太阳落到森林背后了。已经有露水了，割草人只有到高处才瞧得到太阳，而在雾气氤氲的低洼地和另一边，他们是在阴凉的有露水的阴影下割草。活儿干得一片欢腾。

野草与镰刀碰撞发出清脆的响声，散发出芳香，一行行高高地堆放着。从四面八方顺着短短一行行互相紧挨着的割草人，洋铁罐的叮当声伴着一会儿是镰刀的撞击声，一会儿是镰刀在磨石上的咔咔声及欢乐的呼叫声，大家都在你追我赶地催促着。

列文还是夹在可爱的年轻人和老头子当间。老头子穿着短羊皮袄，还是很开心，说说笑笑，动作极利索。树林里，长在成熟的青草中间的肥大的桦树蘑菇不时被镰刀割断。老头子则每次见到蘑菇都弯下腰去，把它捡起来放进怀里。“给老太婆的又一件礼物。”他说。

尽管又湿又矮小的草很容易割，但是一上一下顺着洼地的陡坡来回干是件很吃力的活儿。不过这并没有难倒老头子。他一个劲儿挥舞镰刀，穿着宽大树皮鞋的双脚一小步一小步稳稳当当慢慢地上了陡坡，虽然他整个身子和衬衫下吊着的短裤都在抖动了，但还是不放过途中的一棵小草及一朵蘑菇，还依旧和农民们及列文开玩笑逗乐。列文跟在他后边常常想，他带着镰刀上这么陡的、没有镰刀都很难爬的坡地，一定会跌倒；可是他上去了，并干了自己该干的活儿。他感到有某种外部的力量在推动着他。

六

大家割完玛什卡上头的草地，最后几行的活儿都干完了，便穿上半长衫，高高兴兴回家了。列文骑上马，依依不舍地告别农民们，也往家走。他从山上回头看了看，他们被从下边升起的雾气遮住，已经看不见了，只听到粗野而欢乐的谈笑声及镰刀碰撞发出的响声。

列文满身是汗，前额上粘着散乱的头发，胸前和背部都湿淋淋的，也晒得黑黝黝的。当他高高兴兴说着话走进自己哥哥的房间里时，谢尔盖·伊万诺维奇早已吃完饭，喝过冰镇柠檬水，正在自己房里翻阅刚从邮局收到的报纸杂志。

“我们可是把整片草场都割完了！啊，多好，好极了！而你过得怎么样？”列文完全忘了昨天不愉快的谈话，说。

“瞧你，都像什么了！”谢尔盖·伊万诺维奇最初一分钟不满地看着弟弟说。“对了，你把门，把门关上！”他叫嚷道，“一定进来了十来只苍蝇。”

谢尔盖·伊万诺维奇无法忍受自己房间里的苍蝇，所以夜间只开窗户，而房门总尽量关着。

“真的，一只也没有。如果进来了，我一定捉住它。你不会相信，割草是多大的享受！你一整天怎么过的？”

“我很好。可是，你难道整天都割草了？我想你一定饿得像只狼了。库兹玛全都给你准备好了。”

“不，我甚至都不想吃。我在地里头吃了点儿。现在我可得去洗一洗。”

“啊，去吧，去吧，我现在就到你那里来，”谢尔盖·伊万诺维奇说，他看着弟弟直摇头，“你去，快去吧。”他微笑着补充说，同时收拾好自己的书籍，准备走。他自己突然高兴起来，不愿和弟弟分开。“那么，下雨的时候你在哪里？”

“什么雨？稍稍掉了几颗雨点儿。我这就来。这么说，你今天过得还好？那就好极了。”接着，列文就出去穿衣服了。

五分钟后，兄弟俩一起来到餐厅里。列文真的觉得不想吃，他坐下来吃只是为了不使库兹玛感到委屈，可一旦开吃，他立刻又觉得这顿饭真是好吃极了。谢尔盖·伊万诺维奇脸带微笑地瞅着他。

“噢，对了，有你一封信，”他说，“库兹玛，请到下边去拿来。当心，把门关上。”

是一封奥勃朗斯基来的信，列文出声地读了它。奥勃朗斯基从彼得堡来信说："我收到陀丽的一封来信，说她在叶尔古晓沃，那里的一切都不太顺利。劳驾你到那里去一趟，你什么事都很清楚，给出出主意，帮帮她。她见到你会高兴的。她就只有一个人，可怜。岳母及一家人还在国外。"

"这可好极了！我一定到她们家去，"列文说，"不然，我们一起去吧。她是多好的一个女人啊。不对吗？"

"离这里不远？"

"三十俄里。也许有四十里。不过道路好走。我们可以坐马车去。"

"那太好了。"谢尔盖·伊万诺维奇一个劲儿地微笑着说。

弟弟的样子直接影响了他，使他感到高兴。

"啊，你胃口真好！"他瞅着弟弟弯到菜盘上被晒成红褐色的脸和脖子说。

"好极了！你不会相信，这是医治一切不良习性很有效的办法。我想用一个新的术语丰富医学：*劳动治疗法*①。"

"啊，不过你好像用不着这个。"

"是啊，可是有各种神经性疾病的人用得着。"

"但是，这得试验一下。我倒也曾经想到割草的地方去看看你的，但天气这么热，让人受不了，我到了树林里就没有再往前走。在那里坐了一会儿，我就穿过树林到一个庄上，见到了你的奶妈，向她打听了一下农民们对你的看法。据我了解，他们并不赞成这样。她说：'这不是老爷的事情。'一般说，我觉得在人民的概念里，对他们所谓众所周知的'老爷的'活动是有固定概念的。因此，他们不允许老爷们超出他们概念中已经确定的框框。"

"也许吧，可要知道，这是一种我有生以来没有经历过的满足。而且没有任何坏处。不对吗？"列文回答，"他们不喜欢，这没有办法。其实，我认为这没有什么。对吧？"

---

① 原文为德语。

“总的说，”谢尔盖·伊万诺维奇继续说，“我看你为自己的一天感到满意。”

“很满意，我们割完了整片草场。在那里，我还和一个老头子交了朋友！这事儿，你都没法想象有多妙！”

“好，你为自己的一天这么满意。我也一样。第一，解决了象棋的两道题，有一道颇吸引人——用一个卒子开头。我来下给你看。其次嘛，考虑了我们昨天的谈话。”

“什么？昨天的谈话？”列文说，他饭后正怡然地眯着眼睛，大声喘着气，怎么也回想不起昨天进行过怎样的谈话。

“我发现你有部分是对的。我们的分歧，在于你把个人利益看成了动力，而我则认为凡是有一定教养的人都应当关心公共事业。也许，你认为从物质利益出发更能激发人的活动，这也对。一般说，你的本性，诚如法国人所说，心血来潮，风风火火[①]了点儿；你要么想热烈地精力充沛地活动，要么什么也不干。”

列文听着哥哥说，但他绝对什么都不明白，也不想明白。他只担心哥哥提出的问题，会暴露出他根本没有听。

“是这样，老弟。”谢尔盖·伊万诺维奇碰碰他的肩膀说。

“是啊，当然。不过那有什么关系！我不坚持自己的意见。”列文带着孩子认错似的微笑说。“我们到底争论什么了？”他在想，“大概，我对，他也对，因此全都很好。只是我还得到账房去安排一下。”他于是微笑地站了起来，伸了个懒腰。

谢尔盖·伊万诺维奇也微微笑了笑。

“想出去走走吗？我们一起走吧，”他说，因为不愿和显得如此生气勃勃、精神抖擞的弟弟分开，“我们走，如果你需要，就到办事处去一趟。”

“啊，上帝！”列文大声叫嚷起来，吓了谢尔盖·伊万诺维奇一跳。

---

① 原文为法语。

“怎么，你怎么了？”

“阿加菲娅·米哈依洛夫娜的手怎么样了？”列文敲敲自己的脑袋说，“我把她给忘了。”

“好多了。”

“不过，我还是得跑去看看她。不等你穿好衣服，我就回来了。”

接着，他便像哗唧棒[1]一样鞋后跟噔噔响地跑下了楼梯。

七

有一种义务，局外人虽然不理解，然而在官场里却尽人皆知，这是自然的和必须履行的，非如此不可的——那就是让部里注意到自己。斯捷潘·阿尔卡杰奇到彼得堡来履行这项义务，拿了家里几乎所有的钱，开开心心、快快活活地在赛马场和别墅里度过自己的光阴，而此时达丽娅为了尽可能减少开支，带着孩子来到了乡下。她来到的叶尔古晓沃是自己作为陪嫁带来的田产，也就是春天被卖掉了森林的那个村子，距离列文家的波克罗夫斯基村大约五十俄里。

叶尔古晓沃那幢巨大的老房子早已经拆除了，老公爵曾经把一处厢房单独留出并作了扩建。早在二十年前，达丽娅还是个娃娃的时候，那地方虽然和所有的厢房一样，处于侧面，向南的出口通往林荫小道，不过还是可以住人的，而且舒舒服服。可是现在，这厢房已经又陈旧又破烂了。春天斯捷潘·阿尔卡杰奇到这里来出售森林的时候，达丽娅就要他来看看这房子，并嘱咐他作些必要的修缮。斯捷潘·阿尔卡杰奇和所有不忠的丈夫一样，非

① 俄罗斯一种民间打击乐器，能发出各种有节奏的响声。

常关心妻子的安稳舒适，亲自查看了房子，还吩咐一切要按照他的意思办，全部家具都必须铺上猪皮，挂上窗帘，花园要清理，种上鲜花，并在池塘上架一座桥；但是他忘了许多其他必需的东西，缺了这些，后来可把达丽娅·阿列克山德罗夫娜害得好苦。

斯捷潘·阿尔卡杰奇虽然努力想做个体贴的父亲和丈夫，但还是不能牢记自己是个有妻子和儿女的人。他一副单身汉的派头，而且一心只想象自己是个单身汉。返回莫斯科后，他得意地向妻子宣布，一切都准备妥当，房子将布置得像一座儿童乐园，他再三劝她搬到那里去。对斯捷潘·阿尔卡杰奇来说，妻子到乡下去，从一切方面讲都是件令人愉快的事儿：既可以让孩子们开心，又可以减少开支，他自己还可以自由些。达丽娅·阿列克山德罗夫娜则认为到乡下去度夏对孩子们是必要的，对得了猩红热后还没有恢复过来的女儿更是这样，最后，这样做还可以摆脱种种折磨她的屈辱，以及避开不断使她苦恼的欠木柴商、鱼贩子及修鞋匠的琐碎债务。除此之外，离家使她高兴的还有一件事情，就是她想让吉蒂来乡下跟自己一起住。吉蒂将在仲夏从国外返回，遵照医生嘱咐进行水浴治疗那时就结束了。吉蒂从矿泉浴场来信说，没有什么比在叶尔古晓沃和陀丽一起度夏更使她高兴的事了，那里充满她们俩对童年时代的回忆。

对陀丽来说，乡村生活开头一段时间是很困难的。小时候她常常住在乡下，印象中的乡下该是个摆脱一切城市烦闹的去处，那里的生活虽然也并不如意（陀丽对此很容易就对付过去了），但毕竟是省钱而又舒服的：一切都有，一切都便宜，一切都可以得到，对孩子们也好。可是现在，她作为女主人来到乡下后，发现这一切完全不是自己所想象的那样。

她们来到后的第二天，就下起瓢泼大雨来，夜里，走廊和儿童室都漏水，因此把小床都搬进了客厅。没有厨娘给做饭；九头奶牛，照女饲养员说，有的怀了小牛犊，有的是初生的幼仔，再有的老了，还有的是乳房大而出奶少的；就连给孩子们吃的黄油和牛奶都没有。没有鸡蛋。没法弄到母鸡——拿来烤和炖的是一些颜色发紫净是筋的公鸡，雇不到擦地板的村妇——大家都收获土豆去了。坐马车出去兜兜圈也不行，因为马不听使唤，在辕木间暴跳如雷。没有个地方洗澡——整条河岸都被牲口踩烂了，而且无遮无盖直通大路；甚至要散步都没有地方去，因为牲口常常穿过倒塌的篱笆闯进花园里，而且有一头可怕的公牛，它常常咆哮，看起来像要顶人一样。就连放衣服的柜子也没一个。衣柜的确有几个，可是不是关不上门，就是有人从旁边走过时便会自动敞开。没有铁锅和瓦盆，洗衣房里没有蒸汽锅，甚至连给姑娘们熨衣服的垫板都没有。

开头一段时间，达丽娅·阿列克山德罗夫娜没有得到片刻的安静和休息，反而落到这种在她看来是灾难性的可怕环境里，所以很失望：她尽一切努力奔忙，感到自己毫无办法，时刻控制着不使眼睛里淌出泪水。管家原本是个骠骑兵司务长，后来因为外表漂亮、态度恭顺而被斯捷潘·阿尔卡杰奇喜欢上了，把他从守门人的位置上提拔起来，可是他毫不关心达丽娅·阿列克山德罗夫娜的困难。他只恭恭敬敬地说："这些人都很坏，毫无办法。"于是就一点儿也不帮忙。

处境似乎一点儿指望也没有了。但是和一切有眷属的家庭一样，奥勃朗斯基家有位不受人注意却又最重要和最有用的人物——玛特连娜·菲里莫诺夫娜。她安慰太太，叫她放心，说一切都会解决的（这是她的话，马特维这么说是向她学的），而且自己不急也不慌地干着活儿。

她立刻与管家的妻子搞好关系，来到后头一天她就和管家夫妇在槐树下喝茶，讨论一切事务。槐树下很快成了玛特连娜·菲里莫诺夫娜俱乐部，而且就在这里，通过这个由管家妻子、村长和账房组成的俱乐部，生活的困难开始稍稍得到缓解。一个星期后，真的一切都解决了。修好了屋顶，找来了厨娘——村长家的教母，买到了母鸡，奶牛开始出奶了，花园的篱笆修好了，木匠做了个滚压机，给柜子装上钩子后就不会再自动开门了，熨衣服板也有了，它用一块粗呢布包起来，搭在一把椅子靠背和一个五屉橱上，因此姑娘们的房里就有了熨衣服的气味。

“啊，瞧！您不一个劲儿说没有办法吗？”玛特连娜·菲里莫诺夫娜指着熨衣板说。

甚至还用干草搭了个棚子，可以洗澡。莉莉最先到那里去洗澡，这样对达丽娅·阿列克山德罗夫娜来说，虽然实现了部分愿望，虽然还不安宁，但总算是一种舒适的乡村生活了。达丽娅·阿列克山德罗夫娜带着六个孩子，要安宁是办不到的。一个生病了，另一个也可能生病，第三个缺少点儿什么，第四个脾气暴躁，等等。难得，难得有暂时安宁的时刻。不过对达丽娅·阿列克山德罗夫娜来说，这些操心和不安也就是唯一能享受的幸福了。要是不这样，她就会一个人待在那里净想那个不爱她的丈夫。再说对一个做母亲的，虽然担心孩子生病，有的孩子真的病了，有的脾气不好，这些使她十分苦恼——孩子们本身现在已经以微小的欢乐来补偿她的痛苦了。这种欢乐是很微小的，像沙子里含的黄金似的不惹人注意，以至在她心情不好时只看到痛苦，只看到沙子；不过也有美好的时刻，她看到净是欢乐，净是黄金。

现在到乡下离群索居，她越来越经常地开始意识到这种欢乐。看着孩子们，她常常竭尽全力使自己相信是自己错了，觉得她作为一个母亲，过于偏爱自己的孩子；尽管如此她还是不能不对自己说，她的六个孩子虽然各不相同，但都很出色，而且他们都是难得的好孩子——她于是便为他们感到幸福和自豪。

八

她曾经写信给丈夫，抱怨乡村生活的种种困难。等到五月底生活都安置得差不多、勉强过得去的时候，收到了丈夫对此的答复。他来信请求她原谅，说自己考虑不周，并答应一有可能便来一趟。不过他的话总也没有实现，所以直到六月份，达丽娅·阿列克山德罗夫娜仍独自住在乡下。

彼得罗夫节前的斋戒期一个星期天，达丽娅·阿列克山德罗夫娜带领所有的孩子去做日祷，接受圣餐。达丽娅·阿列克山德罗夫娜在与妹妹、母亲及朋友进行衷心的哲理性谈话时，她对宗教的自由派观点使大家深感惊讶。她有自己坚定不移的古怪信仰，相信轮回转世，不怎么关心教会的条条框框。但是在家里，她——不只是单单为着做出榜样，而是衷心地——严格履行教会的一切要求。孩子们差不多有一年不曾去领受圣餐了，她为此深感不安。于是，在玛特连娜·菲里莫诺夫娜的赞同和全力支持下，她决定现在夏天来办这件事情。

达丽娅·阿列克山德罗夫娜几天前就预先考虑好了，几个孩子都该穿什么衣服。衣服都缝好、改好、洗干净了，边边和皱褶都放好了，纽扣钉上了，条带也准备好了。英国教师给塔尼娅缝的一条裙子，花了达丽娅·阿列克山德罗夫娜许多心血。那个英国教师改做时边缝留的不是地方，袖子剪掉太多，把裙子全给毁了。塔尼娅穿上时两个肩膀绷得那么紧，看着都让人难受。还是玛特连娜·菲里莫诺夫娜想了个办法，给拼了一块接角布，并做了条宽领子。问题解决了，但差一点儿和英国女人吵起来。不过到了早上，一切都安排好了，快九点钟——这是他们请神甫等着做弥撒的时间——喜气洋洋、打扮得花枝招展的孩子们，已经站在马车前边的台阶上等候母亲了。

看在玛特连娜·菲里莫诺夫娜的面子上，马车没有用不听使唤的黑马，是用管家的栗色马拉的；达丽娅·阿列克山德罗夫娜因为自己的服装耽搁了，她穿上白色薄纱裙子出来后，坐进马车里。

达丽娅·阿列克山德罗夫娜怀着关切和激动的心情梳了头，

穿上衣服。以前她注意穿戴是为了漂亮，讨人喜欢；后来，她越上了岁数就越不爱打扮，她知道自己变得不好看了。可是现在，她又满意而激动地打扮起来了。她现在这么注意打扮不是为了自己，不是好看，而是为了自己这些可爱的宝贝，作为他们的母亲，不能破坏留给别人的印象。最后照了照镜子，她终于满意了。她好看。这好看不是过去她去参加舞会时所希望的那样，而是更适合自己身份的那种美。

教堂里除了一些农民、看守和打扫院子的人及他们的女眷，没有别的什么人。但是，达丽娅·阿列克山德罗夫娜发现，或者说她好像发现她的孩子们以及她的表现引起了人们的赞赏。孩子们不只是因为穿着漂亮的衣服而显得美丽，他们良好的行动举止，也让人觉得可爱。是的，阿廖夏站的姿势不很好：他老扭过头来，想往背后看看自己的制服上衣，不过，他还是非常可爱。塔尼娅像个大姑娘似的站着，照看着弟弟妹妹。而小女儿莉莉的可爱，在于她在众人面前那副天真的样子，而且，当她在领受圣餐时说了“请再给一些吧①”，叫人忍不住要笑出来。

回家时，孩子们感到完成了一件庄重的事情，因此都很安静。

到家后也全都好好的，但是吃早点时格里夏吹起口哨来，最糟糕的是他不听英国教师的话，因此就没有给他吃甜馅饼。达丽娅·阿列克山德罗夫娜要是在场的话，在这种日子是不会处罚孩子的；可是当时她不在，事后又得维护英国教师的威信，只好肯定英国教师的决定，格里夏就没有甜馅饼吃了。这就有点儿破坏气氛了。

格里夏哭了，说尼科连卡也吹口哨了，可是没有罚他，还说自己哭不是因为馅饼——这他无所谓——而是因为对待自己不公平。这可是太伤心了，于是达丽娅·阿列克山德罗夫娜决定找英国教师谈谈，劝她饶了格里夏。当她穿过大厅时，看到了一个使

① 原文为英语。

她心里充满喜悦的场面，她的眼睛里涌出了泪水，便亲自原谅了犯过错的孩子。

犯了过错的孩子坐在大厅拐角的窗台上，塔尼娅拿着盘子站在他边上。她装着要喂布娃娃的样子，请求英国教师允许她把自己的一份拿到儿童室去吃，其实她是把馅饼拿给弟弟。他就边吃边哭，说自己受处罚不公平，同时抽泣着说："你吃，我们一起吃吧……一起。"

开始时，塔尼娅怜悯格里夏，然后是意识到自己做了件好事儿，也感动得流泪；不过她没有表示反对，吃了自己的一份。

看到母亲后，他们害怕了，但仔细看了看她的脸，他们明白了自己做得对，便开始笑起来，他们嘴里满满地塞着馅饼，用手擦着微笑的嘴唇，弄得满脸全是眼泪和果酱。

"哎哟！一件新的白裙子！塔尼娅！格里夏！"竭力为保全塔尼娅裙子的母亲说，不过她一双挂着泪水的眼睛，在幸福而喜欢地微笑。

脱下新衣服，给女孩子们穿上带翻领的女式衬衫，给男孩子们穿上旧的短上衣，便吩咐套好敞篷马车——令管家心疼，因为又用了他的栗色马——好出去采蘑菇和游泳。儿童室里响起了欢乐的呼叫声，直到离开家到游泳的地方去时也没有停下来。

他们采了整整一篮蘑菇，连莉莉都采到了一朵桦树蘑菇。以前往往是古莉小姐发现后指给她看，这次是她自己找到了一朵大桦树蘑菇，于是大家异口同声地欢呼起来："莉莉找到了一朵大蘑菇！"

之后他们到了河边，让马停在桦树底下，便都到游泳的地方去了。马车夫捷连季把正浑身抖动着驱赶牛虻的马拴在一棵树上后，便在树荫下的野草地上躺下来，抽劣等的烟叶子，游泳的地方传来了孩子们没完没了开心的尖叫声。

虽然说要照看所有的孩子，要他们不再调皮是件费心的事儿，很难记住而不至于让所有的袜子、短裤、大小不同的鞋子弄乱了，还得把带子、纽扣解开又结好，但达丽娅·阿列克山德罗夫娜自己也一直是爱好游泳的，并认为游泳对孩子们有好处，所以她从来没有那样高兴过。拉拉所有这些胖乎乎的小腿，给它们穿上袜子，抱住这些脱得光光的小身子把它们放到水里，听着一会儿高兴一会儿害怕的尖叫。看着这些喘着气睁开又惊又喜的眼睛的脸蛋，看着这些嬉水的小天使，对她来说，真是一种莫大的享受。

当一半孩子已经穿好衣服的时候，几位提着羊角芹和牛奶壶的农妇走到游泳的地方，不好意思地停了下来。玛特连娜·菲里莫诺夫娜叫住其中的一位，让她把掉进水里的一块床单布和一件衬衫拿去烤干，达丽娅·阿列克山德罗夫娜则和农妇们交谈起来。一开始，农妇们都用手捂住嘴笑，不明白她在问什么，很快胆子大了，于是跟她闲聊起来；她们流露出的那种对孩子们的真诚喜爱，立刻赢得了达丽娅·阿列克山德罗夫娜的好感。

“瞧你个小美人，像米一样白，”一个村妇指着塔尼娅，边欣赏边摇摇头，“只是瘦……”

“对了，她生过病。”

“瞧她们也给你洗了。”另一个村妇指着抱在怀里的孩子说。

“没有呢，他才三个月。”达丽娅·阿列克山德罗夫娜回答。

“是吗！”

“而你有孩子吗？”

“本来有四个，剩下两个：一个男孩和一个女孩。去年开斋期刚断的奶。”

“女孩子多大？”

“两岁。”

“你为什么喂那么长时间奶？”

“我们一般都这样喂两三个斋期……”

这样的谈话，是达丽娅·阿列克山德罗夫娜最感兴趣的了：怎么生的？得过什么病？丈夫在哪里？是不是常在家？

与农妇们交谈真有意思，自己和她们关心的完全一样，达丽娅·阿列克山德罗夫娜都不想离开她们了。最使达丽娅·阿列克山德罗夫娜感到愉快的，是她清楚地看到这些女人都特别羡慕她有这么多孩子，而且他们又那么可爱。农妇们还逗达丽娅·阿列克山德罗夫娜发笑，但是英国教师很生气，因为她成了哄笑的对象。一个年轻的农妇凝神细看着最后穿衣服的英国教师，当她穿上第三条裙子时忍不住说："瞧你，穿呀，穿呀，老穿个没有完！"农妇说完，大家便哈哈大笑起来。

九

达丽娅·阿列克山德罗夫娜裹着头巾，被一群刚洗完澡的孩子围着。快到家了，这时马车夫说：

"有个老爷来了，好像是波克罗夫斯基来的。"

达丽娅·阿列克山德罗夫娜向前一看，见到头戴灰礼帽、身穿灰大衣的列文正迎面走来，就高兴了。她一向高兴见到他，这又正是她最开心的时候，所以格外高兴。没有人比列文更能了解她的伟大。

见到了她，他感到自己正面对一幅想象中那种家庭生活的画面。

"您真像只带领一群小鸡的母鸡，达丽娅·阿列克山德罗夫娜。"

"啊，我真高兴！"她说着，把一只手伸给他。

"您高兴见到我，可也不让人知道您在这里。我哥哥住在我家里。还是斯吉瓦给我写了张条子，我才知道您在这里。"

"斯吉瓦？"达丽娅·阿列克山德罗夫娜惊讶地问。

"是呀，他提到你们搬来了，我于是想我能否帮您点儿什么忙。"列文说。说过后，他突然不好意思起来，就不再说下去，只默默地继续在敞篷马车一边走着，同时摘下一片椴树嫩叶往嘴里咬。他感到不好意思，是因为猜想像这种该由她丈夫干的事儿要一个外人来帮忙，达丽娅·阿列克山德罗夫娜会不高兴的。达丽娅·阿列克山德罗夫娜为斯捷潘·阿尔卡杰奇把家务事儿推给了外人，还真感到不高兴了。不过她立刻知道列文明白这一点。达丽娅·阿列克山德罗夫娜喜欢列文的，也正是这种悉心的理解和礼貌待人的态度。

“我明白，当然，”列文说，“这只说明您愿意见到我，我为此感到高兴。自然，我在想，对您这样在城里生活惯了的主妇来说，在这里会感到粗野，如果需要，我愿竭诚为您效劳。”

“啊，不！”陀丽说，“头几天有些不方便，后来感谢我那位老保姆的帮忙，现在一切都安排得好极了。”她指指玛特连娜·菲里莫诺夫娜说，老保姆知道在说她，便高兴而友好地微微笑了笑。她认得他，知道这是小姐的好未婚夫，并希望他们的事儿能成功。

“您请上车吧，我们在这里挤一挤。”她对他说。

“不，我走着去。孩子们，谁下来和我一起赛跑？”

孩子们不大认得列文，不记得在什么地方见过他。孩子们往往因为大人装腔作势而感到难受，于是就表现出羞怯和讨厌的奇怪模样。而对他，他们并不这样。装腔作势也许可以欺骗最聪明、有洞察力的人，但不管掩饰得多么巧妙，都会被一个最迟钝的孩子识破，而遭到他们的厌弃。列文不管有多少缺点，但一点儿也不装腔作势，所以孩子们对他显示出就像他们在母亲脸上看到的友好表情。两个大的孩子应他的邀请立刻跳下马车，随即非常友好地和他一起跑起来，就像和保姆，和古莉小姐或母亲一起奔跑没有两样。莉莉也要求到他那里去，母亲于是把她交给了他；他就把她放在一个肩膀上，带着她跑。

“您不用怕，不用怕！达丽娅·阿列克山德罗夫娜！”他高兴地对母亲微笑着说，“我不会让他们摔伤或掉下来的。”

接着，看着他那灵活、有力、小心关切和过分谨慎的动作，母亲放心了。她既高兴又赞许地望着他，露出了微笑。

在这里，在乡下，和孩子们及达丽娅在一起，列文不禁产生了天真愉快的心情，而这就是达丽娅喜欢的。他一边和孩子们跑步，一边用逗得古莉小姐发笑的蹩脚英语教他们做体操，并向达丽娅·阿列克山德罗夫娜讲述自己在乡下的事务。

午饭后，达丽娅·阿列克山德罗夫娜和他单独坐在阳台上，谈起了吉蒂。

"您知道吗，吉蒂要到这里来和我们一起度夏?"

"是吗?"他说着，满脸通红了，立刻又改换话题说，"那就给您送两头奶牛来? 如果您一定要算钱，就每月付给我五卢布。"

"不，谢谢您了。我们已经安排好了。"

"那我就看看你们的奶牛，假如您允许的话，我来教您怎么喂养它们。全部关键在饲料。"

接着，列文无非是为了拉开话题，向达丽娅·阿列克山德罗夫娜讲述起牛奶业务的理论来，他认为奶牛只不过是把饲料变成牛奶的机器罢了，如此等等。

他说着这事儿，热切地想听到有关吉蒂的详细情况，同时又害怕听到。他怕的是，自己好不容易得到的平静被打破。

"是啊，不过实际上这一切都得有人看管，可是有谁能做呢?"达丽娅·阿列克山德罗夫娜不好意思地回答。

在玛特连娜·菲里莫诺夫娜的帮助下，她现在把家务安排得好好的，不想作任何改变；再说，她也不相信列文在农务方面的知识。她似乎觉得，这一切都要简单得多：正像玛特连娜·菲里莫诺夫娜说的那样，只要给彼得鲁哈和别洛帕哈①多喂些饲料和饮水，叫厨师别把洗衣女工伙房里的脏水拿去喂母牛，就行了。这是很清楚的事情。而有关面粉和草制饲料的种种议论，都令人怀疑和迷惑。不过，最主要的是，她想谈吉蒂。

---

① 彼得鲁哈和别洛帕哈是两头奶牛的名字。

十

“吉蒂给我写信说，她只愿一个人安安静静，此外别无所求。”一阵沉默过后，陀丽说。

“啊，她身体好些了？”列文激动地问。

“感谢上帝，她完全康复了。我从来不相信她胸部有病。”

“啊，我很高兴！”列文说，当他这样说着，默默地看着她的时候，陀丽感到他脸上有一种无可奈何的可怜表情。

“您听着，康士坦丁·德米特里奇，”达丽娅·阿列克山德罗夫娜露出善良而带几分嘲弄的微笑说，“您为什么生吉蒂的气？”

“我？我没有生气。”列文说。

“不，您在生气。您在莫斯科时，为什么既不到我们家也不到她们那里去？”

“达丽娅·阿列克山德罗夫娜，”他说着，脸红到了头发根，“我甚至觉得奇怪，像您这样善良的人会没有感觉到这一点。您怎么会一点儿都不可怜我，当您知道……”

“我知道什么？”

“您知道，我提出求婚，却被拒绝了。”列文说着，他感到前一分钟自己心中对吉蒂的全部温情，立刻被自己承受的侮辱所激起的愤怒代替了。

“为什么您认为我知道？”

“因为大家都知道。”

“我只知道出了事儿，她痛苦得要命，并恳求我永远不要再谈这件事情。而如果她连我都不说，那么对谁她都不会说了。可你们到底出了什么事儿？告诉我。”

“我已经告诉您怎么回事了。”

“什么时候？”

“我最后一次上你们家去的时候。”

“可知道吗，我告诉您，”达丽娅·阿列克山德罗夫娜说，“我非常非常可怜她。您却只因为自尊心受到了伤害……”

“也许，”列文说，“不过……”

她打断了他的话：

“可是她，可怜的人儿，我非常非常为她难过。现在我全明白了。”

“啊，达丽娅·阿列克山德罗夫娜，请您原谅我，”他边说边站起来，“再见吧！达丽娅·阿列克山德罗夫娜，再见。”

“不！您等等，”她抓住他的一只袖子说，“您等等，坐下。”

“好吧，好吧，我们不说这事儿了。”他说着坐下来，同时感到原来已经埋葬了的希望又在心中升起来。

“要不是我喜欢您，”达丽娅·阿列克山德罗夫娜说，她的眼睛里涌出泪水，“要不是我知道自己多么了解您……”

一种原来已经死去的感情越来越复活了，并控制了列文的心灵。

“是啊，现在我全明白了，”达丽娅·阿列克山德罗夫娜继续说，“这事儿您没法明白，你们男人，自由自在，可以选择，从来都清楚自己喜欢谁。但处在闺中的姑娘，一个带着这种女性的贞洁羞怯的姑娘，她从远处看着你们男人，凭听说接受一切——一个姑娘往往会觉得，自己不知道说什么好。”

“是啊，要是心里没有明确的想法……”

“不，心里是有想法，可是您想想啊：你们男人看上一个姑娘，就不断到她家里去，套近乎，仔细观察，看看她是不是您中意的人，然后等到确信是自己中意的，你们才求婚……”

“啊，这不完全是这样。”

“不管怎么样，你们求婚是在你们的爱情成熟的时候，要不，就是在两位供选择的对象中重心一边倒了。但是对姑娘，人家是不问的。就算是她自己相中的，她也不能选择而只能回答：同意或不同意。”

“对，在我和符朗斯基之间进行选择。”列文一想，他心中那个复活的死者又死了，而且一直痛苦地压抑着他那颗心。

“达丽娅·阿列克山德罗夫娜，”他说，“衣服或其他别的什么商品是可以买的，但爱情不能。选定了，那就更好……不可能翻来覆去。”

“啊呀，自尊心，还是自尊心！”达丽娅·阿列克山德罗夫娜好像蔑视地说，因为自尊心是女人才理解的感情中最低下的一种，“您向吉蒂求婚的时候，她正处于无法回答的心情。她有过动摇。动摇的是：您还是符朗斯基。他是她每天都见到的，而您，她有好长时间没有看见了。比方说，要是她大几岁——例如像我，处在她的位置上就不至于动摇了。他那个人我一直讨厌，后来也是那样。”

列文记得吉蒂的答复。她说：不，这不行……

“达丽娅·阿列克山德罗夫娜，”他干巴巴地说，“我珍重您对我的信任；但是我想您误会了。不管我对或不对，那种您蔑视的自尊心，使我不可能对卡捷琳娜·阿列克山德罗夫娜有任何念头——您知道吗，完全不可能。”

“我只再说一点：您要明白，她是我的亲妹妹，我爱她就像爱自己的孩子一样。我不是说她爱上了您，而只是想说，在那个时刻她的拒绝并不证明什么。”

“我不知道！”列文跳起来说，“要是您知道您使我多么伤心就好了！这就好比您死了孩子，而人家对您说：瞧多好的孩子啊，他理应活着，可是他死了，死了，死了……”

“您多么可笑，”达丽娅·阿列克山德罗夫娜不顾列文生气，带着伤心的讥笑说，“对，我现在越来越明白了，”她若有所思地继续说，“这么说，吉蒂来时您不到我们这里来了。”

“不，不来。当然我不会回避卡捷琳娜·阿列克山德罗夫娜的，但我将尽可能避开，免得她因为有我在而感到不愉快。”

“您非常非常可笑，”达丽娅·阿列克山德罗夫娜亲切地注视着他的脸，重复说，“那好吧，等于我们根本没有谈论过这件事儿。塔尼娅，您做什么来了？”达丽娅·阿列克山德罗夫娜用法语对进来的女儿说。

“我的小铲子在哪里，妈妈？”

“我用法语说，你也一样要讲法语。”

女孩子想用法语说，可是她忘了法语“小铲子”怎么说；母亲给她作了提示，然后她用法语说到哪儿去找小铲子。这事儿使列文很不愉快。

现在，达丽娅·阿列克山德罗夫娜的家庭和孩子们，他都觉得已经完全不像原来那么可爱了。

“再说，她为什么和孩子们讲法语？”他想，“这多不自然和虚伪！连孩子们都感觉到这一点。教会法语，却失掉了真诚。”他暗自这么想，但他不知道达丽娅·阿列克山德罗夫娜对这件事情已经反复考虑了多少次，认为必须这样才能教会自己的孩子们。

“那您还要到哪里去？再坐一会儿吧。”

列文留下来喝茶，但是他的愉快心情完全消失了，而且他觉得不自在。

喝完茶，他来到前厅吩咐备马，回来时发现达丽娅·阿列克山德罗夫娜很激动，一脸伤心的样子，眼睛上挂着泪珠。列文出去的那个时候，发生了一件事，粉碎了达丽娅·阿列克山德罗夫娜今天的幸福以及对孩子的自豪感。格里夏和塔尼娅为争一个小球打架了。达丽娅·阿列克山德罗夫娜听到儿童室里有叫喊声，就跑过去，看到了他们一副可怕的样子。塔尼娅揪住格里夏的头发，格里夏则满脸怒不可遏的难看相，用拳头朝她乱打。达丽娅·阿列克山德罗夫娜见到这一切时，心里像有什么东西撕裂似的。黑暗仿佛正在向她的生活袭来，她清楚了，自己如此引以为骄傲的这些孩子不过是最普普通通的孩子罢了，而且甚至是些教育得不好的，具有粗野的禽兽脾性的凶恶的坏孩子。别的她什么也不能去说和去想了，也没法向列文诉说自己的不幸。

列文看到她不幸，便竭力安慰她，说这并不表明什么不好，所有的孩子都打架；可列文在这么说的同时，心里则在想："不，我将来不会跟自己的孩子们装腔作势和说法语；不过我的孩子将来不会这样，只要不伤害他们，不让他们变坏，他们就会是出色的。对，我的孩子将来不会这样。"

他告别后就离开了，她也没有挽留他。

十一

七月中旬，离波克罗夫斯基十二俄里的姐姐那个村庄的村长，到列文家来报告农事和割草的情况。姐姐那个庄园的主要收入来自河边的一块草地。往年的草，每俄亩要收农民们二十卢布。庄园由列文管理后，他曾查看过草地，发现值更多钱，于是给定了每俄亩二十五卢布的价。农民们不肯出这么多，而且正如列文所怀疑的那样，他们还拦截别的收购者。于是，列文到那里亲自去了一趟，安排采取一部分雇工按分成的办法割草。本村的农民们想方设法阻止这项革新，不过事情办成了，而且头一年草地的收益就几乎增加了一倍。前年和去年继续遭到农民们同样的阻止，而收割还是按同样的办法。今年农民们用提成三分之一的办法承包了全部草地，现在村长是来解释，草已经全部割倒，他怕天下雨，所以请了一位管账的，有他在场的情况下进行了分成，归庄园主的已经垒成十一个草垛。在问到主要一片草地收了多少干草时，村长的回答含糊其辞，他匆匆忙忙也没征得同意就把干草分了。列文又从其他农民的口气听出来，分干草时做了手脚，于是决定亲自去一趟，检查这件事情。

吃午饭时来到村里，把马留在了一个老头儿朋友家，那是他哥哥奶妈的丈夫。列文家养蜂场的一个老人在那里，想从他那里弄清收割草地的详细情况。爱说话、面目慈祥的帕尔缅内奇老人高兴地接待列文，让他看了自己经营的整个范围，讲述了有关自己的蜜蜂及今年分蜂箱的全部详细情况；但当问到割草时，他吞吞吐吐，躲躲闪闪。这就更使列文相信自己的推测。他来到割草的地方，查看了草垛。这些草垛每个装不到五十车，于是，为了揭穿农民，列文吩咐立刻要来运干草的大车，拆开一垛把它运往干草棚里。结果一垛只装了三十二车。尽管村长要人相信干草很松，说它们堆成垛后就压实了，还对天发誓称一切都是按上帝的意旨办的，列文仍坚持自己的意见，说这次分配未经他的许可，因此不能按每垛五十大车接受。经过很长时间的争论，终于以这十一垛以每垛五十车算归农民们，而主人家的一份重新计算。这次谈判及干草垛的分配一直持续到晌午。到最后，干草分配完了，列文便把剩下部分的监督工作托付给了管账人，自己坐到一个用柳树木桩做标记的草垛上，观赏起忙忙碌碌的人们来。

在前面沼泽地那边的河流拐弯处——一队穿得花花绿绿的村妇正开心地高声谈笑着，来来往往，把散落在鲜绿草地上的干草迅速收集成弯弯曲曲的灰色草堆。手拿叉子的农民们跟在她们后面，再把草堆垒成又高又大的蓬松干草垛。收割后的草地左边，一架接一架的大车轰隆隆响着载着一大叉一大叉装上的干草。草堆消失了，那些地方这时只停着一车车芳香的干草，干草沉沉的，一直压到马尾上。

“正是割草的天气啊！干草坏不了！”一个老头子在列文身边坐下来说，“那样子，不像是在拾干草！倒好像鸭子在啄食给它们撒下的粮食！”他指指正在拾干草的人们说，“午饭后都运走一多半了。”

“是最后一车了，还是怎么的？”一个小伙子站在车身前边，挥舞着粗麻缰绳的一端。他赶车经过老头子身边时，老头子对他嚷嚷说。

“最后一车，老爷！”小伙子嚷嚷着，勒住马微笑着回头看了一眼在车子里的那位满面红光也正微微笑着的村妇，随即往前去了。

“他是谁？你儿子？”列文问。

“我的小儿子。”老头子亲切地微笑着说。

“多好的小伙子！”

“马马虎虎吧。”

“成家了？”

“是啊，圣菲力普节结的婚，两年多了。”

“怎么，有孩子了？”

“什么孩子！整整一年他啥也不懂，还害臊呢，”老头子回答，“不过，瞧这干草！真是好货！”他想转移话题。

列文更加仔细地留神看了看万卡·帕尔缅诺夫和他的妻子。他们在离他不远的地方装干草。万卡·帕尔缅诺夫站在大车上，接过自己年轻漂亮的妻子开始一束束收起再灵活地用叉子递上来的干草，同时把满满一车干草边踩边码放平整。那年轻的村妇干起活来显得轻松、快活又灵巧。用叉子一下举起垒成大堆的干草不容易。她先用叉子一戳，然后以富有弹性的敏捷动作用整个身子的重量顶起叉子，再弯下结着红腰带的背部，伸直上身，白褂子下丰满的胸脯再一挺，便双手灵活地抓稳叉子，把一束束干草扔到高高的大车上。万卡显然竭力想使她少费力气，赶忙大大伸开双臂，接过递上的干草，并把它安放在大车上。把最后剩下的干草用耙子收拢装上后，那村妇抖掉散落在自己脖子上的草屑，理好耷拉在她还没有晒黑的白皙前额边的红头巾，钻到大车旁边把绳子结好。万卡教她该怎么用结扣住横木的绳子，听她说了几句什么话，哈哈大笑起来。从两人的脸部表情上，可以看出那种强烈、年轻和才觉醒不久的爱情。

十二

装载干草的大车捆好了。万卡跳下来，拉起缰绳，牵了喂得饱饱的好马走了。那村妇把耙子扔到大车上后，迈着矫健的步子，挥舞着双手，就加入集合成一圈正跳舞的娘儿们堆里去了。万卡上路后，加入了其他载运大车的行列。肩上扛着耙子的村妇们，一个个花枝招展，用清脆欢快的声音说说笑笑地跟在车队后边。有位村妇拉开粗野的嗓子唱起歌来，她唱完后，四五十个参差不齐又健康有力的嗓子，又从头合唱了一遍这首歌。

边走边唱的村妇们靠近列文了，他仿佛感到一阵带着欢乐的雷鸣的乌云降临到了自己的头上。乌云逼近了，笼罩着他，接着，他躺着的草堆，以及其他草堆、大车、整个草场和远处的田野——全都好像和着这夹杂叫喊、呼哨及打嗝的粗野欢乐歌声的节拍，摇摇晃晃地行进。列文开始羡慕这种健康的欢乐，想加入这种表现生活的欢乐中去。但是他什么都不会，只得躺着，边看边听。当唱着歌的人们从视野和听觉中消失得无影无踪时，一种因为孤独，因为切身的空虚无聊以及自己对这个世界的敌意而产生的苦恼的沉重感觉，向列文袭来。

就是这些农民，其中有几个曾为干草与他争论得很厉害，有的受过他的责骂，有的曾想欺骗他，这时他们都高高兴兴地向他弯腰鞠躬，因此显然没有也不会对他有任何恶意，或者虽没有丝毫后悔，但也不会记得自己曾试图欺骗他。所有这一切，都淹没到共同劳动的欢乐海洋中去了。上帝赐给了时间，上帝赐给了力量。时间和力量都献给了劳动，报答也就在劳动本身中。可是，为谁劳动？劳动将得到什么样的结果？这都是些无所谓和微不足道的考虑。

列文常常赞赏这种生活，对过着这种生活的人往往有一种羡慕的感觉。现在，特别是亲眼看到万卡·帕尔缅诺夫对待自己年

轻的妻子的那种情景后，列文头一次想要改变自己过去那种沉重、空虚、不自然的生活，使它成为劳动、纯洁和共同美好的生活。而这取决于他自己。

和他一起坐着的老头子早已回家去了，人们全都散了。近一点儿的回家了，而远一点儿的则集合起来吃晚饭，他们就在草地上过夜。没有引起人们注意的列文，继续躺在草堆上看着、听着和想着。留在草地上过夜的人们，因为夏季夜晚短，几乎通宵不睡觉。起初听到一起晚餐时欢乐的谈话声和吃过晚饭后的哈哈大笑声，然后又是歌声和嬉闹声。

漫长劳动的一整天，除了欢乐，在他们身上再没有留下任何别的东西。朝霞出来之前，一切都沉静下来。只听到沼泽地里夜间不停的蛙叫及晨雾升起时马儿在草原上扑哧哧的喷鼻声。列文醒来后从草堆上爬起来，抬头看看四周的星星，知道夜已经过去了。

"那么，我做什么呢？我怎么做到那样？"他又对自己说，努力想把这短短一夜来反复考虑和反复感觉到的一切都整理出来。他反复考虑和反复感觉到的一切，分成三条独立的思路，一条——抛弃自己原来的生活，抛弃自己那些无用的知识和教育。这种抛弃将是一种享受，对他来说，会感到轻松和快乐。另一种想法和观念，涉及自己现在想过的那种生活。他清楚地感觉到了这种生活的朴实、纯洁和完整性，并确信将会从中得到自己深感缺乏的那种满足、安静和尊严。然而，第三种想法则在一个问题上打转了，那就是怎么完成这种从旧到新的生活的过渡。对此，他可是一点儿也不清楚了。"讨个老婆？去干活？干活是必需的吗？撇下波克罗夫斯基村不管？买块地？登记加入个团体？和农民的女子结婚？我该怎么做？"他反复问自己，却得不出答案。"其实我一整夜没有睡，也没法给自己得出个明确的答案，"他对自己说，"我以后会想清楚的。有一点是对的，那就是这一夜把我人生的道路决定了。我以前对家庭生活的全部幻想都是胡说八道，不是那么回事儿，”他对自己说，“这一切，都美好得多，也简单得多。”

“多美啊！”他张望着停留在头顶上蓝色天空中一片由浪花般的白云组成而像珠母贝壳的奇怪形状，暗自在想，“这个美妙的夜晚，一切都很美妙！这片贝壳状的云是什么时候形成的？不久前我仰望天空时，那里还什么都没有——只有两道白白的薄云。是啊，我对生活的观点也是这么不知不觉中发生了变化！”

他走出草原，来到通往村子的大道上。微风徐徐吹来，天色变得灰暗了。黎明前通常的昏暗时刻到了，它充满光明对黑暗的胜利。

列文因为觉得冷，缩紧了身子，眼看着地面，加快了步伐。“这是什么？有人走过。”他听到铃铛声，边想边抬起头。在距离自己四十步远的地方，一辆四匹马拉的轿式马车正顺着他走的杂草茂密的大道迎面过来。拉套的两匹马避开车辙紧贴着辕杆，但侧身坐在赶车人位置上的那位马车夫机灵地使辕杆对准车辙，因此马车轮子平平稳稳地转着往前跑。

列文只注意到这一点，没有去想里边坐的是谁，他漫不经心地瞧着轿式马车。

轿式马车里边，一位老太太在角落上打瞌睡，而靠窗口处坐着位年轻姑娘，她显然是刚醒过来，两只手抓着白帽子的两条丝带。这位姑娘容光焕发而若有所思，充满了使列文感到生疏的那种优雅和复杂的内心生活，她正越过他的头顶眺望着朝霞。

就在这梦幻消失的那一瞬间，一双真实的眼睛注视到他身上。她认出是他，脸上泛起惊喜的亮光。

他不会看错。这样的眼睛世界上只有一双。这样的人世界上只有一个，能为他把生命的全部光明和意义集中起来。这是她。这是吉蒂。他明白了，她是从火车站到叶尔古晓沃来。接着，这个不眠之夜使列文激动的一切，他已经下决心采取的决定，全都突然消失了。他怀着厌恶的心情，回忆起自己想娶农家女子为妻的幻想。只有在那里，在迅速离去并转到大道另一边的轿式马车里，才能解开近来折磨着他的生活的谜团。

她再也没有往外边眺望。车轱辘的声音听不见了，只依稀听到铃铛声。狗叫声表明轿式马车已经过了村子——留下的是周围一片空旷的田野，前面的一个村庄，以及孤零零对一切都生疏的、独自在荒凉的大道上徒步走去的他本人。

他抬头仰望天空，指望在那里找到自己喜欢的贝壳；对他来说，那是一夜来全部思想感情过程的化身。天上已经再也没有贝壳形状的云朵。那边，在深不可测的高处，已经发生了神秘的变化，连一点儿贝壳的印迹都不存在了，有的是布满半边天的越来越稀薄的羊毛地毯似的白云。天空变得湛蓝和明净了，并带着同样的温柔而又高深莫测，回答他那询问的目光。

“不，”他对自己说，“不管这种淳朴和劳动的生活多么美好，我都不会回到它这里来了。我爱她。”

十三

除了与阿列克谢·亚历山大罗维奇最亲近的人，谁也不知道这个表面上冷冰冰和理智的人，有一个与他性格的整个气质相矛盾的弱点。阿列克谢·亚历山大罗维奇无法冷静地听说和看到一个孩子或女人流眼泪。看到眼泪他会手足无措，完全失去思考的能力。他的办公室主任和秘书都知道这一点，总预先告诉求见的女性，如果她们不想把事情弄糟，就千万别哭。“不然，他会生气的，并且不再听您说了。”他们反复说。确实，在这种场合，被眼泪搅得心烦意乱的阿列克谢·亚历山大罗维奇会表现得急躁、愤怒。“我不能，我毫无办法。请您出去！”在这种场合，他往往就这么嚷嚷。

从赛马场回家途中，安娜对他说明了自己和符朗斯基的关系，紧接着便双手捂住脸哭起来，阿列克谢·亚历山大罗维奇尽管心里充满对她的憎恶，但被她的眼泪弄得心慌意乱。他知道这一点，并知道此时此刻自己表现出这种感情不合适，他于是竭力控制住自己，表情僵硬，也不看她。这使安娜万分惊讶。

到了家门口，他扶她下了马车，同时竭力克制自己的感情，像通常习惯的那样彬彬有礼地和她告别，说了几句他根本无须说的话；他说，明天将把自己的决定告诉她。

妻子说的那些话，证实了他最坏的猜想，狠狠刺痛了他的心。因为她的眼泪而让自己对她越发怜悯，更加深了这种痛苦。但是，当阿列克谢·亚历山大罗维奇一个人留在马车里后，使他高兴和奇怪的是，他感觉到既摆脱了这种怜悯，又摆脱了最近一个时期来折磨着他的怀疑和妒忌的痛苦。

他经受的感觉，就像一个人终于拔除了一颗痛了好久的牙齿。在可怕的疼痛过后，这种感觉就像是某种比脑袋更大的东西从牙床上拔除了，他突然觉得那种长久伤害自己生活的东西再也不存在了，他又可以去生活、去思考，而不用再关心牙齿了。这种感觉，阿列克谢·亚历山大罗维奇感觉到了。疼痛是古怪而可怕的，不过现在它过去了；他感觉到又可以去生活，而不用再考虑妻子了。

“她没有廉耻，没有良心，没有信仰，一个堕落的女人！这一点，我从来就明白，从来就知道，为了怜惜她，却在欺骗自己。”他对自己说。于是，他仿佛真的从来就知道这一点；他回顾他们共同生活的详细情况，以前似乎觉得并没有什么不好，但是现在，这些详细情况清楚地表明，她从来就是个堕落的女人。“把自己的生活和她联系在一起，这是一个错误；可是这不能怪我，因此我不应受到惩罚。错不在我，”他对自己说，“过错在她。不过，她的事情与我无关。对我来说，她已经不存在了……”

他已不再关心她和儿子将遭受的一切。他的感情变了，对儿子也像对她一样。现在他关心的一点，是怎么以最最好、最最体面的，对自己最方便因此也是最公正的方式，把他因她的堕落而蒙受的污脏抖落掉，好让自己继续顺着积极、真诚、有益的生活道路往前走。

“我不会因为一个下贱女人犯罪而不幸的，我只是应当找到一种最佳办法，以摆脱她将我陷入的沉重处境。我会找到这种办法的，”他对自己说，脸色越来越阴沉，“我不是头一个，也不是最后一个。”且不说历史上的例子吧，通过回忆，阿列克谢·亚历山大罗维奇的脑海里开始清晰地浮现出一切与《美丽的叶莲娜》中的墨涅劳斯[①]相似的例子，当代上层社会中许多位妻子都对她们的丈夫不忠。“达里亚洛夫、波尔塔夫斯基、卡里巴诺夫公爵、帕斯库京伯爵、德拉姆……对，还有德拉姆……这么正直能干的人……谢苗诺夫、恰金、西戈宁，”阿列克谢·亚历山大罗维奇在回忆，“这些人，就算遭到了讥笑，但我对他们从未有过这种想法，我一直同情他们，觉得他们不幸。”阿列克谢·亚历山大罗维奇对自己说，虽然事实并非这样，他对这类不幸从来没有表示过同情，倒是妻子背叛丈夫的事例出现得越多越经常，他就越看重自己，“任何人都可能遭到这种不幸。这种不幸也会落到我头上。问题只在于以什么样的方式摆脱这种处境。”于是，他开始反复考虑起和自己处境相同的那些人所采取的办法来。

“达里亚洛夫进行了决斗……”

在青年时代决斗曾经令阿列克谢·亚历山大罗维奇无比神往，但因为他是个体质虚弱的人，所以他有自知之明。阿列克谢·亚历山大罗维奇每想到手枪对准自己就觉得恐惧，他生来不曾使用

---

① 希腊神话中的斯巴达国王，叶莲娜（海伦）的丈夫，他为要回被劫走的妻子集合军队亲自征讨特洛伊。后来德国古典音乐家奥芬巴赫（1819—1880）曾作歌剧《美丽的叶莲娜》，当时在莫斯科和彼得堡经常演出该剧。

过任何武器。这种恐惧从年轻时就常常迫使他想到决斗，想到自己的生命遇到危险时的情景。取得成功并站稳脚跟后，他早就把这种感觉忘了；但习惯发挥作用了，他还是为自己的怯懦而担心，他又久久地从所有方面考虑决斗的问题，尽管事先就知道，他是无论如何都不会去决斗的。

“我们的社会无疑还这么野蛮（不像在英国），许多人”——其中有些人的意见，阿列克谢·亚历山大罗维奇特别看重——“从好的方面去看决斗；可是结果会怎么样呢？比方说，我去和别人决斗，”阿列克谢·亚历山大罗维奇继续想着，而且清楚地想象自己发出挑战后的一夜，还有对准他的手枪，他便浑身发抖，于是他明白自己永远不会这么干的，“就算我去和他决斗，就算人家教会我，”他继续想，“安排好了，我扣动扳机，”他自言自语，同时闭上眼睛，“结果我把他打死了。”阿列克谢·亚历山大罗维奇对自己说，并摇摇头，打消了这种愚蠢的想法。“为了明确自己对有罪的妻子及儿子的态度，打死一个人有什么意思？我还不是仍旧得解决该拿她怎么办的问题。但是，更显然和毫无疑问的是——我会被打死或打伤。我，一个无辜的人，成了牺牲品——被打死或打伤。更没有意思了，但这还不够；从我这方面讲，提出决斗将是个不明智的举动。难道说我事先不知道，我的朋友们永远不会让我去决斗的——他们会让一个俄罗斯需要的政治家的生命遭受危险吗？结果呢？结果是我事先知道永远不会有危险，只想借此给自己增添几分虚伪的光彩。这不真诚，这是虚伪，是自欺又欺人。决斗毫无意思，谁也不会指望我这样。我的目的，在于保证我的名誉，保持我不受阻碍地继续从事自己的活动所需要的名誉。”以前在阿列克谢·亚历山大罗维奇心目中就有着重要意义的公务活动，现在让他觉得意义特别重大了。

经考虑将决斗的想法推翻后，阿列克谢·亚历山大罗维奇想到了离婚——这是他想起来的那些被欺骗的丈夫采取的另一种办法。通过回忆反复掂量离婚的所有种种情况（在他很了解的上层社会中，类似的事情曾经发生过很多次)，阿列克谢·亚历山大罗维奇找不出一种情况，离婚会达到他所期望的那种目的。所有这些情况中，丈夫不是让出不忠的妻子便是把她卖了，而因为有罪无权结婚的那一方，则无法与新的配偶结成光明合法的关系。在自己当前的情况下，阿列克谢·亚历山大罗维奇发现要达到合法，也就是把有罪的妻子休弃的那种离婚，是不可能的。他看出来，自己所处生活的复杂条件不允许提供那些丑恶的证据，要求法律判定妻子有罪；他看出来，他们过得体面，导致了他们即使有这种证据也不允许提供出来；并且，要是提供这些证据，他在社会舆论界的损失会比她大得多。

如果想要离婚，只会导致一场出丑的官司，它势必成为仇敌的把柄，他们会用这个来诽谤并降低他在社交界的崇高地位。主要的目的——以最少的麻烦保持地位——通过离婚也达不到。再说离婚，就算打算离婚吧，妻子显然会断绝与丈夫的关系，和自己的情人结合到一起。阿列克谢·亚历山大罗维奇现在尽管仿佛对妻子充满蔑视的冷淡，而他心里对她仍留着一种感情——不希望她毫无阻碍地与符朗斯基结合，这使她的罪恶反倒对她有利。这一个思想就使阿列克谢·亚历山大罗维奇愤怒，只要想到这一点，他就会打心里痛得嗷嗷直叫，在马车里站起来改变位置，然后长久地阴沉着脸，用毛茸茸的厚毛巾毯把自己那双容易受寒的瘦骨嶙峋的腿脚裹上。

“除了离婚，还可以像卡里巴诺夫、帕斯库京和这位善良的德拉姆那样，和妻子分开过。”安静下来后，他继续在想；但觉得这种办法也和离婚一样，会造成屈辱，而主要的——它和离婚一样，会把妻子推向符朗斯基的怀抱。“不，这不可能，不可能!”他又一边裹着自己的毛巾毯，一边大声说，“我不能成为不幸的那个人，她和他都不应该幸福。”

情况不明时折磨他的那种妒忌感，在妻子坦白的那一刻，就像病牙被疼痛地拔掉一样，已经过去了。可是它被另一种感情代替了：他希望她不但不能得偿所愿，还要为自己的罪过遭到报应。他并不承认有这种感情，但在心灵深处，他希望她为破坏了他的安宁和名誉而受折磨。于是，他再反复想了想。决斗、离婚、分居等方法再次被否定以后，阿列克谢·亚历山大罗维奇坚信出路只有一条——把她控制在自己身边，对社交界隐瞒所发生的事情，并采取一切相应的手段中断联系，以及主要的——这一点他自己并不承认——要惩罚她。“我得向她宣布自己的决定。仔细考虑了她给家庭造成的严重情况后，与表面上原来的状况[①]比较起来，所有其他办法对双方都将更糟，因此我同意维持这样的关系，但以她必须严格遵守我的意旨为条件，也就是断绝与情人的关系。”在下定决心完全采取这一办法的时候，阿列克谢·亚历山大罗维奇又产生了一个重要的想法。“只有采取这样的决定才符合宗教，”他对自己说，“只有采取这样的决定，我才不会抛弃自己有罪的妻子，并使她有改正的可能，甚至——这将对我多么沉重——我会贡献自己的一部分精力使她改正，得到挽救。”阿列克谢·亚历山大罗维奇虽然也知道自己无法给妻子施加道德影响，这一整套要她改正的尝试，除了自欺欺人不会有什么结果；他虽然在经受这些沉重的时刻，同时从来不曾想到宗教中去寻找启示——现在，当他想到自己的决定仿佛与宗教的要求相符，会得到宗教的认可时，他又感到满意了，内心平静下来。他是始终高举宗教规范的，虽然现在人们普遍淡漠和忽视宗教。只要想到在这么重要的问题上，也没有谁能够指责他的行为不合教规，他感到高兴。在考虑进一步的详情细节时，阿列克谢·亚历山大罗维奇甚至没有发现，为什么他对妻子的态度几乎没法像以前一样了。他无疑将永远无法像原来那么尊重她，但是，没有也不可能有任何原因使他打乱自己的生活，不会因为她是个堕落不忠的妻子而感到痛苦。“是的，时间会过去的，时间会安排一切的，原来的关系一定会恢复，”阿列克谢·亚历山大罗维奇对自己

① 原文为拉丁文。

说，“也就是恢复到那样的程度，到时候我将不会烦恼。她应当不幸，而我是无辜的，所以我不会不幸。”

十四

快到彼得堡的时候，阿列克谢·亚历山大罗维奇不仅完全坚持自己的决定，而且脑子里想好了他要给妻子写的一封信。走进门房处，阿列克谢看了一下信件及部里来的公文，吩咐等下给他送到书房里。

“把马卸下来，我谁也不接待。”守门人问他时，他特别强调“不接待”几个字，似乎心情还不错。

在书房里，阿列克谢·亚历山大罗维奇转了两圈，在仆人事先点好的六支蜡烛的一张大写字台旁边停下来，手指头弄得咯吱咯吱响了一阵，便坐下来清理文具。他一个胳膊肘靠着桌子朝一边侧过脑袋，考虑了一会儿，就开始分秒不停地写起信来。他的信对她没有用称呼，是用法文写的，因为法文里的“您”不具有在俄文里那种疏远的意思。

在我们最后一次谈话中，我向您说过，这次谈话的决定将会书面通知您。经过仔细全面的考虑，现在我为履行承诺写这封信。我的决定是这样的：不管您的行为如何，我认为自己无权断绝上苍把我们联结在一起的关系。一个家庭不能因为夫妻中一方的任性、胡闹或甚至犯罪而遭到破坏，我们的生活应该和以前一样。为了我，为了您，为了我们的儿子，都必须这样。我完全相信，对导致这封信的那件事情，您已经悔悟并仍在痛悔，而且您将和我齐心协力消除我们不和的原因，并忘了过去的事情。不然的话，您自己可以设想等待您和儿子的将是什么。关于这一切更详细的情况，希望在单独见面时再谈。鉴于别墅避暑的季节已临结束，我还是请您尽快搬回彼得堡，最好是在星期二之前。我为您的回来作好了一切准备，希望您也能按我的建议行事。

阿·卡列宁

另外，随信带去您花费所需要的钱。

他把信再看了一遍，感到满意，特别是想起了提到带钱去；没有一句粗话，没有指责，但也没有宽容。主要的是——为她回来提供了一座金桥。把信叠好，用沉甸甸的象牙刀压平了，和钱一起装进信封里以后，然后带着一种满足的心情，按了按铃。

“交给信差，叫他明天送到别墅去给安娜·阿尔卡杰耶夫娜。”他说着，便站起来了。

“是，大人。吩咐把茶送到书房里来吗？”

阿列克谢·亚历山大罗维奇吩咐把茶送到书房里来，同时玩着沉甸甸的纸刀，向靠背椅走去，那旁边已经备好了灯及一本已经打开的关于古代碑铭的法文著作。靠背椅上方，悬挂着一幅名家绘画的嵌着金边的安娜的肖像。阿列克谢·亚历山大罗维奇瞥了它一眼。画中那双高深莫测的眼睛正带着嘲笑和厌恶的神情望着他，就好像他和她最后交谈的那个晚上那样。这肖像画工出色，秀发乌黑，无名指上戴满戒指的手白皙漂亮，这模样使阿列克谢·亚历山大罗维奇感到难以忍受的厌恶，它就好像在向他挑战。阿列克谢·亚历山大罗维奇看了一会儿肖像，浑身颤抖，嘴唇都在哆嗦，发出“啊呵呵”的声音，便把脸转开了。他急忙在靠背椅上坐下来，翻开书试图阅读，可怎么也无法恢复原来那种对古代碑铭的浓厚兴趣了。他眼睛看着书本，心里却想着别的事情。他想的不是妻子，而是国务活动近来的复杂化，它成了他当时主要关心的一桩公务。他觉得现在自己比任何时候都更深入地洞察这种复杂变化，因此在他头脑里产生了一个——他可以毫不吹嘘地说——十分有价值的思想，它能解决整个事件，提高自己在官场上的分量，击败敌人，由此可以给国家带来更大的利益。仆人刚放下茶走出房间，阿列克谢·亚历山大罗维奇便站起来，走到写字台旁边。把装着当天文件的公文包推到中间后，他稍稍露出得意的微笑，从笔架上取出一支铅笔，便埋头阅读起有关当前这个复杂案件的报告来。阿列克谢·亚历山大罗维奇作为一个政府要员，有一个像他那种步步高升的人所固有的特点，那就是在追逐功名、谨慎克制、真诚自信的同时刚愎自用。他的特点是蔑视官样文章，尽力减少公文往来，尽可能直接面对活生生的事实并节约开支。恰好在一个著名的委员会——“六月二日委员会”上提出了扎拉依斯基省土地灌溉一案。这个省刚好由阿列克谢·亚历山大罗维奇那个部管辖，它成了少有的无效开支和官样文章的例子。阿列克谢·亚历山大罗维奇知道这是事实。扎拉依斯基省的土地灌溉事业，是从阿列克谢·亚历山大罗维奇的前任开始的。而且确实，它已经花了很多钱，现在还在大量花费，却完全没有效益，这事儿显然不会有任何结果。阿列克谢·亚历山大罗维奇上任后，立刻就明白了这件事情，并考虑着手进行处理。开始的时候，他感到自己还没有站稳脚跟，知道这事儿势必触及太多的利益，觉得不方便；后来，他因为忙于其他事务，就这么把这事儿给忘了。它也和所有的事儿一样，无人过问了（很多人靠它混饭吃，特别是有一个很正派的音乐人家：几个女儿都会弦乐。阿列克谢·亚历山大罗维奇认得这家人，是他们大女儿的男主婚人）。这件事情由敌对部提出来，阿列克谢·亚历山大罗维奇认为这样的做法是不正当的，因为哪个部里都有比这还严重的事儿，而出于众所周知的官场体面，并没有人出来揭发。现在倒好，既然人家已经向他扔过一只手套要挑战，他也就勇敢地拾起这只手套应战，要求任命一个特别委员会来研究和检查扎拉依斯基省土地灌溉委员会的工作，但是他丝毫没有向那些先生示弱。他要求再任命一个关于安置异族人的专门委员会。安置异族人的事儿是六月二日委员会上偶然提出的，阿列克谢·亚历山大罗维奇便把异族人的悲惨情况看成一个刻不容缓的案子竭力加以支持。委员会上，这事儿成了几个部之间互相争吵的导火线。阿列克谢·亚历山大罗维奇敌对的那个部认为异族人的情况非常好，而提出的改革可能断送事业的繁荣，至于有什么欠缺之处，那只是因为阿列克谢·亚历山大罗维奇那个部没有履行法律所规定的措施。现在，阿列克谢·亚历山大罗维奇打算提出：第一，组成一个新的委员会，责成其实地调查异族人的状况；第二，假如异族人的状况确实像委员会已经掌握的资料那样，那就再任命一个新的学者委员会，从以下几个方面对异族人悲惨状况的原因进行研究：(1) 政治的，(2) 行政的，(3) 经济的，(4) 人种学的，(5) 物质的及 (6) 宗教的；第三，要求敌对的部提供近十年来该部为防止异族人身处不良处境所采取的措施；还有第四，就是最后，要求该部说明，为什么从提供给委员会的一八六三年十二月五日和一八六四年六月七日的一七〇一五号和一八三〇八号证件可以看出，它采取的行动与基本法和组织法第十八条和第三十六条附录的精神直接相违背。当阿列克谢·亚历山大罗维奇把这些想法作为笔记写下来时，脸上满是兴奋的红晕。写完一页，他站起来，按了铃，把一张要求为他提供所需材料的单子，转交给了办公室主任。他站起来在房间里踱步时，又瞧了一眼肖像画，沉下脸并蔑视地微微一笑。之后，阿列克谢·亚历山大罗维奇又读了一会儿那部关于古代碑铭的著作，重新对它产生了兴趣，到十一点钟才去睡觉。当他躺在床上，回想起和妻子发生的事情时，已经觉得它并不那么令人烦恼了。

十五

符朗斯基对安娜说，她不能这样过日子，劝她向丈夫公开一切。这时，安娜虽然固执、愤愤地对他作了反驳，但在心灵深处还是认为自己的处境确实是虚伪的、可耻的，因此满心想改变它。和丈夫一起从赛马场回来时，她一激动就把什么都对他说了；尽管当时她很难受，但现在她为此而高兴。丈夫撂下她走了以后，她对自己说她很高兴，现在一切都明确了，这样至少用不着撒谎和欺骗谁了。她仿佛觉得，现在自己的处境将永久确定下来，这是毫无疑问的。它，这种新的处境也许很糟，可将是明确的，不再会模糊不清和虚伪。她把这些话说出来以后，以为给自己和丈夫造成的那种痛苦，现在便将以一切都确定下来的结局作为报偿。这天晚上，她和符朗斯基见了面，虽然为了使一切更确定，她应当把自己和丈夫间发生的事情告诉他，但她没有。

第二天早晨醒来时，她首先想到的是自己告诉丈夫的那些话。她觉得这些话是那么可怕，以至于现在不明白自己怎么会说出这些古怪粗野的话来，也无法设想这么一来自己怎么办。但是，话已经说了，并且阿列克谢·亚历山大罗维奇什么也没有说就走了。"我见到了符朗斯基，却没有告诉他。还在他刚离开的那会儿，我曾经想叫他回来并告诉他的，可是改变了主意。怎么我一开始没有告诉他，真是荒唐。我为什么不告诉他呢？"回答这个问题的，是她脸上涌起火辣辣的羞臊的红晕。她知道是什么妨碍自己这么做，她知道，自己感到害臊。她那仿佛昨天已经说清楚了的处境，现在她突然觉得不但没有说清楚，而且毫无希望。她开始为以前没有加以考虑的耻辱感到害怕起来。当时她只考虑自己的丈夫将会怎么样，一些最可怕的思想向她袭来。她脑子里觉得，管家马上就会来把她赶出家门，自己的耻辱将传遍全世界。她自问被逐出家门后到哪里去，却没有找到答案。

在想到符朗斯基时，她觉得他不爱自己，他已经开始厌烦自己了，她不能把自己托付给他，因此她感到自己对他产生了敌意。她仿佛觉得自己对丈夫说了并在头脑里不断重复的那些话，也对大家说了，而且大家都听到了。她无法正视和自己一起生活的那些人。她不敢喊侍女，也更少下楼去见儿子和女家庭教师了。

早就在她门旁探听动静的侍女自己进她房里来了，安娜疑惑地注视着她的眼睛，并惊慌得涨红了脸。侍女为自己进门请求原谅，说她好像听到了铃声。她送来了一条裙子和一张便条。便条是贝特西写来的。贝特西提醒她，说今天早上丽莎·梅尔卡洛娃和什托尔茨男爵夫人将带着自己的崇拜者卡鲁日什斯基和斯特列莫夫老头到她家里玩槌球。“就算当做研究风习来看看也好。我等着您。”她在结尾写道。

安娜看完便条，深深叹了口气。

“没事，没什么事，”她对安努什卡说，同时摆弄着梳发台上的小香水瓶和刷子，“你走吧，我这就穿好出来。没什么事。”

安努什卡出去了，但安娜没有穿衣服，她依旧那样耷拉着脑袋和双手坐着，而且不时全身发颤，好像要做出个什么姿势，说点儿什么，可是又无可奈何地静静待着。她不断地重复说：“我的上帝！我的上帝！”但无论“上帝”和“我的”，对她来说都没有任何含意。尽管她受的是宗教的教育，对宗教从不怀疑，但为自己的处境到宗教中寻求帮助的想法，对她来说，就像请求阿列克谢·亚历山大罗维奇帮助一样格格不入。她早就知道，只有放弃自己全部生活的意义的时候，她才可能向宗教寻求帮助。她不但感到沉重，而且开始经受到面对新的自己从未经受过的恐惧。她感到自己的整个心灵分裂成了两半，就像疲倦时眼睛里看到的东西成了双影。她有时不知道自己害怕什么，想要什么。她害怕的和想要的是过去那样，还是将要发生的事她到底希望的是什么，她也不知道。

“啊，我该怎么办！”她自言自语，突然感到脑袋两边疼，清醒过来时，她发现双手正抓住两鬓的头发。她跳起来，开始在房间里来回走着。

“咖啡准备好了，教师小姐和谢廖沙在等着。”再次进来的安努什卡发现安娜还是原来的那种样子后说。

“谢廖沙？谢廖沙怎么了？”安娜突然活跃起来问，整个一早上她头一次想到儿子的存在。

“他好像做错事了。”安努什卡微微笑着说。

“怎么做错了？”

“您有些桃子放在房间拐角上，他好像偷吃了一个。”

提起儿子，安娜突然走出了自己所处的无可奈何的境地。她想到了这几年来她这做母亲的对儿子的生活的职责，这职责是天经地义的。她为儿子活着，近年来她亲自照料他。她高兴地感到，在当前的处境中有一个使自己能独立于丈夫和符朗斯基的强大支柱。这支柱就是她的儿子。不管自己落到什么地步，她都不会抛弃儿子。即使丈夫使她出丑，即使符朗斯基冷落她，继续过他独立的生活（她又恼怒而责怪地想到他），她也不能丢下儿子。她有生活的目的。她为此应该行动，行动，以保证儿子不会从她身边被夺走。应当带着儿子离开。这就是她现在应该做的。她需要安静，摆脱这种痛苦的处境。想到和儿子直接有关系的事儿，想到现在就应该带着儿子到什么地方去，终于，她平静下来了。

她迅速穿好衣服，到楼下，迈着果断的步子，来到谢廖沙和女家庭教师通常等着她喝咖啡的客厅里。谢廖沙穿着一身白衣服站在镜子下面的一张桌子旁边，弯着背和脑袋，带着她熟悉的像他父亲那种聚精会神的表情，手正拨弄着的一束花。

女家庭教师显得特别严肃。谢廖沙照例尖叫起来：“啊，妈妈。”接着他犹豫不决地停在了那儿：是该把花扔下，马上跑过去向母亲问安呢，还是等做好一个花冠后再拿着它过去。

女家庭教师问过好后，开始烦琐而明确地讲述起谢廖沙的行为来，但是安娜没有听，她在想自己是不是把她也带走。“不，不带，”她决定了，“我一个人带着儿子走。”

“是的，这样很不好，”安娜说着，抓住儿子的一个肩膀，用一种严厉而羞怯，使孩子担心又高兴的目光看了他一眼，并吻了吻他，“把他留给我吧。”她对感到惊讶的女家庭教师说，同时不放开儿子的手，在准备好咖啡的桌子旁边坐下来。

“妈妈！我……我……不……”他边说边竭力想根据她的表情，弄清因吃了桃子她会把自己怎么样。

“谢廖沙，”女家庭教师一出去，她便说，“这不好，但你以后再也不会这样做了，是吗？你爱我吗？”

她感到眼泪已经流出来了。“难道我能不爱他吗？”她凝视着他惊恐而又高兴的目光，暗自说，“难道说还会以让他单独留下和父亲一起来惩罚我？难道不会可怜我？”眼泪已经流到她脸上，为了掩饰，她突然站起来，几乎跑步来到露台上。

近几天下了几场雷雨，天气变得凉快晴朗了。在穿过被雨淋湿的树叶照射下来的明丽阳光下，室外还有几分寒意。

来到新鲜空气下，使得她发颤的寒意和内心恐惧，便以新的力量向她袭来。

“去吧，到玛丽艾特那里去！”她对跟自己出来的谢廖沙说着，便开始在露台的草垫上踱起步来。“难道他们不会原谅我，会不明白这全是出于无奈？”她对自己说。

随风摇曳的山杨树树梢和树叶在雨后凉丝丝的太阳光下闪闪发亮。她停下来看了看，明白了他们是不会原谅的，一切东西及所有的人，现在都将和这天空，这绿色一样毫无同情心。于是，她又感到自己内心里开始分裂成两半。“不该，不该去想，”她对自己说，“应当收拾一下了。上哪儿？什么时候？带谁和自己一起走？对，乘晚班火车到莫斯科去。带上安努什卡和谢廖沙，以及几件必需的东西。事先应当写信告诉他们两个人。”她迅速进屋回到自己房里，贴桌子坐下后就给丈夫写信：

“在发生了那件事情后，我再也不能留在您家里了。我带儿子走了。我不懂法律，所以不知道儿子该和父母中的哪一方在一起；但是我带他走了，因为没有他，我没法活。求您宽宏大度，把他留给我。”

至此她写得又快又自然，但到了请求她不认为他具有的宽宏大度而得用一句动人的话来结束这封信时，她被难住了。

“要谈自己的过错和自己的悔悟，我办不到，因为……”

因为在自己的思想中找不到联系，她又停下了。“不，”她对自己说，“什么也不必写。”随即把信撕了，重写了一遍，省去了宽宏大度，就封上了。

另外，还得给符朗斯基写一封信。“我向丈夫声明了。”她写道，便因为没法往下写坐了好久。这样太粗俗，太不女性了。“而往下，我还能对他写什么?”她对自己说。羞耻感使她泛起满脸红晕，回想起他的平静，一种对他的失望之情使得她把写了一个句子的一张信纸撕得粉碎。“什么也不需要写。”她放好信笺夹后对自己说，便上楼告诉女家庭教师和大家，她今晚去莫斯科，接着便立刻动手收拾东西。

十六

看院子的人、园丁和仆人们在别墅的房间里来来往往，搬运东西。立柜和五屉橱都打开着，两次派人到小铺子里去买绳子，地上摊满了报纸。两个大箱子、一只布袋和几条捆好的方格子毛毯，都已经搬到了前厅。一辆四轮轿式马车和两个马车夫，已经在台阶旁边等候着。为收拾行装忘了内心担忧的安娜正站在自己房间的桌子前边打点旅行包。安努什卡告诉她，有一辆马车驶来了。她往窗口张望了一下，看到阿列克谢·亚历山大罗维奇的信差正在台阶上按入口处的门铃。

“你去看看怎么回事。”她说，同时有一种准备对付一切的沉静，她双手放在膝盖上，坐在靠背椅上。仆人递过一个厚厚的公文包，封面由阿列克谢·亚历山大罗维奇亲手所写。

“信差奉命要回执。”他说。

“好的。”她说。等那人一出门，她便双手哆哆嗦嗦地打开公文包。里边掉出一沓用窄纸条捆绕的还没有折印儿的钞票。她打开一封信，从末尾读起来。“我为您的回来作好了一切准备，希望您也能按我的建议行事。”他写道。她很快从后往前地溜着看，全看完了，再从头开始把信看了一遍。看完后，她感到浑身发冷，一种没有意料到的可怕不幸降临到她身上。

早晨她还后悔自己对丈夫说的话，只想着这些话不说就好了，但愿他的信能证明那些话等于没有说过，给予她所希望的东西。但是现在，这封信使她感到事情要比所能想象的一切都可怕。

“对！对！”她脱口而出地说，“显然，他从来都是对的，他是个基督徒，他宽宏大度！不过他是一个卑鄙下流的人！这一点，除了我谁也不明白，而且也不会明白，而我又讲不清楚。人家说：他是个信教的、有道德的、真诚的、聪明的人，可是他们看不到我看到的东西。他们不知道，八年来他怎么窒息我的生活，窒息我身上一切有生气的东西，他一次都不曾想过我是个活女人，我需要爱情。他们不知道，他每一步都在侮辱我，还显出一副得意的样子。难道我没有尽我所能去寻找生活的意义吗？难道我在其实已经没法爱丈夫的时候，不曾试图去爱他、爱儿子吗？但是后来我明白了，我明白我再也不能欺骗自己，我是个活人，我没有错，是上帝把我造成这样一个人，我需要爱情和生活。可现在怎么样？如果他杀了我，杀了他，我全能承受，全能原谅，但是不，他……

“我怎么会没有猜到他会这样？他这样倒符合他卑鄙的性格。他仍将是对的，而对已经被毁了的我，他将更坏更卑鄙地进行毁灭……”“您自己可以设想等待您和儿子的将是什么”，她回忆起信中的话，“他要夺走儿子，这是一种威胁，看来，根据他们那种愚蠢的法律可以这样。但是，我怎么知道他为什么要说这个？他不相信我爱自己的儿子，要不他是在蔑视（就像他从来都在嘲笑那样），蔑视我的感情，可是他知道我抛不下也不会抛下儿子，没有儿子我没法活下去，甚至就算和所爱的人在一起。至于抛下儿子并离开他，那我就成了个最无耻卑鄙的女人——这他知道，而且知道要这样做，我办不到。”

“我们的生活应该和以前一样，”她回忆起信中的另一句话，“这种生活要比以前更痛苦，近来它简直可怕。现在怎么办好呢？他全知道，知道我不会因为自己要呼吸、要爱而后悔的；知道这样除了撒谎和欺骗不会有任何别的；但他需要继续折磨我。我知道他撒起谎来就像鱼儿在水里游来游去一样得意。可是不，我不会让他这么得意的，我要撕破他想把我搅进去的那张虚伪的蜘蛛网；就让要发生的事儿发生吧。怎么都要比撒谎和欺骗强！”

“可是怎么做？我的上帝！我的上帝！什么时候有过像我这样不幸的女人……”

“不，我要撕破，我要撕破！”她嚷嚷着，同时跳起来并忍住眼泪。接着，她来到书架旁边，要给他另外写一封信。但是在自己的内心深处，她已经感觉到自己无力撕破什么了，已经无力摆脱这种以前的局面了，不管它是多么虚伪和不真诚。

她在书架旁边坐下来，但没有写，而是双手放在桌子上，俯下脑袋，像个孩子似的哭了，抽泣得整个胸部都在一起一伏。她哭泣，是因为她要弄清、确定自己处境的幻想，永远破灭了。她事先料到一切都会照原来的样子，甚至比原来糟得多。她感觉到自己在社交界享有的地位，早上还觉得那么微不足道，实际上对她来说是宝贵的，她无力把它改换成一个抛下丈夫和儿子，而与情人结合在一起的女人的可耻地位；不管她怎么拼命争取，也不会使她变得更坚强些。她永远享受不到爱情的自由，可永远将成为一个有罪的女人，一个受到时刻被揭露的威胁的女人，她竟为和一个不能与自己共同生活的独立的外人保持可耻的关系而欺骗丈夫。她知道情况是这样，并将继续下去，这是那么可怕，以至于不能设想将怎么收场。于是，她哭了，忍不住像受罚的孩子一样哭了。

听到仆人的脚步声，她迫使自己清醒过来，于是她假装在写信，以掩盖自己的脸色。

“信差要回执。”仆人回禀说。

“回执？对了，”安娜说，“叫他等一会儿。我会按铃的。”

“我能写什么呢？”她想，“我一个人决定得了什么？我知道什么？我需要什么？我爱什么？”她再一次感到自己的内心分裂成两半。她又为这种感觉惧怕起来，就抓住她头脑里出现的能不去想自己行为的第一个借口。“我应当见到阿列克谢（她脑子里这样称呼符朗斯基），只有他一个人能告诉我，该怎么办。我去找贝特西，也许在那里能遇上他。”她对自己说，完全忘了昨天她曾告诉他自己不去特维尔斯卡娅公爵夫人家了，当时他说，那他也不去了。她走到桌子旁边，给丈夫写道：“您的信我已收到。安。”然后按了一下铃，随手把回执交给了仆人。

“我们不走了。”她告诉进来的安努什卡。

“真的不走了？”

“不，明天以前别打开行李，轿式马车也留下。我要到公爵夫人家去一趟。”

“拿哪件裙子来？”

十七

特维尔斯卡娅公爵夫人邀请安娜去观看的槌球游戏，该由两位夫人和她们的崇拜者组成。这两位夫人是彼得堡一个新的上等圈子的代表人物，他们以模仿之模仿自称为世界七大奇迹①。这些夫人所属的圈子虽然也属于上流社会，但与安娜那个圈子相敌对。

① 原文为法语。

此外，丽莎·梅尔卡洛娃的崇拜者、彼得堡有影响的人物之一斯特列莫夫老头，又是阿列克谢·亚历山大罗维奇工作上的仇敌。考虑到这一切，安娜本不想去，特维尔斯卡娅公爵夫人正是担心她会拒绝，所以特意用便条来暗示。现在是希望见到符朗斯基，安娜才愿意去。

安娜来到特维尔斯卡娅公爵夫人家，比其他客人都早。

她进门时，符朗斯基的仆人正好也进来了，他的络腮胡子梳得像位低级侍从官。他在门边上停下来，脱下制帽，让她先走。安娜认出是他，这才回想起符朗斯基昨天说了今天不来。显然，他是为此送便条来了。

在前厅脱外套时，她听到仆人连卷舌音 P 也发得像低级侍从官似的说："伯爵给公爵夫人的。"并呈上便条。

她想问他老爷在哪里。她想回家给他写封信，要他到她这儿来一趟或自己上他那里去。但是，这样那样或其他办法都不行了：前边已经传出禀报她到达的铃声，特维尔斯卡娅公爵夫人的仆人已经在打开的门旁躬身站着，等待她到屋里的房间去。

"公爵夫人在花园里，这就派人去禀报。您到花园里去吗?"另一个房间的另一个仆人禀报说。

依旧是像在家里一样犹豫不决、模糊不清的情况；还更糟，什么办法也采取不了，没法见到符朗斯基，反而得留在这里，留在这生疏的自己心里讨厌的人们中间；不过，她穿着自己知道合身的衣服；她不是一个人，周围是自己习惯的那种无聊的豪华气氛，因此感到比在家里要轻松些；她用不着去考虑该做什么。一切都由自己在进行。见到身穿白色裙子、打扮得优雅动人的贝特西朝她走来时，安娜如通常一样对她微微笑了笑。特维尔斯卡娅公爵夫人和屠什凯维奇及一位亲戚家的小姐一起走着。小姐的父母住在外省，因为知道女儿能在有名望的公爵夫人家度夏，他们感到莫大的幸福。

大概是安娜身上有什么特别的地方，因为贝特西立刻注意到了这一点。

“我没有睡好觉。”安娜回答说，同时留神注视着迎她们过来的仆人，她想他带着符朗斯基的便条。

“您能来，我真高兴，”贝特西说，“我累了，正想趁大家来到前喝杯茶。而您，”她对屠什凯维奇说，“不妨和玛莎一起到那边剪过草的地方试试槌球。喝茶时，我们可以说会儿知心话，愉快地聊聊[①]，不是吗？”她微笑着对安娜说，同时握握她拿着伞的一只手。

“再说，我在您这里不能久待，我得去看看弗莱德老夫人。我答应她都已经一百年了。”安娜说，觉得与自己的本性格格不入地撒谎，在这个场合不但简单而自然，甚至还得到一种满足。

为什么要说这种自己在一秒钟前还没有想到的话，她怎么也无法解释。她这样说只是因为考虑到符朗斯基不会来了，那她就得保证自己的自由并设法见到他。但是，为什么恰恰说了对自己来说如同其他许多人一样需要去看望的宫中老女官，她就解释不清了，再说，正如她后来表明的那样，在设想和符朗斯基见面的种种最狡猾的办法中，没有比这更好的了。

“不，我无论如何不放您走，”贝特西仔细凝视着安娜的脸说，“对了，要不是我喜欢您，我就要生气了。您好像是怕我所交往的人会损害您的名誉似的。来，把茶给我们送到小客厅里。”像通常面对仆人时那样，她总是眯着眼睛说。她从仆人那里接过便条，看了一遍。“阿列克谢骗起我们来了，”她用法语说，“他来信说不能来了。”她用那么自然、简单的口气补充说，好像从来都没有想到，对安娜来说，符朗斯基要比槌球游戏更有意义。

安娜明白贝特西全知道，但是听她当着自己的面说起符朗斯基时，她竟一时会相信好像她什么也不知道。

“啊！”安娜一副若无其事的样子，好像不大关心这些事情地

① 原文为英语。

继续微笑着说，“您周围的人怎么会损害人家的名誉呢？”对安娜来说，这种语言游戏，这种隐瞒秘密，像对所有的女人一样具有很大的迷人之处，倒不在于必须隐瞒，不在于隐瞒的目的，而在于隐瞒的过程本身吸引了她。“我不能比教皇更信天主教，”她说，“斯特列莫夫和丽莎·梅尔卡洛娃——那是社会精华的精华。还有，他们哪儿都受欢迎，而我，”她特别强调，“从来都是不苛求，我有耐心。我只不过是没有时间。”

“不，您可能是不愿和斯特列莫夫见面吧？随他和阿列克谢·亚历山大罗维奇在委员会里打嘴仗去吧，那不关我们的事儿。但在社交场中，他是我知道的人中最讨人喜欢的一个，还是个狂热的槌球手。您就会见到的。而且，别看他这么大年纪迷上丽莎的可笑处境；您该瞧瞧，他怎么能够摆脱这种可笑的处境！他很可爱。您不认识萨福·什托尔茨吧？这是个新派，完全的新派。”

贝特西说着这一切，而当时从她愉快而聪明的目光里，安娜感觉到她有几分理解自己的处境，正在为她想什么办法。她们是在一间小书房里。

“不过得给阿列克谢写封信，”贝特西随即在桌子边上坐下来，写了几行字，把它装进一个信封里，“我写信要他来吃午饭。有位太太留在我们这里吃午饭，缺少男伴。您看看，能说服他吗？对不起，我走开一小会儿。请您把它封好叫人送走，”她到了门口说，“我得去关照一下。”

安娜毫不犹豫地拿着贝特西的信在桌子旁边坐下来，没有看，只在下边加了几句：“我必须见到您。到弗莱德的花园里来。到六点我在那里。”她封好信，贝特西回来后便当面把信交出送走了。

趁来到凉快的小客厅喝茶的机会，两个女人还真像特维尔斯卡娅公爵夫人所许诺的那样，直聊到客人们来。她们议论着自己等待的那些人。话题落在了丽莎·梅尔卡洛娃身上。

“她很可爱，我一直很喜欢她。”安娜说。

“您该喜欢她。她总念叨您。昨天赛马后她到我这里来了，没有见到您，还真大失所望。她说，您是一部长篇小说真正的女主角，还说她要是个男人，一定会为了您干出许多蠢事来的。斯特列莫夫对她说，她正在干这种蠢事儿。”

“不过请您说说，我总也不明白，”安娜沉默了一会儿后说，那口气清楚地表明自己提出的并不是一个无聊的问题，而对她来说，自己所问的要比实际重要，“请您说说，她与大家叫他米什卡的那位卡鲁日什斯基公爵的关系怎么样？我很少见到他们。那是怎么回事儿？”

贝特西微微一笑，仔细瞧着安娜。

“一种新方式，”她说，“他们大家都采取这种方式。他们什么都不顾了。但是方式各不相同。”

“是啊，不过她对卡鲁日什斯基的态度怎么样？”

贝特西出人意料地忍不住哈哈大笑起来，这是很少见的。

“您这就侵犯到密亚葛卡娅公爵夫人的领域了。这是个可怕的孩子才问的问题。”于是，贝特西显然想忍住又忍不住，才这么富有感染力地哈哈大笑起来，这是一种难得发笑的人的笑。“应当去问他们。”她笑出眼泪说。

“不，您在笑，”安娜也不由自主地笑起来说，“可我总也不明白。我不明白丈夫在这里的作用。”

“丈夫？丽莎·梅尔卡洛娃的丈夫给她拿方格子毛毯，并随时准备效劳。而至于后来事实上怎么样，谁也不想知道。您知道，在上流社会中，哪怕是好朋友之间也不会议论，甚至不会去想衣着打扮方面的某些细节的。这事儿也这样。”

“您去参加罗兰达卡的庆祝吗？”安娜问，为了换个话题。

“我不想。”贝特西回答，她的眼睛没有看自己的朋友，小心翼翼地把芳香的茶倒进透明的小杯子里。她举起一杯递给安娜，便取出一支细烟卷塞进银烟嘴里抽起来。

“您瞧，我的情况是幸福的，”她没有笑容地开始说，同时把一杯茶端在手里，“我理解您，也理解丽莎。丽莎——她是个孩子一样天真的人，不懂得什么好什么坏。至少她很年轻的时候不懂。而现在她知道，这种不懂对她倒合适。现在她也许是故意装作不懂，”贝特西面带微妙的笑容说，“不过毕竟她觉得这样合适。您知道吗，对同样一件事情，可以看成悲剧性，并由此感到痛苦，也可以看得简单，甚至变得愉快。也许，您倾向于把事情看得太悲剧性了。”

“我是多么想知道别人，像知道我自己一样，”安娜严肃地若有所思地说，“我比别人坏还是好？我想是坏。”

“可怕的孩子，可怕的孩子！”贝特西重复说，“啊，瞧，他们来了。”

十八

传来了脚步声和男人的声音，然后是女人的声音和笑声，在这之后，期待的客人们进来了：萨福·什托尔茨及一位健壮得容光焕发的年轻人，大家叫他瓦西卡。看得出，带血的牛肉、松露和喝布尔冈红酒在饮食上对他很有好处。瓦西卡对太太们鞠了一躬，瞧了瞧她们，但只有一秒钟。他跟着萨福走进客厅并跟着她在客厅里转了一圈，好像和她挂在一起似的，一双炯炯发亮的眼睛直盯着她，就像想吃了她一样。萨福·什托尔茨是一位黑眼睛的金发女人。她穿着很高的高跟鞋，迈着细小而矫健的步子，像男人似的紧紧握过太太们的手。

安娜还一次也没有见到过这位新星，不禁为她的美貌、过于时髦的打扮及无所顾忌的风度感到吃惊。她的头上，柔软的金发（有真发也有假发）梳得高高的跟个炮台一样，使得她的脑袋和丰满匀称又很裸露的前胸都一样大小了。她的步子非常敏捷，每一步都会在裙子下显出膝盖和两条大腿的轮廓来，这不由得使人产生疑问，在这身撑得像座山似的摇摇晃晃的打扮里，从上面那么袒露，背后及往下又那么裹着，怎么分辨得出哪里才是她真正苗条标致的肉体？

贝特西连忙把她介绍给安娜。

“你们可以自己想象，我们差点儿压死两个士兵。”她马上开始讲起来，同时一边使眼色，一边微笑着往后面拉拉自己一动就往一边歪的裙后襟。“我和瓦西卡乘坐马车走着……啊，对了，你们不认识。”她随即把年轻人介绍给大家，说了他姓什么，然后响亮地大笑起来。因为她的疏忽，在一位没见过的女人面前直呼他的名字，这让瓦西卡涨红了脸。

瓦西卡给安娜又鞠了一躬，但没有对她说什么话。他转过脸对萨福说：

“您打赌输了。我们先到。您给我吧。”他微微笑着说。

萨福笑得更开心了。

“不在现在给。”她说。

“反正一样，我以后要。”

“好，好。啊，对了！”她突然转过身来对着女主人，“我好……我还忘了……我给您带来了一位客人。瞧，就是他。”

萨福带来而自己又忘了介绍的意外年轻客人。他虽然年轻却很重要，两位太太都站起来欢迎他。

这是萨福的一位新的崇拜者。他现在和瓦西卡一样，寸步不离地跟着她。

卡鲁日什斯基公爵和丽莎·梅尔卡洛娃及斯特列莫夫，不久都到了。丽莎·梅尔卡洛娃是个瘦瘦的黑发女人，有一张懒洋洋的东方型脸蛋，以及一双正如大家说的那样美妙得让人说不清的眼睛。一身黑色的打扮（安娜立刻注意到并看重这一点）和她的美貌完全一致。丽莎那种纤弱和懒洋洋的样子，就如同萨福的矫健和挺秀一样极其明显。

依着安娜的趣味，丽莎要迷人得多。贝特西对安娜说，她是一副不知世故的孩子模样，可是安娜见到后，觉得这不对。她确实不知世故，堕落，却是个可爱而又温顺的女人。不错，她的派头与萨福相同；和萨福一样，她后面也跟着两位像被拴住，而且一双眼睛像要吃了她似的盯着她看的崇拜者，一个年轻人，一个老头子；可是她身上有某种高出自己周围的东西——她身上闪耀着那和镶嵌在玻璃中的真正钻石一样的光辉。这种光辉来自她一双美妙的真正让人说不清的眼睛。这双有黑眼圈的眼睛的困倦而又炽烈的目光，以绝对的真诚令人感到惊讶，每一个看过这双眼睛的人都会感到自己了解她的一切，而且了解后没法不爱上她。她看到安娜时，忽然满脸泛起愉快的微笑。

"啊，见到您我多么高兴！"她来到她跟前时说，"昨天在赛马场我正要到您那里时，您已经离开了。昨天我是那么想见您。那很可怕，不是吗？"她说，同时用好像正要把安娜整个心灵打开的目光瞅着她。

"是啊，我怎么也没有料到是那么激动人心。"安娜满脸通红说。

这时大家都站起来了，准备到花园里去。

"我不去了，"丽莎说着，便微笑着在安娜旁边坐下来，"您也不会去的吧？槌球有什么好玩的！"

"不，我喜欢。"安娜说。

"看您，怎么您对什么都不感到乏味？瞧着您——就让人愉快。您生气蓬勃，我却感到厌倦。"

"您怎么厌倦？再说，您在彼得堡有一帮最愉快的朋友。"安娜说。

"也许，有比我们更无聊的人；但是我们，至少我，并不愉快，而是可怕，厌倦得可怕。"

萨福吸了一支烟，带着两位年轻人到花园里去了。贝特西和斯特列莫夫仍留下来在喝茶。

"怎么，厌倦？"贝特西说，"萨福说，他们昨天在您家里过得很开心。”

“哎呀，真是没有意思！”丽莎·梅尔卡洛娃说，“赛马结束后，大家都到我家里去了。一切都是那样，一切都是那样。全是老一套！整晚都躺在长沙发上。这有什么开心的？您说说，您怎么叫自己不厌倦呢？”她又转过来对着安娜，“对您，只要瞧一瞧，就清楚了——这女人啊，可能幸福或不幸，但不至于感到厌倦。教教我，您是怎么做的？”

“我什么也不做。”安娜回答说，她被这些纠缠不清的问题搅得脸都红了。

“瞧，这才是最好的办法。”斯特列莫夫掺和进来说。

斯特列莫夫是个五十来岁的人，头发半白了，倒还精神，很不漂亮，但有一张富有个性和聪明的脸。丽莎·梅尔卡洛娃是他妻子的侄女，他全部空余的时间都与她在一起度过。遇上了安娜·卡列宁夫人，他这位阿列克谢·亚历山大罗维奇在公务上的仇敌，作为一个社交场中的聪明人，竭力对自己这位仇敌的妻子表现得特别热情。

“‘什么也不’，”他露出微妙的笑容，抓住机会说，“这是最好的办法。我早就对您说过，”他转向丽莎·梅尔卡洛娃，“为了不感到厌倦，就得不要去想厌倦。这就好比如果怕失眠，您就不应该害怕睡不着，是一样的道理。安娜·阿尔卡杰耶夫娜告诉您的，正是这个意思。”

“要是我这样说了，我会很高兴的，因为这不仅聪明，而且是对的。”安娜微微笑着说。

“不，您给说说，为什么没法睡着和没法不厌倦？”

“要睡着，得干活，而要开心，也得干活。”

“要是我的工作谁也不需要，又为什么要去干活？而我又不会也不愿故意假装。”

“您真是改不了啰。”斯特列莫夫眼睛没有看她说，接着又转向安娜。

因为很少见到安娜，他除了一些平淡无聊的玩意儿，没法对她说什么。但是，在他说到她什么时候回彼得堡，莉吉娅·伊万诺夫娜伯爵夫人怎么喜欢她这些平淡无聊的玩意儿时，总是带着这样的表情，说明他满心希望她感到愉快，向她表示自己的尊敬，以及甚至更想入非非。

屠什凯维奇进来了，他宣布大家都等着玩槌球。

"不，请您不要走。"丽莎·梅尔卡洛娃得知安娜要走时，恳求说。斯特列莫夫也一样。

"区别太大了，"他说，"和这些朋友待过后到弗莱德老婆子那里去。再说了，对她来说，您去了只会给她一个发牢骚、说人家坏话的机会，而在这里，您只会激发起最美好的、和中伤别人相反的感情。"他对她说。

安娜犹豫不决地沉思了一分钟。这个聪明人的讨好话，丽莎·梅尔卡洛娃对她表达的那种天真的孩子般的好感，以及由于整个自己习惯的社交环境——这一切是那么轻松，而等她去办的事情是那么困难，以至顿时犹豫起来，是不是留下，把解释的沉重时刻往后拖一拖。但是，想到要是自己不作出任何决定，回到家里等着会怎么样，想起自己双手揪住头发的样子，让她连回忆都觉得可怕，她便向大家告别，然后离开走了。

十九

符朗斯基表面上看虽然过着轻浮的社交生活，其实倒是个深恶杂乱无章的人。小小年纪在中等武备学校读书时，他就因为陷入困境向人借钱而尝到过遭受拒绝的屈辱，从此他再也没有使自己落到那种地步过。

为了使自己的事情总有条有理，他据情况或多或少每年五次关起门来独自待着，以便把自己的全部事务理得清清楚楚。他把这样做称为结算，或清账[①]。

赛马后第二天，符朗斯基很晚才醒来，没有刮脸也没有洗澡，穿上件制服，便把钱、账单、信件摊在桌子上工作起来。知道他这种情况下好生气的彼特里茨基，醒来后见他正坐在桌子旁，没有打扰他，悄悄穿上衣服出去了。

任何一个知晓自己私事繁杂琐碎的人，都不由得认为只有他自己才会遇上这种琐碎繁杂的麻烦事，但怎么也没有想到其他人也像他一样，受到各自条件的限制。符朗斯基也是这样一个人。于是，他不无发自内心的自豪感和不无理由地在想，要是处于这么大困难的条件下，换了另一个人早已狼狈不堪，会被迫干出蠢事来了。然而符朗斯基感到，正是现在这种时候，他必须考虑并弄清楚自己的处境，使自己不至于手足无措。

符朗斯基把钱作为最容易着手处理的头一件事儿。他用自己细小的笔迹，把所欠的账都记在一张信纸上。总的一算，发现自己欠人家一万七千卢布；还有几百零头，为清楚起见给去掉了。算了算钱和银行存折，他发现还剩一千八百卢布，而收入，到年底就再也不会有了。对欠账作了反复计算后，符朗斯基把它们分成三类，转抄了一遍。属于第一类欠款的，是马上就得还或至少得准备好现金，以便人家要时即刻就给。这样的欠款有将近四千：买马的一千五百，以及为年轻的同事维涅夫斯基作保的两千五百，他当着符朗斯基的面把这笔钱输给了一个赌棍。符朗斯基本来要付这些钱（当时他手头有），但维涅夫斯基和亚什文坚持由他们付，而不要符朗斯基付，因为不是他输了钱。这一切都很好，可是符朗斯基清楚，在这件肮脏的事情上，虽然他参与的只是口头上为维涅夫斯基担保，但他必须有这两千五百卢布，以便随时把它们扔给那个骗子而不再和他发生任何口舌。就这样，属于第一

① 原文为法语。

类最重要的，应该有四千。第二类的八千，比较次要一点。这些钱主要用于赛马时的马厩、燕麦和干草的提供者以及一个英国佬马具匠，等等。这些欠款也得付两千，才能相安无事。最后一类债款——是欠商店、旅馆及服装师的——那是用不着考虑的。这么一来，按当前的开支至少得有六千，可他却只有一千八百。照大家的看法，对像符朗斯基这样一个有十来万卢布收入的人来说，这点儿欠账似乎不会有什么困难；可问题是他的钱远远不到十万。他父亲是个巨富，其中的一项年收入就有二十万，可是它没有在几个兄弟之间分过。哥哥与没有一点儿财产的十二月党人的女儿瓦丽娅·契尔科娃公爵小姐结婚时欠了一大堆债，阿列克谢把父亲庄园的全部收入都让给了他，只给自己留下了每年两万五千卢布。阿列克谢当时对哥哥说，自己还没有结婚，大概永远也不会结婚的，对他来说这些钱够花的了。而哥哥呢，正指挥费用最昂贵的团队之一，又刚刚结婚，他只好收下这份馈赠。除那留下的两万五千以外，单独有自己产业的母亲每年还给阿列克谢两万，可是他把这些钱全部花光了。最近一段时间，母亲因为他的恋爱关系在离开莫斯科时和他争吵过一次，之后就不再寄钱给他了。这么一来，原来已经养成习惯每年花四万五千卢布的符朗斯基，今年只有两万五千的收入，现在就陷入困境了。他不能向母亲要钱来摆脱困境。昨天他收到母亲的一封信，这使他特别生气。信中暗示说，她准备帮助他在社交界和部队上取得成功，而不是那种在整个良好的社会出丑的生活。母亲想收买他的企图，深深地刺痛了他，他对她更冷淡了。然而，他不能收回自己说过的慷慨话，尽管模模糊糊预见到自己与卡列宁夫人的关系有出现某种偶然的可能，现在自己也感觉到他说那种慷慨话是轻率的；对像他这样一个没有结婚的人来说，那十万卢布的收入也许全都用得着。但是，收回是不行了。只要一想到哥哥的妻子，想到这位可爱出色的瓦丽娅怎么一有合适的场合，就提到她记得并珍惜他的慷慨，他就明白，要收回馈赠给人家的东西不可能。这就如同打女人、偷东西和说谎话一样，不可能。符朗斯基毫不犹豫地下决心能做和该做的，只有一个办法：向高利贷者借钱。这不会有丝毫困难，一般说只要节省自己的开支，卖掉自己的赛马，就可以了。这样决定后，他立刻给不止一次地来信要买他的马的罗兰达卡写了张便条。然后派人把英国佬和高利贷者叫来，并把自己所有这些钱按账单分配了。处理完这些事情，他给母亲写了一封冷淡、激烈的回信。然后，从皮夹子里取出安娜的三张便条，重新读了一遍后，把它们烧了。他回想起昨天和她的谈话，陷入了沉思。

二十

符朗斯基的生活本来特别幸福，是因为他有一套确定自己该做什么和不该做什么的规则。这套规则包罗的条件范围很小，然而毋庸置疑，符朗斯基从来没有超出过这个范围，该做的总是毫不犹豫地去做。这些规则不容置疑地明确——赌棍的钱要付，而服装师的则不必；撒谎对男人不行，而对女人可以；欺骗谁都不行，但可以欺骗丈夫；不能原谅侮辱，却可以侮辱人，等等。所有这些规则也许都是不合理的、不好的，但它们是不容置疑的，因此符朗斯基执行时总是感到心安理得，并可以把头抬得高高的。只是最近一段时间来，因为自己和安娜的关系，符朗斯基开始感到自己的一套规则不完全决定得了所有的条件，而且看到将来会出现一些使自己找不到指导方针的困难和疑问。

对他来说，自己对安娜及对她丈夫的态度是简单而清楚的。在他作为指导的一套规则中，对这种态度有清楚而明确的规定。

她是一个正派女人，把自己的爱情献给了他，他也爱她，因此对他来说，她是个要比合法的妻子更值得尊敬的女人。不用说自己通过言语、暗示侮辱她，就连不向她表示出一个女人仅能指望的那份尊敬，他都宁肯先砍下自己的一只胳膊。

对社会的态度也是清楚的。大家都可以知道、怀疑这事儿，可是没有人会敢于说出来。否则的话，他一定会迫使饶舌的人住嘴，并敬重自己所爱的那个女人已不具有的名誉。

对丈夫的态度，比什么都清楚。从安娜爱上符朗斯基的那一刻起，他就认为有权把她看成自己不可分割的一部分。丈夫成了只是个多余的和碍事的人。无疑，他处于可怜的境地，可有什么办法呢？丈夫拥有的权利就是双手拿起武器满足恢复名誉的要求，仅此而已，而对这一点，符朗斯基从一开始就准备好了。

但是近来，自己和安娜之间的关系出现了新的变化，符朗斯基为自己的不确定性感到害怕。昨天，她才向他宣告自己怀孕了。于是，他感到了她等着他回应的和这个消息要求他的某种东西，而这一点，在他那套生活规则中却完全没有确定。确实，这给了他当头一棒，她宣告自己情况的头一瞬间，他的心就提示他，要求她丢下丈夫。他这样说了，可现在进行全面仔细的考虑时，他清楚地发现最好避免这样做，而在对自己这么说的同时，又害怕——这样是否不好？

“假如我告诉她丢下丈夫，那等于意味着和我结合。我有这个准备吗？我现在没有钱，怎么带她走？就算我能够安排这事儿……可是我在服役，怎么带她走？如果我这么说了，那得有所准备，就是说，有钱并退役。”

于是他沉思起来。要不要退役的问题，把他带到另一个隐秘的、只有他一个人知道的、几乎是自己一辈子主要而且是内心的兴趣上去了。

追求功名是他从童年和少年时代老早就抱有的幻想，这种他自己并不承认的幻想是那么强烈，以至于这种激情和他的爱情发生了搏斗。在社交场中和公务上，他的起步是成功的，然而两年前他犯了个大错误。为了显示一下自己的独立性和得到提升，他拒绝了提供给自己的一个职位，指望这样会提高自己的身价，结果是他太冒失了，人家从此不再过问他的事情。他没有任何办法，只能表现出落落大方的样子，仿佛他并不生任何人的气，毫不认为自己受了谁的委屈，倒宁愿人家让他安静，因为他高兴这样。实际上呢，从去年到莫斯科来的时候，他就已经不高兴了。他感到一个人这种独立的情况，什么都能做又什么也不愿做，于是开始泄气了。许多人也开始认为他除了做一个诚实和善良可爱的人以外，什么也不会。他与卡列宁夫人的关系引起了巨大轰动，吸引了普遍注意，这给了他新的光彩，使那揪心的功名心一时平息下来，但一星期以前，这种追求功名的揪心欲望又以新的力量起来了。他青年时代的朋友，也是一个社会圈子的中等武备学校同学谢尔普霍夫斯科依，和他同一期毕业，两人无论在班里和做体操时，还是在调皮捣蛋和追求功名的幻想方面都互相竞争。几天前，他从中亚地区回来了。此人在那里连升两级后，还获得了如此年轻的军官极难得到的奖章。

他一来到彼得堡，人们就纷纷议论这是颗再次冉冉升起的一流明星。他是符朗斯基的同龄人和同窗，已经是位将军了，并等待一项能影响国家事务进程的任命。符朗斯基虽然独立不羁风头劲健，还得到一位美妙绝伦的女人的爱情，却不过是个独立到爱干什么都可以的骑兵大尉。“当然，我并不妒忌也不能妒忌谢尔普霍夫斯科依，但他的提升向我表明值得等待时机，像我这样一个人的提升，也许是很快的。三年前，他还是我现在这样的地位。一退役，我就把自己的前程毁了。留在部队里，我毫无损失。她自己也说，她不想改变自己的处境。而我有她的爱情，就无须妒忌谢尔普霍夫斯科依了。”于是，他慢慢地捋捋自己的小胡子，从桌子边上站起来，在房间里走了一圈。两只眼睛特别明亮地在闪烁，他感到了自己在弄清情况后固有的那种坚定、平静和高兴的精神状态。一切都像以前清完账后一样清楚和明了。他刮了脸，洗了个冷水澡，穿好衣服，就出去了。

二十一

“我是来接你的。你这次清账搞了好长时间，”彼特里茨基说，“怎么，完了？”

“完了。”符朗斯基回答说。他的眼里流露出笑意，小心翼翼地摸摸胡子根，好像清理完自己的事务后，任何一个冒失和急躁的动作都会使它遭受破坏似的。

“每次这样以后总像刚洗完澡出来似的，”彼特里茨基说，“我从格里茨克（他们这样称呼团长）那里来，等你呢。”

符朗斯基没有回答。他瞥了一眼同事，在想别的事情。

“对了，这是他那里的音乐吗？”他说，同时留神听起传到这边的熟悉的管乐低音、波尔卡舞曲和华尔兹舞曲的声音来，“庆祝什么？”

“谢尔普霍夫斯科依来了。”

“啊啊！”符朗斯基说，“我还不知道呢。”

他一双眼睛带着微笑，闪烁得更明亮了。

既然已经下决心以爱情为幸福，就得为它牺牲自己的功名了——至少自己承担了这种角色——于是，符朗斯基就既无法去妒忌谢尔普霍夫斯科依，也不为他到团里来不先来看自己而难过。谢尔普霍夫斯科依是朋友，他为他高兴。

“啊，我很高兴。”

团队长杰明占用了地主家的一幢大房子。整整一帮人都在一面宽敞的阳台上。在院子里，首先映入符朗斯基眼帘的，是一队身穿制服，站在伏特加酒桶旁边的歌手和被军官们围着的团长那健壮开心的形象；迈上阳台的头一级台阶，他就大声嚷嚷着演奏完奥芬巴赫卡德里尔舞曲的乐队，边下命令边向站在一旁的士兵们挥挥手。一群士兵、骑兵司务长及几个士官和符朗斯基一起向阳台走去。回到桌子那边的团队长拿着只酒杯又走到台阶上，宣布举杯："为了我们以前的同事和勇敢的将军谢尔普霍夫斯科依公爵的健康。乌拉！"

继团队长之后，谢尔普霍夫斯科依也手拿酒杯笑眯眯地出来了。

"你越来越年轻了，邦达连科。"他对站立在自己正对面，服二期兵役的雄赳赳脸颊红润的骑兵司务长说。

符朗斯基三年没有见到谢尔普霍夫斯科依了。他变得结实了，留起了络腮胡子，可他还是那么挺直端正，与其说潇洒惊人，不如说脸部和身材都显得温柔而高雅。符朗斯基注意到他身上有一个变化，便是往往留在一些取得成功又受到普遍尊敬的人脸上那种平静的容光焕发。符朗斯基熟悉这种容光焕发，因此立刻在谢尔普霍夫斯科依身上发现了它。

谢尔普霍夫斯科依从阶梯上下来时，看见了符朗斯基。欢乐的微笑使得他更加神采飞扬。他把脑袋往上一仰，举杯向符朗斯基致意，并以这个动作表示不得不先到骑兵司务长那边去。那一位已经挺过身子，噘着嘴唇等待亲吻了。

"瞧，那是他！"团队长叫喊起来，"而亚什文对我说，你心情忧郁。"

谢尔普霍夫斯科依吻了吻英俊的司务长湿润鲜嫩的嘴唇，用手绢擦了擦嘴巴，便来到符朗斯基面前。

"好啊，我真高兴！"他说着，同时握握他的一只手并把他拉到旁边。

"您照顾他们一下！"团队长向亚什文叫嚷着，同时指指符朗斯基，就到下边的士兵们那里去了。

"你昨天怎么没有去看赛马？我以为在那里会见到你的。"符朗斯基仔细打量着谢尔普霍夫斯科依，说。

"我去了，不过去得晚。对不起，"他补充说，并转过去吩咐副官，"请代表我下令发给大家每个人，一点儿意思，有多少算多少。"

他随即忙着从皮夹子里取出三张一百卢布的钞票，有点儿红了脸。

“符朗斯基！来吃点儿什么还是喝点儿?”亚什文问，“喂，拿点儿到这里来给伯爵吃！而这个，把它喝了。”

在团队长那里，狂饮持续了好长时间。

喝了很多酒。大家把谢尔普霍夫斯科依连连抬起来，往上抛又接住。然后，又把团队长抬起来往上抛。然后，团队长亲自和彼特里茨基在歌队面前跳舞。后来，团队长稍稍有点儿吃不消了，便在院里的长板凳上坐下来，开始向亚什文证明俄罗斯对普鲁士的优越性，特别是骑兵进攻方面，这时，狂饮也停歇了一会儿。谢尔普霍夫斯科依进屋到卫生间洗手，发现符朗斯基也在那里；符朗斯基在用水冲自己的脑袋。他脱了制服，把长满毛发的红润脖子伸到水龙头底下，用双手正擦洗它和头部。洗完后，符朗斯基坐到谢尔普霍夫斯科依旁边。他们两个就坐在这里的长沙发上，开始进行一次对双方都很有趣的谈话。

“你的事儿，我通过妻子全知道了，”谢尔普霍夫斯科依说，“我为你常见到她感到高兴。”

“她和瓦丽娅要好，这是我仅有的高兴相见的两位彼得堡女人。”符朗斯基微笑着回答。他微笑是因为自己事先猜到了要涉及的话题，这一点使他感到高兴。

“仅有的两位?”谢尔普霍夫斯科依微笑着反问。

“是啊，我也知道你，但不只是通过你的妻子，”符朗斯基以严厉的面部表情制止这一暗示说，“我为你的成功感到很高兴，不过一点儿也不觉得吃惊。我期待的，还要多些。”

谢尔普霍夫斯科依微微笑了笑。他显然为对自己有这种看法感到高兴，并自以为无须掩饰这一点。

“我倒相反，坦率地说，以前还没期待那么多。不过我高兴，很高兴。我虚荣，这是我的弱点，我自己也承认。”

“假如没有成功，也许你就不承认了。”符朗斯基说。

“我不认为这样，”谢尔普霍夫斯科依又微微笑了笑，“我不是说没有这就不值得活了，但会觉得乏味的。当然，我也许是错的，不过我觉得我对自己所选择的那个活动领域有几分才能。再说要是由我掌握权力，不管是什么样的权力，要比我所知道的许多人掌握它来得好，”谢尔普霍夫斯科依带着意识到自己成功的得意劲儿说，“因此，越接近这一点，我就越满意。”

“这对你也许是这样，但不是对所有的人。我也曾经这样认为，结果却发现，不值得只为这一点活着。”符朗斯基说。

“正是这样！正是这样！”谢尔普霍夫斯科依大笑说，“我就是从听说你，听说你拒绝后开始……当然，我支持你。但凡事都有个方式。而我认为，行为本身是好的，可是你做得不像应该的那样。”

“做过的事情已经做了，而且你知道，我对自己做过的事情从不反悔。再说，我觉得很好。”

“很好——是暂时的。可是你并不满足于这样。我对你哥哥不这样说，那是个可爱的孩子，就像我们的这位主人。瞧他！”他听到“乌拉”的欢呼声补充说，“这使他是高兴，却不会使你感到满足。”

“我没说我已经感到满足了。”

“不只这一点。像你这样的人，是很被需要的。”

“谁需要？”

“谁需要？社会啊。俄罗斯需要一批人，需要一个党，不然的话，大家都渐渐将变成一群牲口。”

“这是为什么？指贝尔捷涅夫的党反对俄国共产党人？”

“不，”谢尔普霍夫斯科依担心人家怀疑自己这么愚蠢，便蹙起眉头说，“这全是胡说八道[①]。这个从来就有，将来还会有。没有什么共产党人。但是那些搞阴谋的人从来都得空想出一个什么

① 原文为法语。

有害而危险的党。这是老把戏。不，需要一个像你我这样独立的实权人物组成的党。”

“可是为什么呢？”符朗斯基提了几个有权力的人，“可是为什么他们不是独立的人？”

“只因为他们没有或者生来就不曾具有独立的财产，没有门第，不像我们那样一生下来就靠近太阳。他们是可以用金钱或恩惠收买的。而为了维持自己的地位，他们得想出一种方针。于是他们就推行什么连自己都不相信的思想和方针，制造出种种罪恶；而这整个方针只不过是谋取公职和多少多少薪金的一种手段。这一切都不那么精明[①]，只要你瞧瞧他们的内幕。也许，我比他们差，比他们蠢，尽管我看不出自己为什么不如他们。但我和你都有一种显然是重要的优越性，那就是我们难以被收买。而现在，这样的人比任何时候都更需要。”

符朗斯基仔细听着，吸引他的主要不是谢尔普霍夫斯科依说的内容本身，而是他对事情的那种态度。此人已经在考虑与当权者作斗争，而且当自己在公务上只关心骑兵队的时候，他在这个权力的世界中已经有了自己的好恶。符朗斯基也明白了，谢尔普霍夫斯科依以自己不容置疑的周密思考和理解事物的才能，以其在自己生活那个阶层中难得遇见的聪明和口才，能成为一个强有力的人物。因此，不管他感到多不好意思，却还是妒忌了。

“为此我毕竟还缺少一样主要的东西，”他回答说，“缺少得到权力的愿望。曾经有过，但是过去了。”

“原谅我，这不是真的。”谢尔普霍夫斯科依微笑着说。

“不，是真的，是真的！……现在。”为了表示诚意，符朗斯基补充说。

“对了，确实是现在，这是另一回事了；可是这个现在不会是永远的。”

---

① 原文为法语。

“可能。”符朗斯基回答。

“你说可能，”谢尔普霍夫斯科依仿佛猜到了他的想法，继续说，“而我对你说是必然。我正因为这个想见你的。你的行为像你该做的。这一点我理解，可是你不该长久这样下去。我只请你给我全权委托[①]。我不保护你……但我又为什么不保护你呢？你保护过我多少次呀！我希望我们的友谊比这更高。对，”他说着，温柔得像个女人似的对他微微笑了笑，“给我全权委托，你离开团队吧，我就不让人察觉地使你得到提升。”

“可是你要明白，我什么也不需要，”符朗斯基说，“但愿一切都同原来一样。”

谢尔普霍夫斯科依欠身起来，站在他对面。

“你说要一切都同原来一样。我明白这是什么意思。但是你听着：我们是同龄人；也许，你认识的女人比我多。”谢尔普霍夫斯科依的微笑和手势说明符朗斯基不用害怕，他触及痛处是温柔而小心的，“可是我结了婚，请你相信，了解一位你爱的妻子后（正像谁写过的那样），你将会更好地了解一切女人，就算你曾经认识上千个。”

“我们这就过来！”符朗斯基对一个往房间里瞧并叫他们到团队长那里去的军官嚷道。

这时候，符朗斯基倒是想听完并弄清楚他将对他说些什么。

“这也就是对你的意见。女人——是一个人事业上主要的绊脚石。爱一个女人又要做好某件事情是困难的。爱一个女人又绝不受影响，这只有一个办法——就是结婚。怎么，怎么对你说呢，我想，”喜欢打比方的谢尔普霍夫斯科依说，“等一等，等一等！对了，就好比扛包袱[②]同时又要用双手做什么事，这只有把包袱捆在背上才办得到——而这就是结婚。这是我在结婚后才体会到

---

① 原文为法语，下同。

② 原文为法语，下同。

的。我的一双手突然空出来了。如果不结婚而扛着包袱——两只手忙乎着呢，什么也干不了。你看看马尚诺夫、克鲁波夫，他们都因为女人断送了自己的前途。”

“那是什么样的女人!”符朗斯基说，同时回忆起与刚才提到的两个人发生关系的一名法国女郎和一个女演员。

“女人在社交场中的地位越稳固，情况就更糟。这就好比不仅用两只手扛包袱，而是得把她从别人那里夺过来。”

“你从来没有爱过。”符朗斯基轻轻地说，他眼睛看着前面，心里却想着安娜。

“也许吧。但是你要记住我对你说过的话。再有：女人都要比男人更实际。我们出于爱情干着某种重大的事业，而她们总是无聊①。”

“这就来，这就来!”他对进来的仆人说。然而，那仆人并不是他以为的那样再次来催促他们的。仆人给符朗斯基送来一张便条。

“有个人从特维尔斯卡娅公爵夫人那里给您带来的。”

符朗斯基打开便条，便满脸通红了。

“我有点儿头疼，我回家去了。”他对谢尔普霍夫斯科依说。

“好吧，那就再见。你给我全权委托吗?”

“以后再说吧，到了彼得堡我去找你。”

二十二

已经快六点钟了，为了及时赶到，同时又不乘自己那辆大家熟悉的马车去，符朗斯基便坐进亚什文的出租轿式马车里，并吩

① 原文为法语。

咐要尽量快些。这是一辆旧式的四座位出租轿式马车，很宽敞。他坐在一个角落里，把两条腿搁在前排的位置上，沉思起来。

模糊地意识到自己的事务已经理清楚，模糊地回忆起把他看成需要的人的谢尔普霍夫斯科依的友谊和奉承，以及主要是等待约会——一切都融合成一个对生活充满欢乐的总印象。这种感觉是那样强烈，以至于他不由得微笑起来。他伸开双腿，把一条腿放在另一条腿的膝盖上，并用一只手抓住它，抚摸着昨天摔倒时伤着的富有弹性的小腿，向后仰过身子，深深呼吸了几次。

"好，很好！"他自言自语道。他以前常常经受到对自己躯体的欢乐意识，可从来没有像现在这样爱自己和自己的躯体。他为一条有力的腿上这种轻微的疼痛感到愉快，对呼吸时自己胸部筋肉的运动感到愉快。那种最晴朗又凉丝丝的八月天，使安娜产生毫无希望的感觉，而他则仿佛觉得令人振奋，有生气，就连用凉水淋过后的脸和脖子也感到清新爽快。在这种新鲜空气里，他觉得自己小胡子上发出的润发油气味特别好闻。从轿式马车窗子里看到的一切，这凉爽清洁的空气中的一切，在这日落时苍白的亮光下，也如他本人一样清新、快乐和精力充沛：在刚落下太阳的闪闪亮光中的屋顶、建筑物角落和围墙的鲜明轮廓，偶尔碰上的步行者及轻便马车的形象，树木和野草一动不动，一行行整齐的种着土豆的畦沟的田野，以及由房屋、树木、灌木丛和土豆畦内投下的斜影。这一切恰似一幅刚完成和涂上油彩的优秀风景画一样绚丽。

"赶快，赶快！"他向马车夫说着，从窗子探出身来并从口袋里掏出一张三卢布的钞票，把它塞给回过头来的马车夫。马车夫的一只手在车灯旁摸来摸去，只听得鞭子啪的一声，轿式马车便顺着平坦的大道疾驰起来。

"除了这幸福，我什么，什么都不需要，"他心想，同时注视两扇窗子中间那个铃铛骨纽，暗自想象着他最近一次见到的安娜的模样，"而且，我越来越爱她了。瞧，这是弗莱德住的公家别墅花园。这里，她会在什么地方？什么地方？怎么回事儿？为什么她约我在这里见面，还在贝特西的信里附来？”到这时他才想了一下；但已经没有时间去想了。还没有到达林荫道，他就让马车夫停下，打开车门，马车还没有停稳，就跳下来走到通向房子的林荫道上。林荫道上没有一个人，但扭过头往右边一看，他瞧见她了。她的脸被面纱遮着，但他那欢乐的目光一下就抓住了她独有的背部动作、倾斜的肩膀及头部的姿势，立刻好像有一股电流贯通他的全身。他以一种新的力量感觉到自己的存在，从两条富有弹性的腿部的动作，到呼吸时肺部的活动，都有一种使自己嘴唇痒呵呵、甜丝丝的感觉。

她走到他面前，紧紧握住他的一只手。

“我叫你来，你没有生气？我必须见到你。”她说；接着，他从面纱下看到她两片嘴唇认真又严厉的线条，心绪立刻改变了。

“我，生气！但是你怎么来的，要上哪儿？”

“全无所谓，”她边说边把自己的一只手放到他的手上，“我们走，我要和你谈一谈。”

他知道为什么事儿了，这次约会不会是高兴的了。在她面前，他没有了主意；还不知道她担心的原因，他已经感到这种担心不由自主地也传给了他。

“怎么了呀，怎么了？”他用胳膊夹紧她的一只手问道，力图从她脸上看出她的心事。

她默默地走了几步，鼓起精神突然停了下来。

“昨天我没有告诉你，”她急速而沉重地呼吸着开始说了，“和阿列克谢·亚历山大罗维奇回家时，我向他坦白了一切……说了我不能做他的妻子，因为……全都说了。”

他听她说着，不由得侧过整个身子，仿佛想借此缓和她处境的沉重性。但她一说完了这个，他突然挺直身子，而且脸上露出骄傲而严厉的表情。

“是的，是的，这样更好，更好一千倍！我明白，这有多么痛苦。”他说。

但是她没有听他说话，她是根据他的脸部表情在猜测他的想法。她没法知道，符朗斯基脸部表情表达的是他产生的头一个想法——现在免不了要决斗了。她的头脑里从来没有过决斗的想法，因此她对这种瞬息间严厉的表情作了另外的解释。

收到丈夫的那封信以后，她已经从心灵深处知道一切都将是老样子，她将没法无视自己的处境，撇下儿子与情人结合。在特维尔斯卡娅公爵夫人那里度过的早上，使她更坚信这一点。不过对她来说，这次约会毕竟是异常重要的。她原希望这次约会能改变他们的处境，使自己得到挽救。要是他听到这消息时态度坚决、热烈，没有一分钟的动摇，对她说："抛下一切，和我一起逃走！"她一定会丢下儿子，和他一起出走。然而这个消息没有在他身上引起自己所期待的那种情况，他只是好像受了什么侮辱的样子。

“我一点儿也不感到沉重。这是自然地发生的，”她愤愤地说，“你瞧……”她从手套里取出丈夫的一封信。

“我理解，理解，”他打断她，接过信，却没有看它，而是竭力宽慰她，“我希望一点，我恳求一点——打破这种局面，把自己的生命献给你的幸福！”

“你为什么对我讲这个？”她说，“难道我会怀疑这一点吗？要是我怀疑的话……”

“这是谁来了？”符朗斯基指着迎面走来的两位太太突然说，“也许，人家知道我们。”于是连忙拉住她跟着自己向另一条侧面的小径走去。

“哎呀，我无所谓！”她说。她的嘴唇在哆嗦。他还觉得她的一双眼睛正从面纱里带着古怪愤怒的神情在瞧他。“我是说，问题不在这里。我不能怀疑这事儿；可这是他给我写的什么，你看看吧。”她又停下来。

符朗斯基再次像一开始听到她和丈夫决裂的消息时那样读着信，不由得陷入自己对受侮辱的丈夫态度引起的自然的印象中。

现在他双手拿着他的信，不由自主地设想大概不是今天就是明天，将在自己家里收到要求决斗的挑战，那时他脸上会浮现同现在一样冷漠和骄傲的表情，向空中放一枪，然后站在那里等着被侮辱的丈夫的射击。他脑子里同时又闪过一个念头，觉得自己刚对谢尔普霍夫斯科依说过，他今天早上也在想——还是不使自己受束缚的为好——他也知道，不能把这个想法告诉她。

看完信，他向她抬起双眼，目光中流露出一种犹豫的神情。她立刻明白，他本人在这之前已经考虑过此事了。她知道不管他说什么，都不会把现在的全部想法说出来的。她还明白，自己最后的希望落空了。这不是她所期待的结果。

“你看，这是一个什么样的人，”她声音颤抖地说，“他……”

“原谅我，但我为此感到高兴，”符朗斯基打断说，“看在上帝的分儿上，让我把话说完，”他补充说，同时用目光恳求她给他点儿时间把话解释清楚，“我高兴的是，这事儿不能，无论如何也不能像他所提出的那样继续下去了。”

“为什么不能呢？”安娜忍住眼泪说，显然不认为他要说的话会有任何意义。她感觉到自己的全部命运已经决定了。

符朗斯基是想说，在依他看来是不可避免的决斗以后，这事儿不能再继续下去了，可是他却说了另外的话。

“不能再继续下去了。我劝你现在就别管他了。我希望，”他感到不安并脸红了，“你让我来安排和考虑我们的生活。明天……”他开始说。

她没有让他说完。

“那儿子呢？”她叫嚷起来，“你看看他写的——得丢下儿子，可是我不能也不想这样做。”

“可是，看在上帝分儿上，怎么更好些？丢下儿子，还是继续这种屈辱的处境？”

“对谁屈辱的处境？”

“对大家，而更主要是对你。”

“你说是屈辱的……你别这样说。这种话对我没有意思。”她声音颤抖地说。她现在不愿他说假话。对她来说，剩下的只有他的爱情这一点了，而她愿意爱他。“你要明白，对我来说，从自己爱上你的那一天起，一切全都变了。对我来说，唯一的一件事情——就是你的爱情。我有它，就感到自己是那么高尚，那么坚强，以至于什么对我来说都不会是屈辱的。我为自己的处境感到骄傲，因为……我为那……感到骄傲，骄傲……”她没有说完自己为什么骄傲。害羞和失望的眼泪噎住了她的嗓子。她停下来，哭了。

他也感到自己的喉咙被什么堵着，鼻子发酸，他有生以来头一次打算哭出来。他说不出是什么东西这么打动了自己；他觉得她可怜，又感到无法帮助她，同时还知道她的不幸是他造成的，是他做了什么不好的事情。

“难道离婚不可能?”他无力地说。她没有回答，只摇摇头。“难道不能带着儿子离开他吗?”

“是啊。可这一切取决于他。现在我该到他那里去了。”她干巴巴地说。她认为一切都将是老样子的预料，得到了证实。

“星期二我到彼得堡去，一切都会解决的。”

安娜曾吩咐自己打发走的轿式马车到弗莱德家花园的篱笆附近来接她，这时已经到了。和他告别后，安娜就离开回家了。

二十三

星期一，“六月二日委员会”举行例会。阿列克谢·亚历山大罗维奇走进会议厅，和通常一样与委员们和主席打过招呼，便在自己的位置上坐下来，把一只手放在已准备好的一堆文件上。这些文件中，有他需要的证明材料及他准备发表的一项声明的提纲。

其实，他无须证明材料。他全都记得，并认为不必通过记忆反复去重温自己要说的内容。他知道，到时候看见仇敌竭力想装得若无其事的脸部表情时，自己就会脱口而出滔滔不绝，会比他现在准备的更出色。他觉得自己演说的内容是那样重要，每字每句都有意义。此外，他在听例行的报告时，总是一副最无辜和不伤人的样子。瞧他那双白皙而筋络鼓起的手，长长的指头那么温柔地抚摸着放在自己面前的白纸文件的两旁，那种疲倦的脑袋朝一边歪斜的表情，谁也不会想到现在从他嘴里就要说出的话，将引起可怕的哄堂大乱，弄得委员们大叫大嚷，互相打断，迫使主席只好要求大家遵守秩序。报告结束时，阿列克谢·亚历山大罗维奇以轻轻的平静的声音提出关于异族人的安置问题，宣称他有几点设想要说。注意力转到了他身上。阿列克谢·亚历山大罗维奇清了清嗓子，也没有去看对手，但是像他发言时通常所做的那样，注视着坐在自己面前的那个人——一个在委员会里从不发表意见的温和小老头，开始阐述自己的想法。当问题涉及根本的相关法律时，仇敌们起来进行反驳。同样是委员会成员和同样被触怒的斯特列莫夫作了辩护——总之，会议开得像暴风雨，一片乱哄哄；但是，阿列克谢·亚历山大罗维奇胜利了，他的建议被接纳了；任命成立三个新的委员会，而且第二天，相当规模的彼得堡社交界谈的都是这次会议。阿列克谢·亚历山大罗维奇的成功，甚至比他预料的还大。

第二天，星期二早晨，阿列克谢·亚历山大罗维奇醒来后满意地回想起昨天的胜利，当办公室主任为了讨好他，把听到的委员会里发生的事件告诉他时，他想显出一副无所谓的样子，但还是忍不住微微笑了。

因为在和办公室主任一起办事，阿列克谢·亚历山大罗维奇完全忘了今天是星期二，是他计划好要接安娜·阿尔卡杰耶夫娜回来的日子，因此当仆人禀报她回来时，他吃了一惊，不无懊恼地呆住了。

安娜回到彼得堡正好是清早，据她的电报，派了一辆轿式马车去接，因此阿列克谢·亚历山大罗维奇应该知道她回来。可是她回来时，他没有去接。仆人告诉她，说他还没有出来，正和办公室主任忙着。她吩咐人去告诉丈夫一声，说她回来了，便走进自己房里整理东西，等着他到她这里来。但是过了一小时，他也没有来。她便借口有事到餐厅去，故意大声说话，指望他会到这里来，可是他没有出来，尽管她听到他已经把办公室主任送出了房门。她知道他照例快要上班去了，而自己则想在这之前见到他，以便把他们之间的关系确定下来。

她穿过大厅，果断地向他那边走过去。当她走进他的书房时，他正一身文官制服，一个胳膊肘靠着坐在小桌子边上，两眼忧郁地注视着前面，显然是准备好要出去了。是她比他先看到对方，因此她知道他在考虑她的事儿。

见到她后，他想站起来，却没有这样做，然后他的脸唰地就红了，这是安娜以前从未见过的。他很快站起来迎接她，目光不是落在她的眼睛上，而是落在她稍高一点儿的前额和发型上。他走到面前，拉起她的一只手并请她坐下。

“我为您回来感到高兴。”他在她身边坐下来说，而且看样子想说什么话，几次想开口却都打住了。她对这次见面虽然是准备好了，要奚落他，但现在却又不知道对他说些什么，而且可怜起他来了。因此，保持了相当长时间的沉默。“谢廖沙身体好吗？”他说了，没有等到回答，又补充了一句，“我今天不在家吃午饭，而且现在就得走。”

“我想到莫斯科去。”她说。

“不，您回来了，这样做很好，很好。”他说完，又沉默了。

看他没先说，她便先开口了。

“阿列克谢·亚历山大罗维奇，”她一边说，一边留神看着他，眼睛一直没有离开他那注视着她发型的目光，“我是个有罪的女人，我是个坏女人，但我还是原来的我，还像那次对您说的一样，我来是告诉您，我没法作任何改变。”

“我没有问您这件事情，”他突然说，同时坚决地用憎恨的目光直视她的双眼，“我料想也是这样。”他愤怒地说，但又竭力控制住了自己。“不过，和我当时对您说的和写信告诉过您的一样，”他用尖利的声音说起来，“我现在重复一遍，我无须知道这件事情，也不过问这件事情。不是所有的妻子都像您一样善良，急于把这么愉快的消息告诉丈夫。”他在“愉快的”这个词儿上特别加强了语气。“我不过问这件事情，只要别人不知道，我的名誉暂时不受玷污就行；因此，我只警告您，我们的关系应当像原来那样，不过若您搞得名誉扫地，我也会采取措施保全自己的。”

“但是我们的关系不可能像原来那样了。”安娜带着羞怯的声调说，同时惊恐地注视着他。

当看到这种平静的姿势，听到这种刺耳的孩童般讪笑的声音时，她对他的厌恶代替了原来的怜悯，因此她开始感到害怕，但是不管怎样得明确自己的处境。

“我不能做您的妻子了，既然我……”她开始说。

他恶狠狠而又冷酷地哈哈笑了起来。

“看来是您选择的那种生活影响了您的思想。我既很尊重您，又很蔑视您……我尊重您的过去，蔑视您的现在……您对我的话的理解离我的本意太远了。”

安娜叹了口气，并低下了头。

“不过我不理解，像您这样有独立思考能力的人，”他继续愤愤地说，“在直接向丈夫宣告自己的不忠，却并不感到这有任何不体面，相反，您好像认为妻子对丈夫的不忠倒体面了。”

“阿列克谢·亚历山大罗维奇，您要我怎么样？”

“我要的是，别让我在这里见到那个人，并要您的行为不至于使社交界和仆人们指指点点说闲话……让您不要再见他。这并不过分吧。而这样一来，您可以在不尽忠实的妻子的义务同时享受一个忠实的妻子的权利。这就是我要对您说的一切。现在我该走了。我不在家吃午饭。”

他站起来，向门那边走去。安娜也站起来了。他默默地侧过身子，让她先走。

二十四

对列文来说，在草垛上的一夜没有白白度过，他对自己经营的那个田庄也失去了任何兴趣。虽然收成非常好，但像今年这样遇到那么多挫折，他和农民们之间的关系那么敌对，是从来没有，至少他觉得是从来没有过的，而且这种挫折和敌对的原因，他现在完全明白了。亲自干活所感受到的快慰及过后与农民们的接近，这些愿望在那个晚上他已不再是幻想，成了他经过仔细考虑要实现的计划——所有这一切是那么大地改变了他对自己经营的田庄的看法，以至于他再也不能从中找到原来的兴趣。而且他也无法忽视自己与工人们那种不愉快的关系，而他曾经把自己和工人们的关系看成是一切的基础。一群都像帕瓦一样的改良母牛，全部施了肥用犁翻耕过的土地，九块用柳条篱笆隔开的耕地，深耕后施了基肥的九十俄亩地，条播机，等等——所有这一切，假如只要由他自己或由他和伙伴以及同情他的人们完成，就好极了。但是，他现在清清楚楚地看到（他在写一本关于农业的书，书中认为经营的主要因素是工作人员，这给了他很大帮助）——自己经营田庄不过是他与工人们之间一种残酷顽强的斗争。在这场斗争中，他这一方面，是力图要把一切搞得最好，而另外一方面呀——是一切顺其自然。结果他在这种斗争中发现，自己尽了最大的努力，另一方却提不起任何劲来，甚至连想都不想，结果是田庄的任何一方都不满，还白白地使坏了好好的工具、好好的牲口和土地。更糟糕的是不只是完全白白地消耗了花在这事儿上的

精力，现在他还感到，他耗费精力要弄清经营这件事毫无意义。实际上，斗争的意义在哪里？他对每一分钱都精打细算（因为否则的话，一放松，自己就没有钱给工作人员付工资了），而他们只想安安稳稳、快快活活地干活，就像他们已经习惯的那样。从他的利益出发，是要每个工作人员尽量多干活，而且不要忘记尽量别损坏条播机、马拉的脱粒机和耙子，并时时想着自己在干的活计；工人们呢，想的却是干活能尽量开心些，多休息，主要的是能不用动脑子，无忧无虑地干活。今年夏天，列文每走一步都看到这一点。他派人去割做干草的三叶草，选择的是几块长满野草和艾蒿而不适合留种的孬地，他们却把几块留种用的最好的地给割了，还辩解说是管家吩咐这么干的，并安慰他说那草做干草一定很好；可是他知道，其实是因为这几块地的草好割。他派了一台翻草机去翻干草，可是刚翻开头几行就给弄坏了，因为农民坐在驭座上，抖动的机翼使他头闷，没驾驶好。仆人还对他说："您请别担心，女人们会把草翻抖好的。"犁也不适用，因为农民根本就没有想到要把翘起的犁头放低，所以使劲摇转犁头，这样既折磨牲口又毁坏了土地。他们把马都放到小麦地里，因为没有一个工作人员愿意当夜间看守。尽管下过命令要工作人员轮流守夜，而万卡还是干了一整天活后就睡着了，他对自己的过失表示后悔，说："随您咋办吧。"三头最好的小牛，因为没有饮水就放到三叶草地里，结果吃得太饱，胀死了。他们还怎么也不愿相信小牛是被三叶草胀死的，还拿邻村三天内死了一百二十头牲口来安慰他。发生所有这一切，倒也都不是因为谁对列文或他的田庄经营有意使坏；相反，他知道他们都喜欢他，认为他是个没架子的老爷（这是最大的夸奖）；但他们这么做只是为了想开开心心、无忧无虑地干活，而他的利益，他们不但不关心、不理解，而且还死死认定必然与他们的正当利益冲突。对自己的田庄经营，列文早就感到不满意了。他看到船漏水了，但没有找到也没有去寻找漏水的地方，也许是故意在欺骗自己吧。但是，现在他再也不能欺骗自己了。他经营的田庄，他不仅变得毫无兴趣，也厌烦了，他无法再干下去了。

而且他想见而没法见的吉蒂·舍尔巴茨卡娅，就在离他三十俄里的地方。他到达丽娅·阿列克山德罗夫娜·奥勃朗斯卡娅家去的时候，她倒是叫他再去向她妹妹求婚，听她的意思，这次她妹妹一定会答应。列文本人见到了吉蒂·舍尔巴茨卡娅后心里明白，自己仍爱着她，不过他知道，她在奥勃朗斯基家，自己就不能到那里去。他向她求婚及被她拒绝这事儿，成了他和她之间一道无法跨越的障碍。“我不会因为她没法成为她所爱的那个人的妻子，就要求她做我的妻子。”他对自己说。想到这一点，他对她开始变得冷漠，怀有敌意。“我无法同她平心静气地说话，无法没有怨恨地看着她，她也只会更恨我，也该是这样。再说了，在达丽娅·阿列克山德罗夫娜告诉我这番话以后，我现在还怎么到她们家里去？难道装做一副不知道她告诉过我的样子？还要我宽宏大度地去原谅、宽恕她。让我在她面前扮演一个宽恕她，并把自己的爱情献给她的角色！达丽娅·阿列克山德罗夫娜干吗把这事儿告诉我？要是我在无意中见到她，那样一切就自然而然，而现在这事儿不行了，不行了！”

达丽娅·阿列克山德罗夫娜给他送来了一张便条，向他为吉蒂借一副马鞍。“听说您有一副鞍子，”她写道，“劳驾您亲自给带来。”

这可让他无法忍受了。一个聪明、文雅的女人怎么能这样贬低妹妹！他写了十次便条，可是全撕了，然后不作任何回答把马鞍送去了。要是写了自己去——不行，因为他不能去；写自己因为有事情或者要外出不能去呢——这更糟。他不回信却把马鞍送过去，又觉得丢脸，第二天他把令他感到厌烦的全部田庄事务转托给了管家，独自到一个遥远县里的朋友斯维亚什斯基家去了，在那附近有一片极好的大鹬出没的沼泽地带；那朋友不久前曾来过信，请他到那里住一阵子，他早就许下这样的誓言了，只是一直未能履行。苏罗夫斯基县的大鹬出没的沼泽地，早就吸引列文了，可是因为庄园里事物缠身，就一拖再拖，一直没有去成。现在他正好乐得去一趟，既可以离开邻居舍尔巴茨基家，更主要的是可以借打猎摆脱庄园事务；打猎恰恰是他一切痛苦烦恼最好的安慰。

二十五

到苏罗夫斯基县没有铁路，也不通驿道，因此列文是乘坐自己的一辆远程四轮马车去的。

半路上，他在一个富裕的农民家停下来吃东西。一位留宽宽的棕色大胡子、两鬓花白、秃顶而又很有精神的老头子打开大门，然后靠门柱子站着让三匹马进去。院子里宽敞、干净、收拾一新，存放着烧焦的木犁，老头子带马车夫去歇脚，然后请列文进入正房。一个穿得干干净净的年轻妇女，光脚穿着套鞋，正在擦新帐幔下的地板。她被跟着列文进来的狗吓住了，惊叫了一声，但知道那狗不会碰她后，又马上为自己的惊恐笑起来。她伸出卷起袖口的手给列文指着通向正房的门，又弯下身子，遮起了她漂亮的脸蛋，继续擦洗地板。

“要茶炉子吗?”她问。

“好，麻烦你了。”

这是一间宽大的正房，装着荷兰式的炉子和一道屏风。神像下面摆着一张雕花桌子、一条长凳和两把椅子。入口处有个装器皿的小柜。护窗板都关着，苍蝇少，而且很干净，以至列文担心起一路跑来在水洼子里翻滚过的拉斯卡会弄脏地板，便要它到门旮旯里去待着。打量过一番正房，列文来到后院。穿着套鞋，模样可爱的年轻女人摇晃着肩上挑的两只空水桶，跑在他前边到井上去挑水。

“给我利索点儿！”老头子高兴地朝她嚷嚷着，向列文走来，“怎么，老爷，可是到斯维亚什斯基家去？他们也常到咱们家来。”他一只胳膊靠在台阶的栏杆上，饶舌地说起来。

老头子在向他讲述自己和斯维亚什斯基相识的当间，大门又咯吱咯吱响了，是工人们带着犁和耙进院子来了。套着犁和耙的马，喂得又饱又结实。工人们显然是这一家的：两个年轻的穿着印花布衬衫，戴着便帽；另外两个是雇工，穿着粗麻布衬衫——一个老头子，一个小青年。老头子走下台阶，到马旁卸套去了。

“这是犁什么地去了？”列文问。

“翻犁土豆地。我们也有一小块地。你呀，费多特，可别用那匹骟马，把它牵到木墩子一边去，咱们套另外的一匹。”

“什么呀，爹，我叫拿开沟机来，拿来了没有？”身材高大、壮实的小青年问，他显然是老头子的儿子。

“在……在门廊上，”老头子回答说，同时把卸下的缰绳绕成圈扔在地上，“趁他们吃饭的工夫，你能收拾好的。”

模样可爱的年轻女人挑着满满两桶水走进了门廊。不知从哪里又出来几个娘儿们——年轻漂亮的、中年的和年老难看的，有的带着孩子，有的没有。

茶炊的洞口吱吱吱响了，干活的工人安顿好马和家眷吃饭去了。列文从马车里取出自己的食品，请老头子和自己一起喝茶。

“您干吗，我们今天已经喝过了，”老头子说，他显然乐于接受这一建议，“就陪您再喝一杯吧。”

在喝茶过程中，列文弄清楚了老头子家业的全部来历。十年前，这老头子从一个女地主那里租了一百二十俄亩地，去年他买下了它们并从相邻的一个地主那里租了三百俄亩。他把最差的一小部分地转租出去了，而四十俄亩则是自己一家人和雇的两个工人进行耕作。老头子抱怨情况不好。但是列文明白，他抱怨只是出于客套，其实他的经营一片繁荣。如果不好，他就不会每亩花一百零五卢市买进这些土地，不会给三个儿子及一个侄子娶了亲，不会在遭受火灾以后两次盖起新房子，而且越盖越好。老头子虽然抱怨，但看得出他为自己的家业，为自己的儿子、侄子和子侄媳妇们，为马匹和奶牛感到骄傲，尤其是为维持着这整个的家业感到骄傲。从与老头子的交谈中，列文知道他过去和现在都采用一系列新措施。他种了许多土豆，而且列文来的时候看到他的土豆已经开过花，都开始结籽了，当时列文种的土豆才开花。他从一个地主那里借来铧犁翻耕土豆旁边的空地，播下了小麦。老头子筛黑麦时，把筛下的麦屑用来喂马，这个小小的细节使列文感到特别吃惊。列文曾经多少次看到这极好的饲料被白白丢掉，想把它们收拾起来，但这事儿总也办不到。这个农民做到了，确实令他佩服，令他赞赏。

“女人们做些什么？她们把一个个货包搬到路边，让大车来运走。”

“而我们那里的地主，和工人们的关系都不好。”列文边说边给他递过一杯茶。

“谢谢！”老头子接过杯子回答说，但他指指自己咬过剩下的一小块糖，谢绝在茶里放糖。“怎么可以靠工人们办事呢？”他说，“只会一团糟。就拿斯维亚什斯基来说。我们知道那是怎样的土地——好极了，可是收成并不那么好。全都是因为照料不周！”

“可是，你不是也雇工人在经营吗？”

“这是咱们庄稼人的事情。一切都自己动手。不好好干的——走，咱自己干得了。”

“爹，费诺根要焦油。”穿套鞋的女人进来说。

“就是这样，老爷！”老头子说着站起来，连连画十字感谢列文后出去了。

列文来到黑黝黝的小屋叫唤自己的马车夫时，他看到全家的男人都围一张桌子坐着。女人们站着听候吩咐。年轻健壮的儿子嘴里含着一口粥，正在说什么可笑的事情，逗得大家都哈哈大笑，穿套鞋的女人特别开心，她正把菜汤倒进盘子里。

很可能，穿套鞋女人那可爱的脸蛋大大加深了列文对这个农民家庭的美好印象，而这种印象是如此强烈，以至于他怎么也摆脱不了它。从老头子那里到斯维亚什斯基家一路来，他尽力不去想但还是在回想这个农民之家，印象中好像有一种特别吸引他注意的东西。

二十六

斯维亚什斯基是他那个县的首席贵族。他比列文大五岁，而且早已结婚，家里住着他一位年轻的姨妹，是个很讨列文喜欢的姑娘。列文还知道，斯维亚什斯基和他妻子很想把这位姑娘嫁给他。他毫无疑问知道这一点，就像一切未婚青年一样，他对此也很敏感，尽管任何人都不打算把它说出来。他还同样知道，尽管自己想结婚，尽管这位从一切方面看都相当迷人的姑娘会成为一位极好的妻子，他和她结婚的可能性却如同登天一样不可能，就算他没有爱上吉蒂·舍尔巴茨卡娅。这种想法，破坏了他到斯维亚什斯基家做客本指望得到的那种满足。

收到斯维亚什斯基邀请他去打猎的信以后，列文马上想到了这一点，尽管如此，他还是认为斯维亚什斯基对自己的这种意思，不过是自己毫无根据的推测，因此也就去了。此外，在心灵深处，他是想再次以这位姑娘考验一下自己。斯维亚什斯基的家庭生活是非常愉快的，斯维亚什斯基本人是列文知道的一位最优秀的地方自治活动家，列文对他从来都非常感兴趣。

对列文来说，斯维亚什斯基从来都是那么令人吃惊的一位人物。他的言论虽然有时缺乏独立性，但总是一贯的，很有逻辑性，而他的生活则具有非常明确和坚定的目标，独立地进行着，与自己的言论完全不相干，而且几乎相反。斯维亚什斯基是个极端的自由派人物。他蔑视贵族，认为大多数贵族都是因为胆小而不敢说出来的隐蔽的农奴制拥护者。他认为俄罗斯是个类似土耳其那样没落的国家，认为俄国政府是如此糟糕透顶，以至于自己从来都不去认真批评政府的行为，与此同时，他又为它服务，是个模范的贵族领袖，而且出门时从来都要戴有帽徽和带小红边的制帽。他认为一个人只有到国外才能过像样的生活，因此一有可能就到国外去住，与此同时又在俄罗斯进行一种很复杂和完备的经营，而且怀着异常的兴趣追踪一切，并知道在俄国发生的各种事情。他认为俄罗斯农民还处在从猿到人发展的过渡阶段，同时在地方议会选举时又比谁都乐于和农民们握手，并听取他们的意见。他既不相信神也不相信鬼，从来不迷信，但又非常关心改善宗教界的生活和维持他们的收入问题，还特别起劲地四处奔走，为村上保留一座教堂。

在妇女问题上，他主张女性自由，特别认为她们有劳动权利，是个激进派，但又希望大家都像他和妻子那样过着相亲相爱、没有孩子的家庭生活。他安排妻子的所有生活，使得她除了想怎么更好更快活地消磨时间外，什么都不干，也什么都不能干。

要不是列文有善于从好的方面看待一个人的特点，斯维亚什斯基的性格对他来说是不会有任何困难和问题的；他会对自己说：一个傻瓜或废物，也就全清楚了。但是他不能说他傻瓜，因为斯维亚什斯基无疑不仅很聪明，还是个很有教养的人，非常平易近人。没有什么他不知道，但他只在万不得已的时候才显示出自己有知识。列文更难以说他是废物，因为斯维亚什斯基无疑是个诚实、善良、聪明的人，他开心、积极，经常从事受到周围人高度评价的事业，而且确实没做过什么坏事，也不会做什么坏事。

列文努力要弄明白，但从来都不明白，他觉得他和他的生活是个活生生的谜。

他们俩是好朋友，所以列文才允许自己追根究底地去试探斯维亚什斯基对生活的观点，然而这从来都是白费心思。每当列文试图进一步深入斯维亚什斯基的内心世界的密室时，他发现斯维亚什斯基就稍稍有点儿不好意思起来；他的目光里总会露出一丝依稀可见的惊恐，好像是他害怕被列文看破似的，于是他就会和善、委婉地拒绝。

现在，在田庄经营失望之后，列文特别高兴到斯维亚什斯基那里去住一阵子。且不说这对幸福的夫妇以及他们那个构筑得安闲舒适的窝使他开心，现在列文对生活极为不满，想找到使斯维亚什斯基在生活中这么清晰、确定和愉快的秘诀。此外，他知道在斯维亚什斯基家将会见到一些相邻的地主，自己现在特别有兴趣谈谈、听听田庄经营方面那些关于收获、工人的工钱等等的话题。列文知道这些通常都被认为是低级的话题，现在对他来说都成了重要的了。“在农奴制条件下或在英国，它们也许不重要。在那两种情况下，规章制度本身是确定了的；可是在我们这里，现在所有的一切都颠倒过来了，又刚刚开始在安排，怎样确立规章制度，正是俄国的一个重要问题。”列文在想。

打猎的成绩比列文预期的要差。沼泽地干涸了。也完全不见大鹬。他转了一整天，只打到三只，不过和通常打猎回来一样，他有了极好的胃口、极好的心情，同时由于激烈的体力活动而精神兴奋。还在打猎时，他好像什么也不想，可还是再次回想起老农及其一家来，那印象仿佛不仅吸引他去注意，而且还牵引他去解决了某种和他相联系的问题。

傍晚喝茶的时候，有两位地主为了委托代管产业的事儿跑来，这样就展开了一场列文所期望的最有趣的谈话。

列文坐在茶几边，旁边就是女主人，他不得不同她及她妹妹谈话，那姑娘正好在自己对面。女主人是一位圆脸蛋、白皮肤、个子不高的女人，带着两个酒窝和满脸笑容。列文力图通过她找到她丈夫提出的那个重要之谜的答案；但他无法进行思考，因为感到特别不自在。之所以如此，是因为对面坐着那位姨妹，她穿着一件呈梯形露出洁白胸部的裙子。他看来这可能是特地为了他而穿的。尽管她的胸口非常白，或者说恰好因为她的胸口特别白，这个四个角的开口使列文没法自由地进行思考。他暗自设想，也许是错误地想象着，以为这个开口是打他的主意，于是认为自己无权看它并竭力不去看它；不过他感到，人家做了开口这一点已经是他的错了。列文仿佛觉得自己欺骗了什么人，他应该解释清楚，可是这种事情又无论如何不能解释，因此他不断地脸红，总是惴惴不安，很是尴尬。他的尴尬还感染了可爱的姨妹。不过，女主人看样子没有注意到这一点，她故意把她拉进谈话中去。

"您说，"女主人继续已经开始的话题说，"俄罗斯的一切都没法使我丈夫感兴趣。恰恰相反，在国外他是开心，可是从来都不如在这里。在这里，他感到在自己的家中。他的事情那么多，他又具有关心一切事情的才能。啊，您没有到我们的学校里去过吧?"

"我看到了……是那幢爬满常青藤的小房子?"

"对，那是娜斯佳的事业。"她指指自己的妹妹说。

"您亲自教书?"列文问，竭力看着开口的旁边处，可是不管他往哪个方向看，总是看到那个开口。

"是啊，我自己教过，现在还在教，不过我们有一位非常好的女教师。我们还带领做体操。"

"不，谢谢，我不要茶了，"列文说，同时感到自己这样不礼貌，但没法继续这样谈下去了，便涨红了脸欠身起来，"我听到他们谈得很有趣。"他补充说着，便走到桌子另一头主人和两个地主坐着的地方。斯维亚什斯基侧身靠桌子坐着，用支在桌面上的一只手转过茶杯，另一只手把大胡子抓成一把提到鼻子上再放下，好像是在闻自己胡子的气味。他的一双炯炯有神的眼睛直视着留灰白小胡子、神情激动的地主，显然觉得他说话有意思，好玩。那地主抱怨农民。列文清楚，斯维亚什斯基知道怎么说就能立刻将他那番话驳倒，但按照自己的地位，他不能作出这样的回答，于是不无得意地听着地主的喜剧性谈话。

留灰白小胡子的地主显然是个顽固维护农奴制的人，一个乡间本地户和热情的农业经营者。无论从服装上——他那身过时的、穿破了的、有些别扭的常礼服，还是从那双聪明而阴郁的眼睛里，还是从一口流利的俄语，从显然由于长期经验形成的命令式语调，从大大的、漂亮的、晒黑的无名指上戴着枚老式订婚戒指的双手动作上，列文都看出了这种特征。

二十七

"要不是舍不得抛弃长期经营的事业……花了很多心血……我早就把它丢掉，卖掉，像尼古拉·伊万诺维奇那样一走了事……去听法国歌剧。"地主微笑说，聪明苍老的脸上露出容光焕发的愉快。

"瞧您究竟没有抛弃啊，"尼古拉·伊万诺维奇·斯维亚什斯基说，"可见有好处嘛。"

"有一个好处，就是我住在这里，房子不是买的，不是租的，是自己的，总在希望农民会变得文明一点儿。可是说起来您也许不会相信，他们就知道酗酒、放荡！他们只会一次又一次地分家，全都重新分了，一匹马、一头奶牛都不剩。人都快饿死了，可叫他们来当雇工，他们就存心和你捣乱，还弄到调解法官那里去。"

"那您也可以向调解法官告状啊。"斯维亚什斯基说。

"我去告？这我才不干呢！人们会议论纷纷，我宁可不告！比如有一家工厂，他们拿了预付工资，跑了。调解法官有什么办法？只能放他们。一切都靠民事法庭和村长维持着。这家伙会用老方法狠揍他们。要不这么干——你只好抛弃一切往世界各地跑吧！"

地主显然是在嘲弄斯维亚什斯基，而斯维亚什斯基非但不生气，看样子倒还以此为乐。

“我们经营自己的田庄并不用这种办法，”他微笑着说，“我、列文和他们。”

他指着另外一个地主。

“对了，米哈依尔·彼得罗维奇那边的事情怎么样，您问他自己，难道那是合理的经营？”地主很明显因为用了“合理的”这个词儿感到得意扬扬。

“我的经营方式很简单，”米哈依尔·彼得罗维奇说，“感谢上帝。我们田庄经营的方式，就是为了准备好缴纳秋季的赋税。农民们跑来了喊：老爷啊，帮把忙吧！好吧，大家都是邻居，可怜啊。就替他们缴了三分之一的税，只是说了：记住，孩子们，我帮了你们，到时候你们也得帮忙啊——播种燕麦啦，割草啦，收庄稼啦，还说好了一头牲口多少钱。他们当中也有没有良心的，这是真的。”

列文早就知道那些宗法制的方法。他和斯维亚什斯基交换了个眼色，便打断了米哈依尔·彼得罗维奇的话，再次转向留着白胡子的地主。

“那您怎么打算？”他问道，“现在您该怎样经营田庄？”

“还是像米哈依尔·彼得罗维奇那样经营：或者按土地收成对分，或者出租给农民，这样做可以，但会损害国家的总财富。我用农奴劳动能带来九倍的收获，用对分制只能收获三倍。解放农奴毁了俄罗斯！”

斯维亚什斯基眼睛笑眯眯地看着列文，甚至暗暗给他做了个略带讥讽的动作；但是列文并不觉得地主的话可笑——他要比斯维亚什斯基更理解地主说的话。地主后来说的事情证明农奴解放毁了俄罗斯。列文甚至觉得地主说得很对，在他看来，那是新的和无可辩驳的事实。地主显然是在说自己个人的想法，这种情况是少见的，而他说出的想法不是要借此占据无聊的头脑，那是因为他久居乡间，过着闭塞的生活，经过全面考虑得出的结论。

“请注意，问题在于任何进步都只能靠权力去完成，”他说，显然是想表明自己不是缺乏教养的人，“您看看彼得、卡捷琳娜、亚历山大[①]的改革。您看看欧洲历史。农业方面的进步更是这样。就说土豆吧，在我们这里它也是靠强制种植起来的。木犁也不是从来就使用的，也许是在封建时代，可大概也是强制的。现如今，我们这些在农奴制时代的地主用各种办法改进了田庄经营：有烘干机，有清粮机，有运肥机，有了一切工具——我们全是靠自己的权力引进的，农民们开始的时候反对，后来仿效我们了。现在呢，废除了农奴制以后，我们的权力被剥夺了，我们那种提到了高水平的田庄经营就得退到最野蛮、原始的状况。我理解是这样。”

“那为什么？如果它合理，您可以用雇工来经营。”斯维亚什斯基说。

“没有权力呀。请问，我靠谁去经营？”

“正是它——工人劳动力，是经营的主要因素。”列文想。

“靠工人。”

“工人不愿好好干活，不愿使用好的工具。我们的工人只知道一件事情——喝酒，喝得像猪一样醉醺醺的，并毁坏您给他的一切。他们把马使伤，损坏完好的马具，拿车轮胎换酒喝，往脱粒机里塞转向锁把它弄断。他们看到一切不合意的东西都厌恶。因此，整个经营水平就下降了。土地荒废了，长出了艾蒿或分给了农民们，在曾经产生百万的地方，你却只生产出几十万；公共的财富减少了。如果这样做呢，当然得计算……”

他接着便开始把自己可以避免这种缺陷的解放计划发挥了

① 彼得，指彼得一世（1672—1725），卡捷琳娜，指叶卡捷琳娜二世（1729—1796），亚历山大，指亚历山大二世（1855—1881），都是俄国历史上做过不同性质和不同规模改革的俄国沙皇。

一通。

列文对此不感兴趣，但当他结束的时候，列文回到他的第一个论点上。他转向斯维亚什斯基，并努力吸引对方注意自己发表的认真意见。

“说到田庄经营水平下降，就我们与工人的关系来说，不能有效益地进行合理的经营，这是完全正确的。”他说。

“我不觉得，”斯维亚什斯基已经是严肃地在反驳了，“我只是看到我们不善于经营田庄，而且相反，我们在农奴制时经营的那种田庄水平不是太高，而是太低。我们没有机器，没有干活的好牲口，缺乏真正的管理，我们连算账都不会。您问当家人——他连什么对自己有利没有利都不知道。”

“意大利的会计学，”地主嘲笑说，“那里随您怎么计算，会把一切全毁了，让您啥利益也得不到。”

“为什么会全毁了呢？是毁了您的破脱粒机，您的俄国式畜力简易传动装置，而我的蒸汽装置人家就毁坏不了。俄罗斯小马，怎么叫来着？得拖住它尾巴的那种马，是会毁坏的，而您如果繁殖贝雪重轭马，或者就是比秋格马，就毁不了啰。这就是全部。我们应当把田庄经营的水平提得更高。”

“可是拿什么去提高嘛，尼古拉·伊万诺维奇！您倒好，而我有儿子要上大学，小的在读中学——贝雪重轭马，我买不起啊。”

“可以找银行贷款啊。”

“让我把最后一点儿东西都变卖掉？不，谢谢了！”

“认为田庄经营的水平有再提高一点儿的必要和可能性，我不同意，”列文说，“我是搞这个的，我也有资金，可是我什么也做不成。银行对谁有好处，我不知道。至少在田庄经营中，我不管把钱花在什么上，全都亏本：牲口——亏本，机器——亏本。”

“瞧，是这样的。”留灰白小胡子的地主满意得甚至笑起来支持说。

“还不只我一个人，”列文接着说，“我和所有进行合理经营的田庄主都有交往，除了极个别的例外，经营全都亏损。好吧，您就说说，您的田庄经营怎么样——有效益？”列文说着，立刻在斯维亚什斯基的目光中注意到那种瞬息间惊恐的表情；当他想进一步深入斯维亚什斯基思想的接待室时，注意到了这种表情。

此外，在列文方面，对这个问题并不完全坦荡。喝茶时女主人刚对他说过，今年夏天他们从莫斯科请来了一位会计师，他收五百卢布报酬对他们的田庄进行了估算，结果发现将有三千卢布的亏损。他不记得确切的数目，但那德国人好像一个戈比一个戈比地算得很仔细。

提到斯维亚什斯基田庄经营的效益时，地主微微笑了笑，他显然知道这位领袖和邻居能有什么效益。

“可能没有效益，”斯维亚什斯基回答说，“这只能证明我是个不好的主人，要不，是我把资本浪费在增加地租上了。”

“啊，地租！”列文惊恐地叫嚷起来，“也许在欧洲有地租，那里的土地因为对它投入劳动而变好了，而在我们这里，所有的土地都因为投入劳动而变坏，也就是使得它越种越贫瘠——因此，没有地租。”

“怎么没有地租？这是规律。”

“那我们是违反规律的：对我们来说，地租什么也说明不了，倒是相反，会坏事。不！您说说地租的学说是怎样的……”

“要炼乳吗？玛莎，给我们拿些炼乳或马林果酱来，”他转过去对妻子说，“今年的马林果熟得特别晚。”

接着，斯维亚什斯基便怀着最愉快的心情站起来走开了，大概是以为谈话到此已经结束，而列文则觉得当时谈话才开始。

失去了谈话的对手，列文只好继续与地主交谈起来。他竭力向那个地主证明，一切困难的发生都是因为我们不想了解我们的工人的特点和习性；然而那地主又如同所有离群索居和独立地进行思考的人一样难以理解别人的思想，还特别固执己见。他坚持认为，俄罗斯农民是猪猡，而且喜欢猪猡行为，要使他们摆脱猪猡状态，就得有权力，我们却没有权力，一定要有棍棒，可是我们却变得自由了，用了上千年的棍棒突然被什么律师和监禁代替了，监牢里给没有用的发着臭气的农民喝可口的汤，还专给几立方米空间。

“您怎么会认为，”列文力图回到问题上来说，“对劳动力能不能找不到这样一种关系，以便提高劳动效率呢？”

“对俄罗斯人民来说，永远不会有这样的事情！没有权力。”地主回答说。

“怎么能找到新的条件呢？”斯维亚什斯基吃了炼乳，抽了支烟，又回到两位争论的人跟前说。“一切对劳动力可能的关系都已经确定和研究过了，”他说，“野蛮时代的残余——实行连环保的原始公社自然地崩溃了，农奴制废除了，剩下的只有自由劳动，而且它的形式已经确定和准备好了，因此只能采用它。雇农，短工，农场主——无非是这些形式。”

“可是，欧洲已经对这些形式不满了。”

“是不满意并正在寻找新的形式，大概能找到。”

“我说的也正是这个，”列文说，“我们为什么不能从自己方面去寻找呢？”

“因为反正全都一样，就像想出一种新方式修筑铁路。铁路是现成的，已经发明了的。”

“假如它们对我们不合适，假如它们是愚蠢的呢？”列文说。

接着，他在斯维亚什斯基的眼睛里又注意到惊恐的表情。

“要是这样：我们可真是目空一切了。我们找到了欧洲正在寻找的东西！这种话我都听够了，可是对不起，您是否知道欧洲关于安置工人所做的一切？”

“不，不太知道。”

“现在欧洲一些有头脑的优秀人物正在研究这个问题。舒尔茨·杰里奇学派……然后是自由主义的拉萨尔学派关于劳工问题的大批著作……密尔豪森式[①]的方案——这已经是事实，您大概知道。”

“我有点儿概念，但很模糊。”

“不，您只是这么说说，这一切您大概知道得不比我差。我当然不是个社会学教授，但我对此感兴趣，而且，对了，假如您感兴趣，您就研究研究吧。”

“可是，那会有什么结果呢？”

“对不起……”

两位地主欠身起来，斯维亚什斯基再一次制止了列文想要窥视他内心世界的秘密的讨厌习惯，送别自己的客人去了。

二十八

这天晚上，和女人们在一起使列文感到难以忍受的无聊。现在他感受到，对田庄经营的那种不满，并不是他的特殊情况，而是发生在俄罗斯的一种共同的情况，应当让劳动者建立起这样的关系，使不管在哪里干活的工人们都能像在途中遇到的那位农民那样。这并不是幻想，而是一个必须解决的任务，这个思想使他感到从未有过的激动。而且他觉得，这是个可以解决的任务，应当试试做到这一点。

向女人们道晚安时，他答应明天再住一天，这样可以一起骑马去观赏公家森林里一个有趣的塌陷处。睡觉前列文来到主人书房里，拿了几本斯维亚什斯基建议他读的关于工人问题的书。斯

---

① 舒尔茨·杰里奇（1808—1883），德国经济学家，合作社运动创办人；拉萨尔（1825—1864），德国小资产阶级社会主义者；密尔豪森，法国地名，系阿尔萨斯省一城市。

维亚什斯基的书房很大，里边放着几个书架、两张桌子——中间一张是厚实沉重的写字台，另一张是圆桌，桌子中央放着一盏灯，周围星星一样摆满各种文字的报刊。写字台旁边放着个立柜，那一个个带金字标记的抽屉里存放着各种各样的案卷文件。

斯维亚什斯基拿出几本书，便在一把摇椅上坐下来。

“您这是在看什么？”他对正停留在圆桌边仔细翻看杂志的列文说。

“啊，对了，那里有篇很有趣的文章，”斯维亚什斯基指着列文手里拿的一本杂志说，“原来，”他愉快活跃地说，“瓜分波兰的主要罪人不是腓特烈。原来……”

接着，他以自己特有的明确性扼要讲述了那些新的、很重要和有趣的发现。尽管这时列文想得最多的是田庄经营，可是在听主人说话时，他还是不断问自己：“他心里到底想的什么？而且为什么，为什么他对瓜分波兰感兴趣？”斯维亚什斯基讲完时，列文不由得问：“那又怎么？”可是没有听到任何回答。有趣的只是那声“原来”。但是，斯维亚什斯基对于为什么自己对此感兴趣没有作解释，并认为没有必要作解释。

“不过使我感兴趣的，倒是那位怒气冲冲的地主，”列文叹了口气说，“他聪明，并讲了许多实际的情况。”

“啊，算了吧！和大家一样，他是个打心底里顽固不化的农奴制拥护者！”斯维亚什斯基说。

“您是那些人的领袖……”

“是的，不过我在把他们引导到另一个方面。”斯维亚什斯基笑着说。

“知道吗，我最关心的是，”列文说，“他说得对，我们的事情，也就是合理的田庄经营不行，只能像那位文静的地主似的重利盘剥，要不就采用最简单的方式。这是谁的过错？”

“当然，是我们自己。不过，说它不行可不对。在瓦西里奇科夫那里就行。”

“一家工厂……”

“不过我还是不明白，您有什么奇怪的。人民无论在物质上和道德上都处于这么低的发展水平，他当然要对自己感到生疏的一切都表示反对了。合理的田庄经营在欧洲行得通，是因为那里的人民受过教育；因此，我们应当教育人民——这就是一切。”

“可是，到底怎么教育人民？”

“为了教育人民，需要三样东西：学校、学校和学校。”

“可是您自己说了，人民处于低水平的物质发展上。学校能帮什么忙？”

“知道吗，您使我想起一个劝告病人的笑话：‘您不妨试一试泻药。’‘用了，更糟。’‘试试水蛭疗法。’‘试过了，更糟。’‘那就只好祷告上帝了。’‘试过了，更糟。’你我也是这样。我说政治经济学，您说——更糟。我说社会主义——更糟，说教育——更糟。”

“学校能有什么帮助？”

“为人民提供其他需求。”

“这正是我一直不理解的事情，”列文愤愤地反驳说，“学校能用什么办法帮助人民改善自己的物质状况？您在说教育，教育会给人民提供新的需求。这就更糟，因为他们没有满足这些需求的能力。而我总也弄不明白，加减法及教义问答的知识能拿什么帮助人民改善自己的物质状况。两天前的一个傍晚，我遇见一个怀抱婴儿的农妇，我问她到哪里去。她说：‘到一个老婆子那里去过了，孩子被哭鬼缠住了，让她给治病。’我问她，老婆子怎么治孩子哭。她说就让孩子坐在鸡窝上，嘴里不断地念叨什么。”

“瞧吧，您自己说了！要她不带孩子去用坐鸡窝的办法治哭叫，为此需要……”斯维亚什斯基高兴地微笑道。

“啊，不！”列文失望地说，“对我来说，这种治疗不过是等于用学校医治人民。人民贫穷，没有受过教育——这一点我们都知道，和那位因为孩子哭叫而知道孩子有闹哭病的农妇一样。但是，为什么学校能帮助摆脱这种贫困和缺乏教育的灾难，这就不清楚了，就像为什么坐鸡窝能治孩子的闹哭病不清楚一样。应当帮助人民消除贫困的原因。”

“好了，至少在这一点上，您和您那么不喜欢的斯宾塞[①]走到一起去了。他也说，教育可能带来更多的福利和生活舒适的结果，正如他说的，是经常清洗而不是会看书和计算的结果……”

“瞧吧，居然和斯宾塞走到一起了；这使我很高兴，或者相反，很不高兴；不过，这一点我早就明白。学校帮不了忙，能帮忙的是那样一种经济制度，它将使人民富裕点儿，有更多的空余时间——那时学校也就有了。”

“但是，在全欧洲现在学校都是义务的。”

“可您自己怎么样？在这一点上同意斯宾塞吗？”列文问。

但是，斯维亚什斯基的眼睛里闪现出惊恐的表情，他微微笑着说：“不，那个治闹哭的笑话好极了！真是您亲耳听到的？”

列文看到他这样，觉得找不到这个人的生活与自己思想的联系。显然，自己的议论会导致什么，他都完全无所谓；他需要的，只是议论的过程。于是，当议论的过程把他引进死胡同时，他就不高兴了。他不喜欢和回避的正是这一点，总把话题引到什么愉快开心的事情上去。

从途中遇到那位农民开始这一天来的全部印象，仿佛成了眼下所有印象和思想的主要基础，那些印象使列文大为激动。这位可爱的斯维亚什斯基，他有自己的思想只是为了在社会上应付场面，他的生活显然还有其他一些对列文来说是秘密的原则。与此同时，他和大批公众在一起的时候，就用那些与自己格格不入的思想领导着社会舆论；那个愤愤的地主，他那些从生活中苦苦思索出来的意见完全正确，但他把火发到整个阶级，而且是发到俄国一个最优秀的阶级上，这就不对了；列文不满于自己的活动，

① 斯宾塞（1820—1903），英国哲学家和社会学家。

模模糊糊地希望能够改变这一切，所有这一切都融合到一起，使他觉得苦恼，期待着能尽快解决所有这些问题。

睡在主人单独安排的房间里，躺在自己的手和脚一动就会弹起来的弹簧床垫上，列文久久不能入睡。在和斯维亚什斯基的谈话中，他说得虽然也很聪明，但是没有一次使自己感兴趣；不过地主的论据需要讨论。列文不由自主地回想起全部他说的话，而且想象中对自己给他的回答作了修正。

"对，我本该对他说：您说我们的田庄经营不行是因为农民憎恨一切改良，推行它得靠权力；不过，要是说没有这些改良田庄经营就会完全不行，您就对了；但是改良在进行，不过进行的只是些和途中那老头子家一样，人人的劳动符合他们自己的习惯。您和我们都对田庄经营不满，错误不是在我们，就是在工人。我们早已经在按照自己，按照欧洲的方式在努力了，却不问问自己劳动力的特点。我们不妨试试承认*劳动力*并不理想，而是带有自己本能的*俄罗斯农民*，然后来建立与它相应的田庄经营。您设想吧——我得告诉他——您的田庄就会经营得和那老头子一样，您会找到办法使工人关心劳动成果，找到那种使工人们接受的适度的改良——而您将在不消耗基础的情况下，得到相当于以前两倍、三倍的收益。对半分开，您把一半给劳动力；您自己的那一份会更多，而且劳动力所得的也更多。而为了做到这一点应当降低田庄经营的水平，使工人们关心田庄经营的成绩。怎么做到这一点——是个复杂的问题，但毫无疑问，这是可能的。"

这个想法使列文处于极度激动中，他有半夜没有睡着，仔细考虑把这种想法付诸实施的种种细节。他本不打算明天走的，但是现在决定了，一清早就回家去。再说，这位穿着开口裙子的姨妹，使他产生了一种类似做了坏事后的害羞和后悔的感觉。主要的，是他得毫不拖延地离开：应当在冬麦下播以前来得及向农民们提议采用新方案，这样，播种就可以在新的基础上进行了。他决定了，要把原来田庄的全部经营彻底变个样。

二十九

列文的计划实行时，遇到了许多困难；但他尽了所有的力量，而且结果虽然不像期望的那样，然而已经取得的成效没有欺骗他，使他相信这事儿干得值得。主要的困难之一，是田庄经营已经在进行了，不能把一切都停下来从头开始，而应当在运转过程中调整这架机器。

刚回到家的那个晚上，当他把自己的计划通知管家时，管家带着明显满意的样子同意他话中的一部分，那就是认为迄今为止所干的一切都是胡来，是无用的。管家说，这事儿他早就说过，可当时没有被采纳。至于列文提议的——作为股东和工人们一起参加全部经营这一点——管家只表示了大为失望，他没有明确的意见，倒是立刻说起明天必须把剩下的黑麦捆好运走，得派人去锄第二遍地，因此列文感到现在还不是讨论自己计划的合适时机。

和农民们谈起这件事情，当提议他们按新的条件出租土地时，他遇到同样一个主要的困难，他们都忙于眼下的活儿，没有工夫全面考虑建议各项措施的利和弊。

放牲口的天真汉子伊万似乎完全理解列文的建议——让他全家经营饲养场——而且十分赞成这种措施。可是当列文要他相信将来的效益时，伊万的脸上流露出担心和遗憾，以致他没有全部听完，连忙推托说自己有紧急的事情：不是用叉子把干草从单马棚里倒出来，就是要去灌水或清扫粪便。

另一个困难在于农民怎么也不相信，地主的目的，除了想尽量办法掠夺他们之外还能有什么别的。他们坚信，他的真正目的

(不管自己怎么对他们讲)，永远在于他没有告诉他们的打算上。而且，他们自己在发表意见时说了许多话，但从来不会把自己的真正目的说出来。此外（列文感到那个气冲冲的地主是对的)，农民们在签订任何合同的时候，头一个和不可改变的条件，就是使自己不至于被迫接受田庄经营的任何新办法和采用新工具。他们同意用铧犁耕地更好，快速犁干起活来更顺当，但是他们找出上千个理由，说明他们既没法使用这个也没法使用那个，尽管他们也确信这样做得降低田庄经营的水平，他则舍不得放弃效益如此明显的改良。不过尽管有这一切困难，他还是坚持自己的要求，在秋天来临时就办这事儿，至少他认为是这样。

开始的时候，列文想把自己原来的整个田庄按照新的合作条件出租给农民、工人们和管家，但是很快他确信这不可能，于是决定把田庄经营分成几部分。饲养场、果园、菜园子、割草地和分成几片的庄稼地，应当分别处理。列文认为放牲口的天真汉子伊万比大家都好些，明白这事儿，他成立了主要由自己一家人组成的合作组，承包了饲养场。休耕了八年的熟荒地，在聪明的木匠费德尔·列祖诺夫的帮助下，由六户农民按新的合作条件要走了。农民舒拉耶夫按照同样的条件，租下了所有的菜园子。余下的还是老样子，但这三部分是新组合的起点，它们使列文费了相当大的精力。

不错，饲养场里的事情迄今为止进行得不比以前好。伊万竭力反对把奶牛放到暖和的棚里及制作黄油，他坚信奶牛在冷处消耗饲料少，酸奶油更有利可图，而且要求和过去一样的工资，他对自己得到的钱不是工资而是按定额所得的红利这一点，丝毫不感兴趣。

不错，费德尔·列祖诺夫一组没有按原来商定的那样，在播种前把地用犁翻耕两次，他们以时间短为自己辩护。不错，这组农民虽然说好了按新的合作条件来经营，却宣称这地不是共有的，是按对半分成得到的。而且无论是这个组的农民们还是列祖诺夫本人都不止一次地对列文说："就按照土地收租吧，您省心些，我们也自在些。"此外，对和他们说好了要在这块地里盖牲口院及干草棚的事儿，农民们却找各种各样的借口一个劲儿往后拖，一直拖到冬天。

不错，舒拉耶夫想把自己租下的菜园子分成几块转租给农民。他显然是完全误解了，而且是故意误解土地租给他时商定的那些条件。

不错，在和农民们交谈及向他们解释这种措施的一切好处时，列文常常感到农民们只在听他嗓子的声音，他们心里非常有数，不管他说什么，他们都不会受骗。他特别感觉到这一点，是在他和最聪明的农民之一列祖诺夫说话的时候。他注意到列祖诺夫眼睛里的那种游戏，既清楚地表明对列文的讥笑，又表明坚信要是有人受骗，那绝不会是他列祖诺夫。

尽管这样，列文想事情还是在进行，而且在严格进行计算和坚持自己意见的同时，他一定会向大家证明这种做法将来的好处，到时候事情就会自然而然地进行。

这些事情，连同田庄经营的其他事务，以及在书房里写自己的那本书，它们完全占去了列文的整个夏天，以至于几乎没有出去打猎。八月底，他从送回马鞍的那个人嘴里得知，奥勃朗斯基一家人要到莫斯科去了。他感到未能给达丽娅·阿列克山德罗夫娜写回信是自己失礼，对此他一想起来就不能不害羞得脸红。于是，一不做二不休，干脆再也不到他们家去了。他对斯维亚什斯基也是这样，不辞而别。他们那里，他也不会再去了。现在，这一切对他来说全无所谓了。在田庄经营方面推行新办法的事儿是那么占据了他的身心，这在他的一生中还没有过。他反复阅读斯维亚什斯基给的那些书，记下了自己缺少的东西，还反复读了有关这个问题的政治经济学和社会主义著作，可正如他所期待的那样，没有找到有关自己正在进行的事业的内容。在政治经济学方面，例如他怀着巨大的热情首先阅读密勒的著作，时刻希望找到解决自己所研究的问题的办法，他找到了从欧洲田庄经营状况中得出的规律，但是却怎么也不明白，为什么这些在俄国用不上的规律会具有普遍意义。在社会主义著作中看到的也是同样的情况：不是他还是个大学生时就曾经迷恋过的一些美好而不切实际的幻想，便是对在欧洲实施的那种情况作一些修修补补，它们都与俄国的农业毫无共同之处。政治经济学认为，曾经和正在使欧洲的财富得到发展的那些规律是普遍的和不容置疑的。社会主义的学说认为，按照这些规律发展将导致毁灭。无论这种或那种，两者都没有给列文自己及所有俄罗斯农民和土地拥有者提供答案，就连一点儿暗示也没有，该拿自己这千百万双手和千百万俄亩土地怎么办，怎么组织生产才能促进共同的福利？

既然自己已经着手研究这件事情了，他就老老实实反复阅读有关这个问题的一切，而且准备秋天到国外去一趟，对此再进行实地研究，以避免他在研究各种问题上经常发生的情况。事情常常是这样，他刚开始理解对方的思想并开始阐述自己的思想时，人家突然对他说："那么霍夫曼和琼斯、仲布阿和密契里呢，他们怎么讲？您没有读过他们的著作。读一读吧：他们对这个问题作过研究。"

他现在清楚地看到，霍夫曼和密契里没有什么能告诉他的。他知道自己想要的东西。他看到，俄罗斯拥有很好的土地，很好的工人，而且在某些情况下，例如在途中那个农民那里，工人和土地的效益很高。然而在大多数情况下，按照欧洲方式投入资本时产量并不高，这只是因为工人们想干活，想以自己固有的方式好好干活；这种矛盾现象不是偶然的，它是经常的，它在人民的心灵中有自己的基础。他想，俄罗斯人民肩负着开垦渺无人烟的大片土地的使命，直至把所有的土地开垦完，他们有必须坚持采取的有效方法，这种方法并不完全像通常人们所认为的那样坏。有关这一点，他还希望能通过自己的著作在理论上加以阐释，通过自己的田庄经营在实践中加以证明。

三十

九月底，在出租给劳动组合的土地上盖牲口棚所需的木料运来了，由牛奶生产出的黄油卖掉了，分了利润。田庄经营的事情在实践中进行得很出色，或者说，至少在列文看来是这样。为了完成自己的著作，在理论上说清楚这一切——按照列文的理想，它不仅应该在政治经济学中引发一场革命，而且要彻底打破旧的科学，并为一门新的科学，即人民和土地的关系的科学打下基础——他只有出国进行实地研究，看看那里这方面的情况，并找到有说服力的论据，表明那里所做的一切，并不都是需要的。列文只等着把小麦卖出去，得到钱就出国。但是天下起雨来了，剩在地里的粮食和土豆收不上来，全部工作都被担搁了，甚至连小麦都卖不出去。道路上一片泥泞，难以通行，两个磨坊被洪水冲坏了，而且天气越来越坏。

九月三十日一清早，太阳出来了。列文一边指望天气好转，一边着手为出国作切实的准备。他吩咐装运小麦，派管家到商人那里去拿钱，自己则到田庄各处转转，作临走前最后的一些安排。

做完这一切以后，浑身都淋湿了，雨水顺着皮外套往下流，落在脖子上，灌进皮靴里，不过列文还是怀着最兴奋和激动的心情，傍晚前回到了家。到了傍晚，本就糟糕的天气变得更坏了，粗大的雪粒子狠狠地打在马儿身上，它全身湿透了，不断地抖搂耳朵和头部，不得不侧着身子走。但戴着长耳风帽的列文感觉良好，他高兴地环视自己的四周，一会儿瞧瞧顺着车辙快速流淌的混浊小溪，一会儿看看悬挂在每根光秃秃的树枝上的水滴，一会儿瞅瞅桥板上没有融化的霰珠子白点，一会儿张望着光秃秃的榆枝周围还有液汁的厚厚一圈落叶。周围的大自然虽然一片阴沉，但他感到特别激动。在远处一个林子里与农民的谈话表明，他们对新的关系已经开始习惯了。列文去烤衣服的那个看驿栈的老人显然支持他的计划，还自动提出要加入购买牲口的合伙组织。

“只要顽强地向自己的目标前进，我就能达到目的，”列文在想，“努力工作是有意义的。这不是我个人的事儿，而是一个公共福利的问题。全部的田庄经营，主要的——是全体人民的处境，将完全发生变化。共同的富裕、满足，将取代贫困；利益的互相联系和协商一致，将取代仇视。一句话，是一场不流血的革命，却是最伟大的革命；开始的时候它只在我们一个县的小范围内，然后是一个省，到俄罗斯，到全世界。因为一种公正的思想，是不会没有成效的。对，这是个值得花力气去干的目标。至于我，柯斯佳·列文，那个打着黑领带去参加舞会而遭舍尔巴茨卡娅拒绝的人，连自己也觉得可怜和无用——这说明不了什么。我相信，富兰克林[①]在回忆自己的一切时，也会感到自己曾经一样无用，也一样不相信自己。这并不意味着什么。而且，他也有一位显然可以把自己的计划全部托付给她的阿加菲娅·米哈依洛夫娜。”

列文这么想着想着，到家时天已经黑了。

到商人那里去的管家回来了，带回来一部分小麦款。与看驿栈老人的条件已经说妥，而管家沿途还了解到，留在地里的粮食到处都是，因此自己没有收上来的一百六十垛与别人家的比较起来，算不了什么。

吃完晚饭，列文和通常一样拿着一本书坐在靠背椅上，边读边继续考虑自己与写书有关的出国旅行的事情。自己进行的事业的全部意义，今天特别清楚地呈现在他眼前，而且表达他思想实质的几个完整阶段自然地在他的脑海里形成了。“这应当写下来，”他想，“它应当成为我原来以为不需要的简短序言。”他站起来，要走到书桌那边去，而趴在他脚边的拉斯卡也伸了伸腰站起来了，它还张望着他，好像是在问，上哪儿。可是没有时间写了，因为

① 富兰克林（1706—1790），美国科学家、政治家，曾参加反抗英国的独立战争，参与起草著名的美国《独立宣言》。

农民的代表们要单据来了，列文便到前厅去接待。

开完单据，吩咐完明天要干的活计，以及接待完全体有事儿找他的农民后，列文走进书房坐下来工作。拉斯卡躺在桌子底下；阿加菲娅·米哈依洛夫娜拿着一只长筒袜，坐在她自己的位置上。

列文写了不多一会儿，突然非常生动地回想起吉蒂，回想起她的拒绝以及和她最后一次见面的情景。他于是站起来，开始在房间里来回走着。

“没有什么好烦闷的，”阿加菲娅·米哈依洛夫娜对他说，“您干吗坐在家里？可以到温泉去住一阵子，再说您都准备好了。”

“我后天就走，阿加菲娅·米哈依洛夫娜。得把事情办完。”

“啊，您这算什么事儿，就这样，您给农民的好处已经不少了！人家都在说：因为这，你们家老爷一定会得到皇上的恩典。也怪了：您为农民操哪门子心？”

“我不是为他们操心，我这样做是为自己。”

阿加菲娅·米哈依洛夫娜知道列文田庄经营的全部细节。列文常常十分细心地把自己的想法讲给她听，还常常和她争论，不同意她的一些解释。可现在，她把他告诉她的事儿完全理解成了另一种意思。

“大家都知道这事儿，应当首先考虑的是自己的灵魂，”她叹了口气说，“瞧那个帕尔芬·杰尼塞奇，虽然没有文化，可死得呀，但愿上帝保佑每个人都和他一样，”她说的是不久前去世的那个看院子的人，“大家都给他授圣餐礼，举行涂油仪式。”

“我说的不是那件事情，”他说，“我是说我在为自己的利益工作。如果农民们好好干活，对我好处更大。”

“可是不管您怎么做，他要是个懒鬼，那就干什么都又慢又不仔细。有良心的会工作，而没有良心的呀——您啥办法也没有用。”

“对啊，因为您自己在说，伊万对牲口看管得更好了。”

“我说一件事儿，”阿加菲娅·米哈依洛夫娜回答说，她显然不是偶然，而是经过深思熟虑才提出的，“那就是您该成亲！”

阿加菲娅·米哈依洛夫娜提出的正是他自己刚才考虑的事情，这使他感到伤心和屈辱。列文板起面孔，也不回答她，又坐下来做自己的工作，暗自一个劲儿地反复认为自己在考虑这项工作的意义。只是偶尔地，他在寂静中听阿加菲娅·米哈依洛夫娜正在编织的声音，同时回忆着那件自己不愿意回忆的事儿，于是又皱起了眉头。

十点钟，听到有铃铛响，还有马车在泥泞道路上摇摇晃晃发出的沉闷声音。

“啊，瞧，有客人来了，您就不会烦闷了。”阿加菲娅·米哈依洛夫娜说着站起来，同时往门的方向走。但是，列文走到了她的前头。现在他的工作干不下去了，因而不管来的客人是谁，他都感到高兴。

三十一

跑到楼梯中间，列文听到前厅里有他熟悉的咳嗽声，但因为自己的脚步声，他听得不太清楚，并希望自己听错了；然后他便看到一个高挑、皮包骨头似的熟悉身形，看来已经不会错了，但他还是希望自己搞错，希望这位正在脱皮大衣和咳嗽的高个子客人不是哥哥尼古拉。

列文爱自己的哥哥，但和他在一起从来都是一种痛苦。现在，当列文在自己想起的事儿以及阿加菲娅·米哈依洛夫娜提醒的影响下，正处于犹疑、混乱的心情中，和哥哥相见使他感到心情沉重。他希望会见的是位高高兴兴健康的客人，这样可以排解他惶惑不安的心情。可是相反，他要会见的是哥哥，他对他了如指掌，会唤起自己全部的内心思想，迫使自己说出一切，而他不愿意这样。

列文为这种卑鄙的感情生自己的气，跑到了前厅。可是他走近了一见到哥哥，这种个人失望的感情立刻就消失了，代之产生的是怜悯之情。尼古拉哥哥尽管以前就又瘦又病得可怕，现在更瘦，病得更重了。这是一副皮包着骨头的人形架子。

他站在前厅里，瘦长的脖子一扭一扭地，从那上面解下围巾，并古怪而可怜地微笑着。看到他温顺谦和的微笑，列文感到自己的喉咙在抽搐，被哽住了。

"瞧，我到你这里来了，"尼古拉声音嘶哑地说，同时目不转睛地看着弟弟的面孔，"我早就想来，但身体不好。现在，我大大恢复了。"他边说边用消瘦的大手摸摸自己的胡子。

"是啊，是啊！"列文回答。他把嘴唇接触到哥哥干瘦的躯体上亲吻，近距离地看到他那双古怪发亮的大眼睛时，更感到可怕起来。

在几个星期前，列文曾经写信给哥哥说，家里他们剩下没有分过的那一小部分财产卖掉后，哥哥现在可以得到自己的一份，将近两千卢布。

尼古拉说，他这次是来拿这些钱的，而主要的是要在自己的老窝里住一阵子，接触一下故土，以便能像古代勇士那样为眼下的活动积聚力量。别看他背驼得厉害，别看他瘦得与自己不相称，他的动作还是和平常一样迅速而莽撞。列文带他来到书房里。

哥哥特别仔细地换了衣服，这是以前没有过的，他梳理了自己直挺挺稀疏的头发，便微笑着上楼去了。

他正处于列文常常记起童年时代那种最亲热和愉快的心情中。他甚至毫无怨气地提到了谢尔盖·伊万诺维奇。看到阿加菲娅·米哈依洛夫娜时，他和她开玩笑，问起几个老仆人的情况。帕尔芬·杰尼塞奇去世的消息对他产生了不愉快的作用。他的脸上流露出惊恐的神色，不过，他立刻恢复过来了。

"因为他已经老了，"他说，并改变了话题，"是啊，我在你这儿住上一两个月，然后到莫斯科去。你知道吗，密亚克科夫答应给我找份工作，我要去办公室上班。现在我把自己的生活安排成完全另外一种样子，”他继续说，“你知道吗，我把那女人打发走了。”

“是玛丽娅·尼古拉耶夫娜？怎么，为了什么？”

“啊，她是个下流的女人！给我添了一大堆麻烦。”但是他没有说那是些什么样的麻烦。他不能说玛丽娅·尼古拉耶夫娜被赶走是因为她茶泡得太淡，并且总像对待病人一样服侍他。“再说了，总的来说，现在我想完全地改变生活。我当然和大家一样干了蠢事，不过财产——是小事儿，我不吝惜它。只要身体健康就好，而我的健康，感谢上帝，恢复了。”

列文边听边仔细考虑，却想不出说什么好。尼古拉看样子也感觉到了这一点；他开始询问起弟弟的事务来。列文还真高兴讲自己的情况，因为这样可以不说假话。他向哥哥叙述了自己的计划和行动。

哥哥听着，但看得出他对这些不感兴趣。

这两个人是这么互相亲近，以至于最微小的动作、声调，对他们俩来说都要比能用言语说出的内容更丰富。

现在，他们俩都是一个想法——尼古拉的病和死亡的临近，它压倒了其他的一切。但是谁也没有勇气说出口，因此他们不管说什么都没有表达他们真正关心的事儿——全是假话。黄昏已过，到该睡觉的时间了；对此，列文从来没有这么高兴过。不管和什么样的人在一起或进行正式拜访，他都从来没有像今天这么不自然和虚伪过。意识到这种不自然以及为此而后悔，使他更不自然。他想对着自己临死的亲爱的哥哥痛哭一场，可是却不得不去听哥哥将如何生活的谈话，还得附和他的言论。

因为屋里潮湿，而且只有一个房间供暖，所以列文就安排哥哥睡在自己的卧室里，中间隔一道屏风。

哥哥躺下了，而且——不管睡没睡，作为一个病人，他老是翻身、咳嗽，而当咳不出来时就唉声叹气，埋怨。有时候呼吸困难了，他就说："啊，我的上帝！"有时候被潮气憋得慌，他便伤心地说："啊，魔鬼！"列文听着他，久久睡不着。列文的脑子里真是千头万绪，但所有的思想都围绕着一个概念：死亡。

死亡，作为一切事物不可避免的结局，第一次以不可抗拒的力量浮现在他眼前。而它就在这里，在这位可爱的哥哥身上；他在半睡不醒中叹着气，习惯了不加区别地一会儿呼唤上帝一会儿呼唤魔鬼。死亡离自己完全不像以前想象的那么遥远，它在他自己身上也存在——他感觉到了这一点。不是今天就是明天，不是明天就是三十年后，难道不完全一样吗？而这种不可避免的死亡是什么，他不仅不知道，不仅从来没有去想过，而且不会也不敢去想这事儿。

"我在工作，我想完成点儿什么，可是我却忘了一切都要结束的，忘了——死亡。"

他在黑暗中坐起来，冷得发颤，抱住自己的双膝，紧张得屏住呼吸，不停地冥思苦想。但是他越是集中思想，就越清楚地感觉到，事实无疑是这样，他确实忘了，疏忽了生活中一个小小的情况——一死百了，什么也不值得着手去做，而且什么也帮不了忙。是啊，这很可怕，但事实如此。

"不过，要知道我还活着。现在怎么办呢，怎么办？"他绝望地说。他点着了蜡烛，小心翼翼地站起来，走到镜子面前，看起自己的脸和头发来。对，两鬓有白发了。他张开嘴巴，后边几颗牙齿开始坏了。他摆摆自己肌肉发达的双臂。是啊，很有力。然而正在用残缺不全的肺呼吸着的尼古拉，也曾经有过一个健康的身体。于是他突然回想起来，他们小时候怎么一起躺下睡觉，怎么等着费多尔·鲍格达内奇出去，然后就可以互相扔枕头并哈哈大笑，抑制不住地哈哈大笑，当时，他们笑得忘乎所以，那种极大的沸腾的人生幸福之感就连对费多尔·鲍格杰内奇的害怕也制止不了。"啊，现在这塌陷的胸部……还有不知所措以及对将来一无所知的我……”

“咳！咳！啊，魔鬼！你在干什么，你干吗不睡觉?”哥哥的声音在对他嚷嚷。

“就这样，我也不知道，是失眠。”

“我可睡得好，现在我都不盗汗了。你来看，摸摸衬衣。没有汗吧?”

列文摸了摸，回到屏风隔壁，熄灭了蜡烛，但还是好久没有睡着。关于怎么生活的问题自己才稍稍弄明白了点儿，又出现了一个没有解决的新问题——死亡。

“是啊，他要死了，是啊，他在春天之前就会死的，怎么帮助他？我能对他说什么呢？关于这事儿，我知道什么？我甚至忘了这件事情。”

三十二

列文早就注意到，一些人因为过分的谦让和顺从而常常令人感到不自在，往往很快就会变得因为过分要求和挑剔使人无法忍受。他感到哥哥也会是这样。而且果然，尼古拉哥哥的温顺没有保持多久。第二天早晨，他就变得怒气冲冲，净找弟弟的麻烦，往他最疼痛的地方捅。

列文感到自己有错，又不能改变。他觉得要是他们俩不躲躲闪闪，而是说通常所谓的心里话，也就是说说他们真正心里想的和感觉的，那就只会互相看着对方的眼睛。康士坦丁就只会说：“你要死了，你要死了，你要死了！”而尼古拉则只会回答：“我知道自己要死了；可是我害怕，我害怕，我害怕！”如果只说心里话，他们就没有什么说的了。可是，这样生活不行，所以康士坦丁才试图去做他努力了一辈子都没学会的事情，而许多人都很善于做的那种事情，不那样就没法生活：他试图说些违心的话，但常常感到这十分虚伪，认为他哥哥看出了这一点并为此在生气。

第三天，尼古拉要弟弟再给他讲讲自己的计划，接着便不但指责他，还故意把他和共产主义搅和在一起。

“你不过是拿了别人的思想，然而你加以歪曲，想把它运用到没法运用的地方。”

“我对你说，这是两回事儿，毫无共同之处。他们否定财产、资本、遗产继承的正当性，可我在不否认这种主要的刺激因素的同时（列文对自己感到厌恶的是他使用这些词语，可是从潜心于自己的著作那时起，他便不由得越来越经常使用非俄罗斯词语），只想对劳动进行调节。”

“这就对了，你拿了别人的思想，阉割了构成它力量的一切，并要人相信这是什么新玩意儿。”尼古拉边说边生气地扯扯自己的领带。

“可是我的思想没有任何共同的……”

“在那里，”尼古拉·列文一双眼睛恶意地闪烁着说，同时露出讽刺的微笑，“那里至少有一种，这么说吧，几何学的美妙之处——清晰，不容置疑。也许，那是一种空想。如果允许的话，从过去的一切可以做成一块干净的板[①]：没有财产，没有家庭，那样劳动也就上轨道了。而你这里，啥也没有……”

“你干吗混淆？我从来都不是共产主义者。”

“可是我曾经而且现在也认为，这还太早，然而它是合理的和有前途的，就像基督在最初的一些年代里那样。”

“我只是认为应当从自然科学的观点看待劳动力，也就是研究它，承认它的特点，还有……”

“可这完全是徒劳的。根据发展的程度，这种力量自己会找到

① 原文为拉丁文。意为：洗掉过去的一切。

它活动的特定方式。曾经到处是奴隶，然后有了佃农[①]；而我们这里有对分制劳动，有租赁，有雇工劳动——你要寻找什么？”

听到这些话时，列文突然发火了，因为他在心灵深处害怕这是实际情况——实际情况是他想在共产主义和特定的方式之间保持平衡，而这未必办得到。

“我在寻找的，是一种对自己、对工人都有利的劳动方法。我想建立……”他激烈地回答。

“什么你也不想建立；你不过是像自己一辈子生活的那样，只是想别出心裁，表示你不是简简单单的，而是有思想地对农民进行剥削。”

“好，你这样认为——就算了！”列文回答说，同时感到自己左脸颊的肌肉无法控制地在跳动。

“你过去没有，而且现在也没有信念，你不过是为了自己的自尊心得到满足而已。”

“这好极了，你就别管我了！”

“我也不来管！而且早就该这样了，见你的鬼去吧！我真后悔跑了来！”

后来，不管列文怎么努力劝哥哥安心，尼古拉还是什么也不想听，说分手了要好得多，康士坦丁·列文也知道，那是因为生活已经变得使他无法忍受罢了。

康士坦丁再次来到他这里，并有点儿不自然地说，如果有什么冒犯的话，就请他原谅。这时候，尼古拉已经完全准备要离开了。

“啊，宽宏大度！”尼古拉说，微微笑了笑，“如果你想觉得正确的话，我倒可以给你这种满足。你是对的，但我还是要走！”

在临离开之前，尼古拉和他吻了吻，并突然古怪而严肃地瞧了弟弟一眼，说：“不管怎么样，有什么对不起的地方，请你原谅

① 原文为英文。

吧，柯斯佳！”接着，他的声音颤抖了一下。

这是他们之间说的唯一真诚的话。列文知道这话的意思是："你看到了，也知道，我身体不好，也许我们再也见不着了。"列文明白这意思，眼泪就从眼睛里冒出来了。他又吻了一下哥哥，但再也说不出什么，也没有再对他说什么话。

哥哥走了以后第三天，列文就到国外去了，在火车站上见到了吉蒂的一位堂兄舍尔巴茨基。列文沉郁的脸色，使他吃了一惊。

"你怎么了？"舍尔巴茨基问他。

"倒也没有什么，就这样，世界上开心的事情少。"

"怎么少？别到什么米卢斯去了，和我一块儿去巴黎吧。去瞧瞧，有多开心！"

"不，我已经完蛋了。我该死了。"

"瞧这玩意儿！"舍尔巴茨基笑着说，"我才准备开始呢。"

列文说的，是他最近一段时间真正的心里话。在一切方面，他看到的只有死亡，或接近死亡。但是自己着手搞起来的事业，更多地占据了他的心。在死亡还没有到来之前，总得想办法活下去吧。对他来说，黑暗掩盖了一切；然而正是因为这种黑暗，他感觉到，在这黑暗中唯一的指引是他的事业，因此他正竭尽全力，牢牢抓住它。

第四卷

一

卡列宁夫妇继续住在一幢房子里，每天都见面，却像互不相识一样。阿列克谢·亚历山大罗维奇给自己立下了每天都要见妻子的规矩，免得仆人们作出种种猜测，可是他不在家里用餐。符朗斯基再也没有到阿列克谢·亚历山大罗维奇家里来过，不过安娜在别的地方和他见面，而且丈夫也知道这一点。

这样的局面对他们三个人来说都是痛苦的，但要不是相信会有所改变，并认为这种痛苦只是暂时的，很快会过去的，他们当中任何一个都一天也活不了。阿列克谢·亚历山大罗维奇等待着妻子的恋情会像一切事情一样过去，到时大家都把这事儿忘了，他的名声也不会受玷污。对造成这种情况的安娜来说，她比谁都痛苦，但她之所以能忍受此种局面，是因为她不仅在等待，而且坚定地相信，这一切都将很快了结。她虽然不知道该怎么了结，但她坚定地相信，事情很快会有所变化。符朗斯基则在不由自主地听从她的同时，也指望某种不取决于他的情况来解决一切困难。

仲冬时节，符朗斯基很无聊地过了一星期。他奉命接待一位来彼得堡游览的外国亲王，陪着他参观彼得堡的名胜。符朗斯基本人风度翩翩，此外，他还举止大方得体并善于和这样的人物打交道，因此，他被派去接待亲王。但是，这任务使他感到很沉重。对于回国后人们会问起的在俄罗斯所看到的一切，亲王都丝毫不愿意放过，再说他自己也想尽可能地享受一番俄罗斯的各种赏心乐事。符朗斯基在这两方面都得给他做向导。每天早晨出去游览名胜，晚上则沉浸于俄罗斯式的欢乐。亲王体格强健，这在亲王们中间都是少有的：既搞体育锻炼又很注意保养，因此他是那么精力充沛，别看他过分地迷恋于消遣，可他的外表还是鲜嫩得像一条光泽发亮的荷兰黄瓜。亲王游览过许多地方，他发现如今交通便利的一个主要好处在于可以享受各个民族的消遣。他到过西班牙，在那里举办了情歌会，而且和一位演奏曼陀铃的西班牙女子亲热上了。在瑞士，他杀过羚羊。在英国，他曾经穿着红色燕尾服骑马跨越栏杆并打赌射死了两百只野鸡。他在土耳其进过宫廷，在印度骑过象，而现在来到俄国，则想尝尝俄罗斯特有的各种乐事。

担任了仿佛是亲王总招待职务的符朗斯基，得花很大力气安排各种人向亲王建议的俄罗斯式的消遣活动。赛马，吃发面煎饼，猎熊，乘三驾马车，与茨冈人玩乐，以及俄罗斯式的打盘子、暴饮。亲王很快地入乡随俗，打碎了放得满满的托盘，让一位茨冈女人坐在自己膝盖上，好像还问：还有什么，难道俄罗斯精神就这些了？

其实在所有俄罗斯的消遣中，亲王最喜欢的是法国女演员、芭蕾舞女和带白封章的香槟酒。符朗斯基虽然善于应付这一切，但是因为他自己最近变了呢，还是因为他和这位亲王过分接近了——这一周使他感到沉重得要命。整个这一星期，他不断有一种感觉，好像自己被派去照顾一个危险的疯子，他害怕疯子，同时还因为和疯子接触，害怕自己的脑子出毛病。符朗斯基经常感到自己一分钟也马虎不得，必须保持彬彬有礼的严肃规矩，才不至于受侮辱。符朗斯基为一些人的作为感到吃惊，他们竭力向亲王提供各种俄罗斯式的消遣；对这些人，亲王抱着蔑视的态度。他关于要研究俄罗斯女人的意见，不止一次地使符朗斯基愤怒得脸红。符朗斯基之所有特别讨厌亲王，是他通过亲王不由自主地看到了自己。而他在这面镜子里看到的形象，没有满足他的自尊心。这是个很愚蠢、很自信、很健壮和很爱清洁的人，此外再没有什么了。他是个绅士——这不错，符朗斯基不能否认这一点。他对上级讲平等而不爱巴结，和同级的人交往自由而随便，对下级则采取轻蔑的宽容态度。符朗斯基自己就是这么个人，并认为这是一大长处；可是在和亲王的关系中自己是下级，因为那种轻蔑的宽容态度就使他生气了。

“一头蠢牛！我难道是这样？”他想。

不管怎么样，第七天，亲王起程赴莫斯科，符朗斯基在和他告别并接受他的感谢的时候，不禁为自己摆脱了这种处境和这面不愉快的镜子而感到庆幸。他们是在火车站告别的，当时刚去猎熊回来，他们一整夜的猎熊是一场俄罗斯式勇敢逞能的表演。

二

回到家后，符朗斯基看见一张安娜送来的便条。她写道：“我病了，而且很不幸我出不来，但若再不见到您，可实在受不了。晚上来吧。七点钟，阿列克谢·亚历山大罗维奇出去开会，直到十点。”尽管她丈夫要求不接待他，但她还是叫他直接到家里去；他觉得奇怪，考虑了一下，还是决定去了。

这个冬天，符朗斯基提升为上校，他离开了团部单独生活。吃完早点，他随即躺在长沙发上，起初五分钟，这几天目睹的种种胡闹的情景、安娜，以及在猎熊时发挥了重要作用的农民的形象，在脑海里搅成了一团，然后，符朗斯基便睡着了。他在黑暗中醒来，吓得发抖，急忙点着了蜡烛。“什么东西？什么？我在梦中看见了什么可怕的东西？对，对！一个围猎的农民，好像是的，小个子，脏兮兮的，一脸蓬乱的胡子。他曾弯下腰去做什么，并突然用法语说出一些古怪的词儿。对，梦里再也没有什么了，”他对自己说，“可是为什么那样可怕？”他又仔细地回想起那个农民以及他说出的那些不明不白的法语词儿，吓得他脊背上掠过一道可怕的寒噤。

“什么乱七八糟的！”符朗斯基想，同时看了看表。

已经八点半了。他按铃叫人来，急急忙忙穿好衣服，走到台阶上，就把梦全忘了，只为要迟到了感到苦恼。快到卡列宁家门口时，他看了看表，已是差十分九点。大门口停着一辆高高窄窄的套着两匹灰马的四轮轿式马车。他认出这是安娜的马车。“她要到我那儿去呢，”符朗斯基想，“那便更好了。我还真不乐意进这房子呢。不过反正全一样，我不能躲藏起来。”他对自己说，便以从小养成的一副毫无顾忌的洒脱态度下了雪橇，向大门走去。门开了，一只手上提着条方格子毛毯的看门人叫马车过去。这时，从来不注意细节的符朗斯基竟也注意到了看门人瞧见他时那种惊讶的表情。符朗斯基竟差一点儿在紧靠门的地方与阿列克谢·亚历山大罗维奇撞了个满怀。一道汽油灯光直照在黑礼帽下那张没有血色并塌进去的脸，以及在海龙皮大衣领口里闪闪发亮的领带上。卡列宁一双僵滞暗淡的眼睛凝视着符朗斯基。符朗斯基鞠了一躬，阿列克谢·亚历山大罗维奇则闭紧嘴唇，一只手举到礼帽上过去了。符朗斯基看到他没有朝四周看一眼就坐进马车里，从窗口接过方格子毛毯和望远镜，便消失了。符朗斯基走到了前厅。他双眉紧锁，两只眼睛闪烁出憎恨和骄傲的光芒。

“这算什么事儿！”他想，“要是他进行搏斗，捍卫自己的名誉，我就会采取行动，表达自己的感情；而他那么懦弱、那么卑鄙……他把我置于骗子的地位，我过去和现在都不愿这样。”

自从和安娜在弗莱德家花园里那次谈话以来，符朗斯基的思想发生了许多变化。安娜不由自主地屈从于他，把一切都给了他，只等他决定自己的命运；对于安娜的这些弱点，他也开始情不自禁地顺从，他早已不再去想他们的关系会像起初设想的那样结束。他那些虚荣的计划，又一次地退至脑后，感到已经走出一切都确定好了的那个活动圈子，完全顺着自己的感情，而这种感情正越来越有力地把他和她联结在一起了。

还在前厅里，他就听到了她远去的脚步声。他知道她在等他，在听候动静，现在她回客厅去了。

“不!”她一见到他，大叫了一声，而且当嗓子发出第一个声音时，泪水就从眼睛里涌出来了，“如果事情将这样继续下去，它老早老早就发生了!”

“什么，我的朋友?”

“什么? 我苦苦一小时两小时地等着……不，我不! ……我不能和你吵架。你当然不能。不，我不!”

她把双手放在他的肩膀上，用深沉、兴奋及同时带询问的目光久久地望着他。她在研究这段时间来他这张她没有见到的脸。她如每次约会时一样，总是把自己想象中的他（实际不可能那样好得无可比拟）和实际中的他混为一体。

三

“你碰到他了?”他们在灯光下的一张桌子旁边坐下来时，她问道，“这是对你迟到的惩罚。”

“对，可这是怎么回事? 他不是应该去开会的吗?”

“他去过又回来了，现在又到什么地方去了。不过，这没有什么。别说这事儿了。你上哪儿去了? 一直和亲王在一起?”

她了解他生活的全部细节。他想告诉她，因为一整夜没有睡，早上睡着了，但是看到她那张幸福和兴奋的脸，便不好意思起来。于是他说，是因为去报告亲王离开的消息。

“可是，现在结束了吗? 他走了吧?”

“感谢上帝，结束了。你不会相信，这事儿真让我受不了。”

“为什么? 这可是你们年轻男人都过惯的生活呀。”她说着皱起眉头，然后拿起放在桌上的一个编织物，没有去看符朗斯基，从中掏出一枚小钩针。

“我早就已经放弃这种生活了，”他为她脸部表情的变化感到吃惊，同时努力要看出这种变化的意义，“而且，我承认，”他微微笑着说，露出自己一嘴洁白整齐的牙齿，“这一周里，我对着这种生活好像在照镜子一样，因此我感到讨厌。”

她双手拿着编织物，却没有编织，而是用一种奇怪、闪亮而不友好的目光瞧着他。

“今天早上，丽莎顺便到我这里来——尽管有莉吉娅·伊万诺夫娜在，人家还是敢于来看我，”她插了一句，“还讲了你们那次狂欢晚宴。多么下流！”

“我正要说……”

她打断了他：“她是你原来认识的那个特莱莎？”

“我正要说……”

“你们这些男人多讨厌！你们怎么会不想一想，一个女人对这种事情是不会忘记的，”她说着，火气越来越大，因此也就向他道破了生气的原因，“特别是一个没法知道你生活的女人。我知道什么？我曾经知道什么？”她说，“就是你对我讲的那些。而我从哪里知道，你对我讲的是真是假……”

“安娜！你在侮辱我。难道你不相信我？难道我没有告诉过你，我没有一个想法是不向你公开的？”

“对，对，”她说，看得出是在竭力排除自己的妒忌，“但是，你不知道我多么痛苦啊！我相信，相信你……那么，你要说什么呢？”

但是，他无法一下子回想起自己想说的话。这种近来她越来越经常发作的妒忌使他感到害怕，因此不管怎么掩饰也还是使他变得对她冷淡了，虽然知道妒忌的原因是她爱他。他多少次对自己说，她的爱情是他的幸福；可是瞧吧，她爱上他了，像一个把爱情看得超过生活中一切的女人所能做到的那样爱上他了——而自己，要比跟着她从莫斯科来的时候，离幸福更远了。当时他认为自己不幸，可幸福在前面；而现在他感到的是，最美好的幸福已经过去了。她已经完全不像自己最初见到时那样。无论精神上和体力上，她都变坏了。她整个身形都变宽了，而且当她提到那个女演员的时候，脸上露出一种愤愤的、面部都扭曲了的表情。他像摘了一朵花似的看着她，花凋谢了，它毁坏了，再也难以从中看到摘下时的那种美了。而且，尽管感到那时他的爱情更强烈，他如果很想的话，还是可以把这种爱情从自己心里掏出来，可是现在，在这一瞬间，他似乎觉得已经感觉不到对她的爱情了。可这时候，他又明白自己和她的关系已经无法断绝了。

“好了，好了，那么关于亲王，你想对我说些什么呢？我赶走了，把魔鬼赶走了。”她补充说。他们之间把吃醋叫做魔鬼。“对，刚才你是开始说起亲王来着？那事儿为什么使你感到那么沉重？”

“啊，无法忍受！”他努力捉住被打乱的思路说，“他并不因为亲近而让人产生好感。如果给他下个定义，那么这是一头喂养得很好的牲口，能在展览会上获头奖，就再没有什么了。”他带着懊恼的口气说，想以此引起她的兴趣。

“不，怎么会呢？”她反驳说，“不管怎么样，他见多识广，受过教育？”

“那完全是另一种教育——他们的教育。他受教育大概是为了有权蔑视教育，除了动物般的享乐，他们全都蔑视。”

“不过要知道，你们都喜欢那些动物般的享乐。”她说，接着，他又注意到她那躲躲闪闪阴沉的目光。

“你怎么这样为他辩护？”他微笑着说。

“我没有为他辩护，对我来说，全都一样，不过我在想，一个人如果不喜欢这种享乐，那可以拒绝嘛。可是，你可喜欢观看身穿夏娃服装的特莱莎……”

“又是，又是魔鬼！”符朗斯基抓过她放在桌面上的一只手，边吻边说。

“对，可是我不能！你不知道，我在等你的时候多么痛苦！我认为自己并不妒忌。我不是吃醋的人，当你在这里和我一起的时候，我相信你。可是，当你一个人在什么地方独自过着我不理解的生活时……”

她侧过身子离开了他，终于把钩针从编织物中拔出来，并开始借助食指将在灯光下洁白得亮晶晶的毛线快速地一圈一圈地钩织起来，一只戴着只有拇指分开的手套的纤手，快速地神经质地在转动。

“啊，怎么？你在什么地方碰见阿列克谢·亚历山大罗维奇的？”她突然声音不自然地说。

“我们进大门口时碰上的。”

“他就这样给你鞠了一躬？”

她仰起脸并半合上眼睛，很快改变了面部的表情，双手停止了编织，符朗斯基则在她漂亮的脸上突然看到了正是阿列克谢·亚历山大罗维奇向他鞠躬时的那种脸部表情。他微微一笑，她也以一种发自胸腔的可爱笑声开心地哈哈大笑起来，这种笑是她一个主要的迷人之处。

“我完全不理解他，”符朗斯基说，“要是你在别墅向他坦白之后，他和你一刀两断，要是他和我决斗……但这样，我可不理解：他怎么能忍受这种处境？他感到痛苦，这看得出来。”

“他？”她带着讥笑说，“他非常满意。”

“既然一切都称心如意，我们为什么老是受折磨？”

“只有他才不苦恼。难道我不了解他，不了解充斥他整个身体的这种虚伪？……只要有点儿感情，难道还会像他和我在一起这样生活着？他什么也不理解，什么也感觉不到。一个人只要有点儿感情，难道会和不忠的妻子在一个家里生活？难道还会和她说话？对她说话时以你相称？”

于是，她又不由得模仿起他的腔调：“你听，*我亲爱的*[1]，你，安娜！”

“这不是个男子汉，不是人，这是个木偶！谁也不知道，但是

---

① 原文为法语，下同。

我知道，啊，要是我处在他的位置，早就把她杀了，把像我这样的妻子撕成碎片了，而不会说：你呀，我亲爱的，安娜。这不是个人，这是一台行政机器。他不理解我是你的妻子，而自己是个局外人，是多余的……我们不，我们不说了！……”

“你不对，不对，我的朋友，”符朗斯基竭力使她安静下来说，“不过全一样，我们不去说他了。给我讲讲，你做了些什么？你怎么了？得什么病了，大夫说了什么？”

她带着嘲讽的喜悦瞧着他，显然又想起了丈夫身上可笑的和丑陋的东西，并在等待时机把它们说出来。

然而，他接着说：“我猜想，这不是患病而是因为你怀了孕。产期在什么时候？”

她眼睛里那种讥笑的光芒熄灭了，但是另一种微笑——一种对他所不知道的东西的茫然感觉和静静的忧愁的微笑——代替了她原来的表情。

“快了，快了。你说我们的处境折磨人，应当解决它。你知道，它对我来说多么痛苦，为了能自由地和大胆地爱你，我可以献出一切！我就不必受折磨，也不会以自己的妒忌心折磨你了……这事快了，但并没有我们所想的那样快。”

在想到这事情将要发生时，她对自己是那么怜悯，两只眼睛已经噙满了泪水，她也就没法继续说下去了。她把自己的一只手放到他的袖口上，戴着的戒指和白皙的皮肤在灯光下闪闪发亮。

“这事儿不可能像我们所想的那样。我本不想对你说这话，可是你非让我这样不可。快了，一切都快结束了，而我们大家，大家都将安静下来，不再受折磨。”

“我不明白。”他说，其实他明白她的意思。

“你问什么时候吗？快了。而且，我受不了这个。别打断我！”接着，她急忙说，“我知道，我知道得清清楚楚。我要死了。我很高兴，我一死，你我就都解脱了。”

泪水从她的眼睛里流出来，他弯下腰去吻她的一只手，并竭

力掩饰自己的激动。他知道这种激动是毫无缘由的，但还是控制不住。

“就这样，这样更好，”她边说边用力地握握他的手，“这就是我们唯一，唯一能做的了。”

他醒悟过来，抬起了头。

“胡说八道什么！你在胡说八道些什么！”

“不，这是真的。”

“什么，什么真的？”

“我快死了。我做了个梦。”

“做梦？”符朗斯基重复了一遍，顿时回想起自己在梦中见到的那个农民。

“是的，一个梦，”她说，“这个梦我老早就做过。我看到我往自己的卧室里跑，要去拿什么东西，弄清什么事情；你知道，做梦时常常这样，”她说着，同时一双眼睛可怕地睁得大大的，“结果，在卧室的一个旮旯里站着个什么东西。”

“哎呀，真荒唐！怎么能相信……”

但是，她不让他打断她的话。她现在说的那事儿，对她来说太重要了。

“而那个什么东西转过来了，于是我发现这是个胡子蓬乱的农民，小个子，一副可怕的样子。我想逃跑，可他弯下身去，在一个口袋里翻腾着什么……”

她模仿农民在口袋里寻找东西的样子，脸上露出恐惧的神情。符朗斯基正在回想自己做的那个梦，觉得心里充满了同样的恐惧。

“他一边翻腾一边用法语说，很快很快地，你知道吗，而且用喉音发卷舌音：‘应当打铁，把它粉碎，揉软……’① 我被吓得拼命想醒过来，后来就醒过来了……但我是在梦里醒了。接着便问自己，这是什么意思。而柯尔涅依对我说：生产，你将死于生产

---

① 原文为法语。

中，生产，夫人……然后，我就真醒了……”

“真荒唐，真荒唐!”符朗斯基说，但他自己也感到这么讲没有一点儿说服力。

“好吧，我们不说它了。你按一下铃，让把茶给送来。对了，你等等，我不久就会……”

然而，她突然停住了。她脸部的表情霎时间变了。平静、肃穆和喜悦的表情代替了原来的恐惧和激动。他无法理解这种变化的意义。她感觉到自己体内那个新的生命在蠕动。

四

阿列克谢·亚历山大罗维奇自从在自家大门旁遇见符朗斯基后，乘马车按原计划去听意大利歌剧。他在那里观赏了两幕，见到了所有他要见的人。回到家里，他仔细看了看衣架，发现军大衣不在，照例进自己房间去了。不过与平时不同，他没有躺下睡觉，而是在自己书房内来回踱步，直到凌晨三点钟。对不顾体面、不遵守对她提的唯一条件——不在家里接待情人——的妻子的愤怒使他无法平静。她不遵守要求，因此得惩罚她，将自己的威胁付诸实施——离婚并剥夺儿子。他知道处理这件事的全部困难，但他说过一定要这样做，现在该实施行动了。莉吉娅·伊万诺夫娜伯爵夫人暗示过他，说这是他摆脱目前处境的最好办法，而近来离婚案件处理的实际情况又使这事情变得如此完善，连阿列克谢·亚历山大罗维奇都看到了克服各种形式上困难的可能性。此外，祸不单行，关于安置异族人及扎拉依斯基省的土地灌溉问题，使阿列克谢·亚历山大罗维奇在公务上遭受了那么多麻烦，弄得他心情十分暴躁。

他一整夜没有睡着，愤怒迅速地膨胀，第二天早上已经达到了极限。他匆匆忙忙穿好衣服，好像是端着一只盛得满满的愤怒之杯，生怕溅出一点儿，又怕愤怒消耗掉自己和妻子进行谈判时需要的精力，一知道她起来了，便走进她房里。

他进来时的那副样子，使自认为很了解丈夫的安娜感到吃惊。他皱着眉头，一双眼睛阴沉地注视着前方，同时回避她的目光，嘴巴坚决而蔑视地紧闭着。他走路的姿势、动作和他的嗓门，都表现出妻子从来没有在他身上见到过的果断和坚定。他走进房间时没有和她打招呼，径自走到她的写字台旁边，拿起钥匙便去开抽屉。

"您要什么？"安娜叫嚷道。

"您情人的信。"他说。

"它们不在这里。"她说着，关上抽屉；但根据这一动作，他知道自己猜中了，便粗暴地推开她的一只手，立刻抓住一个皮包，他知道她把自己最需要的文件都放在那里。她想夺回皮包，但被他推开了。

"您坐下！我有话和您说。"他说着，把皮包放到腋下用一个胳膊肘紧紧夹住，使得自己一边的肩膀都抬高了。

她怀着惊讶和羞怯，默默地望着他。

"我告诉过您，不许您在家里接待自己的情人。"

"我需要见到他，因为……"

她停住了，找不出任何借口。

"我不想知道一个女人为什么需要见到情人的细节。"

"我，我只是要……"她满脸通红地说，他的粗鲁激怒了她，使她增添了勇气，"难道您不感觉到自己要侮辱我有多容易吗？"她说。

"可以侮辱一个诚实的男子和一个诚实的女人，但如果对一个小偷说他是个小偷，只不过是确定一个事实[①]。"

---

① 原文为法语。

“我倒还不知道您身上有这种残酷的新特点。”

“丈夫给妻子提供自由，给她真诚的庇护，只要求她遵守顾全体面这一条，您把这称为残酷。这是残酷吗?”

“这比残酷更坏，老实对您说，那是卑鄙!”安娜暴怒地嚷嚷道，站起来想走开。

“不!”他用比平时更尖细响亮的声音叫嚷着，同时用自己粗大的手指使劲用力抓住她的一只手，强迫她坐在原来的位置上，压得她臂膀上的手镯印下了血红的斑痕，“卑鄙!如果您想使用这个词儿，那么卑鄙的是——为了情人抛弃丈夫、儿子，却吃着丈夫的面包!”

她低下了头。她不但没有把昨天晚上对情人说的他是丈夫，而丈夫是个多余的人这话说出来，而且都没有想到这事儿。她感到他的话完全公正合理，只低声地说:“您没法把我的处境描绘得比我自己知道的更糟，可是您又何必把这一切说出来呢?”

“我何必说这个?何必?”他依旧那么愤愤地继续说，“是要您知道，因为您不尊重我关于顾全体面的愿望，我要采取措施结束这种局面。”

“快了，它本来就快结束了。”她说，想到自己想快一点儿死的愿望，一双眼睛里又噙满了泪水。

“它比您和您情人想象的结束还要快!你们需要兽欲的满足……”

“阿列克谢·亚历山大罗维奇!落井下石——我不说这不宽宏大度，可是这不正派。”

“对了，您只记得自己，但是对作为您丈夫那个人的痛苦，您就不关心了。他的整个生活毁了，他非常……非常……痛苦，您全无所谓。”

阿列克谢·亚历山大罗维奇说得那么快，他自己都弄混了，怎么也说不出这个词儿来。结果，他把非常痛苦说成了非常疼苦。她觉得可笑，又立刻为自己在这种时候还有什么可笑的感觉到害臊。而且她头一次为他，刹那间转到他的位置上，开始可怜起他来。但是，她能说什么和做什么呢？她低下头，沉默着。他也沉默了一会儿，然后用已经不那么尖细的冷冷的声音，强调地说了些随便选来没有什么特别重要性的话。

“我是来告诉您……”他说。

她瞧了他一眼。“不，这是我的想象，”她想，同时在回想把“非常痛苦”这个词儿说混时他的脸部表情，“不，一个眼神那么迟钝、表情这么自满平静的人，难道会有什么感觉吗？”

“我什么都无法改变。”她声音低低地说。

“我来是告诉您，我明天到莫斯科去，而且再也不回这个家了，关于我的决定，您将从委托办理离婚的律师那里得到消息。我的儿子将到我姐姐家去。”阿列克谢·亚历山大罗维奇说，他好容易记起他要提一下关于儿子的话。

“您要走谢廖沙是为了让我痛苦，”她说，同时皱起眉头瞧着他，“您不爱他……把谢廖沙留下吧！”

“是啊，我甚至失掉了对儿子的爱，因为和他相联系的，是我对您的厌恶。不过，我还是要带他走。再见！”

他接着就要走，但现在是她拦住了他。

“阿列克谢·亚历山大罗维奇，把谢廖沙留下！”她再一次低声说，“我再没什么要说的了。把谢廖沙留下直到我……我快要生孩子了，把他留下吧！”

阿列克谢·亚历山大罗维奇满脸通红了，他甩开她拦住他的那只手，一句话也没有说，走出了房间。

五

阿列克谢·亚历山大罗维奇要进去的时候，彼得堡著名律师的接待室坐满了人。三位太太：一个老太婆、一个年轻女士和一个女商人；三位先生：一个戴钻石戒指的德国银行家，另一个是留一脸大胡子的商人，还有第三个——气鼓鼓的官员，他一身文官制服，脖子上挂着枚十字架。他们显然都已经等候好久了。两名助手笔尖沙沙响地在桌子上写着。非常好的文具，阿列克谢·亚历山大罗维奇是个喜欢这玩意儿的人，他不能不注意到这一点。一名助手没有站起来，稍稍眯起眼睛，生气地对着阿列克谢·亚历山大罗维奇说："您有什么事儿？"

"我有事找律师。"

"律师忙着。"助手用笔指指在等候的人们，严肃地说，又继续写去了。

"他能不能抽点儿时间？"阿列克谢·亚历山大罗维奇问。

"他没有空，一直忙着。请等着吧。"

"那么能否麻烦您把我的名片递交给他？"阿列克谢·亚历山大罗维奇知道非说出自己的真实姓名不可了，便这样说道。

助手接过名片，显然对上面的名字没有好感，但进门去了。

阿列克谢·亚历山大罗维奇原则上是赞同公开审判的，但是根据自己所知道的上层官场的内情，他完全不赞同把公开审判的细节公之于众，而且他还以自己对钦定规章所许可的程度对此进行谴责。他的一生都是在机关中度过的，因此如果说有不赞同的事情，那么他的不赞同往往会以承认错误是不可避免的以及任何错误都是可以纠正的态度为前提，并使事情能缓和下来。在新的审判机构中，他不赞成律师辩护制度。鉴于迄今为止一直没有与律师打过交道，因此他的不赞成只是理论上的，现在则不然，律师接待室给他的不愉快印象，更增强了他的不赞同感。

"这就出来。"助手说。而且果然，两分钟后，门上出现了刚与律师进行过讨论的老法学家的长长的身影和律师本人。

律师是个矮小、壮实、秃顶的人，留着暗红色的大胡子，两道浅色的眉毛长长的，还有个突出的前额。他的穿戴，从领带、双重表链到漆皮靴子，像个未婚夫。一张聪明而土气的脸，衣着时髦而俗气。

“请进。”律师转而对阿列克谢·亚历山大罗维奇说，板着面孔让阿列克谢·亚历山大罗维奇从自己身边走过去后，便把门关上了。

“坐下吧？”他指着堆满案卷的写字台边上的一把靠背椅说，然后自己坐在主位上，同时搓着指头短而长满白色汗毛的小手，并稍稍侧过脑袋。但是，他按照自己的姿势刚坐好，桌子上便飞过一只谷蛾。律师以令人意想不到的速度伸出双手捉住了谷蛾，又恢复了原来的姿势。

“在开始谈我的事情之前，”阿列克谢·亚历山大罗维奇用惊讶的目光注视着律师的举动说，“我应当指出，我要和您谈的事情必须保守秘密。”

稍稍露出的微笑把律师一脸红兮兮的胡子分开了。

“要是对委托我办的事儿不能保守秘密，我就不是律师了。可是如果您要证据……”

阿列克谢·亚历山大罗维奇瞥了一眼他的脸，发现那双聪明的灰眼睛在笑，并好像全都明白似的。

“您知道我姓什么吗？”阿列克谢·亚历山大罗维奇接着说。

“我知道您，而且和任何一个俄国人一样，”他又捉住一只谷蛾，“知道您所做的有益的事业。”律师欠了欠身子说。

阿列克谢·亚历山大罗维奇叹了口气，打起精神。但是，既然已经决定了，他就用尖细的嗓子，理直气壮而又流畅地接着说，并强调了某些话。

“我遇到了不幸，”阿列克谢·亚历山大罗维奇开始说，“作为一个受欺骗的丈夫，我想根据法律断绝与妻子的关系，也就是离婚，不过得这样，使儿子不跟母亲。”

律师的灰眼睛竭力想不笑，但它们闪烁着无法克制的喜悦。阿列克谢·亚历山大罗维奇还看到，这不只是一个得到某次有利订单的人的喜悦，这是一种胜利和欢呼，一种像他在妻子的眼睛里所看到的那样的幸灾乐祸的闪光。

“您要我帮助办离婚?”

“对，正是这样，可是得对您有言在先，冒昧要您多费心思。我来只是和您事先商量。我要离婚，但对我来说，重要的是离婚时的形式。很可能，如果形式不合我的要求，我就放弃法律途径。”

“啊，从来都是这样的，”律师说，“而且始终都遵照您的决定。”

律师垂下双眼看在阿列克谢·亚历山大罗维奇的两只脚上，因为感到自己这种无法克制的喜悦样子会让委托人不高兴。他又看到一只谷蛾从自己的鼻子前飞过去，便举起一只手挥了挥，但出于对阿列克谢·亚历山大罗维奇地位的尊重，没有去捉它。

“虽然关于这类案件的法令，我也略知一二，”阿列克谢·亚历山大罗维奇接着说，“不过倒是想了解一下这类案子在实际办理时的一般形式。”

“您是想，”律师没有抬起眼睛，不无满意地模仿自己委托人说话的语调，“要我向您介绍能实现您愿望的那些途径。”

于是，在阿列克谢·亚历山大罗维奇肯定地点点头之后，他继续往下说，只是偶尔稍稍抬起眼睛看看阿列克谢·亚历山大罗维奇泛起阵阵红晕的脸。

“按照我们的法律，离婚?”他对“我们的法律”稍带点儿不满的意思说，“正如您所知道的，在下列情况下才可能……等一等!”他转过身子对着正把头探进门里的助手说，不过还是站起来说了几句，然后再坐下来。“在下列情况下：夫妻生理上有缺陷；离别五年没有音讯，”他弯起长满汗毛的短手指头说，“然后是通奸（他说出这个词儿时显得兴致勃勃)。再往下还分为（他继续弯曲自己的胖手指头)：丈夫或妻子的生理缺陷，然后是丈夫或妻子通奸。”因为全部手指头都弯倒了，便把它们全部伸直，并继续说："这是理论上的观点，但我认为，您屈驾找我，是为了弄清实际运用。而因此，从先例来看，我得告诉您，离婚的情况都属于：据我理解，生理上无缺陷？也不是离别后没有音讯？……"

阿列克谢·亚历山大罗维奇肯定地点了点头。

"结果，情况是：夫妻当中一方通奸，犯罪一方的罪证经双方承认，或没有这种承认而是无意中被发现的。应当说，后一种情况在实际中很少遇到。"律师说，并稍稍看了一眼阿列克谢·亚历山大罗维奇后停了下来，就好像出售手枪的商人介绍完这种或那种武器后在等待顾客选择。可是，阿列克谢·亚历山大罗维奇沉默着，因此律师继续说："最平常和简单合理的，我认为是据双方承认的通奸。要是和一个缺乏知识的人谈话，我就不会这么表达了。"律师说，"但我以为，对您来说，这是能明白的。"

然而，阿列克谢·亚历山大罗维奇是这么失望，他都没有立刻明白根据双方承认的通奸的合理性，于是在目光中流露出困惑不解的神情；不过律师马上帮了他忙：

"大家再也没法在一起生活下去了——这是个事实。而如果双方都同样这么认为，那一些细节和形式就变得无所谓了。而且再说了，这是最简单和最有效的办法。"

阿列克谢·亚历山大罗维奇现在完全明白了。但是，他有宗教上的戒律，不能采取这种办法。

"在目前的情况下，这是办不到的，"他说，"这里只有一种情况可以：罪证由我持有的信件证实是无意中发现的。"

在提到信件时，律师闭紧了嘴唇，发出一种尖细同情而轻蔑的声音。

"请注意，"他开始说，"这类情况，正如您所知道的那样，由宗教机关解决；神甫和大祭司在这类事情上很喜欢知道最微小的细节，"他露出一种和神甫同样感兴趣的微笑说，"信件无疑能证实一部分，不过证据应当是通过直接途径得到的，也就是说，应当有人证。总之，如果我荣幸地得到您的信任，就让我来选择使用什么办法。谁想得到结果，也就有办法解决。”

“要是这样……”阿列克谢·亚历山大罗维奇突然脸色苍白地开始说，但这时律师站起来了，又到门口那位打断过他说话的助手那里去了。

“告诉她，我不进廉价货。”他说完，又回到阿列克谢·亚历山大罗维奇这边。

返回时，他又不被察觉地捉了一只谷蛾。“到夏天，就有薄纹布好帘子了。”他皱着眉头想。

“这么说……您请讲……”他说。

“我将把自己的决定书面通知您。”阿列克谢·亚历山大罗维奇边说边扶着桌子站起来。他默默地站了一会儿，说：“从您说的话里，我可以得出这样的结论，就是说可以办理离婚。我还要请您同样通知我，您的条件是什么。”

“全都可以，如果您给我提供完全的行动自由，”律师说，没有回答他的问题，“什么时候我可以指望得到您的消息？”律师边问边往窗口走，眼睛和漆皮靴子都在闪烁发亮。

“一周后。至于您本人是否接受办理此案以及有什么条件，也麻烦您通知我。”

“很好。”

律师恭恭敬敬地一鞠躬，把委托人送出门；剩下自己一个人时，便沉浸在欢乐的心情中了。他是那么高兴，甚至都一反常态，对一位做买卖的太太让了价，并不再去捉谷蛾，彻底下决心到来年冬天，将和西戈宁家一样，把家具全用丝绒布重新包装起来。

六

在八月十七日委员会的会议上，阿列克谢·亚历山大罗维奇取得了辉煌的胜利，但胜利的结果反而伤害了他。他们成立了一个调查异族人情况的新委员会；在阿列克谢·亚历山大罗维奇的鼓动下，这个新的委员会非常快速而有力地奉派来到该地点。三个月后，提出了一个报告。对异族人的生活，从政治、行政、经济、物质和宗教各个方面作了调查研究。对所有的问题都作出了冠冕堂皇地解答，而且，这些解答都是不容置疑的，因为它们不是易犯错的人类思想的产物，而全都是官方活动的成果。所有的回答都出自官方材料，是省长们和主教们所提供的官方材料，而这些材料又是以各县府首脑和监督司各方来自本地区主管和教区神甫们提供的报告为基础的；因此，它们都是不容置疑的。所有那些问题，例如为什么收成不好，为什么居民们保持自己的信仰，诸如此类的问题，如果没有公家机构提供方便就得不到解决，而且几万年也解决不了的问题，都得到了清楚无疑的解答。而且这种解答都对阿列克谢·亚历山大罗维奇的意见有利。但是，在最近一次会议上受了伤害的斯特列莫夫得到委员会的报告后，采取了出乎阿列克谢·亚历山大罗维奇预料的策略。斯特列莫夫纠集了另外几位委员，突然转到阿列克谢·亚历山大罗维奇一边，不但热烈支持实施卡列宁提出的办法，而且提出类似的其他一些极端措施。这些违背阿列克谢·亚历山大罗维奇基本思想的极端措施被接受了，至此，斯特列莫夫的诡计也就昭然若揭了。这些走极端的措施突然显得这么愚蠢，弄得连政界人物、社会舆论、聪明的太太和报纸都群起而攻之，大家对这些措施及其首倡者阿列克谢·亚历山大罗维奇表示不满和反对。斯特列莫夫则退到一旁，做出一副自己不过是盲目跟着卡列宁的计划而现在正为所做的事儿感到吃惊和愤怒的样子。这件事情伤害了阿列克谢·亚历山大罗维奇。但是，尽管健康下降，尽管发生了家庭不幸，阿列克谢·亚历山大罗维奇并没有屈服。委员会发生了分裂。以斯特列莫夫为首的一部分委员为自己的错误辩解说，他们相信了阿列克谢·亚历山大罗维奇主持提供报告的检查委员会，还说这个委员会的报告是胡说八道，只不过是一堆废纸。阿列克谢·亚历山大罗维奇及一帮人看到这种对文件的过激态度是危险的，继续支持检查委员会分析得出的材料。结果在上层和下层社会上，一切都给搅乱了，虽然所有对这件事情极为关心的人中谁也弄不清楚，那些外地人是真的陷于贫困和死亡的境地，还是正在欣欣向荣之中。由于这件事情，以及部分地因为妻子的不忠，使阿列克谢·亚历山大罗维奇受到了蔑视，他的地位变得相当不牢靠了。在这种情况下，阿列克谢·亚历山大罗维奇作出了一个重要的决定，他将亲自到当地进行调查。而且，当请求被批准后，阿列克谢·亚历山大罗维奇就出发到远处省份去了。

阿列克谢·亚历山大罗维奇亲自出马引起了不小的轰动，更何况起程前他正式以文件形式，退还了拨给到目的地去所需的十二匹驿马的费用。

“我觉得这很高尚，”对此，贝特西对密亚葛卡娅公爵夫人说，“因为大家都知道，现在到处都通铁路，干吗还拨发驿马费？”

不过密亚葛卡娅公爵夫人不同意，特维尔斯卡娅公爵夫人的看法甚至使她生气。

“您是好说，”她说，“因为您有万贯家产，对丈夫夏天出门视察，我倒是很高兴。出门对他的健康和心情都有好处，而且我还可以用这笔出差费添置一辆轻便马车和雇一名马车夫。”

在赴遥远省份的途中，阿列克谢·亚历山大罗维奇在莫斯科停留了三天。

到莫斯科后的第二天，他去拜访了一位当省长的将军。在通常总是被各种马车挤得水泄不通的报纸街十字路口上，阿列克谢·亚历山大罗维奇突然听到有人用响亮而兴奋的声音叫他的名字，他不得不回头去看。在人行道上的一个角落里，快活、年轻、红光满面的斯捷潘·阿尔卡杰奇正站在那儿使劲地叫喊着；他穿着时髦的短大衣，头上歪戴着流行的小礼帽，洁白的牙齿在微笑的嘴唇之间闪闪发亮。他用一只手扶住停在角落里的轿式马车的窗口，边笑边用另一只手招呼妹夫；马车窗口探出一个戴着丝绒线帽的女人脑袋和两个孩子的脑袋。太太一脸善良的笑容，而且也向阿列克谢·亚历山大罗维奇挥了挥手。那是陀丽和孩子们。

在莫斯科，阿列克谢·亚历山大罗维奇谁也不想见，而最不愿见到的是自己妻子的哥哥。他举了举礼帽，想一走了事，但斯捷潘·阿尔卡杰奇吩咐他的马车夫停下，并穿过雪地向他跑过来。

“啊，您也好意思不派人来告诉一声！来多久了？我昨天到杜索去了，看到牌子上写着‘卡列宁’，可是我竟没有想到是你！”斯捷潘·阿尔卡杰奇边说边将头伸进马车里，“否则，我就过来了。见到你，我真高兴！”他说着，同时一只脚拍打着另一只脚，把雪去掉，“你怎么好意思不让人知道呢！”他重复说。

“我没有时间，很忙。”阿列克谢·亚历山大罗维奇干巴巴地回答。

“来，我们到我妻子那儿，她多么想见到你。”

阿列克谢·亚历山大罗维奇把裹在怕冻着的双腿上的方格子毛毯掀开，从轿式马车里出来，穿过雪地来到达丽娅·阿列克山德罗夫娜的旁边。

“这是怎么回事儿，阿列克谢·亚历山大罗维奇，您为什么这样躲着我们？”陀丽笑眯眯地说。

“我很忙。很高兴见到您，”他用分明极不高兴的语调说，“您的身体怎么样？”

“啊，我亲爱的安娜怎么样？”

阿列克谢·亚历山大罗维奇低声含糊其辞地说了点儿什么，便要走。但斯捷潘·阿尔卡杰奇阻止了他。

“瞧，我们明天这么办。陀丽，你请他来吃午饭！我们把柯兹内舍夫和彼斯卓夫请上，代表莫斯科的知识界宴请他。”

“对，您来吧，”陀丽说，“如果您愿意，那请您在五六点钟过来。啊，我亲爱的安娜怎么样？怎么好长时间……”

“她身体健康，”他皱着眉头嘟嘟囔囔地说，“我很高兴！”接着，他便向自己的马车走去。

“您来吧？”陀丽叫嚷着问。

阿列克谢·亚历山大罗维奇说了点什么，在马车的嘈杂声中，陀丽没法听清楚。

“我明天过来！”斯捷潘·阿尔卡杰奇对他叫喊着说。

阿列克谢·亚历山大罗维奇进入轿式马车，并深深地坐在里边，以便自己看不见人家，人家也看不见他。

“怪人！”斯捷潘·阿尔卡杰奇对妻子说，同时看了看表，并把一只手伸出去，表示对妻子和孩子们的亲切，之后便得意地顺着人行道走去。

“斯吉瓦！斯吉瓦！”陀丽嚷嚷着，脸都红了。

他转过身子。

“我可得给格里夏和塔尼娅买件大衣。你给我些钱！”

“没有关系，你对人家说，由我付账。”接着他对路过的熟人高兴地点点头，就消失了。

七

第二天是星期日。斯捷潘·阿尔卡杰奇乘马车到大剧院去看芭蕾舞排演，给因为他的面子重新演出的漂亮女舞蹈家玛莎·契比索娃赠送前一天晚上他许诺的珊瑚项链，还在大白天来到剧院后台的黑暗处，吻了吻她那张漂亮的、因为得到礼物容光焕发的可爱脸蛋。除了赠送礼物，他还得和她商量好演出结束后约会的事儿。对她说明自己没法儿在芭蕾舞开演时就到，随即答应演最后一场时一定赶到，还要请她吃晚饭。从剧院出来，斯捷潘·阿尔卡杰奇便到奥霍特内街，亲自预订了鱼和芦笋，到十二点钟，他已经到了杜索宾馆去看望三个人，恰好他们都住在同一家宾馆：

不久前从国外回来住在这里的列文，刚登上这高级职位就到莫斯科来视察工作的自己的新头头，以及妹夫卡列宁，无论如何要拉他去吃午饭。

斯捷潘·阿尔卡杰奇喜欢宴会，但更喜欢请客，举办不大而食品、饮料和邀请的客人都很讲究的宴会。他对这次宴会的计划很满意：有活鲈鱼、芦笋和主菜[①]——一盘味道极好而卖相普通的煎牛里脊，以及相应的酒水：这是菜肴和饮料。而客人中，还邀请了吉蒂和列文，为了不使他们过于引人注目，还请了一个堂妹和青年舍尔巴茨基，而客人中的主菜——则是谢尔盖·柯兹内舍夫和阿列克谢·亚历山大罗维奇。谢尔盖·柯兹内舍夫——莫斯科人和哲学家，阿列克谢·亚历山大罗维奇——彼得堡人和实践家；还得把那个有名的怪人、热情分子彼斯卓夫叫来，他是个自由派，喜欢讲话，一个音乐家、历史学家和非常可爱的五十岁老青年，他可以充当柯兹内舍夫和卡列宁的调料和配菜。他会挑逗他们，使他们斗嘴。

卖掉树林的第二期付款已经从商人那里拿来了，钱还没有用完。近来陀丽很温柔体贴，这次宴会的安排处处都让斯捷潘·阿尔卡杰奇感到满意。他心情愉快，有两个稍不愉快的情况，但它们都被斯捷潘·阿尔卡杰奇心中那个和善欢乐的海洋淹没了。这两个情况是：第一，昨天在马路上遇到阿列克谢·亚历山大罗维奇时，发现他对自己冷淡又严肃，如果把阿列克谢·亚历山大罗维奇脸上这种表情，以及他没有到他们家来，也不给一点消息，这一切和自己听到的有关安娜和符朗斯基的传闻联系起来，斯捷潘·阿尔卡杰奇猜想他们夫妻间可能发生了什么不好的事儿。

这是一个不愉快的情况。另一个不愉快的情况是，自己的新头头和所有的新领导一样，是一个出了名的可怕的人，他早晨六点钟起来，就像一匹马似的干活，还要求底下人也和他一样。此

---

① 原文为法语，下同。

外，这位新领导还被说成行为像头熊，传说他属于和斯捷潘·阿尔卡杰奇本人至今为止的老领导完全对立的那一派。昨天斯捷潘·阿尔卡杰奇穿了制服去上班，新领导很和蔼，而且像与熟人一样和他交谈；因此，斯捷潘·阿尔卡杰奇认为自己有必要穿上礼服去拜访他一次。想到新领导可能不会好好接待他，斯捷潘·阿尔卡杰奇感觉到这个不愉快也在等着它。不过，他又本能地感觉到，一切都会很好地安排妥当。“大家都是人，大家都是凡人，我们都一样有罪过：干吗生气和吵架？”他走进宾馆时这么想。

“你好吗，瓦西里，”他歪戴着帽子，穿过走廊时对一个相熟的仆人说，“你都留连鬓胡子了？列文——七号房间吗，啊？请你带我去。还有，你帮我打听一下，阿尼奇金伯爵（他就是新领导）是不是在接待客人？”

“是，”瓦西里微笑着回答，“您好久没有上我们这里来了。”

“我昨天来过，只是从另一道门进的。这是七号房间吗？”

斯捷潘·阿尔卡杰奇进去的时候，列文正和一个特维尔的农民站在房间中央用俄尺在量一张鲜熊皮的大小。

“啊，你们打到的？”斯捷潘·阿尔卡杰奇叫嚷道，“一张好皮子！是头牝熊？你好，阿尔希普！”

他握了握农民的手，没有脱大衣和帽子，在一把椅子上坐下来。

“你脱了吧，坐一会儿！”列文脱下他的帽子说。

“不，我没有时间，只能待一秒钟。”斯捷潘·阿尔卡杰奇回答。他解开大衣，接着又脱了下来，并且坐了整整一个小时，和列文谈论打猎及最知心的话儿。

“啊，你倒是说说，在国外干了些什么？到过哪些地方？”农民出去时，斯捷潘·阿尔卡杰奇说。

“我到过德国、普鲁士、法国、英国，但不是在首都，而是去了工厂城市，在那里看了许多新东西。而且，为到过那里感到高兴。”

“是的，我知道你关于解决工人问题的想法。”

“完全不是这么回事：在俄国不可能有工人问题。俄国的问题是劳动人民对土地的态度；这个问题在那里也有，但那里这是件把损坏的东西进行修补的事儿，而在我们这里……”

斯捷潘·阿尔卡杰奇仔细地听着列文说。

“对，对！”他说，“很可能，你是对的，”他说，“不过，你心情振奋，我感到高兴；而且，你又出去打熊，又干活儿，又总兴致勃勃。可是舍尔巴茨基还对我说呢——他碰到你了——说你总是闷闷不乐，老是谈论死……”

“不过那有什么，我还是会想到死，”列文说，“对，是该死的时候了。而所有这一切，都是胡说八道。我老实告诉你：我万分珍惜自己的想法和工作，可实质上——你想想这事儿：要知道，我们的整个世界——不过是在小得可怜的星球表面长出的一道薄薄的腐朽层罢了。我们却还以为自己会有什么伟大的东西——思想，事业！所有这些都是尘土。”

“可是这个呀，老弟，这可是老生常谈啦！”

“老生常谈，但是你知道，你一旦清楚地明白了这事儿，一切就都变得微不足道了。当你明白早晚会死去，什么也不会留下，那么一切全都无所谓了！我以前认为自己的思想很重要，可它原来也同样微不足道，假如就算它实现了，就像这头牝熊。过日子也是这样，你兴致勃勃地打猎、工作，为的无非是不去考虑死。”

斯捷潘·阿尔卡杰奇微妙而亲切地微微笑着，听列文说。

“啊，当然！现在你也接近我的看法了，你还为我在生活中寻求享乐攻击我呢，你记得吗？”

“啊，道学家，你不要这样严厉！……”①

“不，毕竟生活中有很多美妙的东西……”列文有点儿困惑

① 引用费特的诗《自迦非兹》。

了，“对，我不知道。我只知道我们都会很快死去的。”

“很快？”

“你知道，当你考虑死的时候，生活中的美妙就少些——然而也平静些。”

“相反，剩下的时间更快活。啊，不过，我该走了。”斯捷潘·阿尔卡杰奇第十次欠身起来说。

“啊，不，再坐会儿！”列文劝阻他说，“那我们什么时候再见面？我明天就走。”

“我倒好！我为这事儿来的……你今天一定得上我家去吃午饭。你的哥哥也来，还有我妹夫卡列宁。”

“难道他在这里？”列文说，并想探听吉蒂的情况。他听说入冬时她曾在彼得堡一位做了外交官夫人的姐姐家，却不知道她回来了没有，这么一想，他又不想问了。“她来不来——和我没有关系。”

“那么，你来？”

“啊，当然。”

“这么说，五点钟，穿上礼服。”

接着，斯捷潘·阿尔卡杰奇便站起来，到住在底下的新领导那里去了。本能没有欺骗斯捷潘·阿尔卡杰奇。可怕的新领导原来是个彬彬有礼的人，斯捷潘·阿尔卡杰奇还和他一起吃了早点，而且一直待在那里，到下午四点钟才到阿列克谢·亚历山大罗维奇那里去。

八

阿列克谢·亚历山大罗维奇做完弥撒后，一上午都在房间里。这一上午，他有两件事情要做：第一，接见要去彼得堡而当时正在莫斯科的异族人代表团；第二，给律师写一封态度明确的信。代表团虽然是阿列克谢·亚历山大罗维奇主动召来的，但在彼得堡仍有许多不便甚至潜在威胁，因此他很高兴在莫斯科见到它。这个代表团的成员对自己的作用和责任一无所知。他们天真地以为自己的任务是陈述困难和事情真相，同时请求政府帮助，却断然不知道他们的某些声明和要求支持了敌对的党派，因此毁了全部的事情。阿列克谢·亚历山大罗维奇和他们纠缠了好久，给他们拟订了一个他们不能违背的计划，而且打发他们走的时候还写了一封信给彼得堡，以便于代表团活动。在这件事情上，主要的帮手该是莉吉娅·伊万诺夫娜伯爵夫人。她在代表团的事情方面是个专家，没有谁能像她那样不夸张地宣扬且能给予代表团以真正的指导。办完这件事情，阿列克谢·亚历山大罗维奇便给律师写信。他毫不动摇地托他全权办理此事，还把从夺来的皮包里找到的符朗斯基给安娜的三张便条放进了信封。

自从阿列克谢·亚历山大罗维奇离家并有意不再回去之后，自从他找过律师，并且虽然只对一个人说了自己的主意以后，特别是当他把这生活中的事儿转化成书面的事儿以后，他就越来越屈从于自己的主意，而且现在已经清清楚楚地看到了它实现的可能性。

听到斯捷潘·阿尔卡杰奇洪亮的声音时，他已经把给律师的信封好了。仆人坚持要通报一声，为此，斯捷潘·阿尔卡杰奇和阿列克谢·亚历山大罗维奇的仆人争了好久。

“不要紧，”阿列克谢·亚历山大罗维奇想，“那样更好些，我马上就把自己和他妹妹的状况告诉他，并说明自己为什么不能到他家去吃午饭。”

“请进！”他大声说着，同时把公文收好并放进文件夹里。

“你瞧，你在撒谎，他在家！”斯捷潘·阿尔卡杰奇在边走边脱大衣，并且还不忘回答不放他进来的仆人。奥勃朗斯基走进房间里，“啊，我很高兴，找到你了……”斯捷潘·阿尔卡杰奇高兴地开口了。

“我不能去。”阿列克谢·亚历山大罗维奇说，他冷冷地站着，而且也不请客人坐下。

阿列克谢·亚历山大罗维奇想立刻采取应有的冷淡态度，因为自己正着手办理和他妹妹离婚；但他不曾估计到斯捷潘·阿尔卡杰奇心中涌出的那种海洋般宽厚的美好情意。

斯捷潘·阿尔卡杰奇把自己一双清晰的闪闪发亮的眼睛睁得大大的。

“你怎么不能？你想说什么？”他带着困惑的神情用法语说，“不，这是答应了的。而且，我们大家都希望你去。”

“我想告诉您，我不能到您家里去，因为我们之间原来的那种亲戚关系应该结束了。”

“怎么？怎么了？为什么？”斯捷潘·阿尔卡杰奇带着微笑说。

“因为我正要办理与令妹、我的妻子的离婚。我应当……”

可是阿列克谢·亚历山大罗维奇还没有来得及讲完自己的话，斯捷潘·阿尔卡杰奇就已经出人意料地惊叫一声“啊哈”，颓然地坐在了靠背椅子上。

“不，阿列克谢·亚历山大罗维奇，你在说什么呀！”奥勃朗斯基叫嚷起来，他的脸上露出痛苦的神色。

“就是这样。”

“对不起，我没法……没法相信这事儿……”

阿列克谢·亚历山大罗维奇坐下来，他感到自己说的话没有产生预期的效果，因此有必要进行说明，而且不管他的说明是什么样，自己对妻子兄弟的态度仍将和原来一样。

“是啊，我提出离婚是万不得已。”他说。

“我说一点，阿列克谢·亚历山大罗维奇。我知道你是个出色的公正的人，知道安娜——请你原谅，我没法改变对她的意见——她是个很好、出色的女人；因此，原谅我，我无法相信这事儿。这里有误解。”他说。

“是啊，如果这只是一种误解……”

“请原谅，我理解，”斯捷潘·阿尔卡杰奇打断说，“不过，当然……有一点：不该着急。不该，不该着急！”

“我没有着急，”阿列克谢·亚历山大罗维奇冷冷地说，“可是在这件事情上是没法与人商量的。我已经打定主意了。”

“这是可怕的！”斯捷潘·阿尔卡杰奇说着，沉重地叹了口气，“换了我，有一件事情我是一定要做的。阿列克谢·亚历山大罗维奇。我求你了！”他说，“依我看，诉讼还没有开始吧。在你起诉之前，和我妻子见一见，和她说说。她像对亲妹妹一样爱安娜，也爱你，她也是个非常好的女人。看在上帝的分儿上，和她谈谈！你就赏我这个脸吧，我求你了！”

阿列克谢·亚历山大罗维奇沉思起来了，于是斯捷潘·阿尔卡杰奇关切地瞅着他，不去打破他的沉默。

“你能去看看她吗？”

“我不知道。正是因为这事儿，我没有到你们家去。我以为我们的关系应当改变了。”

“为了什么呀？我看不出要这样。依我看，除了我们的亲戚关系，我一向对你很友好，你对我也多少有些情谊……而且我也衷心尊敬你，”斯捷潘·阿尔卡杰奇握住他的一只手说，“就算你最坏的设想是正确的，我也永远不会评判你们任何一方，而且我也看不出我们的关系有什么理由要改变。而现在，就这么做吧，找我妻子去。”

“唉，我们对这件事情的看法不同，”阿列克谢·亚历山大罗维奇冷冷地说，“不过，我们不谈这事儿了。”

“不，你为什么不去呢？就算今天吃顿午饭吧？我妻子等着你。请去吧。主要是和她谈一谈。她是个非常好的女人。看在上帝的分儿上，我跪下求你了！”

“如果你一定要这样——我就去吧。”阿列克谢·亚历山大罗维奇叹了口气说。

接着，想变换一下话题，他问起他们两个人都关心的事情来——关于斯捷潘·阿尔卡杰奇的新头头，一个年纪还不老的人，突然得到这么重要的任命。

阿列克谢·亚历山大罗维奇以前就不喜欢阿尼奇金伯爵，一直和他有意见分歧。作为一个官场中人，对于在公务上遭到失败的人对得到提升的人的憎恨，原是可以理解的；可是现在，他对阿尼奇金伯爵简直是无法忍受了。

“那怎么，你见到他了？”阿列克谢·亚历山大罗维奇带着挖苦的讪笑说。

“当然，他昨天到我们那里上班了。看样子，他很熟悉业务，而且精力旺盛。”

“哦，他的精力用在哪里啦？”阿列克谢·亚历山大罗维奇说，“是为了办事呢，还是为改变已经完成的事情？我们国家的一大不幸，那就是文牍主义的行政管理，他算得上是个代表。”

“说真的，我不知道他身上有什么可以指责的地方。我不太了解他的倾向，但是有一点我敢肯定，他是个出色、可爱的人，”斯捷潘·阿尔卡杰奇回答说，“我刚才到他那里去了，真的，他是个出色、可爱的人。我们一起吃了早点，我还教会他，你知道吗，做加橘汁酒的饮料。它喝起来很凉爽。而且奇怪，他不知道这玩意儿。他很喜欢。真的，他是个很好很可爱的人。”

斯捷潘·阿尔卡杰奇看了一眼表。

“啊，老兄，已经四点多了，而我还要到陀尔戈甫申那边去！那么请你务必来吃午饭。你无法设想，你要是不来，会使我和我妻子多么伤心。”

阿列克谢·亚历山大罗维奇送走妻子的哥哥时，态度已经和他们上次见面时完全不同了。

“我答应了，就一定去。”他无精打采地回答。

“你相信好了，我珍惜你的到来，并希望你对此不会后悔。”斯捷潘·阿尔卡杰奇微笑着对他说。

接着，他边走边穿大衣，并伸出一只手拍拍仆人的脑袋，哈哈笑着往外走。

“五点钟，并且要穿礼服，有请了！”他再一次回到门旁大声说。

九

已经五点多了，有几位客人已经到了，这时主人自己才到家。他是与同一时间在大门口碰见的谢尔盖·伊万诺维奇·柯兹内舍夫和彼斯卓夫一起进来的。按照奥勃朗斯基对他们的说法，这是莫斯科知识界的两位主要代表。从性格和智慧方面讲，他们都是受人尊敬的人。他们相互钦佩，又在一切方面都完全地和毫无办法地意见不合——并不是因为他们属于对立的派别，恰恰相反，他们是同一个阵营的（敌人往往把他们搞混了），可是在这个阵营里他们有各自不同的看法。天下没有比使半抽象的不同思想取得一致更难办的了，所以他们不但从来没有意见相同过，而且还都早已习惯于嘲笑对方无法改正的谬误并因此而满不在乎。

斯捷潘·阿尔卡杰奇赶上他们时，两人正边进门边谈论天气。亚历山大·德米特里耶维奇公爵，奥勃朗斯基的岳父，年轻的舍尔巴茨基，屠洛甫岑，吉蒂和卡列宁，已经坐在客厅里了。

斯捷潘·阿尔卡杰奇立刻发现，因为自己不在，客厅里的事情进行得不好。穿着名贵灰色丝绸裙子的达丽娅·阿列克山德罗夫娜一副着急的样子，这显然是因为她既要照顾在儿童室单独吃饭的孩子，又由于丈夫还没有回来，没有他就不知道怎么好好安置这一大帮客人了。大家都像牧师的太太们做客（照老公爵的说法）似的坐着，显然都在为自己到这里来的目的感到困惑不解，他们勉强找些话说，只是为了不至于沉默。和善的屠洛甫岑感到自己待在不合适的氛围里，因此当见到斯捷潘·阿尔卡杰奇时，他那厚厚的嘴唇露出的微笑就好像在说：“嘿，兄弟，你把我塞到一群聪明人中间来了！上花之城[①]并喝上一杯——这才是我关心的事儿。”老公爵默默地坐着，一双闪闪发亮的小眼睛正从一边瞧着卡列宁；斯捷潘·阿尔卡杰奇知道了，老公爵已经想出了用个什么词儿能反映出这位国务活动家，他是像鲟鱼一样让应邀来到的客人们共飨的。吉蒂老是看着门，故作镇定，免得康士坦丁·列文进来时自己脸红。还不曾被介绍和卡列宁认识的青年舍尔巴茨基，竭力装出一副对此毫不在乎的样子。卡列宁本人则按照彼得堡的习惯，为了和太太们一起吃饭穿了燕尾服，打的白领带；斯捷潘·阿尔卡杰奇从他脸上看出，他来只是为了表示自己说话算数，出席这个聚会是在履行一项沉重的义务。卡列宁是斯捷潘·阿尔卡杰奇进来前的冷气制造者，使所有客人冻僵的罪魁祸首。

斯捷潘·阿尔卡杰奇走进客厅，道了歉，作了解释，和自己每次迟到和暂时缺席一样，推托说是被一位什么公爵缠住了，便随即使大家互相认识。他把阿列克谢·亚历山大罗维奇和谢尔盖·柯兹内舍夫拉到一起，让他们讨论波兰的俄罗斯化问题，为此他们立刻把彼斯卓夫拉过去了。他拍拍屠洛甫岑的肩膀，悄悄对他说了句什么可笑的话，并让他到妻子和公爵一边坐下。然后，他对吉蒂说她今天很好看，并把舍尔巴茨基介绍和卡列宁相识。一会儿工夫，他就把这一大帮子人安排得好好的，使客厅里不管哪儿都活跃起来，有说有笑。只剩康士坦丁·列文一个人还没有到。不过这反倒好，因为斯捷潘·阿尔卡杰奇走进餐厅时大为惊讶地发现，波尔特酒和核列斯酒都是德普列的，而不是列维[②]的，他于是吩咐人尽快到列维跑一趟，又返回客厅里。

---

① 原文为法语。这里指当时莫斯科一处娱乐场所。

② 德普列和列维，是当时莫斯科的两家葡萄酒商。

在餐厅门口，他返回时见到了康士坦丁·列文。

“我没有迟到吧?”

“难道你还能不迟到!”斯捷潘·阿尔卡杰奇拉起他的手说。

“你家里人多吗? 都有谁?”列文不由得涨红了脸问，同时用手套去掉帽子上的雪。

“全是自己人。吉蒂在这儿。我们进去，我给你介绍一下卡列宁。”

斯捷潘·阿尔卡杰奇虽然是个自由派，但他知道和卡列宁相识不能不是件荣幸的事情，于是便以此来招待自己一些最好的朋友。不过这时候康士坦丁·列文无心去感觉这种相识带来的全部满足。自碰上符朗斯基的那个难忘的晚上以后，他再没有见到过吉蒂，如果不算在大马路上见了一会儿的那一次。他内心里知道，自己今天将在这里见到她。但是，为了保持自己思想的自由，他竭力使自己相信不知道这事儿。现在一听说她在这里，他突然感到这么高兴，同时又这么害怕，以至于一时停住了呼吸，而且没法把自己要说的话说出来。

“怎么样，她怎么样? 是以前那样，还是像上次在轿式马车里那样? 怎么办，如果达丽娅·阿列克山德罗夫娜说的是真的? 为什么不是真的呢?”他在想。

“啊，好啊，把我介绍给卡列宁吧。”他好不容易说出话来，便迈着非常坚定的脚步走进客厅里，并看见了她。

她既不像原来那样，也不像在轿式马车里那样，她完全成了另一个人。

她一副惊恐、羞怯、有点儿慌乱的样子，因此也更妩媚动人。在他进来的那一刻，她就看见他了。她在等着他。她很高兴，并为自己的高兴慌乱到这种地步，恰恰就在他走到女主人跟前又瞧了她一眼的那一刻，她、他及陀丽都觉得，她好像忍不住了，马上就要哭出来似的。她的脸一会儿红一会儿白，然后又涨红了，整个人木然地，嘴唇稍稍颤抖地等待着他。他走到她面前，鞠了一躬并默默地伸过一只手。要不是嘴唇轻轻地抖动，眼睛因为潮润而更加明亮，她说话时的微笑就会显得十分安详：

“我们好久没有见面了！”接着，她以极大的决心伸出自己冰凉的手握了握他的一只手。

“您没有见到我，我可是见到您了，”列文说，脸上露出幸福的微笑，“您下火车到叶尔古晓沃去的路上，我看见过您。”

“什么时候？”她吃惊地问。

“您到叶尔古晓沃去的时候。”列文边说边感到心里幸福极了，甚至说话时都上气不接下气。“我怎么能把不纯洁的念头和这位可爱的人儿联系在一起呢！而且是的，达丽娅·阿列克山德罗夫娜讲的情况看来是真实的。”他想。

斯捷潘·阿尔卡杰奇抓住他的一只手，把他带到卡列宁面前。

“请允许给你们介绍。”他说了两人的姓名。

“很愉快再次见面。”阿列克谢·亚历山大罗维奇握着列文一只手，冷冷地说。

“你们认识？”斯捷潘·阿尔卡杰奇吃惊地问。

“我们一起在车厢里度过三个小时，”列文微笑着说，“但下了车，就像从假面舞会出来时那样惊奇，至少我是这样。”

“原来是这样！大家请。”斯捷潘·阿尔卡杰奇指着餐厅的方向说。

男宾们来到餐厅，走到摆有小吃的桌子边，那里有六种伏特加酒及同样多种类的奶酪，其中有的带小银匙有的不带，还有鱼子酱、小青鱼、各种罐头，以及装着法国面包的碟子。

男宾们站立在伏特加酒和小吃面前等着午宴开始，谢尔盖·伊万诺维奇·柯兹内舍夫、卡列宁和彼斯卓夫之间关于波兰俄罗斯化的谈话平息下来了。

谢尔盖·伊万诺维奇是个最善于用出其不意的题外语以结束最抽象和最严肃的论争的人，还是个因此使谈话各方都改变情绪的人。这时，他也这么做了。

阿列克谢·亚历山大罗维奇证明，波兰的俄罗斯化只有仰仗应该由俄国行政当局提出的最高原则才能实现。

彼斯卓夫则坚持认为，只有当一个民族人口更为密集的时候，它才能同化另一个民族。

柯兹内舍夫承认这也承认那，但有些保留。当他们从客厅里出来时，柯兹内舍夫为结束谈话笑眯眯地说了：

“因此，为了使非俄罗斯人俄罗斯化，有一个办法——尽可能地多生孩子。正是在这一点上，我们兄弟俩做得比大家都差。而你们，结了婚的先生们，特别是您，斯捷潘·阿尔卡杰奇，干得完全符合爱国主义，您有几个孩子？”他转而亲切地微笑着问主人，并向他举起小酒杯。

大家都哈哈大笑起来，而笑得特别开心的是斯捷潘·阿尔卡杰奇。

“对，这才是最好的办法！”他说着，继续一边吃奶酪一边把一种特别的伏特加酒斟进向他举起的小杯子里。谈话果然以玩笑结束了。

“这奶酪不坏。给您来一点儿？”主人说，“难道你又在做体操锻炼了？”他转过来对列文说，同时用左手捏捏他的筋肉。列文微微一笑，鼓起一只手的肌肉，受到斯捷潘·阿尔卡杰奇手指的压力，他薄薄的礼服下立刻鼓出像圆形奶酪那么大而结实的一块肌肉。

“瞧这二头肌——啊！简直一个萨姆松[①]！”

“我想猎熊一定要有很大的力气。”对打猎具有最模糊的印象的阿列克谢·亚历山大罗维奇说，他同时把奶酪抹在薄得像蜘蛛网似的面包片上。

列文微微笑了笑。

“一点儿也不。相反，一个孩子可以打死一头熊。”他边说边

---

① 萨姆松，又译参孙，《圣经》故事中的以色列大力士。

向那些跟女主人一起来到桌边的女眷们鞠躬，并让到一旁。

“人家告诉我，您打死了一头熊？”吉蒂说，同时用叉子竭力去叉一只滑溜的蘑菇，弄得露出白皙小手的袖口花边不停地抖动。“你们那里难道有熊？”她补充问，同时微微笑着，向他半侧身地转过自己可爱迷人的脑袋。

她说的话里似乎没有什么特别的东西，但对列文来说，她说话的每一个声音，嘴唇、眼睛和手的每个动作都具有语言无法表达的意义！这里有请原谅的恳求，有对他的信赖，有亲切，一种温柔、羞怯的亲切，有允诺，有希望，有对他的爱情，这种爱情使他不能不相信又使他幸福得喘不过气来。

“不，是我们到特维尔省去。从那里回来时，我在火车上见到了您姐夫①或者说是您姐夫的妹夫②，”他带着微笑，“那是一次可笑的见面。”

接着，他愉快而逗乐地讲起来，说自己怎么一整夜没有睡着，穿着短皮袄闯到了阿列克谢·亚历山大罗维奇的单间包厢里。

“列车员像俗话说的那样，看我穿的一身衣服想把我轰下车；但这时我开始用高贵的语调说起来，引经据典、故弄玄虚……您”他说着，因为忘了他的名字而转向卡列宁，“您起初也开始瞅瞅短皮袄，想把我赶走，但后来您就帮我说话，真感激您啊！”

“乘客选择位置的权利，总的说相当不明确。”阿列克谢·亚历山大罗维奇一边说，一边用手绢擦着自己的手指尖。

“我看到了，您对我还犹豫不决，”列文和善地微微笑了笑，“我就连忙说点儿聪明话来补救皮袄造成的麻烦。”

继续和主人谈话的谢尔盖·伊万诺维奇一只耳朵听着弟弟说，同时斜过眼睛瞅了瞅他。“他今天这是怎么了？一副胜利者的样子。”他想。他不知道列文仿佛长出了翅膀。列文知道她在听他

---

① 原文为法语的俄语拼音。

② 原文为法语的俄语拼音。

说，而且听他说话使她感到愉快。而他关心的，正是这一点。对他来说，不只是这一间屋里，而且在全世界，存在的只有他和她，而自己变得身价百倍了，他感到自己正处于令人晕眩的高空，而所有那些善良的好人，卡列宁们、奥勃朗斯基们以及整个世界，都在下边远远的某个地方。

斯捷潘·阿尔卡杰奇并不对他们瞧上一眼，仿佛没有丝毫的用意，只是因为再没有空位置了，只好让列文和吉蒂并肩坐着。

“来，你就只好坐在这里了。”他对列文说。

午餐就和斯捷潘·阿尔卡杰奇爱好的器皿一样精美。玛丽-路易士汤十分出色；入口即化的小馅饼，无可挑剔。打白领带的两个仆人和马特维悄悄地，不引人注目地和利索地干着端食品和送酒水的活儿。午餐从物质方面讲是成功的；在非物质方面，也同样成功。谈话一会儿集中，一会儿分散，始终没有停顿，而且到了午餐快结束时，谈话变得非常活跃，甚至到男客们都从桌子旁边站起来了还没有停止，连阿列克谢·亚历山大罗维奇都变得活泼了。

十

彼斯卓夫喜欢争论到底，他不满足于谢尔盖·伊万诺维奇的话，再说他觉得他的意见是不正确的。

“我从来没有说，”他一边喝汤一边说，同时转向阿列克谢·亚历山大罗维奇，“就一个居民的密度问题，是通过与基础的结合，而不是凭几条原则。”

“我觉得，”阿列克谢·亚历山大罗维奇不慌不忙和懒洋洋地回答，“这是一回事儿。依我看，对另一个民族起作用的只能是这样的民族，它有更高的发展水平，它……”

“但问题就在这里，”彼斯卓夫用男低音打断说，他说话总是很急，而且仿佛把整个身心都放在自己所说的那件事情上，“所谓更高的发展水平是什么意思？英国人，法国人，德国人——谁处在更高的发展水平上？谁将同化另一个民族？我们看到莱茵区法国化了，可是德国人的发展水平并不低！”他嚷嚷着说，“这里有另一种规律！”

“我感到，产生影响的只有真正文明的民族。”阿列克谢·亚历山大罗维奇稍稍竖起眉毛说。

“可是，我们应当把什么看做是文明的标志呢？”彼斯卓夫说。

“我以为，这种标志是大家都清楚的。”阿列克谢·亚历山大罗维奇说。

“大家都完全清楚吗？”谢尔盖·伊万诺维奇带着微妙的笑容参与进来说，“现在公认的真正的文明，只有纯粹古典的文明；不过，我们看到双方争论激烈，却也不能否认对方有他的有力证据。”

“您是个古典派，谢尔盖·伊万诺维奇。给您来点儿红葡萄酒？”斯捷潘·阿尔卡杰奇说。

“我对这种和那种文明都不作评论，”谢尔盖·伊万诺维奇带着一种对孩子般的宽容微笑，举起自己的杯子说，“我只是说，双方都有有力的证据，”他转过来对阿列克谢·亚历山大罗维奇继续说，“就所受的教育来说，我是个古典派，然而在这场争论中，我倒没法找到自己的位置了。我看不出明显的根据可以证明古典教育比现代教育优胜。”

“自然科学同样具有培养教化的作用，”彼斯卓夫附和着说，“您就拿天文学，您就拿植物学，就拿具有共同规律体系的动物学来说吧！”

“我不能完全同意这一点，”阿列克谢·亚历山大罗维奇答道，“我想我们不得不承认，研究各种语言本身对精神发展起着有益的作用。此外，无可否认，古典作家具有高度的道德影响，而不幸的是，成为当代祸害的虚伪学说，往往同自然科学的教授有关。”

谢尔盖·伊万诺维奇想说点儿什么，但被彼斯卓夫浑厚的男低音打断了。他开始热烈地辩驳起那种看法的不公正来。谢尔盖·伊万诺维奇平静地等待着发表意见，显然准备好了必胜的反驳。

“可是，”谢尔盖·伊万诺维奇说，同时露出微微的笑容并转向卡列宁，“不能不同意，要完全估计这种或那种科学的全部利和弊是困难的，至于什么优先的问题，要不是古典教育具有刚才您所说的那种优点，即道德上的——坦率地说[①]——反虚无主义的影响的话，究竟该选择哪些科学，这问题也不容易一下子彻底地解决。”

“毫无疑问。”

“古典科学若不是有反虚无主义影响的优点，我们倒会更多考虑，会衡量双方的利弊，”谢尔盖·伊万诺维奇带着微妙的笑容说，“我们也会给两者提供发展的天地。但是现在我们知道，在古典教育中含有医治虚无主义的药丸，于是我们就大胆地向我们的病人推销……可是假如没有这种疗效怎么办？”他用这句风雅的俏皮话作为结束。

谢尔盖·伊万诺维奇说到药丸时，大家都哈哈大笑起来，笑得特别响亮和开心的是屠洛甫岑；他听他们谈话一直只等着那种可笑的玩意儿，这时终于等到了。

斯捷潘·阿尔卡杰奇把彼斯卓夫请来，没有错。有了彼斯卓夫，聪明的谈话就会一刻不停地进行。谢尔盖·伊万诺维奇刚用俏皮话结束自己的谈话，彼斯卓夫立刻又提出了新的问题。

---

① 原文为法语。

“我甚至不能同意，”他说，“政府抱有这种目的。政府显然是受舆论支配的，它并不关心对所采取的措施可能产生的影响。例如，妇女教育问题应该认为是有害的，政府却正在开办妇女训练班和大学。”

于是，谈话立刻转到了妇女教育这个新题目上。

阿列克谢·亚历山大罗维奇表达了一种思想，认为妇女教育通常与妇女自由的问题搅和在一起，只因为这样才被认为是有害的。

“我倒认为，这两个问题是紧密联系在一起的，”彼斯卓夫说，“这是一个恶性循环。妇女因为缺乏教育，所以无权，而缺乏教育是因为无权。不应该忘了，对妇女的奴役是那么普遍，又那么漫长，以至于我们往往不想去理解把她们和我们隔离开的那道鸿沟。”他说。

“您说到权利，”等彼斯卓夫说完，谢尔盖·伊万诺维奇说，“是占有陪审员、议员、机构主席等位置的权利，是担任公职、国会议员……的权利。”

“毫无疑问。”

“但要是妇女作为难得的例外能占据这些职位，那我感到您用‘权利’这个术语是不对的。确切点说是：义务。任何人都会同意，在履行某个陪审员、议员、电报局官员的职务时，我们感到是在履行义务。因此，表达得更确切点是，妇女在寻求义务，而且完全合法。对她们这种想帮助男人从事共同劳动的愿望，只能表示同情。”

“一点儿不错，”阿列克谢·亚历山大罗维奇肯定地说，“我认为问题只在于她们有没有承担这些义务的能力。”

“一定能够胜任，”斯捷潘·阿尔卡杰奇插进来说，“只要在她们中间普及教育。我们看到这……”

“而俗话怎么说来着？”老公爵说，他早就留神听着谈话，并闪烁着自己一双小小的带嬉笑的眼睛，“我可以当着女儿们的面说：头发长……①”

“在黑人解放前，人们就是这么看待黑人的！”彼斯卓夫愤愤不平地说。

“我只觉得奇怪的是，”谢尔盖·伊万诺维奇说，“当我们男人通常在逃避新的义务时，妇女们反倒在寻求义务。”

“义务和权利是联系在一起的；权力，金钱，荣誉：妇女寻求的是这些。”彼斯卓夫说。

“这就等于我寻求当奶妈的权利时，我却抱怨人家付钱给别的女人而不愿用我。”老公爵说。

屠洛甫岑有感染力地高声大笑起来，谢尔盖·伊万诺维奇则感到遗憾，因为这么说的不是自己。甚至连阿列克谢·亚历山大罗维奇都微微笑了一下。

“是啊，可是男人不能喂奶，”彼斯卓夫说，“而妇女……”

“不，一个英国男人曾经在船上给自己的小孩喂奶。”允许在自己的女儿们面前这么放肆的老公爵不顾当着自己女儿的面，放肆地说。

“有多少这样的英国男人，就会有多少妇女担任官职。”这已经是谢尔盖·伊万诺维奇说的了。

“对啊，但是一个没有家庭的姑娘怎么办？”斯捷潘·阿尔卡杰奇加入进来说，他说的是自己心里老是想着的契比索娃，因此同情彼斯卓夫并支持他。

“如果好好分析一下这位姑娘的经历，您将发现，她抛弃了家庭，不是自己的就是自己姐妹的家庭，在那里她本该有自己女人家的活儿可干。”达丽娅·阿列克山德罗夫娜出人意料地参加到谈话里来，她气愤地说，看样子是在猜测斯捷潘·阿尔卡杰奇所指的是怎么一个姑娘。

“但我们拥护的是原则，是理想！”彼斯卓夫用响亮的男低音

① 这里要说的俄罗斯谚语是：女人头发长，见识短。

反驳说，“一个女人希望有权成为独立的和有教养的人。她们受到这种意识的排挤和压制。”

“而我感到被排挤和压制的，是没有雇我到教养院去当奶妈。”老公爵又一次地说，使屠洛甫岑哈哈大笑，他笑得把一大块芦笋掉到了调味汁里。

十一

除了吉蒂和列文，大家都参加到了这场谈话中来。当开始谈到一个民族对另一个民族的影响时，列文不禁想到他对这个问题有话要说。但这些原来对他来说是很重要的想法，好像做梦时在头脑里一闪就过去了，现在已经变得毫无意义。现在他甚至感到奇怪，他们干吗这么起劲儿地去讨论谁也不需要的玩意儿。对吉蒂来说也是这样，原来她觉得他们谈的妇女的权利和教育问题应该是有趣的。在回想自己那位外国朋友瓦莲卡，她的沉重的受制于人的生活，自己曾经多少次考虑过这个问题，曾经多少次暗想如果自己不嫁人将会怎么样，而且曾经多少次和姐姐争论过这一点！可是现在，这个问题一点儿也引不起她的兴趣。她和列文进行着一场自己的谈话，可以说那不是谈话，而是某种秘密的允诺，每一分钟它都使她和他更加亲近，使得两人产生一种面对他们正在跨进的那个未知世界的欢乐而惧怕的感觉。

一开始，对吉蒂关于他去年怎么会在轿式马车里看见她的问题，列文讲述了自己怎么割完草在大路上走的时候遇见她的情景。

“这是一个大清早。您大概刚刚睡醒。您妈妈还在角落里睡觉。那是个极好的早晨。我边走边想：这辆四驾马车里坐的会是谁呢？一辆有铃铛的讲究的四驾马车，刹那间您闪了一下，于是我从窗子里看到——您就这么双手扶住帽带子坐着，而且深深地在沉思什么，”他微微笑着说，“我多么想知道，当时您在想些什么。在想重要的事情？”

“会不会是披头散发的啊？”她心想。但看到这些细节引起他回忆时那种兴奋的微笑，她感觉到自己给他的印象是美好的。她涨红了脸，并开心地笑了。

“真的，我不记得。”

“屠洛甫岑笑得多开心！”列文边说边欣赏他一双湿润的眼睛和抖擞着的身体。

“您早就认识他？”吉蒂问。

“谁不认识他！”

“而且我发现，您认为他是个坏人吧？”

“不是坏，而是空虚无聊。”

“但不对！您快别再这么想了！”吉蒂说，“我也曾经觉得他低贱，可是他，他是个——非常可爱和极其善良的人。他有一颗金子般的心。”

“您怎么会知道他的心呢？”

“我们和他是好朋友。我很了解他。去年冬天，在那事后不久……就是您到我们家去，”她脸上露出内疚又信赖的微笑说，“陀丽的几个孩子全得了猩红热，而他碰巧来看她。您可以设想，”她声音低低地说，“他是那么可怜她，他留下来并帮助她照看孩子。他在她们家待了三个礼拜，而且像个保姆那样照看孩子。”

“我在向康士坦丁·德米特里奇讲述屠洛甫岑在那次猩红热时的事儿。”她俯身对姐姐说。

“是啊，他真好，真了不起！”陀丽说，同时看了一眼屠洛甫岑，屠洛甫岑正感到有人在说他，转身对她露出温柔的微笑。列文又看了看屠洛甫岑，并为自己以前怎么不明白这个人出色的优点而奇怪起来。

“惭愧，惭愧，我以后再也不会把人往坏里想了！”他快活地说，真诚地表达了自己此时的感觉。

十二

在已经开始的关于妇女权利的谈话中，婚姻权利的不平等是一个不便在太太们面前涉及的微妙问题。彼斯卓夫在吃午饭时几次提到这类问题，但是被谢尔盖·伊万诺维奇和斯捷潘·阿尔卡杰奇小心翼翼地引开了。

当大家都已经从餐桌上站起来，而且太太们都出去了的时候，彼斯卓夫没有跟她们走，他转过身子对着阿列克谢·亚历山大罗维奇，说了婚姻权利不平等的原因。按照他的看法，夫妻间的不平等，在于法律和社会舆论对妻子的不忠和丈夫的不忠惩罚的不平等。

斯捷潘·阿尔卡杰奇赶紧来到阿列克谢·亚历山大罗维奇跟前，请他抽烟。

"不，我不抽烟。"阿列克谢·亚历山大罗维奇平静地回答，仿佛有意要表明他不怕这类谈话，他带着冷冰冰的微笑转身面对彼斯卓夫。

"我认为这种观点的基础，在于事实本身。"他边说边往客厅走；但这时屠洛甫岑突然出人意料地转身对阿列克谢·亚历山大罗维奇说起来。

"而您听说普里亚契尼科夫的事儿了吗？"屠洛甫岑说，他喝过香槟酒兴奋了，早在等待机会打断自己尴尬的沉默。"瓦夏·普里亚契尼科夫，"他湿润绯红的嘴唇上挂着善良的微笑，首先对着主要的客人阿列克谢·亚历山大罗维奇说，"今天人家对我说，他到特维尔去与克甫莯克决斗，并把他打死了。"

就像总感到人家故意往你疼处捅一样，这时斯捷潘·阿尔卡杰奇也感觉到真糟糕，今天每分钟都能触到阿列克谢·亚历山大罗维奇的疼痛处。他再次想把妹夫引开，但阿列克谢·亚历山大罗维奇自己好奇地问：

“普里亚契尼科夫为什么决斗？”

“为了妻子。干得像个男子汉！提出挑战并把人打死了！”

“啊！”阿列克谢·亚历山大罗维奇冷冷地说，并扬起眉毛进客厅去了。

“我真高兴，您来了，”在客厅过道迎接的陀丽，露出惊喜的微笑对他说，“我需要和您谈谈。我们坐在这里吧。”

阿列克谢·亚历山大罗维奇还是扬起眉毛，显出那种无所谓的表情，在达丽娅·阿列克山德罗夫娜旁边坐下来，装出微笑的样子。

“再说，”他说，“我也要请您原谅，并向您告辞。我明天要走了。”

达丽娅·阿列克山德罗夫娜坚信安娜是无辜的，面对这个冷酷无情和这么心安理得地有意要毁了自己无辜的朋友的人，她气得脸色苍白，嘴唇发抖。

“阿列克谢·亚历山大罗维奇，”她非常坚决地盯住他的眼睛说，“我问过您安娜的情况，您没有回答我。她怎么了？”

“她好像身体不错，达丽娅·阿列克山德罗夫娜。”阿列克谢·亚历山大罗维奇回答时，眼睛并没有看她。

“阿列克谢·亚历山大罗维奇，原谅我，我没有权利……可是，我像姐妹一样爱安娜，尊敬安娜，我请您，求您告诉我，你们之间是怎么回事？您怪她哪一点呢？”

阿列克谢·亚历山大罗维奇皱了皱眉头，几乎闭上眼睛，低下了头。

“我相信您丈夫已经把我同安娜·阿尔卡杰耶夫娜的关系必须改变的原因转告给您了。”他说这番话时不但没有看她的眼睛，还不高兴地看了正穿过客厅的舍尔巴茨基一眼。

“我不相信，不相信，我没法相信这事儿！”陀丽暗暗捏紧自己消瘦的手指，做出一个使劲的动作说。她迅速站起来，把自己的一只手放在阿列克谢·亚历山大罗维奇的袖口上。“这里不方便。我们到这边来，请吧。”

陀丽的激动对阿列克谢·亚历山大罗维奇起了作用。他站起来并顺从地跟她来到孩子们学习的房间里。他们在一张桌子旁边坐下来，桌子上铺着一块被削铅笔刀划破的染布。

“我不相信，不相信这事儿！”陀丽说着，同时竭力捕捉他那躲避的目光。

“不能不相信事实，达丽娅·阿列克山德罗夫娜。”他说，对事实一词加强了语气。

“可是她究竟干了什么？”达丽娅·阿列克山德罗夫娜说，“她究竟干了什么呢？”

“她蔑视自己的责任而背叛了自己的丈夫。这就是她干的。”他说。

“不，不，不可能！不，看在上帝的分儿上，是您弄错了！”陀丽说着，双手摸摸自己的鬓角并闭起了眼睛。

阿列克谢·亚历山大罗维奇用嘴唇冷冷地微笑了一下，同时想向她及他本人显示自己信念的坚定性；但是这种热烈的辩护虽然没有使他发生动摇，却触痛了他的伤口。他以炽烈的口气说起来。

“当妻子亲口那样对丈夫宣告的时候，是很难会错的。她宣称八年来的生活和儿子，这全都是错误，而且她要从头开始生活。”他鼻子哼了一下，生气地说。

“安娜与罪过——我无法把它们联结在一起，我无法相信这事儿。”

“达丽娅·阿列克山德罗夫娜！”他说。这时，他直视了一眼陀丽那张善良、激动的脸，感到自己的舌头已经不知不觉地松开了。“只要还有怀疑的可能，我就会珍惜的。当我怀疑的时候，心情是沉重的，但比现在要轻松些。当我怀疑的时候，那还有希望；而现在，没有希望了，不过我还是怀疑一切。我如此怀疑，甚至憎恶自己的儿子，有时候甚至不相信这是我的儿子。我真不幸。”

他用不着说这些话。在他看着她的脸时，达丽娅·阿列克山德罗夫娜就明白了这一点。她开始可怜他，对自己的好朋友是否无辜的信念也开始动摇了。

“啊！这真可怕，真可怕！不过，您决定离婚，难道这是真的？”

“我决定采取最后的措施。我也没有别的办法了。”

“没有办法，没有办法……”她说，两只眼睛噙满了泪水，“不，不是没有办法！”她说。

“这也正是这种痛苦的可怕之处，它不像任何别的痛苦——丧偶、死亡，可以背十字架忍受，而这事儿需要采取行动，”他说，好像在猜度她的想法，“应当走出人家给设置的屈辱处境：总不可能三个人共同生活在一起吧。”

“我明白，我很明白这种情况。”陀丽说着，垂下了头。她不做声了，她在想自己，想自己的家庭痛苦，然后猛一下抬起头，双手做出恳求的姿势：“但是您等等！您是个基督徒。您要为她想想！如果您抛弃了她，她会怎么样？”

“我想了，达丽娅·阿列克山德罗夫娜，而且想了很久。”阿列克谢·亚历山大罗维奇说。他的脸上泛起红晕，一双混浊的眼睛直视着她。达丽娅·阿列克山德罗夫娜这时已经全身心地可怜他了。“她亲口向我宣告我的耻辱以后，我就这么做了，我提出一切照旧。我给了她改正的机会，竭力要挽救她。可是能怎么样呢？她不履行最起码的要求——保持体面，”他愤愤地说，“可以挽救一个不想毁灭的人，但如果整个本性这么坏，这么堕落，会觉得死亡本身是一种摆脱，那还有什么办法？”

“怎么都行，只是不要离婚！”达丽娅·阿列克山德罗夫娜回答。

"'怎么都行'是什么意思?"

"不,这真可怕。她将变成一个谁的妻子都不是的女人,她会毁灭的!"

"可是,我有什么办法?"阿列克谢·亚历山大罗维奇耸耸肩膀和扬扬眉毛说。回想到妻子最近的一次行为是这么使他恼火,以至于他又变得冷淡起来,就像谈话开始时那样。"我很感激您的关心,不过我该走了。"他说着,欠身起来。

"不,您等等!您不该毁了她。您等等,我要对您说说自己的情况。我嫁了人,而丈夫欺骗了我;在气头上,我妒忌,想抛弃一切,我想自己一个人……但我清醒过来了。是谁呢?是安娜救了我。而且瞧,我现在照旧生活着。孩子们在长大,丈夫回到了自己家里并感到自己错了,正在变得规矩些,正派些,我也这样生活着……我宽恕了他,您也应该宽恕她!"

阿列克谢·亚历山大罗维奇听着,但她的话已经对他不起任何作用了。决定离婚那天的全部愤恨又重新涌到了他心头。他身子抖擞了一下仿佛抖落掉了什么似的,用响亮刺耳的声音说:

"我不能也不想宽恕她,而且我认为那样做是不公正的。为了这个女人,我已经做到仁至义尽了,她却把一切都踩在她所喜欢的污泥里。我不是个恶人,我从来没有憎恨过任何人,但对她,我打从心底里憎恨她,而且我不能饶恕她,因为她对我犯下的全部罪过,我恨透了她!"他说,愤恨的泪水都把嗓子哽住了。

"可以爱憎恨您的人……"达丽娅·阿列克山德罗夫娜怯生生地说。

阿列克谢·亚历山大罗维奇轻蔑地冷冷一笑。这话他早就知道,但是这不适用于他的情况。

"可以爱憎恨您的人,但是爱您憎恨的人却办不到。请原谅,我让您伤心了。每个人都有自己难言的痛苦!"接着,阿列克谢·亚历山大罗维奇冷静了下来,他振作精神,平静地告辞离开了。

十三

大家都从餐桌上站起来的时候，列文想跟着吉蒂到客厅里去，但他害怕这样太过于明显地向她献殷勤，会使她感到不愉快，于是便留在男宾圈里参加大家的讨论。他虽然没有去看吉蒂，却能感觉到她的一举一动，她的目光及她在客厅里的位置。

他现在已经毫不费劲儿地在履行对她的许诺了——永远不把所有的人往坏处想，永远爱所有的人。大家在谈论公社，彼斯卓夫认为公社具有特殊的原则，他把它称之为“合唱原则”。列文却不同意彼斯卓夫，也不赞成哥哥那种对俄罗斯公社的意义既承认又不承认的独特态度。但是，他发表的意见都竭力使他们调和，缓和他们的争辩。他对自己说的话没有丝毫兴趣，对他们的话兴趣更小，而只希望一点——让他们及大家都觉得舒心愉快。这时他知道，重要的只有一点。而这一点，起初在客厅那边，然后开始移动，停留在门边上了。他没有转身却又不能不转过身去，因为他感觉到了倾注在自己身上的那目光和微笑。她正和舍尔巴茨基一起站在门边上，看着他。

“我还以为您要过去弹钢琴呢，”他走到她身边说，“瞧，我觉得乡下缺少一样东西：音乐。”

“不，我们过来只是想找您，并谢谢您，”她说着，露出像赏给他礼物似的微笑，“因为您过来了。为什么要喜欢争论呢？要知道，谁也说服不了谁。”

“对，真的，”列文说，“大部分往往是，争论得激烈只因为怎么也不明白对方要证明的是什么。”

列文常常注意到在一些最聪明的人之间，争论时双方会煞费心思运用大量巧妙的逻辑，最后他们终于意识到自己千方百计向对方证明的东西，老早老早，从争论一开始时大家就已经明白了，但他们喜欢各执一词，而又不愿意直说，以防被对手击败。他常常感受到，争论中有时会发现对方喜欢的东西你自己突然也喜欢起来并立刻表示同意，结果所有的论据都成了根本就不需要似的多余的部分；而有时候则恰恰相反：你终于说出自己所好并为它设想了种种理由的时候，因为你说得那么真诚而恳切，并因此而打动了对方，对方也同意了，不再争论。这也就是他想说的话。

她皱起眉头，努力想听明白。但只要他一开始解释，她也就已经明白了。

“我知道：应当弄清楚人家为什么争论，他喜欢什么，那时才可以……”

她完全猜到并表达了他表达得不清的意思。列文高兴地微微笑了笑：从彼斯卓夫及哥哥那种杂乱而大费口舌的争论到如此简单明了得几乎不说话就表达了最复杂的思想，这种转换，使他大感惊讶。

舍尔巴茨基从他们身边走开了，吉蒂便走到一张摆着纸牌的桌子旁边坐下来。她拿起一截粉笔，在绿色的彩桌布上向他画起渐渐扩大的圆圈来。

他们又继续讨论午餐时谈到的那些问题：关于妇女的自由和事业。列文是同意达丽娅·阿列克山德罗夫娜的意见的，认为一个没有结婚的姑娘应当在家庭中找到自己女人家的事儿做。他以此来证实这一点，即任何一个家庭都不能没有个女帮手，无论贫富，每个家庭都有而且应该有雇来的人或亲属做保姆。

“不，”吉蒂说，她涨红了脸，却因此更大胆地以一双诚恳的眼睛注视着他，“一个姑娘刚过门，难免不受屈辱，而她自己……”

他明白她的意思了。

“噢，对！”他说，“对，对，对，您是对的您是对的！”

因为看出了吉蒂心中一个未婚女子的担心和屈辱，所以一下就明白了吃午饭时彼斯卓夫关于妇女自由的一番话，他爱她，也感觉到了这种担心和屈辱，立刻放弃了自己的论据。

接着是一阵沉默。她一个劲儿地用粉笔在桌子上画着。她的眼睛闪烁出平静的亮光。顺着她的心情，他感到自己浑身都充满越来越浓烈的幸福。

“啊呀！我把整个桌面都涂满了！”她说着，放下粉笔头，做了个好像要站起来的动作。

“没有她，我一个人留下怎么好呢？”他惊恐地想，也拿起粉笔。“您等等，”他说着，靠桌子坐下来，“我早就想问您一件事情。”

他直视着她那双亲切而显然是惊恐的眼睛。

“请您问吧。”

“瞧。”他边说边写了几个词开头的字母：к，в，м，о：э，*н*，*м*，б，з，л，э，н，и，т？这些字母的意思是：“当您回答我说‘这不可能’时，指的是永远还是当时？”要她猜出这个句子看来是很困难的，大概几乎不可能；但他瞧着她的那副样子，正好像自己的生命就在于她是否明白这些词儿。

她严肃地瞅了他一眼，然后便用一只手靠着皱起前额，读起来。时不时地她偶尔瞅瞅他，用目光在探问他：“我这样想对吗？”

“我明白了。”她说，脸红了。

“这是个什么词儿？”他指着表示永远的字母 Н 说。

“这个词儿的意思是永远，”她说，“可那不是真的！”

他立刻把自己写的字母抹掉，把粉笔交给她并站起来。她写道：т，я，н，м，и，о。

陀丽看到这两个人的样子，和阿列克谢·亚历山大罗维奇的谈话带给她的痛苦完全平息了：吉蒂手拿粉笔，带着幸福而羞怯的微笑，抬头看着列文，而他那俊美的身子正伏在桌子上，用一双热烈的眼睛，一会儿注视着桌子，一会儿注视着她。他突然变得容光焕发：他明白了。这意思是：当时我不能不那样回答。

他询问而羞怯地瞧了她一眼。

“只在那时候？”

“是的。”她的微笑作了回答。

“可是现……可是现在呢？”他问。

“这个啊，您来读一读。我要把心里盼望的说出来。心里很盼望的！”她写下了开头的几个字母：ч，в，м，з，и，п，ч，б。这意思是：“只要您能忘掉并宽恕过去的事儿。”

他用紧张得哆嗦的手指抓起粉笔，折下一截写了以下几个开头的字母：“我没有什么要忘记和宽恕的，我没有停止过爱您。”

她用一种久久的微笑瞧着他。

“我明白了。”她声音低低地说。

他坐下来写了一个长长的句子。她全都明白了，因此没有问他：是这样吗？拿过粉笔立刻作了回答。

他久久不能明白她写的内容，并时不时地看看她的一双眼睛。他幸福得不知怎么好了。他怎么也猜不出她写的那几个字母的含意；但从她那双洋溢着幸福的极妩媚动人的眼睛里，他明白了自己需要明白的一切。接着，他写了三个字母。但他还没有写完，她就已经读出他的手正在写的字了，还自己把它写完，并写下回答：

“对。”

“你们在玩什么秘密①呢？”走到旁边的老公爵说，“我们该走啦，如果你想赶上去剧院的话。”

列文站起来，陪吉蒂到门口。

在他们的谈话里，全都说了；说了她爱他，而且还要告诉父亲和母亲，他说他明天早上来。

十四

吉蒂走后，列文一个人留下了。这时，他感到没有她在，自

① 原文为法语。

己是这么不安，而且是这么急不可耐地等着明天早晨尽快到来，到时候他将见到她并和她永远结合在一起，他还对自己在没有她的陪伴下将度过的这十四个小时惊恐得像要死去一样。为了不一个人待着混时间，他必须找个什么人说说话。斯捷潘·阿尔卡杰奇本来可以做他最愉快的谈伴的，可是他要走，他自己说是去出席晚会，其实是去看芭蕾舞。列文只来得及告诉他自己很幸福，自己爱他，并永远永远忘不了他为他做的事情。斯捷潘·阿尔卡杰奇的目光和微笑向列文表明，他完全理解这种感情。

“怎么，不到死的时候吧？”斯捷潘·阿尔卡杰奇说，同时非常感动地握握列文的一只手。

“不——！”列文说。

达丽娅·阿列克山德罗夫娜和他告别时，也好像祝贺他似的说：

“我真为您和吉蒂重新见面感到高兴，应当珍惜旧日的友谊。”

达丽娅·阿列克山德罗夫娜的这些话，却使列文感到不愉快了。她没法明白这一切有多么高尚和多么无法理解，再说她本不该敢提到这事儿。

列文和他们告别过了，但为了不至于一个人留下，就缠住自己的哥哥。

“你上哪儿？”

“我去出席会议。”

“那，我和你一起去，行吗？”

“干吗不？我们走，”谢尔盖·伊万诺维奇微笑着说，“今天你怎么了？”

“我？我太幸福了！”列文一边说，一边拉开他们乘坐的轿式马车的窗子，“你不要紧吧，不然有点儿气闷。我太幸福了！你为什么总也不结婚呢？”

谢尔盖·伊万诺维奇微微笑了笑。

“我很高兴，她好像是个出色的……”谢尔盖·伊万诺维奇开始说。

“你别说，你别说，你别说!”列文叫嚷起来，同时用双手抓住他的皮袄领子并把他捂上。“她是个出色的姑娘”是一句这么普通、俗气的话，和自己的感觉太不符合了。

谢尔盖·伊万诺维奇开心地哈哈大笑起来，就他来说，这是少有的。

“不过，总可以说我为此感到高兴吧。”

“这可以到明天，到明天，而现在，再也不要说话了！再也不，再也不，闭上嘴巴!”列文说着，再一次地用皮袄捂住他补充说，“我很爱你！怎么，我可以去参加会议?”

“当然可以。”

“今天你们要讨论什么?”列文询问道，同时不停地在微笑。

他们来到了开会的地方。列文听到书记正结结巴巴在念那显然他自己也不明白的记录，但是列文从书记的脸上看出他是个可爱、出色和善良的人。这一点，从他宣读记录时那种慌张和不好意思的样子一看就清楚了。然后，发言开始了。他们在争论某些数目的扣除及铺设什么管道的问题，谢尔盖·伊万诺维奇还指责两位委员并得意扬扬地对什么事儿说了好久；接着，另一位委员在纸上写了点什么，开始有点儿胆怯，而然后又辛辣又讨好地对他作了回答。然后，斯维亚什斯基（他也在这里）也很漂亮而高雅地说了些什么。列文听着并清楚地看到，无论是这些扣除的数目或管道，什么事情也没有，他们也完全没有生气，这都是些很善良、出色的人，他们之间关系也是十分美好并让人喜欢的。他们互不妨碍，而且大家都感到愉快。对列文来说，最妙的是他今天把每个人都看得一清二楚，而且根据一些细小的原来毫不起眼的特征就使他看出每个人的心灵，清楚地看出他们大家都是好人。特别是对列文，他们今天都怀有好感。这一点，从他们和他的谈话上就看得出来，甚至连一些不认识的人也都这么亲切、友好地看着他。

“啊，怎么样，你满意吗？”谢尔盖·伊万诺维奇问道。

“很满意。我怎么也没有想到，这是这么有趣！真好，好极了！”

斯维亚什斯基走到列文跟前，叫他到他那儿去喝茶。列文怎么也没法明白和回忆起来，自己对斯维亚什斯基有什么不满，对他有什么要求。他是个聪明和善良得出奇的人。

“很高兴。”他说，并问起他妻子及小姨子的情况。因为在他的脑子里，关于斯维亚什斯基妻妹的想法总是和婚姻相联系的，因此他认为向谁也没有比向斯维亚什斯基的妻子和姨妹讲述自己的幸福更好的了；于是，他就很高兴地到他家去了。

斯维亚什斯基向他详细打听在乡村的事儿，还像从前那样，认定在欧洲都没有见过的东西在俄罗斯也不可能有。但是现在，这一点儿也没有使列文感到不愉快。相反，他倒觉得斯维亚什斯基是对的，所有这些都微不足道，还发现斯维亚什斯基有意不把自己的正确意见说出来，他为人厚道而温和体贴。列文仿佛感到，他们全都已经知道了，还同情他，他们没有说只是出于礼貌。他在他那里坐了一个、两个、三个小时，谈论各种各样的问题，他只注意到充满他心灵的一件事儿，却不曾注意自己已经使人家困倦得要命，人家早就该睡觉了。斯维亚什斯基打着哈欠把他送到前厅时，直为自己的朋友这种异样的情绪感到吃惊。已经一点多钟了。回到宾馆后，列文一想到自己还要一个人度过剩下漫长的十小时，便感到可怕。值班的仆人给他点燃了蜡烛就想走，但被列文留住了。这个列文以前没有注意的仆人叶戈尔，原来是个聪明的好人，心地十分善良。

“啊，叶戈尔，不睡觉难过吗？”

“有什么办法？这是我们的责任。在老爷家里干活儿轻松一点儿，而且这里给的钱多呀。”

原来叶戈尔有一家子，三个儿子和一个做裁缝的女儿，他想把女儿嫁给马具铺的掌柜。

列文向叶戈尔讲了自己的想法，认为婚姻中主要的是爱情，有了爱情就会永远幸福，因为幸福全在自己身上。

叶戈尔仔细地聆听了，而且显然完全明白列文的意思，但在肯定列文的思想时突然出乎意料地提到，他在好的主人家干活儿时总对自己的主人感到满意，而现在他的主人虽然是个法国人，他也感到满意。

“一个善良的好人。”列文想。

“那么，叶戈尔，你结婚时爱自己的妻子吗？”

“怎么不爱呢？”叶戈尔回答。

列文发现，叶戈尔也兴奋起来了，他想把内心的真实感觉说出来。

“我的生活也很美满。我从小……”他眼睛闪闪发亮地开始说，显然是受了列文兴奋的感染，就像人们打哈欠互相感染一样。

但这时候铃声响了，叶戈尔走了，剩下了列文一个人。午宴时他几乎什么也没有吃，斯维亚什斯基请喝茶和吃晚饭，他谢绝了，他不会去想吃晚饭的事儿。昨晚他一夜没有睡觉，此刻他依然不想睡。房间里很凉，但他感到热。他把两个通风小窗都打开了，并坐在正对面。积雪覆盖的房顶上露出一个带链子和雕花的十字架，它的上空——那是升得高高的御夫星座，三角形，伴着一颗黄灿灿、明亮的五车二星。他一会儿看着十字架，一会儿看着星星，呼吸着均匀吹入房里的清凉的新鲜空气，并好像在做梦似的追逐着脑海里浮现的一连串形象和回忆。三点多钟时，他听到走廊里有脚步声，便往门外看了看。原来是赌棍密亚斯京从俱乐部回来了。他皱着眉头，神情阴郁地边走边咳嗽。“一个可怜、不幸的人！”列文想。因为爱情及对这个人的怜悯，泪水涌到他眼睛里。他想和他谈谈，安慰安慰他，但一想自己只穿着件衬衫，又改变了主意，重新坐到通风小窗口边上，尽情享受这冷冷的空气，观赏这沉默不语而对他来说充满意义的十字架，还有那颗正在上升的黄亮的星星。六点多钟时，地板打蜡工开始干活儿了，祷告的钟声开始响起来了，列文也开始感到有点儿打哆嗦。他关上一扇通风小窗，洗了脸，穿好衣服，上街去了。

十五

街上还是空荡荡的。列文向舍尔巴茨基家走去。门关着呢，大家都还在睡觉。他往回走，又来到自己房间里，要了杯咖啡。一位值白班的仆人——已不是叶戈尔了——把咖啡送来了。列文想和他聊聊，但他被铃声呼走了。列文试着喝咖啡，并把一块白面包圈放进嘴里，可嘴巴居然不知道拿面包怎么办。列文把面包吐了，穿上大衣，又出去了。他再次来到舍尔巴茨基家的大门口时，已经九点多了。他们家里的人刚刚起来，厨师出去买菜了。至少还得等两个小时。

这一夜和整个早晨，列文一直昏昏沉沉，有一种完全超脱了物质生活的感觉。他整天不吃，两夜没有睡觉，脱了衣服好几小时待在寒冷之中，还感到从没有过的清新和健康，而且觉得自己好像完全独立于躯体之外了，他毫不费劲儿地活动着筋肉，仿佛什么事情都能办成。他相信，如果需要的话，可以飞往高处或搬动房子的一个角落。他在街上漫步来消磨剩下的时间，不断地看看表，又环顾四面八方。

而他当时看到的景象以后再也没有看到过。特别是去上学的孩子们，几只从房顶飞到人行道上的瓦灰鸽，还有令他心动的小圆形面包，那上面被一只看不到的手撒满了粉末。这些小圆形面包、鸽子和两个小男孩，仿佛都不是尘世之物。所有这一切都发生在同一时间：一个男孩跑到一只鸽子旁边，他微微笑着看看列文；鸽子拍拍翅膀，在阳光照耀的空中闪烁着抖落下碎雪屑飞走了，小窗口里散发出一股烤好的面包香味，摆出了几个小圆形面包。所有这些合在一起是那么不寻常的美好，以至于列文都笑起来了，他高兴得流出了眼泪。顺着报纸胡同及基斯洛夫卡绕了个大圈儿，他又回到了宾馆，把表放在自己面前，坐着等待十二点钟到来。隔壁一间房里在谈论什么机器和欺骗的事儿，还有早晨刚醒来的咳嗽声。他们不知道，时针已接近十二点。十二点钟，列文来到了大门口。出租马车夫们显然都知道这一切。他们都带着幸福的笑脸向列文围上来，争先恐后，兜揽生意。列文尽量不使另一些出租马车夫不舒服，并答应以后也会坐他们的车，就坐上一辆，吩咐到舍尔巴茨基家。出租马车夫显得很潇洒，长外衣里露出贴住红润结实的脖子的白衬衫领子。这位出租马车夫的雪橇又高又灵活，后来列文再也没有乘坐过这样好的雪橇。马儿也好，它拼命奔跑，却平稳地如履平地。出租马车夫认得舍尔巴茨基家，因此对乘客特别恭敬，他挥鞭画了个圆圈儿并叫了声“吁！”便停在了大门口的台阶旁边。舍尔巴茨基家的看门人应该全知道了。这一点，从他一双眼睛的微笑和听他说话的口气就可以看出来。

“啊，好久没有来了，康士坦丁·德米特里奇！”

他不但知道了一切，显然还非常高兴，却又掩饰自己的喜悦。看到他那双苍老可爱的眼睛，列文甚至还明白了在自己的幸福里有一种新的东西。

“他们起来了吗？”

“您请进！那个放在这里吧。”当列文想回头拿礼帽的时候，他笑眯眯地说。列文这样迟疑是有道理的。

“您吩咐禀报哪一位？”仆人问。

仆人虽说年纪很轻，而且是个新来的，穿得像个花花公子，但是亲切、善良，他也知道了这一切。

“公爵夫人……公爵……公爵小姐……”列文说。他见到的头一个人，是莉侬小姐。她正穿过大厅，那一绺绺鬈发和脸都焕发着光彩。他刚开口和她说话，突然听到门里传出裙子的沙沙声，莉侬小姐随即从列文的眼里消失了，他的心头涌起一种幸福临近的欢乐的恐惧。莉侬连忙撇下他，向另一扇门走去。她一出去，嵌木地板上响起一阵急促而轻盈的脚步声，于是他的幸福，他的生命，他自己——比他自己本身更美好的东西，那种寻找和盼望了这么久的东西，一下子就靠近了他。她不是在走，而是被一种无形的力量带到他的身边。

他只看到她那双明亮而真诚的眼睛，像他内心一样，那双洋溢着爱情幸福感的又惊又喜的眼睛。这双眼睛越来越近了，它们的爱情之光使他头晕目眩。她在他身边停下来，接触到了他。她举起双手，把它们放在他的肩膀上。

她做了自己所能做的一切——她向他奔跑过来，羞怯又欣喜地把自己全交给了他。他拥抱她，把嘴唇贴到她等着他亲吻的嘴唇上。

她也整整一夜没有睡，整个早上都等着他。母亲和父亲毫无异议地同意了，他们为她的幸福感到幸福。她等着他。她要亲自对他宣布他俩的幸福。她准备好了单独迎接他，并为这一想法而兴奋不已。她既胆怯又害羞，连她自己也不知道该做些什么。她听到了他的脚步声和说话声，她躲在门里边一直等着莉侬小姐离开。莉侬小姐走了。她不假思索、毫不迟疑地走到了他身边，并做了自己刚才做的事情。

“我们到妈妈那里去吧！”她拉起他的一只手说。他久久地什么话也说不出来，与其说是怕说话会亵渎自己崇高的感情，不如说因为每当他想说点儿什么的时候，总感到代替说出的话的是涌出的幸福的眼泪。他拉起她的一只手，吻了吻。

“难道这是真的？”他终于用低沉的声音说，“我没法相信你爱我！”

她对这个“你”及他瞧着她时的那副羞怯样子微微笑了笑。

“是真的！”她认真而缓慢地说，“我真幸福！”

她放下他的手，走进了客厅。公爵夫人见到他们俩，呼吸加快了，她立刻哭了又笑了，迈着列文意想不到的那么有劲的步子，朝着他们奔了过来，抱住列文的脑袋吻了吻。她的泪水弄湿了他的面颊。

“一切就这么定下了！我很高兴。你要爱她。我很高兴……吉蒂！”

“干得真快啊！”老公爵竭力做出一副不关心的样子说；不过列文注意到，他转过来对着他的时候，一双眼睛是湿的。

“我老早就盼着这事儿！”他边说边拉起列文的一只手，并要他到自己跟前来，“我还在这轻浮的孩子胡思乱想的时候就……”

“爸爸！”吉蒂叫起来，立刻用双手捂住他的嘴巴。

“好，我不！”他说，“我非常……非常……高……啊！我真傻……”

他拥抱吉蒂，吻她的脸、手，再吻脸，并给她画了个十字。

当看到吉蒂那么长久而温柔地吻老公爵一只胖乎乎的手时，列文突然对这位以前不熟悉的老人产生了一种亲切的感情。

十六

公爵夫人坐在靠背椅上，默默地微微笑着，公爵在她身边坐下来。吉蒂站在父亲的靠背椅一边，仍没有放开他的手。大家都沉默着。

公爵夫人头一个开口说出她的想法，又从所有的想法和感情转到实际的问题。一开始大家都觉得别扭，甚至还有点儿苦恼。

“什么时候呢？应当通知大家。还有，什么时候举行婚礼？你怎么想，亚历山大？”

“听他的，”老公爵指着列文说，“他在这里是主要人物。”

“什么时候？”列文红了脸说，“明天。你们要是问我，那依我看，今天祝福，明天举行婚礼！”

“啊，得了吧，我亲爱的[1]，傻话！”

“那，过一个星期。”

“他真是个疯子。”

“不，为什么啊？”

“啊，算了！”母亲看他这性急劲儿，高兴地微笑着说，“那么，陪嫁呢？”

“难道还有陪嫁吗？”列文可怕地想，“而其实，难道陪嫁和祝福，所有这一切——这难道会破坏我的幸福？什么也破坏不了！”他瞅了一眼吉蒂，发现她一点儿也没有为陪嫁而烦恼。“可见，这是应该的。”他想。

“其实我什么都不懂，我说的只是自己的愿望。”他抱歉地说。

“那我们再商量吧。现在可以订婚和通知大家了。那就这样吧。”

公爵夫人走到丈夫跟前，吻了他一下，要走；但他拉住她，温柔得像年轻的恋人似的，他们拥抱了好几次，公爵还笑眯眯地吻了吻她。两个老人看样子是一时糊涂了，不大清楚今天是他们俩在重新恋爱还是他们的女儿在恋爱。公爵和公爵夫人出去后，列文来到自己的未婚妻跟前，拉住她的一只手。他现在已经镇静下来了，而且，他还有许多话要对她讲。可是，他说的完全不是他所想说的话。

“正如我所知道的，这事情一定会这样！我从来也不敢指望，但我心里一直相信，”他说，“我相信，这是缘分。”

“而我呢？”她说，“甚至在那时候……”她停下来又继续说，同时用自己那双眼睛真挚而毅然地望着他，“甚至当我把幸福从自己身边推开的时候。我一直只爱您一个。不过我受过迷惑。我应当说……您能忘了这事儿吗？”

---

① 原文为法语。

“也许这样更好。在许多方面您应该原谅我。我应当对您说……”

这是他决定要对她说的事情之一。从头一天起，他就决心告诉她两件事情——一件，他没有像她那么纯洁；另一件，他是个不信教的人。这是很痛苦的，但他认为这两件事情都应当说出来。

“不，不要现在，以后！”他说。

“好，以后，但您一定要说。我什么都不怕。我全都要知道。现在就可以说。”

他接着说道：

“好的，那以后说吧。但是不管我是个什么样的人，您都要我，都不会拒绝我？对吗？”

“对，对。”

他们的谈话被莉依小姐打断了，她是来给自己的学生道喜的，露出虽然是假装但却是温柔的微笑。她还没有出去，仆人们一个个进来祝贺。然后亲戚们也来了，于是便开始了那种非常幸福的忙乱，直到结婚第二天，列文才摆脱这种忙乱。列文经常有一种不自在的无聊的感觉，但是幸福感也在不断增强，而且越来越强烈。他常常觉得人家对他的要求很多，但是究竟要求什么自己却不知道；不过人家对他说的，他全照办了，而且这一切都使他感到幸福。他曾想使自己的亲事与别人决然不同，认为办亲事通常那些条件会损害他那特别的幸福；而结果，自己做的与别人完全一样，而且他的幸福感不断增强，变得越来越特别，仿佛相似的情形，过去和现在都不曾有过。

“现在，我们要吃糖啊。”莉依小姐说，于是，列文就买糖去了。

“啊，很高兴，”斯维亚什斯基说，“我建议，花束您要买福明家的。”

“这需要吗？”于是，他就上福明花铺。

哥哥对他说，应该借些钱，因为需要很多开销，礼品……

“需要礼品吗?”他于是奔富尔德家。

不论是在糖果店、福明花铺和富尔德礼品店，他都看到人家在等候他，大家都和他这几天所打交道的所有人一样乐于见到他，并且祝福他幸福。不同寻常的是，大家不仅喜欢他，而且就连以前不喜欢他的、冷淡的和漠不关心他的一些人，也在赞美他和顺着他，还体贴入微地尊重他的感情，并且同他一样相信，他有世界上最完美的未婚妻，认为他是世界上最最幸福的人。吉蒂感觉到的，也一样。诺尔德斯顿伯爵夫人冒昧地暗示她希望有个更好一点儿的对象时，吉蒂是那么生气，并且断然地说，世界上不可能有比列文更好的人；结果，诺尔德斯顿伯爵夫人只得承认这一点，而且，凡是吉蒂在场的时候，她碰到列文都不得不以赞赏的笑脸相迎。

他答应向她坦白自己的秘密，在当时是一件沉重的事情。他和老公爵商量，得到他的允许后把自己的日记交给了吉蒂，那里记着他的忏悔。他当时记这日记，也是想有朝一日给未婚妻看的。折磨他的有两件事情：他丧失了童贞和不信教。承认不信教的事儿，没有引起注意就过去了。她是信教的，从来不怀疑宗教的真理，但他形式上的不信教甚至丝毫没有触动她。她借由爱情了解他的整个心灵，而在他的心灵里，她见到了自己所希望的那种东西，至于这样的心灵状况被称做不信教，她觉得这无所谓。他承认的另一件事情，却使得她痛苦地哭了。

列文把自己的日记交给她，不是没有内心斗争的。他知道自己和她之间不能也不该有秘密，因此才决定这么做，但对这样做会产生什么作用，他心中无数，他没有设身处地地替她考虑过。只有那天晚上去剧院以前，他到他们家来，走进她的房间，看到了她那张哭过的、可怜和可爱的脸蛋时，他才明白把自己丢人的过去和她鸽子般的纯洁隔开的那道鸿沟；他给她带来苦恼，造成无法挽救的痛苦，他为自己曾经干下的事情感到害怕起来。

“您拿走，把这些可怕的本子拿去!”她边说边推开桌子上那些日记本，“您干吗把它们给我！……不，这样也好些，”她补充说，同时看到他的绝望的脸，又怜惜起来，“但这真可怕，可怕！”

他低下了头，沉默着。他没有什么可说的。

“您不能原谅我。”他声音低低地说。

“不，我原谅了，但是，这真可怕！”

然而，他的幸福是那么巨大，以至于这一承认并没有损害它，反而给它增添了新的色彩。她原谅他了，但从此他更认为自己配不上她，道德上在她面前更低人一等，也就更加珍惜自己不配得到的幸福。

十七

阿列克谢·亚历山大罗维奇返回自己的单身客房里，不由自主地回忆着吃午饭及午宴后的谈话内容，达丽娅·阿列克山德罗夫娜说到宽恕，在他心中只引起了懊恼。基督教教规是否适用于他的情况，这是个大难题，没法说明白，而且阿列克谢·亚历山大罗维奇对这个问题早已作出否定的解答。在大家说过的话里，最使他铭记在脑海里的是愚蠢而善良的屠洛甫岑的那些话：干得像个男子汉，提出决斗并把人打死了。显然大家都同情这样做，尽管出于客气没有这么说。

“其实，这事儿已经结束了，没有什么好考虑的了。”阿列克谢·亚历山大罗维奇对自己说。于是，他开始一心只想着面临的出差和检查工作的事，他走进房间，并问陪他进来的守门人，他的仆人在哪里；守门人说，仆人刚出去。阿列克谢·亚历山大罗维奇吩咐上茶，靠桌子坐下来，并拿起弗鲁姆[①]，开始考虑行程。

---

① 宾馆里旅行指南一类的东西。

“两份电报，”回来的仆人边进门边说，“请原谅，大人，我刚出去一会儿。”

阿列克谢·亚历山大罗维奇拿起电报，拆开了。头一份电报是宣布任命斯特列莫夫担任卡列宁想得到的那个职位。阿列克谢·亚历山大罗维奇扔下这份电报，涨红了脸，站起来，在房里来回走着。“*上帝欲要使人灭亡，必先使其疯狂*。”①他说，所谓*某个人*②，当然是指对这次任命起了作用的人。他倒不是因为自己没有得到这个职位而烦恼，也不是因为他被忽视了；而是他弄不明白并感到奇怪，他们怎么没有看出来斯特列莫夫是个夸夸其谈、爱说大话的家伙，让谁担当这个职务都比他更能胜任。他们怎么会看不出来，提出这项任命会毁了他们自己和自己的*声誉*③！

“又是这种事情吧。”他一面气冲冲地自言自语，一面打开第二份电报。是妻子发来的。蓝铅笔签名的“安娜”二字首先映入他的眼帘。“我要死了，我求您回来一趟。带着宽恕，我会死得安心些。”他看完了，轻蔑地一笑，便扔下电报。这是个骗局，是个诡计，他对此深信不疑。

“没有一种欺骗的事她干不出来的。她该生产了。可能是难产。但她要我回去究竟想干什么呢？使生下的孩子取得合法身份，让我名誉扫地，还是阻碍离婚？”他想，“可是，那上面好像说：我要死了……”他把电报再读了一遍。突然，电报里的直接意思让他吃惊起来。“假使这是真的呢？”他对自己说，“万一是真的，在痛苦和临死的时刻她真心悔过了，而我把这看成是欺骗，加以拒绝？这不仅很残酷，大家还会指责我，从我这方面讲，这样做真是愚蠢透了。”

“彼得，叫一辆轿式马车来。我要到彼得堡去。”他对仆人说。

---

① 原文为拉丁语。

② 原文为拉丁语。

③ 原文为法语。

阿列克谢·亚历山大罗维奇决定了，要回彼得堡见妻子一面。如果她的病是个骗局，那么他将什么也不说，一走了事。而要是她果真病了，快死了，而在临死时想见见他，假使还活着见到了，那他就宽恕她，而假如自己回去晚了，他将尽最后的义务。

一路上，他再也不去考虑自己该做些什么。

阿列克谢·亚历山大罗维奇带着乘一夜火车的困倦和风尘，在彼得堡的晨雾中，乘马车顺着涅瓦大街行驶，目视前方，不去想等待着自己的事情。他不会去想这事儿，因为在他设想将会怎样的时候，总也无法驱散一种预测，即她的死将一下解除他的全部困境。面包铺，关着的商店，夜间出租马车，看院子的人，人行道的清扫工，不断地从他眼前一闪而过，而他观察着这一切，竭力压制自己不去想等待着他的那件不敢希望而毕竟还是希望发生的事情。马车到了大门口，大门口停着一辆雪橇和一辆躺有入睡车夫的轿式马车。进入门廊时，阿列克谢·亚历山大罗维奇好像从头脑里想出了主意，并镇定了下来。那主意是："假使是骗局，那就平静、蔑视并一走了事。如果是真的，那得保持体面。"

在阿列克谢·亚历山大罗维奇按门铃以前，守门人就把门打开了。守门人彼得罗夫，或者也叫卡皮托内奇，神情古怪，他穿着件旧礼服，没有打领带，脚上是一双便鞋。

"夫人怎么了？"

"昨天顺利地生产了。"

阿列克谢·亚历山大罗维奇停住了，脸色苍白。这时，他清晰地意识到自己是多么强烈地盼望她死。

"那么身体呢？"

系着块早晨用的围裙的柯尔内依，从楼梯上跑下来了。

"很不好啊，"他回答，"昨天进行了会诊，现在大夫还在这里。"

"把行李拿进来。"阿列克谢·亚历山大罗维奇说。听到这个消息，他稍稍轻松了些，因为毕竟还有死的希望。他来到了前厅。

衣架上挂着件军大衣。阿列克谢·亚历山大罗维奇注意到了这一点，就问道：

“谁在这里？”

“一位大夫、一位助产士和符朗斯基伯爵。”

阿列克谢·亚历山大罗维奇走到里边的房间去了。

客厅里没有人。戴着淡紫色带子系着的包发帽的助产士，听到他的脚步声，从安娜的起居室里走出来了。

她走到卡列宁面前，由于安娜病危，她顾不得礼节，拉住他的一只手，来到卧室里。

“感谢上帝，您回来了！一直在问起您。”她说。

“快拿冰来！”卧室里传出大夫的声音。

阿列克谢·亚历山大罗维奇走进她的起居室。符朗斯基侧身坐在她旁边的一把小椅子上，双手捂着脸在哭泣。他听到大夫的吩咐立刻跳起来，放下手，看见了阿列克谢·亚历山大罗维奇。他看到了她丈夫，便慌乱得又坐下来。把头缩得与肩膀一般高，仿佛想找个地方躲起来；但他努力控制住自己，站起来说：

“她要死了。大夫们说，没有希望了。我全凭您处置，只是请允许我待在这里……不过，我听从您的吩咐，我……”

阿列克谢·亚历山大罗维奇见到符朗斯基的眼泪后，感到自己涌起一阵见到别人痛苦时产生的内心紊乱，于是他转过脸，没有听完他的话就急忙朝门口走去。卧室里传出安娜的说话声。她的声音是愉快而有生气的，语调异常清晰。阿列克谢·亚历山大罗维奇走进卧室，到了床边。她躺着，转过身子面对着他。两颊绯红，一双眼睛闪闪发亮，两只白皙的手从短上衣的袖口伸出来，拉住被子的一角摆弄着。看上去，她不但健康、清新，而且处于最好的心情中。她说得很快，声音响亮，而且发音十分准确，语调充满感情。

“因为阿列克谢，我是说阿列克谢·亚历山大罗维奇（多奇怪、可怕的命运，两个阿列克谢，不是吗？），阿列克谢就不会拒绝我。我只要忘记过去，他就会原谅我……可是他为什么不来？他善良，他都不知道自己是多么善良。啊！我的上帝，多么苦恼！快给我水！啊，这对她，对我的小姑娘将会不好！啊，好了，啊，给她找个奶妈。我同意呀，这甚至好些。他会来的，见到她会刺痛他的心的。把她送走吧。”

“安娜·阿尔卡杰耶夫娜，他来了。瞧他！”助产士说，努力使她把注意力转到阿列克谢·亚历山大罗维奇身上。

“啊呀，胡说什么！”安娜接着说，她没有看见丈夫，“把她，把小姑娘给我，给我呀！他还没有来。你们说他不会宽恕我，那是因为你们不了解他。谁都不了解。只有我一个人了解，所以我觉得难受。他的一双眼睛，说真的，谢廖沙的眼睛跟他的一模一样，所以我不敢看谢廖沙的眼睛……给谢廖沙吃午饭了吗？因为我知道，大家都会忘了他的。他可不会忘掉。把谢廖沙搬到拐角那间屋去，让玛丽艾特和他睡。”

突然间，她身子缩成一团，安静了，并惊恐得像等着挨打，像在防卫似的把双手举到脸上。她看见了丈夫。

“不，不，”她又说起来，“我不害怕他，我害怕死。阿列克谢，到这里来。我着急是因为我没有时间，我剩下的时间不多了，又要发高烧了，又要什么都不知道了。现在我还明白，而且全都明白，我全都看得见。”

阿列克谢·亚历山大罗维奇皱着眉头，表情痛苦，他握起她的一只手，想说些什么，却什么也说不出来；他的下嘴唇在颤抖，但他还是在和自己的激动作斗争，只是偶尔看看她。而且每次看她时，他都发现那双望着他的眼睛总带着自己从未看到过的非常温顺和兴奋的柔情。

“等一等，你不知道……您等等，您等等……”她停下来了，好像在回想什么。“对了，”她又说着，“对，对，对。我就是要说这个。别对我感到奇怪。我还和原来一样……但是我身上有另一个女人，我害怕她——她爱上了那个人，所以我恨你，可是我没法忘记原来那个女人。那个女人不是我。现在的我才是真正的我，才完完全全是我。我快要死了，我知道我要死了，你问他。现在我觉得很沉，瞧它们，两只手臂、两条腿脚和这些手指头，多么沉重。瞧这些手指头——真大！不过这一切很快就会结束了……我只有一个要求：你宽恕我，完全地宽恕我吧！我很坏，但是奶妈对我说过：一个受苦难的圣女——她叫什么来着？——她比我还坏。我也要到罗马去，那里是一片荒漠，到那里我就谁也不妨碍了，只带着谢廖沙和小姑娘……不，你不会宽恕我的！我知道，这没法宽恕！不，不，你走开，你太好了！”她一只滚烫的手抓住他的一只手，另一只手推开他。

阿列克谢·亚历山大罗维奇内心越来越慌乱，此刻已经慌乱得不能再去克制它了。他突然感觉到，自己的那种内心紊乱反而是心灵的一种愉快的状态，它突然给了他一种从未有过的幸福。他没有去想他一生要遵循的那条基督教规，一定要宽恕和爱自己的敌人；但是，一种爱敌人、宽恕敌人的欢乐感觉充满了他的心灵。他跪下来，把脑袋贴在她穿着短上衣的滚烫的胳膊弯曲处，像个孩子似的哭了。她抱住他秃顶的脑袋，身子挨近他，并带着自豪的神情向上睁着眼睛。

“瞧他，我知道！他来了！现在您宽恕我吧，您宽恕我吧！……他们又来了，为什么他们不走开？……把我身上的皮袄脱了吧！”

大夫拿开她的手，小心地扶她躺在枕头上，用毯子盖住她的肩膀。她顺从地仰脸躺着，并用欣喜的目光注视着前方。

“你记住一点，我只需要宽恕，再没有更多的要求了……为什么他不来？”她转过身子，向门那边的符朗斯基说，“你过来，你过来！把手伸给他。”

符朗斯基来到了床边，看到她后又用双手捂住脸。

“露出脸来，看着他。他是个圣人，”她说，“你露出，露出脸呀！”她生气地说，“阿列克谢·亚历山大罗维奇，让他把脸露出来！我想见到它。”

阿列克谢·亚历山大罗维奇握住符朗斯基的双手并把它们从脸上挪开，那是一张因为痛苦和羞怯而表情可怕的脸。

“你把手伸给他。你要宽恕他。”

阿列克谢·亚历山大罗维奇向他伸出一只手，泪水忍不住从眼睛里流出来了。

“感谢上帝，感谢上帝，”她说，“现在一切都准备好了。只是稍稍把两只脚拉拉直。就这样，这样好极了。这些花画得不好，完全不像紫罗兰，”她指着糊墙纸说，“我的上帝，我的上帝！这要到什么时候才结束？给我吗啡。大夫！您给吗啡呀。啊，我的上帝，我的上帝！”

接着，她又在床上焦躁折腾起来。

家庭医生和大夫们都说，这是产褥热，得这种病百分之九十九都以死亡结束。整天发高烧，说胡话，处于昏迷状态。半夜里，病人失去了知觉，几乎脉搏都停止了。

每分钟都等待着死亡。

符朗斯基回家去了，不过早晨又来探问病情。阿列克谢·亚历山大罗维奇在前厅里遇见他时说：

“您留下吧，也许，她会问到您。”便亲自带他到妻子的起居室里。

到了早晨，她又开始激动、生气，思潮翻腾，胡言乱语，接着又昏迷了。第三天还是这样，但大夫们说有希望了。这一天，阿列克谢·亚历山大罗维奇走进符朗斯基坐着的书房里，把门关好，在符朗斯基对面坐下。

“阿列克谢·亚历山大罗维奇，”符朗斯基说，他感到是表态的时候了，“我没有什么好说的，我什么也不明白。原谅我吧！您不管多么痛苦，但是您要相信，我比您更难受。”

他想欠身起来。但是阿列克谢·亚历山大罗维奇拉住他的一只手说：

"我请您听我说，必须这样。我应当向您说明那种曾经并将继续指引我的感情，免得您对我产生误解。您知道，我都决定离婚了，甚至开始在办了。不瞒您说，开始的时候我是犹豫不决的，我感到痛苦；坦白对您说吧，我有过对您和对她进行报复的念头。收到电报后，我就是带着这种感情来的，我要说比这更严重：我希望她死。但是……"他停了一会儿，在考虑是否向他袒露自己的感情，"但是，我见到她就宽恕了她。宽恕的幸福向我启示了我的责任。我完完全全地宽恕了。我愿伸过另一个面颊给人打，人家拿走我的长外衣时，我愿把衬衫也给他，我向上帝祷告祈求的只有一点：别剥夺我宽恕的幸福！"他的眼睛里噙满了泪水，那明亮平静的目光，使符朗斯基感到惊讶。"这就是我的态度。您可以把我踩在污泥里，使我成为天下人讥笑的对象，我都不会抛弃她，并永远不会说一句责备您的话，"他继续说，"我的责任给我明白规定：现在和将来，我都得和她在一起。如果她想见到您，我会通知您的，可是现在，我认为您最好离开。"

他欠身起来，失声痛哭，再也说不下去。符朗斯基也站起来了，他欠着身子，皱着眉头看着他。他没能理解阿列克谢·亚历山大罗维奇的感情。但是他感觉到了，这是某种更崇高的，甚至是以他的世界观无法理解的东西。

十八

同阿列克谢·亚历山大罗维奇谈话之后，符朗斯基走到卡列宁家门口的台阶上，停住了，他好不容易才回想起自己在什么地方，自己该步行或乘马车到什么地方去。他为自己感到害臊、屈辱、有罪，并失去了洗雪自己屈辱的机会。他感到自己整个被抛出至今这么自豪和轻易地走着的那条轨道。他所有的生活准则，

原来那么坚定不移，如今突然变得荒谬和不适用了。一个受骗的丈夫，一个可怜的，至今看上去是他幸福的偶然和有点儿可笑的障碍物，突然被她亲自召唤来，并推崇到了一个凌驾一切的高度，处在这样高度的丈夫还不凶恶，不虚假，不可笑，而且成了个善良、朴实和高尚的人。符朗斯基不能不感觉到这一点。情况突然改变了。符朗斯基觉得他崇高而自己卑鄙；他正直而自己堕落。他感觉到，她的丈夫虽然在痛苦中，却仍显得宽宏大量，而他却因为自己的欺骗而变得卑贱、渺小。不过，面对那个他曾经极度蔑视的人而意识到自己的卑贱，只构成他痛苦的一小部分。他现在感到无比痛苦的是，因为自己对安娜的冷淡了的激情，如今因为他感觉到自己将永远失去她而变得越来越强烈起来。在她生病期间，他彻底了解了她，认清了她的内心，他甚至觉得，到目前为止自己从来没有爱过她。而现在，当他了解了她，真正爱上了她，他却在她面前受到屈辱，将永远地失去她，给她留下关于他的一些可耻的回忆。最最可怕的是，阿列克谢·亚历山大罗维奇把他的双手从羞愧的脸上拉下来时，自己那种又可笑又可耻的模样。他像一个行尸走肉，站在卡列宁家的大门台阶上，不知道自己该怎么办。

“吩咐要出租马车吗?”看门人问。

“对，要一辆出租马车。”

三个夜晚没有睡觉，回到家里的符朗斯基，没有脱衣服就趴在长沙发上屈起两只胳膊，把脑袋倒在双臂上。他觉得头很沉。一些最古怪的想象、回忆和浮想，异常迅速和鲜明地一个接一个地出现：一会儿是他给病人倒满出汤匙的药水，一会儿是助产士那双白皙的手，一会儿是阿列克谢·亚历山大罗维奇在床前地板上那种古怪的样子。

“睡觉！忘了吧！”他带着一个健康人的平静的自信对自己说，认为要是他累了想睡觉，现在立刻就会睡着。果然，那一瞬间他的头脑开始昏沉起来，他也好像掉进了忘却的海洋里。无意识的生活的波涛开始在他的大脑里汇集起来，突然——恰似一股最强的电波冲击到他身上——他全身颤动得从长沙发的弹簧上蹦起来，惊恐地用双手撑住，并跪了下来。他双眼睁得大大的，好像自己从来没有睡着过。一分钟前脑袋沉重和四肢乏力的感觉，顿时消失了。

“您可以把我踩在污泥里。”他听到阿列克谢·亚历山大罗维奇说的话并看到他在自己面前，还看到安娜炽热绯红和长着一双闪闪发亮眼睛的脸，它正带着温柔和爱情对着阿列克谢·亚历山大罗维奇，而不是对着他；他又看到阿列克谢·亚历山大罗维奇把他的双手从脸上拉下来时自己那种想必是愚蠢可笑的形象。他又伸直了双腿，照原来的姿势倒在长沙发上，闭上了双眼。

“睡觉！睡觉！”他重复对自己说。但是闭上眼睛后，他便清楚地看到了安娜的脸，就是在赛马前那个他毕生难忘的晚上见到的那样。

“完了，一切都完了。她想把这些从自己的记忆中抹去。可是我没有她就活不下去。有什么办法使我们和好，有什么办法使我们和好呢？”他大声地说，并不知不觉地重复起这句话来。这么重复说倒是阻止了翻腾在他脑子里已经成堆的形象和回忆的出现。不过这么重复说，对脑子里胡思乱想的阻止并没有持续多久。最美好的时刻和不久前的屈辱又一个接一个飞快地掠过脑海。“拿开双手。”安娜的声音在说。他拿开双手，感到自己露出羞愧和愚蠢的表情。

他依然躺着，努力想睡着，虽然感到毫无希望，而且仍低声重复说着所想的事情或某句话的个别字句，想借此阻止产生新的幻想。他留神去听——便听到了一句用古怪的疯狂的低音重复说着的话：“不会珍惜，不会享受；不会珍惜，不会享受。”

“这是怎么了？我是不是疯了？”他对自己说，“可能是。人家究竟为什么发疯，究竟为什么开枪自杀？”他给自己做着回答，接着睁开眼睛，惊讶地看到自己脑袋边上嫂嫂瓦丽娅给绣了花的枕头。他碰了碰枕头的流苏，试图回忆瓦丽娅，回忆自己最近一次见到她时的情景。但是，要去想其他的什么东西是痛苦的。“不，应该睡觉!”他推了一把枕头，把脑袋压在它上面，但要保持眼睛闭住都很难。他跳起来坐着。“这对我来说，已经结束了，”他对自己说，“应当想想，怎么办，还剩下什么?”他的思想迅速地流遍了自己对安娜的爱情以外的生活。

“虚荣心吗?谢尔普霍夫斯科依吗?社交界?宫廷?”什么问题，他都无法认真思索。这一切原来都有意思，可现在已经毫无意义了。他从长沙发上站起来，脱下礼服，解下皮带，袒露出毛茸茸的胸脯，以便呼吸得更自由些，在房间里走了一圈。“人们就是这样发的疯，”他重复说，“而且也是这样开枪自杀……为了不感到耻辱。”他慢慢补充说。

他向门口走去，把门关上；然后带着呆滞的目光，紧紧咬着牙齿走到桌子旁边，拿起手枪看了看，翻过上了子弹的枪管一边，沉思起来。足有两分钟，脸上露出异常紧张的表情，低垂着脑袋，拿着手枪一动不动地站着并思索着。“当然。”他对自己说，就像是一种合乎逻辑的、持续的和清晰的思路使他得出不容置疑的结论。事实上，这个对他来说是令人信服的“当然”，只不过是这一小时里他确切重复绕了十几圈的那些回忆和想象的循环罢了。无非是一些永远失去的幸福的回忆，无非是那种关于生活的整个前途毫无意义的想法，无非是一种自己受屈辱的意识。无非就是这些观念和感觉不断重复出现，连顺序也是一样的。

“当然。”他重复说。这时，他的思想第三次回到那个回忆和思想的怪圈上，并把手枪放到胸部的左侧，就像突然把它抓在自己的拳头里似的，满手紧紧地用力一握，他扣了一下扳机。没有听到射击的声音，但胸部受到有力的一击使他两脚一晃。他想抓住桌子的边缘站住，但扔下手枪后摇晃了一下，便坐在了地上，惊讶地看了看自己的四周围。他从下到上地看看桌子的几条弯腿，放纸张用的筐子及一张老虎皮，连自己的房间也认不得了。客厅里仆人疾走发出的咯吱响的脚步声使他清醒过来。他定了定神，明白了自己是坐在地上，看到老虎皮和自己一只手上有血，才知道自己开枪自杀过。

“愚蠢！没有打中。”他说，同时伸出一只手去摸索着寻找手枪。手枪就在他旁边——他却在远远的地方寻找。他边找边身子往另一个方向倾斜，失去了平衡，淌着血倒下了。

仆从是个留着连鬓胡子，不止一次向伙伴抱怨自己神经脆弱的文雅人。他看到自己的主人躺在地板上，惊慌得不知怎么办好，竟让主人躺在那里流血而自己跑去求救。一小时后，嫂嫂瓦丽娅来了，她派人从各地请来三位大夫，他们也在同一时间到达。她把伤员放到床上，自己留在他身边照料。

十九

阿列克谢·亚历山大罗维奇所犯的错误在于他在准备和妻子会面时没有考虑到这样一种偶然性，那就是她的悔悟会是真诚的及自己会宽恕她，而她竟没有死——这个错误在他从莫斯科回来两个月后，就显示出自己的全部力量。但是，他之所以犯错误，不只是因为他没有考虑到这种偶然性，同样还由于在和要死的妻子会面那天之前，他竟不知道自己的一颗心。在患病妻子的床边，他生来第一次屈从于受感动的怜悯之情，他身上的这种感情通常是因别人的苦难引起的，以前他把这种感情称做有害的弱点而为之感到害臊；对她的怜悯，对自己希望她死的悔悟，以及主要是宽恕的欢乐本身，使他突然感到不仅减轻了自己的痛苦，而且得到一种以前自己从来没有经受过的内心的平静。他突然感到，那种曾经是他痛苦的根源的东西，成了自己精神上欢乐的源泉，当他在指责、埋怨和憎恨的时候曾经似乎无法解决的东西，到他在宽恕和爱的时候竟变得简单明白了。

他宽恕了妻子，为她的痛苦和悔悟而可怜她。他宽恕了符朗斯基，特别是听说他的绝望举动以后，他还可怜他。他还比以前更多地可怜儿子，现在为对儿子关心太少责备自己。不过对新生的小女孩，他经受着某种不只是可怜，而且怀有温柔的特殊感情。对这个不是他的，母亲生病时没有人管的新生的脆弱的小女孩，他起初只是出于同情心，他要是不管，她大概会死去——结果他不知不觉间竟喜欢上了她。他一天几次到育儿室去，久久地坐在那里，连起初在他面前不好意思的奶妈和保姆也对他习惯了。对睡着了的婴儿那张红里透黄毛茸茸皱起眉头的小脸蛋，有时默默地一看就是半个钟头，注视着她皱起的前额，以及那双弯着胖乎乎的指头、正用腕部擦着眼睛和鼻梁的小手。在这种时候，阿列克谢·亚历山大罗维奇感到内心特别平静和祥和，而且看不出自己的处境中有什么不正常及需要改变的地方。

然而时间过去越久，他就更清楚地看到这种情况对他来说不管多么自然，但也不可能让自己这样长久地保持下去。他感到除了指引自己心灵的美好精神力量以外，还有另一种粗野的，同样强大的甚至更威严的力量在指引他的生活，这种力量不会让他处在他所盼望的温和平静之中。他觉得大家都用迷惑不解甚至是吃惊的神情瞧着他，大家不理解他，并等待着他做些什么。尤其是他感到自己和妻子关系的不牢固和不自然。

濒临死亡使她产生的软化过去之后，阿列克谢·亚历山大罗维奇发觉安娜害怕他，因为他而感到痛苦，她的眼睛不能正视他。她好像希望什么而又拿不定主意该如何告诉他，好像也有一种预感，他们的关系不会保持下去，她又对他有所期待似的。

二月底出了件事儿，安娜新生的也叫安娜的女儿病了。阿列克谢·亚历山大罗维奇早晨在育儿室，吩咐派人去请大夫后就到部里去了。处理完自己的公务，他三点多钟回到了家里。走进前厅时，他看到穿着带金丝饰物的制服和熊皮短披肩的漂亮男仆正拿着一件美洲豹皮做的白色女斗篷。

“谁在这里？”阿列克谢·亚历山大罗维奇问。

“是叶丽查维塔·费多罗夫娜·特维尔斯卡娅公爵夫人。”仆人回答说，阿列克谢·亚历山大罗维奇仿佛觉得他微微在笑。

在这段沉重的日子里，阿列克谢·亚历山大罗维奇觉察到社交界自己的一些熟人，尤其是女人们，都特别关心他和他的妻子。他觉察到在所有这些熟人身上，都怀着某种难以掩饰的窃喜。就是那种他在律师眼里曾经见到过及现在又在仆人的眼睛里见到的窃喜。大家仿佛都在兴高采烈中，他们好像在办喜事。他们见到他时，都带着一种稍稍掩饰的窃喜询问她的健康情况。

总的说，阿列克谢·亚历山大罗维奇不喜欢特维尔斯卡娅公爵夫人；同她相联系的一些回忆及对她的反感，使他感到不快，因此他就直奔育儿室。在第一间育儿室里，谢廖沙胸部贴着桌子，两条腿搁在椅子上，一边在画东西一边高兴地说着话。安娜患病期间接替法国女家庭教师的英国女家庭教师，正坐在孩子旁边编织小玩具，她连忙站起来，身子一蹲行了个礼，拉了拉谢廖沙。

阿列克谢·亚历山大罗维奇一只手摸了摸孩子的头，回答了女家庭教师对妻子健康的问候，还问了关于婴儿[①]大夫怎么说。

“大夫说，没有什么危险，他吩咐要给她洗澡，大人。”

“可是她还在生病。”阿列克谢·亚历山大罗维奇说，同时留神听着隔壁房间婴儿的啼哭。

“我看是奶妈不合适，大人。”英国女人断定说。

“您为什么这么认为？”他停下来问。

“保尔伯爵夫人就是这样的，大人。给婴儿医治了好久，结果是因为孩子饿了：奶妈没有奶水，大人。”

阿列克谢·亚历山大罗维奇想了想，站了几秒钟，便进另一个房间去了。小女孩仰脑袋躺着，在奶妈手里低声唔唔着，既不

---

① 原文为英语。

要奶妈塞给她鼓鼓的乳房，又不肯安静，尽管奶妈和站在她旁边的保姆两人同时哄逗她。

“还没有好点儿？”阿列克谢·亚历山大罗维奇问。

“很不安静。”保姆低声回答。

“爱德瓦尔德小姐说，可能是奶妈没有奶。”他说。

“我也这么想，阿列克谢·亚历山大罗维奇。”

“那您为什么不说？”

“对谁说去？安娜·阿尔卡杰耶夫娜一直病着。”保姆不满地说。

保姆是这家的老仆人。从她这简单的一句话里，阿列克谢·亚历山大罗维奇都听出了对他处境的某种暗示。

婴儿啼哭的声音更大了，同时还呼哧呼哧地挣扎着。保姆摆了摆手走过去，从奶妈手上接过婴儿，抱着她边摇晃边来回走。

“应当叫大夫来给奶妈检查一下。”阿列克谢·亚历山大罗维奇说。

打扮得漂漂亮亮，看上去健康的奶妈吓得怕自己被辞退，暗自在嘟囔什么，她一边把自己高高的胸脯遮上，一边对人家怀疑她的奶水报以轻蔑的微笑。在她的微笑里，阿列克谢·亚历山大罗维奇同样看到对自己处境的嘲笑。

“一个不幸的娃娃！”保姆说，她一边来回走着一边哄孩子。

阿列克谢·亚历山大罗维奇坐在一把椅子上，一脸痛苦的愁容，看着走过来又走过去的保姆。

保姆把终于安静下来的婴儿放在一张深深的小床里，把枕头摆好，走开了。阿列克谢·亚历山大罗维奇这时便站起来，吃力地踏着脚跟走到婴儿床边。他沉默了一会儿，带着忧愁的脸色看着婴儿；但是突然间，他脸上露出一个微笑，这个微笑牵动着他的头发和皮肤，浮现在他的脸上。接着便轻轻地走出了房间。

他在餐室里按了铃，吩咐进来的仆人去请大夫。他为妻子不关心这个可爱的孩子感到失望，因为这种失望的心情，他不想到她那里去，也不想见到贝特西公爵夫人；但是，违反惯例不到妻子那里去，妻子会感到奇怪的，因此他竭力控制住自己，到卧室去了。顺着柔软的地毯走到门口，他无意中听到了自己不想听到的谈话。

“要是他不出门，我会明白您的拒绝，还有他的。但是，您丈夫应当大方些。”贝特西说。

“我不愿意，不是为丈夫，而是为了自己。您别说这事儿!”安娜激动的声音在回答。

“是的，但是您不会不愿意和一个为了您而开枪自杀的人告别……”

“就因为这，我才不愿意。”

阿列克谢·亚历山大罗维奇脸上露出惊恐和负罪的表情停住了脚步，想悄悄地走开。但是想了想，这样显得不光明磊落，他便又转过身来，咳嗽了一声，向卧室走去。谈话声停止了，他才进去。

安娜穿着灰色的长睡衣，头上剪短以后又长出圆圆一圈浓密的黑发，坐在沙发床上。和通常一样，一见到丈夫，她脸上的生气突然消失了；她垂下头，惶恐地看着贝特西。一身时髦打扮的贝特西，头上戴着一枚高高小尖顶的帽子，仿佛煤油灯上的灯罩。穿着蓝色斜纹的裙子，裙子的深色条纹一半在上半身的一边，一半在下半身的另一边。她和安娜并排坐着，瘦高的身体挺得笔直，并转过头来，以略带讥讽的微笑迎接阿列克谢·亚历山大罗维奇。

“啊!”她好像吃惊似的说，“我很高兴，您在家。您哪里也不露面，所以自安娜生病以来，我都没有见过您。我全听说了——您的关切。对，您是个极好的丈夫!”她显得一副意味深长而又亲切的样子说，就像是为他对妻子的行为赏给他一枚宽宏大量的勋章一般。

阿列克谢·亚历山大罗维奇冷冷地一鞠躬后，吻了吻妻子的一只手，便询问她的健康情况。

“我觉得好了一些。”她说，同时回避他的目光。

“但是您的脸像在发烧一样。”他说，强调了“发烧”这个词儿。

“我和她谈话太多了，”贝特西说，“我觉得这是出于我这一方的自私，我走了。”

她欠身起来，但安娜突然满脸通红，赶快抓住她的一只手。

“不，请您再待一会儿。我有话告诉您……不，对您，”她转过来对阿列克谢·亚历山大罗维奇说，脸已经红到脖子和前额上了，“我不想也不能对您有任何要隐瞒的东西。”她说。

阿列克谢·亚历山大罗维奇扳了两下指头，垂下了头。

“贝特西说，符朗斯基伯爵想到我们家来，要在他出发到塔什干去之前告个别，”她没有看丈夫，显然是急于把话都说出来，不管她感到这有多么困难，“我说了，我不能接待他。”

“您说了，我的朋友，这将取决于阿列克谢·亚历山大罗维奇。”贝特西纠正说。

“不对，是我不能接待他，这完全没有……”她突然停下来，询问地注视着丈夫（他没有看她），“一句话，我不想……”

阿列克谢·亚历山大罗维奇走过去，想握她的一只手。

他那只潮湿而青筋高高鼓起的大手正在寻找她的手，她的头一个动作，就是避开那只大手，不过，她还是努力控制自己，吃力而勉强地握了握他的手。

“对您的信任，我很感激，不过……”他说，同时慌乱和失望地感到那种他独自一个人那么容易和清清楚楚能决定的事儿，当着特维尔斯卡娅公爵夫人的面就没法讨论了，在他看来，她是在世人眼中应当指引他生活的那种粗野势力的化身，而且还妨碍他献身自己的爱和宽恕的感情。他注视着特维尔斯卡娅公爵夫人，不往下说了。

“那就再见了，我的宝贝。”贝特西欠身起来说。她吻了吻安娜，就出去了。阿列克谢·亚历山大罗维奇送走了她。

“阿列克谢·亚历山大罗维奇！我知道您是个真正宽宏大量的人，”贝特西在小客厅里停下来，特别紧紧地再次握了握他的一只手，“我是个局外人，但我是那样喜欢她和尊敬您，冒昧地允许自己提个劝告。接待他吧。阿列克谢·符朗斯基是真诚的化身，再说他要到塔什干去了。”

“谢谢您的关心和劝告，公爵夫人。不过关于妻子能与不能接待某个人的问题，由她自己决定。”

他照例神气活现地竖起眉毛说，却立刻想到以自己现在的情况，不管他说什么话都不会有什么尊严。而这一点，从自己的话说完后贝特西看着他时那种克制着嘲讽的微笑中，他就觉察到了。

二十

阿列克谢·亚历山大罗维奇在大厅里向贝特西鞠了一躬，便来到妻子那边。她躺着，但听到他的脚步声，连忙照原来的样子坐起来，并惊恐地看着他。他看到她哭了。

“我非常感谢你对我的信任。”他温和地把贝特西在时用法语说的那句话用俄语重复了一遍，在她身边坐下来。当他用俄语说并对她以“你”相称时，这个“你”使安娜无法抑制地大为恼火。“还很感激你的决定。我也认为，既然符朗斯基伯爵要走了，他就没有任何必要再到这里来。其实……”

“对，我已经说了，干吗还重复它？”安娜没有来得及忍住，突然恼火地打断了他。“没有任何必要，”她心想，“对一个来向他所爱的女人告别的人来说，他愿为这个女人毁灭自己并且已经毁了自己，而她没有他也没法活。没有任何必要！”她闭紧嘴唇，垂下一双闪闪发亮的眼睛看着他两只青筋鼓起慢慢地互相搓弄着的手。

“我们永远不要再谈这件事情了。”她稍稍平静了一些后补充说。

“我让你来决定这个问题，而且我很高兴地看到……”阿列克谢·亚历山大罗维奇开始了。

“我的想法和你一致。”她急速地把话说完，因为她为他说话这么慢腾腾地感到生气，同时，他想说些什么，她预先就全都知道。

“是啊，”他肯定说，“可是特维尔斯卡娅公爵夫人完全不合适地卷到最困难的家庭事务中来了。特别是她……”

“人家说她的闲话，我一句也不信，”安娜很快地说，“我知道，她是真心诚意地爱着我。”

阿列克谢·亚历山大罗维奇叹了口气，就不做声了。她不安地摆弄着长睡衣上的流苏，同时怀着痛苦的生理上的厌恶感瞧着他；她为此责备自己，却又没法克制。现在，她希望的只有一点——不要看见他那种令人厌恶的样子。

“我刚才派人请大夫去了。”阿列克谢·亚历山大罗维奇说。

“我好好的，要大夫干什么？”

“不是的，是小宝宝啼哭，人家还说是奶妈缺奶水。”

“我恳求让我来喂时，你为什么不允许？反正一样（阿列克谢·亚历山大罗维奇知道这个‘反正一样’是什么意思），她是个婴儿，会送她命的。”她按了铃，吩咐把婴儿送来，“我曾经要求喂她，不允许我，而现在又来责备我。”

“我没有责备……”

“不，您在责备！我的上帝！我为什么没有死了呢！”她于是失声痛哭起来，“对不起，我在气头上，是我不对，”她冷静下来后说，“不过，你走吧……”

“不，不能这样下去。”阿列克谢·亚历山大罗维奇从妻子那里出来时果断地对自己说。

他在世人眼中的地位，妻子对他的憎恨，以及那股粗野而神秘的力量——它与他的内心情绪决然分离、指引着他的生活，强迫他服从它的意志及使他改变对自己妻子的态度。从来没有像今天这样明显地呈现在他面前。他清楚地看到整个社交界和妻子都要求他做什么，但到底是什么，他又没法弄明白。他觉得他的内心正在产生一种破坏他平静和一生修养的仇恨感情。他认为对安娜来说，最好断绝和符朗斯基的往来，但如果他们认为办不到，他甚至做好了重新让这种关系发展下去的准备，只要别让孩子们感到屈辱，他不失去他们，也不改变自己的地位就行。不管这多么不好，毕竟比使她处于走投无路的可耻境地，而他则失去所爱的一切的分离要好些。但是，他感到自己力不从心；他事先知道，大家都反对他，不允许他做自己现在认为这么自然和美好的事情，而将迫使他去做虽然不好但大家认为应该做的事情。

二十一

贝特西还没有来得及走出大厅，正好在大门口遇见了斯捷潘·阿尔卡杰奇，他刚从叶里谢耶夫那里回来，叶里谢耶夫刚得到一批鲜牡蛎。

“啊，公爵夫人！真是愉快的相会！”他说，“而我去过您那里。”

“一分钟的相会，因为我要走。”贝特西说，她边微笑边戴手套。

“您等等，公爵夫人，等一会儿戴手套，让我吻吻您可爱的手。恢复旧习惯，没有比吻手礼更称我的心了。”他吻了吻贝特西的一只手，“我们什么时候再见面？”

“您才不配呢。”贝特西微微笑着回答。

“不，我才配呢，因为我成了一个最严肃认真的人。我不仅处理好自己的家庭关系，而且还在帮助别人处理家务事儿呢。”他脸上带着煞有介事的表情说。

“啊，我很高兴！”贝特西回答，她立刻明白他说的是安娜。于是回到大厅后，他们站在一个角落里。“他会要她命的，”贝特西低声而郑重其事地说，“这让人受不了，让人受不了……”

“我很高兴您这么想，”斯捷潘·阿尔卡杰奇说，同时摇摇头，脸上露出严肃、痛苦而同情的表情，“我是为这事儿到彼得堡来的。”

“整个彼得堡都在说这件事情，”她说，“这是一种让人受不了的处境。她在不断地消瘦下去。他不理解她是个不会拿自己的感情开玩笑的女人。二者只有一种选择：要么他断然决然带她走，要么离婚。而这样，会把她窒息死的。”

“对，对……正是……”奥勃朗斯基边叹息边说，“我正是为这来的。也就是说不是专门为了那件事儿……让我当了高级宫廷侍从，所以，得来感谢呀。不过主要的，是为了安排这件事情。”

“那么，上帝保佑您吧！”贝特西说。

斯捷潘·阿尔卡杰奇陪着公爵夫人贝特西直到门廊，又吻了吻她手套以上的胳膊，还对她说了些不体面的调戏话，弄得她不知是生气好还是笑好，接着他就到妹妹那里去了。他见到安娜时，她正在流眼泪。

虽然刚才还兴致勃勃，斯捷潘·阿尔卡杰奇一见到安娜，立刻就怀着满腔怜悯，露出一副同情、和她的情绪相应的伤感和激动的样子。他问了她的健康情况及她早上过得怎么样。

“非常非常不好。白天，早上，全部过去的和将来的日子，都是这样。”她说。

“我觉得你得了忧郁症。应当振作起来，要正视生活。我知道这是痛苦的，可是……”

“我听到过，女人爱男人甚至连他们的缺点也爱，”安娜突然说起来，“但我恨他就恨他的道德。我没法和他在一起生活。你要知道，我一看到他的那副模样就反感，就生气。我受不了。我没法，没法和他生活在一起。我有什么办法？我一向很不幸，我常常想，不可能有更不幸的了，但是现在所经受的是我自己都无法想象的可怕情景。你相信吗，我知道他是个善良的、非常好的人，我连他的一个指甲都不值，可是我还是憎恨他。因为他的宽宏大量憎恨他。而且，我已经再没有什么了，除了……”

她想说死，可是斯捷潘·阿尔卡杰奇没有让她把话说完。

“你有病，而且在生气，”他说，“要相信，你是太夸大了。这里没有什么可怕的东西。”

接着，斯捷潘·阿尔卡杰奇微微笑了笑。要换着别人在斯捷潘·阿尔卡杰奇的地位，面对这么绝望的事情是微笑不起来的（微笑就会显得愚蠢），可是在他的微笑里却包含着无限善良和近乎女性的温柔，所以它没有使她生气，倒是使她缓和了，感到得到了安慰。他那些平心静气的宽心话及极其温柔的微笑，像杏仁油一样起到了缓解焦躁、镇定的作用。安娜也很快感觉到了这一点。

“不，斯吉瓦，”她说，“我毁了，毁了！比毁了更糟糕。我还没有毁灭，我不能说一切都已经完结。我，像一根绷紧了的弦，它得断。但还没有完结……而结局将是可怕的。”

“没有关系，可以慢慢把弦放松的。没有哪种情况会没有出路的。”

“我想了又想。只有一……”

从她惊恐的目光里，他又立刻明白她认为的一条出路就是死，这次，他照样没有让她说完。

“一点儿也不，”他说，“听我说吧。你没法像我那样看到你自己的处境。让我坦率地说说自己的意见。”他又小心地露出极其温柔的微笑，“我从头开始说：你嫁给了一个比自己大二十岁的人。你是没有爱情也不懂得爱情的时候结婚的。这是一个错误，就算是吧。”

“一个可怕的错误！”安娜说。

“但是我重复一遍：这是一个既成事实。后来，比方说你不幸爱上了一个不是你丈夫的人。这是不幸，可这也是既成事实。而且你丈夫也承认并宽恕了这事情。”每句话完了他都停一下，等待她的反驳，可是她什么也没有回答。“就是这样。现在的问题在于：你能否与自己的丈夫生活在一起？你是不是愿意这样？他是不是愿意这样？”

“我一点儿也不知道。”

“可是你自己说了，你无法容忍他。”

“不，我没有说。我否认这句话。我什么也不知道，什么也不明白。”

“对，但是你让……”

“你没法明白。我感到自己是一头栽到了深渊里，但是不该得救。我也没有办法。”

“没有关系，我们会垫好深渊，把你拉上来的。我理解你，我理解你不能自己说出你的愿望和感情。”

“我没有，没有任何愿望……但愿一切了结。”

“不过他看到而且知道了这一点，难道你以为他遭的罪比你小？你受折磨，他受折磨，而这会有什么结果呢？那就只好离婚来解决一切了。”斯捷潘·阿尔卡杰奇并非轻易地说出这个主要想法，并意味深长地瞧了她一眼。

她什么也没有回答，只是否定地摇了摇头发剪得短短的脑袋。但从她那突然闪烁出光芒的本来美丽的脸上，他看出她不愿这样做仅仅是因为在她看来，这是一种不可能得到的幸福。

“我实在替你们难受！要是这事儿办妥了，我会感到多么幸福！”斯捷潘·阿尔卡杰奇说，他的微笑已经比较大胆了，“别说，什么也别说！但愿上帝准许像我感觉的那样把话说出来。我到他那里去一趟。”

安娜用若有所思而闪闪发亮的眼睛看了看他，什么也没有说。

二十二

斯捷潘·阿尔卡杰奇跨进阿列克谢·亚历山大罗维奇的书房时，脸上带着他出席会议坐到主席位置上时那种庄重的表情。阿列克谢·亚历山大罗维奇则背着双手在书房里来回地边走边想，正考虑斯捷潘·阿尔卡杰奇和他妻子说了些什么。

"我不妨碍你？"看到妹夫的那副样子，斯捷潘·阿尔卡杰奇说，突然产生一种他很少有的窘态。为了掩饰自己的这种感觉，他掏出一个新式开法的香烟盒，闻了闻它的包装纸，从里边抽出一支烟。

"不。你有什么需要？"阿列克谢·亚历山大罗维奇极不情愿地回答。

"是的，我希望……我需要关于……对，需要谈一谈。"斯捷潘·阿尔卡杰奇怀着因为惊讶自己而不常有的胆怯的感觉说。

这种感觉很出乎意料和奇怪，以至于斯捷潘·阿尔卡杰奇不相信这是良心的声音在对他说，他有心要做的是件不好的事情。斯捷潘·阿尔卡杰奇努力控制自己，克服自己身上出现的胆怯。

"希望你相信我对妹妹的爱及对你的真诚眷恋和尊敬。"他涨红了脸说。

阿列克谢·亚历山大罗维奇停止了踱步，什么也没有回答，但他那张脸仍以逆来顺受的表情使斯捷潘·阿尔卡杰奇感到吃惊。

"我是想，我要谈谈妹妹和你们相互间的处境。"斯捷潘·阿尔卡杰奇说着，同时还在与自己不习惯常有的胆怯作斗争。

阿列克谢·亚历山大罗维奇苦笑了一声，看着妻子的哥哥。

他也不回答，走到桌子那边，把一封已经开始在写的信递给他看。

“我也不断在考虑这件事儿。瞧我开始在写信，我想用书面的形式更容易说清楚，因为我在场使她生气。”他边说边把信给他。

斯捷潘·阿尔卡杰奇接过信，疑惑而惊讶地看了看那双一动不动停留在他身上的眼睛，便开始读起来。

“我看到我的在场使您难以忍受。对我来说，不管要相信这一点在我有多痛苦，但我知道没有别的办法，我不怪您，而且上帝可以为我作证，当我在您患病时见到您时，我完全真心地决定忘记我们之间曾经发生过的一切，并开始一种新的生活。我对自己所做的，现在不后悔，将来也永远不会后悔；但我希望一件事，就是您的幸福，您内心的幸福，而现在我发现自己没有达到这样。您自己告诉我吧，什么能给您真正的幸福和您内心的平静。我完全听从您的意志及您公正的感情。”

斯捷潘·阿尔卡杰奇把信还给了妹夫，并依旧疑惑地望着他，不知道说什么好。这种沉默使他们双方都感到尴尬，以致斯捷潘·阿尔卡杰奇默默地目不转睛地注视着卡列宁的脸色时，连嘴唇都病态地抽搐起来。

“这就是我要告诉她的。”阿列克谢·亚历山大罗维奇转过身去说。

“是啊，是啊……”斯捷潘·阿尔卡杰奇说，因为眼泪流到喉咙里，使他无法回答。“是啊，是啊。我理解您。”他终于说。

“我愿意知道，她要的是什么。”阿列克谢·亚历山大罗维奇说。

“我怕是她自己也不明白自己的处境。她不是审判员，”斯捷潘·阿尔卡杰奇镇静下来说，“她被压垮了，就是因为你的宽宏大量给压垮了。要是她读了这封信，她再没有好说的了，她只会更低地垂下头。”

“对啊，可是在这种情况下到底怎么办？怎么说明……怎么弄清她的愿望？”

“如果你让我说说自己的意见，我倒是认为，这取决于你直接指明你为结束这种局面所提出的那些需要的措施。”

“也就是说，你觉得应该结束它？”阿列克谢·亚历山大罗维奇打断他说。“可是怎么结束？”他补充说，双手在眼前做了个不寻常的动作，“我没有发现任何可能的出路。”

“任何情况总有出路的，”斯捷潘·阿尔卡杰奇变得活跃起来，“你曾经一度想断绝……如果你现在坚信你们无法做到互相幸福……”

“对幸福可以有各种不同的理解。然而，比方说我全都同意，我什么也不要。我们的处境会有什么样的出路呢？”

“如果你想知道我的意见。”斯捷潘·阿尔卡杰奇带着自己与安娜说话时的那种和缓的杏仁油般温柔的微笑说。这种善良的微笑具有很大的吸引力，使阿列克谢·亚历山大罗维奇不由得感到了自己的弱点，顺着它准备相信斯捷潘·阿尔卡杰奇说的话了。“她永远也不会说出这样的话来的。但有一点是可能的，有一点她会愿意的，”斯捷潘·阿尔卡杰奇继续说，“这，是断绝关系及一切与此相联系的回忆。依我看，处在你们的情况，必须讲清楚互相间的新关系。而这种关系，只有双方都自由才能建立。”

“离婚。”阿列克谢·亚历山大罗维奇厌恶地打断他说。

“对，我认为是离婚。对，离婚，”斯捷潘·阿尔卡杰奇涨红了脸重复说，“对于处在你们这种状况的夫妇来说，从一切方面讲这都是最理智的解决办法。要是夫妻双方认为他们不能生活在一起的话，还有什么办法？这是从来都可能发生的情况。”阿列克谢·亚历山大罗维奇痛苦地叹了口气，闭起了眼睛。“这里只有一点要考虑：夫妻中是否有一方要和第三者结婚？如果不，那这事儿就很简单。”斯捷潘·阿尔卡杰奇说，他越来越摆脱了自己尴尬的心情。

因为激动而皱着眉头的阿列克谢·亚历山大罗维奇自言自语

说了什么，却什么也没有回答。对斯捷潘·阿尔卡杰奇来说是如此简单的一切，阿列克谢·亚历山大罗维奇考虑过千万次。而且，他觉得这一切不仅不那么简单，甚至完全不可能。有关离婚的一切详情细节，他都已经知道了，现在他觉得是不可能的，因为自尊感和对宗教的虔敬不允许他去指控他人虚拟的通奸行为，更难以允许自己已经原谅了并爱着的妻子受到指控和遭受耻辱。不可能离婚，还出于另外一些更为重要的原因。

离婚后儿子怎么办？把儿子留给母亲是办不到的。离了婚的母亲将会有一个非法的家庭，在那里，一个继子的地位及其教育，无论如何是不会好的。留下儿子和自己过？他知道这势必将成为自己这一方的报复行为，而他不想这样。再说除此之外，离婚对阿列克谢·亚历山大罗维奇来说是最不可能的，因为如果他同意离婚，这就毁了安娜。他心里铭记着在莫斯科时达丽娅·阿列克山德罗夫娜说过的话，即他决定离婚是为自己而不想想这样会不可挽回地毁了安娜。他把这句话和自己的宽恕及自己对孩子们的眷恋联系起来后，现在对它按自己的意思作了理解。同意离婚，给她自由，按照他的概念就意味着剥夺了自己对他所爱的孩子们的唯一联系，还剥夺了她走向善良道路上的最后一个支柱，把她推向毁灭。如果她是个离了婚的妻子，他知道她一定会和符朗斯基结合，而这种关系是非法的和有罪的。因为按照教会教规的意思，只要丈夫活着，她就不能结婚。“她将和他结合，而过一两年后，不是他抛弃她，就是她又会发生新的关系，”阿列克谢·亚历山大罗维奇想，“而我因为同意她不合法的离婚，也将成为毁灭她的罪人。”这一切，他曾仔细想过几百次，并坚信离婚的事不但并非妻子的哥哥说的那么简单，而且完全不可能。斯捷潘·阿尔卡杰奇说的话，他连一个字儿也不相信，对他说的每句话，他都能提出几千条反驳意见，但他听着他说，同时觉得他的话正是表现了那种支配他生活、强迫他服从的那种强大而粗野的力量。

“问题就看你有什么条件同意离婚了。她什么也不想，不敢求你，她全凭你的宽宏大量。”

“我的上帝！我的上帝！为了什么？”阿列克谢·亚历山大罗维奇回忆起丈夫要负责任的离婚的详情细节，就像符朗斯基那样羞愧地双手捂住了脸。

“你很激动，这我理解。但如果你仔细想想……”

“人家打你的右脸，你就伸过自己的左脸，人家拿走了你的长外衣，你就把衬衫也给他。”阿列克谢·亚历山大罗维奇想。

“对，对！”他用尖细的声音叫喊起来，“我让自己蒙受耻辱，甚至把儿子给她，可是……可是不这样是不是更好些？不过随你怎么样好了……”

他转过身子，免得对方看到自己的脸，坐在了窗前的一把椅子上。他感到痛苦，感到害臊；但痛苦和害臊的同时，他感受到了因为自己高尚的谦让所带来的欢乐和感动。

斯捷潘·阿尔卡杰奇被感动了。他沉默了一会儿。

“阿列克谢·亚历山大罗维奇，相信我，她会珍惜你的宽宏大量的，”他说，“但显然这是上帝的旨意。”他补充说，说完了又感觉到这是句蠢话，而且好容易才忍住对这句蠢话不发笑。

阿列克谢·亚历山大罗维奇想回答点什么，但眼泪把他哽住了。

“这是命中注定的不幸，而且得承认它。我承认这不幸是个既成事实，并竭力想帮助她和你。”斯捷潘·阿尔卡杰奇说。

斯捷潘·阿尔卡杰奇从妹夫的房间里出来时是那么感动，但这并不妨碍他满足于自己顺利地完成这件事儿，因为他相信阿列克谢·亚历山大罗维奇不会食言。这种满足里还掺和着他刚产生的一个思想，就是到这事儿办成时，他要向妻子和亲密的朋友们提出一个问题：“我和国王有什么区别？国王给办理离婚——谁也不会因此感到好些，而我给办离婚，倒会使三个人感到好些……或者：我和国王有什么相同？到时候……不过，我会想出更好的主意来。”他微笑着对自己说。

二十三

符朗斯基受的伤虽然在心脏旁边，但是相当危险。一连几天，他都处在生死未卜中。他第一次开口说话时，只有嫂嫂瓦丽娅一个人在他房间里。

“瓦丽娅！”他严肃地注视着她说，“我是无意中打伤自己的。不过，请对谁都别说这事儿，人家问起，你就这样告诉大家好啦。不然，这太愚蠢了！”

瓦丽娅在他身边弯着腰，没有回答他的话，她露出欣喜的微笑瞅着他。这双明亮的眼睛没有发烧，但它们的表情是严肃的。

“啊，感谢上帝！”她说，“你不觉得疼？”

“这里稍稍有一点儿。”他指指胸口。

“那我给你换一下包扎。”

在她换包扎的时候，符朗斯基默默地咬紧宽阔的牙关看着她。等她结束时，他说：

“我不是在说胡话，请你设法不要让大家说闲话，说我是有意对自己开枪的。”

“没有人会说的。我只希望你以后不要再无意中伤到自己了。”她露出会意的微笑说。

“应该是不会，不过，要是那样倒好了……”

接着，他阴郁地微微一笑。

这话和微笑使瓦丽娅感到有点儿害怕。退了烧之后，他的身体开始渐渐复原，他觉得自己的悲痛减轻了。他仿佛以这种行为洗刷了自己所蒙受的耻辱。现在他可以心平气和地想阿列克谢·亚历山大罗维奇了。他承认他的宽宏大量，但已经不再感到自己的卑微。同时，他又恢复了生活的常态。他可以不害臊地看着别人的眼睛，还可以按照自己的习惯生活。他不能从自己心头去掉的只有一点，那就是永远失去了安娜的那份遗憾，尽管他不停地与这种感情作斗争，却还是忘不了这份感情。他已经在她丈夫面前赎了罪，应当拒绝她并不再站到已经悔过的她和她丈夫之间去，对此他暗自下定了决心；但是他没法把失去对她的爱情的那份遗憾从自己心里消除掉，没法磨灭记忆中他和她共享幸福的那些时刻，他们当时是那么珍惜那些时候，现在它们仍以自己全部的魅力跟踪着他。

谢尔普霍夫斯科依打算把他派到塔什干去，符朗斯基毫不犹豫地同意了。然而随着出发时间的临近，他对自认为理所应当承受的那份牺牲，感到越来越痛苦难耐。

伤好了，他已经准备动身到塔什干去了。

"再见她一次，然后便销声匿迹，死去。"他想。在向贝特西辞行的时候，他说了这个想法。贝特西带着这个使命去看望安娜，带回了一个否定的答复。

"那样更好，"符朗斯基得到这个消息后想，"这是我的弱点，当面告别会毁了我最后的精力。"

第二天，贝特西亲自到他这来告诉说，她从奥勃朗斯基那里知道，阿列克谢·亚历山大罗维奇同意离婚，因此他可以去看她。

符朗斯基甚至都没有送走贝特西，他忘了自己原来的决定，也不问清楚什么时候可以去，她丈夫此刻在不在家，符朗斯基立刻到卡列宁家去了。他上了楼梯，什么人也没有看见，以几乎忍不住要奔跑的速度走进她房里。既不去想也没有注意房间里有没有人在，他便拥抱她并热烈地吻起她的脸、双手和脖子来。

安娜知道会有这样的会见，并考虑了自己将对他说的话，可是她还什么也没有来得及说出来，自己已经沉浸在他的激情中了。她想安慰他，安慰自己，可已经晚了。他的感情感染了她。她的嘴唇哆嗦得那么厉害，使得她什么也说不出来。

“对，你占有了我，我是你的。”她终于说出来，同时把他的一只手放到自己的胸口。

“本来就该是这样的！”他说，“只要我们活着，就该这样，这一点，我现在明白了。”

“这是真的。”她说着，脸色越来越苍白了。她抱住了他的脑袋。“出了这么多事情，想想真可怕。”

“全都会过去的，全都会过去的，我们将非常幸福！我们的爱情如果能增强的话，就是因为里边有某种可怕的地方。”他说着，抬起头，微笑着露出自己结实密集的牙齿。

她也不能不用微笑回答他——不是回答他说的话，而是回答他那双含情脉脉的眼睛。她拉起他的一只手，用它抚摸自己冰凉的面颊和剪短了的头发。

“头发这么短，我都认不出你了。你更好看了。像个小男孩。不过你是这么苍白！”

“是的，我身体很虚弱。”她微笑着说。接着，她的嘴唇又颤抖起来。

“我们到意大利去，你一定会好起来的。”他说。

“这难道可能吗，让我们像夫妻一样在一起，和你成立一个家庭？”她边说边紧盯着他的眼睛。

“我感到奇怪的，只是这事为什么不早些实现。”

“斯吉瓦说，他全都同意，但我不能接受他的宽宏大量，”她边说边绕过符朗斯基的脸，若有所思地凝视着别处，“我不想离婚，现在我反正全无所谓了。我只是不知道，他决定对谢廖沙怎么安排。”

他怎么也弄不明白，她在这种时刻居然会去考虑和记起儿子，记起离婚。难道这不是全无所谓的事情吗？

“别说这些，别去想。”他说，同时把她的一只手放在自己的手里，竭力把她的注意力吸引到自己身上来；但是，她还是没有注意他。

“啊，为什么我没有死了呢，那样会好些！”她说，无声的眼泪已经挂满了两颊，但她尽量露出微笑，好使他不感到伤心。

按照符朗斯基以前的想法，拒绝到塔什干去担任有吸引力而危险的职务，是可耻的和不可能的事情。但现在，他毫不考虑地拒绝了，感觉到上面对他这一行为的不满，他干脆立刻辞职了。

一个月后，阿列克谢·亚历山大罗维奇一个人和儿子留在自己的家里，而安娜没有离婚并断然放弃了这个要求，她撇下卡列宁和孩子，和符朗斯基一起到国外去了。

第五卷

一

舍尔巴茨基公爵夫人觉得在只剩五个星期的斋戒节前举办婚礼是不可能的，因为到时候有一半的陪嫁来不及添置；但是她不能不同意列文的意见，认为斋戒节后就太晚了，因为舍尔巴茨基公爵一位年迈的亲姑妈已经病得很重，可能很快去世，那样的话，丧事势必耽误婚礼。因此决定把陪嫁分成大小两部分，公爵夫人同意在斋戒节前举行婚礼。她决定将小部分陪嫁马上准备好，然后送过去，可是她很生列文的气，因为他怎么也没有给个认真的答复，到底同意还是不同意。再说已设想的这个办法更方便，因为婚礼完了，年轻的新人马上就住到乡下去了，那里大部分陪嫁的车辆就用不着了。

列文继续处于那种神魂颠倒的状态，他仿佛觉得自己和自己的幸福是整个生存的主要的和唯一的目的，现在他什么也用不着考虑，也不用操什么心，一切都有人替他操办。他甚至没有任何未来生活的计划和打算；他听任别人来做主，并相信一切都将非常圆满。他的哥哥谢尔盖·伊万诺维奇、斯捷潘·阿尔卡杰奇和公爵夫人指指点点，要他去办该办的事情。他只要完全同意人家的提议就行了。哥哥为他筹集钱，公爵夫人提议婚礼完了就离开莫斯科，斯捷潘·阿尔卡杰奇提议去国外。对所有这一切他都赞成。“你们要怎么办就怎么办，假如你们觉得高兴。我很幸福，而且我的幸福不会因为你们做了什么而发生变化。”他想。他感到非常奇怪的是，当自己把斯捷潘·阿尔卡杰奇关于到国外去的提议对吉蒂说了以后，她竟不同意，而且还对他们俩今后的生活，提出了自己明确的要求。她知道，列文在乡下有他喜爱的事业。他发现她不但不理解，而且也不想理解这种事业。但是，这并不妨碍她认为这事业是很重要的。因此，她知道他们的家将在乡村，所以她不愿意到他们将来不会在那儿生活的国外去，而愿意到将来安家的地方去。她的这种明确的意图，使列文感到惊奇。但他觉得到哪儿去都无所谓，就立刻请斯捷潘·阿尔卡杰奇到乡下去一趟，好像这是他的一项义务，凭他所熟知的一切及丰富的鉴赏力，把那里的事情安排妥当。

“不过你听着，”斯捷潘·阿尔卡杰奇安排好一切，从乡下回来后，有一天说道，“你有做过忏悔的证书吗？”

“没有。怎么了？”

“没有这结不了婚的。”

“哎呀，哎呀，哎呀！”列文叫嚷起来，“要知道，我好像有九年没有做斋戒祈祷了。我也没有想到。”

“好啊，你！”斯捷潘·阿尔卡杰奇笑道，“还说我是虚无主义者！但是要知道，这可不行。你得做斋戒祈祷。”

“什么时候？只剩下四天了。”

斯捷潘·阿尔卡杰奇连这事儿也给安排好了。列文开始做斋戒祈祷。对列文这样一个自己不信教却尊重别人宗教信仰的人来说，出席并参加任何教会的仪式，都是件很痛苦的事儿。现在当他处于对一切都富有感情的缓和心理状态时，这种矫揉造作的做法不但使列文感到痛苦，而且简直无法忍受。在自己这喜气洋洋的时刻，他却不得不撒谎，或者亵渎神明。他感到无论如何，他也办不到。他几次三番地问斯捷潘·阿尔卡杰奇，不做斋戒祈祷能不能弄到证书，斯捷潘·阿尔卡杰奇都说，这不可能。

“不过这对你算得了什么——才两天时间，而且，人家是个很可爱的聪明小老头。他会在不知不觉中把你那颗病牙拔掉的。”

站着做第一次祈祷时，列文试图回忆自己在十六到十七岁少年时代经受过的那种虔诚的宗教感情。但他立刻坚信，对他来说，这完全不可能。他试图把这一切看成是没有任何意义的无聊风俗习惯，好比访友做客；可随即又感觉到自己连这一点都办不到。列文对宗教的态度，就像大多数同时代的人一样，处于最不确定的状态。相信吧，他不能；可同时他又不能肯定这一切都是荒谬的。因此，他既不能相信自己现在所做的事的重要性，又不能若无其事地看待这种无聊的表面形式。在斋戒祈祷的整个过程中，他都经受着尴尬和害臊的煎熬，因为自己所做的，是他所不了解的，是他内心的声音告诉他的一种虚伪和不好的事情。

在举行宗教仪式时，他一会儿听着祈祷，竭力赋予它们和自己的观点不相违背的意义，一会儿感到自己无法理解并应当加以指责，竭力不去听它们，而只沉浸在自己的思想、观察和回忆中。他站在教堂里，头脑里却总是天马行空地浮想联翩。

他做了日祷、晚祷和通宵夜祷，第二天起得比平时早，不喝茶，早上八点钟就到教堂里去做晨祷和忏悔。

除了一个要饭的士兵、两个老太婆及教会职工，教堂里没有别的人。

一位年轻助祭，他的长脊背及其两块肩胛骨在薄薄的法衣下清楚地显露出来，走过来迎接了他，并立即走到靠墙的一张小桌边开始诵读经文。诵读时，特别是在不断迅速重复“主怜悯”这几个听起来像是“宽恕了吧”的词儿时，列文感到自己的思想被关住了，给打上了封条，而且眼下不能去碰它动它，不然的话就会出乱子，于是他就站在助祭后面，继续不去听也不去领会，只想着自己的事情。“她那只手的表现力丰富得出奇。”他回想起昨天他们坐在桌子旁的时候。在这种时候，他们照例想不出什么话说，而她，把一只手放在桌子上不断地张开又合上，她自己看着这手的动作，都不由地笑了起来。他回想到自己怎样去吻这只手，又怎样仔细地观看粉红色手掌上连到一起的纹路。“又是宽恕了吧。”列文想，同时一边画十字、鞠躬，一边瞧着鞠躬的助祭背部有弹性地活动。“后来她握住我的一只手并仔细看着掌纹：‘你有一只很好的手。’她说。”他看了看自己的手及助祭的一只短手。“对，现在快结束了。”他想。“不，好像又开始了。”他一边留神听祈祷，一边想。“不，要结束了；瞧他都已经鞠躬到地面了。结束前总是这样的。”

助祭用一只套着丝绒袖口的手，不被人注意地接过一张三卢布纸币说，他会把列文的名字记上的，然后便精神抖擞地、新靴子咯噔咯噔响地顺着空荡荡的教堂的石板地面走到了圣堂里。过了一分钟，他向外面张望，招呼列文过去。至此关闭着的思想开始在列文的脑海里活动起来，但他连忙把它驱散了。“会办妥的。”他想，同时向布道的高台走去。他迈上台阶，便向右拐，看到了一位老司祭；他一脸稀疏的花白大胡子，一双疲倦而善良的眼睛，已经站在诵经台边上翻着圣礼书。他向列文点了点头，立刻用习惯了的声音开始诵读祈祷文。诵读完了，他向地面一鞠躬，便转过脸来对着列文。

“基督无形地站在这里，接受您的忏悔。”他说，同时指指带耶稣受难像的十字架。“圣使徒教会对我们的教诲，您全都相信吗？”司祭继续说，眼睛从列文脸上转开，双手合拢在脖颈一侧。

“我怀疑过，我现在也怀疑一切。”列文用自己听来都觉得讨厌的声音说完，便闭上了嘴巴。

司祭等了几分钟，看看他是否还有什么要说的，接着闭起眼睛，用字母“O”特别突出的符拉基米尔地方口音很快地说：

“怀疑是人类的固有弱点，但我们应当祈祷，求仁慈的主坚定我们的信仰。您有什么特别的罪过吗？”他没有一点儿停歇地追问，好像是在尽量不浪费时间。

“我主要的罪过是怀疑。我怀疑一切，而且大部分时间都处于怀疑中。”

“怀疑是人类的固有弱点，”司祭把同一句话重复了一遍，“您究竟主要怀疑什么？”

“我全都怀疑。我有时甚至怀疑上帝的存在。”列文不由自主地说，同时为自己说话的不礼貌感到可怕起来，然而，列文的话好像没有给司祭留下印象。

“对上帝的存在会有什么样的怀疑呢？”他露出一丝笑意说。

列文没有作声。

“您看得见造物主的创造物，还能对造物主有什么样的怀疑呢？”司祭继续用惯有的腔调急急地说。“是谁用星球装饰了天空？是谁把大地打扮得一片美丽？怎么没有造物主呢？”他说着，同时用询问的目光瞥了列文一眼。

列文知道与司祭进行哲学争论会显得不礼貌，因此他只对问话直接回答了一句。

“我不知道。”他说。

“您不知道？那您怎么会怀疑不是上帝创造了一切呢？”司祭带着愉快的疑惑说。

“我什么也不明白。”列文通红了脸说，同时感到自己说了蠢话，在这种场合下说这样的话没法不愚蠢。

“祷告上帝吧，向他祈求。就连神甫也有怀疑，祈求上帝坚定自己的信仰。魔鬼拥有强大的力量，可是我们不应当向它屈服。祷告上帝吧，向他祈求。祷告上帝吧。”司祭急急忙忙地重复说。

然后他沉默了一会儿，好像是在沉思。“您，我听说准备和本教区教民、上帝之子舍尔巴茨基公爵的女儿结婚？”他微笑着补充说，“一个极好的姑娘！”

“是的。”列文涨红了脸，回答说。“忏悔时，他干吗问这个？”他想。

司祭好像对他的思想作回答似的说：

“您准备要结婚，上帝会赏赐给您后裔，不是这样吗？那么，您能给自己的娃娃怎样的教育，要是您不去掉魔鬼使您不信上帝的诱惑的话？”他温和地指责说。“要是您爱自己的儿女，那您作为一位好父亲，不只是希望自己的孩子们荣华富贵；您将希望使他们得救，受到真理之光的精神教育。不是这样的吗？‘爸爸，是谁创造了世界上这些吸引我们的一切——土地，水，太阳，花朵，草？’当无辜的娃娃这样问您时，您怎么回答？您难道将告诉他们说：‘我不知道。’当我主上帝以自己的仁慈向您敞开这一切的时候，您不会不知道。或者您的孩子问您：‘死了以后的生活中等待我的是什么？’要是您什么也不知道，您对他说什么呢？您将怎么回答他？您把他美妙的世界交给魔鬼吗？这不好！”他说着，向一边侧过脑袋，用一双善良、温和的眼睛注视着列文。

列文什么也没有回答——不是因为他不想和司祭争论，而是因为谁也没有向他提出过这样的问题；而到将来孩子们向他提出这些问题的时候，还有充足的时间考虑该怎么回答。

“您踏进人生的这一阶段，”司祭继续说，“您要选择道路并坚定地走下去。祷告上帝吧，让他发慈悲帮助您，宽恕您。”他结束道。“愿我主上帝、耶稣基督以自己的仁慈宽恕这个儿子……”念完赦免的祈祷文，司祭向他祝福，让他走了。

这一天回家后，列文有一种高兴的感觉，因为尴尬的处境结束了，而且没有要他说谎话就结束了。此外，他还留下一种模模糊糊的回忆，那个善良、可爱的小老头子说的并不像自己一开始时感到的那样完全愚蠢，他的话里边真有某种需要弄清楚的东西。

“当然不是现在，”列文想，“而是在以后什么时候。”列文空前地感觉到，在自己的心灵里存在着某种不明了和不纯洁的东西，还有对待宗教，他的态度也像别人一样，心中有那么明显的厌恶之情，而以前他也因为斯维亚什斯基的这种态度而责备过他。

这一晚上，列文和未婚妻是在陀丽家度过的。他特别开心，还向斯捷潘·阿尔卡杰奇解释自己所处的那种兴奋状态，他真高兴，就像一条训练跳项圈的狗，它终于明白并完成了要自己做的动作，便边吠边摇尾巴，兴奋地跳到桌子和窗台上。

二

举行婚礼这天，按照风俗习惯（公爵夫人和达丽娅·阿列克山德罗夫娜坚持要严格履行全部习俗），列文没有看见自己的未婚妻，他在宾馆里与偶然聚集到这里来的三位单身汉一起吃午饭。他们一个是谢尔盖·伊万诺维奇；一个是列文的大学同学卡塔瓦索夫，现任自然科学教授，列文在街上碰着就把他拉来了，以及男傧相、莫斯科民事法官、列文猎熊的伙伴契里科夫。午饭吃得很愉快。谢尔盖·伊万诺维奇的心情好极了，他很赞赏卡塔瓦索夫的独创精神。卡塔瓦索夫呢，感到自己的独创精神受到重视和理解，就以此大出风头。契里科夫则对任何的谈话都给予愉快而温和的支持。

"因为瞧吧，"卡塔瓦索夫以讲台上养成的习惯拉长语调说，"我们的朋友康士坦丁·德米特里奇曾经是一个多能干的小伙子。我是说曾经，因为那个他已经不存在了。当年在离开大学时，既爱科学又有对人类的兴趣；现在他呀，一半的才能用在欺骗自己上，另一半呢——是为这种欺骗辩护。"

"对结婚，我还没有见到过比您更坚决的反对者。"谢尔盖·伊万诺维奇说。

"不，我不是反对。我赞成劳动分工。什么事儿也不会干的人应当生孩子，而其余的人——促使他们有教养和幸福。瞧吧，这是我的理解。把两种行业混淆起来的人多如牛毛，我不在其列。"

"等见到您堕入情网时，我将多么幸福！"列文说，"请一定要叫我参加婚礼啊。"

"我已经堕入情网了。"

"对，爱上了墨斗鱼。你知道吗，"列文转过来对着哥哥说，"米哈依尔·谢苗内奇在写一篇关于食品的著作。"

"好了，你别瞎搅和！关于什么，这全一样。问题是我确实喜欢墨斗鱼。”

“但是，它并不妨碍你去爱妻子呀。”

“它倒是不会妨碍，可是妻子会妨碍的。”

“为什么啊？”

“那就等着瞧吧，您会看到的。瞧您喜欢田庄经营、狩猎——那您就等着瞧吧！”

“可是今天阿尔希普来过，他说在普鲁特诺驼鹿多得要命，还有两头熊。”契里科夫说。

“那个啊，你们去打吧，不用带我。”

“这倒是对的，”谢尔盖·伊万诺维奇说，“再说往后你可得告别猎熊了——妻子不会让你去的！”

列文微微一笑，想说妻子不会让自己去是多么让他感到愉快，他都宁肯永远拒绝猎熊的诱惑了。

“不过，您不来参加打猎这两头熊，真有点儿可惜。记得上次在哈比洛夫打猎吗？真是一次极好的狩猎。”契里科夫说。

列文不想使他扫兴，因此他什么也没有说。

“和单身生活告别的风俗可不是没有道理的，”谢尔盖·伊万诺维奇说，“别管会多幸福，还是舍不得自由。”

“那您承认有那种感情了，像果戈理笔下想跳窗口逃走的那位新郎？”契里科夫问。

“一定有啰，就是不肯承认罢了！”卡塔瓦索夫说着，放声大笑起来。

“怎么的，窗子开着……我们这就到特维尔去！一头母熊，可以直奔熊窝。对了，乘五点钟的一班车去！而在那里，大家就随便好了。”契里科夫微笑着说。

“啊，说真的，”列文微微笑道，“我心里怎么没有为失去自由而感到惋惜呢！”

“您心里呀，现在乱成了一锅粥，您什么也发现不了，”卡塔瓦索夫说，“您等等，稍稍清楚点了，那就会发现了！”

“不，即使我除了自己的感情（他不愿在他面前说出——爱情）和幸福，也稍稍有点儿舍不得失去自由吧……可是我还是为失去这种自由感到高兴。”

“不好！是个毫无指望的家伙！”卡塔瓦索夫说，“好吧，让我们为他的健康干杯，要不就只希望他百分之一的幻想能实现。就算那样，也将是地面上从来没有过的幸福了！”

午饭后，客人们很快都走了，以便来得及去换好参加婚礼的衣服。

一个人留下来回忆这些单身汉的谈话时，列文再一次地自问：自己心里到底有没有他们所说的那种舍不得自由的感觉？想到这个问题，他微微笑了笑。“自由？要自由干什么？幸福恰恰就在于去爱，愿她之所愿，想她之所想，也就是不要一点儿自由——这就是幸福！”

“可是，我知道她的思想、她的愿望、她的感情吗？”突然一个声音悄悄地对他嘟囔道。微笑从他的脸上消失了，接着，他陷入了沉思。而且，他还产生了一种奇怪的感觉。他产生了怀疑和恐惧，怀疑一切。

“如果她不爱我，怎么办？如果她和我结婚仅仅是为了嫁人，怎么办？如果她自己都不知道在干什么，怎么办？”他问自己，“她也许会清醒过来，只是为了嫁人，以后她可能会明白自己并不爱我，也不能爱我。”于是，他开始出现一些古怪而最糟糕的想法。他妒忌她一年前对符朗斯基的态度了，脑子里浮现出她和符朗斯基在一起的那个晚上，那好像就发生在昨天一样。他怀疑她没有把全部情况告诉自己。

他迅速跳起来。“不，这样不行！”他绝望地对自己说，“我要找她去问问，最后一次告诉她：我们是自由的，是不是到此为止的好？怎么也要比永远的不幸、耻辱、不忠要好！”怀着一颗绝望的心以及对自己对她对一切人的愤恨，他走出宾馆到她家里去了。

他在后排房间里见到了她。她正坐在一个柜子上吩咐一个年轻女仆，挑选散在椅背和地板上的一大堆不同颜色的裙子。

“啊！”她见到他，高兴得浑身喜气洋洋地叫起来，“你怎么样，您怎么样啊（到这最后一天以前，她对他一会儿以‘你’一会儿以‘您’相称）？真没有想到！而我正在清理做姑娘时的衣服，哪一件给谁……”

“啊！这很好！”他说着，脸色阴郁地瞧着年轻女仆。

“你走吧，杜尼亚莎，到时候我叫你，”吉蒂说，“你怎么了？”年轻女仆一出去，她就坚决地以“你”相称。她注意到他脸色古怪，激动而阴郁，这使她感到恐惧。

“吉蒂！我在受折磨。我没法一个人受折磨。”他站在她面前，恳求地注视着她的眼睛，声音里带着绝望。看着她脸上的神色，他已经明白自己原来打算说的话一句也说不出来了，不过他还是需要她亲自来消除他心中的不信任感。“我来是要告诉你，时间还来得及。一切都还可以不算数，事情还可以挽回。”他说。

“什么？我一点儿也不明白。你怎么了？”

“是我说了一千次和不能不考虑的事……我配不上你。你不会同意嫁给我的。你考虑考虑。你错了。你好好想想。你不可能爱我的……假如……你还是说出来为好，”他说，没有看着她，“我会不幸的。让大家想怎么说就怎么说去好了；总要比不幸好……现在总好些，暂时还有时间……”

“我不明白，”她惊恐地说，“也就是说，你要拒绝……不结婚了？”

“对，如果你不爱我。”

“你疯了？”她伤心得涨红了脸，叫嚷起来。

但是他的神情是那么可怜，所以她忍住了伤心，从靠背椅上拿掉那些裙子，靠近他坐下来。

“你在想些什么？全告诉我。”

“我在想，你不会爱我的。你为什么爱我呀？”

“我的上帝！我为什么？……”她说着，哭起来了。

“啊，我干了什么！”他嚷嚷着跪在了她面前，吻起她的双手来。

五分钟后公爵夫人进房间时，她发现他们已经和好了。吉蒂不但使他相信自己爱他，甚至回答了他的问题，向他解释了自己为什么爱他。她告诉他，她爱他是因为自己理解他的一切，因为她知道该喜欢什么，而他喜欢的一切都是美好的。这好像使他完全明白了。当公爵夫人向他们走来时，他们已经并肩坐在柜子上，一边清理衣服，一边为吉蒂想把那件咖啡色的裙子送给杜尼亚莎争执起来。列文向她求婚时她穿的就是那一件，因此列文坚持这件裙子谁也不给；他认为可以把浅蓝色的那件给杜尼亚莎。

“你怎么不懂？她是个黑头发女孩子，因此浅蓝色对她不合适……我全都考虑到了。”

知道了他为什么来的原因后，公爵夫人半开玩笑半认真地生气了，她叫他回去换衣服，不要在这里妨碍吉蒂做头发，因为查理马上就到。

“这几天她已经什么也没有吃，人都变丑了，而你还拿自己的糊涂念头打扰她，”她对他说，“走开吧，走开吧，亲爱的。”

列文感到自己错了，感到羞愧，但是他放心了，回到了旅馆。他哥哥、达丽娅·阿列克山德罗夫娜和斯捷潘·阿尔卡杰奇，大家都已经盛装等着正准备拿圣像给他祝福。不能再拖延了。达丽娅·阿列克山德罗夫娜还得回家一趟，把那个擦过头油和烫了鬈发的儿子接来，他应当拿着圣像和新娘在一起。然后，还得派一辆轿式马车去接男傧相，让另一辆轿式马车送走谢尔盖·伊万诺维奇后再返回来……总之，要考虑的事情有很多。有一点是不容置疑的，就是不能再磨蹭了，因为已经六点半了。

用圣像祝福的事儿没有什么特别的名堂。斯捷潘·阿尔卡杰奇以一副可笑的庄严姿势拿着圣像与妻子并排站好，吩咐列文向地面鞠躬，他带着和善的嘲笑祝福他，吻了他三次；达丽娅·阿列克山德罗夫娜也照样做了一遍。然后她便急着找马车，却在预定的马车调动方面被弄糊涂了。

“啊，瞧我们就这么办吧：你坐我们自己的轿式马车去接他，而谢尔盖·伊万诺维奇真是个大好人，就劳他到了那里便让马车回来，然后再派其他用场。”

“没问题，我很高兴。”谢尔盖·伊万诺维奇说。

“我们和他一起随后到。东西运走了吗?”斯捷潘·阿尔卡杰奇说。

“运走了。”列文回答说，同时吩咐库兹玛把要穿的衣服拿来。

三

为举行婚礼，教堂灯火辉煌，围满了人，大部分都是妇女。那些没能进去的人就聚集在窗子旁边，推推搡搡、吵吵嚷嚷地通过窗栏往里望。

沿街已按照宪兵的指挥一溜停了二十多辆轿式马车。身穿耀眼蓝制服的一位警官，冒着严寒站在入口处。马车络绎不绝，一会儿是全身花花绿绿提着拖地长裙的太太，一会儿是一些脱下制服帽或黑礼帽的男人，他们陆续走进教堂。在教堂里边，两盏枝形吊灯光亮夺目，所有蜡烛已经全部点燃了。墙壁红色背景上的镀金，金色的圣像浮雕，以及多支和单支银质蜡烛台，地面上的石板和铺开的绒毯，神幡旁边唱诗班席位上方圣坛的台阶，陈旧发黑的书籍，司祭的长袍和法衣——一切都亮堂堂、清清楚楚地沐浴在灯光里。暖融融的教堂右边，在燕尾服和白领带、制服和花缎、天鹅绒、丝绸、头发、花朵、裸露的肩膀和手臂及戴长手套的人群里，传出慎重而活跃的谈话，高高的圆屋顶内产生出奇怪的回响。每当听到开门时发出吱扭的一声，人群里的说话声便平息下来，大家都东张西望地等着看新郎和新娘进来。但是门已经开过十多次了，每次进来的，不是迟到后加入右边来宾圈里的男女客人，便是些骗过警官或求情进来加入左边人群里的看热闹者。无论是亲友还是看热闹的人们，都已经等得不耐烦了。

起初大家认为新郎和新娘马上就到，没有去注意这种迟到有什么意义。然后人们开始越来越频繁地往门口张望，说会不会出了什么问题。后来，这种迟到开始变得尴尬了，亲友和来宾都竭力做出他们都只顾自己谈话而没有去想新郎新娘的样子。

大司祭不耐烦地咳嗽使窗户上的玻璃都发生了震颤，他好像是在提醒众人自己的时间很宝贵。唱诗班席位上，等烦了的歌手们发出一会儿试试嗓子一会儿擤擤鼻涕的声音。司祭不断地一会儿派执事，一会儿派助祭去看看新郎是否来了，自己穿着系绣花腰带的紫长袍，他也频频到几道边门去等候新郎。有一位夫人看了看表，终于说了："这可真奇怪了！"于是所有的来宾都不安起来，开始大声地表示自己的惊讶和不满。一位男傧相乘马车去了解情况，看究竟发生了什么事情。吉蒂这时候已经完全准备好了，穿着白裙子，披着长长的婚纱，头戴香橙枝花冠，正和女主婚人及姐姐里沃娃一起站在舍尔巴茨基家的大厅里往窗外看，盼着已经白白等了半个多小时的男傧相带来新郎已经去教堂的消息。

列文呢，也已经穿好了裤子，可是没有穿背心和燕尾服，在自己的客房里来回转，同时不断从门里探出头来看看走廊。可是走廊里总也不见自己等待的人，他便绝望地摆摆手回到房里，面对着若无其事地抽着烟的斯捷潘·阿尔卡杰奇。

"什么时候有人落到过这么可怕的尴尬处境！"他说。

"是啊，真尴尬，"斯捷潘·阿尔卡杰奇肯定地说，同时露出温和的微笑，"不过你放心，这就拿来。"

"不，怎么搞的！"列文带着克制的愤怒说。"还有这种傻里傻气的开胸背心！让人受不了！"他看着自己胸前揉皱的衬衫说。"要是行李已经运到火车站去了，怎么办？"他绝望地嚷嚷道。

"那你就穿我的。"

"早就该这样了。"

“招人笑话可不好……你等等！会办成的。”

问题出在列文要穿衣服时，他的老仆人库兹玛把燕尾服、背心及需要的一切都拿来了。

“那么衬衫呢！”列文叫嚷道。

“衬衫穿在您身上呀！”库兹玛带着泰然的微笑说。

库兹玛没有想到留下一件干净的衬衫，他接到命令说把一切收拾好后搬到舍尔巴茨基家，年轻的夫妇今晚就离开那里，就一一照办了，除了一套燕尾服，其余衣服他全都收起来了。列文一早就穿上的衬衫揉皱了，外面套上时髦的开胸背心可不行。派人到舍尔巴茨基家去远得很，只好派人去买。这时仆人回来了：所有的商店关门——因为是礼拜天。派人到斯捷潘·阿尔卡杰奇家要来一件衬衫；可是，它太宽又太短。最后终于派人到舍尔巴茨基家，把收拾好的东西再打开，取来了那件该死的衬衫。教堂里大家等着新郎，而新郎则像一头被关在笼子里的野兽，在房间里来回走着，同时不断往走廊上看，并可怕而绝望地回忆起他曾经对吉蒂说的话，她现在会怎么想呢。

做错了事情的库兹玛，累得喘不过气，终于拿着一件衬衫飞快地跑进房间里。

“刚刚赶上，都已经搬上拉货的大车了。”库兹玛说。

过了三分钟，为了不增加痛苦，列文连表都没有看一眼，便顺着走廊飞奔而去。

“用不着这样嘛，”斯捷潘·阿尔卡杰奇不慌不忙地紧跟着他，微微笑着说，“我对你讲：会办成的，会办成的……”

四

“他们来了！”“瞧他！”“哪一个？”“是年轻些的那个吗，怎么的？”“而她呀，我的妈哟，不死不活的！”列文在大门口迎接了新娘，和她一起走进教堂时，人群里议论纷纷。

斯捷潘·阿尔卡杰奇把迟到的原因讲给了妻子听，来宾们则边微笑边低声地互相嘀咕着。列文什么都没有看见，他的眼睛一刻不停地瞅着自己的新娘。

大家都说，她最近一些日子憔悴了许多，戴着花冠远没有平时好看，列文却没有发觉这一点。他看着她的白婚纱和戴白花的高高的头发，她那从两边合拢的高高竖起的拼装领子，从前边袒露出长长的脖颈，以及纤细得惊人的腰身，在他眼里这些比任何时候都更好看——不是因为这些花，这条婚纱，这件从巴黎订购的裙子给她增添了什么美，而是因为她那可爱的脸部表情，她的目光、她的嘴唇……依旧流露出一种纯洁的美，虽然这身豪华的穿戴是专门准备的。

“我还以为……你想逃跑了？”她说，并对他莞尔一笑。

“发生的事情是那么愚蠢，真不好意思说！”他通红着脸说，接着他只好转过头去，面对着走上前来的谢尔盖·伊万诺维奇。

“好一个衬衫的故事啊！”谢尔盖·伊万诺维奇微笑着摇摇头说。

“是啊，是啊。”列文随口答应，没听清楚人家对他说的是什么。

“好吧，柯斯佳，”斯捷潘·阿尔卡杰奇装出一副惊恐的样子说，“现在应该对一个重要的问题作出决定了。正是现在，只有你才能定夺。人家问我：要点着过的蜡烛呢，还是没有点着过的？相差十个卢布，”他嘴唇上露出微笑补充说，“我决定了，但怕你不同意。”

列文知道这个玩笑，但没法笑出来。

“到底怎么样？没有点着过的还是点着过的？就这个问题。”

“对，对！没有点着过的。”

“好，我很高兴。问题解决了！”斯捷潘·阿尔卡杰奇笑眯眯

地说。“这种时候，人就变得傻乎乎。”当列文不知所措地瞧了他一眼向新娘走过去时，他对契里科夫说。

“注意，吉蒂，你要先站到毯子上去。”诺尔德斯顿伯爵夫人走近了说。“你们都好看！”她转过来对着列文说。

“怎么，不害怕吗？”老姑母玛丽娅·德米特里耶夫娜说。

“你不冷吗？你的脸色苍白。等一下，把头低下来点！”吉蒂的姐姐里沃娃说着，把自己丰满漂亮的双手举成一个圆形，微笑着把她头上的花理了理。

陀丽走过来想说点什么，可是说不出来，她哭了，又不自然地笑了。

吉蒂和列文一样，用心不在焉的目光看着大家。不论人家对她说什么，她都只以幸福的微笑作回答，这种微笑现在对她来说是这么自然。

这时，教堂的工作人员都穿上了法衣，一位司祭和助祭走到设在教堂门廊里的诵经台上。司祭对列文说了句什么话，列文没有听清楚。

“拉起姑娘的一只手，并领着她向前走。”男傧相对列文说。

列文半天弄不明白，人家要求他做什么。人家纠正了他好久，都已经要扔下他不管了——因为他不是伸错了自己的手，就是拉错了吉蒂的手，最后他总算明白了，应当不必变换位置用自己的右手去拉她的右手。当他终于像要求的那样拉起新娘的一只手时，司祭走了几步来到他们前面，并在诵经台旁边停了下来。一大群亲戚和朋友窃窃私语，伴着拖地长裙的沙沙声，跟在他们后面朝前移动。有人弯下腰去，把新娘的拖地长裙拉正。教堂里一片肃穆，连一滴蜡烛油掉下来的声音都听得到。

法冠下露出一绺绺银发直拖到两边耳后跟的小老头司祭，正从背部带金十字架的银色沉重的法衣下伸出瘦小苍老的双手，在诵经台旁边倒腾什么东西。

斯捷潘·阿尔卡杰奇小心翼翼地走到他身边，小声嘟囔了些什么，并向列文使了个眼色，又后退回去了。

司祭点燃了两支雕花的蜡烛，斜着拿在左手上；这样蜡烛油就慢慢往下掉，接着他转过脸来对着新郎新娘。司祭就是听取列文忏悔的那个人。他用倦怠和忧郁的目光看看新郎和新娘，叹了口气，从法衣里伸出右手给新郎祝福，又同样地但格外温柔地把他那叠起的手指放在吉蒂低着的头上。然后，他把蜡烛交给了他们，自己拿着个手提香炉，慢慢地从他们身边走开了。

“难道这是真的？”列文想，转过脸看了一眼新娘。他稍稍高点，所以看得见她的侧面及她嘴唇和睫毛勉强能让人觉察出来的活动，他知道她感觉到了他的目光。她没有转过脸来，但高高的褶边领子动起来了，触到了她一只粉红色的小耳朵。他看到她屏住了呼吸，那只戴着长手套拿着蜡烛的手在颤抖。

为衬衫迟到所引起的忙乱，和朋友、亲戚们的谈话，他们的不满，自己的可笑情景——此刻全都消失了，他只觉得又高兴又害怕。

潇洒高大的大司祭身穿银色法衣，梳着一头向四面分开的鬈发，他神气地走到前面，并以一个惯常的手势用两个手指撩起肩带，停在了司祭正对面。

“赐——福——吧，主——啊！”庄严的声音响起来，一个接一个慢慢发出的音节，空气都像波涛般地震动。

“上帝赐福给我们，世世代代，永远永远。”小老头司祭用温和而歌唱般的语调作答，同时继续在诵经台上倒腾什么。唱诗班的合唱响彻整个教堂，它和谐宽阔，慢慢加强，然后刹那间停止又悄悄地消散了。

大家照例为上苍赐给的和平与拯救，为东正教最高会议，为国王祈祷；为今天结为夫妇的上帝的奴仆康士坦丁和卡捷琳娜祈祷。

“祈求赐予他们美满的爱、平安，帮助他们，我们向主祷告。”大司祭用好像是整个教堂在呼吸的声音说。

列文听着这些祷告，他感到惊奇。“他们怎么猜到我需要的正是帮助呢？”他回忆起不久前自己的种种恐惧和怀疑。“我知道什么？在这件可怕的事情上，”他想，“没有帮助，我能做什么？现在我需要的，正是帮助。”

助祭做完东正教祈祷时，司祭拿着一本书转向新郎新娘：

“永恒的上帝，你将两个分离的人结合在一起，”他用温和如歌唱般的语调宣读起来，“并使他们的爱情结合得牢不可破；你曾经赐福予伊萨克和列维加，并许诺赐福予他们的后裔，谨祈也赐福予你的奴仆康士坦丁、卡捷琳娜，指引他们万事如意和幸福。你是宽宏仁慈的上帝，光荣属于你，属于圣父和圣子，属于圣灵，世代永恒。”

“阿门！”空气中又响彻无处不在的合唱队的歌声。

“‘让两个分离的人结合在一起，并使他们的爱情结合得牢不可破’，这些话多么意味深长，多么符合我在这一刻的心情！”列文想，“她是不是也有和我一样的感觉？”

他转过头去，遇到了她的目光。

他从这目光里看出，她也和他的理解一样。然而事实并非如此；她几乎一点儿也不明白祷告词的含意，在举行完婚仪式时她根本就没有听那些词儿。她没法去听和理解那些词儿：因为充满她心灵的那种感觉是如此强烈，而且越来越强烈。这是一种完满地完成，自己这一个半月来的心事及这六周来持续使她欢乐而又痛苦的事终于实现了。在她身穿咖啡色长裙在阿尔巴特楼房大厅里默默地走到他面前并将自己许给了他的那一天——那一天那一刻，她的心里仿佛同以前的生活完全决裂了，她开始了一种完全不同的、崭新的、自己一无所知的生活，尽管她依旧过着原来的生活。对她来说，这六周是最幸福也是最痛苦的时候。她的整个生活，全部心愿和希望都集中在一个陌生人身上：而使他们结合在一起的是一种更加难以理解的感情。这种感觉一会儿使他们亲近，一会儿使他们疏远，而与此同时，她继续过着原来的生活。

过着原来的生活的同时，她对自己，对过去的一切产生了一种完全克服不了的淡漠：对一切事物，对习惯，对曾经并仍爱着她的人们，对为这种淡漠忧心忡忡的母亲，对原来自己在世界上最喜欢的温柔的父亲。她时而为这种淡漠感到害怕，时而又为导致自己这么淡漠的那种感觉而喜悦。除了和这个人一起生活之外，她既不能去想，也没有任何愿望；然而这种新的生活还没有实现，她甚至都还没法清楚地设想它。有的只是等待——对一种新的和自己一无所知的东西的恐惧和欣喜。而现在，等待呀等待，还是那种一无所知，那种抛弃原来生活的惋惜等——全都要结束了，而新的生活将要开始。由于自己的一无所知，这种新的生活不能不是可怕的；但是，可怕也好，不可怕也罢——六个星期以来，它在她心灵里已经扎下根来；现在只不过是正式加以肯定罢了。

司祭转身又回到诵经台，他好不容易拿起吉蒂的小戒指，要列文伸出一只手，把戒指戴到他手指的第一个关节上。“上帝的奴仆康士坦丁和上帝的女奴仆卡捷琳娜结为夫妻。”接着，把一枚大戒指戴在吉蒂粉红纤细、柔弱得可怜的手指上后，司祭说了同样的话。

新婚夫妇几次想猜度自己应该做什么，结果每次都猜错了，司祭就悄悄地纠正他们。该做的终于做完了，用他们的戒指画过十字后，他又把一枚大戒指给吉蒂，小的一枚给列文，他们又搞混了，于是一枚戒指从一只手到另一只手地转交了两次，结果还是不符合要求。

陀丽、契里科夫和斯捷潘·阿尔卡杰奇上前去把他们纠正过来。这引起了一阵混乱、低语和微笑，不过，在新婚夫妇脸上那种庄严而受感动的表情没有改变；相反，他们显得比原来更严肃和庄重，连斯捷潘·阿尔卡杰奇低声地要他们各人戴上自己的戒指时的微笑，都情不自禁地僵滞在嘴唇上了。他仿佛感到，任何微笑都会使他们受到伤害。

“你最初创造男性和女性，”司祭在交换戒指后念道，“便使他们结合为夫妻，互相帮助，生儿育女。我的上帝，你曾亲自遵照圣约把真理赐给你选择的奴仆，即我们的祖辈——世世代代不止息地传下来：你看到自己的奴仆康士坦丁和女奴仆卡捷琳娜以信仰，以共同的思想，以真理和爱情，确认他们结为夫妻……”

列文越来越觉得，他关于结婚的全部想法，他对自己要建立的生活的理想——都是天真幼稚的，而且这是某种自己至今不理解的，现在更加不理解的事情，虽然它正在他们面前完成；自己胸膛的起伏越来越激烈了，泪水不可抑制地夺眶而出。

五

全莫斯科的亲戚和朋友们都汇集在教堂里了。在举行结婚仪式时，灯火通明的教堂里，在打扮得漂漂亮亮的妇女、姑娘和系着白领带身穿燕尾服或制服的男人圈里，一种主要由男人发起的彬彬有礼的低声谈话不停地在进行着，同时女人们则完全倾心于观察从来都如此吸引她们的宗教仪式的全部细节。

最接近新娘的那个小圈子，有她的两个姐姐：陀丽和二姐里沃娃，她是位文静的美女，刚从国外回来。

“这个玛丽，她怎么穿着全身黑色似的紫衣服来参加婚礼？”柯尔松斯卡娅说。

“她那张面孔的肤色，只有这样能补救……”德鲁别茨卡娅回答，“我奇怪的是，他们为什么在晚上举行婚礼。这是一种商人作风……”

“漂亮些呀。我也是在晚上完婚的。”柯尔松斯卡娅回答，并叹了口气，她回想起自己当时有多么可爱，她的丈夫多么可笑，可是现在，一切却成了另一种样子。

“据说谁做傧相超过十次，他就不想结婚了；我想第十次做傧相，好给自己保险，但位置已经被人占了。”西尼亚文伯爵对长相不错的恰尔斯卡娅公爵小姐说，她看上了他。

恰尔斯卡娅对他只报以微笑。她正看着吉蒂，同时在想什么时候自己与西尼亚文伯爵一起站在吉蒂的位置上，以及到那时自己怎么使他记起今天这个玩笑。

舍尔巴茨基对宫中老女官尼古拉耶夫娜说，他想把花冠戴在吉蒂的假发髻上，使她幸福。

“本来就不该戴假发髻的，”尼古拉耶夫娜说，她老早就决定如果哪位她看中的老单身汉要娶她，婚礼将是最简单的，“我不喜欢这种庆祝方式。”

谢尔盖·伊万诺维奇和达丽娅·德米特里耶夫娜在进行交谈。他开玩笑地要她相信，婚后外出旅游的风俗之所以流行是因为新婚夫妇总有些害羞。

“你弟弟可以自豪了。她可爱极了。我在想，您妒忌没有？”

“我已经过了这个年纪了，达丽娅·德米特里耶夫娜。”他回答说，脸上突然露出忧伤和严肃的表情。

斯捷潘·阿尔卡杰奇向姨妹讲了一句关于离婚的俏皮话。

“应当把花冠戴好。”她没有听他的话，回答说。

“多可惜，她变瘦了不少，”诺尔德斯顿伯爵夫人对里沃娃说，“不过，他还是连她的一个指头都不值。对不对？”

“不，我很喜欢他。不是因为他是我未来的妹夫①，”里沃娃回答，“而是，看他表现得多好！而在这种情况下要表现好是很难的——不让人觉得可笑。而他却不可笑，不紧张，看得出他很受感动。”

“看样子，您是希望这样吧？”

“差不多。她一直爱着他。”

“那我们瞧吧，看他们当中谁先站到地毯上。我劝告过吉

① 原文为法语。

蒂了。”

“全一样，”里沃娃说，“我们大家都是顺从的妻子，这是我们的本性。”

“我呀，故意比瓦西里先站上去。而您呢，陀丽？”

陀丽站在他们旁边，听到她们的话，但没有答理。她太感动了。她的眼睛噙满泪水，一张口就要哭出来了。她为吉蒂和列文高兴。她回忆起自己结婚时的情景，她不禁瞥了容光焕发的斯捷潘·阿尔卡杰奇一眼，忘了当前的一切而只记得自己纯洁的初恋。她不仅回忆起自己个人的，还回忆起和自己亲近的和认得的所有女人的初恋；她回忆起那个对她们来说唯一庄严的时刻，当时她们和吉蒂一样，头戴花冠，心怀着爱情、希望和恐惧站着，抛开过去而进入一个神秘的未来。她想起的所有那些新娘当中，包括自己喜爱的安娜，关于安娜将离婚的消息，她最近也听到了。她也曾经是纯洁无瑕的，头戴香橙花冠，身披婚纱站在那里。可现在有什么？

“真是难以理解。”她不由得脱口而出。

注意观看教堂结婚仪式的全部细节的，不只有两位姐姐及一些亲戚、女友；那些来看热闹的女人也激动得屏气凝神地注视着，生怕错过新郎新娘的每个动作、每个表情，顾不上去答理那些冷漠的男人的话，那些男人尽提些逗乐或不相干的意见。

“干吗那么眼泪汪汪的？可不是被迫出嫁的吧？”

“嫁给这么个好小伙子，干吗还被迫？是位公爵，不是吗？”

“而这个穿白绒缎子的，是她姐姐？啊，你听那助祭在大声嚷嚷：‘要敬畏自己的丈夫！’”

“楚陀夫斯基教堂的？”

“主教公会的。”

“我问一个仆人了。他说，新郎马上就带新娘回自己的世袭领地去。听说有钱得很呢。所以啊，才嫁给他。”

“不，相配的一对。”

"可你们刚才还争呢，玛丽娅·符拉西耶夫娜说裙子里没有裙撑。你瞧那个穿深褐色的，听说是位公使夫人，她的裙子是怎么一层层卷起的……"

"这么可爱的新娘子呀，正像只收拾好准备挨宰的羔羊！而您还别说，我们的姐妹可怜啊。"

挤进教堂里看热闹的女人们议论纷纷。

六

结婚仪式第一部分结束时，一位神职人员将一块粉红的绸布铺开在教堂中央的诵经台前，唱诗班唱起优雅而复杂的赞美诗，男高音和男低音互相呼应，接着司祭转过来，向新郎新娘指着那块红绸布。尽管他们俩都听了许多关于征兆的话，说谁先站到地毯上就将成为一家之主，但无论列文或吉蒂在迈出这几步时谁都没有记起这个。有人说是列文先站上去的，有人则说是两人同时站上去的，关于这些说法和争论，他们都没有听见。

在关于他们是否愿意结为夫妻，他们是否曾将自己许诺给别人的例行问题及他们作过连自己听起来都觉得奇怪的回答后，第二部分仪式开始了。吉蒂听着祈祷词，想明白它们的含意，可是办不到。一种喜庆欢乐的感情，随着仪式的完成而越来越充斥着她的心灵，使她无暇注意其他的一切。

他们在祈祷"赐予贞节和子女，使他们儿女满堂"。接着又提到上帝用亚当的肋骨造出妻子，"让男人离开父母，眷恋妻室，使二人成为骨肉一体"，并说，"那是一大秘密"。他们祈求上帝赐给他们多子多福，像伊萨克和列维加、约瑟夫、莫依谢和塞普福尔一样，看到自己儿子们的儿子。"这一切都非常好，"吉蒂听着这些词儿想，“一切都应该是这个样子。”于是，她以一种富有感染力的幸福的微笑吸引了所有人的注意，她清澈明亮的脸上容光焕发。

“都戴上！”当司祭给他们戴上花冠，舍尔巴茨基用一只戴手套的手哆哆嗦嗦地把一个花冠高高举在她头顶上时，响起这样的提议。

“您给戴上吧！”她微笑着低声说。

列文扭头看了她一眼，为她脸上容光焕发的喜悦感到惊奇；这种感情也感染了他。和她一样，他也由衷地欢喜。

他们欣喜地听大司祭念诵《圣徒行传》，直到最后一首诗，他们高兴地用浅浅的杯子喝温热的红酒，当司祭扔掉法衣把他们的双手拉在自己手里，在男低音“光荣啊，上帝”的歌声中绕诵经台一周时，他们变得高兴极了。捧着花冠的舍尔巴茨基和契里科夫不时踩着新娘的裙子，也不知为什么笑眯眯地感到高兴，他们一会儿落在后边，一会儿在司祭停下来时撞到两位新人身上。吉蒂身上燃起的欢乐火花仿佛也感染了教堂里的所有人。列文感觉到，司祭和助祭也和他们一样想微笑。

司祭从他们头上取下花冠，诵读了最后的祈祷文并向两位新人表示祝贺。列文看了吉蒂一眼，他从来没有看到她像现在这个样子。她满脸幸福容光焕发，更显得妩媚动人。列文想对她说句什么话，可是他不知道仪式是否已经结束了。司祭使他消除了困惑。他那善良的嘴巴在微笑，并声音低低地说：

“吻您的妻子吧，您也吻丈夫。”说着他拿走了他们手上的蜡烛。

列文小心翼翼地亲吻吉蒂含着微笑的嘴唇，把一只手递给她，怀着一种新奇的亲近感走出了教堂。他不敢相信，也不能相信这是真的。只有当他们惊讶而羞怯的目光相遇在一起时，他才相信，因为此时他感觉到他们已经成为一体了。

当天夜里，新人吃过晚饭就到乡下去了。

七

符朗斯基和安娜一起到欧洲旅行，已经三个月了。他们游览了威尼斯、罗马、那不勒斯，刚来到一个不大的意大利城市，想在那里住些时候。

领班仆从是个美男子，他的大分头涂着很稠的发膏，穿着燕尾服和领口开得大大的白软洋纱衬衫，圆鼓鼓的肚皮上挂着一串带小坠子饰物的表链，双手插在口袋里，轻蔑地皱着眉头，此刻，他正严肃地回答一位拦住他的先生的问话。听到大门口的另一侧响起上台阶的脚步声，领班仆从转过身看到是位上等房间的俄国伯爵，便恭恭敬敬把手从口袋里伸出来，鞠了一躬后解释说，信差来过，租用宫殿式住宅的事情已经办成了。主管的人正准备签协议。

“啊！我很高兴，”符朗斯基说，“太太在家吗？”

“她出去散步了，不过现在回来了。”仆从回答。

符朗斯基脱下自己的宽边软礼帽，用手绢擦了一把前额上的汗及长得盖住半个耳朵、往后梳着遮住秃顶的头发。接着，他漫不经心地瞥了一眼还站在那儿正注视着他的那位先生，想要走过去。

“这位先生是俄国人，他在打听您。”领班仆从说。

到处都遇见熟人，这的确令人烦恼，但他又想找点什么消遣，免得生活单调，符朗斯基怀着这种混杂的感觉再一次地扭头看了一眼那位走开后又停在那里的先生；接着，在同一时间里两人的眼睛都闪亮了。

“戈列尼舍夫！”

“符朗斯基！”

这正是戈列尼舍夫，符朗斯基在军官学校时的同学。在学校里，戈列尼舍夫属于自由派，以文职身份离开学校，而且没有在任何部队服役过。毕业后，同学们就各奔东西了，他们后来只碰见过一次。

那次见面时，符朗斯基知道戈列尼舍夫选择了自以为了不起的自由派活动，还想以此对符朗斯基的事业和身份表示蔑视。所以，符朗斯基给了他一次自己擅长的那种冷淡而自豪的反击，意思是说："我的生活方式您可以喜欢或不喜欢，不过这对我全无所谓。如果您想了解我的话，您应当尊重我。"然而，戈列尼舍夫还是对符朗斯基一副轻蔑冷淡的样子。那次见面，好像使他们进一步疏远了。而今他们在互相认出对方后，两人都眉开眼笑，高兴得叫了起来。符朗斯基怎么也没有想到自己会对见到戈列尼舍夫这么高兴，显然他不知道自己有多寂寞。他忘记了最后一次见面时双方留下的不愉快印象，以一脸坦率的喜悦向老同学伸出一只手。同样的喜悦取代了戈列尼舍夫脸上原来的惶惑不安。

"我真高兴见到你！"符朗斯基说，友好的微笑使他露出了坚固而洁白的牙齿。

"而我一听——符朗斯基，是哪个？……非常非常高兴！"

"我们进去吧。啊，你在做什么呢？"

"我住在这里已经两年了。我在干活。"

"啊！"符朗斯基关切地说，"我们进去吧。"

接着，他按照俄国人通常的习惯，不用俄语而用法语说起一些不敢让仆人知道的事情来。

"你认得卡列宁夫人吗？我们在一起旅行。我是来找她的。"他用法语说，同时留神注视着戈列尼舍夫的脸。

"啊！我还不知道（虽然他已经知道）。"戈列尼舍夫若无其事地回答。"你早就到这里了？"他补充说。

"我吗？第四天了。"符朗斯基回答，同时再一次留神打量着老同学的脸。

"对，他是个正派人，对待事情抱应有的态度，"符朗斯基暗暗告诉自己，他弄懂了戈列尼舍夫脸部表情和转变话题的意义，

“可以把他介绍给安娜认识，他会用正确的态度看待这件事。”

符朗斯基和安娜到国外来的三个月，无论遇到什么人，他总给自己提出一个问题，这个人会怎样看待他和安娜的关系，并发现男人中的大部分对待这事多半是通情达理的。但如果人家问他或问那些抱“应该有的态度”的人，这种理解是什么意思时，无论是他还是他们都会很难回答。

其实照符朗斯基看，那些抱“应该有的”理解态度的人怎么也不理解这事儿，他们都只是保持一般的，就像有良好教养的人对待任何来自周围种种复杂而无法解决的问题那样——显得彬彬有礼，回避暗示和不愉快的问题。他们做出一副完全理解的样子，承认甚至鼓励他，却都认为要对所有这事儿作出解释是不合适和多余的。

符朗斯基立刻猜到戈列尼舍夫是这种人之一，因此加倍地乐于见到他。果然，当戈列尼舍夫被介绍与安娜相见时所持的态度，正如符朗斯基所指望的那样。看样子，他毫不费力地回避了一切能导致尴尬的问题。

他以前不认识安娜，因此为她的美貌，特别是为她在承受自己的处境方面所持的那种坦诚感到吃惊。符朗斯基带戈列尼舍夫进来时，她一下涨红了脸，而在她坦率而美丽的脸上泛起了天真的红晕，使他非常喜欢。不过特别使他喜欢的，是她立刻好像故意在外人面前不至于产生误会似的简单称符朗斯基为阿列克谢，而且还说她和他将搬到新租下的一幢当地称作“帕拉佐”的宫殿式住宅里去住。戈列尼舍夫喜欢她这种对自己处境的直率和诚实态度。看到安娜温和善良、精力充沛的样子，既认识阿列克谢·亚历山大罗维奇又认识符朗斯基的戈列尼舍夫，感到自己完全理解她。他觉得自己理解她怎么也不理解的东西：这就是她只能如此，使丈夫不幸，抛下他和儿子，失去美好的声誉，自己则保持精力充沛和开心幸福。

“它在旅游指南上有，”戈列尼舍夫指的是符朗斯基租下的那幢宫殿式住宅，“那里有丁托列托[1]很出色的绘画。是他的后期作品。”

“您知道吗？天气这么好，我们到那里去，再看一看。”符朗斯基转过来对安娜说。

“好的，我现在就去戴帽子。天气热吗？”她到了门口停下来说，并询问地看着符朗斯基，脸上又泛起鲜艳的红晕。

从她的眼神里，符朗斯基看出她不知道他想和戈列尼舍夫保持一种什么样的关系，她担心自己的表现不合他的心意。

他以温柔、专注的目光瞧着她。

“不，不太热。”他说。

于是她觉得自己全明白了，主要的是他对她满意；她对他莞尔一笑，便快步出门去了。

两个朋友互相瞅着，然后他们的脸上出现了慌乱的神情。戈列尼舍夫显然是欣赏她的；关于她，他好像想说点什么却又不知道说什么好，而符朗斯基所希望而又担心的，也是这样。

“是这样的，”符朗斯基为了进行某种谈话开口说，“你是定居在这里了？这么说，你还是干原来的那一行？”回想起人家对自己说起过戈列尼舍夫在写东西，他继续说。

“对，我在写《两个原理》第二卷，”提起这个问题，戈列尼舍夫兴奋得涨红了脸说，“确切地讲，也就是我还没有写，但已经在准备和收集材料。第二部分的内容将要广泛得多，几乎包括所有的问题。在我们俄国，大家不想明白我们是拜占庭的继承人。”他开始滔滔不绝地热烈地解释起来。

开始时符朗斯基还有点儿不好意思，因为作者向他提到《两个原理》第一卷的某些著名内容，他还不知道。不过后来，当戈列尼舍夫开始叙述自己的思想时，符朗斯基就能跟上他了，自己虽然不了解《两个原理》，他仍不无兴趣地听着，因为人家讲得很

---

① 丁托列托（1518—1594），意大利宗教画和肖像画家。

好。但是戈列尼舍夫在讲述自己研究的课题时那种愤愤的激情，使符朗斯基感到既惊讶又失望。他越往下讲，眼睛就睁得越大，也就越急于反驳假想的论敌，脸部的表情也变得越来越激动和愤慨。回想起戈列尼舍夫原来是一个瘦瘦的、活跃的、心地善良和气质高尚的孩子，在学校里总是拿第一名，符朗斯基怎么也无法理解这种激动的原因，而且也不赞成他这样急躁。有一点尤其使他不喜欢，那就是戈列尼舍夫，一个身处教养良好圈子里的人，居然落到了和那些让人愤慨、生气的平庸之辈一个水平。犯得着这样吗？符朗斯基不喜欢这样，不过尽管如此，他还是感到戈列尼舍夫的不幸，觉得他可怜。这张表情丰富而相当漂亮的脸上的不幸，几乎是神经错乱的样子，甚至连安娜走进来他都没有察觉到，当时他仍在急切、热烈地阐述自己的思想。

安娜戴着帽子，披着披肩进来了。当她用一只漂亮的手动作迅速地摆弄着阳伞走到他身边时，符朗斯基才有一种轻松的感觉，他终于离开戈列尼舍夫那全神贯注地盯住他的哀伤的目光，饱含新的爱意瞧着自己那妩媚而又充满活力和喜悦的女伴。戈列尼舍夫好不容易才清醒过来，起初还显得伤心和忧郁，不过对大家都很亲切的安娜（她当时正是这样）很快以自己坦诚、愉快的态度使他振奋起来。试着谈了谈各种各样的话题后，她把话题引到他讲得很好的绘画上，并仔细听着他说。他们徒步走到新租下的那栋房子，进去观看了一番。

“我有一点很高兴，”他们往回走时，安娜告诉戈列尼舍夫，“阿列克谢将有一个不错的画室[①]。你一定要使用这间屋子。”她用俄语对符朗斯基说，并对他以“你”相称，因为她已经心里有数，在他们离群索居时，戈列尼舍夫将是个亲近的人，在他面前用不着隐瞒。

“你难道画画？”戈列尼舍夫迅速转过身来问符朗斯基。

---

① 原文为法语。

"对，我早就学过，现在又开始画了。"符朗斯基红着脸说。

"他很有才华，"安娜快乐地微笑着说，"我当然不是评论家。不过，懂行的评论家也这么说。"

八

在这获得自由和迅速恢复元气的初期，安娜感到自己拥有不可原谅的幸福，她的生活每天都充满欢乐。对丈夫不幸的回忆并没有损害她的幸福。这种回忆，一方面想到它就觉得可怕，所以，她不愿意去想；另一方面，丈夫的不幸换来了太大的幸福，所以她不后悔。对自己生病后发生的一切的回忆：与丈夫和解，分离，符朗斯基受伤的消息，他的出现，准备离婚，抛下丈夫，告别儿子——所有这一切，她都觉得好像是一场怪诞的梦，自己一个人和符朗斯基来到国外后才从中醒来。回想给丈夫造成的伤害，在她身上激起一种类似厌恶的感觉，就好比一个淹到水里的人脱开了那个死死抓住他的人。那个人淹死了，这当然不好，但那是唯一得救的办法，因此还是不去回忆这些可怕的细节为好。

在刚同丈夫决裂的时候，她曾经对自己的行为有过一种自我安慰似的想法，如今回忆起种种过去的事情时，她又记起了这种感觉。"我使这个人不幸是无法避免的，"她想，"但我不想利用这种不幸；我也在受罪，而且还将受罪：我失去了最珍贵的东西——我的名声和儿子。我作了孽，因此我不想幸福，不想离婚，还将为耻辱和离别儿子而受罪。"但是，不管安娜多么真诚地愿意受罪，她并没有受罪，也没有一点儿耻辱。两个人选择了这么明智的策略，身处国外，避开了俄国太太们，巧妙地避免说谎，以及过虚伪的日子。而且无论到哪里，见到的人们都装作好像完全理解他们相互关系的样子，而且这种理解比他们自己理解的还要深刻似的。离别自己喜爱的儿子，最初她也不觉得痛苦。小女孩，她生的那个，是这么可爱，安娜深深眷恋着她，因为身边只剩下这一个孩子了，安娜就格外宝贝她，更难得想到儿子了。

因为逐渐恢复的健康而增强的生命的需求是这么强烈，生活环境又是这么新鲜，这么令人愉快，安娜觉得自己的幸福是不可饶恕的。她对符朗斯基了解越多，也就越发爱他。她为他本身及他对她的爱而爱她。完全属于他，对她来说是一种幸福的喜悦。他的亲近，让她觉得愉快。她越来越多地了解到他性格的全部特点，她越发觉得他无比亲切而可爱。他穿便装更是风度翩翩，对她具有一种年轻恋人般迷人的魅力。他所说的、所想的和所做的一切事情，她都能发现有某种特别善良和崇高的地方。她对他的赞赏，常常使她感到害怕：她寻找了，却在他身上怎么也找不出任何不好的东西来。她不敢向他表明，在他面前她意识到自己的微不足道。她怕他一旦知道了自己这种情绪，就不再爱她了。而现在，没有比这更让她不放心的了，虽然她这种担心就目前来看是毫无理由的。她不能不为他对她的情谊而感激他，不能不表示出自己是多么珍惜这份情谊。照她看，他显然具有一定的从事政治活动的才能，理应在这方面扮演一个显著的角色——他为她牺牲了功名，却从来都没有显示出丝毫的遗憾。他对她比以前更爱惜更敬重，而思想上一刻也没有忘记永远不让她为自己的处境感到尴尬。他是一个多么勇敢的人啊，在和她的关系中不仅从来没有矛盾过，他还不违抗她的心意，总是一味地迁就她。因此，她不能不珍惜这份情谊，虽然他这种对她的关怀，他创造的围绕她的这种关怀的氛围，有时倒使她感到为难。

而同时，虽然自己这么长久以来的愿望终于实现了，但符朗斯基却并不完全幸福。他很快感觉到，自己愿望的实现是给自己所期望的那座幸福之山加了一粒沙子。这种实现向他表明了那个人们常常犯的永久性错误，就是自以为愿望的实现便是幸福。他和她结合在一起及自己穿上便服后的开头一段时间，他感觉到了自己以前不知道的所谓自由及爱情的全部美好，并很满足。可是时间不长，很快他就感觉到，一种对欲望的追求，一种惆怅，从他心头升起。他不由自主地开始抓住每个瞬息即逝的幻想，把它看成是欲望和目的。过去在彼得堡，自己的空余时间都是花在社交生活上的，现在离开了那个环境，两个人生活在国外完全空闲下来，一天十六小时总该干点什么。符朗斯基已不能再去考虑以前到国外的那种单身生活的乐趣，因为有这样的一次尝试，由于和几位熟人吃晚饭回来迟了，结果就在安娜心中引起了出乎意料的忧伤。因为他们关系的不明确，也不可能与当地的俄罗斯社团交往。游览名胜，别说全都已经看过了，他这样一个聪明的俄罗斯人，也不会像英国人那样把这种事情看得那么重要。

符朗斯基就像一头饿兽寻找食物一样，他一会儿抓住政治，一会儿抓住新书，一会儿抓住绘画。

他年轻时就有绘画的才能，现在又不知道钱往哪儿花，于是便开始收集版画，集中精力画起画来，把自己过剩的精力全都倾注到绘画上。

他具有鉴赏艺术及别具一格的摹仿艺术品的天赋，他自以为具备成为艺术家的条件，在选择哪一类绘画上费了一番工夫：宗教的、历史的、风俗的还是现实的；然后他动手画起来了。他懂得各类绘画，不论画哪一类都能产生灵感，但是他不知道其实他对绘画一无所知，光凭自己心里直接产生的灵感去绘画，而不去关心自己画的是否属于哪个流派的风格。因为不知道这个，他不是从生活直接产生的灵感，而是间接地从已经被体现成艺术作品的生活中出发，所以他的灵感来得又快又容易，而且很容易使自己画得很像他想模仿的流派。

他喜欢法国的优雅和有感染力的绘画超过其他的一切流派，于是他就用这种流派开始给安娜画穿着意大利服装的肖像，他自己及所有看过这幅肖像的人都觉得画得很成功。

九

这是一座古老而荒废了的宫殿式住宅：高高的带雕花的天花板，墙上有彩画，镶木地板，高大的窗户上挂着笨重的黄色帘子，枝形架和壁炉上摆着花瓶，门上有木雕，有几个挂着绘画的阴暗大厅——他们搬来以后，这座宫殿式住宅的外表给符朗斯基心里带来一种愉快的错觉。他觉得自己与其说是个俄国地主和离了职的宫廷狩猎官，不如说是位对艺术训练有素的爱好者和保护者，而本人——是个为了心爱的女人抛开了社交、种种社会关系及功名的谦逊的艺术家。

通过搬到这座宫殿式住宅来，符朗斯基精挑细选的角色是完全成功的，通过戈列尼舍夫结识了一些有趣的人物，所以开头一段时间他很平静。在一位意大利绘画教授的指导下，他练习实物写生，从事中世纪及意大利生活的研究；这种生活使符朗斯基着了迷，他甚至按照中世纪的生活方式戴帽子，肩上披一块方格子毛毯，这对他还挺合适。

“我们生活在这里，却什么也不知道。”有一次，符朗斯基对早上到他这里来的戈列尼舍夫说。“你看过米哈依洛夫的画吗？”他说，同时把早上刚到的一张俄文报纸给他看，他指着其中的一篇文章，那里写了生活在本市的一位俄罗斯画家，他完成了一幅早已有人说起并事先订购的画。文章抱怨政府和美术学院让一位出色的画家得不到帮助和任何鼓励。

“看过，”戈列尼舍夫回答，“当然，他不无才华，但方向完全是错误的，还是伊万诺夫、施特劳斯和勒奈①那种对基督和宗教

① 伊万诺夫（1806—1858），俄国宗教画家，擅长通过宗教题材表现人物的复杂性格。施特劳斯（1808—1874）、勒奈（1823—1892），分别为德国宗教哲学家和法国宗教史学家，均为神学中的怀疑论者。

画的态度。”

“是一幅什么画？”安娜问。

“面对彼拉多[①]的基督。基督成了个用新派完全现实主义画成的犹太人。”

由于这涉及了戈列尼舍夫一个最喜欢的主题，他开始滔滔不绝地说起来。

“我不懂他们怎么能犯这种粗陋的错误。在艺术大师们的作品中，基督已经完全定型了。因此，他们想要画的不是上帝，而是个革命者或圣贤，那就去画苏格拉底、富兰克林、夏洛特·柯尔黛[②]好了，只是不要选择画基督。他们选择的恰恰正是不能用作艺术表现对象的面孔，此外还有……”

“这个米哈依洛夫真的那么穷，是真的吗？”符朗斯基问道，同时在想，自己作为俄罗斯一个保护学术和文艺的财主，不管他的画是好是坏，都应该帮助这位艺术家。

“未必吧。他是个出色的肖像画家。你们看到过他画的瓦西里奇科娃像吗？不过他好像再也不愿画肖像了，因此，可能吧，他还真生活在贫困中。我是说……”

“能不能请他为安娜·阿尔卡杰耶夫娜画一幅肖像？”符朗斯基说。

“为什么画我？”安娜说，“有了你画的，什么样的肖像我都不要了。画安妮（她这样叫自己的女儿）吧。瞧她。”她从窗子上正好看到漂亮的意大利乳母把孩子带进公园里，同时立刻扭过头来看了符朗斯基一眼。符朗斯基为了自己的一幅画，给这位乳母画了一张头部写生，这成了安娜生活中唯一的一个隐秘的痛苦。符朗斯基画了她以后，不时地欣赏她的美和中世纪的风韵，而安娜

---

① 彼拉多，古罗马执政官，是他把耶稣基督钉在十字架上。

② 夏洛特·柯尔黛（1768—1793），法国女子，因法国大革命时暗杀革命家马拉出名。

自己不敢承认她会吃这个乳母的醋，因此她对她和她幼小的儿子都特别亲热和宠爱。

符朗斯基也看了看窗外，又看了一眼安娜，他转过头来对戈列尼舍夫说：

“那么你认识这个米哈依洛夫吗？”

“我碰到过他。可他是个怪人，而且没有一点教养。你们知道吗，他是而今经常会遇到的那种野蛮的新人之一；知道吗，他是一开始[①]就在无信仰、否定和唯物主义的观念教育下成长起来的自由思想者之一。过去呀，”戈列尼舍夫说，也不去或者是不想去注意安娜和符朗斯基是不是想说什么，“过去呀，自由思想者是宗教、法律和道德观念教育出来的，他们还亲自通过斗争和劳动来领会到自由的思想；可是现在，出现了一种新型的天生自由思想者，他们在成长起来的同时，对于道德和宗教法则，对于权威，连听都不要听；他们是在否定一切的概念影响下，也就是说，像野蛮人一样成长起来的。他就是这样。他好像是莫斯科一个总管的儿子，没有受过任何教育。他进美术学院时给自己造成一种声誉，说他这个人不愚蠢，希望受到教育。他开始阅读认为是知识源泉的东西——杂志。而且你们知道，在过去，一个想受教育的人，比方法国人吧，就会着手研究所有的古典作品：神学家的、悲剧家的、历史学家的、哲学家的，还有，你们知道吗，所有摆在自己面前的全部精神劳动成果。可是他后来直接落到了否定主义的书堆里，很快掌握了否定主义学问的全部要领，就是这样。不仅如此，二十年前，他会在这种书堆里发现与权威及几个世纪来的传统观点相抵触的地方，他会从这种相互抵触的理论中发现一些别的什么东西；但现在，他直接陷到这种观念里，对过去的传统理论不屑一顾，并且直截了当地说：什么也没有，进化[②]，自

① 原文为法语。

② 原文为法语。

然选择，生存竞争——就是一切。我在自己的文章写到……”

“您知道吗?”安娜说，她早已小心翼翼地和符朗斯基交换过眼色，知道符朗斯基对这个艺术家的教育不感兴趣，他只想要帮助他，约他画一幅肖像。“您知道吗?”安娜果断地打断正没完没了地说着的戈列尼舍夫，“我们去看看他吧!”

戈列尼舍夫清醒过来了，高兴地表示同意。但是因为艺术家住在一个偏远街区，所以他们决定雇一辆马车去。

一小时后，安娜和戈列尼舍夫一排，符朗斯基坐在马车前面，到了远处街区一幢简易房子附近。看院人的妻子过来了，他们从她那里了解到，米哈依洛夫是允许旁人进他画室的，不过他现在正在离这里不远的寓所里，他们便拜托她递交自己的名片，请求允许参观他的画。

十

向艺术家米哈依洛夫递上符朗斯基伯爵和戈列尼舍夫的名片时，他和往常一样在工作。早晨，他在画室里画了一幅巨幅油画。回到家里，他很生妻子的气，因为她不善于和来要房租的女房东打交道。

“都给你说过二十次了，叫你不要多啰唆。你本来就傻，而一用意大利语解释，就变得三倍地傻。”争吵了好一阵之后，他对她说。

“那你就不要拖欠，又不是我的过错。假如我有钱……”

“看在上帝的分上，你让我安静点儿!”米哈依洛夫声音里含着哽咽嚷嚷着，捂住耳朵到隔墙的一间工作室去了，并随手关上了门。“糊涂的女人!”他自言自语，靠在一张桌子坐下来，打开画夹，格外起劲地着手画一张已经开始的画。

他作画，从来没有像在生活不好的时候，特别是在和妻子争吵后那么热切和顺利的。“哎呀，要是能到什么地方躲起来就好啦！”他一边想一边继续画画。他在画一个怒气冲天的人。以前就已经画好了的，但他不满意。“不，那一张好点……它放在哪里了？”他来到妻子那边，皱着眉头没有看她，问大女儿，他给她们的那张纸哪里去了。那张丢掉的纸找到了，但早弄脏了，沾了油渍。他还是拿起画，把它放到桌子上，自己站到离远点儿的地方，眯起眼睛开始观看它。突然，他微微一笑，高兴地挥舞着双手。

“对，对！”他脱口而出，立刻拿起铅笔，开始迅速画起来。一滴油渍赋予了人物以新的风采。

他画出了这种新的风采，突然回想起了自己买雪茄时那个商人的脸，翘着下巴，一副精力充沛的样子，于是他便把这张脸，这个下巴，画到这个人物身上。他高兴得哈哈大笑起来。一个虚构的、僵死的形象突然活起来了，这样子已经不用改动了。这个形象活了，而且轮廓清晰，它无疑是确定了的。这幅画还可以做些修改，可以甚至也应该使两条腿有另一种摆法，左臂的姿势可以重画，头发向后拢。但在作这些修改时，他没有改变形象，只是去掉了一些掩盖人物性格的东西。他好像把覆盖在形象身上的那些妨碍清除了，每增加一笔只是更好地表达出整个形象旺盛的精力，这种力量就像沾上一滴油渍突然使他感觉到的那样。当把名片送给他的时候，他正小心翼翼地画完这幅像。

“马上来，马上来！”

他走到妻子面前。

“啊，好了，萨莎，别生气了！”他露出羞涩而温柔的微笑，对她说，“你没有错，错的是我。我会把一切都安排好的。”与妻子言归于好之后，他穿了件带天鹅绒领子的橄榄色大衣，戴上礼帽，到画室去了。他已经忘了那成功的形象。现在使他高兴和激动的是这么重要的俄国人乘坐四轮马车来参观他的画室。

关于自己那幅正在画架上的画，他心灵深处有一个判断——

这样的画从来没有人画过。他不认为自己的画比拉斐尔所有的画都要好，但是他知道，自己希望和已经在这幅画里表达出的，还从来没有人表达过。这一点他是坚信不疑的，而且从一开始画它的时候就知道了；但人家的意见，不管是什么意见，对他来说，毕竟也很重要。任何一个意见，哪怕是最微不足道的，就算评判者看到的只是他在这幅画上所显示的很小的一部分，都会使他感激不尽。他总认为评论家的理解比他自己的理解要深刻得多，而且总在等待他们在他的画里发现某种他自己没有发现的东西，他还常常从参观者的意见中发现问题。

他疾步向自己画室的门口走去，虽然激动，但安娜身上那种柔和的光辉却使他感到吃惊；当时安娜正站在大门口阴凉处听戈列尼舍夫热烈地说着什么，同时显然盼着看看即将到来的艺术家。他自己也没有注意到，他走过去的时候，自己是怎样一下抓住这个印象，并把它吞了下去，就像卖雪茄商人的下巴；他把这个印象收藏在什么地方，到用得着的时候再把它取出来。事先听了戈列尼舍夫的介绍对艺术家已经有些失望的来访者，见到他的容貌后更加失望了。中等个头，结实而步姿轻佻的米哈依洛夫，戴着顶咖啡色礼帽，穿着橄榄色大衣和窄腿管的裤子，虽然那时早已流行宽腿管裤子了；特别是那张宽阔得不寻常的脸，加上羞怯而想保持尊严的表情，都给人一种不愉快的印象。

“诚恳欢迎。”他竭力做出一副不在乎的样子说，接着便掀起门帘，从口袋里掏出钥匙，把门打开。

十一

进入画室时，艺术家米哈依洛夫再次打量了一下来客，把符朗斯基的那张脸，特别是他的颧骨，记录在头脑里。他的艺术家本能在不停地收集素材，他虽然因即将听到人家评判自己作品而感到越来越激动，却已经从一些不被人察觉的特点中迅速而准确地形成了对这三个人的初步印象。那一位（戈列尼舍夫）是当地的俄罗斯人。米哈依洛夫既不记得他姓什么，也想不起自己在哪里见到过他及和他说过什么话。他只记得这个人的脸，就像某个时候自己见到过的其他的脸一样，这是那些积聚在他头脑里大批妄自尊大而表情贫乏的面孔之一。厚厚的头发和开朗的前额使这张脸很神气，它只有一种表情，那便是集中在狭窄鼻梁上的小小的孩子般的不安。照米哈依洛夫的想象，符朗斯基和卡列宁夫人应该是有名望又富有的俄罗斯人，他们一点儿也不懂艺术，却和所有俄罗斯的有钱人一样假装成艺术的爱好者和鉴赏者。“他们显然已经细细看过全部的老古董，现在又来浏览现代画家、冒充内行的德国人和前拉斐尔派的英国傻瓜，再到我这里来只不过是为了看个齐全。”他在想。他很熟悉半瓶子醋的派头（这种人越聪明就越糟糕），他们参观现代艺术家的画室只抱着有权说艺术没落了这样的目的，而且对新派的作品看得越多就越发认为伟大的古代大师是如何无法模仿。而所有这一切，从他们的脸上，从他们互相说话时那种冷漠不经心的样子，就一目了然了。他们参观人体模型和半身像，自由自在地走着，等着他打开画。不过即便如此，当他翻看自己的草图，拉起窗帘，掀开罩布的那个时候，仍感到一种强烈的激动，虽然说所有有名望和富裕的俄罗斯人在他的概念里都应该是些畜生和傻瓜，符朗斯基特别是安娜还是使他喜欢。

“喏，不想看一看吗？”他说道，轻巧地一步退到旁边并指着一幅画。“这是彼拉多的训诫。《马太福音》第二十七章。”他说，同时感到自己的嘴唇激动得开始颤抖了起来。他退开了点，站在他们的后边。

在来客默默地看着画的那几秒钟里，米哈依洛夫也看着它，而且用一种淡漠的旁观者的目光在看。在这几秒钟里，他预料将作出最高最公正的判断的，正是这些他一分钟前还那么蔑视的来访者。他完全忘了，自己原来也就是在作这幅画的三年里，对它是怎么想的，他用新的淡漠的旁观者的目光看着这幅画，自己原来以为无可置疑的优点，现在发现并没有什么特别好的地方。他看着首位上的彼拉多那张懊恼的脸和基督的平静的脸，看着次要位置上一些侍从的模样和注视着正发生的事件的约翰的脸。所有这些脸，经过多少探索，多少失败和纠正，才以自己特有的性格在他心中成长起来，它们曾带给他多少痛苦和欢乐；为了保持这些脸的和谐，他不知修改了多少次，为了达到完满的色彩和基调，他费了多大的劲儿！现在，他仿佛觉得，在他们看来，这一定是重复了上千遍的平庸玩意儿。他珍惜的是作为画面集中点的基督的一张脸，它曾带给他何等的欣喜，现在用他们的眼光看上去，仿佛已经丧失了全部的魅力。他看到自己画的，只是提香、拉斐尔、鲁宾斯等笔下无数个基督及那些士兵和彼拉多的不错的临摹（甚至也不算好——现在他发现一大堆缺点）。所有这些都很平庸、苍白和陈旧，甚至画得不好——花哨而无力。如果他们当着艺术家的面说些虚假的客气话，而当他们单独在一起时便觉得他可怜又可笑，那将是对的。

这种沉默（虽然它持续了不到一分钟）使他感到太痛苦了。为了打破这种沉默并表示自己的平静，他竭力控制自己，转过身来对着戈列尼舍夫。

“我们好像见过面。”他对他说，同时一会儿看看安娜，一会儿看看符朗斯基，以便不漏过他们脸部的任何一个表情。

“当然！我们在俄国见过面，您记得吗，在那位意大利小姐——新拉舍尔[①]的一次朗诵晚会上。”戈列尼舍夫流利地说起来，他毫无留恋地把目光从画面转到艺术家身上。

不过，注意到米哈依洛夫等着听自己画作的意见，他便说：

“您的画比我上次见到的大有进步。而且和那时候一样，彼拉

① 新拉舍尔，法国有名的悲剧女演员。

多的形象使我非常感动。可以把他理解成这样：一个善良、出色、可爱的人，可骨子里却是位不知道自己在干什么的官僚；不过我感到……”

米哈依洛夫那张依然表情丰富的脸突然容光焕发了：一双眼睛亮晶晶的。他想说什么话，但因为激动说不出来，于是就假装咳嗽。不管自己多么看不起戈列尼舍夫理解艺术的能力，不管关于彼拉多作为一位官员的脸部表情的正确性评语是多么微不足道，也不管他的评语多么令人生气地没有接触到要害，这使他多么受屈辱，米哈依洛夫还是为这个意见感到欣喜。他设想的彼拉多形象和戈列尼舍夫说的一样。这一设想是米哈依洛夫坚定地知道将是正确的无数设想之一，并不降低戈列尼舍夫的意见的意义。他因为这个意见喜欢上了戈列尼舍夫，心情也突然一下从忧郁转为欣喜。整幅画在他面前立刻显得生气勃勃、充满着丰富多彩的无法形容的生命特征。米哈依洛夫又想说自己对彼拉多多么了解，但嘴唇却不听使唤地颤抖，使他没法把话清楚地说出来。符朗斯基和安娜也那么低声地在说着什么，他们低声说，一方面是为了不使艺术家生气，另一方面是为了免得说错让人听见，因为在展览作品现场谈论艺术通常是很容易说错的。米哈依洛夫觉得自己的画对他们也产生了印象，于是他来到他们跟前。

“基督的表情多惊人!”安娜说，在整幅画中，要数这个表情最使她喜欢了，她还觉得这是画的中心，而且这一赞扬肯定会使艺术家感到高兴，“看得出，他觉得彼拉多可怜。”

这又是能从他的画及基督这个形象中得出的无数正确的见解之一。她说，他觉得彼拉多可怜。基督的表情里应当包含可怜，因为在他的身上同时有爱，有非尘世的平静，有决心牺牲及意识到谈话徒劳的表情。当然，彼拉多身上有官员的气势，基督身上有怜悯的表情，因为一个是血肉之躯的化身，另一个——是精神生命的化身。所有这一切及许多别的想法，在米哈依洛夫的脑海里一闪而过。接着，他的脸又欣喜得容光焕发了。

“对，而且这个形象画得多好，多大的空间。可以绕着走过去。”戈列尼舍夫说，他显然是想以这个意见表示自己不喜欢形象的内容和思想。

“对，惊人的技巧！”符朗斯基说。“这些次要形象多么突出！这是技术。”他转过来对戈列尼舍夫说，并以此暗示他们之间有一次曾经谈到过，认为自己没有指望掌握这种技术。

“是的，是的，多么惊人。”戈列尼舍夫和安娜附和着说。米哈依洛夫虽然处于兴奋之中，关于技术的意见还是刺痛了他的心，因此便生气地瞟了符朗斯基一眼，突然皱起了眉头。他常常听到技术这个词儿而根本不理解它指的是什么意思。据他所知，这个词的含义是指机械地、完全不关内容地描绘的能力。他往往注意到，在现在的夸奖中也一样，人们把技术和内在的优点对立起来，仿佛能把不好的描绘成好的似的。他知道，为了除去表面的东西而不损害作品的价值，要把所有表面的东西都去掉，需要花多大的注意力和多么小心谨慎；至于描绘艺术，这里不存在任何技巧。如果他看到的也向一个小孩子或他那位厨娘展示出来的话，他们也会把所有表面的东西剥掉。一个最有经验的高超的老画家，如果头脑里没有内容，光靠一种机械的技巧是什么也画不出来的。此外，米哈依洛夫觉得既然谈论技巧，那他也就没有什么值得夸奖的了。在自己画过和完成的一切作品中，他都看出因为在清除表面东西时不仔细而造成了刺眼的缺点，而现在他如果不损坏整个作品就无法加以纠正了。于是，在几乎所有的形象中，他看到了还没有完全清除的损害作品的那些遮掩内涵的残余。

“有一点可以说的，如果您允许我提这个意见……”戈列尼舍夫说。

“啊，我很高兴，您请。”米哈依洛夫勉强微笑着说。

“这就是，他在您这里是个人化的神，而不是神化的人。不过我知道，您并不愿这样。”

“我画不出我心灵中不存在的那个基督。”米哈依洛夫不愉快地说。

“对，但是在这种情况下，如果您允许我说出自己的看法……您的这幅画很好，我的意见无损于它，再说这是我个人的意思。您有您的想法，您的动机不同。就拿伊万诺夫来说，我认为，如果把基督放在一个历史人物的地位，会对伊万诺夫更好些，他应该去画另外的历史题材，新鲜的，没有人触及过的。”

“但如果这是摆在艺术面前最伟大的题材呢？”

“如果去找一找，会找到其他的题材。然而问题在于，艺术是容不得争吵和议论的。而在看伊万诺夫的画时，信教的和不信教的人都会提同一个问题：这究竟是不是上帝？这样就不能给人一个统一的印象。”

“为什么？我感到对那些有教养的人来说，”米哈依洛夫说，“也就不会有这样的争议了。”

戈列尼舍夫不同意这个意见，始终坚持认为艺术需要统一的印象的思想，用以批驳米哈依洛夫。

米哈依洛夫很激动，但是说不出一句话来为自己的思想辩护。

十二

安娜和符朗斯基早已在互相使眼色，为这位朋友的卖弄感到遗憾了；符朗斯基终于不去等主人，径自转到另一幅画前。

“啊，真美，多美啊！一件奇迹！真美！”他们异口同声地说。

“什么东西，他们那么喜欢？”米哈依洛夫想。他把那幅三年前作的画给忘了。他忘了作那幅画时几个月没日没夜的痛苦和欣喜，就像平时作好一幅画后就把它忘了一样。他甚至不乐意去看它，陈列出来只是为了等哪位想买它的英国人。

“这是老早前的一幅习作。”他说。

“真好！”戈列尼舍夫说，显然也被这幅画的美感动了。

两个男孩用钓竿在柳荫下钓鱼。大点儿的一个抛出鱼钩正小心地把浮子从一堆灌木处往回拉，一副全神贯注的样子；另一个年纪小点儿的，正用双手支着有一头乱糟糟浅色头发的脑袋趴在草地上，两只浅蓝色的眼睛若有所思地瞅着水面。他在想什么？

对这幅画的赞赏又引起了米哈依洛夫的激动，可是他不喜欢这种对已经过去的事儿的无聊感情，所以尽管听到这些赞美使他高兴，他却还是想把来访者的注意力吸引到另一幅画上。

然而，符朗斯基却接着问他这幅画卖不卖。为来访者所感动的米哈依洛夫，这时听到他们谈到钱，颇有些不愉快。

“它摆着就是为了卖的。”他闷闷不乐地皱起眉头回答。

来访者们走了以后，米哈依洛夫坐在彼拉多和基督的画像前面，脑子里反复在琢磨这些来访者说过的话，以及他们没有说出的暗示。而且自己也感到奇怪：这些人在这里时说的话居然对他那么有分量，就连他自己也慢慢地产生了用他们的观点考虑问题的感觉；而这种感觉现在又突然失去了意义。他开始完全以一个纯艺术家的角度看自己的画，随即又处于这样的心情当中，即坚信自己的画是完美的，因此，也是有价值的；对他来说，所需要的是排除一切干扰，集中精力作画。只有这样，他才能积极工作。

基督的一只脚按照远近法缩小，还是不对。他拿起调色板，动手画起来。他一边修改这只脚，同时瞅瞅处于背景位置的约翰的形象，来访者没有注意到这个形象，但他知道那是最完美的。修改完脚，他想着再修饰一下这个形象，但他太激动了。自己冷漠时、心太软时及一切都看得太清楚时，他都同样没法工作。只有从冷漠到兴奋的过渡阶段，他才能工作。他想把画盖上，却一只手拿着罩布站在那儿，带着怡然的微笑久久看着约翰的形象。最终，他忧伤地边盖上罩布边离开，一副疲倦而幸福的样子，走回到自己屋里。

符朗斯基、安娜和戈列尼舍夫回来时，都特别兴奋和快乐。

他们谈论着米哈依洛夫和他的画。他们说的才华这个词儿是指一种天生的、几乎是生理上的能力，它与智慧和感情无关，而且他们想把从艺术家那里感受到的，特别是在他们谈话中常常遇到的一切都称作才华，因为他们需要这个词儿，用以表达他们毫无概念却想谈论的那种东西。他们说，不能否认他有才华，可是这种才华由于缺乏教养——俄罗斯艺术家的共同不幸——而不能得到发展。但那幅两个男孩子的画却留在他们的记忆中，并使他们几次三番地谈到它。

“多美啊！他怎么画出来的，还那么质朴！他还不理解这有多好。对，不应当放过，把它买来。”符朗斯基说。

十三

米哈依洛夫把自己的一小幅画卖给了符朗斯基，并同意给安娜画肖像。约定的那天，他来了，马上就开始工作。

第五次来访后，他完成的肖像画使大家叹为观止，尤其是符朗斯基，因为它不但像，而且画出了特殊的美，奇怪的是，米哈依洛夫是怎么找到她这种特殊的美的呢。“应当了解她并像我一样爱她，才能找到她这种最可爱的内心的表情。”符朗斯基想，虽然他也是从这张肖像画上才真正领略她最可爱的灵魂的表现的。然而，这种表情是那么真实，以致他和其他一些人都感到好像早就知道一样。

“我费了多少时间努力，却毫无结果，”他对着自己画的肖像说，“可是他，看了看就画出来了。这是技术。”

“会成的。”戈列尼舍夫安慰他说。在他的概念里，符朗斯基有才华，而主要是还具备使人觉得艺术崇高的教养。戈列尼舍夫肯定符朗斯基有才华，还出于他的一些文章和思想需要得到符朗斯基的同情和赞赏，他认为称赞和支持应该是相互的。

在别人家的房间里，特别是在符朗斯基的宫殿式住宅里，和在自己的画室里相比，米哈依洛夫完全成了另一个人。他好像是害怕和自己看不起的那些人接近，对他们保持敬而远之的态度。他称符朗斯基伯爵大人，而且尽管安娜和符朗斯基邀请了，他却从来不肯留下吃饭，且只有作画时间才来。安娜对他比对其他人亲热，并感谢他为自己画肖像。符朗斯基对他也很敬重，显然是因为想听听这位艺术家对自己的绘画作品的意见。戈列尼舍夫不放过任何机会向米哈依洛夫灌输自己真正的艺术观。但是，米哈依洛夫对大家都同样冷淡。从他的目光里，安娜感觉到他喜欢她；不过他回避和她交谈。对有关符朗斯基绘画的谈话，他固执地保持沉默，而且固执到人家把符朗斯基的画给他看时也如此，他还显然讨厌戈列尼舍夫的话，却没有对他进行反驳。

总之，他们对米哈依洛夫有了更进一步的了解后，都很不喜欢他那种拘谨和令人不愉快的、好像是敌对的态度。因此，作画的时间一结束，一幅出色的肖像交货后，他也不再来了，这时候他们都感到高兴。

戈列尼舍夫头一个说出他们三人共同的想法——米哈依洛夫其实是在妒忌符朗斯基。

“就算不妒忌吧，因为他有才华；但是他伤心，因为一个宫廷里的老爷，还是个伯爵（要知道，他们都憎恶这一切），不怎么费力就做着像他这样一辈子献身的事业，就算不比他好吧。主要的，是他缺乏教养。”

符朗斯基为米哈依洛夫辩护，但在心灵深处，他从心底里相信，一个属于下层社会的人该是会妒忌他的。

由他和米哈依洛夫根据安娜本人所作的两幅肖像画，照理会向符朗斯基表明他们两个人的区别；可是，他却看不出这种区别。他画安娜的肖像这件事在米哈依洛夫画过之后便停止了，他觉得现在这已经是多余的了。他有一幅中世纪题材的画，倒还在继续。不仅他本人、戈列尼舍夫，特别是安娜还发现，它画得很好，因为比起米哈依洛夫的画来，它要和那些著名的绘画相似得多。

其实，米哈依洛夫虽然也很喜欢为安娜画肖像，但期限结束时他比他们还高兴，因为从此他不必再听戈列尼舍夫关于艺术的唠叨并可以忘掉符朗斯基的绘画了。他知道不能禁止符朗斯基玩弄绘画；他知道他及所有的半瓶子醋都完全有权随自己的意去作画，但他看了很不愉快。不能禁止一个人为自己制作一个大蜡像并吻它，但是如果这个人带着蜡像来了，并坐在情人面前开始像对待情人那样与自己做的蜡像亲热起来，那他的情人一定会非常不愉快。米哈依洛夫看符朗斯基的绘画时就是这样的感觉；他感到可笑又失望，可怜又生气。

符朗斯基对绘画及中世纪的迷恋，没有继续多久。很快他就对此失去了兴趣，甚至连一幅画也没有完成。他模模糊糊地感觉到，如果他继续下去，一些起初不太明显的缺点就会惊人地暴露出来。他的情况，和戈列尼舍夫一样；戈列尼舍夫觉得自己没有话可说，便常常拿思想不成熟、还在构思、需要收集材料来欺骗自己。不过，这一点使戈列尼舍夫备受折磨，符朗斯基可不会欺骗和折磨自己。他以自己特有的果断性格，什么都不说，也不辩解，便不再搞绘画了。

但是，不再画画，符朗斯基觉得生活太乏味了。安娜也为他的失望感到吃惊不已。符朗斯基觉得就连这幢宫殿式住宅也突然显得这么陈旧和肮脏，窗帘上的斑点、地板上的裂缝、墙冠上剥落的泥灰是这么令人不愉快，老是那个戈列尼舍夫、意大利教授和德国旅行家，又多么叫人讨厌，因此，非改变一下生活不可。他们决定到俄国乡下去。在彼得堡，符朗斯基有意和哥哥分家，安娜则要见见儿子。他们计划在符朗斯基的世袭大庄园里度过夏天。

十四

列文结婚已经三个月了。他是幸福的，但完全不像预期的那样。几乎每一步都发觉原来理想的破灭了，而新的出乎意料的事情又令人陶醉地发生了。列文是幸福的，但是家庭生活并不完全像自己所想象的那样。他感觉自己的每一步都像一个喜欢在湖里平稳幸福地乘船前行的人刚坐进船里时的那种感觉。他发现平稳地坐着还不够——还得一刻不停地考虑往哪里划，脚下有水，手边有桨，双手还会疼痛起来——他发现一切只是看上去很容易，做起来虽然愉快但很难。

做单身汉的时候，看着别人的夫妻生活，看着那些琐碎的关心、争吵、争风吃醋，他都往往报之轻蔑地一笑。按照他的信念，自己将来结了婚，不但不会有类似的情况，甚至就连一切表面的形式，他都觉得应该与别人完全不同。可是，突如其来的家庭生活，不但不那么特别，还恰恰相反，完全由那些他以前那么蔑视的最微不足道的琐碎事情构成，而且，这些琐碎的事情还违反了他的最初意志，具有异常的和不容争辩的重要性。列文还看到，安排好所有这些琐碎的事情完全不像他当初想象的那么容易。虽然列文认为自己对家庭生活有着最明确的观念，他也和所有的男人一样，不由自主地把家庭生活设想成仅仅是一种爱情的享受，它不应该发生什么障碍，而自己也不应该被琐事分心。照他的概念，他该继续做自己的工作，并在爱情的幸福中得到休息。他应该享受爱，仅此而已。然而他也和所有的男人一样，忘了她也应当工作。于是他就奇怪了，那么富有诗意、美妙绝伦的吉蒂怎么会在不仅仅是家庭生活的头几周，而是在头几天就去考虑、记住并操心桌布、家具、供来客用的床垫、托盘、厨师、伙食等这些事情。当他还是个未婚夫时，就为她那么明确地拒绝到国外去而决定到乡下来感到吃惊，仿佛她当时就已经知道需要什么，爱情之外，还能充分考虑到那些不相干的事情。这曾经使他颇为不快，而现在，她的这些琐碎的操心和关怀还真有几次让他感到烦恼。不过他看到，她有这种需要，于是，他在爱着她的同时，虽然并不理解为什么，虽然还讥笑这些关怀，却不能不对它们表示赞赏。他笑她怎么摆布莫斯科运来的一套家具，怎么重新收拾他们俩的房间，怎么挂窗帘，怎么分配将来供客人们、供陀丽住的地方，怎么给自己新的侍女安排住处，怎么吩咐厨师老头准备伙食，叫阿加菲娅·米哈依洛夫娜别再管储藏室时，她怎么和她争执。他看到，厨师老头在边欣赏边听她那些不切实际的吩咐时总是微微笑着；看到阿加菲娅·米哈依洛夫娜听说少夫人对储藏室里的一些新安排时便若有所思地慈祥地摇摇头；看到吉蒂哭笑不得地来对他说，侍女玛莎习惯于把她看做小姐并因此谁都不听她的话。这时她是那么可爱。他觉得这很可爱，但奇怪的是他又在想，要不是这样就更好了。

他不懂得她所经历的那种感觉的变化，原来在娘家自己有时想吃泡圆白菜或什么糖果，但哪样都办不到，而现在她想怎样就怎样，买来一大堆糖果，愿意花多少钱就花多少钱，并亲自决定做哪种馅饼。

她现在高兴地在幻想陀丽带着孩子们来，特别是她将可以为孩子们准备任何一种他们喜欢吃的馅饼，而陀丽将欣赏她的一切安排。她自己也不知道，为什么这些家务事儿竟是这么吸引她。她本能地感到春天快到了，知道将会出现阴雨天，于是就尽力构筑自己的窝，还急于学着怎么干。

吉蒂为琐碎事务的操心和列文最初崇高的幸福观格格不入，这也是他失望的一个原因。不过，他虽然不懂这种可爱的操心的意义，却没法不爱她，因此它又是新的诱惑之一。

另一个失望和诱惑是争吵。列文从来都不能想象，自己和妻子之间除了温柔、敬重、爱之外还能有什么别的关系，可是头几天他们就发生了争吵，她居然说他不爱她而只爱自己，还摊开手哭了起来。

他们第一次争吵是因为列文到一个新的小村庄里去而晚回了半小时，因为回家时想抄近道却迷了路。在路上他只想着她和她的爱情及自己的幸福，而且离家越近心中对她的柔情也更炽烈。他跑进屋时的感情，正和自己到舍尔巴茨基家去求婚时一样，甚至比那一天还要强烈。可是，迎接他的是阴郁的、他在她身上从来没有见到过的表情。他想吻她，她却把他推开了。

"你怎么了？"

"你倒开心……"她想显得平静而话中带刺地说。

可是她一开口，毫无意义的妒忌和责备，她极为不安地坐在窗口度过这半小时所受的煎熬，从她身上一股脑儿地发泄了出来。这时，他才第一次清楚地明白自己婚礼结束和她从教堂里出来时不理解的东西。他明白了她不只是自己最亲近的人，他甚至已不能清楚分辨两人间的界限。这一层，他是从瞬间出现的双重心理中懂得的。一开始他很生气，但在同时又感到自己不能生她的气，因为她和他是一个人，她就是他。他开头一分钟的感觉，就好比一个人突然被从后边狠狠打了一下，便生气并抱着报复的愿望转过身来想寻找肇事者，结果弄清楚原来是自己无意中敲着了自己，因此不能生谁的气，而只能忍受和等待疼痛平息。

后来他再没有这么强烈的产生过这种感觉，可此刻他心里久久不能平静。出于本能他要为自己辩解，向她证明是她错了；然而向她证明是她的错，会使她更生气，并使造成痛苦的那个裂缝更加扩大。照习惯他应该推卸责任，把过错转到她身上；另一种更加强烈的感觉，则导致他想尽快地、越快越好，使已发生的裂缝不再扩大，尽快把它填平。忍受这样不公正的责难是痛苦的，但为自己辩解，使她痛苦却更糟。就像一个疼痛得昏迷不醒的人，他想使疼痛的地方从自己身上消失，可是清醒过来后感到疼痛的地方——是他自己。最后只有尽量设法熬过疼痛，他还真努力这么做了。

他们和好了，她意识到自己错了后，虽然嘴上不说，但对他变得更温柔了，于是他们享受到一种新的加倍幸福的爱情。然而这阻止不了这种冲突的再次发生，甚至这些冲突往往出于最意料不到和微不足道的原因。这种冲突的发生，往往是由于他们还不知道谁更重要，以及他们俩还需要彼此适应。一个人心情好的时候，另一个人心情却不好，和睦还不至于遭到破坏，而如果两个人都心情不好的时候，争吵和冲突就会发生，其原因往往是连他们自己过后怎么也记不起来的一些微不足道的或莫名其妙的小事情。确实，他们俩心情都好的时候，生活就变得更加美好欢乐。但结婚初期对他们来说毕竟是一段不好过的日子。

在婚后最初的一段时间里，他们都明显地感觉到特别紧张，好像各自都把令他们联结在一起的那个环往自己一边拉。总之，那个蜜月，也就是完婚后的头一个月，不但不甜蜜，而且在他们俩的回忆中都成了自己生活中最艰难和最委屈最痛苦的时期。不过，在今后的生活中，他们俩都竭力把这个不成熟时期一切丑陋、令人难为情的情况统统从自己的记忆中抹去，因为当时他们确实难以心平气和。

直到婚后第三个月，他们到莫斯科去住了一个月回来后，生活才开始变得比较平稳。

十五

刚从莫斯科回来，他们便又为能两个人单独在一起而高兴。他坐在自己书房里的办公桌上开始写作。她现在又穿上结婚头几天穿的那条深紫色的裙子，那是一条列文十分喜爱而又特别有纪念意义的裙子。她就坐在那张一直在列文祖父和父亲书房里的古老皮沙发上缝制英式平面绣花[1]。他边思考边写作，时时刻刻感觉到她就在自己身边。经营田庄及阐明新的田庄经营体制的书面写作，他都没有耽误；过去他觉得自己这些活动和思想与笼罩在整个生活中的黑暗比较起来是微不足道的，而现在他同样觉得，与今后光辉灿烂的幸福生活相比，它们也还是不重要，甚至是渺小的。他继续从事他的工作，但现在，他明显感到自己注意力的重心已经转移了，因此他就用全新的更加明确的看法来看待自己的事业。过去，事业是他逃避生活的手段，他觉得不做这些事情自己的生活就会更加暗淡无光。而现在，他觉得这些事情是必须要做的，为的是使生活不至于那么单调。重新拿起自己写好的稿子再看看，他满意地发现这事儿值得继续做下去。这是一项新鲜而有益的工作。在回看以前的许多想法时，他觉得多多少少包含了一些偏激的部分，但当他重新回想一下整个事情之后，觉得许多问题变得清楚了。现在他正在写的一章是论述俄罗斯农业不景气的原因。他认为俄罗斯的贫困不仅仅是因为土地所有权的不公正分配和方针性的错误，还由于俄罗斯近年来不合理地引进外来文明，从而引发了交通、铁路、人口向城市集中，奢侈品产业，及因为发展工业、信贷和随之而来的——交易所把戏，这些都损害了农业的发展。他觉得，一个国家在经济平稳发展的情况下，这些现象都是会出现的，只是等到相当多的劳动力投入农业上，农业已得到了合理的、稳定的发展，真正的文明才会出现。他认为，一个国家的经济应当按比例平衡地增长，尤其是使其他经济领域不超过农业；交通的发展也应该与农业相适应，而在我国土地使用不当的情况下，铁路建筑不是出于经济需要而是出于政治方面的考量，因为为时过早，不仅没有像预期的那样促进农业发展，反而会引起工业和信贷业的发展，反而妨碍了农业的发展；就像动物身上一个器官单方面的和超前的发展会妨碍它的整体一样，

---

① 原文为法语，下同。

对于俄罗斯经济的总体发展而言，信贷、交通和工业，它们在欧洲无疑是及时的和必需的，在我们这里却只能造成危害，会导致把农业这个重要的当前问题放到一边。

当他在写作的时候，她考虑的却是自己丈夫对恰尔斯基那种不自然的态度，这位年轻公爵在他们离开莫斯科前曾笨拙地向她献殷勤。“他这是在吃醋。”她想，“我的上帝！他多可爱又多傻。他在妒忌！要是他知道，对我来说，所有其他人就如同厨师彼得一样。”她边想边带着连自己都觉得奇怪的占有欲注视着他的后脑勺和红红的脖子。“虽然舍不得打扰他的工作（不过他有的是时间!），我得瞧瞧他的面孔；他会不会感觉到我在瞧他呢？我希望他转过头来……我希望，转过头来呀!”于是她把两只眼睛睁得更大，想用目光让他感觉到。

“对，他们把一切精髓吸到自己身上，制造出一种虚假的繁荣。”他嘟嘟囔囔说着，随即停下了笔，感到她在瞧着他，便微笑着转过头来。

“什么？”他问道，边笑边站起来。

“他转过头来了。”她想。

“没有什么，我只是希望你转过头来。”她说，一边注视着他，一边想看看自己打断了他的工作，他有没有因此而不高兴。

“啊，我们两个人在一起真好！我觉得。”他说着，幸福地微笑着走到她身边。

“我觉得真好！哪里也不想去，特别是莫斯科。”

“那你在想什么呢？”

“我吗？我在想……不，不，你去写吧，别分心，”她嘟起嘴巴说，“我呢，现在得弄这些了，看见了吗？”

她拿起一把剪刀，开始剪起来。

“不，你说嘛，你在想什么？”他说着，靠近她身边坐下来，同时注视着那小剪刀一圈一圈的动作。

“哎呀，我想什么了？我在想莫斯科，想你的后脑勺。”

“为什么恰恰赐予我这样的幸福？太不自然了。这太好了。”他边说边吻她的一只手。

“我倒是正好相反，我们越幸福，我就觉得越自然。”

“啊，你有一小绺头发松了，”他说，小心地转过她的头，“一小绺头发松了。瞧，在这里，不，不。我们干活吧。”

可是工作继续不下去了，当库兹玛进来禀报说，茶已经备好的时候，他们便像犯了过错似的跳起来互相躲开了。

“他们从城里回来了吗？”列文问库兹玛。

“刚刚到，正在拆邮包呢。”

“快来啊，”她边说着边走出书房，“要不我不等你来就要读信了。让我们去弹个二重奏吧。”

列文一个人把稿纸收拾到她给他新买的公文包里后，便在娶她以后才增加了优雅配件的新盥洗盆里洗起手来。列文因为自己的新想法露出了微笑，同时又不以为然地摇摇头，一种类似后悔的感觉折磨着他。自己现在的生活中，有一种他暗自称之为可耻的、娇气的和卡普阿[①]人们的懒洋洋享乐的东西。“这样生活不好。”他想，“瞧，都快三个月了，我却几乎什么也没干。可以说今天是头一次认真地工作，而结果呢？刚开始就丢下了。连自己日常的工作——我也几乎扔下了。田庄——我也既没有走着也没有骑马过去看看。有时候是我舍不得把她一个人留下，有时候是我看到她寂寞。而我还以为结婚前生活得马马虎虎、随便点儿算不得什么，结婚后可要开始真正地生活了。可是瞧，快三个月了，我可从来没有这样无聊和无益地过过日子。不，这不行，我得开始。当然，她没有错。她是无可指责的。我自己本应当坚定些，保持自己男子汉的独立性。否则的话，我自己会习惯成自然，还会使她养成习惯……当然，她没有错。”他暗自说。

但是，一个不满的人是难以不指责别的什么人的，尤其难以

---

① 卡普阿，意大利古代一座都城，那里的人懒洋洋的，以享乐出名。

不把自己的不满归咎于自己最亲近的人。因此，列文的头脑里模模糊糊在想，倒不是说她本人有什么错（她在哪方面都不可能有错），错的是她受的教育，太肤浅和轻浮（“这个傻乎乎的恰尔斯基：我知道她想制止，可她不善于制止他。”）。“对，除了关心家务，除了关心自己的打扮和英式平面绣花，她没有一项认真的兴趣。无论对我的工作，对田庄经营，对农民们，还是对她相当在行的音乐和文学。她什么也不干，而且感到完完全全的满足。”列文在内心里这样指责，却还不理解她正在为自己即将到来的那个阶段作准备，这就是自己将同时做丈夫的妻子和家庭的主妇，还将怀孕、抚养及教育孩子。他不理解她凭直觉知道的这一点，她正在为这种可怕的劳动作准备，并不因为现在正享受无忧无虑的爱情而责备自己，而是高高兴兴地构筑着自己未来的窝。

十六

列文到楼上，看到妻子正坐在一把新茶炊旁边，面前摆着一套崭新的茶具，还叫上老保姆阿加菲娅·米哈依洛夫娜坐在茶几旁边，并给她倒了一杯茶，自己则正读着陀丽写来的一封信，她们姐妹俩经常有书信往来。

“你瞧，你太太让我坐下，要我陪她坐在这里。”阿加菲娅·米哈依洛夫娜边说边和善地对吉蒂微笑。

在阿加菲娅·米哈依洛夫娜的这些话里，列文发觉近来她们之间的矛盾解决了。他看出，虽然新的女主人夺走了阿加菲娅·米哈依洛夫娜的权柄而令她伤心，不过吉蒂毕竟胜利了，她使对方喜欢上了自己。

“瞧我把给你的信也拆了。”吉蒂一边说，一边把一封信递给他。“好像是你一位哥哥的女人寄来的……”她说，“我没有读它。

而这几封是我家人和陀丽写来的。你想想啊！陀丽把格里夏和塔尼娅带去参加萨尔玛特斯基家的儿童舞会了；塔尼娅扮演了侯爵夫人。”

可是列文没有听她说话；他红了脸，接过哥哥尼古拉原来的情妇玛丽娅·尼古拉耶夫娜的信，开始读起来。这已经是玛丽娅·尼古拉耶夫娜的第二封信了。在第一封信里，玛丽娅·尼古拉耶夫娜写道，他哥哥无缘无故把她撵走了，并用天真动人的口气补充说，虽然自己又处于贫困之中，但不求什么，也不指望什么，只是一想到尼古拉·德米特里奇身体虚弱，没有她会完蛋的，因此请求他弟弟关照他。现在这封信里，她写的情况不同了。她说她找到了尼古拉·德米特里奇，两人又在莫斯科一起过日子了。她曾陪他到一个省城去，他在那里得到了一个职位。可是他和那里的头头闹翻了，于是又返回莫斯科，但路上他病得那么严重，几乎都起不了床了。她写道：“他总提到您，还有，他一点钱都没有了。”

“你看，陀丽写到你呢。”吉蒂笑眯眯地开口说，但突然停下来了，因为她发现丈夫脸上的表情变了。

“你怎么了？出什么事儿了？”

“她信中告诉我，尼古拉，哥哥他快死了，我得去一趟。”

吉蒂的脸色顿时变了。关于塔尼娅扮侯爵夫人，关于陀丽，所有这一切都在她脑海里瞬间消失了。

“你什么时候去？”她说。

“明天。”

“我和你一起去，行吗？”她说。

“吉蒂！啊，这是怎么了？”他用责备的口吻说。

“什么怎么了？”他刚才提问的时候好像很不高兴、很懊恼的样子，这使她感到委屈了，“为什么我不能去？我不会妨碍你的。我……”

“我去，是因为我哥哥要死了，”列文说，“而你为的什么？”

“为的什么？为了和你一样的原因。”

“就连这么重要的时刻，她都只想着自己一个人会感到寂寞。”列文想。而在这样重要的事情上，这种借口使他生气了。

“这不行。”他严厉地说。

阿加菲娅·米哈依洛夫娜眼看事情要闹到争吵的地步，便悄悄放下茶杯出去了。吉蒂甚至没有注意到她。丈夫说最后一句话的口气，有一点特别使她感到委屈，那就是他显然不相信她说的话。

“可是我在对你说，如果你要去，我也和你一起去，一定要去，”她急忙愤愤地说，“为什么不能？你为什么说，不可能？”

“因为，天知道这是要去哪儿，走什么样的路，住什么样的旅馆。你会让我为难的。”列文尽量冷静地说。

“一点儿也不。我什么也不需要。你能去的地方，我也能……”

“好，不说别的，就说那个女的，你怎么好同她接近呢？”

“我什么都不知道，也不想知道有谁及有什么在那里。我只知道自己丈夫的哥哥要死了，丈夫要去看他，因此我也和丈夫一起去，以便……”

“吉蒂！你不要生气。可是你想想，这事情是这么重要，我想起来就痛苦，你却还要任性，不愿一个人留下。好吧，既然你一个人感到寂寞，那就到莫斯科去。”

“看你，总是把我想象得很坏很卑鄙。”她含着委屈和愤怒的眼泪说，“我没有什么，既没有软弱，也没有……我只感到丈夫痛苦的时候和他在一起是自己的责任，可是你却故意要伤我的心，故意装作不懂……”

“不，这太可怕了。简直像做奴隶！”列文叫嚷着站起来，无法克制自己的愤怒。

“那你为什么结婚？本可以自由自在的。为什么，你后悔了吗？”她说着，跳起来冲向客厅。

他跟着过去时，看见她眼泪汪汪地在抽泣。

他开始说，设法寻找一些并不打算说服她而但愿她能安静下来的话。可是她不听他说话，而且怎么也不同意他的意见。他向她俯下身去，握起她一只竭力反抗的手。他吻了吻那只手、头发，又吻那只手，她还是保持沉默。但当他双手捧住她的脸并叫了声“吉蒂”时，她突然清醒过来，哭了并与他和好了。

终于决定了两人一起去。列文告诉妻子，他相信她决意要去只是为了帮忙，即便哥哥身边有玛丽娅·尼古拉耶夫娜在；但在内心深处，他这次对她和自己都不满意。他对她不满意，是因为没有他，她就没法照顾自己（不久前他还不敢相信自己能得到她的爱情是这么幸福，现在竟因为她太爱他而感到自己不幸了，这种想法使他感到奇怪）；他对自己不满意，是因为没有坚持自己。他内心深处更不能同意的是，她会不介意那个和哥哥在一起的女人的事儿，还恐惧地想到一切可能发生的冲突。就凭他妻子吉蒂将和那个女的住一个房间，就使他感到厌恶和惧怕得发抖。

十七

尼古拉·列文住的省城旅馆是那些按照新式的完备规模，抱着最美好的意图，装修得清洁、舒适乃至华丽的外省旅馆之一，可是由于住过的房客的原因，它以惊人的速度变成了肮脏的酒吧，光有个现代化设施完善的虚名，而那徒有其表的假象反使它变得比老式普通的旅馆还要糟。这家旅馆已经处于这种状况：看门人是个穿一身脏制服在入口处抽着烟的大兵，一架令人讨厌的阴暗而光滑的铸铁的梯子，穿着肮脏燕尾服的堂倌太放肆随便，还有大厅里用以点缀餐桌的一束束蜡制花朵都沾满了灰尘，到处是垃圾、尘土，非常脏乱不堪，兼有类似于现代铁路上的那种新的、趾高气扬的忙乱。所有这一切——都使刚度过新婚生活的列文夫妇感到不愉快，特别是这家旅馆给人的虚假印象，是他们怎么也没有想到的。

与过去所发生的情况一样，他们很快就知道上等客房已经一套都没有了：有一套是被稽查员占着，另一套由莫斯科来的一位律师住着，第三套由乡下来的阿斯塔菲耶夫娜公爵夫人住着。只剩下一套肮脏的房间；还有一套他们答应晚上可以空出来。他抱怨妻子，自己预料的情况果然发生了，那就是他正一门心思不安地想着哥哥怎么样了时，却不得不先费心照顾她。列文把妻子领到租下的一套客房里。

“你走吧，走吧！”她边说边用怯生生的犯了过错似的目光看着他。

他一声不响地走出房间，立刻碰上了玛丽娅·尼古拉耶夫娜；她知道他来了，却不敢进来找他。她还是和在莫斯科他见到她时一模一样：同一件丝绸裙子，裸着双臂和脖子，同样一张善良、呆板，稍稍胖了点的麻子脸。

“啊，怎么的？他怎么样？怎么的？”

“很不好。起不了床了。他总盼着你们。他……您……是带夫人来的？”

最初一刹那，列文不明白是什么使她惶恐不安，不过她立刻向他作了解释。

“我就走，我到厨房去，”她说，“他会感到高兴的。他听说了，他认得她，记得在国外见过。”

列文明白了，她指的是他妻子，一时不知道怎么回答。

“我们走，我们走！”他说。

但是他刚抬腿，客房的门开了，吉蒂探出头来。列文涨红了脸，羞怯又尴尬地看着自己的妻子，认为是她使自己和她处于这种为难的情况；不过玛丽娅·尼古拉耶夫娜脸红得更厉害。她缩着整个身子，脸红到眼泪快掉出来了，双手抓住头巾的两个角，把它往自己的手指头上缠，不知道要说什么和做什么。

在吉蒂看着这个对她来说不可思议的可怕女人的目光里，列文最初一瞬间见到的是一种好奇的表情；但这仅仅持续了一瞬间。

“那怎么样？他怎么样？”她对丈夫，然后又对她说。

“我们总不能站在走廊里谈呀！”列文说，同时扭过头来，怒气冲冲地看着一位好像有事儿正双腿微微颤抖着在走廊上经过的先生。

“啊，那进屋里来吧。”吉蒂对已经恢复平静的玛丽娅·尼古拉耶夫娜说；但是，发现丈夫脸色惊恐的样子，她说，“要不，你们去吧，去吧，有事再让人来叫我。”她说着便回房里去了。列文便去看望哥哥。

他在哥哥那里所看到和感觉到的，是一种自己怎么也没有料到的情景。他预料的是自己听说的肺结核病人常见的自我欺骗状态，秋天哥哥来的时候，那种状态曾使他大为吃惊。他预料会在哥哥身上看到更明显的临死征兆，更虚弱，更消瘦，但大体上总还是原来的样子。他预料自己将经受当时曾经受过的那种对失去心爱哥哥的怜惜及面对死亡的可怕感觉，只不过程度更深罢了。所以，他对此是有所准备的，可结果完全是另一种情况。

在一间窄小肮脏的客房里，彩画装饰的墙壁被吐得脏兮兮的，听得到薄薄一层隔板那边说话的声音，污脏的空气令人窒息，稍稍离开墙壁的一张床上躺着个被子盖着的躯体。这个躯体的一只手放在被子上面，耙子般张开着的长手掌不可思议地放在一段长长的消瘦平直的颈骨上。他侧过脑袋躺在枕头上。列文可以看到他鬓角上汗滋滋稀疏的头发，以及那紧绷着的仿佛透明的前额。

“这个可怕的躯体不可能是尼古拉哥哥。”列文想。但是他走近了些，看到了面孔，已经不能再怀疑了。这张脸虽然发生了可怕的变化，列文只要一看这双向上睁开的生动的眼睛，注意一下粘到一起的短胡子下的嘴巴的轻微活动，便明白了那个可怕的事实，这个僵死的躯体是他还活着的哥哥。

一双闪闪发亮的眼睛严厉而带责备地看了看进来的弟弟。于是，两个活着的人之间的生动关系，通过这一目光建立起来了。列文立刻就感到这凝视着他的目光里包含的指责，他同时为自己的幸福感到内疚。

康士坦丁握起他的一只手时，尼古拉微微笑了笑。这微笑是虚弱的、几乎觉察不到的，而且虽然在微笑，一双眼睛的严厉表情却没有变。

“你想不到看到我会是这种样子吧。”他艰难地说。

“对……不，”列文的用词都乱了，“你怎么不早给我个信儿呢，在我结婚的时候？我到处向查讯处打听你。”

他想打破沉默，可是不知道说什么好，再说哥哥一句也不回答，他只是目不转睛地瞅着他，显然是在细想每句话的含意。列文告诉哥哥，自己的妻子也一起来了。尼古拉显得很高兴，但是说怕自己这副样子吓着她。沉默了一会儿，尼古拉突然转动身子，开始说了几句话。列文从他脸部的表情上猜出他会说出什么特别重要的话来，可是尼古拉说的是自己的健康。他埋怨大夫，为没有请个莫斯科的著名医生感到惋惜，列文明白了，他还一直抱着希望。

列文利用沉默的头一分钟站起来，想借此摆脱痛苦的感觉，就是一分钟也好，他说他去把妻子叫来。

“那好，我叫他们把这里打扫一下。我在想，这里又脏又臭。玛莎！把这里打扫一下。”病人艰难地说。“对，打扫完了，你就走开。”他补充说，同时询问地注视着弟弟。

列文什么也没有回答。到了走廊里，他停了下来。他说了去叫妻子来，可当他弄清楚了自己所经受的感觉之后，决定相反地要尽量说服她不要到病人这里来。“她干吗要像我一样来受这份折磨？”他想。

“啊，什么？怎么样?”吉蒂脸色惊恐地问。

“哎呀，这真可怕，真可怕！你为什么来呢?”列文说。

吉蒂沉默了半秒钟，羞怯而可怜巴巴地瞧着丈夫；然后，她走过去，用双手扶住他的一只胳膊。

“柯斯佳！带我到他那儿去吧，我们两个人在一起会好受些。你只要带我去，请你带我去嘛，然后你就走开，”她说，“你要知道，我看见你，而没有看到他，对我来说就更加难受。我可以在那里，也许对你对他都用得着。求你了，让我去吧!”她恳求丈夫，好像自己一生的幸福都取决于此了。

列文只好同意了，他恢复了平静，并完全忘了玛丽娅·尼古拉耶夫娜，带着吉蒂一起又回去看望哥哥。

她迈着轻快的脚步，不停地瞅瞅丈夫，让他看看自己大胆而富有同情心的脸，走进病人的房间，接着就不慌不忙地转过身去把门关上。她迅速而安静地走到病人的卧榻旁边，再绕过去使病人不必转过头来看自己，立刻将他只剩下骨头的一只大手抓在自己一只娇嫩的手里握了握，并开始用女人特有的，一种不使人感到屈辱又富有同情心的声音，轻轻地、亲切地和他说起话来。

“我们见过面，可不认识，在索顿。”她说，“您不会想到，我做了您的弟媳妇。”

“您要认不出我了吧?”她进去时，他脸上露出微笑说。

“不，我认出来了。您让我们知道，这样做很好！柯斯佳没有一天不想到您，不担心您的。”

但是，病人的兴奋没有保持多久。

她还没有说完，他的脸上又呈现出一个人临死时羡慕活着的人的那种严厉责怪的表情。

“我是怕您住在这里不太舒服吧。”她说，同时避开他凝神注视的目光而环顾起房间来。“应当请房东换个房间，”她对丈夫说，“好使它离我们近些。”

十八

列文无法平静地看着哥哥，有哥哥在场，他也无法感到平静。他到了病人房里，一双眼睛和注意力就不知不觉地模糊起来，既看不清也区别不出哥哥状态的详细情况。他闻到可怕的气味，看到一片污脏、紊乱、受折磨的情景，听到呻吟声，又感到无能为力。他脑袋里却没有去想弄清病人情况的全部细节，没有去想怎么使躺在被子下面的那个躯体，那些弯曲着缩成一团的消瘦小腿、骶骨的下部和背脊，使它们放得好点儿，如果没有办法改善，那么就是少受点儿罪也好。他一开始考虑所有这些细节，就像背上给浇了一瓢凉水。他已经坚信不疑，不管是延长生命或减轻痛苦，都已经再没有办法可想了。但是他认为任何办法都无补于事的意识，被病人感觉出来并使他生气了。因此，列文更感到痛苦。待在病人房里，对他来说，成了最糟糕不过的折磨。于是，他便不断找各种各样的借口出来又进去，没法一个人留在里边。

但是，吉蒂的想法、感觉和做法，完全不是这样。她一见到病人的模样，就可怜起他来了。而且在她那女人的心灵里，这种可怜引起的完全不像是她丈夫的那种可怕和厌恶的感觉，而是要求行动，要求了解病人情况的全部细节并帮助他。她毫不怀疑她应当帮助他，也毫不怀疑她能够帮助他。并且立刻动手做起来。她派人去请大夫，派人跑药房，叫和自己一起来的侍女及玛丽娅·尼古拉耶夫娜打扫房间，自己也清洗点儿什么，把一切弄得干干净净，在病人的被子下面也给垫了点儿东西。按照她的吩咐，有些东西拿到房里来了，有些东西又从病房里搬了出去。她亲自往自己客房里去了好几次，不顾遇到的一些先生对她的注意，拿来了床单、枕头套、毛巾和衬衫。

在大厅里给工程师们送午饭的仆人，一听见她的召唤，便露出怒气冲冲的脸色，却不能不照她的吩咐去做，因为她是那么亲切而坚持，使人无法拒绝。对这一切，列文都不赞成；他不相信这样对病人会有什么好处。他最怕的，是病人会生气。可是病人虽然好像对一切都显得淡漠，倒没有生气，只是害臊，总的来说对她为自己所做的仿佛还表示关心。被吉蒂叫去请大夫的列文回来后打开门，正好碰上仆人照吉蒂的吩咐在给病人换内衣。病人瘦长苍白的背部及巨大隆起的肩胛骨和突出的肋骨、脊椎骨都露在外面，玛丽娅·尼古拉耶夫娜和仆人还把衬衫袖子弄混了，怎么也没法把一只长长地耷拉着的手臂伸进去。列文进来后，吉蒂赶快把门关上，不朝里边看，可是病人呻吟起来了，她于是迅速到了他那里。

"快点儿嘛。"她说。

"对，您别来，"病人生气地说，"我自己……"

"您说什么呀？"玛丽娅·尼古拉耶夫娜反问他。

不过吉蒂听清楚并明白了，他是为自己在她面前赤裸感到难为情和不高兴。

"我不看，我不看！"她边说边帮着纠正病人的一只胳膊。"玛丽娅·尼古拉耶夫娜，您从那一边绕过来，把它扭过来。"她补充说。

"请你去一下，我的小口袋里有个小玻璃瓶，"她对丈夫说，"知道吗，在旁边一个小口袋里，请把它拿来，等你回来时，这里就全收拾好了。"

拿了小玻璃瓶回来的列文，发现病人已被安放好了，而且周围的一切全变了样。一种醋加香水的气味代替了原来的臭气，那是吉蒂翘起嘴唇鼓红了两腮用一根小管子喷的。室内已经没有了尘土，床上铺了条毛毯。桌子上整整齐齐放着小玻璃瓶、一个长颈凉水瓶及折叠好的内衣和吉蒂的英式平面绣花活儿。靠着病人床边的另一张桌子上，放着一瓶酒精、一支蜡烛和一些药粉。被洗干净、梳理过的病人正躺在洁净的床单上，垫着高高的枕头，穿着件干净的白衬衫，他正露出一种新的希望的表情，目不转睛

地瞧着吉蒂。

被列文在俱乐部找到后请来的大夫，不是原来给尼古拉·列文治病并使病人不满的那一位。新来的大夫取出听诊器给病人检查后摇摇头，开了药，特别仔细地说明怎么服药，然后交代怎么保持饮食营养。他建议病人吃稍稍煮一下的生鸡蛋，喝塞尔特碳酸矿泉水加适当温度的热牛奶。大夫走后，病人对弟弟说了点儿什么；但列文只听清了最后几个词儿："你的卡佳。"据他看着她的那种目光，列文明白了他是在夸她。他便把哥哥称之为卡佳的她叫来。

"我感觉好多了，"他说，"瞧，要是和您在一起，我早就康复了。真好！"他握住她的一只手并把它往自己的嘴唇上拉，但又仿佛怕她会不高兴似的改变了主意，放开这只手，只摸了摸它。吉蒂用双手捧住他那只手，并握了握它。

"现在您把我翻到左边，就睡觉去吧。"他说。

谁也没有听清楚他说的话，只有吉蒂一个人明白了。她明白，是因为她用脑子不断地注意着，看他需要什么。

"翻到另一边，"她对丈夫说，"他总是靠那边睡的。你翻吧，叫仆人来太麻烦。我是翻不动。而您也翻不动吧？"她转过头来对玛丽娅·尼古拉耶夫娜说。

"我怕也不行。"玛丽娅·尼古拉耶夫娜回答。

用双手抱住这个可怕的躯体，握住被子下那些他不想知道的部位，也令列文感到害怕，但受妻子的影响，他做出一副妻子熟悉的果断脸色放开手去把它们抓住，尽管自己有力气，却还是感到这些已经消耗殆尽的部位真是重得出奇。在给他翻身的时候，他感到自己的脖子被一只大而消瘦的手臂挽着，吉蒂迅速而不出声地把枕头翻过来，把它拍拍松并把病人的脑袋放正，他那稀疏的头发又沾到一边的鬓角上。

病人把弟弟的一只手抓在自己手里。列文感到他想要他的手做点儿什么，正把它朝一个方向拉。列文屏住呼吸，完全依着他。

对了，他是把它往自己嘴上拉，并吻了吻。列文痛苦得浑身颤抖起来，无法说出一句话，便走出了房间。

十九

“汝隐瞒智者，却向儿童及愚人显示。”当晚和妻子交谈时，列文不禁这么想。

列文想到《圣经》里的这句格言，并不是因为他自认为是个智者。他不认为自己是个大智大慧的人，但自信自己比妻子和阿加菲娅·米哈依洛夫娜聪明，他也相信，他是集中全部心力去思索死的问题的。他同样知道，许多很聪明的男人——他读过他们的著作——都考虑过这个问题，而他们所知道的还不及自己的妻子及阿加菲娅·米哈依洛夫娜所知道的百分之一。他哥哥尼古拉称之为卡佳和列文特别高兴听到他这么叫的吉蒂，以及阿加菲娅·米哈依洛夫娜，这两个女人不管区别多大，在这一点上，她们却完全相似。两人都毫无怀疑地知道，什么叫活及什么是死，尽管她们都不懂得如何回答，甚至也不会明白列文所想象的那些问题，但她们都不怀疑生死的意义，对这个问题，不仅她们两人的观点一致，而且她们和千百万人的看法也一致。她们坚定不移地知道什么叫死，因此，她们一下子就懂得该怎么照顾临死的人，而不去害怕他们。列文和其他一些人呢，虽然在那里谈论死亡，却显然并不知道死亡，因为他们害怕死亡，而且显然不知道人们要死的时候该怎么办。假如这时候列文一个人和尼古拉在一起，他一定会恐惧地看着哥哥，并怀着更大的恐惧等待着，此外便什么也不会做了。

不仅如此，他不知道自己该说些什么，该怎么看，该怎么走。说些无关的事情，他会觉得是亵渎，不行；说死亡，说阴暗的事情——也不行；沉默不说话——也不行。“看着吧——他会想我在研究他，我害怕；不看吧——他会以为我心不在焉。踮着脚走——他会不满意，迈着大步走——自己不好意思。”吉蒂她不去想也没有时间去想自己，她只替他着想，她知道该说些什么，因此一切都很顺利。她既讲了自己还讲了自己的婚姻，既微微笑着可怜他和亲近他，还讲了康复的机会，而且一切都好；可见，她知道。她和阿加菲娅·米哈依洛夫娜的行动，不是出于本能的、不是动物性的、不是非理智的，因为除了肉体的护理和减轻痛苦之外，阿加菲娅·米哈依洛夫娜和吉蒂都为临死的人要求某种比肉体的离去更重要的，及某种与肉体毫无共同之处的东西。阿加菲娅·米哈依洛夫娜谈到去世的老人时说：“怎么呢，感谢上帝，大家为他举行了圣餐仪式，给他涂了圣油，愿上帝保佑每个人都这样死去。”卡佳也完全一样，除了关心内衣、褥疮、酒精等所有这一切之外，头一天就及时说服病人必须受圣餐和涂圣油。

晚上，从病人那里回到客房后，列文耷拉着脑袋坐着，不知道怎么办好。别说吃晚饭、安排过夜、考虑他们将做些什么了，他甚至都不会对妻子说一句：他感到不好意思。吉蒂则相反，比平常更能干，甚至还比平常更活跃。她吩咐把晚饭端来，亲自打开行李，亲自帮着铺床，而且没有忘记撒除虫粉。在她身上表现出男人面临厮杀、搏斗时，在危险和生命的决定性时刻才有的激动和机敏，就像忘记了过去的一切，而为了证明自己的价值只在此刻奋力一搏。

什么事情到她手里都得心应手，还不到十二点，所有的东西都收拾得干干净净、整整齐齐，而且好像有点儿特别，旅馆的客房变得跟家里一样：床铺好了，刷子、梳子、小镜子都拿出来了，桌布也铺上了。

列文感到现在吃饭，睡觉，甚至说话，都是不可原谅的，还觉得自己的每个动作都不礼貌。她倒是在整理小刷子，而且做得一点也不使人讨厌，也没有丝毫委屈的感觉。

不过，他们什么也吃不下，而且久久睡不着，甚至好长时间没有躺下睡觉。

“我很高兴，总算说服他明天行涂圣油礼了。”她穿着短上衣坐在自己的一面镜子前，一边用细密的木梳梳着自己柔软芳香的头发一边说，“我从来没有见过这事儿，不过我知道，妈妈对我说过，有一种祈求病人好起来的祷告。”

“难道你以为他能好起来？”列文说，同时，注视着她通常总是盘着而只有当梳子往下梳时才在她圆圆的小脑袋后边拖出来的长发。

“我问过大夫了：他说他活不了三天以上。可是，医生知道什么呢？我还是很高兴说服了他，”她斜过眼睛从头发缝里看着丈夫，“什么都有可能的。”她带着特殊的狡黠表情补充说，这是她谈到宗教时脸上常有的一种表情。

在他们还未婚时谈过一次宗教，后来无论他还是她都再也没有谈论过这个话题，但她一直履行宗教仪式，到教堂去，做祷告时总是带着所要求的那种平静的虔诚态度。虽然他的信念恰恰相反，但她仍然坚定地相信他是个基督徒，而且是比她还要虔诚的基督徒，他嘴上这么说，完全只是他那种可笑的男人的胡思乱想而已，就好比他说英式平面绣花：所有善良的人好像都填补窟窿，而她却故意挖窟窿等等。

“是啊，瞧玛丽娅·尼古拉耶夫娜这个女人，她都不知道怎么安排所有这些事情，”列文说，“而……应当承认，你来了，我非常非常高兴。你是这么纯洁，以至……”他握起她的一只手，没有吻（在人家快要死的这种时候，他觉得吻她的手是一种亵渎），而只是带着认错的表情握握它，同时注视着她那双晶莹透亮的眼睛。

“你一个人会很痛苦的。”她说着，高高举起原来捂住高兴得通红的脸颊的双手，把辫子盘到后脑上，并用发针别住。“不，”她接着说，“她不懂……我呀，幸好，是在索顿学会的。”

“难道那里也有这样的病人？”

“有病得更重的呢。”

“对我来说，可怕的是我没法不想起他年轻时的样子……你不会相信他原来是个多么出色的少年，可我当时不理解他。”

“我非常非常相信。我觉得我们本来会和他相处得很好的。”她说道，并为自己说的话感到害怕了，她瞅了丈夫一眼，一双眼睛已经噙满了泪水。

“对，本来，”他哀伤地说，“他真是个人们说的不是这个世界上的那种人。”

“我们还得挨好些日子呢，应该睡觉了。”吉蒂看了看自己的小手表说。

二十　死亡

第二天，给病人举行了授圣餐和涂圣油的仪式。在仪式进行时，尼古拉·列文热烈地做了祈祷。他那双大眼睛紧紧盯着摆在铺了彩色台布的牌桌上的圣像，流露出那么热烈的祈求和希望，连列文看着都觉得可怕。列文知道，这种炽热的祈祷和希望只会使他和自己如此热爱的生命告别得更加沉重。列文了解哥哥和他的思路；列文了解哥哥不信教不是因为没有信仰能使自己生活得轻松点儿，而是因为现代科学对世界上各种现象的解释一步步排挤了这种信仰，因此他知道哥哥这时候恢复信仰是不正常的，而只不过是一种带着一线希望的渴望治愈的暂时的自私的表现。列文也知道，吉蒂还用自己道听途说的种种奇特的治疗办法增强了他的这种希望。这一切，列文全都知道，因此看着这种正在祈祷的充满希望的目光及他那只瘦成皮包骨头、吃力地举起在自己十分紧张的前额上画着十字的手，看着隆起的肩膀以及空荡荡呼哧呼哧的胸膛已经再也无法容纳病人所请求的那种生命时，他真是痛苦极了。在这一神秘的时刻，列文也在祈祷，就像他作为一个不信教的人上千次做过的那样。他对上帝说："要是你真存在的话，你就让这个人恢复健康吧（这话也重复许多次了），这样你拯救了他，也拯救了我。"

给病人涂了圣油以后，情况突然大有好转。他整整一个小时没有咳嗽过，露出了微笑，吻了吉蒂的手，含着眼泪感谢她，还说自己感觉良好，哪儿也不疼，并觉得有胃口有力气了。给他送汤来时，甚至他还自己坐起来，要吃煎肉饼。尽管他已经毫无希望，尽管很明显他已经好不起来了，列文和吉蒂还是处于同样的幸福和羞怯的兴奋之中，好像是怕自己弄错了似的。

"好些了吗?""是啊，好多了。""奇怪。""一点儿也不奇怪。""毕竟好些了。"他们悄声地在说，互相微笑着。

这种陶醉并不长久。病人平静地睡着了，但半小时后又被咳嗽咳醒了。于是，无论周围的人还是他本人，一切希望都突然消失了。痛苦的实际情况无疑打破了列文、吉蒂及病人自己原来所抱的希望，甚至使他们回忆不起这种希望来。

他好像不好意思再去回忆半小时前的那种情况，要求把带小孔眼纸盖的吸碘酊小玻璃瓶递给他。列文把它给了他，他这时便用涂圣油礼时那种热烈的带希望的目光注视着弟弟，要求他证明大夫确实说过吸碘酊能产生奇迹。

"怎么，吉蒂不在?"当列文不太情愿地肯定医生这么说过时，他一边呼噜呼噜地说，一边环视着四周。"不，可以这样说……我演出这幕滑稽剧，是为了她。她那么可爱，不过我们俩已经不能欺骗自己了。瞧，我相信这个。"他说着，便用一只骨瘦如柴的手抓起小玻璃瓶，把它放到自己嘴下吸起来。

晚上八点钟，当玛丽娅·尼古拉耶夫娜上气不接下气地跑来时，列文和妻子正在自己的客房里喝茶。她脸色苍白，嘴唇发抖。

"他要死了!"她低声说，"我怕他马上就要死去。"

两人一起跑到病人房里。他用一只手支撑着坐在床上，弯着自己长长的背部，低低地耷拉着脑袋。

“你感觉怎么样?”沉默了一会儿后，列文轻轻地问。

“我怕是要走了。”尼古拉艰难而十分明确、像从自己身上挤出来似的说。他没有抬起头，只是一双眼睛向上瞧，避开弟弟的脸。“卡佳，你出去!”他又说。

列文跳起来，低声用命令的口气要她出去。

“我要走了。”他再一次说。

“你为什么这样想呢?”列文没话找话地说。

“因为我要走了，”他好像喜欢这样表达似的说，“结束了。”

玛丽娅·尼古拉耶夫娜走到他身边。

“您还是躺着吧，那样好受些。”她说。

“我很快就静静躺着了，”他说，“一个死人，”他生气地嘲弄着说，“好吧，如果你们需要，就让我躺下吧。”

列文扶住哥哥的背让他躺下，坐在他旁边，屏住呼吸地注视着他的脸。一个临死的人躺着，闭着眼睛，但前额上的筋肉偶尔在抽动，就像在进行深沉而紧张的思考。列文不由得思索起此时哥哥在想些什么，但是尽管费尽心思，自己的头脑里仍是一片漆黑，倒是根据哥哥这张平静而严峻的脸和眉毛下筋肉的微微活动，可以看到一个人临死时的情景变得越来越清楚了。

“对，对，这样!”临死者拉长声音慢慢地说。“你们等一等。”他又沉默了。“是这样!”他突然宽慰地拉长声音说，仿佛对他来说一切全都决定了。“啊，上帝。”他说完，沉重地叹了口气。

玛丽娅·尼古拉耶夫娜摸了摸他的脚。

“在变凉。”她悄悄地说。

列文仿佛觉得病人一动不动已经很久很久了。可是他还活着，还偶尔透口气。因为神经紧张，列文已经有些疲惫了。他虽然拼命思索，却还是不明白“是这样”是什么意思。他觉得自己早已经落在临死者的后面了。他已经无法去考虑死亡这个问题本身，然而脑子里又不由自主地出现一些想法，现在，在这个时候，自己需要干什么：把病人的眼睛合上，给他穿好衣服，订购一口棺材。而且怪了，他感到自己浑身冰凉，既不感到悲痛，也没有对哥哥将死去的丝毫的怜悯。如果说他此刻有什么感触的话，那首先是对临死者现在具有的他所无法理解的事情的妒忌。

他还久久地坐在他身边，还在等待着结束，但结束没有到来。门打开了，吉蒂进来了。列文站起来想拦住她。可是就在他站起来的时候，他听到了临死者的声音。

“你别走开。”尼古拉说，并伸出一只手。列文把自己的一只手递给他，同时生气地对妻子挥挥手，要她走开。

他把临死者的一只手握在自己手里，坐了半小时，一小时，又一小时。他现在已完全不去考虑死亡了。他在想，吉蒂在做什么，隔壁房间里住着谁，医生住的是不是自己的房子。他想吃饭和睡觉。他小心翼翼把一只手腾出来，去摸病人的脚。脚已经凉了，但病人还在呼吸。列文又踮起脚想走开，而病人又微微动了动，并说：

“你别走。”

天亮了，病人的情况没有变。列文悄悄地抽出手来，不去看临死者，到自己房里睡觉去了。他醒来时，听到的不是哥哥的死讯而是病人又恢复了原来的状态。他又坐起来，咳嗽，又开始吃东西，说话，并且又不停地说死亡，又开始表达康复的希望，又显出比原来更生气和更阴郁的样子。无论列文和吉蒂，谁都无法劝说他安静下来。他生每个人的气，对每个人都说些令人不愉快的话，为自己的痛苦而责备每个人并要求给他从莫斯科请一位名医来。凡有人问他感觉怎么样，他都带着同样恶狠狠的表情指责说：

“我痛苦得要命，受不了！”

病人的痛苦越来越严重，特别是由于无法医治的褥疮，而且对周围人的火气也越来越大，一切方面都指责，特别抱怨他们没有从莫斯科请位医生来。吉蒂想尽一切方法帮助他，安慰他，但完全没有用，而且列文感觉到吉蒂无论体力和精神上也受尽了折磨，虽然她自己并不承认这一点。他把弟弟叫去和生命告别的那个晚上，大家知道他不可避免地一定快死了，认为他已经死了一半了。大家都盼望着一点——他尽快地死了吧，可是又都隐瞒着这样的想法，给他从小玻璃瓶里拿药，找医生，同时欺骗他又欺骗自己，还互相欺骗。这一切都是虚伪的，一种卑鄙的、侮辱人和亵渎神明的虚伪。因为列文比大家都爱临死者，他特别强烈而痛苦地感觉到了这种虚伪。

列文早已想着使两位哥哥哪怕在临死前和解也好。他于是给谢尔盖·伊万诺维奇写了封信，收到回信后，就把它念给病人听。谢尔盖·伊万诺维奇写道，他没法来，但用动人的言语请求弟弟原谅。

病人什么也没有说。

“给他回信时我该写些什么呢?”列文问，“我希望你不生他的气吧?”

“不，一点儿也不!”尼古拉烦恼地回答，“你写信告诉他，让他给我请位医生来。”

又过了折磨人的三天，病人的情况依然是那样。凡见到他的人，都觉得他不如死了的好。旅馆的跑堂、老板、所有的房客、大夫、玛丽娅·尼古拉耶夫娜、列文和吉蒂，大家都这样认为。只有病人自己没有这个愿望，相反他倒是因为人们没有给他请来大夫而生气，并继续服药和谈论生命。只有在服了吗啡后一时忘了痛苦的难得几分钟，他在半昏迷状态中有时吐出自己心灵里比其他所有人感觉更为强烈的东西。“啊，但愿一下子结束了!”或者:“这要到什么时候才完啊!”

相应加大的痛苦也在起作用，在为他往死亡的方向作准备。没有一种情况他不感到痛苦，没有一分钟他不昏迷不醒，全身所有的部位没有一处不疼痛，不感到受折磨。就连对这个躯体的回忆、印象和思想，这时在他身上都引起和这个躯体本身一样的厌恶。其他一些人的模样，他们的话语，自己个人的回忆——所有这一切，对他来说，都只是一种痛苦。周围的人们感觉到了这一点，在当他的面时都不允许自己自由行动、交谈、表达自己的愿望。他的全部生命只剩下痛苦的感觉和摆脱这种痛苦的愿望。

在他的身上，显然已经慢慢完成了这样的转折，迫使他把死亡看成自己愿望的满足，看成是一种幸福。原来像饥饿、疲劳、口渴这样一些因为痛苦或贫乏而引起的每种单独的愿望，都通过身体得到某种机能的快感而满足了；但是现在，贫乏和痛苦没有得到满足，而满足的尝试则引起了新的痛苦。因此，一切愿望都融合成一个——摆脱全部痛苦及其根源的肉体这样的愿望。但他找不到适当的话来表达这种摆脱的愿望，因此他也就不说了，而按照习惯，他要求满足那些已经无法实现的愿望。"把我翻到另一边。"他说，然后立刻又要求恢复原来的姿势，"我要肉汤。拿肉汤来。说点儿什么吧，你们为什么不作声。"可是只要别人一开始说，他就闭上眼睛，表现出一种疲倦、淡漠和厌恶的样子。

来到省城后的第十天，吉蒂病了。她头痛，呕吐，一早晨都不能起床。

大夫解释，她的病是劳累、激动引起的，并劝告她要保持内心平静。

不过午饭后，吉蒂起床了，并和平常一样到病人那里帮忙干活去了。她进去的时候，他严肃地看着她，而且当她说自己病了时，他轻蔑地笑了笑。这一天，他不停地擦鼻涕，可怜巴巴地呻吟着。

"您感觉自己怎么样?"她问他。

"更坏了，"他艰难地说，"疼啊!"

"哪儿疼?"

"到处疼。"

"今天要完了，您瞧。"玛丽娅·尼古拉耶夫娜虽然是悄悄说的，可是因为病人很敏感，列文注意到他会听见她的话。列文便对她嘘了一声，并扭过头去看了病人一眼。尼古拉听到了；不过这些话没有对他产生任何作用。他的目光始终是责备和紧张的。

“您为什么这样认为？”她跟他出来到了走廊上时，列文问她。

“他开始在自己身上乱抓。”玛丽娅·尼古拉耶夫娜说。

“怎么乱抓？”

“就这样。”她拉着自己的毛料裙子的皱褶说。果然，他注意到这一整天病人都在抓自己，好像要把什么东西扯掉。

玛丽娅·尼古拉耶夫娜的预言是对的。到了夜里，病人已经没有力气把手举起来了，而且只能朝自己前面看，目光呆滞地集中在一个方向。甚至弟弟和吉蒂向他弯下腰去希望他能看得见他们时，他仍是那么看着。吉蒂吩咐把司祭请来，给他做临终祷告。

司祭在念临终祈祷文时，临死者没有表现出任何生命的征兆；他一双眼睛闭着。列文、吉蒂和玛丽娅·尼古拉耶夫娜站立在床边。司祭祈祷文还没有念完，临死者就伸直四肢，叹了口气，并睁开了眼睛。司祭念完了祷告文后，把十字架放在临死者冰凉的前额上，然后把它慢慢裹进项巾里，并默默地大约站了两分钟，碰了碰那双正冷却下来的没有血色的大手。

“他去了。”司祭说着并想走，但是，垂死者粘在一起的胡子突然微微动了动，寂静中响起一个发自胸脯深处清晰而明确的尖锐的声音：

“还没有……快了。”

又过了一分钟，他的脸发亮了，小胡子下露出了微笑，聚集在周围的女人们便着手小心地收殓死者。

面前哥哥的样子和如此接近的死亡，使那个秋天的晚上哥哥到他家里来时曾经有过的感觉，又在列文心灵里复活了，那是一种感到死亡是无法猜透的，它在接近而且不可避免的可怕心情。这种感觉，现在比以前更强烈了；而对自己能明白死亡的意义的把握，却减少了；不过现在有妻子在身边，这种感觉并没有导致他绝望：自己虽然终有一死，但又觉得必须去生活，去爱。他觉得是爱情把自己从绝望中拯救出来，而且这种爱情在绝望的威胁下变得更强烈和更纯洁了。

死亡这个仍是猜不透的秘密还没有来得及在他眼前过去，另一个同样猜不透的召唤他去爱和去生活的秘密又产生了。

大夫证实了自己对吉蒂的预测。她健康不佳，是因为怀孕了。

二十一

阿列克谢·亚历山大罗维奇自从从贝特西和斯捷潘·阿尔卡杰奇的解释中得悉他们只要求他让妻子安宁，不要因自己的出面使她为难，以及他妻子本人也希望这样以后，他感到自己是那么茫然若失，什么事儿也决定不了，不知道自己现在要的是什么，于是就听从那些如此乐于管他的事儿的人的意见，别人说什么他都表示同意。直到安娜离开他的家，英国女家庭教师来问是该由她陪他一起吃还是单独用餐时，他才头一次清楚地明白了自己的处境，并对此感到害怕。

这种处境下最困难的是他怎么也没法使自己的过去和现在的情况调和一致起来。倒不是因为自己和妻子幸福地生活在一起的那段时间使他恼火，从那时的生活到得知妻子不忠，这个变化他已经痛苦地经历过来了；这种处境是痛苦的，但是他理解。要是妻子当时向他宣告自己的不忠然后离开了他，他会觉得伤心、觉得不幸，不过对他本人来说，不至于陷入像现在这种束手无策、莫名其妙的处境。现在，他怎么也没法把自己不久前对患病的妻子和另一个男人生的婴儿的宽恕、感动及爱与当前的情况调和起来，也就是不能与自己所得到的这一切报偿调和起来；现在他不仅成了个孤零零的人，而且成了声誉扫地、受人嘲笑、谁也不需要并遭受大家蔑视的人。

妻子走后头两天，阿列克谢·亚历山大罗维奇接待了一些请愿者、一位办公室主任，照常去出席会议，像平时一样到餐所用餐。自己也不清楚为什么要这样做，在这两天里，他竭力使自己情绪平静，甚至保持冷淡的模样。在回答怎么处理安娜·阿尔卡杰耶夫娜的东西及几个房间时，他尽最大的努力控制自己，让人看上去是个对已发生的事情并非不知情及没有丝毫失态的模样，而且达到了自己的目的：没有人看出他身上有绝望的表现。到了第二天，柯尔涅依把时装商店送来的一张安娜忘了支付的账单给他，并禀报说商店账房本人在这里等着，阿列克谢·亚历山大罗维奇吩咐叫账房进来。

“对不起，大人，冒昧打扰您了。不过，如果您想让我直接找尊夫人的话，是否能把她的地址告诉我。”

阿列克谢·亚历山大罗维奇使账房觉得自己好像在沉思，接着他突然转过身子，靠桌子坐下来。他双手掩面，这样坐了好久，几次试图开口说话，却又停下没有说。

柯尔涅依明白老爷的心情，他请账房下次再来。又剩下他一个人，阿列克谢·亚历山大罗维奇明白自己再也不能故作镇定了。他吩咐把等着的四轮轿式马车退了，并叮嘱谁也不见，也不去吃饭。

他觉得自己再也受不了那种蔑视和残酷的压力了，从这位账房和柯尔涅依及他在这两天里见到的所有人的脸上，毫无例外地都清楚地看出了这一点。他发觉自己没法不理别人的憎恨，因为这种憎恨不是因为他坏（要是那样的话，他可以尽量变得好些），而是由于他可耻的和可恨的不幸。他知道，人们为这，为他的心在受折磨，才对他毫不怜悯。他觉得人们会像一群狗把一条疼痛难熬而号叫的狗弄死似的消灭他。他知道自己免遭被消灭的唯一办法——是向他们瞒着自己的伤口，他勉强尝试这么做了两天，但现在他感觉到，自己对这种寡不敌众的搏斗已经再无力继续进行下去了。

他的绝望感大大增强了，因为他意识到完全得由他一个人来承受这种悲痛。不但在彼得堡，他找不到一个人可以诉说一切的人，没有一个人会不把他作为一个高级官员，作为一个社会名流，而只把他作为一个普通的上了年纪的可怜人；而且，他在哪里都找不出这么一个人。

阿列克谢·亚历山大罗维奇是在孤儿院长大的。他们是兄弟两个。他们不记得父亲了，阿列克谢·亚历山大罗维奇十岁那年死了母亲。家境不富裕。卡列宁的一位叔叔是个大官还是已故皇上一度的宠臣，他培养了他们。

卡列宁在中学和大学全都成绩优异，毕业后由叔叔提携，立刻在官场中崭露头角，而且从那时候起就醉心仕途。无论在中学和大学里，还是步入仕途后，阿列克谢·亚历山大罗维奇和谁都不曾有过亲密的友谊关系。哥哥是他心灵上最亲近的人，不过哥哥在外交部供职，长期生活在国外，再说他在阿列克谢·亚历山大罗维奇结婚后不久就死了。

在他担任省长的时候，省里有一位富裕的贵妇——安娜的姑姑，她把自己的侄女引荐给这个虽非青年却还不老的省长，并搞得他身处要么向这位侄女求婚要么离开这座城市的境地。阿列克谢·亚历山大罗维奇犹豫了好久。有多少理由迈出这一步，就有多少理由反对，却没有一条决定性的理由迫使他改变自己的规矩：疑难时要慎重；但是安娜的姑姑通过一个朋友劝他，说他已损坏了姑娘的名誉，他若是个真诚负责的人就必须向她侄女求婚。他向她求婚了，并尽自己所能把全部感情献给了这位未婚妻和后来的妻子。

他对安娜的那份眷恋彻底消除了他心头再去和别人亲密相处的需要。就是现在，他所有的朋友中也没有一个和他是亲密的。他交游广阔，但没有真正的友谊。阿列克谢·亚历山大罗维奇周围有许多这样的人，他可以叫他们到自己家里来吃饭，请他们参与他感兴趣的某件事情，庇护一下某个求情的人，自己可以和他坦率地商讨其他一些人或政府高层的行动；但和这些人的关系都局限在通常习惯严格规定的领域之内，不可能有任何超越。有一个他后来接近的大学同学，本倒可以谈谈个人的苦恼；可是这个同学在遥远地区担任督学。在彼得堡的熟人中间，和他最亲近和谈得来的，就是办公室主任和一位医生了。

办公室主任米哈依尔·瓦西里耶维奇·斯留京是个朴实、聪明、善良和有道德的人，阿列克谢·亚历山大罗维奇对他很有好感，但是，他们五年来的同事关系仿佛为他们进行心灵交流树起了一道障碍。

阿列克谢·亚历山大罗维奇在公文上签了字，沉默了好久，瞧瞧米哈依尔·瓦西里耶维奇，几次试图说话，但都没有开口。他已经准备好了一句话：“您听说我的伤心事了吗?”而结果却只和通常一样告诉他，“就这样，您给我把这个准备好。”说完后就放他走了。

另一个人是医生，也对他不错；不过他们之间早已达成了一种默契，即各自都有许多事情忙着，双方都得珍惜时间。

对自己的女性朋友及其中最主要的莉吉娅·伊万诺夫娜伯爵夫人，阿列克谢·亚历山大罗维奇没有去想。女人毕竟是女人，对他来说，她们都让人觉得可怕和讨厌。

二十二

阿列克谢·亚历山大罗维奇把莉吉娅·伊万诺夫娜伯爵夫人给忘了，她可没有忘记他。在这孤独绝望的时刻，她来了，并且没有通报就走进他的书房里。她见到他时，他正好两只手抱住脑袋坐在那儿。

“我违反了规矩。[1]”她说，同时迈着急促的脚步，并因为激动和匆忙沉重地喘着气。“我全都听说了！阿列克谢·亚历山大罗维奇！我的朋友！”她接着说，双手紧紧握住他的一只手，以自己美丽、深沉的眼睛注视着他的一双眼睛。

阿列克谢·亚历山大罗维奇皱着眉头欠身起来，从她手里腾出自己一只手给她拿椅子。

“坐下吧，伯爵夫人。我不见客，因为我病了，伯爵夫人。”他说，而且嘴唇在哆嗦。

“我的朋友！”莉吉娅·伊万诺夫娜伯爵夫人重复说，眼睛没有离开他，突然她两道眉毛的内侧向上竖起来，在前额上形成一个三角形；她那不漂亮并发黄的脸变得更不漂亮了，不过阿列克谢·亚历山大罗维奇感觉到她可怜他，而且要哭出来了。因此，他感动了：他抓起她一只胖乎乎的手，开始吻它。

“我的朋友！”她激动得声音断断续续地说，“您不应当沉浸在痛苦中。您的痛苦是巨大的，但您应当找到安慰。”

“我被弄垮了，我毁了，我不再是个人了！”阿列克谢·亚历山大罗维奇松开她的一只手说，但继续注视着她那双噙满泪水的眼睛，“我的处境真可怕，我哪儿也找不到支持，连自己身上也找不到。”

“您会找到的，您不要在我身上找，虽然请您相信我对您的友谊，”她叹了口气说，“我的支持是爱，上帝赐给我们的那种爱。上帝要支持人是轻而易举的，”她带着阿列克谢·亚历山大罗维奇很熟悉的那种兴奋的目光说，“他会支持您和帮助您的。”

这些话虽然包含面对自己崇高感情的感动，而且表达了不久前在彼得堡流行的而卡列宁认为无聊的神秘情绪，他现在听起来却感到愉快。

“我软弱。我被毁灭了。我事先一点儿也不知道，现在仍什么

---

① 原文为法语。

也不明白。”

“我的朋友。”莉吉娅·伊万诺夫娜重复说。

“倒不是失去现在所没有的东西，不是这个，”阿列克谢·亚历山大罗维奇继续说，“我并不为此难过。但就为自己现在的这种处境，我无法不在人们面前感到羞耻。这样不好，可是我毫无办法，我毫无办法。”

“不是您完成了那种令我和大家赞赏的崇高的宽恕行为，而是上帝把它留在您心中的，”莉吉娅·伊万诺夫娜伯爵夫人兴奋地抬起双眼说，“因此您大可不必为自己的行为感到羞耻。”

阿列克谢·亚历山大罗维奇皱起眉头，弯曲起手掌，弄得手指咯吱吱响。

“什么琐碎的事都得处理，”他用尖细的声音说，“一个人的力量是有限的，伯爵夫人，我已经到了自己的极限了。现在我整天都得处理，处理从自己新的孤独处境出发的（他着重说了‘出发的’这个词儿）种种家务事。仆人、女家庭教师、账目……种种琐事耗尽了我的精力，我支撑不住了。吃午饭后……昨天我差点儿吃不下午饭。我没法忍受自己的儿子瞧我的那副神气。他没有问我这是怎么一回事，可是他想问，而我可受不了这种目光。他害怕看着我，可是这还不够……”

阿列克谢·亚历山大罗维奇想说给他送来的账单，可是他的声音颤抖了，所以没有说。那张蓝色的关于一顶帽子和丝带的账单，他一回想起来就没法不可怜自己。

“我理解，我的朋友，”莉吉娅·伊万诺夫娜伯爵夫人说，“我完全明白。您不会在我身上寻找帮助和安慰，不过我毕竟正是为尽自己最大的努力帮助您才来的。如果我能消除您身上所有这些琐碎的、令人感到屈辱的操心事儿……我了解，这方面需要女人家的主意、女人家的安排。您可以把它们交给我来办吗？”

阿列克谢·亚历山大罗维奇没有作声，他感激地握了握她的手。

“我们一起来管教谢廖沙。我不善于处理实际事务。不过，我会担当起来的，我来当您的女管家。您不用感谢我。我这么做不是自己……”

“我不能不感谢。”

“不过，我的朋友，您可别老是沉浸在您所说的那种感情中，不要为一个基督徒的最崇高品德感到羞耻：委屈自己的人使自己变得崇高。因此，您不用感谢我。应当感谢上帝，并祈求他的帮助。唯有在他身上，我们才能找到平静、安慰、拯救和爱。”她眼睛向着天空说，阿列克谢·亚历山大罗维奇从她的静默中看出她开始祈祷了。

阿列克谢·亚历山大罗维奇此刻听着她说的话，就连那些原来使他与其说不愉快不如说多余的感觉，现在都不存在了。如今听起来都显得很自然，很使人安慰。阿列克谢·亚历山大罗维奇本不喜欢这种新的狂热精神。他是个信教的人，但对宗教感兴趣首先是政治意义上的，现在新教义对宗教作了一些新解释，引起了争论和分析，这样就从原则上使他产生了反感。过去他对这种新教义抱冷淡甚至敌对的态度，和迷恋这种新学说的莉吉娅·伊万诺夫娜伯爵夫人，他倒是从来没有发生过争论，只是默默地回避她的挑战而已。现在他是头一次满意地听她说话，并从内心里不予以反驳。

“为您做的事儿和您说的话，我非常非常感谢您。”她结束祈祷时，他说。

莉吉娅·伊万诺夫娜伯爵夫人再一次地握起自己这位朋友的双手。

“现在我要做点儿事了。”沉默了一会儿并擦去残留在脸上的眼泪后，她微笑着说，“我到谢廖沙那里去。非万不得已我不来打扰您。”接着，她站起来出去了。

莉吉娅·伊万诺夫娜伯爵夫人来到了谢廖沙的房间。在那里，她一边往受惊吓的孩子脸上掉着眼泪，一边告诉他，他父亲是个圣人，他母亲已经死了。

莉吉娅·伊万诺夫娜伯爵夫人履行了自己的诺言。她果真承担起了照料阿列克谢·亚历山大罗维奇的全部操心事儿。不过，她说自己不善于处理实际事务并非言过其实。她的一切吩咐都需要修改，因为没法照办，因此由柯尔涅依作了变动。柯尔涅依是阿列克谢·亚历山大罗维奇的仆从，现在是主管卡列宁全家的不可或缺的人，乘老爷穿衣服的时候，他便平心静气而又小心翼翼地把需要报告的事情全部报告给老爷。不过，莉吉娅·伊万诺夫娜的帮助还是极其有用的：她通过使阿列克谢·亚历山大罗维奇认识到自己对他的爱和尊敬，从道德上支持他，还有特别使她想起来感到安慰的，在于她几乎使他转向基督教，也就是使他从冷淡的漫不经心的信徒变成一个最近在彼得堡流行的对基督教作出新解释的学说的热烈坚定的拥护者。阿列克谢·亚历山大罗维奇觉得这很容易。他和莉吉娅·伊万诺夫娜及赞成这种观点的人一样，是个完全缺乏深刻想象力、缺乏心灵的力量的人，因此一些由想象引起的观念势必与其他的观念、与现实协调一致，仿佛成了确实是这么回事儿。在那种认为死亡对不信教的人存在而对信教的人是不存在的观念里，他看不出有任何不可能和不合适的东西，因此他具有十足的信仰，自己又是判断信仰的裁判者，所以在他的灵魂里没有罪过，他在这个尘世上已经完全获得了拯救。

不错，阿列克谢·亚历山大罗维奇也模模糊糊地感觉到了这种信仰的错误和轻率，而且他也知道，当自己完全不去考虑他的宽恕是最高力量作用的结果而沉浸于那种直接的感情时，他感受到的幸福要比自己现在每时每刻想着自己心中活着个基督以及自己在公文上签字是在履行基督的意志时大得多；不过，对阿列克谢·亚历山大罗维奇来说，他必须这么认为，因为在屈辱中的他必须有一个崇高的立足点，就算是凭空想出来的也好，有了这个立足点，被大家蔑视的他就可以蔑视别人了，所以他也就坚持着，把假想的获救看得和真的获救一样。

二十三

莉吉娅·伊万诺夫娜伯爵夫人还是个年轻热情的姑娘时，就嫁给了一个富裕、有名望、和善却沉溺于寻欢作乐的浪荡公子。婚后不到两个月，丈夫就把她抛弃了，对于她热烈的温柔，伯爵只用嘲笑和敌意作回答，知道他的好心肠和看不出莉吉娅的热烈感情有什么不好的人们，怎么也没法解释他的那种讥笑和敌意。从那以后，他们尽管没有离婚，却一直分居，而当丈夫见到妻子时，对她总是带着一成不变的、原因让人弄不明白的恶毒的嘲笑。

莉吉娅·伊万诺夫娜伯爵夫人老早就已经不爱丈夫了，但从那时起却从来没有停止过爱别人。她常常同时爱上几个人，其中有男有女；她常常爱上几乎所有在某方面特别出名的人。她曾经爱上凡与皇上有血缘关系的一切亲王和公主，曾经爱上一个大主教、一个助理主教和一个司祭，曾经爱上一个新闻工作者、三个斯拉夫人和柯密萨洛夫[①]，还有一个大臣、一个医生、一个英国的百万富翁及卡列宁。所有这些时而减弱时而增强的爱情，都没有妨碍她与宫廷及社交界保持广泛而复杂的关系。但自从卡列宁遭受不幸之后，她便承担起特殊的保护任务，自从在卡列宁家效劳之日起，她就最关心他的财产状况，感觉到其他的爱情都不是真的，而自己现在真正爱的只有卡列宁一人。她觉得自己现在对他的感情，比以前所有的感情都要强烈。在分析自己的感情并拿它和以前的感情作比较时，她清楚地发现要不是柯密萨洛夫救了皇上的性命，自己是不会爱上他的；要是没有斯拉夫问题，自己是不会爱上里斯季奇-库德日茨基[②]的；但是对卡列宁就不同

---

① 柯密萨洛夫，生卒年不详，他曾打落一个凶手的手枪，从而救了俄国沙皇亚历山大二世的性命，被当时上流社会视为英雄。

② 具体情况不详，据小说内容，是当时俄国的一个斯拉夫主义者。

了，她爱的是他本人，是他那种崇高而不被理解的心灵，是他说起话来细巧而拉长的语调，是他那疲倦的目光，是他的性格及那双柔软苍白而青筋鼓出的大手。她不但因为见到他感到高兴，而且还在他脸上寻找自己对他产生那种印象的痕迹。她不但想用语言，而且还以自己整个人讨他喜欢。现在，为了他，她比以前更关心自己的衣着打扮。她常常暗自幻想，要是自己没有嫁人及如果他是一个自由的人，那会怎么样。他走进房间时，她激动得涨红了脸，他对她说好听的话时，她控制不住露出兴奋的微笑。

莉吉娅·伊万诺夫娜伯爵夫人处于最激动的状态，已经好几天了。她知道现在安娜和符朗斯基在彼得堡。应当挽救阿列克谢·亚历山大罗维奇，不能让他和她见面，甚至不能让他痛苦地知道这个可怕的女人和他在同一个城市里及他时刻都有可能见到她。

莉吉娅·伊万诺夫娜通过自己的熟人探听到这些她称之为可恶的人想做什么，于是便竭力指导自己的朋友这几天里的全部活动，免得他碰见他们。有位年轻的副官是符朗斯基的朋友。她通过他得到信息，而此人则指望通过莉吉娅·伊万诺夫娜伯爵夫人得到一份租赁合同，是他告诉她，说他们已经办完了自己的事务，明天就要离开走了。莉吉娅·伊万诺夫娜已经开始安下心来了，不料第二天人家给她送来一张便条，她认出了那可怕的笔迹。这是安娜·卡列尼娜的笔迹。信封纸厚得像一层树皮；一张相当长的黄色字条上写着大大的花体字，信里还散发出一股很好闻的气味。

"谁送来的？"

"旅馆的一个受委托人。"

莉吉娅·伊万诺夫娜伯爵夫人好一阵都难以坐下来读这封信。她心慌得气喘病都发作了。等安静下来之后，她读了这封用法文写的信：

伯爵夫人[1]——我感到，充满您心里的基督感情，使我鼓起不可原谅的勇气写信给您。我为和儿子分离感到不幸。我恳求允许在出发之前能见他一面。我打扰您，请您原谅我。我来求您而不去求阿列克谢·亚历山大罗维奇，只因为不想使这位宽宏大度的人因为提起我而蒙受痛苦。我知道您对他的友谊，您一定会理解我的。您让谢廖沙到我这里来，还是事先约定个时间我到家里去，要不，劳您告知在家以外的某个地方及什么时间我能见他？我想不会被拒绝，因为知道决定此事的人的宽宏大度。您没法想象我是多么渴望见到儿子，由此您也没法想象您的帮助将会使我多么感激。

安娜

这封信里的一切都使莉吉娅·伊万诺夫娜伯爵夫人感到愤慨：它的内容，它对宽宏大度的暗示，尤其是她从中感到的那种放肆的语调。

“告诉他，没有答复。”莉吉娅·伊万诺夫娜伯爵夫人说，并立刻打开信笺夹，给阿列克谢·亚历山大罗维奇写了封信，说希望在一点钟的宫廷庆祝会上见到他。

“我需要和您说一件重要而伤心的事情。在那里我们再商定谈话的地点。最好在我家里，我吩咐给您备好茶。一定。上帝给了十字架，但他也赐给了力量。”她加上了这么一句，让他哪怕稍稍有点儿准备。

莉吉娅·伊万诺夫娜一般每天给阿列克谢·亚历山大罗维奇写两至三张便条。她喜欢这种与他交流的方式，它具有她私人交往中所欠缺的优雅和神秘性。

---

① 原文为法语。

二十四

庆祝会结束了。出来的人们见面时谈论着当天的最新消息、新得的奖赏及显要官员的职位变动。

“要是让玛丽娅·鲍里索夫娜当军事大臣，而让华特科夫斯基公爵夫人——任总参谋长，怎么样?”一个穿着绣金丝边制服的白发小老头子转过来，对问起他职务变动的漂亮的高个子宫中女官说。

“那让我做副官。”宫中女官微笑着回答。

“对您已经有任命了嘛。让您到神职部门去。而且担任您助理的——是卡列宁。”

“您好，公爵!”小老头子说，同时握起一个走过的人的手。

“您在说卡列宁什么?”公爵问。

“他和普佳科夫得了亚历山大·涅夫斯基勋章。”

“我想他已经得过了。”

“不。您瞧他。”小老头子说，同时用礼帽指指卡列宁。当时他正身穿宫廷制服，肩挂一条大红的新绶带，和一位在国务咨询委员会有影响的成员停在大门口。“一副幸福和得意的样子。”小老头子补充说，同时停下来去握长得像竞技运动员一样俊美的宫廷高级侍从的一只手。

“不，他显老了。”高级侍从说。

“因为操心。他现在老是在编写规划草案，把一切全都逐条写出来。他现在是不会放过一个倒霉的人的。”

“怎么显老了？他有收获。[①]我看，莉吉娅·伊万诺夫娜伯爵夫人正吃他妻子的醋呢。”

“啊，什么呀！对莉吉姬·伊万诺夫娜伯爵夫人，请别说她的

① 原文为法语。

坏话。”

“可是，她爱上了卡列宁，这难道是坏事吗？”

“可是，卡列宁夫人在这里，是真的吗？”

“也就是说，不是在这里，宫廷里，是在彼得堡。我昨天碰见他们了。她和阿列克谢·符朗斯基一起，手挽着手[①]，在海军部大街上。”

“这个人没有……[②]”高级侍从官开口说，但又停下来给一位走过的皇族人物鞠躬让道。

人们不停地这样议论着阿列克谢·亚历山大罗维奇，指责他并笑话他，他则拦住一位碰上的国务咨询委员会成员不让走，向他滔滔不绝地逐条叙述他起草的财务计划草案。

差不多就在妻子离家出走的同时，阿列克谢·亚历山大罗维奇还遇到了一件对一个为官者来说最为痛苦的事——晋升的路断了。这事儿发生了，而且大家都看得清清楚楚，可是阿列克谢·亚历山大罗维奇本人却还没有意识到自己的仕途到头了。与斯特列莫夫的冲突也好，和妻子发生的不幸也好，或者就是阿列克谢·亚历山大罗维奇命中注定已经达到了极限也好，但对大家来说已经很清楚，他的仕途今年到头了。他还担任着要职，还兼任着许多委员会和会议的成员，但他是个一切都已任期届满的人，再也没有任何指望了。不管他说什么，提议什么，人们都将把他的话和提议看做仿佛早已知道和毫无用处的意见。

但是阿列克谢·亚历山大罗维奇没有感觉到这一点。相反，在不再直接参与政府的活动后，他对别人活动中的缺点和错误看得更清楚了，并认为自己有责任指出改正它们的办法。和妻子分开后不久，他很快开始起草关于新的法庭管理的无数谁也不需要的条条框框中的头一份。他打算要写的，是谈对新的审判制度的

---

① 原文为法语。

② 原文为法语。

意见。

阿列克谢·亚历山大罗维奇不仅没有注意到自己在官场中的处境，不仅没有为此感到伤心，还比以往任何时候都更满足于自己的活动。

“有妻室的，关心尘世的事情，怎么讨好妻子；没有妻室的，关心主，怎么让主喜欢。”圣徒保罗这么说，现在一切事情都以《圣经》为指导的阿列克谢·亚历山大罗维奇常常想起这句话。他似乎觉得，自从妻子走了之后，自己是以这些计划草案更好地在为主效力。

委员会里那名成员明显急不可耐地希望摆脱阿列克谢·亚历山大罗维奇，这种态度没有使他感到厌烦；只有当那名委员借一个皇族中的人要经过的机会从他身边偷偷走掉时，他才停止叙述。

剩下一个人时，阿列克谢·亚历山大罗维奇低下头，集中思想，然后漫不经心地向四周瞥了一眼，便朝门口走去，指望在那里见到莉吉娅·伊万诺夫娜伯爵夫人。

“而且他们都多么有力气，身体健康。”阿列克谢·亚历山大罗维奇心想，同时看着那位强壮而一脸香喷喷连鬓胡子的高级侍从和一位穿制服的公爵的红脖子，自己得从他们身边经过。“说得对，世界上的一切全是恶。”他边想边斜过眼睛再次看了看高级侍从的小腿。

阿列克谢·亚历山大罗维奇一边慢慢地走着，一边像往常一样显得疲倦而不失威严地向刚在谈论他的几位先生鞠了一躬，并注视着门口，用目光寻找莉吉娅·伊万诺夫娜伯爵夫人。

“啊！阿列克谢·亚历山大罗维奇！”小老头子两只眼睛恶狠狠地看着卡列宁说，当时卡列宁正好跟他走到并肩，并冷淡地向他点了点头。“我还没有向您祝贺呢。”他指指他新得的绶带说。

“谢谢您，”阿列克谢·亚历山大罗维奇回答，“今天的天气多好。”他立刻说，按照自己的习惯，他强调了“多好”这个词儿。

至于他们笑话他，这一点他知道。不过除了敌意，他也并不指望他们别的什么：他对此已经习惯了。

看到紧身胸衣上高高露出黄色肩膀的莉吉娅·伊万诺夫娜伯爵夫人从门外进来，及她那双召唤他过去的美丽沉思的眼睛，阿列克谢·亚历山大罗维奇微微笑了笑，露出自己一嘴完好无损的洁白牙齿，走了过去。

莉吉娅·伊万诺夫娜的一身打扮费了好大心思，就像她最近一段时间来的每次打扮一样。现在她打扮的目的，和她三十年前所追求的相反。当时她想方设法装饰是要使得自己好看点儿，而且打扮得越漂亮越好。现在却相反，她如此打扮，为的是要和自己的年龄、身段相符。而在阿列克谢·亚历山大罗维奇方面，她达到了自己的目的，使得他似乎觉得她很有魅力。对他来说，她不仅是对他怀有好心的，而且是包围着自己的那个敌意和讥笑的海洋上唯一的爱情孤岛。

在一排讥笑的目光前边走过时，他自然地被吸引到她那含情脉脉的目光一边，就好像植物向着阳光的方向生长。

“祝贺您。”她用目光瞟着他的绶带说。

他忍住得意的微笑，耸了耸肩膀，闭起眼睛，好像是在说，这并不使他感到高兴。莉吉娅·伊万诺夫娜伯爵夫人很清楚地知道，这是他的一大快乐，虽然他任何时候也不会承认这一点。

“我们的天使怎么样？”莉吉娅·伊万诺夫娜说，她指的是谢廖沙。

“不能说我对他完全满意，”阿列克谢·亚历山大罗维奇竖起眉毛，睁开眼睛说，“西特尼科夫也对他不满意（西特尼科夫是被聘来对谢廖沙进行世俗教育的老师）。正如我对您说过的那样，对于应当触动任何一个人及任何一个孩子心灵的那些主要问题，他呀，都显得冷漠。”阿列克谢·亚历山大罗维奇开始叙述自己除公务外唯一感兴趣的问题——关于教育儿子的想法。

在莉吉娅·伊万诺夫娜的帮助下，阿列克谢·亚历山大罗维奇又回到生活和事业正轨上的时候，他觉得关心留在自己身边的儿子的教育是他的义务。以前从来没有关心过教育问题的阿列克谢·亚历山大罗维奇花了些时间，对这个问题作了理论上的研究。在读了几本人类学、教育学和教学法的书以后，阿列克谢·亚历山大罗维奇便为自己制订了一个教育计划，请彼得堡一位优秀教育家作指导，着手工作。而且，这件事儿大大地吸引了他的注意。

“对，可是那颗心呢？我看出他身上有一颗同父亲一样的心，有这样一颗心的孩子是坏不到哪里去的。”莉吉娅·伊万诺夫娜伯爵夫人兴奋地说。

“是啊，也许……至于说到我，我一定会尽自己的责任的。这就是我能做的一切。”

“您上我家里去，”莉吉娅·伊万诺夫娜伯爵夫人沉默了一会儿，说，“咱们要谈一件使您伤心的事。为了使您摆脱那些回忆，我真愿牺牲一切，可是别人不这么认为，我收到了一封她来的信。她在这里，在彼得堡。”

提到妻子，阿列克谢·亚历山大罗维奇浑身一颤，不过，他的脸上立刻出现一种僵死般一动不动的神情，表现出自己在这件事情上完全束手无策。

“我料到是这样。”他说。

莉吉娅·伊万诺夫娜伯爵夫人兴奋地瞅了他一眼，面对他灵魂的伟大，她的眼睛流出了赞赏的泪水。

二十五

阿列克谢·亚历山大罗维奇走进了莉吉娅·伊万诺夫娜伯爵夫人那间小小的舒适的书房，房间里陈列着古代瓷器，墙上挂着肖像画。此时，女主人还没有出来。她在换衣服。

圆桌上铺着块台布，摆着一套中国茶具和烧酒精炉的银茶壶。

阿列克谢·亚历山大罗维奇漫不经心地观看着装饰书房的无数幅熟悉的肖像画，靠桌子坐下来后，打开放在桌上的一本福音书。伯爵夫人丝绸裙子的沙沙声分散了他的注意力。

“好了，现在我们安安静静地坐下来，”莉吉娅·伊万诺夫娜伯爵夫人激动地微笑着说，并连忙在桌子和长沙发中间坐下来，“我们边喝茶边谈。”

说了几句开场的话后，莉吉娅·伊万诺夫娜伯爵夫人沉重地喘着气，涨红了脸，把自己收到的那封信交到阿列克谢·亚历山大罗维奇手里。

读完后，他久久没有作声。

“我不认为自己有权拒绝她。”他抬起眼睛怯生生地说。

“我的朋友！谁身上您都看不出恶！”

“我呀，相反，发现一切都是恶，可是这公正吗？……”

他脸上流露出犹豫不决和寻求建议、支持及在他不懂的事情上予以指导的表情。

“不，”莉吉娅·伊万诺夫娜伯爵夫人打断了他，“凡事儿都有个限度。我理解什么叫伤风败俗，”她说得言不由衷，因为她从来都不明白是什么导致女人们不道德，“但我不理解冷酷无情，对谁啊？对您！怎么可以待在您所在的城市里呢？不，真是活到老，学到老啊。我也正在学习理解您的高尚和她的卑鄙。”

“可是谁愿意落井下石呢？”阿列克谢·亚历山大罗维奇为自己所扮演的角色感到满意，“我全都宽恕了，因此不能剥夺她爱的要求——对儿子的爱……”

“但这是爱吗？我的朋友！这真诚吗？就算您宽恕了，您现在也在宽恕……但我们有权去影响这个天使的心灵吗？他认为她死了。他在为她祈祷，请求上帝宽恕她的罪过……这样倒好些。可这么一来，他会怎么想呢？”

“我没有去想这个。”阿列克谢·亚历山大罗维奇显然同意她的意见。

莉吉娅·伊万诺夫娜伯爵夫人用双手捂住脸，沉默着。她在祈祷。

“如果您问我的意见，”她做了一会儿祈祷后，边拿开手边说，“我建议您不要这样做。难道我看不出您是多么痛苦，这事又揭开了您的创伤吗？就算您像从前一样，将自己置之度外，可是，这又将造成什么后果呢？不是会使您遭受新的痛苦，让孩子受折磨吗？要是她还有点儿人性的话，她自己就不该有这样的愿望。不，我坚决不赞成，而且，如果您允许的话，我来给她写信。”

阿列克谢·亚历山大罗维奇同意了，于是莉吉娅·伊万诺夫娜伯爵夫人写了这样一封信：

仁慈的夫人，

考虑到使您的儿子想起您会产生种种问题，要回答这些问题，就不能不在小孩心中灌输一种批评他视为神圣的东西的精神，请理解您丈夫以基督的爱的精神作出的拒绝。我们求至高无上的上帝赐给您仁慈。

莉吉娅伯爵夫人

莉吉娅·伊万诺夫娜的这封信，达到了她连对自己都不敢承认的目的。它使安娜从心灵深处受到了屈辱。

阿列克谢·亚历山大罗维奇从莉吉娅·伊万诺夫娜那里回家以后，这一天都无法全心全意去处理自己的日常事务，也没有了他以前感觉到的灵魂得救了的信教所感受到的那种心灵的平静。

妻子对他犯了这样的大罪，而且，还正如莉吉娅·伊万诺夫娜伯爵夫人所指出的那样，自己在妻子面前像个圣人，她本不应当来扰乱他；但是他很不平静：他无法理解自己读过的那些书，无法排解自己对她的态度，关于那些痛苦的回忆。回想起从赛马场回来时自己竟把她承认不忠（特别是他只要求她表面上的体面，却没有要求决斗）看成是一种悔悟，这一点使他感到痛苦。同样使他感到痛苦的是关于自己给她写那封信的回忆；尤其是他那种谁也不需要的宽恕及自己对她和另一个男人生的孩子的种种关切，都使他心里感到羞耻和后悔得像被火烫一样。

现在还有使他感到同样羞耻和悔恨的，是他在回想起自己与她全部往事的同时，回想起了当年自己经过长时间的动摇后向她求婚时说的那些令人难为情的话。

“可是，我错在哪里？”他对自己说。在他心里，这个问题又总是引起另一个问题——符朗斯基、奥勃朗斯基……那些小腿肚子肥大的侍从，他们的感情、恋爱、婚姻，是不是另一种情况。于是，他头脑里浮现出一系列这种精力旺盛、强壮有力、毫不怀疑自己、无论何时何地都不由得吸引他好奇的注意力的人。他从自己身上驱散了这些想法，竭力使自己确信他活着不是为了此时此地的生活，而是为了一种永恒的生活，为了存在于他心灵中的和平与爱。但是，他在这现实的、微不足道的生活里，仿佛觉得自己犯了一些微不足道的错误，这一点是这么折磨他，使他觉得仿佛自己所信仰的永恒的得救都并不存在了。不过，这种诱惑继续了没有多久，在阿列克谢·亚历山大罗维奇的心灵里很快又恢复了平静与高尚；有了这种心境，他才忘掉了那些他不愿意记得的事情。

二十六

“怎么样啊，卡皮托内奇？”谢廖沙在生日前一天高高兴兴、满脸绯红地散步回来说，同时把自己的紧腰细褶长外衣交给身材高大、正弯腰对着自己微笑的老守门人，“怎么，那个捆着绑腿的官儿来了吗？爸爸接见他了？”

“接见了。主任刚出去，我就去通报了。”守门人快乐地眯着眼睛说，“我来给你脱吧。”

“谢廖沙！”斯拉夫语家庭教师停在通往里面房间的门口说，“自己脱衣服。”

谢廖沙虽然听到了家庭教师微弱的声音，却并没有去理会他。他一只手抓住守门人的腰带站着，看着守门人的脸。

“那他要求的，爸爸答应了吗？”

守门人肯定地点了点头。

捆绑腿的官员为了向阿列克谢·亚历山大罗维奇请求点儿什么事跑了七次，守门人和谢廖沙都关心他。有一次谢廖沙在门廊里见到他，并听他可怜巴巴地恳求守门人给通报一声，说他和他的九个孩子都快要饿死了。

从此，谢廖沙在门廊上再一次碰见这位官员后，便关心起他来了。

“那么，他很高兴了？”他问。

“怎么不高兴呢！几乎连蹦带跳从这里出去的。”

“可是，有人送东西来了吗？”谢廖沙沉默了一会儿问。

“有啊，少爷，”守门人摇摇头，悄声对他说，“是伯爵夫人送来的。”

谢廖沙立刻明白，守门人说的是莉吉娅·伊万诺夫娜伯爵夫人送给他的生日礼物。

“你说什么？在哪儿？”

“柯尔涅依交给你爸爸了。一定是件好东西！”

“有多大？是这样的吗？”

“稍稍小一点儿，不过挺好的。”

“是一本书吗？”

“不，是一件东西。你去吧，去吧，瓦西里·鲁基奇在叫了。”守门人听到家庭教师渐渐走近的脚步声说，同时小心地把已经脱了半件长衣正抓住他腰带的那只小手拉开，并对他眨眨眼睛，用脑袋指指鲁基奇。

“瓦西里·鲁基奇，这就来！”谢廖沙说，露出从来都使认真勤奋的瓦西里·鲁基奇叹服的开心的微笑。

谢廖沙太高兴了，太幸福了，他不能不和自己的看门人朋友分享家里的另一件喜事，那是他在夏季公园散步时从莉吉娅·伊万诺夫娜伯爵夫人的一个侄女那里知道的。这喜事正好与那个官员的喜事及有人送给他玩具的喜事同时发生，因此他觉得特别重要。谢廖沙仿佛觉得，今天这个日子，大家都应该开心和高兴。

“你知道吗，爸爸得了亚历山大·涅夫斯基勋章？”

“怎么不知道！大家都来祝贺了。”

“怎么，他高兴吗？”

“皇上的恩典，怎么不高兴，就是说，有功劳啊。”守门人认真严肃地说。

谢廖沙注视着守门人那张每个最微小的细节都被研究透了的脸沉思起来，特别是悬在灰白络腮胡子间的那个下巴，除了谢廖沙，谁也没有从下往上看过它。

“啊，你女儿早就到你这里来过了吧？”

守门人的女儿是个芭蕾舞演员。

“不是礼拜天怎么来？她们也要上课。您也得学习了，少爷，去吧。”

谢廖沙走进房间后，没有坐下来做功课，倒是向教师提出了自己的猜想，说人家送给他的该是一台机器。“您认为怎么样？”他问道。

但是，瓦西里·鲁基奇只顾着考虑应该为两点钟要来教语法课的老师作准备的事儿。

“不！您必须告诉我，瓦西里·鲁基奇，”他手捧课本坐在桌子边上，突然问，“比亚历山大·涅夫斯基高的勋章是什么？您知道吗，爸爸得了亚历山大·涅夫斯基勋章？”

瓦西里·鲁基奇回答说：“比亚历山大·涅夫斯基高一级的是符拉基米尔。”

“再高呢？”

“最高的是安德烈·彼尔沃兹瓦内。”

“比安德烈还要高的呢？”

“我不知道。”

“怎么，您也不知道？”于是谢廖沙支起胳膊，陷入了沉思中。

他的思想错综复杂、五花八门。他想象自己的父亲怎么突然得了符拉基米尔又得了安德烈勋章，这样他今天来上课就会和气得多，自己长大成人后将要获得所有的勋章，而且还想象出比安德烈更高级的勋章。凡是想象得出来的，他都要得到。他们还会想象出更高级别致的，而他马上就会获得它们。

时间在这样的胡思乱想中过去，所以教师来上关于时间状语、地点状语和行为方式状语的语法课时，他都没有准备好，使教师不但不满意，而且感到伤心。教师这种伤心感动了谢廖沙。他觉得没有学好功课，是自己的错，他倒好像是尽了力，可无论如何也做不到：教师教给他的，他也似乎懂了，可是只要剩下他一个人时，就绝对一点儿也记不起来，而且不明白，“突然”这个很短而又很明白的词儿是什么行为方式状语。不过对自己使教师伤心这一点，他毕竟还是感到难过的，于是他想安慰他。

他选择了教师在默默地看书的机会。

“米哈依尔·伊万诺维奇，哪一天是您的命名日？”他突然问。

“你最好还是想想自己的功课吧，对一个懂事的人来说，命名日毫无意义。这一天和其他日子一样，应该干活。”

谢廖沙留神看着教师，看着他稀疏的胡子，看着往下滑到了鼻子尖上的眼镜，于是沉思起来，对教师给他说明的功课就一点儿也听不进去了。他知道教师并没考虑自己说的话，这一点，他从教师说话的语调里就感觉出来了。“不过，为什么他们大家都用一种腔调说话，尽是些最枯燥乏味和最没有用的玩意儿？为什么他们疏远我，他们为什么不喜欢我？”他伤心地问自己，却想不出答案。

二十七

教师的课上完了，该是父亲上课了。趁父亲还没有来，谢廖沙坐到桌子边上，一边玩小刀一边开始想。谢廖沙喜欢的活动是在散步时寻找自己的母亲。他一般不相信死，尤其不相信母亲会死，尽管莉吉娅·伊万诺夫娜伯爵夫人这么告诉他，而且父亲也这样肯定，所以在人家告诉他母亲死了以后，他在散步时仍在寻找母亲。任何一位丰满、优雅和留黑色头发的女人，都是他的母亲。见到这样的女人时，他心里就会产生一种温柔的感情，感到喘不过气来，眼泪汪汪的。他就这么等待着，她会撩起面纱，迎着他走过来。她的整个面孔都将清清楚楚，她会露出微笑，把他托起来，他将闻到她的气息，感觉到她双手的热度并幸福得哭起来，就像有一天晚上他躺在她腿上，她呵他痒痒，他便哈哈地边笑边咬她一只戴着几个戒指的白皙的手。后来他从保姆那里偶然得知自己的妈妈死了，父亲和莉吉娅又向他解释，她对他来说已经死了，因为她不好（对此，他怎么也不能相信，因为他爱她），他正是这样在寻找和盼望着她。今天在夏园里有位戴浅紫色面纱的太太沿着小径向他们走来，因此他便屏住呼吸，希望这是她，他一直注视着。这位太太没有到他的近处，就不知消失到哪里去了。这时谢廖沙感到自己对她的爱比任何时候都强烈，忘了自己是在等父亲，眼睛闪闪发亮地注视着前边并想着她，用小刀把桌子的一条边全给刮坏了。

"爸爸来了！"瓦西里·鲁基奇提醒他说。

谢廖沙跳起来，走到父亲面前，吻了吻他的一只手，仔细地瞧着他，想看出他得了亚历山大·涅夫斯基勋章后高兴的表情。

"你玩得好吗？"阿列克谢·亚历山大罗维奇在靠背椅上坐下来说，同时把一本《旧约》挪到自己面前翻开来。阿列克谢·亚历山大罗维奇虽然不止一次地对谢廖沙说，任何一个基督徒都应当牢记《圣经》的故事，但谢廖沙注意到他自己在教《旧约》课时常常翻书本。

“是的，玩得很愉快，爸爸，”谢廖沙说，他侧坐在椅子的一边摇着，而这种样子是不被允许的，“我见到了娜琴卡（娜琴卡是莉吉娅·伊万诺夫娜的侄女，由她抚养长大）。她告诉我，给您颁发了一枚新的勋章。您高兴吗，爸爸？”

“首先，你不要摇，”阿列克谢·亚历山大罗维奇说，“其次嘛，重要的不是奖赏，而是工作。我倒是希望你记住这一点。看你，工作、学习是为了得到奖章，那你就会觉得工作沉重；而假如你工作时，”阿列克谢·亚历山大罗维奇说，他同时想起自己今天上午怎么凭着一种责任感进行枯燥乏味的工作，签署了一百八十份文件，“你喜欢工作，就会在其中得到奖赏。”

谢廖沙那双充满温柔和欢乐的眼睛暗淡了，他在父亲的目光下垂下了头。这是父亲从来都这么对待他的早已熟悉的语调，对此谢廖沙已经学会假装着应付了。父亲和他说话时总是——谢廖沙这么觉得——他好像总是对着某个自己想象中的小孩子，这种小孩子书本里常常有，可完全不像谢廖沙。谢廖沙和父亲在一起时，也就竭力假装成这种书本上的小孩子。

“我希望，你明白这一点？”父亲说。

“是的，爸爸。”谢廖沙假装成一个想象中的小孩回答。

这堂课是学会背诵《圣经》中的几首诗，并复习《旧约》的开头。谢廖沙对《圣经》里的诗记得相当熟，但到张口背诵时他正留神注视父亲前额的鬓角上弯曲突出的骨骼，所以把一行诗的结尾和另一行诗的开头的同一个词弄混了。对阿列克谢·亚历山大罗维奇来说，这显然是因为他不理解自己背诵的内容，这使他非常生气。

他皱紧眉头开始解释谢廖沙已经听过好多遍而从来都记不住的玩意儿，因为那太明白好懂了——就类似“突然”是个行为方式状语。谢廖沙用惊恐的目光看着父亲，只想看出一点：父亲会不会要自己重复他说过的话，他时常被要求这样。而这种想法使谢廖沙十分害怕，他已经什么也不记得了。但是，这一次父亲没有要他重复就转到《旧约》课上去了。谢廖沙叙述《旧约》里的事件叙述得很好，但在应当回答某些事件说明了什么时，他却一点儿也不知道，尽管他已因为这门课受过处罚。必须要背诵太古洪荒时代的长老谱系的时候，他便不知怎么办好地又用小刀刻桌子又摇晃椅子。除了一个厄诺士①，那些人中活着上升到天国的，他一个也说不上来。原来他是记得那些人的名字的，可是现在完全忘了，特别是厄诺士，因为那是全部《旧约》中他最喜欢的一个人，而厄诺士活着升上天国这事儿，联系到他的头脑里就是一连串的思想活动，现在，当他的僵滞的目光注视在父亲的表链子及他身上半解开着的背心纽扣上的时候，他就沉浸在这一连串的思想中。

对于人家常常对他讲的死亡，谢廖沙并不完全相信。他不相信自己喜欢的一些人会死去，尤其不相信他自己会死去。对他来说，这是完全不可能和不可思议的事儿。可是，人家都对他说，大家都要死的；他甚至向自己信得过的一些人打听，他们也肯定地这么认为；保姆也这么说，尽管她不太乐意。然而厄诺士没有死，可见并不是所有的人都会死。“为什么不是人人都博得上帝的恩宠，活着升上天国呢？”谢廖沙想。坏人，也就是谢廖沙不喜欢的那些人——他们会死去，而所有的好人，都会像厄诺士一样。

“啊，有哪些祖先呢？”

“厄诺士。”

“对，这你已经说了。不好啊，谢廖沙，很不好。要是你不努力熟悉对一个基督徒来说最重要的事情，”父亲站起来说，“那你还能干什么呢？我对你不满意，彼得·伊格纳季奇（他是首席教师）也对你不满意……我要罚你。”

---

①《圣经·旧约》中的一个人物。

父亲和教师都不满意谢廖沙，而且确实他学习很糟糕。不过，怎么也不能说他是个没有能力的孩子。相反，他要比被提出作为谢廖沙榜样的孩子能干得多。照父亲来看，他只是不愿意学习要他学习的东西。其实呢，他没法学习这种东西。他没法，是因为他心灵里有种种对他来说比父亲和教师要他学习的更迫切的要求。这两种要求是矛盾的，因此，他就和教育他的人发生冲突。

他现在九岁，还是个孩子，可是他了解自己的心灵，他就像爱惜自己的眼睛那样珍惜它，爱护它。因此没有一把爱的钥匙，谁也没法打开他的心灵。教育他的人们抱怨说他不想学习，可他那颗心灵充满了对知识的渴望。他向卡皮托内奇、向保姆、向娜琴卡、向瓦西里·鲁基奇学习，而不向教师们学习。父亲和教师指望倒进自己轮子上的那股水，早已淌到外边，漏到别的什么地方去了。

父亲罚他不准到莉吉娅·伊万诺夫娜的侄女娜琴卡那里去；但是，这种处罚对谢廖沙来说成了一件好事情。瓦西里·鲁基奇情绪很好，教他怎么做风车。整个晚上谢廖沙都在边干边幻想中度过，他幻想着怎么做成一辆坐上去能转动的风车：双手抓住轮翼或把自己捆在上边——然后转动起来。整个晚上他都没有去想母亲，但是躺到床上后，他突然回忆起她，以自己的语言祈祷明天自己的生日时，母亲不再躲着而到他这里来。

“瓦西里·鲁基奇，您知道吗，我祈祷了一件不在计划内的其他事情？”

“要好好学习？”

“不对。”

“玩具？”

“不对。您猜不着。一件特别的事儿，可是一个秘密！等实现了，我一定告诉您。猜不着吧？”

“不，我猜不着。您告诉我。”瓦西里·鲁基奇露出平常难得的微笑说，“好吧，躺下，我把蜡烛灭了。”

“没有了蜡烛，我对自己祈祷的那件事儿看得更清楚。瞧我，差一点儿把秘密说出来！”谢廖沙高兴地笑起来说。

蜡烛被拿走后，谢廖沙听到并感觉到了自己的母亲。她面对他弯下身子站着，用亲切的目光看着他。但是，接着眼前又出现了风车、小刀，全都模模糊糊混到了一起，然后他就睡着了。

二十八

符朗斯基和安娜到了彼得堡以后，住在一家最好的宾馆里。符朗斯基单独住在下边一层，安娜和婴儿、奶妈及一名侍女，住在一套四个房间的大客房里。

到达的头一天，符朗斯基就去找哥哥。他在那里碰上了因事从莫斯科来的母亲。母亲和嫂嫂见到他时，和平常一样，她们问起他在国外的旅行，说到一些共同的熟人，但都只字不提他和安娜的关系。第二天一早来看符朗斯基的哥哥，倒是主动问起关于安娜的事儿，阿列克谢·符朗斯基就直截了当地告诉他，自己把和卡列宁夫人的关系看得如同夫妻；说希望她办好离婚后就娶她做妻子，而在这之前，他也把她看成是自己的妻子，并请哥哥就这么转告母亲和嫂嫂。

“如果社会上不赞成，我也无所谓，”符朗斯基说，“而如果自己的亲属想和我保持亲属关系，他们也应该以同样的态度对待我的妻子。”

一向尊重弟弟意见的哥哥不太清楚在社会没有判断这件事情之前，他这样做是对还是不对；至于他本人，则完全不反对这件事，他还和阿列克谢一起到安娜那里去看她。

当着哥哥的面也和当着大家的面一样，符朗斯基对安娜说话时以“您”相称，对她像对待一位亲近的女朋友，不过明确地表明哥哥知道他和她的关系，所以说到了安娜到符朗斯基一个庄园去的事儿。

符朗斯基具有丰富的社交经验，但在新的处境下却陷入了奇怪的困惑。照理说他应该明白，对他和安娜来说，社交的大门已经关上了；但是在他的脑海里却产生了某些模糊的设想，认为只有在古代社会是这样，现在社会的发展一日千里（不知不觉间他成了一切进步的拥护者了），现在社会的舆论导向变了，他们俩是否被社会所接受，这问题还很难说。“当然，”他在想，“宫廷社会是不会接受他的，可是亲近的人们是会接受的，而且应当对这事儿给予应有的理解吧。”

如果知道没有人会妨碍改变姿势，一个人可以保持盘腿坐上几个小时，可是如果当一个人得知自己必须要这样盘腿坐着，那可就会引起颤抖，两条腿将开始抽搐起来，而竭力想把它们伸到自己愿意伸的地方去。符朗斯基面对社交界就是这样的感觉。尽管在心灵深处他知道社交界的大门对他们关着，他还是在尝试现在是否会有所改变，他们会不会被接受。可是他很快就发现，社交界的门对他个人虽然是开放的，而对安娜却是关闭的。就好比在猫捉老鼠的游戏中，那些为他举起来的手，到安娜要进去时就立刻都放下来拦住了一样。

在彼得堡社交界，符朗斯基见到的头一位夫人，是他的堂姐贝特西。

“到底回来啦！”她很高兴地迎接他，“安娜呢？我真高兴！你们住在哪里？在你们美好的旅行之后，我设想你们一定会觉得我们的彼得堡很可怕了吧；我想你们是在罗马度的蜜月。离婚怎么样？一切都办妥了吧？”

符朗斯基注意到，当贝特西得知安娜还没有离婚时，她的赞赏减少了。

“人家向我扔石头，我知道，”她说，“但是，我还是要去看安娜；对，我一定要去。你们在这里不会待很久吧？”

她还真的当天就去看安娜了；可是她的语气已经完全不像原来那样了。她显然是为自己的勇气感到骄傲，希望安娜珍惜她的忠诚友谊。她待了不超过十分钟，谈了些社交界的新闻，离开的时候则说：

“您没有告诉我，什么时候离婚。就算我往风车上扔自己的帽子——不理睬那些规矩，可是其他那些翻起领子的人，只要您不结婚就会用冷漠来刺伤您的。而这种情况，现在司空见惯了。这很平常。[①] 这么说，你们星期五走。真可惜，我们再也见不着了。”

从贝特西的口气中，符朗斯基就能明白自己还能指望社交界怎么对待他们呢，可是，他还要在自己家里试一试。对自己的母亲，他不抱希望。他知道，初次相识时那么喜欢安娜的母亲，现在把她看成是破坏儿子仕途前程的罪魁祸首，她容不得她。不过对哥哥的妻子瓦丽娅，他抱着很大的希望。他仿佛觉得她不至于扔石头，一定会爽爽快快，果断地去看望安娜，并接受她的。

符朗斯基到达后的第二天便去看望她了，趁只有她一个人的时候，他直截了当地把自己的愿望告诉了她。

“你知道，阿列克谢，”听了他的话后，她说，“我多么爱你，准备为你做一切事情；可是我没有说话，因为我知道，对你和安娜·阿尔卡杰耶夫娜的事儿，我无能为力，”她特别费劲地吐出“安娜·阿尔卡杰耶夫娜”这个名字说，“请别以为我在指责。从来没有；处在她的位置，或许我也会那么做的。我不去也没法去弄清详情的细节，”她怯生生地看着他阴沉的脸说，“可是，做事情得名正言顺啊。你要我去看望她，要我接待她，以此恢复她在社会上的声誉；可是你要明白，这样的事儿我不能做。我的儿女们都长大了，我还得为了丈夫在社交界应酬应酬。就算我去看望安娜·阿尔卡杰耶夫娜了；就算她明白我不能请她到自己家里来，或者请她来时别让她遇见有不同看法的人；这都会使她感到屈辱

① 原文为法语。

的。我没有办法抬举她……”

“不过我不认为她比你接待的数百位女人更堕落！”符朗斯基脸色更阴沉地打断她的话，说着便默默地站起来，他知道嫂嫂的决定已无法改变了。

“阿列克谢！你别生我的气。你要明白，这不是我的错。”瓦丽娅说，同时带着怯生生的微笑看着他。

“我没有生你的气，”他还是那样阴郁地说，“不过我感到双倍的痛心。使我痛心的还有，我们的友谊就这样破裂了。就算不破裂，那也减弱了。你要明白，我这是无可奈何。”

他就这样离开了她的家。

符朗斯基明白再尝试也是徒劳的了，因此在彼得堡的这几天就像在一个陌生的城市里，回避与原来社交界的一切交往，免得遭受使自己痛苦的烦恼和屈辱。他在彼得堡极不愉快的一件事，是阿列克谢·亚历山大罗维奇及他的名字无处不在。一谈话就没法不谈到阿列克谢·亚历山大罗维奇；要到一个地方去，就没法不遇上他。这么一来，至少符朗斯基觉得自己像个手指头疼的人，他呢，好像是故意在用这个疼痛的指头去碰一切东西。

在彼得堡的这段时间，符朗斯基看到安娜身上有某种新的他弄不明白的情绪，这又使得他感到待在这里更加痛苦不堪。她一会儿好像是钟情于他的，一会儿却变得冷淡、怒气冲冲和让人捉摸不透。她在经受某种折磨，有什么东西瞒着他，仿佛并没有察觉毒害他生活的屈辱。这种屈辱因她的敏感一定使她觉得更痛苦。

二十九

对安娜来说，回国的目的之一是要和儿子见面。从离开意大利那天起，同儿子见面的念头一直使她激动。而且，离彼得堡越近，她越觉得这次见面的欢乐和重要性就越大。她没有考虑过怎样安排这次见面。她似乎觉得只要到了自己儿子所在的那个城市，见到儿子也就成了一件自然而简单的事情；然而到了彼得堡以后，她突然清楚地看到自己眼下在社会中的处境，也就明白了安排见面的困难。

她住在彼得堡已经两天了。要见儿子的想法一分钟也没有离开过她，可是她还没有见到儿子。直接到家里去会碰见阿列克谢·亚历山大罗维奇，她觉得自己没有这种权利。人家可能不放她进去，还会侮辱她。写信与丈夫交涉吧，这在她是痛苦的，只有在不去想丈夫的时候，她才会感到平静。弄清儿子什么时候出来，到哪些地方散步，趁机见见儿子，这样的可能性太小了。她为这次见面作了那么多的准备，自己有多少话要对他说，多么想把他抱起来，亲吻他。谢廖沙的老保姆是可以帮她这个忙，教她怎么做的，可是她已经不在阿列克谢·亚历山大罗维奇家干活了。两天的时间，就在犹豫不决和寻找老保姆中过去了。

了解到阿列克谢·亚历山大罗维奇和莉吉娅·伊万诺夫娜伯爵夫人的亲密关系后，安娜费了好大劲儿才决定给她写了一封信，信中她有意说，是否允许见到儿子取决于丈夫的宽宏大度。她知道，如果这封信让丈夫看到了，他会继续扮演宽宏大度的角色，不至于拒绝她。

送信的听差向她转达了一个最冷酷无情和出人意料的回音，说对方不给答复。当叫来听差，听他详细讲述自己如何等了好久然后被告知“永远不给答复”后，她从来没有像这一分钟里那样感到自己受了侮辱。安娜感到自己受到了侮辱和伤害，但她认为，莉吉娅·伊万诺夫娜伯爵夫人从自己方面讲是对的。她孤零零一个人忍受着痛苦，因此这痛苦就显得更强烈。她不能也不想让符朗斯基来分担这份痛苦。她知道，尽管他是造成她不幸的主要原因，但对他来说，她与儿子见面仍被看成是一件最不重要的事情。她知道，他永远也没法明白她受到的苦难的整个深度；她知道一提到这事儿时，他那种冷漠的口气就会使她恨他。而这是这世界上最可怕的事情，因此凡涉及儿子的事儿，她全都瞒着他。

在家里待了一整天，总在想怎么做才能见到儿子，最后还是决定给丈夫写信。莉吉娅·伊万诺夫娜的信带来时，她这封信已经写好了。伯爵夫人的沉默使她感到压抑和无奈，但是这封信及她从字里行间看出的一切使她大为恼火，这种愤怒和自己对儿子的炽热的合情合理的感情比较起来显得那么令人厌恶，以至她厌恶别人而不再责怪自己。

“这种冷酷无情、虚情假意，”她对自己说，“他们不过是要侮辱我和折磨孩子，我难道就屈服他们了！无论怎么都不！她比我还坏！我至少不撒谎。”于是，她当即决定明天，谢廖沙生日的时候，自己直接到丈夫家去，买通或骗过一些人，无论如何都要见到儿子，打破他们对这个不幸的孩子造成的岂有此理的骗局。

她到玩具商店买好了玩具，仔细想好了行动计划。她一清早八点钟就去，那时阿列克谢·亚历山大罗维奇显然还没有起床。她将把手里拿的钱塞给守门人和仆人，她让他们放她进去，而且不拉面纱，就说自己是从谢廖沙的教父那儿来祝贺生日的，受委托要把玩具放在孩子的床上。她没有什么要准备的，只是要对儿子说的话。对此想了好久，她也没有想出来。

第二天早晨八点钟，安娜独自从一辆出租的四轮轿式马车里出来，在她原来那个家的大门口，按了门铃。

“去瞧瞧，什么事。是位夫人。”卡皮托内奇说，他还没有穿衣服，只披了件大衣和穿了套鞋从窗子上看到一位戴面纱的太太站在门口。

守门人的助手是个安娜不认得的年轻小伙子，刚给打开门，她就进去了，并从暖手筒里拿出一张三卢布的钞票急忙塞在他手里。

“谢廖沙……谢尔盖·阿列克谢依奇。”她边说边往前走。看了看钞票，守门人助手把她拦在了另一道玻璃门前。

“您找谁呀？”他问。

她没有听清楚他说的话，什么也没有回答。

发现这位陌生的太太神情犹豫，卡皮托内奇来到她身边，让她进去并问她有什么事情。

“从斯科洛杜莫夫公爵那里来看谢尔盖·阿列克谢依奇的。”她说。

“他们还没有起来。”守门人仔细打量着她说。

安娜怎么也没有料到，自己曾经生活了九年的地方，前厅布置虽然没有丝毫的变化，竟会对她产生这么强烈的感觉。她是如此激动，一个接一个欢乐和痛苦的回忆涌上她的心头，她顿时忘了自己为什么来这里。

“劳驾等一会儿吧？”卡皮托内奇说，同时给她脱皮大衣。

脱了皮大衣，卡皮托内奇看了看她的脸，认出了她，便默不作声，低低地向她鞠了一躬。

“您请，夫人。”他对她说。

她想说什么话，但是嗓子发不出任何声音，她带着犯了罪过恳求的神情瞅了老人一眼，便迈着轻轻的急速的脚步上了楼梯。身子朝前弯着，拖着套鞋迈上阶梯的卡皮托内奇紧跟在她后边，竭力想赶到她前边。

“一位教师在那里，或许没有穿衣服。我去通报一声。”

安娜不明白老人在说些什么，径自顺着熟悉的楼梯往上走。

“这里，请往左边。请原谅，没有打扫。少爷现在住到原来那间会客室去了，”守门人上气不接下气地说，“劳驾稍等一会儿，夫人，我去瞧一眼。”他说着绕到她前边，打开一道高高的门，便消失在里边了。安娜停下来等着。“他刚醒来。”守门人从里边出来说。

就在守门人说这话的时候，安娜听到了孩子打哈欠的声音。凭这声音，她就认出是儿子，她好像看到他活生生地出现在自己面前。

“让我进去，让我进去，你走吧！”她说着，走进高高的门里边。靠门右边放着一张床，床上坐着个已经起来的孩子，他穿着衬衫，没有扣上纽扣，弯曲着小小的身子，伸着懒腰，打完了哈欠。在他合上嘴巴的一瞬间，嘴上露出朦胧幸福的微笑，随即又带着这种微笑甜蜜地慢慢仰面躺下了。

“谢廖沙！”她轻轻地呼唤了一声，悄悄地走到他旁边。

在她和他分离的时候，在最近一段时间她对他母爱沸腾的时候，她头脑里的他还是个自己爱他胜过一切的四岁的小孩的模样。现在，他跟她离开时不同了；他比四岁的时候高了，又长大和变瘦了。这是怎么搞的？他的脸这么瘦，头发这么短！两只手臂这么长！和她留下他时相比，多么大的变化！但这是他，是他脑袋的模样，是他的嘴唇，他的柔软的脖子和宽阔的小肩膀。

“谢廖沙！”她凑到儿子的手边，又叫了一声。

他支着一个胳膊肘又坐起来，头发蓬乱的脑袋向两边转了转，好像在寻找什么，接着睁开了眼睛。静静地和疑惑地向一动不动站在自己面前的母亲看了几秒钟，然后突然幸福地微微一笑，又合上黏糊糊的双眼，倒下去，不过不是向后倒，而是倒向她，倒在她的双手上。

“谢廖沙！我可爱的孩子！”她屏住呼吸说，同时用双手抱住他胖鼓鼓的身体。

“妈妈！”他边叫唤边在她怀里扭动，好让身上的各个部位都接触到她的双手。

“我知道，”他睁开眼睛说，“今天是我的生日。我知道你一定会来的。我这就起来。”

然后，他这么说着，又睡着了。

安娜贪婪地瞅着他；她看到他长大了，而且在她不在的时候他变了样。他从被窝里伸出来的一双赤裸的脚，现在变大了，两边消瘦的面颊，她曾经常常亲吻的后脑上剪得短短的头发，她既认得又好像认不得了，她抚摸着这一切，却说不出一句话来；眼泪噎住了她的喉咙。

“你哭什么呀，妈妈?”他完全醒了后说，“妈妈，你哭什么呀?”他用要哭出来的嗓子叫嚷起来。

“我?我不哭了……我是因为高兴哭的。我这么久没有见到你了。我不哭了，不哭了，”她说，一边咽下眼泪一边把脸转开，“好，现在你该穿衣服了。”她沉默了一会儿，平静下来后补充说;她没有放开他的双手，在他床边放着他衣服的一把椅子上坐下来。

“我不在，你怎么穿衣服的?怎么……”她想说得轻松些，但办不到，于是又把脸转开。

“我不用冷水洗脸，爸爸不让。你没有见到瓦西里·鲁基奇吗?他要来了。而你坐在我的衣服上了!”接着，谢廖沙哈哈大笑起来。

她瞅着他，微微笑了笑。

“妈妈，亲爱的，最亲爱的!”他叫起来，同时又向她扑过来抱住她。好像这时看到她的微笑后，他才清楚地明白发生了什么事。“不要这个。”他摘下她的帽子说。然后，没有了帽子，他好像重新看到她似的又扑过来吻她。

“可是关于我，你都想了些什么?你没有认为我死了吧?”

“我从来都不相信。”

“不相信吗，我的宝贝?”

“我知道的，我知道的!”他重复说着自己喜欢的一句话，并抓住她正在抚摸他头发的双手，把她的手掌贴到自己的嘴唇上吻着。

三十

瓦西里·鲁基奇起初不知道这位太太是谁，从后来的谈话中听出她就是那位抛弃丈夫的母亲，可是他不认识，因为他进这个家是在她出走以后的事；现在他正犯愁，自己是否该进去，要不要给阿列克谢·亚历山大罗维奇禀报。最后他想到，自己的责任就是在规定的时间内帮助谢廖沙起床，而不必过问坐在那里的是谁，是母亲还是别的什么人，只需要履行自己的职责；于是，他穿好衣服，走到门口去把门打开。

但是，母子俩的亲热，他们说话的声音及他们说的话——这一切使他改变了主意。他摇摇头，叹了口气，把门关上了。

"我再等十分钟。"他对自己说，一边咳嗽一边擦擦眼睛。

这时，家里的仆人之间引起了很大的不安。大家都知道夫人来了，而且是卡皮托内奇放她进来的，她现在正在儿童室，而老爷总是九点钟亲自到儿童室去，大家还都知道，他们夫妇不能见面，因此得设法制止。仆人柯尔涅依走进守门人房里，询问是谁及怎么放她进来的，当弄清是卡皮托内奇接待她并放她进来的以后，他把老人训了一通。守门人固执地一声不吭，但当柯尔涅依说为此要撵走他时，卡皮托内奇跳起来向他扑过去，对着他的脸挥动双臂，大声说：

"哼，换了你就不会放她进去了！我在这里干了十年，只收到恩惠，没有别的，现在你倒是要去说，叫人家：请滚开吧，啊！你懂得微妙的鬼把戏！是这样！你就记得你自己，怎么揩老爷的油，偷他的皮大衣！"

"你这王八蛋！"柯尔涅依轻蔑地说，并转过身去，碰上了进来的保姆。"您倒说说，玛丽娅·叶菲莫夫娜，他对谁也不说一声，就让她进来了，"柯尔涅依对她说，"阿列克谢·亚历山大罗维奇马上就要出来了，就要到儿童室去了。"

"麻烦事啊，麻烦事啊！"保姆说，"您哪，柯尔涅依·瓦西里耶维奇，想个办法把老爷挡住一会儿，我过去设法把她带走。麻烦事啊，麻烦事啊！"

保姆进来时，谢廖沙正在向母亲讲述自己怎么和娜琴卡一起

从山上滑下来时翻了三个跟头。她听着他的声音，看着他的脸及表情的变化，摸摸他的一只手，但不明白他在说些什么。该走了，该留下他——她这时候想的和感觉到的，只有这一点。她听到了瓦西里·鲁基奇已经走到门口的脚步声和咳嗽声，还听到保姆走近的脚步声；于是，她便像木头似的坐着，既没有力气说话，也没有力气站起来。

"夫人，亲爱的！"保姆开口说，她走到安娜跟前，吻她的双手和两个肩膀，"这可是上帝带给咱们孩子生日的快乐。您一点儿也没有变。"

"啊，亲爱的保姆，我不知道您在家里。"安娜顿时清醒过来说。

"我不在这了，我和女儿住在一起，我是来祝贺的，安娜·阿尔卡杰耶夫娜，亲爱的！"

保姆突然哭起来，又开始吻她的一只手。

两眼闪闪发光和满脸笑嘻嘻的谢廖沙，一只手拉着母亲，一只手拉着保姆，用一双娇嫩的光脚踩着地毯。他心爱的保姆对母亲的柔情，使他十分高兴。

"妈妈！她常常来看我，来的时候还……"他刚开始说话就又停住了，他注意到保姆悄悄对母亲说了什么话后，母亲脸上露出惊恐和羞愧的表情。

她走到他身边。

"我的宝贝！"她说。

她不能说再见，可是她脸上的表情说明了这一点，他也明白了。"亲爱的，亲爱的库齐克！"她用他小时候的名字叫着他说，"你不会忘记我？你……"但是，她再也说不出话来了。

以后她会想出多少话要对他说啊！可这时，她什么话也说不出来。但是她对他说的话，谢廖沙全都明白了。他明白了，她不幸，而且爱他。他甚至明白了保姆悄悄说的话。他听清了"总是九点钟"这几个字，而且明白这是在说爸爸，明白妈妈和爸爸不能遇见。这个他明白了，但是有一点他没法明白：为什么在她脸上有惊恐和羞愧的表情？……她没有错，却不知为什么怕他并感到羞愧。他想提个问题使自己消除疑惑，却不敢这样做：他看出她经受着痛苦，他为她感到难过。他默默地贴在她身上，并悄悄地说：

“待一会儿再走。他不会马上来。”

母亲把他从自己身上推开，好弄明白他说的是不是真心话，而在他脸部惊恐的表情里，她看出他不仅在说他父亲，而且好像在问她，他应当怎样看待父亲。

“谢廖沙，我的孩子，”她说，“要爱他，他比我好，比我善良，我在他面前有过错。等你长大了会明白的。”

“没有比你更好的人了！……”他流着眼泪绝望地叫起来，抓住她的两个肩膀，使出全部的力量用紧张得颤抖的双手让她贴在自己身上。

“心肝，我的小宝贝！”安娜呼唤着，就像一个孩子那样无力地哭起来。

这时候门开了，进来的是瓦西里·鲁基奇。另一道门外响起了脚步声，保姆惊恐地悄悄说：

“他来了。”边说边把帽子递给安娜。

谢廖沙倒在了床上，双手捂住脸痛哭起来。安娜拉开他的手，再一次吻了吻他湿透了的脸，快步走出门去。阿列克谢·亚历山大罗维奇迎面走来，看见她后便停下来，低下了头。

虽然她刚才还在说他比自己好，善良，当她飞快地瞥了他一眼，看到了他整个人及全部细节，心头还是对他充满了厌恶、憎恨及因他独占儿子而产生的妒忌。她急速放下面纱，加快步子，几乎是跑着从房里直奔了出来。

她昨天怀着真挚的爱和悲伤在商店里选购来的那套玩具也没有来得及拿出来，又原封不动地带回去了。

三十一

尽管那么盼望着和儿子见面，那么早地就在考虑这事儿并为它作了准备，她还是没有料到这次见面对自己会产生那么大的影响。她回到旅馆的单身房间，久久弄不明白自己怎么会在这里。“对，这一切都结束了，我又成了孤零零的一个人。”她对自己说，帽子也没有脱，就坐在壁炉旁边的一把靠背椅子上。她目不转睛地凝视着放在两扇窗子间一张桌子上的青铜座钟，沉思起来。

从国外带回的法国侍女进来请她换衣服。她惊奇地看着她说：

“过一会儿。”

仆人叫她喝咖啡。

“过一会儿。”她说。

意大利奶妈打扮好小女孩，抱着她进来让安娜看。胖乎乎喂养得很好的小姑娘见到了母亲，像往常一样掌心向下，转过两只胖得像被丝线嵌着似的裸露的小手，还没有长牙的嘴巴笑眯眯的，并开始用两只小手像鱼儿牵动浮子似的在浆过的绣花小褶裙上沙沙响地摇来摇去。谁也忍不住不伸出一个手指头去给她抓，她欢叫和蹦蹦跳跳时，令人不能不露出微笑，不能不去吻她，不能不噘起嘴唇去让她做出要亲吻的样子往小嘴里吸吮。安娜也这么做了，把她抱在双手上，让她欢跳，吻她鲜嫩的小脸颊和光溜溜的小胳膊肘；但是面对这个小女孩，她心里的一种感觉变得更清楚了，那就是她感到自己对这个婴儿的感情和对谢廖沙相比，那简直说不上是爱了。这小女孩身上的一切都很可爱，然而这一切却不知为什么没有揪她的心。对头一个孩子，虽然是和自己不爱的男人生的，却倾注了她全部的母爱。这个小女孩则是在最痛苦的境遇里生的，对她所花的关怀不及花在头一个孩子身上的万分之一。此外，在小女孩身上，一切还只是期待，而谢廖沙则几乎已经成人了，而且是个可爱的人；他身上已经出现了各种思想感情的斗争；他理解，他爱，他作判断。当她回想到他说的话和他的眼神，她深深地感觉到了这一点。可是，她不仅在骨肉上，而且在精神上，和他永远地分离了，再也无法挽回了。

她把小女孩交还给奶妈，奶妈走后，她便把一个嵌有谢廖沙几乎和这小女孩一般大时的一张照片的颈饰打开来。她站起来，脱了帽子，拿起放在小桌子上的一本放着谢廖沙不同年龄照片的相册。她想区分相片，便动手把它们从相册上取出来。她把它们全取下来了。只留下一张，是最近最好的一张。他穿着白衬衫，像骑马似的坐在一把椅子上，皱起眉头，嘴巴微微笑着。这是他最特别、最可爱的表情。她用灵巧的双手，伸开白嫩的指头，以她那今天特别紧张的手指，扯拉了照片的边角好几次，但这张照片就是取不下来，最终毫无办法。桌子上没有小纸刀，于是她先取下并排放着的一张（这是符朗斯基在罗马照的一张，戴着一顶圆礼帽，留着长长的头发），用它把儿子的相片顶出来。"是啊，瞧他！"她瞥了照片上的符朗斯基一眼，突然想起造成自己现在痛苦的这个人。这整个上午，她一次也没有想到过他。而这时，看到这张勇敢、高尚、自己这么熟悉和心爱的脸，她突然感到对他的爱情出人意料地向自己袭来。

"可是他在哪儿？他怎么把遭受痛苦的我一个人撇下？"她突然怀着指责的感情想，忘了是她自己把涉及儿子的一切瞒着他的。她派人到他那里，请他马上到这里来；她屏住呼吸考虑着自己要告诉他的一切，等待着看到他安慰她时那种爱情的表达。派去的人带回口信说，他有个客人，但他马上就来，还吩咐向她问清楚，她是否能接待和他一起到彼得堡来的亚什文公爵。"不单独过来。可是，从昨天午饭后他就没有见到过我。"她想，"不是单独过来，好让我把一切都告诉他，而是和亚什文一起来。"于是，她突然产生了一个古怪的想法：要是他不爱她了怎么办？

接着，她回顾起这几天里发生的种种事情，似乎觉得在各种方面都能看出这种可怕想法的证据：他昨天没有在家用餐，到彼得堡后坚持和她分开单独住，甚至现在他都不准备独自一人到她这边来，好像是在有意躲避同她单独见面。

“不过，他应当把这事儿告诉我呀。我得知道真相。如果我知道了，那我就知道该怎么做了。”她对自己说，简直无法想象要是他真的对她冷淡了，她今后将处于怎样的一种境地。她想他不爱自己了，觉得自己已接近绝望，因此特别激动。她按了铃呼唤侍女，然后就走进化妆间。她一边穿衣服，一边比所有这些日子都更多地关心起自己的穿戴来，仿佛只要一件更合身的裙子，梳了最合适的发型，他就会重新爱上她一样。

她在作好准备之前，听到铃声响了。

她进入客厅时，用目光迎接她的不是他，而是亚什文。符朗斯基则在看她忘在桌子上的儿子的照片，他连忙抬起头来看着她。

“我们认得，”她把自己一只可爱的手放到腼腆的亚什文（以他高大的身材和一张粗鲁的脸，腼腆显得奇怪）的一只大手上，“去年赛马时认识的。给我吧。”说着，她敏捷地从符朗斯基手里夺过儿子的照片，当时他正用两只闪闪发亮的眼睛凝神注视着照片上的孩子。“今年的赛马好吗？我没有看这里的，我只在罗马看了柯尔索的赛马。不过，您是不喜欢国外生活的，”她亲切地微笑着说，“我知道您及您的全部喜好，虽然很少和您见面。”

“这真使我惭愧，因为我的爱好越来越糟糕。”亚什文说，同时咬起自己左边的小胡子来。

交谈了一会儿以后，亚什文注意到符朗斯基看了看表，便问她是否还要在彼得堡住很久，同时挺直高大的身子，拿起了便帽。

“好像不会很久吧。”她瞥了一眼符朗斯基，犹豫不决地说。

“那我们就再也见不着了？”亚什文说，同时站起来面对符朗斯基，“你在哪儿吃午饭？”

“您到我这里来吃吧，”安娜断然地说，好像在为自己的慌乱生气，不过还是像往常在新结识的人面前说出自己的处境那样涨红了脸，“这里的伙食不好，不过至少你们可以再见面。在团里的老朋友当中，您是阿列克谢最喜欢的人。”

“很荣幸。”亚什文带着微笑说，符朗斯基从这种微笑中看出他很喜欢安娜。

亚什文深深地鞠了一躬后走了，符朗斯基跟在他后面。

“你也走吗？”她对他说。

“我已经迟到了，”他回答，“你走吧，我这就赶上你！”他对亚什文嚷嚷着。

她拉住他的一只手，目不转睛地看着他，竭尽思虑正想说些什么才能留下他。

“你等等，我有事儿告诉你，”说着，她抓起他一只宽阔的手，把它贴到自己的脖子上，“对了，我叫他来吃饭，没有关系吧？”

“你做得好极了。”他带着平静的微笑，张开嘴巴露出了自己密集整齐的牙齿，并吻她的一只手。

“阿列克谢，你没有对我变心吗？”她用双手夹住他的一只手说，“阿列克谢，我在这里真难受。我们什么时候离开？”

“快了，快了。你不会相信的，我们在这里的生活使我觉得有多痛苦。”他说着，抽出自己的一只手。

“那，你走，你走吧！”她带着委屈的情绪说，从他身边急急地走开了。

三十二

符朗斯基回来时，安娜还没有到家。有人告诉符朗斯基，他走后不久有位太太来看安娜，她们俩就一起出去了。她出去了也不说一声上哪儿，到这时候还没有回来，早上她还没有说到什么地方去过——所有这一切，以及想起今天早上她脸上那种激动得古怪的表情，还有她当着亚什文的面几乎是从他手里夺走儿子的照片时那种带敌意的语调，都使符朗斯基陷入了沉思。他决定必须向安娜问清楚。于是，他就在她的客厅里等着。可是安娜回来时不是一个人，而是带着一位姑妈，那是个老处女，奥勃朗斯基公爵小姐。她就是那个和安娜一起出去买东西的女人。安娜好像没有注意符朗斯基脸上那种担心和疑问的表情，高兴地向他讲了自己今天早上都买了些什么。他看出她的内心有一种特殊的变化：她那双匆匆落到他身上的闪闪发亮的眼睛里包含着紧张的关注，说话和行动时那种在他们初相恋时曾经那么令他陶醉的神经质的敏捷和优雅，现在却使他担心和害怕起来。

午餐准备了四个人的饭菜。人都到齐了，正要走进小餐厅的时候，屠什凯维奇带着贝特西公爵夫人的口信来看安娜。贝特西公爵夫人为不能亲自前来向安娜告别而惋惜，并请她原谅，因为她身体不适，但请安娜在六点半和九点之间到她那里去。这样安排时间是为了不会让人碰见，符朗斯基因此瞅了安娜一眼，可是安娜好像没有注意到这一点。

"很可惜，正好在六点半和九点之间，我没法去。"她略带一点儿微笑说。

"公爵夫人会很遗憾的。"

"我也一样。"

"您大概要去听帕蒂的歌剧吧？"屠什凯维奇说。

"帕蒂？您倒给我出了个主意。如果能订到包厢，我会去的。"

"我能订到。"屠什凯维奇主动说。

"要那样，我将非常非常感激您，"安娜说，"对了，您不想和我们在一起用午餐吗？"

符朗斯基轻轻地耸了耸肩膀。他实在不明白安娜在干什么。她干吗把这位老公爵小姐带来，她干吗要留屠什凯维奇吃午饭，最奇怪不过的是，为什么让屠什凯维奇去订包厢？以她目前的处境，难道还可以想象到那种她所熟悉的整个社交界都将光临的场合去听帕蒂的歌剧吗？他用严肃的目光瞅着她，但是她回答他的，同样是一种挑战的目光，一种既不像高兴也不像绝望的目光，他没法明白她这是什么意思。吃午饭时，安娜兴奋得好像在挑衅，她好像既向屠什凯维奇又向亚什文献殷勤。离开餐桌后，屠什凯维奇就去订包厢，亚什文则抽烟去了，符朗斯基就和亚什文一起下楼到自己房里去。坐了一会儿，他又跑到楼上去。安娜已经穿好了浅色天鹅绒裙子，那是她在巴黎定做的，胸部袒露，头上戴着昂贵的白色蕾丝，尤其衬托出她鲜艳的美。

“您真要上剧院去?”他说，竭力不去看她。

“为什么您这么惊恐地问?”她又一次地因为他不看看她而感到屈辱地说，“我干吗不去?”

她好像不理解符朗斯基说的话是什么意思。

“当然，没有任何原因。”他皱紧眉头说。

“我说的也正是这个意思。”她说，故意不理会他说话时的讽刺口气，平静地把一只香喷喷的长手套卷起来。

“安娜，看在上帝的分上！您这是怎么了?”他说，像她丈夫以前对她说话那样提醒她。

“我不懂您在问什么?”

“您知道，不能去。”

“为什么？我不是一个人去。瓦尔瓦拉公爵小姐穿衣服去了，她和我一起去。”

他一副感到莫名其妙和绝望的样子，耸了耸肩膀。

“不过难道您不知道……”他开始说了。

“可是我不想知道！”她几乎是嚷嚷了起来，“不想知道。我为自己干过的事儿后悔了吗？不，不，还是不。而且，要是让一切都从头再来，也还是一样。对我们，对我和对您来说，重要的只有一点：我们是不是互相爱着。而不去考虑别人。为什么我们在这里要分开住，互相不见面？为什么我不能去？我爱你，因此我无所谓，”她说，一双眼睛带着一种特别的、他无法捉摸的眼神瞧了他一眼，“如果你没有变心的话。为什么你不看着我?”

他看了她一眼。他发现她那张脸和从来都很合身的打扮的全部的美。但现在，正是她的这种美和优雅使他十分生气。

“我的感情是不会改变的，您知道，可是我请您不要去，我求求您。”他又一次用法语说，声音里带着温柔的恳求，目光里却包含着冷淡。

她没有听他说的话，却看到了他目光的冷淡，便愤愤地回答：

“可我倒是请您说说，为什么我不该去？”

“因为，这会使您那个……”他软下来了。

“我真弄不懂。亚什文不可能破坏声誉[1]，瓦尔瓦拉公爵小姐也不比别人坏。瞧，她来了。”

三十三

符朗斯基头一次感到了对安娜产生的失望：她故意不理解自己的处境，这种做法使他愤懑。他没法向她表达自己失望的原因，这更加强了那种失望和愤懑的感觉。如果他把自己心里想的坦率地告诉她，那他就会说：“以这身打扮，带着人人都认得的公爵小姐进剧院——这不仅意味着承认自己是一个堕落的女人，而且是在向整个社交界提出挑战，也就是永远断绝与社交界的往来。”

他不能这样告诉她。“但她怎么会不理解这一点，她到底怎么了？”他对自己说。他同时感觉到，自己对她的尊重在减少，而却觉得她更美了。

他皱着眉头回到自己的客房里，把两条长腿搭在一把椅子上，在喝过白兰地加塞尔特矿泉水的亚什文身边坐下来，并吩咐给他也来一杯。

---

① 原文为法语。

“你说到兰科夫斯基的莫库奇，这是匹好马，我建议你把它买下，”亚什文瞅了一眼自己的同事，见他脸色阴沉，便说，“它臀部下垂，可四肢和头部——不能再好了。”

“我想买。”符朗斯基说。

马是他感兴趣的话题，但他一分钟也没有忘记安娜，便不由自主地一边听着走廊上的脚步声，一边看着壁炉旁边的座钟。

“安娜·阿尔卡杰耶夫娜吩咐前来禀报，她们上剧院去了。”

亚什文又把一杯白兰地倒进起泡沫的矿泉水里，喝了便欠身起来，随即把纽扣扣好。

“怎么样？我们走吧。”他说，小胡子下露出微笑；他以这种微笑表示自己理解符朗斯基脸色阴沉的原因，却并不认为它有什么意义。

“我不去了。”符朗斯基闷闷不乐地回答。

“可我得去，我答应过。那么，再见了，要不然的话，你到正厅来，坐克拉辛斯基的座位好了。”亚什文边说边往外走。

“不了，我有事儿。”

“带着妻子操心，带着不是妻子的女人更糟。”亚什文走出旅馆时心想。

剩下符朗斯基一个人，他从椅子上站起来，在房间里来回走着。

“对，今天演什么？是第四天演出……叶戈尔带着妻子在那里，大概还有母亲。这就是说，整个彼得堡都在那里。现在她进入剧院，脱了皮大衣，走到有灯光照亮的地方。屠什凯维奇、亚什文、瓦尔瓦拉公爵小姐……”他自己在设想。“我这是怎么了呀？是害怕了，还是让屠什凯维奇去保护她？不管怎么看——愚蠢，愚蠢……可她为什么要把我弄到这种地步呢？”他摆了摆手说。

他这一摆手磕着了小桌子，上面摆着的塞尔特矿泉水和一瓶白兰地差一点被碰倒。他想扶住，但失手了，便失望地踢了桌子一脚，按了一下铃。

“如果你想在我这儿干，”他对进来的侍从说，“那就该记得自己的活儿。这样可不行。你应当打扫干净。”

自觉无辜的侍从想辩解，可是看了一眼老爷后，据他的脸色他明白了自己只能保持沉默，连忙请求原谅，蹲在地毯上开始收拾打碎的和没有打碎的酒杯酒瓶。

“这不是你的事儿，去叫仆人来打扫，你给我准备燕尾服。”

符朗斯基是八点钟到剧院的。戏正演到紧张的时候。引座的老头给符朗斯基脱下皮大衣，认出他后叫他“大人”，建议他不必拿号牌，叫一声费奥多尔就可以了。照得通亮的走廊里，除了引座人和手上拿着皮大衣在门边的招待，再没有别的人了。一道虚掩的门里传出乐队小心翼翼的伴奏声以及一个女人清晰的歌声。门打开了。引座人进了门，于是一句接近结尾的歌词清清楚楚地触动了符朗斯基的听觉。但门立刻又关上了，因此他没有听见乐句和节拍的结束。不过，从门里响起雷鸣般的掌声，他知道这段乐曲完了。他走进被枝形灯和青铜角形汽灯照得通亮的大厅时，喧闹声仍在继续。在台上的一位女歌手闪耀着袒露的肩膀和钻石，边鞠躬边微笑，由扶着她一只手的男高音帮着，正在很不方便地接下那些穿过照明灯光扔过来的花束，然后，她来到一位留着分头的先生旁边，这位涂了发乳满头闪闪发亮的先生正伸出两只手臂去接穿过台灯递过来的一件什么东西——而整个池座里的观众也和包厢里一样，忙忙碌碌地扑向前去，嚷着，鼓着掌。站在高处的乐队指挥帮忙给传递，同时把自己的白领结拉正。符朗斯基走到池座的中央，便停下来开始往四边看。和往常相比，对自己熟悉的和习惯的环境，对舞台、喧闹及剧场里挤得水泄不通的、乏味的五光十色的和花花绿绿的观众，今天他都不去注意。

和往常一样，包厢里都是些由军官奉陪的阔太太；照例是那些身份不明的穿着奇装异服的女人，以及一些穿制服和穿燕尾服的男人；有一个区域里，依然是那脏兮兮的一群，在整个这一群里边，在包厢和前排有四十来个体面的男人和女人。因此，符朗斯基把注意力转到这个与众不同的区域，并立刻向他们招招手。

他过去的时候，一幕戏演完了，因此，他没有到哥哥的包厢里去，而走到正厅的第一排，停在了和谢尔普霍夫斯基同一排的一盏脚灯旁边，当时谢尔普霍夫斯基刚弯下膝盖用脚后跟敲击脚灯，哥哥在远处看到了符朗斯基，微笑着叫他过去。

符朗斯基还没有见到安娜，他故意不向她那边看。但他从人们目光的方向，知道了她在什么地方。他若无其事地环顾了四周，但没有寻找她；他估计到更糟的情况，所以用双眼寻找阿列克谢·亚历山大罗维奇。算他运气，这次阿列克谢·亚历山大罗维奇没有上剧院来。

“你身上的军人味道所剩无几了！”谢尔普霍夫斯基对他说，“倒像个外交官或演员什么的。”

“是啊，我一回到家里，就穿燕尾服了。”符朗斯基回答说，同时微笑着慢慢取出看戏用的小望远镜。

“老实说，在这方面，我羡慕你。我从国外回来时就戴着这玩意儿，”他摸了摸肩章说，“真可惜我没有自由。”

谢尔普霍夫斯基对符朗斯基的仕途早已摇摇手，不存希望了，但是他仍然喜欢他，待他特别亲热。

“可惜，你迟到了，没有看到第一幕。”

符朗斯基用一只耳朵听着，同时把望远镜的目标从楼下两侧的厢座转到二层，仔细瞄准那里的包厢。在一位戴高髻发带的太太和一个对转动着的小望远镜生气地眨眼睛的秃顶老头旁边，符朗斯基看到了在微笑的安娜，那张脸高傲，出奇的漂亮，戴着花边头饰。她在第五个包厢里，离他有二十步远。她坐在头排，正稍稍转过身子，在跟亚什文说着什么。她那长在美丽宽阔的肩膀上的头部的姿势，一双谨慎、激动得容光焕发的眼睛和整个面庞，都使符朗斯基回想起自己在莫斯科的一次舞会上见到她时的模样。然而，他现在感觉到这种完全不同以往的美。在他对她的感情里，现在已经没有了丝毫神秘的成分，因此她这种美虽然比以往任何时候都更加吸引他，眼下却又使他感到不愉快。她没有朝他这个方向看，但符朗斯基感觉到，她已经看见他了。

符朗斯基再次把小望远镜对准那个方向时，他注意到了瓦尔瓦拉公爵小姐的脸特别红，她不自然地笑着并不停地瞧瞧相邻的包厢，安娜则合起扇子，拿它轻轻地敲敲包厢边上的红天鹅绒，眼睛注视着某个方向，不过并没有看，显然是不想去看相邻的包厢里发生的事情。亚什文的表情，就像赌博输了的时候常有的那样。他皱着眉头，把左边的小胡子越来越深地塞进嘴里咬，并侧过身子看着相邻的包厢。

靠左边的一个包厢里，坐着卡尔塔索夫一家。符朗斯基认得那家人，并知道安娜也认得他们。卡尔塔索娃是个又瘦又矮小的女人，她正站在自己的包厢里，转过身子背着安娜，把丈夫递给她的披肩围上。她脸色苍白，非常生气，很激动地说着什么。卡尔塔索夫是个秃脑袋的胖子，他不停地望着安娜，同时竭力劝妻子宽心。妻子走出去时，丈夫拖延了好一会儿，用眼睛寻找安娜的目光，显然是想向她鞠一个躬。可是，安娜明摆着故意不去注意他，她随即转过身子，对刚剪过头侧过身来的亚什文说着什么话。卡尔塔索夫没有鞠躬便离开了，那个包厢于是就空了。

符朗斯基不明白卡尔塔索夫一家人跟安娜之间究竟发生了什么事情，但是他知道，已经发生的事情使安娜受到了羞辱。他知道准是这样，从他看见的情景上，尤其是从安娜的神色上，他都觉察到了这一点，她这时正在竭力维护她所扮演的角色的体面，而这种外表镇定的角色，她扮演得很成功。凡是不知道她和她那个圈子，没见过她在社交界露面，没有听到女人们说她还这么显眼地以自己的花边头饰，以自己的美貌在大庭广众中抛头露面的人，他们一定会赞赏这个女人的平静和美，而且不会怀疑她正经受着被捆在耻辱柱上示众的感觉。

知道出了事却不知道出了什么事的符朗斯基，经受着一种痛苦的不安；为了想了解点儿情况，他向哥哥的包厢走去。他故意绕开正面对着安娜的包厢向对面通道走去，碰上了自己过去所在那个团的团队长，他在和两个朋友说话。符朗斯基听他们说起卡列宁一家人的名字，并发现团队长一面连忙大声地招呼符朗斯基，一面意味深长地看了说话的人一眼。

“啊，符朗斯基！什么时候上团队去？不请你吃一顿，我们是不会放你走的。你是我们的老伙伴啊。”团队长说。

“可惜我没有空啊，等下一次吧。”符朗斯基说着，便上楼跑到哥哥的包厢里去了。

符朗斯基的母亲，一位满头一绺绺银灰色鬈发的老伯爵夫人，坐在哥哥的包厢里。瓦丽娅和索罗金娜公爵小姐在二层走廊上遇到了符朗斯基。

瓦丽娅把索罗金娜公爵小姐领到母亲跟前，向自己的小叔子伸过一只手，并立即开始向他说起他所关心的事情来。她很激动，符朗斯基从未见过她这个样子。

“我觉得这很下贱很恶劣，卡尔塔索夫夫人没有任何权利这样做。卡列宁夫人……”她开口说。

“是啊，怎么了？我不知道。”

“怎么，你没有听到？”

“你知道吗，我是最后一个听到这事的人。”

“还有比这个卡尔塔索娃更恶毒的人吗！”

“可是，她干了什么？”

“丈夫告诉我……她侮辱了卡列宁夫人。她丈夫隔着包厢要跟卡列宁夫人说话，而卡尔塔索娃竟然弄得她下不来台。据说，她大声说了什么侮辱人的话，就出去了。”

“伯爵，您母亲叫您。”索罗金娜公爵小姐从包厢门里探出头来说。

“我可是一直在等你，”母亲对他说，露出嘲弄的微笑，“却完全见不到你啊。”

看到儿子，她露出情不自禁的微笑。

“您好，妈妈。我到您这里来了。”他冷冷地说。

“你怎么不去向卡列宁夫人献殷勤？”[①] 索罗金娜公爵小姐走后，她补充说，“她引起了轰动。因为她，大家把帕蒂都忘了。”[②]

“妈妈，我请求您别对我说这个。”他皱着眉头说。

“我说的，不过是大家都在说的事情。”

符朗斯基什么也没有回答，对索罗金娜公爵小姐说了几句话，就出去了。他在门口碰着了哥哥。

“啊，阿列克谢？”哥哥说，“真是卑鄙！蠢货，再没有别的……我现在就想找她去。我们一起去。”

符朗斯基没有听他的话。他快步走下楼去，他感到自己应该做点儿什么，可又不知道做什么。他心慌意乱，他感到恼火，因为她弄得她自己连同他都处于这种尴尬的境地，同时他又为她的痛苦怜悯她。他走到正厅，直奔楼下安娜所在的包厢。包厢旁边站着斯特列莫夫，他正在和安娜交谈。

“再没有男高音了。他们都绝种了。[③]”

符朗斯基对她一鞠躬，便站住向斯特列莫夫问好。

“您好像迟到了，没有听到最好的一首咏叹调。”安娜对符朗斯基说，他觉得她好像讥讽地瞅了他一眼。

“我不会欣赏。”他说，同时严峻地注视着她。

“和亚什文公爵一样，”她微笑着说，“他觉得帕蒂唱得太响。”

“感谢您。”她说着，用一只戴着长手套的可爱的手接过符朗斯基手里的节目单，突然地在这一瞬间里，她那张漂亮的脸颤抖了一下。她站起来，走到包厢的深处。

符朗斯基发现第二幕开始的时候，安娜的包厢空了，整个剧

---

① 原文为法语。

② 原文为法语。

③ 原文为法语。

场在静听独唱的段落，他径自走出剧场回家了，惹得观众一片嘘声。

安娜已经回到了家。符朗斯基走进她房间时，她还穿着在剧院时穿的那身衣服。她坐在紧靠窗子的一把椅子上，眼睛盯着前方。她瞅了他一眼，又恢复了原来的姿势。

“安娜。”他说。

“你，全是你的错！”她含着绝望的眼泪用怨恨的声音大声嚷嚷着，站了起来。

“我恳求过，我恳求过你不要去，我知道你会不愉快的……”

“不愉快！”她大声嚷嚷道，“太可怕了！只要我活着，就忘不了这件事儿。她居然说，和我并排坐着觉得可耻。”

“这是一个蠢女人说的话，”他说，“可是干吗去冒险，要去惹事呢……”

“我憎恨你这种平静。你不该让我落到这种地步。如果你爱我的话……”

“安娜！这事同我爱你有什么相干……”

“是啊，如果你像我爱你那样爱我，如果你像我那样痛苦……”她带着惊恐的表情，边说边注视着他。

他觉得她可怜，可又很恼火。他让她相信他是爱她的，因为现在只有这一点能够使她安静下来；他嘴上虽然没有指责她，可心里一直在指责她。

他因此似乎觉得，而且似乎相信，自己向她表白爱情是那么的鄙俗，甚至都不好意思张口说出来，可她倒是听进去了，慢慢地安静了下来。这事发生以后第二天，他们俩又重归于好，一起到乡下去了。

第六卷

一

达丽娅·阿列克山德罗夫娜带着孩子们，在波克罗夫斯基自己的妹妹吉蒂·列文娜家里避暑。她自己庄园里的房子全倒塌了，因此列文夫妇就劝她到他们那里去消夏。斯捷潘·阿尔卡杰奇很赞成这种安排。他说很遗憾，对他来说，和全家人一起在乡下避暑是最大的幸福，但是他公务缠身，不得不留在莫斯科，只偶尔到乡下来住上一两天。除了奥勃朗斯基夫妇带着所有的孩子及一位家庭女教师，这年夏天到列文家做客的还有老公爵夫人，她认为自己有责任来照看一下没有经验的怀孕的小女儿。此外，吉蒂在国外的女友瓦莲卡也履行了自己的诺言，等她结婚时来看她。这些全都是列文妻子的亲戚和朋友。他虽然爱他们大家，却也因为自己的生活充斥了这种他暗自称之为“舍尔巴茨基的成分”而不免有些遗憾。他这方面的亲戚到这里来做客的只有谢尔盖·伊万诺维奇一个人，可就连他也并不完全是列文家的人，他怀有柯兹内舍夫的特殊气质。这样一来，在家里的列文精神完全被淹没了。

列文家长久以来空荡荡的房子里现在却住了这么多人，几乎每个房间都占上了，所以几乎每天坐下来用餐时老公爵夫人都不得不看看人数，叫第十三个外甥或外甥女坐到另一张小桌子上去。善于料理家务的吉蒂也费了不少心思去过问采购鸡呀、火鸡呀和鸭子的事情，因为夏天客人和孩子们的胃口都很好，这种东西吃得很多。

全家人坐下来吃饭了。陀丽的孩子们、家庭女教师和瓦莲卡打算要到什么地方去采蘑菇。谢尔盖·伊万诺维奇的智慧和博学使所有的客人都佩服得五体投地；他提到有关蘑菇的事，尤其使大家感到惊讶。

“把我也带上吧。我很喜欢采蘑菇，”他瞧了一眼瓦莲卡说，

“我发现这是一项很好的活动。”

“这样啊，我们很高兴。”脸一下红了的瓦莲卡回答说。吉蒂意味深长地与陀丽交换了一下眼色。聪明又有学问的谢尔盖·伊万诺维奇提议要跟瓦莲卡去采蘑菇，证实了吉蒂最近使她有些牵挂的某些推测。她连忙同母亲说话，免得自己的目光被人觉察到。午饭后，谢尔盖·伊万诺维奇拿着一杯咖啡坐在客厅靠窗的地方，一边继续与弟弟讲话，一边注视着准备去采蘑菇的孩子们该走的那扇门。列文坐在哥哥旁边的窗台上。

站在丈夫身边的吉蒂显然在等待着这场她毫无兴趣的谈话的结束，以便把什么事情告诉他。

“结婚以后你大变样了，变得更好看了，”谢尔盖·伊万诺维奇说，同时对吉蒂微微笑了笑，显然是对已经开始的谈话兴趣不大，“但还是那么忠于自己的激情，捍卫最自相矛盾的奇谈怪论。”

“吉蒂，站着对你可不好。”丈夫一边对她说，一边递过一把椅子，并意味深长地瞧瞧她。

“啊，对，再说也没有时间了。”谢尔盖·伊万诺维奇看到孩子们跑过来了，补充说。

塔尼娅侧着身子，穿着拉得紧紧的长筒袜，挥舞着一只小篮和谢尔盖·伊万诺维奇的帽子，在大伙儿前头直奔他跑过来了。

她勇敢地向谢尔盖·伊万诺维奇跑来，一双很像自己父亲的美丽的眼睛在闪闪发光。她把帽子交给谢尔盖·伊万诺维奇，并做出一副想把帽子戴到他头上的样子，她那羞怯而温柔的微笑缓和了自己的激动。

“瓦莲卡等着呢。”她说着，从谢尔盖·伊万诺维奇的微笑里看出可以这样做后，便小心翼翼地把帽子给他戴上。

瓦莲卡头上裹着一块白毛巾，站在门口，正在穿一件黄色印花布外衣。

“我来了，我来了，瓦尔瓦拉·安德烈耶夫娜，”谢尔盖·伊万诺维奇说着，同时一边喝完杯子里的咖啡，一边把一块手帕和一盒香烟分别放在两只口袋里。

“瞧我的瓦莲卡多美！啊？”谢尔盖·伊万诺维奇一站起来，吉蒂便对丈夫说。她说得让谢尔盖·伊万诺维奇听得见，显然，她这样做是有意的。“而且多漂亮，一种有风度的美！瓦莲卡！”吉蒂叫了一声，“你们要到磨坊那片树林里去吗？我们坐马车到你们那里去。”

“你完全忘了自己的身子，吉蒂，”老公爵夫人赶忙从门里出来说，“你不能这样嚷嚷。”

瓦莲卡听到吉蒂的声音及她母亲的劝告，便迈着轻盈的脚步迅速来到吉蒂跟前。快速的动作以及满脸泛起的活跃的红晕，表明她身上发生了某种不寻常的变化。吉蒂知道这不寻常的变化来自哪里，便留神地望着她的一举一动。她现在招呼瓦莲卡，就是因为她认为在今天午饭后在树林里可能会发生的一件重要事情，她在心里正为她祝福。

“瓦莲卡，有一件事儿如果发生了，我一定会感到非常幸福的。”她一边吻她，一边悄悄地说。

“可是，您和我们一起去吗？”瓦莲卡做出一副没有听到她说的话的样子，困惑地问列文。

“我去，不过只到打谷场，我就停在那里。”

“你到那里去干吗？”吉蒂说。

“要去看看拉货的大车，并查看一下账单，”列文说，“那你会在什么地方？”

“在露台上。”

二

所有的女人都聚集在露台上了。她们平时午饭后就喜欢坐在那里，而今天到那里还有别的事儿。除了忙于做婴儿的肚兜和编织束襁褓的带子，今天她们还在那里煮果酱，照阿加菲娅·米哈依洛夫娜看来，这样不加水煮果酱，是一种新方法。它是吉蒂娘家采用的方法。这件事情以前是阿加菲娅·米哈依洛夫娜负责做的，她认为列文家做事方法不会错，所以还是往草莓和杨梅里浇了水，肯定说别的方法都行不通；结果她被发现了，现在就决定当众煮马林果酱，好让阿加菲娅·米哈依洛夫娜看看，证明不加水煮出的果酱也很好。

满脸气呼呼和伤心的阿加菲娅·米哈依洛夫娜头发乱蓬蓬，两只瘦削的手和胳膊肘裸露着，在烤炉上一圈圈地转动着盆子，神情忧郁地瞅着马林果，满心指望它会凝固起来，证明这种煮法不行。公爵夫人觉得阿加菲娅·米哈依洛夫娜生气是针对她的，因为她是煮马林果酱的主要顾问，便竭力做出一副自己忙于别的事情而不去关心煮马林果酱的样子；她一边聊着与此无关的事情，但同时斜过眼睛注视着炉子。

“我从来都是亲自给侍女们买些便宜的料子。”公爵夫人继续刚才的谈话说，“现在是不是要去泡沫了，亲爱的？”她对阿加菲娅·米哈依洛夫娜补充说。“完全不需要你亲自去做，而且很热。”她制止吉蒂。

“我来弄吧，”陀丽说着，便站起来，开始用勺子小心地在冒起泡沫的糖汁上转，过一会儿就把勺子拿出来在一只已经有黄的红的各色果酱泡沫的碟子上轻轻敲击，把血一般深红的糖汁泡沫敲掉。“他们喝茶时会来舔这东西的！”她想到自己的孩子们，同时回忆起她自己还是一个小女孩时为大人们不吃最好的东西——煮果酱时撇出的泡沫而感到奇怪。

“斯吉瓦说，给钱要好得多，”陀丽继续已经开始的关于赏给下人们什么东西好这个有趣的话题，“不过……”

“怎么可以给钱呢？”公爵夫人和吉蒂异口同声地说，“他们是很看重送礼物的。”

“喏，比方我，去年给我们的玛特莲娜·谢苗诺夫娜买了一块不是波普林府绸而是类似这样的料子。”公爵夫人说。

“我记得，她在您命名日那天穿过。”

“花纹好极了，又朴质又高雅。要不是她已经有了，我真想给自己做一件呢。就像瓦莲卡穿的那件。这样又好看又便宜。”

“啊，现在好像煮好了。”陀丽让糖汁从勺子上滴下来说。

“据说成绞丝形的时候就好了。您再煮一会儿，阿加菲娅·米哈依洛夫娜。”

“这些该死的苍蝇！”阿加菲娅·米哈依洛夫娜生气地说，“还不是一个样。”她补充了一句。

“啊，它多可爱，别吓着它！”吉蒂突然说，她看到一只麻雀歇在了栏杆上，翻转一截马林树枝开始啄起来。

“是啊，不过您还是离那热地方远点。”母亲说。

“不过顺便说到瓦莲卡[1]，”吉蒂像她们那样用法语说，免得阿加菲娅·米哈依洛夫娜听懂，“您知道吗，妈妈，我不知道怎么，今天这么期待等着结果，您晓得是什么事。要是那样多好啊！”

“可真是个好姑娘！”陀丽说，“她多么细心而又巧妙地把他们拉到一起……”

“不，您说说，妈妈，您有什么想法？”

“我会有什么想法呀？他（指谢尔盖·伊万诺维奇）什么时候都可以在俄罗斯找到最好的对象；现在他已经不年轻了，不过我知道，现在还是会有许多人想嫁给他的……她很善良，但是他也许会……”

“不，您要明白，妈妈，为什么不往好处想？——她真好！这是第一。”吉蒂屈起一根手指说。

“他很喜欢她，这是真的。”陀丽证实说。

---

① 原文为法语。

“其次，他在社会上的这种地位，完全既不需要妻子的财产也不需要妻子有社会地位。他需要的只有一点——一个可爱、文静的好妻子。”

“是啊，和她在一起可以平平安安。”陀丽肯定地说。

“第三，要是她喜欢他。而这一点……也就是说，这将是一件好事！……我正等着，他们从树林里出来时一切都定了。我从他们的眼色里一下子就能看出的。那样我会很高兴的！您怎么想，陀丽？”

“不过你别激动。你一点儿也用不着激动。”母亲说。

“是啊，我不激动，妈妈。我觉得，他今天就会向她求婚。”

“啊，一个男人怎么求婚、在什么地方求婚，这是很奇怪的……仿佛有一个什么障碍，它突然就吹破了。”陀丽说，她一边若有所思地微笑着，一边回忆起自己与斯捷潘·阿尔卡杰奇的往事。

“妈妈，爸爸怎么向您求婚的？”吉蒂突然问道。

“也没什么特别的，很简单。”公爵夫人回答说，但因为回想起这件事儿，她满脸容光焕发了。

“不，但是怎么样嘛？在他开口之前，您是不是已经爱上他了？”

吉蒂感到特别得意，因为现在自己可以平等地与母亲谈论女人一生中最重要的问题了。

“当然是爱上了；他常到乡下我们家来。”

“那怎么决定下来的呢？妈妈？”

“你以为你们想出来的一定是新花样？全是一个样儿：用眼神、用微笑决定下来的……”

“您说得真好，妈妈！正是用眼神和微笑。”陀丽肯定说。

“可是，他说了什么话？”

“列文对你说了什么话？”

“他是拿粉笔写的。真奇妙……我好像觉得这是很久以前的事了！”她说。

接着，三个女人就陷入对同一件事情的沉思。吉蒂头一个打破了沉默。她回想起了自己结婚前那个冬天以及符朗斯基对她的吸引力。

“有一点……就是瓦莲卡以前的恋爱对象，”她顺着思路的自然联系，回想起这件事情，“我得想个办法告诉谢尔盖·伊万诺维奇，让他有个准备。所有他们这些男人，”她补充说，“对我们的过去都妒忌得要死。”

“不是所有的，”陀丽说，“你这是根据自己的丈夫作出的判断。他至今一直为回忆起符朗斯基在受折磨。对吧？可是真的？”

“是这样。”吉蒂一双眼睛若有所思地微笑着回答。

“只是我不知道，”作为母亲的公爵夫人，出于自己对女儿那种母性关怀辩护说，“你的过去有什么让他不放心的？是符朗斯基追求过你？这事儿每个姑娘都常有的。”

“啊，我们说的不是这个。”吉蒂涨红了脸说。

“不，你听我讲，”母亲接着说，“再说了，那是你自己不让我去和符朗斯基谈的。你记得吗？”

“哎呀，妈妈！”吉蒂带着痛苦的表情说。

“如今可没有人拦着你们……你们的关系并没有超出原有的程度；不然的话，我要亲自找他谈了。再说了，你呀，我的心肝，不能激动。要记住这一点，你要安心。”

“我完全平静，妈妈。”

“当时安娜来了，这对吉蒂来说成了件好事儿，”陀丽说，“对她却是多么不幸。瞧，恰恰相反，”她为自己的想法感到吃惊，补充说，“当时安娜是那么幸福，而吉蒂把自己看成个不幸的姑娘。现如今正好相反！因此，我常常想到她。”

“瞧你想谁！一个可恶、讨厌的女人，没有心肝，”母亲说，她忘不了吉蒂嫁的不是符朗斯基而是列文这件事。

“干吗说这个嘛，”吉蒂伤心地说，“我现在不想这件事，也不愿去想……也不愿去想。”她重复地说着，同时听到丈夫踏着露台梯子上来的熟悉的脚步声。

“在说什么呢，也不愿去想?”列文走到露台上时说。

可是谁也没有回答他，他也就没有再问。

“可惜啊，我打搅了你们女人家的王国。”列文不大乐意地看了大家一眼，知道她们说的是他在场时不会讲的事情，便这样说。

顿时，他感觉到自己和阿加菲娅·米哈依洛夫娜一样，对煮马林果酱不加水及对那种格格不入的舍尔巴茨基家的影响表示不满。不过，他微微一笑，走到吉蒂的身边。

“啊，怎么了?”他问她，用大家现在都对她的那种表情瞧着她。

“没有什么，很好，”吉蒂微笑着说，“你那边怎么样?”

“能比旧大车多拉三倍的东西。现在就去接孩子们吗?我吩咐套车去了。”

“怎么的，你想让吉蒂坐敞篷马车去接?”母亲带着责备的口气说。

“可是就一步路，公爵夫人。”

列文从来不像女婿应称呼岳母那样叫公爵夫人为妈妈。这使公爵夫人很不高兴。不过虽然这样，列文对公爵夫人非常敬爱，而且很尊重，不那样叫她是出于不亵渎自己对已故母亲的感情。

“和我们一起去吧，妈妈。”吉蒂说。

“我不想看这种冒失的举动。”

“啊，我走着去。要知道，我身体很好。”吉蒂站起来，走到丈夫身边，拉住他的一只手。

“身体好，但什么事都得有个分寸。”公爵夫人说。

“啊，怎么，阿加菲娅·米哈依洛夫娜，果酱煮好了?”列文对阿加菲娅·米哈依洛夫娜微微笑着说，他想让她感到高兴，“用新方法煮好了吗?”

“总该好了。可是按照我们的看来是煮过头了。”

“这样更好些，阿加菲娅·米哈依洛夫娜，就不会酸了，不然的话，现在冰已经融化了，我们又没有地方保存，”吉蒂立刻明白了丈夫的意思，于是就用同样的心情对老婆子说，“不过，您的腌菜真好，妈妈说，从来没有吃到过这样好吃的腌菜。”她补充说，一边微笑一边理了理自己可爱的辫子。

阿加菲娅·米哈依洛夫娜生气地瞥了吉蒂一眼。

“您别安慰我，少夫人。只要一看到你们俩这样，我就高兴。”她说，“你们俩”这表示亲密的粗鲁说法，使吉蒂感动。

“和我们一起采蘑菇去吧，您可以给我们带路。”阿加菲娅·米哈依洛夫娜微笑着摇摇头，好像是在说：“对您啊，即使要生气，也没法生气。”

“您就请照我的劝告办吧，”老公爵夫人说，“果酱上盖上一张纸，用点儿罗姆酒弄湿它，没有水也永远不会发霉了。”

三

面对面和丈夫在一起的时候，吉蒂特别高兴，因为她注意到了他走进露台并问大家在说什么又没有得到回答的那一刻，他心里流露出的伤心是这么生动地反映在他的脸上。

当他们走在其他人前面，到了一条被踩平而落满尘土、黑麦穗及麦粒的道路上，已经看不清自己家房子轮廓的时候，她便紧紧地靠在他的一只胳膊上，并把它往自己身上拉。他已经忘了瞬息间不愉快的印象，而眼下和她单独在一起，这时关于她有身孕的思想一分钟也不曾离开过他，他正经受着对自己来说还是新的、欢乐的、完全纯洁的感情和对一个心爱的女人亲近的享受。没有什么要说的话，然而他想听她嗓子发出的声音，自从怀孕以来，她的眼神就变了一个样儿。她的声音和她的眼神一样，既柔和又严肃，就如同那些经常把自己的精力集中在一件心爱事业上的人们的情况。

“这样你不会累吧？靠得更紧些。”他说。

“不累，我真高兴单独和你在一起，而且我承认，和他们在一起不管多么好，可我还是总也忘不了我们在一起的那些冬天的傍晚。”

“那样很好，而这样更好。两者都很好。”他紧紧贴住她的一只胳膊说。

“你进来时我们在说什么，你知道吗？”

“说果酱吧？”

“对，也谈到了果酱；然后在谈男人怎么求婚。”

“啊！”列文说，他听她说话时更多的是听她美妙的声音，同时老是想着眼下穿过树林和绕过那些稍不当心可能磕着碰着的地方。

“还谈到谢尔盖·伊万诺维奇和瓦莲卡。你注意到了吗？……我真希望这事能成，”她继续说，“你对这事儿怎么想？”她说着瞧了瞧他的脸。

“不知道该怎么看，”他一边微笑一边回答，“依我看，谢尔盖·伊万诺维奇在这方面是很古怪的。我不是对你讲过……”

“对，他曾经爱着一个已经死了的姑娘……”

“那是在我还是个孩子的时候，我是听别人说才知道这事儿的。我知道那时候的他是个非常可爱的人。从那时起，我就一直观察他对待女人的态度：他亲切，有几个女的他喜欢，但是你能感觉得到，对他来说她们仅仅是一些人而已，而不是女人。”

“是的，可是现在和瓦莲卡……好像有点儿那个……”

“也许有……但是应当了解他……他是一个与众不同的怪人。他靠一种精神生活活着。他是个心灵太纯洁和高尚的人。”

“怎么？难道这会降低他的人格吗？”

“不是的。不过，他过惯了纯粹的精神生活，不会顺从现实生活，而瓦莲卡毕竟是现实生活中的人。”

列文现在已经习惯于说出自己的思想，并不太费心思去斟酌词句；他知道妻子在眼下这种情意绵绵的时刻会明白自己要说的意思，一暗示，她也就明白了。

“是啊，可是她也许还没有我来得实际；我明白，他是永远不会爱上我的。他是完全讲究精神的……”

“啊，不，他是很喜欢你的，而我们家的人都喜欢你，这使我一直很高兴……”

“是的，他对我好，可是……”

“可是，不像已故的尼古拉……你们那是真正的互相喜欢。”列文替她把话说完。“为什么不说他？”他补充说，“我有时责备自己：他竟被忘了。啊，那是个多么可怕而又多好的人……对了，我们刚才在说什么来着？”列文沉默了一会儿说。

“你认为他不会再恋爱了。”吉蒂把他的意思翻译成自己的语言说。

“倒不是说不会再恋爱，”列文微微笑着说，“但是他没有那方面的需要……我总是羡慕他，甚至现在自己这么幸福，却还是羡慕他。”

“你羡慕他不会爱上女人？”

“我羡慕他比我好，”列文微笑着说，“他活着不是为了自己。他的全部生活都服从于一种责任。因此他就能保持平静和满足。”

“而你呢？”吉蒂露出嘲弄而深情的微笑说。

她怎么也表达不出那种促使自己微笑的思绪；但她最后归结为一点，丈夫在赞扬哥哥及在哥哥面前贬低自己这一点上，是不真诚的。吉蒂知道他的这种不真诚是出于他对哥哥的爱，出于自己太幸福而产生的一种不好意思的感觉，特别是出于他不使自己落后而变得更完美的愿望，她喜欢他身上的这种品德，因此便不断地微笑。

“那么你呢？你不满意什么？”她依旧带着那样的微笑问道。

“我很幸福，可不满意自己……”他说。

“既然你幸福，怎么还会不满呢？”

“也就是，怎么对你说呢？……说句心里话，我只希望你别磕着摔倒，再也没有别的了。啊，要知道，可不能这么跳！”他责备她跨过横在小路上的一根树枝时动作太快而中断了自己的谈话，“不过，我在评价自己及把自己和别人，特别是和哥哥作比较时，感到自己不好。”

“可是，因为什么？”吉蒂依然带着那样的微笑说，“难道你不也在为别人工作吗？你的小村子，你的田庄经营，你的书？……”

“不，我现在更加感觉到你错了，”他说着，把她的一只胳膊贴得紧紧的，“这不是那么回事。我只是稍稍这么做了。假如我能像爱你那样爱整个这工作……可我最近一段时间做工作就像应付差事一样。”

“那，你说我的爸爸怎么样？”吉蒂问道，“怎么，他不好吧，因为没有为公共事业作贡献？”

“他？——不。但是，一个人应当具有像你父亲那样的朴质、坦诚和善良，可是我有这种品质吗？我什么事也不做，因此很痛苦。这都是因为你干的好事。在没有你和还没有‘这个’的时候，”他说着望望她的肚子，她明白了，“我把自己的全部精力都花在工作上；而现在却不行，我感到羞愧；我现在工作正像应付差事一样，我假装着……”

“那你现在愿意和谢尔盖·伊万诺维奇对调吗？”吉蒂说，“你会愿意去做公共的事业，像他那样热爱那非办不可的差事，那样你就心满意足了吗？”

“当然，不是，”列文说，“其实。我是那么幸福，以至于什么都不明白。而你倒是在想，他今天会提出求婚？”他沉默了一会儿后，补充说。

“我又想，又不想。只是我非常非常希望他会求婚。等一下。”她弯下腰去，在路边采了一朵野菊花，“来，你数一数：求婚，不求婚。”她说着，把花儿递给他。

“求婚，不求婚。”列文边说边把白色的狭窄小花瓣一片片地撕下来。

“不，不！”吉蒂抓住他的一只手制止他，激动地注视着他的手指头，“你一次撕下了两片。”

“啊，不过，瞧这片不算数，”列文说着，撕下一片短短的未长成的小花瓣，“瞧，敞篷马车已经赶上我们了。”

“你不累吗，吉蒂？”公爵夫人问。

“一点儿也不。”

“要不然你就上来坐着，马车很平稳，再说马走得慢。”

但是已经不用坐车了。因为已经快到目的地了，大家都徒步走了过去。

四

黑头发上裹着块白毛巾的瓦莲卡被孩子们团团围着，正开心地同他们玩着，她显然是因为有机会向自己心爱的男人表白爱情而激动不已，因此，她的模样也格外的妩媚迷人。谢尔盖·伊万诺维奇与她并肩走着，不停地在欣赏她的美。眼睛看着她，脑子在回想自己从她嘴里听说的那些全部动人的话，知道了她美好的一切，并越来越意识到自己对她的感情，是那种特殊的自己老早老早在青年时代刚开始时只经历过一次的东西。因为接近她而产生的兴奋感觉越来越强烈，当谢尔盖·伊万诺维奇把采到的一只细茎卷边的白桦树大蘑菇交给她，并放进她的小篮子里的时候，当他注视着她的一双眼睛，注意到她满脸泛起喜悦和惊恐激动的红晕的时候，他不禁心慌意乱而默默地对她微笑起来，这是一种含义丰富的微笑。

“如果这样的话，”他暗自说，“我可得认真地作出决定，可不能像一个孩子那样，凭一时的冲动。”

“这会儿我要自己一个人去采蘑菇了，不然就显不出我的收获了，”他说着便离开靠近树林子的一块边沿空地，那是他们在稀稀落落几棵老白桦树中间的针叶小草地上来回转的地方，几棵白兮兮的桦树中间长出一些灰蒙蒙的赤杨和暗黝黝的榛树灌木丛。走了四十步光景，来到了一片耳垂状粉红色鲜花盛开的卫茅丛中，谢尔盖·伊万诺维奇知道在这里人家看不见他，便停了下来。四周寂静无声。只是在自己站在底下的白桦树冠上，有几只苍蝇像一窝蜂似的嗡嗡叫着，远处传来孩子们的谈话声。突然，从树林边沿远处响起了瓦莲卡呼唤格里夏的女低音声，谢尔盖·伊万诺维奇的脸上露出喜悦的笑容。意识到自己的笑容后，谢尔盖·伊万诺维奇对自己的处境不以为然地摇摇头，拿出一支雪茄烟来要抽。他用一根火柴在桦树干上擦火，但试了几次都没能擦出火来。柔软的白色表皮粘住了火柴头上的磷质，火一划着就熄灭了。终于有一根火柴划着了，芳香的雪茄烟雾便像一块摇摇晃晃的桌布徐徐向前面伸展开去，弥漫在灌木丛上和下垂的桦树枝叶下。谢尔盖·伊万诺维奇两只眼睛紧跟着弥漫开来的烟雾，一边迈着轻轻的脚步走去，一边仔细地考虑着自己的处境。

“为什么又不呢？”他想，“如果这是一种冲动或激情，如果我经受的只是一种诱惑——这是互相诱惑（我能说这是互相的），那就会感到和我一生的整个习性截然相反，如果我感到自己屈从了这种诱惑，便是对自己的使命和责任的背叛……可是，情况并非如此。有一点我可以把它说成是相反的理由，那就是失去玛丽娅时我对自己说过要忠于对她的记忆。我可以拿这一点来作为反对自己感情的理由……这一点是重要的，”谢尔盖·伊万诺维奇对自己说，同时觉得这种顾虑是没有多大意思的，无非就是在别人的眼里有损于他那富有诗意的角色吧，“然而，除此以外，不论我怎么去寻找，也找不出丝毫反对自己感情的理由。要是我只凭一种理智进行选择的话，我找不到比这更好的了。”

他回忆起自己认得的那么多的女人和姑娘，却记不起有一位能如此完美地结合所有的正是那些在他冷静地考虑时希望在自己妻子身上看到的特点。她那么妩媚，充满着青春的活力，却又不是个不解事的孩子。如果爱上他的话，那是一种像一个女人应有的那样的自觉的爱情，这是其一。其二呢，她不但远离上流社会，而且显然还讨厌社交界，而同时她知道社交界并懂得一个良好社会的女人待人接物的全部；对谢尔盖·伊万诺维奇来说，作为生活的伴侣缺少这些是不可思议的。其三，她信仰宗教，而且不像比方说吉蒂，不是像一个少女那样无意识的信教；可她的生活是建立在宗教信念基础上的。谢尔盖·伊万诺维奇甚至在她身上找到了他希望自己妻子应该具备的全部细节：她清贫而且孤身一人，因此不会像他看到的吉蒂那样给丈夫家带来一大堆亲属及他们的影响，而会全身心地依靠丈夫，这也是他对自己未来的家庭生活所设想过的部分。而且，这位结合了全部这些特点的姑娘，爱上他了。他谦逊，却不能不看到这一点。而他也爱上了她。只有一个顾虑——就是自己的年龄。可是，他们家族的人都长寿，他还连一根白头发都没有，谁都不会说他四十岁了，再说，他记得瓦莲卡说过，只有在俄国，人到了五十岁就把自己称作老头子了，而在法国，一个五十岁的人认为自己是风华正茂[①]，而四十岁——年轻人[②]。但是，既然他觉得心灵像二十年前那么年轻，年龄又能说明什么呢？而今当他从另一边出去又到了树林边沿上，看到明丽的斜阳照耀下瓦莲卡那优雅的形象，身穿黄色裙子，手提小篮子，正迈着轻盈的脚步绕过一棵老桦树，而这时瓦莲卡同叹为观止的夕阳下的美景融为一体，那金黄的燕麦地，麦地那边消失在蔚蓝的远处一片黄灿灿遥远的老树林，涌上他心头的难道不是一

① 原文为法语。

② 原文为法语。

种青春的感觉吗？他的心高兴得缩紧了。一种陶醉迷人的感觉控制了他。他感觉到，这事儿已经定了，刚蹲下去摘蘑菇的瓦莲卡，动作灵活地站起来向四周围看了看。谢尔盖·伊万诺维奇扔掉雪茄，迈着果断的步子向她走过去。

五

“瓦尔瓦拉·安德烈耶夫娜，我年轻的时候，曾为自己设想了一个自己将会爱上并将幸福地称她是自己妻子的理想的女人。我经历了漫长的岁月，如今头一次发现您就是我要找的那个女人。我爱您，向您求婚。”

在他走到距离瓦莲卡只有十步路远的时候，谢尔盖·伊万诺维奇自言自语地这么说。屈膝跪下，用双手挡住一堆蘑菇不被格里夏采去的瓦莲卡，正招呼小玛莎过去。

“到这里来，到这里来！孩子们！多着呢！”她那动人的胸腔音在说。

看到走过来的谢尔盖·伊万诺维奇，她没有站起来，也没有改变姿势；但是一切都在对他说，她感觉到他走近了，并为此感到高兴。

“怎么，您找到什么了？”她问道，白头巾下露出一张向他转过来的漂亮的、在微笑的脸。

“一颗也没有，”谢尔盖·伊万诺维奇说，“而您呢？”

她忙于照顾向自己围上来的孩子们，没有回答他。

“还有这颗，在树枝旁边。”她对小玛莎指指一颗小红菇，那红菇已经通过富有弹性的粉红色菇冠冲破干燥的小草丛长出来了。玛莎把红蘑菇撕成两半，露出白白的肉身，捡起来。瓦莲卡才站起来。“这使我回忆起童年。”她从孩子们身边走开，来到谢尔盖·伊万诺维奇身边时，补充说。

他们默默地走了几步。瓦莲卡看出他想说话；她猜测他要说的话，喜悦和惊恐的激动使她屏住了呼吸。他们已经走了好远，谁都不会听到他们的话了，然而他却还没有开口。瓦莲卡觉得还是不作声为好。沉默过后，可以更轻松地说出谈论蘑菇以后他们想说的话，但是和自己的意愿相反，瓦莲卡好像无意中说道：

"这么说，您什么也没有找到？其实树林中央蘑菇总是比较少的。"

谢尔盖·伊万诺维奇叹了口气，什么也没有回答。他为她谈起蘑菇感到懊恼。他想使她转到一开头她说的关于自己童年的话题上来；但好像违背了自己的意愿，沉默了一阵之后，把注意力用在了她后来说的几句话上。

"我只听说，白蘑菇主要长在边沿地带，虽然我不会识别白蘑菇。"

又过了几分钟，他们离孩子更远了些，已经完全只剩下他们两个人了。瓦莲卡的心跳得很厉害，她听到了它跳动的声音并感到自己的脸在变红、变苍白，然后又变红。

经历了施塔尔太太家的处境后，在她的想象中做像柯兹内舍夫这么一个人的妻子真是最大的幸福。此外，她几乎相信自己已经爱上他了。因此，这事现在应该有个结果。她感到害怕。他说或不说，两者都使她感到害怕。

要么就现在，要么永远也不再提这事儿；谢尔盖·伊万诺维奇也感觉到这一点。眼神、红晕、垂下的双眼，瓦莲卡的这一切都表现出一种痛苦的期待。谢尔盖·伊万诺维奇看到了这一点，并为她难过。他甚至觉得，如果这时候一句话也不说是对她的一种侮辱。他在自己的头脑里很快地把有利于自己决定的全部理由，默默地重复了一遍。他对自己又默默地重复了一遍自己想表示求婚的那些话；然而出于某种突如其来的念头，他避开了那些话，问道：

“白蘑菇与桦树蘑菇到底有什么区别?”

瓦莲卡在作回答时，嘴唇激动得颤抖了：

“蘑菇冠几乎一样，但它们的茎不同。”

这些话一说完，他们俩心里都明白，事情已经结束，该说出来的话不会再说出来了；两人先前高度的激动，这时一下子平静了下来。

“桦树蘑菇——它的茎部使人想起一个黑发男子两天没有刮的胡子。”这已经是谢尔盖·伊万诺维奇在说了。

“是啊，这是真的。”瓦莲卡微笑着回答，他们散步的方向也不知不觉地改变了。他们开始向孩子们那边走。瓦莲卡感到又痛苦又害羞，不过同时也感到轻松了。

回到家里反复思索着自己的想法时，谢尔盖·伊万诺维奇发现自己原来的判断不对。他没法改变自己对玛丽娅的记忆。

“安静些，孩子们，安静些!”站在妻子面前的列文甚至生气地对孩子们嚷嚷起来，他是害怕这时候高兴得大叫大喊飞跑过来的孩子们会撞到妻子的身上。

谢尔盖·伊万诺维奇和瓦莲卡跟在孩子们后边，也从树林里出来了。吉蒂不需要问瓦莲卡；根据他们两个人脸部平静而略带羞怯的表情，她已经明白自己的计划没有实现。

“啊，怎么样?”他们回到家里后，丈夫问她。

“不成。”吉蒂说，说话时的微笑和说话的样子很像她的父亲，列文常常满意地注意到这一点。

“怎么不成?”

“就这样嘛，”她说着，拉起丈夫的一只手，并把它搁到自己嘴上，碰了碰自己没有张开的嘴唇，“好像人们吻主教的手。”

“究竟是谁不成?”他笑着说。

“双方都不成。不过应该，就这样……”

“农民们来了……”

“不，他们没有瞧见。”

六

孩子们喝茶的时候，大人们好像什么事情也没有发生似的坐在阳台上聊天，虽然大家，尤其是谢尔盖·伊万诺维奇和瓦莲卡知道得很清楚，发生了一件没有成功但十分重要的事情。他们两人都有这样的感觉，就好比一个学生考试失败后一个人留在了教室里或永远被开除出学校的那种感觉。所有在座的人也感觉到发生了什么事，同时却活跃地谈论着一些不相干的话题。这天晚上，列文和吉蒂觉得特别幸福和格外恩爱。他们在爱情上很幸福，这就使那些想得到而没法得到幸福的人不愉快，他们因此甚至觉得害臊。

"记着我的话：亚历山大不会来。"老公爵夫人说。

当天晚上大家等着斯捷潘·阿尔卡杰奇乘火车来；老公爵曾来信说，也许他也要来。

"而且我知道为什么，"公爵夫人接着说，"他常说，应该让新婚夫妇单独住一阵。"

"是啊，爸爸还真把我们撇下了。我们没有见着他，"吉蒂说，"我们还算什么新婚夫妇？都已经是老夫老妻了。"

"不过假如他不来，我也要向你们告别了，孩子们。"公爵夫人忧伤地叹了口气说。

"啊，您怎么了，妈妈！"两个女儿同时地责怪她说。

"你想想，他是怎么一种感觉？要知道，现在……"

突然之间，老公爵夫人的声音完全出乎意料地颤抖起来。两个女儿不作声了，她们互相使了个眼色。"妈妈总是自寻烦恼。"姐妹俩的目光表示出这样的意思。她们不懂得，老公爵夫人在女儿家不管感到有多好，不管她感到这里多么需要自己，她还是为自己、为丈夫伤心，因为他们把自己最小的一个心爱的女儿嫁出去以后，自己家的那个窝就冷冷清清的了。

"您有什么事，阿加菲娅·米哈依洛夫娜。"吉蒂突然问阿加菲娅·米哈依洛夫娜，她正一副神秘的样子和脸色郑重其事地站在旁边。

“关于晚饭。”

“啊，好极了，”陀丽说，“你去安排吧，我要帮格里夏复习一遍他的功课。要不然，他今天一点儿也没有做。”

“功课这件事儿交给我吧！不，陀丽，我去帮他。”列文跳起来说。

格里夏已经上中学了，暑假应当复习功课。达丽娅·阿列克山德罗夫娜在莫斯科时就陪同儿子一起学习拉丁文，到列文家来以后，就给自己定下规矩要帮儿子每天复习一次算术和拉丁文中最难的几课。列文主动提出要替她；可是做母亲的听了一次列文的课后，发现他的方法和在莫斯科时老师辅导的不同，便不好意思地竭力想不得罪列文，但同时又坚决地告诉他，应当按照课本，像老师那样讲课，并且表示还是仍由她自己来教为好。列文既对斯捷潘·阿尔卡杰奇感到失望，因为他作为父亲不关心孩子的学业，而要让什么都不懂的母亲来费心，又对教师有意见，认为他们对孩子们的教学这么糟；不过，他答应妻子的姐姐，会像她希望的那样照她的意思教课。因为，他不是按照自己的方法而是按照课本继续教会格里夏功课，所以就失去了兴趣，常常忘了做功课的时间。今天也是如此。

“不，我去，陀丽，你坐着，”他说，“我们会按部就班，照着课本做的。只不过，等斯吉瓦来了，我们要去打猎，那时就得停一下课了。”

接着，列文就去找格里夏了。

瓦莲卡对吉蒂也说了一样的话。就是在列文这个幸福而设备完善的家庭里，瓦莲卡也使自己成了个用得着的人。

“我去安排晚饭，而您就坐会儿。”她说着，就欠身起来向阿加菲娅·米哈依洛夫娜走去。

“对，对，大概买不到雏鸡，那就用自己家的……”吉蒂说。

"我和阿加菲娅·米哈依洛夫娜会商量着办的。"接着，瓦莲卡就和她一起走了。

"多可爱的姑娘！"公爵夫人说。

"不是可爱，妈妈，而是无可比拟的迷人。"

"那么，你们今天在等斯捷潘·阿尔卡杰奇了？"谢尔盖·伊万诺维奇说，他显然不愿意继续多谈瓦莲卡。"真难以找出两位这么不相像的连襟，"他带着微妙的微笑说，"一个活泼好动，好比鱼在水里，只能生活在社交场中；而另一位，我们的柯斯佳呢，对什么都活跃、迅速、敏感，可是只要一到社交场合便像鱼到了陆地上，不是死死不动就是乱蹦乱跳地挣扎。"

"对了，他是很毛毛躁躁的，"公爵夫人对谢尔盖·伊万诺维奇说，"我正想请您劝劝他，她（她指指吉蒂）不好留在这里，而一定得到莫斯科去。他说请个医生来……"

"妈妈，他一切都会办妥的，什么都会答应的。"吉蒂为妈妈在这种事情上麻烦谢尔盖·伊万诺维奇来当裁判而生她的气。

他们刚谈到一半，林荫道上传来了马打响鼻和轮子轧在碎石块上的声音。

陀丽还没有来得及站起来去迎接丈夫，列文已经从格里夏学习的房间的窗子里跳着出去了，他还把格里夏抱了下来。

"这是斯吉瓦！"列文从阳台上叫着说，"我们做完功课了，陀丽，你不用担心！"他一边补充说，一边像个孩子似的跑去迎接轻便马车。

"他，她，它；他的，她的，它的[①]。"格里夏一面大声背着拉丁文代词，一面顺着林荫道连蹦带跳地跑过去。

"还有个什么人。对了，是爸爸！"列文站在林荫道的入口处大声嚷嚷说，"吉蒂，别走陡的梯子下来，要绕着走。"

可是列文弄错了，把坐在马车里的人当做了老公爵。他走近马

① 原文为拉丁语。

车时看到与斯捷潘·阿尔卡杰奇并肩坐着的不是公爵，而是一个漂亮壮实的年轻人，他头上戴着后边拖着长长的丝带的苏格兰尖顶帽子。这是舍尔巴茨基的姑表兄弟瓦申卡·维斯洛夫斯基—— 一个闻名彼得堡和莫斯科两地的出色的青年人，正如斯捷潘·阿尔卡杰奇所介绍的那样，他“是位杰出的人物和热爱打猎的好手”。

来的人不是老公爵而是维斯洛夫斯基，这使大家感到失望；维斯洛夫斯基对此满不在乎，他高高兴兴地一边向列文问好，一边提醒他们过去就认识，同时抱着格里夏跨过斯捷潘·阿尔卡杰奇随身带来的班特尔狗，并让他坐到马车里。

列文没有坐进马车里，他跟在后边走着。自己更熟悉、更喜爱的老公爵没有来，他稍稍有点失望，他是对这个瓦申卡·维斯洛夫斯基的出现有点儿不高兴，因为这个人完全陌生，而且是多余的。更让列文感到格格不入的是，当他走到全家大小都活跃地聚集在的台阶上的时候，看到这个瓦申卡·维斯洛夫斯基正显出一副亲热和风流的样子在吻吉蒂的一只手。

“我和您妻子是表兄妹[1]，而且还是老朋友，”瓦申卡·维斯洛夫斯基一再紧紧地握着列文的一只手说。

“啊，怎么，有野味吗?”斯捷潘·阿尔卡杰奇刚向每个人问过好，便转过来问列文，“我和他可是抱着最急不可耐的愿望来的。怎么的，妈妈，他们结婚以后就一直没有到莫斯科去过。啊，塔尼娅，喏，给你的！请拿去吧，在马车后边！”他面向四周所有的人说，“你气色好多了，陀丽。”他对妻子说，同时再一次地吻她的一只手，并一边把这只手搁在自己手里，一边用另一只手向上挥了挥。

一分钟前还开开心心的列文，现在脸色阴沉地看着大家，而且一切都使他觉得扫兴。

“昨天他用这张嘴吻过谁?”他看到斯捷潘·阿尔卡杰奇对妻

① 原文为法语。

子的温柔，心里在想。他瞥了一眼陀丽，连对她也不喜欢了。

“其实，她并不相信他爱她。既然这样，她还高兴什么？讨厌！”列文想。

他看了一眼公爵夫人，一分钟以前还觉得她是那么可爱，现在也不喜欢了，因为她那副欢迎那个帽子上拖着丝带的瓦申卡的样子，就像是欢迎他到自己家里似的。

甚至连走到台阶上来的谢尔盖·伊万诺维奇都令他不愉快，因为列文知道他并不喜欢也不尊重奥勃朗斯基，可这时竟假装出一副欢迎斯捷潘·阿尔卡杰奇的友好的样子。

就连瓦莲卡也使他觉得反感，她刚刚还在考虑要嫁人，现在却带着自己那种虔诚的信徒①的样子，去结识这位先生。

最使他反感的是吉蒂，因为她竟顺着这位先生那种开心劲儿，还和这个把自己到乡下来看成是大家的一次节日的家伙谈笑风生，尤其是她回应对方时那种特别的微笑，特别令他不愉快。

大家闹哄哄地交谈着进了屋；但是一坐下来，列文便转身走开了。

吉蒂看出丈夫有心事。她想找个机会和他单独谈谈，可是他急急忙忙地离开了她，说是得到办事处去。对他来说，田庄经营上的事老早就已经不像今天那么紧要了。“他们老是像在过节一样欢天喜地，”他想，“而工作可不是过节，工作不能等待，没有工作就没法生活。”

七

列文到派人去叫他吃晚饭时才回家。吉蒂和阿加菲娅·米哈

① 原文为法语。

依洛夫娜正站在楼梯上商量着吃晚饭时用哪种酒。

“啊，你们干吗这么大惊小怪[①]的？和平时一样就行了。”

“不，斯吉瓦是不喝酒的……柯斯佳，等一下，你怎么了？”吉蒂赶紧接着问，可是他却忽略了她，径自大步往餐厅里走，并立刻参加到瓦申卡·维斯洛夫斯基和斯捷潘·阿尔卡杰奇在那儿的热烈交谈里去了。

“那么，明天我们去打猎？”斯捷潘·阿尔卡杰奇说。

“好啊，我们去。”维斯洛夫斯基转过身子，跷起一条胖腿，坐到侧面的另一把椅子上。

“我很高兴，我们去。而您，今年已经打过猎了吗？”列文仔细地打量着维斯洛夫斯基的一条腿说，但做出高兴的样子，吉蒂很熟悉的那种对他那么不合适的假装愉快的样子，“不知道我们还能不能找到大鹬，田鹬倒很多。只是得早去。您不会累吧？你不累吗，斯吉瓦？”

“我累？还从来没有累过。来个通宵不睡吧！我们散会儿步去。”

“其实，干脆别睡了吧！好极了！”维斯洛夫斯基支持说。

“噢，这一点我们相信，你可以不睡也不让别人睡，”陀丽带着那种稍稍有点讥讽的口气对丈夫说，她现在几乎总是用这种口气对待丈夫，“可依着我，现在正是时候，我要走了，我不吃晚饭。”

“不，你坐一会儿，陀丽，”斯捷潘·阿尔卡杰奇转到大家坐着吃晚饭的大桌子背后她那边说，“我还有几句话要对你说！”

“我看不见得。”

“你知道吗，维斯洛夫斯基到安娜那里去过。他还要到他们那里去。因为他们离你们现在这里总共才七十俄里路。我也同样一定要去的。维斯洛夫斯基，你过来一下！”

---

① 原文为英语。

瓦申卡转到女人们这一边，在跟吉蒂并肩的位置上坐下来。

“啊，请您讲讲，您到她那里去了？她怎么样？”达丽娅·阿列克山德罗夫娜转过身来对他说。

列文留在桌子的另一端，他不停地与公爵夫人还有瓦莲卡聊天，同时看到斯捷潘·阿尔卡杰奇、陀丽、吉蒂以及维斯洛夫斯基之间正进行着活跃而神秘的谈话。不仅如此，在进行神秘的谈话时，他还在妻子的脸上看到一种严肃的表情，并且还看到她目不转睛地瞅着正在神气活现地讲着什么的瓦申卡那张漂亮的脸。

“他们那儿挺好，”关于符朗斯基和安娜，维斯洛夫斯基这么说，“我，当然了，不好妄自进行评判，可是在他们那里你会感到像在家里一样。”

“他们打算怎么办？”

“好像冬天想到莫斯科去。”

“要是我们一起到他们那里去该多好！你什么时候走？”斯捷潘·阿尔卡杰奇问瓦申卡。

“我打算在他们那里过七月。”

“你不去吗？”斯捷潘·阿尔卡杰奇转过来问妻子。

“我老早就想去了，而且一定要去，”陀丽说，“我替她难过，而且我了解她。她是个非常好的女人。等你走后，我一个人去，这样就不会给谁添麻烦了。”

“那很好，”斯捷潘·阿尔卡杰奇说，“可是你呢，吉蒂？”

“我？我为什么要去？”吉蒂满脸通红地说。她还回头瞅了一眼丈夫。

“您跟安娜·阿尔卡杰耶夫娜也认得？”维斯洛夫斯基问她，“她是个很有魅力的女人。”

“对。”她回答维斯洛夫斯基说，同时脸更红了，便站起来，到丈夫身边去了。

“那么，你明天要去打猎？”她说。

在这几分钟里，特别是当吉蒂和维斯洛夫斯基说话时两颊泛起红晕时，列文的妒忌发作。现在听着她说的话，他又照自己的意思加以理解。不管后来他回想起这一点时觉得多么荒唐，现在他仿佛很清楚，如果她问他去不去打猎，那只是因为她有兴趣知道丈夫是不是肯给瓦申卡·维斯洛夫斯基这种满足；在他看来，她已经喜欢上了瓦申卡·维斯洛夫斯基。

“是的，我要去。”他用自己所讨厌的不自然的口气回答说。

“不，你们最好过了明天再去，不然的话，陀丽就完全见不着自己的丈夫了，你们还是后天去吧。”吉蒂说。

吉蒂这番话，这时被列文理解成了这样：“你别把我和他分开。你要走——我全无所谓，可你让我享受一下，跟这个潇洒的年轻人待在一起吧。”

“啊，如果你愿意，那我们明天就待在家里。”列文带着特别愉快的神情回答说。

与此同时，瓦申卡丝毫没有想到自己到这里来以后给人家带来的痛苦，他从桌子边上跟着吉蒂站起来，带着微笑和亲热的目光，跟着她走过来。

列文看到了这种目光。他脸色变得苍白，霎时间喘不上气来。“他怎么敢这样看我的妻子！”他愤怒了。

“这么说，明天？我们去，请吧。”瓦申卡说，一边坐在椅子上，一边又按照自己的习惯跷起了一条腿。

列文的妒忌心更厉害了。他已经把自己看成了受欺骗的丈夫，妻子和她的情人需要他，只是为了向他们提供生活和享乐的方便……不过，尽管如此，他还是亲切而好客地询问瓦申卡有关他的打猎、猎枪和靴子的事情，并同意明天就去。

幸好老公爵夫人站了起来，她劝吉蒂去睡觉，这样，列文终于不再痛苦了。但即使这样，对列文来说，还不得不遭受新的痛苦。与女主人告别时，瓦申卡又要吻吉蒂的手，可是满脸通红的她，带着后来挨母亲责怪的表情，边缩回自己的手边说道：

“我们这里不兴这样。”

在列文的眼里，让关系弄成这样是她自己的错，而她更大的错误，在于表示不喜欢这样做的时候显得那么不灵活。

“啊，睡觉有什么意思！”斯捷潘·阿尔卡杰奇说，他晚饭时喝了几杯酒，正处于最美好和富有诗意的心情之中。“你瞧，吉蒂，”他指着从椴树梢头升起的一轮明月说，“多么美好！维斯洛夫斯基，这才是唱小夜曲的时候呢。你知道吗，他的嗓子好极了，一路上我都和他唱着来的。他带来了自己优美的爱情歌曲，有两首是新的。和瓦尔瓦拉·安德烈耶夫娜一起唱就好了。”

等大家都散了去，斯捷潘·阿尔卡杰奇还和维斯洛夫斯基在林荫道上踱了好长时间步，大家还听到他们在唱一首新的爱情歌曲的声音。

听着这种歌声，列文坐在妻子卧室里的一把靠背椅上，皱着眉头，当妻子问他怎么回事时，他硬是不吱声；直到最后她笑眯眯地羞怯地问他“是不是因为维斯洛夫斯基有什么使他不高兴”时，他一下子就爆发了，并把所有想法都说了出来；但说出这些话又使他感到屈辱，因此他就越发地生气。

他带着一双紧紧皱起的眉毛下可怕的闪闪发亮的眼睛，把两只有劲的手像为控制自己而使出全部的力量似的贴在自己的胸口，站在吉蒂面前。要不是脸上露出使她感动的痛苦神色，他脸上的表情是那么的严厉，简直是残酷的。他的颧骨在抽搐，声音断断续续。

“你要明白，我不是妒忌，这是个卑鄙的词儿。我不会妒忌，相信你会……我没法说出我的感觉，可这是可怕的……我不妒忌，可是我生气，受了屈辱，居然有人敢这么想，敢用这样的眼睛看看你……”

“可是，什么样的眼睛？”吉蒂说，她竭力尽可能凭良心去回忆今天晚上说的全部话、做的全部手势以及它们微小的含意。

当维斯洛夫斯基跟着她转到桌子另一边时，她在心灵深处是感觉到有点儿什么的，但这一点她甚至连承认也都不敢承认，也就更不敢告诉丈夫了，并以此加重他的痛苦。

“可是我身上有什么吸引人的地方，我现在这个模样……”

“哎呀！”他抱住头嚷嚷起来，“你就别说了！……就是说，假如你吸引人的话……”

“不是的，柯斯佳，你等等，听我说！”她说，同时带着一种痛苦而同情的神色注视着他，“那，你还会怎么想？对我来说，别的男人都不存在，不存在，不存在！……难道你要我一个人也见不到吗？”

他的妒忌心起初使她屈辱，她感到恼火，自己连一小点儿最纯洁的交际的快乐都不许有；但是现在，她倒宁可牺牲了，好让他摆脱所经受的痛苦。

“你要明白我那种处境的可怕和可笑，”他用一种绝望的声音轻轻地接着说，“他是在我家里，其实，要知道，除了这种放肆的态度和夹着腿，他什么不礼貌的事情也没有做。他认为这是最好的姿势，因此我就得对他客客气气。”

“不过，柯斯佳，你在夸大其词。”吉蒂说，心灵深处为他通过妒忌表现出来的对她那么强烈的爱感到高兴。

“最可怕的是——你一向那么纯洁，我现在觉得你还是那么圣洁，我们是这么幸福，特别幸福的时候，突然冒出这么个坏蛋……不是坏蛋，我干吗骂他？我与他毫不相干。可是，我的幸福和你的幸福该怎么办呢？……”

“你知道吗，我知道为什么会这样。”吉蒂开始说。

“为什么？”

“我看到了，我们吃晚饭谈话时你是怎么看着我们的。”

“噢，对，噢，对！”列文惊恐地说。

她向他讲述了他们谈话的内容。而且在讲述时，她激动得喘不过气来。列文沉默了一会儿，然后注视着她那张苍白、惊恐的脸，突然抱住了自己的头。

“吉蒂，我把你害苦了！亲爱的，原谅我！这是发疯了！吉蒂，全是我的错。我怎么能为这样一点蠢事自寻烦恼呢？”

“不，我真替你难过。”

“为我？为我？我算什么？疯子一个！……而你为什么？任何一个陌生人都能破坏我们的幸福，这事儿想想都觉得可怕。”

“当然，正是这一点使人感到屈辱……”

“不，这么说，相反，我要故意留他在我们家度过夏天，并将一直对他客客气气的，”列文边吻她的双手边说，“你会看到的。明天……对，真的，明天我同他们一起去。”

八

第二天，太太们还没有起床，猎手们的一辆轻便马车、一辆长方形敞篷马车及一辆四轮拉货车已经停在大门口了，还有一清早就知道要去打猎而汪汪叫着蹦跳个不停的拉斯卡，也已经蹲在敞篷马车旁边，它激动和不满地注视着那道门，因为猎手们行动缓慢，迟迟没有从里边出来。头一个走出来的，是穿着新靴子和绿色短上衣的瓦申卡·维斯洛夫斯基，他腰上捆着一条散发着皮革气味的新子弹带，戴着拖丝带的尖顶帽，扛着一支没有挎带的英国新式猎枪。拉斯卡向他跳过去，对他表示欢迎，跳过去以后，汪汪地叫着，仿佛在问他，那些人是不是快出来了，可是没有得到回答，拉斯卡便回到自己原来的位置上等着，又安静了下来，侧过头并警觉地竖起一只耳朵。门终于哗啦一声响地敞开了，斯捷潘·阿尔卡杰奇的狗克拉克飞跑出来，在空中打转蹦跳，接着斯捷潘·阿尔卡杰奇手里拿着猎枪、嘴上叼着雪茄烟，也出来了。“别动，别动，克拉克！”他亲热地对狗嚷嚷着，那狗正把前爪扑到他的肚子和胸口，叼住他的猎袋。斯捷潘·阿尔卡杰奇脚上一双凉鞋，捆着裹腿布，穿着撕破的裤子和短大衣。头上压着一顶破旧不堪的帽子，然而那支新式猎枪却漂亮得像个玩具，还有他的猎袋和子弹带，虽然用旧了，材料倒是挺讲究的。

瓦申卡·维斯洛夫斯基以前不懂得一个真正猎人的好装扮——一身破烂，而所有的猎具却是质量最好的。他瞅着斯捷潘·阿尔卡杰奇，现在明白了，穿这身破烂更显出主人的形象优雅、壮硕而生气勃勃的身体，别有一番风度，因此决心下次打猎时自己也一定得这样装扮。

“啊，我们的主人怎么了？”他问。

“有了年轻的妻子嘛。”斯捷潘·阿尔卡杰奇微笑着说。

“是啊，而且是位那么美丽可爱的妻子。”

“他已经穿戴好了。一定是又跑到妻子那里去了。”

斯捷潘·阿尔卡杰奇猜对了，列文又跑到妻子那里再问她一次，她是不是已经为昨天的事儿原谅他了，接着还要她看在基督的分儿上千万当心些。主要的，是要离孩子们远点儿——他们随时都会磕着绊着她的。然后得再一次得到她的确认，她不会因为他要离开她两天而生他的气，还要她明天早晨派人骑马给他送个便条，哪怕就写两个字，只要能让他知道她平安无事就好。

吉蒂一如既往地为要跟丈夫分离而感到难过，不过看到他满身干劲，如今也穿上了打猎用的靴子，背着个白猎袋，显得特别高大和有力，还有，看到他因为要去打猎而显出的那种她没法理解的兴奋和容光焕发，受到他这种情绪的感染，吉蒂也就忘了自己的伤心，高高兴兴地与他告了别。

“对不起，先生们！”跑到台阶上时，列文说道，“早点带上了吗？为什么让枣红马拉右边的套？啊，全无所谓。拉斯卡，好了，去蹲着！”

“放到骟畜群里去，”他转身对一个在台阶上等着他解决阉割的绵羊问题的牲口管理员说，“对不起，瞧，又来了一个坏蛋。”

列文从已经坐上的长框形马车上跳下来，向带着把俄尺向台阶过来的一个承包木工走去。

“瞧你，昨天没有到办事处去，这时候又来抓住我。说吧，什么事？”

“您得让我再做一个拐角。总共只增加三级台阶。这样就正好。会稳当得多。”

“你早听我的话就好了嘛，”列文恼火地回答，“我说了，要装上绳索，然后再把台阶板嵌进去。现在就没法改正了吧。你就照我吩咐的办——做新的！”

事情是这样的，在正盖的一间厢房里，承包工把阶梯做坏了，它是单独做的，而且没有计算好高度，因此做好后安装时，所有一级级的踏板都斜得像一道慢坡。现在，这位承包木工还是想用那部梯子，给增加三级踏板。

“那会好得多。”

“是啊，增加三级后你让它通到哪里？”

“您别见怪，老爷，”木工神气活现地笑着说，“正好通到沙发床那儿。就是说，得从下面着手，”他做了个要人信服的手势说，“往上，再往上，一直通到那里。”

“要知道，三级阶梯会增加长度……它往哪儿伸？”

“这样，就是说，它从底下这么来，这就行了。”承包木工固执而要人信服地说。

“它会通到天花板下，并往墙里伸了。”

“您别见怪。就是从底下往上。往上，往上，就到了。”

列文接过一把探尺，动手在沙土上画了一部楼梯图样。

“喏，你瞧？”

“照您的吩咐办，”木工说，一双眼睛突然亮堂了，显然领会了他的意思，“看来，只好做新的了。”

“那，就照吩咐的这么做吧！”列文说着，坐到长框形马车上，“走吧！拉住这些狗，费利普！”

现在列文把全部家务和田庄经营的操心事儿都抛在了脑后，感受着对生活充满期待的欢乐，这感情是那么的强烈，以至连话都不想说了。此外，正如任何一个猎手接近行动的地点时一样，他感到了一种聚精会神的激动心情。要说他还有什么关心的事儿的话，那就只有他们能不能在柯尔宾斯基沼泽地带找到什么，和克拉克比较起来拉斯卡会怎么样，还有自己今天打猎是否成功这样一些问题了。“怎么能使自己在新来的人面前不出洋相呢？怎么能不让奥勃朗斯基超过自己呢？”这也是他头脑里想着的事儿。

奥勃朗斯基也有类似的感觉，所以也不多说话。只有瓦申卡·维斯洛夫斯基一个人开心地说个没完。现在听着他说话，回想起自己昨天对他的错误态度，列文感到惭愧。瓦申卡果真是一个好小伙子，单纯、善良，而且很开心。如果列文是个单身汉时与他相识，两个人大概会成为亲密的朋友。他对生活的空虚无聊以及放荡不羁的态度，稍稍有点让列文感到不愉快。他好像认为自己那些长长的指甲、尖顶小帽以及与此相应的玩意儿，毫无疑问，都很神气，很了不得；可是因为他心地善良和为人正派，这些是可以原谅的。他以自己良好的教养、一口很流利的法语和英语，而且出身相同，而赢得了列文的好感。

瓦申卡异常喜欢拉左边套的一匹顿河草原马，他一个劲儿地夸它。

“骑着草原马在草原上奔驰多好。啊？不对吗？”他说。

他设想自己骑在一匹草原马上一定很刺激，并认定这会是一种富有诗意的浪漫感觉，其实完全不是那么一回事。但是他的天真，特别是和他的俊美、他的可爱的微笑及优雅的动作结合在一起，显得很迷人。这是因为他的本性使列文产生了好感呢，还是因为列文为补救昨天的过错竭力在他身上寻找一切美好的东西？总之，跟他在一起，列文感到愉快。

跑了三俄里后，维斯洛夫斯基突然摸索起雪茄烟和皮夹子来，不知道是丢失了还是留在桌子上了。皮夹子里有三百七十卢布，因此绝不能就这么随随便便把它留在那里。

“您知道吗，列文，我得骑这匹拉边套的顿河马跑回去一趟。

这太有意思了。啊?”他说着，立刻准备下马车。

“不，干吗要这样?”列文估计维斯洛夫斯基的体重不会少于六普特，“我派马车夫去。”

马车夫骑上拉边套的一匹马走了，列文便开始亲自驾驶由剩下的两匹马拉的车子。

九

“那，我们走哪条路线？你好好给讲讲。”斯捷潘·阿尔卡杰奇说。

“计划是这样的：现在我们到格沃兹杰沃去。在格沃兹杰沃的沼泽地四周都有大鹬，过了格沃兹杰沃，便是满地田鹬的极好的沼泽地带，而且往往也有大鹬。现在气温高，而我们则在近黄昏时即可到达（还有二十来俄里），占领黄昏时的田野；宿一夜，明天就进大沼泽地了。”

“那么沿途呢，难道啥也没有?”

“有啊；可是我们会耽误的，再说天气很热。有两个小地方还不错，不过现在未必有什么东西。”

列文自己也想拐到这些地方去，可是这些地方离家近，他随时都能去，而且它们的范围也小——三个人不能同时打猎，因此他才故意说未必有什么东西。走过与一块小沼泽地平行的地方，列文想绕着过去，但是斯捷潘·阿尔卡杰奇那双经验丰富的猎人的眼睛立刻从道路上看到一个大泥潭。

“我们过去吗?”他指着那个大泥潭说。

“列文，请吧，多棒!”瓦申卡·维斯洛夫斯基开始请求说，列文只好答应了。

不等他们停下来，两只狗就已经你追我赶地向大泥潭飞奔而去。

“克拉克！拉斯卡！”

两只狗回来了。

“三个人，这地方太窄了。我待在这里。”列文说，但愿除了几只一见到狗便起飞的凤头麦鸡可怜巴巴地在大泥潭子上空盘旋外，什么也找不着。

“不！我们走，列文，三个人一起去！”维斯洛夫斯基叫他。

“真的，地方太窄。拉斯卡，回来！拉斯卡！你们用不着两条狗吧？”

列文停在轻便敞篷马车边，羡慕地张望着两位猎手。猎手们走遍了整个大泥潭。除了几只黑水鸟及其中一只被维斯洛夫斯基打着的凤头麦鸡外，在那里一无所获。

“瞧，知道了吧，不是我舍不得这大泥潭，”列文说，“只会浪费时间。”

“不，还是很开心的。您看见了？”瓦申卡·维斯洛夫斯基说着，一手拿着猎枪，一手拿着凤头麦鸡艰难地上了长框形马车，“这一只我打得多漂亮！是不是？好吧，我们快到真正的地点了吗？”

突然间，马儿猛地一冲，列文的脑袋撞在了谁的枪杆上，发出了一声枪响。枪声其实是在脑袋撞上枪杆之前发出的，不过列文感到好像是那样。原来，瓦申卡·维斯洛夫斯基在卸机头时只按了一个扳机而撞着了另一个机头。子弹射进了地里，没有伤着谁。斯捷潘·阿尔卡杰奇摇了摇头，对维斯洛夫斯基带着责备的神情哈哈笑起来。可是列文没有心思去责备他。首先，任何责备都会被看成是出于他经受了一次危险及自己前额上立刻鼓起的大包；其次呢，维斯洛夫斯基起初天真地感到难过，而随后他又那么若无其事和充满魅力地笑他们都为此惊慌失措，弄得他自己都没法不笑了。

他们来到了另一片泥沼地，面积相当大，打一次猎得花许多时间。因此，列文说服他们不要下车了。可是维斯洛夫斯基又恳求他。因为可以打猎的地方狭窄，列文作为一个好客的主人，就又停留在马车旁边等着。

他们刚停下，克拉克便向一个土墩直扑过去。瓦申卡·维斯洛夫斯基头一个跟在狗后边跑去。斯捷潘·阿尔卡杰奇还没有来得及走近时，一只大鹬就飞出来了。维斯洛夫斯基开了一枪，没有打中，大鹬又在一块没有刈过的草地上歇下了。这只大鹬被维斯洛夫斯基看到了。克拉克找到了它，站住了，维斯洛夫斯基一枪打中后就回到了马车上。

“现在您去吧，我带着马在这里等候。”他说。

一种猎人的妒忌心使列文激动起来。他把缰绳交给维斯洛夫斯基，向泥沼地走去。

早就可怜地汪汪叫着抱怨不公平的拉斯卡已经提前跑到有希望的地方去了，那里有许多土墩；列文熟悉那个地方，而克拉克还没有进去。

“你怎么不让狗停下？”斯捷潘·阿尔卡杰奇嚷嚷道。

“它不会吓跑的。”列文回答说，同时为自己的狗感到高兴，并连忙赶上去。

拉斯卡在寻找猎物时，越是接近熟悉的土墩就变得越认真。一只小水鸟只吸引它一瞬间的注意力。它围绕土墩走了一圈，开始绕第二圈时，突然浑身一哆嗦就静下来一动不动了。

“你去，你去，斯吉瓦！”列文叫着，同时感到自己的心脏开始更有力地在跳动，突然间，他听觉的一道什么障碍消除了，各种声音分不清远近、杂乱无章地冲进耳朵，使他感到吃惊。他听到斯捷潘·阿尔卡杰奇的脚步声，还以为是远处的马蹄声；他听到自己踩着的土墩上石块裂开时发出脆弱的声音，还以为是大鹬起飞的声音。同样，他还听到身背后不远处有一种水溅起来的响声，他却无法弄清楚是什么声音。

选择好了踩脚的地方，他便向狗那边移动过去。

“抓住它！”

从狗身边啪啪啪挣扎飞起来的不是大鹬，而是一只田鹬。列文举起枪，但就在他瞄准的时候，那种水溅起的声音加强了，临近了，而且维斯洛夫斯基大声古怪地嚷嚷着的声音和那声音混合在一起了。列文看到自己的猎枪落在了田鹬的后面，却还是打了一枪。

确信没有打中后，列文环顾了一下四周并看到拉着长框形马车的两匹马已经不在大路上，跑到沼泽地里去了。

维斯洛夫斯基想看看射击，就把车赶到沼泽地，弄得那两匹马也陷进去了。

“见鬼了！”列文暗自说，回到陷进沼泽地的马车旁边。“您干吗上这儿来？”他干巴巴地对他说，同时叫马车夫过来，动手设法把马拉出来。

瓦申卡妨碍了他射击，把他的马陷进了泥潭，还有主要是得把马拉出来——这一切都使他恼火；要把两匹马拉出来，无论斯捷潘·阿尔卡杰奇还是维斯洛夫斯基都帮不了他和马车夫的忙，因为他们对这事一窍不通。维斯洛夫斯基说他确信这是个完全干燥的地方，对此列文没有回答一个字，他默不作声地和马车夫干着，好把两匹马拉出来。后来，列文干得浑身发热，并看到维斯洛夫斯基那么努力热心地拉着长框形马车的一侧，甚至快把它掰断了，他又责备自己受了昨天感觉的影响，对维斯洛夫斯基太冷淡了，于是便竭力变得特别的客气，不像刚刚那样一副干巴巴的神情。一切收拾完毕，马车回到道路上以后，列文便吩咐把早点拿出来吃。

“胃口好——意味着良心纯洁！这只小鸡到了我的肚子里，将被消化得干干净净。”① 又变得高兴起来的维斯洛夫斯基一边把第二只雏鸡吃完，一边用法语说着俏皮话，“啊，现在我们的灾难结

① 原文为法语。

束了；一切都会顺利的。不过，我因为犯了错误该坐在赶车的车架上。不对吗？啊，不，不，我是赶车者。瞧我怎么赶车拉你们走吧。”当列文请他让马车夫驾车时，他没有放下缰绳，回答说：“不，我应当为自己赎罪，而且坐在这里感觉很好。”接着，他就赶着马车走了。

列文有点儿担心他会折磨那几匹马，特别是左边那匹枣红马，他不会驾驭。可是，他不由自主地受到他快乐情绪的感染，一路上听着维斯洛夫斯基唱的爱情歌曲，或看着他边讲边表演英国人驾驭四架马车[①]的样子。就这样，吃过早点后，大家都以最愉快的心情到达了格沃兹杰沃沼泽地。

十

瓦申卡拼命赶马，以至他们到达沼泽地带时太早了，天气还很热。

他们到达了此行的主要目的地，即一块重要的沼泽地以后，列文不由得在想自己怎么摆脱这个瓦申卡，以便可以自由自在地行动。斯捷潘·阿尔卡杰奇显然也抱有同样的想法，而且列文在他脸上看出那种真正的猎手在打猎前全神贯注的表情，以及他所特有的那种宽宏的狡黠。

“我们怎么走呢？是块极好的沼泽地，我看到还有鹞，”斯捷潘·阿尔卡杰奇指着两只在苔草上盘旋的大鸟说，“有鹞的地方一定有野味。”

“好吧，知道吗，先生们，”列文一边带着几分阴郁的神情拉拉靴子并检查着猎枪上的弹筒帽，一边说，“看到这片苔草了吗？”

---

① 原文为英语。

他指着往河右边伸展的刈过草的湿漉漉的一大片草地里那个绿得发黑的小岛，“沼泽地就在这里，在我们眼前，看到了吗——那绿得更深点的地方。从这儿一直往左，到马在走的那里；那地方有土墩，往往有大鹬；而这片苔草的周围，瞧，直到那片赤杨树丛及磨坊边上。瞧那边，看见了吗，一个河湾。那是最好的地方。在那里，我曾经一次打下过十七只田鹬。我们带着两条狗往不同的方向分开走，然后到磨坊旁边会合。”

“那，谁往右谁往左啊？”斯捷潘·阿尔卡杰奇问，“往右边宽阔点儿，你们两个人去，我就往左。”他好像漫不经心地说。

“很好！我们一定打得比他多！好了，我们走，我们走！”瓦申卡连忙说。

列文不好不同意，于是他们就分散开了。

他们一进入沼泽地，两条狗便一起寻找起来，并向水面褐色的一处地方走过去。列文知道拉斯卡的这种搜寻方法，小心翼翼而又东张西望；他知道这个地方，于是等着成群的田鹬。

“维斯洛夫斯基，你挨着我，挨着我走！”他用屏住呼吸的声音对在自己背后走得水花四溅的伙伴说，在柯尔宾斯基水潭上那一下不当心的射击发生后，列文已经不由自主地注意留神维斯洛夫斯基那支猎枪的方向了。

“不，我不去挤着您，您别考虑我。”

但是，列文不由自主地在想并记起临走时吉蒂对他说的话：“你们当心，别谁打着谁。”两条狗越走越近了，它们互相绕着，各走各的线路。打田鹬的希望是那么迫切，以至靴后跟踏在带锈似的污水地里的吧嗒吧嗒声，在列文听起来都仿佛是田鹬在啼叫，于是他抓起猎枪并握紧枪托。

“啪！啪！”他耳根响了。这是瓦申卡开枪射击在沼泽地上空盘旋的一只野鸭子，当时野鸭子还离得很远，正在往猎手们这边飞。列文还没有来得及回过头来看，田鹬便立刻两只、三只，还有八只地连连飞了起来。

斯捷潘·阿尔卡杰奇截住了那一瞬间拐弯的一只田鹬，可它缩成一团降落在泥泞地上。奥勃朗斯基不慌不忙地把枪瞄准另一只更低地向苔草地飞去的田鹬，枪声一响，那田鹬便立刻掉了下来；它显然是刚从刈过的苔草地跳出来，一只下边长着白毛的完好翅膀还在拍打着。

列文可没有那么幸运：他打第一只田鹬时离得太近，因此没有打着；它开始起飞时，他便瞄准了，可这时脚下又飞起了另一只，注意力被分散了，所以第二次又没有打着。

他们正在上子弹时，又有一只田鹬飞起来了，维斯洛夫斯基正巧装上另一排子弹往水里开了两枪，打出两个小水泡。斯捷潘·阿尔卡杰奇收起自己打下的田鹬，两只眼睛神气活现地瞧了列文一眼。

“那，我们现在分散开来吧。”斯捷潘·阿尔卡杰奇说，他拐着一条左腿，拿着猎枪，向自己的一条狗吹吹口哨，往一边去了。列文和维斯洛夫斯基往另一边走。

列文往往都是这样的，要是开头几枪打得不成功，他就会激动、恼火，便整天都射击不好。今天也是这样。田鹬倒是挺多。猎狗及两位猎手的脚下都不断地有田鹬飞出来，列文本可以宽下心来；但是，他越打就越在维斯洛夫斯基面前出洋相，维斯洛夫斯基倒是不管距离合不合适都一个劲儿高高兴兴地开枪，尽管总也打不着，却并不觉得难为情。列文可急了，忍不住了，火气越来越大，虽然开枪，却根本不存打中什么的希望。看样子，就连拉斯卡都明白了这一点。它开始懒洋洋地寻找起来，仿佛带着怀疑和指责似的目光看着两个猎手。枪声一下接一下，两个猎手四周围尽是火药的烟雾，而那只边网宽大的猎袋里只有三只又轻又小的田鹬。就连这些也有一只是维斯洛夫斯基打的，一只是两人共同打的。同时在沼泽地的另一边却传来虽不频繁而列文却觉得是斯捷潘·阿尔卡杰奇意义重大的射击声，而且每一次枪响后都听到这样的声音：“克拉克，克拉克，叼过来！”

这就更使列文激动了。田鹬不停地在苔草地上空盘旋。四面八方都不停地传出踩在地面上的吧嗒声及在高空中哑哑的鸟叫声。原先飞起后在空中掠过的田鹬又落在两位猎手的面前。本来是两只老鹰在沼泽地上空盘旋，现在出现了几十只了。

列文和维斯洛夫斯基绕了大半个沼泽地，来到了延展成长长一片的苔草地上。那是农民们用脚踩出一条条界线的刈草地，并排的一块已经刈过，其中有一片已经刈完。

没有刈过的地方比起刈过的地方来，找到田鹬的希望虽然同样不大，不过列文答应过斯捷潘·阿尔卡杰奇要与他会面的，于是就和自己的伙伴一起顺着刈过草的及没有刈过草的地方往前走。

“喂，猎手们！”一个坐在卸了套的大车上的农民大声嚷道，“和我们随便吃点午饭吧！喝口酒！”

列文回头看了看。

“来吧，没关系！”一个留胡子开开心心的红脸汉子嚷嚷着，露出一副洁白的牙齿，手举着一只在阳光下绿莹莹亮晶晶的四棱短口酒瓶，它能装一俄升[①]酒。

“他们在说什么？”[②]维斯洛夫斯基说。

“叫我们去喝伏特加酒。他们一定是分过草场了。我倒是想喝一点儿。”列文不无狡黠地说，同时希望维斯洛夫斯基会被伏特加酒所吸引，到他们那边去。

“为什么他们请客？”

“这样，开心开心嘛。对了，您就去呗。您会觉得有趣的。”

“我们去吧，好好玩玩。”[③]

“您去，您去，您会找到通磨坊的路的！”列文大声说，回

① 俄升，俄国量酒单位，1 俄升等于 1.23 升。

② 原文为法语。

③ 原文为法语。

头看了一次，满意地发现维斯洛夫斯基弯着身子，两条腿磕磕碰碰，伸长的一只手上拿着猎枪，正从沼泽地出来走到农民们那里去。

“您也过来吧！”那汉子对列文嚷道，“别害怕！来吃馅饼！”

列文很想喝伏特加酒并吃块面包。他没有力气，并感觉到把一双脚从泥泞里拔出来还挺费劲儿，因此犹豫了一下。但是，狗警觉起来了。列文的疲倦感顿时消失了，而且轻而易举地顺着泥泞地向狗走过去。他的脚下飞出一只田鹬；他开了一枪，打中了——那狗仍旧站着不动。“叼来！”狗旁边又飞出一只田鹬。列文又打了一枪。但这一天也真倒霉，他这一枪没有打着，而且，当过去寻找打中的那只时也没有找到。他寻遍整个苔草地，可拉斯卡不相信他打着了，所以当他要它去搜寻时它没有去找，只装出一副找了可是没有找着的样子。

列文原以为自己的不成功是瓦申卡的缘故，结果呢，瓦申卡不在了，事情并没有好转。这里的田鹬也很多，但是列文射击连连落空，一次也没有打中。

斜照的阳光还很热；被汗水湿透的衣服贴住了身子；左脚的靴子里灌满了水，笨重而且还吧嗒吧嗒地响；沾满火药污渣的脸上，汗珠滚滚地淌，嘴里一股子苦味，火药和带锈似的污水的气味直呛鼻子；两只耳朵里尽是田鹬不停地噼噼啪啪的响声；枪筒没法碰，它们都热得发烫了；心脏急促而迅速地在跳动；两只手激动得在哆嗦，一双疲惫的脚磕磕绊绊地在土墩子和泥泞地里挣扎；但他还是一直来回地走着，射击着。又一次可耻地没有打着后，他终于把猎枪和帽子扔在了地上。

“不，得清醒一下！”他对自己说。他拿起猎枪和帽子，把拉斯卡叫到自己的脚边，便走到沼泽地外边。来到干燥的地方后，他在一个土墩上坐下来，脱下靴子，把灌进去的水倒掉，到了沼泽地边上喝了口带锈味的水，用水把发热的枪筒淋淋湿，并洗了洗自己的脸和双手。他觉得神清气爽，又往一只田鹬栖息着的地方挪动脚步，下定了自己要不急不躁的决心。

他想保持平静，可是还是和原来一个样儿。在瞄准那只作为目标的鸟儿之前，他的一个指头已经扣了一下扳机。事情变得越来越糟糕。

当他从沼泽地里出来到该和斯捷潘·阿尔卡杰奇会合的赤杨树丛时，他的猎袋里只有五只猎物。

在见到斯捷潘·阿尔卡杰奇之前，他先看见了他的狗。克拉克从一棵根须裸露在外的赤杨树处跳出来，浑身沾满发黑的沼泽地污泥，它变得黑黝黝的，显出一副胜利者的样子，与拉斯卡互相嗅来嗅去。在克拉克后边的赤杨树影里，出现了斯捷潘·阿尔卡杰奇身材魁梧的形象。他满脸红彤彤汗涔涔地迎面走过来，仍旧一拐一拐地瘸着腿。

"啊，怎么的？你们打了很多吧！"他露出愉快的微笑说。

"那么你呢？"列文问道。不过根本用不着问，因为他已经看到那只满满的猎袋了。

"对，没有多少。"

他打了十四只。

"很棒的沼泽地！一定是维斯洛夫斯基在碍事儿。两个人一条狗不方便。"斯捷潘·阿尔卡杰奇为他找台阶下。

十一

列文和斯捷潘·阿尔卡杰奇来到列文一向常常歇脚的那个农民家茅屋里时，维斯洛夫斯基已经在那里了。他坐在茅屋的正中间，用两只手抓住一条长板凳，一个士兵是女主人的兄弟，正在给他把沾在靴子上的泥去掉，而他则以自己富有感染力的声音在哈哈大笑。

"我刚到。他们真是令人赞叹。[1]他们给我喝，给我吃。多好的面包，这是奇迹！好极了！[2]还有伏特加酒——我从来没有喝过比这更好的，而且怎么说也不肯收钱。还说'请别见笑'什么的。"

"干吗收钱？就是说，他们是把您当客人招待了。难道他们的伏特加酒是卖钱的吗？"那士兵终于把一只与发黑的袜子粘在了一起的靴子脱了下来。

茅屋虽然被猎手们的脏靴子和舐着自己身上泥渍的狗弄得很不整洁，虽然满屋子的火药味，也没有刀子和叉子，猎手们还是喝了茶，吃了顿晚饭，这种津津有味的感觉只有在打猎时才能感觉得到。他们清洗完毕，一身干干净净的，便来到打扫过的干草棚里，几个马车夫已经在那里给老爷们准备好了床铺。

天色虽然暗下来了，猎手们却谁也不想睡觉。

一会儿回顾打猎，一会儿讲述猎狗、过去的打猎逸事，聊呀聊，一直聊着他们三人都感兴趣的话题。瓦申卡再三赞叹这么过夜、干草的芳香以及损坏了的大车（他以为大车损坏了，因为车上两只前轱辘给卸了）有多美妙，他还夸给他伏特加酒喝的汉子的心肠有多好，躺在各自主人脚下的两条狗又有多棒。奥勃朗斯基乘机讲述了去年夏天自己在马尔图斯那儿一次打猎的乐趣。马尔图斯是个有名的铁路富翁，斯捷潘·阿尔卡杰奇讲到马尔图斯在特维尔省租赁的多么好的沼泽地以及受到怎么周到的保护，还有猎人们坐的马车和狗车多么讲究，在沼泽地上搭起用来吃早餐的帐篷有多漂亮。

"我不明白，"列文在干草垫铺上坐起来说，"你怎么会不讨厌这种人。我知道吃早餐时喝拉菲特酒是件很愉快的事儿，但正是这种奢侈，你不觉得讨厌？所有这些人都和我们以前那些承包

---

① 原文为法语。

② 原文为法语。

商一样靠理应受到大家蔑视的方式发的财，这些人不顾这种蔑视，然后再昧着良心用所得的钱收买人心，好消除人们对他们的蔑视。”

“说得完全在理儿！”瓦申卡·维斯洛夫斯基响应说，“完完全全在理儿！当然，奥勃朗斯基这么做是出于好意[①]，而别人却说：‘奥勃朗斯基也去来着……’”

“丝毫也不，”列文听到奥勃朗斯基微微笑着在说，“我只是不认为他要比那些富商和贵族中的任何一个更不诚实罢了。他们这些人致富都同样靠的是劳动和智慧。”

“是的，但靠的是什么样的劳动？得到租赁合同并进行倒卖，这难道是劳动？”

“当然了是劳动。要是没有他及像他这样的人，就不会有铁路，说它是劳动就是这样的意思。”

“但是却不是，像一个农民或学者的那种劳动。”

“就算是这样吧，但在那种意义上，它是一种劳动，它的活动产生了效益——铁路。不过，因为你觉得铁路是没有用的。”

“不，这是另一个问题：我可以承认它们是有用的。但是任何一种收获，如果不与所付出的劳动相应，那便是不义之财。”

“可是由谁来确定这种相应的关系呢？”

“通过不诚实的手段，靠耍滑头得来的收获，”列文说，同时觉得无法划清诚实与不诚实的界限，“就等同于银行事务所的收益，”他继续说，“这是一种罪恶，不通过劳动所得的巨额收入就等于和承包商的情况一样，只不过改变了形式。国王死了，国王万岁！[②]酒类专卖业刚消灭，就出现了铁路呀、银行呀，这些都是不劳而获的暴利。”

“对，你这些话也许是对的，也很俏皮……躺下，克拉克！”

---

① 原文为法语。

② 原文为法语。

斯捷潘·阿尔卡杰奇对在干草堆上抓痒及老是滚来滚去的狗嚷道，他显然深信自己的立论是正确的，因此显得相当平静而且不慌不忙，“可是，你没有确定诚实的劳动与不诚实的劳动之间的界限。难道因为虽然我的办公室主任办事比我在行，可我拿的薪水比他多，我就不诚实了？”

“我不知道。”

“那我就告诉你：比方说你在田庄经营上为自己的劳动多得了五千卢布，而我们这位农民主人，不管怎么干活，所得到的却不超过五十卢布，你就同样的不诚实，就与我的薪水比办公室主任高及马尔图斯的收入比一位铁路师傅高一样。我相信，我看到社会对这种人存有某种毫无根据的敌对态度，而且，我觉得，这里包含着妒忌心……”

“不，这话不对，”维斯洛夫斯基回答说，“妒忌倒不至于，这件事上倒是有某种不干净的名堂。”

“不，听我说，”列文接着说，“我得五千，而农民得五十，你说是不公道，这么说对。我也感到这不公道，可是……”

“那是事实。我们凭什么吃呀、喝呀、打猎呀，啥事儿也不干，而他却没完没了地在劳动？”瓦申卡·维斯洛夫斯基说，他显然是有生以来第一次想到这事儿，因此说得完全真诚。

“是啊，你感觉到了，可是你不又不肯把自己的庄园给他。”斯捷潘·阿尔卡杰奇仿佛在故意挖苦列文说。

最近一段时间以来，这两位连襟之间形成了一种好像是隐秘的敌对关系：他们分别娶了两个姐妹后，互相之间好像发生了竞争，看谁把生活安排得好些，现在这种敌视表现在已经开始的带有个人色彩的谈话中。

“我不会给，因为没有谁要求我这样，因此即使我想给也没法给，”列文回答，“没有谁可以给呀。”

“给这个农民：他不会拒绝的。”

“是啊，可是我怎么给他呢？要我去和他一起签房地产契约？”

“我不知道；可如果你相信自己没有权利……”

“我根本不相信。相反，我感觉到自己无权给，我对土地和家庭负有责任。”

“不，你听我说；如果你认为这种不平等是不公道的，为什么你不这样做呢？……”

“我正在行动，不过是消极的，是那种意思，就是我不会再竭力去使自己与他之间存在着的差别扩大。”

“不，对不起，这可是奇谈怪论。”

“是啊，这有点强词夺理，”维斯洛夫斯基附和着说，“啊，当家人，”他对吱呀一声推门走进草棚来的农民说，“怎么，还没睡觉？”

“没有，怎么睡得着！我以为我们的老爷们睡了呢，可一听，在聊天。我到这里来拿个钩子。这狗不会咬人吧？”他补充说，光着双脚小心翼翼地往前走。

“而你睡在哪儿呢？”

“我们夜间放牧去。”

“啊，多好的夜晚！”维斯洛夫斯基望着这时大门框打开后在微弱的霞光下隐约可见的茅屋及卸了马的长框形马车的边沿说，“对，你们听，这是女人们在唱歌的声音，真的，不坏呀。当家人，这是哪一个在唱？”

“这是一些看院子的姑娘，邻近一个村上的。”

“我们散会儿步去吧！反正睡不着。奥勃朗斯基，我们走！”

“要是既能躺着又能出去就好了，”奥勃朗斯基伸着懒腰说，“躺着好极了。”

“那我一个人去了，”维斯洛夫斯基哗地一下站起来，边穿靴子边说，“再见，先生们。如果开心的话，我会叫你们的。你们请我来打野味，我也不会忘记你们的。”

“一个好小伙子，不是吗？”奥勃朗斯基说，等维斯洛夫斯基出去后，农民随手把大门关上了。

“对，一个好小伙子。”列文回答说，同时在继续思考刚才谈到的问题。他觉得自己已经尽可能地把自己的想法都清楚地说出来了，可这两个并不蠢笨而真诚的朋友却异口同声地说他在强词夺理，这使他感到难过。

“是这样的，我的朋友。应当二者居其一：要么承认现存社会的安排是公正的，那就要捍卫自己的权利；要么就承认你在享受不公正的特权，就像我现在做的这样，心满意足，尽情地在享受。”

“不，假如这是不公正的话，你就不会心满意足地享受这些财富，至少我不会。对我来说，最要紧的是要做到问心无愧。”

“那怎么的，真的不出去走走吗？”斯捷潘·阿尔卡杰奇说，显然是因为思考这个严肃的问题而感到厌倦了，“我们反正睡不着嘛。对了，我们去吧！”

列文没有回答。他们在谈话中说，他的所谓公正的行为是消极的，这话一直在他心里打转。“难道只有否定的才会是公正的？”他问自己。

“啊，新鲜干草的芳香多浓啊！”斯捷潘·阿尔卡杰奇慢慢坐起来说，“我怎么也睡不着。瓦申卡在那儿搞什么名堂了。你听那嘻嘻哈哈的笑声和他的声音。去不去？我们去吧！”

“不，我不去。”列文回答说。

“难道说你这也是从原则出发？”斯捷潘·阿尔卡杰奇笑眯眯地说，同时在黑暗中摸索寻找自己的制帽。

“不是从原则出发，可我干吗去？”

“你知道吗，你这是在自寻烦恼。”斯捷潘·阿尔卡杰奇说着，找到了制帽，就站起来了。

“为什么？”

“难道我看不出你和妻子的关系？我听说了，就连自己去不去打两天猎——对你来说都成了头等重要的问题。作为一首田园诗，这一切都很好，可是要一辈子这么生活，这就不够了。一个男人应该是独立的，他应该有男人的兴趣。男人应当像个男人。”奥勃朗斯基一边说，一边打开了门。

“什么意思？去追逐看守院子的姑娘们？”列文问。

“如果开心的话，为什么不去呢。这不会有任何后果的。[①]我妻子不会因此受到伤害，而我将感到开心。最要紧的事情——是保持一个家庭的神圣。在家里别出什么事情。可你也不必捆住自己的手脚嘛。”

“也许，”列文干巴巴地说，并把身子转了过去，“明天要早起，可是我谁也不叫醒，天一亮就走。”

“先生们，快去呀！”[②]是返回茅屋的维斯洛夫斯基的声音，“真迷人！[③]这是我的发现。真迷人，完完全全的一个甘泪卿[④]，而且我已经和她认识了。真的，超级美人儿！”他带着大加赞赏的神情说，好像她那么美正是为他而生的，他还对为自己造就了这个美人的造物主感到满意。

列文假装睡着了，奥勃朗斯基穿上便鞋，点了一支雪茄，走出干草棚子，不多一会儿，他们的声音也就听不见了。

列文好一阵睡不着。他听到自己的马儿在咀嚼干草，然后听到人家带着自己的大儿子准备出发去夜牧；接着，听到那士兵和外甥，也就是主人的小儿子在草棚的另一头床铺睡觉；还听到那孩子怎么细声细气地向舅舅讲述自己对那条狗的印象，他觉得那两条狗又庞大又吓人；然后，孩子又问这两条狗是来逮谁的，士兵便用嘶哑而睡意蒙眬的声音对孩子说，明天猎手们要到沼泽地去，还要放枪，然后，他又为了让孩子别再问东问西说：“睡吧，瓦西卡，睡吧，不然的话，你当心着点儿。”而自己就很快打起鼾来，接着便一切都安静下来了；只听到马儿的嘶鸣和田鹬在唧喳

① 原文为法语。

② 原文为法语。

③ 原文为法语，下同。

④ 甘泪卿，德国大作家歌德名作《浮士德》的女主人公。

地叫。“难道只有否定的?”列文独自在想，“那又怎么样？又不是我的错。”接着，他考虑起明天的日程了。

“明天一清早我就走，并要控制自己，不急不躁。田鹬多的是。还有大鹬。而回来的时候就会收到吉蒂的信了。对，斯吉瓦，看来也对：我在她面前缺乏男子气概，我变得婆婆妈妈的了……可有什么办法！又是消极的态度！”

半睡半醒中，他听到了维斯洛夫斯基和斯捷潘·阿尔卡杰奇的笑声和开心的谈话声。他迅速睁开了眼睛：月亮升起来了，在开着的门外，他们在明亮月光的照耀下正站在那儿聊天。斯捷潘·阿尔卡杰奇好像说到一个黄花闺女如何新鲜，把她比作一只刚剥去壳的坚果，而维斯洛夫斯基则以自己富有感染力的声音，边笑边重复显然是冲着他说的话：“你还是赶紧去讨个老婆吧!”列文睡意蒙眬地说：

“先生们，明天天一亮就出发!”便立刻睡着了。

十二

列文天蒙蒙亮就醒了，他试着把两位伙伴叫醒。脸朝下躺着的瓦申卡伸出一只穿着袜子的脚，睡得很死，怎么叫他也没有一点反应。奥勃朗斯基半睡半醒地说，不想这么早去。就连身子盘成一个圆圈睡在草棚边上的拉斯卡也不愿起来，它懒洋洋地先后竖起两条前腿，再伸直两条后腿。列文穿好靴子，拿上猎枪，小心翼翼地吱扭一声打开草棚的一道门，来到了院子里。马车夫睡在敞篷轻便马车旁边，马儿们都还在打盹儿。只有一匹马在懒洋洋地吃着燕麦，撒得马槽边上满是燕麦。院子里还一片灰蒙蒙的。

“干吗那么早就起来了，好人儿!”这是上了年纪的女主人，她从茅屋里出来，像对一个老熟人那样友善地对列文说。

“不是要去打猎吗，大娘。这里能到沼泽地吗?”

“从后边走：穿过我们的打谷场，好人啊，再过大麻地，那里有条小路。”

老妇人小心地迈着那双被晒黑的光脚领着列文往前走，然后给他拉开了打谷场的篱笆门。

“就这么笔直走，顺小路就到沼泽地了。我们的孩子们昨儿晚上都把牲口赶到那儿去了。”

拉斯卡高高兴兴地顺着一条小路在前头跑着；列文步履轻快地跟在它后边，不断地抬头看看天空。他希望自己在太阳出来以前到达沼泽地。然而，太阳可没有磨蹭。他出来时，月亮洒下明净的光芒，这时它已暗淡得像个水银盘子；原先没法不让人看见的朝霞，现在稀稀落落得难以寻找了；原先远处田野里模糊不清的斑点，现在已经清晰可辨了。这是一垛垛的黑麦。花蕊突出、芳香高大的大麻地里没有太阳照射还看不出的露水，把列文的两条腿及高过腰部的短上衣全弄湿了。在早晨清澈的寂静中，连最微弱的声音都听得见。一只蜜蜂像一颗子弹似的嗡嗡叫着，从列文的一只耳朵旁边飞过。他凝神细看时，又发现了第二只和第三只。它们都是从蜂房的笼子网里飞出来的，经过大麻地上空消失在去沼泽地的一个方向。一条小径直通沼泽地。根据沼泽地带有的地方稀薄些有的地方稠密些升腾而起的水蒸气，可以看到土墩子和柳树丛像一个个小岛似的在那里摇摇晃晃。沼泽地及一条道路的边沿上，夜间放牧的孩子和农民们都躺在那儿，在朝霞出来之前，他们还都盖着外套在睡觉。离他们不远，有三匹脚被拴住的马在来回地走动。其中一匹弄得链子叮当响。拉斯卡和主人并行走着，它一边回头看看，一边自告奋勇地要往前走。走过睡着的农民们及到达头一个水塘边上时，列文检查了一下猎枪筒，并放开了狗。马群中已有两岁的那一匹喂得肥壮光溜的栗色马，见到了狗，便惊动起来，它翘起了尾巴，打着响鼻。其余的马也受了惊吓，用拴住的脚踩进水里，马蹄搅得稠密的泥泞噼噼啪啪地响，这些马挣扎着想跳出沼泽地。拉斯卡停了下来，带着讥笑的神情看看这几匹马，又用询问的目光瞧瞧列文。列文抚摸着拉斯卡，发出一声表示可以开始的口哨。

拉斯卡一副高兴而又焦急的样子，顺着自己脚下软绵绵的泥沼地跑过去了。

跑进沼泽地里后，拉斯卡立刻在自己熟悉的树根、水草、污泥和不熟悉的马粪气味中闻到弥漫在整个这一带的那种鸟类的气味，也就是一种鸟类所具有的比其他任何东西都更令它激动的气味。在沼泽地的青苔和牛蒡丛里，有些地方这种气味特别浓烈，可是没法断定，哪一边气味强烈些，哪一边淡薄些。为了找准方向，它顺着风走得更远些。拉斯卡飞跑着，仿佛不觉得四条腿在动，但在这样的飞跑中，只要有必要，它还是能立刻停下来。它往右边跑去，躲开黎明时从东方刮来的风，接着又转过身子迎风而去。它鼓起两个鼻孔吸足了一口气后，立刻感觉到了不但有它们的足迹，而且它们就在这里。在它面前，不只有一只，而且有许多。拉斯卡放慢了奔跑的速度。它们就在这一带，但到底在哪个地点，它还不能确定。为了找到这个地点的位置，它已经开始转圈子，可注意力突然被主人的声音分散了。“拉斯卡！这里！”他说，向它指着另一边。它停下来，同时在问，是不是按照自己原来的主意行动会更好些。但是，他用生气的声音重复着自己下的命令，同时指着一片被水淹没的小草墩，那里什么也不会有。它听从了主人的命令，为了让主人满意而假装出搜寻的样子，闻遍整个草墩处并回到原来的地点，却又感觉到了它们。这会儿，主人不再干涉它，拉斯卡知道怎么干了，可是因为没有注意自己的爪子底下，结果失望地磕在一个大草墩上摔进了水里，但它用自己灵活有力的四肢控制好身子，开始转圈子搜查每一个角落。它们的气味越来越浓烈了，而且越来越分明地冲进它的鼻孔，突然，它完全清楚了，它们当中有一只就在这里，在这个草墩背后离自己五步远的前边；于是它停下来，屏住了呼吸。由于四肢短，它一点儿也瞧不见面前那个东西，但凭气味知道那家伙停歇的地方离自己不超过五步远。它站着，在越来越强烈地感觉到它在那里的同时，觉得这种等待是一种享受。它紧张得尾巴都翘得笔直，只有尾巴顶端在微微颤抖。它的嘴巴稍稍张开，竖起两只耳朵。它在奔跑时一只耳朵倒了下去，沉重而小心地喘着气，更小心地回过头，与其说是用眼睛不如说是用脑袋瞅了瞅主人。他正带着它所习惯的那种脸色和从来都那么可怕的一双眼睛磕磕绊绊地走着，而且它觉得与往常一样，他照例是平静的。它觉得他平静地在走，然而他却在跑。

拉斯卡好像用两条腿在划桨似的全身贴近地面，并稍稍张开着嘴巴；列文注意到它这种特殊的寻找方法，明白它是在追逐大鹬，心里在祈求上帝保佑，使它特别是在逮头一只鸟时能够成功，同时朝它跑过去。到了拉斯卡的跟前，列文开始从自己的高度往前看，终于看到了它用鼻子闻到的东西。在几个草墩子之间的空地上，出现了一只大鹬。它转过头，仔细地听着动静，然后，稍稍张开翅膀，可是马上又收了起来，不灵活地急转尾巴，消失在一个旮旯里了。

“把它叼来，把它叼来。”列文推推拉斯卡的后身叫喊着。

“但是，我不能去，”拉斯卡在想，“要我上哪儿？我在这里闻到它们，可要是我往前一移动，我就不知道它们在哪了，也无法辨别出是只什么鸟。”可是，主人又用膝盖顶顶它，并用激动的声音轻轻地说：“把它叼来，拉斯卡，把它叼来！”

“好吧，既然他这么想这样，我就去，但这下子我可没法负责了。”它在想，立刻腾起四条腿向土墩子之间的地方猛扑过去。这时它什么也闻不到了，而只是茫然地看了看又听了听。

在离原先发出雄浑的咕咕声及大鹬伸展翅膀的特殊声音十步远的地方，飞出来一只大鹬。一声枪响过后，它沉重地将自己的白胸脯撞在了湿漉漉的泥泞地里了。另外的一只，没有等狗过去就从列文背后飞起来了。

列文转过身来时，它已经飞得老远了。但它还是被打中了，这第二只大鹬飞了大约二十步远，就斜着向上又翻滚下来，像一只掷出去的球，沉重地落在了干燥的地面上。

“这下可有收获了！”列文一边想，一边把还热着的肥壮大鹬放进猎袋里，“啊，拉斯卡，有收获了吧？”

当列文又给猎枪上好子弹，动身往远点儿的地方走时，太阳虽然有云遮着还看不见，却已经升起来了。失去全部光辉的月亮，变得像一朵云似的悬在天空中；星星一颗都看不见了。原来闪耀着银色露珠的水草，现在被染成一片金黄。生了锈似的泥水塘，整个成了琥珀色。青青的绿草地变成了黄绿色。沼泽地里的鸟儿，在闪烁的露珠及溪水旁边灌木丛投下的长长影子里跳来跳去。一只老鹰醒来了，它不满地注视着沼泽地。一群乌鸦飞到田野里，一个光脚的小孩已经把马儿赶到正撩起长衫挠痒痒的老头儿那边。射击后冒出的烟雾，成了一片乳白色，在绿草地上弥漫开来。

有一个孩子向列文跑过来。

“叔叔，昨天这里有野鸭子！”他向列文嚷嚷着，远远地跟在他后边走着。

接着，列文当着这个神情兴奋的孩子的面，精神百倍地又打了三只田鹬。

十三

有一种说法，打猎要是打中了首先碰上的那只飞禽或走兽，那么这一天里都会交好运。果真如此。

早上十点钟，又累又饿却又倍感幸福的列文走了大约三十俄里地，带着十九只血淋淋的野货及一只因为猎袋已满只好挂在腰带上的野鸭子，回到了住宿地。他的两个伙伴早就醒了，而且都已经吃过早餐了。

“等一下，等一下，我记得是十九只。”列文说着，再次数着大鹬和田鹬。这些野鸟已经失去原来飞来飞去时那种神气活现的样子，现在它们都缩成一团，干巴了，沾着干了的血块，一只只地往一边耷拉着小脑袋。

数目没错，斯捷潘·阿尔卡杰奇的嫉妒使列文感到高兴。使他感到高兴的还有一件事，那就是回到住宿处时收到了吉蒂派人送来的一封信。

“我完全健康和愉快。如果你为我担心，那么现在你可以放心些了。我有一个新的护理玛丽娅·符拉西耶夫娜（那是个助产士，列文家庭生活中一个新的重要人物）。她来看望过我。检查下来说我完全健康，我们要她留在这里，直到你回来。大家都愉快、健康，因此请你不用着急，如果打猎顺利，就再留一天。”

幸运的打猎和妻子的信这两件喜事是那么重大，以至此后发生的两个小小的不愉快，对列文来说，都轻易地过去了。一个是拉帮套的那匹枣红马，显然是因为昨天劳累过度，不吃东西，还一副委靡不振的样子。马车夫说，它累坏了。

“昨天赶得过头了，康士坦丁·德米特里奇，”他说，“可不是吗，一口气赶了十俄里！”

另一个不愉快一开始曾破坏了他的好心情，不过后来他对此又笑了好一会儿，那就是吉蒂给他准备的食物是那么多，简直一个星期都吃不完，结果一下子被吃光了，一点儿也不剩。列文打完了猎，又累又饿，往回走时他一心想吃馅饼，以至走近住宿地时就已经闻到了馅饼的香味，嘴里都流口水了，而且一进门就像拉斯卡嗅到了野东西一般，他马上吩咐费利普把馅饼拿来。结果呢，不要说馅饼，连雏鸡都一点儿不剩了。

“那是他胃口大！”斯捷潘·阿尔卡杰奇边笑边指着瓦申卡·维斯洛夫斯基说，“我倒没有好吃的毛病，可他的胃口大得令人吃惊……”

"算了吧，有什么办法！"列文板着面孔瞧瞧维斯洛夫斯基，"费利普，你就拿牛肉吧。"

"牛肉吃光了，我把骨头都给狗吃了。"费利普回答说。

列文是那么生气，他恼火地说：

"哪怕给我留下点儿什么嘛！"他说着，简直差点儿哭出来。

"那就拿只野货吧，开膛，"他用颤抖的声音告诉费利普，竭力不去看瓦申卡，"再加些荨麻。不过，至少再给我要点儿牛奶来。"

等他一喝完牛奶，就为自己对一个不太熟的客人表现的恼火不好意思起来，他还嘲笑起自己因为肚子饿而生那么大的气。

傍晚，他们又到田野里去了，维斯洛夫斯基还在那里打了几只鸟，夜里就动身回家了。

在回家的路上，和去的时候一样愉快。维斯洛夫斯基一会儿唱歌，一会儿得意地回忆起自己在农民家的经历，他们请他喝伏特加酒，还对他说，"请多包涵"；一会儿还讲起自己和一位看院子的姑娘及一个农民夜间玩游戏的奇遇，那个农民问他结婚了没有，而当弄清他没有结婚时，便对他说："你呀，别打人家老婆的主意，要是眼红的话，最好还是自己成个家去吧。"这些话使维斯洛夫斯基觉得特别可笑。

"总的来说，我对这次旅行异常满意。而您呢，列文？"

"我很满意。"列文真诚地说，他感到特别高兴的是，自己在家时对瓦申卡·维斯洛夫斯基所感到的那种敌意没有了，相反倒是对他产生了友好的情意。

十四

第二天早晨十点钟，列文查看完自己经营的田庄，敲了敲瓦申卡住的那间房门。

“请进[①],”维斯洛夫斯基大声嚷嚷着，“请您原谅，我刚结束洗漱[②]。”他穿着一身内衣，站在他面前笑眯眯地说。

“您不要客气，请吧，”列文在靠窗子的地方坐下，“您睡得好吗？”

“睡得像个死人一般。要打猎，今天的天气怎么样？”

“您喝什么，茶还是咖啡？”

“都不要。我就想吃点早饭。真不好意思。太太们，我想，已经起来了吧？现在出去走走就太好了。您让我看看马。”

列文陪着客人在花园里走了一圈，在马房又待了一会儿，甚至他们还一起在拦河堤上做了一遍体操，这才回家，走进餐厅里。

“打猎打得真惬意，还增长了那么多见识啊！”维斯洛夫斯基说着，向坐在茶炊边上的吉蒂走过去，“真可惜，太太们得不到这种享受！”

“那有什么，他总得和女主人应酬几句嘛。”列文对自己说。在客人对吉蒂的态度中，他又发现他那种微笑、那种胜利者的表情里有点儿什么名堂。

和玛丽娅·符拉西耶夫娜及斯捷潘·阿尔卡杰奇一起坐在桌子另一边的公爵夫人把列文叫到自己身边，跟他谈起让吉蒂到莫斯科去生产及准备好住房的事儿。对列文来说，结婚时有损庄重的种种微不足道的琐碎事情就令他不愉快了，吉蒂临产前这些准备工作更使他感到不胜其烦。他一直竭力不去听那些关于未来婴儿的襁褓，那些神秘兮兮没完没了地编织裹带啦、做麻布三角巾啦等事，陀丽认为那些事情都有特别的重要性。儿子出生的事儿（他相信将出生的是个儿子），人家对他说了，而他却没法相信；“它是那么非同寻常。”他这么设想，一方面是事情如此重大，因

---

① 原文为法语。

② 原文为法语。

此他感到无可比拟的幸福，另一方面——它又如此神秘，以至设想按照人们正在进行的那种通常的准备工作会产生什么后果，在他看来仿佛都是些令人讨厌和屈辱的事。

然而，公爵夫人不能理解他的感情，把他不乐意考虑和谈论这事儿解释成了轻率和漠不关心，因此把他弄得不得安宁。她托斯捷潘·阿尔卡杰奇去看房子，现在又把列文叫到自己身边。

“我一点儿也不知道，公爵夫人。您要怎么办就怎么办吧。”他说。

“应当决定，你们什么时候搬到那里去。”

“我，真的，不知道。我知道，千千万万人生孩子都不是在莫斯科，也没有请医生……为的什么呀……”

“万一有什么……”

“不，那就照吉蒂的意思办。”

“不能跟吉蒂谈这件事情！你想怎么，要让我吓着她吗？就今年春天，因为助产士不好，娜塔莉娅·戈里岑娜死了。”

“您怎么说，我就怎么做。”他阴沉着脸说。

公爵夫人就开始对他说起来，他却没有听她说。与公爵夫人的谈话虽然破坏了他的心情，他脸色阴沉却并不是因为这次谈话引起的，那是因为他看到了茶炊旁边发生的事情。

“不，这样不行。”他偶尔瞥见瓦申卡正向吉蒂侧过身子，笑容迷人地在对她说着什么，以及她那种满脸通红和激动的样子，心里这样想。

瓦申卡的那种姿势，他那目光、他那微笑，都包含某种居心不善的东西。列文甚至看到在吉蒂的姿势和目光里也有着某种不纯洁的地方。他眼睛里的光明又一下子暗淡了。又像昨天一样，突然间，没有一点儿过渡，他感觉到自己被从幸福平安和自尊的顶峰上摔下来，落进绝望、愤怒和受屈辱的深渊里。大家及一切都令他感到厌恶。

“就这么办吧，公爵夫人，按您希望的那样。”他说着，又回头看了一眼。

“莫诺莫赫的皇冠是沉重的！”[①] 斯捷潘·阿尔卡杰奇对他说，显然影射的不是与公爵夫人的这一次谈话，而是他看出的列文的激动。“你今天怎么这么晚，陀丽！”

大家都欠身起来迎接达丽娅·阿列克山德罗夫娜。瓦申卡只站了站，以新派年轻人特有的对太太们缺乏礼貌的样子稍稍弯了弯腰，又不知为什么笑起来继续说下去。

“玛莎把我弄苦了。她睡得不好，今天还调皮得要命。”陀丽说。

瓦申卡与吉蒂又扯到昨天的题目，谈到安娜，以及超越社会条件的爱情是否可能的问题。吉蒂不喜欢这种谈话，这种谈话内容的本身，还有他那种语调都使她生气，特别是她知道这对丈夫会产生什么影响。然而，她太单纯太天真了，不善于制止这种谈话，甚至也不会掩饰因为这个年轻人对自己明显的关注带来的那种表面上的满足。她想中断这次谈话，却又不知道该怎么办。她知道，不管她做什么，全将被丈夫看在眼里，而且他会往坏的方面去想。果真如此，当她问陀丽玛莎怎么了，以及瓦申卡正等着这种在他看来是枯燥无聊的寒暄赶快结束而淡漠地看着陀丽的时候，列文觉得妻子提出的问题不自然，带有令人厌恶的狡黠。

“今天我们采蘑菇去，怎么样？”陀丽说。

“好吧，去吧，我也去。”吉蒂说，又满脸通红了。出于礼貌，她想问一声瓦申卡，他去不去，结果没有问。“你上哪儿，柯斯佳？”当丈夫正迈着坚定的步子从她身边走过时，她露出歉疚的神色问道。这种像犯过错误的表情证实了他的全部怀疑。

“我不在时，机械师来了，我还没有见到他。”他看都不看她地回答。

---

① 莫诺莫赫是普希金著名历史剧《鲍里斯·戈都诺夫》中一位暴君的形象，这句话是剧中的一句台词。

他到楼下去了，可是还没有来得及走出书房，就听到妻子急急忙忙地跟着他走来的熟悉的脚步声。

“你怎么了？”他干巴巴地对她说，“我们忙着呢。”

“请原谅，”她对德国机械师说，“我要对丈夫说几句话。”

德国人要走，可列文对他说：

“您不用担心。”

“三点钟的火车？”德国人问，“可别迟到了。”

列文没有回答他的话，便与妻子出来了。

“啊，您要对我说什么呀？”他用法语说。

他没有看她的脸，也不想看到她眼下那种满脸哆嗦和一副可怜巴巴得要吓死人的样子。

“我……我想说的是，不能这样过日子，这是受折磨……”她说。

“饭厅里有仆人，”他气呼呼地说，“别让大家看热闹。”

“那，我们到这里来！”

他们站在穿堂间里。吉蒂想到隔壁一间屋里去。但那里，英国女家庭教师在教塔尼娅学习。

“那我们到花园里去！”

花园里，他们碰上了一位清扫道路的农民。他们俩既不考虑农民会看见她那张哭过的和他那张生气的脸，也不考虑他们活像两个逃避灾难的人，双双赶快地往前走，因为他们都感觉到必须把话说出来，消除相互间的误会，应当单独在一起待一会儿，借此摆脱两人都同时经受着的那种折磨。

“这样没法过日子！这是一种折磨！我痛苦，你也痛苦。为了什么？”他们终于来到椴树林角落里的一条单独的长凳旁边时，吉蒂说。

“你只要告诉我一点，他的语调里有不体面、不正经和可怕的侮辱性的意思吧？”他说，同时又用那天夜里那样的姿势，两个拳头放在胸口，站在她面前。

"有啊，"她声音颤抖地说，"可是，柯斯佳，你难道没有看见，这不是我的过错？我从早上就想采取那样的态度，但是这些人……他们为什么来？我们本来多么幸福！"她上气不接下气地抽泣说，那哭泣使她整个发胖的身子更加鼓了起来。

园丁惊奇地发现，尽管并没有什么驱赶他们，他们也不需要躲避什么，而且，在这条长板凳上也不会有任何特别让人开心的东西——当他们从他身边经过往家走时，这两个人的脸上都带着相安无事和宽心开朗的神情了。

十五

把妻子带到楼上后，列文便到陀丽那边去了。达丽娅·阿列克山德罗夫娜这一天太伤心了。她在房间里来回走着，生气地对站在一个角落里号啕大哭的小姑娘说：

"罚你站一天墙角，让你一个人吃饭，一个洋娃娃也不给你玩，新裙子也不给你做。"她训斥着，不知道还有什么罚她的办法。

"哼，这是个可恶的丫头！"她转过来对列文说，"不知道她哪儿来的这些个坏脾气。"

"她到底干什么了？"列文冷冷地问，他是来商量自己的事情的，因此，为来得不是时候而感到失望。

"她和格里夏到马林果园里去，便在那里……我甚至都没法说出口，她干了什么，艾略特小姐真叫人后悔莫及。这个女的什么也不管，是一部机器。您自己想想，一个女孩子嘛……①"

达丽娅·阿列克山德罗夫娜接着讲述了玛莎的过错。

① 原文为法语。

“这什么也证明不了，根本不是什么坏脾气，只不过是淘气罢了。”列文安慰她说。

“不过，你好像有什么不高兴的事儿？你来有什么事吗？”陀丽问道，“那边出了什么事？”

从这提问的口气里，列文听出自己可以把打算要说的话痛痛快快地说出来了。

“我没有到那边去，我和吉蒂单独在花园里来着。从……斯吉瓦来了以后，我们第二次发生了争吵。”

陀丽用一双聪明的、通晓事理的眼睛瞧着他。

“那就说吧，把一只手放在心窝上，凭良心讲，有没有……不是吉蒂，而是这位先生有没有那种会让人感到不愉快，不是不愉快，而是一个做丈夫的觉得可怕的、受屈辱的举止？”

“也就是怎么对你说好呢……你站着，站在角落里！”她转过去对玛莎说，玛莎一看到母亲脸上稍稍露出点儿笑容，就转过身来，“上流社会的人们会认为，他的行为举止跟所有的年轻人没有两样。他追逐年轻漂亮的女人[①]，而一个社交界的丈夫，对此只能表示荣幸。”

“是啊，是啊，”列文脸色阴沉地说，“可是，你注意到了。”

“不只是我，斯吉瓦都觉察出来了。他喝完茶就直接对我说：我想维斯洛夫斯基有点儿轻浮地追求吉蒂的意思。[②]”

“那很好，现在我放心了。我要把他撵走。”列文说。

“怎么，你疯了？”陀丽吓得大声嚷嚷起来，“你怎么了，柯斯佳，你清醒清醒！”她笑着说，“好，现在可以到芳妮那里去了，”她对玛莎说，“不，要是你希望的话，我来告诉斯吉瓦。让他把他带走。你就说有几位客人要来。总之，他待在我们这里不合适。”

“不，不，我自己去。”

---

① 原文为法语。

② 原文为法语。

“可是，你会吵起来吗？”

“一点儿也不会。我会高高兴兴地去办的，”列文还真的高兴得两只眼睛闪闪发亮说，“啊，你饶了她吧，陀丽！她下次不会了。”他指的是那个没有到芳妮那里去的“小女犯人”，她正犹豫不决地站在母亲对面，同时皱起眉头等待着，试着看母亲的眼色。

母亲瞥了她一眼。小姑娘放声大哭起来，把脸埋进母亲的两个膝盖中间，陀丽随即把自己一只消瘦温柔的手放在她的脑袋上。

“再说，我们和他之间有什么共同之处呢？”列文心想，便找维斯洛夫斯基去了。

经过前厅时，他吩咐准备轻便马车，以便到车站去。

“昨天弹簧断了。”一个仆人回答说。

“那就用四轮马车，不过得快点儿。客人在哪儿？”

“他们到自己的房间里去了。”

正当瓦申卡在清理箱子里的东西，取出新的抒情歌曲，试着准备要骑马的皮绑腿时，列文找到了他。

不管列文脸上有没有某种特殊的表情，或者瓦申卡感到自己搞的轻浮地追求①在这个家庭不合适，不过他对列文的到来并没有感到丝毫尴尬（自己的行为并没有超出社交界所允许的程度）。

“您打上皮绑腿骑马去吗？”

“对，这要干净得多。”瓦申卡一边把一条肥腿搁在椅子上把下边一个钩子扣好，一边说，同时露出高兴和大大方方的微笑。

瓦申卡无疑是个好小伙子，因此列文注意到他目光中的那种羞怯的表情时，便可怜起他来并为自己作为这个家庭的主人感到抱歉。

桌子上放着一截折断的棍子，那是今天早上他们做体操时试着抬起因为涨水而漂起的拦河坝木头时折断的。列文把这截木棍拿在手上，扯着棍头上四分五裂的碎片，他不知道怎么开始说。

---

① 原文为法语。

“我是想……”他沉默了一会儿，又突然想起吉蒂及正发生的一切，便果断地瞅着他的双眼说，“我已经吩咐为您套马去了。”

“也就是怎么的？”瓦申卡开始吃了一惊，“上哪儿？”

“为您，去火车站。”列文脸色阴沉地说，折得木棍吱吱直响。

“您要走，还是发生了什么事情？”

“我家里不巧，有几位客人要来，”列文边说边很快地用力扯掉木棍上的碎片，“其实不是有客人来，也没有发生任何事情，不过，我还是请您离开。对我的无礼做法，您爱怎么解释就怎么解释吧。”

瓦申卡挺直了身子。

“我请您向我解释清楚……”终于明白过来后，他不失身份地说。

“我没法向您解释清楚，”列文轻轻地慢慢地说，竭力掩饰自己在颤抖的下颚，“而且，您最好别问。”

因为裂开的木棍头上的碎片全都扯掉了，列文就抓起粗的一端，把整条木棍折断，并设法把掉下来的一半接住。

看来是列文那双有力的手，他今天早上做体操时触摸过的筋肉，一双闪闪发亮的眼睛，低沉的声音，以及这颤抖的下颚的模样，要比语言更让瓦申卡信服。他耸了耸肩膀，轻蔑地微微一笑，便鞠了一躬。

“我不能见见奥勃朗斯基吗？”

耸肩膀及微笑并没有使列文生气。“他还留在这里干吗？”他想。

“我马上叫他到您这里来。”

“这是多么不可思议的事情！”斯捷潘·阿尔卡杰奇从朋友那儿得知要把他撵出家门后说，他还发现列文正在花园里边散步边等着客人离开，“这很可笑！[①] 你被一只什么样的苍蝇咬了？这可

① 原文为法语。

笑至极！[1]你究竟是怎么的了，如果一个年轻人……”

然而，列文身上被苍蝇咬着的那个地方显然还疼着，因为当斯捷潘·阿尔卡杰奇想要解释原因的时候，他的脸色又变得苍白了，而且连忙打断他：

“请你不要问原因了！我不能不这样！在你和在他面前，我都非常抱歉。不过对他来说，我想离开不至于有多大痛苦，而对我和我妻子，有他在就不愉快！”

“可这对他是一种侮辱！而且，这很可笑。[2]”

“而对我来说，感到既屈辱又痛苦！而且，我完全没有过错，我为什么要受罪！”

“啊，你这样我可没有料到！妒忌是可以的，但到这种程度，真是可笑至极！[3]”

列文立刻转过身子离开他到林荫道深处去了，一个人继续来回走着。他很快听到四轮马车的轱辘声，并穿过树林看到瓦申卡怎么坐在干草上（不巧，四轮马车上没有坐垫），戴着顶苏格兰小礼帽，颠簸着顺着林荫道过去了。

“又有什么事？”当一个仆人从家里跑出来制止四轮马车时，列文想。原来是机械师，列文完全把他给忘了。机械师一边向维斯洛夫斯基点头致意，一边对他说着什么；然后爬进四轮马车，他们便一起走了。

斯捷潘·阿尔卡杰奇和公爵夫人对列文的做法感到愤怒。列文也觉得自己不仅可笑[4]至极，而且完全错了，并感到很丢脸；但回想起自己和妻子遭了那么大痛苦，他问自己要是下次怎么办时，他的回答是：还得这样。

尽管发生了这些不愉快的事情，这天结束时，除了公爵夫人

---

① 原文为法语。

② 原文为法语。

③ 原文为法语。

④ 原文为法语。

仍不原谅列文之外，大家又都跟平常一样，活跃而又开心，就好比孩子们受罚结束或大人们刚经历过一次沉重的正式接待，所以到晚上公爵夫人不在场的时候，大家说起撵走瓦申卡就仿佛是在谈论一件老早以前发生的事情。具有父亲那种讲起事情来嘻嘻哈哈特点的陀丽，总再三再四添加一些新的风趣幽默的内容，使瓦莲卡笑得直不起腰来。她说到自己为迎接客人刚准备打上全新的蝴蝶结，正要走进客厅时突然听到笨重的旧式大马车的轱辘声。而坐在大马车里的是谁呢？——就是头戴苏格兰小礼帽，还带着抒情歌曲及皮绑腿坐在干草上的瓦申卡。

"哪怕你吩咐给套一辆轻便轿式马车也好啊！不，然后我听到：'您等一下！'嘿，我还以为是大发善心了呢。一看，原来是让那个德国胖子坐上去一起走……因此，我那蝴蝶结也白打了！……"

十六

达丽娅·阿列克山德罗夫娜实现了自己的心愿，去看望了安娜。这样做势必令妹妹伤心，给妹夫带来不快，她对此表示很抱歉；她知道，列文一家不愿跟符朗斯基有任何交往是理所当然的事儿；但她认为自己有责任到安娜那儿去看看，向她表明自己的感情不会改变，尽管她的处境发生了变化。

为了这次出访不依靠列文家，达丽娅·阿列克山德罗夫娜派人到村里去租了马；但是列文知道这事后，就来责备她。

"你怎么会认为我对你的出访感到不愉快呢？再说，要是这事儿使我不愉快的话，那么你不用我的马就更使我不愉快了，"他说，"你从来没有对我说过，你一定得去。而租村上的马，这事首先使我不高兴，而主要的是他们虽然答应了，但不会把你拉到那里的。我有马。如果你不想使我伤心的话，那就用我的马吧。”

达丽娅·阿列克山德罗夫娜只好同意。到了约定的日子，列文为自己妻子的姐姐备好了四匹马，及从耕地和骑用的马上拼凑起来的一套马具，它们很不雅观，却可以在一天之内把达丽娅·阿列克山德罗夫娜拉到目的地。眼下，公爵夫人要走，还有助产士，都得用马，这事儿对列文来说是有难度的，但殷勤好客的责任使他不能让达丽娅·阿列克山德罗夫娜去租别人家的马。此外他知道，租一次马车要二十个卢布，这对她来说也是很大的开支，达丽娅·阿列克山德罗夫娜手头拮据，列文是很同情她的。

听从了列文的劝告，达丽娅·阿列克山德罗夫娜天亮前就出发了。道路好，四轮马车平稳，马儿跑得欢，驾车座上除马车夫外，还坐着列文为保险起见派的一名办事员代替仆人。达丽娅·阿列克山德罗夫娜，打了会儿瞌睡，醒来时正好已经到了该换马的驿站。

在正好是列文上次到斯维亚什斯基家路上停歇的那个富裕的农民主人家喝了杯茶，还与女人们聊了会儿关于孩子们的事儿，又跟老头子谈了谈他很称赞的符朗斯基伯爵，达丽娅·阿列克山德罗夫娜便继续前进了。在家时她得为孩子们操心，总也没有工夫去闲想。现在倒是有四个钟头的路程，一切原来被搁着的思想突然一下子涌到了脑子里，她生平第一次从各个不同方面反复考虑了自己的全部生活。她的思想使她自己都感到奇怪。开始时她想到孩子们，虽然有个保姆，而主要的是吉蒂（她把更大的希望寄托在她身上）曾答应照看他们，自己却还是不放心。“玛莎可别又淘气起来，格里夏可别被马踢着了，还有莉莉可别再闹肚子了。”然后，即将发生的问题代替了现实的问题。她开始考虑起今年冬天得在莫斯科弄一套新的住房，客厅的家具得更换，还要给大女儿做件皮大衣。然后，她又开始设想更遥远一点儿的问题：自己怎么把孩子们拉扯成人。“几个女孩子倒还没有什么，”她想，“可是男孩子呢？”

“现在格里夏由我亲自教育是好的，可要知道，这只因为自己现在有空，不生孩子。对斯吉瓦，当然，啥也指望不上。我也只能依靠好人们帮忙，把他们带大了。可要是又生孩子呢？……”于是她产生了一个念头，认为妇女承受生儿育女的痛苦是对她们的惩罚这种说法，是多么不公平。“生育倒没有什么，而把他们抚养长大——这才痛苦呢。”她心想，脑子里浮现出自己最后一次怀孕以及最后这个婴儿死亡的情景。她又想起了与驿站上那个少妇的谈话。当问到她有孩子没有的时候，漂亮的少妇开心地回答说：

“有过一个娃娃，但上帝赐给我解脱，去年斋戒期把她给埋了。”

“怎么，你为她很难过吗？”达丽娅·阿列克山德罗夫娜问。

“难过什么呀？老头子已经有许多孙子了。有了儿女就是麻烦。弄得你活儿干不成不说，别的什么也做不了。只会是一种拖累。”

尽管少妇一副若无其事的可爱的样子，达丽娅·阿列克山德罗夫娜当时还是觉得这种回答让人厌恶，然而现在她却不由得记起了这些话。在这些不近人情的话里，也包含着一分真理。

“是啊，一般说来，”回头看看自己结婚十五年来的全部生活，达丽娅·阿列克山德罗夫娜心想，“怀孕，呕吐，头脑迟钝，对一切的淡漠，还有主要是变得难看。吉蒂，年轻漂亮的吉蒂，连她都变得这么难看了，我怀孕时难看得不像样，我知道。生产，痛苦，说不出的痛苦，这最后的一分钟……然后是喂奶，这些失眠之夜，这些可怕的疼痛……”

达丽娅·阿列克山德罗夫娜一回想到自己几乎喂每个婴儿时都经受过的奶头撕裂似的疼痛，便全身颤抖。“然后是孩子们害病，这种永恒的恐惧；然后是教育，坏脾气（她回想起小玛莎在马林果园里的错误行为），学习，拉丁文——所有这些都是持续和艰难的。而超过这一切的——是这些孩子的夭折。”于是，她头脑里又产生一种自己做母亲永远压抑着的心情。她回想最后一个孩子死亡的残酷情景，那是个襁褓中的婴儿，死于假膜性喉炎：他的葬礼，大家面对那粉红色小棺材的淡漠，以及面对带两边鬓发的那个苍白的小脑门，面对那张开着的吃惊的小嘴时自己那种撕心裂肺的孤独的痛苦；当带金饰十字架的粉红色小棺材盖合上的一刹那，她感到肝肠寸断的痛楚。

"这一切又为了什么？这一切还有什么用？我得不到一刻安宁，一会儿怀孕，一会儿喂奶，没完没了地生气、唠叨，自己受折磨还折磨别人，让丈夫讨厌地过着自己的日子，而结果呢，孩子们长大后却还是不幸，缺乏教养，像乞丐一样。还有现在，要不是在列文家消夏，我还不知道这日子该怎么过呢。吉蒂和柯斯佳，当然了，这么客客气气，让我们一点儿也觉察不出来；可是不能老这样下去啊，他们自己有了孩子，就没法再帮助我们了；现在他们家就已经很拥挤了。爸爸他自己几乎都没什么财产留下，难道还能接济我们？因此，看来我自己是没有办法把孩子们拉扯大了，难道卑躬屈膝地去求别人帮助？好吧，就算是最幸运的情况吧：孩子们不再死去，我还可以教育他们，最好的情况，也只是不至于成为坏蛋。这就是我能盼望的一切。而这一切又得花费多大的痛苦，艰难……整个一生都给毁了！"她又回想起那个少妇说的话，尽管这种回想仍使她感到厌恶，但是，她没法不同意，那些话里包含着一分简单的真理。

"怎么，还远吗，米哈依尔？"为了驱散自己可怕的思想，达丽娅·阿列克山德罗夫娜问办事员。

"离这个村子听说还有七俄里。"

四轮马车沿着村子走到一座小桥上。一群乡下女人，肩上搭着打捆用的草把儿，大声而开心地在桥上边走边聊。她们在桥上停下来，好奇地仔细观看这四轮马车。达丽娅·阿列克山德罗夫娜觉得所有这些注视到她身上的脸蛋都健康、开心，以自己生活的欢乐在逗弄她。"大家都活着，大家都在享受生活。"乡下女人们从身边走过时，达丽娅·阿列克山德罗夫娜继续想。旧式的马车过了山坡后又快速奔驰起来，身子在老式马车柔软的弹簧上惬意地摇晃，她这样想着："而我呢，就像从监牢里，从一个让我操心得要死的世界里放出来，现在才瞬息间清醒了。大家都在生活：包括这些乡下女人，娜塔丽娅妹妹、瓦莲卡，我要去看望的安娜，唯独我不是。"

"他们还攻击安娜呢。为什么？怎么说呢，难道我就好？我至少有一个自己钟爱的丈夫。虽然说不上称心如意，可是我爱他，安娜却不爱自己的丈夫。她有什么过错？她想生活。上帝把这种感情注入了我们的心灵。很可能，我也会那样做的。我至今还不知道，当她到莫斯科来看我那个可怕的时刻，我听了她的话好不好。我当时应当抛弃丈夫，从头开始生活。我就会真正地去爱并被爱了。而现在这样，难道就好些？我看不起他。我需要他，"她想到了丈夫，"因此，我容忍他。难道这样就好些？我当时还可以讨人喜欢，我身上还保持着自己的美。"达丽娅·阿列克山德罗夫娜继续在想，于是希望照照镜子。她的小化妆包里有一面路上用的小镜子，想把它拿出来；但是，她瞅了一眼马车夫的背部及摇摇晃晃的办事员，感到万一他们当中谁回过头来，自己会不好意思的，因此没有把镜子拿出来。

不过，不照镜子她也在想，现在也还不迟。她于是想起了对她特别亲切的谢尔盖·伊万诺维奇，想起了斯吉瓦的朋友、在孩子得猩红热时曾和她一起照看她孩子的那个善良的屠洛甫岑，他还曾爱上过她。还有一位完全是个年轻人。她丈夫曾对她开玩笑说，他发现她的几个姐妹都漂亮。于是，达丽娅·阿列克山德罗夫娜的头脑里浮现出最富有激情和不可能的罗曼史。"安娜做得很好，我怎么也不会去责备她的。她幸福，还使另一个人幸福，而且不像我这么受尽了折磨，而倒是，对了，她跟以前一样，从来都那么鲜艳、聪明，并对一切都坦诚。"达丽娅·阿列克山德罗夫娜想，皱着嘴唇，露出狡黠的微笑；特别是在想着安娜罗曼史的同时，她也为自己设想了几乎同样的罗曼史。她也和安娜一样，向丈夫承认了一切。接着，斯捷潘·阿尔卡杰奇听到这一消息时一副吃惊又惶恐的样子，使她微微地笑起来了。

她沉浸在这样的幻想中，马车已经到达大路上直通沃兹德维任斯基的拐弯处了。

十七

马车夫吆喝四匹马停下，抬头往右望去，那边黑麦地里靠着一架大车坐着几个农民。办事员本想跳下车去，可后来又改变了主意，下命令似的冲着一个农民嚷嚷，招呼他到自己这边来。马车一停，行驶时的那种微风也感觉不到了；牛虻叮满了几匹汗淋淋生气地想摆脱它们的马儿。从大车那边传来的刈草歇工时镰刀碰撞的金属响声平息了。农民中的一个人站了起来，他向四轮马车走过来了。

“瞧你，懒洋洋的！”农民光着脚，慢悠悠地迈到道路旁边一个没有车辙的土墩上，办事员便生气地对他嚷嚷说，“过来呀，怎么的！”

那是个鬈发老头，头上缠着嫩树皮条，驼起的背都被汗水浸湿成黑黝黝的了。他加快步子向四轮马车走过来，伸出一只晒黑了的手扶住马车的一侧。

“到沃兹德维任斯基，要上老爷家？找伯爵？”老头重复了问话，“瞧，就在走出那个慢坡高地的顶头上。往左一拐。顺大路直走，也就到了。先生，你们要找哪一位？伯爵本人？”

“怎么，他们在家吗，老爷子？”达丽娅·阿列克山德罗夫娜含糊其辞地说，她甚至不知道该怎么向农民打听安娜才好。

“应该是吧，在家，”农民说，把身体的重心由一只脚倒换到另一只脚上，在尘土地面上留下五个鲜明的脚趾印，“应该是吧，在家，”他重复着，看样子是愿意聊天，“昨天还来过客人呢。客人——多得很……你要什么呀?”他转身对着在车旁边向他嚷嚷着什么的一个小伙子说，“就是那儿，前不久他们全骑着马在这里看收刈机。这时候，应该在家。而您是谁家的? ……”

“我们是远道来的，”马车夫边说边爬上支架座位，“这么说，不远了吗?”

“我说了，这儿就是。你一出去……”他边说边用一只手摸着马车的挡泥板。

一个年轻、健康、矮壮的小伙子也过来了。

“怎么，收刈的事儿，缺少人手吗?”他问。

“不知道，老弟。”

“就是说，这么走，你往左一拐，就到了。”农民说，显然不大愿意放走过路的人，他还想谈谈。

马车夫赶着马车启动了，但是才拐过弯，农民就叫喊起来了。

“你停住，喂，伙计，你停一会儿!”两个人同声喊道。

马车夫停下来了。

“他们自己来了! 瞧他们!”农民嚷嚷道，“瞧啊，他们过来了!”他指指道路上的四个骑在马上和两个乘坐敞篷马车过来的人说。

那骑在马上的是符朗斯基和马夫、维斯洛夫斯基、安娜，而瓦尔瓦拉公爵小姐和斯维亚什斯基则坐在敞篷马车里。他们是骑马出来遛弯儿的，并察看一下那台最近运到的收刈机的使用情况。

敞篷马车停下来时，骑马的四个人便一步步慢慢走。安娜和维斯洛夫斯基并肩走在前头。安娜骑的是一匹不高而结实的英国公马，刚修剪过卷毛，短尾巴，正缓慢而平稳地往前走。她那美丽的头上，高筒礼帽下露出卷曲的黑发，肩膀丰满，黑色骑马服显出她纤瘦的腰身，以及端庄优美的姿势，这些都使陀丽感到惊讶。

开头的一分钟，她觉得安娜骑马有失体统。一位太太骑在马上的样子，在达丽娅·阿列克山德罗夫娜的概念里无异于一个年轻人轻浮地卖弄风情，照她的意见，这不合安娜的身份，但当她走近后仔细看了看，立刻就认可她骑马的举止了。安娜虽然很优雅，但她的姿势、服装和举止，一切却又是那么朴素文静、落落大方，再也不可能有比这更自然的了。

与安娜肩并着肩，骑在一匹灰色烈性战马上的是瓦申卡·维斯洛夫斯基，他往前伸着两条肥腿，戴着拖着两条带子的苏格兰尖顶小圆帽，显出一副得意的样子；认出他后，达丽娅·阿列克山德罗夫娜忍不住露出愉快的微笑。骑马走在他们后边的是符朗斯基。他骑的是一匹黑鬃黑尾巴的纯种枣红马，看样子刚猛跑过一阵。他正拉紧缰绳勒住它。

跟在他后边的一个小矮个儿，穿一身赛马服。斯维亚什斯基陪着公爵小姐坐在一匹高大的黑骏马拉套的新敞篷马车里，正在追赶骑马的人们。

认出靠在旧式四轮马车内一个角落里的小个子女人是陀丽的那一瞬间，安娜的脸一下子露出快乐的微笑，容光焕发。她大声叫喊着，在马鞍上一抖一抖地策马奔驰起来。到了四轮马车附近，她没用人扶着就跳下了马，提着骑马服，向陀丽迎面跑过来。

“我没有想到，也不敢想。这真叫人高兴！你不能想象我有多高兴！”她说着，一会儿把脸贴到陀丽的脸上吻她，一会儿又离开点儿，带着微笑瞅着她。

“瞧，高兴的事儿，阿列克谢！”她说，扭头看了看下了马正向她们走过来的符朗斯基。

符朗斯基脱下灰色的高筒礼帽，走到陀丽跟前。

“您不会相信吧，您来了我们有多高兴。”他说着，赋予所说的话以特别的意义，同时微微笑着露出自己坚实洁白的牙齿。

瓦申卡·维斯洛夫斯基没有下马，他脱下自己的小帽子，高兴地摇晃着那上面的两条飘带，以此表示欢迎客人。

“这位是瓦尔瓦拉公爵小姐。”敞篷马车开过来时，安娜看到陀丽询问的目光说。

“啊!”达丽娅·阿列克山德罗夫娜说，她的脸不由自主地流露出不满的表情。

瓦尔瓦拉公爵小姐是她丈夫的姑姑，而且她早就知道，可并不尊敬她。她知道瓦尔瓦拉公爵小姐一辈子都在富裕的亲戚家里做食客；但是，现在她住在符朗斯基这么个陌生人的家里，使陀丽为自己丈夫的亲属感到丢脸。安娜注意到了陀丽脸部的表情，感到很尴尬，涨红了脸，双手松开骑马服，并碰了她一下。

达丽娅·阿列克山德罗夫娜走到停下来的敞篷马车旁边，冷冷地向瓦尔瓦拉公爵小姐问了声好。斯维亚什斯基她也是认得的。他问起那个古怪的朋友和年轻的妻子生活怎么样，并用目光扫视了一下几匹拼凑起来的马以及修补过的四轮马车的挡板，便提议太太们乘坐敞篷马车。

“我就去坐那个家伙了，”他说，“马儿温和，公爵小姐驾驭得也很出色。”

“不了，您还是照原来那样吧，”安娜走过来说，“我们来坐四轮马车。”接着她就挽起陀丽的一只胳膊把她带走了。

达丽娅·阿列克山德罗夫娜的一双眼睛不停地看着自己从未见到过的优雅的敞篷马车，看着这几匹出色的马以及周围这些优雅得使人晕眩的脸蛋。但是最使她吃惊的，还是她熟悉和喜欢的安娜身上发生的变化。要是换了别的女人，观察不像陀丽那么仔细，过去不认识安娜，特别是一路上不像达丽娅·阿列克山德罗夫娜那么想的女人，也许不会发现安娜身上有什么特别的地方。但是，眼下的陀丽在安娜脸上看到的是女人们通常只有恋爱时才有的那种一时的美，她对此感到惊讶。一切都挂在她的脸上：颊上两个鲜明的小酒窝和下巴，嘴唇的线条，仿佛在满脸飘浮的微笑，两只眼睛的亮光，优雅和迅速的动作，圆润的嗓音，甚至包括她回答为教会她的公马用右脚起步奔跑而请她允许骑那匹马的维斯洛夫斯基的那种生气而亲切的风度——所有这一切都特别

迷人；而且，好像原来她自己也明白这一点，并为这一点感到高兴。

她们两个人坐进四轮马车时，两人都有点不好意思了。安娜感到不好意思，是因为陀丽瞧她时带着那种仔细而询问的目光；陀丽呢，因为听斯维亚什斯基说到那家伙而开始为她和安娜坐在又脏又破旧的四轮马车里，不由自主地感到不好意思，马车夫费利普和办事员也有同样的感觉。办事员为了掩饰自己的不安，忙着让太太们坐好，而马车夫费利普则脸色阴沉了，并准备往后不再屈从于这种表面的优越。他讥讽地微微地笑了笑，看了一眼那匹黑骏马，脑子里已经认定，这匹拉敞篷马车的黑家伙只适合于骑出来遛遛，如果炎热天让它拉套，它走不了四十俄里地。

坐在大车边上的农民们都站了起来；指指点点，好奇而乐呵呵地看着客人们的相会。

“倒也真高兴，好久没见面了。”缠着嫩树皮条子的鬈发老头说。

“瞧，格拉西姆叔叔，要是让那匹黑骟马拉捆好的粮草，就来劲了！”

“你瞧呀，这穿裤子的是个女的吧？”其中一个指着坐在女用马鞍上的瓦申卡·维斯洛夫斯基说。

“不，是个男的。你瞧他上马多灵活！”

“怎么的，小伙子们，看来咱们不睡午觉了？”

“今儿个还睡什么午觉！”老头斜过眼睛望了望太阳说，“瞧吧，都过晌午了！拿起镰刀，来吧！”

十八

安娜看着陀丽那张消瘦的、受尽折磨的、落满灰尘、带着皱纹的脸，想说句心里话，就是——陀丽变瘦了；可是一想到她自己变好看了，况且陀丽的眼神也告诉了她这一点，她便叹了一口气。

“你瞧我，”她说，“你想想，以现在这种处境，我会感到幸福吗？唉！有什么办法！真不好意思承认；可是我……我感到不可饶恕的幸福。我碰上了某种做梦般的奇妙事儿，本来觉得可怕、憋得慌，可突然醒来，感觉到所有这些恐惧都没有了。我醒来了。我经受了痛苦和可怕的感觉，而现在那已经是老早的事儿了，特别是我们来到这里以后，我是这么幸福！……”她说道，同时带着羞怯的微笑疑惑地瞅着陀丽。

“我真高兴！”陀丽微笑着，语气不禁变得冷淡了些，“我很为你高兴。你为什么不写信给我？”

“为什么？……因为我不敢……你忘了我的处境……”

“给我？你不敢？要是你知道，我是多么……我认为……”

达丽娅·阿列克山德罗夫娜想说出自己今天早上的想法，可现在她不知怎么觉得这不是地方。

“不过，这事儿以后再说。这些是什么建筑物呀？”她想换个话题，便问道，同时指着那些从鲜合欢和丁香树的一片翠绿上露出的有红有绿的屋顶——恰似一座小城市。

但安娜没有理她的话。

“不，不，你怎么看我的处境，你怎么想的？”她问。

“我认为……”达丽娅·阿列克山德罗夫娜开口说，可这时瓦申卡·维斯洛夫斯基教公马练会从右脚起步奔跑后，正穿着自己的短上衣坐在女用麂皮马鞍上，笔直地从她们身边走过。

“再会了，安娜·阿尔卡杰耶夫娜！”他嚷嚷道。

安娜甚至连看都没有看他一眼；然而达丽娅·阿列克山德罗夫娜又觉得在四轮马车里开始这漫长的谈话不方便，因此她把自己的思想压缩了说。

“我什么也不认为，”她说，“我从来都爱你，而要是爱，就爱整个的一个人，就像他本来的样子，而不是我希望他那样。”

安娜的一双眼睛离开了自己朋友的脸，并眯起眼睛（这是陀丽所不知道的她的一种新习惯），沉思起来，想完全弄明白这些话的意思。接着，对那些话显然是作了自己所希望那样的理解，她瞅了陀丽一眼。

“如果你有罪过，”她说，“因为你这次来并且说了这些话，那这些罪过将全部得到宽恕。”

接着，陀丽看到她眼睛里噙满了泪水。她默默地握住安娜的一只手。

“这究竟是些什么建筑呀？它们真多！”沉默了一分钟后，她重复提出自己的问题。

“这是用人们住的房子，养殖场和马厩，”安娜回答说，“而从这里开始是花园。这一切原来都荒废了，但阿列克谢把它们全修复起来了。他很喜欢这座庄园，而且我怎么也没有料到，他是那么热心于经营管理。其实，这是一种丰富的本性！要么不干，要干就全干得很出色。他不但不感到寂寞，而是充满了激情。他——据我所知，成了个精打细算的好主人，在经营管理方面甚至很吝啬。不过只是在经营管理方面。在那种得花费上万卢布的时候，他毫不在乎，”她带着通常女人们讲到心爱的人只向一个人公开的特点时那种高兴而狡黠的微笑说，“你看见这幢大建筑物了吧？这是一个新盖的医院。我估计它得花十万卢布还多。这是他现在的得意之作①。而且知道吗，他为什么搞这个？因为农民要求他把草场更廉价地让给他们，结果他拒绝了，我就责备他吝啬。当然，不是因为这一件事，而是所有的事加在一起——他就开始盖这个医院，要表明，知道吗，他是多么不吝啬。要说的话，这是小意思②；不过我为这更爱他了。而现在，你就要

① 原文为法语。

② 原文为法语。

看到家了。这还是他祖父的一幢房子，而且外观一点儿也没有改变。”

“真漂亮！”陀丽说，带着不由自主的惊讶注视着一幢带许多圆柱的漂亮房子，它耸立在花园里众多不同颜色的树荫之中。

“确实很漂亮，是吗？而且从房子里边，从上面看，景致都美极了。”

四轮马车驶进一座铺着碎石和布满花坛的院子里，两个工作人员正在用未经加工的多孔岩石铺设一个泥土已经翻松的花坛，他们在一个有房顶的大门口停了下来。

“啊，他们已经回来了！”安娜望着刚从台阶上牵走的马说，“这匹马很出色，你说是吗？这是匹矮脚马。我的宠物。牵到这里来，给我点儿砂糖。伯爵在哪儿？”她问两个从房子里奔出来的衣着体面的仆人。“啊，他来了！”她看到迎面过来的符朗斯基和维斯洛夫斯基说。

“您让公爵夫人住哪间屋？”符朗斯基用法语对安娜说，不等她回答，便再次向达丽娅·阿列克山德罗夫娜问好，还吻了吻她的手，“我看，住有阳台的那个大间吧？”

“啊，不，这太远了！最好是角落边上的那间，我们俩见面方便些。好，我们走。”安娜一边说，一边把仆人拿来的糖喂给心爱的马儿吃。

“您忘了自己的责任。”① 她对同时走到台阶上的维斯洛夫斯基说。

“对不起，我有满满几口袋呢。”② 他笑眯眯地说着，同时把手指插进坎肩口袋里。

“不过您的出现太迟了。”③ 她边说边用小手绢擦擦被马舔湿的

---

① 原文为法语。

② 原文为法语。

③ 原文为法语。

手。接着，安娜又转过身来对着陀丽："你在这儿待多久？一天？这可不行！"

"我答应好了的，再说孩子们……"陀丽说，因为自己得到四轮马车里去取小化妆包，还因为她知道自己一定满脸尘土，所以觉得有点狼狈。

"不，陀丽，亲爱的……咱们瞧着办好了。我们走，我们走！"接着，安娜把陀丽带到了她的房间里。

这不是符朗斯基提议的那个大间，而是安娜说要请陀丽将就着住的一间。可就连这一间也是十分豪华，陀丽从来没有住过的这样豪华的房间，它使陀丽想起国外的最讲究的旅馆。

"啊，亲爱的，我真高兴！"身穿骑马服的安娜在陀丽的身边坐下来说，"给我说说你自己的事情。斯吉瓦，我匆匆见到了一面。可是他不可能讲述孩子们的情况。我的宝贝塔尼娅怎么样？成一个大姑娘了吧？"

"是啊，长得很大了。"达丽娅·阿列克山德罗夫娜简短地回答说，她自己也觉得奇怪，关于孩子们，她会回答得这么冷淡。"我们在列文家过得很好。"她补充说。

"瞧，要是我知道，"安娜说，"要是你看得起我……你们大家都可以住到我们这里来。因为斯吉瓦是阿列克谢的老相识和好朋友。"安娜补充说，可突然脸红了。

"是啊，不过我们很好……"陀丽发窘地回答。

"不过，其实，我是因为高兴在说蠢话呢。总之，亲爱的，你来我真高兴！"安娜说，再次地吻了吻她，"你还没有告诉我，你对我究竟怎么想的，我全都想知道。但我很高兴你见到我现在的样子。对我来说，主要的倒不是希望让人们以为我要证明什么。我什么都不想证明，我只不过要生活而已；除了自己，我不去伤害任何人。我有这种权利，不对吗？不过，这事儿说起来话长了，关于这一切，我们再好好谈谈。现在我去穿衣服，而你，让我派个侍女来帮你。"

十九

当只剩下达丽娅·阿列克山德罗夫娜一个人的时候，她以主妇的目光打量着房间。她来到这座房子，在房子里面走过，以及现在自己又住的这个房间里的一切，都给她富裕、豪华以及只有在新派英国小说里读到过的那种奢侈的印象，这种豪华气派，在莫斯科她都没有见过，更别说是在乡下了。从法国新潮墙纸到整个房间铺设的地毯全都是新的。床铺是弹簧垫子，带有特别的床头和罩着厚呢缎子枕套的小枕头。一个大理石架子的洗脸池、一个梳妆台、一张沙发床、几张桌子，壁炉上方摆着一座青铜钟，还有窗帘和门帘——所有这一切全都是崭新的、贵重的。

来提供服务的侍女服饰讲究，发型和裙子也比陀丽来得时髦，她和整个房间一样，浑身上下既新颖又豪华。达丽娅·阿列克山德罗夫娜对她的彬彬有礼、整洁及热情感到愉快，又颇有些发窘；她为自己倒霉地错把打过补丁的短上衣带来了感到不好意思。在家里，她以这些东补西补的朴素衣着而自豪，现在则感到害羞。在家里，她很清楚，做六件短上衣得用二十四俄尺每俄尺六十五戈比的细薄纱，总共要花十五卢布还多，还不算买装饰用的零碎及做工，这么一打补丁，十五个卢布就省下来了。而这会儿在侍女面前，她倒也没觉得有什么害羞，只不过显得尴尬罢了。

老早就认识的安努什卡进房里来后，达丽娅·阿列克山德罗夫娜感到宽心多了。那个服饰讲究的侍女要到夫人那里去，安努什卡就留下来跟达丽娅·阿列克山德罗夫娜在一起了。

安努什卡显然对陀丽的到来感到高兴，于是就不停地唠叨着说起来。陀丽注意到她想说出自己对夫人处境的意见，特别是关于爱情及伯爵对安娜·阿尔卡杰耶夫娜的忠诚，可是她一开始说起这事儿，陀丽就竭力制止了她。

"我是和安娜·阿尔卡杰耶夫娜一起长大的，对我来说，她比一切都珍贵。这事儿，不该由我们来判断。不过，看样子，好像，好着呢……"

"这样，方便的话，请把这些拿去洗洗。"

"是，夫人。我们这里有两个女工专门负责洗衣服，而床单都用机器洗。伯爵一切都亲自过问。真像丈夫一样……"

安娜来了，陀丽感到高兴；她一到，安努什卡的唠叨也就停止了。

安娜换了件很朴素的高级细麻布裙子。陀丽仔细端详着这件朴素的裙子。她知道，这意味着什么及这种朴素得花多少钱。

"一个老朋友。"安娜指着安努什卡说。

安娜已经不再觉得局促了。她完全落落大方，镇定自若。陀丽看到，她已经完全改变了自己刚来时留给人们的那种印象，并采取了一种表面上若无其事的语调，通向她的感情及内心思想深处的那道门，仿佛已经紧紧地关上了。

"啊，你的小女儿怎么样，安娜？"陀丽问道。

"安妮（她这样称呼自己的女儿）？她很健康。恢复得很好。你想看看她吗？我们走，我让你看看她。让人操心得要命，"她开始说起来，"由保姆带着。我们用了个意大利奶妈。人倒不错，可这么愚蠢！我们想打发她走，可是小女孩对她已经习惯了，所以还留着她。"

"那么，你们是怎么处理那个问题的？……"陀丽开始问到小女孩将以什么名分；但是突然注意到安娜皱起眉头的脸，她也就改变了话题，"你们怎么的？给她断奶了吗？"

然而，安娜已经明白了她的意思。

"你问的不是这个意思吧？你想问她的名分？对吧？这事折磨着阿列克谢。这女孩没有名分。也就是说，她姓卡列宁，"安娜说着，眼睛眯得只让人看到连接成一道的睫毛，"不过，"她的脸色突然亮堂了，"这事儿我们全都过后再谈。走吧，我让你看看她。

她很可爱。[1]她已经会爬了。”

整座房子里布置的豪华已经使达丽娅·阿列克山德罗夫娜吃惊，而那育婴室的豪华景象更使她惊讶不已。这里有从英国新订购来的摇篮车，有供学走步的器械及供她爬来爬去专门安装的弹子桌似的沙发床，还有摇椅及专门的新浴盆。所有这一切全都是英国货，牢固、质地优良，而且显然都很贵。房间很大，又高又明亮。

她们进去时，小女孩穿着一件罩衫坐在桌子旁边的一把小软椅上正在喝清炖肉汤，她衣服的前襟全被汤湿透了。一个在育婴室服侍的俄罗斯年轻女佣在喂小女孩的时候，显然她自己也在喝。奶妈和保姆都不在；她们在隔壁一间屋里，这里能听到的，只有那种她们相互之间才能明白的蹩脚法语的说话声。

听到安娜的声音，一位穿得漂漂亮亮的高个子的英国女佣带着不愉快的脸色、一副任意放荡的表情和一头浅色的鬈发，连忙急急地走进门里，并立刻为自己辩解起来，安娜一点儿也没有责备她。对安娜说的每一句话，英国女佣都赶忙连着说几次：“是的，夫人。”[2]

小女孩黑眉毛、黑头发，长得红彤彤的，强壮的粉红色的小身体上起着鸡皮疙瘩，她虽然用一副严肃的表情看着生人的面孔，却很讨达丽娅·阿列克山德罗夫娜的喜欢。小女孩健康的模样，甚至使达丽娅·阿列克山德罗夫娜感到羡慕，小女孩这么爬着也使她很喜欢。她自己的孩子，没有一个是这么爬的。让小女孩坐到地毯上并捅捅她的小裙子时，她真是可爱得出奇。她像一头小野兽似的用两只闪闪发亮的小眼睛，回头看看大人，显然为人家逗她感到高兴，便微笑着靠边支起双脚，使劲地用双手扶住并迅速地撅起整个屁股，然后又用一双小手抓着往前爬。

---

① 原文为法语。

② 原文为英语。

但是，育婴室的整个气氛，特别是那个英国女佣使达丽娅·阿列克山德罗夫娜很不喜欢。一个好的女佣是不肯到像安娜这种不正常的家庭来工作的，按照达丽娅·阿列克山德罗夫娜自己的解释，所以懂得人情世故的安娜才给自己的小女儿雇了这么一个不讨人喜欢、不稳重的英国女佣。此外，用不着多说，达丽娅·阿列克山德罗夫娜就明白了，安娜、奶妈、保姆及孩子在一起不习惯，所以母亲来成了一件不寻常的事情。安娜想给孩子找一个玩具，却找不着。

最最使人惊讶的是问小女孩长了几颗牙齿时，安娜竟回答错了，根本不知道新近长出的两颗牙。

"有时候我感到难受，因为自己在这里像个多余的人，"安娜走出育婴室时说，为了绕过放在门口的一堆玩具，她把裙子的拖地后襟提高起来，"养头一个孩子时不是这样的。"

"我看正相反。"达丽娅·阿列克山德罗夫娜怯生生地说。

"呵，不是的！告诉你吧，我见到他了，见到谢廖沙了，"安娜眯起眼睛，像在凝视远处的什么东西似的说，"不过，这事儿我们以后再聊。你不会相信的，我好比一个饥饿的人，突然周围摆满了丰盛的饭菜，我却居然不知道吃什么好。丰盛的饭菜——那就是你，以及我将要和你进行的跟谁都不能进行的谈话；可是我不知道从哪里谈起。我可不会轻易饶过你。① 我得把一切都说出来。是的，我要把现在你在我们这里看到的这个环境作一个扼要的描绘，"她开始了，"从太太们开始。瓦尔瓦拉公爵小姐。你认得她，我也知道你和斯吉瓦对她的看法。斯吉瓦说，她的全部目的在于证明自己跟卡捷琳娜·帕甫洛夫娜姑姑相比有多优越；可是她善良，我很感激她，在彼得堡有过一段时间，我需要有个女伴②。那时她正好出现在我面前。不过，真的，她善良。她大大减轻了

① 原文为法语。

② 原文为法语。

我的痛苦。我看得出，你不会了解我当时的处境有那么痛苦……在那里，在彼得堡，”她补充说，“在这里，我感到十分安静和幸福。好，对了，这事以后再谈。我得一个一个说。然后是斯维亚什斯基——他是个领袖，而且是个很正派的人，不过他好像有求于阿列克谢。你知道，以阿列克谢的财产，打我们搬到乡下来居住后，他就有了很大的影响。然后是屠什凯维奇——你见过他了，他总是跟着贝特西。现在人们都不理他了，他就找我们来了。正如阿列克谢所说的，他属于那种人，如果你把他当做他希望成为的人那样接待，他就会使人觉得很愉快，而且还有，他正派。[①]就像瓦尔瓦拉公爵小姐说的。再下来就是维斯洛夫斯基……这个人你知道。一个很可爱的小伙子，”她说着，嘴唇上露出狡黠的微笑，“列文这么粗鲁地对待他是为什么？维斯洛夫斯基对阿列克谢讲了，我们都不相信。他很可爱而且老实。[②]”她又带着那样的微笑说，“男人们需要消遣，阿列克谢还需要一帮子人。因此，我也很看重他们。得把这里搞得活跃而又开心，好让阿列克谢不再见异思迁。还有，你会看到我们的管家。一个很好的德国人，人品很好，也很能干。阿列克谢很器重他。然后是医生，一个年轻人，倒也不完全是虚无主义者，可是，你知道吗，他吃饭用刀子……不过是个很好的大夫。然后是建筑师……这简直像个小宫廷[③]。”

二十

“你瞧啊，公爵小姐，这就是您那么想见的陀丽，”安娜边说

---

① 原文为法语。
② 原文为法语。
③ 原文为法语。

边与达丽娅·阿列克山德罗夫娜一起走到一个石砌的大露台上，瓦尔瓦拉公爵小姐正坐在那里树荫下的绣架边，为阿列克谢·基里洛维奇伯爵绣靠背椅套，"她说吃午饭前什么也不要了，不过还是劳您吩咐一下给准备早点，而我这就去找阿列克谢，把他们大家都叫过来。"

瓦尔瓦拉公爵小姐亲切而略带优越感地接待了陀丽。她立刻解释说，她住在这里是因为自己一向比那个亲自把安娜带大的妹妹卡杰琳娜·帕甫洛夫娜更爱这个侄女，再说在现在大家都把安娜抛弃的时候，她认为自己有责任帮助她度过这个最艰难的过渡阶段。

等她丈夫同意离婚，我就又要过独居生活去了，而眼下我还有用，因此不管这事有多麻烦，我得尽自己的责任，不会像其他一些人。再说，您这么可爱，您来看她，这做得太好了！他们的日子过得完全像一对最恩爱的夫妻；对于他们，将由上帝来裁判，而不是我们。而别留佐夫斯基和阿韦尼耶娃难道就……而尼康特洛夫自己呢，还有瓦西里耶夫和马蒙诺娃，还有丽莎·涅普都诺娃——难道就没有人说过闲话吗？结果呢，大家都接受了他们。还有啦，这是个可爱而正派的家庭。完全是英国式的，早晨大家聚在一起吃早餐，然后再分开，各干各的。[①]吃晚饭以前，每个人想做什么就做什么。七点钟吃晚饭。斯吉瓦做得很好，他叫您来。她需要大伙儿的支持。您知道，阿列克谢通过自己的母亲和哥哥什么都能办成。再说，他们做了许多好事。他没有给你讲讲自己的医院吗？令人赞叹[②]，全是从巴黎订购的。

她们的谈话被安娜打断了，她在弹子房里找到了那帮男人，便把他们带到了露台上。离吃晚饭还有很长时间，天气极好，大

① 原文为法语。

② 原文为法语。

家提出了几种不同方法来消磨这剩下的两小时。在沃兹德维任斯基消磨时间的办法有很多，而且还都不像在波克罗夫斯基那样。

“打一局网球。”[1]维斯洛夫斯基笑容可掬地用法语提议说，“我还是和您一起，安娜·阿尔卡杰耶夫娜。”

“不，太热了，还是在花园里走走好，划划船，请达丽娅·阿列克山德罗夫娜观赏一下岸上的风光？”符朗斯基提议。

“我完全同意。”斯维亚什斯基说。

“我想，陀丽觉得走走更愉快些，是吗？待会儿再去划船。”安娜说。

就这么决定了。维斯洛夫斯基和屠什凯维奇到浴场去，并答应在那里把船准备好等着。

两对人在一条小道上走着，安娜和斯维亚什斯基一起，陀丽和符朗斯基一起。陀丽心里有点慌乱，为自己所处的这种对她来说完全是新的环境而担心。从理论上讲，她不但为安娜辩护，甚至赞成她的行为。就像一般难得的道德上无可指责的妇女厌倦了单调的守规矩的生活一样，她从内心深处不但宽恕了这种有罪过的爱情，甚至还羡慕她。此外，她是真心地爱着安娜。可实际上呢？看到她在这些自己感到陌生的人们中间，带着他们那种对达丽娅·阿列克山德罗夫娜来说是新鲜而时髦的派头，她感到极不自在。特别使她感到不愉快的是，看到瓦尔瓦拉公爵小姐因为在这里能享受着舒适的生活，竟宽恕了他们的一切所作所为。

总之，陀丽对安娜的行为抽象地赞成，但看到使她所以这么做的那个人，就感到不愉快了。此外，她从来就不喜欢符朗斯基。她认为他很高傲，但除了财富之外，却又看不出他身上有任何可以自豪的地方。可是，他在自己这个家里又违心地比以前更加地奉承她，因此和他在一起她没法觉得自在。她与他在一起时所经

① 原文为法语。

受到的，有些像女佣看到自己的短上衣时的那种尴尬感觉。倒不是因为害羞，而是因为自己的短上衣织补过而发窘，她与他在一起时也有这样的感觉，不是害羞，而是局促不安。

陀丽感到很不自在，正想着谈什么好。虽然她也认为他既然是高傲的人，因而夸他的房子和花园势必令他不高兴，却又找不出其他的话题，于是她还是对他说自己很喜欢他的房子。

“对，这是一座很漂亮的建筑，而且具有一种古色古香的感觉。”他说。

“台阶前的院子，我很喜欢。原先就是这样的吗？”

“噢，不！”他说，并因为得意而满脸容光焕发，“要是您今年春天见到这个院子就好了！”

于是他站下来，开始还有点拘谨，随后就兴致勃勃眉飞色舞地要陀丽注意房子和花园装饰的各种不同的细节。看得出来，为改造和装饰自己的别墅花了许多精力的符朗斯基感到有必要在一个外人面前夸耀一番，因此衷心地为达丽娅·阿列克山德罗夫娜的夸奖感到高兴。

“如果您想看一眼医院，而且不觉得累，离这儿不远。我们去看看吧。”他说着，看了一下陀丽的脸色，以便确信她是不是真的不觉得累。

“你去吗，安娜？”他转身对安娜说。

“我们一起去吧。好不好？”安娜转身对斯维亚什斯基说，“可别弄得可怜的维斯洛夫斯基和屠什凯维奇在船里受罪了。[①] 应当派人去跟他们说一声。对，这是他要在这里建立的一个纪念碑。”安娜说，同时带着她原先说到医院时那种狡黠而懂行的微笑对着陀丽。

“啊，这是一项巨大的工程！”斯维亚什斯基说。但是，为了不显出随声附和符朗斯基，他立刻又提了点略带批评的意见。“不

① 原文为法语。

过我感到奇怪，伯爵，”他说，“您在卫生方面为农民做了那么多事，对学校怎么那么漠不关心？”

“学校这种事情已经太普通了。”[①] 符朗斯基说，“你要明白，问题不在这里，而是因为我对办医院太感兴趣了。这里应该是通向医院的路。”他指着林荫道通出的一个侧面出口，对达丽娅·阿列克山德罗夫娜说。

太太们打开了阳伞，走到了一条旁边的小道上。拐了几个弯，穿过一道篱笆门，达丽娅·阿列克山德罗夫娜看到前面高地上耸起着一座样式别致，几乎已经完工的庞大建筑物。还没有油漆的铁屋顶，在晴朗的阳光下耀眼地闪闪发光。在已经完工的一幢建筑物旁边，正在盖另一幢四周是树林子的房子，围着围裙的工人们站在脚手架上砌砖头，并舀出灰浆往里灌，不断地用水平尺取平。

“您这里的工程进展得真快啊！”斯维亚什斯基说，“最近一次我来时，还不见屋顶呢。”

“入秋前将全部完工。内部装修差不多都完成了。”安娜说。

“这座新房子是做什么用的？”

“这是医生的治疗室和药房。”符朗斯基看到穿着短大衣的建筑师向他走来，便向太太们表示抱歉，并迎面走了过来。

他绕过工人们正提取灰浆的槽子，和建筑师一起停下来，开始热烈地在说些什么。

“山墙还是做矮了点儿。”安娜问他在谈什么，他这样回答说。

“我说，地基得再垫高一点儿。”安娜说。

“是的，当然，再高一些会好些，安娜·阿尔卡杰耶夫娜，”建筑师说，“可惜来不及了。”

“对，我对这些很感兴趣，”安娜对斯维亚什斯基说，因为对方对她在建筑学方面的知识表现出惊讶，“得使新的建筑与医院相

---

① 原文为法语。

称。可是它开工时没有计划，是后来才想起来的。”

符朗斯基结束了与建筑师的谈话，来到太太们跟前，他带领她们到医院里边参观。

尽管外部还在做飞檐，底层还有油漆，楼上已经几乎完工了。过了一道宽宽的铁梯子来到一个平台上，他们走进了第一个大房间。墙壁用灰浆抹成大理石的模样，那些长方形完整的窗子已经安装好了，只有嵌木地板还没有完工，正在刨制一块块镶花木板的木工们都放下活儿来，解掉束头发的带子，给老爷太太们问安。

“这是候诊室，”符朗斯基说，“这里放一张斜面桌、一张桌子、一个柜子，就再不放别的了。”

“我们到这边来吧。别靠近窗子，”安娜试试油漆干了没有，说，“阿列克谢，油漆已经干了。”她补充了一句。

他们从候诊室穿过走廊。在这里，符朗斯基让他们参观安装好了的新式通风设备，然后是大理石浴室，带一种特殊弹簧的床。随后他们看了一间病房、一个贮藏室、一个放床单用的房间，还有新式炉子，以及一种在走廊上搬运需要的东西时不会出声的推车，还有许多其他的设施。斯维亚什斯基是个对所有的新的完善设施懂行的人，他给这一切给予了高度的评价。陀丽简直为自己至今从未见到过的一切感到吃惊，同时为了弄明白这一切，她对每一样东西全都问了个仔细，这使符朗斯基很得意。

“对，我想这将是俄国唯一的一家完全符合规范建立的医院。”斯维亚什斯基说。

“您这儿有妇产科吗？”陀丽问，“它在乡间很需要。我常常……”

符朗斯基尽管总是很客气礼貌，但他还是打断了她的话。

“这不是产房，而是医院，它是为除了传染病外所有的病人设立的，”他说，“而您瞧这个……”接着，他又把订购来的一把供病人康复期间用的沙发轮椅推到达丽娅·阿列克山德罗夫娜跟前，

"您瞧瞧。"他坐在轮椅上，并推动起来，"他没法走路，人虚弱或腿部有病，可他需要空气，就可以坐上它出来转转……"

达丽娅·阿列克山德罗夫娜全都感兴趣，她全都喜欢，可使她最喜欢的是天真自然、兴致勃勃地流露出热情的符朗斯基本人。"是啊，这是个很可爱的好人。"她想，有时不听他说，而眼睛盯着他并琢磨着他的表情，脑子则转到了安娜身上。他这时的活跃使她很喜欢，她理解了，安娜怎么会爱上他。

二十一

"不，我想公爵夫人累了，再说她对马不会有兴趣的，"符朗斯基对安娜说，她提议到马场去，因为斯维亚什斯基也想看看那匹新到的种马，"你们去吧，我就送公爵夫人回去，我们还可以聊聊，"他说，"如果您高兴的话。"他转过来对陀丽说。

"关于马的事儿，我一点儿也不懂，可是同您谈谈，我倒是很高兴。"达丽娅·阿列克山德罗夫娜略感惊讶地说。

据符朗斯基的脸色，她看出他有什么事情要跟她商量。她没有搞错。他们刚穿过篱笆门步入花园，符朗斯基朝安娜走去的那一边张望了一下，确信她既听不见也看不到后，便开始说：

"您猜到我希望跟您聊聊吗?"他说，一双笑眯眯的眼睛注视着她，"我很明白，您是安娜的好朋友。"他脱下帽子，拿出块小手帕，用它擦了擦秃顶的脑袋。

达丽娅·阿列克山德罗夫娜什么也没有回答，只是惊恐地望着他。当他们俩单独留下时，她突然感到害怕起来：那双笑眯眯的眼睛及那张表情严肃的脸，使她感到害怕。

各种不同的关于他打算要和自己谈些什么的设想，出现在她的脑海里："他要请求我带孩子们到他们家做客，我就得拒绝；或者是要我在莫斯科为安娜组织一帮子人……会不会是关于这个瓦申卡·维斯洛夫斯基以及他对安娜的态度？也许是关于吉蒂，他感到有过错？”她猜想到的全都是不愉快的，但恰恰是没有猜到他究竟要跟她说些什么。

“您对安娜有很大的影响，她是那么爱您，”他说，“您帮帮我。”

达丽娅·阿列克山德罗夫娜疑惑而羞怯地看着他那张精力充沛的脸，它有时全部有时部分地处在透过椴树的阳光的照耀下，有时又完全被树荫遮得黑黝黝的；她等着接下来说出的话，而他则用手杖捅捅碎石子，默默地在她身边走着。

“既然您到我们这里来了，您又是安娜以前的朋友中唯一来看望我们的女人——我不把瓦尔瓦拉公爵小姐算在这里边——那照我的理解，您这么做不是出于您认为我们的处境正常，而是因为您理解这种处境的全部痛苦却仍然爱她并愿意帮助她。我理解您的意思，是这样的吗？”他抬头瞧了她一眼，问道。

“啊，是的，”达丽娅·阿列克山德罗夫娜收起阳伞说，“不过……”

“不，”他打断她的话，并不由得忘了这么一来把正在和自己谈话的对方置于尴尬的地位；因为他停下来了，她就也得停下来，“谁也不会像我那么更深更强烈地感觉到安娜处境的全部痛苦。而且，假如承您美意认为我是个有良心的人的话，您准能明白这一点。我是造成这种处境的原因，因此我深有体会。”

“我理解，”达丽娅·阿列克山德罗夫娜说，不由得欣赏起他这么说时的真诚和坚定来，“但是正因为您感到自己是事情的原因，所以您在夸大其词，我怕是，”她说，“她在社交界的处境很为难，我知道。”

“在社交界，这是地狱！”他阴郁地皱起眉头急速地说，“真没法想象有比她在彼得堡度过的那两周更糟糕的道德上的折磨了……因此，我请您相信这一点。”

“是的，不过在这里，到现在为止，无论安娜……或您，都不需要什么社交界……”

“社交界！”他带着轻蔑的口吻说，“我对社交界还能有什么需要！”

“到现在为止——而且可能永远如此——你们是幸福和安宁的。我从安娜身上看出，她感到幸福，完全幸福，她已经告诉我了。”达丽娅·阿列克山德罗夫娜微笑着说；可在这么说的时候，她又对安娜是否真的幸福发生了怀疑。

但符朗斯基对此并不怀疑。

“对，对，”他说，“我知道，在经历了那些苦难之后，她又显得活跃了；她感到幸福。她感到幸福的是现在。可我呢？……我害怕的是，什么在等待着我们……对不起，您想继续走吗？”

“不，没关系。”

“那好，我们在这儿坐坐。”

达丽娅·阿列克山德罗夫娜在林荫道拐角处的一条花园板凳上坐下来。他在她面前站着。

“我看到她是幸福的！”他重复说了一遍，接着，关于她是否幸福的怀疑越来越强烈地使达丽娅·阿列克山德罗夫娜感到吃惊了，“但是，能这样继续下去吗？我们做得好或不好，这是另一个问题；但是，事情已经发生了，”他从俄语转到用法语说，“我们是一辈子都联结在一起了。我们是被对我们来说最神圣的爱情纽带联结在一起了。我们已经有一个婴儿，我们可能还会有孩子。但是法律及我们这种处境都十分复杂，一言难尽。现在，在她经历了全部的痛苦和考验之后，她的心灵恢复了平静，她却看不到这情况，而且也不想看到。这也可以理解。但我不能不看见。我的女儿，按照法律——不是我们的女儿，而是卡列宁的。我不要这种骗局！”他做出一个强烈否定的手势说，并阴郁而疑问地看了看达丽娅·阿列克山德罗夫娜。

她什么也没有回答，只是瞧着他。他继续说：

“以后还会生出个儿子，我们的儿子，可按法律——他将姓卡列宁，他不是我的姓氏，不是我的财产继承人，而且不管我们的家庭生活多么幸福，也不管我们会有几个孩子，我和他们之间都将没有关系。他们都将姓卡列宁。您要明白这种处境的痛苦和可怕！我曾尝试对安娜说这事儿。她总是很生气。她不理解，因此我就没法向她说明一切。现在，再从另一方面看，我有了她的爱情感到幸福，可是我得有工作。我找到了这个工作，并对此引以为豪，认为它比我原来在宫廷里及军队服役时的一些事情更高尚。因此，已经毫无疑问，我不会用自己的事业去换取他们的事业。我爱我的工作，待在这里，我觉得幸福、满足，为了幸福，我们也不再需要别的什么了。我喜欢这种活动。并不是因为没有更好的①，相反……”

达丽娅·阿列克山德罗夫娜发觉在解释这一点时他有点含糊其辞，她不太理解他为什么离题，然而她觉得他既然开始说出自己没法和安娜谈的心事，于是现在就把一切以及他在乡间的活动作为自己内心思想的一部分，和他对安娜的关系一样，全都倾吐出来了。

“是这样，我接着说，”他冷静了一会儿后说，“主要的是工作时必须得有个信念，认为自己的事业不至于在我死后便消失了，认为我会有继承人——可是我没有这个。我现在就是这样的处境，预先知道自己的孩子和心爱的女人都不是他的，而是别人的，是某个憎恶他们甚至都不想知道他们的人的。要知道，这是一件多么可怕的事情啊！”

他沉默了，显然很激动。

“是的，当然，这一点我理解。可是安娜又能怎么样呢？”达丽娅·阿列克山德罗夫娜问。

“对，这就是我与您这次谈话的目的，”他尽量安静下来说，

---

① 原文为法语。

"安娜可以的，这取决于她……甚至就算要恳请皇上恩准取得正式子女的地位，都必须得离婚。而这得取决于安娜。她的丈夫本来会同意离婚的——当时您丈夫已经完全安排好了这事儿。就是现在，我知道他也不至于拒绝。只要给他写封信就可以。那时候他回答得很干脆，如果她表示出这种愿望，他将不会拒绝。当然，"他阴沉地说，"也是一种伪善的残酷，只有那些没有心肝的人才会这么做。他知道任何关于他的回忆会使她蒙受多大的痛苦，而且他知道这一点，因此非得要求她写一封信不可。我理解，这对她来说很痛苦。但原因是那么重要，就应当跨越这一切微妙的感情，事关安娜和她的孩子的幸福和命运。[1] 关于自己，我就不说了，虽然我感到痛苦，很痛苦，"他带着威胁某个把他弄得这么痛苦的人的表情说，"就是这样的，公爵夫人，我不怕难为情，就像抓住救生圈似的把您抓住了。请您帮助我，说服她给他写一封信，要求离婚！"

"对，当然，"达丽娅·阿列克山德罗夫娜生动地回想起自己最后一次跟阿列克谢·亚历山大罗维奇会见时的情景，若有所思地说，"对，当然。"她想到了安娜，果断地重复说。

"请您利用您对她的影响，让她写封信吧。我不想，甚至也没法和她说这事儿。"

"好的，我去说。不过，她自己怎么会没有考虑呢？"达丽娅·阿列克山德罗夫娜说，这时她不知道怎么突然想起了安娜的那种眯起眼睛的古怪新习惯。接着，她回想起来了，安娜总是在接触到她内心问题时眯起眼睛，"就好像她是在眯起双眼面对自己的生活，以便不全都看得清楚一样，"陀丽心想，"为了自己，也为了她，我一定得跟她说去。"面对他感激的表情，达丽娅·阿列克山德罗夫娜回答说。

他们站起来，向房子里走去。

---

① 原文为法语。

二十二

安娜见到陀丽回来了，便仔细地观察她的一双眼睛，好像在问她和符朗斯基都谈了些什么，但是没有说出来。

“看来该吃饭了，”她说，“我们还没有好好谈谈呢。我指望到了晚上再谈。现在该去换衣服了。我想，你也一样。在工地上，我们都把衣服给弄脏了。”

陀丽来到自己住的房里，她觉得好笑起来。她没有衣服可换了，因为已经把自己最好的衣服穿上了；不过为了表示她对参加晚餐有所准备，她请女佣给自己刷一刷裙子，换了副连指手套和蝴蝶结，并在头上戴了一条蕾丝发带。

“这就是我能做的一切了。”她微微笑着，对换了第三件朴素大方的裙子而走过来的安娜说。

“是啊，我们这里太讲究礼节啦。”她好像是在为自己讲究的穿戴表示抱歉似的说，“阿列克谢很欢迎你的到来，他这样还真是少有。他绝对喜欢你，”安娜补充说，“而你没有累着吧？”

晚饭前没有时间谈什么了。走进客厅时，她们看到瓦尔瓦拉公爵小姐以及几位穿着黑色礼服的男人已经在那里了。建筑师穿着燕尾服。符朗斯基把一位大夫和管家介绍给女客人。建筑师，他已经在医院时给她介绍过了。

餐厅侍仆是个胖子，刮得光光的圆脸和浆得笔挺的白领带花结，都显得闪闪发亮，他禀报说晚餐已经准备好了，太太们便都站了起来。符朗斯基请斯维亚什斯基把自己的一只手给安娜·阿尔卡杰耶夫娜，自己则来到陀丽的身边。维斯洛夫斯基在屠什凯维奇之前把手给了瓦尔瓦拉公爵小姐，因此屠什凯维奇和管家及大夫就单独走了。

晚餐、餐厅、餐具、仆人、酒水和食品，不仅与这一家新式豪华的气派协调一致，而且显得更加豪华、更加时髦。作为一个善于治家的主妇，达丽娅·阿列克山德罗夫娜看着这种对自己来说的新型豪华——虽然并不能指望把所见到的任何一点用到自己家里去，因为这种极其豪华富丽的气派远远超出了她家的生活水平——不由得深入去了解全部的细节，并给自己提了个问题：所有这一切都是谁以及怎么安排的？瓦申卡·维斯洛夫斯基，她的丈夫，甚至斯维亚什斯基以及她所知道的许多人，从来都不考虑这些事情，他们都相信这样的说法，即凡是讲究礼节的主人都希望使自己家的客人们感觉到，这个家里的一切全都安排得那么好并没有花费他自己作为主人丝毫的劳动，它们都是自然地做到的。达丽娅·阿列克山德罗夫娜知道，就连早餐时给孩子们喝的粥也不是天上掉下来的，像这样复杂而出色的安排一定是有人特别费心关注的了。而据阿列克谢·基里洛维奇的目光，他怎么看着餐具，怎么点头给餐厅侍仆暗示，以及怎么向达丽娅·阿列克山德罗夫娜提议选择喝波特文尼亚汤还是俄罗斯汤等，她明白了，这一切全是主人自己安排的结果。安娜对这一切所能做到的，不会比维斯洛夫斯基多。她自己、斯亚什斯基、公爵小姐及维斯洛夫斯基同样都是客人，都高高兴兴地享受着已经为他们准备好了的这一切。

安娜只有在主持谈话上像个女主人。而对一个家庭主妇来说，主持这种谈话是相当困难的：一张不大的桌子，在场的有像管家及建筑师这样完全属于不同阶层的人，他们面对这种不寻常的豪华竭力装得大方得体，但在大家的谈话中却又插不上几句嘴。安娜凭借着她圆熟的交际手腕主持这场困难的谈话，正如达丽娅·阿列克山德罗夫娜注意到的那样，她随机应变，显得从容自如，甚至还开开心心。

谈话转到屠什凯维奇和维斯洛夫斯基两个单独划船的事，屠什凯维奇便开始讲起彼得堡帆船俱乐部最近举办的一次划船比赛来。安娜趁谈话间隙，立刻转向建筑师，使他不至于没有话说。

“尼古拉·伊万诺维奇感到吃惊，”她谈到斯维亚什斯基说，

"从他最后一次到这里来过后，怎么一下盖起了一幢新建筑；我倒是天天在，竟每天也为工程进展得快感到惊讶。"

"和伯爵在一起好干活，"建筑师面带微笑地说（他是个有自尊心，彬彬有礼和平静的人），"不像和省里的权贵们打交道。那得写一大堆报告文件，而这里我向伯爵禀报一声，谈一谈，三两句话，问题就解决了。"

"美国式的工作方法。"斯维亚什斯基微笑着说。

"对了，那里盖房子总是很合理……"

话题转到了美国滥用权力上，可安娜立刻又把它引到了另一个题目，好让管家打破沉默。

"你见过收刈机吗？"她问达丽娅·阿列克山德罗夫娜说，"我们去迎接你的时候看见过了。我自己也是头一次看见。"

"它们是怎么运转的？"陀丽问。

"完全像剪刀。一块板及许多小剪刀。就这样。"

安娜伸出自己美丽、白皙、戴着许多戒指的双手，拿起一把小刀和一个叉子，开始做样子给她看。她显然看出自己这么解释人家一点儿也不懂；但是，她知道自己说话令人愉快，自己的手很漂亮，因此继续进行解释。

"它更像削铅笔的小刀。"眼睛不停地注视着她的维斯洛夫斯基开玩笑说。

安娜稍稍露出点儿微笑，但没有理睬他。

"不对吗，卡尔·费陀雷奇，像剪刀？"她扭头问管家。

"噢，对。"德国人说，"这再简单不过了。"[①]便开始解释起机器的构造来。

"可惜，它不会打捆。我在维也纳的一个展览会上看到过一架，它能用铁丝打捆。"斯维亚什斯基说，"那一种用起来就更方便了。"

---

① 原文为德语。

“全都取决于……得把铁丝的价格计算进去。”[①]接着，打破沉默的德国人转向符朗斯基说，“这可以算出来的，大人。”[②]德国人已经把手伸进口袋去拿夹着一支铅笔、经常用来计算的小本子，不过想到自己是坐在餐桌边上，并看到符朗斯基冷淡的目光，就忍住了。“太复杂了，得费很大劲儿。”[③]他下结论说。

“想要收入，就别怕麻烦。”[④]瓦申卡·维斯洛夫斯基拿德国人开玩笑说。“我崇拜德语。”[⑤]他又带着那种微笑对着安娜。

“住嘴吧。”[⑥]她对他戏谑而严肃地说。

“我们还以为在田野里能见到您呢，”她转向大夫说，他是个病容满面的人，“您到那里去了吗？”

“我到那里去了，不过又走了。”大夫带着阴郁的戏谑回答说。

“可见，您进行了一次美好的散步。”

“好极了！”

“而那个老太婆健康怎么样？希望不会是伤寒吧？”

“伤寒倒不是，不过处于不利的情况。”

“多可怜！”安娜说，她这样对到家里来的人都客客气气地应酬过后，才转向自己的朋友们。

“不过毕竟，照您讲，建造收刈机显然是很困难的，安娜·阿尔卡杰耶夫娜。”斯维亚什斯基开玩笑说。

“不，怎见得？”安娜说话时满面春风，说明她知道自己对机器构造的解释里有某种引起斯维亚什斯基也注意的有趣的地方。这种少女般卖弄风情的新作风，使陀丽感到吃惊和不愉快。

“可是安娜·阿尔卡杰耶夫娜的建筑学知识真令人惊讶。”屠

---

① 原文为德语。

② 原文为德语。

③ 原文为德语。

④ 原文为德语。

⑤ 原文为法语。

⑥ 原文为法语。

什凯维奇说。

“可不是，我昨天还听到安娜·阿尔卡杰耶夫娜说：墙内也要有护底板，”维斯洛夫斯基说，“我说得对吗？”

“看多了和听多了，就一点儿也不奇怪，”安娜说，“而您，大概甚至连房子是用什么盖成的都不知道吧？”

达丽娅·阿列克山德罗夫娜看到，安娜虽然对维斯洛夫斯基的油腔滑调感到不满，但是她自己也不知不觉地变得跟他一样了。

在这种场合，符朗斯基的表现与列文完全不同。他显然对维斯洛夫斯基的贫嘴毫不介意，相反还鼓励开这种玩笑。

“对了，维斯洛夫斯基，那您说说，一块块石头用什么粘在一起？”

“当然，用水泥。”

“好啊！而水泥是什么？”

“这样，类似稀泥……不，类似油灰。”维斯洛夫斯基说，引起一阵哄堂大笑。

除了沉浸在阴郁的沉默之中的大夫、建筑师和管家以外，其余的用餐的人之间的谈话没有停歇过，它时而顺畅，时而纠缠住了并刺痛了某个人的心。达丽娅·阿列克山德罗夫娜有一次被刺痛了心，她气得脸都红了，后来还在回忆是不是自己说了多余的和令人不愉快的话。那是斯维亚什斯基说起列文，讲述了他的一些古怪意见，认为机器在俄罗斯的田庄经营中只有害处。

“我没有兴趣了解这位列文先生，”符朗斯基微笑着说，“不过，他大概从未见过他谴责的那种机器。要是见过和试用过，那也不会是外国的，而是某种拼拼凑凑弄成的俄国货，那样的话，还能谈得上什么观点呢？”

“大概是土耳其的观点吧。”维斯洛夫斯基带着微笑转向安娜说。

“我没法为他的观点辩护，”达丽娅·阿列克山德罗夫娜愤愤不平地说，“但我可以说，他是一个很有知识的人，而且如果他在这里的话，他就会让你们知道怎么回答，不过我不会。”

“我很喜欢他，我和他还是好朋友呢，”斯维亚什斯基和善地微笑着说，“请您原谅，他多少有些怪念头。[①] 例如，他断定地方自治机构和民事法庭——全都是没有用的玩意儿，因此就哪一个都不想参加。”

“这是我们俄罗斯式的冷漠，”符朗斯基说，同时把冰过的水从一个长柄玻璃瓶倒进一只精致的高脚杯里，“没有感觉到我们的权力加在我们身上的责任，并因此否定这些义务。”

“我不知道有谁比他责任心更强的了。”对符朗斯基那种自以为比人家高明的腔调，达丽娅·阿列克山德罗夫娜生气地说。

“我呀，相反，”符朗斯基显然不知道有人会受到这种谈话的刺激，他继续说，“我呀，相反，正如你们所看到的那样，非常感激大家给我的荣誉，感谢这位尼古拉·伊万诺维奇（他指指斯维亚什斯基），推选我担任民事法庭名誉调解员。我认为，对我来说，有义务去参加代表大会，讨论一个农民关于马的案子，这跟我所能做的一切事情同样重要。而且，如果我当选为议员，我将把它看做一种光荣。这样做才能偿还自己作为一个土地拥有者所享受的利益。不幸的是，人们不理解一些大土地拥有者对国家的那种意义。”

他在自己家里的餐桌上那么自以为是地谈论自己如何正确，使达丽娅·阿列克山德罗夫娜感到奇怪。她回想起了持有对立看法的列文在自己家里餐桌上谈自己的意见时，态度那么过度自信。不过她喜欢列文，所以就站在了他的一边。

“那么，伯爵，在下次代表大会上我们可以指望您了？”斯维亚什斯基说，“不过应当早点去，得在七点多到那儿。如果您肯屈尊光临寒舍。”

---

① 原文为法语。

“而我，和你妹夫[①]有点一致，”安娜说，“只是不像他那样，”她带着微笑补充说，“我担心现在我们的社会公职太多了。就像从前官僚太多，什么事情都得有个官员在场，现在什么事情都要有社会活动家参加一样。阿列克谢在这里才六个月，他已经好像是五个还是六个各种不同机构的成员了——保护局、民事法庭、议会、陪审团，以及养马协会什么的。生活就是如此[②]，全部时间都花上了。我还担心，事情这么多，这难免会流于形式。您是多少个单位的成员，尼古拉·伊万诺维奇，”她转过来问斯维亚什斯基，“好像有二十多个？”

安娜开玩笑地说，但在她的语调里感觉得出在生气。仔细观察着安娜和符朗斯基的达丽娅·阿列克山德罗夫娜立刻觉察到了这一点。她还感觉到，谈到这里时符朗斯基的脸上立刻露出认真而固执的表情。陀丽觉察到了这一点，她还觉察出来瓦尔瓦拉公爵小姐立刻为改变话题谈起彼得堡的熟人来，陀丽还回想起符朗斯基在花园里含糊其辞地说起自己的社会活动，她明白了，这个关于社会活动的问题和安娜与符朗斯基之间某种私下的争吵有关。

晚餐，酒水，餐具的摆法——这一切都很好，但这一切都和达丽娅·阿列克山德罗夫娜在她已经不习惯的宴请和舞会上所见到的一样，而且同样并不亲切，反倒使人紧张；因此在日常交际活动和朋友的交往中，这一切都会使她产生不愉快的印象。

晚餐后，大家坐到了露台上。然后，开始打草地网球[③]。玩球的人分两组，把两根镀金杆子仔细取平，插入土里，用槌球棒把土砸结实，拉紧球网，便在网的两边站好。达丽娅·阿列克山德罗夫娜试着打了打，但好久没有弄明白怎么玩，到终于弄明白的

---

① 原文为法语。

② 原文为法语。

③ 原文为英语。

时候人也累了，便和瓦尔瓦拉公爵小姐坐在一起，只看着人家打。她的对手屠什凯维奇也放下了；但其他的人继续打了很久。斯维亚什斯基和符朗斯基都打得很好，很认真。他们敏锐地注视着向自己飞过来的球，不慌乱也不犹豫，机警地向球跑过去，等着它弹起来，细心而准确地挥舞网球拍，把球打过网去。维斯洛夫斯基打得比其他的人差。他太急躁了，但他那种高高兴兴的样子，鼓舞着正在打球的人们。他不停地大笑又叫喊。征得人们的同意，他和别的男人一样脱掉了礼服，魁梧健硕的身上穿着白袖子衬衫，通红的脸上冒着汗，以及一阵阵爆发式的动作，深深地留在了人们的记忆之中。

这天夜里达丽娅·阿列克山德罗夫娜躺下睡觉时，只要一闭上眼睛，就看到瓦申卡·维斯洛夫斯基在槌球场上奔跑的情景。

在打球的时候，达丽娅·阿列克山德罗夫娜感到不愉快。她不喜欢瓦申卡和安娜之间连续不断的戏谑，也不喜欢在孩子们不在时，成年人玩孩子游戏的那种别扭劲儿。但是为了不破坏别人的心情，为了消磨时间，休息了一会儿后，她又重新跟大伙儿一起玩，而且装出一副自己喜欢的样子。这一整天，她都仿佛觉得自己是和一些比她好的演员在演一场戏，而且因为她演得不好而把整个事情弄糟了。

她到这里来，本打算住两天，如果过得习惯的话。可是到了傍晚仍在玩的时候，她决定明天就离开。来的时候一路上她那么憎恶的种种折磨人的母性的操劳，现在仅仅过了一天之后，已经使她觉得变成了另一种样子，那种母性的操劳又在引诱着她。

用过晚茶和划过夜船之后，达丽娅·阿列克山德罗夫娜一个人回到自己住的房间里，脱下裙子，坐下来梳理自己稀薄的头发准备睡觉，她感觉到一种莫大的轻松。

就连想到安娜这时会来看自己，都使她感到不愉快。她宁肯想想心事，单独一个人待一会儿。

二十三

安娜穿着睡衣来看她的时候，她已经想躺下了。

一天来，安娜曾几次想谈起自己内心的事儿，可是每次都说了几句就停下了。“过后，我们俩单独在一起的时候再聊。我有多少话要对你说啊。”她说。

现在她们单独在一起了，安娜却不知道说什么好。她坐在一扇窗子旁边，一边看着陀丽，一边翻腾着记忆中那些原以为是保留着说不完的知心话，竟一句也找不到了。在这一分钟里，她仿佛觉得一切全都说过了。

“啊，吉蒂好吗？”她说着，痛苦地叹了口气并抱歉地瞧着陀丽，“老实告诉我，陀丽，她不生我的气？”

“生气？不。”达丽娅·阿列克山德罗夫娜微微笑着说。

“那是仇恨，是蔑视了？”

“啊，不！不过你知道，这种事，人家是不会原谅的。”

“是啊，是啊，”安娜转过身去，一边望着打开着的窗子一边说，“但是我没有错呀。那是谁的过错？错在哪里呢？难道能有别的办法吗？这，你怎么想？当时要你不成为斯吉瓦的妻子，能吗？”

“老实说，我不知道。可是你倒是告诉我……”

“对，对，不过关于吉蒂，我们还没有说完。她幸福吗？听人家说，他是个出色的人。”

“说他出色是不够的。我不知道有比他更好的人了。”

“啊，我真高兴！我很高兴！说他是个出色的人还不够。”她重复了一遍。

陀丽微微笑了笑。

“可是你对我讲讲你自己。我要和你作一次长谈。再说我已经和……”陀丽不知道叫他什么好。不管叫他伯爵或阿列克谢·基里洛维奇，她都觉得叫不出口。

“和阿列克谢，”安娜说，“我知道你们谈过了。不过我想坦率地问问你，你对我、对我的生活是怎么想的？”

“突然这样问，让我怎么回答呢？我真的不知道。”

“不，你还是要告诉我……你看到了我的生活。但是你别忘了，现在已经是夏天了，而且不只是我们自己……而我们是初春到这里来的，当时完全只有我们俩，今后也将是这样，我也不指望比这更好的了。可是你想想，我一个人生活，没有他，一个人，而且往后也将是这样……我从各方面看得出，这种情况今后会常常发生，他会有一半的时间不在家。”她说着，同时站起来坐到靠陀丽更近的地方。

“当然，”她打断想反驳的陀丽说，“当然，我不会死死拖住他的。我也拖不住他。今天要赛马，他的马将参赛，他会去的。我很高兴。然而你想想我呢，你想象一下我的处境……不过还说这干什么！”她微微一笑，“对，他到底跟你谈了什么？”

“他说了我自己也想对你说的话，而且我感到为他辩护很容易；谈的就是还有没有可能……能不能……”达丽娅·阿列克山德罗夫娜停顿了一会儿，“补救，改善你的处境……你知道我的看法……不过要是可能的话，还是应当嫁给他……”

“也就是办离婚？”安娜说，“你知道吗，在彼得堡，唯一来看我的女人是贝特西·特维尔斯卡娅，你不知道她吗？实际上，这是个最放荡的女人。[①] 她以最无耻的办法欺骗丈夫，跟屠什凯维奇发生关系。只要我的地位不正当，她就会来跟我说话，她根本就不想了解我。别以为我在计较……我知道你，我亲爱的。不过，我不由得想起……啊，他对你说什么了？”她重复说。

“他说，他在为你和为自己而痛苦。也许你会说这是自私，但这是一种很合理和高尚的自私！他希望，第一，使自己的女儿合

---

① 原文为法语。

法化，并成为你的丈夫，使你有权利。”

“什么妻子，就是奴隶吧，还不是像我现在这样做个十足的奴隶？”安娜打断了陀丽。

“主要的，他是想……想使你不痛苦。”

“这不可能！还有什么？”

“还有，最合理的——他希望你们的孩子们姓他的姓。”

“什么孩子啊？”安娜说，同时眯起眼睛，没有看陀丽。

“安妮和将来的……”

“这他可以放心，我再也不会有孩子了。”

“你怎么能说再也不会有了呢？”

“不会有了，因为我不想要。”

接着，安娜尽管非常激动，但注意到陀丽脸上那种天真的好奇、惊讶和可怕的表情，她微微笑了。

“是生病后医生告诉我的……”

“不可能！”陀丽一双眼睛睁得大大地说。对她来说，这个发现的后果和结局是如此重大，以至开头一瞬间只感觉到完全不可思议，不过关于这事儿得多方面地反复想想。

对她来说，这个发现一下子说明了所有那些她以前弄不明白的只有一两个孩子的家庭，在她身上激发起那么多想法、设想和自相矛盾的感情，弄得她什么话也说不出来，而只是用一双睁得大大的眼睛吃惊地瞧着安娜。这正是自己今天早上一路上所幻想的那种情景，而一知道这是可能的，她又觉得可怕了。她觉得，这个太复杂的问题解决得太简单了。

“难道这不是不道德吗！？”[1]她沉默了一会儿，这么说。

“为什么？你想想呀，我有两种办法可以选择：要么是怀孕，也就是患病，要么做我丈夫——事实上他等同于丈夫——的朋友和伙伴。”安娜故意用肤浅而轻浮的口气说。

---

① 原文为法语。

“那是，那是。”达丽娅·阿列克山德罗夫娜说，她听着安娜为自己引用过的论据，却发现这些论据已不像以前那样令人信服了。

“对你，对其他的人来说，”安娜好像在猜测她的思想似的说，“也许还有怀疑；而对我来说……你要明白，我不是一个妻子；他对我的爱情只能维持到他还爱着我的时候为止。而我又拿什么让他爱我？就拿这些吗？”

她把一双白皙的手伸出来，放在肚子前面。

就像激动的时候常有的那样，一些思想和回忆异常迅速地汇集在达丽娅·阿列克山德罗夫娜的脑海里。“我，”她想，“没有能吸引住斯吉瓦；他厌弃我去找别的女人，而他背叛我后找的头一个女人，虽然一直很漂亮而令人开心，也没能以此吸引住他。他抛弃了她，又找了一个。安娜难道也是靠这些吸引并拴住了符朗斯基伯爵的？如果他要找这些，那可以找到打扮和风度更加迷人和令人开心得多的女人。尽管安娜那两只裸露的胳膊多么白皙和秀丽，尽管她整个体态多么丰满，尽管她那张露在黑头发下的带着生气神情的脸多么漂亮，符朗斯基可以找到更好看的，就像我那个可恶、可怜又可爱的丈夫去找到的那样。”

陀丽什么也没有回答，只是叹了口气。安娜注意到这种表示不同意的叹气，便接着往下说。她还积聚了一些论据，都是些很有力的、让人没法反驳的论据。

“你说，这不好？可是应当想想，”她继续说，“你忘了我的处境。我怎么能希望生孩子呢？我不是说痛苦，对这个我不怕。你想呀，我的孩子会是什么人呢？一些将姓别人家姓的不幸孩子。凭自己出生本身，他们势必落到为母亲、为父亲、为自己的出身感到害臊的境地。”

“是啊，因为这样也该办离婚。”

然而，安娜没有听陀丽说什么。她要把那些多少次反复使自己相信的论据全都说出来。

“如果理智不能避免不幸的人们降生到世界上来，我又要理智做什么？”

她看了一眼陀丽，依然没有等她回答又继续说：

“在这些不幸的孩子面前，我会永远感到自己是有罪的，”她说，“如果没有他们，那他们至少不至于不幸，而要是他们不幸，那便是我一个人的罪过了。”

这也就是达丽娅·阿列克山德罗夫娜自己得出的论据；可现在她听着却不明白了。“在不存在的人面前怎么有罪呢？”她想。于是她突然产生一个想法：对自己的宝贝儿子格里夏来说，要是他从来就不存在，在某种情况下是否更好些呢？对她来说，这显得那么古怪、荒唐，以至于她摇了摇脑袋，驱散这种像疯子似的胡思乱想。

“不，我不知道，但这样可不好。”她脸带厌恶的表情，这么说道。

“是的，可是你别忘了，你是什么情况，我又是什么情况……除此之外，”安娜补充说，虽然自己的论据很充分而陀丽则论据不足，好像还是意识到这不好，“主要的是你别忘了，我现在可不是你那种处境。对你来说，问题是：你是不是想多要几个孩子；而对我呢：我是不是要有孩子。这是重大的区别。你理解吗？处在我的情况，就不能希望这个。”

达丽娅·阿列克山德罗夫娜没有反驳。她突然感觉到自己离安娜已经那么遥远，她们之间存在着一些永远谈不到一起的问题，因此还是不说为好。

二十四

“既然这样，假如可能，你就该解决好自己的处境问题。”陀丽说。

“是啊，假如可能。”安娜突然用完全不同的、轻轻的和哀伤的声音说。

“难道离婚办不成？人家对我说，你丈夫他同意离婚。”

“陀丽！我不愿谈这事儿了。”

“好，我们不说这个，”达丽娅·阿列克山德罗夫娜注意到安娜脸上痛苦的表情，连忙说，“我只觉得你看事情太阴郁了。”

“我吗？一点儿也不。我很开心和满足。你看到了，我受人欢迎[1]。维斯洛夫斯基……”

“不过，老实说，我不喜欢维斯洛夫斯基的腔调。”达丽娅·阿列克山德罗夫娜想要改变话题说。

“啊，一点儿也不！这不过是为了让阿列克谢高兴，没有更多的意思；不过他是个孩子，完全掌握在我的手中；你明白吗，我要他怎么样就怎么样。他全无所谓，就像你的格里夏……陀丽！”她突然改变了话题，“你说我看事情阴郁。你没法理解。这太可怕了。我尽量不去想它。”

“可是，我觉得你必须处理。应当想尽一切可能的办法。”

“可是有什么办法？什么办法也没有。你说，我嫁给阿列克谢，可是我不想这样。我不想这样！！”她满脸变得绯红地重复说。她站了起来，挺直胸膛，沉重地叹了口气，开始以自己轻盈的脚步在房间里来回走着，偶尔停下来一会儿。“我不想吗？我没有一天一小时不想，并为此而责备自己……因为这样想个不停会使人精神失常。精神失常，”她重复了一遍，“我想这事儿的时候，不用吗啡就睡不着觉。不过，好吧。我们冷静地来谈谈。人家告诉我——离婚。第一，他不肯答应，他现在是在莉吉娅·伊万诺夫娜的影响之下。”

挺直身子坐在椅子上的达丽娅·阿列克山德罗夫娜，怀着一

---

① 原文为法语。

脸痛苦的同情转过头，注视着正来回走着的安娜。

“不妨试试。”她轻轻地说。

“就算试试吧。这意味着什么？”她说，显然，那是她上千次反复考虑过并能倒背如流的思想，“这意味着，憎恶他的我还是得承认自己在他面前有错——而且我得把他看做一个宽宏大度的人——还得低三下四地给他写信……好吧，就算我尽力，我这么去做。我要么得到一个侮辱性的答复，要么是同意了。好，我得到同意了……”安娜这时候在房间的另一端停了下来，像是拉了拉窗帘，“我得到同意了，那儿……儿子呢？要知道，他们不会把他交给我的。因为他将在被我抛弃的他的父亲的家里长大，他会蔑视我的。你要明白，他们两个，谢廖沙和阿列克谢，我可以说是一样爱着，都超过爱我自己。”

她走到房间中央，在陀丽面前停下来，把双手放在胸口上。穿着宽大的白罩衫，她的形象显得特别高大健美。她低下头，用一双泪珠闪烁的湿润的眼睛，皱起眉头看着瘦小又可怜，身穿织补过的上衣，戴着睡帽，激动得浑身哆嗦的陀丽。

“我只爱这两个人，可是他们相互排斥。我没法使他们结合在一起，而我却需要这样。而如果做不到这样，那就全无所谓了。完全，完全无所谓了。反正总会结束的，正因为这样，我没法，我不喜欢谈这件事情。因此，你不要责怪我，无论如何不要责备我。你心地纯洁，没法明白我承受的全部痛苦。”

她走过来，并排坐在陀丽身边，而且带着抱歉的表情，一边注视着陀丽的脸，一边握住她的一只手。

“你在想什么？你对我怎么想？你不要蔑视我。我不值得蔑视。我就是不幸。如果天下真有不幸的人，那就是我。”她说着，转过身去，哭了。

等剩下陀丽一个人后，她向上帝做了祷告，就躺在了床上。在和安娜谈话的时候，她全心全意地可怜她；可现在，她没法让自己去考虑她了，关于家庭及孩子们的回忆，带着一种特别的，对她来说是一种新的魅力，通过某种新的闪烁，浮现在她的头脑里。现在她觉得，她的那个世界那么珍贵、那么可爱，她无论如何都不愿意离开它而在这里多待一天了，她决定明天一定要走。

与此同时，回到自己书房里的安娜，拿起一只小杯子，往里倒了几滴以吗啡为主要成分的药水，喝下以后又一动不动地坐了一会儿，便带着安静下来的愉快心情进卧室去了。

她走进卧室时，符朗斯基仔细地瞧了瞧她。他在寻找自己知道的一次谈话的印迹，她在陀丽的房间里待了那么久，应该有点反应。然而，在她兴奋矜持而又有所隐瞒的表情中，除了虽然说他早已习惯而又一直使他入迷的那种美，那种她对自己美的矜持，以及想使他动心的愿望以外，竟什么也没有找到。他不想问她们都谈了些什么，但希望她自己能告诉他点儿什么。可是，她只是说：

“你喜欢陀丽，我很高兴，你喜欢她，对吗？”

“不过要知道，我早就认识她。她很善良，好像太平庸无奇了一点儿[①]。不过，她来了，我还是很高兴。”

他握起安娜的一只手，并询问地看着她的两只眼睛。

她对这种目光作了别的理解，对他微微笑了笑。

第二天早晨，尽管主人们竭力挽留，达丽娅·阿列克山德罗夫娜还是收拾好行李，要走了。列文的马车夫穿着一件旧长衫，戴着有点像邮差的帽子，驾着毛色不同的几匹马，坐在一辆两侧修补过的四轮马车上，阴郁而果断地开到了有顶盖和铺着沙子的大门口。

告别瓦尔瓦拉公爵小姐及男人们的时候，达丽娅·阿列克山德罗夫娜感到不愉快。相处了一天后，她和主人们都清楚地感到彼此合不来，还是不在一起为好。只有安娜一个人感到哀伤。她知道，陀丽走了之后，就再也不会有人来打扰她心灵里在这次相

---

① 原文为法语。

会时所唤起的那些感情了。打扰这些感情使她感到痛苦，但是要知道毕竟这是她心灵中最美好的部分，而她心灵中的这一部分很快就将被自己所过的那种生活消耗掉了。

到了田野上，达丽娅·阿列克山德罗夫娜有一种轻松愉快的感觉，正当她想问问别人是否喜欢到符朗斯基那里去的时候，马车夫费利普突然说了：

“富裕是富裕，却总共只给了三俄斗燕麦，到鸡叫时就全吃光了。三俄斗算什么？只当是小吃。如今燕麦才四十五戈比一俄斗。到我们家里的人不用发愁，要吃多少给多少。”

“吝啬的老爷。”办事员肯定地说。

“那他们的马，你喜欢吗？”陀丽问。

“马吗——没有说的。吃得也好。可是这样，我总觉得有点儿闷得慌，达丽娅·阿列克山德罗夫娜，不知道您感觉怎么样？”他转过漂亮而和善的脸，对着她说。

“是啊，我也一样。怎么样，黄昏前我们能到家吗？”

“准能到。”

回到家里并发现大家平安无事，还特别亲切，达丽娅·阿列克山德罗夫娜便有声有色地讲起来。她讲了自己的旅程，讲了人家怎么接待自己，讲了符朗斯基一家生活的豪华和高雅的格调，讲了他们的娱乐，而且讲得使谁都说不出半句坏话来。

“应当了解安娜和符朗斯基——现在我对他了解多些了——才能明白他们多么可爱和动人。”她完全真诚地这么说，因为她已经忘了自己在那里感觉到的不满和局促。

二十五

符朗斯基和安娜还是没有想出任何解决安娜离婚问题的办法，

她们就这样在乡下度过了整个夏季及部分秋季。他们互相商量，决定哪儿也不去；然而两个人都觉得，他们要是照这样长久地单独过下去，尤其是秋天，又没有客人来，一定会受不了，那就必须得改变这种生活。

生活似乎是好得不能再好了：非常富裕，身体健康，有个孩子，而且两人都有事情忙着。没有客人时安娜也照样关心自己的打扮，而且读很多的书——既有小说也有严肃的著作，都是新潮的。凡是收到的外国报纸和刊物上称赞的一些书，她全都订购来，而且带着往往在孤寂时才有的那种聚精会神去阅读。此外，凡是符朗斯基在从事的一切活动项目，她都根据书籍和专业杂志进行研究，因此符朗斯基常常直接和她探讨农业、建筑，有时甚至还有养马和体育运动方面的问题。他为安娜的知识和记忆力感到吃惊，起初还怀疑，就想证实一下；结果安娜在书中找出了他问的内容，并交给他看了。

医院的建设同样也吸引着安娜。她不仅帮忙，而且还亲自作了许多安排，出了点子。不过，她主要关心的毕竟还是她自己，关心怎么博得符朗斯基的欢心，怎么补偿符朗斯基为她牺牲的一切。符朗斯基的爱情成了她生活的唯一目的，她不但希望讨他喜欢，还要侍奉他，然而与此同时，符朗斯基却为陷进了她精心设计的情网而感到烦恼。时间过得越长久，他越是感到受到束缚，虽则还没有想挣脱这张情网，不过倒很想试试它是否妨碍自己的自由。要不是这种日益增强的想自由的愿望，要不是每次进城出席代表大会或赛马时都免不了发生一番争吵，符朗斯基本来完全可以为自己的生活感到心满意足了。他选择的是一个构成俄罗斯贵族核心的富裕的大量土地拥有者的角色，这不但完全符合他的兴趣，而且到如今过了半年这样的生活之后，他越来越感到满足。还有，那些自己所从事的并越来越吸引他的事业，都进行得非常出色。医院、机器、从瑞典引进的奶牛，以及许多其他的东西，虽然花去了大量的资金，但是他相信这不是白花的，而是在不断地增加自己的财富。在出售森林、粮食、羊毛及出租土地这些涉及收入的问题上，他坚硬得像一块硅石，他都会坚持价格。无论在哪个庄园，凡是遇到一些大项目，他总是采取最稳妥而可靠的办法，连田庄经营的一些小事儿他都极其小心谨慎，做到精打细算。德国管家虽然非常狡猾机灵，为了引诱他采购便在起初把全部费用算得比实际需要高得多，可是过后又说所购买的东西价格可以更便宜，这样立即就能有利可图。因此，符朗斯基从不轻易地听信管家说的。只有到确认要订购的货物是适用的、最新的、在俄国还没有的、能让人大吃一惊的时候，才表示同意。此外，只有在资金有富余的情况下他才进行投资，而且在投资的时候总要弄清全部的详情细节，并坚持得给自己带来最好的效益。因此那样经营事业，他可以很清楚地看出，自己不仅没有浪费，还增加了自己的财富。

十月里，符朗斯基、斯维亚什斯基、柯兹内舍夫、奥勃朗斯基的庄园及列文小部分庄园的所在地卡申斯基省，进行了贵族选举。

这次选举由于种种原因及参加的人数，引起了社会上的注意。大家议论纷纷，积极筹备。一些从来没有参加过选举的居住在莫斯科和彼得堡的人及海外侨友，也前来参加选举了。

符朗斯基早就答应过斯维亚什斯基，他也要去参加选举。

选举前，斯维亚什斯基经常到沃兹德维任斯基村来邀请符朗斯基。

选举的前一天，符朗斯基和安娜为了这次预先定好的出差几乎发生了争吵。这是乡下最烦闷最难受的秋季，因此符朗斯基思想上作好了准备，要同安娜争吵一次，他带着对安娜说话时从来没有过的严厉而冷淡的表情向她宣告要去出差。但是，使他感到惊奇的是，安娜听到这消息后很平静，只是问了一声他什么时候回来。他仔细地张望了一番，不明白她为什么这么平静，而她看到他的注视，微微一笑。他知道安娜善于掩饰自己，而且知道这往往发生在她早已作出了某种决定可又不把计划告诉他的时候。他害怕这一点；但又那么希望避免争吵，因此做出一副相信她是通情达理的样子——而另一方面，他也是真心实意地希望她是通情达理的。

“我希望你不会烦闷？”

“希望是这样，”安娜说，“我昨天收到了一箱戈蒂埃[①]那边寄来的书。不，我不会烦闷的。”

“她想装出毫不在乎，那更好，”他心想，“不然的话，反正也全都一样。”

于是，他没有要她坦白心事，就去参加选举了。他没有同她说个明白，就同她分别了。这在他们同居以来还是头一次。一方面，这使他感到不安，另一方面，他发现这样更好些。“开头这样有点别扭，但以后她会习惯的。不管怎么，我什么都可以为她牺牲，但不能牺牲自己身为男子汉的独立性。”他想。

二十六

九月间，列文为准备吉蒂生产来到莫斯科居住。他在莫斯科已经整整一个月闲着没有事儿干，当时谢尔盖·伊万诺维奇已经到卡申斯基省去了，在那里他拥有田庄并且正积极参加即将举行的选举活动。他曾叫代表谢尔兹涅夫斯基县一票的弟弟列文一起去。此外，列文在卡申斯基也的确有急迫的事情要办，为已侨居在国外的姐姐办理托管和收取赎金。

列文一直在犹豫，但是吉蒂看到他在莫斯科无聊，就建议他去，而且还为他订购了一套价值八十卢布的贵族礼服。为礼服花

① 当时莫斯科一家著名的法国书店。

掉八十卢布，成了促使列文去卡申斯基的主要原因。

列文到卡申斯基已经第六天了，每天都去参加会议及为姐姐总也没有办成的事儿奔波。贵族的所有头目都忙于选举，没法顾及取决于托管局的那种最普通的事情。另一件事——收赎金——也同样遇到了麻烦。经过长期的奔波，总算废除了扣押令，准备支付钱款了；可是那个待人殷勤的律师却不能给许可证，因为得有主席的签名，而主席呢，没有交代过这件事又忙于开会。这样东奔西走，一些很善良又完全理解申请人苦恼的人又都帮不了忙——所有这些麻烦事都毫无结果，列文觉得十分痛苦，又无能为力，就像一个人在噩梦中费劲挣扎，却不能动弹一样。他跟一个心地善良的代理人谈话时，就有这样的感觉。这位代理看来是尽了自己的一切努力了，并竭尽自己的全部智慧设法使列文摆脱困境。“您不妨试试，”代理人不止一次地说，“到这里和那里。”他还制订了一整套计划——怎么绕过那个妨碍一切的致命的地方。但是他马上又补充说：“还会拖延的，不过您试试。”于是列文试去了，来回奔走，乘着马车到处转。大家都很善良，和蔼可亲，而结果呢，绕过的地方又在一头出现了，又挡住了道路。特别令人委屈的是，列文怎么也弄不明白自己在跟谁作斗争，他的事情不了结对谁有好处。原来，谁也不知道这一点；就连代理人也不知道。要是列文能像知道要坐火车就非得先到售票处去排队不可那样明白，他也就不会感到委屈和烦恼了；但是，谁都没法清楚地告诉他，为什么他办这些事会遇到这么多麻烦。

不过，自从结婚以来，列文已经变了许多。他变得耐心多了，如果不知道这一切为什么会弄成这个样子，那他就对自己说，不了解全部情况就别下结论，大概非这样不可，就竭力不生气。

现在，他出席会议和参加选举时，也竭力不去指责、不去争论，对自己尊敬的善良的人们如此认真和热心地进行着的这件事情，能理解多少就理解多少。自从结婚以来，列文觉得自己发现了那么多重要的新事物，以前由于抱着一种轻率的态度，把它们看得微不足道，如今在选举这件事情上，他也加以重视，并看出了它的重大意义。

谢尔盖·伊万诺维奇向他解释，通过这次选举将引起的变革的重大意义。按照法律，省贵族长掌管许多重要的公共事务——有托管机构（就是使列文遭罪的那个机构），有贵族的巨额款项管理，有男子学校、女子学校和军事学校，有按照新条例进行管理的国民教育，最后还有地方自治局——这位省贵族长斯涅特科夫，是个旧式贵族气质的人，他挥霍了巨额的财产，但为人善良、正直而诚实，却完全不理解新时代的要求。在一切方面，他都站在贵族立场，直接反对推广国民教育，并赋予应该具有这么重大意义的地方自治局以阶级的性质。他的职务，应当由一个新的现代的能干的人，即一个完全新的人来担当，只有这样，才能把事情做得恰如其分，也就是从所有赋予贵族并非作为贵族而是作为地方自治局的一分子的权利中，充分发挥对自治有利的作用。在富饶的事事领先的卡申斯基省，现在已经积累了这样的力量，这里的工作只要像样地搞，就可以成为其他各省，乃至全俄罗斯的榜样。正因为这样，这次选举才具有如此重要的意义。预先提出让斯维亚什斯基，或者更好是谢尔盖·伊万诺维奇的好朋友，当过教授的出色的学者涅维多夫斯基来接替斯涅特科夫的省贵族长的职务。

大会由省长致开幕词。他对贵族们说，不要照顾情面，而应当依据功绩和造福祖国来选举任职的官员，还说，他希望尊贵的卡申斯基的贵族会跟过去历届选举中一样，神圣地履行自己的职责，不辜负皇上对他们的高度信任。

讲话结束后，省长走出大厅。在他穿皮大衣并亲切地与贵族长交谈的时候，贵族们闹哄哄地、生气勃勃地，有的甚至兴高采烈地跟在他的后边，把他围起来。列文想了解细节，什么事也不放过。这时他也站在人群里，听到省长说："请转告玛丽娅·伊万诺夫娜，我妻子很遗憾，她要到孤儿院去。"接着，贵族们都高高兴兴地拿过自己的皮大衣，并到大教堂去了。

在大教堂里，列文和其他人一道举着一只手重复着大司祭的话，以最可怕的言辞宣誓：一定使省长的全部希望实现。教会的仪式总是会对列文有所影响，因此当他说出“我吻十字架”这几个字时，回头瞥了一眼这群重复说着同样内容的年轻人和年老的人，他觉得自己被感动了。

第二天和第三天，据谢尔盖·伊万诺维奇所说，是讨论毫无重要性的贵族款项和女子学校的事情。因此，有事要办的列文就没有和大家在一起。第四天，是围着省贵族长的办公桌审核省贵族长的款项。这时，新派和老派第一次发生了冲突。负责审核款项的委员会向大会报告说，数目完全相符。省贵族长就站起来，感谢贵族们的信任并落下了眼泪。贵族们大声对他表示祝贺，并握握他的一只手。这时谢尔盖·伊万诺维奇一派里有位贵族说了，他听说委员会没有查账，认为这样的审核是对贵族长的侮辱。委员会的一个成员不慎证实了这一点。这时一位矮小的，样子很年轻却很刻薄的先生说了，看来贵族长乐于报告账目，而委员会成员们不必要的客气使他失去了一次这种道德上的满足。委员会的成员们于是否定了自己原来的报告，谢尔盖·伊万诺维奇就开始很有逻辑地论证，应当承认账目要么是审核过的，要么是没有审核过，并详尽地发挥了这种二者必居其一的论点。反对派一个能说会道的人对谢尔盖·伊万诺维奇作了反驳。接着是斯维亚什斯基发言，以及刻薄先生的发言。争论进行了很长时间，结果不了了之。列文感到吃惊的是，这事儿争论了这么久，特别是当他问谢尔盖·伊万诺维奇这些钱是否被私自挪用了时，谢尔盖·伊万诺维奇竟说：

“噢，不！他是个诚实的人。但是，应该使这种传统家长式的管理贵族事务的古老办法改变一下。”

第五天是选举县贵族长。有几个县，这一天竞争相当激烈。在谢列兹涅夫斯基县，斯维亚什斯基经全体投票并获得一致通过当选了县代表长，当天晚上，在他家里举行了宴会。

二十七

第六天，照规定是进行省级选举。大小各厅堂里都挤满了身穿各种礼服的贵族。许多人到这一天才来。有的从克里米亚来，有的从彼得堡来，有的从国外来，很久没有见面的朋友在厅堂里碰上了。在贵族长办公桌旁边，在皇上的肖像画下，一些人正在进行争论。

贵族们分成一个个阵营，聚集在大小厅堂里，而且根据各方观点上的敌对和不信任，根据喜欢说话的人看见陌生人过来就得保持沉默，根据有些人窃窃私语地退居到远远的走廊上等迹象，可以看出每一边都有自己要对其他多方保守的秘密。从表面上看，贵族们尖锐地分成了两类：老派的和新派的。老派的大多数或者穿着纽扣扣得紧紧的旧式贵族礼服，戴着佩剑和帽子，或者穿着自己在海军、骑兵、步兵服役时的特殊制服。老派贵族的服装是按老样式做的，两个肩膀上打褶，显得小，上身短而窄，穿着这身衣服，人好像要从里边往外鼓出来似的。年轻人穿的则是上身长，肩膀宽，纽扣都开着的贵族衣服，夹着白背心，要不就穿黑领子和绣着桂枝的司法部专用制服。属于年轻人一边的，还有身穿宫廷制服的，他们就像给人群增添的点缀。

但是，年轻的和年老的区分并不和派别之分相符合。照列文观察，有些年轻的属于老派，而相反；有些很年长的贵族倒和斯维亚什斯基窃窃私语，显然是新派的热烈拥护者。

列文站在抽烟和吃东西的小厅里自己一群人的边上，同时细听人们都说些什么，结果白白费脑子，没有听清楚人家说的话。谢尔盖·伊万诺维奇是他们一堆人的中心人物，此时他正在听斯维亚什斯基及属于他们那一派的另一个县的贵族长赫留斯托夫说话。赫留斯托夫不同意带着自己那个县的人马去请求斯涅特科夫进行表决，而斯维亚什斯基正说服他要这么做，谢尔盖·伊万诺维奇也赞成这一计划。列文不明白，为什么反对派要请那个他们想否决的人出来应选，进行表决。

穿着一身宫廷高级侍从制服的斯捷潘·阿尔卡杰奇刚吃过点心，喝过酒，他一边用洒过香水的绣花麻纱手帕擦着嘴巴，一边来到他们身边。

“我们摆开阵势了，”他摸摸自己的连鬓大胡子说，“谢尔盖·伊万诺维奇！”

接着，他在留神听着谈话的同时，肯定斯维亚什斯基的意见。

“一个县足够了，而斯维亚什斯基，显然是反对的一派了。”他说的话，除列文外大家都明白。

“怎么，柯斯佳，连你好像也感兴趣了？”他转过身来对列文补充说，并拉住他的一只手臂。列文倒是乐于听下去，可是他弄不明白怎么回事，于是便离开了说话的人几步，向斯捷潘·阿尔卡杰奇表示了自己的困惑，为什么要请省贵族长当候选人。

“噢，最简单不过了[①]！”斯捷潘·阿尔卡杰奇说，他简洁明了地向列文解释是怎么回事。

如果和以往的选举一样，所有各县都去请省贵族长做候选人，那他就会不用表决就当选。这样不行。现在是八个县同意请他了；要是有两个县拒绝去请，那斯涅特科夫就可能放弃参加竞选。而那时老派会推出本派当中的另一个人来，全部指望就得落空。但如果只有斯涅特科夫的那个县不去请，斯涅特科夫还会作为候选人提出来进行表决。大家甚至还会选他，并故意让他重新当选，这么一来，反对派就失算了，而且，当推选出我们的候选人时，

① 原文为拉丁语。

他们也会投他票的。

列文有点明白了，但还不完全明白，因此还想提几个问题。可当时大家都说起话来，吵吵嚷嚷地往大厅里走。

“怎么回事？什么？把谁？”“委托书？给谁？什么？”“否决了？”“不是委托书？”“不放弗列洛夫进来。”“怎么，要受审判？”“这样谁都不让进来了。这是卑鄙。”“遵守法律嘛！”列文听到来自四面八方的声音，同时和大家一起忙着要走又怕错过了什么似的往大厅里走去，并被贵族们挤到省贵族长办公桌旁，省贵族长、斯维亚什斯基及其他几位带头人正在激烈地争论着什么。

二十八

列文站得相当远。身边一位贵族呼哧呼哧沉重地喘着气，另一个则把厚靴子掌磨得咯吱咯吱响，这两个人弄得他什么也听不清楚。他只在远处听到贵族长柔和的声音，然后是那个刻薄的贵族的尖细的声音，再然后是斯维亚什斯基的声音。他多多少少听明白了，他们是在争论法律中一个条款的意义及“在侦查中”这几个字的意义。

为了给向桌子走去的谢尔盖·伊万诺维奇让路，人群散开了。等到刻薄的贵族发言完毕，谢尔盖·伊万诺维奇说，最正确的解决办法是看看法律的条款，并请秘书找出那段条款。条款规定，在发生意见分歧的情况时应该进行表决。

谢尔盖·伊万诺维奇把条款宣读了一遍，开始解释意义，但这时候一个高大、肥胖、背有点驼、留着染过色的小胡子，穿一件领子贴着脖颈的紧身礼服的贵族打断了他。他走到桌子跟前，用戴钻石戒指的手敲着桌子，大声嚷嚷道：

"进行表决！投球[①]！没有什么好说的！投球！"

这时突然有几个人同时开口说，于是那位高大的戴钻石戒指的贵族就越来越火，嚷嚷声越来越大。但谁也搞不清楚他在嚷些什么。

他说的意思和谢尔盖·伊万诺维奇的提议是一样的；不过，他显然是恨他和他整个那一派，这种憎恨的感情也是对整个一派而发的，还招来了另一边虽然稍稍礼貌点儿却是愤慨的反击。大家就叫嚷起来，霎时间乱成一团，弄得省贵族长只好出来请大家遵守秩序。

"进行表决，进行表决！只要是贵族，谁都知道。我们流血……皇上的信任……不要清查贵族长，他不是个账房……可问题不在这里……请投球表决吧！可恶的东西！……"四面八方都这么愤怒地拼命地叫喊着。目光和脸色比说的话还要愤恨和疯狂。它们表达了不可调和的仇恨。列文完全不明白问题在哪里，而且为大家在讨论该不该对弗列洛夫的意见进行表决时的那种狂热感到吃惊。他忘了后来谢尔盖·伊万诺维奇给他解释过的那种三段论法，说为了公共的利益必须推翻省贵族长；而为了推翻省贵族长，需要多数球；而为了获得多数球，就必须使弗列洛夫有选举权；而为了确认弗列洛夫的才干就得解释清楚，怎么理解法律的条款。

"而一票就能解决整个问题，所以假如想为公共事业服务，就必须认真和坚定。"谢尔盖·伊万诺维奇结束时说。

但是，列文把这些话忘了，看到这些自己尊敬的好人都这么不愉快，这么气鼓鼓的样子，他感到心情沉重。为了排解这种沉重的感觉，没有等到辩论结束，他就到一个厅里去，那里除了小吃部旁边的几个仆从，就没有别的人了。看着忙于清洗餐具、安排盘子和杯子的仆从，还有他们那一张张平静、生动的脸庞，列

---

① 当时表决采用投小球的方式，投白色球表示赞成，投黑色球表示反对。

文顿时觉得神清气爽，就好像自己刚从一个污臭的房间来到新鲜的空气里。他开始来回走着，带着满意的神情看着仆从们。列文很喜欢留着灰白连鬓大胡子的那一个，他对拿自己逗乐的年轻人露出满不在乎的神情，同时还认真地教他们怎么叠餐巾。列文刚要跟老仆从攀谈，贵族委托局的秘书，一个负责专门了解全省所有贵族名字和父称的小老头叫他过去。

“您请，康士坦丁·德米特里奇，”他对他说，“令兄在找您呢。要对意见进行表决了。”

列文走进大厅里，拿到一只白色的球，跟在哥哥谢尔盖·伊万诺维奇后边走到桌子旁边，斯维亚什斯基正带着一副正经而略带嘲讽的神气站在那里，同时把大胡子握在拳头里嗅着。谢尔盖·伊万诺维奇把手伸进一只小箱子里，把手中的白球扔了进去，便把位置让给列文，自己仍站在一旁。列文走过去，可完全忘了怎么回事，心里慌乱地转向谢尔盖·伊万诺维奇问道：“往哪儿扔？”他轻轻地问，当时附近有人在说话，所以他希望人家不至于听到他的问题。可是说话的人静下来了，他的尴尬的问题被人听到了。谢尔盖·伊万诺维奇皱紧了眉头。

“这是每个人自己的信念问题。”他严厉地说。

有几个人微微地一笑。列文涨红了脸，连忙把手伸进一块盖布下面并把它放在了右边，因为球在右手上。扔完后他才想起来，应当伸出左手的，可是已经晚了，因此就更感到羞愧，立即走到最后边的几排人当中去了。

“一百二十六位赞成！九十八位反对！”发不出卷舌音的秘书说。接着传来一阵笑声：箱子里找到一个纽扣和两个坚果。一名贵族获得了选举资格，也就是说，新派胜利了。

但是，老派还不承认已被击败。列文听到人们请求对斯涅特科夫进行表决，他还看到一群贵族围住正在说什么话的省贵族长。列文走到离得近一点儿的地方。斯涅特科夫在回答贵族们的话时，说到贵族们的信任和爱戴使他受之有愧，因为自己的全部功劳只不过是十二年来忠心耿耿地为贵族们效力罢了。他几次重复说："我以自己信仰的真理，尽了自己的责任，我珍惜和感谢大家。"接着，眼泪突然哽住了他的喉咙，他说不下去了，走出了大厅。不管这些眼泪是出于对贵族的爱，觉得自己受到了不公正的对待，还是出于当时所处的紧张情况，觉得周围全是仇敌，但他的激动产生了影响，大多数贵族都被打动了，连列文都对斯涅特科夫产生了温柔的感情。

在门口，省贵族长跟列文面对面地碰在了一起。

"对不起，请原谅，您请吧。"他好像对一个不认得的人那么说；但是，一认出是列文，便露出了不好意思的微笑。列文觉得他好像要说什么话，可因为激动说不出话来。他的脸部的表情，穿着带十字勋章的制服以及镶金边白裤子的形象，还有匆匆忙忙走路的样子，使列文想到一头受伤后感到自己情况不妙的野兽。贵族长脸部的表情使列文特别感动，因为昨天为了委托的事情他刚到贵族长家里去拜访过，当时看到的是一个善良的、有家室的人的那种很威风的样子。一幢带古老家具的房子，几个穿戴不太讲究的脏兮兮的，但是毕恭毕敬的老仆人，他们原先显然是农奴，从来没有改换过主人；贵族长胖乎乎的善良的妻子，戴着一顶花边压发帽，披着一块土耳其披肩，她刚亲吻过可爱的外孙女，也就是女儿的女儿；年轻的儿子是个六年级学生，刚从学校回来，向父亲请过安，吻了吻他一只大手；主人亲切动人的话语和姿势——所有这一切都在列文心头激起一种不由自主的尊敬和同情。现在这个老头使列文感动又觉得可怜，于是就想对他说几句使他感到愉快的话。

"可见，您还当我们的贵族长。"列文说。

"未必会，"贵族长惊恐地回过头来说，"我累了，也老了。有比我更好更年轻的，让他们干吧。"

接着，贵族长便从侧门消失了。

最庄严的时刻来到了。得立即进行选举。这个派那个派的头目都掐着手指在计算白球和黑球的数目。

关于弗列洛夫的争论不仅使新派多了弗列洛夫的一个球，还赢得了时间，因此可以使三个诡计多端的老派贵族失去参加选举的可能性。两个贵族爱喝酒，被斯涅特科夫的党羽灌得烂醉如泥，而还有第三位呢，他的制服都早就被人弄走了。

得悉这种情况，新派便及时乘辩论弗列洛夫的机会派人给第三位贵族送去了一套制服，并把两位喝醉的贵族中的一位带到了会上。

“带来了一个，给他用水冲了冲，”乘马车去带人的地主来到斯维亚什斯基跟前时说，“没有关系，用得着。”

“醉得不厉害，不会倒下吧?”斯维亚什斯基摇摇头说。

“不，一个好小伙子。只是别再给他喝了……我对茶房领班说了，无论如何都别让他再喝了。”

二十九

在抽烟吃东西的一间狭窄的小厅里，挤满了贵族。他们此时情绪更加激昂，每个人的脸上都流露出不安的神情，情绪特别激动的是那些知道详情和统计总数的头目。他们是一场即将开始的战斗的指挥员。其他一些人是交战前的普通士兵，虽然也作好了战斗的准备，但暂时还在寻开心。有些人站着或坐在桌子边上吃东西；另一些人来来回回在狭长的小厅里边走边抽烟，同时跟长久没有见面的朋友们聊天。

列文不想吃东西，也不抽烟；凑到自己一堆子人里去，也就是和谢尔盖·伊万诺维奇、斯捷潘·阿尔卡杰奇、斯维亚什斯基及其他的人在一起，他也不愿意，因为身穿侍从武官制服的符朗斯基正站在那儿和他们一起兴致勃勃地谈着。他走到一扇窗子前坐下来，同时环顾四周并留神听那些人都在说些什么。特别使他感到悲伤的是，周围所有的人都很活跃、忙忙碌碌，只有他自己和一个很老很老的小老头什么事儿也没有，这个小老头牙齿全掉光了，穿着海军制服，咂巴着干瘪的嘴巴，正毫无兴致地坐在他旁边。

“这真是个骗子！我对他说了不要这么干。可不是吗！他三年都不能把钱收齐。”一位个子不高而有点驼背的地主恶狠狠地说，他那抹了油的头发拖到制服领子上，使劲地跺着那双显然是为了参加选举才穿的新靴子的后跟。接着，这个地主向列文投过不满的一瞥，就迅速地转过身子。

“对，一桩不干净的勾当，还有什么说的。”个子矮小的地主细声细气地说。

在这之后，整整一群围着一位胖将军的地主急急忙忙向列文靠近过来。这些地主显然是在寻找说话的地点，免得人家听到。

“他怎么敢说是我让人偷他裤子的！我想他是拿裤子换酒喝了。我才不在乎他和他的公爵称号呢。他不敢说吧，这真是卑鄙下流！”

“不过你们还是让我说吧！他们是以条款为基础的。”另一堆里的人在说，“妻子应当登记为女贵族。”

“而依我看，那条款算个屁！我说的是心里话。那才是高尚的贵族。要有信任。”

“阁下，我们走吧，喝一杯上好的香槟①。”

另外一群人跟在一个大声嚷嚷着什么的贵族后边：他是三个被灌醉了的人之一。

“我一直建议玛丽娅·谢苗诺夫娜把土地租出去，因为她得不到好处了。”一个身穿老参谋部陆军上校制服和留着灰白小胡子的地主用悦耳的声音说。他就是列文在斯维亚什斯基家碰上的那

① 原文为法语。

个地主。列文立刻认了出来，地主也看清了是他，于是互相问候起来。

“很高兴。怎么的！我记得很清楚。去年，在县贵族长尼古拉·伊万诺维奇家里。”

“那，您的田庄经营进行得怎么样？”列文问。

“是啊，还是老样子，亏损，”地主停在旁边带着温顺的微笑回答说，不过他平静而坚信的表情好像在说，也只能这样了，“而您怎么会到我们这个省来的？”他问，“您是来参加我们的政变[①]？”他用结结巴巴的法语坚定地说，“全俄罗斯都会聚起来了：包括宫中的高级侍从官，差点儿大臣们都来了。”他指指穿着白裤子和宫中高级侍从制服、正和一位将军一起神气活现地走来走去的斯捷潘·阿尔卡杰奇。

“我得老实告诉您，我很不理解这种贵族选举的意义。”列文说。

地主看了他一眼。

“是啊，这有什么好理解的？没有任何意义。一种只因为惯性继续在运转的没落机构。您瞧瞧，这些制服——就它们也在告诉您：这是民事法官、常任委员等等一些人的会议，而不是贵族的会议。”

“那您为什么还来呢？”列文问。

“按老习惯，这是其一。然后，应当保持联系。这是某种道德上的责任。而再次，要老实说，是自己的利益。女婿想竞选非常任委员。他们不富裕，得帮他一把。瞧，这些先生干吗来了？”他指着在省贵族长办公桌那边说话的那位刻薄的先生说。

“这是贵族的新一代。”

“新倒是新。可不是贵族。这是土地拥有者，而我们是地主。他们作为贵族正在亲手掐自己的脖子呢。”

---

① 原文为法语。

“可是，您刚才在说，这是个没落的机构。”

“没落是没落，可还是得对它尊重点儿。就说斯涅特科夫吧……我们好好坏坏，总算有一千年成长的历史了。您知道，如果您要在家门口建造花园，要计划一下，结果您的那个地方长着一棵百年老树……它虽然又老又难看，可您不会因为要筑花坛把这老家伙给砍掉吧，而会重新设计花坛的，以便利用这棵树。它不是一年之内长得起来的，”他小心翼翼地说，并立刻改变了话题，“那么，您的田庄经营怎么样？”

“是啊，也不好。百分之五的收益。”

“不过，您没有把自己的功劳算进去。要知道，您也值点儿什么吧？瞧吧，就说说我自己。在没有经营田庄的时候，按职务我一直有三千卢布的收入。现在我比担任职务时干的活还多，结果却和你一样，只得到百分之五的收益，而且这还得靠上帝保佑。还得把自己的劳动白白搭进去。”

“那您为什么还干这个呢？要是直接亏损的话？”

“看着干呗！有什么办法？习惯嘛，而且知道吗，应该这样。我还要对您说，”他用胳膊肘支着窗台，没完没了地继续说，“我儿子对田庄经营毫无兴趣，看样子，将成个学者。这么一来，就没有人继承我的事业了。自己怎么都得干。就是今年吧，我还栽培了一个果园。”

“是的，是的，”列文说，“您说得对。我总是觉得自己经营田庄真划不来，而是干着……觉得自己对土地有某种责任。”

“对，让我来讲件事给您听吧，”地主继续说，“有个邻居是商人，他到我家去。我们绕着田庄，绕着花园走了一圈。‘不’，他说，‘斯捷潘·瓦西里奇，您这里一切都好好的，但是花园荒废了。’可是，我那花园好好的呀。‘要是换了我，就把这椴树砍了。不过得在吸浆的时候砍。要知道这里有上千棵椴树，每棵能出两副好夹板。而眼下夹板值钱，还是把椴树林成批地砍了吧’。”

“而他会用这些钱购买牲口或者非常便宜地买下土地，再分别租给农民们，”列文微笑着把他的话说完，显然自己也不止一次地碰到过类似的打这种如意算盘的人了，“于是，他就积攒了财产。而您和我——只要保持自己所有的，给孩子们留下点儿什么，也就靠上帝保佑了。”

“您结婚了，我听说？”地主说。

“对，”列文怀着自豪的满足回答说，“是呀，说起来也真有点儿怪，”他继续说，“我们就这样没有计算地生活着，我们是命中注定了的，就好像古时候看护火的什么贞节少女那样过日子。”

地主发白的小胡子下露出冷冷地一笑。

“如果我们当中也有这种人，哪怕就是我们的朋友尼古拉·伊万诺维奇或者现在搬来住的这位符朗斯基伯爵吧，他们想搞现代化农庄；可是这事儿，除了投入资本，至今毫无结果。”

“可是为什么我们不像商人那么干呢？为什么不把花园砍了做夹板？”列文回到使自己吃惊的那种想法说。

“对啊，就是因为像您说的，看护火嘛。而那可不是贵族的事业。我们贵族的事业也不是在这里搞选举，而且在那边自己的旮旯里。我们也有自己的阶级本能，应该做什么或不应该做什么。瞧农民们也是的呀，我有时候看看他们：一个好好的农民也总是想尽可能多地占些土地。不管多坏的土地，他们都耕种。也没有什么收益，尽亏损。”

“我们也是这样，是这样，”列文说，“非常非常高兴见到您。”他看见向他走来的斯维亚什斯基后，补充说。

“而自从上次在府上见过面以后，我们这还是第一次见到呢，”地主说，“对了，还畅谈了呢。”

“怎么，骂了一通新秩序？”斯维亚什斯基带着微笑说。

“我们不否认。”

“我们谈了个痛快。”

三十

斯维亚什斯基挽起列文的一只胳膊，和他一起来到了他那一派人那里。

这一次可没法回避符朗斯基了。他正和斯捷潘·阿尔卡杰奇及谢尔盖·伊万诺维奇站在一块儿，迎面看着列文走过来。

“见到您很高兴。好像，我有幸见过……在舍尔巴茨基公爵夫人家里。”他边说边向列文伸过一只手来。

“对，我很清楚地记得我们那次见面。”列文满脸绯红地说，便立刻转过身去和哥哥说话。

符朗斯基稍稍露出点儿笑容，继续和斯维亚什斯基说着话，显然他毫无与列文攀谈的愿望；但是和哥哥聊着的列文却不断回头去看符朗斯基，心里在想为了挽回自己鲁莽造成的影响，跟他说什么话好。

“现在是为了什么？”列文一边回头看看斯维亚什斯基和符朗斯基，一边问。

“为了斯涅特科夫。得等他的拒绝或同意。”斯维亚什斯基回答说。

“那他怎么的，会不会同意？”

“问题就在这里，模棱两可的。”符朗斯基说。

“而要是拒绝的话，谁会是候选人呢？”列文看了一眼符朗斯基问道。

“看谁愿意呗。”斯维亚什斯基说。

“您愿意吗？”列文问。

“只有我除外。”斯维亚什斯基向旁边跟谢尔盖·伊万诺维奇站在一起的那位刻薄先生投过惊恐的目光，然后心慌地说。

“那会有谁呢？涅维多夫斯基？”列文说，感到自己给弄糊涂了。

但事情比这更糟。涅维多夫斯基和斯维亚什斯基是两名候选人。

"我可是无论如何也不干。"刻薄的先生说。

原来这就是涅维多夫斯基本人。斯维亚什斯基给他介绍与列文认识。

"什么，连你也动心了？"斯捷潘·阿尔卡杰奇向符朗斯基眯眯眼睛说，"这好比赛马，可以打赌。"

"对，这让人动心，"符朗斯基说，"再说，一旦着手做一件事，就想做完它。这可是一场斗争啊！"他皱起眉头，有力地咬咬牙关说。

"斯维亚什斯基真是个能干的家伙！什么事到他手里都干净利落。"

"噢，对。"符朗斯基漫不经心地说。

接着是一阵沉默，符朗斯基——因为总得看着什么吧——就看了看列文，他的脚、他的礼服，又看了看他的脸，发觉他那双阴沉的眼睛正对着自己想说什么，就开了口：

"而您这是怎么——一个常住乡间的人却不是民事法官吗？你穿的不是民事法官制服。"

"因为我认为，民事法庭是一个荒谬的机构。"列文阴郁地回答，一直等待机会和符朗斯基说话，以便缓和一下第一次见面时自己的粗鲁表现。

"我不认为这样，相反。"符朗斯基略带惊讶地说。

"那简直是开玩笑，"列文打断他说，"我们不需要民事法庭。八年来我这里没有发生过一起案子。倒是出过点事儿，给判得颠三倒四的。民事法官离我那儿四十俄里路。为了一件两个卢布的事情，请个承办人得花十五卢布。"

接着他讲了一件事，说一个农民偷了磨坊主的面粉，磨坊主把这事儿对法官讲了，那个农民却告他诬陷。这一切讲得不是地方又显得愚蠢，连列文自己当时也感觉到了这一点。

“噢，这真是个怪人！”斯捷潘·阿尔卡杰奇带着甜腻腻的微笑说，“不过，我们走吧？好像在进行表决了……”于是，他们分开了。

“我不理解，”谢尔盖·伊万诺维奇注意到弟弟笨拙的狂妄行为说，“我真不懂，一个人怎么会这么缺乏政治手腕。这正是我们俄罗斯人所缺乏的东西。省贵族长——一个和我们对立的人，你竟和他那么亲近[①]并请他做候选人。而符朗斯基伯爵……我不会让他成为自己的朋友的；他请我吃饭，我也不会到他家里去；可他是我们的人，干吗要让他成为仇敌呢？还有，你又去问涅维多夫斯基，他愿不愿做候选人。这种事情不能这么干。”

“啊，我什么也不懂！而且这都是些鸡毛蒜皮的事。”列文阴郁地回答。

“你说这一切都是些鸡毛蒜皮的小事，可是你一插手，总是坏事。”

列文不吱声了，接着，他们便一起走进了大厅。

省贵族长虽然觉得已经为他设计好了陷阱，虽然并非全体一致请他，却还是决定参加表决。大厅里一片肃静，秘书声音洪亮地宣布，近卫军骑兵大尉米哈依尔·斯捷潘诺维奇·斯涅特科夫参加竞选省贵族长，现在投球表决。

县贵族长们端着装有选举球的小盘子，从自己的桌子向省贵族长走过去，接着就开始选举了。

“往右边放。”当列文和哥哥一起跟在县贵族长后面向桌子走过去时，斯捷潘·阿尔卡杰奇悄悄对他说。但是，列文忘了人家给他解释过的那种计算法；他怕斯捷潘·阿尔卡杰奇说的“往右边”会不会有错。斯涅特科夫可是个仇敌啊。他右手拿着球，向桌子走去，但是一想，错了，到了桌子紧跟前，他把球转到了左手上，因此后来显然是投在了左边。站在箱子边上的一个内行人

---

① 原文为法语。

根据胳膊肘的一个动作就能看出谁投在哪边，他不满地皱了皱眉头。这下子他没有机会试一试他那明察秋毫的眼力了。

一切都归于沉寂，接着便传出计算球数的声音。然后是另一个人的声音在宣布当选者和没有当选者的球数。

现任贵族长获得相当多的票数。到处都是喧哗声，人们迅速向门口拥过去。斯涅特科夫进来了，贵族们便把他围起来，向他祝贺。

"那，现在结束了吧？"列文问谢尔盖·伊万诺维奇。

"才开始呢，"斯维亚什斯基微笑着代替谢尔盖·伊万诺维奇回答说，"另一位候选人可能得到更多的球数。"

列文又忘了这个。这时候他只记得这里有某种微妙的地方，可是他没有心思去回想究竟微妙在哪里。他产生了一种厌烦心理，于是想离开这一群人。

因为没有谁注意列文，他便觉得自己成了个谁也不需要的人，不声不响地来到人们吃东西的小厅里，又看到了那些仆从，立刻感觉到轻松多了。仆从老头儿劝他吃点儿什么，他同意了。列文吃了一份带菜豆的煎肉饼，还和仆从聊了一会儿过去年代的事情，因为不想回到那个令人不愉快的大厅里去，就来到侧厅的旁听席上。

侧厅里挤满了花枝招展的太太，她们扶在栏杆上，在竭力听下边说的话，一句也不想漏掉。太太们的旁边坐着或站着一些颇有风度的律师、戴着眼镜的中学老师，还有军官。到处都在谈论选举以及贵族长受了多大的折磨，争论多么精彩等；在有一群人里，列文听到有人在夸自己的哥哥。一位太太对律师说：

"我听柯兹内舍夫讲话真高兴！为这事挨饿都值得。妙极了！一切都听得清清楚楚！瞧你们法庭审理时，没有一个人能讲得那样好。只有马依杰尔一个，不过他远不是个能言善辩的人。"

在栏杆上找着一个空位置，列文也靠在那里观察和倾听起来。

所有的贵族都按县分组，坐在各自有屏风隔开的区域里。大厅中央站着一个穿礼服的人，他正在用尖细而响亮的声音宣布：

“现在对省贵族长骑兵上尉叶甫盖尼·伊万诺维奇·阿普赫舍作为候选人进行投球表决！”

开始出现一阵死一般的寂静，接着传出一个老年人虚弱的声音：

“放弃！”

“投票表决七等文官彼得·彼得洛维奇·鲍尔。”那人又宣布说。

“放弃！”是一个年轻人刺耳的尖声。

又开始宣布，接着又是“放弃”。这样持续了将近一小时。列文用胳膊肘支着栏杆，边看边听。起初他觉得奇怪，并想弄明白这是什么意思；后来他确信这不可能弄明白，因此觉得无聊起来。回想到在每个人脸上看到的所有这种激动、气愤，他又感到哀伤起来：他决定离开，就往下边走。穿过旁听席的门廊时，他碰到了一位两眼青肿的中学生闷闷不乐地来回走动。楼梯上，他遇见了两个人：一位穿高跟鞋快步跑上来的太太和一个轻浮的检察官。

“我对您说了，叫您别迟到。”当列文让开路叫太太通过时，检察官这样说。

列文已经来到出口的楼梯处，正从背心口袋里取出存皮大衣的号牌，这时秘书把他叫住了：“请过来，康士坦丁·德米特里奇，正投球表决呢。”

正在进行表决的，是坚决拒绝做候选人的涅维多夫斯基。

列文向进大厅的一道门走去：门关着。秘书敲了敲，门开了，两个满脸通红的地主向列文迎面一溜烟地蹿了出来。

“我受不住了。”一个满脸通红的地主说。

地主后边探出省贵族长的脸来。这是一张疲惫和惊恐得可怕的脸。

“我告诉过你，不要放人出去！”他大声对守门的人嚷嚷。

“我是在放人进来，阁下！”

“天哪!”省贵族长沉重地喘了口气，疲倦地拖着自己穿白裤子的双腿，耷拉着脑袋，顺着大厅中间的一条通道向主席台大桌子走去。

涅维多夫斯基所得的球超过了预期的数目，因此他当选了省贵族长。许多人开心，许多人感到满意、幸福，许多人兴高采烈，许多人觉得不满和不幸。原来的省贵族长没法掩饰自己的绝望。涅维多夫斯基走出大厅时，人群把他围起来，兴奋地追随着他。省长在第一天宣布选举开始时，以及斯涅特科夫当选时，他们也是这样追随的。

三十一

新选举产生的贵族长和取得胜利的新派中的许多人，当天晚上都到符朗斯基家去赴宴。

符朗斯基来参加选举，是因为待在乡下觉得无聊，还为了表明自己在安娜面前有自由的权利，还有答谢斯维亚什斯基支持他出来选举，答谢他在地方自治局选举中所花的全部操劳，而更主要的，是为了严格履行自己所选择的作为一个贵族和土地拥有者应尽的一切义务。然而，他怎么也没有料到，选举这事儿是那么吸引他，使他那么动心，再说自己居然做得那么好。在贵族圈里他完全是个新人，却显然已经有了成绩，而且还不错，觉得自己在贵族中间产生了影响。使他产生影响的是他的财富和名位；从事金融业并在卡申斯基设立了一家业务兴旺的银行的老朋友希尔科夫把城里一幢漂亮的住宅让给了他；符朗斯基从乡下带来了一位出色的厨师；他与省长的交情甚笃，省长是他的同学，甚至曾经受到过符朗斯基的庇护；而更主要的，是他对大家的平易近人，很快使大多数贵族改变了原来的道听途说以为他骄傲的看法。符朗斯基觉得，除了那位娶了吉蒂·舍尔巴茨卡娅的先生，也就是冒冒失失、没头没脑[①]、发疯似的气鼓鼓向他说了一大堆不得要领的废话的那个人以外，自己结识的每一位贵族都成了他的拥护者。他清楚地看到，连别人都承认，涅维多夫斯基的成功在很多方面是他起的作用。因此，这时坐在自己家的宴席上庆祝涅维多夫斯基当选的时候，他经受着那种为自己的候选人取得胜利的愉快感觉。选举本身是那么吸引他，以至觉得如果在今后三年内结婚，他也将考虑参加竞选——就好比看到赛马师得了大奖以后他也想参加赛马了。

现在是在庆贺赛马师的获奖。符朗斯基坐在桌子的首席，右边坐着的是年轻的省长，一位侍从将军。对大家来说，这是一省之主，是他庄严地宣布选举开始，发表了讲话，正如符朗斯基看到的那样，他引起了许多人的尊敬和奴隶般的崇拜；而对符朗斯基来说，这就是小“马斯洛夫·卡特卡”——那是他在贵胄军官学校时的外号，他在符朗斯基面前曾显得腼腆羞怯，而符朗斯基曾竭力对他进行鼓励[②]。右边坐着涅维多夫斯基，他有一张年轻、坚强而恶狠狠的脸。符朗斯基对他的态度是坦率而有礼的。

斯维亚什斯基开开心心地接受了自己的失败。对他来说，这甚至算不得什么失败，正如他举杯转向涅维多夫斯基时所说的那样：再也没法找到一位能更好地担当起贵族应当遵循的新方针的代表人物了。而正因为这样，全体据他所说的正直人都站在今天成功的一边，并在庆贺这种成功。

斯捷潘·阿尔卡杰奇也很高兴，因为这几天过得很愉快，大家都感到满意。在盛大的宴会上，又提到了选举中的一些情景。斯维亚什斯基喜剧式地转述了省贵族长眼泪汪汪的演说，并转向涅维多夫斯基，提请他注意：将来查账时，阁下势必只好采用另

---

① 原文为法语。

② 原文为法语。

一种比掉眼泪更为复杂的办法了。另一位爱开玩笑逗乐的贵族讲到，原来的省贵族长曾预先为举办舞会请了一批穿长筒袜的仆从，而新当选的省贵族长如果不用穿长筒袜的仆从的话，现在只好把他们辞退了。

宴会上大家不停地转过去对涅维多夫斯基说，“我们的省贵族长”，“阁下”。

大家这样说的时候还都带着人们称年轻的女人为“夫人”①或用她丈夫的姓氏时那种满足的神情。涅维多夫斯基则做出一副不只是淡泊甚至是不在乎这种称呼的样子，可是他显然感到幸福，同时又竭力控制自己，可别显露出与眼下大家都在场时这种新的、自由派的氛围不相应的兴奋来。

席间还给一些对选举进程感兴趣的人发了几份电报。斯捷潘·阿尔卡杰奇兴致勃勃地发了一份电报给达丽娅·阿列克山德罗夫娜：“涅维多夫斯基以多出十二个球当选。祝贺。代为转告。”他大声地口述电文，觉得：“得让他们高兴一下。”达丽娅·阿列克山德罗夫娜收到这封加急电报后，只为电报费叹了口气，知道这又是宴会结束时他干的。她知道斯吉瓦参加宴会完了往往有“乱发电报”②的毛病。

包括佳肴和美酒，宴会上的一切都不是从俄国商人那订购的，而是直接进口的外国货，它们都很名贵、纯粹和可口。二十来人的一个小圈子是斯维亚什斯基选定的，他们都是些同一思想的自由派的新活动家，同时又都是些聪明和正派的人物。他们举杯为新的省贵族长，为省长，为银行经理，为“我们亲爱的主人”祝酒，也都带半开玩笑的样子。

符朗斯基感到满足。他怎么也没有料到在省里会有这么亲切可爱的氛围。

---

① 原文为法语。

② 原文为法语。

宴会结束时，大家越发欢畅了。省长请符朗斯基去听为兄弟会义演的音乐会，这是他那位想结识符朗斯基的妻子安排的。

“那里将举行舞会，你就会看到我们的美女。确实出色。”

“这非我所长。”① 喜欢这句英国话的符朗斯基说，可他还是微微笑了笑并答应下来。

当大家都离开桌子，开始抽烟的时候，符朗斯基的侍从端着放有一封信的托盘，走到他面前。

“是信差从沃兹德维任斯基送来的。”他带着郑重其事的表情说。

“奇怪，他多像检察官的同窗斯温齐斯基。”有位客人用法语指着仆从说，这时符朗斯基正皱起眉头在看信。

是安娜来的一封信。看信之前，他就知道它的内容。原来想五天选举结束，他曾答应星期五回去的。今天是星期六了，因此，他知道信的内容是责备他没有及时回家。看来，昨天晚上自己发出的一封信，她还没有收到。

信的内容确实如他所预料的那样，可它的形式来得突然，所以特别使他扫兴。“安妮病得很重，大夫说可能是一种炎症。我一个人不知怎么好了。瓦尔瓦拉公爵小姐帮不了忙，反倒碍事。我等你都第三天了，昨天和现在都派人去了解你到底在哪里及怎么回事。我想亲自去，但改变了主意，知道这会使你不愉快的。你想办法给个回音，让我知道怎么办。”

孩子病了，而她自己还想来。女儿病了，还用这种敌对的语气。

选举过后的欢欣愉悦与应该回家的阴郁沉重的爱情，这二者之间的对立使符朗斯基感到惊讶。可是不能不回去，于是当晚，他就乘坐头班火车回家去了。

---

① 原文为英语。

三十二

符朗斯基动身去出席选举之前，仔细考虑到他每次离家时发生的那些争吵只会使他变得冷淡，可又拴不住他，因此安娜尽了一切可能的努力，争取平静地忍受同他的分离。可是，符朗斯基出发前来向她解释时看着她的那种冷淡严厉的目光使她感到屈辱，因此，他还没有走，安娜内心的平静就已经被破坏了。

后来剩下孤零零的一个人时，安娜反复琢磨符朗斯基这种要有自由权利的目光，和以往一样，安娜得出一点结论——自己受到了屈辱。“他有什么时候想到什么地方去就到什么地方去的权利。不只是离开，还可以撇下我。他有一切权利，我却一点儿也没有。可是，他知道这种情况，就不应该这么做。然而，他做了什么？他用冷淡、严厉的表情看着我。当然，这并不明确，并不清楚，可这种神气，以前不曾有过，因此这种目光包含着许多意思，”她想，“这种目光表示着冷淡的开始。”

而且，虽然相信冷淡已经开始，但还是毫无办法，没法改变对他的态度，就像过去一样，她只能用爱情和魅力吸引住他。也和过去一样，只得靠白天忙忙碌碌、晚上服吗啡才能淹没可怕的思想——一旦他不爱她了怎么办。对了，还有一种办法：拖住他——为此，除了他的爱情，她一切都在所不惜——自己要去亲近他，使自己处于他没法抛弃的境地。这就是办离婚，再和他结婚。于是她开始希望这样，并决定要是符朗斯基或者斯吉瓦对她说起这件事，她就表示同意，头一次表示同意。

在这种思想的支配下，没有符朗斯基，安娜度过了五天，也就是他不在家的那五天。

散步，跟瓦尔瓦拉公爵小姐聊天，参观医院，主要的是读书，一本接一本地读书，她这样消磨着时间。但是到了第六天马车夫没有接到他回来时，她感觉到已经没法再淹没自己要知道他在哪里及干什么的思绪了。正巧这时，女儿病了。安娜开始照料女儿，但这也没有使她消除那种想法，更何况女儿的病没有危险。不管自己多么努力，她还是没法爱这个小女孩，而假装爱，她又不会。这天傍晚，剩下一个人的时候，安娜感到这么为他担心，甚至决定要亲自进城去了，不过好好想了想才改变了主意，就写了那封符朗斯基已经收到的自相矛盾的信，也没有再看一遍，就让信差带走了。第二天早晨收到了符朗斯基的信，她后悔了。她害怕地等待着他会再一次向她投来严厉的目光，尤其是当他得知小女孩的病并不危险的时候。不过，她还是为给他写了那封信感到高兴。现在，安娜已经承认符朗斯基感到她是一种拖累了，他舍不得牺牲自由回到她身边来，尽管她为他要回来了而感到高兴。就让他觉得是拖累吧，但他们俩将在一起，让她看着他，知道他的一举一动就好了。

她坐在客厅里一盏灯下，拿起一本泰纳[①]的新作，一边读一边留神听着风刮到门上的声音，时刻等待着轻便马车的到来。有几次她仿佛听到车轮子的响声，但是她错了；后来终于听到了不只是车轮子声，还有马车夫的吆喝声以及有遮顶的大门口沉闷的响声。甚至连正在摆牌阵的瓦尔瓦拉公爵小姐都证实了这一点，安娜激动地站起来，但是没有马上下去，而是和她前两次一样，停在了那里。她突然为自己撒了谎感到害羞，但最担心的，莫过于符朗斯基怎么对待她了。一种屈辱的感情油然而生；她就怕见到他不满的表情。安娜想起女儿的病第二天就已经完全好了，她甚至开始对女儿感到失望，为什么偏偏在她的信发出去的时候就恢复了健康呢。然后，她想起了符朗斯基，他回来了，整个的，带着双手和眼睛回来了。她听到了他的声音。于是就忘了一切，快活地迎着他跑了过去。

“啊，安妮怎么样？”他望着向自己跑下来的安娜，在下面提

---

① 泰纳（1828—1893），法国哲学家和文艺理论家。

心吊胆地说。

他坐在一把椅子上，仆人便把他的皮靴脱下来。

“没有什么，她好些了。”

“那你呢？”他抖抖身子说。

安娜用双手拉起符朗斯基的一只手，把它挽在自己的腰间，眼睛一直注视着他。

“啊，我很高兴。”他边说边冷冷地打量着她、她的发型以及那件他知道为他才穿上的裙子。

这一切他都喜欢，不过已经喜欢过多少次了！接着，他的脸上就一直是那种使她害怕的严厉而冷若冰霜的表情。

“啊，我很高兴，而你身体好吗？”他用小手帕擦了擦湿淋淋的胡子，并吻着她的一只手。

“无所谓，”她心想，“只要他在这里就好，而他在这里的时候，就不会也不敢不爱我。”

晚上过得幸福而愉快，在场的瓦尔瓦拉公爵小姐向他抱怨说，他不在家时安娜服吗啡。

“我有什么办法？我睡不着……总东想西想的。他在家时我从来不服用吗啡。几乎从来都不。”

他讲述了选举的事，安娜则善于用提问唤起那种使他高兴的事儿——指出他的成功。她把家里一切他感兴趣的事情统统讲给他听了，而且，她提到的事全都是最让人高兴的。

但是，深夜，当他们俩在一起的时候，安娜觉得又完全控制了符朗斯基，便想消除因为那封信所造成的不愉快的印象。她说道：

“你老实说吧，收到那封信你是不是失望了，不相信我了？”

她刚一说这件事儿心里就明白了，不管现在他对她多爱恋、多温柔，但这事儿他是不会原谅的。

“是的，”他说，“这么怪的一封信。又是安妮生病，又是你自己想来。”

“这全是真实情况。”

“是啊，我又没有怀疑。”

“不，你怀疑了。你感到不满，我看出来了。”

“一分钟都没有。我不满的只是，说真的，你好像不愿意让我去承担义务……”

“听音乐会的义务……”

“好，我们不说了。”他说。

“为什么不说？”她说。

“我只是想说，可能碰上一些必须办的事情。瞧，我这就得到莫斯科去，为了房子的事……哎呀，安娜，你干吗要气鼓鼓的呢？难道你不知道，没有你我没法活？”

“要是这样，”安娜突然改变了声音说，“那你一定感到这种生活是一种拖累了……对，你到这里来了一天就走，就像人家那样……”

“安娜，你太不讲道理了。我愿意献出整个生命……”

但是，她不听他说。

“如果你到莫斯科去，那我也去。我不留在这里。我们要么分手，要么生活在一起。”

“你要知道，这是我唯一的一个愿望。但为了这……”

“应该办离婚？我来写信给他。我发现我没法这样生活……但是，我一定要跟你去莫斯科。”

“你这简直是在威胁我。可是我最大的愿望，莫过于不和你分离。”符朗斯基微微笑着说。

不过，在他说这些温柔话的同时，一双眼睛里闪露的不仅是冷漠的、恶意的，而且是一种被逼的和激愤的目光。

她看到了这种目光，并正确地猜到了它的含意。

“如果这样，那可太不幸了！”他的目光似乎在这样说。这是一个瞬息间的印象，可她永远也忘不了。

安娜给丈夫写了信，请求办理离婚，接着在十一月底，告别要去彼得堡的瓦尔瓦拉公爵小姐，安娜和符朗斯基到莫斯科去了。她每天都在等待阿列克谢·亚历山大罗维奇的答复，好接着办离婚手续，与此同时，安娜和符朗斯基像正式的夫妻那样定居了下来。

第七卷

一

列文一家人已经在莫斯科住了三个月了。按照有经验的人的最确切的计算，早就过了分娩的时间了。吉蒂应该分娩了，可她还是怀着孩子，也没有任何迹象表明现在比两个月前更接近产期。无论是大夫、产婆、陀丽还是母亲，特别是一想到分娩便不能不害怕的列文，都开始感到焦灼和不安起来；唯独吉蒂觉得自己非常平静和幸福。

她现在清楚地意识到，自己产生了一种对即将诞生的婴儿的爱，并以喜悦的心情体验到这种新的感情；对她来说，婴儿的一部分已经成了现实。他现在已经不完全是她的一部分了，有时已经离开她在独立地生活了。因此她常常感到苦恼，但同时又因为这种新奇的喜悦而想笑。

所有她爱的人都和她在一起，而且大家都对她这么好，这么关心她，一切都使她感觉到愉快。如果她知道这一切很快将结束，她也不会希望有更好和更愉快的生活了。有一点破坏这种完美的，是她丈夫不像她所爱的那样，不像是在乡下的时候那样了。

她喜欢他在乡下时那种平静、亲切和好客的态度。在城里，他经常显得不安和警觉，好像害怕自己，尤其是害怕她会被人欺侮了。那里，在乡下，他很清楚知道自己所处的位置，上哪儿都不着急，从来也没有闲着的时候。在城市中，他总是匆匆忙忙的，好像尽量要不错过什么，但实际上无事可做。因此，她觉得他可怜。她知道，对别人来说，他并不像是个可怜的人；相反，在社交活动中，当吉蒂冷眼旁观，就像女人有时候竭力用陌生人的眼光去看自己心爱的人，以便看出他给别人造成的印象时，结果她甚至带着妒忌心发现，他不但不可怜，而且还因为有良好的教养，对女性那种拘谨而羞涩的温柔，还有结实有力的体魄，以及那张在她看来仿佛特别生动的脸，她倒觉得他还真迷人。不过，她看他不是从表面，而是从他的内心。她看到在这里的他不是真正的他；否则她就不会对他的状况作这样的解释了。她有时抱怨他不能适应城市生活，有时则意识到他确实难以在城里把生活安排得使她满意。

事实上，他能有什么办法呢？玩纸牌，他不喜欢；俱乐部，他也不爱去。和像奥勃朗斯基那样成天开开心心的男人在一起生活，她现在已经知道了是怎么回事……那就是吃吃喝喝，然后找个地方寻欢作乐去。男人到那种地方去，她一想起来就没法不害怕。去参加社交活动？可是她知道，这样做得和年轻的女人们在一起才有乐趣，因此她也不会希望这样。让他和她，和母亲，和姐妹们待在家里吗？但是，不管这种老一套的闲聊对她来说多么愉快和开心——老公爵把她姐妹们之间的这种闲聊称作“东家长西家短”——她知道他对这不感兴趣。他还有什么事情可做呢？继续写他的书？他倒是想这样做，也开始到图书馆去做摘记和查找资料了；但正如他对她说的那样，他越是什么事情也不做，就越是没有时间做事情。此外他向她抱怨说，在这里人们对他的作品谈得太多，把他的全部思想都弄混了，他也就失去了写作的兴致。

这种城市生活的唯一好处，在于到这里来以后，他们俩从来没有争吵过。是因为城市里的条件不同了呢，还是因为他们俩在这方面变得更谨慎更理智了？反正在莫斯科他们从来没有争吵过。他们刚搬到城里来时曾经那么担心因为妒忌而争吵。

在这方面发生了一桩对他们来说都很重要的事件，就是吉蒂与符朗斯基的见面。

吉蒂的教母，老太太玛丽娅·鲍利索夫娜公爵夫人，从来都很喜欢吉蒂，希望一定得在这里见见她。因为怀孕从来不出门的吉蒂就和父亲一起到这位尊敬的老太太那里去了，结果在她家里碰到了符朗斯基。

吉蒂在这次见面中唯一能自责的就是，当她认出了穿着便服的人身上当时如此熟悉的特点时，顿时喘不过气来，血往心口涌，而且感到自己满脸通红了。但这只持续了几秒钟。父亲故意大声与符朗斯基交谈，父亲还没有说完话，她就已经作好了准备，能够大大方方地应对符朗斯基，如果有必要，还能心平气和地跟他交谈，就像自己将和玛丽娅·鲍利索夫娜公爵夫人说话一样。不过，最主要的是她的一举一动，包括最细微的语调和微笑都要做得能够得到丈夫的支持那样；他虽然不在场，她却仿佛感到此时此刻他就在自己身边。

她和他只说了几句话，他开玩笑地把选举称为“我们的议会”时，她甚至还平静地微微笑了笑（当时应该微笑，表示她懂得这是开玩笑）。但她立刻转过身去对着玛丽娅·鲍利索夫娜公爵夫人，而且在他欠身告别之前，她都没有瞅过他，他告别时她才看了他一眼，不过这显然是因为人家在鞠躬，自己不看着显然比较失礼。

她很感激父亲，关于她会见符朗斯基的情况他什么也没有说；但在拜访后例行散步的时候，他对她特别温柔，她看出来了，他对她很满意。而她对自己也很满意。她怎么也没有料到，自己居然能够控制自己内心深处对符朗斯基的旧情，而且不是“好像”，而确实是面对他泰然自若、平静大方。

当她把自己在玛丽娅·鲍利索夫娜公爵夫人家遇见了符朗斯基的事儿告诉了列文后，他比她脸红得更厉害。把这事儿告诉他，对她来说本来就很困难，而更为难的是继续对他讲述见面的详情细节，因为他虽然没有问她，却皱起眉头瞧着她。

“我感到很可惜，你当时不在场，”她说，“倒不是因为你不在房里……有你在场，我也许就不会那么自然……我现在脸红得更厉害，厉害多了，”她脸红得流出眼泪说，“但是，你没法从门缝里看看，真可惜。”

真实的眼泪使列文相信，她对自己的行为感到满意。虽然她脸红了，但他也就立刻放下心来，并像她所希望的那样开始问起她来。当他知道了一切，包括像最初一刹那情不自禁地脸红，然后便像对初次见面的人那样轻松自如时，列文完全释怀了，并说他为此很高兴，现在自己再也不会表现得像在选举时那么蠢了，而一定得对符朗斯基客客气气的，就像初次见面时那样。

“以前想起世界上有个几乎是仇敌的人，心里就觉得痛苦，”列文说，“我非常非常高兴现在能变成这样。”

二

“那就请你去看望看望鲍尔一家吧，”十一点钟他要离家之前来看她时，吉蒂对丈夫说，“我知道你在俱乐部吃晚饭，爸爸给你预定了。不过，上午你干什么？”

“我只到卡塔瓦索夫那儿去。”列文回答。

“为什么这么早？”

“他答应介绍我和梅特洛夫认识。我想和他谈谈自己的著作，这是一位著名的彼得堡学者。”列文说。

“对了，你上次大为称赞的就是他的文章吧？那么过后呢？”吉蒂说。

“也许还要到法院去，办理姐姐的事儿。”

“那音乐会呢？”她问。

“要是我一个人去有什么意思！”

“不，你去吧，那里演奏新玩意儿……这是你很喜欢的。换成是我一定得去。”

“反正无论如何我一定在晚饭前回来一趟。”他看了看表说。

“那你穿上礼服，好直接到鲍尔伯爵那儿去。”

“啊，难道非得这样吗？”

“哎呀，一定要的！他到我们家来过。这花得了你多少时间吗？去吧，坐一会儿，聊上五分钟天气，然后就走。”

“可是，不瞒你说，我已经不习惯这样了，我还有点不好意思。怎么这样！一个陌生人冒冒失失地跑过去，坐着，啥事儿也没有地坐着，妨碍人家，弄得自己也不愉快，然后走了。”

吉蒂哈哈大笑起来。

“可是要知道，你做单身汉的时候不是常去拜访他们吗？”她说。

“是去拜访过，可总觉得不好意思，而且如今已经不习惯了，说真的，让我两天不吃饭也比做这种事情强。多不好意思！他们全都让我觉得惶恐，总觉得他们会说：没有事情，你这是干吗来了？”

“不，人家不会生气的。这一点，我向你保证。”吉蒂说，同时满脸笑容地瞅着他的脸。她拉起他的一只手，“好了，再见……你请去一下吧。”

他已经想走了，当她停下来时，他吻了吻妻子的一只手。

“柯斯佳，你知道吗？我只剩五十个卢布了。”

“那有什么，我到银行取去。取多少？”他流露出她熟悉的那种不满的表情说。

“不，你等一会儿，”她拉住他的一只手，“我们谈谈，这使我不放心。我好像没花一分多余的钱，可都像流水似的。我们有什么事儿做得不对。”

“一点儿也不！”他说，边咳嗽边皱着眉头瞧着她。

她知道这种咳嗽，这是他很不满的一种表示，不是对她，而是对自己。他确实很不满，但不是因为钱花得多了，而是因为它使他想起他知道出了错同时又想把它忘记的事情。

“我吩咐索科洛夫把小麦卖了，把磨坊的租金先收一些。不管怎么样，钱会有的。”

“不，可我担心花钱还是太多了……”

“一点儿也不，一点儿也不，”他重复说，“好，再见，亲爱的。”

“不，说实在的，我有时后悔听了妈妈的话。在乡下多好，而这么一来，我把你们大家都害苦了，我们还花了这么多钱……”

“一点儿也不，一点儿也不。结婚后至今我还一次也没有说过，我从没希望过事情比现在这样更好的……”

“真的啊？”她盯着他的眼睛说。

他不加考虑地这么说，只是为了安慰她。可是当他瞅了她一眼后，看到这双真实可爱的眼睛疑惑地注视着自己，便完全真心诚意地重复说。“我绝对把她忘了。”他心想。于是他想到不久后等待着他们的事情。

“那么快了吗？你感觉怎么样？”他抓起她的两只手，轻声地说。

“我都想了多少次了，反倒是现在什么也不去想，什么也不知道了。”

“也不害怕？”

她轻蔑地微微一笑。

“一点儿都不！”她说。

“假如有事，我在卡塔瓦索夫家里。”

“不，什么事也不会有的，你别瞎想。我要和爸爸乘马车到公园里去散步。我要去看看陀丽。晚饭前等着你回来。啊，对了！你知道吗，陀丽的情况绝对不行了吗？她欠着一身债，自己一点儿钱都没有。昨天我和妈妈及阿尔谢尼（她这么称呼姐夫里沃夫）说了，要你和他一起去教训教训斯吉瓦。这样下去绝对不行。这种事情又不能和爸爸说……可要是你和他……”

“那我们又有什么办法？”列文说。

“你还是到阿尔谢尼那里去一趟，和他谈谈，他会告诉你我们的决定。”

“好吧，阿尔谢尼的意见我全都同意。我一定去。顺便说一

声，如果去听音乐会，那我就和娜塔丽娅一起去。好了，再见!”

在台阶上，年老而过着单身生活的仆人，主管城里生活的库兹玛叫住了列文。

“美人（这是乡下带来的那匹拉左辕的马）重钉了马掌，可是还一直瘸着，”他说，“您有什么吩咐?”

初到莫斯科时，列文很关心乡下带来的几匹马。他想这样安排会更经济方便；可是结果自己的马花销比租来的还大，因此依旧用出租马车。

“派人去请一位兽医来，也许是磕伤了。”

“那卡捷琳娜·阿列克山德罗夫娜用的马呢?”库兹玛问道。

从沃兹德维任斯基到西夫采夫·符拉日克得用两匹壮马拉的沉重的四轮轿式马车，这种马车在融化的雪地里走四分之一俄里，中间停四小时，这样就得花五个卢布，现在这样的事情已经不像初到莫斯科来的时候那样使列文感到吃惊了。现在，他已经觉得这是很正常的了。

“去租两匹马来，套上我们的四轮轿式马车。”他说。

“是。”

凭着城市里的便利条件，在乡下要花不知多少心思和劳动的麻烦事，就这么简单又容易地解决了。之后，列文走下台阶，叫了一辆出租马车，坐上后便奔上民基特斯基大街。一路上他已不再去想钱的事儿了，而是在考虑自己怎么去与这位从事社会学的彼得堡学者结识，并与他谈谈自己的作品。

只有初到莫斯科时，对一个乡下人来说那些古怪的开支，既不是生产性的，又不是必需的，使列文大为吃惊。但是现在，他对这种情形已经习惯了。在这方面，他所发生的情况就像人们所说的醉汉一样：第一杯——像用针尖刺喉咙，第二杯——像鹰飞上天空，而到三杯下肚——则像一群小鸟似的飘飘然了。列文头一次把一张一百卢布的钞票换开给仆人和守门人买专用制服时，不由得在想，谁也不需要这种制服，它们却必不可少，他曾暗示不要制服也可以对付过去，因为——这几套制服抵得上夏季两个工人的工钱，也就是从复活节到四旬斋之间的三百个劳动日，而且还是每天大清早到天黑都干重活的，这一百卢布就像喝下第一杯酒一样难受——可是公爵夫人和吉蒂都露出吃惊的样子。但是接着的一次换钱，是为了请亲戚们来吃饭采购用的。一顿饭花了二十八个卢布，它虽然也让列文在心里嘀咕不已，觉得二十八个卢布太多了——这可是人们流汗打哈欠地刈割、捆扎、脱粒、晒干、筛滤、包装所得九石燕麦的价钱——不过这一次究竟轻松了些。而现在，换钱早已不会引起那些想法，轻松得就像小鸟飞翔一样。花在所得的钱上的劳动是否与它的享受者所得到的满足相符——这早已不在考虑之内了。关于低于一定价格不能出售一定数量的谷物，这样的经营计算也忘了。他坚持了那么长时间的黑麦价格，一石的售价也比一个月前卖出的便宜了五十戈比。如果这样下去，过不了一整年就非得负债不可——这样的计算现在也已经没有任何意义了。只剩下一个要求：银行里得有存款，不管它们是哪儿来的，总得知道明天有钱买牛肉。而这种计算，他至今一直保持着：他在银行里总有钱。但是，现在银行里的钱用完了，他都不清楚再从哪里去弄钱。正是因为这一点，当吉蒂提到钱的事情时，刹那间他的心情糟糕透顶，但是他没有时间去考虑这事儿。他乘马车走了，同时考虑着卡塔瓦索夫及即将与梅特洛夫的会面。

三

列文这次来又与自己大学时的同学卡塔瓦索夫教授建立了亲密的关系，自从结婚以后还没有和他见过面。卡塔瓦索夫这个人，世界观清晰而朴实，所以列文乐于和他交往。列文认为，卡塔瓦索夫世界观的清晰是出于他的智力贫乏。卡塔瓦索夫则认为，列文思想出现矛盾的原因，在于他的智慧缺乏条理性；不过卡塔瓦索夫的清晰性使列文感到愉快，而列文丰富而缺乏条理的思想则使卡塔瓦索夫感到愉快，因此他们喜欢见面并进行争论。

列文读了自己著作中的一些章节，卡塔瓦索夫觉得很喜欢。在昨天的一次公开讲座上，卡塔瓦索夫见到了列文，告诉他著名学者梅特洛夫目前也在莫斯科，卡塔瓦索夫同他谈起过列文的著作，他很感兴趣。实际上，列文一直都很喜欢这位学者的文章。卡塔瓦索夫告诉列文，这位学者将于明天十一点钟到他家里来，并很希望和列文相识。

"您大变样了，老弟，很高兴看到这一点，"卡塔瓦索夫在一个客厅里接待列文时说，"我听到了铃声就想：按时来了，不可能……黑山[①]人怎么样？他们生来就是军人。"

"那又怎么了？"列文问道。

卡塔瓦索夫以简短的语言向他转达了最新消息，接着走进书房，介绍列文与一个个子不高但很结实，外表挺招人喜欢的人相识。这就是梅特洛夫。交谈时，他们简短地谈了一会儿政治，话题便停在了怎么看待最近彼得堡上层发生的一些事件上。梅特洛夫转述了可靠的第一手材料，据说是沙皇及一位部长关于这一情况所说的话。卡塔瓦索夫则也听到可靠的消息，说沙皇讲的话完全不同。列文竭力设想的情况是，这两种情况哪种可能性更大一点，于是这个话题的交谈就停住了。

"对了，他几乎写好了一本关于劳动者如何对待土地的自然条件的著作，"卡塔瓦索夫说，"我不是专家，不过作为一名自然科学工作者，有一点使我喜欢，那就是他不把人类看成动物学规律之外的某种东西，而是相反，他看到人取决于环境并从这样的关系中去寻找发展的规律。"

---

① 原南斯拉夫地区的黑山共和国。

“这很有意思！”梅特洛夫说。

“我其实开始在写一本农业问题的著作，但在研究了农业的主要手段，也就是劳动者以后，”列文红了脸说，“却得出了完全出人意料的结论。”

接着，列文便像摸着地面走路那么小心谨慎地叙述了自己的观点。他知道梅特洛夫写过一篇反对公认的政治经济学学说的文章，可是他不知道，他能在多大程度上对自己的一些新观点表示同情，从学者这张聪明而平静的脸上根本就猜不透。

“但是，您认为俄罗斯劳动者的固有特点在哪里？”梅特洛夫说，“在于所谓他的动物本性，还是在于他所处的那些条件？”

列文看出这个问题本身已经表达出他不赞同的想法；但是，他继续阐述自己的思想，他认为俄罗斯劳动者对土地与其他民族持完全不同的态度。为了证明这一原理，他还急于补充说，依他的看法，俄罗斯人民的态度出于他们认识到自己有一种开发东方广阔的无人地区的使命。

“在作关于一个民族的共同使命的结论时，很容易误入歧途，”梅特洛夫打断列文说，“劳动者的状况永远将取决于他对土地和资本的态度。”

接着，梅特洛夫不容列文证明自己的想法，阐述起自己的学说特点来。

他的学说特点是什么，列文不明白，因为他并没有留神去弄明白：他看出梅特洛夫也和其他人一样，虽然他的文章批驳了经济学家们的学说，却还是只从资本、工资和地租的角度看待俄罗斯劳动者的环境。尽管他本应该承认，在俄罗斯的面积最大的东部地区，地租制基本上还没有实行，对于俄国八千万居民中十分之九的人来说工资只能养活自己而已，而资本除了最原始的工具，其他形式还根本不存在——然而他却只从这个角度来看待任何一位劳动者。虽然他的理论也有许多方面与经济学家们不同，并有一套关于工资的新论点；这一点，也就是此刻他向列文阐述的。

列文不乐意地听着，开头还进行反驳。他想打断梅特洛夫，好说说自己的想法，依他的看法，他的思想会使梅特洛夫进一步的阐述变成多余。但是后来确信，他们对事情的看法区别是这么大，永远也不会互相明白，他也就不再进行反驳而只是听人家说了。尽管对于梅特洛夫所说的，他现在已经毫无兴趣，不过听对方说话，他还是感受到了某种满足。一位学问这么大的人居然乐于如此细心地对待列文研究的课题，并认为列文在这方面深有研究，有时一个暗示就指出了事情的整整一个方面。光是这一点已足以满足列文的自尊心。他把这一点看成是人家对自己的尊重，他不知道梅特洛夫已经就这个话题反复谈论了无数次，特别喜欢和每一位新结识的人谈论这一话题，而且一般说来，和大家谈论自己正在研究但还不明白的东西，其实他都是乐意的。

“不过，我们要迟到了。”梅特洛夫一结束自己的叙述，卡塔瓦索夫就看了看表说。

“对，今天为庆贺斯文基奇学术活动五十周年，爱好者协会要开会，”卡塔瓦索夫回答列文的问题说，“是我和彼得·伊万诺维奇筹办的。我答应宣读一篇关于他在动物学方面著作的论文。和我们一块儿去吧，很有趣的。”

“对，还确实该走了，”梅特洛夫说，“和我们一起去吧，如果愿意的话，再从那儿到我家去。我会很乐于了解一下您的著作的。”

“啊，不了。我的书还没有写完。但庆祝会，我倒是很高兴参加的。”

“怎么，老弟，您听说了吗？我呈了一份单独的意见书。”卡塔瓦索夫在另一个房间穿上自己的燕尾服后说。

接着，便开始聊起大学里的问题。

大学问题是这个冬天莫斯科一个很重要的事件。委员会里有三名老教授不接受年轻人的意见；年轻人便递交了单独的意见书。对这份意见书，据一部分人说是可怕的，而据另一部分人说那不过是最简单和公平合理的，于是教授们分成了两派。

卡塔瓦索夫所属的那一派认为对方有卑鄙的告密和欺骗行为；另一派——则认为对方孩子气和不尊重权威。列文虽然并不属于大学的人，在莫斯科的这些日子里已经几次听人说到这件事儿，因此对这件事情也形成了自己的看法；于是，在来到大学那幢古老宿舍楼的路上，他们一直在谈论这事，列文也参与进来。

庆祝会已经开始了。卡塔瓦索夫和梅特洛夫在一张铺着布的桌子边上坐下来，那里已经坐着六个人了，其中一个弯着身子，手稿离得很近，在念什么。列文坐在主席台旁边放着的一把空着的椅子上，悄悄问坐在身边的一个大学生，那人在念什么。大学生不满地瞥了列文一眼说：

"传记。"

列文虽然对一位学者的传记并不感兴趣，却还是不由自主地听着，他从中了解到关于著名学者一生的某种有趣的和新的东西。

念完传记后，主席对他表示感谢并朗诵诗人缅特为这个喜庆日子寄来的一首诗，还说了几句感谢诗歌作者的话。然后，卡塔瓦索夫以自己响亮而尖锐的声音宣读了自己的一篇论述这位科学家著作的文章。

卡塔瓦索夫结束时，列文看看表，发现已经快两点钟了，于是想到自己在音乐会之前来不及给梅特洛夫宣读自己的著作了，再说这时他也已经不愿意这样做了。听朗诵时，他还在想着刚才进行过的谈话。现在，他清楚了，梅特洛夫的意见虽然也许有道理，可是他的意见也有意义，而且两种意见只有按照各自选定的途径，独立进行才能弄清楚，如果把它们搅和在一起，就什么结果也不会有。于是，列文决定谢绝梅特洛夫的邀请，在会议结束时来到他身边。梅特洛夫把列文介绍给正在与自己谈论政治新闻的主席。这时梅特洛夫向主席叙述了他对列文讲过的话，而列文则也向他提了今天早上已经给他提过的那些意见，不过为了不至于老调重弹，他还说了当时自己头脑里刚产生的一种新意见。这之后，又开始谈起大学的问题来，列文因为全都听到过了，便急忙向梅特洛夫说了声抱歉，因为他不能接受他的邀请，然后他向他们鞠了一躬，便立刻乘马车到里沃夫那儿去了。

四

里沃夫娶了吉蒂的姐姐娜塔丽娅做妻子，他一生都在各国首都及国外度过，他在那里接受教育然后在那里担任外交官。

去年，并非出于任何与他人的不合（他从来和谁都没有过不愉快），他辞去外交官的职务，转到莫斯科的宫廷事务管理处工作，他这样做是要使自己的两个小男孩受到最好的教育。

两人的习惯和观点虽然完全尖锐对立，再说里沃夫又比列文年纪大，这年冬天他们却相处得很好，而且建立了一种互相欣赏的关系。

里沃夫穿着束腰带的长便服和麂皮靴子坐在靠背椅上，戴着一副深蓝色的*夹鼻眼镜*[①]，正在阅读放在托书架上的一本书，一只漂亮的手上夹着一支一半已经变成灰烬的雪茄，小心地伸得离身子远远的。

一头卷曲而闪亮的银发使他那张漂亮、优雅和依旧年轻的脸更显示出高贵的表情；他看到列文时，露出了满脸笑容。

“好极了！我正想派人到您那里去呢。好啊，吉蒂怎么样？请这边坐，舒服点儿……”他站起来并推过一把摇椅，“您读了*《彼得堡日报》*[②]上的最新通告了吗？我觉得很好。”他稍带点儿法语口音说。

---

① 原文为法语。

② 原文为法语。

列文讲述了从卡塔瓦索夫那儿听来的关于彼得堡的传闻，谈了一会儿政治，又讲起自己和梅特洛夫的相识以及去参加庆祝会的经过。里沃夫对此很感兴趣。

“瞧我真羡慕您有机会参加到这个有趣的学者世界里去。”他说。接着谈了一会儿，他便和往常一样，转而用自己更容易表达的法语说起来。“真的，我就是没有时间。我的工作和培养孩子们的事儿使我丧失了这种机会，还有，我也不怕说出来让人笑话，我受的教育太有限了。”

“我不认为这样。”列文微笑着说，同时和往常一样为他的态度所感动，因为他过低地评价自己完全是真诚的，并非故作谦虚。

“啊，真的！我现在感到自己受的教育是多么少。为了辅导孩子，有许多东西我甚至得重新回忆，乃至简直从头学一遍。因为光有老师是不够的，还得有人监督，就像您经营田庄需要有干活的人和监工一样。瞧我在读什么。”他指着摊在托书架上的布斯拉耶夫[①]的语法书，“他们要求米夏学会它，而这还真难……喏，这里，您给我解释一下。这里说……”

列文想告诉他，这是没法弄明白的，而应当记住；但里沃夫不同意。

“是啊，瞧您在笑话这事儿！”

“相反，您不能想象，看着您，我就要考虑自己将面临的学习——那正是教育孩子们。”

“啊，那有什么好学习的。”里沃夫说。

“我只知道，”列文说，“我还没有见到过比您的孩子更有教养的了，但愿自己的孩子能像您的就知足了。”

看得出里沃夫想忍住不流露自己的喜悦，但还是露出了幸福的微笑。

“只希望他们比我好。这也就是我的全部愿望了。您还不知道

---

① 布斯拉耶夫（1818—1897），俄国语言学家和文艺学家。

整个这事儿有多难，”他开始说，“像我的这些孩子，他们因为在国外生活，给荒废了。”

“这您全都会赶上的。他们都是很有天分的孩子。主要的——是品德教育。这也就是我看着您的孩子们时想要学习的东西。”

“您说——是品德教育。您真没法想象，这有多难！您刚给纠正这方面，另外一些玩意儿又出来了，于是又得斗争。如果没有从宗教中得到支持——您记得我们俩谈过，没有这种帮助——那任何一个父亲，光凭自己的一份力量是没法培养孩子的。”

这次列文感兴趣的谈话被进来的娜塔丽娅·阿列克山德罗夫娜打断了，她是个美女，已经为出门穿好了衣服。

“我还不知道您在这里，”她说，看得出对于自己打断了谈话不但不感到遗憾，甚至还觉得高兴，因为她早已知道并听厌了这种谈话，“那吉蒂怎么样？今天我上你们家吃饭。告诉你呀，阿尔谢尼，”她转过来对丈夫说，“你要辆四轮轿式马车吧……”

接着，夫妻之间就开始讨论起他们怎么安排今天的日子。因为丈夫得去见一个与公务有关的人，而妻子要去听音乐会及出席一次东南委员会的公众会议，因此有许多事情需要决定和进行周密的考虑。列文是自己人，他应当参与制订这些计划。作出的决定是这样的，列文和娜塔丽娅一起去听音乐会，然后从那里到公众会议，再从那里派一辆四轮轿式马车到办事处去接阿尔谢尼，由他来接她并带她到吉蒂那儿；而万一他的公务结束不了，那就把四轮轿式马车派来，然后由列文和她一起去。

“瞧他在作践我呢，”里沃夫对妻子说，“他要我相信我们的孩子们很出色，可我知道，他们身上有那么多缺点。”

“阿尔谢尼总走极端，我一直这么说，”妻子说，“如果要求十全十美，那就永远不会有满意的时候。还是爸爸说得对，他们教育我们的时候是一个极端——把我们关在顶上的半层楼里，而父母亲住二层；现在反过来了——父母亲住贮藏室，而让孩子们住二层。做父母的现在简直没法活了，一切全都为了孩子们。”

"那么，要是这样更让人愉快呢?"里沃夫说，他一边露出自己漂亮的微笑，一边拍拍她的一只手，"要是不知道你的人，还以为你不是母亲，而是个后妈呢。"

"不，走极端不管怎么都不会是好的。"娜塔丽娅平静地说着，同时把他的小纸刀收起来放在桌子的惯常位置上。

"瞧他们，到这里来，好孩子。"他对进来的两个漂亮的小男孩说，两个孩子给列文鞠了一躬，然后就走到父亲身边，显然是要问他什么。

列文想和他们说话，听他们要告诉父亲什么事儿，但这时娜塔丽娅和他谈起来，然后里沃夫单位的同事马霍京走进房里来了，他穿着一身宫廷侍从制服要一起去接待什么人，他们一刻不停地开始谈起赫尔采戈文纳，谈起卡尔津斯卡娅公爵夫人以及杜马和阿普克辛娜的暴死来。

列文还把托付给自己的事儿忘了。都走到前厅了，他才记起来。

"啊，吉蒂要我和您谈谈奥勃朗斯基。"当里沃夫陪着妻子和他停在阶梯上时，他说。

"对，对，妈妈希望我们几个连襟①训训他，"他边说边红了脸，露出了微笑，"不过，为什么是我?"

"那就我去训他，"披着白色的皮斗篷的妻子微笑着，等他们的谈话完了时说，"好吧，我们走。"

五

早场音乐会演奏了两首很有趣的曲子。

---

① 原文为法语。

一首是幻想曲《荒原上的李尔王》[1]，另一首是为纪念巴赫[2]的四重奏。两首曲子都是新作，而且具有新的风格，因此，列文想得出自己关于它们的意见。把妻子的姐姐带到她的靠背椅上后，他自己站在圆柱旁边，决定要尽可能仔细认真地听一听。那个系白领带的乐队指挥将双手挥舞，那些戴着帽子而为了听音乐会尽量把条带系到耳朵以上的太太，那些对什么都没有兴趣，或对什么都感兴趣而只有对音乐毫无兴趣的人，他们都大大分散了人们愉快地欣赏的注意力。列文张望着这一切，竭力不使自己分心，不破坏自己的印象。他还竭力回避与音乐行家及爱叨叨的人见面，眼睛朝下看着前面，聚精会神地站着，听着。

然而，他越是听着那李尔王的幻想曲，便越感到自己很难得出某种一定的意见。乐曲不断地在重复开头部分，仿佛在积聚某种感情，但它同时又立刻分散成音乐表达的一些新的碎片，有时简直就是作曲家随心所欲创作出来的，尽是些不连贯的而又都是异常复杂的声音。但是，就连这些有时还好听的音乐表达的碎片本身，也令人不愉快，因为它们都是些突如其来的毫无准备的东西。欢乐、哀伤、绝望、温柔及喜庆，它们的出现都毫无依据，就像是一个疯子的感觉，而且也和疯子一样，这些感觉都出人意料。

整个演奏过程中，列文都经受着一种聋子看舞蹈的感觉。演奏结束时，他处于完全的困惑中，感到自己由于注意力过分集中反倒没有收获，只是觉得疲劳。四周围响起雷鸣般的掌声。大家都站立起来，开始走来走去，议论纷纷。为了根据别人的印象来弄清自己的困惑，列文就来回走动着寻找行家，于是当发现有个著名的内行正在与他认识的彼斯佐夫交谈时，他感到很高兴。

---

① 俄国音乐家巴拉基耶夫据莎士比亚名剧《李尔王》创作的同名组曲中的一个插曲。

② 巴赫（1685—1750），德国作曲家。

“真妙！”这是彼斯佐夫雄浑的男低音在说，“您好，康士坦丁·德米特里奇。让人感到柯尔黛丽[①]靠近过来的那个地方，那个女人，永恒的女性[②]开始与命运搏斗的时候，特别形象、特别生动，就跟浮雕般突出，而且色彩丰富。不是吗？”

“不过，为什么这里出现了柯尔黛丽？”列文怯生生地问道，他完全忘了幻想曲表现的是李尔王在草原上。

“出现柯尔黛丽……瞧吧！”彼斯佐夫用几个指头抖了抖手里的那张缎子一样光滑的说明书，把它交给了列文。

这时列文才想起幻想曲的标题，连忙把印在说明书背面译成俄文的莎士比亚的诗读了一遍。

“没有这玩意儿听不下去。”彼斯佐夫转身对列文说，因为同时和他谈话的人走开后，再也没有人可以交谈了。

幕间休息时，列文和彼斯佐夫之间就瓦格纳[③]派音乐的成就和不足发生了争论。列文要证明瓦格纳及其所有后继者的错误在于想把音乐转到另一个艺术领域，就像用诗歌去描写本该用绘画表现的人物面部特征的错误一样，他还举出雕塑家想用大理石在诗人塑像台座周围雕出诗歌的形象的阴影，以此来作为这种错误的例子。“雕塑家雕出来的简直就不像是阴影，好像悬在梯子上似的。”列文说。他喜欢这句话，但是他不记得以前自己是不是正是对这位彼斯佐夫说过这句话，因此说完后，他心里又慌乱了。

彼斯佐夫则论证说，艺术是浑然一体的，只有通过一切种类艺术的融合，它才能达到自己的最高境界。

音乐会的第二个节目，列文已经没法听了。站在他旁边的彼斯佐夫几乎一直在同他说话，指责这个作品故意做作的朴质，并把它比作绘画中前拉斐尔学派的那种朴质。出来时列文还碰到了

---

① 幻想曲《草原上的李尔王》中表现的一个人物。

② 原文为德语。

③ 瓦格纳（1813—1883），德国作曲家。

许多熟人，他和他们既谈政治又谈音乐，还谈到一些共同的熟人；同时，他见到了鲍尔伯爵。他竟把自己要去拜访这位伯爵的事儿完全给忘了。

“好了，那现在就去吧，”他对里沃夫太太讲了这件事儿，她就说，“也许人家不接见您，要那样您就到开会的地方去接我。您在那里还会见到我的。”

六

“也许，他们今天不接待客人？”列文走进鲍尔伯爵夫人家的门厅时说。

“接待，您请吧。”守门人果断地帮他脱下皮大衣说。

“真扫兴。”列文想。他一边叹着气，一边脱下自己的手套并把礼帽戴好。“嘿，我干吗要去？对他说些什么？”

穿过头一个客厅，列文在门口碰上了鲍尔伯爵夫人，当时她满脸忧愁，正严厉地在给仆人吩咐什么。她看到了列文，便露出微笑，请他走进听到有人在说话的会客室里。在这小小的会客室里，靠背椅上坐着伯爵夫人的两个女儿及列文认识的一位莫斯科上校。列文向他走过去，问过好，便坐在长沙发旁边，把礼帽放在膝盖上。

“您妻子身体怎么样？您听音乐会了吗？我们没有能去。妈妈要参加一个追悼会。”

“是啊，我听说了……这么一下子就死了。”列文说。

伯爵夫人进来了。她坐在长沙发上，也问起他妻子和音乐会。

列文作了回答，并再次问起阿普克辛娜的暴死。

“她呀，其实身体从来就虚弱。”

“您昨天听歌剧了吗？”

“是的，我去听了。”

“露卡唱得很好。”

“对，很好！”他就开始说，觉得反正大家会怎么想他全都无所谓，便把上百次听到过关于女歌唱家才华的特点重复说了一遍。鲍尔伯爵夫人假装着在听。然后，当他已说了相当多的话而沉默下来时，至今一直没有吱声的上校开始说了。上校说的也是关于歌剧及关于灯光照明问题。终于在说到打算在丘林家举办狂欢节[①]时，上校大笑起来，嘻嘻哈哈地站起来走了。列文也站起身来，但他从伯爵夫人的脸色看出自己还不到该走的时候。还得待两分钟。他就坐了下来。

可是因为他心想这一切都很愚蠢，找不到可谈的东西，只好沉默着。

“您不去参加公众会议吗？听说很有趣。”伯爵夫人开口说。

“不，我答应过自己的妻姐[②]，要去接她。”列文说。

又出现了沉默。母亲和女儿又互相使了个眼色。

“那么，好像现在是时候了。”列文心想，于是，又欠身起来。夫人和女儿握了握他的一只手，请向他妻子转达最深切的问候[③]。

守门人一边递过皮大衣，一边问：

“请问大人的住址？”接着立刻将他的地址给登记在一个包装得好好的大本子上。

“当然，我无所谓，不过还是觉得真不好意思，而且也太愚蠢了，”列文想，同时觉得大家都这么办，所以也就心安理得了；接着，他坐马车到委员会的公众会议处，得上那儿找到妻子的姐姐，带她一起回家。

参加委员会公众会议的人很多，几乎整个上流社会的人都到

---

① 原文为法语。

② 原文为法语。

③ 原文为法语。

了。列文到的时候正在做时事述评，大家都说，述评很有趣。述评结束后，大家就聚集到一起，列文还见到了斯维亚什斯基，他叫列文今天晚上一定得到农业社去，说那里将宣读一个精彩的报告，还有刚从赛马场来的斯捷潘·阿尔卡杰奇以及许多其他的熟人。接着，列文还谈了并听了有关会议、有关一部新的话剧及有关一桩诉讼案的各种不同意见。不过，看样子是因为他感觉到太疲劳，精神不济，所以在谈诉讼案时出了差错；后来他曾好几次一想到这次差错，心里就觉得烦恼。有个外国人在俄国犯罪坐了牢，因为讨论时大家认为判处他驱逐出境是不对的，列文便把昨天从一个熟人那里听来的意见重复了一遍。

“我想，把他驱逐出境——反正等于罚一条梭鱼，把它放到水里。”列文说。后来他才记起来，这种意见不是自己想出来而是从一个熟人那里听来的，其实原本出自克雷洛夫[①]的寓言，而那位熟人还是从报纸上的小品文里看来的。

和妻子的姐姐乘马车回到家里，看到吉蒂开开心心、平安无事，列文便到俱乐部去了。

七

列文来到俱乐部，来得正是时候。他到达的时候，一些客人和成员陆续都乘车来了。列文已经好长时间没有来俱乐部了。自从他离开大学校门，住在莫斯科，开始出入社交界的时候，就一直没有来过。他记得俱乐部，记得它外观建筑和里头的各种设备，但完全忘了过去自己在俱乐部的那种印象。进入半圆形的宽敞大院，下了出租马车后，他就上了台阶，迎面碰上佩肩带的守门人

① 克雷洛夫（1769—1844），俄国寓言作家。

默不作声地为他开门，并对他一鞠躬；他看见成员们脱掉的防雨套鞋和皮大衣放在那儿；听到通报他上楼的神秘兮兮的铃声，他便登上斜缓的铺着地毯的楼梯；平台上有一尊雕像，在上面第三道门口，看到熟悉的守门人，还是穿着仆从制服，但是明显老了很多，不慌不忙地马上把门打开，并仔细打量着来客。看到这一切的时候——早先对俱乐部的印象才涌上列文的心头，那是一种恬静、舒适和体面的印象。

“请把礼帽给我，老爷，”看门人见列文忘了进俱乐部得把帽子放在看门人房里的规矩，便说，“您好长时间没有来了。公爵昨天就给您登记了。斯捷潘·阿尔卡杰奇公爵还没有到。”

看门人不但知道列文，而且还知道他的所有亲友，并立刻提到了他的一些老朋友。

穿过第一间带屏风的过厅，向右边经过坐着个水果商的房间，列文超过了一位慢慢走着的老头子，这才走进人声嘈杂的餐厅。

他走过几乎都被占着的桌子，打量着客人们。这边那边，老的少的，稍稍有点认识的，很熟并亲近的，各种极不相同的人们先后映入他的眼帘。没有一个人是气鼓鼓和忧心忡忡的。大家都仿佛把自己的烦恼、操心和帽子一起放在守门人的房里了，准备从从容容地来享受人生的物质乐趣。斯维亚什斯基、舍尔巴茨基、涅维多夫斯基、老公爵、符朗斯基、谢尔盖·伊万诺维奇，他们都在这里。

“啊，怎么迟到了？”公爵微微笑着说，同时把一只手从肩膀上伸过来给他。“吉蒂怎么样？”他补充说，同时拉好塞进背心纽扣缝里边的餐巾。

“没有什么，她很好。她们三个人在家里吃饭。”

“啊，又要‘东家长西家短’了。可是，我们这里没有位置了。到那张桌子去吧，快占着位置。”公爵说，并转过身去，小心地接过一盘鳕鱼汤。

“列文，到这儿来！”稍远点儿的地方一个和蔼的声音嚷道。

那是屠洛甫岑。他和一个年轻的军官坐在一起，他们旁边有两把翻过来的空椅子。列文高兴地向他们走过去。他一直喜欢心地善良、爱吃喝玩乐的屠洛甫岑，和他在一起使他回忆起自己和吉蒂恋爱时的表白——不过今天，在经过了所有那些紧张聪明的谈话过后，屠洛甫岑的和蔼可亲的样子特别使他感到愉快。

“这是给您和奥勃朗斯基留着的。他马上就来。”

那位保持笔挺的姿势，两只眼睛总是在笑的军人是彼得堡人加金。屠洛甫岑给他们作了介绍。

“奥勃朗斯基总迟到。”

“啊，他来了。”

“你刚到吧？”奥勃朗斯基很快走到他们旁边说，“真棒，喝伏特加酒了吗？那来吧。”

列文站起来，和他一起走到一张摆满伏特加酒及各色冷盘的大桌子边上。本来就有二十来种小菜可根据口味进行挑选，但是斯捷潘·阿尔卡杰奇点了一种特别的冷盘，一个穿制服的仆从立刻按要求端过来了。他们每人喝了一杯，便回到桌子上。

就在喝汤的时候，加金要了一瓶香槟酒，他吩咐侍者给倒进四个杯子里。列文没有拒绝人家请他喝的酒，自己又要了一瓶，他饿坏了，非常满意地又吃又喝，并更加满意地参加大家开心而简单的谈话。加金压低声音讲了一个新的彼得堡的笑话，那笑话虽然不体面又很无聊，但是十分滑稽，以至列文哈哈大笑，笑声这么响亮，弄得旁边几张桌子上的人都朝他看。

“这有点像‘这正是我没法忍受的！’那个笑话。你知道吗？”斯捷潘·阿尔卡杰奇问，“啊，这妙极了！再来一瓶！”他对仆人说，同时就开始讲起来。

“彼得·伊里奇·维诺夫斯基请的，”老仆人打断斯捷潘·阿尔卡杰奇的话，端过两杯正冒泡的香槟酒，并把它们递给斯捷潘·阿尔卡杰奇和列文。斯捷潘·阿尔卡杰奇接过杯子，和桌子另一端的一个秃头短胡子男人交换过眼色，微笑着向他点了点头。

"这是谁?"列文问。

"你在我家里见过他一次，记得吗?一个可爱的好人。"

列文照斯捷潘·阿尔卡杰奇的样子做了一遍，并端起杯子。

斯捷潘·阿尔卡杰奇讲的笑话也很逗乐。列文讲了自己的一个笑话，也受到欢迎，然后谈到了马、今天的马赛以及符朗斯基那匹阿特拉斯纳怎么勇敢地赢得了头奖。列文竟没有意识到，一顿晚饭就这么过去了。

"啊，瞧他们!"午饭都要结束时，斯捷潘·阿尔卡杰奇跨过椅子背把手伸给符朗斯基，他正带着一位高高大大的近卫军上校走过来。符朗斯基的脸上焕发着俱乐部里人人都有的愉快美好的神情。他用一只胳膊肘靠在斯捷潘·阿尔卡杰奇的肩膀上给他说悄悄话，同时带着愉快的微笑向列文伸过一只手。

"很高兴见到您，"他说，"我在选举时还找您来着，可是人家对我说，您已经走了。"他对他说。

"对，我那天就走了。我们刚才在说您的马。祝贺您，"列文说，"您那匹马跑得很快。"

"是啊，因为您也养着马。"

"不，我父亲养过；不过我记得，多少知道一点儿。"

"你在哪里吃的饭?"斯捷潘·阿尔卡杰奇问。

"我们在二号桌子，圆柱后面。"

"大家都向他道喜了，"高高大大的上校说，"第二次夺得皇上的大奖；要是我玩牌能像他赛马那么幸运就好了。"

"好吧，干吗浪费宝贵的时间呢。我下'地狱'去了。"上校说，并离开了桌子。

"这是亚什文，"符朗斯基回答屠洛甫岑说，并在他们旁边一把空出来的椅子上坐下来。喝下敬给他的一高脚杯酒后，他又叫了一瓶。是受了俱乐部氛围的影响呢，还是因为喝了酒，列文和符朗斯基谈论起良种牲口来，还很高兴，一点儿也不觉得对这个人有任何的敌意。同时他甚至还告诉他，听妻子说，她在玛丽娅·鲍利索夫娜公爵夫人家见到过他。

“啊，玛丽娅·鲍利索夫娜公爵夫人，这人真妙极了！”斯捷潘·阿尔卡杰奇说，并讲了一个有关她的笑话，把大家都逗乐了。特别是符朗斯基哈哈大笑，笑得这么和善，以至列文感觉到自己都完全与他和好了。

“怎么，结束了？”斯捷潘·阿尔卡杰奇说，同时微微笑着站起来，“我们走吧！”

八

列文离开桌子的时候，觉得自己走起路来两只手摆动得特别轻松自在；他和加金一起穿过高高的房间来到弹子房里。穿过大厅时，他与岳父碰在了一起。

“啊，怎么的？我们这座闲乐宫，你喜欢吗？”公爵拉起他的一只手说，“我们走，转转去。”

“我还正想走一走，看一看。这里很有趣。”

“是啊，你觉得有趣。但我感兴趣的，与你不同。你瞧着这些老头子，”他说，同时指着一个驼背瘪嘴、穿着软靴子、步履蹒跚、正朝他们迎面而来的老头子，“而你以为他们生来就是这样的破玩意儿？”

“怎么是破玩意儿呢？”

“瞧你连这个叫法都不知道。这是我们俱乐部的行话。你知道滚蛋游戏吧，一枚蛋滚得次数多了，就成了破玩意儿。我们这些弟兄也是这样；你不断到俱乐部来，就会变成破玩意儿。是啊，瞧你笑了，而我们这帮老头子已经看到自己什么时候落到破玩意儿堆里。你知道契钦斯基公爵吗？”公爵问道，于是列文从脸色上看出他准备要讲点儿什么好笑的东西了。

“不，不知道。”

“嘿，怎么搞的嘛！契钦斯基公爵可是出名的人物。嘿，反正全一样。他呀，从来都在弹子房玩。三年前他还不是破玩意儿，还很有勇气。他还叫别人是破玩意儿呢。只是有一次他来了，而我们的看门人……你知道瓦西里吗？啊，就是胖胖的那个。他很会说俏皮话逗人。契钦斯基公爵于是就问他了：啊，怎么，瓦西里，都有哪些人来了啊？破玩意儿有吗？而他就对他说了‘您是第三位’，是啊，亲爱的，就是这样啊！”

列文边谈边与碰见的熟人问好，和公爵一起走过了所有的房间。已经摆好桌子的大房间里，一些老牌迷正在玩输赢不大的纸牌游戏；休息室里人们正在下棋，长沙发上坐着谢尔盖·伊万诺维奇，他在和一个人聊天；弹子房里，拐角的长沙发边，聚着一批人，加金也在里头，他们在喝香槟酒，有说有笑的；他们还看了看“地狱”，里头聚集了许多赌徒，亚什文已经在那里占据了一张桌子。他们走进光线暗淡的阅览室，竭力不弄出响声打搅人家。在那里，带罩的灯下坐着一位气鼓鼓的年轻人，正在一本接一本地翻杂志；还有一位正埋头阅读的秃脑袋将军。他们还走进那个公爵称之为智慧堂的房间。这间屋里，三位先生正热烈谈论最新的政治消息。

“公爵，您请啊，都准备好了。”他的一位老搭档找到了他，把他叫走了。列文坐在那儿听着；但是回想起今天上午的所有谈话，他突然感到烦透了。他连忙站起来去找奥勃朗斯基和屠洛甫岑，和他们在一起，他觉得开心。

屠洛甫岑端着一杯饮料坐在弹子房里高高的长沙发上，斯捷潘·阿尔卡杰奇则和符朗斯基在房间深处一个角落的门口谈着什么。

“她倒不是寂寞，但是这种不明确、悬而未决的处境……”列文听到这样的话便想马上走开，但是被斯捷潘·阿尔卡杰奇叫住了。

“列文。”斯捷潘·阿尔卡杰奇说，接着，列文发现他的一双眼睛没有眼泪，而是和通常喝醉了酒以后或太感动的时候一样，是湿润的。今天，他是两种情况兼而有之。“列文，你别走！”他边说边紧紧拉住他的一只胳膊，显然是怎么也不愿放他走。

“这是我真诚的，几乎是最好的朋友，”他对符朗斯基说，“对我来说，你同样也是越来越亲密和珍贵的人。因此我想而且知道，你们应该友好而亲密，因为你们两个都是好人。”

“还要怎么样，我们只剩下亲吻了。”符朗斯基伸过一只手，同时亲切地开玩笑说。

他赶快拉起伸过来的手，紧紧地握了握。

“我非常非常高兴。”列文边握手边说。

“喂，来瓶香槟酒。”斯捷潘·阿尔卡杰奇说。

“我也很高兴！”符朗斯基说。

然而，尽管斯捷潘·阿尔卡杰奇及他们互相间都有这种愿望，他们却彼此没有什么话可谈，而且双方都感觉到了这一点。

“你知道吗，他不认得安娜？”斯捷潘·阿尔卡杰奇告诉符朗斯基，“因此，我一定要带他去见她。我们走，列文！”

“是这样吗？”符朗斯基说，“她会很高兴的。我这就可以回家去，”他补充说，“不过亚什文让我担心，因此我想在这里待一会儿，等亚什文赌完。”

“怎么，他的情况不妙？”

“老输，而且只有我一人能制止他。”

“那就打三角？列文，你参加吗？这就好极了，”斯捷潘·阿尔卡杰奇说，“摆上三角。”他转过去对记分员说。

“早就准备好了。”记分员回答说，他已经把球摆成三角形，正滚着红球在消遣呢。

“好，好吧。”

打完一局后，符朗斯基和列文坐到了加金的一张桌子旁边，接着，列文便按照斯捷潘·阿尔卡杰奇的建议，开始玩纸牌。符朗斯基一会儿坐在桌子旁边，被不停地过来的一些熟人围着，一会儿到“地狱”去看看亚什文。列文感到这是对上午精神上疲劳的一种愉快的休息。结束与符朗斯基的敌视使他感到高兴，而且他心中充满了一种平静、有礼貌和满意的感觉。

一局结束时，斯捷潘·阿尔卡杰奇挽住列文的一只胳膊。

“那我们去看安娜。现在就去？好吗？她在家。我早就答应她要带你去的。你晚上准备上哪儿？”

“其实没有什么特别要去的地方。我答应斯维亚什斯基到农业社去的。好吧，我们走。”列文说。

“好极了，我们走！去看一下，我们的四轮轿式马车来了没有。”斯捷潘·阿尔卡杰奇转而对仆人说。

列文走到一张桌子旁边，付清了他玩纸牌输的四十卢布，又把在俱乐部的花销付给一个守在门楣处的老侍者，他好像凭一种不可思议的方式就知道了这笔款项的总数。然后列文大模大样地挥舞着双手，穿过所有的房间，向出口处走去。

九

“奥勃朗斯基老爷的轿式马车！”守门人用生气的男低音嚷嚷道。一辆轿式马车过来了，两人便坐了上去。在马车开出俱乐部大门的一段时间里，列文继续沉浸在俱乐部的安静、满意及周围人彬彬有礼的印象之中；可是马车一到了马路上，他感觉到车身在起伏不平的道路上颠簸，听到遇上的出租马车夫生气的叫喊声，看到小酒馆及店铺暗淡的红色招牌，这种印象便被破坏了，接着他便开始仔细考虑自己的行为，自问他去看安娜好不好。吉蒂会怎么说？但是，斯捷潘·阿尔卡杰奇不让他考虑，他好像猜到了他的疑虑，想打消它。

“我真高兴，”他说，“你能够跟安娜认识。你知道，陀丽早就希望这样了。里沃夫也到她那里去过，而且还常去。虽然说她是我妹妹，”斯捷潘·阿尔卡杰奇继续说，“我敢说，这是个出色的女人。瞧吧，你就要看到她了。她的处境很不好，尤其是现在。”

“为什么？”

“我们正和她丈夫谈判办离婚的事儿。他也同意了；但是这里有个关于儿子的难题，本来这事儿早该了结了，瞧，已经拖了三个月。只要一离婚，她就嫁给符朗斯基。这种绕圈子的古老习俗真愚蠢，‘以赛亚，欢呼吧’，谁也不相信这一套，它却在妨碍人们的幸福！”斯捷潘·阿尔卡杰奇提出说，“好吧，等他们的处境明确后，就和你我一样了。”

“困难在哪里呢？”列文说。

“啊，这是一段又长又烦人的历史！我们这里是什么都不明不白的。可是事实上，在这里，在莫斯科，大家都知道他和她的事，她等着离婚已经住了三个月，哪儿也不去，也见不到除陀丽以外的任何一个女人，因为你知道的，她不希望人家出于怜悯去看她；瓦尔瓦拉公爵小姐是个傻婆娘——就连她也认为这事儿不体面，所以走掉了。因此呀，在这种情况下，换作另一个女人，谁都会受不了的。她呢，你将看到她怎么安排自己的生活，她多么平静、自尊。往左拐，进一条小胡同，教堂正对面。”斯捷潘·阿尔卡杰奇扑在马车窗子上大声说。“呀，真热！”他说，虽然气温到了零下十二度，他却要把解开了纽扣的皮大衣敞得更开些。

“对了，她还有个女儿，她显然得照料她吧？”列文说。

“你好像把所有的女人都想象成只是雌性物种，抱窝的母鸡[1]了，”斯捷潘·阿尔卡杰奇说，“要是有什么事，那一定是在照料

---

① 原文为法语。

孩子。不，她好像对她女儿培养得挺好，不过没有听她说过这事儿。她做的事儿，首先是写作。我已经看出，你的微笑带着讥讽的意味，但千万不要笑。她正在写儿童读物，而且对谁也没有讲，可她读给我听了，我还把手稿交给了沃尔古耶夫……你知道这个出版商……他本人也好像是个作家。他懂行，说她写的玩意儿非常好。可你以为她是个女作家？完全不是。你就将看到，她首先是个有丰富情感的女人。现在她收养了一名英国小姑娘，她得照料整个一家子。"

"怎么，她是在做慈善吗？"

"瞧你现在想到一切都是坏的。不是慈善事业，而是同情心使然。他呢，也就是符朗斯基，有个英国赛马教练员，是他这一行的大师，可是个酒鬼。他完全泡在酒里，震颤性酒狂症①，并抛弃了家庭。她看到了，给了他们帮助，一直关照他们，现在一家人都她一手管。她倒不是高高在上地给钱，而是亲自给几个男孩子补习俄语，帮助他们上俄国的中学，而小女孩就接到自己身边。瞧吧，你就会看到她了。"

四轮轿式马车开进了院子，大门口停着雪橇。斯捷潘·阿尔卡杰奇就下了车，使劲儿地按门铃。

接着，也没有向开门的仆人问清楚安娜是不是在家，斯捷潘·阿尔卡杰奇就走进门厅里。列文跟着他进去，可是心里越来越怀疑自己这么做是好还是不好。

列文照了一下镜子，发现自己脸红红的；不过他相信没有喝醉，便跟在斯捷潘·阿尔卡杰奇后边，顺着铺设地毯的梯子往上走。在上面的楼梯口，一个仆人像对老朋友那样对他们鞠躬，斯捷潘·阿尔卡杰奇就问他，谁在安娜·阿尔卡杰耶夫娜那里，得到的答复说是沃尔古耶夫先生。

"他们在哪里？"

---

① 原文为拉丁语。

“在书房里。”

穿过带深色木板墙的不大的餐厅，斯捷潘·阿尔卡杰奇和列文踏着柔软的地毯，走进亮着一盏带深色灯罩的灯的半暗半明的书房里。墙上开着一盏反光灯，把一个巨幅的女人全身像照得通亮，列文不由自主地把注意力转到了那幅画上。这就是在意大利时米哈依洛夫给安娜画的肖像。斯捷潘·阿尔卡杰奇走到彩色屏风后面，当男人的说话声停下来时，列文正看着被明亮的灯光照得仿佛就要从画框上走下来的人，真舍不得离开。他甚至忘了自己在什么地方，而且听不到人家说的话，一直目不转睛地看着这绝妙的肖像画。这简直不是一幅画，而是一个活生生的美妙绝伦的女人，一头波浪形的黑发，袒露着肩膀和双臂，长着柔软细茸毛的嘴唇边上露出沉思中若有若无的微笑，一双令他心慌意乱的眼睛既威严又温柔地望着他。要说她只是一幅画，而不是活人，那只因为她比任何活人都更漂亮。

“我很高兴!”他突然听到身边有人在说话，很显然是在对他说，那是自己正在欣赏的肖像画里的那个女人本人的声音。安娜从彩色屏风后边出来迎接他，列文于是在暗淡的书房里看到了肖像画上的那个女人的真身，她穿着深蓝色花布裙子，姿势和表情都不同，但和画家捕捉到肖像画上的一样，同样美到了巅峰。实际中的她并不那么光彩夺目，但在这个真人身上，却有某种肖像画上所没有的迷人的魅力。

十

她不掩饰自己见到他的喜悦，欠身迎接他。她伸过自己一只纤秀而有力的手，介绍他和沃尔古耶夫相识，并指着一位正坐在这里做针线活的可爱的红头发姑娘，称这是自己的养女；她的一举一动，都保持着列文熟悉和感到愉快的一个上流社会女人的风度，既平静端庄又高雅自然。

“非常非常高兴，”她重复说，而对列文来说，这几个简单的词儿从她嘴里说出来不知怎么具有了特殊的意义，“我早就知道您了，也很喜欢您，既是因为您和斯吉瓦的友谊，也因为您的妻子……我和她相识的时间很短，可她留给我的印象就像是一朵美妙的鲜花，真正是一朵鲜花啊。她也快要做母亲了吧！”

她说得自然而从容不迫，偶尔把自己的目光从列文转到哥哥身上，因此列文感到自己对她产生了美好的印象。他和她在一起也立刻变得轻松、简单和愉快起来，好像他从小就认识她那样。

“我和伊万·彼得罗维奇到阿列克谢的书房来，”在回答斯捷潘·阿尔卡杰奇能不能抽烟的问题时，她说，“正是为了可以抽烟。”接着她瞧了列文一眼，好像在问：他抽不抽烟？同时把一个玳瑁香烟盒推到自己面前，并从里边抽出一支烟。

“你现在身体怎么样？”她哥哥问。

“没有什么。神经有点儿亢奋，和往常一样。”

“非常之好，不对吗？”斯捷潘·阿尔卡杰奇发觉列文瞅着肖像画，就说。

“我没有见到过更好的肖像画。”

“而且非常之像，不对吗？”沃尔古耶夫说。

列文把目光从肖像画移到她本人身上。当安娜感觉到他的目光投到自己身上的那一刻，她的脸上焕发出一种特殊的容光。列文脸红了，为了掩饰自己的心慌，他想问她是不是很久没见过陀丽了；但这时安娜说了：

“我刚才和伊万·彼得罗维奇在谈瓦申科夫的最近一些绘画作品。您看过它们吗？”

“是的，我看过。”列文回答说。

“不过，对不起，我打断您了，您是想说……”

列文问，她是否在很久以前见到陀丽的。

“她昨天来看过我，她为格里夏在学校的事很生气。拉丁文老师好像对他不公平。”

“是的，我看过那些画。我不大喜欢。”列文回到了她开始谈的话题。

列文现在说起话来，态度已经完全不像上午那样刻板僵硬了。和她交谈时的每个词儿都具有了特别的意义。而且，听她说话比和她谈话更加愉快。

安娜说话不但自然、聪明，而且又浑不在意，不会固执己见，反倒很尊重对方的思想。

他们谈到了艺术的新流派以及法国画家为《圣经》作的新插图。沃尔古耶夫指责画家把现实主义发展到了粗俗的地步。列文说，法国画家在艺术中是最墨守成规的，因此他们把回到现实主义看做是一次特别的功劳。他们认为不撒谎就是诗。

列文说出的种种思想中，还从来没有像这个想法那样使自己感到满意过。当安娜突然听到这个想法时，十分欣赏，她的脸一下子容光焕发起来。她开始笑了。

“我在笑，”她说，“就像您看到一幅很像的肖像画时一样，高兴极了。您刚才讲的，完全说明了现在法国艺术的特点，包括绘画，甚至还有文学：左拉①，都德②。不过，也许事情从来都往往是这样的，从虚构的、假定的形象中建立自己的构想③，然后——一切布局④完成了，虚构的形象让人厌烦了，便开始想出更自然、真实的形象来。”

“瞧，说得完全正确！”沃尔古耶夫说。

“那么，你们到俱乐部去了？”她转过来对哥哥说。

“对，对，真是个了不起的女人！”列文忘了一切地在想，

---

① 左拉（1840—1902），法国作家，自然主义代表人物。

② 都德（1840—1897），法国作家。

③ 原文为法语。

④ 原文为法语。

并死死盯着她那张这时突然完全变了的漂亮灵活的脸。列文没有听见她转到哥哥一边说的话，不过她那种表情的变化使他吃惊。原来平静时她那张无比漂亮的脸，突然表现出古怪的惊奇、愤怒和高傲。但这只持续了一分钟。她眯起眼睛，好像在回忆什么。

“啊，对，其实对这话谁也不会感兴趣的。”她说着，便转过去对着英国女孩：

“请去吩咐给客厅上茶。”①

小女孩站起来，出去了。

“怎么样，她考试通过了？”斯捷潘·阿尔卡杰奇问。

“很好。很能干的小姑娘，性格也可爱。”

“到头来你会爱她多过自己的女儿的。”

“瞧，这是男人说的话。爱是不分多少的。对女儿是一种爱，对她是另一种。”

“我刚才对安娜·阿尔卡杰耶夫娜讲，”沃尔古耶夫说，“要是安娜·阿尔卡杰耶夫娜把花在这个英国小女孩身上百分之一的精力，用到教育俄国孩子们的公共事业上，她就会做成一件大有好处的事儿。”

“瞧您说的，我可没有办法。阿列克谢·基里洛维奇伯爵很鼓励我（她提到阿列克谢·基里洛维奇时，询问而羞怯地瞥了列文一眼，他也不由自主地用尊敬而肯定的目光回答她）——鼓励我在乡下办一所小学。我奔走了几次。孩子们都很可爱，但我不能把自己拴在这件事情上。您说到——精力，精力是建立在爱心上的。但是爱心不能强求，不能靠命令的。瞧我爱上了这个小女孩子，自己也不知道为什么。”

接着，她又瞥了列文一眼。她的微笑和目光——都在对他说，她的话只对他一个人，因为她尊重他的意见，并事先知道他们能

---

① 原文为英语。

互相理解。

“我完全理解这一点，”列文回答说，“不能把全部心思放到小学及一般类似的机构上去。我在想，正因为这样，这些个慈善事业从来都不大有成效。”

她沉默一会儿，然后微微笑了笑。

“对，对，”她肯定地说，“我从来都办不到。我心胸没那么开阔[①]，能够去爱一所孤儿院里一大堆讨厌的女孩子。对我来说，这永远办不到。[②]有多少妇女就依靠这个手段获得了自己的社会地位[③]。更何况现在呢，”她带着哀伤而信任的表情，表面上是对哥哥，而其实显然只是对列文在说，“现在啊，我是这么需要有点儿事儿做做，可是却不能。”于是，她突然皱起了眉头（列文明白，她皱起眉头是因为说到她自己的事情），改变了话题。“我知道人家议论您，”她对列文说，“说您不是个好公民，我还尽量为您辩护呢。”

“您怎么为我辩护的？”

“看攻击的情况了。对了，不喝杯茶吗？”她站了起来，一只手拿着一本精装的山羊皮封面的书。

“给我吧，安娜·阿尔卡杰耶夫娜，”沃尔古耶夫指着书说，“这很有价值。”

“啊，不，这还没有全弄好。”

“我告诉他了。”斯捷潘·阿尔卡杰奇指着列文对妹妹说。

“你白费心思。我写的东西——这有点儿像监狱小城堡的丽莎·梅尔查洛娃曾经向我兜售的那些雕花小篮子。她是一个团体里负责监狱小城堡的主管，”她转过来对列文说，“而那些不幸的人在耐心方面表现出了奇迹。”

---

① 原文为法语。

② 原文为法语。

③ 原文为法语。

列文于是看到了这位非常使他喜欢的女人身上的又一个新特点。除了聪明、优雅和美，她身上还具有一种真实性。她不想对他隐瞒自己全部沉重的处境。说了这事儿，她又叹了口气，接着她的脸部表情便突然变得像石头般严峻。带着这种表情，她变得比原来更加美丽了，但是这种表情是新的，它完全超越了被艺术家捕捉到肖像画的那种幸福的容光焕发和给人幸福的表情。列文再一次看了看肖像画及她的形象，看她怎么挽起哥哥的一只手，和他一起走进高高的门里，于是对她感觉到一种令他自己惊讶的柔情和怜悯。

她请列文和沃尔古耶夫进客厅，而自己则留下来要和哥哥谈点儿事情。"是谈离婚，谈符朗斯基，谈他在俱乐部里做什么以及谈到我吗？"列文想。她和斯捷潘·阿尔卡杰奇谈的问题是如此令他激动，以至他几乎没有去听沃尔古耶夫向他讲述安娜·阿尔卡杰耶夫娜那部儿童读物的优点。

喝茶的时候，愉快而内容丰富的谈话继续在进行。不但没有一分钟是在寻找话题，相反倒是感到来不及把要讲的东西都讲出来，并且每个人都耐心地听完别人说的话，忍住自己要说的冲动。而且不只是她本人，还有沃尔古耶夫和斯捷潘·阿尔卡杰奇说的话——由于她的注意和提点，列文似乎感到都具有了特殊的意义。

在留神听着有趣的谈话的同时，列文始终在欣赏着她——包括她的美、聪明、教养，以及淳朴和诚恳。他在听她说的时候还总在考虑她，考虑她的内心生活，竭力猜度她的感觉。而且，虽然自己以前那么严厉地指责她，现在他却以自己某种古怪的思想为她辩护，觉得她可怜了，还担心符朗斯基不能完全理解她。十一点钟，当斯捷潘·阿尔卡杰奇站起来要走（沃尔古耶夫早一点的时候已经走了）的时候，列文仿佛觉得自己才来不久。他也遗憾地站起来，心里却恋恋不舍。

"再见吧，"她握着他的一只手，用一种诱人的目光注视着他的眼睛说，“我很高兴，坚冰已被打破[①]。”

她放开他的手，并眯起了一双眼睛。

“请转告您妻子，说我和以前一样爱她，而且如果她不能原谅我的处境，那就希望她永远别原谅我。要原谅我，就得经受我那样的经历，但愿上帝保佑她免遭这样的经历。”

“一定，对，我会转达的……”列文涨红了脸说。

十一

“一个多么奇妙、可爱和可怜的女人。”和斯捷潘·阿尔卡杰奇出来走到寒冷的空气里时，列文在想。

“嘿，怎么样？我对你说过了吧。”看到列文完全折服的样子，斯捷潘·阿尔卡杰奇对他说。

“是啊，”列文沉思着回答，“一个不寻常的女人。倒不是仅仅因为聪明，更是出奇的真诚。她太可怜了。”

“现在，愿上帝保佑，一切全都快安排好了。不过，也别太早作判断，”斯捷潘·阿尔卡杰奇说，同时把四轮轿式马车的车门打开，“再见，我们不同路。”

列文在马车里不停地想着安娜，想着所有那些和她进行的谈话，同时回忆着她脸部的一切表情，越来越体谅她的处境，越来越同情她。他带着这样的心情回到了家里。

到了家里，库兹玛转告列文说，卡捷琳娜·阿列克山德罗夫娜身体健康，她的两个好姐姐不久前才离开，并交给他两封信。为了不被分心，列文在前厅就把信看了。一封是管家索科洛夫来的。索科洛夫信中说，小麦没法卖出去，因为一普特人家只肯给

---

① 原文为法语。

五个半卢布，可是也找不到别的方法去弄钱了。另一封是姐姐的信。她抱怨他还没有把她的事情办妥。

“好吧，要是不肯多给，我们就五个半卢布卖掉算了。”这第一个问题以前对列文来说那么困难，但是现在立刻异常轻松地决定了。“奇怪，这里一直总这么忙。”他在想第二个问题。姐姐求自己帮助的事情，至今没有给办妥，为此他感到对不起姐姐。“今天又去不成法院了，不过今天确实是没有时间。”于是他决定明天一定得把这事情给办了，接着便去看妻子。列文边走边迅速回忆了这一天的全部经过。这一天做的所有事情全是谈话：听人家谈话，自己也参与谈话。而所有这些谈话的问题，要是他一个人在乡下是决不会去关心的，在这里，它们却那么有意思。而且所有的谈话都是美好的；只有两处不够妥当。一处是他说了梭鱼的例子，另一处——他感到自己对安娜的那种温柔的可怜，有点儿不对劲儿。

列文见到妻子时，她正一副哀伤和寂寞的样子。三姐妹在一起吃午饭本该是很开心的，可是后来她们等他，等了很久不见回来，结果都不耐烦了，两个姐姐走了，只剩下她一个人。

“嘿，你到底干什么去了？”她盯着他闪烁出某种疑虑的眼睛问。但是，为了不妨碍他把一切都讲出来，她掩饰起自己的关注神色，并带着一种鼓励的微笑听他讲述自己这一傍晚的经历。

“啊，我很高兴见到符朗斯基。和他在一起，我感到既轻松又自然。你知道，本来我决心再不和他见面了，不过这种尴尬的局面已经结束了，”他说，接着他又想起自己在说“决心永远不再和他见面”，同时却去看了安娜，他满脸通红了，“我们还说老百姓喝酒呢；不知是谁喝得多，是老百姓还是我们这个阶层；老百姓不过是在过节的时候才喝一点儿，可是……”

然而，吉蒂对老百姓喝酒的议论不感兴趣。她看到他脸红了，于是想知道怎么回事。

“那，后来你上哪儿了？”

“斯吉瓦死死劝我到安娜·阿尔卡杰耶夫娜那儿去。”

说了这话过后，列文的脸红得更厉害了，他对自己去看安娜是不是妥当，这个怀疑已经彻底明确了。现在他知道了，自己不该这么做。

吉蒂的眼睛睁得大大的，而且听到安娜的名字时闪烁了一下，不过她竭力控制了自己，掩饰了自己的激动，瞒过了他。

“啊!”她只这么说了一声。

“我去了，你真的不会生气吧。斯吉瓦要我去，陀丽也希望这样。”列文接着说。

“噢，不。”她说，但他从她的眼神里看出她在竭力控制自己的情感，这对他可是一种不妙的征兆。

“她很可爱，非常非常可怜，是个好女人。”他在讲述安娜，她的工作以及她拜托转达的问候。

“是啊，当然，她很可怜，”他讲完了，吉蒂说，“你收到谁的信了?”

他告诉她了，相信了她的平静的语气后，便换衣服去了。

回来后，他看吉蒂还坐在原来那把靠背椅上。他走到她身边时，她瞥了他一眼便哭泣起来。

“怎么了，怎么了?”他问道，其实心里已经知道是怎么回事了。

“你爱上了这个可恶的女人，她把你给迷住了。我从你的眼睛里看出来了。是的，是的，这会有什么结果呢?你在俱乐部喝呀，玩呀，然后就到……谁那里去了?不，我们走……明天我就离开。”

列文好长时间都没法使妻子安心下来。只有当他承认是怜悯的感觉加上又喝了酒才使自己昏头昏脑，受了安娜的诱惑，并说以后一定回避她之后，才终于使妻子安下心来。他最真心诚意承认的一点，那就是自己在莫斯科这么长久住着，因为没完没了的谈话、吃吃喝喝，于是变糊涂了。夫妻俩一直谈到深夜三点钟，到那时，他们才和好如初，能够安心睡觉了。

十二

安娜把客人们送走后没有坐下来，她在房间里来回走着。虽然她整个晚上无意识地尽一切可能唤起列文身上对自己的爱情(最近这段时间来她对所有的年轻男人都抱这样的态度)。虽然她也知道，这个晚上自己让一个已婚的真诚男人为自己倾倒，虽然她觉得自己喜欢他（尽管从一个男人的角度看，符朗斯基和列文决然不同，她作为一个女人却看到了他们身上那种最共同的东西，这也是使吉蒂爱上他们两人的原因)，但他一走出房间，她也就不再去想他了。

一个思想，只有一个思想，以各种不同的形式执拗地纠缠着她，无法排解。“如果我对其他人，对这个有家有室爱着妻子的人有这么大的魅力，他为什么对我这么冷淡？……而且倒也不是冷淡，他爱我，我知道这一点。然而，现在有某种新的东西使我们产生了隔阂。为什么整个晚上都见不到他？他叫斯吉瓦说，不能撇下亚什文，得看住他不让他赌太狠。难道亚什文是个孩子？但就算是这样吧。他倒是从来不说假话。但在这种真实里面，另有名堂。他喜欢有机会向我表明，他还有其他的义务。这个我知道，我对此没有异议。可是为什么要向我证明这一点？他是想向我证明，他对我的爱情不应该妨碍他的自由。然而我不需要证明，我需要爱情。他本应当明白我在这里，在莫斯科这种生活的全部沉重性。难道我这样也能叫生活？我不是在生活，而是在等待一件老是被拖着的结局。还是没有答复！斯吉瓦也说了，他没法去找阿列克谢·亚历山大罗维奇。我已经不能再写信了。我什么也干不了，什么也没法开始，什么也没法改变。我克制自己，等着，给自己想出种种消遣——收留一个英国人的家庭，写作，看书，可是这一切都不过是欺骗，所有这一切都是吗啡罢了。他本应该可怜我。”她说着就感到自怜的泪水已经噙满了她的双眼。

她听到了符朗斯基的一阵急促的按铃声，赶快把眼泪擦了，而且不只是擦了眼泪，还坐到一盏灯下并打开一本书，装出平静的样子。应当向他表明，因为他没有遵守诺言如期回来，自己感到很不满，但只是不满而已，无论如何不要让他看出自己的痛苦，主要是不能让他看出自己的可怜。她可以怜悯自己，但不能容忍他对她的怜悯。她不想争吵，还抱怨他想争吵，可是这会儿却不由自主地摆出了争吵的架势。

“啊，你没有觉得寂寞吗？”他说，同时活跃而高兴地向她走过去，“赌博是一种多么可怕的嗜好啊。”

“不，我没有觉得寂寞，也老早就学会习惯这一切了。斯吉瓦和列文来过了。”

“对，他们想来看看你。怎么样，你喜欢列文吗？”他在她身边坐下来说。

“很喜欢。他们走了没有多久。亚什文怎么了？”

“本来赢了一万七千。我叫他走。他都已经要起身走了。可又回去了，这下可输了。”

“那你干吗还留下？”她问道，突然向他白了一眼。她脸部的表情显得冷淡而不友好。“你对斯吉瓦说过，要留下带亚什文走的。可你还是把他留下了。”

他的脸上也显露出那种冷冷的准备争吵的表情。

“首先，我没有请他给你转达任何口信；其次，我从来不说假话。而主要的是，我想留下，于是就留在那里了。”他皱起眉头说，“安娜，为什么，为什么？”他沉默了一会儿后说，同时向她侧过身去，并伸开一只手掌，希望她会把自己的手放在他的手掌上。

她对这种温柔的表示感到高兴。但是，一种邪恶的古怪力量却不允许她顺从于他的引诱，仿佛斗争的条件下不允许她屈服一样。

“当然，你想留下于是就留在那里了。你正在做你想做的一切。可你为什么把这告诉我呢？为什么？”她火气越来越大地说，“难道有谁剥夺你的权利了吗？你想使自己有理，你就有理去吧。”

他的一只手缩回去了。他侧开身子，脸上的表情变得比原来更固执了。

“对你来说，这是固执，”她说，凝神注视了他一会儿，突然给自己找到了一个说法，用来说明他让自己这么生气的表情，“的确是固执。对你来说，这只是和我在一起能否成为胜利者的问题，可对我……”她又可怜起自己，差点儿哭出来，“如果你知道对我来说问题在哪里的话，如果我知道你会像现在这样敌视，就是敌视，如果你知道这对我来说意味着什么！如果你知道我在这种时刻多么悲伤绝望，我是多么多么害怕自己！”接着，她就转过身子，掩饰自己的痛哭。

“可是我们在说些什么啊？”他面对她绝望的表情感到可怕，便又向她侧过身去，并拉起她的一只手吻了吻。“为什么？难道我到外面去寻找欢乐了？难道我不是在竭力回避其他女人吗？”

“但愿是这样！”她说。

“那你倒是说说，我该怎么做才能使你放心？我决心做到一切，以便使你幸福。”他为她的绝望而感，动情地说，“只要为了使你摆脱痛苦，我什么都可以去做，安娜！”他说。

“没有什么，没有什么！”她说，“我自己也不知道：是因为生活孤独呢，还是神经……好了，我们不说了。赛马怎么样？你还没有对我讲起呢。”她问道，她竭力掩饰着自己的欣喜，毕竟自己获得胜利了。

他吩咐摆上晚饭，开始向她讲起赛马的详细情景来；不过在他变得越来越冷淡的语调里，在他没有多少热情的目光里，她看出他不会原谅她的这种胜利，他的身上又出现了她与之作斗争的固执。他对她比以前更冷淡了，他好像是在为自己的屈服感到后悔。而她则忽然想起使自己获得胜利的那句话："我……多么悲伤绝望，我是多么多么害怕自己！"她明白了，这个武器是危险的，下次不能再用。可她感觉到，爱情把他们联系在一起，可现在他们之间出现了某种斗争的恶魔，她既无法使它从他身上消除，更难以把它从自己的心里赶走。

十三

人能够适应任何一种环境，特别是当他看到自己周围所有的人都过着同样的生活的时候。要是在三个月前，列文是不会相信自己在当前这样的条件下还能安安稳稳地睡得着觉的；过着这种盲目的、不明不白的，而且是入不敷出的生活，喝醉（他没法为自己在俱乐部的那种行为找出另外的说法）以后，和那个妻子曾爱上的男人保持不恰当的友谊，甚至还去拜访那个除了"荡妇"外没法用别的概念界定的女人，甚至被这个女人迷住，弄得妻子非常伤心——在这种情况下，他居然还能安安稳稳睡得着。而且，在疲倦、通宵不眠及狂饮以后，他安安稳稳地睡着了。

五点钟，开门时吱呀的一声把他吵醒了，他跳起来朝四周围看了一下。吉蒂不在床上。但是屏风隔壁有移动的灯光，接着他听到了她的脚步声。

"什么？……什么？"他半睡不醒地说，"吉蒂！什么事？"

"没有什么，"她一手拿着一支蜡烛从屏风后边走出来说，"我感到不舒服。"她说，同时露出特别可爱和意味深长的微笑。

"什么？开始了，开始了？"他惊恐地说，"得派人去请……"他急忙开始穿衣服。

"不，不，"她微笑着用一只手制止他说，"大概没有什么。我只是稍稍有点儿不舒服。不过现在过去了。”

她随即走到卧榻旁边，把蜡烛吹灭，便躺下来，安静了。她那种好像克制着呼吸的安静，尤其是她从屏风后边出来说“没有什么”时那种特殊的温柔和兴奋的表情，虽然使他怀疑，但他实在是太困了，因此他马上又睡着了。只有后来他回忆起她呼吸平静时的情景，才恍然大悟当时她那可爱的心灵里所发生的一切，她一动不动地躺在他身边，等待着一个女人一生中最伟大的事件。七点钟，她一只手在抚摸他的肩膀，悄声絮叨着把他唤醒了。她好像是在犹豫，既舍不得叫醒他，却又想和他谈话。

“柯斯佳，别担心。没有什么。不过好像……得派人去叫丽莎维塔·彼得罗夫娜。”

蜡烛又点着了。她坐在卧榻上，一只手上拿着一些编织的东西，最近一段时间她老在做这些东西。

“请别担心，没有什么……我一点儿也不害怕。”看到他惊恐的脸色后，她边说边拉起他的一只手，把它放在自己的胸口，再贴到自己的嘴唇上。

他急忙跳起来，一刻不停地望着她，失魂落魄地穿好睡衣后，就站在那儿瞧着她。他得走，可他没法离开她的视线。他还不爱她这张脸吗，还不知道她的表情，她的目光吗？但他从来没有见过她现在这样。他回想起昨天像现在这样站在她面前时她的那种伤心，他不禁觉得自己真是多么卑鄙和可怕！她那泛起红晕的脸蛋，从睡帽里露出的一圈柔软的秀发，洋溢着喜悦和决心。

吉蒂的性格虽然难得有不自然和虚情假意的时候，但是列文看到她突然抛去一切掩饰，一双眼睛里闪烁出自己内心的真实自我，还是为她现在袒露在他面前的样子而感动。他所爱的她这样质朴和袒露，越发显露出她的真实本性了。她边笑边瞅着他，她的眉毛突然颤抖了一下，抬起头，迅速走到他身边，抓住他的一只手，全身紧紧贴住他，用自己火热的气息把他包围起来。她感到痛苦，并且好像在向他诉说自己的痛苦。在开头的一瞬间，他照例觉得是自己的过错。但是，她目光里饱含着柔情，它表明她不仅没有责怪他，而且还因此更爱他。“要不是我，这还能是谁的错？”他不由得想，同时在寻找这种痛苦的肇事者，要惩罚他；可是找不出肇事者。她在忍受痛苦，在抱怨，同时在为这种痛苦而得意，而欣喜，她喜欢这种痛苦。他看到了她心中正在发生某种美好的转变，可是怎么回事？——他没法明白。这超出了他的理解力。

“我派人到妈妈那里去了。而你就快去叫丽莎维塔·彼得罗夫娜……柯斯佳！……没有什么，都过去了。”

她从他身边走开了，按了一下铃。

“好了，你这就走吧，帕莎过来了。我没有事儿。”

接着，列文惊讶地看到，她拿起晚上带过来的编织物，又开始编织起来。

当列文从一道门走出去时，他听到一个侍女从另一道门进去了。他便等在门口并听到吉蒂怎么详细地吩咐侍女，并亲自和她一起搬动床铺。

他穿好衣服，因为出租马车还没有来，就乘着套马的机会，又跑进了卧室，不是用双脚跑着，而像插上翅膀一般。两个侍女正在卧室里担心地搬动着东西。吉蒂边走边织，在迅速挑动线圈的同时，不时地给侍女们一些指点。

“我这就去找大夫。丽莎维塔·彼得罗夫娜那里派人去了，不过我还会再去的。不需要什么吗？要去找陀丽吗？”

她看了他一眼，显然没有听进去他说的话。

“对，对。去吧，去吧。”她坚决地说着，皱紧眉头，对他挥挥一只手。

他已经走到客厅里了，突然卧室里传出一声凄厉的呻吟，立刻就平静下来了。他停在那里，好久没法明白是怎么回事。

“对，这是她。”他对自己说，随即抱头往楼下跑。

“上帝啊，饶了我们吧！求你宽恕，请你帮帮我们！”不知怎么，他脱口而出这样的念叨。他，一个不信教的人，并不是用嘴巴在重复这些话。在眼下这一瞬间，他知道不但自己的全部怀疑，而且凭理智不可信的那种东西，都毫不妨害他求助于上帝。所有这一切，现在都像尘土似的从他的内心里飞散得无影无踪了。他感到上帝手上掌握着他，他的心灵和爱情，自己不向他还能向谁呼吁呢？

马匹没有准备好，但是他感到自己特别紧张，当前要做的事情又那么多，为了不浪费一分钟，他就不再等马套好，而是徒步走了出去，并吩咐库兹玛追上自己。

在一个拐角处，他碰上了一辆匆忙奔跑的夜间出租马车。小马车上坐着裹着头巾穿着天鹅绒斗篷的丽莎维塔·彼得罗夫娜，“感谢上帝，感谢上帝！”他认出她后，兴奋地说；她长着浅色头发，瘦小的脸上现在正露出一副特别认真，甚至是严厉的表情。也不吩咐出租马车停下，他就往回跑到她旁边。

“那么说是两个钟头，不是更久吗？”她问，“您一定得找彼得·德米特里奇，只是别急着催他。对了，到药房买点儿鸦片来。”

“您这么认为，会平安无事吗？上帝啊，请你救救我们吧！”列文说，看到马从大门里出来，他便和库兹玛一起跳上雪橇，吩咐去找大夫。

十四

大夫还没有起床，用人还说：“睡得晚，不让叫醒，不过很快要起来了。”用人在擦玻璃灯罩，显得很专注的样子。用人这种对玻璃的专注和对列文已经发生的事情的冷淡，开始时使列文感到吃惊，但仔细一想，他立刻明白了，谁也不知道也没有责任知道他的感情，所以他应当冷静、细心和果断，以便打破这堵冷淡的墙，达到自己的目的。“要不慌不忙，什么机会也不放过。”列文对自己说，他感到体力越来越强，对面临要做的一切的关注越来越强烈。

了解到大夫还没有起床，列文就设想了各种计划，最终选择了这样一种办法：库兹玛带着便条去找另一个大夫，自己到药房去买鸦片，要是当他回来时大夫还不起来，那就买通用人，要是对方不同意那就使用暴力，无论如何也得把大夫叫醒，要他起来。

药房里那位瘦个子药剂师也和擦玻璃的用人一样冷淡，他正在为等待的马车夫给药瓶上贴标签，并拒绝出售鸦片。列文竭力忍住怒火，和颜悦色地说了大夫和助产士的姓名，并向他解释为什么需要鸦片，力图说服他。药剂师用德文询问能不能给鸦片，听到隔壁有人表示同意后，便拿出一个玻璃瓶和一只漏斗，慢慢地从大点儿的瓶里倒进一只小纸包里，给封上并盖了印，虽然列文请他不必如此，而且还要给包扎好了。这下列文可实在忍不住了；他果断地从他手里夺过鸦片，就冲出大玻璃门了。大夫还没有起床，用人呢这时又忙着铺地毯，不肯去叫醒。列文不慌不忙地取出一张十卢布的钞票，一边慢慢地说，同时不失时机地把钞票塞给他，并解释说，彼得·德米特里奇（原来微不足道的彼得·德米特里奇现在使列文觉得那么伟大和重要）答应随时就诊的，因此现在马上叫醒他，他大概也不会生气的。

用人同意了，走上楼去，并请列文到接待室等着。

列文听到了大夫在门里边咳嗽、走动、洗漱，以及说话的声音。过了大约三分钟，可列文觉得仿佛过了一个多小时。他实在等不及了。

“彼得·德米特里奇，彼得·德米特里奇！”列文用哀求的声音对开着的门重复说，“看在上帝的分上。请您原谅。您就这样接待我好了。已经过了两个多小时了。”

“这就来，这就来！”那声音回答说，列文惊讶地听出，大夫这么说时在微笑。

“一会儿工夫……”

“这就来。”

等大夫穿上靴子又过了两分钟，再等大夫穿上外套并梳了梳头，又过了两分钟。

“彼得·德米特里奇！”列文又开始用可怜巴巴的声音说，不过这下大夫已经穿好衣服，梳好头发，出来了。“这种人没有良心，”列文在想，“人家都要死了，他还梳头！”

“早晨好！”大夫向他伸过一只手，一边平静地说，仿佛故意拿他取乐似的，“您别着急。怎么样了？”

为了尽可能地有说服力，列文开始讲述关于妻子的详细情况，在讲述时还一再加进恳请大夫的话，请他这就和自己一块儿走。

“不过您不要着急嘛。这事儿您还没有经验。看来用不着我去，不过我既然答应过，那请吧，我去。但是，别急。您请坐一会儿，要不要来杯咖啡？”

列文看着他，同时用目光在问，他是不是在取笑他。但是，大夫并没有捉弄他的念头。

“我知道的，我知道，”大夫微微笑着说，“我自己是个有家室的人；但是，在这种时候，我们男人往往是最可怜的了。我有位女病人，在这种时候，她丈夫总往马厩里跑。”

“不过您怎么认为，彼得·德米特里奇？您认为会顺利吗？”

“一切症状都表明将平安分娩。”

“那您现在就去？”列文说，同时恶狠狠地瞅着端来咖啡的仆从。

“过个把钟头。”

“不，看在上帝分上！”

“那好，您让我把咖啡喝了。”

大夫端起咖啡来喝。两人沉默了一会儿。

“这下子可把土耳其人打得滚瓜流水了。您看了昨天的电讯吗?”大夫边说边吃着白面包。

“不,我没法等了!”列文跳起来说,“这么说您过一刻钟到?”

“过半小时。”

“您说真的?”

列文回到家里时,遇上了公爵夫人,他们便一起来到卧室门口。公爵夫人眼里噙着泪水,一双手还在哆嗦。见到列文后,她拥抱了他,并哭了起来。

“啊,怎么样,亲爱的丽莎维塔·彼得罗夫娜。”她说,同时抓起丽莎维塔·彼得罗夫娜的一只手,她脸带欣喜又心事重重地迎着他们走过来了。

“进展良好,”她说,“你们劝她躺着。会容易些。”

从自己醒来弄清楚怎么回事的那一刻起,列文就下定决心不胡思乱想也不随便猜想,将自己的思想和感觉都封闭起来,免得使妻子的心情不好,相反,还要安慰她,使她保持勇气来承受面临的一切。列文打听到这种事情通常要持续四五个小时,于是从精神上准备熬五个小时。他觉得自己能够控制自己的情绪,甚至都不容许自己考虑将要发生的事儿,将会有什么样的结局。然而从大夫那儿回来并见到她的痛苦后,他便越来越频繁地祈祷:“上帝啊,求你宽恕,救救我们吧。”并常常仰首长叹。他感到恐惧,害怕自己会受不了,会大哭或夺门而出。他是这么痛苦,可是,才过去了一小时。

但是这一小时之后又过了一小时,两小时,三小时,总共五小时,过了他给自己设想的忍耐的最长期限,而情况却依然如此。他仍努力忍耐着,因为在现在这种时候再也做不了什么,每一秒钟他都在想,自己已经到了忍耐的极限,他的心马上就要因为妻子的痛苦而痛苦得要爆炸了。

然而一分又一分,一小时又一小时地过去,他的痛苦和恐惧也逐渐增长，越来越紧张起来。

生活中所有习以为常、必不可少的习惯对列文来说都不复存在。他失去了时间的观念。那几分钟——她呼唤他到自己身边去，他就握住她冒出汗珠的手，那手一会儿异常有力地抓紧一会儿又把他的手推开，就那几分钟——他仿佛觉得有几小时，而几小时又仿佛只有几分钟那样短。当丽莎维塔请他把屏风外的蜡烛点着后，他感到很惊讶，这才知道都已经傍晚五点钟了。要是人家告诉他现在才早上十点钟，他倒不至于这样吃惊。他也不大清楚这时自己在哪里，就像他不清楚这是什么时候一样。他看到她烧得通红的脸，一会儿不知所措，痛苦万分，一会儿又露出微笑，力图安慰他。他还看到公爵夫人满脸通红、紧张，头发散乱，正咬紧嘴唇强忍着眼泪，还看见陀丽，看见在抽着粗大雪茄的大夫，看到了脸色坚定、果断、正在安慰别人的丽莎维塔，还看见了板着面孔在大厅里踱来踱去的老公爵。但是，他们都是怎么进来又出去的，他们都在什么地方，他完全不知道。公爵夫人一会儿和大夫在卧室里，一会儿在摆上饭桌的书房里；一会儿不是她，而是陀丽在那里。然后，列文想起来人家派他到什么地方去。有一次又叫他去搬桌子和长沙发。他很卖力地做完了这件事，因为想到是她需要，然后才清楚这是用来让他自己过夜的。后来人家又要他到书房里找大夫问什么事儿。大夫作了回答，接着便谈起议会里的混乱情况。然后人家派他到卧室里去找公爵夫人把镀金的银圣像拿来，但他和公爵夫人的老女佣爬到一个小柜子上去取圣像时，竟把前面的小长明灯打破了，那个女佣便安慰他不要为妻子和长明灯的事忧心。他把圣像拿来放到吉蒂的头边，竭力把它塞在枕头后边。但是，这一切都在什么地方，在什么时候及为了什么做的，他全不知道。他也不明白为什么公爵夫人拉起他的一只手，可怜巴巴地瞧着他，请他放心，陀丽还劝他吃点儿东西，带他走出房间，就连大夫也严肃而同情地看着他，还给他喝了点儿药水。

他只知道并感觉到，现在发生的事情与一年前在省城医院里尼古拉哥哥死去时发生的事相类似。不过那是一场悲痛——这是一桩喜事。不过，那场悲痛和这桩喜事都同样超出一切日常的生活轨道，就好像是这种生活中的一道缝隙，透过它露出某种崇高的东西。现在这事情同样沉重，同样折磨人，在观察这种崇高的东西时，灵魂不可思议地升华到以前从来都不曾理解的高度，那是理智无法企及的。

“上帝啊，宽恕我们，救救我们吧!”他不断地祈求着，尽管长期远离宗教，此刻他却和童年及少年时代一样虔诚和朴实。

在这段时间内，两种截然不同的情绪在心中翻腾。当她不在场的时候，他与一支接一支抽着粗烟卷并把它们熄灭在已经满了的烟灰缸边上的大夫，与陀丽和老公爵一起在那儿谈吃饭，谈政治，谈玛丽娅·彼得罗夫娜的病的情况时，列文会突然完全忘了所发生的事情，并感到自己正像一个睡醒过来的人。而在她面前，在她的床头边的时候，他就因为她的痛苦而痛苦，他的心几乎要碎裂了，因此他不停地祷告上帝。因此每一次从卧室里传来的惨叫声把他从忘却的状态中唤醒时，他都会陷入最初的懵懂状态中。每一次听到叫喊，他都会跳起来，跑过去为自己辩护，可在途中又想起那并非他的过错，于是他想去保护她、帮助她。然而凝视着她的时候，他又明白自己是无能为力的，于是便感到恐惧，念念有词地说：“上帝啊，饶恕我们，帮帮我们吧。”而这种时候拖得越久，这两种情绪也变得越强烈：不在她面前，他越是平静，完全忘了她；到她面前，她的那些痛苦和他束手无策的心情也就越发沉重，变得越来越折磨人。他跳起来，想躲开，结果却又跑到了她那里。

有时候她一次又一次地呼唤他，他便责怪她。但是一看到她安静下来露出微笑的脸，并听到“我把你害苦了”这样的话时，他就抱怨上帝，但是一想起上帝，他又立刻请求宽恕和救助。

十五

他不知道什么时候了。蜡烛已经全燃尽了。陀丽刚刚来到书房里，提议大夫躺一会儿。列文坐在那儿，在听大夫讲述一个关于半瓶子醋的催眠术士的故事时眼睛直直地盯着他的烟灰。有一阵子，他迷迷糊糊地，似睡非睡，完全忘了现在正在发生的事情。他听大夫讲的故事，能听懂他的意思。突然传出一声不同寻常的叫喊。这叫喊是那么可怕，列文甚至没有勇气跳起来，而是屏住呼吸，惊恐而疑问地望着大夫。大夫侧过头去留神听了听，便赞许地微笑了。一切都是那么不寻常，以至什么都不至于使列文感到吃惊了。“对了，应该是这样。”他心想，并继续坐着。这是谁的叫喊声？他跳起来，踮着脚跟跑进卧室，绕过丽莎维塔和公爵夫人，站到床头边自己的老位子上。叫喊声平息了，但这时发生了一点儿变化。什么变化——他没有看见，不明白，也不想看见，不想弄明白。但从丽莎维塔的脸上，他看到了这一点：丽莎维塔的脸显得严峻而苍白，但依旧是那么果断，尽管她的双颌稍稍在颤抖，她两只眼睛牢牢粘在吉蒂身上。吉蒂受够了折磨的通红的脸汗涔涔的，额上的汗水粘着一绺头发，这张脸正对着他，在寻找他的目光。她伸出双手在恳求他的帮助。她用汗涔涔的双手抓住他冷冰冰的双手，把它们贴在自己脸上。

“你别走开，你别走开！我不害怕，我不害怕！”她急急地说，“妈妈，把我的耳环拿走。我戴着它们不方便。你不害怕吗？快，快，丽莎维塔……”

她说得很快很快，并且想笑一笑。但突然她的脸扭曲了，一把将他从自己身边推开。

“啊，受不了了！我要死了，要死了！你走，你走！”她嚷嚷起来。于是他又听到了那种异乎寻常的叫喊声。

列文抱住头，跑出了房间。

“没有关系，没有关系，一切都好好的！”跟在后边的陀丽对他说。

然而不管他们说什么，他知道现在全都完了。他站在隔壁一个房间里，头靠着门楣，听着那种他从来没有听过的尖叫和号啕。他知道这是吉蒂发出来的声音。他早已不希望什么婴儿了。这时他简直憎恨那个婴儿。他这时甚至不珍惜她的生命了，只盼能停止这些可怕的痛苦。

“大夫！这是怎么了？这是怎么了？我的上帝！”他抓起进来的大夫的一只手说。

“就要结束了。”大夫说。他说这话的时候脸色是那么严肃，以致列文把结束理解成了——她快要死了。

他不顾一切地跑进了卧室。他首先看到的是丽莎维塔的脸。她的眉头紧紧地打结了，脸绷得更紧。吉蒂的脸看不见。在原来是她脸的地方，出现了一个样子紧张得吓人、不停发出惨叫声的东西。他把头靠在床栏杆上，感到自己的心脏在碎裂。可怕的叫喊声没有停止，越来越可怕，像是到了恐怖的顶点，接着突然平息了。列文不相信自己的耳朵，但是没法怀疑：叫声平息了，只听到静静的忙乱声、衣服的沙沙声和急促的呼吸声，以及她缓缓发出的、活生生的温柔而幸福的声音，她轻轻地说：“结束了。”

他抬起头。她的双臂无力地落在被子上，她的模样看起来异常美好而平静，默默地瞧着他，而且想笑又没法笑出来。

于是，列文突然觉得自己摆脱了那二十二小时度过的神秘可怕的非人世界，转瞬间又回到了原来平常的世界。这个世界本是他熟悉的，可是现在充满了他一时难以承受的新鲜的幸福之光。绷紧了的弦一下全都断了。因意外的狂喜而迸发的呜咽和泪水如此强烈地涌上心头，震动着他的全身，使他久久说不出话来。

他双膝跪在床前，把妻子的一只手放在自己的嘴唇上吻着，而这只手则用指头虚弱的活动回应着他的亲吻。而同时，在床脚处，丽莎维塔灵巧的双手上，一个人的生命像蜡烛台上的灯火似的在跳动，那是以前不存在的，而现在他有了权利活下去，懂得自己的重要性，他将生儿育女，传宗接代。

“活着！活着！对，还是个男孩子！你们不用担心！”列文听到丽莎维塔的声音，她用颤抖的手拍拍婴儿的背部。

“妈妈，是真的吗？”这是吉蒂的声音。

回答她的，只是公爵夫人的抽泣。

接着，好像是对母亲的问题作出不容怀疑的回答，在沉默中传来一种不同的声音，和房间里一直压抑的说话声完全不同。这是那个不知道从哪里降生的新人发出的大胆、放肆、毫无顾忌的啼哭。

以前要是人家告诉列文说吉蒂死了，他也就和她一起死，他们的孩子是天使，上帝就在他们面前——他怎么也不会感到吃惊的；可是现在回到现实生活的世界里来以后，他花更多的精力去思考，才弄明白她活着，还很健康，那拼命正在叫喊的家伙是他的儿子。吉蒂活着，她的痛苦结束了，于是，他也异常地幸福。那么婴儿呢？他从哪里来？来干什么？他是谁？这些他怎么也没法明白，也没法习惯。他觉得这仿佛是一种多余的、自己长久没法习惯的财富。

十六

早上九点多钟，老公爵、谢尔盖·伊万诺维奇和斯捷潘·阿尔卡杰奇坐在列文屋里，谈了一会儿产妇后，又在谈论一些无关的事情。列文听着他们的这些谈话时，不由得回想起从昨天早上到现在的经历，还有这事情之间自己的情况，真觉得从那时起好像已经过了一百年。他感到自己好像在一个高不可攀的地方，于是努力往下走，以便不让和他说话的人感到不愉快。他边说边不停地想着自己的妻子，她现在的详细情况；想着儿子，他努力教会自己去习惯已经存在的儿子。自结婚以来，整个女人世界就对他具有了意想不到的重要意义，这时更是达到了无法想象的高度。他听到他们在谈论昨天俱乐部里吃饭的事儿，同时在想："现在她怎么样了？睡着了吗？她感觉怎么样？她在想什么？儿子德米特里是不是哭了？"于是在谈话当中，话才说了一半，他便跳起来，走出房间去了。

"让人来告诉我一声，可不可以去看她。"老公爵说。

"好的，这就来。"列文回答说，他没有停下来，往她那里去了。

她没有睡，正轻轻地在和母亲说话，商量洗礼的事情。

她收拾好了，梳过头，戴着一顶浅蓝色的漂亮的睡帽，双手放在被子上面，仰脸躺着。她用目光迎接他，要他到自己身边来。她本来就明亮的眼睛，由于他的接近而变得更加明亮了。她的脸上依然是那种死者脸上通常有的从尘世转变到天堂的神色，不过那是告别，而这里则是迎接。他心头又涌起类似她在分娩的那一刻所经受的激动。她拉住他的一只手，问他有没有睡过觉。他不能回答，因为他知道自己软弱，便转过身子。

"我倒是睡着了一会儿，柯斯佳，"她对他说，"不过现在我感觉真好。"

她看着他，可是突然她的表情改变了。

"把他给我，"她听到婴儿的啼叫说，"给我吧，丽莎维塔，他也要看看。"

"啊，瞧，让爸爸瞧瞧，"丽莎维塔说，同时把一个红彤彤的奇怪的动来动去的家伙抱着递过来，"您等等，我们先给收拾一下。"于是丽莎维塔把红彤彤动来动去的家伙安放在床上，开始把他解开，伸出一个指头托起来又翻过身，并给他抹了些粉，又包起来。

列文看着这小可怜儿，拼命想在自己心中找出父爱的表示。

可是他对他只有一种讨厌的感觉。但是当丽莎维塔给他脱光了衣服，露出一晃一晃番红花色的小胳膊小腿儿，它们同样也有指头，甚至还有不同于其他的大拇指。当他看到丽莎维塔把这双撑开着的小手像变软的弹簧似的塞进亚麻布衣服里时，才感到自己对这家伙是这么同情和担心，生怕她会弄伤他，竟不由得去拉住她的一只手。

丽莎维塔·彼得罗夫娜哈哈大笑起来。

“您别害怕，您别害怕！”

当婴儿被收拾好了并包得结结实实像个布娃娃时，丽莎维塔好像是为自己的工作感到自豪，摇了摇他，然后走开点儿，让列文看看自己的儿子整个儿的模样。

吉蒂也一刻不停地转过眼睛，注视着那边。

“给我，给我。”她说，甚至要坐起来。

“您怎么，卡捷琳娜·阿列克山德罗夫娜，您不能这么动的！等等，我来抱。瞧我们是多棒的小伙子，让爸爸看看！”

接着，丽莎维塔·彼得罗夫娜便一只手举起这奇怪的小东西，另一只手只用手指托着婴儿摆动着的后脑勺。这小东西红彤彤的，头藏在襁褓里，但他也有鼻子，眼睛一眨一眨的，还咂巴着两片嘴唇。

“一个很漂亮的婴儿！”丽莎维塔说。

列文失望地叹了口气。这个很漂亮的婴儿，只能使他产生讨厌和可怜的感觉。这完全不是他所期待的感觉。

趁丽莎维塔把他安放在那个没有喂过奶的胸脯上时，他转过了身子。

突然的一声笑使他抬起头来。这是吉蒂在笑。婴儿咬住了奶头。

“啊，好了，好了！”丽莎维塔说，但是吉蒂不肯放开他。他在她怀里睡着了。

“现在你来瞧瞧，”吉蒂把婴儿掉转过来，让他能看见。那张老头子一样皱缩的小脸突然皱得更厉害了，接着他打了个喷嚏。

列文微微笑了，差点儿流出感动的眼泪，他吻了吻妻子，走出了黑黝黝的房间。

他对这小家伙所产生的感情，完全不像自己期待的那样。这种感情丝毫不会让他觉得愉快或是高兴，相反，只能感到一种新的折磨人的害怕：他意识到自己另一领域的脆弱。这种认识起初十分强烈，他害怕这脆弱的家伙受到伤害，所以当婴儿打喷嚏时他油然而生的莫名的欢乐甚至自豪的心情都无法让他轻松下来。

十七

斯捷潘·阿尔卡杰奇的情况一团糟。

出售森林的三分之二的钱已经用完了，另外三分之一扣除百分之十领得现款，这些钱他也几乎全从商人那里预支了。商人再也不给钱了，更何况这年冬天陀丽第一次宣布对自己财产的权利，她拒绝在得到卖森林所余三分之一款项的契约上签字。全部薪水都用在家庭开支及偿还无法拖延的债务上了。一点儿钱都没有了。

斯捷潘·阿尔卡杰奇认为，这种情况是不愉快的，难堪的，不该这样继续下去。根据他的概念，造成这种情况的原因在于他所得的薪俸太少。他担任的职务，在五年前显然是很好的，可是现在不同了。彼得罗夫，一个银行的经理，拿一万二千；斯文齐茨基——一个公司的董事——拿一万七千；米津，创办银行的行长，一年就拿五十万。“显然是我睡大觉了，人家也把我给忘了。”斯捷潘·阿尔卡杰奇心里想。于是他开始打听消息，时时留意，到了冬末终于打探到一个很不错的职务，就开始进行争取。起初是从莫斯科，通过亲戚朋友发动攻势，到了春天，时机成熟时，他便去了一趟彼得堡。这类职务现在很多，年薪从一千到五万，又舒服又能捞到钱。这就是南方铁路银行信贷联合公司理事。这个职务和所有类似的职务一样，要求广泛的知识和很强的活动能力，这两者兼备的人很难找。而因为缺乏同时兼有上述两方面条件的人，那就得找一个正派人来担任，总比找一个不正派的来得好。而斯捷潘·阿尔卡杰奇呢，不仅是受尊敬的人（没有重音符号），而且是个正派的人（有重音符号）[①]。在莫斯科所谓的正派有那种特别的含意，比如人家说：一个正派的活动家，一个正派的作家，一种正派的期刊，一个正派的机构，一个正派的流派，这是说这个人或机关不仅正派，还敢于跟政府对着干。斯捷潘·阿尔卡杰奇出入于莫斯科这种说法流行的上流社会，是一个公认的正派人，所以他担任这个职务的机会比别人大。

这个职务给的年薪为七千至一万卢布，而奥勃朗斯基还可以在不辞去政府职务的情况下兼任。职务的关键取决于两位部长、一位夫人及两位犹太人。所有这些人虽然都已疏通好了，但斯捷潘·阿尔卡杰奇还得到彼得堡去拜见一下。此外，斯捷潘·阿尔卡杰奇还答应为妹妹安娜从卡列宁那里得到关于离婚的决定性答复。因此，他向陀丽要了五十卢布，便乘火车到彼得堡去了。

斯捷潘·阿尔卡杰奇坐在卡列宁的书房里听他宣读《俄国财政衰落的原因》的报告，盼望着结束的时候，以便开始谈自己的事儿和安娜的问题。

“是啊，这个意见很正确，”当阿列克谢·亚历山大罗维奇摘下自己现在看书时非用不可的夹鼻眼镜，询问地看着前妻的哥哥时，他说，“通过一些细节来看，这很正确，不过我们时代的原则毕竟是——自由。”

“对，不过要提出另一个包容自由的原则。”阿列克谢·亚历山大罗维奇说，他强调了包容一词并重新戴上夹鼻眼镜，以便再

① 原文 честнллы 一词，在“е”上加重音符号为诚实正派的人，不加重音符号为受尊敬的人。

给听的人读一遍说到这一点的那个地方。

翻开字体优美、四周留出宽大空白的手稿，阿列克谢·亚历山大罗维奇又把有说服力的那一段念了一遍。

“我不赞成保护关税的条例，不是出于个人的利益，而是为了公共的利益——并且是对下层和高层阶级都一视同仁，”他说，同时从夹鼻眼镜上方瞧着奥勃朗斯基，“但是他们不能明白这一点，他们只关心个人利益并夸夸其谈。”

斯捷潘·阿尔卡杰奇知道，当卡列宁开始说起他们，就是那些不愿采纳他的设想从而造成俄国的全部罪恶的人，只要谈起他们的思想和行为，他的发言也就快要结束了；因此这时候他情愿放弃自由的原则，表示出完全的赞同。而阿列克谢·亚历山大罗维奇沉默下来了，若有所思地看着自己的手稿。

“喏，顺便，”斯捷潘·阿尔卡杰奇说，“我想请你在见到波莫尔斯基的时候，替我美言几句，就说我很希望担任南方铁路银行信贷联合公司理事的空缺。”

斯捷潘·阿尔卡杰奇对自己满心喜欢的这个职务的名称已经习惯了，便一字不差地立刻说出来了。

阿列克谢·亚历山大罗维奇问清楚了这个新的委员会的活动情况，便陷入沉思。他在考虑这个委员会的活动里有没有违反他设想的玩意儿。但是，鉴于这个新机构的活动很复杂，自己的设想又包括很广泛的领域，他没法一下子作出判断，因此便摘下夹鼻眼镜说：

“毫无疑问，我可以对他说说；不过，说句老实话，你为什么想担任这个职务？”

“薪俸不错，将近上万卢布呢，而我的收入……”

“将近上万卢布。”阿列克谢·亚历山大罗维奇重复说，并皱起了眉头。这么高的薪俸提醒了他，他认为从这个方面看，斯捷潘·阿尔卡杰奇提出的职务就违反了他设想的主要内容，他的各种设想一直都主张节约。

"我发现了，而且写过一份相关的意见书，认为现今的高薪制度是我们的管理中经济政策①反常的表现。"

"那么，你认为该怎么样？"斯捷潘·阿尔卡杰奇说，"喏，比方说吧，一个银行经理拿一万——因为他的工作值这么多钱啊。要不说，一个工程师拿两万，因为他的事业很有前途。你还怎么想！"

"我认为，薪俸是产品的附加开支，它应当服从供求关系规律。如果规定薪俸时偏离了这个规律，就像比如我看到两位同一院校毕业的工程师，两个人都是内行而且一样能干，结果一个得四万，另一个得两千就满足了；要不，一些没有特长的骠骑兵和律师都以高薪被礼聘去当银行的经理，那我可以得出结论，他们的薪俸不是按照供求规律，而是直接凭情面定的。这种滥用职权的行为非常恶劣，并对政府工作产生有害影响。我认为……"

斯捷潘·阿尔卡杰奇连忙打断自己的妹夫。

"对，不过你得同意，新开办的机构无疑是对国家有益的。不管你怎么想，这可是一桩前程远大的事业！人们特别珍惜的是，这桩事得办得正派。"斯捷潘·阿尔卡杰奇强调说。

然而，正派这个词在莫斯科的含义，阿列克谢·亚历山大罗维奇并不明白。

"正派只是个消极的特点。"他说。

"可是，你还是得帮我这个大忙，"斯捷潘·阿尔卡杰奇说，"跟波莫尔斯基说句话。就这样，在谈话时……"

"不过你要知道，这事儿好像更多地取决于鲍尔加林。"阿列克谢·亚历山大罗维奇说。

"鲍尔加林从自己这方面完全同意。"斯捷潘·阿尔卡杰奇红了脸说。

提到鲍尔加林时，斯捷潘·阿尔卡杰奇的脸一下子红了，因

---

① 原文为法语。

为这天早上他去找过鲍尔加林，而且这次造访给他留下了不愉快的回忆。斯捷潘·阿尔卡杰奇坚定地相信，他想从事的这份工作是全新的、有发展前途的，而且是正派的；可是今天早上鲍尔加林显然是故意要他和其他求见者一起在接待室等候了两小时，他想起这事就感到尴尬。

他觉得尴尬，也许是因为像他奥勃朗斯基公爵这样一位留里克王族的后裔，竟然在一个犹太人的接待室里等了两小时，也许是因为他有生以来头一次不遵照先辈的榜样为政府效劳而要到一个新的领域去，反正他感到很不自在。在鲍尔加林家等待的那两小时里，斯捷潘·阿尔卡杰奇无精打采地在接待室里来回走着，摸摸自己的连鬓胡子，与其他一些求见者交谈并想出一句含意双关的俏皮话来自嘲，“我和犹太人打交道，翘首等待好烦恼”，同时竭力向别人甚至向自己隐瞒自己当时的苦恼感觉。

然而，他始终感到不自在，很是失落，他自己也不知道为什么：是因为自己那句“我和犹太人打交道，翘首等待好烦恼”这句俏皮话怎么也押不好韵呢，还是因为别的什么。结果到鲍尔加林异常客气地接待他时，显然是因为羞辱了他感到得意，并且几乎拒绝了他的请求。斯捷潘·阿尔卡杰奇想尽快忘了这件事，现在只要一想起来就脸红。

十八

“现在，我还有件事儿，你也知道是什么，关于安娜。”斯捷潘·阿尔卡杰奇稍稍沉默了一会儿，抖落掉自己头脑里的那种不愉快的印象，接着说。

奥勃朗斯基一说出安娜的名字，阿列克谢·亚历山大罗维奇的脸色就完全变了：和原来的活跃不同，呈现出疲倦和僵硬的神情。

“老实说，你究竟要我怎么办啊？”他在靠背椅上转过身来，啪的一声收起自己的夹鼻眼镜说。

“决定，给个决定，阿列克谢·亚历山大罗维奇。我现在求你（‘不是把你看做一个受屈辱的丈夫’，斯捷潘·阿尔卡杰奇本想这样说，但害怕这样会把事情弄糟，于是换了一种说法）：不是把你作为一个政治家（结果还是不合适），而是算做一个人，而且是个善良的人和基督徒。你得可怜可怜她。”他说。

“你究竟是想说什么？”卡列宁轻声地问。

“对，可怜可怜她，要是你像我一样看到她——我整个冬天都和她在一起过的——你一定会为她揪心的。她的处境很可怕，非常可怕。”

“我觉得，”阿列克谢·亚历山大罗维奇用几乎是尖叫的刺耳的声音回答说，“安娜·阿尔卡杰耶夫娜现在的一切都是她自己愿意的。”

“啊，阿列克谢·亚历山大罗维奇，看在上帝的分上，我们别去追究以往的事了！过去的事都已经过去了，你也知道她盼望和等待着——离婚。”

“然而，我想我得要求把儿子留给我，可是安娜·阿尔卡杰耶夫娜拒绝我的条件。我是这么答复的，也是这么考虑的，因此这事儿已经了结了。我认为它已经了结了。”阿列克谢·亚历山大罗维奇尖声尖气嚷道。

“但是，看在上帝的分上，你别发火，”斯捷潘·阿尔卡杰奇拍拍妹夫的膝盖说，“事情还没有了结。如果你允许我扼要地说明一下，事情是这样的：你们分开的时候，你很高尚，表现出了尽可能的宽宏大量；你给了她一切——自由，甚至办离婚。她很珍惜这一点。别，你别以为有另外想法。她恰恰正是珍惜的。都到了这种地步，在最初那段时间，因为感到自己在你面前有罪，她没有也没法仔细地考虑这件事情。她一切全都放弃。不过，实际和时间都表明，她的处境是痛苦的和不堪忍受的。”

“我对安娜·阿尔卡杰耶夫娜的生活一点儿兴趣都没有。”阿列克谢·亚历山大罗维奇扬起眉毛，打断了他。

“对不起，可是我不相信是这样的，”斯捷潘·阿尔卡杰奇婉转地反驳，“她的处境对她来说是痛苦的，可对谁也没有任何好处。你会说，她这是自食其果。她知道这一点，因此不来求你；她坦率地说，她不敢求你什么。然而我，我们所有的亲戚，所有爱她的人在求你，恳求你。她为什么受折磨？这样谁会觉得好受些？”

“请原谅，您好像把我置于被告的地位了。”阿列克谢·亚历山大罗维奇说。

“可不是，可不是，一点儿也不，你要明白我的意思，”斯捷潘·阿尔卡杰奇又碰一碰他的手说，好像他相信这样会使妹夫软下来似的，“我只是在说一点：她处境痛苦，而你能在什么也不失去的情况下使这种痛苦缓解。我会把一切给安排得使人觉察不出来。要知道，你答应过的呀。”

“我以前的确答应过。我还是认为，儿子的问题是这件事儿的关键。此外，我希望，安娜·阿尔卡杰耶夫娜会有气度……”阿列克谢·亚历山大罗维奇脸色变得苍白，哆嗦着嘴唇，困难地说。

“她也总指望你能宽宏大量。她请求，恳求一件事——使她摆脱现在那种无法忍受的处境。她已经不坚持要儿子了。阿列克谢·亚历山大罗维奇，你是个善良的人。就哪怕用一瞬间设身处地替她想想吧。在她的处境中，离婚对她来说是个生与死的问题。假如你以前没有答应过她，她也就踏实在乡下生活了。可是，你答应了，她给你写了信，然后搬到莫斯科去。于是瞧吧，住在莫斯科，在那里不论见到什么人都等于往她心里捅一刀子，她住了六个月，每天等着你的决定。要知道，她等于是一个被判了死刑的人，绞索套在脖子上过了六个月，也许是死，也许是得到赦免。你就可怜可怜她吧，然后一切全由我来安排……你要慎重行事……①”

“我不是说这个，不是这个……”阿列克谢·亚历山大罗维奇厌恶地打断他说，“不过，也许是我答应了自己无权答应的东西。”

“这么说你拒绝自己答应了的事？”

“我从不拒绝履行能够办到的事情，但我希望有时间好好考虑一下，我答应过的事到底有多大实现的可能。”

“不，阿列克谢·亚历山大罗维奇！”奥勃朗斯基跳起来说，“我不愿意相信是这样！她是那么不幸，做一个女人没有比她更不幸的了，你不能拒绝这……”

“看答应过的事是否能够办得到。你是一个以自由思想而闻名的人。②但是，我作为一个信教的人，在这件重要的事情上不能违反基督教的教义。”

“但是，据我所知，不管在基督教社会里还是在我们这里，是允许离婚的，”斯捷潘·阿尔卡杰奇说，“我们的教会也允许离婚。因此，我们看……”

“是允许的，但不是这样的意思。”

“阿列克谢·亚历山大罗维奇，我都认不得你了，”奥勃朗斯基沉默了一会儿说，“你不是出于基督徒的感情宽恕了一切，准备牺牲一切么？我们大家不都是非常钦佩你这种精神吗？你亲口说过：人家拿走你的外衣，就把内衣也给他，可现在……”

“我请求，”阿列克谢·亚历山大罗维奇突然挺直双腿站起来，脸色苍白，下颌哆嗦，用尖细刺耳的声音说，“请求你不要……不要说下去了。”

“啊，不！如果我惹你生气了，那好，原谅，原谅我，”斯捷潘·阿尔卡杰奇露出尴尬的微笑，同时伸过一只手，“但我毕竟作

---

① 原文为法语。

② 原文为法语。

为一个代表，只是转达个口信罢了。”

阿列克谢·亚历山大罗维奇伸出自己的一只手，深思了一会儿并说：

“我得仔细想想，请人指教一下。后天我给你最终的答复。”他想了一会儿后说。

十九

斯捷潘·阿尔卡杰奇已经要走了，柯尔涅依来通报说：

“谢尔盖·阿列克谢依奇来了！”

“这位谢尔盖·阿列克谢依奇是什么人？”斯捷潘·阿尔卡杰奇刚一开口，就立刻想起来了。

“啊，谢廖沙！”他说。“谢尔盖·阿列克谢依奇——我以为是个部长、主任呢！安娜还要我看看他来着。”他在回想。

于是，他回想起临走时安娜那种羞怯而可怜的表情。安娜当时说：“你还是看看他。仔细了解一下，他在哪里，谁在照看他。还有，斯吉瓦……假如可能的话。要知道，可能吗？”斯捷潘·阿尔卡杰奇明白了这个“假如可能的话”是什么意思——假如可能办离婚，就让他把儿子给她……现在，斯捷潘·阿尔卡杰奇看到这事情根本不用想，不过见到了外甥还是高兴的。

阿列克谢·亚历山大罗维奇提醒过妻兄，永远不要对儿子谈起母亲，他还请他一字也不要提到她。

“同他母亲那次意外的会面后，他重病了一场，”阿列克谢·亚历山大罗维奇说，“我们甚至担心他有生命危险。但是合理的治疗和夏天的海水浴使他恢复了健康，现在我按照医生的建议把他送到学校去了。果然，同学们的影响对他起了良好的作用，他完全健康了，学习也好。”

“都成了这么个好小伙子！还有，已经不是谢廖沙，而是一整个儿的谢尔盖·阿列克谢维奇了！”斯捷潘·阿尔卡杰奇微微笑着说，同时瞧着这很精神又很洒脱地走进来的男孩子，宽阔漂亮的肩膀，穿着蓝色的短上衣和长裤子。这孩子看上去健康又开心。他像对一般客人那样向舅舅一鞠躬，但知道他是舅舅后，便满脸通红，并好像受了委屈，生气似的急忙转过了身子。孩子走到父亲身边，把在学校领到的记分册交给父亲。

“啊，这不错嘛，”父亲说，“你可以走了。”

“他瘦了，长高了，不像个小娃娃而变成个男孩子了；这我喜欢，”斯捷潘·阿尔卡杰奇说，“而你记得我吗？”

孩子立刻看了看父亲。

“记得，*舅舅*[①]。”他回答说，瞅了一眼舅舅，又把头低下了。

舅舅叫孩子过去，并拉起他的一只手。

“那你怎么样，好吗？”他说着，想聊会儿天又不知道说什么好。

孩子的脸红了，没有回答。他小心翼翼地把自己的一只手从舅舅手里抽回去。斯捷潘·阿尔卡杰奇一放开他手，他就好像一只被放飞的鸟，疑惑地看了父亲一眼，便快步走出房间去了。

从谢廖沙最后一次见到自己的母亲的时候起，已经过去一年了。打那以后，他就一直再也没有听说过她。这一年里，他被送进学校，结识了许多同学，并喜欢上了他们。那次见面后，他生了一场病，种种关于母亲的幻想和回忆，现在已经不使他感兴趣了。当幻想和回忆出现时，他都竭力把它们从自己的头脑里驱散，认为那是丢脸的，只有女孩子才会这样，而作为一个男孩子和学生是不该这样的。他知道父亲和母亲因争吵而分开，知道自己命中注定要和父亲在一起，于是就竭力去习惯这种思想。

看到跟母亲长得相像的舅舅，他感到很不愉快，因为这引起

---

① 原文为法语。

了那些他认为丢脸的回忆。更使他感到不愉快的是，据他站在房门口等着的时候听到的一些谈话，特别是根据父亲和舅舅的脸部表情，他猜到了他们之间谈论的该是关于母亲的事情。于是，为了不指责自己在一起生活并得依靠他的那个父亲，尤其是不屈服于他认为很丢脸的多愁善感，谢廖沙竭力不去看这个破坏了他内心平静的舅舅，也不去想他提到的那件事儿。

但是，跟着他出来的斯捷潘·阿尔卡杰奇看到他在楼梯上，便把他叫到自己跟前，问他在学校里怎么打发课余时间的，谢廖沙趁父亲不在就和他说起话来。

“我们现在做一种通铁路的游戏，”他回答他的问题说，“这个呀，您瞧吧，是这样：两个人坐在一条长板凳上。这是乘客，有一个人在板凳上站着。于是，大家都过来攀扶着拉车，可以用双手，也可以用腰带，然后就绕着所有的大厅转。所有的门事先都已经打开。就这样，不过，在这里当列车员可困难了！”

“就是站着的那个？”斯捷潘·阿尔卡杰奇笑眯眯地问。

“是的，干这个既要胆子大又要灵活，尤其是突然停车或有谁跌倒了的时候。”

“对，这可不是开玩笑。”斯捷潘·阿尔卡杰奇忧伤地注视着这双酷似他母亲的灵活的眼睛，现在已经丝毫没有孩子气了。接着，虽然他答应过阿列克谢·亚历山大罗维奇不提起安娜，不过他还是忍不住了。

“你记得母亲吗？”他突然问。

“不，不记得。”谢廖沙急急地说，满脸绯红地低下了头。结果，舅舅从他那里再也没有得到更多的信息。

半小时后，斯拉夫文辅导教师在楼梯上找到了自己的学生，他很久都无法明白这个学生是在生气还是在哭泣。

“怎么，一定是磕伤了吧，什么时候摔倒的？”辅导教师说，“我说了，这是危险的游戏。我得告诉校长。”

“要是我磕伤了，那也没有人会发现。这是明摆着的事嘛。”

“那到底发生了什么事儿?”

“别管我，我记得不记得……关他什么事啊！我干吗要记得?你们让我安静吧!”他已经不是在对辅导老师，而是对全世界说了。

二十

和以往一样，斯捷潘·阿尔卡杰奇在彼得堡没有虚度光阴。在彼得堡，除了妹妹的离婚和自己求职的事外，他还和往常一样，在过了一段烦闷的生活后，正如他所说的，需要清醒一下。

莫斯科虽然有*表演餐厅*①和公共马车，但毕竟像一潭荒僻的死水。斯捷潘·阿尔卡杰奇一直有这种感觉。在莫斯科，特别是在离家近的地区生活了一阵子，他便有委靡不振的感觉。在莫斯科待久了，哪里都不去，他便会落到那样的地步，他甚至为妻子的情绪不好和责怪、为孩子们的健康和教育及自己职务上的琐碎事情而心烦意乱起来，甚至负债也使他不安。然而，只要到彼得堡来，在他经常出入的那个圈子里生活一阵子，像像样样地生活，而不是像在莫斯科那样混日子，那些乱七八糟的想法就像蜡烛碰着火似的全融化了。

妻子?……今天他刚和契钦斯基公爵交谈过。契钦斯基有妻子有家眷——孩子们都大了，进了贵族子弟军官学校，另外还有个不合法的家庭，那里也有几个孩子。头一个家庭虽然好，契钦斯基公爵还是感到自己在另一个家庭里更幸福。于是他把自己的大儿子带到另一个家里，而且讲给斯捷潘·阿尔卡杰奇听，说他认为这样对儿子是有好处的，能增长他的见识。这种情况要是在

---

① 原文为法语。

莫斯科，大家会怎么说呢？

孩子们？在彼得堡，孩子们不妨碍父亲们的生活。他们都在学校里受教育，可不像在莫斯科流行的——比如里沃夫——那种荒唐概念，让孩子们享受生活的全部奢华，做父母的只能没完没了地干活和操心。这里，大家都懂得，人应当为自己活着，过一种有教养的人应有的生活。

工作吗？在这里工作也不像在莫斯科那样紧张忙碌而没有指望的苦工；在这里，工作很有意思。会见到各种各样的权贵，努力为他们服务，说得体的话，善于通过玩弄种种把戏。这样，一个人突然间就飞黄腾达了，像斯捷潘·阿尔卡杰奇昨天碰到的那个勃良采夫吧，现在成了头号达官显贵了。这样工作才有意思啊。

彼得堡对金钱的观点尤其对斯捷潘·阿尔卡杰奇产生了安慰的作用。巴尔特尼安斯基按照他过的那种*生活方式*[①]至少挥霍了五万卢布，昨天谈到这件事情时，还对他说了一句非常好的话。

吃午饭前交谈的时候，斯捷潘·阿尔卡杰奇对巴尔特尼安斯基说：

“你好像和莫尔德文斯基关系亲密；你能否帮个忙，在他面前请为我说句话。有个职务我想担任，就是南方铁路……”

“啊，别提了，反正我记不住……不过，你干吗愿意到铁路部门和犹太佬一起做事？……随你的便，毕竟那是种肮脏的玩意儿！”

斯捷潘·阿尔卡杰奇没有告诉他，那是一桩很有前途的事业；巴尔特尼安斯基是不会明白这一点的。

“我需要钱，没法活下去了。”

“你不是活着吗？”

“活着，可是欠了债。”

“怎么？欠得多吗？”巴尔特尼安斯基同情地问道。

---

① 原文为法语。

“很多，差不多两万。”

巴尔特尼安斯基开心地哈哈大笑起来了。

“啊，幸福的人！”他说，“我欠了一百五十万卢布，已经一无所有，而且你瞧，日子过得还可以吧！”

斯捷潘·阿尔卡杰奇知道他说的是实话，他不仅听人说，而且亲眼看到了。日瓦霍夫有三万卢布的债务，几乎连一个子儿也没有，可他也活着，而且活得多气派！大家都知道克里夫佐夫伯爵早已一文不名了，可他仍养着两个情妇。彼得罗夫斯基挥霍尽了五百万，却仍过着奢侈的生活，甚至还主管着金融部门，每年还有两万卢布的薪金收入。而此外，彼得堡对斯捷潘·阿尔卡杰奇的身体也有极大好处。他变得年轻了。在莫斯科，他有时发现自己有了白头发，午饭后想打个盹儿、伸懒腰，上楼时气喘吁吁，和年轻女人在一起觉得无聊，也不到舞会上跳舞了。在彼得堡，他觉得自己打骨子里年轻了十岁。

他在彼得堡，正像六十岁的彼得·奥勃朗斯基公爵昨天对他说的那样——彼得刚从国外回来：

“我们这里不会过日子，”彼得·奥勃朗斯基说，“你信吗，我在巴黎过的夏天；啊，真的，我感到自己完全像个年轻人。见到年轻女人，就想入非非……吃过午饭，稍稍喝了点儿酒，就有了力气，精神振奋。来到俄罗斯——得陪着妻子，还要住到乡下去——好了，你都不会相信，过了两个礼拜，就连衣服都懒得换了，干脆穿着睡衣吃饭。哪里还去想什么年轻女人！完全成了个老头子，只剩下拯救灵魂之类的事了。一到巴黎——又恢复过来了。”

斯捷潘·阿尔卡杰奇和彼得·奥勃朗斯基一样，感觉到了那种差别。他在莫斯科非常颓唐，要在那个地方长久住下去，他还有什么好指望的，也只好关心拯救灵魂的事儿了；在彼得堡，他可又觉得自己成了个像模像样的人了。

贝特西·特维尔斯卡娅公爵夫人和斯捷潘·阿尔卡杰奇之间

老早就存在着一种相当古怪的关系。斯捷潘·阿尔卡杰奇一直轻浮地向她大献殷勤，开玩笑地对她说些最不体面的话，他知道她最喜欢这样。与卡列宁谈话后的第二天，斯捷潘·阿尔卡杰奇便找她去了，他觉得自己很年轻，所以在调情和胡说八道时走得太远，都已经到了不知怎么收场的地步，这时候，她不但使他喜欢不起来，而且让他觉得讨厌。他们又无法改变谈话的模式，因为她喜欢他。后来，密亚葛卡娅公爵夫人来了，打破了他们两个人的谈话，他为此感到很高兴。

“啊，您也在这里，”她看到他后说，“嘿，您那位可怜的妹妹怎么样啊？您别这么看着我，”她补充说，“自从所有的人都攻击她的时候起，包括那些比她坏千百倍的人，我倒认为她做得很漂亮。我不能原谅符朗斯基，他都不让我知道她在彼得堡。不然，我一定去看她，还会带她到处转转。请您向她转达我对她的爱。好吧，给我讲讲她的情况。”

“对，她的处境很痛苦，她……”斯捷潘·阿尔卡杰奇开始讲起来，心地单纯的他把密亚葛卡娅公爵夫人所说的“讲讲您妹妹的情况”当成了她的真心话。密亚葛卡娅公爵夫人则按照她自己的习惯马上打断了他，自己滔滔不绝地讲起来。

“她做了大家都在干可又瞒着的事儿，当然，除了我之外。可是大家都偷偷摸摸，她不愿欺骗，她干得漂亮极了。她做得更好的是，她抛弃了您那个神经兮兮的妹夫。请您原谅我。大家都说他聪明，聪明，只有我一个人说他愚蠢。现在，他和莉吉娅·伊万诺夫娜及兰多搞上了，大家都说他傻子，我倒是乐于不同意大家的看法，但这次我办不到。”

“不过，请您告诉我，”斯捷潘·阿尔卡杰奇说，“那是什么意思？昨天我为妹妹的事情去找他，请他给个最终的答复。他不给我答复，说要考虑考虑。而今天早上，我得到的不是答复，而是一张今晚到莉吉娅·伊万诺夫娜伯爵夫人家去的请柬。”

“嗯，是这样，是这样！”密亚葛卡娅公爵夫人高兴地说，“他们要问问兰多，听他怎么说。”

“怎么问兰多？这是什么意思？兰多是干什么的？”

“怎么，您不知道朱利·兰多，大名鼎鼎的兰多，能未卜先知的兰多？[①]他也是个傻子，可是您妹妹的命运取决于他。瞧，对省里生活中发生的事情，您一无所知。兰多，知道吗，是巴黎一家商店的账房[②]。他去找医生，在医生的接待室里，他睡着了，却在梦中给所有的病人提供建议，而且是些稀奇古怪的建议。后来，尤里·梅列京斯基——您知道这个病人吗？——他的妻子打听到这个兰多，就叫他到自己丈夫那里去。他给她丈夫治病，却一点儿效果也没有，因为他一直还是那么虚弱。可他们却都相信他，总带着他，还把他带到俄国来。在这里，大家都找他，他就给大家治病。他把别祖波夫伯爵夫人给治好了，于是她便对他喜欢得不得了，认他做了干儿子。”

“怎么认做干儿子了？”

“对的，认做干儿子了。他现在已不再叫兰多，而叫别祖波夫伯爵了。但是问题不在这里，而在于莉吉娅——我很喜欢她，可她脑子有毛病——当然，就靠上这位兰多了，于是没有他，无论她还是阿列克谢·亚历山大罗维奇就什么也决定不了。因此现在您妹妹的命运就操纵在这个兰多或者叫别祖波夫伯爵的手里了。”

二十一

在巴尔特尼安斯基家吃过一顿美味的午餐，喝了大量的白兰地酒，然后斯捷潘·阿尔卡杰奇来到莉吉娅·伊万诺夫娜伯爵夫

---

① 原文为法语。

② 原文为法语。

人家里，只比预定的时间稍稍晚了一点儿。

“伯爵夫人那里还有谁在？那个法国人？”斯捷潘·阿尔卡杰奇问守门人，同时打量着熟悉的阿列克谢·亚历山大罗维奇的大衣及一件古怪的扣着纽扣的粗制大衣。

“是阿列克谢·亚历山大罗维奇·卡列宁和别祖波夫伯爵。”守门人一本正经地回答。

“密亚葛卡娅公爵夫人猜到了，”斯捷潘·阿尔卡杰奇迈上阶梯时心想，“奇怪！不过与她接近一下倒是好。她有很大的影响。要是她能对波莫尔斯基说句话，那就有戏了。”

天还完全亮着，但在莉吉娅·伊万诺夫娜的小会客厅里已经拉着窗帘，点着灯了。

圆桌的一盏灯下坐着伯爵夫人和阿列克谢·亚历山大罗维奇，他们轻声地在谈论什么。另一边站着一位个子不高而瘦瘦的人，臀部跟女人的一样宽，罗圈腿，一张苍白漂亮的脸，眼睛很明亮，长长的头发一直拖到礼服领子上，正在打量一面墙上挂着的肖像画。向女主人及阿列克谢·亚历山大罗维奇问过好，斯捷潘·阿尔卡杰奇不由得再一次瞥了不认识的人一眼。

“兰多先生[①]！”伯爵夫人转过来对他说，声音温柔、谨慎，足以让阿尔卡杰奇大吃一惊。接着，她便介绍他们认识。

兰多连忙扭过头来看了看，走过来，微微笑着把自己一只僵硬的汗涔涔的手放到斯捷潘·阿尔卡杰奇已经伸出来的那只手上，立即便又退回去，继续观看那些肖像。伯爵夫人和阿列克谢·亚历山大罗维奇意味深长地互相使了个眼色。

“我很高兴见到您，尤其是今天。”莉吉娅·伊万诺夫娜给斯捷潘·阿尔卡杰奇指着阿列克谢·亚历山大罗维奇旁边的位置说。

“我介绍您与这位兰多相识，”她瞧了一眼法国人，接着又立刻瞧了一眼阿列克谢·亚历山大罗维奇后说，“不过，他其实叫别

---

① 原文为法语。

祖波夫伯爵，这您大概也知道。只是他不喜欢这个爵位称呼。”

“对，我听说了，”斯捷潘·阿尔卡杰奇回答道，“听说他把别祖波夫伯爵夫人完全治好了。”

“她今天到我这里来过，她真可怜！”伯爵夫人转过去对阿列克谢·亚历山大罗维奇说，“这次分离让她无比伤心。对她来说，这是多大的打击啊！”

“他肯定得走吗？”阿列克谢·亚历山大罗维奇问。

“对，他去巴黎。他昨天听到了一种声音。”莉吉娅·伊万诺夫娜伯爵夫人说，同时看看斯捷潘·阿尔卡杰奇。

“啊，一种声音！”阿尔卡杰奇重复了一遍，他感到应当尽量小心谨慎，因为在这个场合，正在发生或者应当发生某种自己还无法弄清的怪事。

一阵短暂的沉默过后，莉吉娅·伊万诺夫娜伯爵夫人好像要进入重要话题了，她带着微妙的笑容对阿尔卡杰奇说：

“我早就知道您，今天真的很高兴能认识您，实在是很荣幸。朋友的朋友便是我的朋友。[①]但是，为了做朋友，应当能够理解朋友的心境，而我担心，您对阿列克谢·亚历山大罗维奇做不到这一点。您知道我在说什么。”她抬起自己一双沉思而美丽的眼睛说。

“我理解一部分，伯爵夫人，是阿列克谢·亚历山大罗维奇的处境……”阿尔卡杰奇说，他不大理解怎么回事，所以只愿说些大概的话。

“变化不在于外部的处境，”莉吉娅·伊万诺夫娜伯爵夫人严厉地说，同时用情意绵绵的目光注视着站起来向兰多走过去的阿列克谢·亚历山大罗维奇，“他的心变了，他被赋予了一颗新的心，我担心您未能仔细考虑到他身上发生的那种变化。”

“不，我能设想这种变化的一般特点。我们一直都很友好，现在也……”斯捷潘·阿尔卡杰奇一边说，一边用温柔的目光对着

① 原文为法语。

伯爵夫人，同时在揣摩两位大臣中的哪一位她更亲近些，以便请她去向那位疏通。

“他身上发生的那种变化不会减少他对亲人们的爱心；相反，在他身上发生的那种变化应该使他会付出更多爱。不过，我怕您是不能理解我。不想喝杯茶吗？”她说着，同时向用托盘端茶来的仆人使了个眼色。

“不完全理解，伯爵夫人。当然，他的不幸……”

“对，是一种成了最高幸福的不幸，因为有了一颗新的心，它充满了幸福。”她说，同时用喜爱的目光瞧着斯捷潘·阿尔卡杰奇。

“我想，不妨托她向两位部长都说说情。”斯捷潘·阿尔卡杰奇脑子里在打转。

“噢，当然，伯爵夫人，”他说，“不过我在想，这些变化那么隐秘，甚至包括最亲爱的人，谁都不喜欢说的。”

“正好相反！我们应该说出来并互相帮助。”

“对，毫无疑问，可是人与人的信念往往有很大的差别，再说……”阿尔卡杰奇露出温和的微笑说。

“在神圣的真理事业上是不会有差别的。”

“噢，对，当然，不过……”接着，斯捷潘·阿尔卡杰奇心里一慌乱，便沉默起来了。他明白了谈的是宗教的事儿。

“我觉得，他这就要睡着了。”阿列克谢·亚历山大罗维奇意味深长地悄声说，同时向莉吉娅·伊万诺夫娜走过去。

斯捷潘·阿尔卡杰奇回头看了一眼。兰多坐在一扇窗子旁边，胳膊肘支在靠背椅的扶手和椅背上，耷拉着脑袋。他发觉了转向自己的目光，便抬起头并露出孩童般天真的微笑。

“别去看他，”莉吉娅·伊万诺夫娜边说边轻轻地把一把椅子推给阿列克谢·亚历山大罗维奇，“我注意了……”她开始要说什么时，仆人拿着一封信走进了房间。莉吉娅·伊万诺夫娜很快把信扫视了一遍，她接着便请大家原谅，飞速写好回信交给仆人，然后又回到了桌子边上。“我注意了，”她继续说她已经开始要说的话，“莫斯科人，特别是男人，都是些对宗教最淡漠的人。”

“啊，不，伯爵夫人，我觉得莫斯科人是以信心坚定而著名的。”斯捷潘·阿尔卡杰奇回答说。

“不过，据我所知，很遗憾，您正好属于这种淡漠的人。”阿列克谢·亚历山大罗维奇带着疲倦的微笑转过来对着他说。

“怎么会呢！”莉吉娅·伊万诺夫娜说。

“在这方面，我倒不是淡漠，而是在观望，”斯捷潘·阿尔卡杰奇带着自己最缓和的微笑说，“我是认为，这些问题对我来说还没有到时候。”

阿列克谢·亚历山大罗维奇和莉吉娅·伊万诺夫娜互相使了个眼色。

“我们永远也无法知道，对我们来说是不是时候到了，”阿列克谢·亚历山大罗维奇说，“我们不应该去考虑，我们是否已经作好了准备：恩赐是不以人们的设想为指导的；努力要得到的人得不到它，而像撒母耳[①]那样没有准备要得到的人，却得到了恩赐。”

“不，好像现在还不……”莉吉娅·伊万诺夫娜注视着法国人的动作说。

兰多站起来，向他们走过去。

“你们能允许我听听吗？”他问道。

“噢，是的，我不想妨碍您，”莉吉娅·伊万诺夫娜温柔地注视着他说，“和我们一起坐吧。”

“只是不能闭上眼睛，不然就看不到上帝的亮光了。”阿列克谢·亚历山大罗维奇说。

“啊，要是您知道我们感到它永远存在于自己的心灵中时所经受的那种幸福多好！”莉吉娅·伊万诺夫娜说，同时露出怡然的微笑。

“但是，一个人有时感到自己无法达到这样的高度。”斯捷

---

① 《圣经·旧约》中因得上主显灵启示而成为先知的人物。

潘·阿尔卡杰奇说，他感到自己昧着良心承认宗教的高度，可是又不打算在这个女人面前承认自己是自由思想者，因为只要她向波莫尔斯基说一句话便可使他得到自己盼望的职位。

“您是想说罪过妨碍了他？”莉吉娅·伊万诺夫娜说，“不过这是一种错误的意见。对信教的人来说罪过是不存在的，他们已经赎罪了。对不起！①”她补充说，因为看到仆人又带着另一张便条进来了。她看完后，便口头作了答复：“对他说明天在王妃那里。对一个信教的人来说，罪过是不存在的。”她继续进行交谈。

“对，可是信仰若没有行为支撑就是死的。”斯捷潘·阿尔卡杰奇回忆起教义手册上的这句话，同时微微一笑，表示自己在坚持自己的独立性。

“瞧，这是圣徒雅各书里的，”阿列克谢·亚历山大罗维奇带指责地转向莉吉娅·伊万诺夫娜，显然是他们不止一次地说起这件事儿，“对这句话的错误解释造成了多少危害！没有比曲解更远离信仰的了。‘我没有行为，我就不能有信仰’，其实哪里都没有这样的话。倒是说过相反的意思。”

“为上帝劳动，用劳动、汗水拯救灵魂，”莉吉娅·伊万诺夫娜伯爵夫人带着厌恶的轻蔑表情说，“这是我们一些修士的幼稚概念……其实哪儿也没有这么说过。这事儿简单得多，也容易得多。”她说着，注视着阿尔卡杰奇，用那种在宫中鼓励那些在新环境下手忙脚乱的年轻女官的微笑。

“是为我们受苦受难的基督拯救了我们。是信仰拯救了我们。”阿列克谢·亚历山大罗维奇肯定地说，目光里流露出对她这话的赞赏。

“您懂英语吗？②”得到肯定的回答后，莉吉娅·伊万诺夫娜便站起身来，开始去翻书架上的书。

---

① 原文为法语。

② 原文为法语。

“我想读一读《拯救与幸福》①，或者《在荫庇下》②。”她说，疑惑地瞅了卡列宁一眼。她找到了那本书，便又坐到座位上，把书翻开。“这一段很短。这里描写了获得信仰的道路，以及因此充满心灵的高于一切世俗的幸福。一个信教的人不可能不幸福，因为他不是一个人。对，瞧，您会看到……”她已经准备要念了，这时仆人又进来了。“是鲍洛兹金夫人？告诉她，明天两点钟，对。”她说着，用一个指头按着书上的一个地方，喘了口气，用一双沉思而美丽的眼睛瞅了一眼自己的前方。“瞧，真正的信仰是这样起作用的。您知道玛丽·萨宁娜吗？您知道她的不幸吗？她失去了唯一的孩子。她绝望了。喏，那又怎样呢。她找到了一位朋友，于是她现在为自己孩子的夭折感激上帝。瞧吧，这是信仰赐给的幸福！”

“噢，对，这很……”斯捷潘·阿尔卡杰奇说。他为她将要念书并可使他稍稍清醒一下感到满意。“不，看来，今天最好什么请求也别提了，”他想，“但愿别把事情搞砸了。”

“您会觉得枯燥乏味的，”莉吉娅伯爵夫人说着，同时转向兰多，“您不懂英文，不过这很短。”

“噢，我能懂。”兰多还是带着那种微笑说，闭上了眼睛。

阿列克谢和莉吉娅意味深长地交换了一下眼色，就开始念起来。

二十二

阿尔卡杰奇听了那些前所未有的古怪言论，感到自己完全陷

---

① 原文为英语。

② 原文为英语。

入了重重迷雾之中。彼得堡多姿多彩的生活令他兴奋，使他走出莫斯科那种死气沉沉的环境；但是，他喜欢通过自己感到亲切和熟悉的氛围理解这种多姿多彩的生活。可处在这种格格不入的情况下，他感到忧虑、惊异，无法接受。听着莉吉娅伯爵夫人说的话及感到兰多注视在他身上的——他自己也不知道——那双漂亮的、天真的或狡黠的眼睛，阿尔卡杰奇的头脑感到特别的沉重。

在他的头脑里，一些五花八门的思想搅成一团。“萨宁娜为自己死了孩子感到高兴……现在要能抽支烟就好了……为了获得拯救就只需要信仰，修士们也不知道该怎么做，而莉吉娅却知道……还有，为什么我的头这么沉？因为喝了白兰地，还是因为这一切都很古怪？毕竟到现在为止，我好像并没有做什么不体面的事啊。可是，毕竟已经不好求她帮忙了。据说，他们常常强迫人祈祷。但愿他们别强迫我。这将是太愚蠢了。再说她念的是什么乱七八糟的啊？不过念得倒不错。兰多——别祖波夫。他为什么叫别祖波夫？”阿尔卡杰奇突然感觉到自己的下颌无法控制地开始扭动起来，要打哈欠了。他理了把络腮胡子以掩饰打哈欠，并将身体抖了抖。可是，这之后他感到自己已经要睡着了，快要打鼾了。当听到莉吉娅伯爵夫人在说“他入睡了”的那一刻，他清醒了过来。

阿尔卡杰奇清醒过来时，自己有一种做错了事被捉住的感觉。不过发现“他入睡了”这话并不是指他而是指兰多时，他立刻又放下了心来。法国人和阿尔卡杰奇一样睡着了。然而据他想，他睡着了会使他们生气（其实这一点他也没有去想，因为他似乎觉得一切都那么稀奇古怪），而兰多睡着了则会使他们，尤其是使莉吉娅伯爵夫人感到高兴。

“我的朋友！[①]”莉吉娅·伊万诺夫娜说，为了不弄出太大的声响，她小心翼翼地提起自己多褶襞的丝绸裙子，因为兴奋不

① 原文为法语，下同。

称呼卡列宁为阿列克谢·亚历山大罗维奇，就叫他“我的朋友”，“您把一只手伸给他。看见了吗？[①]嘘！”她向又进来的仆人嘘了一声，“不接待！”

法国人是睡着了，要不就是假装睡着了，他把脑袋耷拉在靠背椅的椅背上，并把一只汗涔涔的手放在一个膝盖上，做着一些细微的动作，好像是在捕捉什么似的。阿列克谢·亚历山大罗维奇便站起来，想小心地（但还是在桌子上撞了一下）走过去，把自己的一只手放在法国人的一只手上。阿尔卡杰奇也站了起来，眼睛睁得大大的，想清醒一点儿，他一会儿看着这个，一会儿看着那个，却感到自己的脑袋里越来越不对劲儿了。

“让最后进来的那个问东问西的人出去！让他出去！[②]”法国人没有睁开眼睛说。

“请您原谅，可您也看见了……十点再来吧明天来更好。[③]”

“让他出去！[④]”法国人无法忍受地重复说。

“这是指我，不是吗？[⑤]”

在得到了肯定的回答以后，阿尔卡杰奇忘了自己要拜托莉吉娅的事儿，也忘了妹妹的事情，一心只想离开这个地方，于是就踮起脚尖像跑出传染病院似的跑到了马路上。为了尽快恢复自己的状态，他还与出租马车夫聊了好久，说了好长时间的笑话。

阿尔卡杰奇到法国剧院时，已经是演出的最后一幕了，然后他到鞑靼人开的酒馆里喝香槟，在自己习惯的空气中喘息了一会儿。但是，这个晚上他过得很不自在。

他回到在彼得堡借宿的彼得·奥勃朗斯基的家中，这时他收到一张贝特西的便条。在便条中她告诉他，她很愿意把已经开始

---

① 原文为法语。

② 原文为法语。

③ 原文为法语。

④ 原文为法语。

⑤ 原文为法语。

了的谈话进行下去，并请他明天去一趟。他刚看完便条，皱了皱眉头，下面就传来人们在搬运什么重家伙的沉重脚步声。

斯捷潘·阿尔卡杰奇出去看了看，是彼得·奥勃朗斯基。他喝得烂醉如泥，都迈不上梯子了，但他见到斯捷潘·阿尔卡杰奇后便吩咐仆人把他扶好，接着他一把搂住阿尔卡杰奇，让他扶着自己一起走进自己的房间，开始对他讲自己这一晚上是怎么过的，说着说着就睡着了。

斯捷潘·阿尔卡杰奇的心情难得有这么糟糕过，因此好久没法睡着。凡是自己回想起来的都是那么令人厌恶，而最最令人厌恶的，几乎是令人害臊的，是他回想起在莉吉娅伯爵夫人家的这个晚上。

第二天他得到了阿列克谢·亚历山大罗维奇同意和安娜离婚的答复，而且他还知道，作出这个决定的根据是昨天法国人在不知道是真的还是假的做梦时说的话。

二十三

家庭生活中要办成点儿什么事儿，夫妻之间就非得要么大吵一场，要么情投意合。在夫妻关系既不属于前者又不属于后者的时候，就什么事情也办不了。

许多家庭经历了好多年还是老样子，夫妻双方均已冷淡，却仍旧维持着，那只因为既没有完全闹翻，也并不情投意合。

大热天，尘土飞扬，太阳的照耀已不像春天般温暖而是像夏天那样炎热，林荫道和小公园里所有的树木都长满了叶子，树叶上还落满了尘土。这时候的莫斯科生活，无论对符朗斯基还是安娜来说都是无法忍受的；但他们不曾像老早就决定了的那样搬到沃兹德维任斯基去，而是继续住在他们俩都腻烦了的莫斯科，因为最近一段时间来他们的意见总不一致。

他们不和没有任何外部原因，而一切解释的尝试非但没有能消除，反倒加大了这种不和。这是一种内心的懊恼，对她来说是因为他的爱情的减弱，对他来说呢——是悔不该为了她而置自己于为难的境地，而她又不仅没有减轻这种为难，反而使它变得更加沉重。无论他和她，双方都不把自己的生气说出来，却都认为对方有错，而且一有机会就竭力证明自己有理。

在她看来，他的整个人，包括全部习惯、思想、愿望，以及心灵和肉体上的一切，可以归结为一点——爱女人，而且这种爱，照她的感觉，应当完全集中在她一个人身上。可是，这种爱情减弱了，按照她的想法，他该是把爱情的一部分转移到了其他一些女人身上，或者某一个女人身上去了——因此，她妒忌了。她妒忌的不是因为他对某个女人好，而是因为他爱情的减弱。她还没有找好妒忌的对象。稍有一点儿蛛丝马迹，她便会把自己的妒忌从一个对象转移到另一个对象。一会儿，她妒忌那些他单身时结交的粗野女人；一会儿，她妒忌他会在社交场合遇到的女人；一会儿，她妒忌想象中的一位姑娘，他会与那位姑娘结婚而断了和她的关系。而最使她受折磨的是最后一种情况，特别是有一次他自己不当心，把母亲怎么不理解他，竟亲自劝他娶索罗金娜公爵小姐做妻子的事儿告诉了她。

于是，因为妒忌他，安娜就对他生气，并寻找种种借口来发泄这种不满。在使她落到这种沉重处境的一切方面，她都责怪他。她把所有的事情都算到他头上——她在莫斯科天地不沾，在遥遥无期的等待里的痛苦状况，阿列克谢·亚历山大罗维奇的拖延和犹豫不决，自己的孤寂。要是他爱她的话，就会理解她处境的艰难，就会设法使她摆脱。她认为自己待在莫斯科而不是住在乡下，这也是他的错。可是，他不能像她所希望的那样在乡下过隐居生活。他需要社交，所以就把她放在这种可怕的处境中，却不想理解她这种处境的沉重性。还有，她永远离开了儿子，这又是他的错。

就连他们之间那些少有的温柔时刻，也不能使她感到宽慰：在他的温柔里，她觉察到以前没有的心安理得和自信，这也使她生气。

已经黄昏了。安娜在等待他从单身汉宴会回来。她独自一个人在他的书房里（那间屋里马路的喧闹声少些）来回走着，反复想着昨天争吵时的详细情况。从争吵时一些免不了的侮辱性的气话，再回过头去找那些气话的源头，她终于想起了谈话的开始。她好久没法相信，争吵竟是从无伤大雅的交谈引起的。他取笑女子中学，认为它们不必要，而她则为女子中学辩护。他通常就对女子的教育持不尊重的态度，并且说安娜收养的英国女孩甘娜完全没有必要学习物理学。

这使安娜生气了。这是对她的知识的蔑视。于是她想出来说了这样一句话，以报复他给她造成的痛苦。

“我没法指望您像情人那样记住我和我的感情，不过我希望您能客气点儿。”她说。

他气得红了脸，并说了几句使人不愉快的话。她不知道自己是怎么回答他的了，只记得他也显然想刺激她一下：

“您对这个女孩的热心肠我不感兴趣，这倒是真的，因为我发现这不自然。”

为了承受自己沉重的生活，她辛辛苦苦建立起一个自己的世界，他却如此残酷地破坏它，不公正地指责她故意做作和不自然；他的这种残酷和蛮横激怒了她。

“很遗憾，您觉得易于明白和自然的，只不过是一点儿粗俗和物质的玩意儿罢了。”她说罢便走出房间去了。

昨天晚上他到她屋里的时候，他们都没有再提起这次争吵，但双方都感到对立虽然缓和了，却并没有结束。

今天他整天都不在家，她感到自己是这么孤独。自己与他的争吵是这么沉重，以至她希望把它完全忘了，全原谅了，要和他重归于好。她宁愿责备自己，而为他辩护。

“是我自己不好。我脾气暴躁，我的妒忌毫无道理。我要跟他和好，我们一块儿到乡下去，在那里我会平静些的。”她对自己说。

“不自然。”她突然回想起了最使自己生气的一句话；与其说这句话有侮辱性，不如说他说这句话想要她痛苦。

“我知道他想说什么；他是想说：不爱亲生的女儿而去爱别人的一个孩子，这不自然。我为他牺牲了对孩子们，对我的谢廖沙的爱，他理解吗？那不过是存心要使我伤心的愿望！不，他爱上了另一个女人，不然不会这样的。”

结果她发现在想安慰自己的时候，自己再一次地绕着已经走过的圈子转了一圈，又回到了生气的原点，她为自己感到可怕了。“难道真不行？难道我真的控制不住自己了？”她这样自问，于是又从头开始。“他真诚，可靠，他爱我。我爱他，几天后就可以办离婚。还需要什么啊？需要平静，信任，因此我得控制自己。对，现在，他一来我就对他说，是我错了，虽然我并没有错，然后我们离开这里。”

于是为了不再去想，不再使自己生气，她按了铃，并吩咐人把箱子搬出去，以便开始收拾到乡下去用的东西。

十点钟，符朗斯基回来了。

二十四

“怎么，过得愉快吗？”她脸上露出内疚和温顺的表情，迎着他走过去。

“跟平常一样。”他回答说，同时一看她就明白，她的自我感觉不错，他已经习惯于这种喜怒无常了，而且今天这使他特别高兴，因为今天他自己的心情确实是最好不过了。

“啊，都准备好了！这正好！”他指着过厅里的箱子说。

“是啊，要走了嘛。我乘马车转了转，感觉真好，想到乡下去。你不是没有事情拖着了吗？”

“我也是这样希望的。我这就来，我们谈谈，不过我先去换件衣服。你吩咐上茶吧。”

接着，他就进自己的书房去了。

他说“这正好”时带有某种侮辱人的味道，就像人们赞扬一个不再淘气的小孩子那样。更令人感到侮辱的是，她的内疚和他的自信的语气之间形成了鲜明的对照。于是，她心中又顿时产生一种斗争的愿望；不过，她还是控制住了自己，忍耐下来，依旧开心地欢迎他。

他进来时她就对他讲了自己一天的活动和出发到乡下去的计划，其中有些是已经准备好了的话。

“你知道吗，我几乎一下醒悟过来了，”她说，“干吗要在这里等离婚呢？在乡下不一样吗？我没法再等待了。我不想指望什么了，任何关于离婚的事儿也不想听到了。我决定了，这不会对我的生活再产生影响了。你也同意吗？”

“噢，对！”他说，同时不安地瞅了她激动的脸一眼。

“你们在那里都做了些什么？有谁在那里？”她沉默了一会儿说。

符朗斯基报了客人的名字。

“午饭好极了，然后比赛划船，这一切都相当吸引人，在莫斯科不能没有玩笑①。来了位太太，是什么瑞典女王的游泳教员，还表演了自己的技艺。”

“怎么？她游泳了？”安娜皱起眉头说。

---

① 原文为法语。

“穿着红色的泳衣[①]，她又老又难看。那我们什么时候走？”

“多么荒唐的想法！那她游泳有什么特别的吗？”安娜没回答他的问题，说。

“绝对没有丝毫特别的玩意儿。所以我才说荒唐又无聊嘛。那你考虑什么时候走？”

安娜仿佛想把不愉快的思想驱散似的摇摇头。

“什么时候走？越早越好啊。明天来不及了。后天吧。”

“对了……不，你等等。后天是星期天，我得到妈妈那里去一趟。”符朗斯基一时心慌地说，因为只要他一提起母亲的名字，他立刻感到有一束刺人的目光向自己袭来。他的心慌向她证实了她的猜疑。她勃然大怒，并从他身边走开了。现在安娜头脑里忽然想到的已经不是瑞典女王游泳教员，而是那位和符朗斯基夫人一起住在莫斯科附近乡下的索罗金娜公爵小姐了。

“你能明天去吗？”她问。

“啊，不！我去办的证件和钱明天到不了。”他回答说。

“要那样的话，我们就干脆不走了。”

“那是为什么？”

“再晚我就不走了。要么星期一，要么永远不走了！”

“为什么呀？”符朗斯基好像吃惊地问，“要知道这没有什么区别！”

“这对你来说没有区别，因为你一点儿也不为我想想。你不想明白我的生活。我在这里只有一件事，就是照顾甘娜。你说这是假装。因为你昨天说了，我不爱女儿，却假装爱这个英国女孩子，认为这不自然；我倒是想知道，在这里什么样的生活还会自然！”

说完她顿时清醒过来，并为改变了自己的意图感到恐惧。她明明知道这是在毁灭自己，但她没法控制自己，没法不向他表明是他的不对，她没法屈从于他。

---

① 原文为法语。

“我从来没有说过这事儿；我是说不赞成这种突如其来的爱心。”

“你既然总夸自己坦率，为什么不说老实话？”

“我从来不自夸，也从来不说假话，”他克制着自己心中升起的愤怒，轻声说，“太遗憾了，如果你不尊重……”

“人们杜撰出尊重，是为了掩饰本该由爱情占据的那个空位置。如果你不再爱我了，那最好老实说一声。”

“不，这真让人受不了！”符朗斯基愤怒地从椅子上站起来。接着，他就站在她面前，慢慢地说：“你何必考验我的耐性？”他说话时的那副样子就好像还有许多话要说，但忍住了没有说出来，“它有个限度。”

“您这是想说什么？”她嚷嚷道，同时怀着恐惧注视着他紧张的表情，尤其是他那双冷酷而带威胁的眼睛里鲜明的愤恨。

“我想说……”他开口，但又停住了，“我得问问，您到底要我怎么样？”

“我能要您怎么样？我能希望的只有一点，就是像您在想的那样，不要抛弃我，”她说，明白他没有说出来的话，“但我不要你这样，这是次要的东西。我想要爱情，它却没有。可见，一切都结束了！”

她向门口走去。

“你等等！等……一等！”符朗斯基没有舒展开阴郁的眉毛，但拉住了她的一只手，“怎么回事嘛，我说了，推迟三天再走，您就说我这是在撒谎，说我是个不诚实的人。”

“对，而且我重复一遍，一个人指责我说他为我牺牲了一切，”她边说边回想起了还是上一次争论时说的话，“而这要比一个不诚实的人更坏，那就是没有心肝！”

“不，我的容忍是有限度的！”他叫嚷着说，迅速放开了她的手。

“他仇恨我，这是明摆着的。”她心想，同时默默地头也不回地踉跄地走出了房间。

“他爱着另一个女人，这更清楚，”迈进自己的房门时她对自己说，“我想要爱情，它却没有。可见，一切都结束了，”她重复着自己说过的话，“也应该结束了。”

“但是怎样？”她问自己，在镜子面前的一把椅子上坐下来。

她在想，自己现在到哪儿去——到抚养她长大的姑妈那里去，到陀丽家去还是干脆独自一个人出国？然后又在想他这时一个人在书房里干什么？这次争吵是不是最终的？还有没有和解的可能？彼得堡的那些老熟人现在将会对自己有什么议论？阿列克谢·亚历山大罗维奇会怎么看待这件事？还有许多其他的想法，都出现在她的脑海里，然而她并没有全副心思想这些。她的心里还有某种自己所关心的模糊的思想，但是，她没法认清这些思想。她再次回忆起阿列克谢·亚历山大罗维奇时，还想到自己产后生病，以及当时盘旋在脑海的那种感觉。“为什么我没有死了呢？”当时自己的话和当时自己的感觉涌到了她的心头。于是，她明白了自己心灵里是怎么回事儿。对，这是那种一了百了的思想。“对，去死！……”

“无论是阿列克谢·亚历山大罗维奇及谢廖沙的羞愧和耻辱，还是我的可怕的羞愧——全部将因为一死而得到挽救。死了——他也将会后悔，将会怜惜，将会爱我，为我而感到痛苦。”她带着为自己感到怜惜的微笑坐在靠背椅上，把左手上的一枚戒指取下又戴上，生动地从各个方面设想着自己死后他的种种感觉。

可是，走近的脚步声，他的脚步声，一下使她分了心。她做出一副忙于收拾自己戒指的样子，甚至没有向他转过身去。

他走到她身边并拉起她的一只手，轻轻地说：

“安娜，如果你愿意的话，我们后天走吧，我全同意。”

她保持沉默。

“怎么样啊？”他问。

“你自己知道。”她说，接着就在这时候，她再也忍受不住，号啕大哭起来。

“你要抛弃我，要抛弃我！”她边哭边说，“我明天走……我要做更多的事儿。我算什么人？一个放荡的女人。一块吊在你脖子上的石头。我不想拖累你，我不想！我让你自由。你不爱我，你爱着另一个女的！”

符朗斯基恳求她放心并使她相信，她的妒忌毫无根据，他从来没有而且以后也不会不爱她，而且自己现在比以前更爱她。

“安娜，你何必要这样折磨自己也折磨我呢？”他一边吻她的双手一边说。他的脸上呈现出一种温柔，于是她觉得仿佛听到了他嗓子里含着泪水的声音，并从自己的一只手上感觉到了被他的泪水淋过的潮湿。于是，瞬息间安娜那绝望的妒忌转变成了绝望的、奇怪的温柔；她拥抱了他，不停地吻他的脑袋、脖子和双手。

二十五

因为感觉和好如初，安娜从早上就热心地着手作出发的准备，尽管并没有确定他们是在星期一还是星期二走。因为昨天两人都互相让了一步，她觉得现在自己对他们早一天晚一天走完全无所谓了。这天他来得比往常早一点儿，她正站在自己房间里一只打开的箱子面前挑选东西。

“我这就到妈妈那儿去一趟，她会把钱通过叶戈洛夫转给我。我明天就能动身了。”他说。

不管安娜的心情多么好，一听到他要去别墅找母亲，心里又像针刺一样。

“不，我自己也来不及收拾。”她说，立刻心里又想，“可见，可以这样安排，我想怎么样就怎么样。”“不，你想怎么办就怎么办吧。你到餐厅去吧，我马上就来，只把这些不需要的东西挑出来。”她说着，同时把一些东西放到安努什卡的手臂上，她身上已经堆了一堆山一般高的旧衣服。

她走进餐厅时，符朗斯基正在吃自己的一份煎牛排。

“你不会相信的，这些房间已经使我住得腻烦了，”她说着，同时在他身边坐下来喝咖啡，“没有比这些带家具出租的客房[①]更可怕的了。它们的面目没有表情，没有灵魂。这些钟表、落地窗帘，主要的是壁纸——糟糕透了。我满心想念极乐世界似的想念着沃兹德维任斯基。你还没有把那些马打发了？”

“不，它们在我们走了之后再走。而您要到什么地方去？”

“我想到韦尔松那里去一趟。我想送给她几件衣服。那么你确定了明天？”她开心地说。可是，接着她的脸突然变了。

符朗斯基的侍从来要一份彼得堡打来的电报的收据。符朗斯基在收到电报这件事上并没有什么特别的，可他好像想向她隐瞒什么似的说收据在书房里，并忙着对她转过身来。

“明天我一定把全部事情办完。”

“谁来的电报？”她没有听他说，问道。

“斯吉瓦。”他不乐意地回答。

“你为什么不给我看？斯吉瓦和我之间还能有什么秘密？”

符朗斯基叫回侍从，吩咐他把电报拿来。

“我不想给你看，是因为斯吉瓦喜欢打电报；什么都还没有决定，打什么电报？”

“是关于离婚的？”

“对，不过他写道：还什么也没有办成。几天内答应给最终的答复。瞧，你自己看吧。”

安娜用颤抖的双手接过电报，看到的内容和符朗斯基说的完全一样。电报结束时补充了一句：“希望不大，不过我尽力而为。”

“我昨天说了，什么时候办成，甚或无法离婚，对我来说全都

① 原文为法语。

无所谓，”她涨红了脸说，“没有必要瞒着我。”她心想：“他可以这样瞒过我，并在瞒着我和女人们通信。”

“不过亚什文今天早上想和沃依托夫一起来，”符朗斯基说，“他好像从彼夫佐夫那儿全赢回来了，甚至赢的钱比那家伙能支付的还多——将近六万卢布。”

“不，”她生气地说，因为觉得他显然是借转换话题的方式来暗示她恼怒了，“为什么你认为我对这个消息如此感兴趣，甚至得瞒着我？我说了，我不愿去想这件事情，而且，但愿你也像我一样少关心点儿。”

“我关心是因为我喜欢明确。”他说。

“明确不在于形式，而在于爱情，”她说着，同时越来越生气，这倒不是因为他说的话本身，而是说话时那种冷冰冰的平静的语调，“为什么你需要这个？”

“我的上帝，又是关于爱情。”他皱起眉头想。

“你可是知道为什么：为了你，也为了将来的孩子们。”他说。

“不会再有孩子了。”

“那实在太遗憾了。”他说。

“你只是想要孩子，为什么不替我想想呢？”她这样责问他，完全或者压根就没听见他所说的“为了你，也为了将来的孩子们”。

关于要不要孩子早已成了个令他们争论并使她生气的问题。她把他想要几个孩子的愿望理解成了他不珍惜她的美貌。

“哎呀，我说了嘛；为了你。更多的是为了你，”他好像感到疼痛似的皱着眉头，重复说，“因为我相信，你的生气大部分是出于处境的不确定性。”

“对，他现在不再假装了，而且他分明对我怀着冰冷的仇恨。”她在想，不去听他说的话，但恐惧地注视着面前这个生气地望着她的冷漠而残酷的法官。

“原因不是那个，”她说，“我甚至都不理解你所谓的我生气的原因，因为我现在完全在你的掌握之中。还谈什么处境的不确定性？恰好相反。”

“我很遗憾，你不想明白，”他打断了她的话，同时固执地要把自己的想法说出来，“不确定性在于：你觉得好像我是自由的。”

“关于这一点，你可以完全确定。”她说着，便转过身去开始喝咖啡。

她翘起小指拿起杯子，把咖啡端到嘴边。喝了几口后，她瞅了他一眼，并根据他的脸部表情清楚地明白了，他对她的这只手，这个动作，这种声音，都感到讨厌。

“你母亲在想什么以及她希望你跟谁结婚，我全无所谓。”她一只手颤抖着放下杯子。

“可是我们不是在谈这个。”

“不，谈的就是这个。你相信好了，对我来说，一个没有心肝的女人，不管她是不是老太太，是你母亲还是陌生人，我都不感兴趣，而且我也不想知道。”

“安娜，请你说到我母亲时不要放肆。”

“一个不能懂得自己儿子的幸福和名誉在哪里的女人，她就是没有心肝。”

“我重复一遍，请求你说到我尊敬的母亲的时候不要放肆。”他提高了嗓门说，同时严厉地注视着她。

她没有回答。在凝神注视着他，凝视他的脸和双手的同时，她详详细细地回忆起昨天和解的情景以及他的热烈的亲昵。“正是同样的亲昵，他曾经用在别的一些女人身上，今后仍将会这样。”她在想。

“你并不爱母亲。这全都是些空话，空话，空话！”她愤愤地注视着他说。

“要是这样，那就得……”

“就得决定，而我已经决定了。”她说完，正想走，但这时候亚什文进房间里来了。安娜向他问了声好，停住了脚步。

为什么当她在内心里掀起暴风雨并感到自己处于激变的转折点时，为什么自己在这种时刻还要在迟早会知道一切的一个外人面前掩饰？她不知道，不过，她立刻就平息了自己内心的暴风雨，坐下来开始和客人说起话来了。

"啊，您怎么样？人家欠您的钱都拿到了？"她问亚什文。

"啊，没有什么。看来我拿不到全部，因为星期三得走了。你们什么时候走？"亚什文眯起眼睛瞅了瞅符朗斯基，他显然猜到刚才发生过争吵了。

"大概是后天。"符朗斯基说。

"你们，不是早就打算走吗？"

"不过现在已经决定了。"安娜说，同时用坚定的目光直盯着符朗斯基的眼睛，意思是告诉符朗斯基，别想还有和解的可能。

"难道你就不可怜这个倒霉的彼夫佐夫？"她接着和亚什文谈话。

"我从来没有问过自己，安娜·阿尔卡杰耶夫娜，他是可怜还是不可怜。因为我的全部家产都在这里了，"他指指衣服侧面的一个口袋，"而且我现在是个有钱人；不过我今天要到俱乐部去，也许出来时成了个穷光蛋。要知道，和我坐在一起的人——也想让我输得连一件衬衫都不剩，而我对他也一样。嘿，我们是在搏斗，快乐也就在这里。"

"啊，要是您是个结了婚的人，"安娜说，"您的妻子会怎么样？"

亚什文哈哈大笑起来。

"看来我就因为这个既没有结婚，也永远不打算结婚。"

"那赫尔辛克福尔斯①呢？"加入谈论的符朗斯基说，他看了一眼微笑着的安娜。

看见他的目光，安娜的脸突然显示出冷峻的表情，她好像在

---

① 即芬兰首都赫尔辛基，当时叫赫尔辛克福尔斯。

对他说："没有忘记。还是那样。"

"难道你曾经爱过谁？"安娜对亚什文说。

"噢，上帝！多少次了！可是你明白吗，有的人可以坐在那儿赌牌，但约会[1]的时候一到，他随时都能站起来。而我呀，可以谈爱情，但得这样，不能耽误晚上去赌牌。我也正是这样安排的。"

"不，我问的不是这个，而是真正的恋爱。"她刚想说赫尔辛克福尔斯，但又不想重复符朗斯基说过的那个词儿。

找符朗斯基买一匹小牝马的沃依托夫来了；安娜站起来，从房间里出去了。

在离家前一刻，符朗斯基去找她。她想装作在寻找桌子上的什么东西，便只用冷淡的目光瞥了他一眼。

"您要什么？"她用法语问他。

"拿那匹汉必达的证书，我把它卖了，"他用仿佛比语言表达得更清楚的语调说，"我没有时间作解释，再说也不会有什么结果。"

"我在她面前没有一点儿错，"他想，"要是她想惩罚自己，对她更糟[2]。"但是在往外走的时候，仿佛觉得她好像说了什么，于是他的心因为同情她的痛苦突然颤抖了一下。

"什么，安娜？"他问道。

"我没说什么。"她依旧那么冷淡而平静地说。

"要没说什么，那更糟。"他想，又冷淡下来，转身就走了。往外走时，他从镜子里看到了她的脸，苍白，嘴唇在哆嗦。他于是想停下来对她说句安慰的话，但在想到要说之前，他的两只脚已经迈出了房间。这一整天他都没有回家，很晚回来时，侍女告诉他安娜·阿尔卡杰耶夫娜头疼，而且她请他不要到她那里去。

---

① 原文为法语。

② 原文为法语。

二十六

他们还从来没有整天吵架，今天这是第一次。而且这不是吵架，这是坦承感情冷淡的表示。他进她房里取证书的时候瞅了她一眼。怎么能这样瞅她啊？看到她，明知道她的心都绝望得要破裂了，还能用这种冷淡而平静的脸色，默默地走掉？他还不只是冷落她，而且是恨她，因为他爱上了另一个女人——这是很清楚的了。

于是，回想起他说过的那些冷酷无情的话，安娜同时还想象出他想说而没有能说出来的话，这样就越发生气了。

"我不拖住您，"他会说，"您可以自己爱上哪里就上哪里。您不想和丈夫离婚，显然为的是要回到他身边去。您就回去好了。如果您要钱，我给您。您要多少卢布？"

在她的想象中，他会说出一个粗鲁的人能说的所有那些最冷酷的话来，因此她不能原谅他，好像他真的已经那样说了。

"而他，一个真实而诚实的人，难道不是昨天刚发誓爱我的吗？难道我不是已经绝望过许多次了？"她接着这么暗自说。

这一整天，除了到威尔逊那里去过两小时，安娜都是在怀疑中度过的，她怀疑是否一切都已经定了，或者还有和好的希望，问自己要不要现在就走，或者再见他一次。她等了他一整天及一个傍晚。回到自己房里去时，她吩咐侍女转告他，说她头疼，然后便暗自猜想起来："要是他不听侍女话过来的话，那就是说他还爱着我。不然的话，就意味着全完了，到时候我再决定怎么办！"

傍晚，她听到了他的四轮马车停下来的碰击声、他的打铃声、他的脚步声，以及他和侍女的谈话。侍女告诉他的话他信了，于是没多想，回到自己房间去了。可见，全都结束了。

接着，她清楚而活灵活现地设想到，死亡成了恢复他心中对她的爱情的唯一手段，能够惩罚他并使自己心中的恶魔在与他作斗争中获得胜利。

现在一切都无所谓了：到不到沃兹德维任斯基去，是不是与丈夫离婚——全都没有必要了。需要的就一件事——惩罚他。

她给自己倒出通常服用的一剂吗啡，并且想到，如果想死，把这整一小瓶全喝下去就行了。她觉得这是这么容易和简单，便又开始怀着欣赏的心情想起来，他将怎么受折磨，后悔并爱记忆中的她，可那时将已经晚了。她睁着眼睛躺在床上，靠着一支快燃尽的蜡烛的亮光凝视着天花板上的灰浆雕花以及屏风投到那上面摇摇晃晃的阴影，生动地设想她不在了只给他留下一种回忆时，他将是一种什么感觉。“我怎么能对她说出这些冷酷无情的话呢？”他将会说，“我怎么能什么也没有对她说就走出房间呢？然而，现在她已经不在了。她永远地离开我们走了。她在哪里……”突然，屏风的阴影摇晃起来，遮住了所有的灰浆雕花和整个天花板，另一边投过来的其他一些阴影向她扑面而来，阴影瞬间散开了，然后又以新的速度移过来，摇晃着，聚集到一起，接着就全都是黑暗了。“死亡！”她心想。于是，她感到那么恐惧，以至好久不能明白自己在哪里。她想再点燃一支蜡烛代替已经燃尽了的那一支，可是颤抖的手好久摸不着蜡烛。“不，不管怎样——只要活着！因为我爱他，因为他爱我！那些都是旧事，什么都会过去的。”她说着，同时感到自己的脸颊上淌满了复活的欢乐的眼泪。接着，为了摆脱自己的恐惧，她连忙来到他的书房找他。

他在书房里沉沉地睡着了。她走到他跟前，高高举起蜡烛照亮了他的脸，她久久地看着他。现在当他睡着了的时候，她是这么爱他，以至看着他的模样忍不住流下了温柔的眼泪；不过她知道，只要他一醒过来，他就会用冷淡的、自以为是的目光看着她，而在他表白自己的爱情之前她一定会向他证明，他在她面前怎么错了。她没有叫醒他，而是回到了自己的房里，服下第二份吗啡后，凌晨时才恍恍惚惚地睡着了。整个睡着了的时间，她都一直没有完全失去自己的意识。

早晨，她数次梦见了和符朗斯基发生关系前常出现的噩梦，她被噩梦惊醒了。一个胡子乱蓬蓬的小老头儿俯身在一截铁块上做着什么，说着些莫名其妙的法语。她于是总与做这种噩梦时一样（这正是它的可怕处），感到这个农民并不注意她，可又拿着铁块在她身上乱捅一气。于是她吓出一身冷汗，醒了。

她起来时，回忆起昨日这一天，觉得自己好像在一片迷雾中。

“发生了一次争吵。这跟已经发生过几次的一样。我说头疼，他也就没有进来。明天我们要走，得见到他并作到乡下去的准备。”她对自己说。然后知道他在书房里，她就找他去了。走过客厅时，她听到大门口停下一辆轻便马车，便往窗外望了一眼，看到一辆轿式马车里一位戴淡紫色帽子的年轻姑娘正探出头来对刚按过门铃的仆人吩咐了什么事儿。有谁在前厅交谈后上楼去了，然后传来符朗斯基走过客厅的脚步声。他很快顺楼梯下去了。安娜又走到窗户跟前。这是他，帽子也没有戴，下到台阶上，并走到轿式马车旁边，戴淡紫色帽子的年轻姑娘递给他一个公文包。符朗斯基微微笑着对她说了点儿什么。轿式马车走了；他快速地顺着梯子往上跑。

布满她心灵的迷雾，突然消失了。昨天的感觉带着一种新的疼痛揪住了她那颗已无比疼痛的心。她现在没法明白，自己怎么能屈辱到和他一起在他家里待了一整天。她来到他的书房里，要向他宣布自己的决定。

“索罗金娜夫人和她的女儿路过这里，顺便把妈妈给我的钱和文件带来了。我昨天没有能拿到。你的头疼怎么样，好些了吗？”他平静地说，不愿看到也不想理解她脸上那种阴郁和得意的表情。

她站在房间中央，默默地凝神看着他。他瞅了她一眼，顿时立刻皱起眉头，继续看一封信。她转过身子，慢慢地从房间里走出去了。他还来得及把她叫回来，但她走到门口，他还一直沉默着，只听到文件纸张卷起来时发出沙沙的声音。

“对，顺便说一句，”她已经迈出门口时，他说，“明天我们一定走，不对吗？”

“是您，而不是我。”她转过身来对着他说。

“安娜，这样没法过下去……”

“是您，而不是我。”她重复了一遍。

“这让人受不了！”

“您……您会这事儿后悔的。”她说着便走了。

他为她说这些话时那种绝望的表情吓坏了，跳起来想跑出去追她，但是清醒过来后便又坐下来，紧紧地咬住牙齿，阴沉着面孔。因为发现这是一种无礼的威胁，所以他很生气。“我全都试过了，”他心想，“只剩下一个办法——不加理睬。”接着，他便开始作进城去看母亲的准备，他要得到一份有母亲签字的证件。

她听到他顺书房和餐厅走过去的脚步声。来到客厅旁边，他停下来了。但是，他没有转身到她这里来，而只吩咐了一声，说他不在时让把沃依托夫的小牝马牵走。然后，她听到四轮马车怎么出来，怎么打开大门，又怎么出去。然后看到他又进到门廊里了，而且有人往楼上跑。这是侍从跑上去拿他忘带的一双手套。她来到窗前，看到他看都不看一下便接过手套，伸出一只手捅了一下马车夫的背，对他说了句什么话。接着他也不向窗外看一眼，便坐在马车里自己那个通常坐的位置上，一条腿搁在另一条腿上，戴好手套，从一个拐角处消失了。

二十七

“走了！结束了！”安娜站在窗前暗自说。回答她的只有蜡烛熄灭时的昏暗印象还有可怕的梦留下的印象，她的心头充满了冰冷的恐惧。

“不，这不可能！”她嚷嚷着，穿过房间，狠狠地按了按铃。

现在她感到一个人留下来是这么可怕，以至没有等到人来，她便主动迎上前去。

“去了解清楚，伯爵到哪里去了。”她说。

来的人回答说，伯爵到马房去了。

“他们吩咐进来通报一声，说如果您要出去，那么四轮马车这就回来。”

“好，您等一下。我这就写张便条。让米哈依尔带着便条到马房去一趟。要快点儿。”

她坐下来写道：

“是我的错，你一定要回来，应当解释清楚。看在上帝的分上，来吧，我感到害怕。”

她把便条封好，交给了那个人。

现在她怕一个人留下，便跟在那个人后边走出房间，走到了育儿室里。

“怎么了，这不对，这不是他！他那双浅蓝色的眼睛，那种可爱和羞怯的微笑到哪儿去了？”这是她的头一个想法，因为当时她思想混乱，期待着在育儿室里看到的是谢廖沙，可是却看到了那个胖乎乎红彤彤、一头鬈发的小姑娘。小姑娘正坐在桌子旁边，拿着一个软木塞子拼命地敲着，并睁着两只醋栗一样的黑眼睛询问般地望着母亲。安娜答复英国女孩子说，自己身体完全好了，明天要到乡下去，然后便在小女孩旁边坐下来，并开始在她面前转动起长颈玻璃瓶的软木塞子来。但是孩子的朗朗笑声以及她眉毛的动作，活灵活现地使她想起符朗斯基，便忍不住号啕大哭，于是连忙站起来，走出了育儿室。“难道真的全结束了？不，这不可能，”她想，“他会回来的。但他和她谈话后露出那种微笑和兴奋，他还怎么向我解释？不过就是不解释清楚，我还是会相信的。要是我不相信，那我只剩下一个办法了——可是我不愿意。”

她看了看钟。十二分钟过去了。“现在他该收到便条并往回走了。不会久的，还得十分钟……不过，要是他不来呢？不，不会

这样的。别让他看到我一双哭过的眼睛。我去洗一下。对，对，我梳过头没有呀？”她问自己。她伸出一只手摸摸自己的头部。“对，我梳过头的，但是怎么也记不清是什么时候梳的了。”她甚至不相信自己的手了，便走到镜子跟前，照一照自己到底梳过头没有？她是梳过头的，但还是回忆不起来是什么时候梳的。“这是谁？”她凝视着镜子里那双古怪明亮的眼睛惊恐地望着自己的通红的脸，心想。“这不是我吗？”她顿时明白过来，便浑身上下打量着自己，突然感到好像他在吻自己，于是全身颤抖着动了动两个肩膀，她把一只手举到嘴唇上并吻了吻。

“这是怎么了，我疯了。”接着，她来到安努什卡正在收拾的卧室里。

“安努什卡。”她在她面前停下来说，同时凝视着侍女，自己也不知道要说什么。

“您想上达丽娅·阿列克山德罗夫娜那里去？”侍女好像明白怎么回事地说。

“到达丽娅·阿列克山德罗夫娜那儿去？对，我去一趟。”

“十五分钟去，十五分钟回来。他已经动身了，他这就到。”她掏出怀表看了看，一边想，“但是，把我置于这种情况，他怎么能走呢？不与我和好，他怎么能活得下去？”她走到窗前，又开始向马路上看。按照时间，他应该已经回来了。但是计算可能出差错，于是她又开始回忆他什么时候走的，并分分秒秒地计算起来。

就在她去看大钟核对自己怀表的时候，有个什么人到了大门口。她往窗外看了一下，看见是他的那辆四轮马车。但是没有人上楼梯来，接着底下传来有人说话的声音，是派去的人坐四轮马车回来了。她便下楼找他。

“没有见着伯爵。他们上了去尼日涅戈罗德方向的火车。”

“什么呀，你？什么？……”她对着那个脸蛋红彤彤的开心的米哈依尔说。他把带去的便条交还给了她。

“对了，因为他没有收到便条。”她记起来了。

“你带着这个便条到乡下符朗斯基伯爵夫人家去一趟，知道吗？并马上带个答复回来。”她对被派遣的人说。

“而我自己，我将怎么办？”她想，“对，我到陀丽那里去，这是对的，不然的话，我会发疯的。对，我还可以发电报。”于是，她就拟了个电报稿：

“必须谈谈。速归。”

发走了电报，她就去换衣服。都已经戴好帽子，她又瞅了一下胖胖的而且神态平静的安努什卡的一双眼睛。这双灰色善良的小眼睛里表现出明显的同情。

“安努什卡，亲爱的，我该怎么办呢？”安娜边哭边说，同时无可奈何地坐在了一把靠背椅上。

“干吗这么不放心，安娜·阿尔卡杰耶夫娜！要知道，这是常有的事儿。您坐马车出去转转，散散心。”侍女说。

“对，我要出去，”安娜开始清醒过来了，便站起来说，“假如我不在的时候电报到了，就送到达丽娅·阿列克山德罗夫娜……不，我自己回来。”

“对，不应该去想该做些什么，坐马车去转转，主要的——是离开这幢房子。”她说着，同时怀着恐惧的心情谛听着自己心脏发出的可怕的怦怦怦怦的声音，便急忙出去，坐进四轮马车里。

“请吩咐上哪儿？”彼得在车架上坐好之前问。

“去兹纳缅卡街，奥勃朗斯基家。”

二十八

天气晴朗了，下了一上午的毛毛雨也停了。铁皮屋顶、人行道石板、通道上的小圆石、轻便马车的轮胎、铜器和洋铁皮——全都在五月的阳光下闪闪发亮。三点钟了，是街道上最热闹的时候。

安娜安安稳稳地坐在四轮马车的角落里，两匹灰马快速地奔驰，马车因为有弹簧，微微地在摇晃；因为车轮子不停的辘辘声及窗外瞬息变幻的景象，她脑海里又倒腾起最近一些日子发生的事件来，看到自己的处境也和在家时的感觉完全不一样。现在，就连关于死的想法，也不觉得那么可怕和肯定了，在她的脑海里，死亡本身也不再是不可避免的了。现在，她责备自己落到了这种屈辱的地位。“我求他原谅我。我依着他。我承认自己错了，为什么？难道没有他我就活不了？”接着，她也不去寻找答案，而是开始张望起街道两旁的招牌来。“办事处和库房。牙科医生。对，我要把一切全告诉陀丽。她不喜欢符朗斯基。我会害臊、痛心，但我要全告诉她。她爱我。我也听她的劝告，我不能依着他；我不允许他来教训我。菲里波夫，白面包店。据说，他们把面和好了运到彼得堡。莫斯科的水真好。还有梅季申斯基泉水和烤薄饼。”她于是记起来了，在老早老早以前，自己才十七岁的时候，她和姑妈一起到特罗依察家去。“还骑马呢。难道那是我吗，一双手红彤彤的？不过，许多东西，那时候我觉得那么好以至都不敢向往，后来却变得微不足道了，而那时候有过的，现在也永远得不到了。那时我会想到自己会落到这种屈辱的地步吗？拿到我的便条后，他会多么骄傲和得意！但我要向他证明……这种油漆的气味真难闻。干吗他们老是漆个没完没了的？……时装和女帽店。”她在看招牌。一个男人向她一鞠躬。这是安努什卡的丈夫。“我们的寄生虫。”她回想起来了，符朗斯基说过这样的话。“我们的？为什么是我们的？可怕的是，已经过去了的事情不能连根拔除。不能拔除，却只能把对它们的记忆隐瞒起来。我也在隐瞒。”于是，这时候她回忆起和阿列克谢·亚历山大罗维奇之间发生的事儿，以及她怎么把它从自己的记忆中抹去。“陀丽会想，因为我想要抛弃第二个丈夫，因此显然是我不对。难道我还想人家说我做得正确吗？我办不到！”她说着，于是她想哭出来。但是她立刻又开始想，为什么这两个姑娘能这样微笑。“显然，是关于爱情吧？她们不知道这有多么不愉快，多么卑鄙……一条林荫道和孩子们。三个小男孩奔跑着在玩骑马。谢廖沙！可我完全失去了，再也要不回来了。对，完全失去了，如果他不回来的话。他说不定没赶上火车，现在已经回来了。又想要屈就了！”她暗自说，“不，我到陀丽那儿去并坦率地告诉她：我很不幸，我是咎由自取，不过我毕竟是不幸的，帮帮我。这些马，这辆四轮马车——在这辆马车里，我觉得自己多么讨厌——全都是他的；不过我再也不会看到它们了。”

安娜设想着自己所有要向陀丽说的话，不惜让自己心情更糟，踏上楼梯。

“有人在吗？”她在前厅里问道。

“卡捷琳娜·阿列克山德罗夫娜，列文夫人。”仆人回答。

“吉蒂！就是符朗斯基曾经爱上的那个吉蒂，”安娜心想，“就是他曾经相恋过的那一位。他为没有和她结婚感到遗憾。而关于我，他回忆时带着憎恶，并为和我结合而懊悔。”

安娜来的时候，姐妹俩正在讨论喂奶的事儿。陀丽一个人出来迎接这位不速之客。

“你还没有走啊？我想到你那里去来着，”她说，“今天我收到斯吉瓦的一封信。”

“我们也收到一份电报。”安娜一边回答，一边打量着四周，想看到吉蒂。

“他来信说，并不明白阿列克谢·亚历山大罗维奇究竟想要干什么，但他一定带个答复回来。”

“我想你有客人。能给我看一下信吗？”

“对了，是吉蒂，”陀丽有点儿心慌地说，“她在育儿室里。她得过一场很重的病。”

“我听说了。能看一下信吗？”

“我这就去拿来。不过他倒没有拒绝；相反，斯吉瓦觉得有希望。”陀丽在门口处停下来说。

“我不希望，也不愿意。”安娜说。

“这是怎么了，难道吉蒂认为和我相见是一种屈辱？”剩下安娜一个人时她想，“也许，她是对的。但这个曾经同符朗斯基相爱的女人，她不该不见我啊，尽管这样也对。我知道，我这个样子，任何一个正经的女人都不会接待我。我知道，从我为他最初牺牲的那一刻起，事情就已经注定是这样了。我为什么要到这里来呢？只能让我更痛苦，更难受，”她听到姐妹俩在另一个房间里的谈话声，“现在我还对陀丽说什么？拿我的不幸去安慰吉蒂，接受她的庇护？不，就连陀丽也不会明白的。我也没有什么好对她说的了。我只要看看吉蒂，向她表明，我谁都不会放在眼里，我什么都不在乎，这样就行了。”

陀丽拿着信进来了。安娜看了一遍，又默不作声地把信还给了她。

“这个我全知道，”她说，“而且，我对此一点儿也不感兴趣。”

“那究竟是什么？相反我倒抱着希望。”陀丽好奇地注视着安娜说。她从来没有见到过她这样生气的样子。“你什么时候走？”她问道。

安娜眯起眼睛看着自己的前方，没有回答她。

“吉蒂为什么躲着我呀？”她说，同时注视着门并涨红了脸。

“啊，你在说什么呀！她在喂孩子，她还不会弄，我在教她……她很高兴认识你。她这就来，”陀丽不善于说假话，所以不好意思地说，“瞧，她来了。”

知道安娜来了，吉蒂本不想出来，但陀丽说服了她。吉蒂鼓起勇气走出来，并红着脸走到她面前，伸过一只手。

“见到您我很高兴。”她声音颤抖地说。

吉蒂感到心慌意乱，她的内心里有两种感情在斗争：既敌视这个坏女人，又希望能够宽容地对待她。但是，一见到安娜那张漂亮可爱的脸，敌意便立刻消失得无影无踪了。

“要是您不想和我见面，我也不会感到吃惊的。我对一切全都习惯了。您生了一场病？是啊，您变了。”安娜说。

吉蒂感到安娜怀着敌意在看着她。她把这种敌意归结为安娜现在所处的尴尬情境，因此，她为安娜感到可怜。

她谈了谈疾病、孩子、斯吉瓦，但显然，没有一件事使安娜感兴趣。

“我是顺道过来向你道别的。”她说，同时欠身站起来。

“您什么时候走？”

但是，安娜并没有回答所提的问题，她对吉蒂说：

“对，见到您我感到很高兴，”她带着微笑说，“我从各方面听人说起您，包括您的丈夫。他到我那儿去过，而且我很喜欢他，”她说这话显然不怀好意，“他在哪儿？”

“他到乡下去了。”吉蒂红着脸说。

“请您代我向他致意，您一定得向他致意。”

“一定！”吉蒂天真地回答，同情地注视着她的眼睛。

“那就再见了，陀丽！”接着，安娜吻了吻陀丽，又握握吉蒂的一只手，便匆忙出去了。

“还是那样，还那么迷人。真漂亮！”吉蒂说，“但是，她身上有某种让人可怜的东西！一种可怜得可怕的东西！”

“不，今天她有点儿特别，”陀丽说，“我在前厅送她走的时候，我觉得她想哭。”

二十九

安娜坐进四轮马车时，心情比她从家里出来的时候更坏了。在原来的痛苦之外，又加上了被抛弃的感情，这在与吉蒂见面时更明显地感觉到了。

“您上哪儿？回家？”彼得问。

“对，回家。”她说，现在已不再考虑自己要去哪里了。

“她们怎么，怎么都像对什么可怕的、无法理解的和奇怪的东西似的看着我。他这么起劲儿地在对另一个人讲些什么呢？”她注视着两个徒步行走的人在想，“难道能对另一个人讲述自己的感受吗？我想给陀丽讲讲，幸好没有讲。她会为我的不幸感到高兴的！她会掩饰这一点，我因为那种使她羡慕的欢乐受到了惩罚，她会很高兴的。吉蒂，她就更高兴了。我最清楚地看出了她的一切心思！她知道，我超乎寻常地喜欢她的丈夫。因此她妒忌我，而且恨我，而且还蔑视我。在她的眼里，我是个不道德的女人。如果我是个不道德的女人，我就会爱她的丈夫……假如我愿意这样做的话。是的，我还真的想了。瞧这一位得意的，”她看到迎面过来的一位满面红光胖乎乎的先生，他以为自己认得她，便从秃得亮光光的脑袋上举起亮晶晶的礼帽，后来才相信是自己认错了人，“他以为自己认得我。而他对我知道得也同世界上任何一个人一样少。我自己都不认识自己。我知道自己的胃口，就像法国人说的。瞧他们喜欢这种脏兮兮的雪糕。他们只知道吃，”看到叫卖雪糕的人停下来的两个小男孩时，她在想，那个卖雪糕的人从头上把桶放下来并用一角毛巾擦了擦汗津津的脸，“我们大家喜欢吃甜的美味的东西。没有糖果，就吃脏兮兮的雪糕。吉蒂也一样：符朗斯基不行，就要列文。她还妒忌我。还恨我。其实我们互相仇恨。我恨吉蒂，吉蒂恨我。这倒是实际情况。丘特金，理发馆……我常在这里做头发①……他回来的时候，我要把这个告诉他。”她这样想着，并微微笑了。但这一瞬间，她又想到自己现在没法对任何人说可笑的事儿了。“对，也没有什么可笑的、开心的玩意儿。一切都让人厌恶。晚祷的钟声响了，这个商人这么认真地在画十字！——就好像害怕失掉什么东西似的。要这些教堂、

① 原文为法语。

这种钟声和这种欺骗干什么用？只是为了掩饰我们大家的仇恨，就像这些恶狠狠叫骂的出租马车夫那样。亚什文说：他想让我输得最后连一件衬衫都不剩，而我也想让他这样。这倒是实话！”

这些思想是那么吸引她，使她甚至不再去考虑自己的处境，直到马车停在自己家大门口。见到了迎面过来的守门人，她才记起自己曾经派人去送便条和发电报。

“有回信吗？”

“我这就去瞧瞧。”守门人回答说。他往办公处看了看，拿出一份四四方方的小信封装的电报交给她。“无法十点钟前赶回。符朗斯基。”她读着。

“可是派去的人呢，没有回来？”

“还没有呢。”守门人回答。

“要是这样，我知道自己该怎么办了。”她说，并感到一种模糊不清的愤怒，一种报复的欲望从自己身上升起，她跑着上了楼。“我亲自找他去。在永远离别之前，我要把一切告诉他。我从来没有像恨这个人那样恨过谁！”她想。看到了挂衣架上他的礼帽，她厌恶得浑身颤抖了一下。她从没想过他用一份电报来答复她的电报，而他到现在还没有收到她的便条。照她的想象，这时候他正在平静地和母亲及索罗金娜夫人谈话，并为她的痛苦感到高兴。“对，得赶快去一趟。”她说，自己还不知道去哪里。她只是想尽快摆脱自己在这幢房子里所产生的那些情绪。这幢房子里的仆人、墙壁、东西——全都引起她的厌恶和憎恨，就像大山一样压在她身上。

“对，应当上火车站，如果找不到他，那就到那里戳穿他的把戏。”安娜看了看报纸上刊登的火车时刻表。晚上八点零二分有一趟火车开出。“对，我赶得上。”她吩咐套上另外两匹马，并着手把几天用的必需品装进一只手袋里。她知道自己再也不会回到这里来了。当时头脑里想到了一些方案，她模模糊糊地选了一种，到了火车站或伯爵夫人的庄园，做了该做的事后，自己就乘尼日涅戈罗德方向的火车，到头一站就下车。

午餐摆好在桌子上了；她走过去，闻了闻面包和奶酪，确信自己对一切食物都感到厌恶，就吩咐仆人套好车，然后就出去了。房子的阴影遮住了整条马路，这是个晴朗而暖和的下午。拿着东西送她走的安努什卡，把行李放进四轮马车里的彼得以及显然不满的马车夫——大家都使她感到厌恶，而且他们的说话及一举一动都使她生气。

“我有劳你了，彼得。”

“那火车票怎么办？”

“随你便吧，我完全无所谓。”她心烦地说。

彼得跳上马车坐架，双手叉着腰，就吩咐车夫上火车站。

三十

“瞧，又是这马车，我又全都明白了。”四轮马车刚一启动，摇摇晃晃顺着碎石子道路辘辘作响的时候，安娜暗自说。接着，一个又一个印象便又交替变换着出现在她的脑海里。

“对，我想到的最后一件美好的事情是什么来着？”她竭力在回想。“丘特金理发馆[①]？不，不是它。对，是亚什文说的那件事：生存竞争和仇恨——是唯一把人们联系在一起的玩意儿。不，你们去也白搭，”她像是对着一群乘坐四轮马车显然是结伴到郊外去游玩的人们说，“连你们带的那条狗也帮不了你们的忙。你们没法逃避自己的良心。”她把目光投向彼得拐过弯去的那边，看到一个醉得半死、摇晃着脑袋的工人，一位警官正把他拖走。“瞧这个人——倒更快乐，”她在想，“我和符朗斯基伯爵都没有找到这种

① 原文为法语。

快乐，虽然我们曾寄予很多的希望。”接着，安娜这时头一次注意到了那道鲜明的亮光，它使她看清了一切，她以前总是避免去考虑自己和他的关系。“他在我身上找的是什么？与其说是爱情，不如说是虚荣心的满足。”她回忆起他的话，他的面部表情；他们最初结合的时候，他脸上的表情使人想起一条顺从的猎犬。而现在，一切都证实了她的看法。“对，在他身上有过获得成功的得意。显然，也有爱情，但大部分是因为成功产生的骄傲。他以得到我为荣。然而，那是过去。再也没有什么可以骄傲的了。没有可骄傲的，倒是成了羞耻。他从我身上拿走了能拿的一切，现在我对他已经不重要了。他把我看成累赘，又竭力做出一副对我真诚的样子。昨天他说漏了嘴——他要我离婚，再结婚；是要我破釜沉舟吧。他爱我——但怎样爱我？激情已经消逝。[1]……这家伙想叫大家都吃一惊，并非常自满，”她在想，同时注视着脸色红润、骑着一匹练马场的马的听差，“对，我身上已经没了迷住他的那种魅力。假如我离开他，他在心灵深处将感到高兴。”

这不是一种推测——而是一种透彻的亮光，它使她清清楚楚地看到了人生的意义和人与人之间的关系。

“我的爱情变得越来越热烈，越来越自私，可他却越来越冷淡，这也就是我们分手的原因，”她继续想，“而且，这是没法解决的。我的一切全都在他身上了，因此我也会向他要求更多。可他却越来越想疏远我，摆脱我。我们结合以前是互相吸引的，难舍难分，结合之后便无法控制地各自走往不同的方向。而且，这事儿无法改变。他对我说，我在毫无意义地妒忌，我也对自己说，我是在毫无意义地妒忌；然而，这不是事实。我不是妒忌，我这是不满足。然而……”她张开嘴巴，并因为自己被突然产生的思想激起内心的不安，在马车里挪动了一下位置，“假如除了当情妇，我还能用别的方式热烈地去爱他倒好了，可是，我没法

---

① 原文为英语。

控制自己。可是，我的这种热情引起了他的反感，而他则引起我的愤恨——必然如此。难道我还不知道，他不至于骗我，他并不中意索罗金娜小姐，他并不爱吉蒂，他不会背叛我吗？这一切我全知道，但是我并不因此感到轻松些。假如说他不爱我，出于责任对我好，对我亲昵，却没有我渴求的那种东西——这就比愤恨坏一千倍！这——是地狱！可事实正是这样！他不爱我已经好久了。而爱情结束之时，正是仇恨的开始。这些街道我全都不认识了。像是一些山，没完没了的房子……这些房子里还都住着人，人……他们多得无数，而且大家都互相仇恨。好啊，让我来想想，为了幸福自己都希望些什么，好吗？就算我办成了离婚，阿列克谢·亚历山大罗维奇把谢廖沙给了我，我嫁给了符朗斯基。”一回忆起阿列克谢·亚历山大罗维奇，她就立刻异常清晰地想象到他就活生生地在自己面前，带着他那双温和的毫无生气的暗淡的眼睛，苍白的手背上鼓鼓的青筋，他那副腔调及弄得咯吱咯吱响的手指头，而且一回忆起他们之间那种也叫爱情的感情，她便厌恶得发抖。“好吧，就算我办成了离婚，成了符朗斯基的妻子，又怎么样呢？吉蒂会用不同的眼光看我了吗？不。而谢廖沙，就不再询问我，为我有两个丈夫感到奇怪了？再说，我与符朗斯基之间，我还能设想有什么新的感情吗？虽然谈不上幸福，只要别再受折磨，这种事有没有可能呢？不，不！”她现在毫不犹豫地这样回答自己，“不可能！我们要分手是生活造成的。我使他不幸，他使我不幸，而且于他于我，要改变都是办不到的。一切尝试都做过了，螺丝钉坏了。对，一只手抱着婴儿要饭的女人，她以为我在可怜她。难道我们大家被抛到这个世界上，就是为了互相仇恨，为了折磨自己和其他人吗？中学生在走，在笑。谢廖沙？”她回忆起来了，“我同样想爱他，而且曾为自己的爱心而感动。可是我却离开他，用他来换取另一种爱情，而且只要那种爱情暂时得到满足，我对这样的交换并无怨言。”于是，她以厌恶的心情回想起那种所谓的爱情。自己现在如此清楚地看到自己和别人的生活，这一点使她感到高兴。“我，彼得，马车夫费多尔，这个商人，以及所有那些生活在伏尔加河畔的人，被这些广告吸引到那里去的人，到处如此，从来如此。”当靠近尼日涅戈罗德火车站低矮的建筑物时，有几个搬运工人迎着她跑过来，她这么想着。

“您是要买到奥波拉罗夫卡的车票？”彼得说。

她完全忘了自己为什么出来，也不记得自己要到哪里去，费了好大劲儿才明白彼得的问题。

“对。”她说着，便把钱包交给了彼得，自己也拿着一只小小的红色手袋从马车里钻出来。

穿过人群走进头等候车大厅时，她稍稍记起自己处境的全部详情及经过犹豫作出的那些决定。于是，那种希望，那种绝望，又轮流地触痛她那颗受尽折磨的心。坐在一张星形长沙发上等候火车的时候，她怀着厌恶的心情注视着进进出出的人们（他们全都使她感到厌恶），一会儿在想自己一到站就要给他写张便条，上面该写些什么，一会儿又想他不理解她的痛苦，他再怎么向母亲抱怨自己的处境，以及自己怎么走进她的房间和对他说些什么话。一会儿，她又在想，生活本来还会是幸福的，以及自己是多么痛苦地爱着他和恨他，自己的一颗心跳得多么厉害。

三十一

铃声响了，走过一些年轻的男人，他们丑陋，放肆，匆匆忙忙，同时注意着自己在别人眼中所产生的印象；穿着仆人制服和半统靴子的彼得经过大厅，那张牲口般的脸显出呆愣的神色，来到她跟前，准备送她到车厢门口。当她在月台上从一些喧哗的男人身边走过时，他们都安静下来，其中有一个对另一个悄悄说了句关于她的什么话，当然是句下流话。她跨过高高的台阶，独自在一个包厢的一张肮脏的弹簧长沙发上坐下来。手袋在弹簧沙发上颤动了几下，就不动了。一脸傻笑的彼得在窗口举起自己带金丝饰物的帽子表示告别，一个粗鲁的列车员啪的一声把门关上，并拉上了门闩，一位穿宽大裙子的丑陋太太（安娜想象着女人脱下衣服的样子，不禁感到可怕）及一个不自然笑着的小女孩，跑下去了。

“在卡捷琳娜·安德烈耶夫娜那里，全在她那里，阿姨[1]！”小女孩叫喊道。

“一个小女孩——她也变得丑陋和装腔作势了。”安娜想，为了不看见任何人，她赶快站起来，坐到空车厢里一个背窗口的位置上。一个丑陋的、浑身污迹斑斑、头发乱蓬蓬地从制服帽下露出来的男人在窗外走过，向车轨方向弯下身去。“这个污秽、难看的男人好像有点儿面熟。”安娜想。她突然回忆起自己做过的一个梦，害怕得浑身发抖，赶忙向对面一道门走去。列车员打开门，放一对夫妻进来。

“您要出去吗?”

安娜没有回答。她戴着面纱，列车员和进来的人都没有注意到她脸上恐惧的表情。她回到自己的角落里坐下来。那夫妻俩坐在正对面，偷偷地在仔细打量她身上的裙子。这丈夫和妻子两人都使安娜觉得厌恶。丈夫问是否可以抽烟，显然不是为了要抽烟，而是想和她说说话。得到她的同意后，他便和妻子用法语说，他更喜欢抽烟而不想聊天。他们假装说些无聊的玩意儿，只是为了使她听到。安娜清楚地看到，他们已经多么互相厌烦，多么互相憎恨。是的，这些可怜的丑陋家伙，也没法不让人憎恨。

第二次铃响了，接着便是搬动行李的声音、喧闹声、叫喊和笑声。安娜很清楚，没有谁也没有什么可值得高兴的，这种笑使她恶心，因此她想捂住耳朵。第三遍的铃声终于响了，一声哨子

---

① 原文为法语。

吹过，火车头汽笛嘶鸣，链子哐当当地动了，那丈夫便画了个十字。“要是问问他这是什么意思，倒有趣。”安娜愤愤地瞥了他一眼，想。她绕过那位太太的头看着窗外站在月台上送火车的人们，他们好像都在往后退。安娜乘坐的那列火车，有节奏地颠簸着，徐徐从月台、砖墙、信号圆盘旁边驶过，从其他一些列车旁边驶过；车轮子转动得越来越平稳，越来越顺畅了，它们碰在铁轨上发出轻微的响声，窗玻璃被傍晚晴朗的阳光照得透亮，窗帘在微风吹拂下飘动。安娜忘了车厢里的旅伴，随着列车轻微的颠簸，她一边呼吸新鲜空气，同时又开始思想起来。

“对，我想到哪里了？想到那里，就是我想到了所有的生活都是受折磨的，我们大家生来就是为了受折磨，而且我们大家都知道这一点，又都在想出各种办法来欺骗自己。不过，即使看清了，又有什么办法？”

“人被赋予理智，就是为了使自己摆脱感到不安的状况。”那位太太用法语说，显然为自己的这句话感到得意。

这句话好像是对安娜的思想作出回应。

“摆脱使人不安的那种状况。”安娜重复了一遍。接着，她瞅了一眼那位红鼻子的丈夫及其消瘦的妻子，明白了那病恹恹的妻子原来认为自己是个不被理解的女人，她丈夫欺骗她，所以她才产生了这样一种看法。安娜仿佛看到了他们的经历及心灵的每个角落，把目光转移到了他们身上。但这没有丝毫的意义，于是她继续自己的思想。

“对，我感到很不安，所以才使用理智，以便摆脱这种情况；可见，应该摆脱这些。既然已经没有什么可看的了，既然看到的所有这一切都令人厌恶，那为什么还点着蜡烛？然而该怎么熄灭？为什么这个列车员顺着横杆跑过去，他们，那个车厢里的一些年轻人在嚷嚷什么？他们为什么说话，他们为什么在笑？全都是假话，全都是撒谎，全都是欺骗，全都是恶！……”

列车进站时，安娜夹在一群乘客里出来，像对待麻风病人似的避开他们，她停在月台上，竭力回想着自己为什么到这里来，打算要干什么。原来自己以为能办到的一切，现在变得那么难以想象，特别是在所有这些吵吵嚷嚷得不像样的、使她不得安宁的人堆里。一会儿是搬运工人跑过来，提出要为她效劳；一会儿是些靴子踩得木板月台嗒嗒响并大声说话的年轻人打量着她；一会儿是接站的人，他们让路没有让到该让的一边。她回想起要是没有回信的话自己还要往前赶路，便叫住一个搬运工，问他是否在这里见到过一个带着便条找符朗斯基伯爵的马车夫。

"符朗斯基伯爵？刚有人从他那里来过。是来接索罗金娜伯爵夫人和她女儿的。那马车夫是什么样的一个人？"

她正在与搬运工人说话的时候，脸色红彤彤、高高兴兴的马车夫米哈依尔过来了，他穿着一件腰部打褶的时髦蓝色外衣，挂着表链子，显然为自己这么好地完成了任务感到自豪，并把一张便条交给了她。打开便条，还没有看内容，她的心便抽缩起来了。

"很可惜，我没有看到那张便条。我十点钟回来。"符朗斯基用潦草的笔迹写道。

"是这样！我料想是这样的！"她带着恶狠狠的讪笑暗自说。

"好，那你回去吧。"她声音轻轻地对米哈依尔说。她说的声音很轻，因为心脏跳动的速度妨碍她呼吸。"不，我不让你折磨我。"她这样想，她的威胁不是针对他，不是针对自己，而是针对迫使她受折磨的那个人，接着便顺月台绕着车站走去。

在月台上来回走着的两个侍女扭过头来盯着她看，同时出声地猜想她这身打扮："是真货。"她们在议论她衣服上的花边儿。一些年轻人弄得她无法安宁。他们又一边瞅瞅她的脸一边用不自然的嗓门笑着嚷着，从她身边走过去了。站长走过时，问她是否乘火车。一个卖汽水的男孩子目不转睛地注视着她。"我的上帝？我到哪儿去呢？"她在月台上越走越远，一路想着。走到头，她停下来了。来了几位太太和孩子接一位戴眼镜的先生，他们大声地又说又笑。当她走到他们身边的时候，他们静下来了，打量起她来。她加快了脚步离开他们，来到了月台的边沿上。一列货车开进来了。月台开始震动起来，于是她仿佛觉得自己又坐在了正在行驶的火车上。

接着，她突然回想起自己头一次和符朗斯基见面时被轧死的那个人，于是明白自己该怎么办了。她步子矫捷地下到从加水站通向铁轨的阶梯上，然后停在了紧挨着车轨的地方。她看着缓缓行驶过来的头一节车厢底下的螺丝钉和铁链子，以及高大的铁轮子，并通过目测竭力确定前一排轮子和后一排轮子的中间位置，估算这中间位置正好对着自己的那一时刻。

"到那儿！"她凝视着车厢的影子和撒在枕木上混杂着煤渣的沙子，对自己说，"到那里，到正当中，我要惩罚他，我要摆脱所有的人，也摆脱我自己。"

她想倒在正好对着自己的头一节车厢底下。但她被正要从手上取下的小红手袋耽搁了，因此晚了，那节车厢过去了。得等第二节车厢。类似游泳时准备迈进水里时的感觉控制了她，她画了个十字。画十字这个习以为常的动作，在她内心引起整整一系列少女和童年时代的回忆；突然，蒙住了她眼前一切的黑暗炸裂了，生命瞬间呈现在她脑海里，带着过去全部明朗的欢乐。但是，她死死地盯在开过来的第二节车厢的轮子上。接着，就在两排轮子的中间正好对着她的那一刻，她扔下了小红手袋，把脑袋缩进肩膀里，伸出双手投进车厢底下，并以一个仿佛准备立刻站起来的轻微动作，屈膝倒了下去。而在这一瞬间，她为自己的举动感到害怕了。"我在哪里？我在干什么？为什么？"她想站起来，把身子往后仰，但是，一个巨大而无情的东西碰在她头上，从她的背上压过去了。"上帝啊，宽恕我的一切！"她喃喃地说着，感到已无力挣扎了。一个农民边嘀咕边在铁轨上干着什么。接着，她阅读那部充满惊恐、欺骗、痛苦和罪恶的书时点燃的那支蜡烛，一下子发出前所未有的光芒，为她照亮了以前在黑暗中的一切；接着，它噼啪一声暗淡下来，并永远熄灭了。

第八卷

一

几乎过去了两个月。已经是炎热的盛夏了，谢尔盖·伊万诺维奇这时才准备离开莫斯科。

这段时间在谢尔盖·伊万诺维奇的生活中发生了一些重要的事。他有一本著作，六年的劳动成果一年前就已经写完了，书名叫《欧洲与俄罗斯国家的基础和形式论稿》。这本著作的有些章节和引言已经发表在刊物上，其他几部分也由谢尔盖·伊万诺维奇给自己圈子里的人们朗读过，因此它的思想对于读者公众来说已不是完全新鲜的事儿了；不过，谢尔盖·伊万诺维奇还是认为自己这本著作的问世应该会对社会带来重要的影响，如果不是科学中的一个转折，那至少也会在学术界引起轰动。

这本著作经过仔细的润色后于去年出版，并分发给了书商们。

谢尔盖·伊万诺维奇没有向任何人提起过这本著作，一些朋友问到它的情况时，他也往往不大乐意，只是淡漠地敷衍一下，甚至都没有问问书商们，它的销售怎么样，不过他还是敏锐而紧张地追踪着自己的书在社会上及出版界产生的初步影响。

然而一周、两周、三周过去了，社会上居然没有任何明显的反响；他的一些朋友，一些专家和学者，有时也显然是出于客气才提起这本书。其他的一些熟人，因为对书的学术内容不感兴趣，也就根本不和他谈论它。社会上，特别是现在，大家都关心别的事儿，所以就对它完全冷淡了。出版界也是，一个月里听不到一个人提到它。

谢尔盖·伊万诺维奇仔仔细细地计算了写一篇书评所需要的时间，可是一个月两个月过去了，评论界还是一片沉默。

只有在《北方甲壳虫》的一篇评论倒了嗓子的歌手德拉班季

的诙谐小品中，对柯兹内舍夫的著作顺便轻蔑地提了几句，说这本书早已受到大家的批判并受到公众一致的嘲笑。

到了第三个月，一家严肃的杂志上终于登出一篇评论文章。谢尔盖·伊万诺维奇还认识文章的作者。他在戈鲁勃佐夫家见到过他一次。

写文章的是个很年轻而身体有病的小品文作者。作为一个作家，他很大胆，但非常缺乏教养，在人际交往方面很羞怯。

谢尔盖·伊万诺维奇虽然对作者抱完全蔑视的态度，但还是充满尊重地开始读那篇文章。那是一篇可怕的文章。

虽然小品文作者没有读懂全书，但是他巧妙地从中挑出一些片断，使没有读过这本书的那些人（显然，几乎没有人读过它）完全明白，全书只不过是些大话套话，而且还是些不合适的大话套话（引用时特意加了问号）的堆砌而别无其他，并认为作者是个不学无术的人。而这一切又做得如此巧妙，乃至令谢尔盖·伊万诺维奇本人折服；但文章的可怕也正在于此。

尽管文章写得很诚实用心，谢尔盖·伊万诺维奇分析了指责的公正性，可他毫不理睬那些被嘲笑的缺点和错误——因为太明显了，这一切都是故意被收集到一起的——不过倒使他不由得立刻开始回想起自己与文章作者的那次见面和谈话来，直到当时每一个最微小的细节。

"我是不是有什么地方得罪他了？"谢尔盖·伊万诺维奇问自己。

于是回想起来了，他在那次见面时纠正了这个年轻人的无知言辞；谢尔盖·伊万诺维奇找到了对方写这篇文章的用意。

自那篇文章以后，关于那本书，无论是书面和口头都出现了死一般的沉默；这样一来，谢尔盖·伊万诺维奇用六年时间花了那么多劳动和热情写成的一部著作，就无声无息地过去了。

使谢尔盖·伊万诺维奇的处境变得更沉重的是，完成这本书以后，他再不像以前那样把自己的大部分时间用到办公桌上的劳动中去了。

谢尔盖·伊万诺维奇聪明，有教养，身体健康，精力充沛，可是他不知道把自己的全副精力往哪里使了。在客厅里，在代表大会上，在委员会里，这些凡是能说话的场合的谈话占据了他的一部分时间；然而他是个多年生活在城市里的人，总不能把自己的一切全花在谈论上，就像他那位没有经验的弟弟在莫斯科的时候那样；他还剩下许多空闲时间及智慧和精力。

幸好在他这段因为著作失败而感到最痛苦的时候，斯拉夫问题重新占据热潮，它接替异教徒、美国朋友、萨马拉的饥荒、展览会和招魂术问题被提出来。而谢尔盖·伊万诺维奇曾是这个问题的最早提出者之一，因此他便完全投身于它了。

谢尔盖·伊万诺维奇所属那个阶层的人们，别的什么也不谈不写，只讨论斯拉夫问题和塞尔维亚战争①。通常无所事事的那些人，为了消磨时间，这时所干的一切都是在为斯拉夫人服务的。舞会、音乐会、宴会、祝贺演讲、妇女用品、啤酒、旅店——一切都能证明对斯拉夫人的同情。

对此情况的一些言论和著述，谢尔盖·伊万诺维奇在细节上并不赞同。他看到斯拉夫问题成了众多热门消遣之一，这些消遣一个接一个地出现。他还看到许多人从事这项活动，不过是为了自己的利益或者虚荣心作祟。他承认，报纸刊登了许多夸张的文章，它们只有一个目的——吸引别人的注意，以势压人。他看到，在这种社会的普遍高潮中，一切失意和受委屈的人都跳在前面，叫得比别人更响亮；他们就像没有军队的总司令，没有阁僚的大臣，没有报刊的新闻工作者，没有党羽的党派头头。他看到，这

① 斯拉夫人是俄罗斯、塞尔维亚、保加利亚等地区、国家的人。塞尔维亚人是巴尔干半岛南斯拉夫的一支，1346 年建立独立帝国，1389 年为土耳其所败，成为土耳其附属国，塞尔维亚人多次起来反抗。这里指 19 世纪 60 年代的一次起义，俄国曾为此发起志愿兵运动，俄政府于 1877 年向土耳其宣战，同年塞尔维亚再次宣告独立。

其中有许多轻率和可笑的名堂；然而，他还看到并承认一种日益高涨的热情，把不能不加以同情的社会各阶级联合到一起。残害同一宗教信仰的人和斯拉夫兄弟的事件，引起了全社会对受害者的同情以及对迫害者的愤怒。而为伟大事业而斗争的塞尔维亚人和黑山人的英雄主义行为，在全体人民中产生了用行动而非言语帮助自己的兄弟们的愿望。

而且，此外还有一个使谢尔盖·伊万诺维奇高兴的现象。这就是社会舆论的表示。社会明确地表达了自己的愿望。正如谢尔盖·伊万诺维奇说的，民族之魂得到了表达。因此，他越热心这项活动，就越明显地感觉到它应该是一个规模宏大的划时代意义的事件。

他把自己完全献身于这个伟大的事业，忘记去想自己的那本书。

现在，他所有的时间都忙着，弄得都来不及答复所有写给他的信和向他提出的要求。

干了整整一个春天及一部分夏天，直到七月他才准备到乡下的弟弟那里去。

他是去休息两个星期，到人民最神圣的地方去，到偏僻的乡下去，欣赏一下所有首都和城里人都完全相信的那种民族精神高涨的情景。和他一起去的，是老早就准备履行对列文许过诺言的卡塔瓦索夫。

二

谢尔盖·伊万诺维奇和卡塔瓦索夫刚到达库尔斯克铁路线火车站，车站这天特别热闹拥挤，当他们从马车上下来，正回头张望搬着行李从后边过来的仆人时，就有一些志愿兵乘着四驾马车来了。一些拿着花束的太太欢迎着他们，一群蜂拥而至的人跟随着他们走进车站里。

欢迎志愿兵的人群中有一位太太，从候车厅里出来找到了谢尔盖·伊万诺维奇。

“您也是来欢送的吗？”她用法语问。

“不，我自己要走，公爵夫人。到弟弟那儿休息一阵子。而您总来送行？”谢尔盖·伊万诺维奇略带微笑地说。

“不送不行啊！”公爵夫人回答说，“对吗，从我们这里已经开出有八百人了？马尔文斯基不相信我说的。”

“是八百多。如果把不是从莫斯科直接出发的算进去，已经超过一千了。”谢尔盖·伊万诺维奇说。

“您瞧吧。我正是这么说的！”太太高兴地赶紧说，“是不是现在捐款都近百万卢布了？”

“还要多，公爵夫人。”

“今天的电报怎么说？再次打败了土耳其人？”

“对，我看了。”谢尔盖·伊万诺维奇回答说。他们在谈论最新一份电报，证实三天来土耳其人在所有阵地都被击败并溃逃，而且明天将有一场决战。

“啊，对了，您知道，有个很出色的青年要求上前线。我不知道人家为什么拒绝他。我认识他，劳您给写个条子。他是莉吉娅·伊万诺夫娜伯爵夫人那儿派来的。”

问清公爵夫人所讲的那位要求上前线的青年的详细情况后，谢尔盖·伊万诺维奇到头等候车室，写了一张条子给决定此事的人，交给了公爵夫人。

“您知道吗，符朗斯基伯爵，那个有名的……乘这趟车走。”当他又找到公爵夫人并把一张便条交给她时，她带着很得意而意味深长的微笑说。

“我听说了他要去，但不知道什么时候走。乘这趟车吗？”

“我看见他了。他在这里，只有一位母亲送他。这毕竟是——

他能做的最好的事了。”

“噢，对，当然。”

他们正在谈话的时候，一群人蜂拥地绕过他们向一张餐桌跑过去。他们也走动起来，只听到有位先生一只手举着高脚杯大声地在向志愿兵们发表演说。“为信仰，为人类，为我们的兄弟们服务，”那位先生更提高声音说，“母亲莫斯科祝福你们去完成伟大的事业。*万岁*！”他淌着眼泪结束了自己的演讲。

大家就嚷嚷着“*万岁*”！接着又有新的一群人拥进了大厅，差点儿把公爵夫人绊倒。

“啊，公爵夫人，多棒！”斯捷潘·阿尔卡杰奇带着满脸高兴的微笑，突然出现在人群中间，“不是吗，真棒！讲得热烈！好啊！谢尔盖·伊万诺维奇也在！瞧您也这样说几句吧——就说几句，鼓励鼓励嘛；您这样很好。”他带着温柔、尊敬和谨慎的微笑说，同时轻轻地推着谢尔盖·伊万诺维奇的一只胳膊。

“不，我现在要走。”

“上哪儿？”

“到乡下弟弟那里去。”谢尔盖·伊万诺维奇回答说。

“那您就会见到我妻子了。我已经给她写信去了，不过您一定会在她收到信以前见到她；请您告诉她，您见到我了，而且*一切都好*①。她会明白的。而同时，劳您驾了，您告诉她，我被任命为……联合委员会理事了。啊，对，她会明白的，您知道吗，*人生的一些小小不幸*②。”他好像抱歉似的转过来对公爵夫人说，“而密娅葛卡娅，不是丽莎，而是比比什，她还送了一千条枪和十二名护士小姐。我对您讲过了吗？”

“是的，我听说了。”柯兹内舍夫不大乐意地回答。

“可惜啊，您要走，”斯捷潘·阿尔卡杰奇说，“明天我们举行

---

① 原文为英语。
② 原文为法语。

宴会为两位出发的人饯行——彼得堡的杰梅尔-巴尔特尼安斯基和我们的格里夏·维谢洛夫斯基。两个人都要去。维谢洛夫斯基不久前才结婚。瞧，好小伙子！不对吗，公爵夫人？”他对一位太太说。

公爵夫人没有回答，她看了看柯兹内舍夫。而谢尔盖·伊万诺维奇和公爵夫人那种好像爱理不理的样子，一点儿也没有使斯捷潘·阿尔卡杰奇感到不好意思。他微笑着一会儿看看公爵夫人帽子上的羽饰，一会儿好像回想起了什么似的看看旁边。见到一位提着罐子过来的太太，他便叫她到自己这边来，并给了一张五卢布的钞票。

“只要我还有钱，我就不能无动于衷地看着这些罐子，”他说，“而今天的电报怎么说？黑山人是些棒小伙子！”

“您在说什么？”当公爵夫人告诉他符朗斯基乘这趟车走时，他嚷嚷起来。斯捷潘·阿尔卡杰奇的脸霎时间表现出哀伤的神情，但过了一会儿，他便微微摇晃着两腿，摸摸自己的连鬓胡子，到符朗斯基在的那间屋里去了。斯捷潘·阿尔卡杰奇完全忘了自己在妹妹尸体面前是如何绝望地号啕大哭，把符朗斯基只看成是一位英雄和老朋友。

“别管他有多少缺点，不能不为他说句公道话，”奥勃朗斯基刚离开他们，公爵夫人就对谢尔盖·伊万诺维奇说，“瞧这恰恰完全是俄罗斯的，斯拉夫的本性！我只怕符朗斯基见到他会感到不愉快的。不管您怎么说，这个人的命运使我感动。路上您和他聊聊。”公爵夫人说。

“好的，如果有机会的话。”

“我从来就不喜欢他。不过这件事大大改变了他在人们心目中的印象。他不但自己去，而且还自己出钱带一个骑兵连去呢。”

“对，我听说了。”

铃声响了。大家都聚集到几个门口。

“瞧，这就是他！”公爵夫人指指符朗斯基说，他穿着一件长大衣，戴着宽边黑礼帽，手扶着母亲，奥勃朗斯基走在他旁边，热烈地说着什么。

皱着眉头的符朗斯基眼睛看着前边，好像没有听见斯捷潘·阿尔卡杰奇说的话。

显然是由于奥勃朗斯基的指点，他回头朝公爵夫人和谢尔盖·伊万诺维奇站着的方向看了一眼，并默默地举了举帽子。他那张饱经沧桑的脸看起来十分苍老，像化石一般。

进入月台时，符朗斯基默默地让母亲过去，自己也消失在车厢的单间里了。

月台上响起《上帝，保佑沙皇》的乐曲声，然后是欢呼声："乌拉!"和"万岁!"一名很年轻、高个子、胸部瘪进去的志愿兵，特别招眼地在鞠躬，同时挥舞着举到头上的毡帽和一束鲜花。还有两位军官和一名留大胡子、戴着带盐渍的制帽的老人，也探出头来还礼。

三

谢尔盖·伊万诺维奇告别了公爵夫人，和过来的卡塔瓦索夫一起进入拥挤得水泄不通的车厢里。列车开动了。

列车到了察里津站，受到一个站得整整齐齐唱着《光荣啊》的青年合唱队的欢迎。志愿兵们又伸出头去鞠躬还礼，但谢尔盖·伊万诺维奇没有去注意他们；他和志愿兵打过那么多交道，已经知道这一类人的一般情况，也就不感兴趣了。不过卡塔瓦索夫一向忙于学术活动，没有机会观察过志愿兵，因此对他们很感兴趣，不断向谢尔盖·伊万诺维奇打听他们的情况。

谢尔盖·伊万诺维奇建议他到二等车厢里去亲自和他们谈谈。到下一个火车站，卡塔瓦索夫就照他的建议做了。

头一次停车时，他就转到二等车厢里去和志愿兵们认识。他们坐在车厢的一个角落里大声地交谈着，显然知道乘客们和进来的卡塔瓦索夫在注意他们。胸部瘪进去的高个子少年，说起话来比谁的声音都大。他显然是喝醉了，正在讲述他们学校里发生的一件事。他对面坐着一位身穿奥地利近卫军军团棉大衣的老军官。他微笑着听那人讲话，偶尔打断一下。第三个穿着炮兵制服，坐在他们身边的一只箱子上。第四个睡着了。

开始和少年交谈一会儿后，卡塔瓦索夫弄清楚了，这原是个莫斯科的富商，二十二岁前就把万贯家产挥霍光了。卡塔瓦索夫不喜欢他，太稚嫩，娇生惯养，而且身体单薄；他显然以为自己是在完成一桩英雄主义行为，自吹自擂，叫人讨厌，尤其是现在喝了酒，越发放肆了。

另一个是退伍军官，也给卡塔瓦索夫留下不愉快的印象。这位看样子干过各种工作。他在铁路上做过事，当过经理，办过工厂，而且他讲话毫不顾忌，而且还滥用学术词汇。

第三个是个炮兵，很招卡塔瓦索夫喜欢。他谦虚、文静，显然很佩服退伍军官的知识和商人的英勇自我牺牲精神，却只字不提自己。卡塔瓦索夫问他是什么促使他到塞尔维亚去的时候，他虚心地回答说：

“嘿，什么呀，大家都去嘛。也应该帮助一下塞尔维亚人。他们多可怜啊。”

“对，那里尤其缺少你们这样的炮兵。”卡塔瓦索夫说。

“不过，我在炮兵部队服役的时间不长；也许会被派到步兵和骑兵部队去。”

“怎么会派到步兵那里呢，现在最需要的是炮兵啊？”卡塔瓦索夫说，同时按这位炮兵的年龄看，他一定已经有相当高的军衔了。

“我在炮兵部队没待多久，退伍时是个贵族士官。”他说，并开始解释自己考试为什么没有通过。

这一切合在一起给卡塔瓦索夫留下了一个不好的印象，因此当志愿兵们出去到车站上喝酒的时候，他想找个人谈谈，核实一下自己所得的不好印象。有个穿军大衣的老头子总在留神卡塔瓦索夫和志愿兵们的谈话。剩下他们两个人的时候，卡塔瓦索夫才注意到他。

“是啊，出发到那里去的所有这些人，情况多么不同。”卡塔瓦索夫含糊其辞地说，想说点儿自己的看法，同时也听听老头子的意思。

老头子是个经历过两次战役的军人。他知道什么叫军人，而根据这几位先生的模样和谈话，以及他们一路上酒瓶不离口的那股子无赖劲儿，他认为他们都是些该死的军痞。他住在一个县城里，他那个城市里有个退伍军人，那是个酒鬼和小偷，谁都已经不雇他做工了。但是，老头子凭经验知道，在社会上现在这样的情绪下，说出违反公众舆论的意见，特别是指责志愿兵，是危险的行为，所以他也不时地在窥探卡塔瓦索夫。

“是的，那儿需要人。”他用一双眼睛笑着说。接着，他们谈论了最新的军事新闻，互相掩饰着自己的困惑，不知道明天是同哪一方作战，因为根据最新消息，各个阵地的土耳其人已被击败。结果两人到分手的时候都没有说出自己的看法。

卡塔瓦索夫走进自己的车厢里，不由得对谢尔盖·伊万诺维奇讲了自己对志愿兵的虚假印象，说他们都是些优秀的小伙子。

在一个城市的大站上，欢迎志愿兵的又是歌唱和欢呼，又出现了拿着罐子的男女募捐者，本城的太太们给志愿兵们献花束，陪着进餐厅；不过所有这一切，都要比莫斯科差得多，规模也小多了。

四

在省城停车的时候，谢尔盖·伊万诺维奇没有到餐厅去，他顺着月台来回地踱起步来了。

头一次从符朗斯基的单间旁边走过时，他注意到窗帘拉着。但是第二次走过时，他看到了靠窗口坐着的老伯爵夫人。她招呼柯兹内舍夫到她那里去。

“瞧，我乘火车送他到库尔斯克。”她说。

“是啊，我听说了，”谢尔盖·伊万诺维奇站在她坐的窗子下边说，同时往窗子里看了看，“从他的方面讲，这真是多好的一种品德。”注意到符朗斯基不在单间里后，他补充说。

“可是在那场不幸之后，他还有什么办法？”

“一起多么可怕的事件！”谢尔盖·伊万诺维奇说。

“啊，我都经受了什么！对了，请进来吧……啊，我都经受了什么！”谢尔盖·伊万诺维奇进去并和她并排坐在长沙发上时，她重复着说，“这真是不可想象！六个星期他与谁都不说话，只有我恳求时，才肯吃点儿东西。一分钟都不能让他一个人待着。我们把所有他可能用来自杀的东西都收光了；我们住在下边一层，谁都无法预料会出什么事情。您知道，他为了她已经开枪自杀过一次了。”她说，回忆起这件事情时，老太太的眉头皱起来了，“是呀，这是她那种女人应有的下场。连死，她也选择了下流卑贱的做法。”

“这不是我们能判断的，伯爵夫人，”谢尔盖·伊万诺维奇叹了口气说，“不过我理解，对您来说这有多痛苦。”

“哎呀，您别提了！我住在自己的庄园里，他在我那里。有人送来了一张便条。他写了答复，并派人送去了。我们一点儿都不知道，她会马上到火车站去。晚上我刚回自己房里，我那个梅丽就对我说，车站上有位太太跳在火车底下了。我好像给什么东西打了一下！我知道，这是她。我的头一句话就说：别对他说。可是他们已经告诉他了。他的马车夫在那里，全都看见了。我跑进他的房间里时，他已经不能自制了——那个模样可怕极了。他一句话也没有说，就上马车直奔那里去了。他在那里怎么样，我就不知道了。我都认不出是他了。大夫说，彻底消沉了[①]，然后就几乎像发了疯一样。”

“啊，别提了！”伯爵夫人摆了摆一只手说，“那段可怕的日子！不，您还别说，可真是个坏女人。就这事儿吧，这么不要命的激情算什么！这无非是证明她与众不同吧。瞧她可不是证明了吗，毁了自己还毁了两个优秀的人——自己的丈夫和我那不幸的儿子。”

“她的丈夫怎么样？”谢尔盖·伊万诺维奇问。

“他领走了她的女儿。开始的时候阿廖夏全都同意。但现在，他因为把自己的女儿交给了一个外人追悔莫及，痛苦万分。但说过的话，他不能反悔。卡列宁来参加了葬礼。不过，我们尽量不让他和阿廖夏见面。这样对他，对她丈夫来说，终究好受点儿。她使他解脱了，但是我的儿子却彻底被她毁了。他抛弃了一切——仕途、我，而且就连这样，她还不可怜他，存心把他给毁了。不，不管您怎么说，她的死本身——是一个没有宗教信仰的下流女人的死法。愿上帝宽恕我，但看着儿子的毁灭，我一想起她就没法不愤恨。”

“不过他现在怎么样？”

“这是上帝帮助了我们——发生了这场塞尔维亚战争。我是个老年人，这方面的事儿一点儿也不懂。但这是上帝赐给他的机会。当然，我作为母亲感到担心；而且主要的，据说在彼得堡大家对这事都表示不满[②]。可是，有什么办法！只有这件事儿能使他振作起来。亚什文——他的一个朋友——他输光了，也准备到塞尔维亚去。亚什文顺道来看过他，说服了他。现在他正忙于这件事情。请您去和他聊聊，我希望让他散散心。他是那么悲伤。倒霉的是，他还牙痛。您会使他高兴的。请吧，您去和他聊聊，他正在那边

---

① 原文为法语。

② 原文为法语。

散步。”

谢尔盖·伊万诺维奇说他很高兴，便转到列车的另一边。

五

站台上，符朗斯基穿着长大衣，帽子压得低低的，两只手插在口袋里，在斜阳映照大堆货物投下的阴影里，像只笼中困兽，每走二十步就又迅速掉头。谢尔盖·伊万诺维奇这时觉得符朗斯基看见了他，却故意假装着没有看见。谢尔盖·伊万诺维奇感到这无所谓。他把与符朗斯基的关系，看得高于任何个人的计较。

此时在谢尔盖·伊万诺维奇的眼里，符朗斯基已成了个伟大事业的重要活动家，因此柯兹内舍夫认为自己有责任对他表示鼓励和支持。他向他走过去。

符朗斯基停下来看了看，认出来是谢尔盖·伊万诺维奇，于是朝前走了几步，紧紧地握了握他的一只手。

“也许，您并不愿意和我见面，”谢尔盖·伊万诺维奇说，“可是我能否为您效劳呢？”

“我觉得对我来说，同谁都不会像同您见面那样少些不愉快了，”符朗斯基说，“原谅我。对我来说，生活中已经没有愉快的事了。”

“我理解您，愿意为您效劳，”谢尔盖·伊万诺维奇注视着符朗斯基那张显然是痛苦的脸说，“是否需要为您给里斯特齐奇，或者给密朗写封信①？”

“噢，不！”符朗斯基好像显得难以理解地说。“如果您无所谓，

---

① 里斯特齐奇和密朗，两人都是当时塞尔维亚的政治活动家，具体生卒年不详，前者曾任塞国外交部部长，后者曾任该国国王。

那就走走吧。车厢里空气这么闷。写信吗？不用了，谢谢您；去送死是用不着推荐信的。除非写给土耳其人……”他嘴唇上翘微笑了一下说，两只眼睛继续保持气愤而痛苦的表情。

“是啊，不过对您来说，毕竟需要与有准备的人打交道的，这样总会好些。当然，就看您吧。听到您的决定，我很高兴。再说志愿兵已经受到那么多的攻击，像您这样的人会改变社会舆论的。”

“作为一个人，”符朗斯基说，“好在生命对我来说已经一文不值了。不过我倒是有足够的体力去参加讨伐，厮杀或阵亡——这一点我知道。我高兴的是有事业让我去贡献自己的生命，对于我来说，倒不是说生命不需要，可它已经使我厌恶了。别的什么人，也许还用得着它。”接着，他因为牙齿痛，下颌不断地在抽搐，妨碍他表现出自己说话时想要表现的神情。

“我敢这样说，您一定会振作起来的，”谢尔盖·伊万诺维奇说，同时觉得自己被打动了，“使自己的兄弟们摆脱奴役，生死拼搏是值得的。愿上帝赐予您战斗的胜利与内心的平静。”他补充说，并伸过一只手。

“对，作为一件工具，我还有点儿用处。但是作为一个人，我啊——废物一个。”他拉长了声调说。

牙齿的剧痛，使他嘴里满是口水，妨碍他说话。他不作声了，只注视着慢慢平稳地顺着铁轨滚动过来的煤水车的轮子。

接着，突然地，不是身体疼痛，而是另一种折磨人的内心疼痛，使他顿时忘了牙痛。看到煤水车和铁轨，加上与一位发生不幸后不曾见过的人的谈话影响突然使他回想起她，自己像个疯子似的跑到火车站库房里去时见到她后的一切：库房的一张桌子上，在一群陌生人中间，毫不羞愧地平躺着一具不久前还充满生命力的血淋淋的尸体；盘着浓密发辫的完整的脑袋向后仰着，鬓角和美丽的脸上粘着一缕缕鬈发，半张着红润的嘴唇，这和僵滞而未合上的眼睛流露出冷却的古怪、可怜和可怕的表情，好像是在说他们吵架时说出的那句话——你会后悔的。

于是，他竭力回忆起自己头一次见到时她那种样子，也是在火车站上，神秘、迷人、含情脉脉、正在追求并愿意付出幸福，而不是她最后一刻留给他的那种冷酷而要报复的样子。他竭力去回想同她相处的那些最美好的时刻，但这些时刻永远地被糟践了。他只记得她一副趾高气扬的样子，威胁他会抱恨终生，她得胜了。他已不再感到牙痛，痛苦使他的脸变了形。

在大堆货物旁边默默地走过两次，才勉强控制了自己的感情，他平静地对谢尔盖·伊万诺维奇说：

“昨天的那次电讯以后，您没有得到新的消息？对，他们被击败三次了，等着明天决定性的一战了。”

接着，他们又谈了一会儿米兰国王的宣言及其可能产生的巨大影响，第二遍铃声响过后，他们分手，回到各自的车厢去了。

六

谢尔盖·伊万诺维奇不知道自己什么时候能离开莫斯科，所以没有打电报给弟弟让他派人去接。卡塔瓦索夫和谢尔盖·伊万诺维奇乘坐车站上雇的一辆四轮马车，像阿拉伯人似的风尘仆仆，正午的时候到了波克罗夫斯基的住处，列文没有在家。和父亲及姐姐一起坐在阳台上的吉蒂认出是丈夫的哥哥，便跑下楼来迎接。

“您怎么好意思也不给个信儿呢？”她说着，同时向谢尔盖·伊万诺维奇递过一只手，并凑过去让他吻吻自己的前额。

“我们来得很顺利，也就懒得惊动你们了，”谢尔盖·伊万诺维奇回答说，“我一身的灰尘，真怕碰着您。我很忙，不知道什么时候能脱出身来。您倒是老样子，”他笑眯眯地说，“待在自己的安乐窝里，置身于潮流之外，享受恬静的幸福。你看，这下我们的朋友费多尔·瓦西里奇也终于来了。”

“我可不是个黑人，我要是洗把脸，会像个人样的。”卡塔瓦索夫按照自己好开玩笑的习惯说着，同时伸过一只手，微笑时他那洁白的牙齿在黑黝黝的脸上特别闪闪发亮。

“柯斯佳一定会很高兴的。他到农场里去了，这时该回来了。”

“还一直在忙着自己的田庄。瞧这真是安乐窝啊，”卡塔瓦索夫说，“可是我们在城里，除了塞尔维亚战争，别的什么也看不到。啊，我的朋友怎么对待这事儿？大概，有点儿与别人不同吧？”

“啊，他呀，没有什么，和大家一样，”吉蒂有点儿腼腆地打量着谢尔盖·伊万诺维奇回答说，“我派人找他去。不过我爸爸来了。他不久前从国外回来。”

接着，她吩咐派人去找列文后，便带两位满身灰尘的客人分别到一间书房和另一间陀丽的大房间里去洗洗，并给他们准备早饭，自己则迅速跑到阳台上，这是她怀孕时曾被剥夺的权利之一。

“这是谢尔盖·伊万诺维奇和卡塔瓦索夫教授。”她说。

“哎呀，大热天的真难受！”公爵说。

“不，爸爸，他很可爱，柯斯佳也很喜欢他。”吉蒂注意到父亲脸上讥笑的表情，好像有什么事恳求他似的微微笑着说。

“不过，我不要紧。”

“你去招待他们，好姐姐，”吉蒂转身对姐姐说，“他们在车站上见到了斯吉瓦，他身体很好。我就去看一下米佳。糟了，吃过茶点后我还没有喂过他呢。他这时已经醒了，大概在哭叫了。”于是，她感到奶水要流出来了，便快步来到了育儿室。

倒不是她猜到（她和婴儿的生理联系还没有断绝），而是根据自己乳房里奶水的流动知道他饿了。

还在未进育儿室之前，她就知道他一定在哭叫了。果然，他在哭。她听出了他的声音，便加快了步子。但是她走得越快，他就哭得越大声。他的声音好听、洪亮，只是饿了，忍不住了。

"哭了好久，好久了吗，保姆?"吉蒂连忙说，同时在一把椅子上坐下来准备喂奶，"对，快把他抱给我。啊，保姆，您真讨厌，唉！帽子过后再系嘛！"

婴儿饿得拼命地啼哭。

"可是不行的呀，少奶奶，"几乎一直待在育儿室里的阿加菲娅·米哈依洛夫娜说，"对他得按规矩来。啊唷，啊唷！"她不理睬做妈妈的，俯在他上面哄他。

保姆把婴儿抱给母亲。阿加菲娅·米哈依洛夫娜跟着走过去，带着非常喜欢和慈爱的脸色。

"知道，知道。您就相信上帝吧，卡捷琳娜·阿列克山德罗夫娜少奶奶，他认出我了！"阿加菲娅·米哈依洛夫娜的声音比婴儿的哭声还大。

但是，吉蒂没有听她的话。她的急切情绪和婴儿的饥饿一样忍不住了。

一着急事情就好一会儿都弄不好。婴儿吮得不是地方，便发起脾气来。

拼着命啼哭得上气不接下气又呛过几下过后，事情终于顺当了，母亲和婴儿同时安下心来，两个人都不作声了。

"哎呀，他这小可怜儿也都满身是汗了，"吉蒂轻轻地说，同时抚摸着婴儿，"您怎么知道他认出您了?"她补充说，同时斜过眼睛望望婴儿的眼睛，仿佛觉得它们正在从压着的帽子下边狡黠地瞧着，她又望望他两边鼓鼓的小脸颊，以及他正做着画圆圈动作似的红彤彤的小手。

"没有的事儿！要是能认人，那就会认出我了。"吉蒂针对阿加菲娅·米哈依洛夫娜的话说，并微微笑了笑。

她微笑一下，因为她虽然说他不会认出的，可她心里知道，他不但认出了阿加菲娅·米哈依洛夫娜，而且还什么都知道，什么都懂，还知道和懂得许多谁都不知道的东西，就连她这个母亲也只因为他才知道和明白许多东西。对阿加菲娅·米哈依洛夫娜，对保姆，对外祖父，甚至对父亲来说，米佳只不过是个需要得到生理上照料的能活动的存在罢了；可是对于母亲，他早已经是个有道德存在的活生生的人了，自己和他已经有了整整一段精神联系的历史。

“那就等他醒来的时候您瞧瞧吧，上帝保佑，您自己会看见的。我这么一动作，他就这么高兴，亲爱的。他高兴得呀，就像晴朗的天空。”阿加菲娅·米哈依洛夫娜说。

“啊，好，好，到那时我们瞧瞧，”吉蒂轻轻地说，“现在您走吧，他要睡着了。”

七

阿加菲娅·米哈依洛夫娜踮起脚走出来；保姆拉好窗帘，赶走小床薄纱蚊帐里的苍蝇及一只在玻璃窗上扑打的胡蜂，便坐下来在母亲和婴儿身边摇着一条枯萎的白桦树枝。

“热啊，真热！上帝哪怕给下点儿小雨也好。”她说。

“对，对，嘘——嘘——嘘……”吉蒂只回答了一声，便轻轻摇晃着身子，温柔地捏住那只腕部好像缠着一条细线似的胖乎乎的小手臂；米佳的眼睛一会儿闭上一会儿睁开，小手臂却一直轻轻地在摆动。他的这只小手臂可让吉蒂为难了：她想吻一下它，却又害怕这么做了会弄醒他。小手终于不再活动了，两只眼睛也闭上了。婴儿只是偶尔一边继续吸奶，一边翘着自己长长的睫毛，在暗淡的光线中用一双乌黑湿润的眼睛张望着母亲。保姆停止了摇扇，坐在那儿打盹儿了。楼上传出老公爵洪亮的说话声和卡塔瓦索夫的哈哈大笑声。

“大概是我不在就闲聊了，”吉蒂想，“不过毕竟让人失望，因为柯斯佳不在。大概又到蜂房去了。他常常到那里去，虽然让人烦恼，不过我还是感到高兴。这可以使他散散心。现在他要比春天的时候开心得多，好得多了。”

“要不然，他总这么板着面孔，这么痛苦，真使我为他觉得可怕。他又那么可笑！”她悄悄嘀咕着，微微笑了。

她知道，是什么使丈夫痛苦，是因为他不信教。虽然要是人家问她，她是否认为，他如果不信教将来生活是否会遭毁灭，她得表示同意他将遭毁灭——可是他不信教并没有使她不幸；而且，虽然她也承认一个不信教的人是不会得到拯救的，自己却还是爱自己丈夫的心灵胜过世界上的一切，不过想到他就微微发笑，还暗暗对自己说，他这人真可笑。

“为什么他一年到头总读一些哲学书？”她在想，“如果这一切都是书上写的，那他会明白。如果那里写得不对，那又干吗读它们呢？他自己说的，倒是愿意信教。那为什么他又不信呢？大概是因为想得太多了？而想得太多，是因为缺少交往。老是一个人，独来独往。和我们，他觉得全都说不出来。我想这些客人会使他愉快的，尤其是卡塔瓦索夫。他喜欢和他讨论。”她一想到自己的思想，便立刻转到考虑怎么让卡塔瓦索夫睡得舒适些上去了，“是单独睡，还是和谢尔盖·伊万诺维奇一起睡？”这时，她突然产生一个想法，使得她不安地浑身颤抖起来，甚至吵醒了婴儿。他睁开眼，严厉地瞧了她一眼。“洗衣女工好像还没有把床单送来，而供客人用的床单一条都没了。要是不关照一声，阿加菲娅·米哈依洛夫娜会把用过的床单交给谢尔盖·伊万诺维奇的。”一想到这件事，吉蒂急得血直往脸上涌。

“对，我得去关照一声。”她决定了，便又回到原来的思路上，她想起了某种重要的心灵问题还没有想好，于是就开始回忆那究竟是什么。“对，柯斯佳不信教。”她便带着微笑沉浸到回忆中去了。

“不信教又怎么样！就让他永远这样，也比施塔尔夫人或者在国外时我想变成的那样要好。是的，他从来不作假。”

接着，一个表明他善良的事情生动地呈现在她面前。两周前，陀丽收到了斯捷潘·阿尔卡杰奇寄给她的一封悔过信。他恳求她保全他的声誉，把她的庄园卖了，好偿还他欠的债。陀丽绝望了，她憎恨丈夫，蔑视他，感到难过，决心要离婚，拒绝了他的要求，可结果呢，她同意卖了自己的一部分庄园。那件事以后，吉蒂不由得带着迷人的微笑回忆起当时自己丈夫的窘态，他不止一次试图解决这件事，可结果呢，他想出了一个她原来怎么也没有想到的办法，为了帮助陀丽，又不让她感到屈辱，他建议吉蒂把自己的那部分赠送给陀丽。

“怎么能说他不信教？他有一颗善良的心，唯恐别人伤心，哪怕是婴儿！一切都为着别人着想，毫不考虑自己。谢尔盖·伊万诺维奇也认为这是柯斯佳的责任——做他的管家。他姐姐也是这样。现在，陀丽和她的一群孩子都由他保护了。所有这些农民，天天来找他，好像为他们效劳是他的义务。”

“对了，但愿将来像你父亲那样，但愿那样。”她喃喃地说着，把米佳交给保姆，并用嘴唇亲亲他的一边小脸颊。

八

在心爱的哥哥临死那一刻，列文头一次用他所谓新的信念来看待生死问题，这种信念在他二十至三十四岁那个阶段形成，不知不觉地代替了他童年和少年时代的信仰。从那以后，他对于死的恐惧，并不比对自己从哪里来，为了什么及干吗会这样这些问题的恐惧来得严重。生物机体和它的毁灭、物质不灭、能量不灭定律、进化——这些词儿代替了他原来的信仰。这些词儿及与之相联系的概念，对科学来说都很好；但是，对于生命来说，它们毫无意义。于是，列文突然感觉到自己成了这种情况下的一个人：

从身上脱下暖和的皮袄，换上薄纱布衫，来到严寒的空气里，不是凭理性而是借由切身感受，他反正是个赤身裸体的人，也就不可避免地会痛苦地死去。

从那时起，虽然他没有就此过多思考，而且继续照老样子生活着，不过列文已不断地开始为自己的无知感到害怕。

除此之外，他还朦胧地感觉到他称之为自己的信念的那些玩意儿，不但是一种无知，而且是一种思想结构，根据这样的思想结构，他不可能得到自己所需要的知识。

结婚之初，新的欢乐和自己意识到的责任压倒了这些思想；但妻子产后自己无所事事地住在莫斯科的最近一段时间，列文头脑里越来越经常和持久执着地开始设想要求解决这些问题。

对他来说，问题在于：假如我不承认基督教对生命问题的答案，那我承认什么样的答案呢？然而，他怎么也无法通过自己的全部信念找到任何答案，就连任何类似解答的话也没有。

他的情况，正像是个在玩具店和工具铺子里寻找食品的人。

他不由自主地试图通过任何一本书，任何一次谈话，任何一个人，在为自己寻找对待这些问题的态度以及解决办法。

这事儿最使他吃惊和闷闷不乐的是，他圈子里和他那种年岁的大多数人，像他一样用和他同样的新的信仰代替原来的信仰，却看不出这有任何灾难，还都心安理得地接受。因此，除了主要的问题，使列文苦恼的还有其他一些问题：这些人是否真诚？他们是不是在弄虚作假？对用科学给他关心的问题提供的那些答案，他们是否有另一种理解或理解得更透彻些？于是他就扎扎实实地研究了这些人的意见及提供了答案的那些书籍。

自从开始研究那些问题以来，他找到了一点，那就是他少年和大学时认为宗教已经过时的想法是错误的。他生活中所有的好人，自己亲近的人，都相信宗教。老公爵，这么使他喜欢的里沃夫、谢尔盖·伊万诺维奇，以及所有的女人，他们都相信，自己的妻子也像他在最初的青年时代那么虔诚，还有百分之九十九的俄罗斯人民，凡是受他尊敬的人，都相信宗教。

他读了一些书以后确信，与他持同样观点的一些人并没有什么真知灼见，他什么也没说明，只是否定那些他感到得不到答复就没法活的问题，那是另一回事；那些人都竭力解决另外一些完全不能使他感兴趣的问题，例如机体的发展、唯物地解释灵魂等。

此外，妻子分娩时还发生了一起对他来说非同寻常的事件。他，一个不信教的人，开始做祷告了，而且在祷告的那一刻还相信了。但是那一刻过去后，他就再也没有那样的心情了。

他没法承认，当时自己知道了真理而现在是错的；因为只要他一开始平静地想这事儿，一切便全都撕裂成碎片了；他又不能承认自己当时错了，因为他珍惜自己当时内心的感受，而假如承认那是自己意志力薄弱的表现，他又岂不玷污了那个时刻。他处于痛苦的自我分裂中，使出自己心灵的全部力量，要摆脱这种状态。

九

这些思想时而淡薄些时而强烈些地围绕着他，折磨着他，但从来没有离开过他。他阅读，思考，而读得越多，思考越多，就觉得自己离追求的目标越远。

最近一段时间，在莫斯科和乡下，他确信在唯物主义者那里找不到答案后，便重新阅读曾经读过的柏拉图、斯宾诺莎、康德、谢林、黑格尔、叔本华——那些非唯物主义地解释人生的哲学家著作。

在阅读或想反驳其他学说，特别是唯物主义者的学说时，他觉得那些哲学家的思想是卓有成效的，然而——当他阅读或自己想解决问题的时候，就觉得老是重复同样的东西。按照对于像精神、思想、自由、本体这些意思不清楚的词儿下的定义，故意落入哲学家或他自己设置的文字圈套，他似乎开始有点儿明白了。但是只要忘了人为的思路，从生活出发，回到既有的思考习惯上来——这整座人为的建筑便突然像一幢纸糊的房子似的坍塌了；因此很清楚，这建筑是靠玩弄词汇造成的，它和生活中某种比智慧更重要的东西不相干。

有一段时间，他读着叔本华的著作，把爱情这个词儿放到哲学家那个意志的位置上，于是得出一种存在了一两天的新的哲学，在他不放弃这种哲学时，它使他得到安慰；但是后来当他从生活出发仔细观察时，它也同样坍塌了，成了一件薄纱做的不保暖的衣衫。

哥哥谢尔盖·伊万诺维奇劝他读读霍密亚科夫①的神学著作。列文读了霍密亚科夫文集第二卷，尽管开始时那种论争式的优雅机智的笔调使他讨厌，但著作中论述教会的学说使他感到吃惊。一开始使他吃惊的，是那种思想，要认识神的真理不是个人能做到的，而得通过爱把人们结合在一起的团体——教会。这种思想使他高兴，他相信由一切人的信仰所组成的、以上帝为首的，因此是神圣和完美无缺的教会，这就要比从遥远神秘的上帝、创造等开始接受上帝、创世、堕落、赎罪来得容易些。但是，后来读了一位天主教作家写的教会史和一位东正教作家写的教会史，两种本质上完美无缺的教会互相否定，他便对霍密亚科夫的教会学说失望了。这幢建筑也和那些哲学建筑一样，它同样化为灰烬，坍塌了。

这一整个春天，他都成了个不像自己的人，遭受可怕的精神折磨。

"如果不知道我是什么，以及为什么我在这地方，是没法生活的。可是我又没法知道，因此我没法生活。"列文对自己说。

---

① 霍密亚科夫（1804—1880），俄国诗人、政论家、神学家。

“在无限时间、无限物质、无限空间中分离出泡沫机体，这个泡沫保持了一会儿便破灭了，而这个泡沫——就是我。”

这是一种使人痛苦的谬论，然而却是几个世纪来人类思想在这个方向上劳动的唯一最终成果。

这是一种最终的信仰，几乎人类思想探索的所有领域的都是以它为基础的。这是一种占统治地位的信仰，而列文从一切其他的解释中不由自主地选择了这一种，自己也不知道是从什么时候开始又是怎样开始的。

但是，这不仅是谬论，这是对某种邪恶势力，是对人类不该向其屈服的罪恶的、可恶的势力的残酷的嘲弄。

应该摆脱这种势力。而摆脱就靠每个人自己掌握。应当终止这种对邪恶的依赖。然而，只有一个办法——死。

因此，列文虽然是个幸福的有家室的、健康美满的人，却好几次离自杀那么近，以致把绳索都收藏起来，免得用它来上吊，还害怕带着枪走出去，免得朝自己射击。

不过，列文没有朝自己射击也没有上吊，他继续活着。

十

当列文在考虑他是什么样的人及自己为什么活着的时候，往往找不到答案，于是常常绝望；而不去问这些的时候，他就好像知道自己是什么样的人及为什么活着，所以他就满怀信心地行动着、活着。最近这段时间，他比以前活得充实多了。

六月初回到乡下后，他又做起原来那些事情来。农业经营，和农民及邻居们的关系，管理家务，办理姐姐和哥哥委托办理的事情，处理和妻子、亲戚的关系，照顾婴儿，以及今年春上迷上的养蜂这种嗜好，这些占据了他的全部精力。

这些事情使他感兴趣，并不是像以前那样遵照公认的观点觉得这是必须的事；相反，现在他一方面因自己以前搞公共福利事业的失败而感到失望，同时也因为忙于自己的思想以及应付从一切方面压到自己身上来的事情，所以只好完全放下关于公共福利的全部设想，而对这些事情产生兴趣，只是觉得它们是自己应该做的事情——他必须得做。

以前（这几乎从童年就开始，到成年后更增强了），他努力去做一件事儿的时候是想为大家，为人类，为俄罗斯，为整个乡村有好处，他注意到这种思想很愉快，但活动本身却总往往不顺利，对所做的事情是否必要也缺乏信心，一件原以为很重要的事情变得越来越渺小，最后竟然变得毫无意义了。现在，结了婚以后呢，虽然想到自己的活动时已没什么乐趣，却坚信它是必要的，看到它进行得比以前好得多，而且规模也越来越大。

现在，他好像一把不由自主越来越深地插入地里的犁，非把土翻过来犁出一道沟不可。

对一个家庭来说，像祖祖辈辈那样生活，也就是在那样的教育条件下，以同样的方式培育孩子们，这是天经地义的。这就像肚子饿了就得吃饭一样；可是为此就得准备食品，得把波克罗夫斯基这份家业管理好，使它有收益。同样毫无疑问的是，应当尽心尽责地保管好祖宗的土地，好让儿子得到这份遗产时对父亲说声谢谢，就像列文对爷爷说感谢他创建的这个庄园。而为此，该做的不是把土地租赁出去，而是亲自来经营管理，饲养牲口，给土地施肥，植树造林。

帮助处理谢尔盖·伊万诺维奇、姐姐及所有已经习惯来找他听取意见的农民的事务，这是他必须做的，就好比不能抛弃已经抱在手上的婴儿一样。应当照顾好请来的妻子的姐姐和她的几个孩子，照顾好正带着婴儿的妻子，而且每天必须抽出哪怕是一小部分时间陪伴他们。

于是，所有这一切，再加上狩猎和养蜂，充实了列文的生活，可是当他想起来就觉得这样的生活毫无意义。

不过，列文除了坚定地知道什么是自己应该做的以外，他还同样知道自己应该怎样做，以及其中的轻重缓急。

他知道雇用工人应该尽可能地便宜些，对他们不应当采取强制的办法，不应该用预支的办法减少他们应得的工钱，虽然那样做很有利。在青黄不接的时候，可以把干草卖给农夫做饲料，虽然这也很可惜。夜店和一家酒店，它们虽然是赚钱，但应当撤销。砍伐树林的应当严加追究，可是农民把牲口赶到他的庄稼地里不能罚款，还不能扣留闯到地里的牲口，虽然这会使看守人伤心并使农民无所畏惧。

彼得每日得付百分之十的月息给高利贷者，应当借一笔钱给他，救他一把；但农民应该缴的赋税，不能不缴或拖延时间。有块草场没有刈，草就白白糟蹋了，不能饶了管家；但是种上树苗的八十俄亩地却是不能刈草的。有个工人因为在农忙季节回家处理父亲丧事是不能饶恕的，不管他多可怜，在这种大忙的时节旷工，还是应当扣除他的工钱；但是对那些已经什么事儿也干不了的老仆人，却不能不发给每月的补贴。

回家的时候，列文知道应当先去看妻子，因为她身体不好；而已经等了他三小时的农民们，则可以再等等。他还知道，虽然收蜂蜜时自己会得到多大的满足，但如果有农民来找他谈话，他只好放弃这种乐趣，让老头子一个人去收蜂蜜。

他这样做是好还是不好，他不知道，而且现在不但不再去证明，还回避去谈去想这个问题。

种种思考使他处于怀疑之中，并妨碍他分辨什么应该做和什么不应该做。当他不去想而就这么活着的时候，他不断地感觉到自己心里有个英明决断的法官，帮他在两种可能的做法中挑选出好些的那个；而且只要他做得不对，自己立刻就感觉到了。

他就这么生活着，不知道也看不清，自己是个什么样的人，为什么在这个世界上活着，活着是为了什么，并且为这种无知而备受折磨，害怕到会自杀的地步，同时却正在坚定地铺设一条自己独特的明确的生活道路。

十一

谢尔盖·伊万诺维奇来到波克罗夫斯基的那一天，列文正处于最痛苦之中。

这是农活最忙的季节，这时候，全体农民在劳动中表现出非同寻常的紧张和忘我精神，这是在别处都看不到的。要是显示这些品质的人看重自己，或者它不是年年如此，紧张的结果又不是那么普通，它一定会获得高度评价。

收割黑麦和燕麦，搬运麦捆，刈完草场，翻耕休耕地，脱粒和播种越冬作物——这一切似乎都很平常很普通；可为了及时地完成这一切，得全村男女老少都连续三周不停地干活儿，每天干比平常多三倍的活儿，只喝克瓦司，吃点儿洋葱和黑面包，每夜打谷、搬运麦捆，一天最多只睡两三小时。而且，全俄罗斯年年都这么干。

列文生活的大部分时间都在乡村，和人民很亲近，农忙季节总感觉到全体农民的这种兴奋精神也感染了他。

他大清早就要骑马到第一批播种的黑麦地，又到正在搬运码成大垛的燕麦地里去，在妻子和妻子的姐姐起床时才回家。他和她们一起喝杯咖啡，又徒步到打谷场去，得让安装在那里的脱粒机再开动起来，准备打谷了。

这是个重新铺上干草捆的仓库，仓库顶上用刚去皮的白杨木做房梁，叶子还没有掉光仍散发着芬芳气息的榛树枝钉在上面做桁条。列文站在仓库的阴凉处，一会儿注视着敞开的大门口，到处飞扬着脱粒机释放出的干燥而苦涩的尘土，热烘烘的太阳光照着野草及刚从草棚里搬出的新鲜干草，一会儿看看花顶白胸的燕子，它们唧唧喳喳地叫着飞到屋檐底下，拍拍翅膀，停歇在门上有光亮的地方，一会儿又看看在黝黯满是尘土的禾捆堆里的人们，心里产生了一些古怪的想法。

"做这一切为了什么？"他想，"为什么我站在这里，迫使他们干活？他们为什么都这么忙并竭力在我面前表现得特别卖劲儿？这个我认得的玛特莲娜老太婆在使劲儿地干什么（火灾时一根顶梁砸着了她，我给她治过伤）？"他注视着一个农妇心里想，她紧张地在坚硬不平的打谷场上迈着一双晒黑了的光脚，用耙子在扒拉着脱粒的粮食。"当时她伤好了；可是过不多久，过十年后，人们会把她埋葬的，她不会有什么东西留下来。而这个穿着红色方格呢料裙子的美人儿，她是那么灵巧熟练地颠簸谷壳，身后也不会留下什么。她也要被埋葬的。还有这匹花斑马，很快就要被埋葬了。"他一边想，一边凝神注视着那匹拖着个沉重的大肚子，不断鼓起鼻孔喘着气，正在踩自己身下歪歪斜斜活动着的一个轮子的马。"这也要被埋掉了，还有投料工人费多尔，他那落满麦壳的卷曲大胡子，衬衫破了，露出的一个白白的肩膀，都要被埋葬掉的。然而，他正在把禾捆解开，还发出什么指示，对村妇们大声嚷嚷，并动作迅速地把转动着的轮子上的皮带拉平直了。而且，主要的不只是他们，我也是要被埋葬的，什么也不会留下来。为的是什么？"

他这么想着，同时看看表，以便计算出一小时能打出多少麦子。他需要知道这一点，以便确定一天的工作量。

"都快一个钟头了，可还才开始第三捆。"列文在想。他向投料工走过去，用压倒轰隆隆的机器声的嗓门告诉他，应当每次少放些进去。

"一次给得太多了，费多尔！你瞧——卡住了，所以才不顺当。要分开、均匀地放进去！"

费多尔的脸上全是汗，被尘土沾上了，变得又脏又黑，他叫喊着回了什么话，可依旧没有符合列文的要求。

列文走到滚筒旁边，推开费多尔，亲自动手投料。

一直干到农民们都已经快吃午饭的时候，他才和投料工费多尔一起走出仓库。他们停在打谷场上一堆新收的黑麦垛旁边，谈了一会儿。这是些堆放得整整齐齐的、留作种子用的黄灿灿的麦垛。

投料工是来自遥远的一个村上的人，列文以前曾在那里按合作经营的办法出租过土地。现在，那块土地已经租赁给一个管驿站的人了。

列文和投料工费多尔谈起那块地，问他村上那个殷实的庄稼好手普拉东来年会不会要那块地。

"要价高，普拉东付不起，康士坦丁·德米特里奇。"农民一边回答，一边从怀里取出一个掉在里边的麦穗。

"那怎么，基里洛夫付得起吗？"

"米丘哈（农民这样轻蔑地称呼管驿站的人），康士坦丁·德米特里奇，怎么会付不起！这家伙压榨别人，肥了自己的口袋。他连个基督徒都不可怜一下。而福卡内奇大叔（他这样称呼普拉东老头）难道会剥削别人？人家欠了他的债，他还一笔勾销，搞得自己挨饿受穷。实际上就要不回来了。这些都分人哪。"

"那他为什么还一笔勾销呢？"

"那就这样，可见——人与人不同嘛；有的人只为自己的需要活着，就拿米丘哈说吧，只想着肥自己的肚子，而福卡内奇——一个诚实的老头子。他为灵魂而活着。他想着上帝。"

"怎么想着上帝？怎么为灵魂活着？"列文几乎叫喊起来了。

"明摆着的嘛，凭诚实，按上帝的意旨。因为人跟人不同。瞧，就拿您来说吧，也不会欺侮人……"

"是啊，是啊，再见吧！"列文激动得喘不过气来，转过身拿起自己的手杖，快步走回家了。听到这个农民说福卡内奇凭诚实、按上帝的意旨、为灵魂而活着的话后，一些模糊不清而意义深长的思想一下子像从什么密封的地方迸发出来，奔向一个目标，它们使他晕头转向、眼花缭乱。

十二

列文迈着大步顺着宽阔的道路往前走。他留神关注的，与其说是自己的思想（他还无法对它们进行分析），不如说是自己从未有过的心灵状态。

费多尔说的话在他心灵里产生了闪电般的作用，把他心头散乱无力的模糊思想突然联合成完整的一团。就连当他在谈论出租土地的那个时候，这些思想已经不知不觉间占据他的心灵了。

他感到自己心里有某种新的东西，还愉快地触摸到它；虽然，他还不知道它是什么。

“不是为自己的需要而活着，而是为上帝。为了什么样的上帝？还有什么话比这更荒谬呢？他说了，不应当为自己的欲望活着，也就是说不应当为我们理解的、迷恋的和我们所追求的那些东西活着，而应当为某种不可思议的东西，为谁也不明白和没法确定的那个上帝活着。那又怎么样呢？我没有明白费多尔说的这些没有意义的话？还是明白了，却怀疑它们的公正？认为它们愚蠢、不清楚和不确切？

“不，我明白，像他理解的那样，比我对生活中的任何事情都理解得更透彻，而且我在生活中从来不曾怀疑过，我也没法去怀疑这个。还不只是我一个人，全世界都理解这一点，都不怀疑，全都同意。

“费多尔说，管驿站的基里洛夫是为自己的肚皮活着。这是一定的事。作为理性的存在，我们大家都要活命，要填饱自己的肚子。可这个费多尔突然之间这么一说，为肚皮活着不好，而应当为真理，为上帝活着。他这样一提示我就完全明白了！我和千百万世世代代这么活下来及现在也这么活着的人，心灵贫乏的农民，精神丰富为此思考和著书立说的人，都对此含糊不清——不过我们大家都同意这一点：为什么活着以及什么是好的。我和所有的人都拥有一种坚定、明了的信念，而这种信念没法用理智说清楚——它超出了理智的范围，超越了因果关系。

“要是善良有原因，它就不成其为善良了，假如它有结果——得到奖赏，它就不是善良了。可见，善良是超越因果关系的东西。

“这个道理我知道，而且我们大家都知道。

“我去寻找奇迹，为没有看到该使我确信的奇迹感到遗憾。瞧，原来奇迹就在这里，它是我周围唯一可能的、永远存在的奇迹，我却没有注意到！

“还有什么比这更重大的奇迹呢？

“难道说我找到了全部问题的解答？难道我的痛苦现在结束了？”列文在满地尘土的道路上边走边想，既没有注意到炎热，也不觉得疲劳，觉得长期受到的折磨终于解除了。这种感觉是那么高兴，以至使他觉得不可思议。他激动得喘不过气来，没有力气再往前走了，便离开道路到了森林里，坐在了没有刈过草的白杨树荫下。他把帽子从出汗的头上脱下来，用一只胳膊肘支着躺在林中茂密的宽叶草地上。

“对，应当清醒清醒，好好考虑考虑，”他在想，同时凝神注视着自己面前一棵没有被压皱的草，并用目光追踪着一只绿甲虫，它爬到一片叶茎上，但是又被羊角芹叶挡住了去向。“一切从头来过。”他自言自语地说，同时弄弯那片羊角芹叶子，使它没法挡住甲虫，又弄弯另一棵草，让甲虫爬过去。“是什么使我高兴了？我发现了什么？

“原来我常说，在我的身体内，在这棵草和这只甲虫（瞧，它不想到那棵草上去，张开翅膀飞走了）体内的新陈代谢都是按照物理、化学和生物学的法则进行的。而我们大家、白杨树、云彩、分散的烟雾全都在发生进化。从什么进化而来？又进化成什么？进化和竞争是永无休止的吗？……在这种无休止中仿佛有某种方向和竞争！可是我奇怪了，尽管我顺着这条路冥思苦想，经常弄不懂人生的意义、我的欲望和冲动的意义。而我身上的那些冲动，那么明显强大，我经常受它支配。当一个农民向我说出这话时，我感到既奇怪又高兴：为上帝、为灵魂活着。

“我什么也没有发现。我只不过弄清楚了自己知道的东西。我明白了。那种不单单是过去的生活还有现在的生活给予我的那种力量。我摆脱了欺骗，我认识了它。”

接着，他简单地把自己最近这两年的思想进程回顾了一遍，起点是当看到心爱的哥哥面对死亡时产生的。

当时他第一次清楚地明白了，对任何一个人及他自己来说，前面除了痛苦、死亡和永远地被忘却外什么也没有，于是他决定不能这样生活下去，要么把生活解释清楚，使它不会变成魔鬼狰狞的讥笑，要么开枪自杀。

然而，他既没有这样做，也没有那样做，而是继续生活着、思考着、感觉着，甚至在这段时间结了婚并感受到许多欢乐，觉得很幸福，如果他不去考虑生活的意义的话。

这意味着什么？这意味着，他生活得很幸福，但是思想状态很不好。

那些心灵的真理，打从他吸奶的时候就存在于他的内心（他自己没有意识到），而思考的时候却不仅不承认这些真理，而且竭力绕过它们。

现在他清楚了，他只能凭借他受教育的环境带给他的那些信仰来生活。

“要是我没有这些信仰，不知道应该为上帝而不是为自己的需要活着，我会是什么样子的人呢？我将会如何度过自己的一生？我会去抢劫，会去欺骗，会去杀人。那些构成我生活中欢乐的主要的东西，对我来说也就不存在了。”要是他不知道自己为什么活着，不论他怎样去努力设想，也无法想象自己将成为一种什么样的充满兽性的东西。

“我曾为自己的问题寻找答案。但是，思想不可能为我的问题提供答案——它无法达到这个水平。是生活本身，通过我对善与恶的分辨给了我答案。而我的这种知识不是靠什么办法得来的，它是与生俱来的，就像所有的人都有天赋一样，因为我无法从任何地方得到它。

“我从哪儿得到它呢？是理智吗？它指引我应当爱亲近的人而不害人？小时候人家是这么告诉我的，我还高兴地相信了，因为人家告诉我的是我心灵里已经有的东西。而这是谁发现的？不是理智。理智揭示了生存竞争，以及要我清除所有妨碍我满足自己欲望的人的法则。这是理智得出的结论。而理智是不可能发现要爱别人的，因为这不理智。

“对，是骄傲。”他对自己说，同时转过身子，趴在地上，动手拿起一根草打一个结，竭力不把它折断。

“而且不仅是智慧的骄傲，还是智慧的愚蠢。不过主要的——是狡黠，恰恰正是智慧的狡黠。恰恰是智慧的欺骗行为。”他重复说。

十三

列文还想起陀丽和她的孩子们发生的一件事情来。没人照管的孩子们在蜡烛上煮草莓，还用注射器往嘴里灌牛奶。母亲看到了这种情况，当着列文的面训斥他们，说被他们糟蹋的东西需要花费许多劳动才获得，而这种劳动都是为了他们，如果他们将杯子打破，就会没有东西用来喝茶，如果糟蹋了牛奶，他们就会没有吃的，将会饿死。

孩子们听着母亲说这些话时，表现出平静、沮丧和不相信的表情，这使列文感到吃惊。他们只为自己玩的有趣游戏被制止而感到伤心，但对母亲说的话一句都不相信。他们也没法相信，因为他们没法设想自己游戏的严重后果，因此也想不到自己糟蹋的就是他们赖以生存的东西。

“这都是自然得来的，”他们想，“没有意思，也没有什么了不起的，一切都从来就有，以后也会有。而且从来如此。这用不着我们去考虑，都是现成的；不过，我们要想出新鲜的玩意儿来。于是，我们就把草莓搁进杯子里放在蜡烛上烧，用注射器互相往嘴里灌牛奶。这很开心也很新鲜，一点儿也不比用杯子喝差。”

“当我用理智寻找自然力量的意义及个人生活的含意时，难道跟他们做的不一样吗？”他继续在想。

“难道所有的哲学理论所做的不也是一样吗？它们用一种古怪的，并非人所固有的思路引导他去认识他早已认识的东西，去认识人类借以生存的道理。难道在每个哲学家的理论的发展中，不是可以清清楚楚地看出，他也和农民费多尔一样事先就明确知道生活的主要含意，而且知道得一点儿不比他差，而他所做的，只不过通过可疑的理性途径回到众所周知的玩意儿上去？

“好吧，要是让孩子们独立地自己去获得一切，自己做容器、挤牛奶等。他们还会调皮吗？他们会饿死的。让我们试试，带着自己的激情、思想，抛弃没有唯一的上帝和造物主的概念！或者压根儿没有善良的概念，不解释清楚道德上的恶，又会出现什么样的情形。

“大家试试，没有这些概念能建设点儿什么！

“我们只是在破坏，因为我们在精神上知足，就像些孩子！

“我和一个农民共同的使人欢乐的知识，使我心灵平静的知识，是从哪里来的？我从哪里得来的？

“我，由基督徒培养长大的人，从小受的教育就是信奉上帝，基督教赋予我心灵的幸福，我浑身充满这些幸福并以此活着，我

却像孩子们一样不理解这些幸福，总是破坏它，也就是想破坏自己赖以活着的东西。而只要关键的时刻到来，像孩子们受冻挨饿时一样，我就会和孩子一样，去求助于它。而且还不如这些孩子，他们因为幼稚和调皮捣蛋挨母亲训斥，我却觉得自己吃饱了无聊的胡闹对我没有什么损害。

“对，我知道的那些东西不是凭理智，而是天赋的，而且我知道这些是通过一颗心，通过信奉教堂里宣讲的那种主要东西而获得的。

“是教堂吗？是教堂！”列文重复了一遍，同时身子转到另一边，用一只胳膊支着，开始注视着远方，注视着那边向一条河走过去的畜群。

“但是，我能相信教会所宣传的一切吗？”他想，试图想出各种可能来破坏他现在这种平静的一切。他故意开始回忆教会的学说中那些觉得荒唐和迷惑不解的地方。“《创世记》？那我怎么解释存在呢？用存在？什么也不用？——魔鬼和罪过？——但我是用什么解释恶的？……救世主？……”

“可是我什么，什么也不知道，也没法知道，除了那些尽人皆知的道理。”

于是，现在他觉得教会的教义中没有一条能破坏主要的信仰，那就是——把对上帝，对善良的信仰看做是一个人的唯一使命。

教会的每一条教义，都可以用为真理服务代替为需要服务。而且每一条教义不但不违反这个，而且为了完成世间种种奇迹所必需的，这种奇迹在于能使每个人，使千百万聪明人和白痴，孩子和老头这些各种最不相同的人一起——和大家，和那个农民，和里沃夫一家，和吉蒂，和穷人及帝王们一起，都理解同样一个道理，并构成心灵唯一值得重视和珍惜的东西。

他现在仰脸躺着，观看万里无云的高空。“难道我不知道这是无限的空间而不是圆形的天空？但是不管我怎么眯起眼睛及怎么尽量集中自己的视力，我还是无法看出它不是圆的，不是有限的，虽然我有关于空间无限的知识，我看到坚实淡蓝的天空无疑是对的，我越是尽量往它的远处看，我就越正确。”

列文已经不再想了，只是仿佛在留神细听一些神秘的声音，那些声音高兴而又关切地在谈论什么。

“难道这是信仰？”他幸福得不敢相信地在想，“我的上帝，感谢你啊！”他边说边咽下涌上喉头的号哭，并用双手擦着眼眶里满含的泪水。

十四

列文朝前面看去，见到了畜群，然后还见到自己那辆套上黑马的马车，走到畜群那边在和放牧的人说什么话的马车夫。之后，他便已经听到车轮滚动声和马喂饱后的喷鼻声，已经离自己很近了。但是，他沉浸在自己的思想里，以至没有考虑到马车夫为什么到他这边来。

直到马车夫已经离得很近，跟他打招呼，他才醒悟过来。

“是少奶奶派我来的。您哥哥，还有一位老爷来了。”

列文上了马车并拉起缰绳。

列文仿佛从梦中被叫醒似的，好久没有清醒过来。他打量着喂得饱饱的、被缰绳摩擦得大腿之间和脖子上都冒着汗的马，打量着坐在自己身边的马车夫伊万，才想起自己在盼着哥哥来，想到自己好久不回来，妻子要担心了，并竭力猜想和哥哥一起来的客人是谁。在他现在的心目中，就连哥哥、妻子和一位不知是谁的客人都和以前不一样了。他觉得，现在自己和所有人的关系都将不同。

“和哥哥嘛，现在不再会像以前我们之间那样一直格格不入了——不会发生争吵了；和吉蒂就永远不会吵嘴了；对家人，不管是谁，我都会亲切和善良；对人们，对伊万——全都将是另一种态度。”

列文一边对因为忍不住打着响鼻和总想奔驰的骏马拉紧缰绳，一边扭过头来打量坐在自己旁边的伊万。他空着两只手不知道做什么好，就一直按住自己身上的衬衣。列文正寻找话题，想要跟他聊。他想告诉伊万，用不着把马肚带收得那么紧。可这有点儿像指责，而他想亲切地谈谈。其他的话，他头脑里又什么也想不出来。

“您请往右边拉点儿，那里有个树桩。”马车夫一边替列文纠正缰绳一边说。

“好吧，你别碰我，别教我！”列文为马车夫的这种干预不高兴地说。和通常干预会使他恼火一样，他立刻哀伤地感到，只要接触现实，自己想要保持良好的情绪的愿望就落空了。

还没有到离家四分之一俄里的地方，列文看到迎着自己跑过来的格里夏和塔尼娅。

“柯斯佳姨夫！妈妈来了。还有外公，谢尔盖·伊万诺维奇，还有个什么人。”他们说，同时都爬上了马车。

“那是谁呀？”

“可怕得吓人！两个手臂还这样。”塔尼娅说，她在马车里站起来，学着卡塔瓦索夫的样子。

“那是个老的还是年轻的？”列文笑着问，塔尼娅的模仿表演使他想起了某个人。

“啊，但愿不是个让人扫兴的人！”列文想。

一拐过道路的转弯处看到前来迎接的人们，列文便认出戴着草帽，正像塔尼娅模仿的那样挥舞双手走着的卡塔瓦索夫。

卡塔瓦索夫很喜欢谈论哲学，他学过的哲学概念来自从未搞过哲学的一个自然科学工作者，而且列文最近一次在莫斯科时曾和他发生过许多争论。

其中有一次谈话，卡塔瓦索夫显然以为自己占了上风，这是列文认识他后的头一个印象。

“不，无论如何，我都不会和他争论，也不会轻率地说出自己的想法了。”他在想。

下了马车，向哥哥和卡塔瓦索夫问过好后，列文便问起妻子的情况。

“她抱着米佳到柯洛克（那是房子附近的一个树林子）去了。想把他放在那里，家里实在太热了。”陀丽说。

列文从来不赞成妻子把婴儿抱到树林里去，认为那里不安全，因此这个消息又使他不高兴了。

“她抱着他从一个地方到另一个地方，”公爵微微笑着说，“我劝她试试抱他到冰窖去。”

“她想到养蜂场去的。她以为您在那里。我们正要到那里去。”陀丽说。

“啊，你在干什么？”谢尔盖·伊万诺维奇落在大家后边和弟弟并肩走着。

“没有什么特别的。和平常一样，经营田庄，”列文回答，“你怎么，多住些日子吧？我们盼你这么久了。”

“两个来星期吧。在莫斯科有很多事情。”

说这些话的时候，兄弟俩的眼睛碰到了一起。列文虽然一直总想和哥哥建立起普通坦率的关系，尤其是现在自己身上有着特别强烈的要和这位哥哥友好相处的愿望，但是看他的时候，自己还是感到不自在。他于是垂下了眼睛，不知道说什么好。

提到自己在莫斯科的工作时，谢尔盖·伊万诺维奇已经暗示涉及塞尔维亚战争和斯拉夫问题；为了避免谈及这些问题，列文反复考虑谈什么能使哥哥愉快，于是说起哥哥出版的那本书来。

“你那部书引起了什么样的议论吗？”他问道。

谢尔盖·伊万诺维奇对这个故意提出的问题微微笑了笑。

“谁都对它不感兴趣，而我更不关心，”他说，“您看哪，达丽娅·阿列克山德罗夫娜，要下雨了。”他补充说，举起阳伞指着在白杨树林顶上出现的一片白云。

这些话就足以使兄弟俩之间又形成了列文很想避免的那种倒不是互相敌对的，而是冷淡的关系。

列文走到卡塔瓦索夫身边。

“您想起到这里来，真是太好了。”列文对他说。

“早就准备来了。现在我们来谈一谈，看一看，斯宾塞的著作看过了？”

“不，没看完，”列文说，“不过，现在我用不着它了。”

“怎么会这样呢？这很有趣。为什么啊？”

“也就是说，我已经彻底相信了，在他及他那样的著作中是找不到我感兴趣的问题的答案的。现在……”

但是，卡塔瓦索夫脸上平静而愉快的表情突然使他惊讶，他十分遗憾这场谈话显然破坏了自己的心情，于是他想起自己的意图，就不再谈了。

“好吧，我们以后再谈，”他补充说，“如果到养蜂场去，那就到这边来，顺着这条小道走。”他对大家说。

他们顺着一条狭窄的小道到达一块没有刈过草的空地上，一边长满密集鲜艳的蝴蝶花，中间常常夹着一丛丛深绿色的藜芦灌木，列文带领客人们来到新栽白杨的浓密树荫里坐着，那里有专为参观养蜂场而又怕蜂的人放置了长凳和木桩，自己则到小木屋去，他要给孩子和大人们拿些面包、黄瓜和新采的蜂蜜来。

他一边竭力轻手轻脚地迅速行动，一边留神听着越来越频繁从自己身边飞过的蜜蜂，然后顺着一条小径来到一幢小屋外。门口有一只蜜蜂在嗡嗡地叫，钻到他的胡子里，但被他小心地赶跑了。走过黝黯的门廊时，他从墙壁的衣架上取下自己的面罩戴上，两手伸进口袋里，来到围着篱笆的养蜂场，那里竖着一排排整整齐齐的老蜂房，用树皮绳子拴在木桩上，它们位于一块草刈得干干净净的地方，每一个他都熟悉，每一个都有自己的历史，而沿篱笆墙陈列的则是当年才繁殖的新蜂。蜂房前面，一群嬉闹着向一个地方涌动的工蜂和雄蜂在盘旋飞舞，使人眼花缭乱，而其中的一些工蜂则总向一个方向飞往正开着花的椴树林里，然后再飞回来，不断地采集花蜜。

耳朵里不停地听到各种不同的嗡嗡声，有时是忙于干活的工蜂迅速飞过，有时是懒洋洋地拍着翅膀的雄蜂，有时是警觉地保护自己的财产免受敌人侵袭、随时准备螫人的守卫蜂。篱笆墙的那一边，一个老头在做桶箍，没有看见列文。列文没有叫他，默默停在养蜂场中间。

他很高兴有机会一个人单独待一会儿，好让自己摆脱实际生活清静一下，因为实际生活已经使他的情绪迅速低落了。

他回想起自己已经对伊万生过气，对哥哥表示了冷淡及与卡塔瓦索夫轻率地说话。

“难道这只是瞬息间的心情，它将不留痕迹地消失？”他在想。

但是，在恢复情绪的那一刻，他高兴地感觉到自己身上发生了某种新的巨变。实际生活只是暂时扰乱了那种心灵的平静，但他心情其实是很平静的。

就像这时围着他飞舞、威胁他、分散他注意力的蜜蜂，使他失去生理上的平静，迫使他缩紧身子躲避，从他坐上马车的一刻起就缠住他的那些杂事使他失去了心灵的自由；但这只是他身处其间才感受到。就好比虽然有蜜蜂环绕，自己体力仍是完好的，他认识到自己的精神力量也同样完整无损。

十五

“你知道吗，柯斯佳，谢尔盖·伊万诺维奇是和谁一起到这里来的？”陀丽一边说，一边把黄瓜和蜂蜜分给孩子们，“和符朗斯基！他到塞尔维亚去。”

“对，而且还不是一个人，是自己出资带上一个骑兵连！”卡塔瓦索夫说。

“这倒像他的做法，”列文说，“可是难道志愿兵还在不断出发？”他瞧了一眼谢尔盖·伊万诺维奇，补充说。

谢尔盖·伊万诺维奇没有回答。他用一把小钝刀子小心翼翼地把还活着的蜜蜂，从一个盛着白色蜂蜜的杯子里剔出来。

“是啊，而且还能怎样呢！如果您看到昨天车站上的情景！”卡塔瓦索夫咬着黄瓜咯吱吱响地说。

“啊，这到底怎么回事？看在基督的分上，您给我解释一下，谢尔盖·伊万诺维奇，这些个志愿兵开到哪里去，他们和谁打仗？”老公爵问道，显然是在继续列文不在时就已经开始的谈话。

“和土耳其人。”谢尔盖·伊万诺维奇平静地微笑着回答说；他已经把那只在蜂蜜里泡得发黑的蜜蜂剔了出来，它在小刀上拼命挣扎着，再把它从刀子上拨到一小片结实的白杨树叶上。

“那到底是谁向土耳其人宣的战？是伊万·伊万诺维奇·拉戈佐夫和莉吉娅·伊万诺夫娜伯爵夫人及施塔尔太太？”

“没有人宣过战，而是因为人们同情邻邦的苦难并希望帮助他们。”谢尔盖·伊万诺维奇说。

“但是公爵说的不是援助，”列文帮着岳父说，“而是战争。公爵是说，没有政府的允许，个人是不能参加战争的。”

“柯斯佳，你看，这是一只蜜蜂！真的，我们要给它咬着的！”陀丽说，她赶走了一只黄蜂。

“其实这不是蜜蜂，这是只黄蜂。”列文说。

“好了，好了，您这是什么样的理论？”卡塔瓦索夫带着微笑对列文说，显然是挑动他进行争论，“为什么个人没有权利？”

“我的理论是这样的：战争，一方面是一种兽性的残酷行为，以至没有一个人，更不要说基督徒了，能负得起发动战争的责任，而只有政府才能担负这种责任，它会不可避免地卷入战争。另一方面，无论从科学和健全的理性来讲，在国家事务中，特别是在战争事务中，个体公民是不能凭自己的个人意志行事的。”

谢尔盖·伊万诺维奇和卡塔瓦索夫带着作好准备的表情，异口同声地说起来。

“名堂也就在这里，亲爱的，有时候政府不能表达公民们的意志，那社会就会出来宣告自己的意志。”卡塔瓦索夫说。

可是，谢尔盖·伊万诺维奇显然就不赞成这样的反驳。他对卡塔瓦索夫的话皱了皱眉头，发表了另一种的看法。

“你可不能提出这样的问题。这里没有宣告战争，只不过是一种人类的基督徒的感情的表达。人家屠杀你的兄弟，屠杀和你同一血统和同一信仰的人。好吧，甚至就算不是兄弟，不是同一信仰的人，而就是儿童、妇女、老人，也不能见死不救。大家的感情激愤起来了，于是俄罗斯人就跑去制止这种可怕的行为。你设想一下，假如你在街上走着，看到酒鬼们在揍一个女人或婴儿，我想，你不会去问是否对这个人宣战了，而会扑到这个人身上去保护受欺辱的人。”

“但是我不会打死他的。”列文说。

“不，你会把他打死的。”

“我不知道。如果我看见了，我会凭自己直接的感觉办事儿，但事先我没法说。而且，对受压迫的斯拉夫人，没有也不会有这种直接的感觉。”

“也许，对你来说没有。但它对其他的人来说有，”谢尔盖·伊万诺维奇不满地皱着眉头说，“人民中间有种种关于东正教徒受‘渎神的伊斯兰教徒’奴役之苦的传说。人民是听了自己的兄弟们的苦难才说的。”

“也许吧，”列文模棱两可地说，“不过我没有看见；我自己是人民，可是我没有感觉到这一点。”

“瞧，我也是，”公爵说，“我在国外生活过，我看报，我承认还在保加利亚事件以前，我就怎么也不明白为什么俄国人这么突然爱上了斯拉夫兄弟，我却对他们并不感到有什么爱？我很伤心，以为自己是个废物，要不就是卡尔斯巴德[1]对我起了作用。但是回到这里来以后，我就安心了——我看到除我以外还有其他人，他们感兴趣的只有俄罗斯，而不是什么斯拉夫兄弟。瞧，康士坦丁也是。”

“个人的看法在这里毫无意义，”谢尔盖·伊万诺维奇说，“当俄罗斯——人民表达了自己的意志，那就不是个人看法的事情了。”

“不过原谅我。我看不出这一点。人民压根儿就不知道。”公爵说。

“不，爸爸……怎么不知道呢？那礼拜天在教堂里呢？”陀丽说，同时仔细听着谈话。“请给我一块毛巾，”她对笑眯眯瞅着孩子们的老头子说，“不至于会全体……”

“不过礼拜天在教堂里怎么了？人家吩咐司祭宣读。他宣读了。他说什么也不明白，和在布道的时候一样叹着气，”公爵接着说，“然后人家告诉他们，是教堂为拯救灵魂的事儿募捐，于是他们每人掏出一个戈比捐了。而干什么用——他们自己都不知道。”

“人民不会不知道；人民对自己的命运从来都是有觉悟的，而在当前这样的时刻，这种觉悟便变得清楚了。”谢尔盖·伊万诺维奇肯定地说，同时瞅着养蜂场的老头子。

这位老头子相貌堂堂，个子高大，长着一头银发和花白胡子，他一动不动地站着，端着一杯蜂蜜，亲切而平静地从自己身材的高度俯视着老爷们，显然什么都不明白也不愿明白。

“这正是这样。”他慎重地摇摇头，针对谢尔盖·伊万诺维奇的话说。

“对了，你们问问他。他什么也不知道，什么也不想，”列文说，“你听到了，米哈依雷奇，关于战争？”他转而问他，“教堂里刚刚都念些什么了？你在想什么？应当为基督徒们而打仗吗？”

“我们有什么好想的？亚历山大·尼古拉耶维奇皇上全为我们

---

① 即卡罗维发利，捷克地名。

想好了，他所有的事情都为我们想好了。他更清楚。还要不要拿些面包来？再给小伙子来点儿吗？”他指着正把面包皮吃了的格里夏，问陀丽。

“我用不着问，”谢尔盖·伊万诺维奇说，“我们曾经看到，而且仍在看到成千上万的人，抛弃一切去为正义的事业效劳，从俄罗斯的四面八方来，直率而清楚地表达自己的思想和目的。他们或献出自己节省下来的几个钱，或亲自去，直截了当说是为了什么。这意味着什么？”

“这意味着，照我看，”列文开始激动起来说，“在八千万人口中从来都找得出像现在这样几百，甚或是几万的亡命之徒，他们失去了社会地位、一无所成，任何时候都准备参加普加乔夫①一帮，去希辅②，到塞尔维亚……”

“我对你说的，不是几百也不是亡命之徒，而是人民的优秀代表!”谢尔盖·伊万诺维奇说，语气一样激动，好像在保卫自己最后的一点儿财产，“还有捐款呢？这可是全体人民直接表达自己的意志。”

“‘人民’，这个词是多么模糊不清，”列文说，“地方文书、教员和千分之一的农民，也都不知道这是怎么回事。至于其他像米哈依雷奇那样的八千万，不但没有表达自己的意志，而且根本就不懂他们为什么要表达自己的意志。我们还有什么权利说这是人民的意志？”

十六

诡辩方面有经验的谢尔盖·伊万诺维奇没有反驳，立刻就把

---

① 普加乔夫（1742—1775），俄国农民起义领袖。

② 即基辅，今乌克兰共和国首都。

话题转到另一个领域。

“是啊，假如你想用数学的方法来弄清人民的精神，那当然是难以做到的。再说，我们这里也不会采用投票的方式，实际上也没法采用，因为它不能反映人民的意志。不过，还有其他的途径。这可以在气氛里感觉出来，可以用一颗心感觉出来。且不说那些在人民表面平静的海洋里流动的地下潜流，任何一个不带成见的人都能很清楚地看到，你就看看社会吧。知识界各个最不相同的，原来那么敌对的党派，都联合在一起了。一切争吵结束了，所有社会机构都说着同样一件事儿，大家都感觉到了一种自发的力量，它控制了他们，把他们引到一个方向上。”

“对，那些报纸都说着这样一件事儿，”公爵说，“这是事实。这可千篇一律，就像大雷雨前的蛤蟆。因为它们，别的就什么也听不见了。”

“是蛤蟆不是蛤蟆——我不出版报纸，也不想为它们辩护；但我说的是知识界的思想一致。”谢尔盖·伊万诺维奇转过来对弟弟说。

列文想回敬，但是老公爵打断了他。

“啊，至于思想一致，还可以说一说另一件事儿，”公爵说，“瞧，我的另一位女婿，斯捷潘·阿尔卡杰奇，你们都认识他。他现在得到了委员会理事的职务，具体叫什么我不记得了。只是那儿没有事情可干——怎么，陀丽，这不是秘密！——却有八千卢布的薪水。您倒试试问问他，他的职务有没有用处——他会向您证明，最需要不过了。他倒是个诚实的人，但是我们不能不相信是这八千卢布的用处。”

“对了，他请我把得到职务的事儿转告达丽娅·阿列克山德罗夫娜。”谢尔盖·伊万诺维奇不满地说，他认为公爵这话跟讨论无关。

“报纸的思想一致也是这样。他们给我解释是这样的：一旦发生战争，他们的收入就增加一倍。他们怎么会不考虑人民和斯拉夫人的命运……及其他这些事儿呢？”

“很多报纸我不喜欢，可是这么说就不公平了。”谢尔盖·伊万诺维奇说。

“我倒只有一个条件，”公爵继续说，“卡尔·阿尔丰塞在同普鲁士的战争之前的文章中对这事儿写得很好。‘你们以为必须进行战争吗？好极了。谁宣扬战争——就让他参加特别先遣兵团，去冲锋，最先投入战争！’”

“那样编辑们就有的受了。”卡塔瓦索夫响亮地哈哈大笑起来说，他想象到自己熟悉的一些编辑在这个先遣团里的情景。

“我看哪，他们会逃跑的，”陀丽说，“这样只能碍事。”

“要是逃跑，就用霰弹从后边扫射，要不让哥萨克用木棍抽他们。”公爵说。

“不过这是开玩笑，而且是不体面的玩笑，请原谅，公爵。”谢尔盖·伊万诺维奇说。

“我看不出这是玩笑，这是……”列文开口说，但谢尔盖·伊万诺维奇打断了他。

“社会的每个成员有他自己该做的事情，”他说，“而思想界的人们要做的事情，在于表达公众的意见。而使舆论一致并且充分表达公众的意见是报界的一项功劳，同时也是一个可喜的现象。二十年前，我们保持了沉默，现在听到了俄罗斯人民的声音，他们万众一心准备挺身而起，决心为被压迫的兄弟们牺牲，这是一种壮举，是力量的源头。”

“可是要知道，这不只是牺牲，而是在屠杀土耳其人，”列文怯生生地说，“人民在牺牲，并准备为自己的灵魂牺牲，可不是为了去屠杀。”他补充说，不知不觉地把谈话和自己密切关心的那些思想联系起来了。

“怎么为了灵魂？您知道，这对一个自然科学工作者来说是很难理解的。灵魂到底是什么？”卡塔瓦索夫微微笑着说。

“啊，您知道！”

“哈哈，我连一点儿概念都没有！”卡塔瓦索夫大声笑着说。

“‘我来并不是叫地上太平，乃是叫地上动刀兵。’基督说。”谢尔盖·伊万诺维奇从自己方面反驳说，他好像是随便从《福音书》中引出一段话，而这恰恰使列文伤脑筋，好像它们是如此明白无误。

“正是这样。”老头子又重复了一遍，他站在他们旁边，回答偶尔投到他身上的目光。

“不，亲爱的，您被驳倒了，驳倒了，完全驳倒了！”卡塔瓦索夫开心地嚷嚷道。

“不，我不能和他们争论，”他想，“他们身上穿着打不透的盔甲，而我光着身子。”

他看出要说服哥哥和卡塔瓦索夫是办不到的，可要自己同意他们的观点就更不可能了。他们宣扬的正是差点儿毁了他的那种智力上的妄自尊大。他没法同意，包括自己哥哥在内的几十个人的观点，他们根据几百个到首都来夸夸其谈的志愿兵的论调，就说他们和报纸在表达人民的意志和思想，也就是复仇和屠杀。他没法同意这些，因为在自己和人民生活的环境中间，他并没有看出这种思想的表现，在自己身上也找不出这些思想（而他无法不把自己看成是构成俄罗斯人民的一员），而主要是因为他和人民都不知道，都没法知道什么是公共利益，然而却坚定地知道，只有严格履行昭示每个人的善良的法则，才能实现这种公共利益，所以才不会愿意打仗，不会愿意为任何目的宣扬斗争。他和米哈依雷奇及人民一起用关于瓦兰人①的使命的传说来表达自己的思想，“您来做大公，领导我们吧。我们很高兴，我们唯命是从。我们自愿承担一切劳动、全部屈辱和任何牺牲——但我们不评议也不决定。”可照谢尔盖·伊万诺维奇的说法，现在的人民放弃了这种付出如此高昂的代价才换得的权力。

---

① 瓦兰人，也叫瓦兰吉安人，是古代俄罗斯对北欧诺曼人的称呼。

他还想说，如果公众的看法是公正无私的法官，那为什么革命、公社不像支援斯拉夫人运动那样合法？然而这都是些思想，它们什么问题也解决不了。可以看出，有一点是明确的——这就是这种争论使谢尔盖·伊万诺维奇生气了，最好还是不要继续下去。因此，列文便不作声了，他提醒客人们注意，云朵聚集起来了，最好在下雨之前赶紧回家。

十七

公爵和谢尔盖·伊万诺维奇坐进马车里走了；其余的人则快步走回家。

但是，云朵一会儿白一会儿黑的，迅速飘过来。他们必须加快脚步，以便在雨下来前回到家里。前边低沉的乌云像煤烟一样黑，飞快地布满了天空。离家还有二百来步路，可已经起风了，而且随时都会下起瓢泼大雨来。

孩子们惊恐而又高兴地尖叫着，跑在前头。达丽娅·阿列克山德罗夫娜艰难地摆弄着粘到自己腿上的裙子，已经不是在走而是在跑步了，她的眼睛一直盯着孩子们。男人们按住帽子大踏步走着。他们已经到了大门口的台阶旁边，这时粗大的雨点落下来，打在铁槽边沿上。孩子们及跟着的大人都开心地大声说着，跑进屋檐下躲雨。

"卡捷琳娜·阿列克山德罗夫娜呢？"列文问阿加菲娅·米哈依洛夫娜，当时她正拿着一些头巾和披肩到前厅里迎接他们。

"我们以为她和您在一起呢。"她说。

"那米佳呢？"

"应该是在柯洛克树林里，还有保姆和他们在一起。"

列文抓了几块披肩，就往柯洛克跑。

在这短短的刹那间，乌云已经完全遮住了太阳，天黑得像日蚀时一样。风一个劲儿猛刮着，像存心要阻止列文似的，它吹下椴树枝和花朵，并把白桦树枝上的树皮剥得不像个样，把所有的东西都吹向一个方向，槐树、花丛、牛蒡、青草和树冠。在果园里干活的女人和孩子们，都尖叫着跑到下房。倾盆大雨像一道白色的帘子，已经落到远处及近处的半边田野，而且迅速向柯洛克一边移动。空气中弥漫着雨滴碎裂成小雨珠时散发出的潮湿。

列文低头朝前冲，同那要刮走他手中头巾的风搏斗着，已经跑到柯洛克附近了。这会儿，他看到了一棵橡树那边有个白兮兮的东西，突然火花一闪，整个大地突然燃烧起来，天空则好像就在他头顶上分裂开来。列文睁开被炫花的眼睛，穿过把自己与柯洛克隔开的那道密集的雨帘，可怕地首先看到森林中央那棵熟悉的橡树，那绿色的树冠已经变得奇形怪状。“难道真被劈了？”列文刚这么想，那橡树冠便越来越快地倒下来，迅速地消失在其他树木中了，接着，他听到一声撕裂，一棵大树倒在其他的树上。

闪电、雷声以及身子霎时间被淋透的感觉，对列文来说融合成一个恐惧的印象。

“我的上帝！我的上帝，别打着他们！”他喃喃地说。

虽然立刻想到自己的祈求是毫无意义的，可他还是重复说了一遍，祈求他们别被这棵倒下的树砸到，因为除了这毫无意义的祈求，自己别无他法。

他跑到他们平日常去的那个地方，可是没有找到他们。

他们在森林的另一头，在一棵老椴树底下，正在呼叫他。两个穿深色裙子的身影（他们出门的时候穿的是浅色衣服），弯着身子，站在什么东西边上。这是吉蒂和保姆。雨已经停了，列文向她们跑过去时，天开始亮了。保姆的下半截衣服是干的，但吉蒂却浑身上下都湿透了。雨虽然已经停了，她们却还保持着大雨刚下来时的那种姿势。两个人都站着，把身子弯在遮着一把绿阳伞的婴儿小车上。

“都活着吗？没事儿？感谢上帝！”他一边说，一边穿着一双灌满了水快掉出来的靴子，蹚着水，啪嗒啪嗒向她们跑过去。

吉蒂扭过一张通红而湿淋淋的脸正对着他，在被雨浇得变了形的帽子下露出羞怯的微笑。

“啊，你也真好意思！我不懂，怎么可以这么不小心！”他恼火地埋怨妻子。

“上帝知道，不是我的错。我们刚要走，他在这里闹开了。得给换尿布。我们刚……”吉蒂开始不好意思地说。

米佳倒好好的，没有淋湿，还继续睡着。

“啊，感谢上帝！我不知道自己在说什么！”

收拾好湿透的襁褓，保姆抱起婴儿走了。列文走在妻子身旁，为自己刚刚发作的怒火，避着保姆悄悄地握了握妻子的一只手。

十八

一整天进行的各种不同的谈话，列文只是心不在焉地应付而已，他虽然对自己内心应该发生的变化感到失望，却还是高高兴兴的，觉得自己心里充实。

雨后的路太湿了，不能出去散步；再说，乌云还没有从天际消散，天边一会儿这里一会儿那里在变黑，雷声隆隆。这天剩下的时间，大家都在屋里度过。

争论再也没有进行，相反，午饭后大家的心情都很好。

卡塔瓦索夫开始以他独特的笑话逗太太们开心，这些玩笑在刚开始认识时总是那么讨人喜欢；后来在谢尔盖·伊万诺维奇的挑唆下，他讲述了自己对室内公的和母的苍蝇在性格乃至形体差异以及它们生活习性上的有趣观察。谢尔盖·伊万诺维奇也很开心，喝完茶，在弟弟的鼓动下，叙述了自己对东方未来的观点，他讲得既简单又生动，所以大家都听他讲。

只有吉蒂一个人没能听完——她被叫去给米佳洗澡了。

吉蒂走后几分钟，列文也被叫到她那边的育儿室里去了。

列文放下自己的茶杯，为不能继续有趣的谈话感到遗憾，同时又担心会发生什么事情，因为只有在发生重要情况时才这样。他走进了育儿室。

谢尔盖·伊万诺维奇讲到，解放了的四千万斯拉夫人民应当与俄罗斯一起在历史上开辟一个新时代。列文虽然没有听完他的计划，不过对此很感兴趣，因为对他来说，这好像是某种全新的东西。可是吉蒂叫自己去又让他感到奇怪和不安，非常担心——走出客厅，只剩下一个人的时候，他立刻回忆起自己早上的思想。于是，他似乎觉得，所有这些有关斯拉夫人在世界历史中的意义的设想，和他心里发生的事相比是如此微不足道，以至他转瞬间就忘了这一切，转变成自己今天早上的那种心情。

现在，他记不起整个思路（他用不着这个）原来是怎样的。他立刻就转变成原来支配他的那种感觉，这和他的思想密不可分，并发现这种感觉比原来要强烈和明确得多。以前为了找到感觉得恢复全部思路的时候，往往需要想出种种安慰自己的理由，现在这种情况不存在了。现在正相反，欢乐和安静的感觉比以前更强烈，而思想往往跟不上感觉。

他穿过露台，望着暗淡天幕中出现的两颗星星，突然回想起来："是啊，我望着天空的时候想到自己看到的天空并不是不真实，而且在这种情况下有些东西我没有想透，有些东西我不敢正视，"他在想，"但无论如何，都是无法辩驳的。只要想一想——一切也就清楚了。"

已经踏进育儿室了，他突然回想起自己不敢正视的是什么。那就是，假如上帝存在的主要证据在于他启示了何谓善，那么这种启示为什么局限于基督教一种教会呢？佛教及伊斯兰教也劝人行善，和这种启示有什么关系？

他觉得自己对这个问题有答案了；但他还没有来得及对自己表达出来，就已经走到育儿室里边了。

吉蒂卷起两只袖子，站在婴儿正在玩水的浴盆旁边，听到丈夫的脚步声，便对他转过脸来，微笑着叫他走到自己身边。她一只手托在婴儿头部底下，小家伙仰着躺在水里，一只胖乎乎的小腿乱踢乱动，她的另一只手则用海绵往婴儿身上擦，臂上的筋肉有力而均匀地活动着。

“就这样，你瞧，你瞧！”丈夫走到身边时，她说，“阿加菲娅·米哈依洛夫娜说得对。他认得人了。”

事情是这样的，从今天开始，米佳显然已经认得出自己所有的亲人了。

列文一走到浴盆旁边，她们立刻就让他试试，结果完全成功了。她们又特意叫来厨娘，对着婴儿弯下身子。婴儿皱起眉头，不高兴地晃晃脑袋。吉蒂对他弯下身去，他就露出了微笑，双手抓住海绵，还鼓起嘴唇吹起来，发出很得意很古怪的声音，不但吉蒂和保姆，就连列文都出乎意料，大加赞赏。

保姆把婴儿用一只手从浴盆里抱出来，又用水冲了一遍，拿被单给裹上，擦干了，在一阵刺耳的啼哭后把他交给了母亲。

“我真高兴你开始喜欢他了，”吉蒂把婴儿抱在怀里，安安稳稳地坐在习惯了的地方，然后对丈夫说，“我很高兴。不然的话，我都已经开始伤心了。你说过，你对他一点儿感情也没有。”

“不，难道我说过我没有感情？我只是说我失望了。”

“怎么，对他失望？”

“倒也不是对他失望，而是对自己的感情失望；我抱着更大的期望。我期望好像得到一种惊喜，使我浑身充满新的愉快的感情。而结果突然不是这样，而是——厌恶、可怜……”

她抱着婴儿仔细听着他说，同时把给米佳洗澡时取下的那枚戒指戴到纤秀的手指上。

“而且主要的，是担心和可怜的感觉要比喜欢大得多。经过今天这场大雷雨后，我明白自己有多喜欢他了。”

吉蒂露出容光焕发的微笑。

“你当时很害怕吗？”她说，“我也一样，不过现在事情过去后，我更觉得害怕。我要去看看那棵橡树。卡塔瓦索夫这人真好！不过总的说，这一整天都很愉快。你乐意的时候，你和谢尔盖·伊万诺维奇一样也这么好……好了，好了，你到他们那边去吧。洗过澡以后，这里总是很热，又雾气腾腾的……”

十九

从育儿室出来，剩下自己一个人的时候，列文立刻又回忆起那个还有点儿不清楚的思想。

他没有到本来要去的客厅，那里传出阵阵说话声，却停在露台上，一只胳膊靠在栏杆上，仰望起天空来。

天已经完全黑了，他眺望的南边没有云。乌云在相反的一边。那里迸发出闪电，还听到远远有雷鸣。列文凝神细听着从椴树上均匀地徐徐滴落在果园里的雨水，看着自己熟悉的三角形的星群以及从它中间通过的支流错综的银河。每一次闪电时，不仅银河，就连明亮的星星都消失了，但是闪电一过去，它们又好像被一只精确的手抛出去，又重新出现在原来的那些位置上。

“啊，是什么使我自己困惑的呢？”列文对自己说，他虽然还不知道解决疑惑的办法，但他感到自己心里已经准备好了解决的办法。

“对，神明确无疑的一个表现——就是通过启示向世界显现善的法则。我感觉到这种启示存在于我的心中，承认这些法则，不管是否出于我的意愿，这就使自己和人们联合到一个群体里，就是教会。那么犹太教徒、伊斯兰教徒、儒学信徒、佛教徒——他们是怎么回事?”他给自己提出这个他也觉得危险的问题，“难道这千百万人就失去了至高无上的幸福，没有这种幸福，生活就没有意义了?”他陷入了沉思，但立刻又纠正自己。“我究竟在探究什么?”他对自己说，“我是在探究全人类一切形形色色的信仰和神的关系。我是怀着所有这些模糊不清的概念，在为全世界探究上帝的普遍启示。我在做什么? 一种无法凭理智得到的知识，毫无疑问，已经向我，向我这颗心昭示了，但我却还固执地想用理智和语言把这种知识表现出来。”

“难道我不知道，不是星星在移动吗?”他望着白桦树枝顶上那颗已经改变了位置的行星问自己，“但我看着这些星星移动时，却没法想象地球的转动，因此我说星星在移动时，自己是对的。

“而且，如果天文学家们把地球全部复杂的运动都估计进去，他们还能明白并算得清什么吗? 他们所有关于天体的距离、重量、运动，以及偏差的奇妙结论，都是建立在天体环绕不动的地球的看得到的运动为根据的，建立在我亲眼看到和过去在亿万人眼前出现的运动，这种运动过去如此，将来也一样，而且永远能够被证实。因此，我的结论若不以永恒存在的、通过基督教向我昭示并永远存于我内心里的可以检验的善恶观为基础，那么它们就会像那些天文学家不以子午线和地平线的关系为基础观察看得见的天体一样，将会得出虚妄、靠不住的结论。关于其他种种信仰及它们对神的态度，我无权也不能解决。”

“啊，你还没有走?”经过同一条道到客厅去的吉蒂在说，“怎么，你没有什么不高兴吧?”她在星光下仔细地瞅着他的脸说。

但要不是又一下闪电遮住了星星并照亮他，她也许就看不清他的脸了。在闪电的亮光下，她看清了他的整张脸，而且发现他平静又高兴，便微微对他笑了笑。

“她理解，”他在想，“她知道我在想什么。要不要告诉她? 对，我一定告诉她。”不过，在这时候，正像他想开口说话一样，她也说起来了。

“您瞧，柯斯佳，帮个忙吧，”她说，“到拐角上那个房间去看看，他们给谢尔盖·伊万诺维奇安排得怎么样？我去不方便。是不是给放了新的洗脸盆架了？”

“好，我这就去。”列文说着，便站起来吻她。

“不，不应该对她说，”她走到他前边时，他想，“这是一个秘密，它只有我一个人需要，只有我一个人觉得重要，并没法用言语表达。

“这种新的感觉没有使我改变，没有使我幸福，没有我所幻想的那样突然间使我恍然大悟——它也和我对儿子的感情一样。什么惊喜也没有。而信仰——或者不是信仰——我不知道是什么，但这种感觉不知不觉地经历了痛苦后出现在我身上，并牢牢地盘踞在我心里了。

“我照样还对马车夫伊万生气，照样将进行争论，还是会不合时宜地说出自己的想法，我的心灵与其他一些人的，甚至与妻子的心灵最圣洁的东西之间的那堵墙将依然存在，照样为自己的担心责怪她而又为此感到后悔，照样不会凭理智明白自己为什么祈祷，并还将祈祷——然而我现在的生活，我的全部生活，不管我将遇到任何事情，它的每分每秒——不但不像以前那样毫无意义，而且具有一种不容置疑的善的意义，我有权把它贡献出来，在生活中加以实施。”

（全书完）